# GEDICHT UND GESELLSCHAFT 2007

BRENTANO-GESELLSCHAFT
FRANKFURT/M. MBH

# FRANKFURTER BIBLIOTHEK

Gründungsherausgeberin Giordana Brentano

Erste Abteilung

Jahrbuch für das neue Gedicht

11.

## *Gedicht und Gesellschaft* 2007

Herausgegeben von
Julius Graf von Hirschsprung

Mit einem Vorwort von
Leopold von Emden

Bearbeitet von
Katarzyna Imiolczyk und
Veronika Striegel

BRENTANO-GESELLSCHAFT FRANKFURT/M. MBH

2007

# *Gedicht und Gesellschaft* 2007

Jahrbuch für das neue Gedicht

Herausgegeben von
Julius Graf von Hirschsprung

Mit einem Vorwort von
Leopold von Emden

Bearbeitet von
Katarzyna Imiolczyk und
Veronika Striegel

BRENTANO-GESELLSCHAFT FRANKFURT/M.MBH
2007

Die Deutsche Bibliothek – CIP-Einheitsaufnahme
Ein Titeldatensatz für diese Publikation
ist bei der Deutschen Nationalbibliothek erhältlich.

*Hinweise zur alphabetischen Ordnung*

*Die Gedichte sind nach Autorennamen geordnet. Umlaute gelten dabei als nicht geschrieben. Sie sind in der alphabetischen Folge nicht berücksichtigt.*

*Wegen der strengen alphabetischen Abfolge der Gedichte mußten Spalten und Seiten auch im Vers umbrochen werden. Die Redaktion bittet um Verständnis.*

Beilagenhinweis:
Die Ausschreibung für die
Frankfurter Bibliothek 2008
liegt dem Band bei.

Empfehlung im Internet:
www.haus-der-literatur.de
www.autoren-tv.de

*August von Goethe Literaturverlag*
*publiziert neue Autoren.*
*Manuskriptzusendungen sind erbeten.*


Großer Hirschgraben 15, D-60311 Frankfurt a. M.
Tel. 069-13377-177, Fax 069-13377-175
ISBN 978-3-933800-23-7
ISSN 1613-8386

# Vorwort

## *Der scheinbar leere Raum*

Die Null ist seit geraumer Zeit nicht mehr einfach Nichts, sondern eine leere Menge, die nur sichtbar leer ist. Sie ist erfüllt von der Präsenz eines Etwas, das verschwindet, wenn ein materielles Element in sie eintritt, so wie die Stille ein Etwas ist, das verschwindet, wenn Töne erklingen. Die Funktionalität der Null, die vor der Zahl nichts bewirkt, hinter ihr jedoch Omnipotenz entfaltet, bringt möglicherweise die Grundfrage der Zeit – die Suche nach Sinn und Geist – zur Erscheinung. Als Hälfte des Binärsystems, als Grundlage aller Digitalität, konnte sie schließlich sogar eine Welthälfte markieren. Und warum?

In einer Zeit, in der Fortschritt in der Mathematik nur in der von Widersprüchlichkeiten geprägten Mengelehre denkbar ist, in einer Zeit, in der Widerspruchsfreiheit von unabgeschlossenen Lehrsätzen als unmöglich gilt, in einer Zeit, in der Konsonanz (Schönheit) und Dissonanz (Abwesenheit von Geist) in der Zwölftonmusik erstmals durch Geometrie theoretisch begründet wird, in einer Zeit, in der uns anhand einfacher Objekte wie der Fläche (mit nur zwei Dimensionen) klar wird, daß wir sogar denken können, was unsere Vorstellungskraft übersteigt, in einer Zeit, in der alles zur Disposition steht, was wir messen, zählen und wiegen können, in dieser Zeit der allverunsichernden Erkenntniskritik also erscheint nur eines noch als gewiß, nämlich der Dialog. Der Dialog mit dem anderen, an den wir spontan denken, ist eine theologische, zu erschließende Größe, aber der Dialog mit sich selbst dient dem unmittelbaren Verstehen der Welt. Die Selbstähnlichkeit der durch selbstreferentielle Berechnung entstehenden Fraktalen, die in den iterativen Prozessen (der Selbstwiederholung) zu Tage tritt, ist ein Hinweis auf die Ordnung in der Unordnung, auf das Mißverständnis, daß das Chaos anarchisch sei, auf die Symmetrien, die in allen Disziplinen als struktureller Hintergrund durchschimmern. Iteration erzeugt Schönheit, Konsonanz erzeugt Schönheit, Symmetrie als Grundprinzip beider (d. i. Bewegung ohne Veränderung, also die Null) bezeugt Anwesenheit von Geist, also ebenfalls Schönheit.

Und deshalb ist die Null als Repräsentant alles Unzählbaren, Unwiegbaren, Unmeßbaren die Menge alles Geistigen, die hinter der Materie und ihren Kardinalzahlen unsichtbar bleibt. Und weil die traditionellen Weisen, Welt zu verstehen, nämlich Induktion, Hypothese und Deduktion, diesen nunmehr offensichtlich unleeren, immateriellen Raum nicht darzustellen vermögen, bleibt die Selbstreferenz, die große Antinomie in der Mengenlehre, das Gespräch mit sich, das Hinabsinken in die Tiefe des Seins und die iterative Verkostung der Fülle des Lebens in einem ihm, dem Dialog, besonders gemäßen Ausdruck, dem Gedicht.

Leopold von Emden

## *Orientalische Geschichten*

Der Orient wird oft verkannt mit all seinen
Geschichten, drum möchte für ihn
eine Lanze ich brechen und einiges
berichten:

Zur Hochzeit bei den Beduinen war in
Ägypten ich erschienen.
Da mir dort fremd die Damenwelt, durfte
als Gast ich ins Männerzelt –
was in der Sahara nicht so Brauch und mich
verwunderte dann auch.

An der großen Tafel durfte ich mitspeisen,
zwischen vielen Gästen
und auch Scheichen. Der Tisch war
reichlich hier gedeckt mit
köstlichen Sachen, die sehr gut geschmeckt.

Orientalisch verzaubert saß ich auf meinem
Kissen, war wirklich
hin und her gerissen und möchte diesen
Tag nicht missen.
Und denke, schön sein könnte diese Welt,
vom Orient bis Okzident.
Wenn wir einander respektierten, alle
Seiten profitierten.

Inge Abd El Tawab

## *Du und Ich*

Hände, die streicheln,
Augen, die liebkosen,
Arme, die be-greifen.

Alle unsere Sinne geöffnet,
so wie deine Lippen,
die sich nach den meinen sehnen.

Ich fühle dich nicht nur,
ich lebe einen Augenblick lang
auch dein Leben mit.

Sonne umfließt zwei Körper,
die vom Regen nass geworden sind
und trocknet alle Tränen auf,
aber nicht unsere Liebe
und unser Verlangen.

Elisabeth Abel * 1973

## *Hauch des Unwissenden*

Weißer Kern in goldener Schale,
Strahlt die Würde in dein Gesicht,
Verhüllt den Stoff der fremden Nähe,
Gibt dem Atem Luft in deinem Herzen.

Der Duft des gewaltigen Ozeans,
Verleiht den Hauch des Unwissenden,
Der in der Nähe Angst und Weite sucht,
Gibt der Treue Luft in deinem Zelt.

Die Straße verzweigt in dunkle Gassen,
Trotzt jenem der sich finden lässt,
Sieht die Hoffnung in der Ferne,
Gibt der Zukunft Luft in deinem Traum.

Die Sonne steht im Zenit der Wärme,
Weist die Richtung in der Folge,
Kein Lachen kann dem Weinen folgen,
Gibt dem Leben Kraft in deinem Atem.

Sami Abu-Bakr

## *Das Verlangen nach Freiheit*

Auf einmal da, da stand Sie da,
wie aus dem Nix nach all den
Jahren.
Reifer und älter ist Sie geworden.
Doch ihre Seele ist leicht gebrochen.
In der Not rief Sie um Hilfe, doch
alle glaubten Sie wär tot.
So nahm sie ihren Mut, lief weg
und alles wird gut.

Madlen Adamek * 1976

## *Zeitnager*

Schon lange spielten sie auf dem Klavier.
Mit zwei Händen, auch mal mit vier.
Die Saiten waren immer bestens gestimmt,
so waren die Spieler stets zufrieden gesinnt.

Doch das Klavier wurde älter, man merkte
es kaum.
Nie hat es versagt, ja, es war wie ein
Traum:
ein Traum davon, wie begehrt es dann ist,
wenn niemand spürt, dass der Zeitnager
frisst.

„Alles hat seine Zeit“, sagen wir einfach
daher.
Doch wenn „die Zeit“ abläuft, dann fällt es
so schwer
ein „Plätzchen“ zu finden, um ein wenig zu
ruh'n.
Du musst funktionieren, es gibt doch so
viel zu tun.

Die Spieler von damals wurden gewechselt,
etliche Lieder ganz neu getextet.
Das Stimmen der Saiten erfordert mehr
Zeit –
das allmähliche Ende wird schon vorbereit'.

So hat wahrhaftig alles, aber auch alles
seine Zeit:
der Spieler, der Texter, und der, der sich
freut.
Der Kreislauf des Lebens – wer kann ihn
ergründen?
Was das „Heute“ verloren, kann das
„Morgen“ neu finden!

afu * 1946

## *Krieg*

Düster zieht der Himmel zu
Finster ist der Himmelsthron
Und die dunkle Nachtesruh
Dröhnt so leis mit bösem Ton

Gras wiegt sich im kalten Wind
Und bereitet Gänsehaut
Auf den Straßen spielt kein Kind
Auch dem letzten Unheil graut

Der Tot schickt seine Schergen
Jauchzend nach Feuer und Blut
Kommen vom Land und von den Bergen
Keinem bleibt sein Hab und Gut

Und nun klirren die Scherben
Von tausend gebrochenen Herzen
Jeder ist im Verderben
Jeder spürt diese Schmerzen

Wer nun noch meint, dies war gut
Und Kriege seien gerecht
Schweige im Angesicht der Glut
Und der Asche vom Gefecht

Simon Agatz * 1987

draußen ruft die wilde Luft nach uns
tickt der See sich in den Schlaf
pinkeln Hunde gelb in grauen Schnee
übermalen dicke Farben
diesen ganzen letzten Tag

draußen gehen drinnen Lichter an
in fremden Häusern
bollwerkhoch und nahweitweg

draußen trinken alte Trinkerfreunde
ihren neusten Fusel aus
klingt die schnelle Straße
wie ein krankes Meer
ein Lied aus Metall und Kälte hin

aggi * 1971

Wer sich um Argumente kümmert
ist in seiner Freizügigkeit beschränkt.
Wer denkt, dass er denkt
verschließt seine Sinne

versteinert seine Lust,
begibt sich auf seltsame Wege
wandert herum
in eigener Eitelkeit.

Wer sich nicht gehen lassen kann
kommt auch nicht voran
er wird nicht zum Kinde
noch zu jemand anderem.

Und wenn es scheint
dass man Liebe möchte
muss man die Welt außer Acht lassen
und einsam werden,
so schwer es auch ist
der einsamen Geselligkeit
den Rücken zuzukehren.

Indira Ahmetovic * 1983

## *Das Schicksal*

Ich frag' mich, ob ich ihn ertrag',
des Schicksals großen Schlag.

Der Schlag,
getroffen hat er mich,
so, wie ein Peitschenhieb
und gerissen in die Tiefe, weit.

Bin durchgefallen,
durch jenes Auffangsieb,
fand nicht den geringsten Halt.
Zu mächtig war der Richterspruch
der Aussortiergewalt.

Ihr fragt euch:
„Aber weshalb lässt man gerade mich
nicht hoffen?"

Ich sag' euch:
„Bleibt stark, gebt niemals auf
und blickt auf Jene,
die vom Schicksal ähnlich betroffen."

Bärbel Ahnert * 1972

## *Es ist ... Liebe*

Wenn Nacht und Tag einander segnen
Und Mond und Sonne sich begegnen,
Entsteht ein Gefühl von fast
unbeschreiblicher Art –
Wie Wärme und Kälte zugleich, so
stürmisch und zart.

Wie die Natur die Wunder möglich macht,
So hast auch du mir dies Gefühl gebracht.
Die Tiefen der Seele sind mir davon
berührt.
Das Bild deines Liedes hat mir das Herz
verführt.

Manuela Ahrens * 1971

## *GEZ*

Ehrverletzende Gebühreneinzugszentrale
Lockt ständig die Menschen in eine Falle.
Durch eine schlaue und miese Masche
Zieht sie dem Volk sein Geld aus der
Tasche.

Patriotische und treue Bürger geraten
In die hässliche Hände der Bürokraten.
Und die vermehren sich, wie die Raten,
Bald werden sie uns wie ein Wurstchen
braten.

Ich sitze manchmal vor meiner Glotze
Und vor Ärger beinahe platze.
Ich sage: „Nein zu den
Rundfunkgebühren!!!"
Sonst wird das zum Volksaufstand führen.

Rais Aka * 1952

unsere liebe ein kugelstoß auf gerader bahn
ins rollen gebracht nicht wankt nicht
abkam
es müsste gehen
ein leben ohne nähe überstehen sich am
kleinsten punkte berühren

oder schweben dem leben diese schwere
nehmen das kleben auf dem boden
sorglos weil enthoben saglos nahlos weil
immerschon
sprachlos
vom ganzen stück zurückgekehrt
in meinen schoß

tief eingeatmet und
tief gewusst
entronnen dem finstren
und entronnen dem muss
gefunden das wissen der heimlichen kraft
gefunden und sprießen
es sei so gemacht

Christine Aksu * 1974

## *Der Kuss des Teufels*

Wie jeden Morgen im stillen Leiden,
überquerte ich eine von 1000 Strassen
der Hölle.
Heute jedoch, war etwas anders, der Engel!
Seine sanften Flügel streckte er mir
entgegen,
sein warmer Körper, sein großes Herz
voller Liebe und Leidenschaft zog
mich aus meiner
Einsamkeit, aus meiner Trauer, aus der
Hölle ...
Mit vollem Vertrauen und Freude, mit
großer Hoffnung flog ich mit dem
Engel in den Himmel.
Sein Blick hypnotisierte mich und ich
genoss im Schlaf seine Zärtlichkeit
und seine Aufmerksamkeit, sein Wesen im
Allgemeinen,
bis ich meine Augen öffnete und ihn nur
noch in meinen Gedanken fand,
er hat mich verlassen, nein, er war nie da!
Es war kein Engel, denn ein Engel würde
mich nicht verlassen, nicht mit mir
spielen, es war der
Kuss des Teufels der mich verzaubert hatte,
Ich war und werde immer in der Hölle
bleiben, so lange ich das Glück in
anderen Suche,
Den Himmel kann ich nur in mir selbst
finden!

Ayesha Al Ayad * 1986

## *Der Kuss*

So rein, so klar
wie der Kuss eines holden Weibes;
so ergötzlich und vertraut,
so schöpferisch und zu gleich so
vergänglich
kann nur der Kuss eines holden Weibes
sein.
Und wenn Du hast errungen
solch ein Weib –
heldenhaft
wirst Du verstehen ...
und dann der Kuss –
und Du wirst kein Held mehr sein
und plötzlich
bist Du
des Kusses Untertan.

Alain * 1980

## *Die gute Erde*

Verwahrlost und geschunden,
Von Menschenhand zerstört,
So hat man sie gefunden,
Keiner hat ihren Hilferuf erhört.

Die einst grünen Wälder nun blätterlos,
Grauer Beton bedeckt die Wiesen,
Der Mensch aber blieb hart und rigoros,
Bis nichts mehr konnte spriessen.

Das Meer, das früher so blau und groß,
Wurde des Menschen erstes Opfer,
Liegt jetzt ölverdreckt und hoffnungslos,
Und wartet auf einen neuen Schöpfer.

Nur die Sonne war Zeuge gewesen,
Wie die Erde ohne großen Widerstand,
Vernichtet wurde von dem Lebewesen,
Das sich so stolz hat Mensch genannt.

Goren Albahari * 1958

## *DieterAlbers*

Endlose Stille –
kein Lüftchen rührt sich.
Der Mond strahlt herab
auf unendliche Weiten.
Wo bin ich, wo sind wir,
was ist mit uns?
Es ist geschehen –
wer hat uns verführt?
Der Himmel zieht sich zu –
kein Strahl der Sonne berührt unsere Haut.
Das soll es gewesen sein?
Nicht doch – oder?
Warum nur -
Es wandeln sich die Jahreszeiten –
es ändert sich die Zeit.
Wir ergeben uns –
in uns, mit uns
füreinander.

Dieter Albers * 1947

## *Am Vorabend des Irak-Krieges 2003*
*(17.03.03)*

Der uralt greise Kriegsgott hat
ein neu Gewand bekommen.
Technik sie es nennen,
schnell und erfolgreich soll es sein,
sehr groß die Feuerkraft, sehr klein der
Mensch,
sich'rer Sieg und schnell nach Hause.

Oh Mensch! Schlaftrunken sich die alte
Hydra reckt,
sie hat viele Köpfe,
blutrünstig taumelt sie empor, grässlich.

Gisela Albert

## *Enträtseltes Ich*

enträtseltes Ich
des Glanzes
entzogen
das Leben
gab mir
den Trank
des Rosendorns
und bittersüß
die Liebe ...
vergessen
die Welt

Marie-Claire Albert * 1964

## *Trugschluss*

Gern gaukeln wir uns vor
wir hätten unendlich davon
irgendwo auf Vorrat
jederzeit verfügbar
Pläne in Kisten verpackt
Wünsche tiefgefroren
später
Zauberwort mit magischer Kraft
trübt uns den Blick
fesselt Ideen
Hände im Schoß
Warten worauf warum
laufen wir los
holen sie ein
wenn sie sich stiehlt davon
die Zeit

Uta Albeshausen * 1964

## *Du*

Der Wind trägt deine Gedanken weit fort.
Aber wohin?
Wohin?
Deine Stimme, so dunkel wie die Nacht,
erfrischt
wie der erste Morgentau und legt sich als
ein

unsichtbarer Schleier aus Seide, über die Natur mit
all ihren Wundern aus. Wie Samt, so weich füllt sie
die Atmosphäre auf und breitet sich nach allen
Himmelsrichtungen aus. Liegt mit Wohlklang in der
Luft und erfüllt so vertraut Zeit und Raum.
Du bist wie eine seltene, geheimnisvolle Blume, die
den Duft der Liebe mit sich trägt.
Deine Worte sind kristallklar, rein und wahr.
Dein Atem liegt wie Rauhreif in der Luft.

Susanne Ulrike Maria Albrecht

## *Frühlingserwachen*

Heut Nacht ist der Frühling zu mir gekommen.
Ein Schmetterling hat mich ganz leise berührt.
Und plötzlich ist auch jene Kälte verschwunden,
Die ich schon so lange im Herzen gespürt.

Die Luft ist erfüllt vom fröhlichen Singen.
Laut rufend zum Norden die Kraniche zieh'n.
Und überall sehe ich leuchtende Farben
Wo Primeln und erste Maiglöckchen blüh'n.

Es tanzen Mücken am Bach in der Sonne.
Stolz tragen die Birken ein festliches Kleid.
Und abends der Wind über saatgrünen Feldern
Verspricht neues Leben nach trauriger Zeit.

Das Blut fließt jetzt schneller durch meine Adern.
Im Bienenstock summt es bei Tag und bei Nacht.
Und endlich vergess' ich die welkenden Rosen,
Denn du hast die Liebe mir wieder gebracht.

Alina * 1953

## *alles wird gut*

herbstwind warm im kerne
dennoch kühl
bunte blätter von rot gelb
und orange umgeben mich
machen das sommerende
erträglicher
dennoch Sehnsucht im bauch
nach tagen der leichtigkeit
und unbeschwertheit
des glaubens unsterblich zu sein
der herbst führer zur erdigkeit
böte der selbst besinnung
gedanken bringer der Sterblichkeit
führt mich zu mir
zu allen meinen ängsten
hoffnungen befürchtungen träumen
bringt mich zur affirmation

„alles wird gut"

Manuela Allwörden * 1957

So wende ich mich nun endgültig von dir,
in mir mein Herz so schwer wiegt
als wär's Stein.

Ich bin schon lang nicht mehr
bei dir gewesen, und werd' es auch in
Zukunft nicht mehr sein.

Die Zeit trieb uns're Seelen,
ließ uns ahnen,
was noch so lang unausgesprochen blieb:
ich hatte dich zu lieb.

Und längst schlug unser Herz in
and'ren Bahnen.

Was schon so lang unausgesprochen war:
ich wußt' es längst.

Jetzt bist du nicht mehr da!

Susanne Altenburg * 1967

## *Absprung*

*Konstrukt das eigene Seins*

gefühlloses Erwarten wärmender Nähe
klagend weigern Trost zu spenden
wegschauend das „Wir“ begehren
kraftlos stets um Wärme betteln

Der Weg geht nach Innen
bevor er nach Außen dringt
Größe erlangen des eigenen Selbst
und mit ihm auch das Selbst des
Anderen

andersartig Glück selbst schaffen
Mut genauer hin zu schauen
Kraft herab zu steigen
Willen willkommen heißen

spring, das Netz wird da sein

Birgit Altmann * 1965

## *einsam*

du hast mich verstossen
aus deinem herzen
in die einsamkeit
zurückgeholt

du hast mich belogen
und meine kraft
in traurigkeit versenkt

doch ich klage nicht an
sage dir nur,
dass ich friere

Roman von Alvensleben * 1966

## *Entzaubert*

Als ich bereit war den Vorhang zu öffnen,
um alles im Licht zu bestaunen ...

Da sah ich, daß die Gesichter
viel weiter weg waren als ich dachte.
Nicht einmal in meine Richtung sahen.
Schemen nur.
Ihre Nähe,
eine Spiegelung in den weichen Falten des
Vorhangs.

Als ich mich erschrocken
an die Bäume lehnen wollte,
waren auch sie viel weiter weg.
Äste nur.
Ihre Stärke,
eine Spiegelung in den weichen Falten des
Vorhangs.

Da wollte ich mich
in die Liebe schmiegen,
um einen Moment auszuruhen.
Und fiel hindurch.
Sie war nur ein Nebel.
Eine Spiegelung in den weichen Falten des
Vorhangs.

Marie-Sophie Amadori * 1958

## *Musik*

Zartschmelzend
Schwebende Klänge
Sprache ohne Worte
Ein Rinnsal voller Töne
Harmonie

Kraftvoll
Perlende Akkorde
Verharren im Raum
Zwischen dir und mir
Leidenschaft

Brennend
Entfachtes Feuer
Tanz der Begierde
Ich spüre deinen Atem
Liebe

Zauberhaft
Entzückende Schönheit
Mein Leben versinkt
In deinem wundervollen Bann
Musik

Daniela Amedy * 1976

## *Unzertrennlich*

Die Wahrheit – von Gott,
so oft verlogen – so oft die Wahrheit
gezeigt,
so sehr mißachtet – doch so sehr gehofft,
so tief eingebrannt – so wenig wirklich
angenommen,
so oft traurig mißachtet – und doch so oft
gesendet von Gott.
Und doch alles von euch unzertrennlich
Von Gott. Dem Kreis der Ganzheit,
unzertrennlich von uns Lebenden hier im
Kreis der unzertrennlichen Wahrheit.
Wir in ihm und Er in uns und wir
Mit Ihm, unzertrennlich in alle Ewigkeit,
gebt acht und mißachte nicht.
Das Ganzsein, denn du spaltest in zwei,
nicht Er.
Der Kreis ist vollkommen unzertrennlich.

Oh, versteht und seht,
die unvollendet Unzertrennlichkeit.

Patricia Anne Ameta

## *Quelle und Vogel*

Ein Pirol sitzt bei der Quelle und lauscht,
wie diese den Blumen ein Dankeslied
rauscht
in gleichen, schüchternen Tönen.

Da zwitschert das Vöglein in Dur und
Moll,
Zeigt stolz der Quelle, wie's klingen soll,
das Lied zum Preise der Schönen.

Und schmettert so laut und zwitschert so
helle
und singt sich am Ende doch müd'.

Und als es längst schläft,
Da murmelt die Quelle
noch immer ihr zärtliches Lied.

Elisabeth Amort

## *Sehnsucht*

Sehnsucht ist eine Sprache
Die oben in den Sternen steht
Sie ist da bei Tag und Nacht
Und wird auch nicht vom Wind verweht

Die Zeit verrinnt, kennt kein Erbarmen
Unaufhaltsam nur nach vorn
Die Sehnsucht fliegt ihr entgegen
In der Zeit ist sie gebor'n

Menschen, die die Sehnsucht prägen
Ewig steht sie im Rampenlicht
Entflammt für uns in vielen Träumen
Doch zu löschen ist sie nicht

Sehnsucht liegt im Glanz der Augen
Da sie ein Kind der Liebe ist
Sie gönnt sich ein wenig Ruhe
Wenn man im Herzen glücklich ist

Dorothee Amtenbrink

## *Sehnsucht*

Wo finde ich das Haus, aus dem ich ward
vertrieben –
wo ist der alte Garten, sag?
Von allen Dingen ist nur das geblieben,
was tief in meinem Herzen lag.

Das Haus wird irgendwann zerfallen –
im Park blüht keine Blume mehr –
und wenn der Mond steht über allem,
wird nirgendwo der Duft mehr sein,
der stieg durchs Schilf vom Flusse her
und der in allen meinen Sinnen
Liebe weckte, wie der junge Wein.
Nur mit dem Herzen noch fühl ich das
Schöne –
die Wirklichkeit ist fremd und kalt.
Doch klingen in mir noch die hellen Töne,
die alten, wunderbaren Stimmen
aus meinem fernen Märchenwald.

Ottilie Amthauer * 1924

## *Hannah / Angst 1*

Hannah
Sie schreit.
Sie, Hanna zittert.
es ist kalt, hell.
Alles mehr als sehr steril.

Niemand hat sie gefragt
Niemand hat sie gefragt.

Nackt und entblößt – Ein - Ausgesetzt
hat man sie schnell
in die Welt
Sie schreit.
Hannah

Niemand hat sie gefragt
Niemand hat sie gefragt.

Nun muss sie sehen wie sie zurecht kommt.
Von weit hinten hält ihr jemand die arme
entgegen.
Sie sieht nur verschwommen und ihr
Gesicht ist grün.
Dann ist sie weg.

AnaLog * 1984

## *Schulende*

Verflogen die entspannte Zeit,
die wir wohl nie mochten,
Erschienen als ewigen Fight
das eig'ne Süppchen oft ...!

Nun ist sie da, angekommen,
wie nach langen Reisen,
Hat uns so einiges genommen,
fühl'n uns wie Stahl, fast wie ...!

Ständig beklemmt uns das Gefühl,
dass etwas fehlen mag,
Es schauert, es ist ungewöhnlich kühl,
seh' den Tod, oft ein ...!

Zukunft? Darüber denkt jeder nach,
so ungewiss ist sie,
Die Pläne wie Felder oft brach,
gehandelt, wie ein Stück ...!

Lichtblick, ne zündende Idee,
wir nehm' alle ein Zettel,
fühlen uns, als hätten wir Klee,
so findet jeder Topf sein Deckel!

Martin Anderson * 1986

## *Melancholie des Herzens*

O Sonne du in meinem Herzen,
Juwel und Sternenkind zugleich,
geboren mir aus meinen Träumen,
Geblendet sind mir meine Sinne,
entblößt die Tiefen meines Seins,
du aber stehst auf den Höhen des Lichts.

Du strahlst in die Kammern meiner Seele,
leuchtest aus mir den weitesten Ort,
stürzt vom Turm mich meines Halts.
Die Schwerter deines Feuers spüre ich,
erleide matt das Schlagen mir von
Wunden.
O Sonne du in meinem Herzen.

Alois Andrä * 1933

## *Traurig*

Traurig tropfen Tränen,
in dem Meer der Ironie,
traurig sind Momente,
gespielte Harmonie.
Traurig ist die Seele,
traurig ist der Schrei,
traurig sind die Blicke,
trauriges Einerlei.

Brennen in den Augen
und Lachen im Gesicht,
traurig ist am Ende
ein trauriges Gedicht.
Traurig tropfen Tränen
über das Lachen,
traurig platzen Illusionen,
trauriges Erwachen.

Traurig …
wenn man das Lachen nur nicht vergisst!

Angel * 1991

## *Kleine Nachtigall*

Kleine Nachtigall, merkst
du nicht, der Tag ist
verschwunden.

Die kühle Frühlingsluft
fällt auf dein Nest.

Höchste Zeit zu singen,
die Trauer zu
vertreiben.

Tausend Sterne glitzern
auf der silbrigen
Wiese,

strahlen in dein Herz,
versüßen deine
Stimme.

Kleine Nachtigall, jedes
Mal, wenn du singst,
wird mir doch klar,
dass uns Liebe
verbindet.

Angeli * 1967

## *Selbstbildnis*

Ein Hinterteil wie ein Brauereigaul,
die Nerven des Rennpferdes vor dem Start
und eine Elfenseele.
Das Weben des Nebelfräuleins
über nächtlich mondhellen Wassern

Claudia Anger * 1954

## *Gedankengänge*

Aus Freundschaft wird Liebe, aus Liebe
wird Hass
Aus Hass entsteht die Sehnsucht, die die
Liebe und Freundschaft vergeblich
wieder sucht
Der Weg ist lang und einsam und das Ende
ferner als es zu Beginn der Reise
wirkte
Dabei entstehen die Hoffnung und die
Verzweiflung
Das Eine kann ohne das Andere nicht sein,
aber am Ende kann nur Eines siegen.
Die Vernunft und das Herz kennen sich
gut sind den Weg der Freundschaft,
der Liebe und des Hasses gegangen
Und am Ende bleibt aus dem Alten das alte
Alles und Nichts!
Man kennt sich nicht und ist sich noch
weniger einig als zuvor.
So entstand aus der Freundschaft nach
langem Weg die Konkurrenz
und doch geht selbst hier
das Eine ohne das Andere nicht.

Anja * 1981

## *Mahnung*

Viele glaubten, hofften, sangen
für Ideale, Orden, Sieg.
Mitleid, Demut, Leben vergangen.
Jahre in Angst durch Krieg.

Soldaten kämpften um Ziele,
starben fürs Vaterland.
Männer, Söhne so viele,
reichte der Tod die Hand.

Gefallen als Vaterland's Held!
Hass, Liebe waren stets nah.
Mahnende Kreuze auf dem Feld.
Millionen Gräber sind da!

Herbert van Anken

## *Liebe*

Hab dir viel versprochen, kam jeden Tag
bei dir angekrochen.
Im Hinterkopf wollt' ich nur bei dir
einlochen.
Mit Lügen hab' ich unsere Liebe bestochen.
Mochte es so gern, mit dir zu kochen. Jetzt
nage ich am Knochen
der Erinnerung. Du gabst mir so viel
Zuneigung, ich rauchte lieber
mit meinen Freunden 'ne Bong. Jetzt weiß
ich, daß ich dich liebe,
vorher waren es nur die männlichen Triebe.
Weinte, als ich
diese Zeilen schrieb. Es kam ein Dieb, der
dich zu ihm rief.
Ich hasse mich dafür abgrundtief.

Andreas Ankert * 1985

## *Kein Gedicht*

Dies ist kein Gedicht.
Nein, das ist es nicht!
Kein Sinn und kein Gewicht.
Kein Grund für irgendein Gericht.
Und der Schreiber verliert nicht sein
Gesicht.
Auf Sinn und Zweck ist er nicht erpicht.
Darum ist es auch so schlicht.
Wie eine Biene, die nicht sticht
Wie eine unerfundene Geschicht
Wie ein dunkles Licht
Wie eine zufriedene Bevölkerungsschicht
Wie ein unberichteter Bericht
Wie ein Adler ohne Sicht
Wie ein Versprechen, das nicht bricht
Ist es dir zu schlicht?
Dann lies es nicht!

Ann

## *Stell dir vor*

Stell dir vor, du kannst nicht mehr, soll den
alles sinnlos sein?
Keine Kraft zum denken da, willst am
liebsten es herausschreien.
Mit allem allein, die Last zu schwer, keine
Hilfe in ferner Sicht,
den Kampf verloren und deine Welt unter
dir zusammenbricht.

Hast du wirklich alles versucht, oder hast
du nur so getan?
Läuft dein Leben an dir vorbei, oder hast du
es so geplant?
In die Ecke gedrängt, kein Ein und noch
Aus, sucht man den Weg ins Licht,
keine Laterne brennt, kein Feuer mehr da,
um zu zeigen die klare Sicht.

Wer reicht dir die rettende Hand, was
bringt dir die Kraft zurück,
was hält dich am Leben und wo ist das Tor
zum Glück?
All diese Fragen, und das Leiden, was hat
es noch für ein Sinn,
ist das Leben gelebt oder geliebt, oder nur
weil ich da bin?

Verwirrung breitet sich aus, umso mehr
man daran denkt
weiß man doch, dass man an seinem Leben
hängt.
Liebe zu geben und geliebt zu sein, ist die
stärkste Kraft der Welt,
ohne sie wäre man nur die Hälfte wert, und
von allen verschmäht.

Den Kampf hat man noch nicht verloren,
eisern will man sein
nicht seinetwillen und auch nicht für den
Augenschein.
Auch wenn in dir alles zerbricht, und es
wenig Hoffnung gibt,
dann stell dir vor, dass da jemand ist, der
dich umarmt und dich liebt!

Mario Antolino * 1974

## *Zahlwörter*

Ein Klafünf ist kein Klavier
eine Elfe keine Zwölfe
eine Katze ist kein Stier
manchmal heulen nicht nur Wölfe

Zwei stehn meist nicht hinterdrein
ein Mitglied des Vereins
nullte dann im Winter – nein –
es war Frühling, Heinz.

Mancher pult zwischen den Zehn
dabei hat er nur neun
manches kann man nicht verstehn
zum Beispiel „Schleulibeun“

Oft gibt man auf etwas acht
man kann es auch sieben
der Tag mag heute nicht die Nacht
sonst wär' er wohl geblieben

Sechs haben viele Leute
sonst würd's uns ja nicht geben
gestern morgen heute
sechs hält die Art am Leben

Sabine Apel * 1966

Bei Oma und Opa
Auf dem Bauernhof!
Hund, Pony,
Kirschbäume, Pudding,
Kühe, Weiden,
Schokoladen, Buden.
– Tischtannebaum –
Splitterkerzen und Shows.
Diese Ruhe!

von Aquino * 1968

## *Hitze*

Mama, es ist heiss da draussen
nein mein liebes Kind
hörst du nicht den Sturm herbrausen,
spürst du nicht den Wind?
und den nahen Donnerhall?

Mama, ist dies nicht der Bomben Knall?
Und was ich als Wind verspüre
wohl von einem Hauch herrühre
wie des Todes Atem lind?
Sei unbesorgt mein Kind.

Mama ist es kühl geworden?
Nein nur der Wind von Norden
weht zu uns herein.
Sieh den hellen Schein
bald wirst du glücklich sein.

Mama, wann gehen wir heim?
bald bald mein Schatz
dann bricht ab der Satz.
Keine Hitze weit und breit,
nur Stille, Kühle, Ewigkeit ...

Gerd Armbrüster * 1949

## *Trauer um eine Siebzehnjährige*
*Zur Beisetzung von Tine am 8. 2. 2003*

Es trauert heut' ein ganzes Land
Um eine hübsche Maid,
Die ihren frühen Tod hier fand
Aus Kummer und im Leid.

Es trauert heut' die Heimatstadt
Um ihr junges Leben,
Weil sie den Kampf verloren hat,
Hat sie es aufgegeben.

Es trauern heute ihre Lieben –
Ihr Schmerz ist nicht zu zähmen,
Vom Kind, das sie unendlich lieben,
Heißt es heut Abschied nehmen.

Es trauert heut' selbst die Natur,
Sie ist erstarrt im Weh,
Es rinnt die heiße Tränenspur
Beim letzten Gang im Schnee.

Es trauert heut' die ganze Welt.
Solch' Schicksal gibt es viele,
Wo ein Mensch ins Leere fällt,
Weil Drogen war'n im Spiele.

Dietrich Arndt * 1935

## *An meine Mutter*
*Novembertag*

Nebeltage am Anfang der Dinge,
Kriegesbeginn im Lande der Väter,
Kindheit in apfelblühender Landschaft,
Tage der Freude, eh Heimat verging.

Jugend beginnt, wo Fragen sich stellen,
Leben gibt Antwort, – so ahnen wir Sinn –!
Sinn wird gegeben im Werden der Dinge,
Sinn wird erkennbar, wo Wahrheit sich
zeigt.

Ehe geschlossen im Zeichen des Glaubens,
Kinder geboren im Kriege des Wahns,
Krieg ging verloren, Heimat verbrannte,
Glaube vereinte Familie und Stand.

Strenge des Alltags hat Pflicht dir gegeben,
Strenge des Wesens ließ Wehmut nicht zu.
Arbeit des Alltags hat Zukunft ermöglicht,
Wer gab dir Kraft für all deine Müh?

Fragst du noch weiter nach eh'rnen
Gesetzen,
harre der Zeit, die gegeben dir wird.
Kinder nun älter mit eignem Geschick,
lass sie entstehen – lass sie gestalten.

Benedicta von Arnim * 1945

## *Sei unbesorgt*

Sei unbesorgt.
Die Wächter der Schatten
werden dich begleiten,
wenn wie ein Pilger du
deine Reise antrittst zum Horizont.
Sanft wird Hathor dich empfangen
am Tor zwischen Leben und Tod
und zart dich über die Schwelle führen
vom Diesseits ins Jenseits,
durch die heilige Säulenhalle hindurch,
wo zwölf Opferträger eilen,
dich mit Gaben zu versorgen
im Reich der Toten,
wenn auf dem Altar der Sonne
du mit den Göttern dich vereinst.

Evelyn Arnold

## *Neue Wege*

So viele Ziele, Interessen,
verfolgen konnte ich sie nicht.
Oft fehlte mir der Mut.
Der Wunsch nach Sicherheit zu stark.

Kontrolle, Planung, klare Konzepte
Konkret auf Jahre festgelegt.

Doch dann kam immer alles anders,
erschütternd bis ins tiefste Mark.
Alle Pläne verworfen,
Vertrauen missbraucht.

Neuanfang – jetzt die Devise.
Ab jetzt kann ich mal anders sein.
Zusammenbruch – die neue Chance.
Noch einmal ganz von vorn beginnen.

Tanja Arnold

## *sorglos*

Das Leben hab' ich laut besungen,
So ganz war ich davon durchdrungen,
Und nichts, o Freund, ist mir gelungen,
Hab' weder süßes Lieb errungen
Noch Wein geschlürft.
Ich habe wie ein Vöglein laut gesungen,
Ward entrückt und trunken,
Als plötzlich die Vogelfänger Jungen
Mir Kleines mein schales Glück entrungen.

Payam Arzani * 1979

## *Gebet*

Gott gab uns das Leben
Wir aber können, schwer von Schuld,
uns nicht vom Staub erheben

Gott gab uns seinen Geist
Wir Menschen aber glauben nicht, obwohl
alles ihn beweist

Gott schenkte uns die Liebe
Damit der Mensch den Menschen sucht
und nicht mehr einsam bliebe

Gott gab uns den Frieden
Doch seit der Kain den Abel schlug, regiert
das Schwert hienieden

Gott gab uns unsre Erde
Jedoch als Dank hört er von uns
die tägliche Beschwerde

Gott schenkte uns die Freuden
Der Weg zu ihnen aber führt uns
durch das Tal der Leiden

Gott gab uns seinen Sohn
Wir aber schlugen ihn ans Kreuz,
als seiner Liebe Lohn

Herr, laß' uns sehen
Laß' uns verstehen
Solange es noch geht.

Herr, zeige uns Dein Licht
Und sage nicht:
Es ist bereits zu spät!

Carl Aschenbrenner-Rieger

## *Der Bettler*

Ein großes Stadtfest ist angesagt
und bei Jung und Alt sehr gefragt.
Es herrscht Jubel, Trubel, Heiterkeit
vergessen ist bald des Alltags Leid.

Dicht an dicht drängen sich die Massen
durch geschmückte Straßen, enge Gassen.
Es wird getanzt, gelacht und geschunkelt,
auch manch' edler Tropfen im Glase
funkelt.

Nur wenig abseits davon, im zerrissenen
Gewand,
sitzt unbeachtet ein alter Mann am
Straßenrand.
Ihm ist heute nicht zum Feiern zumut',
denn gähnend leer ist noch sein Hut.

Doch welch' wunderbare Begebenheit,
ein kleines Mädchen nimmt sich die Zeit.
Es sieht die Tränen in des Bettlers Gesicht
im Schatten der Sonne, abseits vom Licht.

Ihr letztes Geld, für Bratwurst mit
Pommes gedacht,
hat sie lächelnd dem alten Mann vermacht!
Der dankt ihr höflich mit zittrig-frierender
Hand
und eilt freudig zum nächsten
Würstchenstand.

Gerhard Aschermann * 1939

## *Der Schutzengel*

Im Tiefschlaf einer stürmischen Nacht
hielt ein Schutzengel bei uns die Wacht.
Ein Kurzschluß entzündete unser Haus,
Rauch und Flammen breiteten sich aus.

Ich schlief tief und ahnungslos
und träumte süß in Gottes Schoß,
wurde jedoch schlagartig wach
durch lautes Miauen im Schlafgemach.

Unsere Mieze sprang hin und her
und rang bereits nach Atemluft.
Wir alarmierten die Feuerwehr,
die rückte gleich an in voller Kluft. –

Ein Schutzengel stand uns zur Seite,
der uns aus der Lebensgefahr befreite.
Er hat uns vor großem Unglück bewahrt
und uns den nächtlichen Feuertod erspart.

Wie schön, daß es einen Engel gibt,
der dich beschützt und der dich liebt,
der dich begleitet und stets an dich denkt
und dir wie uns ein zweites Leben schenkt.

Ingrid Aschermann * 1942

## *Träume*

Vergessen sind Träume die ich als Kind
hatte,
vergessen sind Worte die ich damals sagte.
Jetzt in der Zukunft scheint einfach alles
anders zu sein,
nicht mehr so riesig, und ich bin nicht
mehr so klein.

Vergesse das Leben wie ich es immer
wollte,
lebe nun dieses wie ich es wohl sollte.
Doch in mir schreit es auf,
es schreit ganz laut: Lauf!

Wohin soll ich nur laufen, was soll ich auch
da?
Ist mein Leben denn nicht jetzt, wie es ist,
wunderbar?
Was sollte ich ändern, ich habe doch alles
was ich will,
welchen Gedanken ich jetzt verfluche, das
er sei still?

Alle Gedanken die mir geblieben sind, als
ich war ein Kind.
Doch das Leben ist nicht so leicht, wie
früher gedacht,
das Leben einen zu einem anderen
Menschen macht.

Mein Kopf mir sagt, das Träume für
Kinder seinen,
kann ich mir das Kindsein, noch mal
leihen?
Ich wünschte mir diese Träume, ich
wünschte sie jetzt und hier,
ich wünschte mir einfach Er stände bei mir.

ASJ * 1983

## *Das Unvermeidliche*

Das alte Haus steht verlassen
Mauern voller Risse
Ziegelsteine leuchten fahl

Maschinen rücken an
Mauern sinken in sich zusammen
eine Treppe ragt ins Freie
ein Relikt aus vergangenen Tagen

Das alte Haus war Heimat von
Menschen die längst nicht mehr sind
bald wird sich niemand
mehr daran erinnern

Neues wird entstehen
aus Glas und Stahl
für neue Menschen.

Claudia Assfalg * 1946

## *Der Beulentanz*

Rosa, den Bogen
einer Beule ziehend.
Zu viert bewegen
sich diese Formen.

Sie tanzen auf und ab
und enthüllen dabei –
spitze Ohren.
Ihr Blick scheint neugierig,
umher zu bohren.

Sie verschwinden und zeigen
sich- eine Grimasse hier
und dort- ein Augenblick
und schon sind sie wieder fort.

Die Beulen tanzen auf und ab,
wie im Wellengang,
wie Schablonen
wirken sie nun –
alles nur Schablone.

Tiana Astikainen * 1981

## *Auf der Erde*

Auf der Erde
stehen wir, gehen wir.

Dort schreiten wir befreit
nach sorgenvollen Stunden;
dort liegen unsere Wege.

Der Wind verweht sie oft,
die Sonnenstrahlen blenden uns,
Winter verschneit uns
unsere Wege.

Und dennoch
gehen wir und stehen wir,
gegründet auf einem
uns unbekannten Grunde.

Die Spuren,
die du hinterlässt im Schnee,
sind Zeichen mir,
dass Gehen
manchmal auch nur
ein Gehen fordert.

Astrid * 1983

sag mir das du farben liebst
klänge wie von weitem
gesteh mir das auch du sie siehst
ich werde zuhören und bleiben

tauche in den himmel ein
diese unzähligen gefühle
ich wünschte es könnte ewig sein
so rein und ohne lüge

ich weiß das es bald dunkel wird
nur noch ein bisschen fehlt
ich finde nicht raus und bin verwirrt
bin ich diejenige die geht?

jedes mal ein neues bild
doch ich verliere es immer
bis ich merke das ich alleine bin
in diesem kleinen zimmer

Kiriaki Atesidou * 1979

## *Die Schwestern aus Babylon*

Was bringt es schon, des Wassers Eintracht
zu nutzen der Sünde abfallende Not
was hilft ihr vergessen der Gewalttat Nacht
als gebracht wurd' ihr der Seele Tod?

Nun waschet sie rein ohne Spott oder
Scham
Der Pächter mag kommen, sie wehre sich
schon
Obwohl sich dieser auch anderer annahm
Helft ihr Schwestern aus Babylon!

Beginnt nun der Kampf, um ihre Rechte
Willen
Zu stürzen den Pächter vom mächtigen
Thron
Um ihres Herzens starken Hass zu stillen
Kämpfet weiter, Schwestern aus Babylon!

Julia Athene * 1989

## *Vakuum*

Glas umgibt die Hülle
Zwei Trennwände spalten sie ab
Das Ringen durchdringt sie
Der Schirm blendet

Allein in Gesellschaft von anderen
Auf de Suche ach ihrer Form
Geblendet von der Durchsicht
Welche sie zu der Gestalt machen
In die sie die anderen konfigurieren

Efthimia Atsalou * 1983

## *Morgenrot*

In den Augen noch ein rosafarbener
Schleier.
Im Träumen noch den Tag so leicht in sich
hineinlassen.
Die ersten Töne durch ein geöffnetes
Fenster spüren.
Liegengelassenes einfach in der Seele liegen
lassen.

Sich in seinen Gefühlen nach Ideen sehnen.
Das im Anfang liegende nur leicht
berühren.
In Fragen noch zögerlich den Zauber
suchen.
Die anstehende Fülle in einem Tautropfen
trinken.

Der Wachheit mit Geduld einen Raum
schenken.
In allen Berührungen für sich den Sinn
entdecken.
Das Zögernde im Schein des neuen Lichts
wach küssen.
Verlassenes wirklich verlassen für das
Weite am Horizont.

Über die Dächer fliegen und in alle Fenster
schauen.
Neugierig die leeren Straßen entlang
schlendern.

Hinter hohe Mauern einen durchsichtigen
Blick werfen.
Mit den ersten bunten Gedanken die
grauen Straßen aufwecken.

Joshua Augenstern * 1962

## *Der große Bluff*

Alle Wege führen nach Nirgendwo.
Kein Ziel weit und breit.
Zu Staub getrocknet dein Hirn.
In den Kühlschränken der Welt
friert die Sonne.
Welchen Ort suchst du nur?
Laufe, lauf ..., immer vorwärts!
So kommst du vom Nirgendwo
nach Überall; es liegt am Wege.
Es liegt immer am Wege!
Dort findest du die Ewigkeit,
aber die ist da, wo immer du bist,
sie war vor dir da und wird es
noch lange nach dir sein.
Darum gibt es kein Ziel, und
darum führen alle Wege ins Nichts.

Das Nirgendwo ist der Spiegel des Nichts,
und das Überall ist ein großer Bluff;
er heißt Ewigkeit ...

Thor Augustson * 1946

## *Reinigung*

Siehst du es?
Dieses klare Wasser, dass so heilig und
unschuldig aussieht.
Siehst du dich?
Dein eigenes hässliches Gesicht, dass sich
auf der Oberfläche spiegelt.
Willst du mir nicht einen Gefallen tun?
Du weißt was ich dir damit sagen will,
ich schreie es aus der Tiefe des Wassers
hinauf zu dir.
Du siehst was wir dir damit zeigen wollen,
all die vertrauten Gesichter, die in der Tiefe
des Wassers auf dich warten.
Willst du uns nicht den Gefallen tun und
springen?
Du sollst nicht nur ein bisschen fallen,
sondern sinken, so weit und so tief es geht.
Tiefer als wir gesunken sind!
Tiefer als je ein Mensch durch dich
gesunken ist!
Doch ertrinke erst dann wenn du uns von
unten sehen kannst.

Isabelle Aulila * 1989

## *Du hast Deinen Schwur gebrochen ...*

Du warst der Held meiner Kindertage,
ganz selten nur brachtest Du mich in Rage.
Es konnt' Dir niemand das Wasser reichen
und Du hast geschwor'n mir nie von der
Seite zu weichen.
Auch ohne Mutter machtest Du mein
Leben bunt,
für Bitterkeit gab es keinen Grund.
Selbst als ich dann flügge wurde, warst Du
stets für mich da.
Wir waren auf eine Art immer ein Paar.
Doch dann sagtest Du, Du müsstest mich
nun doch verlassen,
eine Krankheit sei da und es wäre vorbei
mit dem Lachen.
Wie konnte das sein?
Ich fing ganz bitterlich an zu wein'!
Du sagtest, das Leben sei trotzdem
weiterhin heiter
und ginge auch ohne Dich einfach so
weiter.
Mama und Du, ihr seid nun wieder ein
Paar,
so wie es in Deinem Herzen all die Jahre
schon war.
Ich weiß, sie wartete bereits auf Dich,
das sagte mir sicher Dein Lächeln im
Gesicht.
Ich fühle mich noch immer von Dir
bewacht,
bitte gib auch auf Dich und Mama acht.

Sandra Aurich * 1976

## *Der Tod im Sein*

Wo wäre ich im anderen Sein.
Wie hieße ich im anderen Sein.
Was täte ich im anderen Sein.
Wie fühlte ich im anderen Sein.
Wen liebte ich im anderen Sein.
Wen hasste ich im anderen Sein.
Wie tötete ich im anderen Sein.

Töten durch das Wie des Seins.
Töten durch das Wie des Fühlens.
Töten durch das Wie des Liebens.

Töten der Gegenwart durch Anheftung
von Vergangenheit.
Töten der Gegenwart durch Vorhersehung
von Zukunft.

Das Sein getrennt von der Erkenntnis des
Ganzen.
Das Sein wider den Gemeinsinn.

Das Sein zu tief gefangen in Leid und
Schmerz um loszulassen.

Das Sein im Jetzt –
Chance; Fluch; Geheimnis der Welt.

Christina Aust * 1964

## *Abendländisches Kreuz*

*An Rolf Schaffner und seine Stein-Erweckung*

Das kluge Auge
des Meisters
entdeckt
was Mutter Erde
im Urwüchsigen
birgt
väterliche Kraft läßt
das Erwählte
brechen
ins fließende Licht
stellen: Er
formt
zum zweiten Leben
Die Wegzeichen
Equilibrio
– ein abendländisches Kreuz –
weinend und
leuchtend
zeitlos wirkend und
die Geistfamilie
begeistend

Arnold Auth * 1926

## *Tränen*

Tränen sind gut
für die Seele,
sie sagen,
es tut mir etwas weh.
Sind ehrlich und
erleichtern das Herz
zu neuem Lachen.

Ingrid Avanzini

## *Die Träne*

Das Leben ist wie eine Träne
Die sei es aus Freude
Die sei es aus Leid
Man immer findet im Wasserkleid
Rinnend und laufend das Gesicht entlang
Hinunter die weiche Wang
Sich bahnend den Weg den sie wählt
Ohne Gedanken an Habgier und Geld

Das Leben ist wie die Träne:
Es ist glasklar

Doch wir erkennen das Wesentliche nicht
immer auf Anhieb,
Da wir von dem Schimmern und Leuchten
der Ummantelung abgelenkt werden.

Die Träne wurde erschaffen aus einem
einzigen Gefühl: Der Liebe.

Auch die Trauer ist ein Ebenbild der Liebe.
Denk darüber nach und Du wirst es
erkennen.

Ayes * 1984

## *Verwaschene Tinte*

Ich kritzle, kritzle, kritzle wirres Zeug,
heule mich aus, schreibe Tränen nieder,
tränke das Papier mit Hass.

Ich möchte schreien, die Welt entzweien,
die Gebeine der Toten aus der Erde
wühlen.

Ich spucke in den Dreck der
Vergänglichkeit,
will mich zwischen die Toten legen, mit
Ihnen stumm schreien.

Wie schwer kann es sein, etwas zu
verlieren, was man nie besessen hat?

Wie schwer kann es sein, ein Kapitel aus
dem eigenen Leben zu streichen,
welches noch nicht geschrieben wurde?

Verloren, verloren auf alle Zeit,
für immer und in Ewigkeit.

Die Vergangenheit hat in der Zukunft
Geschichte geschrieben,
hat mein Buch des Lebens mit Tinte
bekritzelt.

Nun endlich wird mir klar, wie vergänglich
Worte aus Tinte sind.
Wenn die eigenen Tränen das Papier in ein
feuchtes Grab verwandeln,
bleibt nichts als ein verwaschener Traum.

Azrael * 1984

## *Leichenwasser*

Die Wellen ziehen vorüber
tragen den Leichnam auf ihren wässrigen
Händen
verstreichen wie der Sand der Lebensuhr
begleitet vom plätscherndem Trauergesang
liquider Lebensbasis

Aale fressen sich durch die Windungen des
toten Körpers
aalen sich am verwesendem Fleische

Das dunkle Wasser des Kanals
ist um ein Geheimnis reicher

und ich starre in die Tiefe
meiner Zeit

Andreas Baar * 1971

## *Der Fluss*

Der kleine, der unsichtbare, der fließt
durch das Grün
den man nicht erkennen will
in seiner doch so großen Größe
du der Fluss, den man zwang in ein Korsett
aus Stein und Stahl
du der Fluss, der wunderbare, schöne
den man vergiftet hat
du der Fluss, der große, zeigst dem Zwerg
Mensch deine Kraft
ließt einstürzen dein Korsett
hast dich versöhnt mit Zwerg Mensch
fließt in all deiner Größe
gemächlich, du Strom, ins unendliche
Meer.

Manfred Baasner * 1942

Neige deine Hand
In die warme Luft
Und lache mit dem schwachen Wind

Halte Dich bei mir
Und bewahre Deinen Glanz
Lache leise für mich mit

Ich halte Dich in Ehren

Michael Babic * 1987

## *Die Wahrheit*

Die Wahrheit hat viele Gesichter
bringt verborgene Träume ans Licht
den einen macht sie zum Richter
der and're an ihr zerbricht

Die Menschheit seit ihrem Bestehen
auf der Suche nach Sicherheit
hat vieles verfolgt als Vergehen
das nicht zur Enthüllung bereit

Auch heute wird oft noch vergessen
dass Schatten so wichtig wie Licht
und dass unser Drängen vermessen
nach Bekenntnis, an der uns liegt
So sollten wir öfter bedenken
dass Vertrauen das höchste Gut

dass es heilsamer, Glauben zu schenken
und besser man daran tut

Dem andern den Freiraum zu lassen
der dringend Bedürfnis ihm ist
und Grenzen im Grau zu belassen
in dem Grau zwischen Schatten und Licht.

Rena Bach

## *Suche*

Alleine wandel ich durch die Nacht,
hab wieder nur an Dich gedacht.
Wo finde ich Dich bloß?
Also ziehe ich wieder los.
Irgendwo musst Du doch sein!
Fühlst Du wie ich, Dich auch so allein?
Ich hoffe sehr, Dir bald zu begegnen,
damit es in meinem Herzen wieder aufhört
zu regnen.
Damit die Sonne uns beiden lacht
und uns zusammen glücklich macht!

Andrea Bachhausen

## *Kopfweh*

Meine Freundin Julie
Steckt schwer in der Bredouille.
Wollt' spalten sich ein Haar,
Was nicht so einfach war.
Sie hieb vorbei am Zopfe.
Jetzt steckt die Axt im Kopfe.

Hildegund Bachkötter-Brömmle

## *Verzeihung*

Das Herz, das weint,
die Gedanken dunkel
und doch ist nichts verloren.
Nicht nur Blut vereint,
auch der Liebesfunkel
ewig und fest ist angeboren.

Bleibt nur zu sagen,
wie leid es mir tut
und auch ich hab dich lieb.
Drum frag ich nun,
trotz böser Last,
ob es noch eine Chance gibt?

Julia Backhaus * 1981

Frühe Stunden am Morgen,
die Sonne erwacht,
liege ich ohne Sorgen,
nach einer einsamen Nacht.

Deine Bettseite ist leer,
du bist nicht bei mir,
ich vermisse dich sehr,
und wünschte du wärst jetzt hier.

Ohne dein geliebtes Gesicht,
bin ich nur ein halber Mann,
doch traurig bin ich nicht,
denn ich weiß was Liebe kann ...
Sie vereint zwei Teile,
unvollständig allein,
und nach einer Weile,
entstehen bindende Seile,
unsichtbar und doch voller Kraft,
das ist was Liebe macht.

Katja Backhaus * 1983

## *Der Raucher*

Er rauchte viele Stengel am Tag,
und jeder war ein Nagel zum Sarg.

Er wußte das, kam dennoch nicht los,
denn seine Rauchsucht war viel zu groß.

Käme er noch einmal auf Erden,
er würde niemals Raucher werden.
Das sagte er sich immer wieder
und legte sich für immer nieder.

Noch im Sterben hat er nachgedacht,
was hätte er statt Rauchen gemacht?
Hätte er begonnen zu saufen,
wie wär' dann sein Leben verlaufen?

Alle Laster kürzen das Leben.
Deshalb sollte man danach streben,
eher seine Laster zu kürzen,
als sinnlos ins Unheil zu stürzen.

Horst Badestein

## *Zeit*

Du hast uns auf die Reihe gestellt, Zeit,
lässt uns fallen, aus den Fugen geraten,
unser Werk,
wir, verwahrlost, verloren in dir
schwimmend,
Zeit, verloren in dir …

Der Größte Fluss, kein Tropfen ist zu
verschwänden,
sickernd durch meine Finger, ich kann
keinen Tropfen behalten,
in jedem Schritt, in jeder Tat, allen meiner
Atemzüge,
verschmolzen, Zeit, kein Tropfen ist zu
verschwänden.

Vergesse den Tag und erkenne die
Sekunde,
in dieser Minute lebst du noch,
verstorben schon vergangener Stunde …

Lässt uns fallen, aus den Fugen geraten,
unser Werk,
wir, verwahrlost, verloren in dir
schwimmend,
Zeit, verloren in dir …

Selcuk Balci * 1987

## *Zeit*

gefangen auf ewig du bist
in deinem zähen, von ziffern und zeigern
gezeichneten lauf der stunden
geschickt geknechtet und geschunden
du wirst mit den fesseln
der minuten und sekunden :
mathematisch optimiert,
vergewaltigt, persifliert
zur tragödie degradiert :
erstickt unter vergilbten kalenderblättern,
gespickt mit äonen
von leben und tod.

David Balzer * 1985

## *Härmetische Lyrik*

Ich fühle meine Lust zu schreiben
schwinden
wie Farbe, die nach langer Zeit verblasst,
und hoffe doch voll Wehmut sie zu finden,
derweil sie mich gelegentlich erfasst.

Dann tauch ich den Federkiel in Tinte
und kleckse ganze Seiten damit voll
als wäre ich ein Maler. Koloquinte
ist meiner Werke Quintessenz – und Groll.

Und unter Tonnen stöhnenden Papiers,
in undurchdringlich angemaltem Schwarz
verbergen sich (des tollen Juweliers)
statt echter Diamanten Strass und Quarz.

Dimitri Banick

## *Liebe*

Der Mann den ich liebe, dem alles ich schenke.
Für den selbst ich mich im Meere ertränke.
Mit dem mein ganzes Leben ich teile.
An dessen Herzen ich für immer verweile.
Der mich selbst erträgt an allen Tagen.
Auch in der dunklen Nacht ohne Warum und Aber zu sagen.
Der mit mir weint und mit mir lacht.
Mir wie von selbst das Leben schöner und leichter nur macht.
Den würd' auch ich ein ganzes Leben lang ertragen.
Der Mann der mich liebt, der sollte ohne viel zu fragen,
mir die Wolken vom Himmel forttragen.
Mich in den Armen halten, ohne mein eigenes Leben zu verwalten.
Muss mich nicht bedecken mit Küssen aber er muss wissen,
dass ich ein Wesen selbst bin, was nicht im Meere ertrinkt.
Auch wenn es mal sinkt.
Ich selbst dann auch noch bin, wenn's Wasser mir steht bis über das Kinn.
Denn nur Jene, die immer sie selbst geblieben,
die können auch über das Ende, bis in alle Ewigkeit hin lieben.
Wenn am Ende sie sich selbst nicht nur lieben.

Ute Bantleon

## *Abendgebet*

Der Tag neigt sich dem Ende,
ich falte meine Hände.
Ich beende den Tag mit einem Gebet,
der Nachtwind es zu Gott hin weht.

Alle Verwandten, ob groß, ob klein,
schließ ich in mein Gebet mit ein.
Was mich bedrückt, das muß Gott wissen,
das erleichtert mein Gewissen.

Hör doch mal in dich hinein,
was kann das für 'ne Stimme sein?
Sie will dir sicher etwas sagen,
gibt dir Antwort auf allen Fragen.
Diese Stimme will uns lehren,
hört auf mich, tut euch bekehren.
Dann gab es auf der Welt mehr Liebe,
für alle Zeit der Friede bliebe.

Auch wenn ihn noch kein Mensch je sah,
Gott, war, ist, bleibt für immer da.
Ob wir es wollen, oder nicht,
er ist stets unser Seelenlicht.

Alfred Baranowsky * 1938

## *Winter...*

Alle Tiere dieser Welt
haben sich schon prompt
je ein neues Fell bestellt,
weil jetzt bald der Winter kommt.

Schöne Muster gibt es da,
Streifen, Punkte oder Flecken,
auch manchen Neider, das ist klar,
sieht, wie sie sich den Pelz belecken.

Der Winterpelz ist heiß begehrt,
hier steht der Mensch an erster Stelle,
doch denke ich, es ist verkehrt,
raubt man den Tieren ihre Felle.

Denn wenn der Winter ist gegangen,
und das geht manchmal ziemlich flotte,
wird Pelz dann in den Schrank gehangen,
zum Fraße für die kleine Motte.

R. H. Bärchen * 1949

## *O wundersame Nacht*

O wundersame Nacht
die Sterne fielen singend aus des Himmels
Weite
und Engelsscharen schwebten
im unfaßbaren Licht
das aus den Höhen floß.

Sie lobten Gott und Seine große Güte
und sangen es den Hirten auf den Feldern,
daß er den Sohn gesandt
als Kind gebor'n in einem Stall
nicht in des Königs Schloß.

Und sieh', die liefen eilends von den
Herden
und brachten ihre Gaben dar
und Könige aus fernen Ländern kamen
die beugten ihre Knie
vor diesem Kind so klein
und doch so groß.

Johanna Barchewitz * 1934

## *Jahresreigen*

Der Winter verdichtet
den Blick nach innen –
er bremst unsre Kraft
mit kalter Macht.

Der Frühling lichtet
den eisigen Schleier –
es sprudelt der Quell
unserer Säfte schnell.

Der Sommer sichtet
die reife Frucht,
es schwelgen die Sinne –
an Freude gewinne!

Der Herbst richtet,
was bleibt, was geht –
er rüttelt das Maß,
er füllt das Faß.

So wird ein Mensch gewichtet
im ewigen Jahresreigen.
Er fällt und steht auf –
versteht der Dinge Lauf.

Sharida Careen Verena Barczewski-Becker

## *Wer ist gemeint?*

Sie ist nicht gut, sie ist nicht toll,
viele Menschen haben von ihr die Nase
voll.
Über das Wahlergebnis braucht sich keiner
wundern,
die Schuld sucht man jetzt bei schwachen
Kindern.
Sie wurden allein gelassen in abgelegenen
Orten
und überzeugt mit falschen Worten,
doch fragt man sich, wo kommen die
Anführer her,
ist die Antwort gar nicht schwer.
Unsere Großeltern haben uns gewarnt,
als Wolf im Schafspelz sind sie nun getarnt.
Sie schaffen für niemandem Arbeitsplätze,
sondern sammeln nur ihre miesen Kräfte.
Arbeitslose Jugendliche sind ihre Fans,
und liebe Politiker, hier brennt's!
Hat unsere Zukunftsgeneration kein Geld,
sucht sie Halt in einer grausamen und
verbotenen Welt.
Daran sollten Politiker denken
und sich nicht noch mehr Steuergelder
schenken.
Es gibt viel zu tun in diesem Land,
wo Menschen schaffen sollten – Hand in
Hand.

Andrea Baresel

## *Ohnmacht*

ohne Macht!
ohne Macht?

mit Ohnmacht

mach ich mich
ohne dich
auf

meine
Ohnmacht
zu mächtigen
ich mache es ohne dich

keine Macht den Mächtigen

Britta Barg * 1968

## *Momente*

Es gibt diese bestimmten Momente im
Leben
Finden und Suchen in unbekannten Herzen
Die Welt besteht aus so vielen Gedanken
Wut, Trauer, Freude und Schmerzen

Es sind die Sekunden die entscheiden
Die Augenblicke seltsamer Ruhe
Jeder noch so kleine Schritt erscheint
wichtig
Glück versteckt in der staubigen Truhe

Es sind die Zeilen die uns bewegen
Sie sprechen mit Demut und Dankbarkeit
Jedes einzelne Wort war nur für dich
Mit dir ist es eine schönere Zeit

Michel Bartels * 1979

## *Wagemut und Sternenklar*

Ist es nicht der Sinn der Sinne,
der mich treibt zu höchstem Gut,
dem ich täglich neu entrinne,
der mich wiederbringt wie Flut,

ist es nicht der Geist im Denken,
der mich führt durch Berg und Tal,
dem ich täglich neu entrinne,
auf der Suche nach der Qual,

ist es nicht das wahre Leben,
das mich lehrt, was ich mir denk',
was mir schenkt, was ich gegeben,
über das ich selber lenk',

Ist es nicht das Ist zu fühlen,
es zu denken jederzeit,
ist es nicht das wahre Leben,
wofür sind wir steht's bereit.

Harald Georg Barth * 1962

## *Sturm*

Welche Freundschaft und Umarmung,
wenn der Wind die Wolken weht,
und dann jäh und ohne Warnung
eine neue Welt entsteht.

Welches Treffen alter Wesen,
urverbunden, wortlos echt,
hab'n die Zukunft schon gelesen
vor dem menschlichen Geschlecht.

Helmut Barthel * 1951

## *Jedermanns Sache?*
## *Die Aufgabe*

Nicht leicht
drauf kommt's aber an
vieles in unserem Leben hängt davon ab
im Gleichgewicht
so sollte man wichtige Dinge halten

Javad Barzany

## *Träumerei*

Und wie gerne träume ich, weil ich doch all
das,
was ich gerne hätte
und nicht haben darf,
mir im Traum beschaffen kann.

Und wie gerne träume ich, weil ich doch all das,
was ich gerne sähe
und nicht sehen darf,
in meinem Traum erblicken kann.

Nicht so gern erwache ich, weil ich doch all das,
was ich gerad' geträumt,
in Wirklichkeit nicht finden kann.

Und wie gerne wache ich, weil ich doch all das,
was ich erlebe,
behalten darf und nicht verliere.

Und wie gerne lebe ich, weil mich doch all das,
was ich geträumt, was ich gelebt,
in wunderbares Glück erhebt.

Frauke Bassin * 1967

## *Markus*

Dies ist nur für dich,
damit ich nicht vergesse,
einmal am Tag an dich zu denken.

Dies ist nur für dich,
damit ich hin und wieder
von dir träume.

Dies ist nur für dich,
damit du weißt,
dass du mir fehlst.

Dies ist nur für dich,
damit du immer
bei mir bist.

Dies ist nur für dich.
Ich vermisse dich.

Lucy Bates

## *Wolf*

Der Mond geht unter, er ist die Sonne,
die Sonne geht unter, er ist der Mond.
Einbildung?
Nein.

Ein kurzer Blick aus gelben Augen,
ein schwarzer Schatten in der Nacht.
Einbildung?
Nein.

Leben gebend, Leben nehmend,
ein rotes Rinnsal lässt den Schnee schmelzen.
Einbildung?
Nein.

Er wird gehasst, er wird geliebt,
doch die, die ihn hassen, gewinnen.
Unwissend, sich selbst verleugnend.
Einbildung? Nein!

Feuer flackert in seinen Augen,
mit einem einzigen Blick durchdringt er mein Herz.
Ich weine,
um die Verkörperung des Lebens.

Christin Baudach * 1988

## *Danke*

Fünf Buchstaben –
ein Wort.
Wie schwer fällt es oft
dieses Wort,
eines der bedeutungsvollsten
und inhaltsschwersten Worte
des Sprachschatzes
über die Lippen zu bringen.

Dabei sagt es alles,
was alle Worte gemeinsam
nicht auszudrücken vermögen.

Es bedarf keiner Erläuterung.

Denke!

Und sag' dann doch einfach:

„DANKE“

Silke Baudendistel * 1977

## *Bankrott der Seele*

Ich liege am Boden.
Wie eine Wölfin heulend, doch ich heule
ohne Ton.

Hebe meinen Kopf, möchte schreien.
Schreie lautlos.

Es hat mir Schaden zugefügt,
mir weh getan
und etwas hinterlassen.

Und bleibt, einem Geldhai gleich,
nimmermüde und energisch,
seine Forderungen einzutreiben.

Ich bin leer, ausgebrannt,
verkrieche mich in mir,
schließe mich ein.

Meine Tränen existieren nicht mehr,
vom trockenem Schluchzen geschüttelt,
habe ich nichts mehr zu geben.

Ich bin verletzt, weiß nicht, wohin, was
werden wird.
Ich bin pleite, habe keine Kraft mehr,
erkläre den Bankrott.

Den Bankrott der Seele!

Birgit Bauer * 1971

## *Fassungslos*

Ich starre
ins Aquarium.
Was zum Geier
sollen die Fische
von der viel zu weißen, brutal an ein Kreuz
genagelten, aber nur einen kleinen
Blutfleck
aufweisenden
erfolglos Jesus imitierenden.
Plastikfigur halten
die störfaktorischerweise da hineingedrückt
wurde
und jetzt Wasser verdrängt
und jetzt einen Teil ihres Raumes besetzt
und jetzt ihre Welt aus dem Gleichgewicht
bringt.

Carina Bauer * 1982

## *11. September*

Das Grauen kommt morgens, ein Riss
durch die Welt,
als Liebe und Angst an Beton zerschellt.
Ein Krieg ohne Recht, aus der Hölle die
Macht,
deren fliegender Hass in den Wolkenturm
kracht.
Und Blut spritzt an diesem Tag auf den
Kalender –
es ist der Morgen des 11. September.

Ein Schock für die Mächte – und
Ratlosigkeit.
Geschah's ohne Ahnung? Wußte jemand
Bescheid?
Zerstörte Leben, Seelen und Träume –
nur dunkler Schmerz und Leichenräume.
Tief bleibt die Wunde auf dem Kalender –
es ist der Tag des 11. September.

Die Welt spürt Ohmacht, Hilflosigkeit.
Man weiß es nicht besser, nach Rache
schreit.

Es gibt kein Erklären, kein Verstehn –nicht
mal Wut.
Kann sich noch Mensch nennen, wer so
etwas tut?
Ein schwarzer Schatten liegt auf dem
Kalender –
es ist der Abend des 11. September.

Hildegard Bauer * 1960

## *Sehnsucht*

Die Sehnsucht brennt
nach einem Land
das ich vor langer Zeit gesehen

Ich hab ein Ziel
du hast die Macht
doch tust du nichts es zu verstehen

Die Zeit vergeht
ich werde alt
die Träume werden bald vergehen

Katrin Bauer * 1977

## *Lass Mich Zieh'n*

Kann nicht mehr still sitzen,
will mich fühlen, tanzen, schwitzen.
Kann nicht mehr weinen,
wenn ich so weiter mache, finde ich keinen!

Also, lass mich zieh'n,
will endlich flieh'n
Auch wenn's nur für ein paar Minuten ist,
will ich die sein, die keiner vergisst!

Hab genug von der Wahrheit,
brauche Freiraum, eine leere Autobahn,
Klarheit.
Schluss mit Hektik,
so finde ich niemanden, echt nicht!

Ich bin nicht bereit, jemanden zu finden,
muss erst mal mich suchen, mich schinden,
bis ich weiß, wen ich brauch',
bis er endlich verschwindet, der
undurchdringbare Rauch!

Wusste lange nicht, wo ich steck',
dachte, dieser Motor hätte ein Leck,
tatsächlich war ich nicht bereit,
doch jetzt ist höchste Zeit.

Simone Bauer * 1990

## *Herbstimpressionen*

Rauer Reif zieht in der Frühe des Tages
sanft über Täler und Auen,
voll Anmut zeigt sich die Natur
in ihrer zerbrechlichen Gestalt.

Ausgedörrt, vom Wind vertrieben,
liegt nun des Baumes Schmuck
leuchtend in der Mittagssonne –
in goldverziertem Kleid,
auf kaltem Stein und Rosenhecken.

Reges Treiben auf den Feldern –
der Bauer bring Saat
unter fruchtbaren Boden.
Am Feldrand thront die Rabenkrähe,
das Saatgut wohl im Blick.

Sieglinde Bauert * 1954

## *An Gott*

Ich weiß nicht, ob Du bist.
Ich will jedoch, dass Du bist!
Dass jeder die Welt nach Dir misst
Und Dich keiner vergisst.

Ich weiß nicht, ob Du uns gemacht,
Ob sie existiert, Deine heilige Pracht,
Ich will jedoch, dass im Klange der Nacht
Zu Dir meine Seele erwacht.

Vielleicht wirst Du Dich offenbaren
Im Glanze des Tages, des klaren.

Wir werden Dein Wesen erfahren
In allem Guten und Wahren.

Itamar Baum * 1964

## *Augenblicke*

In Augenblicken in Augen blicken
In fremde Augen schauen
Fremdheit in den Augenblicken
Fremde eigene Blicke

Anderer Augen Widerhall begegnen
Eigenes Sehen Widerklang entgegnen
Dem Widerschein nicht trauen

Ferne Kühle nahen fühlen
Den Augenschein erspüren
Des Schleiers Rückblick nicht ertragen
Der Worte nicht zu sagen

In Augenblicken in Augen blicken
Schattenlicht die Antwort gibt
Es sind die eigenen Augenblicke

Sylvia Ilona Baum

## *Gefallen*

Ich schaue Dir nach, ein letztes Mal
Du drehst Dich um und ganz egal
was ich versuche zu sagen
verfliegt im Wind, verstummt im Regen

Erst wenn ich falle
werde ich verstehn
was es bedeutet
schon zu gehn

Ich sehe Dich an, ein letztes Mal
und drehe mich um und ganz egal
was Du versuchst mir noch zu sagen
verfliegt im Wind ,verstummt im Regen

Erst musst Du fallen
um zu verstehen
wie es ist zu verlieren,
wenn Gefühle vergehen

Nadine Baumeister * 1972

## *Mutter*

Du warst die Sonne
in der Nacht.
Schwere Zeiten liegen
hinter uns.
Du hast mir
deine ganze Hand gereicht
und mich festgehalten,
als ich vom Felsen
abzustürzen drohte.
Ich lebe noch.
Die Blumen blühen.
Ich gehe Schritt für Schritt.
Du bist immer noch bei mir
und trägst mich.
Ich möchte dir mehr geben!
Die Nacht wird zum Tag.
Danke.
Mutter!

Katja Baumgärtner * 1972

## *Kutschfahrt*

*(Schwäbische Alb)*

Felsengesichter am
Horizont sinkt ins
Meer der Blütenwolken
wo die Braunen ziehn
kraftvoll die breiten
Rücken schwingen im
Gleichklang des ewigen
Auf und Ab der Mähnen
die tanzen und auch
mein Herz mit Blick
auf das Ohrenspiel
jener Pferde im
Fahrtwind der ruft
vorwärts als Lebens –
Schicksal zu

freien Menschen
die erfahren
die Würde der
Stunde im
Fuhrwerk

Margrit Baumgärtner * 1959

Das Leben leidig Schicksal ist
das oft die Harmonie vergisst
zum glücklich Leben jeglich' Kraft mir
fehlte
ich mit gelieh'nen Gefühlen hehlte
vom sinnlos Existier'n nicht gefeit
mein einzig Freund – die Einsamkeit

Alexander Baur * 1976

## *Schatz brat mir Fleisch*

Schatz brat mir Fleisch,
brat mir Fleisch,
lass mich riechen,
mich schmecken,
am Finger, am Braten, am Topf.

Schatz brat mir Fleisch,
sei mir lieb,
sei mir sicher,
dem Fleisch hier,
der Hand dort, bei dir in der Hitze.

Schatz brät das Fleisch?
Brät der Braten?
Ist Hitze bei dir
für die Hand, für die Haut,
für das Fleisch, hier bei mir?

Schatz brat mir Fleisch,
brat mir Schatzbratfleisch,
wärm mir die Hand,
dort bei dir, auf der Haut,
in der Hitze.

Horst P. Baur * 1968

## *Trennungsschmerz*

Die harten Worte lassen mich nicht los,
vertreiben Schlaf und heitere Gedanken,
der Nerven Bahnen liegen bloß,
und die Gefühle in ein Abseits sanken.

Und doch erfüllt ein tiefes Sehnen
noch immer meine wunde Brust,
möcht' meinen Kopf an deinen lehnen,
trotz Schmerz – der Liebe stets bewusst.

Die Nächte werden oft zur Qual,
das Blut tobt, wie das Meer am Strand,
da hilft kein Zorn, ja nicht einmal
der Trost vom mahnenden Verstand.

So zieh'n die Tage tumb vorüber,
der Augen Glanz verliert die Glut,
die Sicht der Dinge wird stets trüber –
wie täte jetzt das Einssein gut.

Ilse Bauwe * 1923

## *Beschreibung der Liebe*

Kann man Liebe beschreiben?
Nein doch vergleichen kann man sie
Mit einer Rose
Sie ist wunderschön
wenn sie erblüht.
Sie schmerzt wenn du dich
an ihr stichst.
Sie ist traurig aber würdevoll
wenn sie verblüht.
Um schon nach kurzer Zeit
von neuem viel schöner noch
zu erblühen
nun man kann die Liebe
doch beschreiben
sie ist einfach
„schön"

Monika Bayer

## *Liebe*

Hast du an die Liebe geglaubt
die bereit ist das schöne mit der Hin-
gabe des Glücks zu teilen
Für dich verrückt zu spielen
das Chaos im Kopf zu bekämpfen was
im Irrsinn der Gedanken nicht zu-
stande kommt.
Ist die Liebe nicht wunderbar
ganz nah
Spüren die Küsse auf dem Mund
die Schmerzen der Sehnsucht dich
zum Irrsinn treiben.
Dennoch die Gedanken bleiben
immer zu
Wie schön ist die Liebe
in deren Netz ich mich befinde
Schwindel der Sehnsucht
treiben meine Gedanken zu Dir.
Die Liebe

Beatrix * 1966

## *Absprung*

Hoch oben trohne ich
Auf einer Klippe über dem Meer
Unereichbar für andre
Und wärs ein großes Heer

Stille herrscht hier
Nicht eine Möwe schreit
Wind streicht um meine Beine
Nun bin ich bereit

Kiesel unter meine Füßen
Massieren mich weich und zart
Es ist fast schon idyllisch
Natur auf zynische Art

Spitz aufragende Felsen im Wasser
Kommen mir pfeilschnell entgegen
Ein Sturm beginnt zu heulen
Kommt um mich fortzufegen

Dörthe Maria Beber * 1987

## *Der Musiker*

Mein Nachbar war ein Musiker, er spielte
ständig Saxofon
Manchentags fiel das Spielen schwer, dann
traf er nicht den rechten Ton

Ich habe ihm schön längst gesagt, dass er
noch öfters üben kann,
dass er im Leben nie verzagt, hör ich mir
seine Lieder an.

Meist spielte er recht heiter, klang einmal
ziemlich depressiv,
spielte Stund um Stunde weiter obgleich
der Rest der Welt schon schlief.

Am nächsten Morgen blieb er stumm, mir
fehlten die faden Lieder
und ich fragte mich: Warum musiziert er
denn nie wieder?

Nach sieben Wochen kams heraus hat sich
tatsächlich umgebracht;
er löschte glatt sein Dasein aus in jener
stimmungstiefen Nacht.

Ich habe ihm doch einst gesagt, dass er
noch öfter üben kann,
dass er im Leben nicht verzagt, hört ich
sein Jazzgedudel an.

Gewiss hat das nichts eingebracht, durch
sein Spiel keinen zu stören,
denn niemand hat sich ausgemacht, viel
genauer hinzuhören.

Auch ich fand keine Ambition
und jetzt fehlt mir der fade Ton
vom Nachbarn mit dem Saxofon.

Katharina Bechter * 1973

## *Am See*

Er liegt im Gras,
streichelt mein Haar.

Sonnenstrahlen tauchen die Bäume in
verheißungsvolles Licht.
Der Wind streichelt meine Haut, flüstert
leise in mein Ohr.

Die Gegenwart wiegt uns sanft in ihren
Armen.
Reden, träumen, unsere Herzen tanzen
über das grüne Wasser.

Wir kennen uns kaum.
Und doch berühren wir uns im Augenblick
der Zeit.

Endlos.
Endlich.

Carolin Beck * 1979

## *Sommergäste*

Mögen diese Leute haben was sie haben.
Mögen sie sein wer sie sind.
Ich habe aber den Eindruck, dass sie nicht
Wissen
Was zur Zeit sichtbar sich zuträgt.

Etwas erwarten wir von ihnen.
Nichts als das was sie sowieso schon für sich
Zu Gewinnbringendem erzielen konnten.

Wer sollte uns verübeln,
Dass wir ihr Nichtsdazutun
Nicht schätzen.

Weil dies letztlich immer den Kleinen doch
schadet,
die für ihr Leid nichts können.
Nicht einmal dafür etwas , dass sie nicht
Wissen,
dass es
diese hier so gibt.

Auch diese werten Sommergäste
Werden
Deutschland kaum retten!

Michael Beck

## *Zeit*

Ich habe keine Zeit.
Alle reden nur von Zeit.
Die Zeit vergeht so schnell.
Heute ist schon wieder Mittwoch oder
Donnerstag oder ...
Oder was?

Nehmen wie sie ist.
Jede Minute, jeden Tag, jeden Monat, jedes
Jahr;
Jeder Tag ist doch genauso lang wie jeder
andere.
Also habe ich doch jeden Tag gleich viel
Zeit.
Für was?

Für alles.
Zeit zum Arbeiten, Zeit zum Genießen,
Zeit für Langeweile.
Arbeiten, genießen, sich langweilen.
Wie schön das alles ist, wenn man es nutzt.
Für was?

Für mich.
Ich liebe es zu arbeiten, zu genießen und
mich zu langweilen.
Alles zu seiner Zeit und alles am richtigen
Ort.
Ich möchte keine Minute vergeuden.
Ich habe Zeit.

Susanne Beck * 1966

## *Scherben*

Du
hast das Glas
auf den Boden geworfen

und bist gegangen

Ich stehe am Fenster
und
beobachte die Schwalben
die nach Süden ziehen

Anni Rosemarie Becker

## *Neu*

Dieses Gedicht
gibt es noch nicht.
Darum schreib ich es auf:
Damit es sich dir erschließt,
wenn du es liest.

Georg Becker * 1936

## *Alles wiederholt sich*

Schatten in der Nacht,
haben böses vollbracht,
und hinterließen außer Scherben,
nur ihre Erben,
sie gerieten ins Verderben,
plünderten soweit es ging,
Recht und Unrecht war kaum noch
voneinander zu unterscheiden,
Gegner wurden beide Seiten,
der Einzelne gab nach,
zu allen Seiten.
Ein ganzes Volk schien wie gespalten,
in sich verirrt,
wie sollte man sich nur verhalten?
Das Gleichgewicht war längst gestört,
die Kriege an sich fanden statt,
während die großen Mächte sich satt, in
feudaler Umgebung darum stritten,
was denn nun wem, warum gehört?
Feudal war stets das Tafel Silber,
und der Blick darauf,
scheint heute noch wie früher, nicht
distanzierter!

Inken Becker * 1978

## *Vergiss*

Vergiss den Tag und fliege mit mir in die
Nacht.

Ihr lautloser Flügelschlag bringt uns zu den
Sternen,
wo ich du bin und du ich sein kannst.
Als gemeinsames WIR treiben wir
schwerelos dahin,
uns drehend im Strudel des Glücks.

Erst der süße Kuss des Morgens bringt uns
zurück in das Hier und Jetzt,
wissend, dass eine neue Nacht dem Tage
folgen wird!

Konstanze Becker * 1961

## *Hybris – Übermut*

Weltenstürme brausen heiter
Einer steht und wacht
Hält in Händen wie kein Zweiter
Gottes Rittertracht

Dankend blickt empor der Recke
Kehret Stolz in Mut
Hofft, dass in ihm Heros stecke
Hofft auf Kampfes Glut

Rubinrot wandelt sich die Schneide
Spiegelt einzig Gier
Er spießt und sticht die Eingeweide
Für sein Elixier

Macht bestimmt das Erdentreiben
Seht wonach er strebt

Menschen werden weiter leiden
Ewig kehrt er wieder, geht

Susanne Becker * 1984

## *Silberschwert*

Grün liegt der See am Grau,
schwappt meinem Zeh entgegen.
Tausend Lippen schwätzen „komm doch";
Sonnengloss ist aufgetragen.

Ich tauche ein in nasse Haut,
mein Körper trinkt den letzten Sommertag.

Sanft legt der müde Sonnenschein
sein Silberschwert aufs Wasser;
nicht Schmerz durchbohrt mich,
nur sein Glanz.

Ute Becker * 1942

Sie tanzten einen Sommer lang
zwischen Rosen und Wiesenrand
Tanderadei ...

Dann kam der Winter,
hart, streng und kalt.
Die Flügel wurden nass,
Schnee fiel aufs Augenrund.

Da war der Tanz zu Ende,
erlosch der Glanz
auf ihrem gelbschwarzem Leib.
Tandera ...

Helmut Becker-Keith

## *Stille*

Kein Laut dringt an mein Ohr, auch kein
Leise
Nichts bewegt sich, auch wir nicht.
Wir schließen die Augen
und sind plötzlich alleine mit uns selbst.
Jetzt müssen wir uns entscheiden –
still sein, die Gedanken und Gefühle
bewusst erleben
oder sich bewegen, beschäftigen,
funktionieren und alles tun,
um eben nicht still zu sein.

Haben wir es verlernt,
oder einfach nur zuviel Angst vor uns
selbst?
Wollen oder können wir
unser eigenes Ich nicht mehr hören?

Stille –
sehnsüchtig gesucht,
kurzfristig gefunden
und doch
oft ängstlich verscheucht.

Trau dich! Genieße sie!
Du kannst dabei nichts verlieren –
nur dich selbst finden.

Rainer Beetz * 1970

## *Heiliges umarmend*

Heiliges nur als heiliges
umarmend, kniend annehmend;
gegen das Profane der Dinge Welt
sich stützend.
Nehmend, annehmend als Übernatürliches,
aus den Wolken des Himmels her
gesandtes.
Empfangenes an Wesen ergangen,
die es im Inneren des Selbst der
Ahnungslosigkeit der Welt Preis geben.
Barmherzigkeit und Gnade hinzusetzend
neben die Verfehlung fehlender Reue,
mangelnder Einsicht, geringer Weisheit.
Gott ist groß und größer noch,
je weniger wir herz- und
verstandesverständig

geliebt und angenommen sind durch das
Selbst
unserer Natur, durch unser Selbst.

Carsten Behm * 1979

Ein Literat,
der geistig viel zu bieten hat,
und der das Schreiben so sehr liebt,
daß er fast alles dafür gibt,
der sah am Wegessaum,
unter einem Feigenbaum,
mit allem, was sie hatte,
die Leseratte.

Er ist gescheit.
Sie ist bereit.
Und es geschah,
was keiner sah,
man kam sich nah,
doch letztlich nur
in Sachen
Literatur.

Helma Behme-Gissel * 1947

## *Novemberwind*

Novemberwind
weht über die Felder,
fegt leer die Kronen
der herbstlichen Wälder.

Novemberwind,
dein Röhren, Säuseln,
deine Spur begleitet
das Sterben der Natur.

Novemberwind,
du erinnerst die Menschen
an die kurze irdische Zeit,
an ihre Grenzen

Novemberwind,
du lehrst die Menschen
zu bedenken die Vergänglichkeit,
die mündet in die Ewigkeit.

Bruno Behne * 1926

## *Bitte*

Erbitten und Bieten betriebsam bereit,
gebieten Erbetteln, betreten verboten,
Erbeten betont nach gebundenen
Noten,
betroffen brillant in betrüblicher Zeit,
wer bittet, dem bietet ein Geber sein Brot,
noch vor dem bettenden Abendrot.

Hans-Joachim Behnen * 1928

## *Friedrich von Schiller*

Den Grund der Tatsachen gänzlich
beschreitend,
aufmüpfig sein Schicksal gleich selber
reitend,
stieß er an des Käfigs Grenzen.

Da band er sich Pegasus Flügel um –
enthob sein Genie ins Elysium
auf die idealen Inseln.

Und sandte mit rebellischem Vergnügen
den Haltern von Käfigen beim Überfliegen
seine Programme der Freiheit.

Heinz Günter Behnert * 1934

## *Mein Menschenrecht – ein Geständnismonolog*

Ich darf wie jeder,
wenn es mir passiert,
wenn ich es muss,
auch wenn es sich lohnt,
meinesgleichen
töten ...
ohne Gefahr für das eigene Leben. –

Lebenslang
in der untilgbaren Schuld
meiner Opfer –
auch sie waren Menschen –
bin ich gesetzlich geschützt
vor jeder Willkür und Rache,
darf unter menschlichen Bedingungen
weiterleben:

selbst dann, wenn meine mögliche Flucht
ein neues Opfer erzwänge,
ist mein Weiterleben gesichert,

auch wenn es mir schwerfiele,
so weiterleben zu müssen –

Heinz Behnke

## *Zum Geburtstag*

War's ein Traum?
War's ein Verseh'n?
Heute kannst du sagen:
„Gott sei Dank, es ist gescheh'n.
Sechzig Jahre sind vergangen,
seit mein Leben angefangen."

Sei nicht traurig!
Blick nicht nur zurück!
Betrachte den andern,
genieße den Augenblick!
Es lohnt sich ganz sicher;
du wirst gesteh'n:
„Das Leben ist Wandern
mit Tiefen und Höh'n."

Marlene Behr

## *Engel ohne Flügel*

Wie ein Engel ohne Flügel schwebst du zu
mir,
eine Richtung ohne Pfeil, die den Weg
dorthin zeigte dir.

Wie ein Meer aus Stimmen, vergleichbar
einem Chor,
dringen ohne Echo wiederholt deine Worte
in mein Ohr.

Wie eine Kraft ohne Zerstörung,
wirkt in mir deine Betörung.

Wie eine Welt, die nicht begrenzt in einer
Kugel Form,
wo Gedanken schweben frei und ohne
Norm.

Wie ein Licht, bei dem Schatten nur selten
zu sehen,
das niemand in seinem dunklen Abbild
lässt stehen.

Wie eine Sprache ohne Worte,
die man versteht an jedem Orte.

Wie ein Gedanke, über den man nach nicht
denkt,
wenn nur das Gefühl seinen Weg lenkt.

Wie ein Engel ohne Flügel schwebst du
mich nun verlassend fort,
weg vom Hier und erstrebend das Dort.

Umrundest den geschlossenen Kreis, dabei
in der unser beider Seele sich rührt,
dessen Verlauf dich immer wieder zurück
vor mein Antlitz führt.

Andreas Beitz * 1971

## *Nächtliche Erkenntnis*

Eben gerade
vor ungefähr 5 Minuten
da hat es klick gemacht

Auf einmal
war sie da

Die Gewissheit
dass es endet

Ich fühlte
tief in mich hinein
und spürte ganz deutlich
ein Gefühl

Eben gerade
vor ungefähr 5 Minuten
da habe ich sie verloren

Die Hoffnung

Ginnie Bekoe * 1987

## *Der Mensch*

Der Mensch, ein undankbares Tier,
das verschlingt mit unersättlicher Gier.
Seine Heimat macht er krank,
Tod bringt das Wasser, das er mal trank.
Er lässt seine Heimat zerfallen,
dies ohne eine Faust zu ballen.

Der Mensch, ein Egoist,
dem egal, was mit dir ist.
Stirbt ihm der Vater langsam weg,
sieht am letzten Besuch keinen Zweck.
Ist ihm der Vater gestorben,
ist er kein Trauernder geworden.

Der Mensch, ein Geist bald,
dessen Herz immerzu kalt.
Liegt die Mutter im Schmutz,
er versagt ihr den Putz.
Wird ihm die Mutter erschlagen,
schlägt er sich voll den Magen.

Belaew * 1986

## *Die Welt ohne Vögel*

Im Morgengrau aufgewacht.
Die Nacht in einem Traum verbracht.

Geweckt von Sonnenstrahlen, helle in
meinem Gesicht.

Der Schein blickt durch die weißen
Wolken, entlockt ein glänzendes
Licht.

Aufatmen von etwas Klarem, einer duftig,
frischen Briese.
Die Reinheit wie sie sich bewegt, diese
Luft, so weht sie auch über die bunte
Wiese.

Beobachten einer Krone, einem stark
gewachsenen Baum.
Die grünen Blätter, wie der liebliche Wind
sie tanzen lässt.
Die Vögel, wie sie wunderschön klingen
oder fleißig bauen sich ein Nest.

Alles, ein farbenfroher Traum.

Am Fenster stehe ich.
Da, ein Vogel!
Der gerade erst die Freiheit lernt.
Diese Welt scheint uns immer weiter
entfernt.
Genauso wie der Himmel, der ganz ist
ohne Sorgen.
Auch dieses Ziel, bleibt uns erst einmal
verborgen.

Leen Belle * 1986

## *Tage im Wind*

Du,
Ich fühle noch mein Lächeln
und höre die Gedanken

Tausend und eine Stunde
wehen weit in die Ferne
der sonnigen Wiederkehr

Die Tage, gelbe Rosen im Wind

Ich glaube
und meine dürre Hoffnung
frisst sich am Glauben satt.

Du,
Ich spüre noch Dein Lächeln
und Deinen Seidenblick

Sehne mich nach vorne und zurück
in Deinen reichen Garten –

Nur mit Dir ein paar Tage
die noch nicht zerbrochen sind.

Noch einmal wanken
als gelbe Rosen im Wind.

Louisa Bellini * 1988

## *einsamkeit*

wie konntest du nur
mit leopardengrinsen
kleine schlaflosigkeiten
in mein leben streuen
und dann
mit zynischem bedauern
einen tropfen einsamkeit
aus meinen augenwinkeln
wischen

Sonja Benatzky * 1975

## *Ruinen*

Was du einst aufgebaut
Wirst du finden in Ruinen vor
Schwarze Schatten
Grauen nur
Erbärmlich krächzend brichst du nieder
Bröckelt ab der letzte Halt
Alles Dasein schon verdorben
Das Licht am Horizont ist ausgelöscht
Nur Ratten ziehen den letzten Nutzen
draus
Holen hier und da noch Leben raus
Verloren ist der Kampf
Wenn du die Stimmen leiser werden hörst
Und nichts und niemand sich erbarmet
Dir dein Verstand erlahmet
Drum ziehs nicht länger raus

Verena Bender * 1986

## *Marie, Kinder sind die Zukunft*

Marie, Gott wollt sie bestrafen?
Gebeutelt, von der Industrie als Sklaven
Steinbruch, dieses Loch brach ihre Knochen
Sie, auf den Knien heimgekrochen.
Morgen, neuer Tag, neues Glück
Kinder wie Marie sterben jeden Tag ein
Stück
Eins, Zwei, Drei, Vier, Fünf, Sex, Sieben
Marie hat noch nie geschrieben
Lesen brauch man in der Gosse nicht
Keiner hat dort ein Gesicht.
Morgen, neuer Tag, neues Glück
Kinder wie Marie sterben jeden Tag ein
Stück
Finger wund von früh bis spät,
Durch den Hunger, ihr Bauch aufgebläht
Dein Leben ist total versaut
Du hast ihr die Jugend geklaut.
Morgen, neuer Tag, neues Glück
Vielleicht helfen wir ihr ein Stück
Marie, „Für alle namenlosen Kinder,
die wir treiben wie die Rinder"

Daniel Bendigs * 1985

## *Verbotenes Sehnen*

Du bist so fremd und wohl vertraut,
ich darf dich mögen, doch nicht lieben.
... und wenn ich's mir nun doch erlaub?

Ich würd' dir deine Haut abreißen
und sie mir selber überstreifen.
In deinen Augen säh ich nur noch meine
und deine Haare wären nicht mehr deine.

Wir würden uns in Trance tanzen
und uns als Krönung von dem Ganzen
in Luft auflösen
und unsichtbar spazieren geh'n.

Ich wär besitzergreifend und gefährlich,
brutal offen und ganz ehrlich.
Und du, du wärst mein Spiegelbild:
außen zahm und innen wild.

... wenn alles nur so einfach wär ...

Sabine Bends * 1966

## *Der Angelschein*

Ich wünsch mir einen Angelschein,
einen Angelschein fürs TOTE MEER
da häng ich meine Angel rein –
für gute Zwecke, bitte sehr!!

Um hundert Dollar zu erstehen
ist dieser Schein – noch ist es leer
das Meer, doch man wird sehen,
Hesekiel sagt es vorher:
dass hier die Fische wieder schwimmen –
ganz salzlos froh – es wird schon stimmen.

Bis dahin will ich weiterangeln,
an Hoffnung soll es mir nicht mangeln!

Angelica Benecke

## *Meeressaum*

Jenseits der Sprache
die unbeschreiblichen Farben
des Abends.

Umbra und Grau
im malvenfarbenen Blick
der späten Sonne.

Das Braun der eigenen Haut
leuchtet dunkel
in die tosende Stille.

Krabben und Krebse
suchen Reste von Licht
in den wasserzersetzten Bänken
der Brandung.

Schon
ist die Herde brauner Ziegen
verschwunden
hinter dem lichtroten Felsen.

Ende der Pastorale.

Jürgen Benecke * 1944

## *Rette mich*

Wärme dring in mich
Kälte verschwind
Liebe erreich mich
Hass geh fort mit dem Wind

Komm, schenk mir Liebe
Erweiche mein Herz
Es berührt mich wie Hiebe
Komm, linder den Schmerz

Schau in meine Seele
Ganz tief in mich ein
Lerne mich kennen
Tauch in mich hinein

Durchbreche die Mauer
Wage den Schritt
Verscheuch meine Trauer
Dann nimm mich mit

Lisa Benner

## *Gartenlied*

Meine verletzte Seele findet auf Erden kein
Kleid,
Schreitet schattendüster in beengendem
Leid.
Legt sich zu Molchen und Echsen im
Löwenzahn,
Trinkt Wie senmilch vom Schierlingswahn.

Schreit da ein Tier

Oder war es der Schnecken Gekeuch,
Erklimmend das bunte Gesträuch,
Der verfilzten Haare, der schuppenden
Haut.

Pssst, war da ein Laut

Im Rasen unter Insekten und Maden,
Mit feuchter Schwärze beladen,
Bohr ich den Körper zu Wurzeln und
Asseln.

Stürzt da ein Baum

van Bergen * 1941

Diese Sachen schenk' ich dir
heute und ich gratulier'
dir zu deinem Ehrentag,
weil ich dich so gerne mag.

So ein Fest ist doch was Tolles,
nur viel Spaß machen, das soll es.
Viele Gäste lad' ich ein.
Bei uns gibt's nur Kuchen, keinen Wein.

Viele Spiele machen wir,
bei uns gibt's aber auch kein Bier.
Geh'n die Gäste dann nach Haus,
ist das schöne Fest nun aus.

Josephine Berger

## *Wandel*

In des Herbstes eis'gem Atemhauch,
leuchten sie und schimmern,
in allen erdenklichen Farben auch,
um des Herbstes Pracht zu preisen.

Sie leuchten hier und fallen dort,
raschelnd in die Tiefe,
und nur einmal, an einem Ort,
wenn der Herbst sie riefe.

Und bald schon, bald,
ist ihre Pracht vergangen
und ein anderer Herr erhält die Macht
um alles neu bannen.

Strahlend weiß, senkt sich nun,
des Winters kalte Stille,
mit weißem Glitzertuch,
auf des Lebens stilles Sinnen.

Julia Bergmann * 1978

## *Ich greif nach der Zeit mit den Händen*

Ich greif nach der Zeit mit den Händen
und flechte daraus ein Gedicht.
Hinein in die Garben des Lebens,
wind ich der Sonne ihr Licht.
Das satte Grün der Platanen,
das Schlüsselblumenblau,
die Weisheit unserer Ahnen,
den perlenden Morgentau.
Ich winde die Jahreszeiten,
Jugend und Alter hinein
und frage nicht eine Sekunde,
wie endlich das Leben wird sein.
Ich greif nach der Zeit mit den Händen
und flechte daraus ein Gedicht
hinein in die Garben des Lebens,
wind ich, mein Kind, dein Gesicht.

Marianne Bergmann * 1948

## *Seelensehnsucht*

Wie eine Welle im Sturm schlägt es auf
mich ein
Ein Schrei geht einher mit jeder Welle
Ein gedrücktes Röcheln
auferstanden aus den tiefen Abgründen der
Seele
Unbewusst und doch so klar im Schmerz.
Ein Schmerz, begleitet von Tränenlosigkeit
Ein jäher Schrei, kurz und scharf

Wie der Stich eines Dolches inmitten
meines Herzens
Aufsteigend in die göttlichen Gefilde der
Seele
Wo er voller Inbrunst auf Antwort wartet,
bis er wieder vergällt ist
und eingeht in den Weltschmerz
auf der Suche nach Liebe
und der universellen Verschmelzung
aufstrebend
nach jener erlösenden Ruhe
ohne Raum und
Zeit.

Georg Bernardy

## *Abschied vom Zuidlaardermeer*

Die Urlaubstüre hat sich hinter uns
geschlossen,
der Campingplatz bleibt in der Ferne stehn,
was lässt uns nun für unseren Alltag hoffen,
was bleibt davon, was konnten wir
verstehn?

Der Puderzuckersand tat gut an bloßen
Füßen,
die Augen wurden satt an Seevergnügen
pur,
wir hatten Zeit für Bücher, Eis und Küsse,
für Plaudereien philosophischer Natur;

die Möwen teilten mit uns Zeit und Sonne,
sie standen manchmal still wie ein Soldat,
ihr Raubtierschnabel nahm den Keks mit
Wonne
und eher weniger von meinem Obstsalat.

Siehst du noch den Hasen dicht am Zelte?
Auch ihm war unsere Art von Eile fremd,
mir graut schon wieder vor der
Alltagsschelte
und wie man dann in atemloser Hetze
rennt!

Ich möchte, dass die Bilder bleiben,
so wach und nah wie sie noch heute sind,
getröstet bin ich schon mit deiner Liebe,
von der ich sicher keine zweite find!

Brigitte Bernard-Younes * 1961

## *Ein Liebesgedicht für Anfänger*

Eisroter Schauer durchfährt fahles Gesicht.
Ertappt bei Gefühlsausbruch
und beobachtet sogar von der Stehlampe
hinten links.
Frisur sitzt trotz besserem Wissen oder
Ahnung
und der Mund riecht nach jungen
Kirschen.
Hinter dieser Tür lauert das Ersehnte.
Setzt sich Fuß vor Fuß
auf quecksilbrigem Grund,
um alle Tiefen zu erfahren.

Gunnar Berndt * 1973

## *Wesen*

Sag was hast du dir dabei gedacht,
als du hast dieses Wesen aus mir gemacht!

Die Augen vor Hass ganz starr,
doch heute bin ich in Gefahr.

Ich hab meine Seele entdeckt,
und verzweifelt meine Wunden geleckt.

Hört ich da etwa mein Herz etwas sagen ...
Oh nein, ich kann es ja doch nicht ertragen.

Würdest du mich nun so sehen,
um Verzeihung würdest du flehen.

Weder dein noch mein Leben bringt es
zurück.
Welch ein Glück, welch ein Unglück!

Elke Bernert * 1979

## *Ein Krebsgeschwür*

Angst hast du vor diesen Gefühlen,
die dich überfielen,
plötzlich, unkontrollierbar, unerwünscht.
Angst vor Enttäuschung,
Angst vor Verlust,
Angst vor der unbekannten Tiefe dieses
Gefühls,
Angst darin unterzugehen.
Die Angst zersetzt dich wie ein
Krebsgeschwür,
und die Liebe stirbt daran.

Anne Bernhard-Stölzner

## *Motorradträume*

Du spürst ihn, den Wind
Dein T-Shirt flattert im Rücken
Fühlst dich frei wie ein Kind
Dein Herz ist voller Entzücken.

Halt dich fest im Fahrtwind
Temperaturdifferenzen
Fühlst wie frei wir jetzt sind
Überschreitung der Grenzen.

Gummi reibt am Asphalt
Schmetterlinge im Bauch
Kurvenfeeling im Wald
Die Gefahr fühlst du auch.

Es ist fast wie fliegen
Ein Rausch auf dem Karussell
Lernst die Fliehkraft zu lieben
Und bist oft viel zu schnell.

Fernweh treibt dich voran
Neue Welten zu erfahren
Bestimmt deine Lebensbahn
Schutzengel soll'n dich bewahr'n.

Bettina Bernhardt * 1966

Unser Vater, dort im Himmel,
gnädig bist du, wohl und gut.
Hör ich von Glöcklein leis' Gebimmel,
ich weiß, nimmst mich in deine Hut.

Hör ich schon der Engel Stimmen,
wird meine Sonne untergehn,
greift nach dem Herz ein kaltes Grimmen,
darf ich noch mal mein Liebstes sehn?

Das von dir gegeb'ne Leben,
bring ich dir nun wohl zurück.
Hilf, meine Seele aufzuheben.
Ich sehe schon den Thron ein Stück.

Breite deine Arme aus,
öffne mir dein Himmelstor,

Vater, bring mich jetzt nach Haus',
Vater, lass mich nicht davor.

Leis' und leiser wird die Erde,
fern und ferner geht sie fort.
Näher komm ich deiner Herde.
Sterben will ich gläubig dort.

Bernilia

## *Theater*

Hinter dem Vorhang
die Bühne
darauf
die Maske
erst dann
das zweite Gesicht

Hinter den Lidern
die Spiegel
darin
das Du
ganz
außer sich

Hinter den Kulissen
das Ich –
darum
das ganze Theater

Ursula Bernsmann

## *ritzen*

Die meisten trampeln rum auf mir,
als wäre ich ein Tier!
Ich kann nicht mehr,
gebt mir endlich eine gute Klinge her ...!

Meine Augen werden langsam schwer,
ich spüre den Boden unter mir nicht mehr!
Kommt nun endlich mein großer Tag,
der schon lange in meinen Gedanken lag?

Ich spüre es, ich gehe,
doch was ich finde ist nur Leere!
Mein Leben verdunkelt such,
doch da kommt ein helles Licht!

Bin ich tot, oder was passiert mit mir?
Ich öffne meine Augen und sehe die Angst
in dir!
Du siehst meine Arme und beginnst zu
weinen,
ich möchte sterben, aber nicht dass andere
wegen mir leiden!

Ich ertrage meinen Schmerz weiterhin,
auch wenn mein Leben hat keinen Sinn!
Ich werde leben weiterhin,
dass ich dich weiterhin kann lachen sehn ...!

Jessica Bertemes * 1991

## *Immer anders*

Immer ist es anders
Als ich es mir hab vorgestellt
Dann brauch ich viel Zeit
Bis ich mein Inneres
Wieder hab umgestellt
Bis ich es angepasst hab
An die äussere Welt
Hab ich mir schon wieder
Was Neues vorgestellt
Und so stelle ich vor-nach-und zurück
Und dabei verrinnt schnell
Der Augenblick
Wenn der Tod kommt
Dann ist es wirklich zu spät
Das Ankommen in der anstrengenden
Realität
Das weiss ich schon
Doch da nützt keine List
Weil mein Kopf
Ein einziges Stellwerk ist

Ulrike Berthold * 1956

## *Mut*

mein Herz
Vertrauen
leg ich zwischen
deine Worte

Herzschlag Wärme
Hoffnung
ohne Eile

Dann ist
Liebe
die Wahrheit am
Ende
jeder Zeile

Klaus Bertram * 1960

## *Eines Tages ...*

Was wäre wenn ...
Du eines Tages erwachst
Und feststellst, du bist allein
Was wäre wenn ...
Du eines Tages erwachst
Könnte es je wie früher sein?

Was wäre wenn ...
Du eines Tages erwachst
Und feststellst, du fühlst nicht mehr
Was wäre wenn ...
Du eines Tages erwachst
Wärst du dann für immer leer?

Was wäre wenn ...
Du eines Tages erwachst
Und feststellst, du lebst nicht mehr
Was wäre wenn ...
Du eines Tages erwachst
Wäre um dich herum alles auf ewig leer?

Christine Berwanger * 1989

## *Ich sehe dich*

Ich spüre dich bei mir,
sehe deine Augen strahlen,
rieche deinen Körper dich,
und lache mit dir.

Spürst du noch
unseren ersten Tanz,
empfindest du noch
unseren ersten Kuss?

Ich bin voller Wärme,
brauche dich,
sehe dich vor mir,
und flüstere: Ich liebe dich!

Ein Windzug,
– ich öffne meine Augen,
was ich sehe ist nichts,
außer unsere Vergangenheit,
und weine kalte Tränen ...

Lisa Besenroth * 1989

## *Die schon älter sind ...*

Du mußt sie nur
mit deiner Hand berühren,
wie die auch sei:
Sie blüh'n noch einmal auf.

Du kannst sie feiern
oder küssen und verführen,
sie fühlen nur:
Ich bin nicht ganz allein.

Ich bin wie sie,
im Herbst wird alles transparent:
Frauen, die das Leben
nur noch von Ferne kennt.

Rolf Bettaque

## *Mitgefühl*

Da fuhr ein dicker Straßenkreuzer,
Den kleinen Pferdewagen um.
Das Pferd – halbtot, der Wagen – in
Trümmern,
Das ganze ist wirklich zu dumm.

Nun steigt der Fahrer endlich aus seiner
Luxuskiste.
„Den Schaden setzt ich gleich morgen
Auf die Zahlungsliste.
Nur leid tut mir der Gaul, denn
für Tiere hab ich ein Herz!
Und gleich werd' ich beenden
Des armen Tieres Schmerz."

Ein Griff in die Tasche.
Die Hand kommt bewaffnet heraus.
Er zielt und drückt ab.
Die Schmerzen des Tieres sind aus.

Da dreht sich der Fahrer dem Kutscher nun
zu.
Die Waffe noch raucht in der Faust.
Besorgnis klingt mit in der Stimme
Als den Kutscher er fragt, dem die
Haare zerzaust:
– Und er scheint absolut nicht zu
scherzen –

„Mann ... Haben Sie auch vielleicht
Schmerzen?"

Johann Bettisch

## *Da liegt der Hamster begraben*

Laufen müde Füße durch
den grauen Staub der Trümmer;
binden kleine Hände Zweige
grün belaubt zu Kinderhüten;
bauen selbstvergessen Türme mit
Konservendosen, rostig schon,
einst Wurfgeschoss aus Fensterhöhlen;
buchstabiert bezopftes Mädchen,
dass Persil Persil stets bleibt,
an der Ruinenwand;
schaufelt toten Hamster dort
in die harte Erde.

Begraben die Fünfziger das Jetzt
wird Gegenwart Vergangenheit.
Nur Fremde schauen fragend auf:
Träumt doch die Alte an der neu
erbauten Haltestelle.
Der Bus fährt durch die Traumruinen,
was bleibt, das ist Persil
an der Busseitenwand.

Christel Beuteil * 1942

## *Das Gedicht*

Schlaff liegt es auf dem Blatt
Kaum gehalten von den Zeilen
Da streckt ein Wort die Hand
Nach einem Wort

Halten einander
Bilden einen Kreis
Worte kommen, gehen
Formen eine Welt

Bis das Gedicht ist.

Anna Helene Beyer

## *Oktober*

Der Herbst
ist noch zu jung,
um sich im Blatt zu finden.

Er trimmt im Wind
und läßt den Regen rinnen.

Er weiß, daß er uns Kälte
bringt und frühes Dunkel.

Sieh dich nicht um!
Es turnt das Grau.
Das Blau hat austrainiert.

Das alte Jahr
sinkt in die Knie.
Das neue
schlummert schlaff.

Ein Apfel bleibt
im Gras zurück
und fault für neue Früchte.

Bald Winter, sagst du?
Nur Gerüchte!

Eva Beylich * 1957

## *Die Stunde Null*

Es weht ein lauer Wind im Graben,
umringt von grauen Nebelschwaden.

Es stöhnt, keucht und schreit,
denn jeder ist dem Tod geweiht.

Düster ist die erbarmungslose Nacht,
nur durch das Licht der Bomben aufgehellt.
Es fließt das Blut wie ein Bach,
heute stirbt die ganze Welt.

Unbeschreiblich ist, was sie getan,
unbeschreiblich ist, was sie gesehen,

keiner nimmt sich ihrer an,
niemand wird ihnen den letzten Gruß
zugestehen.

Und überm Schlachtfeld wachen stets zwei
Augen,
das eine weint, das andere blind.
Zu Hause warten Ehefrauen
und in der Wiege liegt ein Kind.

Vieles ist es, was der Krieg uns bringt,
Folter, Seuchen, Leid und Tränen,
vieles ist es, was der Krieg uns nimmt,
Träume, Hoffnung, Lieb und Leben.

Gabi Bez * 1986

## *Keine Kontrolle haben*

Klarheit als Zustand,
in dem jedes
Gefühl erstorben
und die Vernunft
aufhört zu denken.
Wolkenkuckucksheime.
Ängstliche auf
den Punkt bringen.

Wandel, ja Wandel
denn alles Feste
in der Zeit vergeht,
scheinbar Bestehendes
sind Trugbilder.

Wenn du ertragen kannst
keine Kontrolle zu haben
machst du Platz
für das Wunderbare.

Bea Bezler

## *Lautlos*

Er gleitet lautlos dahin,
sein schweigender Schub
läßt ihn vorankommen.

Seine kraftvollen Arme halten den Stab,

der in der Tiefe Halt findet.

Er lenkt sein Boot sicher durch den Fluß,
vorbei am seichten Schilf
schweigsam, dem Ziel entgegen.

Josefine Bhuiya

## *Z'eit*

So viele Wege noch zu geh'n,
so viele Tage noch zu schau'n,
so viele Möglichkeiten seh'n
und ihnen wieder nicht vertrau'n.

So viele Ängste noch zu kenn',
so viele Zweifel zu ertrag'n,
so oft dann doch im Kreis zu renn',
anstatt gleich nach dem Weg zu frag'n.

So viele Stunden zu verschenk'n,
so viele Tage schwinden seh'n,
viel zu oft den Schmerz ertränk'n,
und dann doch nicht untergeh'n.

So viele Leben noch zu leben
nur scheint nie die rechte Zeit.
So viel der Liebe noch zu geben,
und doch nie dazu bereit.

Dominique Bielmeier * 1986

## *Lob-Hudelei*

Da war ein Mitmensch,
und der sprach:
Ich trage keinem etwas nach!
Man pries ihn an.
Jedoch der Grund war lediglich
Gedächtnisschwund.

biggi * 1949

## *Vom Eselchen*

Klein Eselchen – es stockt, kann nicht
mehr weiter gehen,
kein Bitten – kein Schimpfen, bleibt
stocksteif stehen.
Sieht vorne den Abgrund – hinten das
brennende – Tal.
Ach, Eselchen – versuch's doch bitte, –
noch mal.

Dunkle tiefhängende Wolken, ziehen
plötzlich auf,
starke Böen, sie blasen zum Sturm.
Eselchen denkt: „Ach, ich winziger Wurm,
meine Tränen, sie werden mich wohl noch
ersticken. Kann nur noch nicken".

Jetzt Wolkenbrüche, Wut und
Zornesdonner,
Schlag auf Schlag – die Blitze zucken,
Eselchen denkt: „Ich werde mich nicht
mehr ducken."
All Dunkel – wird nun Licht durchdringen.
– Mir Leben bringen.

Endlich – Tränen fließen, weinen und
klagen,
dann Sonnenstrahlen, Frühlingshoch –
lebenserwartend.
Ein Ozean voller Tränen nimmt seinen
Lauf,
und Eselchen denkt: „Ich stand aber lang
auf dem Schlauch."

Bina * 1952

## *Lebe zufrieden*

Sei zufrieden und freu dich an dem Leben,
bereue nicht vergangenes Glück,
viel Schweres hat die Vergangenheit
gegeben,
schau vorwärts nur und nicht zurück.
Ziere dein Wesen mit Bescheidenheit,
sei freundlich gegen jedermann.
Dein Gemüt sei voller Heiterkeit
und hilfsbereit sei dann.

Deine Ehre sei das Höchste dir,
darum erhalte sie dir wert und rein.
Nimm Schlechte nie zum Freunde dir,
laß Bess're nur dein Vorbild sein.

Hab' Achtung vor jedem anderen
Menschen
und erkenn auch sein Werk an.
Du brauchst ihm nicht sein Haupt
umkränzen,
ein Lob regt auch schon Freude an.

Doch deine Freuden sollst du teilen,
dann freuen sich andere auch mit dir,
wo du immer magst auch weilen,
du bist zufrieden selbst mit dir.

Barbara Binder * 1934

## *Für Dich!*

Grauschleier über deiner Seele,
überall naive Befehle.

Dumpfes Gefühl im Herzen,
nicht zu ortende Schmerzen.

Höhen und Tiefen,
die in dir schliefen.

Ängste verborgen,
jeden Tag Sorgen.

Sehnsucht nach Liebe.
Unbewusste Triebe.

Wo kann ich mich wärmen?
Wo für dich schwärmen?

Wo ist das Licht,
das diese Trauer bricht?

Roswitha Binderer

## *Bald ist Herbst*

Erinnerung an heisse Sommertage?
– Ferien sind längst schon vorbei!

Ach wie schön war's doch beim Baden
– Sonnenbräune, Glacé-Wagen ...

Geniessen wir die jetzt noch warme
 Sommerzeit
– Herbst, der kommt bestimmt – ist schon
 bereit!

Freun wir uns auf's herbstlich Schöne
– warme Farben, super Töne

Die Blätter werden gelb und braun
– wie schön der Wald ist anzuschaun!

Blätter rascheln, wirbeln um die Füsse
– Sonnenstrahlen schicken ihre letzten
 warmen Grüsse

Jede Jahreszeit hat ihre schönen Seiten
– wird zum nächsten Ziel uns unbeirrt
 begleiten

Augen öffnen, staunen und auch leben
– dies zu können, müssen wir uns selber
 geben!

bini * 1952

## *Eigentlich war es ganz anders*

Immer wünschte ich mir jemanden,
Der mich verstehen konnte,
Und der Ansatz, dachte ich,
Sei gut.

Die Wahrheit aber war,
Dass schon der Ansatz
In die falsche Richtung zeigte.

Auf dem Bahnhof standen meine
Doppelgänger
Überall herum.
Sie waren nackt wie ich
Und trugen auch darunter
Keine Kleidung.

Alle warteten
Auf meine Ankunft.

Harald Birgfeld * 1938

## *Darum*

Soll doch mein Wort
in dumpfen Brunnen sich verträufen,
Mein Singen und mein Jauchzen
vom Wind zerrissen sein –
So will ich dennoch niemals schweigen,
Nein, lauter noch und mächtiger
Die Trommel meiner Seele dröhnen lassen!

Margit Bischlager * 1952

## *Wa(h)lzeiten*

Vor einiger Zeit
haben sie zwei Wale gerettet
aus dem Packeis befreit
bei Walen scheint die Befreiung
aus dem Packeis
besser zu klappen
als bei Wahlen

Hans-Joachim Bischof * 1956

## *Ketten*

Gefühlsketten halten uns gefesselt.

Aus den Fesseln werden Lichtschimmer,
die das Alltagsgrau erhellen.

Das Ich tritt zurück,
das Du beherrscht den Vordergrund.

Dankbar lehne ich mich in die
Geborgenheit.

Du und Ich,
wir hoffen, das die Gefühlskette
dem grauen Alltag widersteht.

Gefühlsketten halten uns gefesselt

Heinz Bischof * 1945

## *Das Wagnis*

Du starrst mich an, vom Hügel zu mir
herab,
mit trotzig-hartem Blick aus leeren
Fensterhöhlen.
Suchst du noch Streit? Obwohl du
Burgruine bist? –
Trutzburg willst du noch mal sein – zum
Kampf
dich wieder rüsten? Mit Siegeslorbeer
dich gar brüsten? – Dein harter Blick aus
brüchigem
Gemäuer will noch Luntenschnüre legen:
Statt
Frieden hier im Land nun Blut und Feuer!?
Dem
wehret meine Hand! Deinem Blick halt ich
wohl
stand und biete dir Paroli! – Nun denn, ich
nehm' dein
Wagnis an: Sei also Burgruine nicht – sei
starke Feste
wie vorzeiten! – Du kennst mein
Waffenlager nicht – sonst ließest du
das Streiten!
Dein Trotz ist bitter – so wecke deine
Schattenritter!

Klaus-Jürgen Bischof

## *Andacht im Früh-Ling*

Ich sehe bunte Blumen auf Wiesen,
und hoffe Du musst beim Lesen oft niesen.
Betrachte ich den Regenbogen,
weiß ich Du hast nur Dich selbst belogen.

Ich höre die Vögel wunderschön singen,
und weiß, wie hart meine Worte klingen.
Ich rieche das sanfte Frühlingserwachen,
sehe ich Dich, vergeht mir das Lachen.

Ich lege mich ins nasse Gras
Und wünsche mir gleich noch etwas.
Ich seh' Dich im Geiste vorübergehen,
bitte sei so gut und bleib nie mehr hier
stehen.

Sieh mich bitte nie mehr an,
weil ich Dir nicht mehr trauen kann.
Lass mir meinen Traum vom Leben,
ich will Dir nichts mehr von mir geben.

Gedanken liebevoll und rein,
schließen Dich nicht mehr mit ein.
Du wirst Dein „herr-liches" Leben leben,
ich weiß, Du hast Dir längst vergeben.

BiSe * 1963

## *Zeit des Daseins*

Die Zeit vergeht so spurlos wie der
Steppenwind,
drum halt dich nicht am Zeiger fest.
Klag nicht zu Gott und frag nicht, wer wir
sind.
Genieß die Zeit, die er dir lässt.

Betrauer nicht die Zeit und weine nicht.
Die Zeit, die wird auf dich nicht warten.
Bring in das dunkle Herz ein Licht.
Hab keine Angst vor Gottes Garten.

Wenn wir dann nachts nach oben sehen
und Sterne leuchten hell,
den Weg der Zeit muss jeder gehen,
vielleicht auch mal zu schnell.

Das Paradies kennt keine Zeit
und rennt sie dir davon.

Bist für den Himmel nicht bereit,
na ja, wer ist das schon?

Hanna Bittner * 1985

## *Ein Träumer und die Zeit*

Auch wenn der Mond die Nacht erhellt
und Sterne glänzen nur,
manch einer träumt in dieser Welt,
beachtet nicht die Uhr.

Und dieser Traum wird endlos sein,
auch wenn der Tag einbricht,
man träumt im hellen Sonnenschein,
erwachen muß man nicht.

Realität jagt Träumern nach,
verlangt die Wachsamkeit,
den Träumer kriegt man niemals wach,
denn er kennt keine Zeit.

Die Zeit schleicht um des Träumers Glück,
Realität holt ein,
der Träumer stellt die Uhr zurück,
zeitlos wird Träumen sein.

Inga Bittner * 1984

## *Eines Tages*

Der Tag, an dem wir uns begegnen,
macht die Vergangenheit vergessen,
an jenem Tag wird's Rosen regnen,
die alten Pläne neu vermessen.
Augenblicklich wirst du fühlen,
der Tanz des Zweifels ist vorbei,
frischer Wind bewegt die Mühlen,
Realität wird Zauberei.
Dein letztes Dasein ist zerschlissen,
die Zeit hat einen andren Wert,
Reformen überschatten Wissen,
wirst atmen, völlig unbeschwert.
Dein Überschwang legiert Gedanken,
Gewohnheit schließt die Türen,
wir lassen uns mit Lust betanken,
vom Zufall uns verführen.
Vertraue mir und du wirst sehen,
wie Träume sich erfüllen,
wir werden mit der Sonne gehen,
mit Sternen uns umhüllen.

Eines Tages.

Blacksmith * 1965

## *Katzensee*

In meinem Garten,
wohin ich dich bringe,
löst du dein Apfeldufthaar aus der Schlinge,
ich höre dich, Katze, aufweinroten Pfoten,
das Tuch von den kichernden Brüsten dir
knoten.

Dein Duft löscht die Kerze, dass keiner
dich sehe,
so liegen wir lauschend in schattiger Nähe,
du auf dem einen und ich auf dem andern
Ufer des Weihers, den nachts wir
umwandern.

Boris Blahak * 1970

## *Adria, später*

Glasklare Hitze
neben
dunstiger Kühle
das Meer steht
als Fläche

farblos
endlos

Dürrblättriger Mais
Reben –
Arme verknotet
Chrysanthemen
für den Grenzgang

zahllos
reglos
bevor
der Vorhang
fällt

Erlinde Blahak

## *Der Regenwald*

Da lebte noch der alte Gott,
aus jeder Blume sprach er noch
sein Zauberwort,
aus allen Blumen kam er noch,
aus jeder Pflanze rief er noch
sein Zauberwort,
da lebte noch der alte Gott,
aus jeder Blüte sprach er noch,
der alte Gott,
aus allen Tieren sprach er noch,
aus allen Menschen sang er noch
sein Zauberwort.
Nun muß er fort, der alte Gott,
muß fort aus seinem Zauberschloß,
der Regenwald wurd' abgeholzt,
es klagt der weise Häuptling noch,
verschwunden ist der alte Gott,
mein Gott, mein Gott.

Dorothea Blanck

## *todestrunken sünde*

die finsternis sich um den stein gar lieblich
kräuselt
ein fahler ast
ein bleiches licht in hart gezeichneter
nacht,
weich deine zunge sich windet
lippen zu töten,

sünde
sich tautropfen in
bittersüsser finsternis tränkt.
ein zuckerner klang
ein staubstoss pelzig in deiner kehle
verfallen der ewigkeit
du
sündig mürbes tier.

Benjamin Bläsi

## *Nutze den Tag*

Hast Du heute schon gelebt,
den Tag genutzt, die Sterne berührt?
Hast Du heute schon gelacht,
die Sonne geküsst und Märchen gehört?
Hast Du heute schon geträumt,
die Wolken verschoben, die Nacht erlebt?
Hast du heute schon geweint,
die Perlen gesammelt, die Angst besiegt?
Hast Du heute schon geliebt,
auf Rosen gebettet, Dich hingegeben?
Hast Du heute schon gelebt?
Nutze den Tag, Du hast nur ein Leben!

BlaueRose * 1964

## *Des Jahres letzter Tag*

Er schließt den Ring
nennt ihn Vergangenheit.

Ein vollgeschrieben Blatt,
entgleitet unserer Hand,
der Wind trägt es davon.
Was uns geblieben, ist Erinnerung.

Das eine schwindet hin wie Dunst und
Rauch,
versinkt im Nichts.
Das andere findet Form erst und Gestalt,
wird nun erst Wirklichkeit
und bleibt bestehen.
Formt unser Heute, gibt uns Mut,
denn Schritt zu wagen in das Morgen.

Ein unbeschrieben Blatt,
vom Wind uns in die Hand geweht,

mahnt uns, es neu zu füllen,
mit dem, was bleibt.
Was aus der Ewigkeit, in uns Gestalt
gewinnt,
trägt wieder Früchte der Unsterblichkeit.

Theophil Blauth * 1920

## *Zwei Schwäne*

Sieh' dort auf dem Wasser, zwei Schwäne,
weiß und wunderbar;
Stolz und majestätisch, ich glaub' ein
verwunschen Liebespaar.

Hoch oben toben Wolken, dunkel, schwarz
ist der Olymp.
Zeus der Göttervater, oh' wie zornig, sehr
ist er verstimmt.

Amor, geliebt von schmiegsam Psyche,
beide sind entflohen,
Hinab zur Erde, trotz Zeuses Willen,
Macht, dessen Lohn.

Zahllos schwirren ihre Pfeile, Liebe, rote
Blüten: getroffen ist ein Herz,
Schnell werden beide müde, halten ein: gar
oft war es nur Stein!

Erst kurz der Mensch auf Erden weilt,
gespalten noch das Herz,
Will lieben, stürmen, Fesseln lösen, doch
auch eitel, Lust am Bösen.

„Komm“, flüstert Psyche, „dort am Wasser
lass uns ruh' n,
Eigenmächtig unser Handeln, doch nie
bereue ich mein Tun!“

„Ja“, so Amor, „versperrt der Olymp uns
nun, auch ein Menschenleben;
Lass uns annehmen, der Schwäne schön
Gestalt: Sinnbild unseres Strebens“.

Wenn manchmal sanft Frau Nacht, den
hellen, vollen Mond kreiert,
Und suchend Hände halten wach, dann
haben Beide euch berührt!

Reinhard Blohm

## *Die Nymphe und der Frühling*

Der Winter ist gegangen, leise plätschern
Fluß und Bach.
Blumen ihre Köpfe wiegen, kaum
vergangen ist die Nacht.
„Süßer Wein, oh Zechgelage, wie umwölkt
ist mein Sinn“,
ein Jüngling dicht am Ufer, spricht es leise
vor sich hin.

Da beginnt das Schilf zu rauschen, fast still
ist jetzt die Flut.
Eine Maid dem Grün entsteiget, umhüllt
von roter Haaresglut.
„Komm, du schöner Knabe“, ihr Arm führt
ihn zum Uferrand;
„nur kurz die Frühlingstage, gar selten
betrete ich das Land.

Gern will ich dir zeigen, die Grotte am
Flusse Grund;
Die Nächte dir versüßen, mit meinem
sehnend Mund.“
Der Jüngling zögert, denkt nicht an Braut
und Gut,
Morgennebel schwindet: verschlungen hat
beide schon die Flut!

Im Ort die Glockenklänge, umhüllen jedes
Haus.
Doch die Braut sie sieht niemand wartend
weinen;
ihr Lichtlein geht nun aus, geht ganz leise
aus ...!

Reinhard Blohm * 1949

## *Seite jenem Januar*
*für Markus*

Unsere Zeit ist niemals

Jedoch
in diesen zu Stunden addierten
Augenblicken
– in einem Schwelgegefühl von
glücklichem Nichts –
wurde mein Leben so leicht
alle schwere Zeit fort von den Schultern
gewischt,
mein Lächeln endlich wieder spürbar,

etwas von dir verankerte in mir – Allzeit
– Gefühle können nicht mit einer Pinzette
entfernt werden –

Dass die Wege uns trennen,
ist gut,
ist mein kleiner, freundlicher Tod.
Denn ich weiß,
die Wiedergeburt puren Glücks
passiert mit deiner Wiederkehr.

Bis demnächst!

Bianca Blome * 1984

## *Schließ die Augen*

Eine Art Vorstille kündigt den Herbst an.
Der Kampf mit den Stimmen im Ohr ist
deutlich,
es gilt aufzupassen heute.
klar scheint der Himmel, weißt du
Wirkliches?
Schließ die Augen.

Hast ungewollt den Bleimantel wieder
angezogen,
und mit ihm,
all die dumpfen und trostlosen Gefühle.
Deinen Blick schärf nicht mehr, halt dich
fern.
Schließ die Augen.

Eine Krähe belauert dich, hüpft um dich
herum.
Versunken sitzt du auf der Bank ,
und blinzelst in die noch warme Sonne.
Deinen eigenen Weg suchst du, noch
immer.
Schließ die Augen.

Gabriele Blum * 1962

## *Mein Lieblingsbaum: Die deutsche Eiche*

Ja, ich glaube
auch die Bäume haben ihre
stillen Träume.
Aus ihrem grünen Blätterhaus
schauen sie auf ihre Kinder raus.
Sie möchten sie gerne streicheln
die kleinen grünen Eicheln.
Das tut der liebe Sonnenschein,
der wärmt sie tief ins Herz hinein.
Dann blicken sie zur Mutter empor
und jubeln ihr zu, fast wie im Chor:
„Oh, sie ist da, sie meint es gut,
wir sind beschützt in ihrer Hut!“
Ja ich glaube, die Bäume
sie haben ihre stillen Träume.

Inga Blum

## *Der Spieler*

Als ich die nächtlich fahlen Formen rührte,
erfahr ich Leben als mir graue Stätten,
künstliches Licht blickt blasse Silhouetten:
war's wieder Welt, die meinen Winter
schürte.

War's wieder das Warum der
Parzenketten,
erklingt sein Rasseln, das den Hals
verschnürte,
verschlucktes, bitt'res Sehnen, das
verführte,
nach Freiheit – bunt in Illusionsfacetten.

Ersticke mich, entscheidungsloses Weben!
Geworfen in die gassenreichen Hände,
doch auch gefangen – von dem falt'gen
Leben,

aus Puppentränen fädenfeste Wände,
Marionettenschicksal stumm im Streben,
mein Spieler bricht das Kreuz und ich
verende.

Thomas Blüml * 1985

## *Liebes-Lied*

Ich mag Dich,
Du magst mich,
Doch Du willst mich nicht,
Als Liebespartner haben,
Um Dich an mir zu laben,
Um Liebe zu empfinden,
Dich mit mir zu verbinden,
Um mit mir zusammen
Zum Glücke zu gelangen.
Ich find' das nicht gerecht
Und fühle mich ganz schlecht,
Ich habe keine Wahl,
Ich lieb' Dich allemal,
Die Liebe wird zur Qual,
Doch Dir ist das egal.

Alexander Bochröder * 1980

## *Zu späte Ernte*

Süß' Kindchen, komm mit in den Wald!
Dort ist es ganz bestimmt nicht kalt.
Auch ist er dicht, dass man nichts sieht.
Merkst selber kaum, was dir geschieht.
Ich zeig dir auch ein Rehlein bald.
Süß Kindchen, komm mit in den Wald!

Dort ,wo die Brombeerbüsche stehn,
Dort wollen wir spazierengehn.
Und bist du brav, wird es uns glücken,
Die süßen Beeren abzupflücken.
Es kann so allerhand geschehn,
dort, wo die Brombeerbüsche stehn.

Ach, wir sind zu spät gekommen.
Ein andrer hat sie schon genommen.
Laß dich mit mir im Grase nieder
Und sing mir Deine Liebeslieder!
Ein andrer hat sie schon vernommen?
Ach, ich bin zu spät gekommen.

Ralf Bochröder * 1940

## *Vorbei*

graue Nebel
Welt verschwimmt
vor mir
von dir
wird nichts bleiben
wir zusammen
hast du einst gefragt,

geliebt, gestritten,
gegangen
für immer
endlich
vorbei die Tränen
Flüsse, graue Nebel
ziehen fort mit dir.

Christel Bode * 1956

## *Nur ein Wort*

Nur ein Wort trennt mich von Dir,
von der Liebe meines Lebens.

Ich brauche Dich,
doch Du hast dein eigenes Leben.

Ich schaue mir die Welt an,
und habe Angst vor ihr.
Angst vor dem Lauf der Dinge,
den ich niemals akzeptieren werde.

Im freien Fall versuche ich mich zu halten,
aber da ist nichts mehr wonach ich greifen
könnte.
Panisch schaue ich in alle Richtungen,
doch ich sehe nur Dunkelheit.

Bitte erlöse mich.

Liebe.

Daniel Bödeker * 1980

Typischer Duft,
wiederkehrende Gefühle.
Zu viele in mir,
überschlagen sich im Eifer zu dominieren.
Geblendet durch die Sinne,
getäuscht durch Prinzipien.
Banges Warten,
Euphorie gegen Zweifel.
Erfreuende Visionen als Gegensatz zu
wissenden Tatsachen.
Träume brechen ein,
lassen meine Gefühlswelt gewinnen,
schlagen die Realität zurück.
Vernünftiges Denken geht unter.
Der Hintergrund verschwimmt,
Gefühle und Träume als Zeichen der
Freiheit.

Christoph Boeffel

## *Konstruktion des Ich*

Im Glanzlicht der vergangenen Zeit
Alleingelassen in der Realität
Empor Ausschau haltend mit dem
Gedanken
Des Konstrukts des ewigen Seins.

Getrocknete Tränen blühen voll Qual
Der Himmel wölbt sich im düsteren Grau
Gequälte Einsamkeit verlangt Gehör
Erloschen ist des Daseins Sinn.

Gebrochenen Herzens, schwer entbrannt
Verläuft sich die Seele in der Wüste
Endstation Sehnsucht erfüllt das Hier
Gelassen fällt der Engel auf das Grab.

Gekreuzte Gänge und Schiffe sind
bezwungen
In warmes Licht getauchte kalte Wände
Erzählen Geschichten aus der
Vergangenheit
Moosbewachsene Stufen bleiben stumm.

Erwacht aus tiefstem Traum
Der Sekundensand verrinnt im Leben
Von Einsamkeit vergrämtes Stundenglas
Es zerschellt auf samtenem Boden.

Nina Boege * 1975

## *Weihnachtsmarkt*

Alltagsstreß und Weihnachtstrubel,
Pfefferkuchen und Kommerz,
laut dazwischen Glühweinjubel,
und die Order: Kauf mit Herz!

Knirschend knacken süße Mandeln,
auf CD verdröhnt ein Chor,
Waffelschlecker schmatzend handeln
um ein Plüschtier mit Motor.

Stimmen fliegen durch die Luft
als Dialog in Eile,
und Kartoffelpufferduft
dampft durch die Kaufhauszeile.

Schließlich steht ein Weihnachtsmann
mit Schild, sich anzubieten.
Ein Endlosband lockt Leute an:
„Ich bin zum Fest zu mieten."

H.- Jörg Boening * 1940

Das Surren mechanischer Klänge,
mühevoll drehende Schrauben in der
Bewegung der Zeit.
Klick-Klack, bereit für den Tag, das
Einreihen in die grauen Massen.

Das schwarze Öl, hastig vereinnahmt.
Mit Schwung für den neuen Tag, die
unverzichtbare Droge der
Gesellschaft.
Ein neuer Tag, die gleiche Aufgabe,
von Gesetzen gesichert, eingesperrt in die
Monotonie.

Die Bausätze abgenutzt, verrostet, alt.
Schweren abgehackten Schrittes immer
wieder, keiner fragt,
der Wille ist ein Geist der Denkenden, die
das Denken sich selbst verboten.

Die Gefahr der Träume erkennend, in
staubigen Ecken von Gewinden
versteckt.
Wartend, auf ein unbekanntes, vergessenes
Zeichen, eine Regung.
Vielleicht Menschlichkeit?

Berta Boglarka * 1981

## *Die Frau*

*(aus der Sicht des Mannes)*

Dein Gesicht hab' ich vergessen,
doch ich erinnere mich
an die Schönheit deiner Augen.

Deinen Namen hab' ich vergessen,
doch da klingt noch
die Harmonie deiner Stimme.

Ich weiß nichts mehr von dir,
unbeschreibliche Schönheit!

Doch wenn das prächtige Meer schäumt,
wenn der Regen mein Gesicht peitscht,
fühle ich dich nahe:
ein Wunder – und ich denke,
du sprachst mit mir,
und du reichtest mir die Hand,
deine Augen in meine versunken.

Julia-Irene Bogner

## *Selbstzweifel*

Das Leben ist mir fremd
Doch lebe ich
Ein Teil des Ganzen
Und allein
Was mag noch kommen?

Geschehen!
Es ist vorbei
Die Welt hat es längst
Gesehen

Und vergessen!

Rafaela Bogusch * 1984

## *für udo*

ich habe das gefühl
das ich mit feinen, dünnen
neblig-fast-nicht-existierenden
wolken experimentieren sollte.
eingetaucht in weiches weiß
sie durchscheinend
nicht-da-sein lassend.
all deines, alle spuren,
deinen duft
deine liegengelassenen unterhosen
all dies übermalen
mit feinstem gespinst verhüllen
so wolkig leicht
jedoch! (anh!)
weiß hat dir nie gestanden.

Dirk Böhm * 1969

## *Mal mir doch ...*

ein bild von monden honiggelb und – rot,
die dort oben durch die flockenwolken
rollen,
wo die fernen sonnen sich als Sterne tollen,
wie es keine nacht schon jemals bot.

und den glanz

von augen honigbraun und tief,
die dort oben nach den monden schauen,
rollend und auf alles zarte im vertrauen,
bis auf erden schon die morgenblumen
blauen,
die ein ferner kuss zur blüte rief.

Blume, mund und dessen bündel worte
seien gleiches wie die augen und die sterne
von dort oben und an jedem erdenorte,
wenn zwei sonnenwesen wieder eines
sagen:
offen, sagt die blüte, die vom halm
getragen
und der dargebot'ne mund – so nah und
ferne –
sagt: ich habe dich so gerne.

Matthias Böhm * 1962

## *Zwei Äpfel*

Ein Apfelbaum im Garten steht auf der
grünen Wiese Matten.
An seinem Ast ein Apfel hängt, auf 'nen
kleinen wirft erSchatten.
„Ich bin kräftiger und größer, sieh mich an,
du kleiner Wicht!
Du bist grün, ich bin schon reifer. Bruder,
mit dir red' ich nicht.

Du bist mir viel zu gering, besser wär's, der
Platz wär' leer.
Was bist du und was bin ich?! Schöner
wär's, dich gäb's nicht mehr."

Glänzend er am Baume hängt, protzend
reißt er auf das Maul,
brüstet sich und wird ganz schwer, jedoch
innen ist er faul.
„Du bist nutzlos", prahlt er weiter, wiegt
sich, und man glaubt es kaum,
fällt mit Schwere und dem Dünkel faul und
frühreif von dem Baum.

Einen Schreck bekommt der grüne, als er
hört den Widerhall,
denn sein heißgeliebter Bruder hatte
Hochmut vor dem Fall.

Ganz allein und etwas traurig er auf seinem
Baume blieb.
Er vermißt den Bruder trotzdem, denn er
hatte ihn doch lieb.

Spät im Herbst wird er geerntet. In dem
Keller liegt er weich.
Er bekommt die roten Bäckchen erst im
Winter, nicht sogleich.

Nach dem langen Winterschlaf wird er, ist
er reif zum Schluß,
weil er sehr bescheiden war, für den
Menschen zum Genuß.

Christel Böhme * 1935

## *Ich erfriere*

Es ist heiß.
Die Sonne brennt, giert nach meiner Haut,
giert nach Wasser.
Um es austrocknen zu können.
Um es zunichte zu machen.
Ich sitze.
Zittere.
Mir ist so kalt.
So unwahrscheinlich kalt.
Merke wie sich meine Haut allmählich rot
färbt.
Wie die Sonne mich austrocknet.
Mich des Wassers entledigt.

Meine Lippen sind rau.
Am linken Mundwinkel reißt die Haut.
Das Blut schmeckt nach Eisen.
Bitter. Salzig.
Ich kann nicht aufhören zu zittern.
Denn mein Herz ist so kalt, so leer, nicht einmal die Sonne vermag dieses Eis zu schmelzen.
Du fehlst hier.
Du fehlst mir.

Klara Böhme * 1990

## *Liebes Gedicht*

Wir gehen Hand in Hand
in ein fernes, unbekanntes Land.
Wir betreten in Andacht,
umschlungen die Eintracht.

Wir schenken der Sonne den Segen
und vereiteln dem Mond seinen Regen.

Wir tauchen in Meeresfluten
und stranden in Feuersgluten.

Wir treffen uns schweigsam am Strand,
werfen uns an Kristallen im Sand.
Ein kühler Wind weht über den Seen
und wir lernen uns kennen, um zu besteh'n.

Peter Bohn

## *Todeshauch*

Der Wind umhüllt die greise Haut
Die Blütenpracht verworfen im Schnee
In einem Gängelwagen eingespannt die Zeit

Die Gedanken verloren im Wind
Die Früchte der Natur, die einst gediehen
Vergangenheit sind auch sie nun

Die Blumen, die einst prunkvoll erstrahlten
nun von Schatten der Nacht erfasst
Zarter Nebelschleier auf den Straßen

Die Blätter, die zu Boden schwebten sind
schwer und steif
Das Rad der Zeit ist stumm geworden

Marc Bohnes * 1985

## *Zeit zu kämpfen*

Die Sonne, die wird untergehen,
den Mond bekommt man nie zu sehen.
Nur die Sterne funkeln noch,
bald gleicht alles einem Loch.

Menschentränen fließen schon,
Undank ist des Menschens Lohn,
Reichtum ist des Menschens Freud',
Und das Leid beginnt erneut.

Aufzugeben ist nicht schwer,
aber kämpfen umso mehr,
doch wer kämpft, der wird auch siegen
und nicht mehr am Boden liegen.

Kämpfe und verzage nicht,
flicke, was entzwei zerbricht,
leime, was zusammen passt,
schon hast du dein Glück erfasst.

Yvonne Bohrer * 1988

## *Verstanden?*

Der Verstand zweifelt im stillen Einerlei
Der kühlen Fluchtgedanken
An sich und seinem Verstand

Fragte sich einmal zu oft sich ,wer er sei
Und worin seine Schranke,
Die gedachte, bestand

Bolle * 1982

## *Frieden*

schreiten
durch den inneren Raum
sich bewegen
im paradiesischen Zustand

dunkle Schatten am Horizont
die da Namen haben
wie Unrecht und Krieg
Hass und Feindschaft

keinen Einlass bieten
den dunklen Mächten
die geboren aus Angst
vor den geöffneten Türen stehen

gerade und aufrecht
steht die Liebe da
aus Vertrauen und Hoffnung
immer wieder von neuem geboren

als Torhüterin
im strahlenden Licht
bewacht sie die Eingänge
des inneren Friedens im Herzen

Ulrike Bonarius * 1959

## *Was bleibt*

Des Raben schwarzer Schlag
so sanft wie Frühlingshauch
streift heute ihre Seele
sowie sein Antlitz
auch.

Die Zeit verrinnt,
selbst
Staub
zerfällt,
die Lebensuhr fließt nie zurück,
steht plötzlich still –
trifft sich – ganz rasch –
ein grüner Augen Blick.

Susanne Bongard

Herbst Zeit Los: so
lautverwelkte Nebel
morgen gereifte
Tage so jäh
ergraute Wolken & diese Trauer
unter den Weiden:

der Fall der späten Kalender
blätter die ersten winter
kahlen AnzEichen & diese Narben
im Gras über die 1 Schnee
von gestern wächst

Achim Bonk * 1959

## *Septembertagundnachtgleiche*

Den Möwen gleich
spielen Segelflieger
im blauen Himmel
über meinem See.
Der Altweibersommer
wirft zarte Seidennetze aus
Prachtdisteln sind verblüht
und schicken ihre Samenflocken übers Feld
Es duftet schon das welkende Laub
Die Vögel schweigen
haben ihre Arbeit wohl getan.

Stille der Luft
Stille des Wassers
Stille der Seele
Friede für Stunden

Wolf W. Boockmann * 1938

## *Der Pelikan*

Abend für Abend
wag' ich mich in die Mangroven,
lasse mich von Moskitos durchsieben.
Aber das ist gleich.
Denn ich will ihn einmal seh'n.
Den Pelikan.

Das Schwimmen hab' ich zu Hause geübt,
lange.
Hier in den Tümpeln kann ich's gut
gebrauchen.
Die Zikaden, sie feuern mich an.
Genau wie die Kröten im Geäst.
Nur der Pelikan ist nicht zu sehen,
geschweige denn zu hören.

Ich hätte auf sie hören sollen.
Weil es doch daheim am schönsten ist.
Denk' ich und schaue in den
Abendhimmel,
der von Sternen durchsiebt wird.
Und da seh' ich ihn,
oder hoffe, ihn zu sehen,
weil's mein letzter Abend ist.

Tyrell van Boog * 1970

## *Wunderbare Tage*

Jeder Tag ist etwas Besonderes.
Mit dem Aufgehen der Sonne
beginnt er
Und mit dem Untergehen
endet er.

Jeden Tag werden wir
mit neuen Aufgaben konfrontiert,
um zu zeigen,
was wir an den vorigen Tagen
gelernt haben.

Es gibt einfache
und schwere Tage.

Und wir sind für jeden
wunderbaren Tag dankbar,
der uns geschenkt wurde.

Annika Börder * 1990

## *Bewegung*

Bewege dich!
Ich. Du. Wir.
Warum?
Beweglichkeit!
Schaukeln.
Hin und her. Vor. Zurück.
Erhebe und bewege dich!
Jetzt!
Ich nicht! Warum nicht?
Bewegungsabläufe.

In Bewegung. Ich. Du.
Zeitlupenhaftes Strecken. Beugen.
Bewegen,
Beweglich.
Tot. Starre. Bewegungsunfähigkeit.
Bewegen. Sich strecken wollen.
Sich bewegen wollen.
Wollen. – Nicht können!

Leben. Erneuerung. Erleben.
Sich regen.

Bewegung.

Paola Borghese * 1939

## *mit allem hass geliebt*

mit allem hass geliebt
realität sich in wahnsinn verschiebt
eines bleibt, der wunsch alles zu ändern
zu existieren in fremden ländern

wo man sein kann sich selbst
du als dunkelheit die sonne erhellst
wo träume sich widerspenstig über mich
ergiessen
sehe ich mein blut niemals wässerig fliessen

kein zorn kein hass wird mich belehren
auf ewig wird es wiederkehren

des fleisches duerstendes verlangen
allein um mich werde ich bangen

Börke

## *Wie einzig Sie ist*

Wie einzig Du bist,
ich seh nur Dein Gesicht,
und schreib Dir dies Gedicht,
denn ich glaub es einfach nicht,
meine Gedanken drehen sich,
einzig und allein um Dich.

Du verzauberst mich so,
Dein Lächeln ist wie,
einfach unbeschreiblich so süß,
wunderschön Deine Augen funkeln,
wie ein Diamant brillant.

Wenn jemand Dich fragt,
wie weich ist wohl Samt,
dem gebe Deine Hand,
sieh ihm in die Augen,
und er möcht nie wieder,
so unglaublich Dein Sein,
ohne Dich sein.

Andrée Bornemann * 1982

## *Rosen*

Die Rosen sind verwelkt.
Die Blütenblätter liegen auf dem harten,
schon halb gefrorenen Boden.
Die dürren Stängel strecken ihre Arme in
den kalten Herbstwind,
umgeben und eingebettet von rostrotem
Laub,
so als würden sie schlafen und sich
ausruhen.
Einst von der Sonne verwöhnt,
jetzt in einem Wintertraum versunken.
Der Traum von einem neuen Frühling,
einem neuen Erwachen.
Es ist ein Sehnen,
ein Warten auf die Zeit,
wo der Frühlingswind wieder über die
Felder streicht,
warm und zärtlich,
sanft und frisch.
... So spüre auch ich die neuen Kräfte, die
in mir keimen,
und sich sammeln für die Zeit,
wo sich die Natur mit allen seinen Farben
und Formen
von seiner schönsten Seite zeigt,
im ewigen Kreislauf des Lebens.

Reiner Borner * 1955

## *Böser Traum*

Durch still nacheinander sich öffnende
Türen
ruft mich der See des Vergessens.
Aus seiner Tiefe erhebt sich
dein Lächeln, um mich zu zerstören –
Carmen, verlorenes Lied.

Mein Herz schwingt sich hoch in die Luft
und fliegt dir als Vogel entgegen,

zögernd,
denn Wissensklarheit
umschlingt meine schmerzhafte Freude.
Vergebliche Hoffnung winkt wieder
mit ihrem schwarzen Haar.

Ach Carmen,
du bleibst nicht bei mir,
und niemals berührt dein Gewand
meinen gebrochenen Flügel.

Renate Bösel

## *Aufbruch*

Rauscht der Wind durch die Masten,
setzt die Segel! Im Nu
beginnt das Schiff zu hasten,
fliegt auf die Wolken zu.

Tragen Wogen Kronen
bläht sich auf das Tuch,
das Ziel wird's lohnen.
Es ist wie ein Fluch,
treibt stets Dich weiter hinweg
dem Horizont entgegen.
Ein langer Weg,
doch Du musst Dein Leben bewegen

Monika Bosse * 1956

## *Leben*

Leben ...
So kurz, so schnell vorbei.
Leben ...
Nur einen Moment,
Einen einzigen Moment lang nur,
Ohne Sorge, ohne Angst – frei ...
Leben ...
Bedeutet mehr als leben,
Bedeutet Sein, bedeutet Persönlichkeit.
Leben bedeutet: Ein Teil des Universums
zu sein.
Winzig nur, doch wichtig.
Denn ohne diese Winzigkeit
Wäre all die Größe nicht vollkommen.
Universum sein heißt: Ein Stern auf
schwarzem Samt zu sein.
So schön, so funkelnd, ewig.
Ewig sein heißt: Zeit ohne Ende bis ins
Nichts,
Das nie beginnt und niemals endet.
Ein Netzwerk aus Unendlichkeit,
Durchsetzt mit Perlen, die voll Leben sind.
Leben ...

Ulrike Bößling * 1964

## *Erinnerungen*

Gedanken, die mich quälen,
Worte, die mir fehlen,
lassen mich recht einsam sein,
die Erinnerung holt mich immer wieder
ein.

Zu stark ist noch die Bindung
an unser Leben zu zweit,
es kostet Überwindung,
doch zu Neuem bin ich bald bereit.

Die Zeit heilt alle Wunden,
das mag auch gelten hier,
so kann ich ganz gesunden,
unvergessen bleibst du mir.

Horst Bötel

## *Aus dem Paradies*

Adam und Eva liebten sich im Paradies,
da wurd' es Adam plötzlich mies.
„Sag Evalein, was ist nur dies?
Mir dreht sich alles völlig fies."

„Adam, Treuer, bleib schön locker,
Dich hauts schon nicht vom Hocker.
Wir haben Hanf aus dem Garten geraucht
und wohl ein Pfeifchen zu viel
geschmaucht."

Kaum gesprochen, wars Adam schon
einerlei,
er grinste selig und war völlig high.
Wenig später schwieg er dann
und schaute Eva sündig an.

Sie lächelte ihn an, und Schwupp,
verschwanden sie im Hanfgestrupp.
Sie vermissten nichts und waren breit
und bliebens bis in Ewigkeit.

Cornelia Bott * 1970

## *Geschöpfe*

Du lächelst, aber in deinen Augen
sehe ich Gleichmut. Virtuos beherrschst
du das Instrument der Verstellung,
bestechend die Schönheit falscher Töne.
Im Labyrinth deiner Tarnung vernebeln

die einfachen Wege, und ich weiß nicht,
was ich glauben soll,
was dich ausmacht, wo ich dich finden
kann,
Mensch.

Fellüberzogen die Knochen, die Muskeln,
das Fleisch. Augen, die widerspiegeln,
was das Empfinden ihnen sagt. Alles ist
wahr. Alles ist offen, ist ehrlich, ist
ohne Taktik. Unbekannt sind dir die ewig
alten Spiele, die den Blick zum Werkzeug
machen. Du schaust, wie du fühlst, und in
den Tiefen deiner Augen kann ich dich
sehen,
Tier.

Inge Bott * 1941

## *Vorfrühling (Okto)*

Wenn samtgraue Weidenkätzchen
an einem frischen Vorfrühlingsmorgen
in den erwachenden Gärten,
beim Segeln der Wolkenschatten
Tautropfenkristalle fangen
und auf ihre Pelzmäntelchen legen,
sehnt sich der Tag
schon nach Sonnenwärme.

Eva Sarah Bottana * 1991

## *Ein kleines Stück Unendlichkeit*

Du kommst zu mir gelaufen
Durch warmen Sommer-Schnee

Ich seh in deinen grünen Augen,
einen spiegelnd blauen See

Das naturgelockte Haar
Verdeckt die kahle Glatze kaum

Bist aufgeregt und wach
In deinem ruhigen, sanften Traum

Wie versteinert und ganz steif
Gehst du behände immer weiter

Weinend und in Traurigkeit
Stehst du dann vor mir, völlig heiter

Sprichst mit glockenheller Stimme
Stumm, ohne ein Wort zu sagen

Während wir ganz eng umschlungen
Stehend auf der Wiese lagen.

Victoria Boywitt * 1986

## *Dein Lebensbaum*

Dein Lebensbaum
wächst durch Zeit und Raum.

Als junger Spross beginnend,
nach Wachstum und Stärke sinnend.

Behütet, gehegt und gepflegt
sich seine Entwicklung bewegt.

Gewachsen mit vielen geraden Ästen,
wo die Entwicklung war zum Besten.

Etliche dünne Zweige,
wo die Energie ging zur Neige.

Einige Äste ganz krumm,
wo für den geraden Weg fehlte der
Mumm.

Manche ineinander verschlungen,
wo ein Alleingang nicht gelungen.

Totes Holz mit welken Blättern von Zeit
zu Zeit –
wie erlebte und beendete Vergangenheit.

Frisches Grün rundherum,
denn das Wachstum ist noch nicht um.

Fest verwurzelt steht Dein Lebensbaum
und wächst immer weiter durch Zeit und
Raum.

Monika Brabenetz * 1959

## *Stückwerk*

Setz deine Lippen nicht auf meine Haut,
Berühr mich nicht,
Weil Wunden deinem Kuss
entgegenplatzen,
Die nicht heilen,
Die ich mir selber gab.

Ungeleimtes Stückwerk,
Knochen, Haut und Sehnen,
Nicht vorgesehn für immer,
Schnell aufs kleine Ich gestülpt.

Schon tropfen Einzelteile auf die Erde.
Der Körper ist mir locker um das Herz
gebaut.
Lose baumeln Glieder an den Enden meiner
Seele.

Tobias Bracht * 1973

## *Die Lupe*

Eine süße Frau voller Rasse
sieht beim Kaufmann eine Tasse,
besieht sich diese von allen Seiten,
entdeckt jedoch keine Besonderheiten.

Ihr Auge entdeckt 'nen winzigen Fleck,
–unter uns gesagt: 'n bisschen
Spinnendreck!
Schon eilt der Kaufmann voll Hoffnung
herbei,
dass der Kauf fast abgeschlossen sei.

Doch erweist sich das als irrer Wahn,
denn die Kundin fühlt ihm jetzt auf den
Zahn,
die Tasse sei ja im Grunde gar nichts mehr
wert,
die Sache sei doch wohl schon geklärt.

So gerät der Kaufmann in ziemliche Not
wegen eines Grammes Spinnenkot.
Er kann die Dame nicht mehr ertragen,
packt die Tasse nun rasch am Kragen.

Packt gratis noch zwei Geschenke dazu
und hat endlich seine verdiente Ruh'.
Denn Fehler, Stellen Schäden, Flecken,
kann man mit scharfem Auge entdecken!

Helena Brackmann * 1947

## *Advent*

Es ist Herbst,
die bunten Blätter
rauschen,
im Wald,
versuch zu lauschen,
der Melodie
es Weihnachtete bald.

Johanna Bradun

## *Ein ungelöster Kriminalfall*

Ein Mann, der Grillen fangen ging,
fand einen Mann,
der einsam hing,
und schnitt ihn ohne Hast
erst mal runter von dem Ast.
Sodann versenkte ihn der Tor
im tiefen, dunklen Moor.
Erst gestern fand man seine Leiche
bei Moorstedt an der Eiche.

Harald Braem * 1944

### *Keine halben Sachen*

Ein halber Weg führt durch ein ganzes
Leben;
Mit halbem Sinn
über Wiesen streifen,
halb mit Schnee bedeckt
und halb ergrünt.

Am Horizont
hängt halbe Nacht
neben gewöhnlich halber Sonne.
Halb leidend und halb hoffend.

Am grauen Wegesrand
steh'n halbe Sonnenblumen,
halb dem Lichte zugeneigt
und halb im Schatten versunken.

In dem halben Menschen
knistert halbe Leidenschaft
und wuchert halber Ärger
über all die halben Sachen.

Thomas Brandt * 1982

### *Wie bist du fremd geworden*

Wie bist du fremd geworden,
deine Augen sind wie blinde Fenster
und deine Worte flattern ziellos
wie die Fledermäuse durch die Nacht.

Deine Anmut
ist mit dem letzten Abendwind verweht
und deiner sanften Stimme Klang
verschollen.

Nur deine weißen Arme spiegeln sich
noch in den toten Wassern,
bald wird dein nackter Körper wie
eine unnahbare Felswand sein.

Schon decken dein Gesicht
Sanddünen der Vergänglichkeit
und deine hilflosen Gebärden
verschwimmen in den kalten Nebeln der
Niederungen.

Heinz Brandtner

### *Du kommst nicht mehr*

anfangs zählte ich die tage
um im haus des lebens
die größe des raumes
zu vermessen
der neu entstanden war

hinter mir
das vertraute zimmer
unserer gelebten zeit
verdunkelt

ich schlief
in deiner nähe
den rücken dir zugewandt

nach achtunddreißig Tagen
fiel die tür ins schloss

jetzt lebe ich stundenlos
im augenblick
mit dir im hellen raum
der erinnerung
der unvermessen wächst

Sibylle Braun

### *Trennung*

Meine ganze Kraft
steckt in Dir
und Du weißt
es nicht

Mein Lebenswille
geht dahin,
je weiter Du dich
entfernst

Doch plötzlich
siehe da,
das Leben
ist doch wunderbar

Ich raff mich auf
und bau ein Haus,
am Rande des
Abgrunds

Thomas Braun * 1974

## *Margeriten*

Vor der dunklen Fichtenwand
stehn sie dicht in weißer Fülle
über all den grünen Halmen,
hingeschneit am Wiesenrand.

Weiß gekleidet: Mädchen, Frauen,
lächeln still und schauen
über weites Wiesengrün
bis zum Horizont, dem blauen.

Wolfgang Braun * 1938

## *LebensSinn*

Des Lebens Sinn was ist's,
schon oft wollt' ich's ergründen.
Geblieben ist das Streben,
von Neuem zu beleben,
die Suche nach dem Wesen.

Lachen oder Weinen,
Freude oder Leid,
Reichtum oder Not,
Leben oder Tod.
Alles trägt einen Sinn.

Gesinnung ist's,
das bringt das eine oder andere,
das leitet Denken wie das Handeln.
Freiheit oder Knechtschaft wächst,
wie es der Mensch gedeihen lässt.

Eines mir gewiss,
den Sinn geb' ich mir selbst,
im Bunde mit dem Geist,
der trägt, belebt das Universum.

Hjalmar Brauner

## *Apokalypse*

Wenn die Schatten länger werden
und die Erde taumelnd kreist,
wenn sich Winde sturmgebärden,
der Tag endlose Nacht verheißt.

Die Luft zum Atmen birgt die Pest
und keiner greift mehr nach den Sternen,
wenn Adonai die Welt verlässt,
lebt man in unnahbaren Fernen.

Wenn Satan hält die Menschenbrut
in seinem Häschernetz gefangen,
der Weltenkessel siedet Blut,
bleich falben sich die Totenwangen.

Du Mensch erkanntest diese Pein,
zu Zeiten, als die Erde jünger,
ich hörte tausend Seelen schrein,
doch keiner rührte einen Finger!

Carola Bräuner * 1957

## *Der Dufte Edelstein*

Verborgen, versteckt, verheimlicht
zwischen Karton, Samt und Seide
hat sich ein Kästchen aufgetan.

Schnuppernd, schnüffelnd mit spitzer Nase
hat sich das Mäuschen beeilt, die Schatulle
mit der Nasenkraft aufzusprengen.

Da lag es, offen, blaß vor ihrer Nase
und entströmte in lieblicher Weise
einen nasenbetörenden Duft – zwar nur ein
kleiner, winziger, würziger roter Edelstein.

Doch duftend, süßlich-herb-mischend lullte
er nach und nach das Mäusenäschen ein –
Schwuppdiwupp war die Maus betörend
betrunken
und gefangen vom duften Käsegeruch des
Edelsteins.

Klaus Braunger * 1970

## *Abgetrieben*

Geträumt hab' ich dich und wusste nicht,
Dass du schon bei mir warst.
Beweint hab' ich dich in meinem Traum
Du nicht in meinen Armen lagst.

Geseh'n hab' ich dich in diesem Traum
In rotem Wasser liegen.
Die Arme nach mir ausgestreckt.
Und doch hab ich geschwiegen.

Du wolltest meinen Raum beschreiten,
Ein Stück des Weges mich begleiten.
Du gabst dein Herz in meine Hand.
Ich hab' mich nicht zu dir bekannt.

Zu groß die Angst, zu klein der Mut,
Hab' ich mich dir verschlossen,
Dich abgewehrt und ausgesperrt.
Und tausend Tränen in der Not von dir
und mir vergossen.

Verzeih' mir bitte, liebe Seele, es war mir
eine Lehre.
Von nun an will ich mutig sein, erweise dir
die Ehre
Und auch den Dank, der dir gebührt. Bist
du es doch gewesen,
Die mich im Stillen hingeführt, die Wunde
lässt genesen.

Gisela Brausch

## *Herbst*

Mein Blick geht zu Blumen, deren Blüte
vergeht,
Hummel und Biene wiegen sich im Wind,
den letzten Blütenstaub zu erhaschen,
ehe die Sonne wieder versinkt.

Im Rasen liegende Pflaumen, vom Igel
angenagt,
sein Bäuchlein ist rund, dank des Herbstes
Gunst,
die Haselnuss fällt, was die Mäuse erfreut,
auch das Eichhörnchen zeigt sich
geschwind.

Die Maden im Apfel, die Spinnen im Netz,
Schmetterlinge nur noch selten zu sehen,
bunte Blätter, sie tanzen zu Boden,
es sind Boten des Herbstes, der Sommer
vergeht.

Ein letzter Blick streift die Sonnenblumen,
deren Blüten leuchten so wunderschön,
auch ihre Farbe wird bald verblassen,
dann kehrt Stille in unseren Garten ein.

Gabriele Brausewetter

## *Der König*

Und liege ich am Boden
Mit dem Gesicht im Sand
Stehe ich bald wieder oben
Mit sicherem, festen Stand

Und drängt ihr mich in die Ecke
Hinein in ein Gebüsch aus Dorn
Springe ich über die Hecke
Wage die Flucht nach vorn

Und sitze ich nun im Gefängnis
Hinter dicken eisernen Stäben
So ist das nicht mein Verhängnis
Ich komme zurück ins Leben

Die Versuche sind vergeblich
Egal was ihr auch anstellt
Ich weiß ich bin der König
Und gehe lachend durch die Welt

Conrad Brean * 1989

## *Das Unverzichtbare*

Angst,
jeden Tag aufs Neue.
Armut, Elend, Krankheit.
Wo schlafen, was essen, reicht das Wasser?
Das Unverzichtbare zu knapp für so viele
bedürftige Menschen.
Der Kampf ums Überleben.

Du spürst die Sonne in deinem Gesicht,
der Wind streicht sanft durch dein Haar.
Du schließt die Augen und träumst dich
davon,
all deine Wünsche werden wahr.
Zufriedenheit erfüllt deinen Körper und
Geist,
Freude am Leben ist unverzichtbar.

Geld,
das Wichtigste, das zählt.
Reichtum, Luxus, Überfluss.
Wie stehen die Börsenkurse, wie hoch ist
mein Profit?
Keine Handlung ohne Gegenleistung,
Gewinn ist unverzichtbar.

Wer sind die Armen?

Kaja Breckwoldt * 1988

## *Der Traum*

Du nimmst meine Hand
Ohne mich zu berühren,
Ich küss Deinen Mund
Ohne dass wir es spüren,
Du stößt mich in fremde Welten,
Ohne mich zu führen.
Und Du weißt, keiner hat es je zuvor
gesehen.

Ich soll die Stimme singen hören
Für die ich mich sonst so schäm,
Ich soll das Kind und die Frau
An die Hände nehmen,
Um mit ihnen noch einmal
Die neuen Wege zu gehen.

Und zwischen den unzähligen Gesichtern,
Steh ich doch einsam
Inmitten der Nacht,
Um, wenn ich erwache,
Das Licht zu suchen,
Das mich das nächste Mal
Führt und bewacht.

Daria Bredow

## *Eine Hommage*

Du bist stabil,
und doch zerbrechlich.
Du erträgst so viel,
und doch so wenig.

Mit Dir
kann ich Ordnung halten.
Dank dir
bleibt das Chaos fern.

Ich brauche Dich,
oh Büroklammer.
Denn ohne Dich
fällt alles in heillose Unordnung.

Christian Breitenstein * 1978

## *Im Gehen*

Den See säumt ein Weg
Wasserglatter Spiegel
Die Bäume: lauter Wachsen
Dahinter fallen
Vögel

Die Halme
zementiertes Weiden
Im Intervall der
Schritte. Mit jedem Schritt
die Luft zerteilend, zerteilen sich
die Blicke.

Es stimmt.

Meine Füße sohlen Boden,
hartgebrannt dein Atem –

Dein Atem: In die Luft gelogen.
Es stimmt.
Es geht
Ein sommerlang

Stephanie Bremerich * 1982

## *Prassen – Tassen – Fallen lassen*

Er hat dich verlassen.
Du kannst es nicht fassen.
Du sitzt vor leeren Tassen.
Ihn erfreuen die vollen Kassen.

Er kann es nicht lassen.
Die anderen Frauen in Massen.
Du rennst durch die Gassen.
Du kannst es nicht fassen.

Die Geliebten plündern die Kassen,
das lässt ihn erblassen.
Nun ist es aus mit dem Prassen.
Er kann es nicht fassen.

Fuß will er wieder fassen,
bei deinen Tellern und Tassen.
Du wirst ihn verlassen.
Er kann es nimmer fassen!

Ingeborg Brendel

## *Mumul*

Ich wache morgens auf
um 14 Uhr 05
und meine dicke Mumul
steht wieder vor der Tür.
„Mach das und mache jenes,
räum auf das Geschirr."
Ich muss noch Staub wischen,
ich werde noch bald irr.
Die Treppe muss ich wischen
und Klo ist so verdreckt,
ich bin hier Aschenputtel
in männlichem Geschlecht.
Ich habe übernommen
den ganzen Haushalt,
und meine dicke Mumul
wird offensichtlich alt.
Ich hoffe, dass Prinzessin
mit langem blondem Haar
befreit mich eines Tages
aus diesem Wahn.

Mumul = Mütterchen

Lilia Breneise

## *Einladung*

Wenn Feminin
Und Maskulin harmonieren
Vergehen die Stunden
In zauberhafter Resonanz
Das Fatum wird abgelöst
Und die Begegnung wird episodisch

Heidrun-Auro Brenjo

## *Irdisches*

Mitternacht und vielleicht kurz danach
Wang an die Scheibe, Aug zu
Steh ich da, lausch aufs sparsame
Regensieben

Ist die Liebe erst einmal fort
Findst du sie nicht mehr, wie fern du auch
suchst
Nicht wenn's hundert mal vier hundert
Meilen wär'n
Ist sie für allzeit weggeblieben

Der Schmerz, so real, so unbändig jetzt
Er beinahe umspannt das All
Ob er nun linder erträglicher wird
Mit dem Wissen: dereinst, irgendwo
Wird all unser Gram stille zu nichts
zerrieben

Ist die Liebe erst einmal fort
Find'st du sie nicht mehr, wie fern du auch
suchst
Nicht wenn's hundertmal vier hundert
Meilen wär'n
Ist sie für allzeit weggeblieben

Julian Brescanu * 1968

## *Blume der Nacht*

Schöne Blume der Nacht
öffne dich
Schlangenhaut
pelzverhüllt
Moschusduft

Elfenbeinfarbene Glieder
flüsternde Haut
weich, glatt
liebkosende Brandung
der Zungen.

Johanna Breßler * 1952

Tu es der Blume gleich
und wende dein Gesicht
stets der Sonne zu.

Sarah Breuer * 1986

## *Spannungskurve*

Gieß nicht Öl ins Feuer.
Die Spannungskurve kommt aus dem
Gleis.
Worte sind manchmal vergiftete Pfeile.
Lies sie leise, die lange Lebenszeile.
Gib sie nicht auf um jeden Preis.
Ein Zusammensein ist kein Abenteuer.

Sprich durch die Blume von heiklen
Sachen.
Der Wortuntergrund birgt manche Spur.
Die Augensuche kommt zu Wort.
Nimm den Wunschtraum als
Sehnsuchtsort.
Ein Mangel an Gefühlskonjunktur
ist durch Vertrauensvorschuss
wettzumachen.

Hartmut Brie * 1943

## *Das Meer*

Dort liegt es das Meer, schwarz wie die
Nacht,
und düster der Himmel, so fern ist der Tag.

Mit donnernden Wogen wie Paukenschlag,
durchdringt es die heimliche Stille der
Nacht.

Mit gierigen Zungen leckt es den Sand,
mordlustig nach Leben und Land.

Es zieht sich mit Krallen am Strande
empor,
bald hat es erreicht des Menschen Tor.

Die Boote am Strande erst frisch geteert,
sie zerren an Tauen, sie halten nicht mehr.

Das Meer reißt sie fort, ganz ohne
Erbarmen,
ob's Boote sind von Reich' oder Armen.

Schon hat es die ersten Häuser erreicht,
die Menschen stürzen vor Schrecken
bleicht,

hinaus auf die Straße und irre und leer,
sie laufen hinein in die Woge des Meer's.

So kehrt es zurück in sein dunkles Bette
und hat geschlossen mit dem Tode die
Wette.

Dort liegt es, das Meer, so friedlich und
still.
Der Tag ist gekommen, so Gott es will.

Margret Brink * 1940

## *Einsamkeit*

Als ich dich gesehen hab, verlor ich den
Verstand,
doch was ich mir ersehnte, verlief sich
schnell im Sand,
du gingst zu einer anderen und ließest mich
allein,
warum?, frag ich mich heute, musste das so
sein!

Wir sprachen über dich und mich,
von Liebe und vom Glück.
Ich lieb nur dich, das weißt du doch,
komm bitte bald zurück.
Das Warten, das zermartert mich,
drum lass dich wieder sehn,
dann wird für mich der Traum vom Glück
noch in Erfüllung gehn.

Doch bleibst du fort, verwelke ich wie
Blumen auf dem Grab
und was mir bleibt – Erinnerung, die ich
im Herzen hab.
Die Nacht mit dir, dein letzter Kuss, das
alles tut mir weh,
dein letzter Satz: „Auf Wiedersehn, adieu,
Liebling, ich geh" ...

Gloria-Brigitte Brinkmann * 1944

## *Ganz in der Nähe des Abends*

Im Sommer traumhaft ist die Zeit,
wenn die Abendstunden nicht mehr weit.
Dann, gesättigt von der Sonne Glut,
unsere Erde träge in sich ruht.
Still liegt des Meer, die Luft ist lau,
Hand in Hand gehn' Blau in Blau.
Mein Körper kost den gelben Sand,
warm und weich fühlt ihn die Hand.
Beschaulich, dicht und sanft gewellt,
– mein Auge weidet die kleine Welt.
Mich lockt das Nass, das liebevoll den
Körper streichelt
und zart den gleitenden Gliedern
schmeichelt.
Hüllende Freiheit, die das Wasser gibt,
mir wohlig Körper und Geist erquickt.
Die Sonne senkt sich tiefer jetzt,
die rote Scheibe noch nicht benetzt.
So vielen Dank du schöner Erdenort,
tief seist' du in meinem Herzen –
für immerfort;
denn – ich habe mich gespürt und meine
Seele erfreut,
ganz in der Nähe des Abends heut'.

Margit Christa Brinkmann * 1956

## *Etwas*

Sehe ich
etwas Neues
denke ich nur:
Ich kann es nicht
mit dir teilen

Sehe ich
etwas Altes
denke ich nur:
Ich kann es
nicht mehr
mit dir teilen

So
will ich
nichts mehr sehen

Sebastian Brisse * 1983

## *Für meinen Vater*

Sieben Soldaten sah ich einmal sitzen in
Mutters Stube.
Der erste war ein Helm aus Stahl, darunter
ein lockiger Bube.

Der zweite war ein Küchenschrank, hat
einen Brotsack geschwungen.
Mich hielt er auf der hölzern' Bank und
Mutter fest umschlungen.

Der dritte war ein Tisch, ganz blank, auf
schwarzen Stiefelbeinen.
Ich wurde von den Masern krank, die
Mutter rot vom Weinen.

Der vierte war ein eckig' Paket voll
Wanzen in Strümpfen zum Waschen.
Die Mutter trank einen Schweiß mit Met
und gab mir die Wanzen zum
Naschen.

Der fünfte war ein Splittersporn, lag weiß
umwickelt im Bett.
Die Mutter trug den Bauch weit vorn. Ich
spielte im Lazarett.

Der sechste war ein grauer Schal, der
konnte nur leise flüstern.
Er war es, der mir die Wiege stahl. Er ließ
sie im Ofen verknistern.

Der siebte war ein Mantelmann mit dürren
Haarenspießen.
Der starrte fünf leere Teller an und fragte,
wie wir hießen.

Esther Brodersen-Gleichenhagen

## *Das alte Haus am Meer*

Du ließest sie einst durch offene Türen,
sich wagen herein in dein junges Heim,
die Jahreszeiten; doch heute sie führen
ihren Blick über moosbedeckten Stein.

Der Wind sucht Schutz zwischen
ächzenden Balken,
ein letztes Mal auf seinem Weg vom Meer.
Trotz seines Abschieds wirkst du so
verhalten,
im stummen Warten auf die Wiederkehr.

Oft, wenn ich hör' dein atemloses
Schweigen,
verlier' ich langsam mich in Zeit und
Raum,
ich lasse mich von deiner Ruhe treiben,
dein ewig Hoffen fließt in meinen Traum.

Die Spannung scheint allmählich sich zu
lösen,
das Harren weckt erneut in mir das Kind,
die Ferne ist erfüllt von leisen Tönen,
die Rückkehr naht, es ist dein Freund, der
Wind.

Vertraute Körper finden sich umschlungen,
sein Atem läßt dich nie mehr werden bang.
Du bist seit Jahren an den Ort gebunden,
die Heimkehr euch vereint im Zwiegesang.

Andrea-Maria Bröhan

## *Männersorgen*

Erzähl, erzähl, oder sind es Lügen?
Was sagst du, sie soll mich betrügen?
Sie setzt mir Hörner auf, oh weh!
Wer hat's getan, sprich, werd ich ihn
sehen?
Du weißt es doch, ich bin ihr Mann.
Sag mir, ob ich es glauben kann.
Gewiß, gewiß, ein Mann, ein Wort,
Ertapp ich sie im Bett dem meinen,

Ich jag dann meine Liebste fort.
Find ich sie vor jedoch allein,
Ruft's in mir laut: „Ich bin dein Mann!"
Ich küß sie, weil ich es darf und kann,
Dann sehe ich das blonde Seidenhaar,
Es schauen dann zwei Augenpaar,
Die sich im Lustgenusse baden.
Es entstand, ich mein, kein Eheschaden.
Wer glaubt, er sei ein Ehrenmann,
Kein angesagtes Wort ihn wird betrüben.
Wer fremdes Glück nicht sehen kann,
Der kann nicht wirklich lieben.

Jürgen Brokmeier

## *ohne Titel*

überfüllte Einsamkeit in berstenden
Räumen,
Verbindungen suchende tote Worte,
kalte Augen ohne wieder Erkennen
begegnen sich
auf dem selben Weg.

Margret Brombacher

## *Der Meeresgrund*

Wellen ... es geschieht in Wellen
Werde ich je den Meeresgrund erreichen?
Werde ich jemals die Tiefsee
ertragen?
Werde ich je den Tiefenrausch erfahren?
Werde ich je den klaren Himmel
wieder seh'n?
Der Mond zieht die Gezeiten, das Herz
zieht unser Blut
Ich bin ... nackt und bloß, Meerjungfrau
Auf jedem Quadratzentimeter meines
Körpers lastet der Druck von Tonnen
Jeden Quadratzentimeter meines Körpers
streicheln deine Fingerspitzen
Der Mond treibt die Gezeiten, das Herz
treibt unser Blut
Meerfrau
Warm, kalt ... wir bewegen uns mit der
Strömung
Kalt, warm ... wir folgen dem Sog
Wir lassen uns von den Wellen treiben
Mal aufgewühlt und heftig, mal fließend
und sanft
Die Sonnenstrahlen brechen sich im
Wasser, alles sieht schöner aus
Das Licht versickert in der Tintenschwärze,
ich kann nichts mehr sehen
Die Fische glitzern in allen
Regenbogenfarben
Die Bewohner der Tiefsee sind schwarz und
augenlos
Der Mensch besteht zu 75% aus Wasser.
Etwas in mir, etwas in dir, etwas in uns
Sehnt sich ... nach dem Meer ...

Hannah Brosch * 1986

## *Erkenntnis*

Ich bin, wie ich bin!
Subjektive Erkenntnis vom eigenen Sinn.
Bin ich wirklich, wie ich bin,
wenn andre urteilen ohnehin?

Scheint mein Ich nur Ich zu sein,
weil andre sagen, ich sei Dein?
Welch geistig Spiel, welch sinnig Ziel,
zu erkennen, dass Nichts ist so viel!

Wer sagt denn, dass es so ist, wie es ist,
bei der auf Erden kurzen Daseinsfrist?
Es könnte doch sein, dass es ist eine List,
um zu beruhigen vor dem, was DU bist!

Manfred Brösicke * 1945

## *Engel der Musik*

Unnahbar wie ein Schatten.
Grenzenlos mysteriös und erotisch zugleich.
Betörende Stimme, die mich in ihren Bann
zieht.

Inspiration pur, trotz harter Erziehung.
Vertrauen.
Wohlbefinden umgarnt mich.
Emotionales Feuerwerk, Genugtuung.
Halt, wo es keinen mehr zu geben scheint.
Ein unsichtbares Band.
Faszination, Verlangen.
Animation, an musische Grenzen zu gehen,
diese zu überschreiten.
Ein neues Ich.
Dank Dir.
Mit Dir.

Nadja Brotschi * 1985

In die Stille hinein
tropft ein Wort,
gemacht aus
Ägyptens altem Sand,
Zeichen der Mumie,
Gebet der Sklaven,
es führt
in die Stille
von Äonen,
nenn mir nur,
was zu benennen ist.
Hohn, Spott
auf jedes Wort,
mag es dienen,
wem es will.
Allein die Liebe
sucht
den Mantel der
Sprachlosigkeit.

Andrea Bruch * 1957

## *Entspannung*

Ich liege
genüßlich
die Beine weit von mir gestreckt
auf dem kühlen Leinenlaken.

Draußen die brütende Sonnenhitze
kann
nicht meine Füße kitzeln,
nicht meinen Kopf verbrennen.

Jalousien lassen nur
gedämpftes Licht herein.
Der Körper, unbedeckt,
räkelt sich wohlig schnurrend.

Jetzt ein kühles Glas Champagner,
saftiges Obst,
träumen – von Urlaub,
von spielenden Wellen am Meeresstrand,
einer zärtlichen Umarmung

und mehr –

Helma vom Bruch

## *Über die Zeit*

Es rast der Finger im runden Gestell,
mal ist es dunkel und dann wieder hell.
Die Zeit, sie vergeht, sie vergeht,
ist wie vom Winde verweht.

Immer dreht sich die Welt im Kreis,
die Zeit auf ihr steht niemals stille.
Schwebt über Länder, ja Kontinente voll
Fleiß,
reine Routine, kein eigener Wille.

Man sagt, die Zeit heile alle Wunden,
es dauere nur Sekunden, Minuten,
Stunden.
Es oft aber einige Jahre braucht zu
ertragen,
bis man wieder etwas Neues kann wagen.

Wo ist nur geblieben die Zeit?
Wohin ist sie so schnell verschwunden?
Wohin ist sie gegangen, wie weit?
Hat sich wohl mit dem Universum
verbunden.

Alexandra Brück

## *Ein Teddybär*

Ein hoch betagter Teddybär
tat sich beim Sehen sichtlich schwer,
denn er musste es erleiden,
dass ein Auge fehlt von beiden.

Die Ohren saßen nicht mehr recht
und sitzen, das ging auch nur schlecht.
Die Beine wollten nicht mehr tragen
und Stimme war oft am Versagen.

Der Rücken war vom Liegen wund,
das gab der Krankenhausbefund.
Der Zustand also war getrübt,
der Teddy aber heiß geliebt.

So lag er dann im Krankenbett,
das Personal war lieb und nett,
der Chefarzt operierte ihn,
jetzt kann man schon die Fäden zieh'n.

Horst Robert Brück

## *Letzte Liebe*

Der letzte Abschnitt unerfüllter Träume
eines Lebens
Sehnsucht nie gekannter Leidenschaft
bricht an.
Die Quelle der Beständigkeit
Ist ein Konzert mit kristallklaren Noten
Auf der Suche nach Harmonie.

Die Decke der Finsternis zwischen Körper
und Seele
Hebt sich mit zartfühlender Hand
Und streichelt ein Blatt mit Licht.
Taucht ein in das Land der Gefühle und
Sinne.
Im Tal der Elfen und Zauberworte.

Kochend, wie das noch ungezähmte Herz
Eines nie erreichten Triumphes
Vollständig erleben und lieben.
Hier anzukommen, bedeutet das Ziel.
Verheißung, letzte Liebe des Lebens.

Annabelle Brucker * 1942

## *Sonnenland*

Hinter den Hügel
dort wo das lichtwarme
Sonnenland liegt
sehnst du dich hin
du flatternder angstzarter Vogel

O lass dich finden
durch zehrendes Träumen
fühlbar gehört und liebevoll
geleitet wie mit Engelsflügeln
ganz umfangen wirst du
lang erwartet

Kriemhild Brüggemann * 1946

## *Der Weg*

Jung im Frühjahr dem Leben
entgegengesehen
bereit mein Glück zu finden
wer wird wohl an meinem Wegesrand
stehen
der will dies Herz an sich binden

Der Sommer bracht' scheinbare Seligkeit
die nur blieb von kurzer Dauer
aus Suchen wird Warten auf Gelegenheit
dass jemand bricht meines Herzens Mauer

Alt sind die Schatten lang geworden
im Herbst die Zeit wird knapp
was bleibt ist die Gewissheit
im Winter läuft sie ab

Timo Brühl * 1975

## *Für Dich*

Rosen sind rot.
Veilchen sind blau.
du bist für mich die schönste Frau.

Rosen sind rot.
Veilchen sind blau.
Ich liebe dich von ganzem Herzen,
das weiß ich genau.

Rosen sind rot.
Veilchen sind blau.
Liebe ist etwas Wunderbares,
sie ist das Schönste auf der Welt.

Rosen sind rot.
Veilchen sind blau.
Und du bist endlich meine Frau.
Rosen sind rot.

Veilchen sind blau.
Und ich liebe dich so sehr, das weiß ich
genau.

Stefan Brüning * 1996

## *Fragen über Fragen*

Fragen über Fragen, die mich gefangen
haben
innerlich mich binden, gar kein Ende
finden
weil hinter jeder Antwort die man nennt
schon die nächste Frage brennt.

Und was, wenn alle Fragen, dann bis zum
Himmel ragen
versperren mir die Sicht, nehmen mir das
Licht?
Schon wieder eine Frage
eine Antwort – ich nicht wage!

Fragen über Fragen, die mich alle plagen
was ich lieber tät, gern von früh bis spät
ist mich frei bewegen
und nicht grübeln – sondern leben.

Doch was soll ich sagen, Fragen über
Fragen
kreisen mir im Kopf , reich mir einen Topf
in den ich sie kann geben
ich will wieder leben!

Monika Brunow * 1957

## *Ich schenke dir Zeit*

Zeit
für glückliche Stunden.

Über Wiesen zu geh'n,
Gipfel der Berge seh'n,
eine Hand, die deine Hand hält,
wo jeder Augenblick zählt.

Ich schenke dir Zeit,
auf Wolken zu schweben,
Herzschlag spüren,
die Seele berühren.

Ich schenke dir Zeit,
willst du sie annehmen?
Mit mir erleben,
an fernen Ufern träumen,
keine Stunde versäumen.

Ich schenke dir Zeit.
Gibst du mir deine dafür?

Rosalie Bruns * 1937

## *Spätes Liebeslied*

*A Lei che sa*

Im Zögern
jener atemlosen Wendung,
im scheuen Ausdruck
vorgegebnen Grundes
aus Scham des Zuviels,
die sich, mädchenhaft,

jäh, niederläßt
aufs Abendrot der Wangen:

wie sprechend ist er,
jener Gegensatz
des hellen Tönens
ihres Drängens
und des Versagens
konsequenten Einspruchs,
des aufgestörten Stau Gefühls,
erster Verwirrung
staunend-fliehnder Neigung
und jener Furcht
des Aus-sich-Tretens.
Ich will ihn halten ...

Wolfgang Brunsch * 1948

## *Unerwiderte Blicke*

Stolzen Schrittes schreitet schwebend
Strahlendschön dies holde Weib.
Dieser Anblick – so erhebend! –
Fährt mir flammend durch den Leib.

Wird sie meinen Blick erwidern,
Den ich herzlichst ihr erbot?
Winkt sie scheu mit ihren Lidern;
Leuchten ihre Wangen rot?

Bis zum Halse schlägt mein Herz mir;
Weich wie Wachs sind meine Knie.
Jeder sieht mich, wie ich steh' hier;
Alle schauen – nur nicht sie!

Kann ein andres Herz ermessen,
Welches Leid mich überzieht,
Ach, wenn sie mit ihren kessen
Äuglein schweift – und mich nicht sieht?!

Mag trotzdem mich an ihr erquicken,
Weil sie mir so gut gefällt.
Gäb sie nur mit ihren Blicken
Mir den schönsten Kuß der Welt!

Thomas Bryant * 1979

## *Der Schneeflockentänzer*

Schneeflockentänzer
Langeweileschwänzer
Lebensfresser
Sorgenvergesser
Energiedrachenschenker
Regelverrenker
Denker
Schrankenbeschränker
Selbstschicksallenker

Thomas Bucheli

## *Das alte Schiff*

Abgemustert haben die Matrosen
und Rost kam an Bord.
Er trägt in kleinen Dosen
jedes Leben mit sich fort.

Mit Masten hoch wie Türme
liegt das Schiff im Hafen.
Überstand gar manche Stürme
und möchte endlich schlafen.

Einst bauschte der Wind
Segel weiß wie Schwäne
und machte es geschwind.
Wo ist Geld für neue Pläne?

Der Stolz der Meere
warf den letzten Anker
und einen Blick ins Leere.
Von ferne grüßt ein Tanker.

Achtern flattert eine Fahne,
die schon bessere Zeiten sah.
Als ob das Schiff es ahne,
ist sein Ende nah.

Bernhard Büchner

## *Winter*

Tief hängender Himmel. Taubengrau.
Kahle Äste fegen Fahlsonne.
Schwarz schweigend Dohlen im Feld.
Aufgebrochen die Erde. Furchen froststarr.

Laubhügel aufgetürmt vom Wind. Bizarr
Gefrostet. Pfützeneis klirrt unterm Schritt.
Hagebutten und Schlehen runzlig entsaftet.
Reifweiß der Weg. Öde. Verlassen.

Krähenzüge. Ein Specht höhlt den Baum.
Es schneit. Schicht für Schicht vertönt
Die Welt. Rauschen im Kopf. Unter der
Rinde des Stammes raunt dunkel
Erwachen.

Marianne Büchner

## *Lebenssicht*

Ich hab meine Mutter gesehn und fühlte ihr Gesicht, sie kam und trug mich ans Licht.

Ich hab meinen Bruder gesehn, meinen ersten Freund,
wir lebten in Leid und lebten in Freud.

Ich hab Jesus am Kreuz gesehn, mit kleinen Schuhn, großen Fußes vergab er mir mein Tun.

Ich sah meinen Lehrer, ernst und streng,
meine Kindheit wurde kühl und eng.

Ich sah meinen Feind stark und laut, er hat sich nie mehr an mich rangetraut.

Ich sah den Tod mit dunkler Miene stehn, ich hörte: das Leben muss weiter gehn.

Ich sah meine erste Liebe im Mai, war im siebten Himmel und doch nicht frei.

Ich sah das Bier in meiner Hand, nicht das letzte Mal verlor ich den Verstand.

Ich sah meine Tochter so schön und rein,
im Klang meiner Lieder schlief sie ein.

Ich hab den Teufel gesehen, öfters als Gott,
doch nur die Haare versenkte ich mir auf seinem Schafott.

Ich hab die Einsamkeit gesehn, im tiefen schwarzen Tal, als meine Partnerin, mit Segen und Qual.

Ich sah das Geld das uns verdarb und die Treue die daran starb.

Ich hab die Zeit gesehn, an mir vorüberschnellen,
mit Erfahrung und Alter, ihren treuen Gesellen.

Ich hab die Zukunft nicht gesehn, du konntest es auch nicht, doch wünsch ich dir allzeit gute Sicht.

Torsten Büchner * 1963

## *Nur du*

Ich seh' durch sie hindurch,
– lichte Nebelschwaden nur –
ihren spitzen Worten gelingt nicht,
zu durchdringen meine Haut

Hab' mich längst fortgeträumt;
sacht umfasst mit warmer Hand
der laue Sommerwind mein Herz
– hier erreicht mich niemand unerwünscht

Wenn's leise klopft an unsichtbare Türen,
kannst nur du es sein mit sachtem Bitten
Öffne kurz – doch weit – der Seelen Arme:
Tritt ein geschwind und schließ' die Pforte

Antje Buder * 1964

*Zum heiteren Gemüt*

Heiteres Gemüt
nicht einfach so erblüht.
Gar mancher Schatten huscht vorbei
in des Alltags Einerlei.

Verdüstert uns das Leben,
falls wir Raum ihm geben.
Es kämpft die Freude mit dem Frust,
der uns raubt die Lebenslust.

Und Gedanken kreisen, kreisen,
wenn wir sie nicht von uns weisen,
die uns schaffen Müh und Plag,
vermiesen uns den hellsten Tag.

Es führt ein Weg in bessre Zeiten,
so den engen Blick wir weiten.
Schauen auf zum Himmelszelt,
erscheint viel blauer uns die Welt.

Mond und Sterne funkeln
für uns des Nachts im Dunkeln.
Wer weiß, vielleicht erblüht
vor Freude heiteres Gemüt?

Maria Bügler-Küttel * 1943

*Schauspiel*

Gift'ge Galle ausgespuckt
grün im Gesicht
Blues mischt Seele auf
Melancholie überall

ein voller Mond
hängt noch im Tag
Rosenrot der Februar
kaltes Blau im Weiß

Gedanke grast im Niemandsland
Stiefel stecken im Schlamm
ein Hut hebt ab in Leichtigkeit
stumm bricht's aus den Augen
ein Palmkatz springt aus Baumesherz
es taut es taut es taut
im Tränenregen steht er da
auf erbsengrünen Rasen
ein Baum im Frühjahrsgarten

Maria Buhl * 1957

*Noch immer*

Mensch
wieviel Energie
und Fortschritt
hältst du
in deinen Händen?

gigantische Bauwerke
türmen sich auf
nach deinem Plan

du greifst
nach den Sternen

du eroberst den Mond

du schickst
Sonden und Raketen
durchs Weltall

neue Kühnheiten
entspringen
deinem Geist

noch immer
verhungern Menschen

Erika Buhr * 1932

*Das goldene Lachen*

Sie sind die ehrlichsten Menschen
Sie können keine Gefühle vertuschen
Sie sind noch jung und unbeinflusst
Ihr Glück ist ihnen oft unbewusst
Ihr Lachen ist des Goldes Reinheit
Es strahlt aus wahre Glücklichkeit

Sie sind die Hoffnung der Zukunft
Als gäben sie der Liebe Unterkunft
Es sind diese Menschen, die niemand ernst
zu nehmen scheint
Es sind unsere Kleinsten, alle vereint
Die Rede ist vom unschuldigen
Kinderlachen
Es hat die Kraft, alle glücklich zu machen
Jeder von uns war einst solch ein Kindlein
In uns drin ist irgendwo verborgen
das Gold welches auswischt die Sorgen
Sei mutig es allen zu zeigen
Gehöre nicht zu den Feigen
Nimm ein Beispiel am echten Lachen
Lerne es den Kleinen nach – den Grossen
vorzumachen

Corinne S. Bührer * 1989

Nichts lodert so hell
wie das Höllenfeuer bei Nacht,
wenn Gott sagt, jetzt
reicht's mir.
Hol die Posaune raus,
Michael!

Gisela Bulla

## *Spinnweben*

Spinnweben in so manchen Ecken
sich über Jahre grazil verstecken
zeugen von Zeit, die deutlich verging
sie anzuschauen hat einen Sinn

so wie die Spinne tag und täglich
emsig spinnt ihr Netz unsäglich
erfordert es auch vom Menschlein Kraft
Liebe zu weben mit Leidenschaft

das Netz zu spinnen Jahr um Jahr
von Mensch zu Mensch bis hin zum Paar
bemüht im Erneuern verletzter Fäden
die Kräfte stetig neu abzuwägen

jenes Kunstwerk bedarf geduldiger Müh
unermüdliche Ausdauer von Spät bis Früh
um nach Jahren gemeinsamer Arbeitszeit
zu bestaunen seine zarte Formvollendetheit

Rita Bündgen * 1963

Die Hölle hat sie schon gesehen, ihr kann
man nicht mehr drohen,
Die Trauer gräbt sich tief ins Fleisch, ihr
Herz wird niemals ruhen.
So starr, so kalt, so blind geworden,
Was kann sie euch noch geben?
Zweifel in der Dunkelheit geboren,
Sie rufen: „Lass uns in dir leben!"

Die Zunge schmeckt nur Bitteres, egal was
sie versucht.
Gedankenflüsse erobern Geist und Seele,
Das Dunkle auf dem Siegeszug,
Es wacht, dass sie sich nicht erhebe.
Doch unbemerkt und leise, lösen sich die
Widerhaken,
Luft strömt durch die Schatten – „Gib
nicht auf und lebe!"

Daniela Bunn * 1981

## *Wortwechsel*

Dein Wort
wirft
mein Wort
Ton
für
Ton
ins Nichts

Margot Burchert * 1961

## *Näher als nah*

Kannst Du mir eine Nähe geben,
die näher ist als nah?
Sie soll ohne Schein sein,
ohne Schein auf Zweisamkeit

in einen wirtschaftlichen
zusammen sein,
ohne Limiten auf denken
und handeln.
Kannst Du mir unbegrenzte
Nähe geben, die näher ist als nah,
die mit ihre Unbegrenztheit
meiner Freiheit bewahren kann?
Weißt Du nicht, dass es möglich ist?
Mach mich zum Deinem Lehrer,
ich zeige dir, die Nähe, die näher
ist als nah und nicht begrenzt,
obwohl sie monolithisch ist.

Ivonne Burczyk * 1961

## *Abendrot*

Abendrot scheint auf die Felder,
Blumen blühn am Wiesenrain,
lauer Wind weht durch die Wälder,
und die Luft ist klar und rein.

Aus der Ferne klingen Lieder,
Kinderstimmen hell und klar.
Jugendbilder kehren wieder,
alles lebt, was einmal war.

Wolken ziehen leicht vorüber
und entschwinden wie die Zeit.
Doch sie kehren immer wieder
wie das Glück und wie das Leid.

Jakob Büren * 1924

## ***

Nur noch paar Schritte
Und ich bin wieder hier ...
In Erwartung, in Hoffnung
Gehetztes Tier.
Es bleibt alles beim alten,
Es geschieht wieder nichts.
Hätt' es gedonnert oder hätt' es geblitzt –
Hätt' ich Planeten in Bewegung gesetzt ...
Doch ich bin wieder kraftlos
Stoppt doch dieses Gehetz'!

Gin Burg

## *Oase des Lebens*

Wüstenland,
Wüstensand,
das Glühen der Sonne,
die Wiederkehr –
Hinter den endlosen Sandmeeren
bei den grünen Quellen,
dort nahe den Wüstenblumen,
stehen die Wasserträgerinnen
und schöpfen aus dem Brunnen
neues Leben.

Ingrid Burg * 1952

## *Niemals*

In der Nacht bin ich erwacht und bemerkte
meine Einsamkeit,
es war Leichtsinnigkeit zu fallen, zu malen
ein Bild von Zukunft, von Liebe, von
Träumen, von dir.

Dumm zu glauben, du würdest bleiben für
immer bei mir.
Ich sah helles Licht, doch es war nicht das,
was ich glaubte,
es war nur Schein, und mein,
mein Herz zerbricht in tausend Stück,
wenn ich nur denke und dir schenke mich.

Du hast entnommen alles, was ich habe,
ich gab dir Liebe, du gabst mir Schmerz,
du hast mich ausgesaugt, mein Blut
und nur noch fließt die Tränenflut.

Doch warum hast du auch nicht dies
genommen,
wenn du mir schon Herz und Seele hast
entnommen?

Dann wär' ich frei, du bist nicht mein,
du wirst es niemals wieder sein.

Helene Burgardt * 1988

## *Das Spiel*
*Für Martina*

Tennisbälle rollen
Triumphierend
Dem Sieg entgegen

Züge rollen
Ausgebrannt
Der Ungewißheit entgegen

Tränen rollen
Unaufhaltsam
Der Ewigkeit entgegen

Sofie Burggraf

## *J*

In deinen Armen liegend
Die Unendlichkeit spürend
Durch die Ewigkeit fliegend
Dich durchs Leben führend

Mich an dich schmiegen
Deine Lippen küssen
Alles zu kriegen
Nichts zu müssen

So möchte ich leben
Eine Legende
Für dich alles geben
Bis ans – Ende.

Carolin Burmester * 1990

## *Der unausgesprochene Traum*

Wenn du Menschen
nach ihrem Traum befragst
so wirst du Erleben
wie sie erzählen.

Die Augen funkeln
wie neugeborene Sterne,
die Stimme so sehr
von Sehnsucht verzehrt.

Es ist nur dieser kleine Moment,
dann wachen sie auf
in ihrer kleinen Welt.

Den tiefen Wunsch
in die Ferne verbannt
dass kleine Denken
vor den Karren gespannt.

Sorgen und Schmerz
ziehen sie hinter sich her,
als wenn es das Brandmal
ihres Herzens wäre.

Anna Burstedde-Raptis * 1968

## *Abendgedicht für Klein-Friedrich*

Nun schlafe schön mein kleiner Spatz,
schließ deine lieben Äuglein zu.
Sollst seh'n du süßer Hosenmatz,
im Traumland bist du wie im Nu.

Englein werden dich begleiten,
behüten deinen süßen Schlaf,
durch alle Träume dich geleiten,
mein kleiner Prinz, so lieb und brav.

Und wenn du in der Früh erwacht,
sitz ich an deiner Wiege,
nehm in den Arm dich mit Bedacht,
voll Dankbarkeit und Liebe.

Dagmar Buschhauer * 1952

## *Kunstapparat*

Durch das Getriebe läuft Blut.
Die Kunst schreit Freiheit!
Doch es fehlt der Mut.

Ein System beurteilt Emotion.
Die Kunst schreit Wahrheit!
Kreative Reduktion?

Sara Buschulte * 1983

## *MediTerraNeo*

Hier im einsamen Tal
Allein mit Vogelruf und Düsengroll
Auf der Suche nach der Stille wieder mal
Doch die Himmelshochstrasse ist voll

Lautloser Bussardflug und geschwätziger
Meisenschwarm
Der Reiher ruft hoch über mir
Oktobersonne hält noch immer warm
Ich schrieb Worte aufs Papier

Doch wirst Du spüren, was ich sage?
Verklingt es nicht wie hohles Holz unter
Spechtgehämmer?
Das leise Lied der Wälder:
Kettensägennaherholungsplage
Wo bleibt der
Düsendonnerexplosionswellen-
dämmer ?

Glücklicher seltener Moment frei von
Gartenzaun
Doch um mich nur klappernder
Waldfrevelsport
Naives Hochleistungswissenschafts-
vertrauen
Ans Ende aller Düsenstrahlen zieht es mich
weg von diesem Ort

Zugemauerte mediterrane
Spekulantenküste
Sehnsuchtsziel wintergeplagter Glieder
Afrika entleert seine Wüste
Menschenladungen sprengen Europas
Mieder

Benno Bussard * 1956

## *365 Hexagone*

Zu spät blühen die Gesichter,
zu früh welken sie.
Der Mensch kennt nur ein Jahr,

von der Brust bis zum Berg ein
Meilenstein,
zur Klippe ein Katzensprung.

Auf dem Sommer folgt der Herbst,
bald darauf friert alles tief.

Mitunter können Menschen gehen,
die meisten stehen,
in ihrer Zeit,
und denken an die Schneeflocken.

Christoph Butters * 1977

## *Wolkenperspektive*

Wenn ich in den Wolken schwebe,
mich in der Schwerelosigkeit verwebe,
dann ist es leicht ein Teil des Ganzen zu
sein.
Aber bewege ich mich auf Erdengrund,
erscheine ich seltsam unpassend in dem
gesamten Rund.
Von oben betrachtet scheint alles
bedeutungslos.
Das menschliche Wissen über sich
zuspitzende historische Katastrophen
ist nicht all zu groß.
Aber die Ernsthaftigkeit des Seins ist im
gesellschaftlichen Tun geprägt.
Wehe den, der nur das Lustwandeln
erwägt.

Oh, ich will nicht zu ernsthaft sein.
Mich in mein zartes Wolkenbett zu
träumen, bedeutet frei zu sein.

Sylvia Bysen * 1972

## *Die Wüste*

Im Nu
verweht der Fuß,
kaum gesetzt
in den Sand
im Niemandsland

So flieht der Fuß
mit dem Wind
ganz geschwind
ins Nirgendwo
einfach so, einfach so.

Ikka Capellan * 1949

## *Herzwasser*

In meinem Herzen
wachsen Blumen
und die Schönste,
das bist Du.
Ganz gleich,
ob Du willst
oder nicht –
ich gieß' Dich
immerzu.
Und manchmal wenn
ich traurig bin
von all den Dingen
und dem Sehnen –
dann gieße ich Dich
auch schon mal
mit meines Herzens
Tränen

Sylvie Caputo

## *Form los*

Contra müssten wir schreien,
aber schon vorher diktieren sie
gegen die Regel
re

Erdrückende Fülle sozialer Probleme,
doch sie sind ohne Solidarität
betreiben Symbolpolitik
gedankenlos

Viele BürgerInnen ohne Perspektive,
weil sie nur Kapitalinteressen
in der Politik berücksichtigen
gnadenlos

Betroffene auf verlorenem Posten,
denn sie reklamieren für sich
die normative Kraft des Faktischen
absolut

Contra müssen wir schreien,
uns handelnd einmischen
gegen die neoliberale Regel
demokratisch

Ottmar Carls * 1944

Was ist das Alleinsein für sich, zu
sagen ein WIR das gibt es nicht. Das
Wort UNS gleich Utopie, ohne
Zukunft ... eben nie.
Niemals teilen, sich nie zeigen, dem
anderen sein ICH geben aber auch
nehmen.
Die Hand die dir jemand reicht, du
aber nicht nimmst, weil du denkst
du verbrennst. Keinen Kompromiss,
der Gedanke zu sagen...Danke, dich
quält. Du nicht willst dass dich jemand
trägt, weil du Angst hast dass er an
dich sägt.

Versucht dich zu lenken in seine
Richtung, du aber stolperst über
dein Denken.

caro * 1966

## *Abschied der Welt*

Ewige Kälte
Die mich ständig umschließt
Die mich zu sich zieht
Und in kalten Fängen hält
Bis zum Tag da alles anders wird
Und der fallende Körper
Den Boden berührt

Niemand kann das verstehen.
Es ist zu viel passiert.
Es ist zu schnell passiert.
Kein Ausweg mehr.
Kein hin, kein zurück.
Wo soll ein Mensch hin,
Wenn er alleine ist?

Er kann überall hin.
Er wird immer alleine bleiben.
Nichts mehr was ihn am Leben hält,
nur sein eigener Atem, den er hört,
der ihm sagt, dass diese Welt,
ihn noch nicht ganz, aufgegeben hat.

Jay Castello * 1986

## *nausikaas augen*

*(für Sarah Kasimir)*

ich raubte
ihr bild
atmete es ein
mit der stille
der mondmeere
am schilfrohrtag
wortschmerzlos
hängte es ins
blaue zimmer
des traumes
dessen regisseur
nausikaas augen
cézannes äpfel
arthurs pudel

und mich
szenisch vereint

kommt vielleicht wieder

Jan Causa

## *Die Zeit die nach dem Sehen kam*

Ich spür den Atem und den Wind
seh nur der Menschen Seele,
kann niemand sehn – denn ich bin blind
drum ich Gefühle wähle.

Der Mensch verstrahlt sich visuell,
will nur Perfektes sehen,
doch optisch kann ein Urteil schnell
ins Dunkel übergehen.

Die Welt erleben, das ist mehr
als durch die Farben eilen,
ich wünsch mir Tiefe und darf sehr
im Menschlichen verweilen.

Die Zeit die nach dem Sehen kam
ist keine, die vergebens:
denn seit man mir die Augen nahm
kenn ich den Wert des Lebens.

Nicolas Cenway * 1952

## *Ein Tag am Mittelmeer - Momentaufnahme*

Das zarte Sonnenlicht
fällt sanft
auf den Rücken des Meeres,

Der warme Wind
spielt die Melodie des
leichten Lebens,

Draußen, in der Ferne,
ein Fischer wirft seine Angel aus,

Ruhig wird das kleine Boot
von den zahmen türkis-weiß
schimmernden Wellen getragen,

Als am Ufer der Tag beginnt.

Serkan Cetinkaya * 1974

## *Kinderwunsch*

Hallo Kind, ich liebe dich!

Aufgepasst vor dem heißen Ofen,
verbrenne dich nicht.
Stürze nicht vom Baum. Das Beste ist,
du bekletterst ihn gar nicht.
Spiele hier nicht mit dem Ball,
du könntest damit eine Fensterscheibe
einwerfen.
Springe nicht auf dem Bett,
das könnte noch kaputt werden.
Am Spielplatz muss man immer auf dich
aufpassen, weil du so tollpatschig bist.
Dieses Tier darfst du nicht berühren, sonst
wirst du krank.
Weine nicht, ich habe noch zu arbeiten.

Hallo Erwachsener,
ich liebe dich ja auch!

Aber sag, darf ich zumindest auf deinem
Schoß platz nehmen und ein wenig
Zuneigung verspüren?

Peter Cezawa * 1974

## *Ave Maria*

Ich stand an deinem Grabe
und lauschte dem Gesang,
dass was ich für dich empfunden
ganz leise mit erklang.

Du hattest lange mich vergessen,
weil einen anderen Weg einschlug,
den Weg des Glaubens,
der keine irdischen Früchte trug.

Nun erklingt dieses Ave Maria, worin es
heißt:
„Dem Kind, das für den Vater fleht."
Dieses Flehen steigt nun täglich
empor
und ich weiß, es ist noch nicht
zu spät.

Brain Channing * 1943

## *Schneewittchen*

Ein Mädchen, rote Lippen, Schwarzes Haar
einst eine Familie besaß
solch ein gescheites Kind traf man rar
ihr Schmerz hatte aber kein maß.

Schreie, Streits und viel mehr
ließen sie bitterkalt
der Hass traf sie wie ein Gewehr
bald hatte sie keinen halt.

Lief allein in den dunklen Wald der
Gefühle
bemerkte dort ihren Hass
ihr wurde kalt, es kam die Abendkühle
legte sich hin, war ganz blass.

Zu Sonnenaufgang zog sie eifrig weiter
um ihre Ruhe zu suchen
war noch traurig, nicht einmal heiter
niemand hörte ihr Rufen.

Bald fiel sie um, ihr Herz blieb stehen
der Kummer hatte sie umgebracht
keinen Prinzen konnte man mehr sehen
allein starb sie, trotz ihrer Pracht.

Cherrymint * 1991

## *Erinnerungen an Chautilly*

in goldenes Rot verwebt die samtenen
Teppiche
Auf endlosen Alleen –
Über Gedankenferne ein nebliger Schleier,
der zart die Erinnerungen trägt.
Vergangene Zeit – du kannst sie nicht
fassen,
die schmerzlich deine Seele berührt.
Wo sind sie versteckt – die Rosen,
die duftend die Wange verglüht?
Leicht wie ein Blatt im Sommerwinde,
Liebreiz und Anmut
Für immer verweht –
Des Lebens duftiger Reigen,
ein Anfang – ein Ende.

Ade, schöne Juliette.

Erika Chobanov

## *Mein Freund*

An den Freund meines Lebens
in diesem und im nächsten.
Es wird in meinem Leben niemals
wieder einen Mann geben,
der so ein Freund wie Du sein kann.
Manchmal bringst Du mich zur Weißglut.
Wenn ich dich zwei Tage nicht sehe oder
höre,
dann vermisse ich dich.
Ich habe dir viel erzählt und auch erfahren,
hab mit dir gelacht und auch geweint.
Du mein Freund tust mir einfach gut,
auch wenn wir nur zusammen schweigen.
Hab tausend Dank, daß ich dich
meinen Freund nennen darf.
Ich könnt auf viel verzichten,
doch niemals mehr auf dich mein Freund.
Du bist das wertvollste Geschenk,
das man einem andren Menschen machen
kann.
Freund, Freundschaft, Mensch,
das bist Du für mich. Danke!

Chris * 1951

## *Der Sinn des Lebens*

Frieden und Liebe?
Leidenschaft und Triebe?
Hass und Gewalt.
Geldgierig und kalt.
Gefühllose Welt.
Eiskalter Hauch.
Gierig nach Geld.
Dreckiger Rauch.
Schöne Illusion,
Bunte Farben.
Blut und Narben.
Dazu noch Spott und Hohn.
Das Leben genießen?
Luxus und Berühmtheit.
Mit der Masse fließen.
Überall nur Eifersucht und Neid.
Klebt an unsren Körper wie Dreck.
Wisch und Weg?!
Vergebens
Warten wir auf den Sinn des Lebens!

Lara-Sophie Christmann * 1991

## *Das Meer der Tränen*

Kennst Du das Meer der Tränen, siehst Du
die Not
denke einmal nach, wo Du stehst.
Schnell wirst Du erkennen, dass Du einen
guten Platz eingenommen hast.
Vielleicht hat Dich das Schicksal an diese
Stelle geführt, wo es warm und
angenehm ist
und der Hunger ein Fremdwort bleibt.
Es gibt andere Orte, die sind nass und kalt
und durstige Mäuler ersticken im Müll.
Selbst die Sonne, die alles austrocknet,
kann die Herzen nicht erwärmen, weil es
keine Liebe gibt.

Eine Perspektive entschwindet am
Horizont.
Auch am Tage im hellen Licht sehen die
Augen nur die Dunkelheit des
Lebens.
Die wenigen Tränen, die entsetzte Augen
noch weinen,
versinken im Meer der Unendlichkeit.
Kennst „D U" das Meer der Tränen?

Daniel Ciomek * 1972

## *Die Welle*

Wogen über Wogen, die von Land aus
zogen
mit den Kronen aus Schaum und Gicht,
vergehen nicht.
Die endlose Weite über Längengrade und
Riffe,
durch die Winde beeinflusst unter fahrende
Schiffe,
fremde Länder umspülen und Meridiane
erfühlen.
Hinweise überall, heute und morgen auf
die Umwelt voll Sorgen.
Die Wellen tragen die Freude, das Leid zu
jeder Zeit und grausam bereit
in dem Kleid welches die Welt noch
zerstört.
Für die Einen ein Sieg, doch was bleibt
nach dem Krieg?
Lust zum Leben zerronnen,
sehe ich Dich nur verschwommen
durch die Welle des Lebens,
doch auch hier stets vergebens.
Schwing die Arme im Wind und denke
auch mal als Kind,
zeig den Willen zum Leben und bestehe
auf die Liebe,
denn das ist Deine Welle, die zu allem
bereit ist
und Dich niemals vergisst.

Mario Ciomek * 1947

## *Herbstgedanken*

Nun werden bald
Die Nächte länger
Die Lichter dunkler
In den Gassen

Ziehen Nebelschwaden
Über leere Felder
Bedrückend kalt
Wie fremde Schatten

Der Regen fließt
Auf alten Bäumen
Den Stamm hinab
Ein Meer aus Tränen

Es schaudert mir
Den Blick nach draußen
Wenn Blätter wehen
Im November

Ist doch in meinem Herzen Winter

Silke Clasen

## *Der Sinn des Lebens*

Die Suche ist so groß
und umspannt die Welt,
fragst du nach dem Sinn des Lebens.
Er steht vor der Tür
wenn ein Kind lacht.
Ich finde ihn
im frühen Sonnenschein
wenn alles erwacht,
wenn ich meinen Hunger stillen kann
mit einer Scheibe Brot,
oder einen Schluck Rotwein
am Abend trinken darf
damit ist schon viel gewonnen.
Wenn ich nicht alleine bin
und mit dir nachts sprechen kann
bedarf es keiner großen Fragen

denn der Sinn des Lebens
steckt mitten in mir drin.

Albrecht Classen * 1956

## *Poesie*

Warum ich dichte weiß ich nicht,
doch irgendwie beruhigt es mich.
Die Poesie ist eben hier,
manchmal so fern und doch in mir,
erwärmt mein Herz,
das voll von Schmerz.
Doch dann ein Blatt, ein Stift gezückt
und plötzlich schreib ich wie verrückt.
Die Poesie beflügelt mich,
ich fühle mich geborgen,
muss mir ein neues Blatt besorgen,
das Alte voll, es ist so toll.
Doch, ach es ist als wär ich nicht ich selbst,
als wär ein Dämon tief in mir,
der mir da sagt:
Nun schreibe hier, so schnell geschwind.
So auch ist dies entstanden,
doch denke ich ganz tief in mir,
ich hab es nicht verstanden.

Janet Clauss * 1988

## *Drehende Winde*

Im Schattenlärm verdorrt die Hand
Leichenblut düngt Wüstensand
Wo Licht im faulen Holz versunken
Am Ostertag vom Wein getrunken

Im Neonlicht ertaubt das Ohr
Knochenfraß dringt kalt empor
Wo Hoffnung totenblaß zerronnen
Am Weihemal das Werk begonnen

Im Trockenstaub verklingt das Wort
Faulungsgift durchzieht den Hort
Wo lauer Trumpf zuletzt gestochen
Im Morgenrot der Bann gebrochen

Björn Clemens * 1967

## *Einzelgänger*

Ich kann nicht sagen, dass ich nicht gerne unter Menschen bin.
Hier eine gute Unterhaltung, da ein kleiner Plausch,
sich begegnen, voneinander lernen, ein Lächeln austauschen.
Oder in Gesellschaft schweigen.
Doch schon bald zieht es mich wieder fort -
weiterziehen, alleine durch die Gegend ziehen,
über die Wiesen und Wege, durch die Straßen.
Immer auf den Spuren meiner selbst.
Auf dem Weg zu meiner persönlichen Freiheit.
Doch manchmal halte ich inne und frage mich,
ob ich dieses Freiheit nicht auch – oder nur –
im anderen finden kann.
Doch wer sollte dies sein?
Vielleicht er? Vielleicht sie?
Und erliege wieder einem Trugschluss.
Vielleicht werde ich niemals frei sein.
Aber über die Wiesen und Wege, durch die Straßen,
läuft es sich – für mich noch immer am besten allein.

Stefanie Clement * 1978

## *Windstill*

– Gedanken – Gedanken die unendlich um dich kreisen
– Gefühle – kein Ende in Sicht – und – auch kein Anfang
Als wären sie immer da gewesen, diese tiefen Gefühle, tief in mir.

– verborgen – als hätten sie geschlafen
– abwartend – sicher und geborgen an
mein Herz geschmiegt
– Eins mit mir –

– Wissend – dass es dich geben wird.
– sich ausruhend – im blinden Vertrauen,
bald in deinen Armen zu liegen.
– angekommen – im Paradies.

– Hoffend – die Liebe erwidern zu können,
in all ihrer einzigartigen Intensität.
– zugegeben – ich spürte sie schon lange,
diese – Ruhe vor dem Sturm –
einem – Sturm der Gefühle – und
ich beginne zu ahnen,
dass es,
– dank dir – nie mehr windstill sein wird,
– in meinem Herzen –

Jae Coon * 1984

## *Ein Mensch*

In eine Hülle von Haut
verpackt ...
eine Seele.
In eine Form von Fleisch
gegossen ...
ein Mensch.
Blicke, Worte, Gefühle
auf Zeit
in einer einzigartigen ...
Einmaligkeit.

Barbara Corsten * 1958

## *Verlust*

Der Tod umgibt mich,
es umgibt mich die Stille ...
meine Herkunft umgibt mich

Sie kommen aus dem Inneren hervor,
wie ein Brechreiz, der meine Seele erfasst
der sanft, der vollkommen, die bittere
Galle vernichtet

Es gibt ... nichts,
dass die ungewisse Hoffnung wiederkehren
lässt
nichts, dass ein wahres Gleichgewicht
gewährt

Alles vergeht, Alles verblasst
und dennoch ...
bleibt alles bestehen

und ... lässt die Flammen der Erinnerungen
die meine Seele überfluten
beharrlich aufleuchten

Emilia Cortés Aravena * 1953

## *Der Tod*

Er kommt und geht. Er ist schnell und
meist ungerecht.
Kann man Ihn nicht aufhalten?
Ist es die Macht, ein Leben zu nehmen, ein
anderes zu schenken?

Vieles kann man glauben, doch der
reuelose Tod fühlt nichts dabei,
einen Menschen zu sich zu holen.

Als Lebender versteht man nicht, was
geschieht.
Man wünscht, dass die Seele, die der Welt
gestohlen wurde, an einen Ort
gebracht wird,
der schöner ist als dieser, den wir als unsere
Heimat sehen.

Roberto Costantino * 1980

## *Die vier Momente*

Für einen Moment möcht' ich in dir
versinken,
Den Ballast der verfärbten Wirklichkeit
Sanft über Bord werfen und ertrinken
Bis in die Tiefen der Vergessenheit.
Doch ich lass' mich treib'n zu Ufern echter
Klarheit.

Für einen Moment möcht' ich mit dir
wegfliegen,
Die dunklen Wolken der Vergangenheit
Endlich hinter mir lassen verfliegen,
Schwerelos schweb'n in der Unendlichkeit.
Doch ich steig' höher zum Licht der
Besinnlichkeit.

Für einen Moment möcht' ich in dir
vergraben
Und als Staub streuen in die Ewigkeit
All die gestohlenen Schätze, Gaben
Meiner künftigen Jahr' in Vertrautheit.
Doch du nährst mein Herz neu mit
Zuverlässigkeit.

Für einen Moment möcht' ich in dir
verbrennen
Die off'nen Wunden der verlor'nen Zeit,
Auslöschen jede Spur, ohne Tränen
Stumm ersticken Schmerz, Wut und
Traurigkeit.
Doch ich wärm' mich auf an der
Zukunftshelligkeit.

Béatrice Couzereau * 1955

Ich hab sie gefunden
Die einzige,
Die wahre,
Vollkommen klare
Liebe.

Doch kaum gefunden
Schon verloren
Wünschte du wärst nie geboren.
Doch dies zu wünschen wär' nicht recht,
denn meine Liebe ist doch viel zu echt
Als könnte es mein Wunsch sein
In einem leben ohne dich zu sein

Hassen kann ich dich nicht
Aber hassen an sich …
Das ist eine Sache!
Und was ich am meisten hasse,
ist, dass ich dich nicht hassen kann.

Loraine Crawford * 1990

## *Sie*

Unbekannt ist dir der Name.
Verborgen ihr Sein.
Wird sie sich zeigen?
Vorerst nein.
Doch kennt sie kein anderer,
so wie du.
So bleibe Wanderer
auf dem steinigen Weg.
Auf, dass die Scheu sich legt,
wirst du dein Ziel erstreben
und vielleicht, aber nur vielleicht
wahres Glück erleben.

Crimelady * 1989

## *Gedanken am Meer!*

Wasser zieht dich magisch an,
das Meer scheint dir jetzt zuzuwinken,
du lebtest gänzlich wie im Wahn und
glaubst nun plötzlich zu ertrinken.

Doch du trotzt der dunklen Flut,
der Wellen flüstern ist dir gleich,
langsam schöpfst du neuen Mut
und gehst entschlossen auf dem Deich.

Gischt und Wind zerzaust dein Haar
und der Regen macht dich blind,
doch es geht dir wieder wunderbar.
Du fühlst dich plötzlich wie ein Kind.

Erlöst entringt sich dir ein Schrei
und atmest tief den herben Duft,
du fühlst dich endlich wieder frei,
du genießt das Meer, die Luft.

Vergessen ist dann alles Leid
und manche Sorge, Not und Weh.
Doch nur für eine kurze Zeit
schweigt auch die aufgewühlte See.

Ulrich B. L. Czelinski

## *Adagio amabile in blauer Nacht*

Will nun schlafen, friedlich ruhen, von des
Tages Müh' mich Stunden laben.
Gleiten in die nächt'gen Schatten, dort
wandelnd Dich zu suchen
in Gedanken, Träumen, vielen Fragen,
wann wir uns endlich wiederhaben.

Seh' noch Dein Haar auf nasser Stirn, spür'
Deinen Atem tief in mir,
ahne, wie hastig wir in dunkler Stund' mit
allen Sinnen sehnend nach uns tasten,
bis fest wir uns're Hände fassen und uns
finden – endlich WIR.

Doch was mag kommen, nach bleichender
Abendsonnenwende
und funkelndem Nocturnegesang des
Sternenhimmels Hohem Lied?
Werden wir im Traum uns finden?
Treffen uns bei jenen fernen Nebeln,
welche alles Sein verzaubern,
und vom Mondlicht still verklärt mit
jenseitig entrücktem Adagio amabile
das nächt'ge Land mit tiefster Ruh'
umhüllen?

Soll der Wind uns uns're Träume künden,
uns wehen zum geliebten Meer,
wo Gezeiten mit nie müdenden Wellen
tanzen, wo die Zeit in Ewigkeit
zerfließt
– uns tauchen ins geheimnisvollste Blau der
Nacht – bis lichtdurchflutet wir
erwachen
unterm purpur'nen Horizont des ersten
Morgensonnenscheins.

Frank Czerner * 1967

## *Das Pausenzeichen*

Ouvertüre: Und Leben ist Musik.
Das kann ich nicht schreiben.
Auch nicht erzählen.
Es klingt einfach …

Das Pausenzeichen. Ich hänge in der Stille.
Gewiegt in einem Lied. lausche ich meiner
Stadt.
Ihrem taktlosen Schritt. In der Nacht, am
Tag.
Stereo umgeben. Ruhe, inmitten von
tausend Watt.

Eine geübte Werbung beherrscht ihr
Instrument,
Spielt Familie und Beruf. Es wird sauber
rübergebracht.
Es sind Notenköpfe, die in Herzen
schwingen.
Durch Rhythmus werden sie gehörig
gemacht.

Wiederholungen setzen ein. Alltäglich neu.
Wer sie erkennt, merkt, dass immer etwas
fehlt.
Das erzeugt einen Klang. Meistens
ungehört.
Von dem mir nur das Pausenzeichen
erzählt.

Allerdings: Paukenschlag. Disharmonie.
Treue stirbt. Es ist ein natürlicher Tod.
Halt wird Sinnlos. Plötzlich klingt sie aus,
Die Stille. Der Lärm tut wieder Not.

Michael Czirr * 1979

Rauschendes Wasser weckt meine Sinne,
fließendes Eis umspült nackte Füße,
bricht zu gleißenden Stromlinien, um
dann wie ein hüpfendes Kind über
Steinen und Felsen neuen Abenteuern
zuzuströmen.

Fließendes Wasser erzählt mir die
Geschichte von der Zuversicht.
Berührt meine Seele.

Tausende kristallene Wasserspritzer
tanzen über glitzernden Steinen,
Regenbögen verschwimmen zu
spektralen Geweben, alle Farben des
Lebens gleißen im Wasser und lächelnd
wie eine Sonnenblume wende ich mein
Gesicht zum Licht.

Cornelia Dahl * 1959

Ein Kindlein war dir gegeben,
so klein und doch gesund,
teil mit ihm dein Leben,
tu es allen kund.

Ein Fest der Liebe ists für Groß und Klein,
ein Fest der Herzen soll es sein.
Denn draußen in der Nacht gar bitter kalt,
schläft irgendwo ein Mensch, ob jung, ob
alt.

Den Blick gerichtet zu dem Sterne,
vielleicht auch ganz allein,
wär er hier so gerne,
doch das darf nicht sein.

Dem Schicksal so ergeben,
legt er in den Schnee das Haupt,
so ist nun mal das Leben,
auch wenn man andres glaubt.

Drum sei großzügig
und gib von deinen Gaben,
von Herzen jenen,
die nichts haben.

Konstantin Dalageorgos * 1970

## *Die Stadt*

Eines Tages baut er die Stadt,
der Mensch.
Eine andre Schöpfung
in der Natur?

Am Anfang ist sie noch klein,
die Stadt,
mit schützender Mauer.

Dann spannt sich der Bogen.
Es drängt die Entwicklung.
Das Wachsen heißt mehren,
maßlos begehren,
nur nichts entbehren,
Vorrat verzehren,
der Fortschritt ist Ziel!

Nieder mit Mauer,
mit Grenze und Bindung!
Expansive Urbanisierung
frisst sich geschwürig ins Umland hinein.

Wird sie sich wehren, die bedrohte Natur?

Helga Dallemand * 1938

## *Die Rose aus Deiner Hand*

Faszinierend, berauschend, ihr Duft.
Sinnlichkeit liegt in der Luft.
Leg Deine Hand in meine Hand.
Dann wird unsere Rose zum Liebespfand.

Du glaubst kein bisschen daran.
Blumen ziehen Dich nicht in ihren Bann.
Du widerstehst ihrem verführerischen Reiz.
In Deinem Herzen regiert nur der Geiz.

Gefühlen vertraust Du schon lange nicht.
Zu oft führten sie Dich hinters Licht.
Die Rose frohlockt und gibt nicht auf.
Lass Deinen Gefühlen doch ihren Lauf.

Zögernd nimmst Du sie in Deine Hand.
Sie soll endlich knüpfen das zärtliche Band.
Voller Hoffnung sehe ich ihr entgegen.
Die Rose bringt erträumten Liebessegen.

Christa Katharina Dallinger * 1960

## *Schöner als Auge erträgt*

Sanft Ihres Anmuts Lichte wiederkehren
Strahlen
Lieblich Ihr Blick, so sanft und rein
kein Malers Pinsel ist's möglich sie zu
mahlen,
Ihre Blicke, Ihr Wesen, s ist zu fein
Leinig dem Himmel könnts gelingen,
mit aller Kraft, Geschick und dem Hohnen
sanft Wolken zu formen, ineinander zu
verschlingen
Der Mensch müsst sich in der Schönheit
sonnen
Trauer, Wut, Entsetzen, Unverstehn
weniger über des Himmels Tat,
mehr übers eigne Aussehen
lässt er sein dies kränkend Streich,
der Mensch hält sich weiterhin für schön,
denkt, in Gedanken, seien alle gleich

Bauer Daniel * 1986

## *Verschwundener Rolf*

Dreißig Jahre nicht gemeldet,
dreißig Jahre nicht gerührt!
Und es wäre gut zu wissen,
was zu diesem Anruf führt.

Dreißig Jahr' total verschollen!
Tut es dir nun endlich leid? –
Was hast du erreichen wollen,
heute, nach so langer Zeit?

Nun, ich denke, du bist einsam!
Frühe Lügen? – Schall und Rauch!
Älter bist du halt geworden
Und vernünftig vielleicht auch ...

Christa Daniel * 1935

## *Free and wild*

Free and wild
Weite Nüstern schnauben im Wind
Voller Sehnsucht schaut herab das Kind
Geleitet von Stimmen durch den Wald
Denn es ist Winter und kalt
Schwer und schnell sind Hufe
Wie laute schallende Rufe
Doch die Sehnsucht treibt sie Heim
Der Schweiß an den Körpern wie Leim

Jessica Daniels * 1992

## *Danach*

*für meine Mutter Elisabeth K.*

Du bist gegangen.
Noch sehe ich auf deinen Wangen
Todesmale blühen – Leidenszeichen –
es scheint, als wollte Tod,
der unergründliche,
befehligend auch mich umfangen.

Du ließest uns die Tränen.
Auf meinen Wegen des Erinnerns
drückt das Sehnen
nieder, richtet Hoffnung auf,
dich dennoch nicht
im Nirgendwo zu wähnen.

Dein letztes Haus – geborgen in der Erde –
wird nicht das letzte sein,
du ziehst – vollendet –
in das Haus der Ewigkeit
als in die allerletzte Heimstatt ein.

Orla Danz * 1938

## *Der blutende Adler*

Im Westen hebt sich ein Adler empor,
Düstere Wolken schieben sich vor,
Und da brüllen sie alle laut,
We fight for the liberty,
For a peaceful century,
Da liegen Leichen wohin man schaut,
Ihre Flieger bringen den Tod,
er sie überlebt leidet große Not,
Alle Welt gerät in Wut,
Aus Adlers Augen fließt zähes Blut.

Daniel Däsler * 1987

## *Liebe*

Was ist Liebe?
Ich weiß es nicht.
Man vermutet es hat was mit Wärme zu
tun.
Es heißt es mache einen glücklich.
Warum frage ich mich dann ist es so
kompliziert?
Warum frag ich mich dann lasse ich es
nicht einfach geschehen?
Weil wir alles analysieren müssen!
Weil wir es nicht fassen können!
Weil wir es nicht lenken können!
Haben wir denn verlernt zu lieben?
Haben wir denn kein Vertrauen in uns
selbst?
Erkennen wir die wahre Liebe wenn sie uns
begegnet?
Oder sind wir schon so voller Misstrauen,
dass wir gar nicht mehr in der Lage sind zu
lieben?
Solange Liebe nicht mit Besitz und Macht
gleichgesetzt wird,
haben wir eine Hoffnung.

Giuseppina Daub * 1969

## *Fußball*

Alles nur ein Spiel?
Um den Ball
Nationen der Welt ringen um den Sieg
Millionen sind fixiert
Fiebern mit
Nur für den Ball
Wer hält den Ball
Der wahre Meister des Fußballes

Stephan Dauberschmidt * 1972

## *Mein Engel*

Ich sitze in einem tiefen loch von
dunkelheit umgeben,
Es ist so kalt und schwarz wie mein
bisheriges leben.
Doch plötzlich wird es warm und hell um
mich,
Da sehe ich oben am rande
hinüberschauend, dich.
Du reichst mir deine hand um mich zurück
zu holen ins leben
Ich habe zu viel angst ich kann dir meine
hand nicht geben!
Alle waren immer so gemein zu mir.
Warum sollte ich da vertrauen dir?
Doch du bleibst da stehen ganz geduldig
und gibst nicht auf,
Darum reiche ich dir meine hand und du
holst mich herauf.
Du zeigst mir das ich nicht wertlos bin,
Das alles im leben hat einen sinn.
Die meisten menschen sich nie vom herzen
lassen führen ,
Sie eben keine liebe darin können spüren.
Du zeigst mir das meine liebe und
hoffnung nicht vergebens ist,
Da du jetzt immer treu und mich
verteidigend bei mir bist.
Ich hatte so sehr kummer getragen in
meinem herzen,
Doch mit deinem lächeln erlöst du mich
von den schmerzen.

Und wenn du weg gehst immer dann,
Weiß ich das man bei dir am rücken Flügel
sehen kann.

Jasmin Davies * 1980

## *Lachende Augen*

Lachende Augen
schauen mich an
zwinkern lustig mir zu

Lachende Augen
kichern neckisch
flüstern unhörbar
zärtliche Worte in mein Ohr

Lachende Augen
grinsen unverhohlen
beschmunzeln meine Unsicherheit

Lachende Augen
lächeln verträumt
gleichen dunklen Teichen
in denen ein warmes Feuer brennt

Will ihre Blicke halten
um in sie hinab zu gleiten
In ihnen warm umspült
glühend zu versinken

DCF * 1965

## *Schwarzer Stern*

Ein schwarzer Stern
Der Hoffnung,
Leuchtet in mir,
So dunkel,
Kaum zu sehen
Und doch existiert.

Er breitet seine
Schwachen Flügel aus,
Die vergebens fliegen
Oder nicht?

Mit Tränen
Versucht er es
Immer wieder
Die Hoffnung
Ans Licht
Zu bringen.

Manuela Dechsheimer * 1987

## *Der Schreiner*

Es steht ein Baum am Waldesrand,
noch jung und ohne Regel.
Sein Schicksal ist noch unbekannt,
schwankt zwischen Schrank und Flegel

Ein Menschenalter geht vorbei,
und auch der Baum wird alt,
ein Sturm riss jüngst sein Haupt entzwei
schlug in den Stamm 'nen Spalt.

Der Förster denkt, nun ist die Zeit,
dein Schicksal trifft die Wahl
als Schrank lebst du für Ewigkeit
als Brennholz sehr final.

Und als der Stamm zu Boden fällt,
geschunden doch in Stolz,
ein Schreiner sich dazu gesellt,
der kauft das grobe Holz.

Es fordert seine ganze Kraft,
sein Können, seine Zeit,
mit der er dann ein Kunstwerk schafft
für alle Ewigkeit.

Horst Decker * 1947

## *Auf See*

Ein dunkelblauer
Schatten am Wogenkranz
wie er
in weißer Gischt
verzittert

rosarot
senkt sich
der Sonne Bild
ins Wasser

zittert
ein Windhauch
dahin
vor der Brise

wie meine Haare
auf deinem Nacken

halte meine Hand
lange
und schließ die Augen
spüre uns
ohne Zeit

Barbara Decker-Feichter

## *Trost*

Kaum noch zu deuten ist diese
Neumenschrift,
Sind brüchig nun die Pergamente,
Verborgen in Regalen der Archive.
Die Notation verblichen fast,
Vom Moder des Vergänglichen
beschlichen.

Die Hülle der verwahrenden Gewölbe,
Geborsten und anheim gegeben
Die heiligen Gesänge dem Vergessen.
Fortan die alten Choruszeichen
In lichten Sphären ewig eingeschrieben.

Kristina Degen

## *Ich*

Ich sehe was, was niemand sieht
und bin doch blind für alle Sicht,
bin der, der stets den Ruhm vermied
und stelle mich ins Rampenlicht.

Ich kämpfe für den großen Frieden
und führe in mir einen Krieg.
Die Niederlage wird vermieden,
doch was mir fehlt ist noch ein Sieg.

Ich brauche wenig, mir ist klar:
das, was ich will, ist wirklich viel,
denk immerfort an das was war
und sehe schon das nächste Ziel.

Ich bin nicht das, was ich vermag
und mag nicht das, was ich doch bin,
verdränge mich den ganzen Tag
und steh mir immerzu im Sinn.

Bin Hasser des Beisammenseins
und wünsche mir dich oft herbei.
Wir sind zwar nie alleine eins,
doch immerhin zusammen zwei.

Tobias Deisböck * 1983

## *Das Unverzichtbare*

Segel flicken, um neu sie zu hissen,
Drift gewinnen bei widrigem Wind,
Kräfte schöpfen aus dem, was wir missen,
lautet die Losung, solange wir sind.

Sigrid Deißner

## *Urlaub am Meer*

Ich geh am Strand entlang,
so weit ich mag,
denn heute ist
mein erster Urlaubstag.

Ich habe für mich
alle Zeit der Welt
und kann hier endlich tun,
war mir gefällt:
Faulenzen, lesen, spazieren geh'n,
im warmen Sand liegen, die Wolken
anseh'n,

in den Tag hinein träumen,
Gedanken aufräumen …

Und auf dem Deich,
beim Fahrradfahren,
spielt stürmisch der Wind
mit meinen Haaren.

Ich bin gerne am Meer,
ich liebe es sehr
und frage mich:
Was will ich mehr?

Irene Deissroth * 1942

## *Gottes Hände*

Gottes Hände halten die Zeit,
Gottes Hände halten die Ewigkeit.
Gottes Hände halten Schmerz und Leid,
Gottes Hände halten Heiterkeit.

Gottes Hände sind immer da,
Gottes Hände sind mir ganz nah.
Gottes Hände halten mich geborgen,
Gottes Hände halten meine Ängste und
Sorgen.

Gottes Hände führen mich zum Licht,
ich sehe sein strahlendes Angesicht.
Gottes Hände hielten mich die ganze Zeit,
bei ihm darf ich bleiben, in Ewigkeit.

Damaris Deitigsmann * 1986

## *Fragen zum Leben*

Liegt der Wert des Lebens eigentlich im
Glück,
das das Leben Stück für Stück
aneinanderfügt?

Oder sind dies nur Momente,
die uns auf dem Weg zur Rente
gerne in Erinnerung bleiben?

Sind es vielleicht eher Gedanken,
die sich um kleine Dinge ranken,
wobei das Herz nicht grad' zerspringt?
Die es sich aber lohnt zu denken,
weil sie unser Inneres lenken
auf das, was wirklich wichtig ist?

Auf die kleinen Nu's im Leben,
die sorgsam aufgereiht ergeben,
dass Glück allein nicht alles ist?

Birgit Deiting * 1960

## *(Zuviele) Gedanken beim Zelten*

Gewissheit hat Niemand, hatte je Wissen.
Der Blick zu den Sternen
Den Schleier zerrissen.

Glauben hat Jeder, hat Illusionen.
Gewonnen durch Worte,
Die Seele zu schonen.

Zweifel kennt Mancher, hatte schon
Fragen.
Gedanken entsprungen,
Den Geist dran zu laben.

Angst hab nur ich, habe grausige Träume.
Die Leere des Seins,
Dort füllt sie die Räume.

Emanuel Del Boca * 1985

Du bist meine Vergangenheit,
habe immer geglaubt an ein Leben zu
zweit.
Warst mein Abend, Mittag und Morgen,
die Zukunft mir machte keine Sorgen.

Es gab kein Du oder Ich,
wir waren eins innerlich.
Bis der Tag da war,
an welchem all das Unglück geschah.

Noch am Morgen sah ich dich,
dachte du liebtest mich.
Doch ich irrte so schwer
und am Abend ich suchte so sehr.

Suchte das uns und dich allein,
doch du wolltest nicht mehr bei mir sein.
Bist gegangen und vergaßest mich
mitzunehmen,
konntest dich für deine Taten nicht
schämen.

Bist gegangen und nahmst alles mit dir
fort,
bist nicht hier, an einem fremden Ort.
Und noch heute sitzt dein Körper neben
mir,
doch deine Seele ist längst nicht mehr hier.

Andrea Delbrügger * 1985

Unsere Gedanken
wurden nie gesprochen
wir haben sie nur
geworfen
und zerhackt in Buchstaben
und jetzt stehen
die Worte
in der gleichen Reihe
nur der Sinn
ist ein anderer.

Andrea Delic * 1977

## *Achten*

Achten sollt Ihr auf die

Haselnuss,
die schwarzen Spinnen,
die Schnürstiefel.

Achten sollt Ihr auf die

glatten Birnen,
Verfälscher des Sonnenrades,
Ofenbauer.

Achten sollt Ihr auf die

Befreier im Gleichschritt,
die gestärkten Uniformen,
pompösen Architekten.

Achten sollt Ihr auf die

die Arbeitsvermittler,
die Beschützer,
Besseren.

Achten sollt Ihr auf die

Rattenfänger,
Rattenfänger,
Rattenfänger.

Thom Deließen * 1963

## *Im Basar der Zeit*

dem rattenfänger von hameln
der französischen revolution
dem respekt der kulturen
und der waffengewalt

hätte ich tatsächlich
jeden fuß des eiffelturms
markieren sollen

doch das lächeln
eines menschen
seine kraulenden finger
an meinem hals

hatten mich den
zeitverpflichtungen folgen lassen

politik, wirtschaft und
feuilleton
sind für mich
ergänzungen

überbrückungshilfen
in der hierarchie unter
den futterzeiten

Delpho

## *Für Melissa*

Flügelfrau,
hinter unsichtbaren Wänden,
weise Seele
mitten im Ich
scheinst uns verloren
und bist doch
viel näher,

denen,
die meinen
sie könnten mit
wissenschaftlich stumpfen
Begriffen Ketten
um Deinen
Verstand beschreiben,

ohne zu
ahnen, dass wenn
Dein Geist
jede Nacht den Tod bereist
Dein leuchtendes Herz
verwegen, das Leben
zugleich berührt.

Birte Demant * 1965

## *Ich blühe auf*

Ich atme die Sonne
Ich spüre den Mond

Ich rieche eine Brise Unendlichkeit
verweht von einer rasenden Zeitlosigkeit

Ich fühle den Sog des Lebens
der mich vorwärts und rückwärts zieht

Ich schmecke das salzige Glück
das ich aufnehme wie ein Schwamm
und jede meiner Poren einzeln durchdringt

Ich sehe die Musik des Frühlings
die in mir keimt und sprießt

Ich höre den Schatten der Endlichkeit
Aber jetzt blühe ich auf

Demianus * 1982

## *Abschied kann so schmerzhaft sein*

Abschied ist ein großer Schmerz
Deine Augen sind enttäuscht, dein Körper
ohne Kraft,
Warum schlägt dein Herz so schnell,
Wie soll ich es nur sagen.
Sohn, ich liebe dich, komm doch her, ich
beschütze dich.
Sohn, warum hast du es mir angetan?
Sohn, wann gehen wir nach Haus?
Sohn, ich liebe dich,
Sohn, ich sehe in deinen leeren Augen, du
denkst nur noch an mich.
Und dafür liebe ich dich.
Denn ich weiß, dein herz schlägt auch für
mich.

Angelika Demirbas

## *Das Gewitter*

Dunkel die Strategie der Wolken
über den Schwalbenflug

finster der Blick des Dämon
der polternd seine Opfer sucht

das Schwert aus seiner Scheide zieht
blitzend – funkelnd das Metall

in die Erde stößt

Der Lyrischehandwerker * 1945

## *Geliebtes Leben*

Es gibt so viele schöne Dinge hier auf
Erden:
ich lieb' den Wald mit seiner frischen Luft
und seinen grünen Bäumen.
Am frühen Morgen lieb' ich den Gesang
der munt'ren Vogelwelt.
Ich lieb' das weite Meer, die Wellen und
den weißen Sand
und alle Fischlein und die Schiffe, die
davongetragen werden.
Ich lieb' den Duft der Heckenrosen, die die
Felder säumen,
die strahlend gold'ne Sonne, die uns wärmt
und uns're Welt erhellt.
Ich lieb' die hohen Berge und von Schnee
bedecktes Land;
und lieb' es, wenn die Menschen einsichtig
und ehrlich werden.
Ich lieb' vorm Haus den zarten
Birkenbaum, des Himmels Blau,
liebe die Welt in ihren vielen tausend
Farben.
Ich lieb' die Wolken, die vorüberziehn und
oft zu Regen werden;
– … wein aber auch an manchen Tagen.
An denen macht die Einsamkeit die Welt
so rauh und grau;
und ich spür' schmerzlich meiner tiefen
Wunden Narben,
die du, geliebtes Leben, hier auf Erden
hast unbarmherzig mir geschlagen.

Gertrud Dertmeyer

## *Suche nach Antwort*

Es gibt jemanden auf Erden,
Der so wunderbar wie die Liebe ist,
Wie gern würde ich so werden,
so werden, wie du bist!

Doch habe ich einen Gedanken,
der mich nicht lässt in Ruh.
Seele und Herz lernen sich zu Zanken,
wollen Antwort immer zu.

Wenn du sagst Nein,
alles wird Dunkel um mich!
Denn dann bin ich allein.
Allein, ohne dich!

Doch solltest du sagen Ja,
dann Freude in mir ist,
ein lang ersehnter Traum wird war,
der alleine du bist!

Saskia Detjen * 1990

## *Das Ziel*

Das Wort Ziel, das bedeutet sehr viel,
denn nicht nur Frankfurt am Main,
nein, alles kann ein Ziel sein!
Doch was ich euch ans Herz leg:
Das Ziel ist nie der Weg.

Ein Ziel hat jeder, bei manchen sträubt sich
mir die Feder,
darum will ich sie auch gar nicht alle
nennen,
das eigne Ziel muss man selbst erkennen.
Aber den Weg muss man als Ziel
vermeiden,
fragt den Herrn Schiller, der kann's euch
beschreiben.

Man kann verschiedene Ziele anstreben,
aber bei manchen liegt man voll daneben,
deshalb: Aufgepasst! Dass ihr nicht
daneben fasst!
Ich sag's noch mal, man kann es drehn und
wenden, wie man will:
Der Weg ist nie das Ziel.

Ein paar Sprüche hab ich auch schon
umgedichtet, hab sie richtig nach
dem Ziel gerichtet:
„Wo ein Wille ist, ist auch ein Weg." – ist
völlig falsch!

„Wo ein Wille ist, ist auch ein Ziel!"
Davon hat man viel ...

Silvia Maria Deuring

## *Der ewige Kreis Leben*

Das Leben ist der ewige Kreis,
Beginn – Anfang – Tod – Ende
und wieder Neubeginn.

Stets auf der Suche, im Wandel zwischen
Gut und Böse,
auf der Suche nach dem eigenen Weg.

Hilflos gefangen zwischen den Welten
und dann wieder Genuß des Lebens
in vollen Zügen; bewußt und unbewußt.

Gefangen auf der Suche nach Freiheit und
Leben.

Nur die Entscheidung ist unser Selbst und
steht uns zu.
Macht und steht zu dem, was wir sind und
uns verbindet,
und zu dem, was uns trennt und
unterscheidet.

Auf der Suche nach der Wahrheit, dem
Sinn unseres Lebens,
bis nach dem Tod.

Frank Deusing * 1974

## *Die Seele Sinai*

Oh Sinai, du wunderbarer, ziehst uns
magisch an.
Schickst uns eine warme Wolke, die nur ein
Engel tragen kann.
Du veränderst die Gedanken, einmal
unklar einmal klar
Es ist wie mit deinen Bergen, wenn man sie
mal sah.
Du bringst Frieden in die Herzen, weil
Gott es so will.
Und aus einer lauten Welt
wird es nun ganz still.
Wir besuchen dich bald wieder ungeachtet
der Gefahr,
die Engel werden uns begleiten, so wie es
immer war.

Hanna Deusing * 1947

## *Ina*

oh, scheues Wesen meiner Träume
gehe nicht fort von diesem Ort
nicht zu ertragen für mich wäre
das Scheitern uns'res schönen Bunds

alles, was ich einst erhoffte
ist in Dir, um Dich, durch Dich frei
dies zerbrechlich Geisterspiel
soll währen bis zum nächsten Ort

lass' mich dich von dort erretten
Erlösung sehnst auch Du herbei
gemeinsam stark, gemeinsam schwach
noch so jung wähn' ich mich doch am Ziele

van Deyn * 1983

## *Entscheidung*

Vielleicht.
Wie leicht?
Viel leichter.
Vielleicht er?
Viel mehr als vielleicht,
Vielmehr vielleichter.
Wie mehr?
Sehr viel mehr.
Wie leicht?
Sehr vielleicht.
Vielleicht am leichtesten?
Vielmehr am vielleichtesten.

Reinhard Dick * 1960

## *Im Walde*

Ich ging im Walde
So für mich hin
Und nichts als Kuchen
Lag mir im Sinn

Dachs zu sein oder Marder
Bin ich wenig erpicht
Es sind niedliche Tiere
Kuchen kennen sie nicht

Stand hier nicht einst ein Wirtshaus
In dem es Kuchen gab
Ich suche den Kuchen
Und finde mein Grab

So irr ich durch die Wälder
Rastlos und scheu
Gäb mir eine jetzt Kuchen
Wohl blieb ich ihr treu

Udo Dickenberger * 1958

## *Gelbe Mama*

*zum Thema „Todesstrafe auf dem elektrischen Stuhl", in den USA genannt „gelbe Mama"*

Du fesselst mich,
du gelbe Wucht.
Bin schon ganz kahl,
rasiert am Kopf.
Ein Band hilft
mir die Klappe halten.

Vor Zeugen
werd ich schick gemacht:
ein Eisenhut ersetzt das Haar,
links trag ich kurze Hosen nur
und langer Kabel schwarze Pracht.

Ein Pfaffe lispelt Psalme,
er huldigt dir, Mama,
du gelbe Wucht ziehst alle an,
ich zittre gar und dampfe.

Jochen Diel * 1971

## *inverno*

es ist als betrachtest du den traum
eines anderen verlassen auf jener
experimentellen bahn von nirgends
nach nirgendwohin auf der bühne
des lebens im tränenpalast dein
auftritt ist jetzt wir sind also
zwischenräume in einem nicht mehr
real existierenden system ohne
gedächtnis und wieder gehörst du
deiner eigenen erinnerung jenseits
von kategorien im sternbild des
schwan eine barmherzige lüge o
du grausames glück ein neuer
winter ruinen der seele und es
wird sein wie kein fremdes land

Beatrix Diener

## *Melancholie*

Weltschmerz?

Bin ich traurig, dass es mich gibt?
Dass man mich nicht liebt, macht
mich frei, denn mein Herz schlägt
für mich selbst, und die, die ich liebe.

Mein Herz kann ich verschenken,
aber meinen Kopf nicht verlieren,
niemand, außer mir, beherrscht ihn
so wie ich, durchdacht, in Gedanken
verloren, aber meine Seele ist mein
Besitz, bleibt Eigentum.

Den Kopf hängen, die Seele baumeln
zu lassen, ist Überlebenskunst,
sie können nichts, nicht meine Seele
amputieren, mich nicht köpfen oder
rückgängig machen.

Ich halte mich nicht an die
Grundverfassung
des 21. Jahrhunderts: Melancholie,

sondern danke denen, die mich mir
geschenkt haben und der Chance zu mir
selbst.

Ulrike M. Dierkes * 1957

## *Wo geht sie hin, die Zeit?*

Die Zeit, im Moment scheint sie fast
stillzustehen,
Sekunden, Stunden, Tage wollen nicht
vergehen,
doch läßt man den Blick nach hinten
gleiten,
merkt man, wie schnell vergangen sind die
alten Zeiten.

Die Zeit, im Fluge scheint sie zu vergehen,
wenn man sie am meisten braucht,
und scheint urplötzlich stillzustehen,
wenn man wartend wütend faucht.

Die Zeit, sie steht, sie eilt, sie fliegt,
immer vorwärts, jeder ihr erliegt.
Nur manchmal bleibt sie stehen.
Sie wird aber wie die ewige Liebe niemals
vergehen.

Am Ende verläßt du dieses Leben,
still und leise, ohne ein einziges Wort.
Was kann die Zeit dir dann noch geben,
wenn du bist schon lange fort?

Johanna Dietz

## *Das Spiel der Wolken*

Am Felsen der Stille lasse ich mich nieder
Höre den Vögel zu wie sie ihr Liedchen
trillern
Sehe das Spiel der Wolken in Wind
Meine Gedanken sind bei dir
Der soweit weg ist und doch so nahe
Wer bist du das du meine Seele so erreichst
Ich kenne dich nicht und doch bist du mir
nicht fremd
Dein Lachen geht mir unter die Haut
Dein Blick erfüllt mich mit einer Sehnsucht
die ich bis dahin nicht kannte
ach würd ich dich doch bloß treffen
oben in den Wolken fern von allen
Das Spiel der Wolken, es ist so schön
anzusehen
Doch was ist das sehe ich nicht da ein
Gesicht
Es lächelt mich an
Ich schließe meine Augen und lasse mich
treiben
Mit den Wind
auf dem Wolken
zu dir ...

Gabriele Dirks * 1965

## *Die Reise*

Von Ort zu Ort verläuft Reise
und Schritt um Schritt der Lebensweg.
Der Optimismus wähnt sich weise,
bis das Reale einen weckt.

Der starke Trotz der Handlungsweise
weicht dem gemeinen Metrum hin.
Denn trotz der alten Wortverheißung
vermindert sich der Lustgewinn.

Die Hinterfragung flieht bald leise
und die Kritik schmilzt ganz dahin.
Am Ende siegt mentale Greisheit,
die den Prozess zum Stehen bringt.

Somit gerinnt die Lebensweise,
der Tag vergeht, die Zeit vergilbt.
Und immer schneller wird die Reise,
zunehmend kürzer Leidensweg.

Andreas Dirksen * 1982

### *Das Erdenherz*

Die Erde wurde geschaffen als Himmel und
Hölle sich haben berührt,
für manche war es der Urknall den die Erde
hat geführt.
Aber eigentlich brüllte die Erde vor
Schmerz,
denn Himmel und Hölle haben getroffen
das Erdenherz.
Damit dies nie wieder geschieht verbannte
die Erde den Himmel hinauf die
Hölle herab,
dazwischen lies sie wachsen ein grünes
Blatt
es wurd ein Baum der neutral wart und die
Schmerzen heilte,
die Wunden mit Wasser wusch und das
Land teilte.
Nun bewohnten Tiere diese Welt,
die Erde duldete sie unter ihrem
Himmelszelt.
Doch als die Menschen kamen taten sie der
Erde nichts gutes,
denn sie verpesteten sie frohen Mutes.

Sie geben zu wenig und nehmen zu viel,
dass die Erde irgendwann zerbricht ist das
Ziel.
Der einzige Trost der ihr bleibt
ist das der Mensch ob im Himmel oder in
der Hölle erfahren wird viel Leid

Kristin Dittrich * 1989

### *Genuss*

Begegnung in virtuellen Weiten,
unerwarteter Magnetismus zweier
Unbekannter,
aufschäumende Lust.

Stimmen, Reaktionen, Lachen, Atmen.

Hoffen auf Erfüllung lange gehegter
Sehnsüchte,
Illusionen, Restrisiken missachtend,
süchtig und lustvoll, realitätsfern aber
einzigartig.

Anschauen, anfassen, eintauchen, ertrinken
...

Reflektiertes Erwachen und
Erklärungsversuche im freien Fall,
rationales Erfassen emotionaler Vorgänge,
ein Fragment.

Genuss hinterlässt Spuren und weckt
Lebensgier ...

Claudia Dobbertin * 1954

### *Der Mai in der Provence*

Am Fenster sitze ich und seh
die Sommerboten nah'n.
Am veilchenblauen Himmel zieht
die Schwalbe ihre Bahn.
Der Wind bläst durch den Kirschenhain
wie nymphenhafte Kunde
erzählt vom roten Mohn, der endlich
blüht zu dieser Stunde.
Auf einer Mauer ruht die Katz
sie hat denselben Traum:
Von Rosmarin, Forsythienpracht
und vom Olivenbaum.
Von Bienensummen, Meeresrollen
und tausend anderen Klängen.
Da sie erwacht, verspürt sie gleich
den Duft von allen Hängen.
Beglückt ist jedes Wesen,
vom Wiesel bis zur Schlange
denn endlich ist die Zeit vorbei
so finster, grau und lange.

Louisa van der Does

## *Allein*

Sie steht ganz allein,
nur für sich.
Sie steht dort
und überlegt,
warum dies so ist.

Sie ist immer unterwegs,
immer unter Leuten.
Und doch fühlt sie sich
als wäre niemand hier,
außer ihr.

Sie redet nicht viel,
und nicht viele reden mit ihr.
Überall hört sie Stimmen,
und sie wünscht sich,
sie redeten mit ihr.

Lisa Döldissen * 1989

## *Highlands*

Aus der Felswand sprießt und sprudelt
unablässig nasses Quell,
schießt hinab ins Loch, ergießt sich,
hauchzarter Schleier umgibt den Grund.

Hügel an Hügel erstarrt zu Wellen.
Schwere Wolken umnebeln die Höhen.
Vom Wind gebeugt sich majestätisch
erheben
uralte Eichen, in Moos gehüllt.

Vom Schafmaul gezupft zu wolligem
Teppich,
still, unergründlich die Fläche ruht,
wo Heidekraut mit Farn verwoben
die Distel ihr Haupt im Winde wiegt.

Angelika Dölling * 1966

Hebe ich den
Kopf
Und sehe
Dich,
So erhebt sich
Tief in
Mir
Der Feuervogel
Und trägt
Meine Seele
Dir
zu.

Nicoline Dombrady * 1977

## *Hoffnung*

Lange sehen wir uns in die Augen,
unsere Blicke verfangen sich ineinander,
wie zwei Spinnweben,
die der Wind zu einem macht.

Beide wissen wir,
es wird das letzte Mal sein.
Doch wir haben Hoffnung.
Hoffnung auf ein Wiedersehen.

Ein vorerst letztes Mal berühren sich unsere
Lippen,
sanft und doch voller Traurigkeit.
Noch einmal verschmelzen unsere
Gedanken.

Und wir haben Hoffnung.
Hoffnung auf ein Wiedersehn.

Dann trennen sich unsere Wege.
Jeder nimmt seine Richtung,
allein mit den Tränen,
allein gelassen.

Und noch immer haben wir Hoffnung.
Hoffnung auf ein Wiedersehn.

Hoffnung die vergebens ist …

Sarah Donadt * 1991

*Diagnose: Fußballfieber*

Der Ball ist rund,
der Umgang damit
jedoch meistens ungesund.
Der Blutdruck bedenklich steigt,
sobald ein Tor vergeigt.
Fällt ein Tor,
droht Schaden für das Ohr.
Beim Elfmeter
werden die Nerven geschädigt,
durch lautes allgemeines Gezeter,
Zu Hause, im Abseits vor der Mattscheibe,
schädigen Alkohol und Fett den Leibe.
Es droht ein Herzinfarkt,
wenn der Torwart
im entscheidenden Moment versagt.
Und hat die Mannschaft das Match
verloren,
ist bei manchem gar die Depression
geboren.
Doch bleibt's nur Sport, ist's längst kein
Mord,
denn erst wenn der Fußball wird zum Gott
gemacht,
hat das Fußballfieber letztendlich seine
Zerstörungskraft gebracht.

Stefan Donges

*Lôsna*

Lösna wia ds Bächli tschuderat
Lôsna wia dr Loft dor d'Bletter wisperat
Losna wia ds Katzakindli maunzt
Losna wia ds Gägili i dr Wiaga schnür: flat
Losna wia dr Bach ruschat und pôlterat
Lösna wia d Schneeflöcka aherwabblen
Lösna wia der Loft ada Feschterläda röttlat
Losna wia dsHerz of emöl pomperat
Lôsna wia d Röfi aher romplat
Lösna wia d Mama iar Kindli i schlöferat
Lôsna wia d Hummla brummlat
Lôsna wia dr Zukönig kibat
Lôsna of a Schrei vom Adler i dr Höhi
Lôsna wia dr Schutzengel dor Kamera
zücht
Lôsna of des wo niamad sos hört
Lôsna of dia Stimm i diar, dia dich vöram
Bösa bewahrt
Lôsna, denn hörscht o a guats Wart

Manfred Dönz * 1927

Bist du seit langer Zeit ein armer Tropf,
hast du vielleicht auch öfter einen leeren
Topf.
Denn die Großen sind schon lange am
Steuern-Sahnenrand,
betreiben Abschöpfung am laufenden
Band.
So kann die Binnenwirtschaft nicht gut
florieren,
weil die Armen trotz Proteste immer mehr
verlieren.
Einst pasterte man Friede auf Erden und
den Menschen ein Wohlgefallen,
damit sie sich trotz Belügungen freuen und
lallen.
Fest steht: Kein Schöpfer versteckt sich in
des Weltalls Dunkelheit,
um eines Nachts den Bums-Urknall
rauszulassen in die Sausezeit.
Spaßeshalber ließ einst eine Sekte den
Vogel durch die Geschichte fliegen,
um sich lustig zu machen und die
Wahrheit zu verbiegen.
Die Schöpfungsgeschichte habe man einst
von den Babyloniern übernommen,
die Namen geändert und eigene
Begebenheiten hinzugenommen.
So nahmen die Trügereien ihren Lauf,
und Milliarden Menschen kamen nicht
drauf.
Die babylonischen Pfaffen versprachen den
Kriegern das Weiterleben,
doch trotz Verwerfung durch Propheten
ließ sich die Lüge nicht heben.

Die Menschen mögen leider oft und gern
die Lügen,
mehr als das Gras die Ziegen.

Oskar Dorda * 1924

atemlose blütenschwere
umarmung des windes
umarmung der nacht
betörender todeskuss

erzitternd sinkt blüte um blüte
zu boden
weiß-rosa meer im grase
daphnens lagerstatt

Sibylle Dordel * 1948

Wieder Frühling:
Es flattert das blaue Band,
Zeit der Erneuerung
in frischem Gewand.
Gefangen von bunter Blumenzier
freue ich mich auf den Sommer –
zusammen mit dir.
Wieder Sommer:
Geh aus mein Herz
und suche Freud
und mach dich bereit
für die hohe Zeit.
Wohlige Wärme lässt dich nicht denken
an die Stürme des Herbstes.
Verharret, Frühling und Sommer,
mit euren Geschenken.

Susanne Döring * 1957

## *Schatten*

Schatten stets auf ihrer Seele liegen
dunkle Wolken ihren Horizont erhellen

Wie Blei sich anfühlt stets ihr Herz
so schwer und schwarz erleuchtet es

Kein Lachen ihre Lippen verlässt
kein Glanz, der ihre Augen erfüllt

eine schwarze Last sie mit sich trägt
und keinen Sinn am Leben sieht

Schatten stets auf ihrer Seele liegen
Bis sie wird – einst – in den Himmel
fliegen

Dornenkind * 1983

## *Stelle Alles in Frage*

Und wenn da Einer spricht,
„so geht das einfach nicht,
das machen wir seit Jahren",
denk nicht, der sei erfahren.

Zweifle, frage, kritisiere,
prüfe nach und kontrolliere.
Stelle dies und das in Frage,
täglich, und in jeder Lage
lasse Deinen Geist erst walten,
sonst bleibt Alles stets beim Alten.

Rolf Dorner * 1939

Ich trete in dein Lächeln
Behutsam
Ohne Eile
Fast schwebend
Ertappe ich mich
Und verweile

Ich seh in deinen Augen
Ferne
Sterne
Schüchtern leuchten
Ahne den Sinn
Den Zauber darin

Ich entdecke dein Schweigen
Gehütet
Bewusst

Lehn meinen Kopf
Anders als sonst
An deine Brust

Maria Dörrhöfer * 1947

## *Sommergewitter*

Am klarblauen Himmel
Stürmt Wolkengetümmel.
Lautlos erstickt in bleigrauem Dunkel
Jauchzendes helles Sonnengefunkel.

Keine Grille zirpt mehr.
Es ist so. als stirbt wer.

Dann stöhnt die Natur,
Hagel pur prasselt herunter
Auf Feld und auf Flur. Himmelshaubitzen
zucken
Und blitzen,
Donnergefüllte Karren
Rumpeln und rucken
Über den Wolkenbrei.
Die Welt steht benommen ...

Dann ist es vorbei,
So schnell wie's gekommen.

Johannes Dorsch

## *Erinnerungen vor 22000 Jahren*

Duschvorhang, an den Rändern Schwarz
vor Schimmel,
ob's bei Menschen auch so ist?
Nervöses Pickeln am durchgeweichten
Bierdeckel,
doch ein Grund zum Heiraten.
Die Kellnerin macht auch mich, wie die
anderen drei
Gäste an, mit ihrem kurzen Rock, ihren
langen,
in billige Netzstümpfe angepassten und
halbwegs glatt rasierten Beine,
weiße Haut.
Dann, Sie, Sie weist mich ein, in ne Klapse,
ne Irrenanstalt,
mit Irren, nicht weniger irr als mein
Kanarienvogel auf Vermieters
Gardinenleiste,
wirft einfach alles ab, er kann sich's leisten.
Die alte Schreibmaschine hält nicht mehr,
Stummeln hacken auf ihr herum,
keine Hände, kein unschuldiges Blatt zum
ersten Mal Ficken und dann wieder
einpacken,
versenden, wenn möglich, als wenn nie
etwas gewesen wär.
Keine Vorlesungen, mich gibt's nicht,
genauso wenig wie euch,
der Rand, verkrustet, da, wo das Wasser
aufhört, sich alles abgesetzt hat,
wie unter einer Brücke hausend, meine
Toilette zum Abgrund der
Hölle, nur mit einer Zahnbürste
gewappnet, ein paar Biere.
Und der Teufel ist Sherlock Holmes und
ich hab's nicht mal zum Watson
gebracht.

Carsten Dorscheid * 1980

## *Es war einmal ...*

ein rappeldürrer kleiner Wicht,
fast immer hungrig, doch vergnügt,
ein Deibel aus Erwachsenensicht,
der kleinste Anlaß hat genügt.

Barfuß – Glatze mit Vorgarten,
Rotznas' – Grindknie ohne Hemd –
könnt das Leben kaum erwarten,
Kriegskind, das nur Mangel kennt.

Schwere Zeiten warn's für Deutschland,
Bomber kamen, löschten aus.
Viele Leben, ganze Städte,
auch wir verloren unser Haus.

Und so kamen wir nach Steinbach,
wo als Kind ich etwas fand,

das ich nie mehr hab' vergessen.
Träum noch heut vom Märchenland.

Hans Dorsemagen

## *Altar in Grün*

Ergeben starrst du rings in Gänge.
Lädierte schlurfen teilnahmslos
An dir vorbei, erloschnen Blicks,
Wie Blindgeborne.
Dir wird so kalt, und nebelhaft
Trinkst du des Raumes Dämmer.
Man bahrt dich auf, Altar in Grün,
Wie Opfertier aus vorgewaltgen Zeiten.
Ein Stich nur
Verschattet dich ins Nichts,
Reißt dich hinab, gefühllos Fleisch,
Für ihre Sägen, Messer, Infusionen,
Und wirft hinaus in eckelhaft Geburt dich.

Markus Dosch

## *Emanzipation*

Frohlockend schießt mutig / in das
Himmlisch hoch.
und schreit
Begeisterung mit vollem Leibe
aus der Kehle Kraft
geschleudert
beißt mit Heftigkeit Gewissen
und sinkt nieder zum
Geheul.

Verena Dotzler * 1983

## *Langeweile*

langeweile formt
vor allem die leute
die zu oft etwas meinen
was sich wirr anhört
was interpretiert wird
als etwas
als keine langeweile
als beschäftigung
was so aussieht
als meinten sie was andres

hinter dem text
hinter der mauer
steht es geschrieben
und wird nur gelesen
wenn man per langeweile
zum lesen kommt.

Draabaar * 1988

## *EinBild*

Ein Bild hängt an der Wand,
gemalt von Götterhand,
jeder Strich richtig gesetzt,
mit bunter Farbe benetzt.

Eine schöne grüne Landschaft,
gezeichnet herzlich,
gemalt mit voller Leidenschaft,
die Sonne schmerzlich.

Hervorgehoben ist die Sonne,
ganz hell,
erleuchtet in ihrer Wonne,
richtig grell.

Die Wolken ganz dunkelgrau,
ganz versteckt,
das Himmelszelt schön blau,
ich habe es entdeckt.

Sabine Drabosenig * 1988

## *Einladung zum Dinner*

Dein gutes Herz, dein nettes Wesen
dazu bist du noch sehr belesen.

Mit Intelligenz und dem nötigen Witz,
zeigtest du mir, was Liebe ist.

Nie spieltest du vor mir Theater
warst stets den Kindern ein guter Vater.

Gab es Probleme, hattest du immer ein
offenes Ohr,
niemals machtest du mir etwas vor.

Auch in der Vergangenheit!
Du hattest immer für mich Zeit.

Es gab auch schon sehr schlechte Tage,
du gabst mir Halt, ganz ohne Frage!

Täglich arbeitest du wie besessen,
nie hast du mich darüber vergessen

Bis spät in den Abend geht deine Schicht,
doch vernachlässigt hast du mich noch
nicht.

Ich liebe dich heute und für immer,
gerne würde ich es dir sagen – bei einem
Dinner!

Ingrid Drapala * 1957

## *Steine*

die mit dem längeren Atem
die Steine

warten
bis ihre Zeit reif ist

vorher
ernten wir sie
setzen sie uns
aufs Grab

da
bewachen sie
unsere Auferstehung

Dietrich Drastik * 1926

## *Zeit*

Aber die Zeit,
die Zeit
hat keine Zeit,
wenn man glaubt,
jetzt bleibt sie stehn,
ist sie längst
wieder am gehn.
So ist die Zeit, die Zeit
nur ein ständiger Gast
in dem Geschehn.

Heinz-Otto Dreier * 1943

In ein paar Tagen ist es zu spät.
Ich werde roten Lippenstift tragen.
Und ich werde größer sein.
Und brünett.
Dann ist es zu spät.
Du kannst mich ja besuchen,
wenn du willst.

Lena Drießen * 1990

## *Die Farben meiner Tage*

Morgens
durch die Brille der Hoffnung
lebe ich grün
durch Pflichten und Wünschen geteilt

Mittags
durch die Pupillen des Sonnenscheines
lebe ich gelb
auf dem Feld der Zukunft vereinigt

Abends
durch die Lupe des Schattens
lebe ich grau
zwischen Logik und Gefühle gespalten

In der Nacht
durch die Augen des Mondes

lebe ich himmelblau
auf meiner Insel der Phantasie verbunden.

Norma Escobedo de Driever * 1958

## *Warum*

Warum bist du traurig?
fragen sie
Warum bist du einsam?
fragen sie
Warum weinst du?
fragen sie

Aber du weißt doch nichts von der Liebe
meinen sie.

Maren Drossart * 1986

## *Es wird dunkel in uns*

Es wird dunkel in uns.
Wo du gehst wird es Herbst,
fallen Blätter
auf denen die bunte Geschichte
dieses Sommers geschrieben steht.

Die Sonne malt lächelnd
ein Bild noch in Gold.
Wir schließen die Augen
atmen das Bunt
trinken Licht
für die kommende Zeit.

Silvia Droste-Lohmann * 1963

## *Bei dir*

Bei dir
bin ich echt –
bei dir bin ich frei!

Ich kann mich
fallen lassen –
ohne Angst
haben zu müssen,
dass du mich
und meine Gefühle verrätst. –

Ich kann
meine Tränen
fließen lassen -
mit dir tanzen
im Regen oder
im Licht der Sonne!

Halte mich –
umarme mich!

Ich schenke dir
meinen Augenblick!

Sigrid Drübbisch * 1954

## *Wandlung*

Endlos hinauf verläuft der Weg
vom violetten Wiesengrund,
rostrot und gelbe Blätter
wippen schon im Wind,
der zwischen blaugegrauten Bergen zum
Flusse eilt.

Im trocknen Laub find ich aus bräunlichem
Gespinst
den Schmetterlingskokon.

Doch diese Puppenruhe scheint mir
trügerisch –
Im Schlaf verwandelt sich dies Wesen zum
Frühling hin
und will mit Flügeln und Facettenaugen in
großer Pracht erstehen.
So winzig auch sein Kopf,
die Wandlung scheint gewiß.

Deck' ihn mit Laub dann wieder zu und
sage sanft zu dir –
Verlaß mich nicht – gib uns Gelegenheit
für eine dauerhafte Liebe.

Anneliese Druhm

## *Du – mein Leben*

Ich kannte die Dinge
doch nie ihren Sinn
Dann kamst Du
und mit dir ein neuer Beginn

Wir entdeckten alte Dinge neu
hörten den Vogelsang
sangen, liebten, waren uns treu
Sekunden ohne den anderen – unendlich
lang

Ich kannte den Winter
den Frühling- nicht
doch dann kamst du
und schenktest meinem Leben eine neue
Sicht

Anne Duckstein * 1987

## *lebensqualität*

die geister
Wir Räkeln Uns In Designer-Sesseln
die wir riefen
Meditieren Vor Multimediamaschinen
ich rief sie doch nicht
Hantieren Mit Hightech-Handys
denke ich manchmal und stelle mir
In Exklusiven Limousinen
dieses leben vor
Die Garderobe Ist Vom Feinsten
wie es denn wäre
Und Der Flug In Die Karibik Ist Gebucht
ohne
katastrophengewaltkriegterrorlügeund
kälte …

Reinhard Dudda * 1942

## *Abschied*

Der gute alte Mann in seinem Haus
blickt einsam in den Winterwald hinaus,
sieht' wie's draußen schneit und vergeht,
das letzte Lebliche schnell verweht.

Einsam wird's und kalt, niemand den Alten
wirklich vermisst, er blickt hinaus ins weite
Feld,
wie lange noch allein auf dieser Welt?

Das Gesicht faltenvoll und blass,
wer mag's noch aushalten, s' macht kaum
Spaß.
Zäh' und ledern die Haut ausschaut,
die Stimme die Zunge arg aufraut.

Hustend, gar keuchend die Erinnerung
sich schleppt, kaum noch Neues für sich
entdeckt,
dem Alten ist's nun auch egal; der Tode
heiß ersehnt.

Die Augen beginnen zu schließen sich, die
Lungen
tun den letzten Atemzug für dich, das
Herz, es weint,
es schreit, ein letztes Mal: Bumbum.
Letztes Ringen,
schafft' es kaum. Der Tode da? Aus und
frei!

Stefan Düfel

## *Salzburg*

Ein Harfenspieler
sinnt den Tönen nach,
die seine Harfe spinnt –

Der Pferde falbe Mähne
glänzt im Abendwind.
Der Kutscher weist
auf das Portal aus Stein.

Da hört man:
„Jedermann!"
vom Domplatz schrei'n.
Der Tod holt die vom Gold verdorbenen
Sünder ein!

Hoch oben aber streicht man
weiß die Veste an.
So lebt ein jeder,
wie er kann!

Rupprecht Düll * 1914

## *Depressionen*

Trostlosigkeit bestimmt den Tag – auch
die Seele weint
Weil keiner dich verstehen mag- und die
Freundin meint
Reiß dich zusammen, versuche zu lachen –
doch du bleibst still
Komm, lass uns etwas Schönes machen –
weil ich es will
Tausend Ängste beherrschen das Denken –
wach endlich auf
Niemandem kannst du ein Lächeln
schenken – das ist der Lauf
Ziehst dich ins Schneckenhaus zurück – ein
stummer Schrei
Es haben immer nur die anderen Glück –
wann ist es vorbei
Ergreife den Strohhalm, den man dir reicht
– versuche zu leben
Irgendwann wird der Alltag auch wieder
leicht – nach Freiheit streben
Noch versperrt dir das Dunkel die freie
Sicht – es wird nicht schlimmer
In der Ferne siehst du ein schwaches Licht
– ein Hoffnungsschimmer

Margot Dümler * 1948

## *Ein falscher Schwur*

Ich bin nicht reich und auch nicht schön,
dennoch mich nach Liebe sehn.
Mit Bedauern stell' ich nun fest,
dein Liebeschwur war nicht echt,
schon dachte ich mir,
du wärst derjenige nur,
dessen Herz so rein.

Du solltest aber stets bedenken,
Schönheit ist vergänglich und nur Trug,
ehrlich gemeinte Liebe aber beständig.

Dunja

## *Allein durch die Nacht*

So geh ich alleine durch die Nacht,
Der Mond leuchtet hell in all seiner Pracht.
Das Sternenlicht funkelt sanft hernieder,
Ich sehe nach oben immer wieder.

So geh ich dahin, mein Herz, es ist schwer,
Denn Du bist nicht da und alles scheint
leer.
Wärst Du jetzt bei mir, deine Hand würd
ich halten,
Mit dir reden und lachen und Träume
gestalten.

Noch ist es nicht so, doch es wird bald so
sein,
Dann gehen WIR gemeinsam, nicht ich
ganz allein.
Ach wär es schon morgen, ich wünsch es so
sehr
Ich frage den Mond: „Sag, wann bringst du
sie her?“

Ich möchte dich halten, umarmen und
küssen
Und nie mehr im Leben vermissen dich
müssen.
Zusammen Einschlafen, zusammen
Erwachen
Und all unsere Sorgen zusammen
verlachen.

Doch geh ich alleine durch die Nacht,
der Mond leuchtet hell in all seiner Pracht.
Das Sternenlicht funkelt sanft hernieder
Ich sehe nach oben immer wieder.

Dieter Dunkel * 1968

### *Lebenslauf*

Früchte im Koma
der Leib beginnt zu leben
den Sog des Atems durchberstend
ballende Kraft der Bewegung
das Erwachen des Geistes
Verschwendung der Hingabe
Vervielfachung
Hoffnung und Enttäuschung
wiedergewonnene Gelöstheit
fragende Rückschau
Abrundung zur Ganzheit
fallendes Laub

Gerald Dunkl

### *Neues Leben*

Tiefe Schatten umkreisen Deine Gedanken,
der steinige Weg ist dunkel und leer.
Der scharfe Wind bringt Dich ins Wanken,
er wird Dich einholen, und Du bist ohne
Gegenwehr.

Strudel der Einsamkeit hüllen Dich ein,
Du kannst ihnen nicht entrinnen.
Es geht um Dich, um Dein Sein,
Du mußt zu Leben beginnen.

Du mußt hoffen mit aller Kraft,
dass das Leben Dir Freude bringt.
Du mußt die Ellenbogen benutzen, damit
Du es schaffst,
arbeiten, damit Dein Herz lacht und singt!

Wenn Du dann den Schatten entronnen,
der Dunkelheit und der Einsamkeit den
Weg versperrst,
dann hast Du Dein Leben wieder
gewonnen,
der Dunkelheit den Rücken gekehrt.

Monika Dunn

### *und unendlich Ich*

ob ich verreise aus dieser Stadt
mit dem Wirbel mitnehme
die glutäugigen Blicke all dieser Frauen

vielleicht unter Blitzen und Donner
frische Venusmuscheln bestelle
je mehr desto salziger mein Mund

stürmisch zum Bahnhof walze
zwischen den Häusern vereinsamt

ob ich verbleibe in diesem Ort
wie ein ausrangierter Sessel
die Sperrmüllmänner erwartend

vielleicht noch einen Brief schreibe
sitze in der Ecke
mit einem Hier-bin-ich-noch-Blick

haltlos eine Frau umarme
und tanze tief in die Nacht

Miroslav Dusanic * 1961

### *Mein Freund, der Tod*

Wenn der Tod eines Tages an meine Türe
klopft,
werde ich ihn überrascht begrüßen.
Beklommen werde ich ihm Einlass
gewähren.
Wenn er mir berichten wird vom Grund
seines Kommens,
werde ich ihm erstaunt zuhören und mich
dann fragen,
warum ich eigentlich Angst habe.
Wenn irgendwann meine Tränen versiegt
sein werden, wird meine Seele bereit
sein,
ihm zu folgen. Sein Dasein wird mich
beruhigen. Es wird gut sein, wie es
ist.

Wir werden miteinander reden. Werden
gemeinsam schmunzeln, uns
amüsieren.
Bis zum Moment der Zeitlosigkeit.
Ach wird es schön sein, wenn wir
gemeinsam in den Zug der
Unendlichkeit einsteigen.
Wir werden uns am Spiel gelebten Lebens
erfreuen.
Ich werde lachen und weinen vor
Erleichterung, wenn wir
angekommen sind,
am Ort des ewigen Lebens.
Freunde werden mich empfangen. Wir
werden uns in den Armen halten und
glücklich sein.
Und wenn der Tod sich lächelnd von mir
verabschieden wird,
werde ich ihn umarmen und dankbar sein,
dass er mich SEHEN gelehrt hat.

Eva Duwe * 1950

## *Sommerwolken*

Leichte, lustige Gesellen
tummeln sich im Sonnenstrahl,
segeln durch der Lüfte Wellen
flaumig – flockend, ohne Zahl.

Sanfter Sommersonnenwind
formt ihr weißes Angesicht.
Wie ein übermütig Kind
bläst er sie empor zum Licht.

Helga Ebert

## *Windspiel*

Ich habe einen Drachen gebaut.
Gelb ist seine papierene Haut.
An grauen Tagen lasse ich ihn fliegen.
Ich scheuche mit ihm die Wolken herum.
Sie lassen 's geschehen und nehmen 's nicht
krumm.
Sie glauben, er wäre die Sonne.

Patty Ebinger * 1975

## *Du gehst*

Manchmal am Abend
gehst du
am Wasser, ganz nah.
Bei den Weiden
stehst du
ein Weilchen
im Stillen mit dir.

Da in den Fluten
siehst du
im Spiegel das Licht.
Über die Brücke
gehst du
bald weiter
vom Hellen ins Nichts.

Franz Ebner * 1961

lass mir deinen Handschuh
gib doch nach
das winzige Kleinod
– denn nichts als das bedeutets mir –
zurückzulassen
einfach zu vergessen
hörst du?
lass mir deinen Handschuh
denn ich will ihn stets vor Augen haben
wenn ich weiß
dass nichts von dir
mir sonst verblieb

Klaus Ebner * 1964

*Unter Südlicher Sonne*

Weit im Süden, an Kroatiens Stränden
übt der Fink ein längst vertrautes Lied.
Kinder halten Kiesel in den Händen,
während stolz ein Schiff vorüberzieht.

Der Pirol hebt lieblich an zu singen,
und mir ist, als schwinge Wehmut mit.
Nur Schalmeien können süßer klingen
wie des goldnen Sängers Liebeslied.

Unermüdlich die Zikaden geigen,
laden mich zum Innehalten ein,
selbst der Wind hockt friedlich in den
Zweigen,
so erquickend kann ein Schatten sein.

Abends steig ich zu der Schenke nieder,
tief im Feuer sinkt die Sonne hin,
doch sie kommt an allen Tagen wieder,
Fink und Amsel singen ihre Lieder
auch, wenn ich schon lange nicht mehr bin.

Regina Ebner

Der ewige Kampf
Die blutrote Sonne spät am Himmel steht,
Mit Bedacht und Geduld sie niedergeht.
Der Mond er lauert auf die Nacht,
Da er in ihr wieder erwacht.
Wenn er die Sonne dann verdrängt.
Und nachts uns fahles Licht geschenkt.
Werden wir der Sonne Licht nicht missen,
da wir um beider Segen wissen.
Siehst du der Sonne ersten strahl,
wird nun der Mond schon langsam fahl.
Die beiden hier im Kampfe leben,
Immer nach der Ewigkeit streben.
Die Sonne dann im Mittag steht.
Der längste Strahl seine Wege geht.
Wenn der Mond sich schiebt vor ihr
Angesicht.
Die Sonnenfinsternis geboren ist.
Der ewige Kampf wie wird er noch weiter
gehen?
Wird bald Niemand mehr am Himmelszelt
steh'n?
Ein Kampf der Titanen.
Auch ihn schon sahen unsere Ahnen.

Echtor * 1958

*Versetzt*

Zeit,
ich warte allein inmitten der Welt;
muss mich entscheiden.
Grüble lange, ständig,
angestrengt
zeitraubend
aufgeregt.
Ich spüre neues.
Die Grenzen verwaschen,
gibt mir Zeit
verschafft mit Momente
zum Atem schöpfen.
Zeit ist vergangen,
die Würfel sind gefallen,
ein Wechsel ist vollzogen,
mit mir und der Zeit.

Jessica Eckardt * 1981

Schaufelt ein Grab in den Himmel,
zwischen Krieg und Gewalt,
zertrümmerte Schädel auf den Straßen,
Tod im Hinterhof,
die Hände zum Himmel erhoben,
flehend,
Kinder des Zorns,
den Fuß unter Ketten von Panzern.

Und jetzt versucht doch mal
Loszurennen
in eine
bessere Welt.

Thorsten Eckert * 1976

## *Amor braucht ne Brille*

Amor schießt mit seinen Pfeilen,
seinen Pfeilen in unser Herz.
Und gibt uns so damit auch die Liebe.
Die Liebe zu einem andren.
Ich glaube aber, Amor braucht ne Brille.
So könnte er genauer zielen, wer besser zu
uns paßt.
Wenn er schießt mit seinen Pfeilen,
wird es warm in unserem Herz.
Und wir verlieben uns in einen Menschen,
den wir nicht kennen.
Aber irgendwann spüren wir es doch,
daß es nicht der ist, den wir wollen.
Und die Trennung tut sehr weh.
Wäre besser, daß Amor bekommt ne Brille.
So könnt er besser zielen, wer zu uns paßt.

Eckipauli * 1955

Weißt Du noch wie's war
als Kind
wenn alles Wahrheit ist?
Was Du fühlst und denkst und siehst.

Wie oft saßen wir nur da
und blind
für jeden Ernst und staunten nur
und in Gedanken waren wir,

die Herrscher unsrer Welt.
Und nun?
Träumen dürfen wir nicht mehr,
doch ganz leise sag ich Dir:
Ich wär noch immer gern ein Held ...

Christian Edbauer * 1982

## *Betrachtung eines Bildes*

Grandios, dieses Bildformat.
Mystisch alle Farben.
Enorm im Ausdruck und so zart.
Abstrakt, kaum zu ertragen.
Euphorisch jeder Pinselstrich.
Göttlich und genial
Phänomenal, ja, fürchterlich.
Meisterhafte Qual.

Geprahlt,
bezahlt,
das Bild,
von einem Affen gemalt.

Monika Eddelbüttel * 1949

## *Kennst du die Welt? Kennst du das Leben?*

Kennst du die Welt
kennst du das Leben,
das dir manch schöne Stunde wird geben.
Die Strasse zum Glück ist ein langer Weg
und oft eroberst du nur einen winzigen
Steg.
Nur ein Steg,
der dich doch weiter bringt
und dir das Lied des Lebens singt.
Ein Lied voller Worte,
die ernst dir beschreiben
und dich in Kummer und Geborgenheit
treiben.
Weißt du das Wort,
das alle Menschen verbindet
und das in ihren Herzen wohlige Wärme
findet?
Es ist die Liebe,
beherrschend und in voller Pracht,
es ist die Zuneigung,
stolz und in aller Macht!!!

ede * 1966

## *das ABC der sexuellen gewalt*

Achtung kennt sie nicht
Benutzen will sie dich
schleicht sich an Charmant
Dringt ein, Ekel hinterlassend
dein schweigen Fordernd
macht eine Gefangene aus deiner

nun Heillosen seele
nimmt deine Identität
Jagt angst durch Körper
raubt Lebenslust
Macht aus dem sein Nutzloses
Ordert taten wider willen
Pein, Qual und Ruhelosigkeit
lässt sie zurück.
Schmutz an dir
Trauer in ihr
Unverständnis
und worte die schmerzen
Versuch sie aufzuarbeiten
ein weg nahe dem Wahnsinn
zum X-ten mal schweissnass
aus dem gleichgewicht
sind Yin und yang
Zerstört wider deinem wollen
ein ganz normales ABC

Margarete Edelmann

## *Der blaue Planet*

Der blaue Planet verliert seine Farben
sie fliehen durch Löcher ins endlose All
es bleiben nur hässliche kantige Narben
es bleibt nur ein grauslich klingender Schall
kein Wasser, kein Leben, kein fröhliches
Treiben
kein Grün mehr in sprießenden Bäumen
kein Kinderlachen hinter blinkenden
Scheiben
kein Grund mehr von Freude zu träumen
statt weicher Formen nur bläulicher Stahl
statt Sonne nur saurer Regen
was einst Natur war ist heute kahl
man kommt sich mit tödlichen Waffen
entgegen
wenn man alles vernichtet was Atem
erzeugt
wenn nur noch Staub durch die Luft fliegt
dann hat man, gottlob, jeden Willen
gebeugt
auch den, daß Mensch niemals genug
kriegt

Ewald Eden * 1944

## *Das sind die Nächte*

Schwarz
Ohne Sterne, ohne Licht

Da stolpern
Herz, Seele und Gefühle bang dahin

Da schüttelt mich
Die Angst
Das Leid
Das Sterben

Da bin ich wie ein kleines Kind
Voll Sehnsucht
Nach gehalten werden

Am Morgen fühl ich langsam
Nach dem Licht in meinem Herzen
Und leuchte meiner Seele
Den Weg zurück
Zum Fühlen
Ohne Angst
Und Leid und Sterben

Das sind die Nächte

Lilli Eden * 1950

## *Sinn-Los*

Suchst du die Freiheit, so lass ihn los, den
Sinn –
die Fessel, die deine Träume am Morgen
noch begleitet,
ihnen Deutung gibt und Schwere.
Lass die Absicht los und sieh dich treiben
zu Ufern unbekannt und grenzenlos.

Suchst du den Sinn, so lass sie los, die
Freiheit –
denn du erträgst sie nicht, die Leichtigkeit
des Seins.
Was deinem Leben Deutung gibt und
Schwere
hält dich fest am Boden und lässt dich
gehen
die ausgetretnen Pfade.

Edmund * 1956

## *Fröhliches Scheitern*

Erbauung eines Hauses.
Heiliges und warmes Unterfangen.

Wie es dann kracht und poltert
wenn alles in sich zusammenfällt.

Ein wunder Zaun bleibt am verlassenen
Garten.
Eine Aster nickt an ihm ein.
In einer verlorenen Ecke verkehren die
Kaninchen.
Ihre Nasen zucken vollkommen
unbedrohlich.

Die Bäume laden dich ein
mit ihnen die Allee entlang zu schreiten.
Du gehst in ihrer Mitte und sie beugen sich
vorsichtig über die fliehende Gestalt.
Sie balancieren auf ihren Spitzen.

Die Schattentrümmer strecken sich ihre
Händchen entgegen.
Du kannst dir ein Lächeln nicht verkneifen.

K Effing * 1972

## *Besinnlichkeit*

Der Winter hat unumwunden seinen
Schlussakkord gefunden.
Vorbei ist die beschauliche Zeit in ruhigem
Gang,
als der Schneesturm die Hektik zum
Stillstand zwang,
zum Nichtstun ein jeder gehalten,
tagelang.

Und Du, fandest Du auch Momente der
Ruh'?
Hast erfahren, wie sich die Seele
beschaulich verliert,
in diesen Tagen, von keiner Uhr
programmiert,
stattdessen von sanften Melodien verziert.

Für die Paranoia der Wichtigkeit ist weder
Platz noch Zeit,
alles in Schnee und Eis gefangen – Tage,
Wochen, wie lange?
Stille Einkehr, Gedanken zum Leben, zur
Liebe, zum Wer.
Frei ohne Pflicht und Befehl, durch die
Natur, durch Kälte und Schnee.

Doch schon verlässt die Natur ihr eisiges
Kleid mit Bravur,
Frühling zieht ein, Betriebsamkeit erwacht
in jedem Heim.
Der Ruhe genug, tut die frische Hektik
wieder gut,
Endlich Radau, der Stress geht ins Blut.

Monat für Monat wird wieder mit
Terminen gefüllt,
vorbei der besinnliche Schleier, der den
Alltag umhüllt.
Bis zu jener Nacht, in der Eis und Schnee
auf die Erde sinkt,
und die Menschen wieder zur
Besinnlichkeit zwingt.

Heike Eger-Kock * 1962

## *Auflösung*

Ein allererstes Grün, noch kaum erkennbar
zwar,
ein erster warmer, seltsam schöner Tag,

der lichte Weiten ahnen lassen mag –
noch unerbittlich lang der Winter war!

Ein milchig-weißer Dunst, ganz sanft und
mild,
getränkt noch von der Sonne letztem
Schein,
geprägt durch dieses Tages ureignes Sein –
ganz über allem schwebt er, quillt –

und quillt und legt sich, kurze Rast,
hält kurz an alles Sehnens Last.

Und aus der Stille sachtem Saum,
unmerklich fast, erst hörbar kaum,
nimmt zögernd sanfter Regen seinen Lauf,
löst friedlich alles in sich auf.

Hannes Eggink * 1952

## *Bis(s)*

Nimm dies Geschmeide von mir an
Aus Edelsteinen makellos
Es passt an deinen weißen Hals
Geschaffen für die Ewigkeit

Das Perlenweiß geschliffen scharf
Erweckte leis den Karneol
Auf deiner Haut so blütenrein
Im Sternenschimmer leuchtend klar

Das Funkeln der Facetten, sieh!
Im Mondschein ist es wunderschön
Vollkommen wie der Diamant
Doch farbig gleich dem Kriegsplanet

Verbunden nun vor Lucifer
Für die Unendlichkeit vereint
Erforsch die Minen uns're Welt
Find frischen glühend Blutachat

Clarissa Ehlers * 1984

## *Katzen*

verzaubert verträumt
mondsüchtig
vernarrt der Mensch
sanft schleichen Katzen
um unsere Beine vergessen
die Spuren der Krallen
Tautropfen glitzerndes Fell
Zeichen morgendlicher Runden
der Wiesen zusammengerollt
erblicken wir Katzen
auf dem Sessel überlassen
unseren Platz am Fenster.

Martina Ehlers * 1975

## *Alte Hände*

Mutters Hände wurden alt,
aber sie sind längst nicht kalt,
runzelig, mit Adern durchzogen,
Fingernägel wie kleine Bogen,
Lebenslinien zeigen innen
Schicksal an in tiefen Rinnen.
Was haben sie alles geschafft!
Noch immer sind sie voll Kraft
Und tätig ohne Ende,
die guten, alten Mutterhände.

Emilie Ehnes * 1920

## *Versuche*

Noch einmal die Stimme erhoben
Doch unsicher schon mit dem ersten Wort
Mir nicht trauend wieder zurückgezogen
Die Hand an der Tür

Dirk Ehrich * 1972

## *November*

Graue Wolken, tief und schwer,
hängen im Novemberwetter.

Leise rascheln tote Blätter,
Winde wirbeln sie umher.

Regensatt die alten Bäume,
Nebel ziehen wie Gespenster.
Schauen gleich in jedes Fenster
und in unsere Träume.

Im Zerfall die Tage rinnen.
Sturmwind spielt zum Reigen.
Und die Vögel stille schweigen,
wenn wir uns besinnen.

Angela Ehrke * 1949

## *Ruhestand*

Der Schreibtisch ist leer – ein letzter Blick,
ach hier noch ein Stift – ich leg ihn zurück.

Nehm' den Mantel, die Tasche – sie ist
nicht schwer,
Akten mit nach Hause! Das brauch ich
nicht mehr.
Im Fahrstuhl nach unten; der Pförtner
grüßt,
weiß er, daß heute mein letzter Tag ist?

Eine Flasche Wein, die mach ich jetzt auf,
ein guter Jahrgang – steht jedenfalls drauf.

Ich genieße die Ruhe, die Zeit für mich,
die Einsamkeit – sie kriegt mich nicht.
Den Sinn meines Lebens definier ich jetzt
neu,
es tut gut zu wissen, „ich bin frei".

Ingrid Katharina Ehrl

## *Vertrauen*

Eingebrannt, doch nicht vereint,
lag mir einst dein Lachen im Herz.
Ich habe bittersüße Tränen geweint,
doch fühle ich nur noch Schmerz.

Marionettengleiches Spiel
im Gefängnis der Gesellschaft,
welches mir doch so sehr gefiel –
verzehrte all meine Kraft.

So schön du auch bist, Wärme der Nacht,
meine Angst verschlingt dich zuweilen.
Bis die Zeit mich dir vergessen macht, will
ich für dich schweigen.

Heute bist du fremd mir wieder.
Ich habe dich mir vergessen gemacht.
Hab gelegt all meine Erinnerungen nieder,
und mir ein neues Leben erdacht.

Was könnte leerer sein?
Was fände man je in solchen Augen?
Geschaffen zum Alleinsein –
gescheitert am Vertrauen.

Ehrlich * 1980

## *haltlos*

Ich schrei nach Dir,
mit lautloser Stimme.
Will ich bei Dir sein,
irgendwo, weit weg von Dir.

Denk ich an Dich im Vergessen.
Bist Du in meinem Sinn,
der nichts von deiner Existenz
mehr weiß.

Es stockt in mir –
Will ich Dein Gegenüber sein,
doch unberührt von Dir
in all meiner Zerrissenheit.

Nur Illusionen in allen Sekunden.
Nur Träumereien vom Augenblick –
täuschen Halt,
der mich nie erreicht.

Unendlich verloren im Nichts,
der Gegenwart, meiner Leere.

Wie überflüssig doch
jedes Wort sein kann.

Birgit Ehrlich

*Der Baum*

Ich bin eingehüllt und Liebe trinkend,
Wurzel bin ich – bin ich Baum;
fallen lassend und mich sinkend,
Leben schenkend – Liebestraum.

Schweigend trag' ich Schatten und Nacht,
einsam die Unendlichkeit;
wühlt der Sturm in
meiner Krone voller Macht,
geht der Sommer aus der Zeit.

Eine letzte reife Frucht
will ich für euch tragen,
lös' ich euch sacht von meinem Blatt –
von meinem Stamme;
lass ich euch fallen
und das soll euch sagen:

Mutter Erde ist euer Schoß
– ist eure Amme !

Elvira Eich * 1955

*Ich hatte dich!*

Ich hatte dich!
Ich hielt dich in meinen Armen,
streichelte deinen Oberkörper …
War so nah bei dir
und doch so fern …
Du warst so real
und doch wie ein Traum …
Dein Gesicht dem meinen so nah,
ich küsste dich noch mal …
Meine Gedanken kreisten um dich,
doch deine waren nicht mal im selben
Raum …
Und dann sah ich dir in die Augen,
da sah ich das Offensichtliche …
Keine Stunde,
keine kleine Minute,
nicht mal eine Sekunde
hatte ich dich …
Ich hatte dich nicht!

Verena Eichholz * 1984

*Liebeshunger*

wirf mich aufs wolfsfell
mich hungert nach dir
leck' mich, wie ein neugeborenes tier

ich zieh mich aus
du schaust mich an

deine augen sengen sich in meine haut
– endlos vertraut

verbrennt meine sehnsucht
in diesem schauen
du musst dir nur trauen

sei voller neugier
entdeck' mich, versteck' mich
erreg' mich, zersäg' mich
und halt mich, ganz still

das ist's, was ich will

dann bin ich satt
zufrieden gestellt
eins mit der welt

Gundula Eichler * 1969

*Nachruf*

Es öffnete sich an der Decke der Teer
Bitumen machte dein Leben schwer

Du bohrtest dich mit starker Kraft
Eiltest empor mit strebend' Macht

Du wußtest trotz Dunkelheit
Lebensquell – er ist nicht weit

Du wolltest doch nur Kohlendioxyd haben
An wärmenden Strahlen der Sonne dich
laben

Du warst auch bereit abzugeben
Sauerstoff dem übrigen Leben

Kaum hattest du das Licht gesehen
Gab man mit Herbiziden zu verstehen

Nicht erwünscht, sie stören nur
in unserer schönen Betonnatur!

So versucht es nun eines deiner Kinder
Wühlt sich hinauf als zarter Blinder

Freund Grashalm nimm es nicht so schwer
Bald gibt es auch keine Menschen mehr ...

Franz Eigner * 1955

Ich sitze hier und hör den Regen
Bin in Gedanken nur bei dir
Kann meine Gefühle nicht sortieren
Weiß nicht, wie soll ich sie versteh'n?

Der Regen prasselt, immer lauter
Ich denk an dich, spürst du es nicht?
Was kann ich tun um dir zu zeigen,
wie wichtig du mir bist?

Auf einmal hört der Regen auf
Und alles wird ganz still
Nur ich, ich sitze noch
Kontrolliere meine Gedanken schon lange
nicht mehr.

Hauke Eilers * 1988

## *Das Würmchen*

Klein und fremd,
Freudig dabei,
Seinen winzigen
Eroberungen
Nachgehend.
Eine Sonne
Inmitten all dessen.
Überall fremd,
Damit überall,
Daheim.

Stephan Eipper * 1967

Stark sein müssen
Angst verdrängen
Zuversicht und Hoffnung
zeigen müssen
Und die Angst
nicht loswerden ...
deine und meine Angst
Doch auch
unsere Stärke wahrnehmen
zusammen tun
und
unsere Ängste zusammen
besiegen
Und nicht allein sein ...

Anka Eisenkrätzer * 1970

## *Blumenmord*

Weiße Lilien wogten sacht
Im lauen Sommerwind
Die Blumen waren noch nicht erwacht
Bemerkten nicht das Kind

Im weißen Hemdchen kam es zur Nacht
Durch kühles Blütenmeer
Und hat sie alle umgebracht
Die weißen Lilien gibt's nicht mehr

Schwarze Lilien wiegen sacht
Im warmen Sommerwind
Gestohlen ward ihre Farbenpracht
Und schuld war nur das Kind

Monique Eismann * 1986

## *Ich kann es nicht sagen*

Bevor ich es habe
Wenn ich sage es nicht
Ist es weil ich dich vermiss
jetzt ist's schon gesagt
Das Geheimnis wurde ausgeplaudert
Behalte es nur für dich
Ich will es nicht wissen

Maria El Kinein

## *An Fäden*

Eine Sehnsucht ruft nach Nähe,
Eine Stimme singt von Licht.
Eine Warnung die ich nicht verstehe,
Beachtet meine Tränen nicht.
Musik schwebt durch meine Seele,
Lässt sie tanzen
An Fäden

Ria Eleni * 1992

## *Eine leise Freundschaft*

*(in der Ferne)*

Nebel wandert leis durchs Feld
umhüllt das ganze Tal und Land
umschließt es zärtlich und erhellt
liebend – gnädig Gottes Hand.

Vögel oben am Himmel gleiten
ziehen langsam ihren Kreis
hinaus in die wunderschöne Weite
die Nacht wird müd und leis.

Jetzt erwacht ein junger Morgen
erblüht ein neuer Tag
wir kennen nicht einmal die Sorgen
die er uns heut bringen mag.

Der Nebel schwindet – der Tag ist da
mit ihm auch ein Gefühl das geht
der Tag erhellt nun schön und klar
und eine leise Freundschaft – sie entsteht.

Katharina Elflein-Kreuer * 1970

## *Freundschaft*

Freundschaft ist eine Sache
um im Leben durchzuhalten.
Wenn man keine Freunde hat,
ist man traurig und schlendert durch die
Welt.

Freundschaft ist eine Eigenschaft, eine
Sache
dem Leben auf die Sprünge zu helfen.
Wenn man Freunde hat,
ist man glücklich und springt freudig durch
die Welt.

Freundschaft ist eine Eigenschaft, eine
Sache
es ist meistens das Wichtigste im Leben.
Wenn man Freunde hat,
kann man natürlich nicht nur mit
Freundschaft leben.
Aber es ist eines der wichtigsten Elemente
im Leben.

Elina * 1987

## *Mutter*

War ich verirrt – hast du für mich gebetet.
War ich verwirrt – hast du für mich
geredet.
War ich in Freud – hast du mit mir
gesungen.
Drückt' mich ein Leid – an deinem Herzen
ist's verklungen.

Komm' ich jetzt als Mann mal wieder heim
– ist's wie in Kindertagen.
Da du mit Lied und Reim – mich durch die
Welt getragen.

Auch groß bin ich dein Kind – und du die
Mutter mein.
Solange wir noch sind – soll's immer auch
so sein.

Die Brust ist leer – denn viele daran
tranken.
Trinkt keines mehr – doch heut dir alle
danken.
Liebe, liebe Mutter mein
– lass mich auch im Himmel dein Kind
noch sein.

Ernst Ell * 1945

## *Geteilter Weg*

Es benetzt das Fühlen sachte
Eines Morgen neblig Tau
Der da schwebt im dämmrig' Licht
Als wär' er nicht von dieser Welt
Wie scheint des Schmetterlings Flügel
Durchsichtig mild zu glänzen
Was Farbenspiel und Duft betört
Ihm seine Fühler kosten lassen
Wird Mensch dem Menschen Hände
reichen
Im Angesicht von alle dem
Verbundenheit erschließen lassen
In Herzen die noch dumpf und grau
Es reicht so manches Mal
Ein ehrlich ausgeführter Wimpernschlag
Dass Mensch um Mensch sich wende
Für Freund und Freund den Rücken halte
Weil eine Kette doch besteht
Aus mehr als nur der einen Perle.

Rebecca Ellerbrok * 1982

## *Die Flutkatastrophe*

*Am 25./26.12.2004 in Südostasien*

Mit schwerem Erdbeben fing so alles an,
bis dann die Flutkatastrophe kam.

Überschwemmte Inseln und teilweise
Länder,
die Menschen, sie konnten es auch nicht
ändern.

Über zweihunderttausend ertranken in den
Fluten,
viele werden sie immer noch suchen.

Große Spenden kamen an,
zum Wiederaufbau für das Land.

Die Natur hat's in der Hand.
Die Natur kennt keine Gnade,
schlägt erbarmungslos oft zu.

Leben trägt man so zu Grabe
und dann ist auch wieder Ruh'.

Günter Ellerbusch * 1933

## *Gestern – Heute – Morgen*

Das Gestern – Heute – und das Morgen
sind für uns mehr als nur die Zeit.
Sie sind die Glieder einer Kette,
die Leben aneinander reiht.

Gestern ist die Erinnerung, die „Nester" in
die Seele baut.
Im Gestern liegt noch etwas Schnee,
der heute zögerlich nur taut.

Heute beschreiten wir den Weg,
der irgendwo gestern begann …
Erlebtes scheint uns wesentlich,
und macht uns Mut – treibt uns voran.

Im Morgen schlummern die Ideen,
der Traum, der aus der Ferne lacht –
der Plan, vom Lernen aus den Fehlern,
die wir gestern und heut' gemacht.

Das Gestern – Heute – und das Morgen,
ja – sie sind mehr als nur die Zeit …

Segel im Wind aus Glück und Sorgen –
Strandgut am Meer der Ewigkeit.

Renate von Elm

## *Schreibzwang*

Immer wieder, angstschweißgebadet
vorm Abgrund der Erleuchtung stehen,

immer wieder springen müssen,
ausbluten, erbrechen
in wildem Hass
auf dies quälende Hirn.

Immer wieder, wie im Fieberwahn
Gedanken verflechten, zerreißen,
schreib schneller, schreib schneller,
dein Hirn rast, droht zu zerbersten.

Schreib schneller, eh alles, eh du
verloren bist, der Worte beraubt,
vom Stift aufs Papier – stumm!
Am Ende des Zwangs nicht befreit.

Christian Else * 1960

## *Vorfrühling*

Der Himmel über mir wölbt sich in klarem
Blau ... Märzenmorgen, klare frische Lüfte
mich umwalln, erbaun.
Beflügelt, mit viel Wonne, genieß ich
Strahlen erster Frühlingssonne,
mit einer Leichtigkeit, die mich betört.

Nehm Bilder wahr, die meine Augen
versuchen, wie ein Maler aufzusaugen.
Entdecke dort am Waldesrand ein Meer
von lustig winzigen Gestalten ...
Märzenveilchen, im dichten grünen Moos –
Hoffnung auf die warme Zeit wird groß.

Entzückt von diesem Anblick, ist jedes
Menschenherz nach kalten trüben Tagen.
Wild kann sich an ersten Zweigen laben.
Schlehenblüte, Butterblume, alle sind
erwacht, Krokus öffnet seine Kelche,
duftet über Nacht.

Engel * 1953

## *Du fehlst mir*

Ich gehe durch die Wälder,
die Sonne scheint.
Doch ich kann mich nicht freuen.

Ich höre die Vögel singen,
die Luft weht lau.
Doch mein Hals ist verschlossen.

Der Tag geht zu Ende,
ein Sonnenuntergang wie im Paradies.
Doch ich muss weinen.

Denn du fehlst mir so sehr.
Du kannst all' diese Wunder
nie mehr sehen, nie mehr hören, nie mehr
fühlen.

Aber ich werde dies alles für dich tun.
Ich werde es schöner finden als je zuvor.
Und eines Tages werde ich wieder lachen,
denn ich weiß, du würdest es wollen.

Jeanette Engel * 1958

## *Es ist Liebe*

Viel zu lange trifft mich dein Blick.
Hab' Angst, doch ich schau' zurück.
Amor schießt mit tausend Pfeilen,
mitten in unsere heißen Herzen.
Gewaltige Kräfte zerreißen meinen Magen,
ein Schmerz des Glücks durchbohrt mein
Herz.
Hitze ... stark wie ein reißender Strom,
trägt meine tausend Ängste davon.
Zarte Musik wiegt meinen Körper,
glühendheiße Lava trägt meine Gefühle.
Ich ergebe mich,

jeder Widerstand erscheint sinnlos.
Ich löse mich auf ...
und verschmelze mit dir.
Tiefer Frieden ist in mir,
und die Sehnsucht ruft nach dir ...

Leonnie Engel

## *Erkenntnisse*

Erkenntnisse zu jeder Stunde
durchbrechen der Gedanken Runde.
Auch stille Stunden in der Nacht
haben Erkenntnisse gebracht.

Woraus besteht denn unser Leben?
Was kann es uns denn alles geben?
Ist der Erfolg das einzige Glück?
Fehlt da nicht manches andere Stück?

Weshalb nach äußeren Werten jagen?
Kann man innere Werte ertragen?
Ist man erfreut bei weltlichen Dingen?
Auf was soll man ein Loblied singen?

Mit unendlicher Liebe und Kraft
hat der Schöpfer für uns die Welt geschafft.
Tiere und Pflanzen mit klugem Sinn
leben zum Nutzen der Menschen dahin.

Wer mit Liebe und Treue beginnt,
bald die Zuversicht gewinnt.
Mit Zuverlässigkeit kann das Leben
mancherlei Pluspunkte ergeben.

Reiner Engelen * 1938

## *Schmetterling*

Ein Schmetterling kommt angeflogen,
hat noch nicht mal viel gewogen.
Auf den Blütenkelch sich setzt,
nach Nektar er gar lechzt.
Von Blüte zu Blüte geht sein Flug,
er kriegt davon halt nicht genug.
Schmetterling im Sonnenlicht,
den Flug zum Trinken unterbricht.
Flieg weiter hin, flieg weiter her,
die Blumen danken es dir sehr.

Albert Engelhardt

## *H. im Turm*

Hilflos röchelt ein Tier
Traurige Lust am Schluss
Mutter nichts ist ein Muss
Singe mit Kunst die Gier.

Leid und Hoffnung in mir
Grenzen an Zuckerguss
Vater halt es in Fluss
So nur vernebeln wir.

Wurzeln in dem Verstand
Hakeln mit Seil zur Wand
Schreien ernten die Früchte sündhaft
grösste soviel wir sehn.

Schneiden mit Mut den Kopf
Tat- und kraftvoll zum Pfropf
Schreien ernten die Triebe holzig längste
Gedanken gehn

Tilman Engelhardt * 1963

## *Digitaldiktatur*

Vertrocknete Gesichter,
warten auf den Gong,
die Digitalanzeige lächelt boshaft,
zeigt ihre Diktatur.
Augenpaare wandern durch vergessene
Flure,
erschrecken beim kleinsten Geräusch.
Hoffnung wurde der Zutritt verwehrt,
gleichsam die Seelen entehrt.

Doch plötzlich,
dort, aus der Türe lächelnd,
hat jemand sie wohl heimlich eingeschleust.

Ein prickelnder Schauer wandert durch alle
Körper,
lindert die Zeit,
warten auf den Gong.

Matthias Engelken * 1977

*Fensterscheibe*

Noch trübt der Blick –
so fällt durch das Glas er.
Dahinter schwach Geworfenes.

Eidolon sieht die zerstreuten Steine,
im Inneren verwehte Momente.

Das Mosaik für jeden andres,
und nur allein zu verlieren.

Sandra Véronique Engels * 1987

*Hass auf Stumpfheit, durchs Kiffen verursacht*

Die Gefühle sind so zart,
dass diese Schrift sie vernichtet:
eine stumpfe Hand
mit starkem Griff
hat ihre Gier darauf gerichtet
und dem Wolf wirds feucht ums Maul,
erspäht er blutig-junge Beute.

Schützet mich!
Ich will ein Tier nicht meine Kinder fressen
lassen!

Der rauhen Hand die Hornhaut abgeschabt
und an den Fingerspitzen bis aufs Fleisch!
Mit diesem Ritual von Tag zu Tag die
Sensibilität bewahrt –

Damit beim nächsten Weltgeistmord
ihr wilden Tiere gleich zur Hölle fahrt!

Christoph Englert * 1985

*Bizzare Gedanken*

Ist ja nicht,
tut ja weh,
ist ja nicht voll gut,
Kaffee!

War ja so
is ja meins
schreib ja nicht
immer die eins.

Enis * 1989

*Spurensuche*

Essenz des Atoms
einer Ohnmacht gleich
ergießen sich Tränen in brennendes Eis

Gefühl wird Staub
den der Wind mit sich nimmt
als Sandkorn sanft in die Wüste bringt

Knospen der Liebe
Metamorphose des Glücks
brechende Hoffnung drängt Entfaltung
zurück

Gestern war Traum, heute ist Leben
Illusionen sich willenlos dem Schicksal
ergeben

enomis * 1963

*Augenblicke*

Magische Augen in fremdem Gesicht,

Augen die ich kenne, wiedererkenne,
immer schon gekannt habe?

Wissende Augen, die in einer uralten
Sprache zu mir sprechen.
Fragende Augen, die auf eine Antwort
warten.

Sehnsüchtige Augen, denen ich gezwungen
bin auszuweichen.

Meine eigenen Augen schlage ich nieder,
verräterische Augen, die den fremden doch
so ähnlich sind.

Silvia Eppli * 1961

## *Aufbruch*

Auf! Auf, ihr Poeten,
den Anker gehievt
und die Segel gesetzt!
Wir fahren hinaus
auf die Sprachsee.

Poesie ist ein Boot,
von jeher berufen,
Menschen zu fischen –
Gekenterte, die,
von Worten umwogt
und gepeitscht
von den Stürmen der Zeit,
in den Sprachfluten
treiben.

Poesie liest sie auf
dass sie nicht in die Schlünde
des Schweigens
abtauchen
und im Verstummen
ertrinken.

Andreas Erdmann * 1962

## *Blutende Erde*

Stumm
unter dem Schleier
meines Volkes Scham
senke ich den Blick

Zertreten wollen
die Gebeine der Mörder
verbrennen
ihre Gesinnung
vergraben
ihre wirren Köpfe –
wüßte ich
wo

nur
baden meine Tränen
aus Trauer und Entsetzen
in der Erde der Haarlosen
den Baracken der Zahnlosen
den Duschräumen der Leblosen
geopfert
auf dem Altar des Teufels

Barbara Erdmann * 1951

die Wiege
steinern
unbeweglich
stand
alsbald
kippt
schüttelt
heraus
verkannt
benannt
ein
Weh
das
unverstimmt
beginnt

Susanne Erismann * 1968

Die Vögel singen wieder
Die helle Sonne lacht
Ich knie mich auf die Scherben nieder
Und fühle Deine Macht
Die Macht über mein Leben
Die Macht die ich Dir gab
Doch magst Du mir keine Liebe geben
Hilfst mir hinab ins Grab

Du weißt, Du kannst mich retten
Du weißt, ich brauche Dich
Doch lässt mich hier in meinen Ketten

Mein Schmerz erreicht Dich nicht
Ich sehe keine Sonne mehr
Und hör' die lieben Vöglein nicht
Mein Kopf und meine Seele bleiben leer
Solange Du nicht zu mir sprichst

Sara Erley * 1987

## *Menschen*

Lasst uns leise einsam leben,
gemeinsam blind und trostlos sein,
unauffällig lange schweigen,
lautlos, doch verzweifelt schluchzen,
und die Wehmut in uns tragen,

Ich wird' heute schweigend schreien,
niedersinken, ruhig weinen,
kauernd auf dem boden wissen,
dass ich keine stärke hab',
für kollektive Einsamkeit.

Katharina Ernest * 1984

## *Heimat*

Glaubst du, wo die Zitronen blühen,
ist das Himmelreich?
Denkst du, wo Orangen reifen,
ist der Garten Eden?
Ich liebe das Korn, den Weizen,
die harte Erde, die Distel.
Ein Heim, spröde,
voller Intensität.
Ich will hier sein,
leben zwischen Dornen der Rosen,
Disteln, dem Korn.
Will nicht nur Wärme fühlen,
auch Kälte spüren.

Astrid Eschner

## *Die schlaflose Nacht*

Du schlaflose Nacht,
warum schließt du deine Augen nicht?
Fürchtest du den hellen Tag?
Glückselig bist du doch nur,
wenn du dich ganz vergisst,
ganz hingibst
und dich selbst erfüllst mit der lauteren
Stille deiner Natur.
Der Schlaf ist dein Gemahl.
Zanke nicht mit ihm!
Wenn ihr euch trennt,
bist weder du noch der Schlaf zufrieden.
Aber wenn der Schlaf erst einmal ärgerlich
ist,
dann wird er sich neu verbinden.
Vielleicht mit dem Tag.
Dann wirst du allein sein
und alsbald das Wachsein dein ständiger
Begleiter.
Gib Acht! Diesem ist nicht zu trauen,
es stiehlt dir die Stille, deine Natur!

Andreas Melchior Essig * 1977

## *Erloschenes Licht*

Kennst du dieses stechende Gefühl in
deinem Herz?
Hast du ihn schon gefühlt? Diesen
unendlichen Schmerz?
Kennst du den Grund, wieso er dich quält?
Weißt du nicht, was er dir damit erzählt?

Um dich herum liegt die Welt in Stille,
was dich noch schützt, ist dein eiserner
Wille,
Kein Licht, keine Farben, keine Menschen
in Sicht,
nur du allein und das eine quälende
Gesicht.

Du wandelst umher, kannst das Licht nicht
sehen,
hast panische Angst, in die falsche
Richtung zu gehen,
du weißt, wohin du willst, doch nicht,
wohin du gehst,
doch du kannst nichts sehen in der
Dunkelheit, in der du stehst.

Du bist alleine, doch die Vertrauten sind nah,
auch sie siehst du nicht, doch sie sind da.
Die Zeit wird knapp, denn du versinkst ständig mehr,
doch das Gesicht lässt dich nicht gehen, es hält dich zu sehr.

Du lebst nicht mehr hier, sondern in einer anderen Welt,
eine Welt, in der sich Tag und Nacht erhellt,
eine Welt, die zu schön ist, um sich an ihr zu erfreuen,
denn was du dort siehst, wirst du schon bald wieder bereuen.

Isabell Essig * 1987

## *Rosenholz*

Rosenblätter, samtig, seiden – wunderschöne Augenweiden
Doch plötzlich, wie von Geisterhand – peitscht sengend heisser Wüstensand

Dürre – vom Tränenmeer überflutet – arme Seele restlos ausgeblutet
Und Tau, der doch so himmlisch küsst – nur noch seine Pflicht verbüsst

Rosenblätter samtig, seiden – müssen nun in Demut leiden
Und den Dornen, die noch nie gestochen – wurde sanft das Herz gebrochen

Laubgewordnes Blattgeschmiede – erstickt verheissungsvolle Triebe
und die Erinnerung an üppige Blust – an Liebe, an Lachen, an Freude, an Lust

Rosenblätter samtig und seiden – müssen sich dem Schicksal neigen
Entwurzelt, entkräftet, dem Tode geweiht – wehrlose Seele, die nur noch stumm schreit

Gefoltert, gemartert, durch den Fleischwolf gedreht – Hoffnung kaltherzig niedergemäht
Faulendes, moderndes, lebloses Laub – Asche zu Asche – und Laub wird zu Staub

Rosenblätter einst so samtig und so seiden – dorren trostlos hin an öden Zweigen
Begossen mit giftigem, stinkendem Trunk – es sterben die Wurzeln, die Blätter, der Strunk

Nach Jahren, die quälend wie Ewigkeit – entschweben die Nebel der Grausamkeit
Licht weckt Sucht nach neuem Leben – alles will zur Sonn hin streben

Und dort, wo einst Stätte von Elend und Leiden – gedeihen nun prachtvolle Trauerweiden
Quell der Weisheit birgt Andenken nah – sanftmütig mahnend, so stehen sie da

Edel, voller Güte, Liebe und Stolz – als wär's Astwerk aus reinstem Rosenholz
Mit Blättern so samtig und so seiden – wunderschöne Augenweiden

jeanne été * 1959

## *Du bist die Ruhe*

Du bist die Ruhe
und ich ein Wirbelsturm
wir treffen uns
Auge in Auge im Auge
Ich stehe dir gegenüber
und wirbele um dich herum
Du streckst deine Hand nach mir
Ich reiße dich mit
und doch bleibst du stehen
Ich bewege mich fort
und doch bist du immer in mir

und nach mir
kehrst du ein

Markus Euler * 1968

## *Leider*

Des Menschen Leid er selbst bestimmt
„Versuch es doch, entrinn!
gekrochen wirst Du kommen schon
und Schmerz dein Lohn."

Das Herz, die Seele, ein totes Paar
man glaubt und glaubt zu sein, der Liebe
nah
doch lebenslang entfernt man ist
vom traurig schönen Liebesglück.

Was ist Weg? Was ist Ziel?
Verschwommen flackernd es entflieht,
zu packen erst wenns gar zu spät
und Rosen schon aufs Grab gesät.

exo * 1985

## *Hilf mir!*

Meine Stimme rief nach Dir so laut,
doch es hat nichts genützt.
Ich wollte schrein
doch ich war wie stumm,
kein Wort kam heraus.

Meine Tränen flossen
wie Blut aus einer Wunde,
denn ich wusste,
dass Du mich nicht hörtst.

Gelähmt lag ich auf dem Boden
und wartete vergeblich.

Lydia F. * 1990

## *Wartung*

Still stand ich im großen Garten,
sanftes Wehen hieß mich warten.
Da erwachten tausend Gedanken,
wirrten in meinem Kopf,
beklommen stieß ich an Schranken,
fasste zitternd den alten Zopf.
Still stand das Herz an der ehernen Mauer,
da war das Auge, ganz, von Dauer.

Christine Faber

## *Lichterspiele im Dunkeln*

Wenn die Nacht hereinbricht
Und die Schatten fallen,
Wenn das Licht bricht
Und die Geräusche hallen,

Sitze ich am Fenster
Und schaue in die Nacht.
Es ist Zeit für die Gespenster,
Träume sind erwacht.

Seh' in weiter Ferne
Lichterspiele im Dunklen,
Unendlich viele Sterne
Im Mondschein funkeln.

Björn Fabich * 1971

## *Halt*

Ich sitze auf dem äußersten Sitz
Ich bin im Schatten
Auf der anderen Seite sehe ich das Licht
Die Sonne war lange meine Begleiterin
Nun ist es aber die Dunkelheit
Ich bin mittig von Anfang und Ziel
Wohin wird mich das Schicksal bringen
Ich weiß keinen Ausweg
Ich warte auf den Bus

Fabio * 1983

## *Dunkle, schwarze Nacht*

Dunkle, schwarze Nacht,
Aberhunderte von Sternen,
Am Himmel stetig wacht
ein Meer aus unendlichem Lernen.

Dunkle, schwarze Nacht,
Unerklärbare Gefühle,
Als wäre ein glühendes Feuer entfacht,
das vertreibt die böse Kühle.

Dunkle, schwarze Nacht,
im Schlaf geschehen Dinge,
worüber die Menschheit eigentlich lacht,
Tanzende Farben, fremdartiges Gesinge.

Dunkle, schwarze Nacht,
Träume, in denen Unerklärbares führt,
Doch als die Menschheit war erwacht,
vergaß sie, was sie hat gespürt ...

Ines Fabisch * 1987

## *Das Unerreichbare*

Der hellste Stern am Himmel
sticht mir ins Auge
mit seinen unendlich vielen Zacken,
scheint mir zu sagen:
Komm, nimm mich in die Arme,
damit ich mit dir leuchten kann!
Dort drüben steht eine Leiter,
die ich hinaufklettere,
doch egal, wie sehr ich meine Hände
zum Stern hinstrecke,
ich erreiche ihn nicht.

Anja Fahlenkamp * 1990

## *Breite deine Arme aus*

Breite deine Arme aus,
fühle, wie der Wind deine Haare streichelt.
Küsse den Mond,
der Dich verliebt anlächelt.

Breite deine Arme um die ganze Welt aus,
für ein paar Sekunden gehört sie Dir allein.

Das Wasser reflektiert deine Schönheit,
im großen Ozean.

Breite deine Arme aus,
um grenzenlose Liebe zu empfangen.

Tanze auf Schäfchenwolken,
sie hauchen dir Freiheit ins Ohr.

Breite deine Arme aus,
um die Welt zu empfangen.

Ein dumpfer Aufschlag
und alles ist vorbei.

Faithlight * 1987

## *Vom Recht des Menschen*

Gefräßige Bleiche schleicht übers Land
Düngt mit stinkender Fäule
mit abgenagten Knochen
Und der Hunger sprießt ...

„Scher dich fort, du blinder Armleuchter
du hinkender Bettelmann du ...
Reißt uns den Glanz vom Leib
die grüne Frucht, die reift
Zeug einen neuen Knecht
das ist dein Recht!“

Welch nutzloses Leben im blühenden
Schleierkraut
pikiert von runzligen Händen
– die können nicht mehr –

Doch in schwarzen Gräbern
– die sind leer –
passt noch viel, viel mehr

– Armut hinein –
Schwups! Armut hinein ...

Rosemarie Falkenhagen

## *In Veilchenblau*

Frau Amsel
hängt ihr Zetern
ins Geäst
pflügt jubilierend
laue Lüfte
vertont das Frühlingsband
in Veilchenblau
seid willkommen
Nachtigallen
lasst eure Melodien
erschallen
zwischen Dämmerung und Nacht

Margit Farwig * 1940

## *Der Sturz*

Manchmal geschieht es,
daß man vom Himmel auf die Erde
fällt.

Es schmerzt,
weil alles dunkler, lauter, schwerer,
liebloser erscheint.

Doch man hat die Möglichkeit,
sich jeden Tag ein Stück Himmel
auf die Erde zu holen.

Beate Faupel * 1957

## *Fragwürdige Besucher*

Was treibt uns auf eine treibende Scholle?
Aufs Glatteis so heißer Begierden?
– Die kollektive Sucht nach Einsamkeit
Dorthin: wo uns keiner sucht und niemand
findet

Woher der Hass aller auf alle im Frieden?
Was soll dasGedränge um den Schatz an
der Sonne?
– Unser lasterhaftes Verlangen nach
Unschuld
nach all dem Weiß das von alldem nichts
weiß

Warum die erhitzten Gemüter kühlen?
Wolln wir's Eis zum Schmelzen verführn? –
Die nachgemachte Währung der
Ohnmacht
mit der wir ausgebliebene Spenden gütig
preisen

Weshalb Hymnen auf die Grausamkeit des
Nichts?
Sind Abenteurer mit Aussichtslosigkeit zu
schrecken?
– Wir hissen unsere Seelen-Fahnen an
Blochs rostigem Mast
der letzten wirklich letzten Utopie und
sagen: Nie!

Siegmar Faust * 1944

## *Kleine Entdecker*

Schwarze Kulleraugen
die dich in sich saugen
Blau Weiß Grün
hab ich sie geseh'n
klein und so kokett
sind sie wohl ganz nett

Neugierig sind sie auch
knabbern an allem, so ist ihr brauch
Witzige gesellen
nach einem kann ich den Wecker stellen
der andere schläft bis in den tag
es scheint als ob er mich nicht kommen
hören mag

Doch ist er wach und munter –
hüpft er Stangen rauf und runter
Schnäbeln Putzen Necken
alles neu entdecken

mancher sieht es kritisch
doch so ist ein Wellensittich

Vanessa Fausten * 1987

## *Weg ins Licht*

Ich habe so viele Schmerzen ertragen
Seit jenen fernen Tagen als mein Leben
einst begann.
So viele Straßen, so viele Wege mußte ich
gehn
Und konnte doch lange nicht sehn, wohin
der Weg
mich führen sollte.
Und doch war etwas da, es wollte, daß
diesen Weg
ich nahm.

Blutend, zerschunden, lachend und
weinend,
Oftmals verneinend nahm ich doch alle
Höhen und
Tiefen an
Bis eines Tages ich begann, einen Sinn
hinter all diesen endlosen Tagen einer
unendlichen
Kette zu sehen.
langsam fing ich an zu verstehen, daß
Entwicklung
mit all' ihren Facetten den Lauf der Dinge
bestimmt.
Und wie man's auch nimmt, ob Du's willst
oder nicht,
der Weg führt Dich einst direkt ins Licht.

Christel-Freya Feister * 1947

## *Bundeshauptstädte*

Rheinrauschen
am Stresemannufer.
Am Kanzleramt
Denk' ich an „Dreilinden".

Parken am „Langen Eugen".
Berliner Umzugslaster in Bonn.

Rheinabwärts fährt der
leere Ausflugsdampfer „Berlin".

Vielleicht saßen auf dieser Bank
Petra Kelly und Gerd Bastian.

Hier wird nicht mehr entschieden,
nur gejoggt.

Die leinenlosen Hunde sind jetzt weg.

Josef Feistle * 1958

## *Schmutzige Luft*

Die graue Luft im Griff uns hat.
Der Nebel geistert durch die Stadt.
Mit Frost bedeckt ist jeder Baum.
Die schmutzige Luft ist kein Traum.

Kein Vogel mehr ruft in den Tag.
Wo der Sänger wohl bleiben mag?
Die Staubdecke ist nicht aus Duft.
Was ist los mit unserer Luft?

Feinstaub greift die Gesundheit an.
Vielleicht bin ich als Nächster dran.
Schon spricht man von dreckiger Luft.
Denn Atmen braucht saubere Luft;

Maßnahmen sind nun gefordert,
Politiker sind gefordert.
Worte allein genügen nicht,
Und Taten sind noch nicht in Sicht.

Fred Feitknecht

## *„Afrika-Kreuzfahrt"*

Ein weißes Schiff voll froher Menschen
taucht aus dem Blau der Ferne auf
bald knarren Taue, Fender, Winschen
der Anker zerrt der Ketten Lauf

Die schmale Gangway treten tausend Füße
nach Wogen – Wiegen festes Land
Musik und Fahnen wehen Grüße
„Willkommen" winkt die braune Hand

Aufregend fremd im Gras der Steppen
zwei Löwen ruhn am Dornenbaum
zum Tempel führen steile Treppen
der Mönche Beten hört man kaum

Schmuck, Ebenholz und Seide
bieten laut die Händler dar
stumm recken aus zerrissenem Kleide
die Hände sich der Bettler Schar

Musik erklingt zum Abschiednehmen
wenn wir an weißer Reling stehn
das Land versinkt zu schwachen Schemen
des Meeres Winde lockend wehn

Hans-Günter Feldhus

## *Über Kopf*

Verdreht, die Ecken und die Kanten,
Pappkarton und Plastikkasten,
Zettel liegen wirr und lose,
Hefte, Bücher und Klamotten.

Kabelsalat und Schränkewahn,
Trommeln und Gitarren,
Mützen, Kärtchen und Gestelle,
Bett, Sofa, und ein Radio.

Nicht als Einziger,
sitz ich mittendrin.

René Feldvoß * 1982

Tränen am Nachmittag
und ein paar nicht verkaufte Bilder:
lichtfarbener Tintenfisch mit Schlange
vor romantischem Hintergrund
Es gibt keinen Hintergrund
nur Objekte
die Platz um sich brauchen

Haben wir gemeinsame Bilder?

Er hatte niemals Spielzeug
kleine Objekte
sind wie gebasteltes Spielzeug
aus der Zeit
als die Fische tot
an den Strand geworfen
und im Sonnenlicht
glitzernd und glänzend ihre Schuppen
reflektieren
Licht
und werfen es ihm entgegen

Der Tod ist wie Dynamit

Brigitta Felinger

A strahlendes G'sicht – a Mensch voller
Freid
is wia a Sonnadog

Wia a Bleamalwiesn – a schattige Woid
a kloans Bacherl, is so wia i's mog

Is a ruhiga See – ganz spiaglblank
D'Sonna spürst warm auf da Haut

D'Vögerl singa am Himmi und d'Welt is
so schee
bloß manchmoi is grau und is laut

Zita Fell * 1926

## *Innovativ*

Innovativ
das heißt für mich:
Lass alte Weisheit leben
Vergeben

Innovativ
das ist für mich:
Die Worte neu beleben:
Dir Würde geben

Innovativ
Das Jung- und Altsein schätzen
statt über sie zu schwätzen

Innovativ
Courage und Demut
Alles zu seiner Zeit
Auch Du bist In
Auch Du wirst eingeweiht.

Christine Fellner

## *Wächterengel*

schon immer hast du meinen Schlaf
bewacht
doch beim Augenöffnen verblasst du zum
Traum
du bist so anders nicht erfühlt und nicht
erdacht
jedes gemachte Bild von dir zerfällt wie
Schaum

immer wieder greife ich in den Raum den
leeren
der gefüllt ist mit dem süßen Duft von
wilden Rosen
finde dich weder im Lachen noch in
Trauermeeren
dich bitte ich um Stille wenn innere Stürme
tosen

stehe ich voller Angst an einem Abgrund
bist du meine Brücke in der größten Not
machst für mich den Anfang leicht und
rund
bist für meine Seele wie Butter und Brot

Sabine Fels * 1961

## *Rücksichtslos von dir*

du kennst mich nicht
und bestimmst über mich
du suchst mich gar nicht
und entscheidest über mich
für dich gibt es nur dich
und wie du dein leben leben möchtest
du meinst es nur gut
nein du lenkst einfach alles in deine
richtung
nichts darf von deinem lebensplan
abweichen
sonst bist du verärgert
und schon in der nächsten sekunde
änderst du alles nach deinem plan um
einfach rücksichtslos von dir
aber du merkst es gar nicht
da für dich ja alles nach wunsch verläuft
doch dann mach ich nicht mehr mit
und deine pläne zerplatzen
und nichts geht mehr nach deinem kopf
jetzt bist du verletzt und verstehst die welt
nicht mehr
dein egoismus hat dir doch kein glück
gebracht
jetzt bin ich weg

wie rücksichtslos von mir?

Sabine Fend-Micheluzzi * 1970

## *Mein Herz*

*Gewidmet: Barry Maschke, meiner großen Liebe*

Ich habe dir mein Herz geschenkt,
seid dem ist alles in eine andere Richtung
gelenkt,
an einem kalten Wintertag,
es kam alles Schlag auf Schlag.

Ich bin so froh dich gefunden zu haben,
das will ich dir immer wieder sagen,
mit dir kann ich durch die schlimmsten
Zeiten gehen,
und ich würde nie an der gleichen Stelle
stehen.

Du steckst mich an mit deiner Glut,
du machst mir einfach so viel Mut,
in meinem Herzen hast du ein Feuer
entflammt,

zuvor ward ein Dolch hinein gerammt.
Du hast meine tiefen Wunden geheilt,
da mein Herz nun in deinem weilt,
Ich danke für jeden Tag mit dir,
dafür gehört mein Herz nun dir.

Jessica Fenner

## *Morgenröte*

Wenn die Sterne verblassen
Halte ich fest an den Säulen
Die das Dach getragen haben
Ausschauend nach dem Sternenband
Des wiederkehrenden Mondes

Sabine Fenner * 1952

## *Heeresmacht im Kornfeld*

Blauer Himmel und Sonnenspiel
duelliert mit Donnergroll und Regenband
Schatten drohen und Winde toben
mit Geisterhand umwoben
Kornfeld, Söldner im Winde Kampf bereit
und roter Mohn die Heeresmacht
durchbricht
Gewitterfront die Einheit raubt
von Hagelschlag verwundet so manches
Aehr
getroffen wie von kaltem Schrott
liegt es auf einer königlichen Lafette tot
Winde vertreiben den Geruch von
Kriegesschlacht
mit Regenbogen reich verziert
überspannt des Feldes Weite
hörst die Schreie hallen, Klage und
Schmerz
die Natur sich zeigt mit blutend Herz

Charly Fercher

## *Rettung auf einer Insel*

Bis kurz
unter Kokosnüssen
Spuren
vom Griff der Erdenkräfte
die Ahnen im Stamm
hatten zwischen Mund,
Ohren und Generationen
immer weiter erzählt
erst eine große Welle
dann zieht sich das Meer zurück
der Rat eines alten Mannes
wird befolgt
alle Dorfbewohner fliehen
höheres Land
Wasserfronten zerreißen dann nur
die Holzhäuser auf Stelzen
Hab und Gut zerschlissen
alle leben
von Überliefertem

Marko Ferst

## *Grabinschrift*

*Che Guevara*

Ich hatte Vater und Mutter,
doch in einem Land
ward ich gezeugt –
im andern geboren,
und gleichgültig
sah der Himmel
auf das Geschehen herab ...

Ich hatte Vertraute und Freunde,
aber in einem Land
mußte ich sterben –
im andern ward ich begraben,
und der Himmel
sah teilnahmslos
auf das Geschehen herab ...

Ich liege und träume ...
was schert mich der Himmel.
Ich war in der Welt
und bin nicht vergessen,

und in manchem Land
weiß man, wer ich gewesen ...

Vera Feyerherd

## *Mein Vater*

Zurückgeblieben
in der Welt des Traums
in der er so gern geweilt.
Das Fahrzeug
das ihn stets zurückgebracht
hat er diesmal versäumt.
Er blieb wohin er ging
auf unendlich weitem Meer
in seinem kleinen Boot.
Und dumme Besserwisser sagen
jetzt ist er tot.

Esther Fichtinger

Wenn es denn kommt, das Ende aller irdischen Tage,
stellt sich dann nicht für uns allen die vorwurfsvolle Frage:
Bekamen wir Menschen den Verstand als herausragende Gabe,
mit der wir uns selber zur Krone der Schöpfung erhoben haben,
um rücksichtslos nach allem Erstrebenswertem zu greifen.
Mit Militärschlägen die Durchsetzung von Ideologien zu erreichen,
während menschliche Bomben von der andern, benachteiligten, Seite,
unschuldige Menschen, grausam verstümmeln, oder gar zerreißen!
Wir können uns doch nicht gegenseitig so brutal zerfleischen!

Sind wir dabei, unsere Kindern einer lebenswerten Zukunft zu berauben?
Müßten wir uns nicht mehr Zufriedenheit über das Erreichte erlauben?
Sollten wir nicht auch mal in Demut zum Himmel empor schauen,
uns dankbar und huldigend am hohen Schöpferwesen erbauen?
Ob wir jedoch an Allah, Jahve, oder dem Gott der Christen glauben,
möglicherweise auch der buddhistischen Heilslehre vertrauen,
das ist für ein friedliches Zusammenleben wirklich gar nicht wichtig.
Im Sinne wahrer Mitmenschlichkeit zu handeln und zu wandeln,
glaubt mir, allein das halte ich, gerade in dieser Zeit, für richtig.

Heinz Fielers * 1940

## *Vampirleben*

Bringe nichts hindurch, zeige nicht deine Scheu.
Die Angst lässt dich schwinden, die Kräfte ergreifen von neu.
Das Licht in dir wird nie wiederkehren, die Hilfe ist vergangen.
Zeige deine Kraft, du wirst siegen, da brauchst du um kein Leben bangen.
Sie wird dir zeigen, die Dunkelheit ist in dir, sie wird dir etwas geben,
Der Tod ist nur der Anfang, der Beginn eines neuen Lebens.
Dein wird alles sein, niemand mutiger vor dir, dein Werk
Lebe in einer Welt voll Macht, sie ist dir nahe, nie von dir fern.
Der Tod wird dein letzter sein, Ewigkeit, ein neues Wort des Wahren,
Du wirst deine Zeit erhalten, wie alle vor dir.

Filia qui Lamia * 1986

## *Sieben Tage*

*für Thomas san*

Den ersten Tag schuf ER an dem Tag, der vor zwölf vollendeten Monden lag.

Den zweiten Tag schuf ER an dem Tag,
der nach neun vollendeten Monden lag.

Den dritten Tag schuf ER an dem Tag,
da sie erkannte – wer er ist,
da er erkannte – wer sie ist.

Den vierten Tag schuf ER an dem Tag,
da er sich mit sanfter Liebe zu ihr begab
und der Wind trug ihn fort.

Den fünften Tag schuf ER an dem Tag,
da sich beide offenbart, erst zart und leise
und nicht wirklich.

Den sechsten Tag schuf ER an dem Tag,
da sie entsagten und die Herzen sich
füllten.

Den siebten Tag schuf ER an den Tag,
der ein vollkommener war, und es
begannen die Tage des „Morgen".

Dies sind die Tage, die kommen und
gehen,
die Tage, deren Inhalte das Sein voll
werden lassen,
die Tage, welche uns dahin tragen

bis hin zu eines Tages.

Zappel Filip * 1954

## *Licht*

Essenz des Lebens
in der Unendlichkeit des Seins.
In Raum und Zeit dieser Welt
Frieden bringende Quelle,
Zauber des Lichts,
alles zur Entfaltung bringt,
nährt und trägt
alles, was ist.
Licht,
strahlende Energie,
Hoffnung bringende Kraft,
die Herzen öffnet,
Seelen beflügelt
zu leben,
zu sein,
zu wachsen,
in Liebe,
mit Liebe,
zum Licht.

Karin Findorf

## *Enttäuschung*

Oft steht sie ins Gesicht geschrieben
Es hilft auch nichts, sie aufzuschieben
Wenn sie Dich packt hat's keinen Sinn
Früher oder später gibst Du Dich ihr hin

Du kannst versuchen sie zu verstecken
Doch was willst Du damit bezwecken?
Vor Deinem Herzen ist nichts unsichtbar
Es sieht was ist und was einst war

Tief in Dir drin wird sie trotzdem sein
Alle anderen trügst Du mit Deinem Schein
Aber Dich selbst kannst Du nicht belügen
Über diese Macht kann niemand verfügen

Also warum gestehst Du sie Dir nicht ein
Du spürst sie genau im Unterbewusstsein
Über kurz oder lang ist es eh zwecklos
Denn irgendwann wird die Enttäuschung
einfach zu groß

Fio * 1988

## *Gesellschaft*

Kein Produkt,
kein Produkt der Gesellschaft
will sie sein.
Gezüchtet um zu leben.
Gezüchtet um das Leben zu leben.
Und so dachte sie:
du lebst kein Leben!
dann lebe es halt nicht.
zu intelligent

ihr Denken,
und Handeln,
und Fühlen.
sie verkraftet es nicht.
Zu wissen wer sie kontrolliert,
zu wissen wer sie manipuliert,
macht sie krank.
Also schreibt sie es auf.
In der Hoffnung
das es jemals jemand ließt
und es ändert.

Fisch * 1987

## *Der Schlafbaum*

Ich warte, bis die Affen schlafen gehn,
alle hintereinander, an die zehn.
In allen Bäumen raschelt's, Blätter fallen.
Groß und Klein, Alt und Jung,
Mann und Weib, alle nun mit Schwung
den Schlafbaum suchen.
Heute ist's ein anderer, als der von gestern.
Vater, Mutter, Brüder, Schwestern
finden auf geheimnisvolle Weise,
ohne Krach, also ganz leise,
scheinbar ohne wohlbedachten Plan
den für'n ganzen Affenclan.

Möcht' ich wohl ein Affe sein?
Glaube nicht.
Aber schön ist's anzusehen,
wie die Affen schlafen gehen.

Hans J. Fischer * 1937

## *Vergänglichkeit*

Jede Stunde
Ist ein kleines, leises Gleiten,
Auf dem Wege der Vergänglichkeit.

Noch lässt die Zeit
Dir Raum und Muße,
Geht behutsam mit dir um.

Doch einmal kommt der Tag
Da neigt der Traum
Sich still dem Ende entgegegen.

Doch siehe, noch lebt der Traum,
Noch ist er wahr,
Lebe ihn jetzt –
Noch bist du da.

Harry Fischer

## *Die Zeit*

Die Zeit verrinnt im Takt,
Sekunden, kaum begonnen,
schon verschwunden.

Wie kostbar jetzt zu leben,
dem Fluß der Zeit zu ver-geben.

Die Zeit ist nicht zu zähmen,
nur zu messen,
man kann sie nicht stoppen,
auch nicht vergessen.

Egal wie viele Stunden mit
Tränen fortgespült, wie viele
Tage im Zorne aufgewühlt,

die Hoffnung sich dann
doppelt schön anfühlt.

Norina Fischer

## *Frühling*

Wer sagt denn, dass das
Blühen nachlässt, wenn die
Zeit anschwillt und die Sanduhr
Voller läuft?
Verwehter Phlox und letztes
Asterblau im Schnee – milder
Mohn pelziger Raunächte. Chronos
Refft seine dunklen Segel: Erster
Vogelzug und gefurchte Zelgen,
Schwirre Paarung und drängende

Keime. Gestern kommt
Wieder und renkt die Revers. Warum
Soll jetzt schon alles
Verwehen, noch ehe der
Abend schimmert.

Peter Fischer

## *Das Stickbild*

*meiner Mutter gewidmet*

Ein zierliches Stickwerk
eben in der Eichentruhe gefunden,
von deinen Händen
aus dem vergangenen Jahrhundert.
So tief berührt es nun meine Seele ...

Mit Andacht verfolge ich lange
der Nadel Spuren – Stiche, so artig gewebt,
wuchsen zu hellblauen Kronjuwelen
zwischen goldenem Weizen auf
verblichenem Linnen.

Komm!! Lass uns träumen, gemeinsam,
von all unseren Sommern und wogendem
Weizen,
mit himmlischen Blüten auf fröhlichen
Häuptern.
Bin dir so nah ...
Sehe in lichten Sphären dein Inneres
leuchten.

Ehrfürchtig halte ich ein Meer frischer
Blüten
in meinen fast faltigen Händen
und atme dankbar das Glück,
das dein Kunstwerk noch immer umgibt ...

Regina Franziska Fischer * 1951

## *Abschied*

Ich sitze hier allein und denke an dich
Warte auf ein Zeichen, doch du meldest
dich nicht
Zu lange lebte ich in meinem Träume-
Land, mein Herz siegte über den
Verstand
Mehr als Träume willst du mir nicht
schenken
Ich wache auf und beginne wieder klar zu
denken
Bin dir nicht böse, fühl' nur den Schmerz
und Trauer füllt mein kleines Herz

Hab dich jeden Tag vermisst und jede
Nacht, in der du nicht bei mir bist
Alles hätte ich dir gegeben, doch für mich
ist kein Platz in deinem Leben
Doch nun verbiet' ich mir das Träumen,
wird' sonst das Leben noch versäumen
Zu viel hast du mir schon versprochen und
hast dein Wort dann doch gebrochen

Ich will dich nicht ganz aus meinem
Herzen vertreiben
Ein kleines Stück von dir wird für immer
dort bleiben
In Gedanken werd' ich oft noch bei dir sein
Immer wenn ich es höre, das
„Sonnenschein"
Also wein' ich nicht weil es vorbei ist, ich
lächle weil es schön war
Und ich mir mein Bild von dir bewahre

Sandy C. Fischer * 1981

## *Mit sich'rer Hand*

Mit sich'rer Hand erregt
der EINZGE, der bewegt
die Dinge all im All.

Mit wachem Aug' beschaut
der EINE, der sie einst gebaut,
die Dinge in und um den Ball.

Mit feinem Sinn versteht
der EINZGE, der versteht
die Dinge und ihr'n ‚Hall'.

Mit zitternd' Hand erkühnt
der Mensch sich überall
zu tun, was gleich er wieder sühnt.

Mit blankem Blick verkennt
der Vielling Rauch und Schall.
Durch grobes Seinsversteh'n
würd's derzeitige Juwel im All,
da 's keinen EINZGEN kennt,
alsbald zu spurenlosem Staub vergehn;
wenn da der EINZGE spräch' zu wenigen
nicht:
„Kommt her und werdet wieder Licht."

Hans-Ulrich Flemmig * 1958

## *Die Stunde*

Heulen schleicht durch die
Häuserschluchten,
Wolken fliehen, Bäume
kämpfen, biegen sich, brechen.

Gräser liegen ohnmächtig am
Boden, Sträucher, Büsche, tanzen
wie wild und aufgewühlt.

Häuser bersten, Ziegel zerspringen,
wirbeln herum; dann endlich,
kein Laut mehr, wie Zauber
verschwunden der Groll.

Rosemarie Flick

## *Das Tier*

E s stockt der Atem ,friert das Blut –
Wenn ich Dich seh ... Es tut so gut!

Und trotzdem sticht es tief im Innern
Ich kann mich an soviel erinnern,
Das mich einst glücklich hat erfüllt –
Wo jetzt nur Trauer in mir wühlt.

Das Schwert der Angst soll Dich nun
retten,
Liebe durch Gleichgültigkeit ersetzen.
Doch Kämpfe toben auch in Dir!
Getötet wird das wilde Tier!

Besiegt, erloschen ist das Feuer!
Getötet ward das Ungeheuer!
Was bleibt ist Sehnsucht nur und Schmerz
Und Dein bedrücktes, leeres Herz.

flocke * 1961

## *am teich*

sie tanzt für mich in meinem garten
sie setzt den fuß ganz leicht
hab acht! hab acht!
kephalopoden lauern am teich

tau benetzt noch grünes gras
morgendliche schleier fallen
die sonne brennt mit schwachem glas
der khan, er zögert noch im osten

sie webt mit schlanken fingern
ihr filigranes netz
hahnenfüße gehen stracks durchs farn
der rumpf, er brütet noch im nest

sie tanzt in meinem garten

und bringt auf einem silbernen tablett
mir meinen kopf

Stephan Flommersfeld * 1965

## *Moderner Froschkönig*

Im herrlichen Schlossgarten
schon die ersten bunten Blumen warten
auf die warmen Sonnenlichter.
Baumkronen werden grün und dichter.

Überall in meinem Bauch,
wie ein leiser warmer Hauch,

tausend Schmetterlinge flattern.
Enten baden fröhlich schnatternd
im trüben Teich vor dem weißen Schloss.
Wo bleibt nur mein Prinz auf seinem
weißen Ross?

Quakend hüpft ein Frosch umher,
es scheint als freue er sich sehr,
springt auf meine ausgestreckte Hand,
ich werf ihn nicht an eine Wand
und auch nicht in den Sand.

Schließe die Augen und küsse ihn sanft,
und in eine rauchende Wolke voller Dampf
zieht mich ein hübscher junger Mann
und küsst mich, wie ein moderner Prinz
eben küssen kann.

Verena Floßdorf * 1989

Herbst ist kommen,
wie jedes Jahr.
Ein jeder fühlt's,
wo sind sie hin die Wonnen?

Still ist's im Garten,
kein Vogel mehr singt.
Der Igel geschwind
sucht Platz zum Schlafen.

Die hohen Bäume
haben Farben eingeläutet,
ihre Blätterfalt, bunt gewürfelt,
löst sich im Raume.

Jedes einzelne Blatt
hat seinen Halt schon lang verloren,
fliegt leis davon,
segelnd hinab.

In die Gemeinschaft
unten am Grund.
Ein Teppich ladet zum Bund
farbfroher Umwandlungshaft.

Anna Luise Flotow * 1915

## *Wünsche!*

Blicke …
bis zur Ohnmächtigkeit
Worte …
bis das Denken versagt
Gespräche …
bis die Seele lacht
Gesten …
die Begehren schreien
Küsse …
wahnsinnig und fordernd zu gleich
Streicheln …
das einem Windhauch gleicht

Gegenwärtig?
Wiederkehrend?
Bleibend?
Wünsche!

Karin Fluch * 1968

## *Todesglanz*

Für was es sich zu leben lohnt
sie kann es nicht mehr sagen.
Traurig schaut sie auf zum Mond
und stellt ihm ihre Fragen.

Ist's Sehnsucht oder Todesglanz
will sie von ihm wissen.
Das Sterben ist ihr letzter Tanz
wird sie etwas vermissen?

Wie lange wird sie fallen dann
wenn sie jetzt gleich springt.
Sieht sie vielleicht den kleinen Mann
er steht im Mond und singt.

Hör! Er singt für sie ganz allein
in diesem Augenblick.
Seine Stimme – hell und rein
er singt von wahrem Glück.

Sie fällt und fällt
kann den Mondmann sehen.

Verlässt die Welt
ihre Haare wehen …

Nathalie Flury * 1979

## *Der Nekrophile*

Ein riesengroßer Kühlschrank,
Arsenal der Lust-
Kalte, stille Räume,
Vieler Frauen Brust.

Ein weißer Kittel, künstlich' Licht,
Letzter Ruheort –
Niemand sich hierhin verirrt,
In des Todes Hort.

Leichen stapeln sich, über und über,
Kinder, Männer, Weiber –
Keiner beobachtet, er hat freie Wahl
Über alle Leiber.

Und für ihn ist's das Paradies,
Leichen, tote Geschlechter, süß –
In Gedärmen wühlen,
Tote Häute spüren.

Philip Foraita * 1988

## *Treibsand*

Sinnsuchend
versunken
imstrude
lertrun
kener
trun
ke
n
.
.

Bettina Forbrich * 1962

## *Pferdchen Hopp, Hopp Hopp …*

Ich bin das Pferdchen Hopp Hopp Hopp,
reite geschwind im Galopp,
über weite Felder, durch das tiefe Tal.
Mit mir kommst du hin – einfach überall.
Reite auch durch Wälder und Wiesen,
gern, dort wo kühle Bächlein fließen.
Springe über Steine und Bäche,
munter auf der Weidefläche.

Die Menschen mich freundlich umsorgen,
bringen Hafer mir am Morgen.
Als Leckerbissen Äpfel und Möhren,
die einfach dazugehören.
Liebevoll striegeln sie mein Fell,
liebkosen mich – generell.

Wieher' ich aus Lebensfreude,
freu'n sich all die Menschenleute.
In meinem warmen Stall zu Hause,
gönn' ich mir auch mal 'ne Pause.
Scharre mit den Hufen fein,
fühl mich wohl, ein Pferdchen zu sein.

Rüdiger Forster

## *Sehnsucht*

Friedlich,
Geräusche in der Dämmerung,
Licht am Horizont.
Eine Ahnung
von einem anderen Leben
ergreift mich.
Die Baumspitzen zeichnen eine Landschaft
und ich
versinke darin,
bis sie im Schwarz verschwindet.
Und nur noch die Sterne am Himmel
wissen davon.
Friedlich.

Karin Förster

*das befinden*

ich klopfe an ,
an meine seele,
sie ist zerbrechlich,
wie eine rose
aus dünnem glas,
ich höre
auf meinen bauch,
und er sagt mir,
das leben ist schön,
ich streichle
über meine haut ,
und fühle,
sie hat rillen
und furchen,
die gehören mir.
mit ihnen zu leben
macht spaß,
denn meine
gedanken und gefühle
bleiben ewig jung.

Petra Maria Förster * 1954

Strahlen des Mondes

(Nacht – aber nicht finster)

erstarrt in meine Spuren
vereist im Schnee

(alleine – aber nicht einsam)

Judit Fortelny * 1980

*Was wäre, wenn ...*

Was wäre, wenn es keine Kriege gäbe?
Was wäre, wenn jeder Mensch zu Frieden
wäre?
Was wäre, wenn alle toleranter wären?
Was wäre, wenn sich alle lieben würden?

Was wäre, wenn wir unsterblich wären?
Was wäre, wenn wir fliegen könnten?
Was wäre, wenn niemand mehr Sorgen
hätte?
Was wäre, wenn wir sein könnten, wie wir
sind?

Stell niemals diese eine Frage
Verschwende nicht deine Kraft daran.
Denn sie ist nur eine sinnlose Utopie
und die Antwort darauf erfährst du nie.

Dein Schicksal schenkt dir eine Wahl,
denk gut darüber nach.
Bist du im Moment zufrieden?
Dann genieße jeden einzelnen Tag.

Juliane Fortner * 1983

*Innere Freiheit*

Du kannst mir mein Geld nehmen,
mein Talent verschwenden
und meine Arbeitskraft ausbeuten.

Aber seien die Tage auch noch so grau
und die Wege einsam
– du wirst niemals meinen Willen brechen!

Du kannst den Regen in Säure verwandeln
und mir verdorbenes Brot und – Spiele
servieren.

Aber seien deine Leuchtfeuer auch noch so
hell
und viele Wege durch brennende Bücher
versperrt
– du wirst niemals meinen Geist blenden!

Du kannst mich einsperren in ein dunkles
Verlies
und meinen Körper misshandeln.

Aber seien die Räume auch noch so klein
und viele Wege eine Sackgasse
– du wirst niemals meine innere Freiheit
rauben!

Francis * 1968

## *Ungewollte Freiheit*

Als kleines Geschöpf sanft behütet,
durch Baum, Blatt, Blüte geschützt.
Unbefangen sein Dasein gehütet,
nie in der Höhe die Kronen genützt.

Spinnt sich eine lange Zeit.
Liegt da, taub, trag, wie tot.
Wann ist es wohl so weit?
Wann kommt es heraus aus seiner Not?

Der Käfig gebrochen, zarte Erlösung.
Fliegt frei davon, weiß nicht, wohin.
Die Gewißheit im Geiste, doch ohne
Lösung,
Ohne Halt, ohne Schutz, ohne Sinn.

Endlich frei und doch gefangen.
Nahm an sein Schicksal still.
Weiß nichts mit der Freiheit anzufangen,
zurück in das Geborgene es will.

Britta Frank * 1987

## *Das dritte Drittel*

Der Mensch auf seiner Lebensstraße
durchläuft so manche Werdensphase.
Im Grunde sind's wohl derer drei –
für jeden gleich, gleich wer er sei.

Die erste ist die rezeptive.
Die zweite nennt sich expansive;
die dritte – auch das merkt' ich mir –
integrativ. In der sind wir.

Da heißt's auf einmal aufzugeben
Beruf und Job und Arbeitsleben.
Da muss auf manches man verzichten,
muss sich nach neuen Zielen richten.
Doch andrerseits erweitert sich
der Horizont fürs eigne Ich.

Wenn dann noch die Gesundheit stimmt
und keiner ein'm die Freude nimmt,
dann ist auch dieses Lebensdrittel
weit mehr als nur ein blasser Titel.

Herbert Frank * 1933

## *Fort*

Jetzt bist Du fort.
Weg.
Verschwunden.
Du bist zu einem Gedanken geworden.
Besuchst mich in meinen Träumen.
Hast Dir einen Platz in meinem Leben
zurückerobert.
Und wirst mich nie mehr verlassen.

Nadja Franke * 1966

## *Mein Herz*

Mein Herz schlug in Zwei
als ich hört dein Leben ist vorbei
niemals mehr werde ich dich sehen
niemals mehr werde ich dich hören
ich kann's noch gar nicht glauben
ich brauch dich doch so sehr
ohne dich kann ich einfach nicht mehr
Warum nur bist du fort
Willst du nicht sein mit uns an einem
Ort?
Ein Heiligabend mit Freude, Familie
und mit dir, das wünscht ich mir
ich stand vor deinem Bett
ein letzter Blick für mich
ein letztes Wort für dich
ich liebe dich
vergiss mich nicht

Franzi * 1985

## *Blick in den Abgrund*

Gehirntumor,
zweimal.
Die Angst umschlingt mich
wie eine Boa constrictor.

Sumpf,
mörderisch.
Er zieht mich immer tiefer –
ich kann den Abgrund sehen.

Tod,
ausgelöscht –
vergessen.

Meine Kinder,
gelähmt.
Entsetzen in ihren Gesichtern –
Und in meinem.

Ich will nicht sterben.
Und doch
sieht mich der Sensenmann an.
Ganz nah,
aus großen leeren Augen.

Franziska * 1962

Gott gewahr sein und durchdrungen,
erfüllet mich der Erdenglanz.
Sonnen ,Sterne, Engelszungen,
eingereiht in diesen Tanz.

Weiter möcht ich nicht mehr kommen,
als in die Unendlichkeit.
Weg des Schicksals sind die Frommen,
die nicht kennen Raum und Zeit.

Einer wird es wieder zeigen,
diesen Weg, den niemand ging.
Einer wird ihn uns noch weisen,
dieses Los, wo es auch hing.

Schnell sind die, die mit ihm gehen,
wenn auch niemand kennt den Weg.
Glück bei dem, der mit ihm steht,
hinüber führt nur dieser Steg.

Weg des Herzens heißt die Losung,
Liebe, Glück und Zuversicht.
Schenkt er denen mit der Segnung,
eines Wissens um das Licht.

Katja Franz-Ruland * 1963

## *Arbeitslos*

Wer seine Arbeit heut' verliert,
ist erst mal sicher konsterniert.
Geht auf die Suche sicherlich
und mit Erfolg doch hoffentlich.
Ist froh, wenn er was Neues hat,
das ihn auch stolz macht, nicht nur satt.

Und rückt der Tag des Startes ran,
dann wächst die Spannung irgendwann
und Lampenfieber macht sich breit,
doch das vergeht mit Sicherheit!

Ein Mensch, der aus Erfahrung weiß,
daß jeder noch so neue Kreis
in Kürze auch vertraut ihm wird,
kann sicher starten unbeirrt.

Und überall, das ist ja klar,
gibt's Menschen, die oft sonderbar,
und hat man die erst ganz durchschaut,
ist's Fieber längst schon abgebaut.

Renate Fraß * 1936

## *Die Familie*

Dora die Mutter heißt jeden Tag anders.
Der Vater lebt in einem Bilderrahmen auf
dem Küchentisch.
Die Mutter hat 2 Kinder.
Der Vater hat 3 Kinder.
A, das älteste Kind der Familie ist
eigentlich kein Kind mehr, seit er sich
in Heißleim gebadet hat,
damit alle Blicke an ihm kleben bleiben.
I ist die schöne Tochter vom Vater im
Bilderrahmen. Letzte Woche hat sie
Gott geheiratet.

O, der 2 Jahre älter ist, als der älteste Sohn
von Vater und Mutter, ist so dick,
dass er nur noch alle 2 Jahre aufsteht um
den Bilderrahmen auf dem
Küchentisch um 2 cm
zu verschieben. Seine Lieblingszahl ist 3.
E ist sehr gebildet. Sie besteht aus 53
Bildern und an Weihnachten darf
jedes Familienmitglied
einmal an ihr riechen.
XY ist der alte Säugling.
Wenn er groß ist, will er Familientöter
werden.

Frau Aivil * 1988

## *Die Glücklichen*

Hier im Weinberg vergnügten sich die
Glücklichen königlich, verliebt in das
Sonnenlicht.

Hier am schattigen Hag standen die
Auserwählten und bekriegten sich
nicht.

Schöne Kinder gebierst du, o
Sonnenlicht.

Unverbogen, ohne Plan ruhen sie an
deinem Herzen, die Glücklichen.

Günter Frecksmeier * 1937

## *Vergänglichkeit*

Ein Wort, ein Ton, ein Sinn.
Zeichen eines perfekten Systems.
Sie gehen verloren im leeren Raum;
Nur Stille.
Gleich einem Regentropfen,
der auf die nasse Straße niedergeht,
lösen sich die Zeichen auf,
verhallt das Wort in der Unendlichkeit.
Und übrig bleibt ein Echo,
das daran erinnert,
dass es einen Ton gegeben hat.
Vergessen ist der Sinn.

Nadine Freier * 1981

## *Ohne Dich bin ich allein*

Tötest mich
lässt mich allein
wirst nie wieder bei mir sein
verschwindest nun aus meinen Augen
lässt das letzte bisschen Hoffnung
nun verstauben
will dich fassen
will dich greifen
doch kann dich jetzt nicht mehr erreichen
wo du jetzt bist
kann ich nicht sein
lässt mich zurück
hier, ganz allein
vermisse dich
und schrei nach dir
doch du,
niemals kommst zurück zu mir.

Silvana Freier * 1988

## *Das Heer der Ungeborenen klagt an:*

Ihr Menschen des dritten Jahrtausends,
was habt ihr mit werdendem Leben getan?

Ihr quält und ihr tötet,
ihr bringt uns um,
macht Gaskammern
aus Mutterleibern.

Ihr nennt es nicht töten, nein,
abbrechen, meint ihr, klingt feiner.

Den Schöpfer habt ihr abgeschafft.
Ihr könnt doch, so glaubt ihr,
aus eigener Kraft
die Erde, das Leben regieren ...

Ein Volk, das dem Leben Genuß vorzieht,
wird in seiner Gier bald versinken.
Ein Volk, das das Leben verachtet, wird
den Becher des Untergangs trinken.

Ingeborg Freisinger

## *Herbst*

nimm die Hand des Herbstes
der in der Frühe streicht
nach den Nebeln der Nacht
auf Feldern und Bäumen
sein heiteres Antlitz zeigt
und mit der Sonne im Bunde
in allen Farben erstrahlet.
Gezeitenflügelschlag,
der Magier Herbst,
mag er uns noch einmal blenden!

Paula Freitag

## *Botanischer Garten, Halle a. d. Saale*

Geöffnet wird der Garten für Gelehrte
Im Frühjahr, wenn die Tage wieder milder.
Noch blühn am dünnen Stab nur
Namensschilder
Auf der quadratisch eingeteilten Erde.

Sie künden für den Fall der Sommertage
lateinisch an die kühnsten Blütenträume.
Du siehst im Zwielicht unbelaubter Bäume
ein Feld abstrakter Hoffnung. Und ich
sage:

Am neunten des April zweitausendsechs
ließ Tulipa kaufmaniana Regel
die gelben Kelche übers Erdreich
schwärmen.
Auf jedem Kelchblatt ein rostroter Klecks,
Am Stiel gekerbtes, fettes Grün, ein
Schlegel
für Glocken, die mit leisen Tönen lärmen.

Karla Freite * 1961

## *Incasso*

Sie ist blaß, müde ein wenig
benommen.
In dieser Nacht ist ihr Mann
Nicht gekommen.
Sie hat gewartet, gebangt
Voller Sorgen,
nun dämmert im bleichen Licht der
Morgen.

Kein Anruf, kein Zeichen,
warum?
Sie quält sich mit bangen
Fragen herum.
Sein Job stört sie, er sollte
nicht sein,
er treibt für Unternehmen
die Schulden ein.

Gefährlich und schmutzig, ein
Beruf dieser Art.
Er hat sich verändert, ist finster
Und hart.
Sehr schweigsam, verbittert
und ungerührt,
„ein fremder Mann", denkt sie
oft verstört.

Sie grübelt, denkt nach, überlegt
noch viel.
„Ist vielleicht eine andere mit
im Spiel?"
Sie tritt vor den Spiegel im
fahlen Licht,
ist bleich, übermüdet, gefällt
sich nicht.

Eilt rasch zur Tür, als die
Klingel schrillt,
zwei Polizisten erscheinen
im Bild.
Sie melden müde, gefühllos,
verdrossen:
„Ihr Mann wurde nachts von
Schuldnern erschossen!"

Brigitte Fretwurst

## *Mit Dir im Zirkus*

Ich hätte es ja lustig gefunden,
wenn Dich die Elefantin
rasiert hätte

aber viel schöner
als das ganze Spektakel dort
in der Arena
bist Du

Dein Lachen zu hören,
wenn die Clowns dort
weiß nicht welchen Spaß machen
(die Clowns in Peru
machen lustigere Späße)

Deine Augen glänzen zu sehen,
wenn der Tiger springt,
Du erinnerst Dich an den Urwald

Dich so fröhlich zu fühlen

an meiner Seite

Astrid Freudenberg-Messan * 1967

## *Muräne*

Muräne
Dame ohne Hinterleib

mit schrägem Haupt
gegrämten Blickes
beleidigt aus der Höhle schielt
wärst du ohn Hinterleib
du ebengrämlich blicktest

man für gewöhnlich
unterschätzt
worauf man sich
gesetzt

Edith Freundl

## *Ich und mein Leben*

Ich hab schon so viel aufgebaut, dass hat
mir alle Kraft geraubt.
Ich hab schon so viel hingegeben, dachte
schon, es kost mein Leben.
Doch das Erleben, jedes Werden und
Vergehen,
die Freiheit, die ich erhielt, der Raum und
Platz, der ward erzielt.
All die Zeit, war mein Geleit, das Werden
und Vergehen.
Geburt und Tod und Leben, das hat mir
alles gegeben.
Die Ebenen, das Reifen und Begreifen, alle
Chancen zu ergreifen.
Die Lektionen voll und rund, ich tu sie
kund.
Und bevor ich sterb und mein Leben
verderb,
schenk ich dem kleinen Wesen in mir, die
ewige Gier.
Meinen Raum und Platz und alle Zeit,
mein ewiges Geleit,
um zu Werden und zu Vergehen, ins Leben
zu gehen,
zu Überleben alle Leben, durchs Liebe (s-)
Leben.

Kirsten Frey * 1973

## *meer und ich*

gebrechend fließ ich
dir ins genick

ich weiß nicht ich weiß nicht
da wartet so ein

verbrecherisches weiß
das ich schlingen will
um ein ausatmen
um ein müdesein

wenn flehend ein zug
um ecken und
an wänden entlang
kratzt

birg mich und
dein fallendes tun
lass mir ein
nur ein umschließendes ja

deckenstarrendes blei
wartet eine
nur eine hoffnung lang
was nährt wird nichtig

Marie Frey * 1982

## *Nikolaus*

Ein Nikolaus aus Schokoguss
Brach beim Verzehr sich einen Fuß.
Brach mehr sich noch, den Arm, die Hand,
und das Genick, als er verschwand.

Sein Tod war sinnlos, denn es brach,
der ihn verzehrte, kurz danach

Peter Frey * 1957

## *Altweibersommer*

Die Tage verfallen in
kleinen geräuschlosen
Takten

Feuer gerinnen zu
gnädiger Glut
nur Ahnung noch
in silbergrauen
Weben

Tief in den Lungen
dehnt sich
die Flügel bereit
ein neues
Lassen

und von innen
bezieht sich mein
Atem mit einem
Lächeln

Sybille Frey * 1957

## *Misstrauen*

Ausgeschlossen –
ich von dir, du von mir –
Aus! – Geschlossen!
Graben zwischen Ich und Du
Brauche mein Schneckenhaus
Will meine Wehrlosigkeit nicht deinen
Schuhen ausliefern.
Rückzug ohne Gefecht.
Haben unser Pulver längst verschossen,
Bannmeilen um unsere Seelen gezogen:
Betreten verboten! Sperrbezirk!
Höchstes Verletzungsrisiko,
Selbst ein Sandkorn könnte jetzt töten.
Krieche zurück in meine sichere Leere,
Atme: Aus! Inneres: Geschlossen!

Sieglinde Frickenhaus * 1959

## *Auf dem Feld des Lebens*

Bei Tag und Nacht,
an jedem Ort,
wo's auch immer sei,
mischt der Tod
sein ernstes Wort
meiner Freude bei.

„Hast du mir
die Frucht erbracht,
die ich früh bestellt?
Hat der dunklen
Rätselmacht
ein Sinn sich zugesellt?“

Die Antwort leg ich
vor ihn hin:
die Garben voll und reich.
Leicht ist das Herz
und froh mein Sinn!
Des Todes Blick wird weich ...

Paulina Frick-Müller

## *Eene Meene*

Dürftig malst du den knallbunten Vorhang
auf Kulissen schon blätternder Poesie.

Voll Sehnsucht spähen wir gemeinsam nach
linkswärts,
über den längst erklommenen
Doppelpunkt.

Das Echo der zartrosa Töne strickst du im
Takt
alten Zählspiels und forderst

auch mich zum Kehrreim.

Und plötzlich beginnt ein Gedicht.

Kassandra Frido

## *Mit des Kindes Augen*

Mit des Kindes Augen am Morgen erwacht
mit des Kindes Augen täglich gelacht
mit des Kindes Augen Herzen begehren
mit des Kindes Augen nichts verwehren

Mit des Kindes Augen Tränen reisen
mit des Kindes Augen nichts beweisen
mit des Kindes Augen „Wahres“ zeigen
mit des Kindes Augen Gedanken
schweigen

Mit des Kindes Augen Nähe verspüren
mit des Kindes Augen Dasein führen
mit des Kindes Augen Wahrheit sehen
mit des Kindes Augen zur Liebe stehen

Mit des Kindes Augen unbefangen
sehend der Welt Gleichgültigkeit
Kinderaugen so frei - sehen doch so weit

Wer nimmt dich in die Arme, lässt dich
Kinde sein auf vielen Reisen
fühle diese Kraft und die Welt der
Phantasien wird es dir beweisen.

Wenn man mit Kinderaugen sähe
verspürte der Mensch doch so viel Nähe.

Stephan Jürgen Fried * 1965

Planet Eins kreist unbeirrt durch das All.
Planet Zwei folgt ihm unnahbar dabei.
Planet Drei zieht hinterher in dem Nichts.
Planet Vier,
er tanzt und schwirrt, er zuckt und zappelt,
sein Derwischtanz ein einziger Wirrwarr.
Planet Drei fällt aus der Bahn.
Planet Zwei stürzt auf ihn drauf.
Planet Eins kreist unbeirrt durch das All.
Planet Vier folgt ihm unnahbar dabei.

U. Friede

## *Ich?*

Wenn du sagst, „Geh nach rechts“, gehe
ich nach rechts.
Wenn du sagst, „Mach das so“, mache ich
das so.
Wenn er sagt, „Sei nicht so langsam“,
beeile ich mich.
Wenn er sagt, „Sei nicht so empfindlich“,
schlucke ich die Tränen hinunter.

Wenn sie sagt, „Sei nicht so egoistisch“,
schäme ich mich für meinen
Egoismus.
Wenn sie sagt, „Das kannst du nicht
machen“, lasse ich es bleiben.

Wer geht nach rechts?
Wer macht das so?
Wer beeilt sich?
Wer schluckt die Tränen hinunter?
Wer schämt sich?
Wer lässt es bleiben?
Nicht ich.

Ich nicht.

Sophie Friedrich * 1967

Da ich in Worte faßte, was mich quält,
Wurde ich von euch aufgenommen.
Da ich hinausschrie, was mich nicht leben
läßt,
Wurde ich von euch begriffen.
Da ich mich ausweinte bei euch,
Habe ich eure Tränen getrocknet.

Ingeborg Fritsche

## *Beziehung*

zwischen meinen Rippen
zehrt sich die Hoffnung auf
windet sich mit letzter Kraft
in das Innere meines Schädels
verklebt die Gänge
umschlingt meinen Glauben
tötend
verläuft sich in alle Richtungen
um in Erinnerung zu existieren
die das Duell begründete

Logik modelliert eine Ausströmung
von Zwang und Unselbstständigkeit
die Blüte öffnet sich langsam
und aus ihr tropft
das kochende Blut der Unwirklichkeit
gewinnt an Geschwindigkeit
die Resonanz wird immer leiser
bis alles unter der Hoffnung
begraben liegt
und vergessen vor Gericht steht

Frl. Mabel * 1974

## *Leukämie*

Die dunkelrote Kreide in der Hand,
das weiße Blatt vor dir
malst du den Sonnenaufgang
mit glutroter Sonne,
davor das Meer, tintenblau,
Traum.
Vergessen für Minuten
den Kampf gegen die Krankheit.
Die Zeit tickt dem Tod entgegen.

Uta Froehlich * 1963

## *Ein Klecks*

Ein kleiner frecher Klecks
springt und träumt durch diese Welt
mal traurig, mal freudig
ein Traumtänzer nur.

Haftet an einer Idee
die Leben heißt
springt in Pfützen und Morast
wieder und wieder empor
zu erfassen und zu begreifen
den Daseinsmotor.

Großmütig zu sein für
alles, was lebt und gedeihen will
so ist des Kleckes Lebenssinn.

Gabriele Frohberg * 1961

## *Stimme der Stadt*

Ich bin nicht der Einzige,
Schemen hinter erleuchteten Fenstern,

ich bin nicht allein,
zeigen mir den Weg durch die dunkle
Stadt,
tausende wie ich, vor mir und jetzt,
es regnet, im Gedrängel werde ich
angerempelt,
anderen geht es genauso, sie sind wie ich,
es murmelt „Entschuldigung“, war das er
oder ich?
Es gibt viele wie mich, Tausende,
wir bevölkern die Stadt zu Tausenden,
auf der Rolltreppe schiebt sich jemand an
mir vorbei,
keiner ist allein,
er murmelt „Verzeihung“,
aber war das nicht ich?
Viele wie ich, sie leben hinter Fenstern,
tausende Schemen bevölkern die Stadt,
es gibt keine Namen, es sind alle wie ich,
im Gedrängel, auf der Rolltreppe,
murmelt eine Stimme.

Micha Frommeyer * 1979

Es lockt
mich
die Tür
zu öffnen
bevor der Tag
anfängt

ich kann
nicht!
ich bin!

die Tür
zu
geöffnet.

Christa Frontzeck

## *Der letzte Wunsch*

Hoffnungen und Träume
auf einem langen Lebensweg
Rosen
oder verdorrte Saat

Der letzte Wunsch:
Sanftes Entschlafen,

Friedenstauben
in den Herzen der Kinder

und ein ewig blühendes
Vergiss mein nicht

Maria Fröse

## *Selbst wenn der Neckar …*

Selbst wenn der Neckar
Farben trägt,
links und rechts
die Reben grüßen,
fließt alles wieder in ein
Bild, das gestern
verwundert träumte.
Es ist so schön,
so wunderbar.
Vor dem Mond
über dem Neckar.

Jürgen Fuchs

## *Danach*

ich könnte dir so viele Vorwürfe machen
was fiele mir nicht alles ein
doch wenn ich mich dann beruhige
und nachdenke
weiß ich es gibt nur einen
und der ist an mich

ich habe das alles zugelassen
ich habe das Kartenhaus mitgebaut
habe gesteuert und gelenkt
gegen die Mauer

aus dem Mut ist Demut geworden
aus der Trauer Stille

die Herbstzeitlosen
blühen im Garten

Hannah Fuchs-Veltlin * 1976

## *Morgenblume*

Schillernder Tautropfen
Der erste Sonnenstrahl - ein Regenbogen!
In sanftes Licht getaucht
Von Morgenröte angehaucht
Und sacht vom Wind gewogen

Jana Fuerchtenicht * 1988

## *Das unendliche Licht*

Es geht vor mir aus,
das unendliche Licht.
Jetzt, jetzt will ich hier raus,
nur mal Luft in mein Gesicht.
Ich kann nicht mehr,
ich flehe dich an.
Ich will nicht mehr,
komme nicht ran,
ans unendliche Licht,
an Luft in mein Gesicht.
Und doch weiß ich:
Da ist es, das unendliche LIcht.
Irgendwann komme ich ran,
nur jetzt nicht.
Irgendwann bin ich dran,
nur nicht jetzt.
Ich warte ...
bis es mich zerfetzt,
das unendliche Licht.

Fulya * 1992

## *Unerreichbar*

Du stehst hier,
direkt vor mir.
Du bist ganz nah
und doch bist du nicht da.

Mein Herz rast sobald ich dich seh,
bist du dann weg, tut es mir weh
und bist du an einem anderen Ort,
Kommt's mir vor, als wärst du für immer
fort.

Meine Gedanken gelten nur für dich,
könnt ich nicht mehr denken, wär das
fürchterlich.
Du bist hier, die ganze Zeit
und doch verfalle ich in Einsamkeit.

Ich stehe in einem lang Gang,
dieser ist nur 10 Meter lang.
Ich laufe so schnell ich kann,
doch niemals komm ich bei dir an.

Alexandra Funk * 1990

## *Schwerelos*

Deine Flügel gleiten durch die Lüfte
Über Hügel, Berge und große Klüfte.
Deine Federn funkeln,
Erleuchten diese Nacht im Dunkeln.

Schwebe über das Nebelzelt,
Über das Meer und Rosenfeld,
Fliege in der Mondscheinnacht,
Vorbei an Planeten und Sternenpracht.

Gleite ohne Schwergewicht
Über Wolken hin zum Sonnenlicht,
Lass dich streicheln von warmer Luft,
Sei frei und riech den Himmelsduft.

Michaela P. Furrer * 1983

## *Schatz der Erinnerung*

Vergessenes liegt schwer im Magen,
selbst tränk' ich Lethe hinterher.
Und mag es mich auch plagen,
ich greife es nicht mehr.

Doch nachts, wenn Unruh' mich erfasst,
wenn aus des Flusses Nebelschwaden
die Traumgestalten aufersteh'n
und unermüdlich an mir zerren –
dann kommt es an den Tag.

So bringe ich nach oben,
was marternd auf dem Grunde lag,
und habe einen Schatz gehoben.

Vergessenes liegt schwer im Magen,
selbst tränk' ich Lethe hinterher.
Fortan will ich es wagen –
und tauche hinterher.

Tanja Fürstenberg * 1965

## *Des Herbstes Erwachen*

Leis' die bunten Blätter taumeln,
letzte keck am Aste baumeln.
Friedlich spielt das Sonnenlicht
durchs Blätterdach – nicht mehr ganz
dicht.

Getöse bricht sich seine Bahn,
so laut, so heftig wie's nur kann.
Behelmte stapfen durchs Gelände,
schweres Rohr geht durch die Hände.

Wo früher Harken zärtlich rechten,
Mümmelmänner fröhlich zechten,
dort dröhnt's und föhnt's mit Donnerhall,
es röhrt und bläst mit mächt'gem Schall.

Alles wird ratzfatz gekehrt,
Gnade keinem Blatt gewährt.
Sag mir wo die Farben sind,
vor lauter Grau wird mir ganz blind.

Auch der Nerv ward uns genommen.
Leise taumeln wir benommen
in des Herbstes friedlich' Tann,
wo bald die Weihnacht kommen kann.

Martin Füser * 1963

## *Bist du*

Die schönen Farben, Töne, Düfte
und dein leichtes Neigen nach dem Wind

zogen mich an diesen Hügel
im Sonnenschein steigender Lüfte.

Ein kurzer, leichter Tanz beginnt.
Träume ich diesen Augenblick? Bist du's,

bei dem ich mich auf meinem Flug
ausruhen sehnte? Oder ist's ein Kind,
der neugierig nach meinen Flügeln
greift, sie zwischen seine Finger zwickt,

und unbedacht den Staub verwischt,
die schönen Farben, Töne, Düfte.

Sissy Fuß * 1971

## *Zuversicht*

Freude, Trauer, Leid und Scherz kommen
und gehen,
oftmals braucht es Zeit, um die Dinge zu
verstehen.
Geduld üben am eigenen Leben muss man
oft im Alltagsleben anstreben.
Es kostet Kraft und manche Fragen
kommen auf: Warum, wieso mag es
so sein, dass ich unglücklich bin im
Herzelein.
Es kommen die Tage, die bringen die
Antwort auf so manche Frage mit.
Geduld zu üben ist oftmals schwer in
trüben Zeiten, jeder guter Rat von
einem anderen ist dann nicht zu
begreifen.

Frank Gaber * 1971

## *Meine große Liebe, Elfriede*

Schon in der Schule war mir klar,
dass es um mich geschehen war.

Aufgeregt schlug voller Schmerz,
in Elfriedes Nähe, mein kleines Herz.

Unzählige Nächte träumte ich von ihr,
sah das liebliche Gesicht vor mir.
Doch meine Schüchternheit ließ nie zu,
dass ich meine Sehnsucht ihr erklären tu.

Nach der Schulzeit bin ich fortgezogen,
hab Elfriede aus den Augen verloren.
Würde sie so gerne wieder sehen,
um ihr endlich meine Liebe zu gestehen.

Erwin Gabler * 1958

## *Hurra, ich bin Vater*

*(Für Helga)*

Hurra, ich bin Vater!
Geschwellt meine Brust.
Verzückter Zustand – unbändige Lust.
Zustand der Entbundenheit!
Meine Seele schwebt vor mir in
überschäumende Zeit.

Titanisch die Kraft in den Gliedern!
Ich springe auf den Mond und weiter zu
fernen Sternen.
Ob da noch jemand wohnt? Dem ich
vergaß zu sagen:
„Leben für alle Zeit!
Hurra, ich bin Vater!“ schrei ich in die
Unendlichkeit.

Dann kehrt in meinen Körper die Seele
zurück – ganz sacht.
Ich spüre die Krümmung der Erde im
Schritt und
im Gesicht die Wange der Nacht.

„Hurra, ich bin Vater!“
Schneide ich in die Rinde der Linde im
Park.

Dann zieh ich den Vorhang der Nacht weit
auf,
für den neuen jungen Tag.

Albrecht Gäbler

## *Seelengeburt*

Herausgeflutscht aus dem Muttermund –
so weich, so wässrig, so nah,
geschrieen vor Wut in Kälte, Metall,
gehungert nach Milch und nach Haut.

Herausgeklettert aus Stoff und Holz,
gemauert in Plastik und Stein,
gekratzt, gekrabbelt, gelaufen, gerannt,
erklommen die Stufen und – abgerutscht.

Herausgeschaut aus Löchern der Sinne,
im Nebel nach Rahmen gesucht,
da seh ich und hör meine Seele so schrein:
„Seid ihr auch in dem Draußen verflucht?“

In Stoff, in Holz, Stein und Plastik, Metall
die Seele baumelt und reißt.
Die weichen Arme und wässrigen Lippen,
warme Milch und die Nähe der Haut
such ich immer noch –
hier draußen.

Susanne M. Gaertner

## *Der Sinn des Lebens*

So mancher Mensch, der sucht vergebens,
viel zu lange nach dem Sinn des Lebens.

Wobei sich mir die Frage stellt,
warum uns ein Leben ohne Sinn nicht gut
gefällt.

Würde es uns nicht besser gehen,
wenn wir das Leben als Geschenk ansehen?

Es wäre doch gut, wenn jeder Mensch als
Sinn erfasst,
dass er auf der Erde ist nur ein Gast!

Und als Gast der Erde Freude zu erleben,
ist doch ein wahrhaft schöner Sinn fürs
Leben!!

Melanie Galinski * 1974

## *Ein Traum*

So gerne wär ich wie ihr.

Mein Traum,
zu sein wie ich nicht bin.
Mich geben als wär ich,
nicht ich –
belustigt schaut mein Ebenbild in mein
Gesicht.
Ein Traum.

Aline Gallas * 1989

## *... im Sand der Zeit*

Die Stunde die gewesen
Vergangenheit ist sie geworden
Unmerklich fast entglitt sie mir
Wünsche + Hoffnungen, Freud + Leid
Vergangen alles im Sand der Zeit

Der Kindheit sorglos Zeiten
Der Jugend traute Stätten
Der Schmerz der ersten Liebe
Der erste zarte Kuss
Und Träume – Träume die mir die
ganze Welt zu eigen machten
Vergangen alles im Sand der Zeit

Wenn dann das letzte Sandkorn
meiner Uhr wird fallen in die
Ewigkeit
Werd' auch ich sein nur Erinnerung
Vergangen im Sand der Zeit

Horst A. Galow * 1929

## *Torso I*

runde Klammer auf – drei Leerzeichen –
kleines o
vier Leerzeichen – großes Ypsilon – vier
Leerzeichen
kleines o – drei Leerzeichen – runde
Klammer zu

Leerzeile

umgekehrter Schrägstrich – sechs
Leerzeichen
tiefgestelltes kleines o
sechs Leerzeichen – Schrägstrich

Leerzeile

Schrägstrich – sieben Leerzeichen – kleines
v
sieben Leerzeichen – umgekehrter
Schrägstrich

Michael Gans * 1968

## *Isabelle*

Marmorweiß und unbewegt,
In Rabenschwarz hineingelegt,
Rosenschliff aus höchstem Gut,
Und ach, durchströmt von Menschblut.

Joseph Ganser * 1961

## *Eine Frage der Zeit!*

Träum' aus den Traum
vom Sommertraum;
warm und schön ward er für dich!
Heil dir, oh kranke Seele,
vorbei an Palast und Palisade,

eingesperrt im dunklen Raum!
Dunkel und kalt wird er für dich,
ohne jeglichen Lichteinfall.
Bis zum erkaltenden Schwall
und darüber hinaus;
Blut geronnen – Leben heraus!
Ewiger Fluß mit ewiger Liebe.
Aber wir brauchen doch die Vitamine!!!

Leise schluchzend unter dem Gewölbe
umlegt ganz sanft doch grausam gleich
ewiglich die Hand den kalten Körper
im Tränensee so klar wie Eis ...

Andreas Gänsler * 1975

## *Frühlingserwachen*

Unzählige Blüten meine Augen friedvoll
umgeben,
endlich der Winter sich der warmen Sonne
ergeben.
Mit sanftem Entzücken eine Blume ich
pflücke,
mit Vorsicht, damit ich sie nicht zerdrücke.
Meine Lungen sich füllen mit betörender
Luft,
vermischt mit des Frühlings Blütenduft.
Die sanften Winde Pollen vor sich treiben,
auch die Bienen am Himmel ihre Kreise
schreiben.
Auf den Wiesen man hört Kinderlachen,
nun ist es soweit – das Frühlingserwachen.

Jo Garcon * 1957

## *Bis in die Ewigkeit*

„Zeit ist Geld", hört man sie sagen.
Doch hört man sie klagen: „Keine Zeit",
wenn sie durch die Straßen jagen.
„Keine Zeit für jede kleine Kleinigkeit."

Die Zeit heilt alle Wunden,
auch die tief sind im Herzen.
Es dauert unzählige Stunden,
bis sie aufhör'n zu schmerzen.

Sie laufen, sie rennen, sie hetzen
sich ab von Termin zu Termin.
Sie wissen die Zeit nicht zu schätzen
und schon ist sie dahin.

So geht es Stunde für Stunde
bis zum letzten Tag.
Der Zeiger dreht die letzte Runde.
Jetzt hat man Zeit, viel mehr als man mag.

Carla Garz

## *Verspätung*

Mein Zug hat Verspätung
Den Bahnsteig belagern Besoffene
Sie grabschen nach altem Gebäck und
jungen Frauen
Ich betrachte die Platzreservierung:
Sklavenplatz
Dunkler Schneematsch unter und über mir
– in mir
Gefrorenes Gewissen! – doch ich höre das
Seufzen
Ungeduldig ziehe ich an meiner Zigarette
Vernebelte Zentralperspektive
Alle Lautsprecher geben bekannt:
Der Zug ist entgleist
Irgendwo zwischen mir und der Wahrheit

Diese Nacht ist die letzte
Wo ich nochmals zurückkehre
Um mich zwischen deinen Schenkeln zu
wärmen

Siegfried Gasparaitis

## *Wissen*

Antworten gefunden, lange gesucht,
ohne zu zögern einen Freiflug gebucht.
Trotz Kenntnis und Stärke hinterfragt,

erste Kämpfe gewonnen, jedoch dann
versagt.
Was brauche ich noch, bin ich wirklich
schlecht,
bin ich denn ehrlich, bin ich gerecht?
Mit den anderen, mit mir? Jetzt ist's mir
klar,
das Spiel meines Egos, nicht alles ist wahr.
Doch will ich lernen, ich bin bereit,
ich weiß, dann werde ich letztlich befreit.
Der Anfang gleicht dem Ende,
diese Erkenntnis bringt die Wende.

Heike Gasser * 1971

## *Verlust*

Die ersten blätter tauchen ins vergehen ein
Verlorenheiten hallen stein auf stein
Die winde gehen hart wie nicht zuvor
Heftig schlägt regen ein aufs eingangstor

zum paradies des frohsinns und der güte
Die sommerlieben nehmen ihre hüte
wandern rasch aus in unbezähmtes land
Die raben krarren weiter ungenannt

Vorm fenster legt die abendspinn ihr netz
an
in dem ich gern der müde falter wär
und wär auch gern ein schnabel scharf und
fein

mit dem riß ich den sterbemantel ein
der meine schritte hindert naß und schwer
Ich will daß ich noch anderntages singen
kann

Cordula Gast

## *Die alten Buchen*

Hab am Waldrand gesessen
auf Buchen die Umgefällten
standen einst stolz
nun brüchige Rinde nach oben
gewölbt und drunter
sah's aus wie Tränen ungeweint
Schweißperlen aus Blut

Ich weiß noch, du hast mir mal
von den alten, uralten
Blutbuchen erzählt
roch damals den Duft eines tief
roten Blutbuchenwald's
im Herbst
Blätter wankten aus
riesigen Wipfeln

Vermag nicht
die Ringe zu zählen
Lebenskreise in hell und dunkel
unter der Rinde
Schweißperlen aus Blut

Marion Gavin * 1969

## *Das ist alles*

Das ist alles
Entropie
Sie
Schützt

Im Schädel lauert die
Verzweiflung

Darüber dass
Was alles
Bald vorüber
Geht

Steht

Winfried Gayk

## *Im März*

Wärme streichelt meine Haut.
Licht strahlt durch Baumkronen
und malt lebende Muster auf die Erde.

Geht mein Blick nach oben,
blinzeln meine Augen.

Vögel zwitschern auf den Zweigen,
fliegen – wolkengleich – in Schwärmen
und malen lebende Muster in den Himmel.
Geht mein Blick nach oben,
lächelt mein Mund.

Enten schweben über die Seen,
gleiten sanft auf Wellen dahin
und malen lebende Muster auf das Wasser.
Geht mein Blick nach oben,
danke ich Gott.

Sven Gebhardt * 1977

## *Silberhochzeit*

Die Stadt ist fern, und auch die Zeit,
Wo Liebe in ihr brannte.
Was damals blieb war Qual und Leid,
Weil er sie nicht erkannte.

Vielleicht bin ich nicht gut genug.
Sie hielt den Schmerz zurück.
Er sieht gut aus und ist auch klug,
ich wünsch ihm alles Glück.

Jetzt wiegt sie schon den ersten Enkel,
Und grübelt dann und wann.
Doch ihre honigsüßen Schenkel
Genießt ein andrer Mann.

Der ist ein bisschen alt für sie,
Doch tut er, was er kann.
Den Hochzeitstag vergisst er nie,
Seit heute sagt er dann:

„Dich hat der Himmel mir geschickt,
Froh werden wir nun alt."
Sie blickt zurück, vom Schmerz erdrückt,
und wird dabei ganz kalt.

J. Gedicke * 1954

Das Blatt in meiner Hand
von Adern durchzogen
mit Wegen geschmückt
sonnengetränkt
besungen im Wind
berührt die Seele im Sinn

Martine von Geetruy-Behen * 1955

Musik und Kerzenlicht,
Ich denke schon wieder an Dich.
Fliehen vor der Wirklichkeit,
Die Träume sind nicht weit.
Dort gibt es keine Sorgen,
Keine Angst vor dem Morgen.
Liebe und Geborgenheit,
Nur für eine kurze Zeit.
Ein kleines Stück vom Glück,
Dann kehrst Du zurück.
Du bist allein mit Dir,
Warum bist Du nicht hier?

Nicole Gehrcke * 1967

## *Synonym*

Feder malt schwarz
verfärbt trübt die Sicht
was sie einmal war
ist das was sie spricht

gleich elfengeschliffnen
Klauen und Zahn
so luftig geschaffen
nur Schweres getan

nur reißend getrieben
und liebend entrückt
was Ewigkeit hält
rein kennt und nie flickt

ist das was die Feder
im Namen beschreibt
einen Stacheldraht nämlich

ihr Urteil stets fällt
und dies Leben auf immer
bis aufs Tiefste entstellt.

Michaela Gehrke * 1985

## *Tief in mir*

Tief in mir,
wo Seelenfarben schweigen.
Tief in mir,
Glaube und Erwachen,
tief sich verneigen.

Tief in mir,
wo alle Antworten verborgen.
Tief in mir,
eine Suche und Gewissheit
für jeden Morgen.

Tief in mir
höre ich den Klang.
Tief in mir
schwingt der Seele
leiser Gesang.

Marion Geiken * 1966

## *büroalltag*

Gedanken Gänge
Beamten Zwänge
Verdammten Menge
Begabten Enge

Gedanken Zwänge
Beamtem Menge
Verdammten Enge
Begabten Gänge

Gedanken Menge
Beamten Enge
Verdammten Gänge
Begabten Zwänge

Gedanken Enge
Beamten Gänge
Verdammten Zwänge
Begabten Menge

Alexander Geipel * 1974

## *Laut gedacht*

Sanftmut
wie sie deinen Blicken entspringt
mich fallen lässt
Lieblichkeit
wie sie deinen Worten entspringt
mich eintauchen lässt

Zärtlichkeit
wie sie deinen Händen entspringt
mich schwimmen lässt

in einem See aus Glück und Geborgenheit

Ursula J. Geisbusch * 1968

## *Meine Buchhändlerin*

*- Eine Bildbetrachtung -*

Die Bücherwand im Hintergrund
ist groß und weit und breit und bunt.

Und auch davor, der junge Mann,
sich durchaus sehen lassen kann.

Der Vordergrund der wird gefüllt
mit einer Frau mit Buch mit Bild.

Mit einem Bild von einer Frau
mit einem Lächeln, sieh nur, schau

auf diesen kirschenroten Mund
der Super-Frau im Vordergrund.

Rudolf Geiser * 1956

## *Wie ein Schmetterling*

Stirb wie ein Schmetterling
wenn die letzten Strahlen des Herbstes
Dein Leben vergolden

Dein Herz steht still
und Schnee bedeckt
Deinen tiefen Schlaf

Traumlos liegst Du
kein flehendes Rufen
weckt Dich aus Deiner Starre

Erst die Frühlingsstrahlen
erwärmen Dein Herz
dass es schlägt mit neuer Kraft

für ein schöneres Leben
Du breitest Deine Flügel aus
und entschwebst in fernere Welten

Siegfried Geisler * 1943

Des Wesens lichte Hülle
sich mit Liebe
Sehnsucht
Träumen fülle
so dass der Geist dann sanft erwache
die Seele feurig sich entfache
will sie doch lodern hell und stark
bei dunkler Nacht sowie bei Tag
dem Feuer stellt sich nichts entgegen
weder Nebel
Kälte oder Regen
doch manchmal reicht ein starker Guss
für die lodernde Flamme der Todeskuss

was unlebendig scheint
ist niemals tot
lebt dennoch in Liebe
Sehnsucht
Träumen fort …

Ilona Geister

## *Eine alltägliche Geschichte*

Zwei junge Mädchen vor mir gingen
und schamlos, wie das heut' so Sitte,
flog Tempotaschentuch, Papier
und eine Zigarettenkippe,
direkt vor eine Gartentür.

Ich rief, „Hallo, was soll das hier?
Das ist doch eine Sauerei
und wenn das alle machen würden,
was denkt ihr eigentlich dabei?"

Sie sah'n sich an, ich hört' ihr Lachen,
Verlegenheit war nicht zu seh'n
und taten so und gingen weiter,
als wäre einfach nichts gescheh'n.

Ob sie sich wohl dabei was dachten?
Wie es so aussah, glaub' ich nicht,
und dies ist leider aber wahr,
eine alltägliche Geschicht'.

Elfriede Geitel * 1928

## *Wildbach*

Aus der Höhe
stürzen Wasser
fallen wild
ins tiefe Tal
legen Spuren
formen Berge
trommeln
Melodien gar.

Rauschen
tösend in
die Tiefe
springen über
Felsenstein
zwängen weiter
sich durch

Schluchten
nebeln dröhnend
Ufer ein.

Heidrun Gemähling * 1943

## *Schlimme Spuren nach Mohammed-Karikaturen!*

*Februar 2006*

Eine abgebildete Bombe als Karikatur auf
Mohammeds Haupt
erhitzt plötzlich die Gemüter der Muslime
mehr, als man glaubt.
Fanatisch, von Zorn und Wut entbrannt,
stecken sie Botschaften fremder Länder in
Brand.

Dänemark, Kanada und andere Nationen
(den Westen) man zum Feind erklärt.
Der Mob wütet, tobt. Er vielerorts sich
gewaltsam beschwert und aufbegehrt.
Mit geballter Faust gen Himmel streckend
kennt er nur Gewalt.
Für ihn gibt es weder Rücksicht, noch
festen Halt!

Religion wird zum Zankapfel, für
Verbrechen zur Legitimation.
In blindem Übereifer rennen und rasen sie
stürmend davon.
Dabei wäre Zurückhaltung auf beiden
Seiten das einzig Richtige und Gute,
anstatt sinnloser Kampf und Streit im
wilden Übermute.

Entfacht nicht das Feuer, das alles
niederbrennt!
Es wird zum Ungeheuer, das keine Grenzen
kennt.

Gott will das Verderben der Menschen
nicht,
sondern das Heil aller im Frieden und
Licht!

Alfons Genzler * 1942

## *Eine politische Rede*

Im Fortschritt der Zeit
Leben die menschlichen Marionetten
Zurückzuschreiten
Im Zeitalter der Welten

Kriegerische Kämpfe führen
Haltlose Führer nach
Sodom und Gomorra

In den Höhlen der Vergangenheit
Wuchern Schattenwürmer der Aushöhlung
Anzufressen
Die Salzsäulen der Erstarrung
Wo wir verharren in Einfalt

Wütende Wellen bauen
Farbige Brücken über
Die sündhafte Sintflut

Mit dem Lichtglanz der Weltzeitalter
Verbindet sich rauschender Regen
Zu erneuern die
marionettenhaften Menschen.

Esther Georg * 1985

## *Ein Stück Papier*

Ich sitze da und denke nach
und neben mir,
ich seh's erst jetzt,
da liegt ein Stück Papier.

Ich seh es mir genauer an,
und (ich weiß es klingt verrückt)
wie ich so zu ihm rüberseh,
starrt es zu mir zurück.

Ich nehme das Papier zur Hand
– das ließ sich nicht vermeiden –
krame einen Stift hervor
und fange an zu schreiben.

Und was daraus geworden ist,
nun, das sieht man hier,
denn was ihr in den Händen habt,
ist jenes Stück Papier.

Lisa Georg * 1983

## *Geld*

Geld ist die gefährlichste Droge, die jemals
an die Menschen ausgegeben worden
ist.
Sie schafft Hunger, Leid, Elend und den
Krieg. Sie weigert sich auch,
Krankheiten zu bekämpfen und
weckt die dunklen Seiten in uns. Macht,
Gier und Neid machen sich durch das
Geld in uns breit.
Geld macht sich eben breit.

S. H. George * 1968

## *Auf der anderen Seite in meinem Bett*

Auf der anderen Seite in meinem Bett
liegt ein Mensch, der anders ist als ich.
Er fühlt anders als ich,
er denkt nicht wie ich,
wie finde ich Dich?

Der Mensch in meinem Bett empfindet
nicht wie ich,
seine Gedanken verstehe ich nicht,
Probleme löst er nicht wie ich,
akzeptiere ich Dich?

Wie können wir so verschieden
nebeneinander liegen?
Finden wir Brücken für ein gemeinsames
Leben?
Ich verstehe Dich nicht, aber akzeptiere
Dich.
Ich teile Deine Meinung oft nicht,
aber toleriere Dich.
Möchte ich ohne Dich sein?
Ich glaube nicht.
Weil Du anders bist, ergänzt Du mich.
Ich denke: Ich liebe Dich.

Anne Gerasch * 1967

## *Spazieren*

Ich geh so gern im Mondenschein
spazierenzieren
will in der Nacht für mich allein
brilllierenlieren
will In- und Output kräftig
minimierenmieren
ich geh so gern im Mondenschein
spazierenzieren.

Ich geh so gern im Dämmerlicht
spazierenzieren
will diesige Gedanken drin verlierenlieren
will Unklarheiten sinnend reflexierenxieren
ich geh so gern im Dämmerlicht
spazierenzieren.

Ich geh so gern im Sonnenschein
spazierenzieren
will säen ernten sammeln
ausprobierenbieren
will reden mit den Menschen Planzen
Tierentieren
ich geh so gern im Sonnenschein
spazierenzieren.

Ich geh so gern mit dir allein
spazierenzieren
da können wir Unwichtiges verlierenlieren
und Schritt für Schritt den Lebenslauf
verzieren
ich geh so gern im Gehn den Lauf kapieren
–

Beate Gerber * 1961

Ein Engel,
wunderschön anzuschauen,
begegnet mir im Traum,
lockiges wallendes Haar
säumt seiner Falten blaues Gewand,

der Engel reicht mir die Hand,
auf seiner Flügel Schwingen
trägt er mich fort
an einen lichten Ort,
Paradies genannt …

Des Engels Liebe
lässt die weiße Rose

in meinem Herzen erblühen,
ihr heiliger Glanz hüllt mich ein,
Sphärenmusik umgibt mich,
Glückseligkeit erfüllt mein ganzes Sein ...

Alice Gerbig

## *Ein Silberfisch – gar Kunst beflissen*

Ein Silberfisch, gebildet und gar Kunst
beflissen,
Liest gerne Goethe, manchmal Schiller und
am allerliebsten Heine.
Von all dem Schönen und dem Grauen
hingerissen;
Wenn er im Buch verschwindet, ist er stets
mit sich alleine.

Ein Silberfisch, mit musikalischem Gehör,
Hört gerne Brahms, Chopin und ab und an
auch Bach.
Versinkt, auf dass ihn niemand stör,
Bei den CDs in einem Fach und macht sich
flach.

Ein Silberfisch, sieht „heute" und die
„Tagesschau".
Sein Lieblingsfilm ist „Papa ante Portas"
von Loriot.
Er macht sich konsequent auf allen Sendern
schlau.
Er kennt sich aus und das, das stimmt ihn
froh.

Ein Silberfisch, mit Inbrunst für die
Malerei.
Das Werk heißt „Werden und Vergehen".
Er zwängt sich zwischen Blatt und Glas, als
sei's ihm einerlei.
Da war's mit einem Mal um ihn geschehen.

Ein Silberfisch, nun platter als natürlich
platt.
Stoßseufzend japste er ein allerletztes Mal:
„An hoher Kunst, da bin ich jetzt auf
immer satt,
Nie wieder diese kulturelle Qual der
Wahl."

Andrea Gerecke

Zarter Moment im Mai –
Der Reiz des Schönen schwebt
im Aeter
des Sommers Eiter aus Asphaltritzen.
Sie tanzen zu Terzen

im Raum

Arme zum Himmel –
Lechzende Träume,
die in
der Sonne zerfließen wie
frischer Teer

Nicole Ella Gerendt * 1988

## *Gartenträume im Winter*

O träume den Traum von der Blüte
und der Frucht und dem Reigen danach
und dem Herbst mit den fallenden Blättern
sing ein Lied in den Stuben gemach

Wirf den Blick aus dem warmen Fenster
sieh den Regen im kalten Licht
greif nach der Frucht die im Ofen
von Sommer und Sonne dir spricht

Sieh die wirbelnden Flocken im Winde
spür das Eis, das die Erde nun trägt
und den Samen in ihrem Schoße
und das Herz, das darunter schlägt

Jutta Gerhard

## *Mutig voran*

Königlich im Rauhreifmantel
flieht durch dumpftönende Täler
fleißversunkener Geistesarmut
ein gülden Mütchen asketischer Art.

Auf der Hut und scheuen Herzens
bockt wortreicher Wohlfahrt
gewissensberedter Anmut
ein furchtloses Seelchen fast unbemerkt.

Glänzende Hülle und glitzernde Fülle
bleibt tröstlich und redlich
nur sparsamen Denkern
als Unverzichtbares.

Antje Gerhardt * 1967

## *Allegorie*

Da war mal ein Floh, der sprach
„Joho, jetzt hab dich nicht so."
Sprach's leichthin zum Bär.

„Bei meiner Ehr'" sprach er,
„Was ist mit dir los?
Bist bar deiner Hose
Und dein Hintern ist bloß,
Sitzt auf blankem Popo
Und dein Schwanz hängt lose,
Und du zierst dich gar so
Als wenn sonst was wär."

„Brumm, brumm", sprach der Bär,
„Ich genier mich doch so."

Da droht' ihm der Floh:
„Zierst weiter dich so und stellst dich an,
Dann beiße ich dich ganz fürchterlich
Und beiß, was ich kann."

Da zog sich der Bär
Ganz behend wieder an,
Und der Floh floh vondann.

Michael Gerke * 1935

Licht legt sich auf den Schnee
– Augenblicke der Verjüngung –
Wege winden
sich wie Leuchtspuren
in die Ferne.
Eingehüllt
in Schatten ruht
bläulich der Schnee,
streunende Büsche recken
ihre spröden Äste aus dem Weiß.
Das Licht bleibt,
während ich
die Grenze überschreite.

U. Gerken

## *So ist das eben*

So ist das eben –
in unserem kleinen Leben:

Die eine wird Bundeskanzlerin,
die andere gibt sich unter Zwang der Liebe
hin,
die dritte zieht weinend ihre Kinder groß,
die vierte sieht keine Zukunft und schlägt
sie tot.

Der einen wird trotz Wissen
die Karriere verwehrt,
die andere wird für ihre sture Haltung
verehrt,

die nächste steigt in die Natur
gerade noch rechtzeitig aus,
die andere schaltet lieber ihr Lebenslicht
aus.

Das sind die Lebensläufe in dieser Welt.

Es wird nicht gefragt,
ob dir das immer gefällt.

So ist das eben –
auf dieser Welt,

in unserem kleinen Leben.

Deborah Gerlach

## *Zwei Nachbarn – zwei Welten*

Zwei Nachbarn kamen irgendwann in
Streit,
und irgendwann war es so weit,

da war es einfach fürchterlich;
ab irgendwann, da bekriegten sie sich.

Wie das so kam – so irgendwann?

Es fing mit Ansichtssache, Psyche,
Alter, Erziehungsrelikte und Bildungsgrad
an:

Der eine wollt' den Rasen kurz,
dem andern war der völlig schnurz.

Der eine wollt' ständig Unkraut jäten,
der andere Bücher über Wildkräuter lesen.

Der eine verkam in Nickeligkeit,
der andere war zu lebenslustigen
Alternativen bereit.

So geht das seit Jahren, hab' ich nun
erfahren.

Pure Neugier machte den ersten gar krank,
verstand er bei High-Tech doch nicht,
wie der andere so innig die Natur lieben
kann.
Hier sind zwei Welten aufeinander
getroffen:

Daß die Naturwelt überlebt, das möchte
ich hoffen,
denn davon sind wir alle betroffen.

Jutta Gerlach * 1953

## *Manchmal habe ich Sorgen*

Manchmal mache ich mir wirklich Sorgen!

Es verläßt mich nicht das Gefühl,
die Nachkriegszeit wäre wieder
angebrochen.

Manche sehe ich zum Nachbarn schon
gehen.
um sich wie damals – Eier und Mehl für
Pfannkuchen zu borgen.

Manche zerschneiden wieder alte
Briefumschläge.
schreiben ihre Notizen darauf, um sich
diese in den Kopf einzuprägen.

Der Rasen wird wieder zu Gartenland
umgebrochen,
für Obst und Gemüse, für etwas zum
Kochen.

Die Politik kommt – mit höherer
Mehrwert- und Reichensteuer,
doch nur wer nicht viel hat. für den wird es
teuer.

Wer reich ist. der will es auch bleiben.
Wer arm ist, bleibt arm –
kann anderen nur das tägliche Brot noch
neiden.

Soziale Unruhen mehren sich!

Und da denkt man:
Arbeitet vorher dagegen,
sonst ist keine irgendwie gemeinsame
Zukunft mehr in Sicht.

Arbeitet vorher dagegen,
sonst kommt er doch – der Bürgerkrieg?

Knut Gerlach * 1951

## *Hunger oder: Das hohe Lied der Kartoffel*

Du bist so heiß in meinen Händen,
daß ich an dir mich gar verbrenn'.

Kalt bist du hart und wahrlich
ungenießbar,
doch heiß in meinen Händen du dich
formst.

Schnell zieh' ich ab dir deine Pelle,
befreie dich aus deiner Haut.

Dies alles geschieht auf die Schnelle.
Ein feuchtes Zischen ist dein Laut.

Oh, du Objekt unersättlicher Begierde,
schon dampfst du, duftest aus den Poren,
ergötzt mich, ah, bin ich erbaut!

Mein Hunger, der ist ungestillt.
In mir es schreit: Ich will! Ich will!

Jetzt – gönn' ich mir die große Lust!
Zerlegt liegst du so gänzlich vor mir!
Ein köstlich' Mahl – oh, wird das herrlich!

Geschmacklich bist du ein Genuß.
Mit Salz und Butter ich verzehr' dich,
– ach, du Kartoffel, du,
ich dich mit Hochgenuß verputz'!

Wanja-Borris Gerlach * 1982

## *Im Zug des Lebens*

Die Zeit läuft dahin, ja sie rennt immer
weiter,
manchmal war sie traurig, manchmal war
sie heiter.
Tage, Monate, Jahre vergeh'n wie der
Wind,
ich werde älter und älter und bleibe kein
Kind.

So schnell entwickelt man sich von jung zu
alt,
das Schönste vergeht und es gibt keinen
Halt.
Mit jedem Ticken meiner kleinen Uhr,
begeb ich mich auf die Alterstour.

Denk ich nach über das was ich tat,
denk nach über jeden nicht unsinnvollen
Rat.
Dann fällt mir auf, so viel Zeit habe ich
vergeudet,
vergeudet, die mir hat so viel bedeutet.

Mit jeder einzelnen Stunde, Minute,
Sekunde,
rück ich näher, in die letzte Runde.
Die letzte Runde wohl mein Heimgang
wird sein,
schenkt sie mir einen Heiligenschein?

Barbara Rosa Maria Gerner * 1986

## *Was zählt der Mensch?*

Man schaut sich um, ob nah ob fern,
ob mittendrin vom anderen Stern.

Der Mensch, dem heut die Welt gehört,
wird nach und nach von ihm zerstört.

Nicht du, nicht ich, nicht jedermann,
doch keiner etwas ändern kann.

Was zählt der Mensch in dieser Zeit,
man sehnt sich der Vergangenheit.

Nur noch das Materielle zählt,
so sehr sich jeder Mensch auch quält.

Man sehnt den längst vergangenen Tagen,
wo Kinder einfach Kinder waren.

Und niemand hält die Augen auf,
erst wenn er tot, dann stößt man drauf.

Was zählt der Mensch?

Manuela Gertz-Ewert * 1966

## *Herzschmerz*

Ihr wunderbarer sanfter Körper;
Ihre Zärtlichkeit,
Ihre Augen.
Mein leises Flehen nach Glücklichkeit.
Trauer umfasst mein Haupt
und im Herzen staubt die hinterlassene
Wüste.
Meine Seele streicheld immer wieder
Ihre Büste.
Langsam wird das gefühlte
und innerliche Stimmen werden stumm.
Sehnsucht macht sich breit
für die Ewigkeit.
Geliebt werden, geliebt werden
immer wieder nur das eine,
geliebt werden,
von Dir.

Michael Getzschmann * 1973

## *Der Weg zu meinem Frieden*

Auf einem Hügel
von Nebeln umhüllt
ragt Avalon empor
Ich werde dich hüten
mein Herz ist das Schild
mein Glaube zum Schwert sich erkor
Ich liebe dich tiefer
als Tiefen es gibt
werd für dich sterben
weil du mich ebenso liebst

Du bist meine Heimat
Ich hab dich vergessen
drum bin ich von quälender Sehnsucht
besessen

Es ist an der Zeit nach Hause zu gehen
dem Schicksal begegnen
die Ewigkeit sehen

Giacomo * 1987

## *Entenliebe*

Er kam vermutlich
aus dem hohen Marburg
Ruderte majestätisch
nach Gießen mit der Lahn.

Mit ausgebreiteten Flügeln
suchte er sich eine Frau
Als Geschenk brachte er
Lust und Laune wie ein Hahn.

Er kam, er sah und er fand
die liebeswillige und prachtvolle Braut
Nach einem Tänzchen und einem Küsschen
folgte die Vermählung in vollem Wahn.

Eins, zwei, drei, der Akt war vorbei
Der Erpel fiel erschöpft ins Wasser
Die Ente verschwand, mir kam der
Gedanke,
ist er von kommenden Küken der Ahn?

Jahan Giahi

## *Verlorene Gassen*

Schweigende Wege,
Stumme Geschichten,

Die seit Jahren pflegen
Auf Licht zu verzichten.

Frierende Farben
Erbunten das Nichts,
Sie werden nichts sagen,
Hatten nie ein Gesicht.

Der Duft des Vergehens
Hat nichts je vergessen,
Strömt bitter, vergebens
Ihr Schweigen zu brechen.

Die Ruhe der Toten
Liegt wie ein Bann über ihr,
Der Stadt, die verboten,
Jede Hoffnung verliert.

Carolin Gieck * 1991

## *Sterben*

ein kurzer Schmerz
ich ertrinke
in einem roten
zähflüssigen Teppich
wohltuende Wärme
ich schwebe davon
gleite durch das klare Blau des
Himmels
tanze über gepuderten Wolken
zärtlich umhüllen mich
weiche Engelsflügel
sanfte Melodien laden zum
Träumen
ich lege mich auf eine
Sternenbank
Sonnenstaub deckt mich zu
der Mond löscht
das Licht

Annett Giesmann * 1970

## *Sehnsucht*

Ich möchte eine Möwe sein,
mit scharfen Augen, breiten Schwingen.
Die Erde unter mir ganz klein,
den Sturm mit Flügelschlag bezwingen.

Ich wäre gern ein Ozean
und Heim für alle, die mich lieben.
Nur die Gestirne wären dann,
die Meister, die mich vorwärts trieben.

Ich möcht' ein Taubenpaar heut' sein,
ein Baum, ein Wald, mir selbst genug.
Ein Sturm, mit seinem Wind allein.
Ein Bauer hinter seinem Pflug.

Ein Nest, ein Stückchen braune Erde.
Getreide, das im Wind sich wiegt.
Ein wenig Klee für Weidepferde,
ein Grashalm, der am Wege liegt.

Ursula Giffeler * 1949

## *StReiT*

vögel empfangen die taumelnden wörter
im bleiernen äther
zurückgeworfen in eisige räume
von dem mächtigen sog
des alles zerreißenden axthieben gleich
zielt die antwort marktief
bis die Kraft
sich im
nebel
zer
setzt

Sigrid Gilbert

## *Der Sinn*

Hallo kleiner Stern –
funkelst so fern,
dein Licht – es blinkt,
die Nacht – sie singt,

der Himmel – er dunkelt,
du Stern – du funkelst,
du lockst mich damit
in die Vergangenheit zurück!

Bist du schon weg?
Was war dein Zweck?
Ich sehe dich zwar,
doch ist es wahr –
dass du wirklich noch bist?

Ist das nicht schlimm?
Dieses Schreiben hier,
diese Fragen hier?
Statt einfach nur zu genießen!
Das ist doch der Sinn!!!

Corina Gildemeister * 1977

„Sein oder nicht sein", war
vorwärts oder rückwärts wird sein.

Läuft sie davon / läuft sie ab
zählt sie die Erfolge oder
die Zeit die noch bleibt.

Ist es die Messlatte der Technologie
oder der Countdown zur Kompostierung?

Ist sie alles für uns,
oder das, was uns noch bleibt?

tick-tack

Markus Gillitzer * 1980

## *Nah dran*

Wir sind die Deutschen der neuen Zeit,
sahen lange in die Dunkelheit.
Als alles anders wurde.

Das die Mauer fiel, war unser Eltern
größtes Ziel.
Wir Kinder haben nicht verstanden,
warum sich etwas ändern musste.
Die Erwachsenen wurden arbeitslos,
und wir unsere unbedachte Sorglosigkeit
los.
Viele neue Sachen uns in Geschäften
anlachten,
die uns aber viel zu teuer waren.

Wir sind auch erwachsen geworden,
verließen die ostdeutschen „Geisterstädte",
haben so manchen überstanden,
was der Wechsel neben der Freiheit mit
sich brachte.
Versagen im Leistungssystem,
Alkoholismus in einigen Familien,
auch neue Formen der Schulgewalt
machten uns kalt.
Wie man's heute wohl sein muss.
Ist es nicht das, was wir wollten? Die große
Chance mit dazu zu gehören?

Nah dran sind wir heute zu vergessen, das
nicht nur eine Chance reicht,
Änderungen sind halt selten so leicht.

Gilly * 1983

## *Zwei Blätter*

Im Frühling sind sie hellgrün am Baum zu
sehen,
sie würden niemals ohne einander gehen,
sie kommen beide aus den selben Zweigen,
und leben auf einem Baum mit vielen
Feigen,
neben ihnen blühen die Blüten in ihrer
Pracht,
was sie aber nicht unsicher macht.

Im Sommer reifen die Früchte heran,
und wenig später fallen sie dann,
sie sind jetzt kräftig die zwei Blätter,
doch es wird kälter, Wetter für Wetter.

Im Herbst sind sie dann völlig bunt,
aber sie fühlen sich nicht mehr gesund,

die Kraft lässt nach, die sie am Zweige hält,
und nach und nach sieht man wie ein
anderes fällt.

Sie merken, dass es ihr Ende ist,
und dass sie haben noch eine kurze Frist,
nun ist es geschehen, sie fallen herunter,
doch sie sind nicht traurig, eher munter,
denn irgendwann geht das Leben vorbei,
und glücklich haben sich geliebt die zwei.

Tatjana Gingerich * 1990

## *Krieg*

Sie ging durch die Straßen,
grau und geschwollen.

Straßen,
voller Schutt und Asche,
da kammen ihr Menschen entgegen
– Blicke gesenkt –
Die Welt trauerte.

So kam sie an ihr Haus,
zertrümmert,
voller Staub und Asche.
Leblose Gestalten auf den Straßen sah Sie
liegen
– So viel sie zu Boden,
ertrag das Leid der Menschheit nicht mehr,
und starb ...

Jasmin Girstl * 1991

## *ein tag*

Um irgendwo
im nirgendwo
im drumherum
fürwahr
all diese ewigkeit
noch nicht bereit
in bälde
folgt
irgendwann
ein tag

gisa * 1958

## *Passionszeit in Irak*

„Mitten in der Nacht kam sie,
Die Bombe durch das Dach,
Die Hölle aus dem dunklen Himmel,
Die die Greueltat verbrach.

Das alles soll Befreiung hei ssen,
Denn sterben macht frei!
Die Führer in Washington und Downing
Street,
Die hören wohl keinen Schrei ...“

„Ich aber erlebe alles mit –
Die Schattenwelt, die sie errichten,
Den Verrat an Kindern und schlafenden
Familien,
Die Bomben ruhig vernichten.

Das ist die Hölle schon auf Erde –
Ich hab' sie oft erlebt
Und leide bei den Bomben mit,
Oder wenn die Erde bebt.

Denn obwohl ich auferstanden bin,
Vor schon zweitausend Jahren,
Ich leide immer noch am Kreuze da,
Wo gestern Familien waren.“

Paul Gismondi * 1953

## *Omaha Beach*

*6. Juni 1944*

Im Widerglanz der hohlen,
der geschändeten Nacht
hecheln sie,
taumeln sie,
die verkrüppelten Stimmen:

hier, wo das Meer grünt,
hier, wo es blutet in uns.

Siegfried Gissel

## *Zweifelringen*

Warum, in Gottes aller Namen,
weiß nicht, was das Herz mir schlägt,
wenn dergleich' ungeschwund'ne Narben
mir Leib, ja Seel' zu Tage trägt?
Und kein gefund'nes Worte mein'
wird habhaft dieser irren Welt,
den Zweifeln, aller Furcht zum Trotze,
die mir Geist und Leb' entstellt,
entblößet ihre dreisten Phrasen,
sie mir harsch ins Haupt gedrungen,
wie Dorn' um den Verstande ragen,
Frag' um Frag' mit Frag' gerungen,
hält stille diese Ungebet'nen,
läst'gen und zerstörerisch',
die sie oft im Geist mir lebten
und nur dünken mörderisch.

Anna-Fenja Glade * 1984

## *Der Dichter*

Gedichte die entstehen, drinnen tief im
Herz,
sie erzählen von Liebe und von Leid und
Schmerz.
Sie spenden Trost und Hoffnung und
Glückseligkeit,
und leben in der Erinnerung für alle
Ewigkeit.

Für den Menschen erschaffen in einer Muse
Stund,
der Dichter hat etwas zu sagen und macht
es hiermit kund.
Aus seinen Werken ein großes Denkmal ist
entstanden,
gemahnt und laut gerufen, bis seine Werke
Gehör auch fanden.

Sie finden ganz tief im Herzen einen festen
Platz,
denn sie sind für den Menschen der
allergrößte Schatz.
Sie bereisen alle Länder auf der großen
weiten Welt,
und haben sich in Vers und Reim
persönlich vorgestellt.

So hat er Lob und Anerkennung sich
redlich auch verdient,
die Verse mit Worten ausgeschmückt, wie
sich das geziemt.
Alles auf Papier geschrieben und in ein
Buch gebunden,
einen Titel für sein Lebenswerk hat er auch
gefunden.

Bestimmt hat er bei seinen Versen sich
etwas gedacht,
und manchmal die Stirne gerunzelt und
auch dabei gelacht.
Die Gedichte bereiten Freude den
Menschen auf der Welt,
er ist der König der Worte und ein
wahrhaftig großer Held.

Volker Glas * 1944

## *fonte santa*

der tag trägt sein haar heute offen
er näht seine himmelsnaht knapp
über die hügelkette

das barocke bildprogramm
läuft auf alllen kanälen
der morgen trägt schwer an den wolken

Thomas Glatz * 1970

## *Pein*

Das gepeinigt Herze blutet
das Band der Tränen flutet
so rot der Wein

muss Übel sein
das zersticht
und das liebend Herze
auseinander bricht

Katharina Göbel

## *Verlorene Gefühle*

Dein trauriges Gesicht,
deine offene Hand,
wenn dein Herz zerbricht,
ich dich niemals fand.

Du sagtest „Auf Wiedersehen“,
ich sagte „Bleib hier“,
es blieb keine Zeit zu verstehen,
dass es nun endet das „Wir“.

Lächelnd haben wir getanzt,
uns zärtlich gehalten,
bald in Trauer verschanzt,
Gefühle nicht mehr galten.

Ich hab dich vergessen,
war von dir besessen,
gefunden, geliebt, gehasst,
und am Ende vom Tod erfasst.

Sandra Gockel * 1987

## *Der arme Tropf … 02.12.2004*

Er tut mir leid, der arme Tropf.
Er hat nur Heu und Stroh im Kopf.
Doch singen, lachen, lustig sein,
das kann er gut – auch ohne Wein!

Wenn andere sich viel Sorgen machen,
und grübeln, können nicht mehr lachen,
dann singt er lustig vor sich hin,
der arme Tropf,
vielleicht hat er doch noch mehr im Kopf?

Edeltraud Göckelmann-Böhringer

## *Dreifaltigkeit*

Das Gehirn geht auf die Reise,
läuft Amok oder läuft im Kreise,
packt mich am Kragen, schleift mich mit –
so ziehen wir dahin, zu dritt.

Der dritte Mann, die dritte Frau,
das dritte Etwas – ganz genau –
jagt die Transmitter querfeldein
und jetzt ist es zu spät zum Schrei'n.

Raum und Zeit sind schöne Träume,
des Lebens filigrane Säume,
doch jetzt bin ich ein Traum der Zeit
und bis zum Ende ist's noch weit.

Der dritte Mann, die dritte Frau –
ich spüre es nur ungenau –
scheint mich zu streicheln oder schlagen.
Ich wage nicht etwas zu sagen.

So bleibt am Ende nur ein Schluss:
Wir drei sind aus demselben Guss
und unser rotes Eisen schreit
vor Schmerzen in die Ewigkeit.

Claus Godbersen * 1983

## *Der 2te Blick*

… taufrüh morgens,
du hier, tolles outfit,
augen schauen,
finden zurück in deinen blick,

hab, bin, muß, zeit ist eng,
vernimmt mein ohr,

umarmung flüchtig zart,
den duft berührt,
ciao machs gut,
du auch,

will gehen,
den blick gefühlt,

dich angesehen,
deine augen in mir tief gespürt,

zeit steht
körper geht,
blick bleibt,
lange noch, immer noch,
seltsam …

Egid Goebel

## *In memoriam Robert Gernhardt*

So lange ihr fern ward –
auf dieser Sternwart',
war sie, ganz nach Herr'nart,
zu mir wirklich gern zart.
Erklärte mir Bernhard.
Und wenn ihr für Bern spart,
was durchaus im Kern hart,
dann lese ich Gernhardt.
Das war genau der'n Rat
für mein' Lese-Lern-Start.

Hans-Georg Gohlisch * 1949

## *Ironie*

Ich sage es frei heraus,
doch meine Stimme wird nicht verstanden.
Wir sind in Seenot geraten
nicht um hier zu stranden,
sondern um zu bemerken
wie die Dinge sich fanden.

Dem allen unterliegt ein gewisser
abgrundtiefer Unterton,
und selten sprach ich nicht darüber,
und selten lief ich nicht davon;
du stehst im Garten,
ich auf dem Balkon,

bin dort gefesselt
mit Stricken ans Geländer
und du trägst unten
antike Frauengewänder;
ich muß jetzt lachen:
die Gläser sind voll bis an die Ränder!

Julia Friederike Göhner * 1983

## *Die Zeit*

Wer noch nie sah auf die Uhr und dacht,
wie die Zeit verstreicht im Fluge.
Und wer noch nie gesehen,
wie die Zeit verfliegt im nu.
Die Stunden rasen, unaufhaltsam,
die Zeiger wohl nie still stünden.
Die Uhr wohl ungebändigt, immer weiter
tickt.
Erst ist es dunkel, dann wieder hell,
doch warum vergeht die Zeit so schnell?
Ein Blick auf's Zahlenblatt sich lohnt?
Wo doch der Kuckuck in der Wanduhr
wohnt,
zu jeder Stunde schreit. Er kündigt an:
„Macht schnell! So eilt euch doch! Sonst
holt euch ein,
ein schwarzes Loch!"
Wer eines Tages schafft, zu stoppen die
ewig' Zeit,
hat gerettet wohl allen Leid.
Die Zeit macht krank, sie macht auch alt,
denn mal ist es Sommer, und mal ist es
kalt.
Es scheint wohl als würd' sie immer
schneller werden,
alles verschlingen, nimmer mehr an's
Stehen denken …

Mandy Natascha Gojek * 1990

## *Aberglaube*

Du hast nicht gewusst,
Wie ich fühle.
Du wolltest es nicht wissen.

Du hast nicht gesehen,
wie ich leide.
Du wolltest es nicht sehen.

Du hast nicht gehört,
wie ich weine.
Du wolltest es nicht hören.

Du hast nicht geglaubt,
dass ich gehe.
Du wolltest es nicht glauben

Du hast nicht gedacht,
Dass ich es schaffe.
Du wolltest nicht daran denken.

Aber Du hast geglaubt,
Ich komme reumütig zurück.
Aberglaube.

Vera Gold * 1959

## *Warten ...*

Da sitzen sie,
vier Frauen und ein Mann,
in der gemütlichen Sitzecke am Eingang.
Bei jedem neuen Besucher, der eintritt,
heben sie erwartungsvoll den Kopf.
Jeder von ihnen hofft, dass er heute auch
Besuch bekommt.

Seit langer Zeit wohnen sie schon im
Seniorenheim.
Ja, es ist gemütlich hier,
sie werden gut betreut und versorgt,
es finden auch allerlei Veranstaltungen
statt,
so dass es nicht langweilig wird,
und jeder ist nett und freundlich zu ihnen.
Aber die größte Freude für alle
Heimbewohner ist:

Der Besuch von Verwandten und
Freunden,
zu spüren, dass man sie noch nicht
vergessen hat.

Annerose Goldbach * 1951

## *Rügen*

Rapsfelder dehnen sich hin
bis zum blauen Horizont.
Nester mit kleinen Vögeln drin
an der langen Wasserfront!

Kreidefelsen, weltbekannt sogar,
herrlich in der Sonne strahlen;
zerbrechlich und so wunderbar
wie sie die Künstler malen!

Robben hier zum Spielzeug werden;
großer Spaß für jedermann.
Sprachlos die Touristen staunen,
was man alles machen kann!

Wassersport und Drachenfliegen;
mit dem Fahrrad bis zum Strand.
Und schön faul im Sande liegen:
Cocktails mit 'nem Sonnenbrand!

Hannelore Goldemann * 1954

## *Freiheit des Windes*

Verstecke dein Lächeln, du fürchtest dich
doch
du willst dich nicht breitschlagen lassen
du sagst schließlich ja, aber wehrst dich
noch
den Menschen, die dich hassen.
Der Wurm kam aus der Höhle und kroch
zu dir um dich zu fassen.
Die eigene Hürde war zu hoch
und du hast sie gelassen.

Melanie Goldmann * 1976

Nun dreht sich die welt nicht mehr
Nacht ist tag
Und tag ist grau

Ich werd verloren gehen
Mit zitternden händen
Um niemals mehr zu ruhen

Egophobie
Im wandelnden fortschritt
Erbrechungsromantik

Lauwarmes ertrinken
Ohne anzukommen
Im schimmernden grün der vollendung

Léa Goldstein * 1984

## *Ein Irrgarten der Seele*

Die Seele gleicht einem Labyrinth,
auf der Suche nach einem verborgenen
Schatz,
der die Bedeutung hat,
sich selbst zu finden.
Es ist ein Pfad der niemals endet.

Pia de Golfo * 1987

## *Smaragtenes Wasser*

Smaragtenes Wasser, es leuchtet, es glüht,
die Abendsonne es golden verbrüht.
Seinem sanften Gluckern, Rauschen,
andächtigste Bäume und Kiesel lauschen.

So liebkost es flüsternd den Strand,
wo man sie am Morgen fand.

Die Wellen umschmeichelten ihre Zeh'n,
es sang der Wind ihnen, es wisperte der
See.
Es raunten die Büsche, die Wiesen ihnen
zu,
niemand störte mehr diese, ihre Ruh'.

Verschlungen ineinander, voll von Frieden,
genießend was sie ihr Leben lang mieden.
Wie Steine in der dunklen Fluten Schlund,
sanken sie still bis auf des andern Grund.

Màrei Gonerill * 1989

Tiefer Schnee
die Schneeinsel im Eisfluß
es ist so kalt ...

Sommerregen
Regen strömt herab
tropft am Körper ab ...

Licht und Wärme
in den Fingern
sie erzählen leise ...

fortsetzen
sich Wellen
des pazifischen Ozeans ...

Morgennebel
in der Herbstsonne danach
pflücke die Weintrauben.

Martin Görg

## *Der Todeskuss*

Du trittst aus der Dunkelheit,
meine Augen geblendet von so viel
Schönheit.

Vollkommen dein Antlitz, es trifft mich
wie ein Blitz.

Groß, dein Körper schön anzusehen,
bin fasziniert, kann nicht gehen.

Dunkle Augen schauen mich an,
gegen diesen Blick ich mich nicht wehren
kann.

Eine zarte Hand streckt sich zu mir hin,
ergreife sie, so verzaubert bin.

Führst mich in die Dunkelheit der Nacht,
verstehe nicht was du mit mir machst.

In meinem Hals ein sanfter Biss, du kostest
von mir,
bin dir erlegen, dir Vampir.

Du Geschöpf der Nacht hast mich erwählt,
bin nun auf ewig mit dir vermählt.

Tanja Gorges * 1967

## *Nachts*

inmitten des raumes nur noch das wasser
neugeborenes bild hört sanfte musik

der boden unsichtbar,
alles bepackt mit müll sitze ich da

ich vermisse licht,
doch es ist noch nicht fertig

mir ist kalt,
es ist winter

ich sehne mich nach glanz und
schnelligkeit
und nach meiner treue

und ich tauche in das wasser und ertrinke

Reka Gosner * 1980

## *Abschied*

Deine Liebe nimmt viel Raum in mir,
und erwärmt meinen Körper von innen.
Mein Herz erglüht – ich stöhn vor Gier,
ich fühl mich wie von Sinnen.

Dein Streicheln, dein Blick, ein Kuss von
dir,
wie gut fühlt es sich an,
dabei ich deine Hand berühr'
mein liebevoller Mann.

Umhüllt von deiner Zärtlichkeit,
in deinen Armen schwebend,
schaust du mich an, dein Mund nicht weit,
ich spüre meinen Körper bebend.

Ganz zart sich unsere Lippen berühren,
zum Abschied – denn ich muss heim.
Viel lieber würd' ich dich verführen
und immer bei dir sein.

Grit Gosper * 1968

## *Du und Ich*

Du gehörst zu mir
Ich gehöre zu dir
Wir blicken uns an:
beide finden wir uns in unserem
Gegenüber,
ich in deinen Augen
du in den Meinen.
Wir wissen ganz sicher:
wir gehören zusammen,
sind gewachsen zu einer starken Einheit,
trotz aller Hindernisse und Prüfungen
vielleicht gerade deshalb.
Zwischen uns erklingt ein harmonischer
Widerhall.
Was wäre ich ohne dich?
Wir sind nur ein Ganzes zusammen.

Evelyn Goßmann * 1945

## *Gewinn*

Ich wüsste nicht welcher Gewinn
mich glücklicher machen würde als
dich an meiner Seite im Leben
zu haben.

Susanne Götzl * 1978

## *Häutung*

Es liegt mir fern ein Lamm zu sein.
Ich werd' mich nicht verbiegen.
In deinem Sinne Marktzuschrein,
das wird mir niemals liegen.

Du willst, das alles nach ihr tanzt,
ich mein, nach deiner Pfeife.

Da pfeif' ich drauf, weil du mich kannst.
Ich mach mich auf die Reise.

Sie führt mich fort aus deiner Welt.
An die Seite andrer Leute.
Kann sein, dass mir das gut gefällt.
Ich glaub', dass ich mich häute.

Mein altes Leben werf' ich weg.
Wie 'ne gebrauchte Haut.
Das hab' ich mir zu diesem Zweck,
am Reptil abgeschaut.

Gower * 1953

## *Herbst*

Wenn die Schwalben südwärts ziehen
und es herbstet in der Flur,
werd' ich nachdenklich und spüre:
müde wird jetzt die Natur

Und ich fühle, wenn auch leise,
uns geht's allen auch mal so;
heimwärts geht die Lebensreise
keiner weiß es wann und wo.

Wie die Schwalben mühsam üben
für die lange, weite Tour,
müssen wir uns auch besinnen,
denn unaufhaltsam tickt die Uhr.

Kurt Gräber

## *Eltern*

Alle Eltern sind so verschieden. Oder!
Sie hören nur auf das, was sie sehen.
Sie ärgern sich so darüber, dass sie schon dumm sind.
Sie wissen nichts mehr!
Das ist aber schade!
Sie müssen sich ja lieb haben,
weil Liebe ja so wichtig ist.

Und ...
lustig ist das Leben und traurig sein, muss sein.

Saleena Grabowski * 1996

## *Die Saat des Lebens*

Ein Auge schaut.
Es liegt nicht unter Scherben.
Doch der Blick der jungen Ewigkeit
Zeigt er mein Verderben?
Zwischen den Zeilen soll ich lesen.
Doch loses Weiß verschlechtert meine Sicht.
Bin ich schon immer blind gewesen
Oder weicht aus meinem Herzen nun das Licht?

Auch wenn die Spiegelung ins Schwarze trifft
Und es sich bahnt ein Weg ins Freie
Bleibe ich in all der Dunkelheit vermisst
Und jeder erntet nun das Seine.

Ob gut ob schlecht steht außer Frage.
Bedingungsloser Wissensdurst.
Doch ist es nicht fast eine Plage
Zu wissen, wann man gehen muss?

Sogleich zerfällt der Korn in mir,
Der schenken sollte letzte Kraft.
Brauch unbedingt die Saat von dir
Damit du in mir wieder Leben schaffst!

Christina Gradtke * 1987

## *Alter Freund*

Hallo alter Freund,
sag, geht es dir gut?
Ich träumte des Nachts,
dir fehle der Mut.

Gepeinigt von Ängsten,
von Krankheit, von Schmerz.

Sag, ist es die Wahrheit?
Es bricht mir das Herz.

Ich kenne dich gut,
ich kenne dich lang,
so stark wie du bist
war mir nie um dich bang.

Bist nun schwach und gebrechlich,
es tut weh, dies zu sehn.
Kannst du mir nicht sagen,
wann ist es gescheh'n?

Einst aufrecht und stolz
zollst der Zeit du Tribut.
Ich versteh', alter Freund:
Es geht dir nicht gut.

Dagmar Gräf * 1952

## *küchentich*

mit einem wisch
entkleideter tisch
petersilie im nacken
butterglänzende backen
wohlproportioniert
auf der kante serviert
offene schenkel
wildes gesprenkel
beine die klammern
tischbeine jammern
gläser die fallen
hände die krallen
in haut und haar
stop
du tagtraum
sonst wirst du noch
wahr

Marion Gräf * 1963

## *Sturm*

Jede Knospe will zur Blüte,
jede Blüte strebt nach Frucht,
alles hat durch Gottes Güte
nach dem Sinn des Seins gesucht.

Erst das Wachsen und Gedeihen
bringt des Daseins Sinn hervor.
Wind und Wetter kann befreien
und verfestigt schwankes Rohr.

Lass dich durch die Unbill stärken!
Widerstehe, werde Stamm!
Eines Tages wirst du merken:
Standhaft stehst du da und stramm.

Mag auch mancher Ast verkommen,
wenn der Sturm die Pracht zerzaust,
deine Kraft wird nicht genommen,
wenn ein Schwall durchs Leben braust.

Lass vom Wind dich nicht zerbrechen,
trage reiche Frucht in dir!
Samenkorn und Saat versprechen
neue Knospen, bunte Zier.

Josef Grafeneder * 1934

## *Das Ende*

Tausend Welten mir verschlossen.
Unendlich Gesichter nie gesehn.
Wie viel Geschichten nie genossen?
Warum nur muss sich die Welt so schnell
drehn?

Niemals wieder Erfahrungen sammeln.
Die letzte Seite des Buches ist nah.
Welche Ausrede soll ich noch stammeln?
Keinen Umweg, den ich nicht sah!

Die Geister der Erde haben sich
verschworen.
Sie wollen mich jetzt, sie wollen mich hier.
Vergessene Fragen, nie gestellt ...
Sie wollen mich jetzt – ich gebe auf.

Elisa Gratzl

## *Tagesgeschehen*

Schon in sehr, sehr jungen Tagen
hatte ich sehr viele Fragen.
Doch die liebe Mutter spricht:
„Kindchen, das verstehst du nicht!“

Als die Jahre dann vergangen,
hab ich langsam angefangen,
alles selber zu ergründen,
um so manches rauszufinden.

Doch da gibt es viele Sachen,
die mir Kopfzerbrechen machen.
Nein, es macht mich gar nicht froh.
„Warum sind die Menschen so?“

Wenn man in die Zeitung schaut,
ist man wahrlich nicht erbaut:
Angst und Schrecken auf den Straßen,
Mord und Totschlag allemaßen!

Selten nur ein gutes Wort.
Sind denn alle Engel fort?
Hören sie nicht die Beschwerden,
die uns drücken hier auf Erden?

Nora Gray

## *kein Erbarmen*

sag ein Wort und ich bin da
bin da mit Herz und Krallen
biß dich und dann warst du fort
da fand ich grad gefallen

leck das Salz
mir vom Gesicht
ich hatte rote Locken
die sind jetzt weg
vermiß sie nicht
leuchteten im Sonnenlicht
bekämpften meine Schere nicht
sollen jetzt verrotten

geh jetzt weg
lauf weg von mir
renn mit Bein und Armen
mein Lieben ist ganz wild in dir
kommst bald her
und schenkst es mir
da gibt es kein Erbarmen

Yvonne Greef

## *Weiber …*

Seit Gott 'ne Eva schuf sich her,
gibt's Weiber nun wie Sand am Meer;
es würd' ein zweiter Blick oft lohnen –
dank all der Farben, Dimensionen …
Mal edel, rassig, üppig, klein –
dann schrill, mondän, mit Heil'genschein;
sarkastisch, derb, verschlagen, kalt –
von jugendlich bis schier steinalt.
Madonnenhaft, verteufelt schön,
geliftet, grauslig anzusehn;
von Gammellook bis Haute Couture –
als Schwiegermutter vor der Tür …
Was soll's, denn nützlich allemal
sind Putze, Köchin, Femme fatale;
doch's Frauenbild hat sich gewandelt –
manch Eva längst schon danach handelt.
Kaum eine bringt heut noch Pantoffeln –
stopft Socken und schält brav Kartoffeln;
so mancher Macho guckt da blöde –
für Chauvis sind die Zeiten öde …

Laura Gregorius

## *Sprachen lernen*

Eine fremde Sprache verstehen,
heißt fremde Gedanken einsehen.
Das Aussprechen von fremden Worten
bedeutet Sein an fremden Orten.

'Ne neue Grammatik erlernen,
sich von starren Regeln entfernen,
tiefe Gefühle andrer kennen,
deren Geist eine Tugend nennen.

Andre Wirklichkeiten entdecken,
die eigne Sitte nicht verstecken,
auf daß im Geist man kann vereinen,
Dinge, die verschieden erscheinen.

Die eigne Kultur nicht vergessen,
andres nur sehen angemessen –
reicher als vorher, wer dies vermag,
kostet das Lernen auch manchen Tag.

Andreas Greifenberger * 1967

## *Erinnerung an 1947*

Als abends ich sie zugedeckt
und in ihr Bett gebracht,
da raschelt's leis' im Ofenrohr,
wie Wind mit einer Feder macht,
und säuselt mir ins Ohr:
„Halt' ein, du Tor.
Lass ruhen sie.
Wir halten Wacht,
die nasse Zeitung und Brikett,
sowie der Frieden und die Asche.
Jetzt schlaf' auch du,
denk an den schönen Apfelduft."

Dann in der Früh,
es war noch dunkel und auch kühl,
glaubt ich, es riefen sie.
Ich eilt herbei und sah beglückt,
das Feuer glimmt. Der Ofen ist nicht aus.
Da war ich glücklich und nicht betrübt
und kratze schnell die Asche raus.

Die Wärme zeugt von Frieden.

Charlotte de Greiff * 1935

## *Haus des Lebens*

Ich stehe hier auf einem flecken Erde und baue mein Haus des Lebens.
Jeder Abschnitt eine Mauer, jeder Stein ein Tag.
Ich setze Stein auf Stein,
manchmal wächst die Mauer wie von selbst,
manchmal kämpfe ich gegen einen Sturm der um die Mauer pfeift.

Und bin ich noch so müde vom endlosen Mauern,
ich baue weiter und weiter.

Ist eine Mauer erst komplett klettere ich hinauf und schaue hinab auf die Steine.
Jeder anders, jeder einzigartig und doch gemeinsam eine Mauer.
Doch meine Ruhe wärt nicht lange
ich strebe weiter,
setze wieder Stein auf Stein,
verlebe Tag um Tag.

Mein Haus wächst und wächst,
doch fertig wird es nie.
Immer kommen neue Steine hinzu,
jeder anders, jeder Neu.

Birger-Daniel Grein * 1985

## *Unsäglich*

Es ist so unsäglich,
wenn du dein Ich in
den Schlauch Vergangenheit,
den man auch Geschichte nennt,
eintauchen und darin umherwandern lässt wie auf
großer Fahrt mit einem Zug,
der, wie an einem Gummiband
beim Start festgemacht,
in die Zukunft fährt,
ohne von der Vergangenheit zu lassen.

Hans Greis

## *Wesentliches*

Nichts gibt es, was vorher nicht bedacht
und nichts, für das kein Plan
gemacht.

Kein Glück, kein Unglück, keine Tat. Kein
Wort, nicht ein Gedanke und kein
kluger Rat.

Kein Tod, kein Leben, keine Not. Kein
Gold und nicht das kleinste
Stückchen Brot. Nicht Arm, nicht
Reich, nicht Groß, nicht Klein, nicht
liebevoll und nicht gemein.

Drum merke für das Leben: „Dies alles
gehört dir. Ist dein. Von einer dir
verborgnen Macht als Schicksal, nein
als Weg der Weisheit zugedacht.

Beginne das Beständige in Zukunft nun zu
pflegen, anstatt Vergänglichkeiten
wie wandelbare Illusionen dir selber
in den Weg als Stolpersteine
hinzulegen.

Bekämpfe erst die Scheinbarkeiten. Das
was geschehen, laß beizeiten, dem
Willen der Unendlichkeiten zur
Korrektur.
Sie pflegen schon seit Ewigkeiten den
Ausgleich aller Dinge, gerecht und
sicher für das Ganze zu geleiten.

Werner Greitschus

## *Die Bühne unserer Herzen*

Auf meinem Weg zu dir wachsen die
schönsten Narzissen.
Ich erinnere mich nicht an meinen Namen,
doch deinen kann ich nicht missen.
Mit dir habe ich keine Angst in der Nacht,
ohne dich ist der Tag nie erwacht.

Du kämpfst nicht und bist dennoch der
Sieger.
Du sprichst nicht und bist dennoch die
Antwort.
Du rennst nicht und bist dennoch im Ziel.
Du lernst nicht und bist dennoch der
Weise.

Ich suche dich in deinem Himmel.
Ich stürze mich vor Suche ins Wasser.
Ich suche dich in deiner Erde.
Ich stürze mich vor Suche ins Feuer.

Solange die Sonne am Bogen hängt.
Solange das Meer seine Wellen schlägt.
Solange die Wüste Sandkörner birgt.
Solange die Flamme ihre Wärme hat.

Solange dieses Du und Ich ist, solange wird
die Flagge des Lebens gehisst.

Maja-Ruth Greling

## *Gib mir…*

Gib mir … Einen augenblick
In Deinen augen mich zu seh'n

Gib mir … Diese zärtliche bewegung
Deine haare hinters ohr zu streichen

Gib mir … Das noch immer scheue
mädchen
auf deinen rosenroten rotweinwangen

Gib mir … Doch ein bisschen länger zeit
Dir Deine zigarette anzuzünden
Jedesmal bin ich zu spät dran

Gib mir … Wieder eine sms
Die aus dem himmel fällt
Und Du mir schreibst
Wie schön dass es Dich gibt

Gib mir … Noch mal einen solchen traum
von Dir
Ich schau dir zu wie du dich näherst

Fühle wie Du mich berührst und sagst
Immer wieder kommen immer wieder
gehen
Das kommt und geht jetzt nicht mehr

Gib mir … Einen grund
Dich nicht zu lieben

Dieter Grell * 1954

## *im schneesturm*

schneegestöber der tage.
ich bekomme keine luft, schlage
um mich mit den armen, vergeblich.
alles geht so schnell.
tagesgestiebe, schwindelerregendes tanzen,
hautzerstechend, augenblendend,
alles geht so schnell.
jahre häufen sich an, sind
nicht wegzuräumen.
jahreshaufen, ständig wachsend,
alles geht so schnell, sie
werden mich
begraben.
gegenwind, wirbelnde tage –
manchmal nur
leichtes geflocke, dann aber
jeden tag auf der hand
zergehen lassen
in voller schönheit.

Christl Greller * 1940

## *Molche und Erdkröten im Hochzeitskleid*

Molche und Erdkröten im Hochzeitskleid

Molche und Erdkröten im Hochzeitskleid:
unvorsichtig giftig schön.

Begünstigt.
Kess.
Raffeln ihre nackte Haut am Gras.
Ich kann es nicht bleiben lassen

den Ausdruck ihres Lebens
staunend zu beschauen.

Raffeln ihre nackte Haut am Gras.
Ich kann es nicht bleiben lassen.

Werbendes
Absondern der Säfte!

Hinter dem stinkenden Panzer: Die
Leidenschaft
Drüsen, riechende Säfte

Saft, der sich, chemisch konzentriert, zu
wahrem Gift steigern ließe
beginnen die Tiere in ihrer Erregung
lebhaft angespornt erhitzt Gift
auszuschwitzen.

Corinna Griesbach * 1967

## *Bitte*

Lass mich sein im Kreise
meiner Lieder/
Lass mich sein wie Baum
und Strauch/
lass mich sein, o lass mich
werden
zum gelungenen Widerhall.

Lass mich wohnen
im Hause des Friedens/
lass meinen Frieden
wohl beschirmt/
Streif' das Dunkel weg
wie einen Vorhang/
und lass mich sehen,
was ich gesät.

Lass mich weiterziehen
meine Bahn/halte mich,

lass mein Leben deine
Handschrift tragen/
unabänderlich.

Claudia Grimm

## *Nagelschlag*

Ein Nagel war ersichtlich stolz,
weil festgeklopft in hartem Holz.
Sein schlanker Körper nicht verbogen!
Der Zimmermann war ihm gewogen!

Links von ihm und rechts daneben
führten Nägel Astlochleben.
Köpfchen schief und krumm im Rücken
mußten sie sich dauerbücken.

Dem graden Nagel kamen Tränen.
Konnt' er sich doch glücklich wähnen,
gesundheitlich intakt zu sein.
Mensch, d e r Nagel hatte Schwein!

Heinz Grimmer * 1934

## *Lebensbaum*

Baum des Lebens
Viel Geäst
Hast n' Vogel inne
Baut n' Nest
Legt ein Ei
Und noch ein Zweites
Halt sie fest
Du dann Glück bereitest
Denn die Liebe
Macht es möglich
Dass das Leben hier gebiert
Drum lass es zu
In deinen Armen
Und das bevor
Du wieder stirbst.

Benjamin Groh * 1980

Der Strom vor dem Paradies
ist breit und reißend,
dahinter der Feuerengel.
„Hol über", ruft der Glaube –
keine Antwort.
„Hol über", ruft die Hoffnung –
„warte noch", ist die Antwort.
„Hol über", ruft die Liebe,
da wird das Engelsfeuer
kühl wie der Wind,
im Frühling,
und eine singende Fähre
holt über alle drei:
Glaube, Hoffnung und Liebe.

Brigitta Groh-Nagl * 1925

## *Lauf der Zeit*

Die Zeit ist unergründlich,
man kann sie nicht erkunden.
Die Zeit ist unermesslich,
es zählen nicht nur die Stunden.

Die Zeit steht niemals still,
sie vergeht mal schnell, mal langsam.
Die Zeit macht, was sie will,
auf sie zu hoffen ist nicht ratsam.

Die Zeit ist wie ein vergänglich Gut
und oft sehr knapp bemessen.
Die Zeit verlangt oft Riesenmut,
das sollte man nicht vergessen.

Die Zeit, die kann Vergangenheit sein,
doch auch die Zukunft gehört dazu.
Die Zeit holt einen schleichend ein,
doch manchmal rast sie immerzu.

Anja Grombach * 1988

## *Hermann und Anna*

und legten ihn in eine Kiste aus billigem
Holz
und Erde drüber.

Kannte ihn keiner, nur die Anna,
die schminkt sich und träumt von Paris,

und ließen ihn runter in die dunkle Tiefe,
und kalt ist's im November.
Kannte ihn keiner, nur die Anna,
die zieht Schuhe an und träumt von der
Liebe,

und legten ihn in eine Kiste aus billigem
Holz,
und Krähen warn da.
Kannte ihn keiner, nur die Anna,
die geht zum Bahnhof und braucht heut
noch drei Freier.

Günter Gronau

## *Der Baum*

Mächtig und alt
einsam und kalt
streckt sich ins Blau
rissig und rauh
singt mit dem Wind
heult wie ein Kind
seufzt und kracht
lächelt und lacht
saugt aus dem Grund
mit gierigem Mund
knospet dann wieder
dehnt seine Glieder
trägt grünes Kleid
rund und breit
dann gelb und rot
trocken und tot
schickt Blätter zum Spielen
es tanzen die vielen
fort von dem Ort
nur er bleibt noch dort.

Walburga Gronenwald * 1953

## *Freiheit*

Du kannst sie nicht bestechen
Du kannst für sie nicht blechen
Du kannst sie nicht bezwingen
All dies wird dir nie gelingen.

Freiheit
Ist das einzige, was zählt
Gesundheit
Hätt' jeder zweite gewählt.

Doch niemand kann sich 's aussuchen
Kann das Glück für sich buchen
Du wartest Stunden, Tage, Jahre
Auf Freiheit, das einzig Wahre

vergebens

Merle Groneweg

## *Lebensbilanz*

Mit 30 zog er die erste Bilanz.
War er zufrieden? Nein, nicht ganz.
Auf seinem Weg nach oben
hatte er sich oft verbogen und gelogen.

Mit 50 zog er die zweite Bilanz.
War er zufrieden? Nein, nicht ganz.
Die Wahl zum Vorstandschef ging schief.
Er bekam Millionen, lächelte kühl und
wurde depressiv.

Mit 60 zog er die dritte Bilanz.
War er zufrieden? Nein, nicht ganz.
Er wollte seine Memoiren schreiben,
doch aufgrund körperlicher Leiden,
ließ er es bleiben.

Mit 75 erinnerte er sich an das Wort
Bilanz.
War er zufrieden? Ja, nun ganz!
Die hübsche Pflegerin kam rein, er wußte,
was sie brachte!

Mit der Schnabeltasse in der Hand saß er
da
und lachte.

Jürgen Chr. W. Gröning * 1938

Die Schreie der Stummen
verhallen ungehört
und was bleibt?
Der Widerspruch zerbricht am Wider
und was bleibt?

Elternlos, wo komm ich her?
Die Ferne so nah, reizlos und fad
Mittellos und doch verloren
Geburtsschmerz der kein Leben birgt

Ich halte keinen, niemand hält mich
Liege im zu großen Zimmer
und warte
Warten auf das Nichts

Dein Leiden ertrag ich
wie das meine
Worte sprudeln durch mein Hirn
– andre werd ich sagen

Traurigkeit, die mich keiner lindern lässt
Es sind meine Tränen ...
und was bleibt?

Kerstin Grönwall

## *„Saxonia“*

*die erste deutsche Dampflokomotive*

Die erste Dampflok im deutschen Land
entstand in Dresden am Elbestrand.

Mit deutschem Wissen, Können und
Material erbaut,
das hat dem Konstrukteur niemand
zugetraut.

Durch eine dritte Achse fiel sie bei
Havarien nicht um,
das fanden die Engländer sehr dumm.

Von Dresden nach Leipzig fuhr sie den
englischen Dampfmaschinen hinterher,
war sehr belastbar im Verkehr.

Die Eisenhahngesellschaft hat sich
für die Saxonia nicht interessiert,
und ein Neider hat sie sabotiert.

Die Saxonia lenkte er auf ein totes Gleis,
sie sollte auf eine andere Lok auffahren zu
jedem Preis.

Die englische Lok stand unter Dampf ohne
Personal,
das war für die Saxonia keine Qual.

Die englische Maschine war hinterher
Schrott,
der Saxonia half der Konstrukteur, oder
Gott?

Erst Jahre später erkannte das Sachsenland,
es hatte die Leistung der Saxonia verkannt.

Carla-Maria Groß * 1949

## *Eisblumen*

Im Juni blutrot erblüht in deiner schönsten
Pracht, erwacht, Stille dich umfasst,
Glück und viel Freud gebracht, nun wird es
dunkel in der Stille der
Dezembernacht.
Kein Presslufthammer trennt die Ruhe der
Nacht.
Du als Engel erwachst in der eisigen
Januarnacht,
entfaltest dich zur schönsten Blume,
Rose, der Juni Pracht, viel Licht hast du
uns mitgebracht
damit alles zur Liebe neu erwacht.
Zahlreich deine Tränen, die wie Regen
fließen in trockene Erden,
niemand sie je gesehen bis zu jener
Juninacht.

Die letzten Tränen du auch noch als
schönstes Geschenk für mich gegeben
hast,
in jener Juninacht.
Dann ganz still und leis' du gegangen bist,
begann deine wunderbare Reise durch Zeit
und Raum.
Ein letzter lieber Blick mich zerriß in
tausend Stück,
mein Herz aus Eis zersplittert ist.
Schneeweiß zu Eisblume du geworden bist,
deine Liebe als Traum geblieben ist,
einsam ohne dich blieb ich zurück, bis die
Endlichkeit gekommen ist.
Eisblumen zierte schön am Fenster, auch
die werden vergehen, wenn das Licht
zurückgekommen ist.

Rena Gross * 1950

Glück
Endete
Für
Uns
Einst
Hoffnungsvoll
Liebenden

Susanne Gross * 1967

## *Hommage à Schiller*

Geist seiner Zeit und der Epoche Kind,
umhüllt von Verrat und der Ablehnung
Wind,
umweht von Genialität und Kampfeslust,
eingeschlossen in seines Geistes Brust,
um nicht zu sterben an den Bürden seiner
Zeit
und aufzubegehren, allzeit bereit,
standhaft zu bleiben
mit allem Entschluss!
Lieber Hadern und Leiden,
als hinzunehmen den Verdruss,
als Ziel des Weges,
sich aufzugeben –
stattdessen zu kämpfen
um das Leben,
das ihm eigen innewohnt
als Mahnmal jedem Freigeist thront
er auf dem Parkett von Geist und Poesie,
mit Gluten, Feuer und Fantasie,
als etwas Stetes, standhaft Festes
zu Lobendes im Meer des Volkes Restes.

Jutta Großer

## *Novembernacht*

In sternenloser Dunkelheit
reiht sich entblättert Baum an Baum.
Ein sturmgepeitschtes Regenkleid
weht feindlich über Raum und Zeit.
Ein Mensch irrt einsam auf der Straße.

Ein Auto naht. Verheißend bricht
sein Lichtschein durch den dunklen Raum.
Er winkt voll jäher Zuversicht.
Ein warmer Platz! Ein Mensch! Und Licht!
Und bleibt geblendet auf der Straße.

Mit irrlichthaftem Funkeln ringt
er lange noch am Straßensaum.
Aus kahlen Herbsteswipfeln singt
der Sturm sein Lied, das feindlich klingt,
dem Mensch auf seiner dunklen Straße.

Friedrich Grube * 1927

## *Durch den Dreck gezogen*

Ich stehe morgens auf,
um mich im Dreck zu wälzen.

Ich komme abends nach Hause,
um eine gute Dose Dreck zu fressen.

Ich schalte den Fernseher ein,
um mich mit Dreck anspucken zu lassen.

Ich lese die Zeitung,
um den Dreck mit Händen vom Papier zu
kratzen und auf mir aufzutragen.

Ich gehe ins Wirtshaus ein Bier trinken,
wieso schmeckt es mir nicht?

Ich kehre wieder zurück nach Hause,
im Wirtshaus sind nur Drecksmäuler!

Ich stehe morgens auf,
...

Hubert Grubelnig * 1980

## *Allein*

Das Mädchen sitzt da und weint
Ihre Kleider sind zerrissen
ihr Kopf schmerzt
ihr Herz blutet

Wer hat ihr das angetan?

Der Mond erhellt ihr zerschundenes
Gesicht
Ihre Augen sind weit geöffnet
erschrocken
Sie blickt ängstlich umher
Ihr zierlicher Körper zittert
Ihr Atem geht schnell
Sie kann sich nicht mehr beruhigen
Sie ekelt sich vor ihren Gedanken
Sie droht zu ersticken
an Scham und Verzweiflung
Der Wind streift ihr seidiges Haar
Er umspielt ihre Haut
bleich und kalt im Schein der Laterne

Sie beginnt die Sterne zu zählen
Sie weiß nicht wohin

Tamara Gruber * 1979

## *Der Weihnacht*

Der Weihnacht steht plötzlich
schon wieder vor der Tür.
Was will er wohl
und noch dazu von mir?
LoB' mer ne eini –
oder doch lieber net?
Und was ist mit dem,
der gar kein Weihnachten hätt'?

Der Tannebaum hat voll
und bunt sich verkleidet,
Kugel und Kerzen – Kisten
sind allesamt ausgeweidet,
die Glitzerspitze
noch ganz schnell obendrauf;
ein Glück nur, daß ich
nun schon lange nicht mehr sauf!

Die ersten Plätzchen,
die gab es bereits ab August.
Du kaufst nicht, weil du willst,
nein, weil du mußt!
Denn die brutale
große Geschäftemacherei,
erfaßt einen jeden
und du bist bestimmt auch dabei!

Da hilft nur die kritisch
emanzipierte Vernunft und Distanz
zu all dem scheinheiligen
Glitter und Glanz,
die Besinnung auf das,
was wirklich lohnt
und nicht nur, weil es
erheblich deinen Geldbeutel schont!

Werwolf-P. Grundmann

## *Hilf mir*

Geh nicht an mir vorbei – Bitte sieh in
mein Gesicht!
Siehst Du nicht die Tränen und den
Schmerz?

Hilf mir! Nur Du kannst es!

Sag nicht nur „Hallo“ – Frag mich mehr als
wie's mir geht!
Hör mir zu wenn ich rede!
Hörst Du die Angst in meiner Stimme
nicht? Sie zittert!
Hilf mir!

Ich verliere den Halt – Sterbe vor Angst –
Halt mich!

Ich lache viel – Doch sehe in meine Augen!
Sie weinen!
Sieh in mein Herz – es brennt!
Geh nicht an mir vorbei! Bitte bleib kurz
hier!
Bitte hilf mir!

Angst – Tränen – Lachen – merkst Du
nichts davon?
Ich verliere mich – und Du siehst es nicht!
Verstecke mich hinter all den Masken die
ich kenn! –
Verliere mich!
Hilf mir! Solange es noch geht!

Sag mehr als nur „Hallo“ – Bitte bleib'
kurz bei mir!
Hilf mir – Ich bitte Dich! Du bist doch ein
Freund!

Hilf mir! Bevor es zu spät ist!

Myriam Grünhagen * 1972

## *Die vier Temperamente*

Sanguiniker (heitere Grundstimmung)
Himmelhoch jauchzen und gleich darauf
schluchzen.
So ist mein Wesen schon immer gewesen.
Ich tanze durchs Leben, mal holprig, mal
eben.
Ich liebe die Menschen, die Sonne, das
Licht.
Und plötzlich ganz unten, die Freude
verschwunden.

Choleriker (Hitzkopf – zielstrebig)
Ich schaff und tu den ganzen Tag. Mach'
alles gut und recht.
Klappt's aber nicht, wie ich es mag, dann
ist die Laune schlecht.
Ich poltere und kann mich nicht mehr
halten, und mein Gesicht ist voller
Falten.

Melancholiker (schwermütig – mitfühlend)
Ich leide weil ich bin, nichts hat einen Sinn.
Niemand meint es mit mir gut, wie weh
das tut.
Ich versteh' der Menschen Sorgen, und
hoffe auf den Morgen.
Vielleicht hilft mir Tee und das Gemüt tut
nimmer weh.

Phlegmatiker (langsam – gemütlich)
Oh bin froh, dass ich sitze. Ich brauch dann
nicht zu schwitzen.
Ich will jetzt einmal gar nichts tun ... nur
ruhn.
Ich sehe die Menschen, wie sie hetzen, da
will ich mich doch lieber setzen.

Hilde Grüßinger

## *Für immer*

jahrhundertelang
lebten wir nebeneinander,
mehr Feind denn als Freund.

jahrhundertelang
fühlte sich einer
über den andern erhaben.

jahrhundertelang
immer wieder Krieg und Zerstörung,
Tod und Verderben.

der Große Krieg
brachte vollends Chaos,
Erstarrung, Resignation.

Für immer?

wie durch ein Wunder
wird neues Denken wahr.
Zuerst nur allmählich,

doch dann mehr und mehr
erkennen sich Menschen
hüben wie drüben,

als Schwestern und Brüder,
als Freund, nicht als Feind.
Begegnung, Gespräch,

gleiches Tun schafft
Verständnis, Vertrauen.
Und so wächst Gemeinschaft,

ja, Freundschaft. Sie blühe fortan
zwischen hüben und drüben
jahrhundertelang.

Für immer!

Elmar Gschwind * 1933

## *Stillstand der Zeit*

Ein leiser Duft nach Thymian,
nach wildem Salbei, Rosmarin.
Die Luft vibrierend, glühend, flimmernd.
Unter der Tamariske grüne Schatten.
Gesiebtes Licht durch geschlossene
Jalousien.
Durchgeschwitzte Laken und
das hochaufgerichtete, das begehrte,
das erschreckende Glied.
Zügellose Gedanken.
Hunger nach Leben.

Und am Abend die alte Sprache
im Amphitheater. Ödipus, verbannt.
Wieder einmal verschwand
die Gegenwart
in der Vergangenheit.

Bärbel Gudelius

Höchstens nur ein Gedicht
über die heimtückische Krankheit.
Wie viele Gedichte wären nötig
zu Hiroshima und Nagasaki,
Afghanistan, den Iran,
Gedichte, die Klage erheben
und Rettung einleiten.
Ein Wunder wär's:
Höchstens nur ein Gedicht
und die Welt wäre heil.

Dankward Gueffroy

## *Der Kampf*

Enge sperrige Kolonnen, strenge Posten;
Sackgassen.
Das Labyrinth, endlos und steinhart
Fahl und verkrampft in seiner Nacktheit

Farblose Gänge, stechende Ecken;
Herumlungernde
Hinter Fenstern wittern sie den Schutz des
Dunkeln
ihre stockenden Gefäße hibernieren

In deren Suche, deren Sehnen nach Tor und
Licht
Im Dschungel der abgesetzten Wünsche,
Das ist der Alltagskampf gegen die
Krämpfe.

Bacar Gueye

## *Bei Sünde und Not*

Der Tod steigt hernieder gewiß, doch wann
die Ankunft, wann der Sturm,
manch ungestüme Art er hat, manch
unsichtbare Kralle sein Geist.

Ein lichtgeleitet Begehr ist wohl des Sinnes
Gefühl im himmelsnahen Turm,
doch die Seele auf zernagten Monden
bettelt um Zeit, jetzt du sei'st.

Die Erde, wie einer dunklen Göttin Herz,
ist hart, doch ein Funken
eines zerfurchten Strahles davor erreicht ihr
Tor und vergießt eine Träne.
Schmerz glänzt auf der Stirn, die Trauer
läßt sich ins Salz tunken,
wo der Haß füllt die Kelche und das
Pesthaus hält der Wahrheit Mähne.

Oh Vater aller Gewalten, wann ist Zeit für
den letzten Atom einer Brust?
Wann ist es der Geduld genug, wann
erhält dein Wehen in meinem Atem
Lust?
Bevor sich die nächtliche Klarheit gibt dem
Tau und einer erstochenen Seele.

So frag ich, warum bestachst du mit Licht
und soviel des Blutes Geburt und
Kehle?
Wenn der Tod meergestärkt den Bissen
unheilvollen Fisches mir täglich gibt
und mich als das Schweigen meiner
Hoffnung im Zeitenlauf einer
Steinröte liebt.

Songül Gügör

## *Angst*

Wovor hast du solche Angst?
Weißt du, daß du immer bangst
vor ganz fürchterlichen Dingen,
die gewiß niemals stattfinden?

Ja, wer gaukelt dir denn vor
diese schrecklichen Alpträume?
Laß' ihn raus aus deinem Ohr!
Du wirst sicher nichts versäumen.

Angst ist Energieverschwendung.
Warum läßt du so was zu?
Wartest du auf die Vollendung
dessen, was du fürchtest, du?

Konzentriere dich darauf,
was wirklich um dich geschieht.
Ach, du weißt doch ganz genau,
daß einer die Fäden zieht.

Er wird immer bei dir sein,
dich behüten Nacht und Tag.
Leg' Vertrauen doch hinein
in den Herren, der dich mag!

Annemarie Gühne

## *Die Augen sind die Spiegel deines Herzens*

Die Augen sind die Spiegel deines Herzens,
denn die Augen sagen,
was dein Herz sagt und fühlt.
Augen lügen nicht.
Du kannst mit den Augen in dein Herz
hineinsehen,
sie sind die Spiegel der Seele.
Augen sagen viel aus.
Wenn du Tränen weinst wie Meere,
sehe ich, wie dein Herz mitweint und du
traurig bist.
Versuche zu lachen und dein Herz lacht
mit.
Ich kann viel in deinen Augen sehen.
Siehe mit deinen Augen in die Herzen.
Was siehst du?
Siehst du in anderen Herzen, was ich in
deinen Augen sehe?
Was will dir dein Herz mitteilen?
Dein Herz schreit,
höre auf dein Herz.
Denn Augen sind die Spiegel deines
Herzens.

Derya Gün * 1982

## *31.12.2005*

Mein letzter Tag
voll Düsternis.
Dräuende Zukunft, dräuendes Nichtstun
leidlich ausweglos –

Ein neues Jahr frohlockt,
müht ewig stark Verstehen Aller,
fühlt allen Menschen nach.
Vernunftet die Probleme!
Wandelt Kampf , Feindschaft,
Greuel, alle Not, Haß und Gewalt
in glückendes Miteinander, in friedevolles
Leben!

Hans-Peter Günther * 1927

## *Du tust mir nicht gut*

Du tust mir nicht gut
Doch krieg ich von dir nicht genug
Um mich herum herrscht die Dunkelheit
Alles ist verstummt, nur mein Herz das
schreit

Es ist still, nichts rührt sich mehr
Nur mein Atem der fällt schwer
Es ist der Nachtwind, der ganz leise singt
Der mein Lied zu dir bringt

Deine Wärme fehlt mir
Wie gern wäre ich nun bei dir
Doch du bist weit fort
An einem mir fremden Ort

Lässt mich hier allein zurück
Nahmst mit dir mein Liebesglück
Ich liebe dich
Doch beim Tod zählt das nicht

Melissa Günther * 1991

## *Ohne Worte*

Früh am Tag
Altehrwürdiges Gebäude mit
herabblickenden steinernen Figuren
Betreten.
Eine Münze klickt ins Schloss.
Bücherstapel in einem fast leeren Saal.
Programm gestartet - sofortiges
Nachdenken stellt sich ein.
Buchstaben – Sätze - Text – Anmerkungen
in Fußnoten
Gekürzt!
Luftzüge entfliehen durch schwingende
Türen.
Hineinkommen – Setzen – Aufstehen –
Gehen
Energieverlust – Blockade im Kopf.
Mittag – kurze Pause - Kohlroulade
Gespräch? Stille!
Kaffee auf einer sommerheißen Steintreppe.
Zurück am Platz – Blick nach links –
Nichts!
Nur Bücher.

Ulrike Günther-Schmalz * 1975

Heut noch,
entfliehst du in die stille Nacht;
du meine Seele,
die sich tausendfach entfacht.
Achtsam webe deine Schritte
und bleib bei dir,
ganz in deiner Mitte.
Dem Ruf des Vogels
folge dann,
wenn du dein Herz
bereits erkennen kannst.
Was ist es,
was dein „Ich“ begehrt?
Gott, hat es dich schon längst gelehrt.
Das Wissen um der Erkenntnis Willen,
ist Gottes gelobtes Wort
im Stillen!

Ute Gusten * 1947

Und wenn Liebe
in einem Wort, einem Satz,
einer Silbe oder Zeile liegt
und sie dennoch nie in dir gründet,
ist die Liebe,
die zwischen uns scheinbar war,
offensichtlich gestorben.
Und auch wenn es wehtut,
im ersten Moment,
auch wenn dieser Schmerz
Stunden, Tage oder Jahre dauert,
so ist er endlich
und ich bin frei!
Und du, du bist gefangen,
Nicht im Gefühl, das du dir einredest
für mich zu empfinden,
sondern in all dem,
was du nicht kennst,
nicht fühlst
Und nicht bist.

Matthias Maximilian Gut * 1981

## *Christine I*

Was scheint der Liebe Zwecke nur
Zu sein für alle samt verschieden reich
Erkennt man ihres Weges Spur
So weiß sie doch von deinem Klang
sogleich
Dass sie erwecket mir der Lust' Schmach
In jener Zeit als Wirkung brach

Und wieder werde schauen ich in ihre
lieblich Augen Pracht
Den Glanz sie spiegeln von ihr nieder
Auf mich nieder – immer wieder
So glaube nicht an das, was dich erheischt
in solcher Nacht

Sag, wie kann ich lieben sie, oh Aphrodite
Wo sie mich keines Blickes würdigt
Sie mich schmähte als ich hielte
Ihr Herz und meines ihr zu töricht
Schien?

Maik Guttmann * 1986

## *Entscheidungen*

Lieber mit Fehlern leben
Als ohne Fehler sterben
Lieber im Sterben fehlen
Als im Leben
Lieber mit Fehlern lieben
Als ohne Fehler hassen
Lieber beim Hassen fehlen
Als bei der Liebe
Lieber hassend fehlen
Als liebend
Lieber Fehler lieben
Als fehlend lieben
Lieber im Sterben lieben
Als am Leben sterben

Gwen

## *Hätte ich doch*

Hätte ich doch mit dir gesprochen,
du bist weg, mich drückt die Last.
Hättest du doch was gesagt,
wir hätten es miteinander geschafft.
Hätte ich es doch nur gewusst,
dann hätte ich es vielleicht ändern können.
Hätten wir uns ausgesprochen,
hätten wir vieles vielleicht bewältigt.
Doch jetzt bist du weg, du bist nicht mehr
hier,
außer ich und die Worte: „Hätten wir!"

Manuela Haag * 1981

Vom gestorben sein
Zum leben müssen
Mein graues Kleid
Bleibt ungeküsst
Im lichten Schatten
Ausgehauchtes Tageswerk
Und unser Sein
Ist stumm

Langeweile verweilt
Nicht lange

Die Zeit von Rauch
In blau
Und noch mehr Rauch
Und noch mehr Blau

Hoffnung bleibt
Losgelöst
Von Ewigkeit
Für immer

Lebensschatten in farbloser Hülle
Und leises Beben nach dem was kommen
muss

Philippe Haag * 1979

## *Arbeitslosigkeit*

Mit Elan gehst du an die Bewerbung heran.
Erliegst in Hoffnung, der Zukunft im Bann.
Was wird das Schreiben mir bringen?
Läßt sich die Zukunftsangst bezwingen?
Ob der, der den Bogen in Händen hält,
weiß, wie es sich anfühlt, mit wenig Geld?
Kann er in der Anonymität den Wert des Briefes erkennen?
Wird unser Leben davonrennen?
Bei der nächsten Absage fühlst du dich ausgegrenzt.
Härtest du in der Schule nicht soviel geschwänzt.
Hartherzig gehen die Menschen gegen Fremde oft vor.
Heute hat keiner für den anderen ein offenes Ohr.
Der Armut ist nicht so leicht zu entfliehen.
Ohne Perspektive kann keiner weiterziehen.
Mit Harz vier auf Wohnungssuche ist kein Vergnügen.
Wir werden nur eine Bleibe im Ghetto kriegen.
Die Ausbildungsplätze sind dünn gesät.
Leicht kommst du bei dem Stapel Bewerbungen zu spät.
Wie soll ich im Alter bibbern. Muß ich dann ums Essen, Schlafen und Wärme zittern?
Die Kirchen sind leer. Hier kommt schon lange keiner mehr her.
Mein müdes Haut legt sich quer auf die harte Bank.
Die Nerven von den anderen Alten um mich herum liegen blank.
Oh Gott, hab Erbarmen mit unserem Volke, das die Zukunft sich anders gestalten wollte.

Ilona Haar

## *Narziß*

Deiner bedarf er
Und darf es doch nicht,
Er, der dich liebte,
liebte nur sich,

Haltlos dein Halt,
Törichter Wahn,
Arglose Schöne,
Vergib, was dich traf.

Michael Haas * 1966

## *Die Liebe bleibt*

Ich habe ihn geliebt, fest auf ihn gebaut,
mein Herz ihm geschenkt und still ihm vertraut.
Doch er war nicht frei, an eine andere gebunden,
hat trotzdem den Weg immer zu mir gefunden.
Ich wollte nur ihn, ihn ganz allein,
er wollte nicht bleiben und ging wieder heim.
War es nur ein Spiel mit meinem Herzen?
Sah er nicht meiner Seele tiefe Schmerzen?
Die Entscheidung war schwer, doch ist sie getroffen,

nicht länger zu warten und vergeblich zu
hoffen.
So mancher Schwur war wohl gelogen,
die Trennung ist nun für immer vollzogen.
Trauer und Wehmut mich nun umfangen,
Angst vor den Nächten, den einsamen und
langen.
Aber mit jedem neuen Morgen
schwindet mein Kummer und auch die
Sorgen.
Ein tröstender Gedanke kommt mir in den
Sinn:
Jeder Abschied ist auch ein Neubeginn.
So spüre ich die Kraft, die mich vorwärts
treibt,
in meinem Herzen ist Liebe – eine Liebe die
bleibt.

Alfred Haase * 1953

## *Kinderfragen*

Mama, sag' – kannst du mir sagen,
so hört man die Kinder fragen.
Bitte sag mir doch, warum
ist denn die Banane krumm?
Und warum – so sag mir doch –
hat der Käse dort ein Loch?
Und erkläre mir genau,
warum ist der Himmel blau?
Warum ist der Schnee denn weiß,
und warum die Sonne heiß?
Und dort oben auf dem Mond,
sag mir doch mal wer da wohnt.
Und ,warum – kannst du mir sagen –
sich die Menschen nicht vertragen?
Wenn sie hängen so am Leben,
warum muß es Kriege geben?

Brigitte Haase * 1959

## *Euphemismen*

Zweifelnde Nebel umhüllen der Säulen
fahle Gestalt.
Einsame Monotonie glimmt in dreistem
Grün,
und meine zwangsgeräumte Seele schreit
nach Wind.

Lydia Haberkern

## *Maskerade*

Obschon die Augen der Maske hohl sind
die Gesichtszüge starr und leer
der Mund stumm
offenbart dieses rätselhafte Antlitz mehr
als es verhüllt
nicht nur wer sich dahinter verbirgt
eher
wer es wirklich ist
kaum wieder zu erkennen
manchmal
nach der Demaskierung

Kurt Haberstich * 1948

## *Das Veilchen*

Im Hinterhof, grau,
inmitten von Bauschutt und Müll,
gänzlich unerwartet
ein blau-grünes Kissen,
Blüten und Blättchen, zart und neu

Veilchen an der Hoftreppe
Wie ein Wunder im grauen Beton,
kaum Erde und doch – welche Kraft!
Kraft des Wachsens und Überlebens
Überlebens im grauen Beton

Frühlingsboten im Hinterhof
Boten des Auferstehens nach langem
Winter
– auch im grauen Beton –

Renate Habets * 1945

## *Ewigkeit*

Wenn der Strom des Lebens
unfassbar schnell fließt
und in Tropfen zerteilend
im Meer sich ergießt,
zieht die Sonne sein Wasser
zum Himmel hinauf
und beendet auf Erden
den unsteten Lauf.

Als Regen kehrt er
aus Wolken zurück
und schenkt der Natur
Leben und Glück.
Zurück zu den Quellen
der Schöpfer ihn weist
solange die Erde
die Sonne umkreist!

Lothar Habler * 1937

## *Seidenband*

Wenn die Tiefe Deiner Augen
In ihrer Unendlichkeit
Durch Unbefangenheit
Mein seid'nes Seelenkleid
Im Sturme zum Traum verweht
Öffnest Du dich jedem Leid
Welches sie unter Seide erspäht
Und In Dir zu Hoffnung gedeiht

Allein die Nähe Deiner Sinne
Entblößt somit verdeckte Wunden
Gemeinsam zitternd inn're Stimme
Im selben Schmerze zart verbunden
Dessen Bänder aus Seide sich finden
Uns're Seelen im Tanze sich winden
Ihre Kleider – verweht – sich umschlingen
Wenn im Sturme zum Traum sie
schwingen

Tobias Hachmann * 1980

babylon spricht viele sprachen
das blatt im wind nur eine
erzählt es mir den tiefverwurzelten tanz
von wachsen und bestehen
von getragenwerden und vergehen
einer zeit des loslassens
in leichtigkeit
babylon spricht viele sprachen
das blatt im wind nur eine
erzählt es mir von einer anderen zeit
und tagen ohne namen

Sabine Hack * 1963

## *Die Marionette*

Ich bin keine Marionette von dir,
Drum nehme ich die Freiheit mir
die Fäden langsam abzuschneiden,
denn tanz' ich für dich, werd' ich drunter
leiden.

Bist du beschäftigt, häng' ich an der Wand.
Hast du mal Lust, nimmst du mich zur
Hand.
Du spielst eine Weile, fall' ich dir zulasten,
dann hängst du mich einfach zurück in den
Kasten.

So häng' ich dann da, die Fäden verknoten.
Du bist dann beleidigt, denn es ist
verboten,
es ist nicht erlaubt, dass mein Köpfchen
dann hängt,
denn ich sollte tanzen, wenn man mich
lenkt.

Es fällt der Vorhang, ich schließe die Tür,
denn ich bin keine Puppe von dir!

Doris Hackbeil * 1975

### *Dunkelheit*

In dunklen Gassen laure ich,
sie lachen dumpf und schauerlich,
mit Messern, Peitschen und Kanonen
suchen sie nach dem Dämonen, der ich
schon lange bin.
Ich spür, gleich raffen sie mich hin.
Ich sehe Schatten nah und fern,
sie kommen langsam zu mir her,
sie treten und bespucken mich,
und um mein Leben schreie ich,
die Gewalt steht auf ihrer Stirn.
Ich stehe auf und glaube mir,
Angst wird mich nicht besiegen hier,
der Wille gibt mir noch mehr Kraft in
dieser dunklen Nacht.
Ich werde sie zerfetzen und an ihre Stelle
Blumen setzen.
Ich freue mich ins Licht hinein und trete in
den Sonnenschein.
Vergessen ist die dunkle Nacht,
der neue Tag das Glück gebracht.

Marie-Theres Hacker * 1988

### *Vom Anbeginn der Zeit bis in alle Ewigkeit*

Er kam aus einem Land jenseits von Raum
und Zeit,
aus dem tiefen, unergründlichen Dunkel
der Unendlichkeit.
Ein gleißend heller Schein erfüllte das
Dunkel der Nacht,
er hat das Leben in all seiner Vielfalt erst
möglich gemacht.

Es geschah vor langer, langer Zeit in einer
unsagbar fernen Vergangenheit,
daß sich das Leben urplötzlich manifestierte
in Raum und Zeit.
Unendlich kalt und dunkel und leer war
zuvor das ganze All,
dann explodierte das Leben in seiner
grandiosen Vielfalt überall im
Weltenall.

Aus Kälte wurde Wärme und aus der
konturlosen Finsternis der Nacht ein
strahlend heller Tag,
niemanden gibt es bis heute, der das
Wunder des Lebens wirklich zu
verstehen vermag.
Gleichsam aus dem Nichts strömte das
Leben in einen nichtexistenten Raum,
dieser spiegelt bis zum heutigen Tag wider
eine Wirklichkeit, die wir erfassen
kaum.

Er trat heraus aus seiner Welt und erschuf
in ihr, in sich ein neues Leben,
ein Leben, das war, das ist, das sein wird für
immer ein ewiges Leben.
Das Licht, die Wärme, das Leben, seine
Liebe begleitet uns auf all unseren
Wegen,
irgendwann kehren wir wieder zu ihm
zurück des wahren, des ewigen
Lebens wegen.

Dann werden wir erkennen, was war, was
ist, was sein wird für alle Zeit,
aus einem Leben, vergänglich, sterblich,
endlich, wird werden ein Leben in
Ewigkeit.
Wir werden wieder leben in diesem Land
jenseits von Raum und Zeit,
in einem Land, von dem wir wissen, es
existiert mit uns bis in alle Ewigkeit.

Arno Häcker * 1957

## *Regentage*

Regentage erkenne ich zuerst in deinen
Augen.
Heller sind sie morgens, wenn sich Tränen
Wie Perlenketten um deine Wimpern
legen.

Und bald schon haben deine Tränen
Den Himmel wie Perlmutt
verschwommen.
Und Lichtstrahlen tauchen darin verlegen.

Des Nachts biegen sich deine Wimpern
Wie seidene Fäden. An deren Spitzen
Noch kleine Regenwolken kleben.

Doch im Schlaf werden Winde kommen,
Und ihren Durst an deinen Kelchen stillen.
Und weiße Luft in deinen Atem weben.

Christina Haderthauer * 1985

## *Ode an den Alltag*

Nichts mehr, alles leer.
Wozu noch machen? Will endlich schaffen;
Ich werd bluffen und ihr werdet lachen –
mit solchen Sachen soll man nicht
spaßen
und Phrasen können nicht lustig sein
Es ist alles nur Schein – und drinnen ist
man allein und klein
und man ist ohne Geld, ohne Welt nur
Geist und Kopf;
vollgestopft, zugedröhnt, weil viel zu
verwöhnt,
bekümmert und wimmernd sitzt man,
schwitzt man aber ist;
man ist und isst und geht schlafen und
steht auf und kommt drauf,
verschnauft und geht, weil ihm nichts im
Wege steht und schaut und ist von
der Seele beklaut;
Onkel Kapitalist hat sie und Tante Politik,
glücklich wie nie, spielt.
Spielt, zielt und freut sich und zieht sie an
und wieder aus;
Irgendwer sagt „Aus die Maus" – War das
Vater Wahrheit?
Gewohnheit ist angekommen, hat
eingenommen und alles ist
verkommen.
Zu beklommen …

Ich bin eine Maschine.
Wir sind alle Maschinen.
Die Frage ist nur, ob wir Sonnenenergie
oder einen Stromanschluss brauchen.
Ein Perpetuum Mobile kann ja nicht
funktionieren.

Yasmine Hafedh * 1990

## *Vorurteile*

Alter ist weise,
Jugend ist dumm,
Fremdes ist feindlich,
wer fragt schon: warum?
Reiche sind gut,
Arme sind schlecht,
wer am lautesten spricht,
hat immer recht.
Und wer dies nicht glauben will,
der schweige ganz schnell still,
denn sonst macht er sich keine Freunde:
Was soll's, dann bleib ich halt alleine!

Christine Hafenmayer * 1959

## *Lied an den Frühling*

Zögernd noch, doch leichten Schritts
kommt der Frühling in unseren
Garten.
Die Pflanzen recken die Köpfe empor. Sie
wollen nicht länger warten.

Die Vögel singen und locken ihn. Wer will
denn jetzt nicht bleiben.
Und dann stimmt er zu, zieht sein
Festgewand an und lässt sich nicht
mehr vertreiben.

Der Frühling ist kein alter Mann, wie
Herbst und Winter waren.
Er zieht sich wie ein Mädchen an mit
Blumen in den Haaren.

Ich hab den Frühling tanzen sehn. Die
Vögel hört ich singen.
Die Sonne schickt ihr lachend Licht. Ich
konnte nur noch springen.

Der Frühling wiegt die Bäume sanft. Er
schlendert im grünen Grase.
Die Blumen leuchten tausendfach. Duft
steigt in meine Nase.

Wenn früh um fünf die Amsel singt, dann
schlaf ich nicht mehr weiter.
Das Leben quillt im Morgendunst. Ich bin
erwacht und heiter.

Nach Herbstes Grau und Winters Weiß
und Tagen ernster Ruhe
hat mir der Frühling zugelacht. Ich springe
in die Schuhe.

Ich sing und tanz und freue mich und fühl
mein Herz erbeben.
Ich wünsche mir noch Jahr um Jahr den
Frühling zu erleben.

Dereinst – sein Lied in meinem Ohr – will
ich die Augen schließen.
Will mit Gesang und Tanz und Lust das
Paradies genießen.

Maria Hagenschneider * 1955

## *Labyrinth der Gefühle*

Verirrt im Labyrinth der Gefühle
sucht die Seele den richtigen Weg.
Die Angst vor Verletzung lockt sie
in verlassene Gassen und
der Mut der Hoffnung führt sie
zu weiten Alleen.

Die Wut der Verzweiflung treibt sie
auf holprige Pfade, doch
der Glaube an Liebe trägt sie durch
unbekannte Straßen.

Auf welcher Fährte soll die Seele gehen?

Wo verbirgt sich die Pforte
zur Erfüllung tiefster Sehnsucht?

Nadine Hager * 1976

## *teUFel*

Sitzend in der tiefe
des eigenen selbst
verloren in der weite
die es nicht gibt

gefesselt von der musik
die ich mir einbilde
summend den ton
den ich selbst erfand

ein blick in die ferne
die in mir ist
ein blick in die tiefe
die über mir ist

der mond erhellt den tag
und die sonne?
die erträumt
ein anderer unsichtbarer

Torben Häger * 1987

Leben –
nur ein paar Tage in
Anbetracht der Ewigkeit.
Mensch –
was soll die Klage,
dir wurde so viel
Zeit geschenkt!

Diana Ludovika Hahn * 1970

## *Pura Batu Bolong*

Wenn Du die Sterne zählst,
Bintang, bintang, bintang …
Dreimilliarden Tropfen
Im Eis,
Tränen – durchglüht –
Die See des Friedens.
Darunter, geborgen,
Die Birke,
Schwarzblau – im Licht.
Quellen … träumend
Dein Leid
Zu stillen,
Durch mich.
Dann sei gewiß:
Ich bin der Tag, die Nacht,
Berg, Baum, Gebet,
Immer fern –
Ewig nah.

Dietrich Hahn

## *Vergänglichkeit*

Gestern war 's noch da,
mein Glück;
vergangen wie im Augenblick
ist 's heute.
Vorbei vom vorigen Tage
sind Friede und Zufriedenheit,
eine Freude, eine Freundlichkeit;
zerbrochen der Schmetterlingsflügel,
gefressen der Vogel,
die Blume zertreten:
Ich beklage die Vergänglichkeit –
und warte doch
auf das nächste Glück.

Uta Hahn * 1942

## *Leben*

Sag mir doch wie das Leben geht!
Gib mir eine Rose bevor sie vergeht.
Zeig mir die Früchte, die vom Baum.
Ist das Leben vielleicht doch nur ein
Traum?
Wo ist mein Bruder, meine Schwester, sie
sind so fern.
Ich bin im Jetzt, ich will noch mehr!
Das Leben ist schön, ich weiß es längst.
Doch manchmal kommt es mir vor, als
hätte
ich's verschenkt.

Anna Elisabeth Hahne

## *nie wieder*

Am Tau des Morgens
klebt Dein Blut
am Pappelstrand
am Badesee
am sanften Wind in Sommerbäumen
an der verschwiegenen hölzernen Brücke
wo alles nach Kindheit riecht
an den gewitterschweren Tropfen
am kleinen gefrorenen Weiher
an der bleiernen Juliglut
Deine tote Hand
liegt auf dem Tisch
auf dem Feuerzeug
im Strohhut ist Dein Kopf nicht mehr
Dein Leichengift
tropft aus dem Radio
und alles ist bedeckt
mit feinem Staub
aus Deiner Asche

Eva Haidn * 1959

## *Heimliche Liebe*

Keiner wird es wissen,
daß du mich je geliebt.
Ich werde dich vermissen,
bin deshalb sehr betrübt.

Du mußt zu ihr zurück,
die Kinder warten schon.
Für sie das große Glück,
für mich der blanke Hohn.

Du hast mich nun verlassen,
ich sehe es auch ein.
Ich werd dich niemals hassen
bin ich auch jetzt allein.

Meine Wunden werden heilen,
alles braucht seine Zeit.
Die Jahre werden eilen,
mit ihnen auch mein Leid.

Rita Hajak * 1950

## *Verzweiflung*

Regen tropft auf die Erde nieder,
Die ganze Zeit, immer wieder.
Die gesamte Zeit seh' ich dabei zu
Und meine Seele findet keine Ruh.

Der Regen hört gar nicht auf,
Ich schau in den Himmel hinauf,
Dunkel und düster sieht es aus,
Sowie mein Leben in diesem Haus.

Verlassen und einsam fühl ich mich
In dieser Dunkelheit ohne Licht,
In diesem Leben ohne Glück,
Ich sehne mein altes Leben zurück.

Doch dann ergreift mich der Mut,
Die Hoffnung, es wird alles gut.
Tief im Innern ist es verborgen,
Es lebt noch, es ist nicht gestorben.

Euarda Hajdaraj * 1987

## *Über alles*

Über den Wolken, über dem Himmel
Lacht mich die Sonne an, vom Himmel
In mitten eines Traumes
Erscheint mir ein wunderschönes Licht, in
meinem Traum.

Eine Stimme die mich umarmt,
Ein Wort das mir was sagt,
Ein Gefühl, das in mir lebt,
Eine Liebe, die mich belehrt.

Über meine Liebe sage ich nichts,
Über meine Gefühle verrate ich nichts,
Über meine Gedanken berichte ich nichts,
Über meine Worte wunder dich nicht.

Das bist du alles für mich!

Über alles

Stefan Haller * 1977

## *Topographie*

Bruchteils,
ausgeräumt die Landschaft. Steinbrüche
am Waldrand endlose
Geröllbäche aus Schotter, geschliffener
Kies, ausgebaggert und öd.
Der Reichtum der Bauern.
Hier ist die Gegend wo in den Steinen
Disteln
auf grobkörnigen Böden hausen,
wo nichts sich ergibt, Stein
sich verwächst, silbrig
vergraut nach jedem Sommer
Schnaps gebrannt wird.

Markus Hallinger * 1961

## *Oktober*

Ein Blatt fällt vom Baum,
man spürt es kaum,

leicht wie eine Feder,
doch weiß ein Jeder:
Ein untrügliches Zeichen,
der Sommer muss weichen.

Beim Gang durch den Wald.
Spürst du, es wird bald
Winter werden
hier auf Erden.
Die Blätter fallen von den Bäumen,
am Kamin lässt's sich träumen.

Die Natur bäumt sich auf
die Sonne will heraus.
Vergebliche Bemühen,
die Monate ziehen,
im Strome der Zeiten
in unbekannte Weiten.

Walter Hallmann * 1934

## *Herbstarbeit*

Ist kein junges Gras beschneiden.
Herbstarbeit ist tote Blätter vom Boden
fegen.
Tote Blätter, die noch immer ein wenig
nachleben,
sich ans Leben klammern, als hätten sie
etwas versäumt im Leben.
Tote Blätter, die gierig auf Regen warten,
damit sie sich vollsaugen können mit
Feuchtigkeit,
die sie bewahrt vor dem endgültigen
Austrocknen.
vor dem Pulverisieren zum letzten Verfall.
Tote Blätter – regennaß saugen sie sich fest
an den Steinplatten des Gartenweges,
damit der Tod ausgleitet auf ihnen, damit
er später kommt,
erst dann, wenn seine Sturzwunden verheilt
sind.
Dabei schreitet er gar nicht auf dem
Gartenweg daher,
er schwebt darüber hin.
Doch vermag sein kalter Atem nicht
die Regennässe aus den Blättern zu
hauchen.
Und so muss er später kommen,
wenn die Sonne die todgeweihten Blätter
getrocknet hat.
Herbstarbeit ist kein junges Gras
beschneiden.
Herbstarbeit das das Einsammeln von
Überresten.

Heinz Peter Hamacher

## *Das Ende*

Es vergeht kein Tag an dem ich nicht
an dich denke, mir so immer ein Stück
Erinnerung schenke, an die Zeit in der
es dich noch gab, dein Tod war für mich
wie ein Schlag.

Trotz deiner Kraft zu überleben nahm
dir der Krebs, was Gott dir erst vor
sechsundzwanzig Jahren gegeben.

So viel hätte ich dir heute zu erzählen,
So sehr vermisse ich deine Stimme,
die nie zu überhören war, denn du warst
schließlich da.

Dein Fehlen, wird mich so oft noch quälen,
Denn es ist so schwer das zu verstehen,
das es immer die Guten sind, die zu
erst geh'n.

In meinem Herzen werde ich dich immer
bei mir tragen. Denn ich kann sagen,
du warst die beste Freundin,
ungeschlagen.

Peggy Hamadeh-Dhambri * 1977

## *Seelenbild des Seins*

Das Leben reißt oft breite Gräben
In das Seelenbild des Seins

Die Zeit kann vieles nicht beheben
Wiegt uns nur im Glanz des Scheins

Hoffnung, Wünsche, Zuversicht
Weben Träume farbenfroh
Doch vergessen kann ich nicht
Wie ich einst der Nacht entfloh

In leeren Räumen meines Ichs
Wüten düst're Schatten wild
Doch die Träume hören nicht
Wie es schreit, mein Spiegelbild

Mit der Zeit wird alles blasser
Schmerz flammt nur noch selten auf
Angst versinkt im tiefen Wasser
Vergessen schafft den Weg hinauf

Und manchmal ist dort eine Wärme
Wenn ich dich nur lächeln seh'
Als ob Feuer dich umschwärme
Tut der Schmerz nur halb so weh

Mareike Hamann * 1985

## *Überhört*

Sie ist jung und schön.
Jetzt liegt sie auf der
Intensivstation des Krankenhauses.
Mit dem MP3-Player in den Ohren
hat sie das Leben überhört.
Ihr wird plötzlich klar –
sie will alt werden.

Erika Hamel * 1951

## *Der Clown*

Ich möcht so gern ein Clown sein
und schreien so laut ich kann,
ich möcht mich benehmen,
so richtig wie ein Hampelmann

Ich möcht so gern ein Clown sein
und alle laut beschimpfen,
und mich ganz wild bemalen
und Menschen Glück einimpfen

Ich möcht so gern ein Clown sein
und alle Menschen küssen,
ich möcht so gerne haben,
daß sich alle lieben müssen

Ich möcht so gern ein Clown sein,
für jeden gute Gaben
und tausend Zärtlichkeiten,
daß jeder kann sich laben

Ich möcht so gern ein Clown sein
und jeden Tag auskosten
und wenn es auch mal Nacht ist,
daß nie mein Glück wird rosten

Ich möcht so gern ein Clown sein,
zu allen „Frieden" sagen
und dann und dann ganz langsam
aus der Manege traben …

Fritz Hammer

## *Menschenfeind*

Glaubst an Wahrheit du,
und brüderliche Treue,
strebst gar nach Eintracht, gar nach Ruh,
nach unterwürfger' Reue.

Wach auf, schwör ab und finde dich
erkenne die Fiktion
entdecke, doch zerbreche nicht
und rüst dich gegen Hohn!

Wo Lüge und Verrat du findest,
ist eines oft nicht weit,
die schlimmste aller schlimmen Formen,
sie nennt sich Menschlichkeit.

Peter Hammerschmidt * 1986

## *Das Haus gegenüber der Kirche*

Im Haus gegenüber der Kirche,
da prügelt ein Mann seinen Hund,
da schlägt eine Mutter ihr Kind,
und die Polizei kommt fast so häufig wie
der Zeitungsbote.

Im Haus gegenüber der Kirche,
da hört man im Vorübergeh'n Schreie,
da hört man hinter den Scheiben Weinen,
und die Nachbarschaft traut sich des
Nachts nicht auf die Straße.

Im Haus gegenüber der Kirche,
da riecht es nach Alkohol, Gewalt und
Angst,
da riecht es nach Schweiß, Unrat und Haß,
und nur sonntags, wenn die Glocken
läuten,
schaut der Priester hinüber, um seine
Schäfchen zu rufen.

Uschi Hammes

## *Labyrinth*

Gefangen im
Labyrinth.

Überall Pfade
der Hoffnung.

Kehren bieten
einen neuen Weg.

Falsche Versprechungen
machen blind.

Es gibt keinen
einfachen Ausweg.

Nur einer
führt ins Freie.

Walter Hampele * 1928

## *Der mandarinsche Duft*

Vom Flausch der mandarinschen Decke bin
ich umschlungen
Zart verwöhnt vom Duft des Du umrungen
Spür ich Atem
Worte flüstern in Klang getragenen Traum
Lassen Gefühle erleben

Ich halte dich fest im mandarinschen Duft
Echolos verstummen Worte nach dem
geruft
Reglos liegend im Bette verdrängt
Gedankens Plag
Nacht vergehe, lass werden Tag
begleitet vom Klang des Traumes Macht
Gefühl nimm Einzug in Geist und Seele
Tag und Nacht

Roland H. Handl * 1949

## *Das Trauerspiel mit Fatima*

Irgendwie scheint alles sinnlos,
hoffnungslos und zum Verzweifeln,
doch soll ich meine Liebe nun,
als ein Trauerspiel verteufeln?

Nein ich werde auch weiterhin,
meiner mir gebotenen Chance,
und meiner Hoffnung in der Ferne,
folgen wie in tiefer Trance.

Ja das Spiel mit zweier Herzen,
das kann sich oft als Trug erweisen,
wenn die Züge Zug um Zug,
in voller Fahrt ins Ziel entgleisen.

Nur wer soll denn hier noch,
vom vorgeschriebenen Weg abweichen,
wenn sich zwei Seelen unterschiedslos,
eine wie die andre gleichen.

Mein Herz das hängt an diesem Mädchen,
das ist kein seelisches Gewimmer,

und hat sie mich auch längst vergessen,
ich, ich liebe sie noch immer.

Hermann-Maria Händlhuber * 1954

## *Entdeckung*

goldig glänzen gewaltige gestalten
irrsinn
innen ruht der hölzerne kern
natur

fröhlich feiert die fabelhafte fee
lüge
kummer kriecht kurvig durch den körper
unterdrückung

falsche freunde finden das fantastische
illusion
entdecken enttäuscht erfundenes etwas
transparenz

natur nährt nacktes
verlangen
wahrheit weist den weg
gesetz

Katharina Hanjek * 1965

Ich trage den Stolz meiner Ahnen im Blut.
Ich spüre die Unbeugsamkeit meines
Schicksals.
Ich wandle in den Tälern und Bergen der
vergessenen Zeit.
Ich durchforste die Wälder und Wiesen,
die im Schatten liegen.
Ich stampfe den Lehm unter meinen Füßen
zu einem gehbaren Weg.
Ich höre die Melodie der einsamen
Zugvögel.
Ich mische die Farben des Sommers.
Ich tränke mein Herz mit der Frische der
Liebe.
Ich spiele die Lieder, die meine Seele singt.
Ich gehe Straßen, die ich nie gegangen.
Ich halte den Strauß der verwelkten Tage
in meinen Händen.
Ich rufe die Namen meiner kommenden
Tage und Nächte.
Ich tanze den Tanz der wiegenden Mondin.
Ich öffne meine Sinne und fühle die Wärme
meines Körpers.
Ich salbe meine Wunden mit dem Balsam
der Zärtlichkeit.
Ich löse den Knoten, der mich noch
festhielt.
Ich bin meiner Zeit gefolgt.

Erika Hannig

## *Vorsicht!*

Schaut euch mal die Dame an!
Wie ein Hintern wackeln kann!
Was für eine Frau –
Wow!

Schaut euch mal den Typen an,
der da geht wie Don Juan!
Welch' ein Körperbau –
Wow!

Schaut mal wie den Kopf er dreht,
dahin, wo die Frau grad geht!
Vorsicht! Straßenbau –
Au!

Andreas Hansen * 1962

## *Im Juni*

Gold in den Lindenbäumen
Vögel singen
Uhren ticken
Sanfter Windhauch
wie aus fernen Träumen
Straßen erstrecken sich
bis zum Horizont
Windräder tanzen
ihren traurigen Reigen
alles dehnt sich aus

bis es die Nacht erreicht
der Himmel voller Purpur,
voller Geigen
dieses stille Dahingleiten
dann beginnt die Nacht
mit ihren Liedern
und alles, was du je verloren hast,
findest du in ihnen wieder

Julia Hansen * 1982

## *Krise*

Sie lassen leben
nichts nehmen, nichts geben.
Auf der Autobahn der Eintönigkeit
rasen sie aneinander vorbei,
überholen sich in Sinnlosigkeit.

Die Ausfahrt führt hin zu wilder Trauer
und endet vor einer Tränenmauer.

Und glaubt man, die letzte Träne sei
geweint,
fragt man:
Was ist Liebe?
Ist aber die letzte Träne geweint,
schaut man in sich und durch sich in die
Welt hinein.

Kerstin Hansen * 1962

## *Kreislauf des Lebens*

Das Herz so schwer, Kopf voll Gedanken
so ergeht es ihm sehr oft.
Seine Gefühle nur hin und her schwanken,
noch stets auf ein gutes Ende hofft.
Liebe und Trauer, zwei Worte so nah
an die Hoffnungen denken
er erwartet es nicht, doch dann stand sie
da,
wollte ihr Zuneigung schenken.
Diese eine, sie sollte es sein
doch sie will ihn nicht
denkt nicht weiter nach, sagt einfach nein
erkennt nur Trauer in seinem Gesicht.
Sie wieder vergessen und neu zu suchen
das Herz ist wieder schwer,
er könnte nur schreien, will nur laut
fluchen
doch der Kopf der ist nun leer.
Das Leben ist wie dies Gedicht,
ein Kreislauf oft zu sehen,
nicht nur Schatten sondern auch Licht
positiv in die Zukunft sehen

Markus Hanßen * 1986

## *Macht es mich vergessen?*

Macht es mich vergessen,
wenn ich so wie jetzt
dir lausche?

Macht es mich vergessen,
wenn ich umherwandere
ohne ein Wort erreichbar zu sein?

Macht es mich vergessen?

Macht es mich vergessen,
wenn ich einfach nicht auftauche?

Macht es mich vergessen,
wenn ich einfach mal untertauche?

Macht es mich vergessen,
wenn mich jemand vergisst?

Macht es mich vergessen?

Rebecca Hanusch del Mar * 1971

## *Zyklame auf dem Pult*

Meine rosa Zyklame
ist eine bezaubernde Dame;
doch sie zu besingen,
will nicht recht gelingen.

Denn ihre vollen, formenreichen
Blüten kann ich mit nichts vergleichen,
weder mit den Schmetterlingen
noch mit andern geflügelten Dingen.

So auch scheint mir unvergleichlich
und den Worten unerreichlich
Gottes allerbarmende Liebe
mitten im düsteren Weltgetriebe.

Arthur Häny * 1924

## *Wenn der Kuckuck ruft*

Schön-Suschen saß am Wiesenrand,
sie war kaum 17 Jahr,
aus Blumen sie ein Kränzlein band
für ihr aschblondes Haar.

Der Kuckuck rief im Buchenhain,
die Luft war schwer und lau,
er wollt' nicht gern alleine sein,
drum sucht er sich 'ne Frau.

Schön-Suschen sah den beiden nach
bei ihrem Liebesspiel,
gar oft er sie beim Schopfe nahm,
was Suschen sehr gefiel.

Ach, seufzte sie, käm' doch ein Mann,
bereit zum Liebesspiel,
and nähme mich beim Schopfe dann,
so oft es ihm gefiel.

Paul Hara

## *Gewitter*

Dunkle Wolken, Donnergeroll,
Blitze, die zucken, der Wind
bläst wie toll.

Regen ergießt sich rauschender
Fall, Wolken sind dunkel,
der Himmel im Groll.

Bäume sich biegen unter der
Last, Wälder, die rauschen
im peitschenden Takt.

Schmutziges Grau wird grün wie
zuvor, Wiesen erblühen,
bringen Leben hervor.

Vorbei sind der Regen Donner
und Blitz, Nebel steigt auf,
von der Sonne erhitzt.

Ruhe kehrt ein
am Himmelsgewölk,
strahlendes Blau sich
zur Sonne gesellt.

Wolfgang Häring * 1962

## *Wann*

Wann, ja wann
werden wir uns Einblick gewähren
wann, ja wann?

Wenn wir reifer sind und schon alt
ja dann?
Wenn wir weich geworden
und fühlen im Herzen ganz warm
ja dann?
Wenn wir unserer endlich sicher sind
wenn wir Freude erleben wie ein Kind
ja dann?
Wenn uns egal das Urteil der Anderen
wenn wir zeitlos und frei über Feldwege
wandern
ja dann?

Wenn es Gott gefällt
was wir tun auf der Welt
und Er ruft uns an:
dann, ja dann!

Maria Theresia Anna Harings * 1954

### *Morgen*

Noch
umfangen von der Nacht,
löse ich mich aus
Traumgespinst in wohliger Schläfrigkeit.
Taste mich in den
Morgen,
die Augen noch geschlossen,
spüre ich:
Du bist da.

Ruhe, Frieden
wird in mir wach und
das beglückende Gefühl
deiner Nähe, deines Da-Seins.
Und der Wunsch,
dieses
Erwachen, Bewusstwerden
möge uns bleiben
über den Morgen in den neuen Tag
hinein.

Siegfried Wilhelm Harling * 1928

### *Der Herbst*

Ein einsamer Herbstnachmittag trübt den Tag.
Die Blätter wiegen im Wind.
Die Tierchen schlüpfen geschwind, wie der Wind.
So trostlos ist der Nachmittag.

Ein Vogel singt leis und sanft, das Schnecklein kriecht sich in sein Haus.
So trostlos ist der Nachmittag.

Ein Blatt nach dem anderen fällt.
Die Bäume werden kahler.
Der Bär und andere Tiere ziehen sich zurück.
So trostlos ist der Nachmittag.
Es fängt an zu schnein, es wird so weiß, wie schön.

Finja Harmsen * 1989

Eingefangen
im weißen Licht
der letzten Sonnenstrahlen
tanzen wir
diesem Tag davon
bis die Nacht
uns seidig bettet
am stillen See
Die Sterne spiegeln sich
in Deinen Augen

Daniela Harnack * 1982

### *Waldspaziergang*

Verträumter schmaler Waldweg
zierliche Lärchen
alte robuste Tannen
in den Ästen
zwitschern Vögel
ihren Liebesgesang

Wie ein grüner Teppich
bedeckt das zarte Moos
wuchtige Wurzeln

Ein Naturgemälde
farbenprächtiger Blüten
wilder Blumen
im Schatten des grünen Blätterdachs

Hier wandere ich
ohne Sehnsucht nach Menschen

Carl Ferdinand Harrach * 1923

### *Selbstportrait*

In meinem Kopf
große Augen
wie zwei runde Fenster

dahinter
tiefe Finsternis
in der verstaubte Erinnerungen
absurde Träume
und unerfüllte Sehnsüchte
im Laufe der Jahre
in grauen Hirnzellen
sich übereinander schichten
Oft wünsche ich mir
dass ein frischer Lufthauch
irgendwann alles wegweht

Nadja Harrach * 1944

## *O Seele*

Seele, vergiss nie,
wie deine Glückseligkeit begann!
Ohn' Angst träumtest du von Elfen,
die reigend umringten den Bann
des Zaubers. Sein' Kraft selbst Wölfen
verlieh er sanftmütig' Wesen.

Seele, verlier nie
deinen Mut, der ersann
die Freude, des Himmels Geschenk!
Wieder wird das Wasser, das zerrann,
aufs Neue das holde Lied erklingen
lassen, von der Wiederkehr der Sehnsucht.

Seele, sprich nie,
wie dein Traum zerrann!
Tränen des Glücks versanken im See
deiner Trauer. Sag, wie lang
noch wird des Sehnens Ufer
umspielt von den Fluten der Wehmut?

Günter Harras * 1944

## *Theaterfreuden*

Ein Mitmensch, ein Theaterfreund,
kein Stück von Goethe je versäumt.
Heut' spielt man Faust, den ersten Teil,
für ihn das große Seelenheil.
Er kennt ihn in – und auswendig,
drum spricht den Text er leise mit.
Dabei vergisst er Raum und Zeit,
und als Mephisto lautstark schreit,
da geh'n die Gäule mit ihm durch,
er springt rasch auf, und ohne Furcht
brüllt er den Text mit lauter
Stimm' ...,
das wurde peinlich und auch schlimm,
denn als der Teufel längst schon schweigt,
der Kunstfreund kräftig weiter schreit.
Die Stelle hatte man gestrichen,
was dieser Mensch zu spät begriffen.
Man soll die Kunst halt still genießen,
dann wird man and're nicht verdrießen.

Hans Harress * 1936

## *Briefe*

Man wartet auf sie.
Man bekommt sie.
Man liest sie.
Man freut sich.
Man ärgert sich.
Man heftet sie ab
oder man zerknüllt sie.
Man denkt nicht mehr daran.

Aber manche
liest man immer wieder,
und plötzlich stehen
die Worte
liebevoll in unseren Herzen.

Helga Härtel * 1929

## *Frühlingsgedicht*

Hei, wie könnt' ich jubilieren
und vor- und rückwärts Salto schlagen!
Der Winter kriecht zurück auf allen
Vieren,
gezwungen von den ersten
Frühlingsstrahlen.

Sie sind verknüpft die bunten Farben,
ein Strom der Freude quillt aus mir.
Vergessen ist das kalte Winterdarben –
neu aufgelegt das Leben hier.

Holger Hartenstein * 1940

## *Dich Tier*

Dich Tier
Dunkles, wildes
Rufe ich

Dein nur Tier sein

Dich Stein
Kalter, glatter
Rufe ich

Dein nur Stein sein

Euch Gräser
Dünne, vom Wind gebogene
Rufe ich

Euer nur Gräser sein

Aus einem Grund

Lehrt mich

Mein nur Mensch sein

Inga Hartenstein * 1969

## *Das alles möchte ich dir schenken*

Den Sonnenstrahl am Morgen
der deine Nase kitzelt
Die Zeit
sich noch einmal umzudrehen
Das Wissen
um den schönen Tag der dich erwartet
Die Wärme
an welche du dich schmiegen kannst
Jeden Tag so schön dass er nie enden soll
Liebe bis in die Unendlichkeit
Vertrauen
in Menschen die dich umgeben
Die Kraft des Tornados
Den Anmut einer Fee
Die Weisheit der Welt
Den Optimismus einer Eintagsfliege

und die Hoffnung
dass ich zu spät mit meinen Wünschen
weil ein Sonnenstrahl dich jeden Morgen
kitzelt ...

Uwe Hartig * 1966

## *Hoffnung*

Wenn jeder Tag ein wenig heller ist
Wenn jeder Moment etwas schöner ist
Wenn jede Sekunde versöhnlich ist
Dann ist das Leben wieder lebenswert

Wenn Musik plötzlich wieder Freude
bringt
Wenn sie in unser aller Herzen dringt
Wenn alle Welt dasselbe Lied anstimmt
Dann ist das Leben wieder lebenswert

Wenn Liebende nicht voneinander lassen
Wenn Freunde sich an den Händen fassen
Wenn Feinde voneinander ablassen
Dann ist das Leben wieder lebenswert

Wenn jedes Kind ein Lächeln auf den
Lippen trägt
Wenn nur Geborgenheit die Familie prägt
Wenn wir uns wünschen, dass all dies nie
vergeht
Dann ist das Leben wieder lebenswert

Aissata Hartmann * 1972

## *Hoffnung*

Hoffnung bedeutet leben
und glauben an Dich.

Jede Blume kann sie geben,
auch das Sonnenlicht.
Hoffnung bedeutet denken
an die Liebe, die Dich trägt.
Hoffnung kann ein Lächeln schenken,
das Dein Herz bewegt.

Hoffnung bedeutet ringen
um jeden neuen Tag.
Steh auf und siege,
so gut Du es vermagst.

Brigitte Hartmann

## *Stilles Blühen*

Still blühen die Heckenrosen
am Weg auf dem Bergeshang,
wohl seit des Sommers Anfang.

Dickbauschige Wolken sind
jahraus, jahrein darüber hinweggezogen.
Sie brachten Regen, Hagel,
reißende Sturzbachwogen
und grelles Leuchten im Gewitterwind.

Im Winter lag alles tiefverschneit.

Doch wenn ich von Zeit zu Zeit
im Laufe der Jahre
in die heimatlichen Berge fuhr,
so blühten wieder wie ehedem
inmitten der waldumsäumten Flur
still die Heckenrosen
am Weg auf dem Bergeshang,
wohl seit des Sommers Anfang.

Elisabeth Hartmann

## *Suche nach dem Ich*

Ich renne,
Irre durch ein Labyrinth.
Ein Labyrinth aus Fragen, Gedanken,
Worten.
Immer bei mir die Frage: Wer bin ich?
Ich irre durch das Labyrinth des Nichts
Auf der Suche nach dem Ich.
Doch was wird mich erwarten?
Was steht am Ende dieses Irrgartens?
Wieder ein Mensch, der sagt:
Ich liebe dich?
Wieder jemand, der verspricht:
Vertrau mir, wir sind Freunde?
Wieder Enttäuschungen?

Ich finde den Ausgang.
Ich sehe hinunter in ein schwarzes Loch.
Ich springe.

Was kommt danach?

Juliane Hartung * 1987

Nun steh'ich hier wo alles begann,
im Schatten dieser Zweige.
Meine Liebe ich dir kundgetan,
der Anfang für uns beide.
Sie wuchs empor wie dieser Baum,
hielt allen Wettern stand,
immer war es wie im Traum
der fester uns verband.
Kein irdisch Ding konnt'uns entzwein,
so stark war' wir vereint.
Nur des Schöpfers Himmelspein
war stärker wie dies Band.
So gingst du fort und ich blieb da,
der Baum an meiner Seite.
Nun ruhst du hier wo alles begann,
im Schatten unserer Zweige.

Kay Hartung * 1967

## *Roma*

In Stein geronnene
zu Stein gewordene
Zeit

lies nicht mehr
die Geschichtsschreiber
erblinde

hör nicht mehr
die Geschichtenerzähler
ertaube

reiß dir die Augen aus
zerstör deine Gehörgänge
erfühle

leg deine Hände
in den Strom
aus Stein

netze kühle deine Stirn
feuchte deine Lippen
bis du es ganz begreifst

in Zeit geronnener
zu Zeit gewordener
Stein

Rolf Harzheim

## *Für Petra*

Ein Zauber
hat uns zugedeckt

Ein Zauberer
steckt in uns

Ein Räuber
wartet:

Der dämmernde Morgen
vor dem Fenster

Hartmut Haselau * 1951

## *Verkehrter Wunsch*

Bitter und langsam
Fließen die schwarzen Tränen
Aus den geröteten Augen
Über die weißen Wangen

Giftige, schwarze Witwe
Warum hast Du
Schneewittchen gebissen
Trauriges Ende

Der Prinz ist nutzlos
Die sieben Zwerge
In ihrer Miene geblieben
Fluch der Diamanten

Die Bluttropfen fallen
Drei Tropfen fallen
in einen leeren Brunnen
Wintermärchen vergessener Zeit

Anja Hasken * 1983

## *Recyclebare Lyrik*

Ich bin peinlich, ich bin der schlechteste
Dichter, den es je gab.
Lyrik ist Papierverschwendung und
schlimmer noch: Zeitverschwendung.
Wenn ars longa und vita brevis ist, warum
habe ich dann keinen Stift dabei?

Longa mein Arsch! Ich bin der schlechteste
Dichter, den es je gab.

Man wird mich vergessen und meine
Gedichte zu Toilettenpapier
verarbeiten,
damit sie der Welt nutzen den Arsch zu
wischen.
Während ich schrieb, hab ich zu leben
vergessen.
Gelebt zu haben ist das schönste Gedicht!

Ich bin der schlechteste Dichter, den es je
gab.

Tausche Toilettenpapier gegen Leben.

Philipp Hauber * 1986

Wasserspiele – Lichtgefilde
buntes Treiben – stilles Sein
die Wolken spiegeln mein Gesicht
meine Gedanken sind auf Reisen
in mein unbekanntes Ich

Florika Hauer * 1954

## *Frühlings – Sehnsucht*

Oh, wie ich mich sehne
nach des Frühlings lauen Duft,
der Traum daran,
läßt mich vergessen,
des Winters alten Muff.
Der Schnee, der alles zugedeckt,
der alles lähmt.
Ich bin es leid.
Ich will die Erde spüren,
ich will die Vögel hören,
Farben sehen.
Ich will leben.
Ich will mich freuen an des Schöpfers
Wunder,
an der Natur.

Monika Hauser * 1948

## *Joachim Rogg, ich und unser Sturm*

Wellen peitschen hoch und nieder,
wann, mein Schatz,
sehen wir uns wieder?

Bin hier schon so viele Jahr',
pfeift der Wind, bringt uns geschwind'
mit den Stürmen dies' Gedicht,
dass uns're Liebe nie zerbricht.

Seh' die Euregia weit entfernt
zwischen hohen Wellen fahren,
hab' vieles noch dazugelernt ...

siehst du auch die Fähre dort,
die rüber will zum Schweizer Ort,
nach Romanshorn trotz Sturmalarm,
denk' ich an Dich, so wird mir warm.

So wie das Schiff auf hoher See,
das ich hier immer wieder seh',
am andern Ufer stehst doch Du
... wie ein Fels in der Brandung ...

Mein liebster Schatz bleibst ewig Du!

Susanne Ulrike Häusler * 1965

## *Vorgestern*

im Frühling am flüsternden Bach der
Kindheit –
beglückend das uralte Lied mit seiner
Melodie in Dur

Gestern noch

Frühsommertage – flimmernd-blau –
Kirschblütenträume – unwiderstehliche
Botschafter des Lebens –
Verheißung ewiger Jugend

Heute schon

Mitte des Lebens, schwerwiegend, doch
köstliche Früchte des Lebens auf oft
dornenvollen Wegen –
Suchen nach neuen Botschaften im
Herzen – nach sich öffnenden Pforten

Morgen vielleicht

verheißungsvollen Morgentau –
sternklare Nächte –
Trost im Wandel der Zeit.
Demutsvoll Zeit der Hoffnung erwartend
...

Nina Ruth Hausmann-Brose * 1931

## *Die Vergangenheit*

Manchmal erscheint mir die Vergangenheit
so weit fort, als sei sie nie gewesen,
als sei nur von der entschwundenen Zeit,
wie in einem alten Buch zu lesen.

Aber ihr Dagewesensein beweist,
was sie im Leben mit mir getrieben:
Die Narben an Seele, Körper und Geist
sind unauslöschlich zurückgeblieben.

Hildrun Hauthal-Stegner

## *Neujahrsgruß kategorisch*

Jamm're nicht mein Jammerlein
Leben ist kein Stelldichein
Leben stellt dir gern ein Bein
Jamm're nicht mein Jammerlein

Schimpfe nicht mein Rohrspatz du
Welt ist dumm wie bunte Kuh
Drum halt dir die Öhrchen zu
Schimpfe nicht mein Rohrspatz du

Grimme nicht mein Zickenbart
Fleisch ist willig – Herz ist hart
Schwach der Geist bei voller Fahrt
Grimme nicht mein Zickenbart

Dümmlich modelt jede Zeit
Macht zu gern die Beine breit
Masse dumpft in Ewigkeit
Wichtigtuer tun sich leid
Überall und jederzeit
Köchelt lecker Eitelkeit

Jamm're nicht – schimpfe nicht
Grimme nicht – mach's Mäulchen dicht

Daniel Haw * 1958

## *Sukkubus*

In der Stille weiß ich dich hier,
daß du kommst ganz ungebeten.
Du bist schön.
Schön ist, was nicht richtet sich.
Mit Achtung. Nicht wie man achtet,
so achte ich dich. Ich ahne dich als
nicht; du hast keinen eigenen Körper,
aber derer du erinnerst, sind so schön.
Schön ist, was nicht zugerichtet.
Wo soll ich sein? Verweile nur einen
Augenblick länger. Im Lichte bin ich
meiner nicht sicher, ob du gegangen bist.
Schön warst du.
Schön ist, was nicht richtet. – Aber
vergangen.
Gerührt senke ich mein Gesicht. Ich weiß
mich
nicht; zitternd: so gehe ich unter Menschen
und
suchend.

Marcus Hawel * 1973

## *Glücksmoment*

Träumend sitz ich in der Sonne
mein Herz ist weit vor reiner Wonne
genieß' Momente voller Glück
sie kommen nicht so bald zurück.

Die himmlisch weiche Sommerluft
durchdringt ein süßer Blütenduft
warmer Wind auf meiner Haut
um mich sind Menschen, lang vertraut.

Laut jubelnd eine Amsel singt
von ferne ein Piano klingt
bunte Falter trunken taumeln
ich lasse meine Seele baumeln.

Wünsch mir, so müsst es immer sein
und weiß, scheint dieses Glück auch klein
es ist mit Gold nicht zu ermessen
ich werd den Tag niemals vergessen.

Angelika Haymann * 1953

## *zeit punkt*

wann bildet zeit einen punkt
ist es im zentrum des maßes
von licht und schatten
ist es nicht punkt zeit
wenn ein punkt die zeit zeigt
ist das leben ein zeit punkt
ist die liebe ein zeit punkt
ist der hass ein zeit punkt
ist der tod ein zeit punkt

oder lässt der punkt
fürchten
hoffen
dass die zeit
vor ihm
ein ende findet

wann findet zeit einen punkt
zum verweilen

Esther Hebein

## *Ist es das, was ihr wollt?*

*18.12.03*

Ist es das was ihr wollt?
ein Tropfen auf dem heißen Stein
Den ihr immer noch den Berg hochrollt
Es wird immer das gleiche sein.

Einheit, Gleichheit, Einigkeit
Jeder Schritt von tausend Schuhen
getan und nur einen Schritt
vorwärts

Ist es das was ihr wollt?
Ich fragte schon so viele
doch es gab nie einer Antwort
und mein Hass steigt weiter

Der beunruhigende Level ist übertreten
Die Kriege werden nicht weniger, eher
mehr
Flugzeuge kreisen wieder über Städten
Ist es das was ihr wollt?
– bitte sehr!

Martin Heckl * 1984

## *Für Jeanne d'Arc*

Immerdar fliegen meine Gedanken zu dir,
und es sehnt sich mein Geist nach deinem.
Du bist meine Sehnsucht,
mein Engel –
Vielleicht meine Erfüllung.

Jeanne d'Arc, Jeanne d'Arc,
oh Käpt'n, mein Käpt'n,
muss ich denn erst sterben um endlich
leben zu können?!
So ist es doch nur dein Herz,
welches die Tiefe meines Wesens kennt,
dein Herz, welches auf mich schwört,
selbst wenn mich die ganze Welt verlässt.

Ich spüre deine Seele tauchen
in meines Herzens geheimste Tiefe,
zu spähen wo in tiefsten Gründen,
verborgen eine Perle schliefe.
Du liebster Engel, tauch nur nieder
in die klare Tiefe dringe
und lächle, wenn ich dir dein Bildnis
als schönste Perle wiederbringe.

Jenny-Jinya Hefczyc * 1989

## *Der Mensch*

Als Individuum, einzigartig
wird er bezeichnet,
Doch schwimmt er in der Masse,
passt sich an.

Sein Denken, sein Ausdruck,
das Kleid seiner Seele,
ist genauso gleich,
wie sein Äußeres tausend Anderer.
Kann er sich dem nicht anpassen,
so wird er „abgetrieben".
Doch nur er verkörpert die Einzigartigkeit.
Meist ist es jedoch Spott, Hass,
Verachtung, Ablehnung und
unerreichbare Träume
der Preis dafür
Mensch zu sein.

Sandra Hefele * 1980

## *Barbie*

betrat wehrlos ihre Schönheit,
teilte den Zopf,
woran schweigt sie?
Schien klar mit munteren Augen an
In weißem Spitzenkleid.

Katarzyna Heidefuss * 1961

## *Blick ungetrübt*

Aufreißen
das Tor
ins Leben

Tempelgötter warten
im Jetzt
zwischen Säulen
aus Morgentaugestein

Blick nach Sehnsucht
gerichtet
soll Salz sein
fette Erde
soll Schweiß
im Angesicht
des Feuers sein.

Alltagsschleierfetzen
fernvertraut
bewußtseinsweit
der Blick
ungetrübt.

Gudrun Heidenreich * 1953

## *Verregneter Sommer*

Mit den Düften der Bratwurstfeste und
den Klängen von Fahnenweihen
wird der Sommer geboren,
ein Kind des open-air.

Tage und Nächte
verbringt er
unter dem Schleier des Regens,
bis ihn sein Zustand
zu verwirren beginnt.

zum Äußersten gedrängt,
schlürft er betäubt schon
Weizenbock mit Kirschbowle.

Den Empfang
seines persönlichen Katers
verschläft er
traumlos im Regenguß
und ohne wieder zu erwachen,
läßt er sich vom ersten Frost
mit spitzen Nadelstichen
die bunte Farbenjacke zunähen.

Vivi Heider * 1949

## *Bitte und Danke*

Zwei Worte nur, doch von großer Macht
Benutzt man sie richtig, ein Feuer entfacht.
Eine Serenade von Gefühlen in dir und mir.
Ein Zwiegespräch von Krieg und Frieden
im Jetzt und Hier.
Sie entscheiden über Leben und Tod.
Und gerätst du irgendwann einmal in Not.
Dann vertrau ihnen, wende sie an,
gebrauche sie
Und zwing damit deine Feinde in die Knie.

Denn sie öffnen die Türen in all unsre
Herzen
Und auf der Welt gäbe es nie wieder
Schmerzen.

Andreas Heidrich

## *An den Morgen*

Narrengewand
In der Gardine
Wenn man
Hinaussieht
Hat einer den Strohhut auf
Wagt einer den Blattlochschuss
Und der Gipsplattenasphalt
Bebt kalt
Unter ihren Schritten
Ein Zuckerkreisel schlägt
Unter ihren Fingern auf
Unter meinen Fingern
Staut sich das Wasser
Und die Milchwolken
Vermengen sich mit
Dem Kaffeehimmel
Ohne umzurühren
Derweil der Kreisel
Zieht
Einen tiefen Graben

Susann Heidrich * 1982

Du bist so nah und doch so fern
eingeschlossen in Glas
wärmst das Herz und doch stellst Du
die Kälte da, welche in dir Behausung
findet

Kommst aus aller Welt
und bewahrst im inneren doch die Eigene,
aus der es keine Wege gibt

Reflektierst das Leben

Still, einsam, kalt und tot

Schneekugel

Christian Heil * 1982

## *Materialist*

Das Grün des Grases spüren wie es
schneidet, streichelt.
Das Rot im Samt zerwühlen.
Selbst Baum werden,
wenn Blätter mit Licht und Schatten
spielen.
Das Braun vom Schneckenhaus endlos lang
umrunden.
Das Schwarz der Feder fliegen lassen.
Selbst Glas werden,
wenn Scherben ihre Pracht für dich
entfalten.
Das Gelb der Blumen zerdrücken,
das Farblos ihres Dufts verwundert.

Melanie Heil * 1987

Liebe lässt sich nicht in Worte fassen,
zu vergleichen, wenn wir hassen.
Gefühle ersticken den Verstand,
hat der Verstand es dann erkannt,
bringt der Abstand das Entsetzen,
bringt die Seele das Versetzen,
des Verstandes ins Gefühl,
es entsteht das Wohlgefühl.

Nun könnten wir das Leben lieben,
werden manchmal doch getrieben,
bleiben stehen, gehen weiter,
manchmal traurig, manchmal heiter.

Bis uns dann ereilt der Tod,
bringt die Lösung von der Not.

Die Not wird gehen,
die Liebe wird bleiben,
so bin ich mir sicher,
so muss ich dies schreiben.

Marion Heil-Hauk * 1962

Eine weiße Wolke schiebt sich vor den
Mond
Alles erstarrt und ich folge der Bewegung
Der Wind streift mein Gesicht

Im Haus brennen die Lichter
Sie essen, Sie reden, Sie lachen

Dort hab ich einst gewohnt.

Nicola Heilig

## *Spinnennetze*

Glutdurchtränkte Fieberträume –
weinende Körper,
vereint voller Liebe.
Gefangene Gedanken –
die Netze der Seelen,
die Spinne, sie spinnt ihre Fäden eben,
doch nichts ließ erahnen in diesem Getue
das Liebe ist das, was jeder hier suchte.
Geliebt – gelebt – gefangen genommen
es ist nicht so einfach, im Netze gesponnen.
Verronnen – verfolgt – zerschlagen –
verhasst –;
Das Leben ist hart, wer hätte das gedacht –
unglaubliche Qualen die Liebe verfasst.

Ute Heilkenbrinker * 1967

## *Ein Traum*

Hast Du einen Traum? Oder hast Du viele?
Es ist ganz gleichgültig wieviele – wichtig
ist nur,
dass man nie vergißt zu Träumen
und immer wieder Zeit findet seinen
Gedanken freien Lauf zu lassen.
Ich träume manchmal von einer Bank –
auf der ich sitze und auf jemand warte –
auf wen?
Es ist nicht immer die gleiche Person!
Die Person hat gar kein Gesicht!
Es ist eine Person die mich in den Arm
nimmt und ganz fest hält.
Die mir Trost spendet – Wärme –
Verständnis – Liebe!
Eine Person der ich alles sagen kann ohne
Scheu und Angst.
Ich sitze dann oft stundenlang und kann
über alles reden.
Es ist schön wieder neue Kraft zu schöpfen
– sich wie neugeboren zu fühlen.
Dennoch es bleibt die traurige Gewissheit:
Die Person mit der ich sprach – war ich
selbst.

Babs Heimann * 1954

## *dezember*

verschleierte sonne und winterlich kalt,
regennaßschimmernder blauer asphalt –
blättergeriesel fällt schaukelnd und zag,
grauquellende wölken ertöten den tag –

surrend auf schneeweißer fröstelnder straße
zwingen mit schnellem motorengerase
chromsingende, glitzernde, farbige wagen,
gedanken, die achtlos am wege verzagen –

milchweiße massen voll einsamkeit
schmelzen dahin in verlorenheit,
hart sie zerstäuben am bürgersteigrand,
schattende reste, zerstreut in den sand –

lichtstrahlen flimmern die gassen herauf,
kerzen verbrennen sich glimmend zuhauf –
die menschen erwerben oft eitlen gewinn –
verkennen der tage erhabenen sinn.

Karl Heimers * 1923

## *Wer stellt das ab?*

Längst fremd auf der Erde, verloren im
Nichts,
wird weitergelebt, man hört, wie das geht:
Muskeln zerren die Mundwinkel hoch,
Erziehung den Kopf vom Boden,
Logik gibt die Handlungen vor,
Begriffe die Wertung des Tuns.

Doch Tränen, apathisch, zerstören das Bild,
gehorchen ganz anderen Regeln.
Sie rinnen aus Augen, versehentlich,
verraten das tiefste Befinden:
Das Feuer ist aus, die Wärme verstrahlt,
die Seele zerfallen, wie Asche verweht.

Die Farben – zerfallen zu lichtlosen
Stäuben,
die Töne – erdrosselt wie Noten an Hälsen,
die Worte – entleert zu Buchstabenreihen,
das Leben – weit weg hinter gläsernen
Mauern,
der Weg dorthin – ein verschollener Pfad,
die Stunden des Tages – nur bleischwere
Zeit.

Geblieben nur Hirn und Zweifel der
Nacht.
Noch zögernd die Frage: „Zu schwach für
den Tod?“

Eveline Heimsoeth * 1945

## *Vorfrühling*

Gestern hat noch Schnee gelegen,
türmte sich die Glitzerpracht
auf den Feldern, Bäumen, Häusern,
doch ganz plötzlich über Nacht
kam ein warmer Wind geflogen,
pustete ins weiße Kleid.
Heute tropft es, rinnt und plätschert.
Sag „adieu“ nun, Winterszeit!
Schon die ersten grünen Köpfchen
schieben aus der feuchten Erde
sich hervor und grüßen leise
hoffend, dass bald Frühling werde.

Corinna Hein * 1977

## *Mauritius*

*Erinnerung an eine glückliche Zeit*

Mauritius, winziger Punkt in den
unendlichen Weiten des Indischen
Ozeans.
Für die arbeitenden Menschen in den
Salinen, auf den Zuckerrohr-
Plantagen
und in der von ungefilterten Auspuffgasen
verpesteten Luft in Port Louis sicher
kein Paradies.
Und doch ein Juwel:
Unberührte Traumstrände an den
einsamen Ufern eines von buntem
Fischreichtum erfüllten,
sauberen und warmen Meeres.
Farbenprächtige und zutrauliche Vögel
bevölkern die reine, tropische Luft.
Grandios unwirklich scheinende
Sonnenuntergänge zaubern
überirdische Stimmungen an den
pastellfarbenen Himmel.

Olaf Hein und Rolf Mader

## *Nistende Zugvögel*

Jetzt ist Schluss mit den Flügen nach
Afrika.
Die Zugvögel bleiben hier.
Einen Hausvertrag haben sie
unterschrieben,
in allen Zimmern Nester gebaut.
An Zimt und Muskat finden sie Gefallen.
Sie schälen Karotten,
fegen die Böden,
züchten Kakteen,
bemalen die Wände.

Sie tauchen in Bücher,
brüten vor Tischen,
in Gedanken versunken,
und schreiben vom Zwang
ihrer rastlosen Züge
über Länder und Meere
an den Rändern der Erschöpfung,
immer mit dem Wunsch nach
Heimkehr unter den Flügeln.

Brigitte Heine

## *Aufbruch*

Es keimt
es sprosst
unverhofft bildet sich da doch noch etwas,
dort, wo niemand es erwartet hat,
drängt es sich hervor aus dem Verborgenen
und kommt ans Licht,
zart und unbeachtet noch,
bahnt es sich einen Weg an die Oberfläche
mit der Chance etwas Großes, Starkes zu
werden
und dem Risiko, neu zu versinken
und für immer sich zu verlieren

.... und dennoch finden die Tränen ihren
Lauf,
hat das Vergleichen endlich ein Ende,
geht das Ich mutig auf das Eigene zu
Und die, die ich einstmals als Feinde
gesehen habe,
zeigen mir, wer ich bin,
nicht aus Sympathie oder Zuneigung,
das wäre zu schön, nein,
sondern aus Respekt vor dem Leben

Bianca Heinemann * 1971

## *Die Eiche*

Einst stand ein Baum in einem Garten
wollt' groß werden und viele Früchte
tragen
und ein glänzendes Heim sein für seine
Vogelarten.

Hoch hinauf in den Himmel wollt' er
der Sonne entgegen, die er so sehr
liebte. Und so wuchs er und wurde stark

und prächtig. Un die Vögel bauten ihr
Nest.
Und voll Freude sang'n sie ihr Lied.
Und ein jeder hoffte, daß es so blieb.

Doch Schönheit und Freud' erweckt Neid.
Und so schlichen die Nachbarn herbei.
Ihre Hand hielt den furchtbaren Stahl,
sie zerschnitt all das Hoffen, den Traum
und die Eich' war voll Trauer und Qual:

Ihre Krone verschwand unter der
grausamen Hand.
Zerstört war ihr Glanz, zerstört auch ihr
Traum.
Kaum kann sie sich trau'n, neu zu werden
der Baum,
denn der Nachbar, er wacht
über alles, was sie macht.

Ingrid S. Heinemann

## *Abschied*

Wer von uns kann Liebe schreiben,
wir die zeitlich gebunden sind,
sollten wir dann ewig bleiben,
so hätte die Liebe ein Gesicht?

Das Zeitgefühl war mir verloren,
im Schatten eine Stimme klang,
in deinen Augen wurde ich geboren,
wie Musik in der Schöpfung entstand.

Aber wie behindert sie wir alle,
am Ende verlorener Signalen der Welt,
in der im Anfang Liebe war die Quelle,
das Ur der Zeit des Seins, das uns entfällt?

Darum, ich kann dich nicht erreichen,
es mangelt mir an Brot und Wein,
nur dein Gericht kann ewig schreiben,
so lebe das Wort in dir allein.

Wilhelm Heinhaus * 1940

## *Morgenstimmung*

Der Wiesenmorgen
ergeht sich in den Chroniken der Gräser,
ertönt in den Sinnbildern
längst verwandelter Sinne,
besinnt sich einer nun erreichbaren
Sinnhaftigkeit des Daseins –
das Gekrabbel der Marienstunde
läuft mit Käferbeinen halmauf, halmab
und ein Staunen gebiert sich ihr
wie aus einer unbefleckten Empfängnis,
die dem Kusse Gottes
ein reines Empfangen bekennt,
als die Begleichung einer Rechnung,
die immer wieder aufgeht
und von Sekunde zu Sekunde reifend
sich selbst in Liebe unterschreibt.

Lothar Heinicke

## *rosenhabendornen*

geschwiegener schmerz bricht sich bahnen
in resonanzlose weite
schweigt dich verbotenerweise verzweifelt
an
rennt gegen weggeschlossenes gefühl
und liebt heimlich dein gesicht

zersprungenes lachen sieht gequält jedem
neuen tag ins gesicht
nach deinen worten suchend und deinen
händen
fest entschlossen zu glauben, dass
taschentücher an rosendornen trocknen

gern-haben-mögen und lieb-haben-wollen
zinslos in banksafes eingelagert unlebendig
der vernunft untergeordnet ist liebe mit
unterschiedlichen
lebenskonzepten nicht kompartibel und hat
zu schweigen

liebgehabte fragen vernunft erst später
schließen mutlosigkeit statt liebe in
banksafes
und setzen auf die möglichkeit
rosen nach kräften dornenlos zu machen

herbstfrost lässt rosenblätter zwischen
dornen fallen –
lebensentwürfe lassen gern-haben-mögen
aufgespießt zurück
herbstwind vertreibt kalt nähe und wärme
aus wunden herzen,
lässt herzwunden nicht heilen und verteilt
liebe anderswo

Alexandra Heinrich * 1964

## *Meine Gedanken brechen aus*

nicht halten
nicht binden
nicht steuern
kann ich sie

Ihre wildbunten Bilder
hängen sie ungeniert
an dünnseidene Fädchen
die vor meinen Augen
auf und nieder tanzen
schwer zu fassen

Aber warte
ein Bild greife ich mir
und stelle es
noch heute
auf den Boden
der Realität

Karin Heinrich * 1941

### *Asche eines Moments*

Leben ist – wahr und hergerichtet
fließt im Strom meiner Sucht
nach Gedankenlosigkeit

doch plötzlich – helles Sein erleuchtet mich
gefangen in Nichtigkeit

dunkles Feuer –
frisst das Helle, und steigt in mir empor
so zweifelnd nach Hilfe, treibt mein Herz
in Flammen

Wild – unfähig zu rufen
Schrei nach Freiheit, vor mir selbst als
Retter

nur ein Schritt – hin zur Unendlichkeit
schöne Angst, heilt mich durch Schmerz
der wieder bleibt

Gedanken – ob in Liebe oder Mitleid
sind bedeutungslos, bis wir selbst uns
verwandeln

Nacht – ich will mich ihr beweisen
ehrlich und befangen,
ist Trauer, meine Würde

Silvio Heinschke * 1982

### *Der Beginn der Stille*

Mein Herz schweigt,
Du hörst es nicht mehr
Schlagen.
Die Tür zu meinem Turm
Ist verschlossen.
Nur wir sind hier,
Die Einsamkeit und
ich.

Franziska Heinz * 1979

### *Sehn-Sucht*

Tiefe Sehnsucht, düster schwarz,
seelentoter Traum.
Zäh wie schweres, altes Harz
an meiner Seele Baum.

Willst nicht verschwinden,
lässt mich nicht los,
kann dich nicht überwinden,
tötest Stoß für Stoß.

Verklebst der Hoffnung Pore,
nimmst ihr die Luft.
Eine Stimm' in meinem Ohre,
die den Tode ruft.

Gar nichts kann dich lösen,
bleibst doch immer da.
Zum Guten wie zum Bösen,
kommst Jahr für Jahr.

Kann mich nicht an dich gewöhnen,
bringst mir nur Not,
lässt meine Seele stöhnen,
Ausweg ist nur Tod.

Jonas Heinzel * 1990

### *heimkehr*

Der moosige Anker zerschellt dumpf am
Grunde,
Zerreißt das triste Nebelmeer;
Zeit streicht Segel,
Sonnenlicht flutet von Schatten verblendete
Augen mir.
Lautlos schreit mein Herz Vergessen;
willkommen der Hafen, der nie mich
vergaß ...

Eine blutig' See düstren Seelenschmerzes
Verebbt nun falb im Stillstand der Zeit.
Versiegt die Tausend purpurnen Tränen,
Die rubinen Flüsse, mein Herzblut
geweint.

Lausche mein Herz den himmlisch
Schallmaien; ergib' dich ganz der
Winde unvergessen Melodie ...

Mit Erinnerungen wohl verwahrt
Stopf' ich die Löcher auf alten Wegen;
Golden die Sonne, die leuchtet mir
heimwärts,
Trägt meine Liebe der ihren entgegen.
Kinderlachen hallt mir in den Sinnen,
wiegt ferne Schritte in zärtlicher Näh'
...

Schweig innig Andacht bebend Herz,
Oh Welt, halt deinen Atem!
Heb' die süße Ahnung des Hier, des Jetzt
In die Ewigkeit hinan ...
auf das sie niemals je zerschellt, so wie einst
ein Teil von mir.

Claudia Heise * 1986

## *Schwarzer Schnee*

Am eindringlichsten hat das Sanfte
gewonnen,
ich sehe es an deinem netten Haar.

Es würde über mich kommen,
wie schwarzer Schnee so wahr.

Es bleibt Narbe und wird nicht wund,
und die Vergänglichkeit fällt ab zum
Grund.

Detlef Heise * 1964

## *Ecce Homo*

substanzlos,
erfuhr ich den grad des durchbrechenden
schmerzes

ein gestern und heute,
durchzog meine glieder zur nachtzeit,
ein morgen, erschien mir verfrüht

die steigende sonne,
setzte das zeichen zum aufbruch

beim ersten hahnenschrei,
gebar ich leblos mein licht,
in gestalt meines gesichtes

es lächelte mich an,
zum willkommen

Karl U. Heising

## *Der Lauf der Welt*

Der Lauf der Welt!
Ich frag mich, wieso Gott ihn nicht anhält.

Wie kann Gott ruhig schlafen,
wenn jemand Angst hat in der Nacht,
oder anderen gegenüber missbraucht seine
Macht?
Das zu verkraften kann ich nicht schaffen!

Er hat die unglaublich große Macht,
Ungerechtigkeit zu bestrafen,
doch statt etwas zu tun, hat er sich keine
Sorgen gemacht!
Aber was ist mit mir? Ich kann nicht mehr
schlafen!

Ich kann nicht mehr essen!
Ich geh daran zu Grunde!
Ich kann es nicht vergessen!
Ich habe eine seelische Wunde!

Wie kann ich leben?
Schuldgefühle überwältigen mich!
Ich kann es einfach nicht!
Siehst du, wie meine Hände beben?

Tust du nichts gegen Ungerechtigkeit,
oder bin ich bloß gesegnet mit Blindheit
und sehe nur die Grausamkeit?

Patricia Heisinger * 1989

## *Schmetterlinge*

Die Schmetterlinge in meinem Bauch,
haben den Flug zu deinem Herzen beendet.
Die Kälte hat sie überrascht,
drum haben sie gewendet.

Erschöpft und krank gestehen sie,
wir können nicht mehr fliegen.
Weil Eissplitter von deinem Herz,
auf ihren Flügeln liegen.

Die Schmetterling sind nur für dich,
aus meinem Bauch geflogen.
Du trägst die Schuld an ihrem Tod,
deine Liebe war erlogen.

Gestorben sind sie auch für mich,
denn ich habe mich verliebt.
Es bleibt die Angst das sich noch mal,
ein Schmetterling verfliegt.

Tanja Maria Heiss * 1979

## *Befreiung*

Ein paar Zeilen wechseln,
still und elegant,
ihre Herzen und erklimmen
vorsichtig den Rand,
der meist begrenzt,
selten nur teilt,
was im Stillen ruht,
viel zu oft dort verbleibt.

Doch ein paar Worte entkommen,
leicht und berührt,
den Seelen und öffnen
was fest zugeschnürt,
die Herzen von jenen,
die ehrlich bereit,
ihr Wissen nun teilen,
was endlos befreit.

Lea Heitfeld * 1986

## *Namen*

Der Wind mir flüstert einen Namen,
Gräser auf dem Feld umschmeichelnd,
So klar wie Wasser,
Sonnenwarm.

In Liebe gesprochen,
Wie Meeressand,
Und Majestätisch zugleich.

Wie ein Wolkenhimmel
Mit schützenden Flügeln,
Wie ein bergiger Fels,
Voll Größe und Stärke.

Wie eine Rose im Eis,
Wie ein Punkt Schwarz in Weiß,
So wie ein Vogel in den Lüften
Werde ich den Namen schützen.

Den Deinen und den Meinen.

Julian Hejra

## *Welt*

Wenn der Schatten flieht,
wenn der Bach sprudelt, doch nicht spät.
Mein Herz keine Wunder sieht.
So als wenn die Last sich hochhebt,
wenn der Sturm wirbelt die Träume
hinweg.
In einem fernen Raum, der den Weg
versperrt,
wenn die Quelle vergeht und ein Korn
bleibt vom Staube dieser Welt.
Wenn ein Blatt im Winde weht und das
Universum sich dreht,
dreht im Throne des Alls, dem Schein des
Lebens,
verachtet und geknechtet in sie gesperrt,
gegeben Verwundbarkeit in der
Unendlichkeit und der Perfektion
dieser Welt.

Gegeben das Gute und Schlechte, warum
verwechseln wir nur immer das Gute
mit dem Schlechten,
wie Ruhm, Habgier und falschem Stolz?
Wer wird halten deine Hand im Regen,
wer wird dir dein Lachen
zurückgeben,
zeigen die Tiefe deines Herzens, die
Wunden voller Schmerzen.

helen * 1984

## *Schönheit im Herbst*

Wenn die Luft mit wirren Launen
zaust der Bäume Häupter bunt,
wenn Wind heult und Leute raunen:
„Vor die Tür schick' keinen Hund!";

Wenn die Wiesen sich besinnen:
So kalt kann die Erde sein,
Alles kehrt sich um nach innen,
stellt sich auf die Wandlung ein;

Wenn nun so mit leisem Klagen
und bei feierlichem Lichte
Kürze einhält mit den Tagen,
liest man gern schöne Gedichte.

Wenn man solchem Brauche frönet,
wickelt sich in Decken ein,
Weiß man: Die Natur verwöhnet
auch im Herbst die Menschen fein.

helene912 * 1969

## *Gedicht*

Ihr wollt ein Gedicht,
Wie soll das gehen?
Ich kann so was nicht,
Soll das geschehen.
Ich bin so frei und frisch und fromm,
Dass ich bald in den Himmel komm.
Wenn das geschieht, bin ich drauf erpicht,
erscheint nachher von mir ein Gedicht.

Heli * 1921

## *Frühlingsboten*

Der Alpen glitzernd Gipfel-Weiß
zeugt noch von Winter, Schnee und Eis.
Doch drunt' im Tal, in Wald, auf Flur
erwacht aus Kälte die Natur.
Der Wiesengrund verschluckt
Schneeflecken,
die trotzend Auen noch bedecken.
Auf steigt die Sonnenumlaufbahn,
und kündigt endlich Frühling an.
Schneeglöckchen wagt's, vorsichtig
streckt's
sein Blütenweiß zur Sonne reckt's.
Der Krokus lässt nicht auf sich warten,
auch Schlüsselblum' und Veilchen starten,
sie zeigen bunte Farben-Pracht,
die die Natur im Märzen schafft.
Mit Licht und Wärm' die Sonne weckt,
was alles noch im Schlafe steckt.
Es sprießt und wächst und blüht alsbald,
nun überall in Feld und Wald.
Der Mensch, der dieses gern erlebt,
genießt's, weil's seine Stimmung hebt.

Peter Hellich

## *Liebesschmerzen*

Wenn ich an Dich denke
dann springt mein Herz
vor Freude
und zerbricht zugleich
Dann lasten tausend Tonnen
schwere Schmerzen
auf meinem Herzen
Was ist es nur
was mich so zerreißt

Es ist die Liebe
die uns verbindet
und uns doch so
trennt

Valentin Helling * 1983

## *Zukunft!*

Zukunft,
das heißt leben
sich weiterbewegen
stehen bleiben
sich vom Wind lassen treiben.
Sie geht in die Ferne.
Sie bleibt in der Nähe.
Sie hält fest
und läßt los,
hinterläßt Spuren
und malt Visionen,
malt auf Sand und baut auf Stein,
läßt uns auch manchmal allein.

Da kommt etwas auf uns zu,
wir wissen noch nicht was.
In froher Erwartung – doch es gibt Ängste.
Wie die Zeit ist verflossen,
hätten wir sie doch besser genossen.

Christa Hellmeier

## *Schweigen*

Und nun wird's dunkel im lieblichen Hain.
Eisige Winde kehren jetzt ein.
Ein Schatten, der nur Schatten nährt.
Ein Schatten, der das Licht zerstört.

Verblichen aller Stille Glanz.
Verborgen bleiben Geistesblitze.
Bis letztendlich völlig ganz
zerbricht des Lichtes feste Stütze.

Das Haupt, in Kissen eingelegt,
schläft schließlich ein.
Kein Morgen, der sich regt.

Oliver Hellmuth * 1982

## *Tsunami der Lust*

Wenn Verliebte vor Liebe brennen und
glühen
Da kann der Frühling der Liebe erblühen.

Die Lust bringt das Eis der Pole zum
schmelzen
Und sie können sich im Tsunami der Liebe
wälzen.

Auf den Gefühlswellen reiten
– in andere Sphären entgleiten.

Die Zeit auf dem Gefühlshoch bleibt stehen
Ist dieses Gefühl nicht unendlich schön?

Die Sterne sind so greifbar nah
– ist das real und war?

Glücksgefühle unglaublich schön,
es können doch noch Wunder geschehen.

Marion Hellwig * 1969

## *Verführt*

Stärker ist als all mein Wille
stärker ist als mein Verstand
stärker ist, wie ich erkannte
was ich in deinen Armen fand.

Schmelzend Wachs in deinen Händen
fließe ich zum Boden hin
meine Schenkel um dein Becken
wo ich eine Schlange bin.

Ich schenk dir mich
öffne Tür & Tor & Bein

werde weiter, werde mehr
eins mit dir und deinem Sein.

Später wirst du mich verlassen
wird deine Spur auf mir verblassen
wird dein Auge nicht mehr sehn
worum es hier und heute geht
wird diese Liebe nicht mehr sein
ich bleib zurück –

hier –

allein.

Monika Hendlmeier * 1982

## *Es gibt*

Bricht der Funke nur hervor, damit man
ihn im Feuer sieht?
Blickt der Mensch zum Himmel auf, damit
man ihm vom Himmel sieht?
Was treibt uns an die Welt zu schaffen,
Wenn nicht der Wunsch uns groß zu
machen?
Was treibt den Menschen groß zu sein,
Wenn nicht das Lob von dem der Klein.
Ist es wirklich nur dies' streben,
dass unser Weltall hält am leben?
Und, treibt dieser Wunsch auch –

mich

Alexander Hengstler * 1983

## *Heimweh*

Ich wünschte zu sitzen an seinem Fuß,
wo ich wohl behütet wär'.
Sein Schatten ist mir freundlich,
doch seine Macht ängstigt mich.

Wenn ich ihn unter meinen Füßen spüre,
bin ich von ihm eingenommen
und taub folge ich seinem Ruf.

Dafür sehen meine Augen
mehr als sie je zu sehen gehofft haben.

Die Quelle des Bachs
spendet meinen Füßen Genesung,
und ein Schluck des kühlen Nasses
gibt mir Mut und Kraft.

Wenn ich oben in die Ferne seh,
fällt Angst und Zweifel von mir fort.
Ich bin frei,
denn mein Herz wär' zu Haus'.

Yvonne Hennekes * 1987

## *Wechselhaftigkeitsweltwunderreise*

scheu geflüstert
war die frage nach dem weg
und ohne gar das ziel zu kennen
war ich dann plötzlich da
und dort
und fort

unausgesprochen schwamm ich
bald im schrei der keiner war
auf wechselhaftigkeitsweltwunderreise
hör doch mal auf zu rennen
sagte sie bloss leise
sieh dich in aller ruhe um

und siehe da
ich sah

Herult Hennereg * 1973

## *Marmor*

tauche ein

Wellen meine Richtung
lenken

berühre das Gestein
Marmor
weiß und kalt

Winde gedenken
Trauergesang im Chor
Erde sich dreht
holt Kühle hervor

haltloses Fühlen
nicht vergeht
Luft mich tragend
leiser Töne Klang

loses Ich
loser Halt

gedenke dein

weiß und kalt

Franziska Henning * 14129

## *Romantische Liebe*

Eine junge und unberührte Liebe
Aus sich heraus bestehend

romantisch und einzigartig ...

Gefühle ...
so alt sie die Menschheit selbst

ein tiefes Wissen
in uns tragend

füreinander bestimmt zu sein ...
schon lange vor unserer Zeit

Karin Henningsen * 1964

## *doch daneben ...*

sonnenklar steht die welt,
frisch und rein der atem,
doch daneben not und pein,
leben kann nicht alles geben.

krankenwagen, notarztweg,
dann ein leichenwagen,
doch daneben strahlt die welt,
frühlingshaft und voller leben.

Wiltrud Henningsen * 1935

## *Was willst du*

Du schaust herum in diesem Raum
dich niederlassend in deinem Sitz.
Sie wollen mein Blut, wollen meine Tränen,
es zerreißt mich, was soll ich tun?
Soll ich singen bis ich nicht mehr kann,
spielen, bis meine Finger bluten.
Du bist so unendlich weit entfernt.
Soll ich mich in den Regen stellen
und für dich das Gänseblümchen sein?
Ich bin nicht derjenige, den du brauchst.

Du kannst haben, was du willst,
du kannst träumen, du kannst über das
Wasser gehen,
so oft du möchtest.
Du kannst deine Seele verkaufen,
um die Kontrolle über dein Leben zu
bekommen,
aber ist es das, was du suchst?
Du kannst dich verlieren in dieser Nacht,
es gibt nichts zu verstecken.
Was willst du von mir?

Wolfgang Hensel * 1950

## *Er ist ein Pförtner nur*

Erschrecken wird gar mancher oft,
wenn sich ihm zeigt, Gevatter Tod.
Warum nur dieser Aberglaube?

Es ist doch ein verkehrter Glauben,
wenn ab und zu man hört verlauten,
der Tod hätt' einen Sieg errungen.

Nie kann er einen Sieg erringen,
wenn wir uns stets darauf besinnen,
dass er nur Pförtner für uns ist.

Sein ist die Pflicht, die Tür zu zeigen,
die hinführt in den ew'gen Reigen.
Triumph ist dann, die Ewigkeit!

Karl Hensler * 1941

## *Vom Sinn der Grammatik*

Wenn Wolkendunst erhellt die Lichtung
und ein Kamm spielt sinnlich auf,
gibt der Nordpfeil Dir die Richtung
und Regen türmt sich schnell zuhauf.

Pilze krümmen sich vor Schmerzen,
wenn Fahrwerk in die Kurve bricht.
So liebte Berthold es zu scherzen,
denn die im Dunkeln sieht man nicht.

Wenn Sparschweine vom Anker schlüpfen
Und selbst Uhren brauchen Zeit,
kommt es, daß Stopschilder hüpfen
und ein Haus um Hilfe schreit.

Es ist so leicht, Geist einzuschätzen;
Die Masse denkt nur mit dem Magen!
Wichtig ist, man spricht in Sätzen,
ohne etwas auszusagen!

Karsten Hentrich * 1970

## *Sommer in meinem Herzen*

Es ist wie Sommer
in meinem Herzen
wenn ich dich anseh

und ich fühle
wie du mich streichelst
wie warme Sonnenstrahlen

so lang wie möglich
will ich es geniessen
mich vielleicht sogar verbrennen

denn irgendwann wirst du gehn
und ich bin allein
dann wird es wieder Winter sein

in meinem Herzen

Beatrix Henze * 1966

## *März – Sonne*

wirft wärmendes Licht
tief in ruhender Erde
schützenden Schoß,
weckt Keime,
Blumen,
zu leben im Licht.

Auch meine kleinen Lieder
lange
in dunkler Lade
heimlich harrend,
daß du sie hebest
mit hegender Hand,
drängen voll Sehnens
zur Helle des Lebenslenzes –
selber Lichter,
geboren, Freude zu strahlen
ins Dunkel
zweifelnder, zagender Herzen.

Georg Friedrich Herbolzheimer

## *Bleibender Schatten*

Hinter den Stunden
lauert der Schatten
mit seinen
wechselnden Masken

Unausweichlich
haucht er uns an
schüttelt jedem die Hand

Ein fremder Begleiter
der uns trifft überall

wo wir nicht
gewappnet sind

Unaufhaltsam sein Schritt
Schweigen sein Wesen
sein Haus grau aus Staub

Er kennt keine Gnade
duldet kein Nein
geht und kommt
nie zu spät

Wolfgang-Georg Herbolzheimer

## *Mit leeren Händen*

Weite Gleise spitzen sich
Zu schmalem Pfade an
Flüsternd' Stimmen räkeln sich
Aus blauem Dunst zu rotem Garn

Flücht'ge Schritte in meinem Kopf
Über mich durch mich hindurch
Bilder steigen, Worte fallen
Courage nennt die bleibend' Furcht

Zeit – oh, eile; Zeit – verweile!
Dich zu greifen – welch elend Leid, welch
Bitterkeit
Wie auf losem Drahtseilboote treibend auf
Dir
Gar frag ich mich, was dann noch bleibt

Vera Herbst * 1983

## *Lichtblick*

Die Bäume haben ihre Blätter verloren.
Die Vögel sind weit weg. Auf und davon.
Die Tränen sind zu Eis gefroren.
Das Lächeln ist erstickt.

Eisig, kühl und ungemütlich.
Der Sinn des Lebens nicht mehr da.
Ein Licht am Horizont. Weit, aber klar.
Die Kraft für diese Reise.

Du darfst nicht zögern.
Du hast die Chance.

Und wenn Du heimkehrst von der Reise.
Du wirst schon sehen.
Sieht alles wieder heller aus.
Du mußt nur gehen.

Anja Susanne Hermann * 1974

gib das lieb
was selcht, was trieb
stör den barsch
im kräusel, der wellt den teich
halt die mur und schraub der rosen stock
klaube zusammen den talar und der kerzen
troff
alarme, verkünde, kugel den hain und
wenn
streck den zapfen und borken
und verkante den fluss
was war, war
umarme, rahme ein
isoliertes, verzogen verzahntes

Ingmar Herr * 1972

## *Friedhof am Sonntag*

Gitter, schief in ihrer Angel,
Starren auf den schwarzen Ort.
Lebenszeichen reißt er fort
Aus einem duftenden Gerangel.

Bedeckt mit weißem Segeltuch
Streckt sich die alte Hand,
Nimmt jeder Liebe heilig Land,
Schreibt sie in ihr Tagebuch.

An einer Mauer klebt noch hell
Der Blumengruß gerollter Tage.
Und Unruhe verklärt die Sage
Der Ruhenden zu neuem Appell.

In wehen Weiden speien Schrei,
Gewißheit aus den Rindenaugen.

In angebauten Gärtnerlauben
Horchen Fremde ihrem Konterfei.

Mit einem Kreuz hin fest gebannt
Der Drang ins All zu steigen,
Sich bestens aller Welt zu zeigen.
In Holzbohlen steht es eingebrannt.

André Herrmann * 1986

## *Der Dichter*

Der Dichter berichtet, wie die Zeit vergeht,
was in ihr lebt, und mit ihr steht.
Was von seiner Zeit getragen,
beantwortet, und erhebt viele Fragen.

Poetisch schreibt er seine Gedanken nieder
und kehrt gleiches auch mal wieder.
Gelegentlich, wie man so sieht,
wird aus einem Verslein auch ein Lied.

So berichtet der Dichter aus seiner Zeit,
Bewegendes, was ihn erfreut.
Poeten sind, es ist ein Gram,
am meisten leider immer arm.

Bernd Herrmann

## *Mut zum Leben*

Der Mensch braucht Mut zum Leben,
sonst hat er nicht gelebt.

Wenn er nur das Spiegelbild der anderen
reflektiert,
so hat er sich nie erkannt.

Er hat sich selber nicht entdeckt,
obwohl er jeden Tag mit sich zusammen
war.

Was bleibt am Ende übrig?

So sei mutig und lebe jeden Tag als ob
es dein letzter wäre

denn
soviele Worte sind noch ungesagt
soviele Tränen sind noch ungeweint
soviel Lachen ist noch ungelacht
soviele Küsse sind noch ungeküsst
soviele Träume sind noch ungeträumt

Worauf wartest du?

Christine Herrmann * 1960

## *Straßenlaterne*

Ich stehe unter einer Straßenlaterne
Habe Vertauen
Das Buch, das ich lese ist aus einer
Bibliothek

Und ich suche oft deinen Charakter in dem,
was ich tue
Tröste mich über alles hinweg, das sich
geändert hat

Dieses Gewitter hat den Himmel gelb
gefärbt
Wünsch mir ein Herz, das mich in sich
schließt
Wespen holten sich die Süßigkeiten, die du
mir gabst
Die Brücke, auf der ich stand, war nicht
fest und nicht stark genug
um mich zu halten

Nun, ich fühle, ich habe etwas verloren
Er meint, er wäre so wie ich
Dieses Buch ist aus einer Bibliothek
Vielleicht wollte er sagen, er wäre gern wie
ich

Ich mag keine Kurznachrichten
Hör auf, mir welche zu schicken
Es bestätigt mir nur mehr, wie sinnlos alles
war

Geh endlich nach Hause
Und bring das Buch zurück
In die Bibliothek.

Ines Herrmann * 1990

## *Nachtspaziergang*

atemlos durch dunkle Gassen
rasend Herz in bleicher Brust
in den Pfützen spiegeln sich Grimassen
wider der Vernunft

auf den Häusern liegen Schatten
sich formende Konturen
nähern Schritte sich von fern
gleich welcher Kreaturen

Silhouetten am Rand der Wege
wirrend im Geäst
schwarzes Grün der Blätter
oh' mein Glaube
mich verlässt

hastig eilend Wesen
der Augen ängstlich Blick …

... nur das Hier und Jetzt
und kein Zurück

Ronny Herten * 1979

## *Ungeschrieben*

Nie geschriebene Briefe
treffen tiefer als ein hartes Wort.
Nie die Anwort, offene Fragen.

Trauerschmerz in schweren Stunden.
In so vielen wachen Träumen
netzen Tränen loses Blatt.

Renate Herzer * 1935

## *Hoffnung*

In meinem Herzen brennt ein Feuer,
Das dort zu keiner Zeit erlischt.
Nie war ein Mädchen mir so teuer,
Nie hat der Funke so gezischt.
Bin oft bei Dir, wenn ich dann träume,
Des Nachts im Bett, so froh und frei.
Kletter dort auf Palmenbäume
Und auch auf jene hoch im Mai.

Doch wenn ich aufwach, welche Leere,
Welch Trübsal, welch ein Schmerz.
Aus meinen Augen strömen Meere
Und Eiseskälte füllt mein Herz.
Wie schön wär es, geliebt zu werden,
Von jenem Menschen, den man liebt!
Das wär das höchste Glück auf Erden!
Auf dass die Hoffnung nie versiegt!

André Herzog * 1987

## *Abendlicht*

Ein Windhauch streichelt kühlend mein
Gesicht,
verströmt in zartem Blätterrauschen.
Versonnen sitze ich im Abendlicht,
den leisen Stimmen nachzulauschen.
Ganz fern, verhalten, klingt ein
Vogelschrei,
froh, dass des Tages Mühen nun vorbei.
Und in der Harmonie von Raum und Zeit
empfind' ich tiefe Dankbarkeit.

Helga Herzog * 1944

## *Abschied*
*an A.*

Heute habe ich Dich
aus meinem Kalender gestrichen,
Tag um Tag, der uns einst verband,
wir waren verwandt.
Du hattest dich
in mein Herz geschlichen,

wir waren vertraut,
als hätten ewig wir uns gekannt.
Nun bist Du fort und doch oft so nah,
als stündest du neben mir
und lächelst mich an.
Ich will dich verbannen
aus meinen Gedanken,
es will nicht gelingen,
ich tu, was ich kann.

Renate Herzog * 1944

## *Der Schwan*

Still liegt der See im Wald verborgen,
die frühen Nebel wallen auf.
Der Schwan streckt müde seine Flügel
und sieht hinaus, hinaus, hinaus.

Als könnt sein Blick den Dunst
durchdringen,
sucht er der Liebsten Bild im Grau.
Sein Herz, es klopft, als wollt's zerspringen,
nur kurz reißen die Nebel auf.

Sah da nicht er ihr Federkleid,
so silbrig weiß wie Mondenschein?
War sie es nicht mit ihren Kindern?
So käme sie nun endlich Heim.

Schon hört verhalten er ihr Rufen,
in seiner Seele jubelt's laut.
Er gleitet in die stillen Fluten
und stellt beglückt die Flügel auf.

Still liegt der See im Wald verborgen,
und mit den Nebelschwaden tanzt
der Geist des Schwanes mit den Seinen,
die der Tod nun hat vereint.

Ulrike Herzog * 1952

## *Begegnung an der Elbe*

Durch Konversation
im lauen Wind
am Leuchtturm
schien die Zeit ...
nicht mehr im Fluß,
sondern Ufers zu harren.
So blieb der Augenblick
Durch eine Fremde.
(bei Hamburg)

Christian Sören Hesse

## *Zu Hause*

Die Welt hat Orte
wo ich bin,
da bin ich
zart
nach meiner Art.
Kann rasten und ruhn
nicht Kälte, Hast und Leere
find ich im Tun.
Finde ein du
finde ein ich,
nur allein im Haus
da find ich mich,
gehe ein und aus
an vielen Orten in der Welt
wo es mir gefällt,
da bin ich
und auch ein du.

Eva von Hessert * 1955

## *Ankunft*

Ein Leben ist kurz und der Alltag so leer,
so geh'n die Gedanken oft hin und oft her.
Da seh' ich ein Schiff und ein Traum, der
wird wahr,
bald bin ich fort, noch bin ich da.

Einsam, allein, so geh ich an Bord,
mein Ziel ist die Ferne, irgendwo dort.
Die See ist bewegt, so bewegt wie ich bin,
ich nehme den Sturm als Erlebnis hin.

Tosende Wellen am kantigen Riff,
pfeifende Winde über dem Schiff.
Wir laufen den Hafen der Zuversicht an,
den nie mehr ein Seemann vergessen kann.

Sandiger Boden, ein Strand wie ein Traum,
komm, lass uns zusammen die Insel
anschau'n.
Überall Palmen und Vögel so schrill,
hellblauer Himmel, so weit wie ich will.

Michael Heuer * 1956

## *Die Banane*

Warum
ist die Banane krumm?
Ich muß das immer wieder fragen,
denn bisher konnt's mir keiner sagen.

Im Prinzip ist's auch egal,
gesund ist sie allemal,
mit den vielen Vitaminen,
in ihrem Bauch da drinnen.

Wie war'n die Bananen im Osten einst
begehrt,
weil man sie den Menschen nicht gewährt,
drum war's ein Ansturm weit und breit,
auf die gelben Dinger seinerzeit.

Doch der Andrang ist vorüber,
heute lacht man drüber,
weil es genügend davon gibt,
die man kauft, wann es beliebt.

Solange die Banane Mangelware
im Osten so für viele Jahre,
war sie jedermanns Begehr,
doch nun beacht' sie keiner mehr.

Norbert Heusinger

## *Die Wartezeit*

Ich warte auf dich.
Ich sehe die gelbbraunen toten Blüten im
Dreck,
und ich warte auf dich.
Die Hitze der Sonne steigt mir ins Gesicht,
ich warte auf dich.
Ich sehe die leere Chipstüte neben dem
Mülleimer,
ich sehe die Fliegen,
rieche Baumrinden und Abgase,
ich warte auf dich.
Ich fühle die Leere, ich sehe den Beton,
lasse den Käfer am Leben, lasse den Mann
mit dem Schirm vorbeilaufen,
und warte auf dich.
Wind stößt auf, der Regen fällt,
ins Gesicht, auf die Wangen, auf mein
Knie.
Die Käfer ertrinken, ich hänge in meinem
Dreck,
ich starre auf die Rinde, die Chipstüte fliegt
davon,
der Mann geht über die Straße, hält den
Schirm,
ich weine.
Und ich weine und höre auf
auf dich zu warten.

Christine Heyde * 1987

## *Mach weit*

Die Natur
stößt auf das Tor, um einzuzieh'n
in meine Seele.

Weit auf die Tür
weilt sie schon in mir,
mit Augen sich zu sehn,
mit einem Fühlen.

In mir,
vor mir

ist sie.
Anschau'n.

Bei ihr durch sie.
Bei mir durch mich.
Bei ihr durch mich.

Bei mir durch sie
entsteht das Uns,
ein Einklang
mit Tönen
in Multidimensionen.

Andrea C. Heyer

## *Hemmungen*

Wenn man sich nicht traut
Nichts sagt
Weil man zum Sprechen nicht geschaffen
ist
Lieber schreibt
Früher nie den Finger hob
Eher von Ängsten geplagt
Jetzt gegen vieles ist
Was andere Vernunft nennen
Dann braucht es deswegen nicht zu spät
sein.

Volker Heyer * 1957

## *Himmlisches Vertrauen*

Wo Millionen Sterne blitzen,
siehst Du Deine Engel sitzen.
Engel haben in der Nacht,
über Dich im Schlaf gewacht.
Weit und fern aus tiefem Raum,
senden Sie Dir manchen Traum.

Engel haben Dich begleitet,
Engel haben Dich geleitet.
Engel haben Dich gelenkt
und Dir viel Talent geschenkt.
Du kannst ruhig und voll Vertrauen
auch auf sie in Zukunft bauen.

Baroness Christine von Heyking * 1961

## *Roter Vollmond*

Ich seh dich an,
kann nicht verstehen,
was ist denn nur mit dir geschehen?
Jetzt liegst du dort im nassen Grün,
oh, du bist so wunderschön.
Dein langes Haar mit Blut getränkt,
dein Leben hast du mir geschenkt.
Warum hast du das gemacht?
In dieser schönen Vollmondnacht …
Der Mond ist rot,
der Himmel weint,
der Tod hat sich mit dir vereint.

Luela-Maria Heyland * 1989

## *An der Schwelle*

Halb erwacht beim Morgengrauen
seh ich sie zu Füßen stehen.
Gekicher, höhnisches Gelächter,
magere Hand hält einen Sonnenschirm,
Masken vor dem Gesicht, verzerrte Fratzen.
Carneval! Fleisch lebe wohl!

Sie tanzen, grinsen, schneiden mir
Grimassen,
schon fassen dünne Finger meine Brust,
sie zwicken mich, woll'n meinen Hals
umfassen
und dann, die Hände nach mir
ausgestreckt,
scheinen sie zu verblassen.

Noch an der Schwelle, Angst!
Doch Kraft durchströmt aufs Neue meinen
Körper,
und stark fühl ich mich wieder, nicht allein.

Doch morgen ist's nur Täuschung,
trüber Schein!

Angelika Heynig * 1941

Ein Winzigstel hat sich verlagert –
unwägbar; und dennoch so schwer.
daß nun wankt, was bisher so sicher stand.
Und nichts ist mehr, wie es zuvor gewesen.

Ratlos schließ ich Dich in meine Arme,
in der vertrauten Geste
die gewohnte Einheit suchend.
So hoffnungslos
dein stilles, bitterliches Weinen –
als ob es nie mehr würde enden können.

Bekümmert
küss' ich Dir die Tränen vom Gesicht,
berge bangen Herzens
Deinen Kopf an meiner Brust;
doch mein Trost reicht nicht hinab
bis in die Tiefen Deines Kummers.

Ernst Hickl * 1948

## *Gebet zum 11.9.2001*

Herr, ich weiß, es ist zu spät,
um zu träumen.
Es bleibt mir mein Leben, das wahre.
Es bleibt mir das Leben,
das ich lieben möchte.

Ich weiß, dass auch
das Unmögliche eintreffen kann.
Daß morgen die Blumen
zertreten sein können
wie das Licht erlosch für viele
wie der Boden wankte für alle.

Ich weiß, dass der Friede
unter den Menschen eine Illusion ist.
Alles das muß ich annehmen,
muß es auch auf meinen Schultern tragen.

Herr ich bitte dich,
laß mich das Lieben nicht verlernen,
laß mit meinem Dasein
die Welt um eine Spur lichter werden.

Hildburg

## *Herz*

Ein Herz, das stets lachte versteht die
Tränen nicht
Und warum es in schmerzenden Rissen
zerbricht
Ein Herz, das sich Schlag für Schlag
verguckt,
Wird von der eiskalten Dunkelheit
verschluckt

Ein Herz von Küssen zur Lust verführt,
Bleibt wohl für immer unberührt
Ein Herz in tausend Splitter zersprungen,
Weil alle zärtlichen Worte verklungen

Ein Herz voll Leidenschaft an ein anderes
gekettet,
Ist jetzt völlig allein und gänzlich
ungerettet
Dieses Herz so treu geliebt wie zuvor noch
keins,
Dieses Herz war einmal meins

Mein Herz es war von dir total besessen,
Nun hast du es ein für alle Mal vergessen
Mein Herz das war mein Seelenfrieden
Meine Fähigkeit dich zu lieben
Mein Herz war Amor's Clou
Mein Herz ... das warst du

Tina Hill * 1988

## *Stimmung in der Provence*

Veilchenfarben wogt schimmernd das Feld,
umarmt von mächtig anmutenden Eichen.

Zart-herber Geruch umkost den Äther,
betört die Sinne, umfächelt liebevoll die
Seele.
Im Abschiednehmen Helios'
berührt mich zaghaft der Abend.
Ich erahne in der Ankunft des säuselnden
Windes
träge die Kühle der schützenden Nacht.
Der Duft des Lavendels wiegt mich
friedvoll in Schlaf.
Äonen trennen mich jetzt vom
ernüchternden Augenblick.

Gerda Hillebrand * 1947

## *Ein kleines Herz*

Ein kleines Herz geht auf Reisen,
um zu finden das große Glück.
Es wird dir viel Liebe schenken
und immer nur an dich denken.
Hat es gefunden das große Glück
wird es Einzug halten
in deinem Herzen mit viel Geschick.
Drum weise es nicht zurück,
sondern nimm es an,
es ist ein Geschenk für einen ganz
besonderen Mann.
Es wird überbrücken jede Unwegsamkeit,
nur um für dich da zu sein
in vertrauter Zweisamkeit.
Es schenkt dir viel Liebe und ist da in der
Not,
doch weist du es zurück,
dann ist es Tot!!!!
Es wird nicht mehr schlagen
und auch nichts mehr wagen,
es zieht sich traurig zurück
und wird nicht mehr suchen das große
Glück!

Heidi Hillner

## *Im Ozean*

Ich bin ein sinkbares Schiff
im blanken blauen Ozean
das atmet und atmet
noch unter Wasser

Ich bin ein lebendiger Fisch
im blanken blauen Ozean
Ein Ufer hab ich noch nie gesehn
den tragenden Grund aber schon

Ich hörte vor Zeiten
es gäbe ein Land
mit Blumen und Bäumen aus Licht

So ganz ohne Wasser,
wer mag da wohl leben
Der Ozean sagt es mir nicht

Christian Hilse

## *Die verlorene Zeit*

Du in meinen Gedanken, in meinem
Traum, der mich zum Lachen
brachte, der mir fehlt,
nach dem ich mich sehne, weil ich dich
kannte und liebte,
weil du mir gut warst, mein Herz zum
Klopfen brachtest.
Verloren die Zeit, verloren bin ich ohne
dich,
nur mir geblieben ist die Erinnerung die du
mir brachtest,
schön die Erinnerung zu haben, schöner sie
wieder zu haben.
Doch die Zeit ist gegen uns, das Lachen,
das du mir brachtest, das
Herzklopfen, die Liebe,
bleibt die Erinnerung, die ich mir behalte,
und mir erlaube, mich darin zu laben,
wenn
du mir erlaubst, denn als du gegangen
warst und ich mich verloren fühlte,
fandest du

mich wieder, aber die Zeit ist immer noch
dagegen.
Daneben benimmt sich die Zeit, denn sie
nimmt die Liebe, die ich für dich
empfand.
Ich will die Zeit, die du mir gabst, ich will
sie überlisten, denn sie lässt eine Liebe
verschwinden,
die es verdient hat zu sein.

Corina Hilz

## *Das Buch*

Buchseiten flattern im Wind!
Für ein Kind?
Für mich oder dich?
Wer weiß es genau?
Ich bin nicht so schlau.
Die Antwort kennt nur der Wind,
doch er gibt sie keinem Kind.
Das Buch liegt zu hoch,
ich kann es nicht greifen.
Gleich wird Mama mich kneifen.
In diesem Raum.
Ich weiß jetzt,
alles war nur ein Traum!

Alicia Hinck * 1995

ich bin ein virus
ich infizier die welt
die pest?? vergessen!
mächtiger! kraftvoller!
mein ziel? interesse für
lyrik wieder erwecken
bei der jugend sie
infizieren inspirieren
zu kreativem denken
nachdenken über sich
die welt philosophiere
eine neue generation
von romantikern schaffen

Tim Hinz * 1986

## *Traumgestalten*

Gaukler, Narren,
Witze machen.
Rote Drachen,
machen Sachen,
spucken Feuer.
Ungeheuer.

Kobold springe,
tanze, singe.
Führ uns an der Nase rum,
aber werf' uns,
kleiner Freund,
nicht im Freudentaumel um.

Elfe, Goblin, Spukgestalt,
aus der Nacht und auch im Wald.
Nebelschwaden,
Pflanzen ragen,
an den Waden,
nicht verzagen.

Ramona Hinze * 1989

## *Die Kekse im Wartesaal*

Wo sind sie die Kekse in der Dose?
Hat sie jemand heimlich in der Hose?
Oder sind sie schon bei irgendwem im
Bauch?
Also schmecken würden sie mir auch.
Wenn nächstes Mal die Kekse in der Dose
sind
Dann werde ich so handeln wie ein Kind.
Dann werde ich welche vernaschen
und die restlichen stecke ich in meine
Taschen.
Man geht an den Keksen vorüber und
denkt sich nichts dabei
und schwups eins zwei drei
sind die Kekse verschwunden
und stecken voller Genuß in allerlei
Munden.
Die Kekse schmecken so unheimlich gut
Daß mancher Patient so scheinheilig tut

Als wären in der nächsten Straße berühmte
Mann
damit er die Kekse für sich allein haben
kann.
Die Kekse sind der Hit im Wartezimmer
und der Arzt wundert sich immer
Warum streiten meine Patienten jedes
Mal?
Ist es das Wetter, die Morgenzeitung oder
der volle Wartesaal?

Katharina Hirschfeld * 1978

## *Venuswurst*

Am Schaufenster, wo ich stehe,
sehe ich durch Glas Fleisch.
Du Wurst, könntest meine Frau sein.
Du glänzt saftig, lecker, weich,
du bist kalt und warm, wenn ich will.
Schön auch.
Ich würde dir meine Liebe geben,
und du würdest sie wollen, weil
du gar nichts wollen kannst.

Deine Existenz, dein Ich,
das du einmal warst, denkt nicht.
Du warst ein Schwein,
jetzt bist du jeder meiner Gedanken.
Bis auf einen, der mir sagt,
ich soll weitergehen, bevor
jemand vorbeikommt und mich sieht.
Und sich oder mich fragt, warum
ich vor einer Metzgerei stehe
und erigiere.

Mario Hirstein

## *Die verlorene Muse*

Als Muse wurde ich
zur Welt geschickt
um die Menschen zu verzaubern

Im Staub wurde ich
fast erstickt
und kann jetzt
nur noch klagen:

Oh jammervolles
Mißgeschick!
Oh Seufzer,
der in meiner Brust
sich windet

Da mich hier niemand
findet!

Silke Hobrecker * 1972

## *Kleine Ode*

Graugrünblau wie Deine Augen
Schimmert hinter Dir die See,
Und die ehrfurchtsgebietende Sonne
Gibt Deinem blonden Wesen
Den würdigen Rahmen.
Dir zu Ehren fangen die Schwalben
Fliegen über dem Strand im Flug
Und Möwen kreisen geschmeid'ger als
sonst.
Sogar die Wellen plitschern beflissen wie
nie.

Laß uns, Liebste, wie die Windräder
Am anderen Ufer der weiten Bucht,
Oder die Segel der dahingleitenden Jollen
Die Brise des Abends genießen
Und später, nach kräftigem Mahle,
Den Huldigungszug der Gestirne
Mit gnädigem Rülpsen goutieren,
Bevor wir, gebläht von den Folgen des
Tages,
Bräunungsgetönt in den Wolken der
Kissen versinken.

Martin Höchemer * 1962

## *Neugeboren*

Eines schönen Morgens
war ich nicht alleine –

da stand eine zweite
Tasse auf dem Tisch

Licht erhellt die Pflanzen
unter meinem Fenster.
Zart noch sind die Knospen –
zwischen Dir und mir

Wir sind eingefangen
vom Zauber unsrer Liebe
Wir sind neugeboren –
ich liebe Dich

Wolfgang vom Hochrhein

## *Schweigen*

Schweigen,
endlose Stille.
Staubkörner in der Luft
tanzen zu einer Musik,
die man nicht hören kann.
Nichts, kein Laut, nur die Stille,
Stille, wo eigentlich Musik sein sollte.
Schweigen, wo eigentlich geredet werden
sollte.
Die Staubkörner zeigen mir
dein Bild.
Sag, hab ich dich schon verloren?

Jana Hock * 1987

## *Mondstraßenweg*

Als wogende Winde sich legten.
Mit leisen schwingen wehten.
Ein voller schneeweißer Mondlichtschein,
Umgeben von einem schwarz grauen
Wolkenhügelein.

Ein pechschwarzes Seebecken lichtspiegelt
Sie.
Ein milchiger Wasserweg in Melancholie.
Mondstraßenweg nach irgendwo?
Mondstraßenweg nach nirgendwo!

Michael Hock * 1985

## *Innig*

In meinem deinem Arm
folgt das Herz dem Takt
des anderen.

In dein meinem Arm
liebkost dein Atem die Haut
an meinem Schlüsselbein.

In mei deinem Arm
trinkt mein Blick
aus deinem Aug.

In d meinem Arm
ruht Brust an Brust
als Eins.

Beate Höfels-Stiegernigg * 1969

## *Zeitenreife*

Mit jedem Tag vergeht die Zeit,
mal fließt sie wie die Ewigkeit,
danach da tickt sie wie der Wind,
heut' bist' erwachsen, gestern Kind.

Die Zeit sie reift in einem fort,
ist hier und auch an jedem Ort.
Sie schwimmt wie Sand in einem Fluß,
ist ewig wie ein warmer Kuß.

Wolfgang Hofer * 1982

Auch diese Kirche gibt's nicht mehr:
Die Kirchenbänke blieben leer.
Doch Turm und Glocken, entschied man
weise,
gehen bald auf eine Reise.
'Ne Eule und 'ne Fledermaus
sind an dem Ort nun ohne Haus.

„Mein Nest ist weg“, klagt diese Eule,
„ich sitze hier allein und heule.“
Ich suche mir ein neues Haus,
denkt stillvergnügt die Fledermaus.
Ihr glaubt es nicht, was bald passiert:
Am neuen Ort sind einquartiert:
Die Eule und die Fledermaus,
die haben hier ein neues Haus!

Roswita Hoff

## *Kontraste*

Wie könnten wir wohl den Mai verstehen,
hätten wir nicht den November gesehen
mit seinen verwasch'nen Konturen
und Nebel auf allen Fluren.
Wie kann man genießen die Blütenpracht,
die uns zeigt des Frühlings aufbrechende
Macht,
ist man nicht vor dem Tode erbebt,
und hat Verwandlung in sich erlebt?

Wie kann man sich öffnen dem
Sonnenstrahl,
hat man im Winter nicht voller Qual
mit steifen Händen im Frost sich bewegt,
wohlwissend, es ist bereits angelegt
neues Leben, noch schützend umhüllt,
aber doch jeder Zeit gewillt,
sich zu entfalten in Farbe und Form,
Jedem gab die Natur ihre Norm.

Kontraste hält uns das Leben bereit,
sie. bringen beides, Freude und Leid.
Nimm an ihre Vielfalt, wünsch' nie dich
zurück,
dann in der Wandlung erlebst du das
Glück.

Andrea Hoffmann

## *Du*

Ich habe ein Foto von dir,
das ist mir lieb und teuer hier.
Und denke fest daran,
dass ich dich sehr gut leiden kann.
Bis zu unserem Wiedersehen
bleibt die Erinnerung, nichts kann
geschehen.
Du lachst auf dem Foto so süß,
sogleich sind wir beide im Paradies (Paris).
Gemeinsame Reisen sind unser Traum,
die erfüllen sich, das ist nicht nur Schaum.
Nein Märchen werden wahr,
ich bin in Gedanken bei dir,
reisen das verwirklichen wir.
Die Erinnerungen von dieser Welt,
tauschen wir dann nicht für Geld.
Du und ich, wir beide stehen zusammen,
wie ich und das Foto hier.
Stets mit einem liebenden, stolzen Lächeln
von dir.

Gisela-Marie Hoffmann * 1941

## *Stille*

Vom Berge her weht ein rauer Wind,
der über die Wogen zu mir heranbricht.
Die Wellen peitschen immer und immer
wieder zu mir herauf.
Angesicht zu Angesicht steh ich mit der
Zeit.
Der Wechsel von Licht und Schatten steht
still.
Nur noch das Wasser rauscht an mir
vorbei.
Die Stadt des Urwalds versteckt sich immer
noch.
Das Verzweifeln ist schon nahe bei mir.
Nur ein Sinn geht mir durch den Kopf.
Werd ich je wieder glücklich sein?
Tage vergehen,
doch die Zeit bleibt stehen.
Augenblicke verschwinden für immer von
hier.
Rätselhafte Dinge passieren und verwirren
mich.
Es herrscht Stille auf der ganzen Insel.
Meine Tränen tropfen in den weißen Sand.
Langsam holt mich die Angst ein,

wodurch mir ein eiskalter Schauer über den
Rücken läuft.
Seh ich in die Ferne, gibt es kein
Entkommen.

Jasmin Hoffmann * 1992

## *Verscio*

Scharfe Nachtgewitter zwischen den
Bergen
von der Sonne täglich
hochgekocht,

Regengüsse im Dampf,
warm fallendes Wasser –

Auf den heißen
Steinen im Bach liegen;
hören wie es fließt;
im Fluss
nach den Forellen sehen –

Die Tage
schmolzen dahin
wie Gelato.

Klaus Hoffmann * 1935

## *Heimweh*

Die Sehnsucht ich im Herzen trag
Nach einem Heimatsommertag
Und unablässig singt mir leise
das Heimweh seine schlimme Weise.

Dann blüht die Lust mir tief im Sinn
Und mit Macht zieht's mich dort hin
Zu dir, zu dir, mein Heimatort
Zu finden, was ich einst fand dort.

Nachts im Traum seh' ich die Wälder
Das grüne Tal und seine Höh'n
Den Glanz der gold'nen Ährenfelder
Mein Heimatort, du bist so schön.

Darf nur im Traum bei dir ich weilen
In einer Welt so wunderbar
Bist weit fort, so viele Meilen
Wo ich froh und glücklich war.

Lisa Hoffmann * 1935

## *Literatur-Kritiker*

Was? – Du findest meine Geschichte
schlecht?
Das ist mir aber gar nicht recht!
Und du hast überhaupt nicht gelacht?
Was hast du eigentlich zustande gebracht?

Welche Reime sind dir gelungen?
Was ist aus deinem Geiste entsprungen?
Welche Geschichten hast du geschrieben?
Ach so, keine – du hast es vermieden.

Hast wohl Angst vor negativer Wertung?
Hast beim Lesen nicht viel gelacht,
und bist aber der Meinung,
das hätte ich alles ganz ganz anders
gemacht!

Dann mach es doch besser, hopp!
Und schreib einen Bestseller – oder Flop.

Wer malt, schreibt oder ein Lied
komponiert,
es gibt Kritiker, die haben es nicht kapiert.
Sie meckern, nörgeln, tadeln,
und sticheln wie mit Nadeln.
Aber anstatt selbst in die Hände zu
spucken,
tut man lediglich ihre Wertungen drucken.

Stefan Hoffmann * 1960

## *Stiefmütterchen*

Du lehrtest mich und lerntest mir die
Namen der Blütenpracht
und ich gab stets darauf Acht.

Du standest Jahr für Jahr und stundenlang
mit mir vor dem Gartenzaun.
Die Farben der Blumen waren ein wahrer
Traum.
Da gab es die Gesichter in den
Blütenköpfen,
große leuchtende, traurige, lachende,
markante, seine Fantasie
ausschöpfende.
Langsam lernte ich den Namen der Blume
»Stiefmütterchen«.
Ich habe mir nicht alle Arten und Namen
der Blumen merken können, ich war
zu klein,
aber die Schönheit der Blumen finde ich
stets fein.
Noch heute, wenn ich nach den Namen
schaue,
stehe ich in Gedanken vor dem grünen
Gartenzaun,
wo dahinter die Stiefmütterchen blühten,
und erinnere mich an unsere gemeinsamen
Stunden im Lande der Blumen.
Ein Strauß für Mensch und Kind voller
Fantasie
lassen in jedem die Kindheit erstehen und
die Harmonie.
Noch einmal ein Kind sein, ohne Sorgen
und Leid,
geborgen bei Muttern im gemütlichen
Heim.
Wenn die Kerzen erstrahlen und eine
Stimme erzählt,
werden Geschichten lebendig von der
ganzen Welt.
ja, wenn die Mutter erzählt, wird die Welt
lebenswert.

Viktorin Hoffmann * 1972

## *Zugvögel*

Im Traumesland wir schwebten, die Luft
trägt uns nun fort.
Zurück wir lassen Strandgeflimmer an
diesem sonnig Ort.
Im Abwind löst sich Kräuterduft, der
Wärme flauschig Kissen.
Die Hoffnung fährt im Koffer mit, der
Abschied Fahn gehissen.
Wie bröckelnd Putz von Wänden, das
Lichterkleid zerfällt.
Und nur der Glanz in unserm Herz sich
über Grenzen hält.
Gebannt des Meeres salzig Weiß in unsern
Tränen nun lebt weiter,
und nur der Schmetterlingen Geist kann
stimmen uns jetzt heiter.
Verstummt der Grillen Marktgeschnatter,
verblasst der Blumen Farbentopf.
Allein im Spiegel wir könn sehn, der Sonne
ausgebleichten Schopf.
Erwachsen wir es tragen, dies voller
Schmerz gefüllte urnen Glas.
Doch ziehts uns Kinder der Provence wie
flüchtend Vögel bald zurück,
ins heimatliche Nest aus feingesponnem
Gras.

Volker Hoffmann * 1962

## *Deutschland*

Deutschland ist ein schönes Land.
Wer sind wir?
Ein strebsames Volk!
Ein Volk mit vielen Älteren!

Deutschland braucht Kinder,
Kinder, die unsere Renten bezahlen –
aber die Kinder brauchen Arbeit,
und woher soll die kommen?

Alfriede Hofmann * 1930

## *meine Liebe*

dein Sein trifft mich
wie ein dumpfer Schlag
wie der süßliche Duft der Orchidee

sinnlich
tief
in die Eingeweide fahrend

drehe den Kopf beiseite
ziehe vorsichtig Atem durch die Nase
unterdrückt nach Luft ringend, halb
nach mehr suchend

kann den Anklang nicht wegwischen
sehne
fürchte
die Atemwende

ertrage

Bianka Hofmann * 1970

rückwärts langsam
mahlen
die windflügel
mehl zu korn
zum sand den stein

Roswitha Hofmann

## *Leben*

Tage –
sie fliegen mit dem Wind vorüber.
Leben –
es hastet seinem Ende zu.
Die Spanne dazwischen,
darüber entscheidest
allein
nur du.

Kommen und Gehen,
der Kreislauf des Lebens,
erfüll ihn mit Inhalt
auf deinem Weg,
such nicht nach dem Sinn,
du suchst ihn vergebens,
den Glauben an Hoffnung,
den aber behalt.

Drum nutze den Tag,
gestalte dein Leben,
liebend und leidend,
so lang du es kannst.
Jugend –
sie wird dir nur einmal gegeben,
was dir jedoch bleibt,
ist Mut und Verstand.

Hans-Georg Hohlbein * 1941

## *Der Liebenden sonniges Verhalten*

Überall auf der Welt, oh, Wonne
wird neues Leben geboren,
ihr könnt es berühren.
Überall auf der Welt, scheint die Sonne,
ihre Beständigkeit geht nie verloren.
Sie darf Dich mit ihren Strahlen berühren.
Alle Menschen der Welt haben Zukunft,
die das Leben in den Händen hält.
So gibt die Erde Unterkunft.
Wir haben sie vor langer Zeit gewählt.
Spürt das Licht der Welt,
seid frei und ungebunden.
Das große und das kleine Licht,
haben den Liebsten längst gefunden.
Sie tanzen so wunderbar im Reigen.
Die Erde und die Sonne zusammen halten,
die Erkenntnis ist Schweigen,
das ist der Liebenden sonniges Verhalten.

Margret Höing * 1941

## *Himmelslicht*

1. Sterne glitzern in den Halmen,
Sonnenlicht bricht sich im Tau,
Nebel steigen aus den Wiesen
empor ins helle Tagesblau.

2. Der Sonne Strahl bringt Licht und Wärme,
es ziehen singend Vogelschwärme durch alle Himmel.

Ach, könnt' ich doch mit ihnen ziehen
und dieser Zeit entfliehen.

3. Es wird ein letzter Tag beginnen,
der Vögel werd' ich mich erinnern
und schweben hin zu Licht und Wärme,
durch alle Himmel … durch die Sterne.

Holano * 1950

## *„schade"*

ich kann mich nicht erinnern
an meinen todestag: ich gehe
der himmel strahlend blau
alles schon durchgemacht glück
unverwundbar im rücken
als der boden aufstürzt
wie ein schuss den du
schon nicht mehr hörst
ein kranzgefäß öffnet
scharf und präzise.

„nichts neues unter der sonne.
da mussten wir alle durch.
kopf hoch alter junge!"
klar. schon übernimmt ein andrer
die geschäfte. fängt ein neues leben an.
und eines tages zeigt vielleicht ein veteran
seine narben: „… erinnere mich genau
… haarscharf und präzise …
hätte nie gedacht dass
ein wort so blutet."

Carl Reiner Holdt

## *Das Jahr des Pfaus*

Nie strahlt das Licht so hell
Staubflimmer in der Luft
der grüne Pfau
schlägt Rad

Gelbe Felder so weit
reglos das Reh am Rand
Pfauenauge
blickt starr

Rote Blätter fallen
der Mond im Kreis verharrt
Pfauenschrei aus
dem Holz

Glitzerfunkel Sterne
weiß bedeckt die Sträucher
auf dem Thron schläft
der Pfau

Bernhard Hollenbeck * 1936

## *Ambivalenz*

Die Vermengung zweier Extreme
lässt Grenzen explodieren,
Unantastbarkeit wird gepackt von der
Panik
sich endgültig zu verlieren.

Intensität hält Apathie an der Hand
Abstraktheit befreit von Strukturen,
im Wechselbad schleudern Gefühle herum,
der Traum tritt in des Traumas Spuren.

Im jubelnden Schwindel des Höhenflugs
auf der Reise in das Glück,
führt der Absturz vorbei an lächelndem
Wahn
ins Höllenfeuer und wieder zurück.

Ein zarter Hauch von Unendlichkeit
als spürbar realste Vision,
Vollendung ist größer als Worte,
die Normalität nannte es Illusion.

An sie werde ich glauben,
bis sie mich unter sich begräbt,
schließlich ist diese Illusion
das Einzige, was in mir lebt.

Elisabeth Hollerweger * 1981

## *Der Angst entkommen*

Sich keine Vorstellungen machen,
wunschlos sein,
gedankenleer.

Was ist, ist die Lösung,
so daß der Geist sich selbst
ein Licht ist.

(Die Probleme sind nur das,
was nicht ist, was
vergangen ist,
oder Zukunft sein soll.)

Max Holon

## *Verlorenes Glück*

Glück,
wohin bist du entschwunden,
du hast dich weggeschlichen,
Frieden verloren,
Kraft geraubt,
zermartert,
entmutigt.

Klärende Worte
überwinden langsam
entstandene Barrieren,
Hoffnung keimt auf,
Versöhnung entsteht.

Glück, o Glück,
wertvoller als Reichtum,
Heilung für Körper und Seele,
Ruhe und Frieden für den Geist.

Marianne Höly

## *Verzicht*

Oh mein Gott, wie kurz es ist,
ich weiß es noch von Friedrich List.

Ist das Leben hier und da,
manchmal auch ganz wunderbar!

Alle Welt ist erpicht, aber nicht auf den
Verzicht.

So geht es weiter, hin und her,
ohne Bedeutung und ganz leer.

Siegfried Hölzel

## *Entschlafe sanft*

Schwarz – Satt der Nachthimmel
Er liegt in seinem Bett – Irgendwo
zwischen Traum und Wirklichkeit
Schwerelos – Flocken auf gefrorener Erde
Schwer – Die Augen in den Höhlen
Zittern – Wind in den Ästen
Willkürlich – Die Kontraktion seiner
Muskeln
Sturz – Von den Anwesenden unbemerkt
Wahrhaftig – die Reise nur im Kopf
Panik – Die Augen hinter den Lidern in
Bewegung
Herz – Das langsame Schlagen verstummt
Kälte – Die Seele verlässt seinen Körper
Ruhe – Das Leben passiert
Dämmerung – Einzelne Strahlen
Licht – Erhellen sein Antlitz
Er öffnet die Augen – Draußen ist es Tag

Elke Holzer * 1975

## *Auf der Höhe der Zeit*
*(meine Zeit)*

mit ihr geh'n,
mit ihr steh'n,
mit ihr laufen
und verweilen,
ihr enteilen,

um zuweilen
sich erinnern,
wie begrenzt
sie dir gegeben.

Sigrid Holz-Horst

## *Frei*

Ich bin frei.
Frei wie ein Adler der durch die Lüfte
fliegt.
Der keine Angst haben muss weil er keine
Ängste mehr hat.
Ich habe keine Angst mehr denn mir wurde
geholfen.
Wie ein Engel vom Himmel herab kam sie
zu mir und half.
Sie rette mich vor meiner Angst und gab
mir neuen Mut.
Neuen Mut zu leben denn den hatte ich
längst nicht mehr.
Sie war für mich da egal was passiert war.
Ich bin ihr dankbar an jedem Tag.
Ich lächele wieder.
Ich lache wieder.
Ich bin wieder glücklich seit langer Zeit.
Jetzt ist alles anderes.
Ich werde wieder leben sowie früher.
Meine Vergangenheit werde ich nie
vergessen und sie wird immer da sein.
Aber ich starte nun einen Neuanfang.
Denn ich bin wieder frei.

Alisa Hönes * 1991

## *Dieser Drang*

Der Schlaf fällt mir schwer seitdem du fort
bist.
Ich liege im Bett und merke wie mein Herz
dich vermisst.
Die Nacht ohne dich wird zur Qual.
Doch ich hab keine andere Wahl.
Die Sehnsucht nach deiner warmen
Stimme, die fehlt mir.
Am Abend sie zu hören und denken, du
wärst bei mir.
Die Dunkelheit bleibt finster ohne dich.
Da du nicht bei mir bist, fürchte ich mich.
Die Tage bleiben endlos und lang.
Die Zeit vergeht nicht und ich fühle diesen
schmerzvollen Drang.

Honey * 1983

## *Bedingung*

Zwanzig Zeilen anzupeilen,
Die als Länge für die Menge
Von geballten Rohinhalten
Hehrer Dichtkunst nichts verhunzt:
Das scheint lyrisch tierisch schwierig.
In der Kürze liegt die Würze,
Und des Witzes Seele stehle
Sich perplex von dannen, wann ein
Energetisch so poetischer Erguß her muß.
Ist von inhaltsloser Prosa
Je das Ziel der Reise Preise,
Die das Schreiberleben eben
Ideell und finanziell
Täglich mehr erträglich machen?
Wie's so geht, ist's eh zu spät.
Ob ich im Gefühle wühle,
Sprachlich sachlich scharf sein darf –
Einerlei, denn keiner sei mit dabei,
Dessen Pflicht-Gedicht zu spät zugeht.
Zeile Zwanzig: weil ich muß, mach ich
Schluß.

Juliane Honisch

## *Im August*

Schatten fallen in den Spätsommerpark,
Die Abenddämmerung lockt
Unsere alten Bäume aus ihren
Hohen, knorrigen Häusern.

Bizarr tanzen sie nun
Um den verlassenen Teich, und
Verneigen ihre struppigen Häupter
Vor den weißen Kronen der Seerosen.

Und ich lege sanft
Mein ruhiges Bild
Auf den dunkelnden Wasserspiegel.

Violetta E. Höntsch * 1945

## *Glücklich sein*

Das Sein bestimmt das Bewußtsein
Das Bewußtsein bestimmt das Sein
Ohne Glücksbringer
Bis auf den Nullpunkt
Und dann bei Null
Neu anfangen
Denn das Bewußtsein
Bestimmt das Sein

Monica Horion * 1946

## *Vergängliche Zeit*

Zeit ist vergangen,
Veränderungen hat's gegeben.
Viel Neues hat angefangen,
es hat verändert jedes Leben.

Die Zeit ist vergangen,
sie blieb niemals stehen.
Jeder ist seinen Weg gegangen
mit Illusionen, Visionen und großen Ideen.

Viel Zeit ist vergangen,
Freud und Leid hat begleitet das Leben.
Auf dem Weg zum Ziel zu gelangen:
Reichtum und Armut, Nehmen und
Geben.

Zeit ist vergangen,
langsam wird es sichtbar.
Mehr kann man nicht verlangen,
das Ende der Zeit ist greifbar.

Julia Horlacher * 1987

## *Regen*

Lange, dunkle Tage bedecken mein Gesicht
Regen fließt von meiner Stirn einsam in ein
Nichts
In ein tiefes, trübes Meer, das keine
Schönheit schätzt
Ein toter Ort, der niemanden und nichts
am leben läßt

Meine Seele und mein Herz, die ich
vollkommen sah
Ziehen nun, als wären sie, dem düstren
Ende nah
Wie der nasse, salzig, bitter schmeckend
Regen
In die Ferne, in die Nacht ohne jeden Segen

Narben meines Lebens, Zeichen meiner
Zeit
Scherben meines Handelns, der Anfang
meines Leids
Dieser Schein der Wahrheit, der keine
Brücke bricht

Liegt unentdeckt und tief, am Fuße kühler
Fluten
Unmündig sie zu finden, unfähig sie zu
suchen
Denn lange, dunkle Tage verdecken mein
Gesicht

Daniel Horn * 1985

## *Heimat*

Damals war der März nass, kalt und neblig.
Trotzdem konnte man zwischen
Fischgestank,
Möwenschrei und Ostseewind den Frühling
riechen.
War grüner als ein Weizenfeld im Mai.
Küsste das Mädchen am Getreidesilo.
Ein Hund verbellte eine Ratte, die lautlos
in der Kanalisation verschwand.
Unter Wolken verhangenem Mond
brannten
die Lichter von den Schiffen wie ein
Osterfeuer.
Die Kneipe am Hafen roch nach Teer,
abgestandenem Bier und Rauch.
Träge kam der Sommer, den ich
gedankenlos am Strand verspielte,
glaubend, dass er ewig bliebe.

Jetzt im Herbst:
Ja – das werde ich tun,
die Bäume der Erinnerung fällen,
aus ihnen Brennholz machen
und an kalten Winterabenden meine Seele
daran wärmen,
denn der März wird wieder nass, kalt und
neblig,
das Ahnen zur Gewissheit:
Es wird nichts bleiben,
nur Möwenschrei und Ostseewind.

Dietrich von Horn * 1944

## *RIP*

Ruhe in Frieden, Existenz!
Schlaf ein und verkümmere,
zufrieden lehnst du dich zurück
und blickst auf deine Welt.

Sei standhaft, duldsam und verstehend.
Bedenke diesen Kurs, sei ein Mann.
Baust geradewegs ein Obdach
deiner sardonischen Gesinnung.

Dem glühenden Gestein gemäß
Gräber Landschaften bilden,
der Jahresschritt verkohlt kreisend
um dein umnachtetes Haupt.

Wer weiß es schon,
was du zu denken haßt?
Unsicher stehst du vor dir selbst,
von deinem Phlegma saturiert.

Bewegungslos harrst du dem Begriffe,
was dein ganzes Denken formt:
In großen Dingen gewollt
zu haben, ist genug.

Martin Hörner

## *Abschied*

Ich rieche den Duft von Sommerregen,
Nebelschwaden ziehen am Boden umher,
und ich realisiere: Dich gibt es jetzt nicht
mehr,
kannst du mir je vergeben?

Die Blätter, sie rauschen im Winde,
wie Seiten eines offenen Buches,
im Gedanken blättere ich zurück,
sehe dich und mich als Kinde.

Ich sehe deine Tränen vom Himmel fallen,
und schaue zum weinenden Himmel
hinauf,
mein bisheriges Leben stoppt seinen Lauf,
ich höre dein Echo in mir widerhallen.

Über dem Wald liegt ein weißer Schleier,
das Wolkenband öffnet sich,
ich schaue hoch und sehe dich,
ich hoffe du bist nun freier.

Christopher Hornung * 1988

*Warum*

Habe den Glauben
mit blauen Kerzen geschminkt
der Wahrheit
Rosenrouge aufgetragen
Fragen glühen tausendfach
verwelkt in mir
untergegangen
ins Land
der einen Antwort
warum

Habe die Hoffnung
hinter den Spiegel gesteckt
Gefühle
in die Kusshand genommen
sie frischgescheitelt
in den Keller getragen
eingelagert im Land
der einen Antwort
warum

Ulrike E. Hornung * 1948

*Bericht zur Lage*

Kahlschlag der Mächtigen
an den Unaufgeforderten
Die Langsamen
die das Tempo bestimmen
Die Rückkehrer
die der Puls vergaß
übersah
überrollte
mitriß
Sie stehen nun
und ihre Fragen
reißen Löcher
Gedankengut
mischt sich mit Blut
und wird schwerfällig
unbeweglich
starr

Stolzes Land
dir verfaulen deine Fundamente

Horst Horvath

*Warum?*

Warum muss noch von Bomben die Erde
beben?
Wie friedlich könnten Menschen ohne sie
leben!
Warum müssen durch Bomben Kinder
noch sterben?
Warum können wir nicht endlich
vernünftig werden?

Warum müssen Mütter um ihre Kinder
noch weinen?
Warum kann nicht für Alle die Sonne stets
scheinen?
Warum regiert der Hass diese Welt?
Warum ist man ein Niemand ohne
Reichtum und Geld?

Warum muss man sich wegen Götter
bekriegen?
Warum können nicht alle Menschen sich
lieben?
Warum kann ich nicht morgens aus dem
Bett aufsteh'n,
und den ganzen Tag lang alle Menschen
lachen seh'n?

Warum haben wir Kummer? Warum
plagen uns Sorgen?
Wie wär's wenn wir uns heute schon freuen
auf Morgen?
Warum müssen sich immer noch Völker
bekriegen?
Warum können wir nicht endlich leben in
Frieden?

Martina Horvath * 1956

## *Leben?!*

Einsam und verlassen und doch nicht
allein.
Dunkel und regnerisch und doch ist es
sonnig.
Kalt und windig und doch ist es warm.
Schwarz und leer und doch ist es hell.

Gefangen in einem Körper den man nicht
mag.
Was kann man dagegen tun?
Leben? Sterben? Einfach nur dahin Leben?

Die Scharfe Klinge langsam, mit ein
bisschen druck über die Haut.
Langsam sucht das Blut seinen Weg aus
der Wunde.

Es tut gut.
Mit geht es gut.
Doch tut es das wirklich?

Vernarbte Arme, Erinnerungen an
vergangenen Tagen.
Es ist nicht schön, aber ich mache weiter.
Weiter um zu sehen das ich noch
Lebe!!!

Hotty * 1982

## *Verzweiflung*

Die schwarzen Rosen der Nacht
in meinem Gedächtnis verankert.
Werde ich nie wieder den umarmen,
der du mir warst vor all dem Tod?

Ich hasse dich für jede Wunde,
für jede Lüge, für jedes Dornwort.
Will dir sagen, dass ich dich hasse
und dich nie wiedersehn.

Aber dein Bild noch in den Tränen,
in denen ich ertrunken bin,
will mir sagen, dass ich dich liebe
und es so kalt ist ohne dich.

Was soll ich tun? Nichtleere Leere.
Ich gehe den Hohlweg im Herzen.
Werde ich nie wieder den umarmen,
der am andern Ende warten wird?

Swanhild Hotz * 1982

Alles im Leben gibt es nur einmal,
Einmal Chaos und wieder zurück,
Zurück gibt es niemals,
Niemals in die Vergangenheit sehen,
Sehen und doch blind,
Blind aber aufmerksam,
Aufmerksam gegenüber dem Geschehen,
Geschehenes wird erzählt,
Erzählt und doch knapp an der Wahrheit
vorbei,
Vorbei sind die Hoffnung und die Gefühle,
Gefühle lenken in die falsche Richtung,
Richtung der Weg in das Leben,
Leben strebt nach Erfüllung,
Erfüllung der Illusion,
Illusionen begleiten.

Andrea Höver-Hüschen * 1982

## *Es war einmal …*

das kann ich nicht sagen,
doch es begann vor etlichen Tagen,
da traf ich nach langem Schmerz
im neuen Heim eine Frau mit Herz.

Wir hatten Gespräche ganz offen und klug,
sie machte mir häufig neuen Mut,
dem Leben frech entgegen zu sehen,
mein Gott, war das schön.

Sie war belesen und lachte gern,
schnell waren alle Sorgen fern.
Vor meiner Tür standen schöne Sachen,

da konnte ich gar nichts machen.
Sie war diskret aber immer da,

ein Märchen aus ...

Es war einmal ...

Christa Hoyer * 1954

## *Übergänge*

Von Westen brandet spätes Licht herauf.
Entzündet am Sinken der Sonne,
trunken vor Gold,
meldet es schwarzblauer Stille
brennende Flut.

Im letzten Strahl
trifft es auf Küste,
schlägt mit blutroten Striemen
Nacht an die Mauer,
um dann,
im Ertrinken verlöschend,
zu träumen vom Aufgeh'n im Osten.

Beatrice Huber

## *Baum im Herbst*

Kann jetzt
mit Lust umarmen dich,
in meine Hände nehmen
deine goldenen Zweige,
schneiden sie
wie meinem Kind das Haar
zu größerem Wüchse noch.
Kann schauen,
wie im goldenen Kleide
die Blätter sich in Wind und Sonne
in übermütigem Tanze drehn,
vor Erschöpfung dann zu Boden fallen.
Doch zitternd stell ich eine Frage auch an dich:
ob du es fühlst, dass etwas liegt in dieser Luft,
das dir vor neuem Schaffen bange macht.
Wie möcht ich dich umarmen wieder,
schneiden deine Zweige,
schauen deine Pracht im nächsten Herbst!

Luzia Huber

## *Abends*

wenn der Wind sich gelegt,
die Sonne
dem Schatten überlässt,
das lichtverwöhnte Grün
es dunkel färbt,
fast schwarz,
und bewegungslos harrt
sich beugend der Nacht.

Martina Huber

Wenn Gefühle nicht mehr fühlen,
wenn das Fegefeuer spricht,
wenn Träume nicht zum Träumen sind,
und das Licht erlischt.

Wenn Seelen nicht mehr selig sind,
wenn die Morgenröte sticht,
wenn Richter nicht zum Richten sind,
und die Glut erlischt.

Wenn das Leben nicht mehr lebt,
wenn die Wolken nicht mehr fliegen,
wenn die Uhr nicht mehr die Zeiten misst,
und die Verlierer siegen.

Wenn Liebe nicht mehr lieben ist,
wenn das Herz zerbricht,
wenn Vertrauen nicht vertraulich ist,
und das Wesen sticht.

Wenn Werte erneut wertvoll sind,
wenn der Schleier langsam fällt,
wenn die Sinne wieder sinnlich sind,
und der Schatten sich erhellt.

Anna Hübner * 1983

## *Stille im Sturm*

Im Dunkel schlängelt sich der Weg ins
Freie,
welcher eben noch im Licht verschwand,
Raum und Zeit vergehen in der Leere,
die sich mit dem Nichts verband.
Luft und Wasser,
die sich liebend sanft im Kreise drehen,
tanzen in der Stille des Vergessens,
bis des Wassers letzte Woge
stumm im Sturm versiegt.

Christian Hübner * 1963

## *Gefunden den Stern!*

Mein Schatz ist mir so nah, und doch so
fern. Gefunden diesen grossen Stern,
einen Schatz, den möchte ich für mein
Leben gern.
Entgleiten soll er mir nie, ich liebe diesen
Schatz, aber fragt nicht wie!
Unbeschreiblich, kein Wort zu finden,
Drum soll dieses Gedicht uns gemeinsam
verbinden.
Dieser Stern leuchtet so sehr, was will man
vom Leben noch mehr?
Er gibt mir so viel Kraft, das ich jetzt weiss,
das man im Leben viel schafft.
Immer möchte ich in diesen Armen
des grossen Schatzes liegen, um das Gefühl
zu haben,
in den Wolken zu fliegen.
Gemeinsam mit diesem Stern und
allergrössten Schatz,
gefunden auf langem Wege,
gibt es für uns nur noch einen Satz:
Wir lieben uns so sehr, das eine Ferne
schmerzt, immer mehr.
Ewig bleibt jetzt dieser Stern bei mir, ich
liebe ihn,
darum schreibe ich es euch allen hier.
Zu teilen dieses Glück,
ist das allerschönste Geschenk an einem
Stück.
Mein Stern, hör nie auf zu leuchten, so sehr
hab ich dich gern!

Silvia Hübner * 1970

## *Tausend mal Tausend*

Tausend mal Tausend ist eine Million,
so oft und viel öfter wünschte ich schon,
daß Du bei mir wärst, wenn in einsamer
Nacht
ich Stunde um Stunde an Dich nur
gedacht.

Tausend mal Tausend ist eine Million,
so oft und viel öfter wollte ich schon,
Dir sagen, wie sehr mein Herz Dich
vermisst,
und welche Art Engel Du für mich bist.

So viele Millionen wie Tausend hoch Zehn,
so oft möcht ich Dir meine Liebe gestehn.
Ich kann Dir nicht sagen, was Du für mich
bist,
ich möchte Dir zeigen, wie schön 's für
mich ist.

Ich will Dir das geben, was ich Dir geben
kann,
ich will es Dir schenken als Freund und als
Mann!
Will alles Dir geben, Jahr für Jahr,
und Du wirst spüren:
Meine Liebe ist wahr!

Michael Huck * 1962

## *Flaschenpost*

... so trieb ich auf dem Wasser, der tage
schon drei
und fürchtete um mein Leben

und hätte die See nach meiner Seele
verlangt ...
ich hätte sie Ihr gegeben

Begleiter an meiner Seite war die
Einsamkeit,
so war ich wenigstens nicht allein
Und ich beschloss Ihr einen Namen zu
geben,
denn sie sollte mein Schicksal sein

Ich fragte Sie nach dem Wieso und
Weshalb
doch sie hüllte sich in düsteres Schweigen
So begann ich mein Schicksal zu begreifen,
aber auch, darunter zu leiden

An einem Abend, es dämmerte schon,
bemerkten wir einen Delphin
Doch er war nur gekommen, um meine
Zukunft zu holen
und schwamm mit ihr einfach dahin

Diese kleine Flaschenpost ist alles was euch
von mir bleibt
Ein Fläschchen mit meiner Geschichte
gefüllt,
welche nach Erinnerung schreit

Robert Hug * 1984

## *Weihnachtsmelodie*

Ich höre sie jedes Jahr erklingen,
die Melodie an Weihnacht,
in mir fängt alles an, mit zu klingen,
mit zu singen.

Viele Erinnerungen hält sie wach,
wie einst in dieser Heiligen Nacht,
als mein lieber Vater noch bei mir war.
Jetzt ist er wieder da, wieder nah.

Wie schön war doch die alte Zeit
in Kindertagen,
so unbeschwert und ganz befreit.
In Erinnerung kann ich es noch einmal
erleben,
mich danach sehnen.

Auch dieses Jahr wird er mir fehlen,
wie jedes Jahr werde ich mich sehnen
nach der Geborgenheit.
Ach, unbeschwerte Kinderzeit.

Gabriele Hülsmann * 1966

## *Du und ich*

Wir haben gemeinsam
das Wildwasser bezwungen,
wir haben die Härte
der Wüste besiegt ...

Wir haben die Durststrecken
mit Hoffnung bestritten
und der Gewohnheit stets
den Rücken gekehrt.

Hier fahren wir – gemeinsam –
uns ein Ziel gesteckt, denn
der unruhige Geist
hat uns vor dem Einschlummern
immer wieder aufgeweckt.

Wir fahren der Sonne entgegen,
du und ich.

Angelika Hummel * 1958

## *Das Bild*

Als ich ein Kind war
war meine Jugend zu Gast.
Die sanfte Stimme des Flusses
trug mir den Schlaf und die Träume.
Die Tage hatten kein Ende,
und den Wind, wie er durchs Gras strich
ich höre ihn noch.
Die Wolken des Sommers
waren weiß und gewaltig,

und Schmetterlinge spielten
in den heißen Wellen der Luft.
Als die Sonne sich legte
malten die Bäume des Waldes
die scharfen Schatten der Nacht.
Während der Nacht war die Luft voll
vom sanften Flüstern der Sterne.
Das Bild, ich sehs noch immer,
doch nun ists zu groß,
Platz dafür war
nur im kleinen Herzen des Kindes.

Helmut Hummer * 1949

## *Der Nebel*

Befinde mich in
einem aufsteigenden Nebel
aus meinen Mund ist
herausgefallen mein
Lebensknebel
kann jetzt endlich alles sagen
was ich denk und will
um mich herum ist es so
erlösend ruhig still
still.

Ralf Hunger * 1956

## *Bruder Schmerz und Schwester Scham*

Es ist der Frühling
liebend lau mit Sonnenschein
doch während der Himmel blau strahlt
wähne ich dunkle Wolken nahn

Der Sand der Uhr rann
alles, was war, rückte weit
ich versuche mit welken Händen
zu greifen die rasende Zeit

Der Regen trommelt gegen das Glas
seine Töne klingen so hohl
mein Verstand sagt zur Welt: lebe
mein Herz sagt zu ihr: wohl

Der kleine Tropfen auf dem Beton lebte
wenn er wüsste, wie er mir leid tut
ein schiefes Lächeln auf meinem Gesicht
doch ich spüre, nur Weinen täte gut

Ich blieb allein
als mir die Vergänglichkeit den Mut nahm
allein mit meinem Bruder, dem Schmerz
allein mit meiner Schwester, der Scham

hunne68 * 1968

Hass macht hässlich,
Liebe macht schön.

Hass verstört ...
Liebe ernährt.

Hass macht dumm,
Liebe macht klug.

Hass macht krank,
Liebe macht gesund.

Hass erzeugt Gewalt,
Liebe verzeiht.

Hass lässt sterben,
Liebe lässt leben.

Dummheit und Hass vergehen,
Die Liebe bleibt immer bestehen.

Helmut Hünteler

## *Fernblick*

Nachtwolken kommen von weit her
Verschleiern sich zu einem purpurnen Meer
Dämpfen den Abend und kleiden ihn fein
In das seidene Tuch der Dämmerung ein.

Ein lichtbestäubter Sichelmond
Über diesem Meere thront
All die Wiesen nass beglänzt
Und in Abendfarbe tränkt.

Bis alsbald die lichten Streifen
Ganz und gar vom Himmel schweifen
Und die rotverschneite Nacht
Aus dem Blütenschlaf erwacht.

Mariam Hussaini * 1987

## *Träume*

Träume sind nicht Taten;
ohne Arbeit
wird Dir nichts geraten.

An seine Träume zu glauben,
heißt, sein Leben
im Schlaf zu verbringen.

Von Träumen nährt sich die Jugend,
das Alter von Erinnerungen.

Ida Huthmann * 1924

## *Die leisen Rufe der Liebe*

Sie sind so zart wie das Rascheln der
Blätter,
wenn ein leichtes Lüftchen weht
und so unüberhörbar leise wie die Fische im
Wasser.

Du kannst sie nur hören, wenn du in einem
leeren geräuschlosen Raum bist
und du selber in einem Daseins
und Nichtdaseins Zustand.

Dann hörst du ihre Rufe –
Voller Klagen, Wünsche, Phantasien –
Sie blühen immer mehr
bis sie dich komplett fesseln
und das so klar und deutlich.

I. Reichardt * 1977

## *Mein kleiner Freund*

Schau dort drüben liegt etwas im Sand
ich geh hin, nehme es behutsam in die
Hand.

Es ist etwas besonderes ihn zu sehen
andere würden einfach vorüber gehen.

Es ist ein Stückchen Natur
es lebt und macht Freude pur.

Dieser kleine Freund er leuchtet sehr,
er spiegelt wieder das weite Meer.

Er erzählt von Stille und Sturm
von seiner großen Reise, dann wird er
stumm.

Das was ich hier halte, halte ich gern
es ist ein kleiner furchtloser Seestern.

IcePrincess * 1987

Deutschland – wo sind deine Dichter, deine
Denker?
Deutschland – du wirst mit jedem Tage
kränker!

Deutschland – das Gift in dir, das ist die
Gier!
Deutschland – das lähmt dich einst so
stolzen Stier.

Deutschland – bald ist deine Seele
ausverkauft,
Deutschland – vergiß nicht, in welchem
Zeichen warst du einst getauft.

Deutschland – sei dir bewußt in deiner
Rolle,
Deutschland – Europa braucht dich, wie
das Lamm die Wolle.

Norbert Idstein

## *Jude*

Männer weinen
Kinder schreien
am Boden kauernd
Frauen

Menschen sind Nummern
ins Fleisch gebrannt
Träume, Hoffnung
zunichte
Leben
durch den Schornstein gejagt

Himmelhochtodesbetrübt

Schatten, Rauch
Gedanken fliehen
der Stacheldraht hält

Präzise und pünktlich kommt der Tod
Deutschlands Werte

Der Stern
erstickt
verglüht
tot

Regina Iglauer-Sander * 1972

## *Seele*

Hier ist meine Seele
Du darfst sie ruhig berühren
ließ sie durch und denke nach
Vielleicht hast Du die gleiche gehabt
Hier ist mein Luft ,mein Wasser
Atme und trinke ein wenig
Um zu fühlen was ich fühle
Um zu erleben was ich lebe
Vielleicht sind wir Schwestern und Brüder
Vielleicht sind wir endlich gleich
Mein Welt existiert
Trau Dich, daran zu glauben
Trau Dich, mit mir diese Reise zu erleben
Wer weiß, ob wir uns irgendwann sehen
werden
Aber du kennst mich schon, weil
Das, bin ich.

Tanja Ignjatic * 1978

## *fragil*

Denn ich kann es nicht sehen,
selbst erkennen,
so oft ich mich auch umschau,
dreh mich immer um mich selbst.

Aber den Schmerz fühl ich,
wie er mir den Magen umdreht,
bis ich alles rauslass,
was ich zum Atmen brauch.

Hör auf damit,
schreist du mich an
schluss damit,
hier und jetzt!

Ich will, was sich wohl anfühlt,
was den Hunger stillt.
Lass mich das Zittern vergessen,
flüstre ich zurück.

Ilana * 1979

## *Weihnachten*

Ich kann den jungen Mann auf den Knien
mitten in der Stadt
in der Einkaufsstraße,
wo so viele Leute hin und her laufen,
um die Besorgungen
für die Weihnachtszeit zu erledigen,
kaum ertragen.
Er ist ca. 30, Ausländer,
mit pechschwarzen Haaren,
der dunklen Hautfarbe
und der Mütze in der Hand.
Er steht auf den Knien und bettelt,
und ich kann kaum atmen,

als ich ihn sehe.
Was tut mir so weh? Seine trostlose
Haltung?
Sein gebrochener Stolz?
Dass er auf den Knien steht?
Was ist das, was fließt mir so
schweigsam und schmerzhaft
mitten ins Herz?

Iris

## *Geschäfte*

Erfolgreich – über Leichen gehend
Gewinne schöpfend – zerstörtes Land
Ungezählte Tränen – in harte Währung
sich wandelnd
Bar jeder Menschlichkeit – Besitzvermehrer
Freundliche Diebe – angenehme Masken
tragend,
Lauert ihr, heitere Heuchler, die Elend
verbreiten!

Sklavenhalter – in Palästen aus Gold
Menschenverächter – Profite machend
Blutsauger – unbarmherzig sich
bereichernd
Almosenverteiler – in unsäglichem
Reichtum sich suhlend
Ausbeuter – unersättlich raffend,
thronen die Mächtigen auf der Armut, die
sie schaffen!
Ein gutes Geschäft!

Birgit Isenbart * 1955

## *Nichts Bessers weiß …*

Nichts Bessers weiß man sich an allen
sieben Tagen,
Als einen Bericht über Krieg und
Kriegsgeschrei,
Wenn weit hinter der fernen Türkei
Noch Menschen aufeinander schlagen.
Man sitzt vorm Kasten, trinkt sein
Gläschen aus
Und sieht in bunt die größten Gräuel aller
Zeiten.
Das zieht alleine Hemd und Hosen aus,
Man kann dann gleich ins Bette gleiten.
Nachts im Traum wird die alte Fabel neu
geklärt:
Nicht gemordet hat Kain den Abel – nur
bekehrt.
Warum dankt 's Abel nicht, höchst
beglückt,
Dem Kain, der ihn ins Paradies geschickt?

So bleibet auf ewig das Schöne, Gute,
Wahre
Unverzichtbar eleusische Handelsware.

Alo Isius * 1939

## *Auf dem Basar*

Ein Händler wollte ich schon immer sein,
seit mein Vater mit mir zum ersten Mal
den Basar besuchte,
den kaftanbunt geheimen,
schrill raunenden.

Wir hingen unsere Nasen in alle Töpfe,
wir gaben den flüsterhaften Gesängen nach
und vermaßen die irdische Schönheit
mit himmlischer Elle.
Tauschten Seidenspitzen für Gold,
Mitgefühl gegen Schwermut –
bis der Tanz zerbrach,
bis die Musik erschrak,
bis alle Worte gefallen waren,
auf dem Basar.

Josef Ispas

## *Fischeraugen*

Aus Häuten spann' ich meine Netze
hab' Angst, dass Blindheit niederbricht
Gedanken formen meine Sätze
zieh' Knoten fest im Morgenlicht

Das Boot steckt still im Sande fest
und Hitze brennt auf altes Holz
am Bug des Auges klebt ein Rest
von Salz das einst in Wasser schmolz

Ich blick hinaus in tiefes Warten
die See sucht Hoffnung hier an Land
denn Fischer glaubt sie, wissen Karten
zu lesen, die der Mensch erfand

Von tausend Küsten starren sie
sind einig mit des Meeres Werben
frei auszuwerfen aber – wie?
der Fang muss mit dem Fänger sterben

Benjamin Itter * 1979

## *Bruder Tod*

Bruder Tod vor meiner Tür,
tritt ein, Du bist willkommen.
Schwarzer Schatten hinter mir,
hab Deinen Ruf vernommen.

Du kommst allein, doch gehst zu zweit,
nimmst mit Dir meine Seele.
Du deckst mich zu mit Dunkelheit,
daß ich mich nicht mehr quäle.

Führst mich hinfort aus dieser Welt,
schenkst mir die ew'ge Ruhe,
kein Kummer mehr um Lieb und Geld
und nie mehr falsch Getue.

Bruder Tod, komm, sei mein Gast
und zeig mir Deine Wunder.
Befreie mich von meiner Last
und von des Lebens Plunder!

Wolfman Jack * 1965

## *Streichholz gegen Glut*

Erbarmungslos und kalt,
so rauscht das Meer.
Dein Boot ist morsch und alt,
dein Innerstes ist leer.

Nur flüssig gewordene Gedanken,
kein Land in Sicht,
sie wollen dich versenken,
denn zu bändigen sind sie nicht.

Einige ersaufen,
andere Schwimmen nicht,
andere sind wiederum davongelaufen,
von der Welt und sich.

Doch das Boot ist morsch und alt
und der Zahn der Zeit,
macht auch vor dir keinen halt,
so passiert es Tag für Tag bis in alle
Ewigkeit.

Zu viele Wunder wolltest du erschaffen,
doch die Welt war viel zu groß,
hattest so viele Chancen
wie ein Streichholz gegen Glut

Carina Jackat * 1989

## *Tango tanzen*

Die ersten Takte der Musik
wahrnehmen.
Sich umarmen –
eng.
Führen lassen
mit geschlossenen Augen.
Einfach folgen
nur spüren
und dann –
sich lösen
Abstand gewähren.
Verführen
mit Blicken und Bewegungen.
Sich gehen lassen –
übereinstimmend.
Ein getanzter Flirt.

Karin Jacob * 1964

## *2020*

Der Behaglichkeit des gemeinsamen
Frühstücks
zu entsagen fiel ihm schwer
die Kinder aus seinen beiden Ehen
tobten um den Tisch
lächelnd sah er von seiner Zeitung auf
seine Frau erinnerte ihn an die Abfahrtzeit
des Busses
der ihn in die Innenstadt Nairobis bringen
würde
Seufzend verabschiedete er sich
angedenk des harten Tages, der folgen
würde
der Hund lief bellend eine Weile hinter
ihm her
zunächst sollte seine Gruppe Kondome
verteilen
in den Straßen Nairobis verteilen
mittags der Flug nach Rom
die Verhandlungen über den Verkauf des
Kölner Doms
Sozialpolitik brauchte Geld
war seine Maxime
mit der er es weit gebracht hatte
der Papst

Dirk Jädke * 1962

## *Scheiden des Tages im Februar*

Stiller Friede wiegt sich sanft,
in kahlen Ästchen und Gesträuch,
steht hell davor im Himmelglanz,
durchzogen mit rotgelben Wolken,
vorbei zieht rascher Taubenflug,
wo leise erklingt der Amsel Ruf
erhebt sich Klang im Erdenschoß,
da schließt der
Himmelpfortetal,
kündet mit eisblauem Lichterruf
vom Glanz eines nahenden Morgen,
bewegt sich ein Sinnen so licht,
folgt flüsternden Wiegenstimmen,
sucht horchende Wandlungsgründe
auf feingestimmten Wellenharfen
rauschender verhallender Gesang,
fällt nieder auf Brücken im Tal,
zieht Kreise an klare Weltenruh',
von wachsender Fülle durchzogen.

Gerda Jaekel * 1943

## *An den Mond*

Die Zügel meines Herzens
halten meine Gefühle im Zaum
Erschienen bist du mir als Engel
in meinem schönsten Traum

Ich saß des Nachts im Zimmer allein
Durch Zauberhand das Fenster aufstieß
Ich zögerte lang und ging um zu schau'n
Ich sah dich und wusste, du bist mein!

Doch du verschwandest in der Welten
Nacht
Meine Gefühle von Brennen, Lodern
zögerte nicht lange, dich zu suchen
Und der Mond, der helle, im
Weltenzimmer lacht

Oh lache nur, oh spotte mich aus
Hast du, Mond, je so gefühlt
Ich vermag es zu bezweifeln denn
wenn du es je getan hättest, kämst du
nimmer raus

Ich suche dich noch immer Mondenfrau
im Wald und auf der grünen Flur
Und spotte auch die Sonn' über mich
Ich werde dich finden im hellen
Morgengrau

jaguar * 1985

## *Die Süßgkeit*

Wie ein Himbeerbonbon zergehst Du
auf meiner Zunge
Der Geschmack hält mehrere Tage

Du bist besser als ein Sahnehäubchen
Schokolade ist keine Konkurrenz
für dich
Du machst süchtig
Champagner prickelt nur anfangs
Du hast den höchsten Gänsehautfaktor
Bist Konfiserie und Delikatesse in einem
Die verbotene Frucht
Schlicht und einfach:
Die größte Leckerei der Welt!

Bianca Jahn * 1974

## *Der Offizier*

Der Kopf er ist ein Offizier,
will lenken – rational.
Romantisch sterben will das Tier,
wie anno dazumal.

Soldat des Kopf's wird Deserteur,
entzieht sich seinen Schranken,
und find't im Haupt ein Nadelöhr,
wo bunte Träume ranken.

Dem Niederen ist's ein Genuss,
zu schwingen in den Ranken,
umschlingt des Degenträgers Fuß,
und bringt ihn bald ins Wanken.

Der Stock er wird ihm auch entrissen,
schon fällt der Alte staunend um,
ein goldner Stab war sein Gewissen,
trotz glänzend Farbe brüchig, stumm.

Allein konnt dieser Stock nicht tragen,
des Kopfes angenehme Last,
den Untertan wagt er nicht fragen,
es bricht der Stamm, die Krone fällt vom
Ast.

Willi Jahn * 1987

## *Kinder*

Kinder zu haben, heißt Freud' und auch
Leid, viel um die Ohren und zu wenig
Zeit.

Kinder brauchen Dich, ganz und gar, Sie
verschlingen Dich, mit Haut und mit
Haar.

Kinder versüßen, verjüngen Dein Leben,
was kann es da noch Schöneres
geben?

Kinder bescheren Dir graue Haare, Kinder
bereichern Deine Lebensjahre.

Kinder lieben, einfach klar und rein,
Kinder vergessen und verzeih'n.

Kinder sind beneidenswert ehrlich, für
Erwachsene einfach unerklärlich.

Kinder zu haben, ist einfach toll, hat man
auch manchmal die Nase voll.

Zum Mond möcht' man sie schießen, so
hoch und so weit, dann hätte man
vielleicht wieder viel mehr Zeit.

Kinder sind die Zukunft, unsere Erben,
es bleibt was zurück, auch wenn wir mal
sterben.

Carola Jahnke * 1963

## *Der Sommer stirbt nie*

Die letzten noch wärmenden
Sonnenstrahlen des Herbstes.

Ich spürte sie doch sehr deutlich auf
meiner Haut.

Bald gar düster, trostloser und kühler wird
es.

Voller Wehmut man doch auf die
vergangenen Tage zurückschaut.

Der zarte Gedanke an ein neues Jahr voller
wärmender Sonne

vertreibt doch ein wenig die sich
ausbreitende Melancholie.

In meinem Herzen scheint die Sonne
weiter voll kraftvoller Wonne.

Es ist einfach so, denn ... der Sommer
stirbt nie.

Klaus Jakob

## *Gerüchteküche*

Man nehme ein Faß ohne Boden
und gebe eine Prise Neid hinein,
ein Löffelchen Neugier obendrein,
100 Gramm unausgegorene Gedanken,
ein Pfund Phantasie ohne Schranken,
einen Schuß Boshaftigkeit,
einen unvergessenen Streit,
mindestens drei Leute – gerne auch vier.
Das Ganze man mische und warm servier.

Roswita Jakopčević

## *Anfang und Ende*

Einst warst du klein,
wie ein Röslein so fein,
wagtest nicht zu bewegen dich,
wagtest nicht zu schauen mich.

Es vergeht die Zeit,
längst hat das Röslein mich gefreit,
eine stolze Rose ist aus Ihr geworden,
viele Rosenkinder hat sie uns geboren.

Meine stolze Rose hat jetzt keine Dornen
mehr,
Ihre Blätter sind schon welk und leer,
und unsere Liebe die einst so schön
begonnen,
sie ist niemals zerronnen.

Meiner Rose stolzer Glanz,
hat als Röslein mein Herz entflammt,
als Amor sein Pfeil in meine Brust
gerammt.

Nun da unsere Zweige sich müde schon
dem Ende neigen,
wollen wir einmal noch unsere Pracht her
zeigen,
dann fügen wir uns in des Schicksals macht
und schlafen gemeinsam in des Sonnen
Reigen

Heidi Janah * 1945

## *Illusionen*

Losgelassen,
aufgebrochen,
wild gewachsen,
ungebändigt,
zügellos.

Unverstanden,
zweifelhaft,
tot gelogen,
müde geliebt.

Abgewiesen,
fortgeschickt,
nicht wahrgenommen,
abgelehnt.

Mit Füßen getreten,
tief verwundet
fand ich die Liebe, legte mich an ihre Seite.

Britta Carmen Jannet

## *Traumtänzer der Liebe*

Es sind die Augen deiner Seele,
die mir heute fehlen.
Dein lichterfülltes Herz in der Umarmung
spüren,
deine heißen Wangen im Tanze zu
berühren,
die Weichheit deiner Brüste wiegen,
vom wilden Tanz berauscht, dich übers
Knie zu legen,
die Wärme deiner Sonne in meinen
Schenkeln zu erleben,
mich ganz und gar dir hinzugeben,
dies ist der Tanz des Lebens,
die Schwingung wird dann ganz erbeben,
um uns zu neuem Leben zu erheben,
wenn im kosmischen Reigen
sich dann die Seelen vereinen
und im himmlischen Tanz der
Liebesmächte
sich selbst erkennen als Mann und Frau,
dies ist unser aller Vermächtnis.

Peter-Michael Jänsch

## *Ich bin da, wo Du bist*

Da, wo du bist … Da, gehe ich hin.
Da, wo Du bist … Da, ist mein Ziel.
Ich gehe da hin … Da, wo Du bist.

… Mein Ziel bist Du …
… Mein Ziel ist bei Dir …

Wo bist Du? … Wo ist mein Ziel?
Mein Ziel ist da … Da, wo Du bist.
Du bist schon da … Da, wo ich bin.

… Wo ich bin, bist Du schon da.

Ziel, ich bin da … Du bist da, Ziel?
… Du, geh hin, wo ich bin.
Ziel, bist Du mein? ... Ziel, bist Du da?
Du bist ich … Und ich bin Du.

… Da Du bist, bin ich.

Du bist da … Und wo bin ich?
… Du da bist mein Ziel.
Bin ich mein Ziel? Bist Du mein Ziel?
… Du bist ich und ich bin Du.

Weil wir sind, sind wir.

Birgit Janssen-Langenstein * 1965

## *Beendet*

Rote Farbe im Zimmer – sie war zu alleine,
ohne rote Rosen –
doch jetzt gibt ihr Blut
genug Rot für 1000 Blumen –
Gelächelt?
Ja, doch immer mit Traurigkeit.
Jetzt, in der Stille, erlöst, entspannt ...
Du ahnst,
daß sie in einer anderen Welt
nach einer zärtlichen Hand greift,
die Nie wieder
von ihrer ausgehungerten Seele weicht.
Dort spricht sie –
jetzt endlich ohne Angst,
ohne böse Ahnung,
und ihre weiche, warme Liebe ist gewollt –
Im Zimmer schwebt der Duft eines Kindes,
leidenschaftlich, süß
... obwohl – sie war 30 ...

Julia Jarova * 1969

## *Praline*

Süßes die Sinne verführt.
Schokolade, immer eine Versuchung wert.
Eine Creme aus besten Zutaten gerührt.
Innerhalb von Minuten ist sie verzehrt.

Der Trüffel regt den Gaumen an,
das Glück sich nicht mehr halten kann.
Ein Hauch von Champagner als Zutat,
oft viele Liebhaber hat.

Ein Dutzend Pralinen schön verschnürt,
dann und wann als Geschenk gedacht,
beim Empfänger zur Freude führt,
auch die Flamme der Leidenschaft sich
entfacht.

Michael Jarvers

## *Absturz*

Flug durch die Seele abgründig
und tief. Freiheit. Erlösung, wenn
die Ängste besiegt.

Reißende Wellen schäumend und
wild. Geballte Energie dieser Flug in
sich birgt.

Fast ertrunken. Grad noch geschafft.
Sprung aus der Tiefe, unermessliche
Kraft.

Maja Jasper * 1977

## *Wachsen*

Rein sein mit dir,
so gesund, so farbig
wie die Bäume,
nur rauschen,
nur lauschen,
nur sich wiegen
und biegen,
nur wachsen
und sterben,
um wieder zu wachsen.

Anke Jauch * 1959

## *Loslassen*

Deinen Ort zu verlassen fiele mir schwer
Denn es ist unser Ort
Den wir gemeinsam geschaffen haben
Und ihn liebe ich viel zu sehr

Obwohl ich weiß es muss sein
Verzögert dein Angesicht meine Abfahrt
doch viel zu sehr
Obwohl ich es spüre und gesagt bekomme
Finde ich doch Ausreden um bei dir zu sein

Die Zeit mit dir war reich und wild und
schön
Sie war bunt und freudig, lustig
Und war schwarz und ach so schwer
Ich kehre dem den Rücken denn ich spüre,
ich muss gehn

Die Erfahrung lässt mich reifen, doch ist
leise
Lässt mich schrecken in der Nacht nach
dem Geschehen
Und weinen und verwünschen meine Taten
und mein Flehn
Nach dem neuen Abschnitt meiner
Lebensreise

Und ich stehe auf, versuche es zu tun
Blicke in mein Denken, meine Seele und
zurück
Auf meinen Weg und meine Taten,
erforsche meine Kräfte
Und weine, gehe vor um es zu tun

Anika Jaumann * 1986

Werke bilden deiner ewig,
längst vergänglich bleiben sie nie,
Zeit tickt fort…
Schöpfer dieser bleibt uns seelig,
Augenblicklich ist's unser,
später wand sich's nach dort,
Geboren sind wir im Käfig,
Und so schöpft ihr im seltsam' Ort …

Manuel Jauth * 1985

## *Tränenpfützen*

Haben wir die Momente vergessen
haben wir längst vergessen

längst schon vergessen
was jemals war.

Haben wir nichts mehr gesehen
es nicht mehr erkannt
oder sind wir einfach
voreinander
weggerannt …
… dabei wollten wir uns immer so nah sein

war das eine oder andere Wort
zuviel dafür

Tränenpfützen
weil ich dich liebe …
und dafür was es wirklich bedeutet
gibt es kein Wort und
nicht genug dafür
was DAS beschreibt
was ich für dich empfinde.

Jeanne * 1971

Wann kommst du zurück und wann fallen
wir beide
wie früher gemeinsam in Berge von Laub?

Wann kommst du
zu mir
mit den Büchern von damals, mit Briefen,
so lang
und verrückt?

Wann sind wir beide
so leicht wie damals,
auch wenn uns das damals so anders
erschien?

Wir liebten das Leiden, es zu erleben,
sich ihm zu ergeben
in tiefem Gefühl.

Wir waren vereint, beide gleich,
in den Schwächen des andern
so innig verstrickt.

Wir haben gelebt, so wie niemals wieder,
im Jetzt und im Morgen
mit Hoffnung und Glück.

Jasmina Jendoubi * 1980

## *Pflanze mit Charakter*

Die ganze
Pflanze
ist labbrig
und schlabbrig!

Ich sag zum Pflanzengeist:
„Weißt,
entweder – oder,
sonst vermoder!"

Über Nacht
hat er nachgedacht:
Knospen
sprospen!

Und sonntags dann
irgendwann
blühte die ganze
rührende Pflanze!

Astrid von Jenny

## *Ich bin alt*

Ich bin alt, kommt lasst mich sterben.
Dann hab' ich endlich meine Ruh'.
Jeden Tag zu übersteh'n.
Nein! Da mach' ich lieber meine Augen zu!
Der Tag zieht sich lange, man ist allein.
Und das will ich überhaupt nicht mehr
sein.
Will neber meiner Frau im Grabe liegen.
Da bin ich glücklich und das nenn' ich
siegen!
Kann nicht mal laufen, hab nur ein Bein.
Wer kann denn damit zufrieden sein?
Kann nicht mehr lachen, hab' nur noch
Schmerzen.

Und so ein Stechen, in meinem Herzen.
Brauch' andre Hilfe, kann mich nicht mehr pflegen.
Ich bleib' eh die meiste Zeit, in meinem Bettchen liegen.
Bin froh, wenn ich jeden Tag übersteh'
Denn ich kann nicht mehr warten, ich freu mich, wenn ich dann geh'.
Hatte viele schöne Tage, eine wundervolle Zeit.
Doch ich wäre glücklich, wenn mich endlich
jemand von meinem Leiden befreit.

Jes * 1987

## *Zukunft?!*

Schau dir die Kinder an, wie sie den Großen vertrauen,
wie sie auf dieses Vertrauen bauen, ein jedes immer wieder und irgendwann.

Du kannst ihnen sagen, erzählen, was immer du willst.
Sie glauben dir alles. Sie wissen, dich können sie fragen.

Zu dir können sie gehen. Hälst du sie fest,
so wissen und spüren sie, es kann ihnen nichts geschehen.

Schau dir die Kinder an, denen dieses Vertrauen genommen.
Auf nichts mehr können sie bauen. Geblieben? Ein Haufen voll Schutt.

Ihre Welt ist zerbrochen, denn jemand ist gekommen,
jemand, der ihnen alles genommen, alles, was ihnen einst versprochen.

Sie zögern und schweigen, lassen sich nichts mehr versprechen,
solange nicht jemand gefunden, dem es gelingt, ihr Schweigen zu brechen.

Vielleicht hat er es irgendwann vollbracht, aus Schutt und Trümmern
eine neue Welt zu erbauen, sodass ein jedes immer wieder

vertraut und aus vollem Herzen lacht.

Friederike Jessen * 1961

## *mythos schneeflocke*

wiederkehrend
zu
überdecken
bahnenschienen
da wo
hoffnung
dennoch
entgleiste
unvollendet im ungeschaffenen
endeteten
wiederholung eines lebens nicht besteht
im nicht erfassen
trauma all wahrheit ist

mythos schneeflocke
sanft dich niederlegst
über bahnenschienen
erstarrte menschengerüste dieser
darunter liegen in großen massen
von genies
komponisten – sänger – deren dichter
unter abtransportbahnmaschinen
wie wäre wohl der gesichterhand
verfremdet sind wir nicht
breiten aus flügel
neid zeugt
nicht überwinden können
wir, das teil der kunst im wissen sind

mythos schneeflocke

weißer atem stille
ruhst über dies
seelenband mit uns verbindest
von dannen
im schoss darunter

qual
uns zur dämmerung
weint –

Karin Jessen

Es gibt zwei Personen,
die in mir wohnen.
Manchmal bin ich ein Kind, das singt,
springt und lacht
und sich keinerlei Gedanken macht.
Ein paar Tage später bin ich ein
erwachsener Mann,
der das Grübeln nicht lassen kann.
Denke an gestern und an morgen,
und mache mir oftmals Sorgen.
Könnte ich zwischen beiden entscheiden,
würde ich gerne ein Kindlein bleiben.
Ich würde singen, feiern und lachen,
und würde mir niemals Sorgen machen.

Dirk Job * 1970

## *Tumbleweed*

Losgelöst von den Wurzeln,
rollend
wie der Wind will,
hierhin, dahin,
ungern gesehen,
nicht willkommen,
fallen die Samen
stachlig
auf fremde Erde.

Gudrun Jockers * 1939

## *Licht für Mama*

wieder ist ein jahr vorbei …
wie viele davor ohne dich …
dein lächeln brannte sich in mein herz …
deine stimme spricht noch immer zu mir …
ich rede zu dir, als wenn du noch bei mir
wärst ...
ich weiß du hörst mir zu ...
und streichelst mich mit zuversicht ...

mama, ich hab wieder ein licht für dich ...
mama, ich denke oft an dich ...
es machte keinen sinn, von mir fortzugehn
...
du musstest gehen ... den weg, den auch
ich mal gehn werde ...

ach mama, du fehlst mir, ich vermisse dich,
ich bräuchte dich …
du gingst, ohne dich zu verabschieden von
mir,
ohne ein wort, ohne mich darauf
vorzubereiten ...

mama, hier ist wieder ein licht ...
ein licht für dich ... antworte mir mit deiner
liebe,
pass auf mich auf, hörst du mama?

mama, ich brauche dich ... vergiss mich
nicht …
mama, wir werden uns irgendwann wieder
sehn … weine nicht mama …
… ich pass auf mich auf … kuss

JoeBlack * 1965

## *Lied des Herzens*

Durch mein Gemüt zieht wie ein Hauch,
fast unsichtbar und leise,
das Flüstern einer Melodie, eine mir
unbekannte Weise.
Noch höre ich sie nur von fern, als würden
Glocken lautlos läuten,
im Innern eine Stimme fragt: Was mag das
wohl bedeuten?

Und was in meinem Herzen pocht mit
leichtem Hammerschlage,
ist nicht der Wind im dürren Laub, es ist
ein Traum vergang'ner Tage.

Ein Traum, der fast verloren ging im
Labyrinth des Lebens Weiten
und wieder dieses Lied erklingt, was mag
das wohl bedeuten?

Wer kann mir sagen, was das ist, kann
Licht ins Dunkel bringen,
das Lied ist voller Harmonie und doch ist es
so schwer zu singen.
Es ist ein Lied in Moll und Dur, vom
Schicksal jeder Ton geprägt,
dem Winde gleich, der in dem Baum
erwacht und jedes Blatt bewegt.

Hätt' ich zwei Flügel, flöge ich in
unbekannte Fernen,
wohin kein Vogel jemals fliegt, ich stieg
empor bis zu den Sternen.
Ich frage mich, was bring ich mit von
meiner weiten, langen Reise,
vielleicht ein mir vertrautes Lied und keine
unbekannte Weise.

Karin Johann

## *schatten –*

schwärzer als die nacht –
– an der wand gegenüber –
schaukeln im winde

wie gehenkte am
galgen – vor meinem fenster
ein licht in der nacht –

dort am straßenrand
steht eine fernsprechzelle
spuckt licht in die nacht –

nur ab und zu geht
einer vorbei – verschwindet
lautlos im schatten –

ich schließ den vorhang
an meinem fenster und lass
die schatten draußen

tanzen und schwanken
wie gehenkte am galgen
bäume sind es im

wind –

Kim Johannsen

## *Die Insel*

Treib allein im Meer des Lebens,
Stürme toben, seh kein Land

ruf um Hilfe, doch vergebens,
Niemand reicht mir seine Hand.

Doch auf einmal, deine Stimme,
flüsterst Worte mir ins Ohr,

bringen mich auf eine Insel,
die niemals sah ich hier zuvor.

Lass mich von dir sanft entführen,
in dies für mich neue Land,

kann endlich Seiten an mir spüren,
die ich vorher nie gekannt.

Leidenschaft und viele Träume
tief verborgen, unter Eis

beginnen langsam aufzutauen,
seit ich von dieser Insel weiss.

Leider darf ich nicht lang bleiben,
da ich nur durch dich sie seh.

muss dann wieder weitertreiben,
einsam und das tut sehr weh.

Constanze Johr * 1969

## *Mitten in mein Herz*

Ständig diese Bilder in meinem Kopf,
ständig das eine und ich weine.

Ständig SIE neben dir und wo bleiben wir?
Diese Liebe, die ich spüre, ist so stark und
deine Sünde macht mich Krank.

Ich kann dir niemals verzeihen,
diesen Schmerz, der mein Herz zerbricht,
diese Geschichte,
die in meinem ganzen Körper kriecht.

Ich will leben und nicht zusehen, wie viele
Scherben noch in unserem
Leben auf den Boden fallen und mitten in
mein Herz knallen.

Zwischen uns nur SIE,
die, die es geschafft hat, aus dir einen
anderen zu machen
und du kannst drüber nur lachen.
Ich kann es nicht ertragen, ich kann mich
damit nicht vertragen,
daß ich die Zweite Wahl bin,
das kommt mir nicht in den Sinn.

Vorher die Prinzessin deines Herzens und
jetzt ein Versehen,
denn du hast SIE übersehen.

Jola * 1980

## *Sommerwind*

Sommerwind, ein leichter Windhauch zieht
über uns hinweg.
Die Stadt liegt verträumt in der Wärme
der Sonne.
Am Grashang liegen wir ausgestreckt.
Unsere Gedanken ziehen mit dem
Sommerwind davon.
Sonnenstrahlen wärmen unsere Haut.
Hin und wieder zieht ein Lächeln über dein
Gesicht.
In deiner Gelöstheit erzählst du mir vom
Leben.
„Sieh der Falke ..."
So wird es sein, das dieser Augenblick
immer etwas Besonderes sein wird.
Wir werden uns erinnern und vielleicht,
wenn wir einsam oder traurig sind,
kommen wir zurück und sind glücklich.

Marina Joschko

## *Es folgt Sonnenschein*

Manchmal kommt ein Regenschauer,
der Tag ist oftmals grauer.
Nach jedem Regentropfen folgt der
Sonnenschein,
er scheint in die Herzen rein.

Manchmal kommt ein Gewitter,
die Stimmung ist trüb und bitter.
Nach jedem Gewitter folgt der
Sonnenschein.
Er strahlt für dich allein.

Manchmal kommt der Hagel schnell,
doch genauso wird der Tag wieder hell.
Nach jedem Hagel folgt der Sonnenschein,
und ich kann wieder draußen sein.

Manchmal kommt ein Schneesturm,
er weht um jeden Turm.
Nach jedem Schneesturm folgt der
Sonnenschein,
der Schnee fliegt dann ganz fein.

Nach jedem schlimmen Wetter
wird die Stimmung wieder besser.
Und ich sehe ein,
es folgt immer ein Sonnenschein.

Yasmin Jost * 1983

## *impressionen*

Was sind Empfindungen gegen Gefühle?
Was ist Angst gegen Schmerz?
Wenn Schmerz unbeschreibliche innere
Zerstörung –
den völligen Zusammenbruch des Ichs und
des Verstandes,
bis ins Innere umfasst –

was ist dagegen Angst?
Etwas, was man lieber nicht aussprechen
will –
oder gar darf?
Wenn Gefühle nicht nur dein Herz und
deine Seele –
sondern auch deine Umwelt beeinflussen,
sodass du keine Kontrolle mehr über deine
Gedanken
und dein Tun hast –
was sind dagegen Empfindungen?
nicht mehr und nicht weniger als Launen?
Wenn man fähig wäre,
seine Gedanken, sein Bewusstsein
zu definieren-
gäbe es dann noch etwas was man nicht
weiß?
etwas das einen hoffen, spüren oder sagen
lässt?

selima joy * 1984

## *Sehnsucht*

Sehnsucht nach dem innern Land
Weit und fein gestreut wie Meeressand
Schwanken zwischen hier und dort
Wechselspiel des Bleib und Fort;

Nach dem Balsam Abgeschiedenheit
Doch ihr andern seid so weit
Elixier der Akzeptanz
Dem gefällig, der sich sagen darf: ich
kann's;

Nach da, wo einst dich Mutters sanfte
Hand geführt
Ein Dankeschön dem guten Mensch
gebührt
Kontrastiert die schaurig-süße Option
‚jetzt'
Forderung sowie auch Chance nicht zuletzt;

Sehnsucht nach dem innern Land
Lebenswunsch, profund und weit entfernt
von Trug und Tand
Suche nach dem letzten Sein
Ziel und Weg als paritätische Teile im
Verein.

Jozsy * 1955

## *Stummes Leiden*

Mein Leiden ist stumm,
so stumm wie die See.
Möwen kreischen, doch die See bleibt
stumm.

Mein Leiden ist still,
so still wie die Nacht.
Betrunkene jaulen, doch die Nacht bleibt
still.

Mein Leiden ist leise,
so leise wie eine Maus.
Katzen jagen, doch die Maus bleibt leise.

Mein Leiden ist stumm,
seht ihr nicht wie sehr ich leide?
Eltern die streiten und Alkohol,
doch ich bleib stumm.

Julia

Am Flughafen in Paris:
viele Leute stehen Schlange
im Flugzeug wird ihnen bange
manche findens ganz schön mies.

Doch dann werden sie belohnt
der schöne Tanz der Flugbegleiter
macht sie alle wieder heiter
nach ein paar mal ist man's gewohnt.

julika * 1989

## *Im Kanu auf dem Sepemberfluss*

die letzten Augen
der Ackerwinde
leuchtendweiße Grüße

aus dem falben Grün
der steilen Ufer

erste Weidenblättchen
aufs Wasser geweht
gleiten
winzige Nachen
venezianischen Gondeln gleich
auf des Stromes Zwang
anmutig leichte Boten
eines Herbstes
in den wir selbst getragen werden
mit eignem Paddelschlag

Franz Jung * 1930

## *Eisformen*

Eine bizarre Skulptur umhüllt von Eis
– was ist darunter?

Oft auch Menschen äußerlich sichtbar
vereist
– und innen darunter?

Lasst uns doch das Eis schmelzen lassen
Lasst uns doch das Darunter erkennbar
machen

Wir sind eigentlich in unserem Inneren
weich und aufgetaut

nur die heutige frostige Welt
lässt uns manchmal eisig erstarren

Aber so wie der wiedererwachende Frühling
Skulpturen vom Eis befreit

so kann auch wärmende Liebe
von innen heraus

unsere eigentliche Form
Mitmenschen unverhüllt zeigen

Jutta Jung * 1948

## *Trümmerfeld*

Die Welt, gekrönt mit ihrem Kranz,
aus Trauer, Scham und Ignoranz.
Da steht sie nun in ihren Trümmern,
kein „Held" will sich mehr um sie
kümmern.

Keiner sieht die Schuld bei sich,
niemand ist verantwortlich,
für das Kampffeld dieser Welt,
wo jeden Tag ein Neuer fällt.

Gewissen existiert nicht mehr,
denn keinem fällt es wirklich schwer,
sich zur Wahrheit zu bekennen,
um danach fortzurennen.

Fort von diesem Hoffnungsfeld,
von Hass und Schmerz brutal entstellt.
Alles, was danach noch bleibt,
ist von Frieden abgeneigt.

Was einst strahlte wie ein Held,
gleicht heute einem Trümmerfeld.

Stephanie Jung

## *Maskerade*

Dein ganzes Leben ist ein Maskenball.

Du setzt Masken auf, wie es Dir gefällt
und gehst hinaus in die bunte Welt.
und schlüpfst in Rollen, die beherrschst Du
perfekt
und keiner dein wahres „ICH" entdeckt.

Mal bist Du der Clown mit lachendem
Gesicht,
obwohl dein Herz vor Traurigkeit
zerbricht.

Oft bist Du ein Retter aus der Not, ein
Held,

der seine eigene Angst hinter die Tapferkeit
stellt.

Im Kostüm eines Verlierers erscheinst du
nie,
das wäre für dich reinste Ironie.

Ein Ende hat jedoch auch jeder Maskenball
und es folgt DEMASKIERUNG, der
Masken Fall.

Was wirst du dann tun, wenn es heißt,
Farbe bekennen?

Dein wahres Gesicht zeigen oder
fortrennen?

Zeig' es nur her,
doch sei gewarnt,
kennst' es vielleicht selber nicht mehr,
obwohl enttarnt.

Charlotte Junge * 1953

## *Des Dichters Muse*

Des Dichters Muse ist der Schmerz,
Der Tod des Wortes, eine Welt ohne Herz,
Der Sinn des Seins ist unentdeckt,
Die Suche danach macht hier keinen
Zweck,

Des Kindes Lachen ist unser täglich Brot,
Das Sterben der Liebe, gewiss auch unser
Tod,
Der Gedanke an Besitz macht uns labil,
Die Flucht vor uns selbst ist eine Flucht
ohne Ziel,

Die Frage ist die Antwort und umgekehrt,
Der Blick nach vorn wird durch den Blick
zurück erschwert,
Die Verschwendung des Augenblicks ist
fatal,
Denn eins ist sicher, dieser Moment kommt
nicht noch mal,

Der Verlust des Träumens ist eine
Tragödie,
Das Versäumen von Freude nur eine
traurige Komödie,
Das Ende ist der Anfang, alles was war
verblasst,
Der Abend bricht herein und der nächste
Morgen tötet die Nacht.

Manuel Junginger * 1981

## *Danke*

Ich platze, ich reiße, ich springe in tausend
Teile.
Nun fasse ich dich, der Druck und all der
Schmerz sprudelt gerade so über dich.
Du machst mich frei.
Danke du Stück Blei, du Stück Papier!

Katharina Junkert * 1989

## *Epilog*

Was bleibt
Ist der Duft
Deines Shampoos
Auf dem Kopfkissen.
Was bleibt
Ist die Trockenheit
Des Weins, den wir
Nicht ausgetrunken haben.
Was bleibt
Ist das Abendlicht
An der Wand,
Wo dein Schatten sein müsste.
Was bleibt
Ist das Schweigen
Einer leeren Wohnung,
Ohne deine Stimme.
Was bleibt
Ist die Kälte
Meiner Handfläche,
Der deine fehlt.

Johannes Jürging * 1984

## *Für uns*

Für dich bin ich glücklich, wenn ich lache
Für dich bin ich zufrieden mit dem was ich mache
Für dich habe ich Spaß solange ich mich nicht beschwere
Für dich liebe ich dich, solange ich keinen anderen begehre.

Für mich bestimmt Traurigkeit mein Leben
Für mich bin ich unzufrieden und kann dir nicht vergeben
Für mich erleide ich Qualen nach jedem deiner leeren Versprechen
Für mich bin ich aber sicher, ich darf an all dem nicht zerbrechen
Für mich vermisse ich täglich ein „ich liebe dich"
Für mich bin ich nur noch kraftlos und kehre in mich

Für uns ist es Zeit einzusehen,
wir müssen getrennte Wege gehn.

Ehrlich, zufrieden und nett ist jeder nur für sich, zusammen sind wir fürchterlich.
Warum? Ich weiß, dass du das nicht versteht, aber
ich liebe dich, wenn du für immer gehst.

Stefanie Juszczak * 1976

## *Rotes Meer*

Ein Meer aus Tränen
Und am Ufer stehe ich,
Sehe in das Meer
Und sehe mich.

Ein Tränenmeer,
Aus Blut so rot,
Will weiter weinen,
Doch meine Tränen sind tot.

Allein,
Getauft vom Roten Meer,
Will weiter weinen,
Doch es schmerzt so sehr.

Meer und Ich,
Sind wiedervereint,
Doch frage ich mich,
Hat es auch um mich geweint?

K2K

## *Die schwindende Zeit*

Ihr Rhythmus bestimmt unser Leben,
wir sind ihr voll und ganz unterlegen.
Nur wenig Zeit ist uns gegeben
und auf ihr liegt des Schöpfers Segen.

Unerbittlich schwinden die Stunden,
Monate, Jahre, Jahrzehnte vergehen.
Die weite Welt wollen wir erkunden,
doch die Zeit bleibt nicht stehen.

Karriere und Erfolg werden zum Ziel.
Doch vom Glück entfernt sind wir weit,
weil wir wollen alles, nicht nur viel,
und laufen unerbittlich gegen die Zeit.

Keine Zeit dürfen wir vergeuden,
denn die Stunden, sie schwinden.
Keine Zeit bleibt mehr für Freuden,
Ruhe ist nur schwer zu finden.

Klara Kaaden * 1988

## *Männer*

Du gehst zur Tür – es hat geklingelt
dein Hund sich schnell ins Körbchen kringelt.
Vor der Wohnung lehnt dein Mann
sich rücklings an der Hauswand an.
Du siehst ihn und bist gleich betroffen,
er sieht dich nicht – er ist besoffen.
Völlig breit – mit roter Nase,

sein Schuh liegt auch noch auf der Straße ...
sagt er zu dir – ich muss aufs Klo.
Wir ha'm eins, aber wo?
Du zeigst als liebevolles Eheweibe
genau auf eine Milchglasscheibe.
Später ...von Panik bist du schon erfasst,
machst die Tür auf voller Hast.
Er sitzt derweilen ganz, ganz stille
schlafend auf der Toilettenbrille.
So friedlich hat er dagesessen,
den Anblick wirst du nie vergessen.
So süß und niedlich wie ein Kind,
halt so, wie Männer eben sind.

Jens Kadner * 1963

## *Verzicht*

Ich kann dich kaum
erinnern, ferner Freund –

doch wenn des Tages
müde Wellen am ersten
Wimpernschlag zerschellen,

seh ich noch immer diesen Mohn,
der schamlos blühte einst im Licht –

verblutend still in unsern Händen,
die früh sich übten
im Verzicht.

Monika Kafka * 1960

## *mosaik*

einst geboren worden
als ganzes zersplittert später
in tausend teile
die immer noch nach so langer zeit
eisglitzrig liegen
verstreut
auf meinem weg
den ich noch nicht so richtig gefunden hab
denn zu schmerzhaft
das gehen
auf spitzigen pfaden
die vor mir liegen
aber auch wenn es weh tut die scherben
einzusammeln
nur der weg zurück wird mir den weg nach
vorne weisen

Sylvia Kafshnochi * 1969

## *Zur Jahreswende*

*A.-F. Kahl/Dezember 2005/Sonderausgabe für Britta und Kai*

„Ich halte Dich", sagte die Fee, „du bist mir
stets willkommen.

Mit der Kraft der Liebe,
die die Seele vom Dunkel befreit,
bin ich bei dir, in dieser und zu jeder Zeit.

Glaube daran und du wirst begreifen,
Aufgaben stellen sich dir nicht vergeblich,
beginnt am Horizont des Tages
Silberstreifen,
kommt ein neuer Tag allein für dich."

Anja Kahl

## *beschreibung*

deine hand
vieladrig
narbig von stacheldraht
(irgendetwas gibt immer halt)

in den höhlen
lagern äpfel
dunkel und trocken
(nässe ließe sie verderben)

lippen
balken auf denen
luftworte balancieren
betrügen sich der röte
(was sich öffnet, ist nicht verschlossen)

streng im ansatz
das nicht lockende haar
undurchdringbar
der knoten am haupt
(gelöst ist er nur nachts)

Nikolaus Josef Kahlen * 1957

## *Die Liebe in mir*

Liebe scheint überall und nirgends zu sein,
manchmal kommt sie, dann läßt sie mich
wieder allein.
Suche ich sie im anderen, ist sie nur Gast,
verliert sich ganz schnell in des Alltags
Hast.

Ich brauche sie, doch sie hält sich
verborgen,
und mein Kopf ist voll mit Zweifeln und
Sorgen.
Will ich sie halten mit aller Kraft,
merke ich, wie sie über mich lacht.

Dann wieder in traurigen Stunden,
ist sie da – ich hab sie gefunden.
„Bleib bei mir und geh nicht fort!" ruf ich
ihr zu,
„Ich bin da", sagt sie „laß du es nur zu!"

Will ich nun wieder im Leben verzagen,
versuche ich einfach mein Herz zu
befragen.
Dann durchströmt mich ein warmes
Gefühl,
Ruhe, Kraft und Vertrauen es mir geben
will.

Die Liebe in mir, nun kann ich sie spüren,
lasse mich von ihr durch mein Leben
führen.
Liebe und Vertrauen nicht nur in dunklen
Stunden,
mit der Liebe in mir habe ich alles
gefunden.

Telse Maria Kähler

## *Fliegen wollte ich*

Doch stürzte ich ab.

Wollte aufsteigen zu den Gipfeln,
verstrickte mich in Dornen.
Wollte lieben, gütig und gelassen,
schrie und verletzte.

Wollte verstehen,
verurteilte und wandte mich ab.

Hielt fest,
was ich gehen lassen sollte.

War blind
für den Augenblick.

Und wollte doch fliegen
zu den bunten Träumen meines Lichts.

Musste mich beugen,
als ich schreiten wollte.

Weinen,
als ich lächeln wollte.

Loslassen,
als ich festhalten wollte.

War eingeschlossen,
als ich frei sein wollte.

Fliege nun endlich
allein ins Abendlicht meines Lebens.

Ruth Kainz-Lüghausen * 1943

## *Sonett für Tian*

*Am 26. Juli 1806 nahm sich die unter dem Pseudonym Tian schreibende Dichterin Karoline von Günderrode, sechsundzwanzigjährig, in Winkel am Rhein das Leben.*

Bist du erwacht aus einem kühlen Traum,
erwacht zu greller Wirklichkeit?
Ach, Tian! Du hofftest und fühltest und
lebtest kaum
im Hier, doch wohl in deiner seligen
Unendlichkeit.

Land der Träume nanntest du die Ewigkeit
und die Poesie Flucht aus der Enge.
Nicht gewappnet warst du, Kind deiner
Zeit,
dem Leben und der alltäglichen Zwänge.

Durchmaßest es wohl zu schnellen
Schrittes,
verzweifelnd ließest du dir keinen Raum,
entschlossen dein Recht auf Freiheit zu
zeigen.

Waren's zu viele Ängste, die du darob
littest,
um in den grausigen Abgrund zu schauen
und freiwillig Charons Nachen zu
besteigen?

Dirk Kaiser * 1969

## *die ängstlichen, die lauwarmen & das unerreichbare*

selig die bleichen

denn ihnen gehört
das gesetz des entsetzens

(& gott als zuschlag)

von den himmels
reichen
denen
die stur & glatt
ihr pures mittelmaß zollen

sollst du immerzu weichen

Jens Kaiser * 1967

## *Heute trage ich ein schwarzes Kleid*

Heute trage ich ein schwarzes Kleid
weil die Ignoranz bei mir verweilt
sie peitscht tief in mein Gemüt
die Einzige die sich um mich bemüht.

So wünscht' ich wäre ein Fabelwesen
und könnt' in fremden Seelen lesen
das stetig und ganz klar erkennt
ob Mann aus Liebe mit dir pennt.

Der Teufel trägt 'nen schönen Pelz
im dunklen satten Braun
und diese hellen Augen
vor Schönheit zu ertragen kaum.

So ist es uns schon oft gegangen
triebhaft ist doch das Verlangen
mitgegangen
mitgefangen
so fängt das Leid von vorne an
Gültigkeit ab morgen dann
trauen wir wirklich keinem Mann.

Nina Kaiser * 1978

## *Am Kornfeld*

Das Korn steht gut, die goldenen Körner
reifen,
rot blüht der Mohn im hellen Sommerlicht.
Am Himmel weiße Wolken streifen,
es wogt das Korn, die Halme wiegen sich.

Sie schaukeln wie das Kind in seiner
Wiege;
die schweren Ähren – von der Last
gebeugt.

Im Kornfeld: rote Klatschmohnblüten
und blaue Kornblumen darin verstreut.

Die Sonn' steht hoch, ein schwarzer Käfer
krabbelt
und kämpft sich mühsam in das helle Licht;
im Netz der Spinne eine Fliege zappelt,
die Sonne heiß vom blauen Himmel sticht.

Ein Falter ziellos irrt und gaukelt,
im Wind die Vogelscheuche schaukelt.
Die Lerche trillernd in die Höhe steigt;
die Grille zirpt – bricht ab und schweigt.

Stille liegt über Flur und Feld,
weit weg und wie im Traum die Welt. –
Der Sommer rasch zu Ende geht,
im Herbstwind seine Spur verweht.

Wilhelm Kaiser

## *Prothesen*

Er hatte gelbe Punkte auf seiner blauen
Haut
Ich habs genau gesehen
Auch wenn die fleckige, knittrige Haut
Ihn fest umklammert hielt

Dann sah ich die andere
Und dann den Schlafen Arm den sie hielt
Und dann den Rest. Eingehüllt, ganz
typisch
Kratzpullover, Baumwollrock, farblich
passend
Zu den Krampfadern die er verdeckte

Ganz behutsam hielt er sie
Während sie ein dünnes Beinchen
Vors andre setzte
Er in seinem schwarzen Sonntagskleid
Bis beide müden Füße die Rampe passiert
hatten

Nur die gelben Punkte, blieben mir vor
Augen
Jeder irgendwie anders als der andere
Und so viele warns auf der blauen Haut
Irgendwie genauso
Wie die Facetten der Liebe

Malwina Kala * 1985

## *Winter*

Raureif hat alles überzogen,
in der Sonne glitzern Kristalle aus Eis.
Die Last hat die Äste herabgebogen,
die Welt liegt da in gleißendem Weiß.
Verzaubert die kalte Winterszeit,
dies Glänzen macht die Seele weit.

Zwischen bizarren Eisskulpturen,
murmelt der Bach geheimnisvoll,
sein Lied belebt die erstarrten Fluren.
Er singt so leise in Dur und in Moll.
Es ist so viel, was der Winter uns gibt,
wenn man die leisen Töne liebt.

Weiße Flocken vom Himmel schweben,
unter den Füßen knirscht der Schnee,
als weißen Hauch wir den Atem erleben,
und dickes Eis verbirgt den See.
Lange Nächte, von Sternen erhellt,
der Winter, er dämpft das Laute der Welt.

Eva Kalb * 1933

## *Wanderer*

Auf hohem Fels ein Wandrer sitzt
Sein mildes Lächeln scheint entrückt
So schaut er nachdenklich, entzückt
Auf den Fluss, der drunten blitzt

Im Tal schäumt klein das Leben rege
Auf Straßennetzen grob gewebt
Wie nah, wie fern doch alles lebt
Und drüber sinkt die Sonne träge

Christian Kalbe * 1977

## *„Hängt ihn auf“*

Die Zeit ist reif, sowie das Obst,
Das nichts mehr auf dem Baume hält.
Und während du mich heute lobst,
Es langsam schon zu Boden fällt.

Zurück zum Baum, weil er uns bat.
Fliegen wir heute durch die Zeit
Hinauf zum Ast ist's gar nicht weit
Und er bekommt die Frucht geschenkt,
Kostbarer Apfel wieder hängt
Sowie er es schon früher tat.

Man dankt es uns nur zu Genüge
Freuet euch, es ist gescheh'n
Und jeder Mensch, der frei von Lüge
Ist, der kann ihn hängen seh'n.

Andreas Kalk * 1985

## *Meine Birke*

Die Birke steht ganz leis', ganz still,
kein Windhauch streift durch ihre Zweige.
Ringsum die Bäume stehen kahl.
Doch sie trägt ihre Blätter noch,
sie trennt sich voller Qual nur Blatt um
Blatt,
die Zweige matt, noch immer grün,
als möcht' sie blüh'n, will nicht vom
Sommer lassen.
Kein Windhauch weht,
der Sonne Licht schon fahler.
Zu Ihren Füßen buntes Laub,
wie von der Hand der Maler.
Doch keins der Blätter ihr gehört,
sie trotzt dem herbstlich' Wetter.
Worauf wohl wartet sie dann noch,
in martervollem Schweigen?
Der Winter kommt, er kommt dennoch,
Sie fühlt's schon in den Zweigen ...
Und ihre Tage sind gezählt,
bis all das Hoffnungsgrün verfällt, in
trauervollem Reigen.
Die Birke steht ganz leis', ganz still ...

Ursula Kalmár

## *Vom gebrochenen Herz*

Engel sind wundevolle Wesen
schöner und graziöser noch als Rosen
bezaubernder als Schneeflocken im Wind
sein Lachen strahlender und heller als ein
Kind
seine Liebe und sein Mut, so stark wie ein
Orkan
Tränen nur für dich so viele wie der Ozean

doch glaubst du nicht an dich und versinkst
in deinem Schmerz
so brichst du deines Engels Herz

Stefanie Kalus * 1968

## *Tierlieb*

Meine schwarz-weiße Katze
zieht heut' 'ne Fratze.

Sie hat 'nen roten Klecks
der auch noch wächst,

weil sie mit der Tatze
sich einfach zu sehr kratzte.

Des Stubentigers Leid
macht sich breit.

Langeweile oft unterschätzt
hat sie so verletzt.

Vielleicht kauf' ich 'nen Hund
dann geht's rund,

wenn er sie täglich hetzt
und sich mit ihr fetzt.

Aber nein, so gemein
kann ich nicht sein.

Ich kauf' ab und zu 'ne kleine Maus
da bin ich doch fein raus.

Maria Kaluza * 1970

## *Mein Engel*

aufgehoben in dir
beschützt und unendlich geliebt
vertreibt dein strahlen die dunkelheit
schenkst mir die liebe im herzen

spürst du mein lächeln
im fluß der zeit
begleitet
dein strahlen
in steter dankbarkeit

berühre mich
halte mich
wärme mich … mein engel

Marion Kamp * 1966

## *Weltenreise*

Was ist,
was war,
was wird sein?
frage ich,
gewiss nicht allein.

Fliegt die Kindheit?
Leben braucht Zeit.
Zeit braucht Leut.

Wann ist man alt?
Gilt noch morgen,
was gestern gilbt?

Sabine Kampermann

## *Das Leben lieben*

Das Leben ist ein trauriges Lächeln.
Es ist eine trockene Träne,
die eine faltige Wange herunter läuft.
Es ist ein lieber Teufel und ein böser Engel,
die dich zum Lachen bringen und dich
traurig machen.
Es ist ein weicher Stein und eine harte
Wolke,
die dich verzaubern und dich wütend
machen.
Das Leben ist ein du und ich.
Es ist ein wir,
das sich im Paradies streitet.

Kristin Kampmann * 1991

## *Raureifgeflüster*

zuhauf sich tummelnd
sind die Geister die ich rief
ausgeritten mit den Winden
schaukeln Raureif in die Linden
baumeln meine Seele findend
in dir ruhen, wohlig taumelnd
flüstern Stimmen Zärtlichkeit
unterm Lindenbaum zu träumen
Wärme in die Herzen schneit
mit dem Zauber zu entschweben
mich in deine Hand zu geben
und Gedanken dir zu schenken

vergessen ist der Ruf der Geister
längst sie sind der Sehnsucht Meister
ausgebremst am kurzen Zügel
sie sind – angebrochene Flügel

Karin Kanz * 1961

## *Tagesanbruch*

Erste Sonnenstrahlen
bezwingen die dunkle Nacht.
Nebelschwaden,
Boten des hereinbrechenden Tages,

ziehen ihre Bahn.
Trotz der Kühle des Morgens
erscheint die Sonne
als glühender Feuerball am Horizont.
Tausende Tautropfen
glitzern wie Glasperlen,
ein gewebter Teppich aus Hoffnung.
Erwachendes Leben,
trinkt gierig neue Kraft,
aus dem gereichten Kelch der Natur.
Ein Tag erwacht
und mit ihm neues Leben.

Kerstin Kapataina * 1986

## *Herbstgold*

Gekämmtes Licht
fällt zwischen Bäume
auf Moospolster
wie Goldhaar.
Pilzhüte lüften
modriges Gehölz.
Der Wind tanzt
mit bunten Blättern.

Ingrid Kapfer

## *Geständnis*

Er sprach zu ihr:
Ick liebe dir!

Sie sprach zu ihm:
Nicht gleich intim!
Liebtest du wahr und inniglich,
so wüßtest du: Ich liebe dich!

Helmut Karg * 1941

## *Der Reigen*

Einst nahmst du meine Hand
und es begann ein bunter Reigen,
es war, als spielten tausend Geigen
ein wundersames Lied
und es begann:

Auf tausend Höhen dachten wir zu gleiten,
auf Wellen ließen wir vom Glück uns
leiten,
in Tiefen hielten wir uns fest umschlungen,
für uns, da spielten tausend Geigen.

Lang hielt mich deine Hand,
bis sie erschöpfte, mußt' sich neigen,
es war, als spielten tausend Geigen
ein ach so traurig Lied
und es begann:

Aus tausend Höhen dachte ich zu gleiten,
von Wellen, wo ich ließ vom Glück mich
leiten,
aus Tiefen, die mich hielten fest
umschlungen,
für mich, da spielten tausend Geigen.

Karin Karg

## *„Wieder Grund ..."*

Wieder Grund
unter meine Füße,
und wenn's nur Asche wär'.

Hände
hab' ich noch,
Hände hab' ich immer,

die wachsen nach,
wenn ich will.

Reiner Karg

## *Erkenntnis*

Kindheit,
unbeschwerte Reise.
Ein Blick zurück,

die Augen voller Träume,
mit einer Hand den Sternen schon ganz
nah.

Geborgenheit,
ich lauf der Zeit davon,
nichts ist so schnell wie mein Gedanke.
Verborgen süße Früchte
locken in der Ferne.

Jetzt,
wo ich sie gekostet,
bin ich verletzbarer denn je.

Kerstin Karger * 1969

## *Kitschus*

Dieser Perverse,
eines Tages schreibt er
plötzlich ein Gedicht.

Und jetzt packt er sich einen Kuli.
Jetzt packt er sich ein DIN-A4.
Jetzt schreibt er sich alle Nomen
in diesen Gedichten auf.

der Fluss, die Sonne, der Apfel, die Rose,
die Wüste, die Hügel, der Löwe, der
Frühling,
die Lippen, die Sterne, der Goldfisch, das
Grün,
die Kiesel, der Brunnen, das Feuer, der
Tau,
der Pfad, die Hand, die Treppe, das Blatt,
der Strand, die Ameise, die Katze, der
Stein,
der Spatz, die Tulpe, der Mond, der Reis,
das Wasser, die Dattel, der Regen, die
Blume,
das Blau, der Herbst, die Schlange, die
Vase,
der Fuß, das Leben, die Muschel, das Gold.

Sina Karim Khani * 1982

Die Aufklärungsdebatte
eingebettet in die Geschichte
des Bewußtseins,
stehengeblieben bei den
Positionen, die einem
lieb sind, weiterentwickelt.

Ernst Karner

## *Hörspiel*

Sag was.
Ich spiele Hören.
Unsinn,
entweder hören
oder spielen.
Ich habe nichts gehört,
ich will nichts hören,
ich muß schon wieder hören,
ich kann es nicht hören.
Hören deine Wortspiele
vom Hören endlich auf?
Du hast dich verhört.
Hör endlich!
Hörspiel, nichts
als Hörspiel.

Ingrid Karner * 1944

## *Abends*

Süßer Duft steigt aus dem nächtlichen
Meer von bunten Blumen auf
und meine schlanken Hände greifen gierig
nach ihnen.

Auch der weiße Mond verschwindet jetzt in
den schwarzen Wolken
und nur die Sterne leuchten wohlwollend
herab.

Doch plötzlich wird mein Widderherz ganz
klein,
denn silberne Tropfen rennen aus meinen
traurigen Augen.

Die schmerzende Seele schreit,
weil sie denkt an die ruhmlose
Vergangenheit meiner Jugend.

Danach denke ich an die wärmende Liebe
und hör' das Echo unseres Glücks
welches deine Schönheit in meine Augen
malt.

Dann gehe ich langsam zum großen,
gähnenden Friedhofstor
bleibe da stehen und träume von dir.

Überall greift dort rankender Efeu um sich
der deine sorgende Treue beschwört in
dieser einsamen Nacht.

Detlev Karo * 1952

## *Die Mauer und der Tod ...*

*– Berlin 1961–1989 –*

Die Mauer schweigt
und hat kein Wort.
Stumm sieht sie an
den roten Tod!
Deutsches Blut
wird da gegossen,
nach dem Befehl
der Genossen!
Die Mauer schweigt
und hat kein Wort:
Sie steht und mahnt
die Deutschen dort!
Die Mauer ist gefallen,
das Volk hat das Wort.
Das Land ist wieder
frei und einig:
Besiegt ist der rote Tod!

Albert Karschti

## *Atmen*

Du hast die Gebärmutter verlassen.
Der erste Schrei nach der Geburt.
Ausstoß aus der Gebärmutter. Atmen
beginnt.

Bist du eine Frau,
lebst du mit einer Gebärmutter, Du
atmest.
Bist du ein Mann,
lebst du ohne Gebärmutter. Du atmest.

Bist du eine Frau, kann deine Gebärmutter,
wenn du JA sagst, ein Ort des Begegnens
werden.

Du atmest.
Bist du ein Mann, kann es sein, wenn sie
JA sagt,
daß Samen und Ei verschmelzen
und einen Nistplatz in der Gebärmutter
finden.
Du atmest.

Das Atmen hat einen neuen Anfang
gefunden.

Jürgen Karschuck * 1940

## *Der Mantel*

Mein Messer ist mir entglitten,
Hab dich an der Hand geschnitten
Bin fassungslos:
Denn dort wo Blut fließen sollte
Find ich nur unberührte Haut.

So stech' ich auf dich ein
Doch verziehst du keine Miene,
Kein Zeichen von Schmerz
In deinem steinernen Gesicht.

Will schon wissen ob du
Überhaupt fühlen kannst,
Als du deinen Mantel ablegst
Und zu Boden gehst ...

Katja Karwat * 1987

## *Frage*

Freund dieser Zeit,
kennst du das Land,
wo See an See sich reiht?
Umrahmt vom dunklen Walde,
aus dem bei Nacht die Eule schreit?
Wo auf den Höhen alte Burgen stehn,
Wildgänse in hohen Lüften
ihre Bahnen ziehn
und sich das üppig' Korn
im Winde wiegt und wendet?
Wo ries'ge Flügel alter Mühlen
sich knarrend drehen in dem Wind?
Freund dieser Zeit,
ahnst du, an was ich mich
so sehnsuchtsvoll erinnere?
Masuren ist's – mein Heimatland!
Entschwunden wohl
aus meinem täglich' Leben,
doch nicht aus
meines Herzens Beben!

Friedrich Kasischke * 1928

## *Die Suche*

Der tiefe Schlaf mich einst befiel.
die große Trauer mich darniederwarf.
Durch Schluchten und durch dunkle
Wälder,
schritt ich, ohne Sinn und Ziel, die Zeit
stand still.
Doch Ruhe fand ich dennoch nicht.

Auf und über hohe Berge, sah ich den
Himmel nimmermehr.
Wo Menschenhand die Erd' berührte,
keine Freud', kein Glück und keines Vogels
Stimme,
die Stille, die den Tod bedeutet.

Die Wüstenöde, karg und kahl.
Kein Brunnen, der den Durst mir stillte.
Kein Grün, nur düsteres Grau, verblasste
auch des Firmamentes Blau ...
Sag mir, wer das wohl verbrach.

Die Füsse schwer,
der Sinn in finsteren Gedanken.
Haltlos irrte ich durch der Menschen
Seelen,
wo ich kein Licht und keine Hoffnung fand
–Niemandsland.

Anna Kastella * 1962

## *Der, den ich liebe*

Der, den ich liebe, hat mir gesagt,
dass ich ihm wichtig bin,
doch ich habe versagt,
und das ist mehr als schlimm.

Der, den ich liebe, guckte mich an,
mit seinen stahlblauen Augen,
und ich lag unter seinem Bann,
konnte von da an nichts mehr taugen.

Der, den ich liebe, berührte mich,
ich vergaß alles um mich herum.
Dann sagte ich ihm „ich liebe dich",
und er war auch nicht stumm.

Der, den ich liebe, ist nun gegangen,
und das war sehr schwer.
Doch ist er in meinem Herzen eingefangen,
und ich liebe ihn immer noch sehr.

KatzA * 1990

## *Stille Einsamkeit*

Im Dunkeln liegt das stille Meer
Die Wellen rauschen jetzt nicht mehr
Und auch die Möwen schreien nicht
Im Dunkeln findet man kein Licht

Das Wasser kommt nur mit der Flut
Doch mit der Ebbe ging es fort

Die Wellen rauschen jetzt nicht mehr
In Stille liegt das weite Meer

Sie gedenkt des Klagelieds
Keiner hört es, keiner sieht's
Wer kann dann sagen, ob sie singt
Wenn niemand je ihr Lied vernimmt?

Kira Katzenberger * 1989

## *Grenzenlos*

Grenzenlos ist meine Fantasie.
Beschränkt wird der Weg, den sie geht.
Wirklich befriedigt war sie noch nie,
weil sie gewürgt wird von der Realität.

Gedanken sind bekanntlich frei.
In jedem Wildfang bestätigt sich dies.
An mir aber ging die Hoffnung vorbei,
als mich der Glaube an Freiheit verließ.

Grenzen grenzen alles und jeden ein.
Wer sieht denn nicht diese Ironie?!
Grenzenlos scheint mir die Habgier zu sein
–
so grenzenlos wie meine Fantasie ...

Judith Kauffmann * 1979

1000 Träume hast du geträumt,
dass Leben doch versäumt.
Alles um dich wird still.
Wer weiß was man wirklich will?
Du am Wenigsten für dich.
Du glaubst es zu wissen.
Doch wahr ist das nicht.
Dein wahres Gesicht willst du nicht zeigen.
Du verstrickst dich in Lügenzweigen.
Kannst dir selbst nicht trauen.
Würdest am Liebsten abhauen.
Angst in dir ein Leben lang,
des Versagens ist dir bang'.
Kannst dich nicht verstehen.
Traust dich nicht zu sehen
Und doch wirst du weiter gehen ...

Christiane Kaufmann * 1988

## *Abschied*

Auf der Schwelle zwischen Gestern und
Morgen
Nehme ich Abschied von der
Vergangenheit.
Für immer mit all ihren Sorgen.
Leb wohl, Vergangenheit!
Für mich ist's an der Zeit,
Über die Schwelle zu gehen,
Nicht mehr zurückzusehen,
Ohne Sentimentalität, mit neuer
Lebensqualität
Die Zukunft freudig zu begrüßen,
Ohne Näheres von ihr zu wissen.
Abschied ist wie Tod,
Trauer und Grab.
Was ich jetzt noch hab',
Ist die Chance für den Schritt
Über die Schwelle –
Niemand geht mit.
Doch in der Zukunft Morgen
Bin ich ohne Alternative
In dir geborgen.

Marianne Kawohl * 1945

## *Du Seele*

Aufgewirbeltes Nichts
zart schwebend, umherfliegend
flatternd, bewegt durch
Wind und Hauch

Feder, Feder des Wassers
Wasser des Nichts, des Leichten
ruhend im Fliegen
seeliges Gleiten – nirgendwohin

Du Seele, in Einfachheit
in Unschuld in Schönheit
zu leicht zu leicht

Immer zerdrückt, ergriffen
verworren-verschoben, immer
Ein Hauch, du entschwebst.

Dennis Keller * 1986

## *Weihnachten*

Weiße Dächer,
erleuchtete Fenster,
Eisblumen.
Tannenduft erfüllt
den Raum.
Spannung liegt
in der Luft.
Freude!
Geschenke öffnen
unterm Weihnachtsbaum.

Weihnachten?
Das wird nicht
geschenkt.
es ist
in Dir, wenn Du
es zulässt, lebst
und weiter gibst:

Friede unter den Menschen

Marlies Kellermann

## *Suche Kontakt zu einsamer Seele*

Ich suche dich auf diesem Wege,
da ich mich schwer tu mit Gerede,
wenn liest du diese Zeilen,
ich hoff', du magst verweilen,
ich hoffe deine Augen,
sie können mich durchschauen.
Ich bin nicht klein, ich bin nicht groß,
und hab' auch nicht viel Moos.
Doch was ich kann dir geben,
das wär' ein einfach Leben.
Ich würd' dich tragen auf den Händen,
auch wenn wir uns befänden,
in eiseskalten Wänden.
Meine Hand will ich dir reichen
und deine Seele streicheln,
zart will ich dich berühren,
spüren und verführen.
Eine ebenfalls einsame Seele.

Ferdinand Kellner

## *Menschlich*

Es wird in einem langen Leben
gar viel genommen, viel gegeben.
Es wird gelogen, wo es paßt,
gegrüßt wird jemand, den man haßt.
Man lacht, wollt' eigentlich doch weinen,
nur daß der andre es nicht sieht,
gar manches soll nur schön erscheinen,
ach ja, es ist das alte Lied.
Der Mensch, ein kompliziertes Wesen,
er ändert sehr oft sein Gesicht,
gar manches einfach wär' gewesen,
doch einfach tut er's einfach nicht.
Wer redet schon von eignen Schwächen,
gibt zu, daß manches er vergißt,
wie oft hält man nicht sein Versprechen,
daß alles doch sehr menschlich ist.

Ursula Kellner * 1928

## *Lebenslauf*

Wollte nie geboren sein.
Keiner hat gefragt.
Eltern – versagt!
Ließen mich allein.

Wollte nie zur Schule gehen.
Hatte keine Wahl.
Lehrer – eine Qual!
Haben weggesehen.

Wollte Arbeit haben.
Gab es nicht.
Nur Verzicht! –
Der Gesellschaft Gaben.

Wollte gehen.
Niemand zum Abschied da.
Freunde – ja!
Hörten mein Flehen.

Silvia Kempen * 1958

## *Der Rabe*

Der Rabe auf der Straße saß,
er suchte dort erneut nach Aß.

Er breitet seine schwingen aus
und landet sanft auf meinem Haupt.

Er schaut mir traurig ins Gesicht
und sieht darin mein wahres ich.

Er schüttelt sich und fliegt davon,
ach hätt er mich doch mitgenommen.

Und seis als Futter für die Jungen.

Karsten Kempkens

## *Vision*

*2006*

am ende
aller tage

werden im
strahlen-meer
des universums

sanfte
lichter
schimmern

und ein noch
unbekannter mond
wird seine
wärme entfalten

so wie eine
lotusblume
auf Bali

Gerhard Kerfin * 1935

## *Einen Mord begehen*

Jungdichter
mit der Hand am Abzug
des Kugelschreibers schießt
wenn er Weiß auf dem Blatt sieht
Wort
mitten ins Herz

Marco Kerler * 1985

## *Gestern Morgen*

Beschwebst mich, stille Klarheit
mit wachem Blick durch meine Nacht,
die ich mit Bildern voller Wahrheit
zum Herz im Trichterglas herangebracht.
Es rieseln Körner, es fließt die Zeit
am Meeresstrand auf Wellen himmelweit
taucht Morgenrosa ein die Sinne sacht;
ein frühes Lied in meinem Herz erwacht
mit Kinderlachen voller Heiterkeit.

Jan-Benedikt Kersting * 1982

## *Nur ein bisschen Glück*

Melancholie – dein bester Freund
Liebe, Zukunft – alles versäumt
Was meinst du? – Dein Leben nichts wert?
Du wartest ab, bis der Schmerz dich
verzehrt

Du willst nicht kommen, du willst nicht
geh'n
Du wartest ab, bleibst einfach steh'n.

Die Jahre zieh'n weiter, vorbei rinnt das
Glück
Die Kälte erdrückt dich, du kannst nicht
zurück.

Dein Schreien hört niemand, so laut es
auch ist
Schwindende Seele, die Einsamkeit frisst
Vergessen wirst du , im Schatten des Seins
Wer hat die Schuld?
Dein Herz ist doch rein ...

Du suchst nach Erfüllung, doch findest du
nichts
Leiden – unendlich ,
niemand kannte dein „ICH".
Ach alles was wir wollten
War nur ein bisschen Glück.

Agnes Kesper * 1986

## *Auf schleichenden Sohlen*

Auf schleichenden Sohlen,
Gemein und unverhohlen
Kam der Tod
In einem teuflischen Boot.

Aus dem Jenseits, schaudernd die gellenden
Rufe,
Derer die Gefangenen unter Teufels Hufe.
Ergreifend die Frau im weißen Gewand,
die schreienden Seelen in ihrer blutigen
Hand.

Seine Sense auf den Rücken geschlungen,
Seine Opfer um Ihr Leben gerungen.
Er hat keine Gnade walten lassen.
Die Angehörigen nun einsam und
verlassen,

Weinend Sie am Grabe stehen,
Trauernd um die Liebsten, die gehen
In eine neue, ungewisse Welt
In der der Teufel ist der Held.

Schmorend im Fegefeuer,
Weggebend Ihre Seele war teuer.
Dabei haben Sie nicht bedacht,
Dass die Hölle dadurch entfacht!!!

Silke Kessler * 1978

## *Das Leben*

Das Leben ist wie eine Blume;
sie blüht und verwelkt.

Das Leben ist wie ein Gebirge;
voller Höhen und Tiefen.

Das Leben ist wie ein Bild;
mit vielen verschiedenen Farben.

Carina Kettemann * 1991

## *Das zerstörte Mädchen*

Eingesperrt in der Vergangenheit
Gequält von Erinnerungen, Bildern
Gedemütigt, manipuliert von Menschen
Verachtet, gehasst vom eigenen Spiegelbild
ritzt sie in ihre leblose, leere, verlassene
Hülle

Blut tropft, Blut fließt über den
missbrauchten Körper.
Missachtet das jahrelange Opfer, das kleine
Kind in ihr.
An ihren Händen wurden unzerstörbare
Fesseln angelegt,
die ihr jene Freiheit, jenes Leben
verhindern, bedecken, verstecken.

Die Welt ist bewundernswert, liebenswert,
lebenswert.
Doch sie, die schwarze Gestalt, liegt
angekettet im Schatten der Welt.

Keine Sonnenstrahle, keine Lichtblicke,
nicht mal ein Funke Hoffnung.
Ohne einen Sinn durchlebt, überlebt sie die
täglichen Folterungen.

Einsam, traurig läuft sie durch die
Menschenmenge.
Vernichtende Blicke bleiben an ihr kleben,
erstechen sie.
Jeden Tag der gleiche Kampf ohne Waffen,
Schutzschilder.
Nur ein Messer mit getrocknetem Blut
dran besitzt sie.
Doch sie richtet es nicht gegen die Mörder,
sondern gegen sich.

Dunja Khoury * 1991

## *Entlieben*

Weißt du eigentlich, wie weh du mir getan
hast?

Ich möchte Weinen, und doch Lache ich.
Ich möchte Schreien, und doch Schweige
ich.
Ich möchte Rennen, und doch Stehe ich.
Ich möchte Hassen, und doch Lieben ich.

Also packe ich all'

mein Leid
meinen Schmerz
meine Sehnsucht und
meine Liebe

in einen Koffer und trage ihn auf den
Dachboden.

So glaube ich, endlich wieder frei leben zu
können.
Doch was ich auch tue, ich kann den Koffer
nicht vergessen.

Alexandra Kiening * 1969

## *Gefangen oder doch frei?*

Starres Licht, starre Bewegung
Eine Kette, die uns fesselt,
unsere Bewegung hemmt, unseren Mund
verschließt,
uns wegdreht von der Zeit,
die unaufhaltsam ihre Wege geht.

Alle sind wir graue Schatten,
angepasst und in der Menge versteckt.
Individuen von uns verpönt,
Eigenwillige nicht gern gesehen,
nur damit keine Reibung entsteht?

Marie-Claire Kienscherf * 1990

## *Leichtfertigkeit*

Mein Freund,
bevor du sagst, daß du mich verstehst,
fädele den Mond auf einen Seidenfaden.
Bevor du sagst, daß wir uns ähneln,
fülle den Pazifik in ein Uhrglas.
Bevor du sagst, daß wir uns nicht trennen,
laß aus einer Scherbe einen Blumengarten
wachsen.

Und wenn du sagst, daß es unmöglich ist,
und du mir nicht den Rücken kehrst,
werde ich mich auf den schmalen, steinigen
Weg zu dir machen,
weil ich glaube,
daß wir gute Freunde werden können.

Janika Kiesling * 1978

## *Du und nur Du*

Glänzend Mondschein fiel auf dein Haar
Deine lieblich Augen, wunderbar,
Kaum ein Schmetterling war so klar und
rein
Kaum ein Wesen wollt ich näher sein
Es wäre schön dich zu verehren
Und unser gemeinsam Glück zu mehren

Dich würd ich zärtlich streicheln und
liebkosen.
Überhäufen würd ich dich mit roten Rosen.
Schönheit kommt bei dir nicht nur von
Innen.
Ich bin schon ganz von Sinnen.

Drum geb ich dir diesen kleinen Reim
Und setz damit, unserer Liebe ersten Keim.

Ralph Kietzmann * 1988

## *Freud und Leid …*

Des Windes Freud, ist des Blattes Leid.
Denn entreisst, wie man weis,
jener Wind letztes Blatt, so stark seinem
Ast,
von den Bäumen herab.

Zur Mutter der Erde, auf härterem Stein,
und nach kürzerem Zögern ins Bächlein
hinein.
Dort plätschert es hin, dort plätschert es
her,
und so plätschert's schlussendlich,
nur im Bächlein umher.

Doch der Wind hat Erbarmen,
und bläst erneut stark,
dass das winz'ge Blättlein zu fliegen
vermag.

Noch feucht, eher nass, liegt es nun dort im
Gras.
Und liegt's erst am Grunde, tritt jeder
hinein.
Ist's doch drauf gefeit:
Denn des einen Freud,
ist des anderen Leid.

Kimera * 1990

Donner
auflehnung des himmels oder
simple luftverschiebungen
– kaum einen gedanken wert.

Blitz
feuerwerk der götter oder
elektrische entladungen
– ungeduldiges warten in sicherheit.

Regen
tränen der welt oder
unangenehm nasser niederschlag
– hoffen auf das nächste hoch.

Liebe
frieden der seelen oder
verirrung der gefühle.

keine fremdsprache

Britta Kind

viele woerter bilden sich im gehirn
in sekunden sind sie da!
heute morgen konnte ich
das gedankenbuendel nicht buendeln
ich war zu beschaeftigt mit dem alltag
der alle tage mich angrinst
mit weisem leacheln
mich auf meine unzuleanglichkeit
hinweist mit seine grossen haenden
wo war ploetzlich
die emotion hingelaufen
ich rannte ihr mit flatternden haaren nach
aber da war sie
schon getoetet worden
Die zeit rannte schnell
waehrend die fuesse
Auf anderem land laufen
Ist der kopf zeitenweise
Im davorgewesenen aufzufinden
Und auch mein herz traf ich dort an

Mareike Kind * 1981

## *Das Spiel des Magiers*

die Raupe im Bauch
puppt sich zum Schmetterling
ich schwebe auf tausend Luftballons
der Sonne entgegen
hinter dem Lächeln lauert die Angst
der Magier tanzt in Extase

das Spiel der Masken
Ausgang unbekannt
Jeder darf nicht sein
der er nicht sein kann
blechern tönt des Magiers Gelächter
aus dem Sarg

ich webe das Netz der Spinne
Seidenfäden zieren das Liebesnest
tödlich lähmt mein Biß
ich pflanze Rosen
auf das Grab des Magiers

Renate Kindl * 1954

## *Begegnung in Erlenhain*

Sie spielen unten am Bach.
Sie finden gebänderte Kiesel.
Die Finger sind flink,
die Augen sind wach …
durchs Gras springt behende ein Wiesel.

Sie heben den Kopf, sie lauschen,
vergessen sind Wasser und Stein.
Sie jagen nach …
die Blätter rauschen
am Bach, im Erlenhain.

Erschreckt hoppelt ein Hase,
ein Häher schäkert auf.
Das Wiesel erstarrt,
wittert im Grase …
Die Kinder hemmen den Lauf.

Zur Ewigkeit wird die Sekunde
ein Staunen weht heran.
Die Augen groß,
ein Lächeln im Munde,
sehen Mensch und Natur sich an.

Hedwig Kindler * 1974

## *Die Reihenfolge aufbrechen*

Ich schreibe abgeklärte Worte
Auf süßlich duftende Zettel
Deren Rückseiten
Noch voller Hoffnung sind

Die altbekannte Sorte
Das sind nachtgeschriebene Zeilen
Dank derer die Zeit
Scheinbar schneller verrinnt

Jetzt schreib ich beidseitig
Drück den Kuli einfach durch
Brech die Reihenfolge auf
Misch Gekrikel
Unters Buchstabenvolk

Vielleicht gelingt eine neue Geschichte

Sylvia King * 1981

## *Psycho-Blues*

Mein Ich zerfällt.
Die Innenwelt schrumpft.
Realitäten zerfließen.
Intimes drängt nach außen.
Engel aus der Tiefe
überbringen quälende Befehle.
Was wollt ihr von mir?
Ich habe Angst zu verschwinden.
Ein Tsunami ungefilterter Reize
zersprengt die Sinne.
Keine Empfindungen mehr,
nur lustlose, erstarrte Traurigkeit.
Unwiderlegbar die Ahnung,
dass die Katastrophe bevorsteht.
Die Welt geht unter: meine Welt.
War das Leben nur ein Traum,

aus dem ich nicht erwache?
Der Kokon reißt nicht auf.
Mein Ich ist nicht mehr hier.
Wo bin ich geblieben?

Günther Kirchberger * 1949

## *Der Fisch*

Habt ihr den wartenden Fisch gesehen ?

Armselig !
Den blöden Mund an der Scheibe
und diese Augen:
dumm, DUMM !.
Auf was er wohl wartet ?

Ein älterer Mann erblickt ihn
im Vorübergehn und
– unglaublich –
er kauft ihn.

Das hat der Fisch davon,
sich so an die Scheibe zu drücken.

Armin Peter Kirsch * 1963

## *Methusalem*

*Mein Weg zum Friedwald*

Vergiß mich nicht, erzähle von meiner
Freude an Deiner Seite.
Du schützt mich vor der sengenden Sonne,
fängst das Naß der berstenden Wolken ein.
Beneidest Du mich, weil ich meiner Wege
gehe,
während Dein Blick dieselben Bilder
streift?

Aus Dir erklingt facettenreicher Gesang;
Dein Kleid lockt mit wechselndem
Farbenspiel
das Lachen spielender Kinder herbei.
Du trägst den Duft des Frühlings,
die hilflose Nacktheit des Winters.
Weit ragen Deine Arme in den Himmel,
bilden Gedächtnisbrücken zur
Vergangenheit.
Über Generationen gewachsen am
Kommen und Gehen,
erträgst Du mit weiser Gelassenheit den
ewigen Drang
ungestümer Verliebtheit und tollender
Hunde.

Mein Freund, schaurig schön zu betrachten
im besinnlichen Dunkel,
majestätisch trotzend jeder Jahreszeit -
Vergiß mich nicht, erzähle dem
unvergänglichen Wind von meiner
Verehrung.
Laß mich zu Deinen Füßen ruhen und die
Erde mit Dir teilen.

Birgit Kirsch * 1959

## *ein echter Freund*

Zitternd halte ich ihre alten Hände
und dabei sprechen ihre Augen Bände.
Auf ihrem alten Sofa,
da liegt meine alte Oma.
Sie war Freund und Kamerad.
Ein guter Zuhörer und immer für mich
parat.
Alles konnte ich sie fragen.
Alles konnte sie mir sagen.
Und hatte ich einmal große Sorgen,
fühlte ich mich bei ihr stets sehr geborgen.
Immer stand sie hinter mir
und kämpfte wie ein Tier,
für Recht und Ordnung hier.
Hatte ich einmal Mist gemacht
und hatte es wieder einmal sehr gekracht,
dann richtete meine Oma die Sache auf ihre
Art.
Bevor der Streit bekam einen langen Bart.
Nichts kann ich mehr für sie machen.
Angezogen haben wir schon die feinsten
Sachen.

Werner Kistler * 1955

## *Thermidor*

Gewitters rote Revolution
das Köpferollen unterm Apfelbaum
du musst vom Bett ins Himmel-Hölle-Spiel

das wütet, tropft und zischt und dampft
drischt aufeinander ein wie wild
das Birkenhaupt, die Tannentatzen.

Und du? Versuchst zuerst zwei Schritte vor
dann einen Fuß zurück
ein bisschen so wie Russisches Roulette.

Ein bisschen so, als trügst
du quasselnde Sandalen
zum hochgedonnerten Gewitterkleid.

Dann Wettersturz! Dem Hitzestau
entbunden
herabgelotst von jähen Blitzen
entfließen deinen Händen blaue Verse:

der linken, ja, entfällt was du begehrst
die rechte, schon in Resignation,
hält ein – gestillt – o Thermidor!

Eva Kittelmann * 1932

## *(K)ein Platz für Träumer*

Die Häuser hier eng an eng sich schmiegen,
die Steine sauber als Wege liegen,
Mülltonnen säumen den Straßenrand,
ein Zaun den lästigen Nachbarn verbannt.

Autos auf den Straßen kriechen,
Blümchen schon nach Abgasen riechen,
Tulpen gepflanzt im Ringelreih'n
kreisen geordnet den Ahornbaum ein.

Die Flugzeuge eilig über den Himmel
kreisen,
in denen die Menschen nach irgendwo
reisen,
die Sonne strahlt den Asphalt an,
durch den mit Mühe ein Löwenzahn kam.

Züge auf endlosen Schienen ziehen,
in denen die Menschen in den Urlaub
fliehen,
führen ins Grüne, durch Wald und Feld,
die natürliche, doch – unglaubliche Welt ...

kitty

## *Am Jahresanfang*

Des Zeitenlaufes Schnelle
trägt uns wieder an die Schwelle,
an eines Jahres Neubeginn,
zu Vorsätzen steht uns der Sinn.

Voll Freude und auch Zuversicht
schau'n wir der Zeit ins Angesicht.
Wir wollen unser Bestes geben,
jeden neuen Tag bewusst erleben.

Wir wollen möglichst Gutes tun,
darauf besinnen wir uns nun.
Dann hat das Dasein einen Sinn,
ist für uns alle ein Gewinn.

Wir erhoffen eine gute Zeit,
in Frieden und Gemeinsamkeit.
Mit Vernunft und gutem Willen,
kann dieser Wunsch sich doch erfüllen.

Wir bestimmen unser Tun und Denken,
doch das Schicksal können wir nicht
lenken.
Drum müssen wir auf Gott vertrauen,
auf seine Huld und Nachsicht bauen.

Katharina Kitzbichler * 1949

## *der einfache Dichter*

Aufschreiben möchte ich alles, aufs Blatt
bringen,
vom ganzen Herzen,

Erfreue ich mich doch daran, in allen
Zügen, über das
Leben zu scherzen.

Gedichte vermitteln eine bestimmte
Gefühlsphase,
öffnend in der Seele, alle Scheiben,
Gut oder Schlecht, die Leser entscheiden,
ob Sie für
immer bei uns bleiben.

Der einfache Dichter arbeitet mit seinen
Emotionen,
gibt sie raus,
Ruhm und Beliebtheit ist nicht seine
Absicht, will
nicht hoch hinaus.

Hinterlassen möchte er uns etwas, seine
Gedanken will
er uns schenken,
Schöne Erinnerungen soll man an ihm
haben, vor dem
Schöpfer will er stehen, ohne bedenken.

Kemal Kizilay * 1973

## *Temporärer Einsiedler*

Die Welt ist böse;
ich zieh mich zurück,
der Walkman beschallt
meine Ohren,
es umhüllt mich
tiefes, einsames Glück,
so, als wär ich
noch gar nicht geboren.

Allein mit mir
und mit meiner Musik,
bin ich mit allem
im Reinen,
denn es gibt auf der Welt,
jetzt, in dem Augenblick,
außer mir selber,
sonst keinen.

Monika Klages * 1943

## *Musik*

Hörst auch du sie manchesmal,
die alten Melodien,
schwebend klang'n sie durch die Luft,
ergaben reine Symphonien.

Die feinen Noten spielten sanft,
und lieb mit unsren Herzen,
betörten uns mit Liebesklang,
bewarten uns vor Schmerzen.

Unverzichtbar war er uns,
immer stolzer Orchesterklang,
dass er könnt verloren gehn,
da, wir glaubten nimmer dran.

Und wir gaben uns den Schwur,
würden diese Melodien,
die so wichtig sind für uns,
je sich voll und ganz entziehn,
wir stets für einander da sein wolln,
und auch nicht einen Tag bereun.

Michael Klapper * 1980

Eines Tages wartet auf dich ein Land
wo keine Verwandten wohnen und wo
seltene Vögel noch fliegen über

Bäche die sich nicht mehr schlängeln
du gräbst dich, als einsamer
junger Baum auf einer Wanderdüne

nicht aus, aus dem durch die Sonne
aufgewärmten Beton die große Welt
schließt ihre Arme worin du wie eine

Maus gefangen bist so entfliehst du

Obdach umringende Bordsteine.

Ingeborg Klarenberg * 1988

Ich hatte mich verlaufen, verraten,
Seele zu.
Ein Hauch der mich führte, hinaus ins
Licht,
meine Seele sacht berührte,
ich wollte es nicht.
Ich habe mich verloren, finde mich nicht
mehr,
such in meinem Innern, sehne mich so sehr.
Ich habe mich verliebt,
tief in mir drin,
in einen Hauch von Nichts, das mich führte
und meine Seele berührte.
Ich habe mich vergessen,
im Gefühl des Wahnsinns.
Kroch da jemand leise, ganz tief in mich
hinein?
War der Teufel auf der Reise? Ließ der
Hauch mich allein?
Da ist was … in meiner Seele, das fühlt sich
an wie … du?
Ich hab mich selbst verraten, mache die
Seele zu.
Was immer auch geschlichen kam, tief,
dunkel, in mein Ich
schön war's in seinem starken Arm.
Tür ist zu, raus kann es nicht.

Elke Klasen * 1964

## *Von Sinnen*

Meine Augen lügen,
indem sie Leere sehen,
obwohl du vor mir stehst.

Meine Hände trügen,
indem sie Luft ergreifen,
obwohl du die Hand ausstreckst.

Meine Ohren versagen,
indem sie Stille vernehmen,
obwohl du sanfte Worte sprichst.

Meine Lippen klagen,
indem sie Kälte spüren,
obwohl du Deine auf sie legst.

Meine Sinne verzagen,
indem sie zu ihrem Schutz
all Deine Reize mir entsagen.

Nur mein Herz ist ungeschlagen,
indem es mir verrät,
wie es wirklich um mich steht.

Klaudija * 1982

## *selber schuld*

sie ist
das geborene opfer.

ein begabtes,
ein ehrgeiziges,
ein absolut verlässliches
opfer.

ein starkes,
ein unerbittliches,
ein radikales
opfer.

ein durch und durch
gerissenes, ja
geniales opfer
ist sie.

sie
lacht immer
zuletzt:
s i e
macht jeden
zum täter.

Eva Klaushofer * 1950

## *Winter*

Es ist wieder soweit,
für diese ganz besondere Zeit.

Das Tageslicht zieht sich früher zurück,
der Abend drängt sich vor Stück für Stück.

Die Temperaturen machen den Atem
sichtbar
die Winterzeit ist wieder da.

Der erste Frost überzieht den Boden,
Wolken ziehen am Himmel hoch oben.

Noch verbergen sie die weisse Pracht,
aber dann verwandeln sie die Welt über
Nacht.

Millionen von kleinen Kristallen
lassen sie auf die Erde fallen.

Jeder Kristall landet sanft und leise auf
seinem Platz.
Das erste Licht macht den Anblick der
Landschaft zum kostbaren Schatz.

Die weisse Decke ist ein Zauber
und zeigt die Welt sauber.

Birgit Kleemann

## *Zahngeometrie*

Nehmen Sie mir es bitte nicht krumm,
wenn ich heute etwas schräg drauf bin,
aber unsere Marie sprang gestern
die halbe Nacht im Dreieck,
weil ihre ersten Milchzähne einschießen.

Zum Glück hat sie heute Morgen
wieder die Kurve gekriegt.
Jetzt ist wieder alles im Lot
und läuft richtig rund.
Hoffen wir mal,
dass das Wetter noch eine Weile mitspielt.
Denn wenn es anfängt zu schneien,
wird die Kleine immer ganz unruhig.
Bis zum Wochenende wird es aber sicher
noch halten
– so Pi mal Daumen.

Stefan Kleiber * 1967

## *Richtbaum*

Ein Baum steht still,
vom Schnee gebeugt sein Haupt,
als würd' er Trauer in sich tragen, gar
tonnenschwer,
die nie ein Mensch gekannt.
Not, Leid, Tod, er hat soviel gesehen,
kann keinem je berichten.
Des Menschen Herz, brechen müsst vor
Schmerzen es,
hätt' all das sein Aug' gesehen.
Der Baum jedoch trägt seine Last allein.
Wird auch den Schnee er von sich werfen,
wenn zartes Sonnenlicht ihn streift,
doch nie wird von ihm weichen, was er sah.
Ein stummer Zeuge,
sog er doch auf das Blut mit seinen
Wurzeln,
tief war gesickert es in unbefleckter Erde
Grund,
wird niemals dieser Platz mehr rein.
Und mögen noch soviele Winter kommen,
mag Regen durchtränken den heiligen
Grund,
nie wird weggewaschen sein, was einst
geschah,
wovon Legenden nie berichtet.

Birgit Kleimaier * 1981

## *Frühling*

Die Schneeglöckchen steh'n demütig da,
sie sind den stolzen Krokussen ganz nah.

Der Winter hat sich zurückgezogen,
der warme Frühling ist uns gewogen.

Was uns die Frühlingsboten sagen?
Los geht's mit den warmen Tagen.
Schnee und Eis sind jetzt passé,
Eischnee auf Kuchen und Eis im Café sind
o.k.

Die Eisbecher mit Früchten sind garniert,
der eine ißt, der andere flaniert.
Die Fußgängerzone ist belebt,
hie und da ein Gespräch anhebt.

Karin Klein * 1957

## *Gedicht an die Liebe*

Deine Augen sind wie Sterne,
wär gern bei dir und nicht so ferne.
Weit weg von dir muß ich nun leben,
schön wär's, man könnt's beheben.
Was soll ich nur dagegen tun?
Eil umher, ohne mich auszuruh'n.
An dich denken, das mach ich jederzeit,
wenn du mich brauchst, ich bin bereit.
Gefühle hast du in mir geweckt,
war'n bis jetzt auch gut bei mir versteckt.
Will dich umarmen und auch küssen,
möcht' keine Zeit mit dir mehr missen.
Ist es ein Traum, wann werd ich wach?
Kommt auch der Morgen danach?
Liebe ist verzeihen, Liebe ist auch
Verstehen,
kein Grund, sich aus dem Weg zu geh'n.
Mein Herz ist nun besetzt und nicht mehr
frei,
was andre sagen, ist mir einerlei.
Wir lieben uns und das ist klar,
auf ewig und wie es schon immer war.

Klaus-Bernd Klein * 1951

## *Wenn Träume Abschied nehmen*

Wenn Träume Abschied nehmen
von Realität, Seele und Geist.
Wenn Träume fliegen lernen,
weißt du, was es zu leiden heißt. Wann
immer ein Traum dich nachts
verlässt,
nimmt ihn deine Trauer heimlich an die
Hand.
Während er geht und, dich verletzt,
er seine letzte Ruhe fand. Wo die Träume
schlafen gehen,
da ist 's längst kalt und still.
Diese Träume kannst du weinen sehen
weil ein anderer sie nicht will. Wenn
Träume Abschied nehmen,
erkennst du erst ihren Sinn.
Wenn Träume fliegen, wie Feen,
frag dich warum und wohin.

Kleiner Stern (Sternenzauber) * 1988

## *Adventsinsel*

Es sind des Windes wilde Hunde,
die kalt fetzen am Kap Kölner Dom.
Ein Grölen vom grauen Grunde.
Lauthals ein Shanty: Stranger go home!

Leuchtturm – verlorene Seegesichter
geben flüchtig ein freudlos Geleit.
In den Wellen reklameheiliger Lichter
schaukelt der Kreuzfahrer
„Weihnachtszeit".

Ein gärender Strom im goldenen Grus.
Vom Zwischendeck ein Zornesschrei.
Bunte Glocken bimmeln an einem Fuß.
Beflissene Stimmen: Aye aye Sir, aye aye!

Gestrandete, an vollen Rohren rastend.
Auf gekentertem Kutter Mutter mit Kind.

Fiebernde Fluten: hechelnd, hetzend,
hastend.
Um den Mastkorb singt selig der Wind.

Herbert Kleinert

## *Abendstille*

am Abend
zerschellt
der Mond
gelbe Sicheln
am
verlorenen Horizont
lässt auf
geneigten Dächern
heimgekehrte Schimmel
ultramarin zerfließen

die Gasse
zieht sich in
dunkelblaue
Kopfsteinpflaster zurück
auf der anderen
verschmelzen Saiten
Klänge am
verhangenen Ufer

Gerd Kleist * 1938

## *Die Mystik der Außeralltäglichkeit*

Wellen, bizarr, schieben schäumend
Trübweiße Gischt vor sich her.
Draußen im stürmischen Meer
Schlummern auch Inseln, süß träumend!

Geisterhaft starren die Gipfel
In hellgraues Dunkel gehüllt,
Von einsamer Vielfalt erfüllt,
Über die Täler und Wipfel.

Donegals funkelnde Auen
Von Erikateppich verziert,
Ein Flussarm sich drinnen verliert,
Kann im Vorbeifahrn ich schauen.

Feierlich winken die Halme
Des Röhrichts vom Ufer mir zu;
Im Rhythmus der brausenden Ruh
Wiegt sich auch sanft eine Palme.

Die Sterilität des Walles
Vom Steinbruch selbst finde ich schön;
Denn hierzuland, darf ich gestehn
Freu ich mich auf (und liebe) alles!

Thomas Klemenz * 1965

Am schönsten bist du,
wenn du gar nichts tust,
dich schweigend auf ein altes Sofa legst,
und einfach da bist
und im Zimmer ruhst,
die Luft mit sanftem Atemzug bewegst,
und leicht, fast schwerelos, den Tag erlebst,
ein stilles Lächeln an die Welt verschenkst,
die Hand zum Gruße nur ein wenig hebst,
das Augenlid, im Halblicht träumend,
senkst,

und manchmal
wie von ferne
leise
lachst.

Am schönsten bist du,
wenn du gar nichts machst.

Andreas Kley * 1955

## *Meine Muse*

Ich spürte ihre Gegenwart,
noch bevor sie mir entgegentrat,
in diesen wenigen Sekunden,
wo Neugier war entbunden,
trafen uns're Augen aufeinander
und besiegten einander.
Ungewiss, ob der Funke
auch dich angelacht, war er's,
der meine Dichters-Glut angefacht:

„Ach Muse,
bist mein heimlich Schwarm,
bescherst ein' lyrisch Wahn,
steigst grad' in mir empor.
durchdringst mein Nase, Mund und Ohr,
mit allen Sinnen bist ein Genuss,
kaum vorhanden, Kunst und Überdruss.

Wolkendunst und Tunkenduft,
der Kuss der Muse schwebt durch die Luft,
nur selten sieht man solch 'ne Gabe,
ein Geschöpf gemacht, von Gottes Gnade."

Michael Klicpera * 1986

## *September*

Mit erhabener Willenskraft
wie einst der Lenz begann,
versucht er noch das mögliche
wie Trieb, Blüten und Äste
in Hochform gedeihen zulassen
um es in nächster Zeit
dem peitschenden Winde,
den unnachgiebigen Regentropfen
der trüben blassen Sonne
und den wenig hellen Wolken
in ablösender Haltung
zu überlassen.

Peter Klinger * 1967

## *Antonia, das Schulkind*

Du ahnst es nicht – und das ist gut –
dein Lebenskampf hat just begonnen.
Deine Äuglein strahlen Übermut
voll Freude ob des Tages Wonnen.

Ein Rad, ein Ball, so viele Sachen.
Ein Sprung ins Wasser, um zu toben.
Wie Silberglocken klingt dein Lachen,
wirst du vom Papa hochgehoben.

Bald aber weht des Herbstes Wind
aus dem Hause dich am Nebelmorgen.
Ich liebe dich, mein Enkelkind.
Ich liebe dich und mach' mir Sorgen.

Ich möcht' an deiner Seite geh'n,
um alle Unbill fernzuhalten.
Doch du rufst forsch: „Auf Wiederseh'n!"
Dir gehört die Welt. – Nicht uns Alten.

Maria Klingler * 1932

## *Die Qual*

Schmerz durchfährt mich,
Schreie der Angst,
und ich denke an dich,
während du dem Abgrund entgegen
wankst.

Zerbrechlich im größten Zerbrechen,
gescheitert am letzten Schritt,
konnt' ich dich gerade noch retten,
doch richtig war es wohl nicht.

Verzweifelt und von Schmerzen erfüllt,
kann keinen Gedanken fassen,
in Selbstmitleid gehüllt,
und kann doch nicht von dir lassen.

Scheinen möge dies unbedacht und dumm,
doch sind es die anderen, die sind stumm.
Lassen sich quälen, während ich mich lasse
leiten,
von Gott geschaffenen Gegebenheiten.

Erfüllt von Fragen,
ohne Hoffnung auf Antwort und
Gewißheit,
so ist die Entscheidung vor Mensch und
Gott zu tragen,
sinnvoll und gescheit.

Kerstin Klinkert * 1987

## *Bruder Winter*

Bruder Winter, Du mußt gehen,
ruft der Frühling zart und leis.
Hast Du mich denn nicht gesehen,
das hier liegt noch Schnee und Eis?

Schau, ich komm mit Licht u. Farben,
vollgepackt mit Blütenpracht,
die Erde soll nun nicht mehr darben,
unter deiner weißen Tracht.

Nun geh recht schnell, bis nächstes Jahr,
ich kann jetzt nicht mehr warten.
Schon ruft mich laut die Vogelschar,
mit ihren vielen tausend Arten

und Menschenherzen sehnen sich,
nach meinem Lächeln in der Welt,
so brech ich ein, ganz königlich,
mit Freude die den Tag erhellt.

Udo Klippel

## *mittendrin*

manche
tage
sind
gut
durch
blutet
mitten
drin
fällt
laub
von
den
bäumen
wir
harren
aus
ungezählte
stunden
ein
menschen
leben
lang

Elisabeth C. Klock * 1949

## *Altweibersommer*

Ich weinte Tautropfentränen
ins braungefleckte Gras
als eines Morgens alte Weiber
mit Silbernetzen im feuchten Haar
vor der Tür standen
und mit ihren dürren Spinnenhänden
die letzten warmen Sonnenstrahlen fingen.
Ihr kalter Atem streifte meine Haut
und legte Frost mir ins Herz und Schnee.
Die Tage liegen brach
und Schleier wallen weiß auf ihrem Feld.

Anett Klopsch * 1968

## *Das Sandkorn*

Ein Sandkorn langweilte sich
unter seinesgleichen.
„Ich brauche Abwechslung!“
stöhnte es und erblickte eine Karawane.

Nun sah es seine Stunde gekommen.
Mithilfe des Windes flog es direkt
in das Auge eines Beduinen,
der vor Schmerz brüllte.

Das Sandkorn freute sich über seine Macht.
Endlich hatte es eine Aufgabe!
Doch plötzlich begann das Auge zu weinen
und
die Tränen rissen das Sandkorn in die Tiefe.

Die Tränen trockneten,
aber der Wind ergriff das Sandkorn.
Er trug es an einen entfernten Ort,
wo es einsam unter vielen fremden
Sandkörnern leben musste.

Christina Klose * 1945

## *Eine glücklose Wanderung*

Der Tag war fast vergangen, als ich sein
lächelndes Gesicht sah.
Es faszinierte mich und ließ mich keine
Ruhe mehr finden.
Irgendwann folgten wir dem hellen Strahl,
der uns unseren Weg, unsere Sonne zeigen
würde.

Doch es war nur eine Fatamorgana in
Farben ohne Zahl –
und sie wurde fortgespült vom abendlichen
Himmel.
Wir wanderten hoffnungsfroh durch die
Nacht
und vertrauten darauf, unser Glück am
nächsten Morgen zu finden …

… unter blauem Himmel und
Sonnenstrahlen.
Doch alles Schöne blieb uns verborgen:
Wir schauten nur noch in dunkle Wolken.
So sehnten wir die nächsten Stunden herbei
…

… immer hoffend auf ein Glück und die
ewige Liebe.
Vergebens warteten wir am Abend auf die
beglückende Ruhe.
Rasch kam die Nacht: Sie würde uns Liebe
und Freuden bringen.
Dann – im Morgengrauen – sah ich in sein
Gesicht;

aber es war nicht mehr das Lächeln von
gestern,
das mich fasziniert hatte und gedankenlos
ihm folgen ließ.
Und so wandern wir zwar gemeinsam
durch die Zeit,
… doch jeder geht seinen eigenen Weg.

Christina Klose

## *Geglaubt habe ich*

Mit den selben Augen
verwest Gefühltes
graben Veilchen
sich aus grauer Erde

Die selben Augen wandern
über schlafende Haut
schmecken wilden Honig
hören wie der Wind
trockene Äste abbricht

Du begießt meine Haut
ich blute lachend
Worte fallen auf
fruchtbaren Boden
wir beweisen uns nichts

Du wunderst mich
ich glaube nicht mehr
ich sehe
mit den selben Augen

Britta Kloss

## *Nebel*

welt in watte
graufeuchtklamm
schweigend stumm
horizontlos
himmellos
sonnenlos
bäume häuser menschen
schemen schatten
gespensterhaft
unwirklich
konturen zerfließen
farben töne licht
ertränkt erstickt ausgelöscht
zeit zerrinnt
löst sich auf

in wabernder feuchte
grenzen verschwimmen
zwischen
gestern heute morgen

Klaus Peter Klotz

## *Sommererinnerung*

Die morsche Bank am Fuß der Linde
lehnt leer, verträumt und sommersatt.
Sie weiß, was er dem schönen Kinde
in seinem Arm versprochen hat;

nichts als ein Traum davon geblieben. –
Heiß kost' sein Mund an Liebchens Ohr,
bis endlich doch sein Schwur vom Lieben
sich ihr in Schmerz und Lust verlor.

Jetzt schimpft ein Spatz, wo sie gesessen,
ihn streift ein müder Sonnenstrahl.
Die Sommerschwüre, längst vergessen,
sie waren echt! – Doch nur einmal.

Der Meister Herbst bestimmt das Wetter,
räumt auf. Was war, das stört ihn kaum.
Der Sturm weint schrill. Die letzten Blätter
vergilbt. Naß taumeln sie vom Baum. –

Das gleiche Los trifft ein Versprechen,
von heißem Wunsche frech erkühnt.
Nicht eingelöst, wird es Verbrechen
an dem der hofft, bleibt ungesühnt.

Erdmut Kluge * 1933

## *Gedanken*

Ein Wort ohne Inhalt,
Ein Stein im Herzen,
Zertretene Gefühle,
Ohne Bedeutung,
Weil sie nicht mehr da sind,
Und doch noch gespürt,
Herum irren in einem Labyrinth,
Kein Gespür für Werte,
Nur Nutzlosigkeit,
Einfache Zeitlosigkeit,
Vertrauen missbraucht,
Und doch verziehen,
Gedanken im Kreis,
Irgendwie Trauer,
Trennung vom alten,
Wunsch nach Erwachen,
Das den persönlichen
Wert bestätigt.

Tina Kluge

## *Sonne, Mond und Sterne*

Wenn Göttersohn Atlas das Universum
hält,
und sein gleißender Blick auf die
Milchstraße fällt,
so leuchten die Sterne am Himmelszelt,
und der Schein des Mondes erhellt die
Welt.

Wenn Sonnengott Helios am Morgen
erwacht,
und sein Feuerball im ewigen Weltenraum
lacht,
träumt Selene, die Göttin des Mondes,
bereits von der kommenden Nacht.

Die Sonne erschafft Licht und Leben,
der Mond erzeugt Ebbe und Flut,
und die Sterne sind Zeichen der Hoffnung
im Äther der nächtlichen Glut.

Sybille Klumpen * 1964

## *Sommerwoge*

so zart die Nacht auch begann,
verführt durch die lauschige Woge des
himmlischen Sommerwindes,
inspiriert für die Traumwelt durch das
wundervolle Lichtspiel an der Wand,
ein Wechsel aus Mondenschein und
Wolkentanz,

dessen Ritt mich zu innerer Zufriedenheit
in den Schlaf sinken ließ,
ummantelt von lieblichen Geräuschen
sommerlicher Vampire,
der nur vom Weckerklang sich unterschied,
sodann ich nun,
die Wunden tapfer durch den Tag trage,
sobald auch meine Sinne verstanden haben,
ein neuer Tag fängt an

Petra Knauf * 1968

## *Wenn du mich berührst – Oder: Wie ein Zauber*

Deine Hände haben Zauberkräfte –
wenn du mich berührst
Beim Tanzen
Arm in Arm
Zum ersten Mal
Klänge
Die ich durch deine Berührung spür'
Deine Hände haben Zauberkräfte –
Wenn du mich umarmst
Der Meereswind
Erzählt mir leise, was deine Hände sagen
Sand an den Füßen
Leichte Kühle am Strand
Bevor die Sonne aufgeht
Dein Mund hat Zauberkräfte –
Wenn du mich küsst

Ja, und auch wenn du singst
Ist es
Als wenn ein Zauber mein Herz berührt

Almut Knecht * 1960

## *Neue Farbigkeit*

Bestaune selbst das Bild dahinter
Wenn Wasser friert im kalten Winter
Natur verhüllt die Zahl der Teilchen
Die schwebend punkten für ein Weilchen
...
Du ahnst nur noch die Pflanzenreste
Bezieh sie ein - das ist das Beste
Um jenen Ursprung zu erschließen
Der den Betrachter lässt genießen –

Geheimnisvoll verfärbt die Ferne
Das Schneegewölk im Glanz der Sterne ...

Helga Knecht * 1936

## *Auf der Lichtseite*

Sonnendurchflutet
schenkt der Kelch den Blüten
die hellen Tage
im jungen Licht.

In den kurzen Nächten
schlummert sanft das Dunkel,
atmet leise der Himmel,
bis die Welle sich bricht.

Am Ufer des Sees,
der die Birke spiegelt,
hebt der Morgen sein Ruder
und streicht zart durch ihr Kleid.

Brigitte Knobl * 1959

## *Sommer – vergessener Inhalt, verlorener Sinn*

Sommer ist Wachsen und Gestalten.
Sommer lässt Werte entstehen:
Sommer nur schenkt uns das Erleben der
anderen Jahreszeiten.
Überfluss an Wasser, an Nahrung, an
Arbeitsteilung,
an Wissen, an Wohlstand, an Werkzeugen,
an geformter Umwelt:
Er hat die Notwendigkeit des Sommers
genommen.
Langeweile und Genuss im Sommer,
Urlaub und Erholung im Sommer:
Zur Oberfläche ist verkommen, wo einst
Tiefe war.

Ich wünsche mir Sommertage,
die hell sind, die lang sind, die am
Nachmittag heiß sind,
erfüllt mit harter Arbeit,
mit stillem und angestrengtem Tun.
ich wünsche mir Sommertage,
die in feuchter Dämmerung beginnen,
an deren Ende ich müde und dankbar
greife,
was ich mit meinen Händen gestaltet habe.

Peter Knobloch * 1937

## *One-Night-Stand*

Wie im Film seh' ich jetzt wieder
Bilder jener letzten Nacht
Schwermut läßt sich auf mir nieder
und ich liege lange wach

War's die Hoffnung sich zu binden
wenn die Chance sich mal ergibt
oder doch nur Lust empfinden
ohne das man jemand liebt

Schmerzlich muß ich nun erkennen
Licht kommt in die Dunkelheit
eine Nacht kann dich verbrennen
übrig bleibt die Einsamkeit

Peter-Ludwig Knobloch * 1945

## *Tote Blätter*

Schwerelos und leicht
bespicken sie Asphalt.
Mit Farbe, die verbleicht,
bleibt Schönes was dem Herbste galt.

Das Feuer deiner Drachen,
verglüht die kleine Farbenpracht.
Aus deiner Kehle – dumpfes Lachen –
verkörpert deine falsche Macht.

Mit Drachen anstatt Bauern
beginnst du deinen Zug.
Die Schrecken, die noch lauern
sind mir dein Lug und Trug.

Verzweifelt seh ich an
den Krieg, den Tod, der vor mir liegt
und spreche hilflos diesen Bann,
der dich, die Liebe, nun besiegt.

Melina Knoche * 1991

## *Bestimmung*

Am Rhein im Tale,
da sah ich sie zum ersten Male.
Ein bezauberndes Lächeln nur zu mir,
fortan gehörte ich für immer ihr.

Sie ist so wunderschön anzusehen,
ach könnt sie doch erhören mein Flehen.
Ihr Glanz überstrahlt den der Sonne,
sie ist wie Venus eine Wonne.

1000 Fluten mögen kommen,
sie hat mir mein Herz genommen.
Und die Erde tut sich auf,
so nimmt das Schicksal seinen Lauf.

Wie Romeo und Julia kann ich sie nicht
erreichen,
wie Licht und Schatten nicht von ihrer Seite
weichen.
So bin ich im Paradies für's Inferno
verdammt,
ob das von ihrer Apfellust stammt?

Ihr melodischer Gesang,
wie die Nachtigall – ein schöner klang.
So stürzte ich mich von den Klippen,
für einen Kuss von blutroten Lippen.

Kristin Knoll * 1989

## *In weiter Ferne*

Sieh die Flügel, weiße Seide,
wie sie in der Ecke stehen.

Ganz zerschunden und zerknittert,
träumen heute noch vom Fliegen.
Bleicher Staub auf ihren Fasern
lässt mich endlich klar verstehen,
was ich brauche, um mit andren Augen
unsre Welt zu sehen.
Träum vom Fliegen über Säulen,
die die Welt zusammen halten.
Lass Gesichter hinter dir,
nur noch winzige Gestalten,
die sich hassen, sich verachten,
um sich nicht zu nah zu kommen.
Wenn sie alle fliegen könnten,
wär'n sie einfach mitgekommen.
Aus den Träumen wachsen Flügel,
schweben leise, unbewacht.
Stehen nicht mehr nur zerknittert und
zerschunden in der Ecke, in der Nacht!

Lavinia Knop * 1989

Deinen Namen kenn' ich nun schon länger
als dich,
nun schon seit einigen Jahr'n.
Ohne dich erscheint er mir lächerlich,
gebräuchlich, kitschig, fast arm.

Doch hör' ich ihn heut',
dann durchläuft er mich,
der Schauer vom Kopf bis zu'n Zeh'n
und jedes Mal, wenn ich ihn hör,
sehe ich dich vor mir steh'n.

Denn du erfüllst diesen Namen,
gibst ihm das recht' Element,
sodass, wenn ich ihn wahrnehm'
ein Feuer in mir brennt.

Lukas Knothe * 1989

## *Der Lenz*

Saft läßt alle Knospen sprießen,
ein Hauch streicht über sie dahin;
Sonne möcht' der Kauz genießen,
zum Nest im Steinbruch schwebt er hin.

Erwacht ist schon der Haselstrauch.
Hat ihn die Märzensonn' geweckt?
Nach Winterruhe warmer Hauch,
die Troddeln hat er rausgestreckt.

Singvögel zwitschern im Geäst,
versteckt in Wiese, Wald und Flur:
Die Vogelwand'rung – welch ein Fest! –
Dem Grünspecht ist man auf der Spur.

Entfalten wird sich Blütenpracht,
die Wiese zeigt ein Blumenmeer.
Ein Regenbogen! – Sonne lacht –,
Falter und Bienen schwirr'n umher.

So ist's nach langer Wintersnacht,
der Frühling grüßt, das Eis ist fort:
der Lenz, er kommt mit aller Macht,
Zugvögel kehr'n vom fernen Ort.

Monika Knur * 1952

## *Guter Rat für die Alten*

Sag' immer danke und bitte,
sonst helfen sie dir nicht.

Tritt immer schön zur Seite,
wenn Jüng're daherschreiten.

Sei immer still und hör' nur zu.
Sie sind gescheit und du bist dumm.

Sorg' für dich selber möglichst lang,
den Jungen fällst du sonst zur Last.

Verkriech' dich in dein eignes Ich
und lass die Jünger'n unter sich.

Bleib möglichst lang auf dieser Welt,
denn mit der andern ist's schlecht bestellt.

Armin Köb * 1913

## *Das weibliche Individuum*

Es tapeziert Wände, repariert Fahrräder
schnell,
lackiert ein Auto, spielt Schneidergesell.
Frisiert die Haare, malt Milchkannen an,
fertigt Seidenblumen, weil man so frische
einsparen kann.
Verlegt Teppichboden, fährt
Wohnwagengespann,
kann Schuhe besohlen,
kommt bei Arbeitskollegen gut an.
Erzieht zwei nette Kinder, hört Vokabeln
stets ab,
kann kochen und backen – ist immer in
Trab.
Als Pfleger bei Krankheit für Mensch,
Hamster, Hund,
hält mit viel Liebe die Familie gesund.
Schneidet den Rasen, putzt, bügelt und
wäscht
und wird auch als Gastgeberin geschätzt.
Der Talente sind viele – hier sei nicht
geprahlt –
und bleibt trotzdem immer unterbezahlt.
Ist dies ein Mann? Nein, ich weiß es genau,
so vielseitig sein kann nur eine Frau!

Brigitte Koch * 1939

## *Liebster Komponist*

Gierig greifst du von der Quelle
Nimmst dir von der Lust
Lange trabst du auf der Stelle
Bis du in mir ruhst.

Nimmst und nimmst und bist doch
hungrig
Wachend wie ein Aal
Der du in der Füll' ertrinkest
Und den Schlafe stahl.

Oh mein Liebster, oh mein Bester!
Ich geb mich dir hin
Zieh' mein Herz zu dir hin fester!
Lösche meinen Sinn.

Oh dein Stimmlein ist so zärtlich
Wie ein Stück von Liszt
Mein Liebster wie bin ich doch glücklich
Liebster Komponist!

Mein Seelchen ist ein Notenblatt
Mein Körper Tastatur
Oh spiele immerzu auf mir
Die Liebe in D-Dur!

Da-Hi Koch * 1988

## *Manchmal*

Manchmal muss man einfach die
Notbremse ziehen
Manchmal darf man einfach nicht
weitergehen
Manchmal da denkt man es ist alles vorbei
Manchmal hörst du dann diesen Schrei
Tief in dir drin.
Manchmal musst du auf ihn hören
Manchmal musst du Treue schwören
Manchmal einen Schlussstrich ziehen
Manchmal dann doch weitergehen
Um neu zu beginnen.

Djamila Koch * 1989

## *Spurensuche*

Wir leben in einer Welt,
in der wir ständig Neues dazulernen
müssen,
weil die Welt sich verändert.

Innere Verwandlung findet statt,
indem wir auf den Grund der Dinge gehen
–
zu unseren Wurzeln finden.

Elke Koch

## *Suchende*

Ich war auf der Suche

Ich nahm eine Leinwand
Ich fühlte, die Farben so voller Kraft
Ich spürte, wie sie sich mir offenbarten
Ich staunte, was sich da entwickelte

Und dann

Ich fand meine Fröhlichkeit
rund und strahlend wie der Mond
Ich fand meine Traurigkeit
in Form einer großen leuchtenden Blüte
Ich fand meine Gefühle
in einem Meer aus Blautönen

Ich fand mich

Reifer
verändert
mit Narben
voller Kraft
und glücklich darüber
dass ich bin wie ich bin

Monika Koch * 1957

## *Feuer*

Es knistert und zischt, knackt und pfeift.
Tanzende Wärme auf trockenem Holz.
Es springt und schleicht,
duckt sich und wächst, wächst.
Es läuft, rennt, weiter und weiter.
Bäumt sich auf,
greift nach dem Himmel.
Frisst sich satt an allem, was ihm in den
gefräßigen Rachen fällt.
Bis alles fort ist,
verschlungen, von der wilden, roten Bestie.
Sie tanzt durch die Nacht, wie in Raserei.
Wirbelt im Kreis, getragen vom Wind.
Hurtig und flink, ungebändigt.
Nun ist sie müde, klein und schwach.
Legt sich schlafen im grauen Aschebett,
flüstert einen letzten Abschiedsgruß.

Nina Koch * 1989

## *In dieser Träne*

In dieser Träne ruht das Salz der Erde,
gelöst im Wasser des Lebens und
geweint von eines Menschen Herz.

In dieser Träne fließt
das sanfte Lied der Liebe
und das
schwere Lied des Schmerzes.

In ihr birgt sich alles Leben,
Gefühle, Augenblicke.
Vom ersten Atemschrei, bis hin
– den langen, langen Weg des Lebens –
zum Ende.

Reinhard Koch * 1962

## *Vorwaerts in die Vergangenheit*

Ich habe einen wunderbaren Schatz
entdeckt
Ein Riesendiamant mit unzaehlbaren
Facetten
Eine federleichte Beruehrung
Und schon zeigt Dir jede Facette ihr
Gesicht –
Vorbei an dem Elend aller Kriege –
Vorbei an den Gewaltherrschaften dieser
Welt –
Vorbei an so sagenhaften Kunstschaetzen
dieses blauen Planeten –
Vorbei an allen Philosophien unserer
Weltgeschichte –
Vorbei und immer tiefer in die
Vergangenheit –
Und klick – ein neues Feld –
Und weiter, immer weiter ins Unbekannte
–

Und am Ende dieser Reise?
Da haeltst Du das Bisher in Deinen
Haenden –
Und bist noch immer so jung,
Und hast noch immer Dein strahlendes
Laecheln –
Lerne rasch mein Koenig der Blauen Couch
–
Du hast weniger Zeit als Du glaubst –
Denn hoere!
Die Zukunft Deiner Erde, mein Sohn,
Das ist der Preis dieses Schatzes?

Annelie Koebele * 1954

## *Glücks-Momente*

Wenn Morgentau auf der Wiese liegt,
ein Habicht hoch am Himmel fliegt.
Wenn Blumen im Garten blühn
und Sternschnuppen am Himmel glühn.
Ein schönes Buch; eine Tasse Tee,
spielende Kinder im weißen Schnee.

Wenn Menschen zueinander stehen,
gemeinsam alle Wege gehen.
Wenn dir Bratwurstduft in die Nase steigt,
der Straßenmusiker ein Liedchen geigt.
Wenn Herzen öffnen alle Türen
und schwarz und weiß kein Krieg mehr
führen.

Wenn Stille für dich Musik ist
und ganz oft gut gelaunt du bist.
Wenn wenig trotzdem viel bedeut'
und sich auch mal für andere freut.
Wenn wir daran arbeiten, Stück für Stück,
wär das nicht klasse; wär das nicht Glück?!

Thomas Kohl * 1962

## *Sommergesicht*

Graugeregnete Winterseele liegt im Schlaf
klanglos fallen
nasse Wolken
in die tote Ebene.
Erde – du zerfurchtes Gesicht
du zerrissenes Laken.
Bis endlich
Sommer erwacht
aus der bleiernen Schwermut
und plötzlich
schwirren silberne Sicheln um die Sonne
Goldstaub rieselt aus deinem Haar
vom Wind aufs Meer.
Feuervogel schmettert durch endloses Blau
sein Flug ist der eines tanzenden Kobolds
du hörst das Lachen
in jedem Stein
und plötzlich
schmetterlingsleicht
ist Leben.

Susanne Kohlemann * 1963

## *Gekipptes Jahr*

Nicht mehr lange
sind die Schwalben im Lande
nicht mehr lange.

Schon ausgeträumt
der Traum vom hohem Sommer,
schon ausgeträumt.

Die Stadt liegt ruhig
vorm längst gekippten Jahr heut,
die Stadt liegt ruhig.

Es geht auf Herbst,
das Jetzt kennt nicht das Bleiben,
es geht auf Herbst.

Sei dir voraus
und kenne was dir zukommt
sei dir voraus

Christoph Köhler * 1957

## *Allein*

Gedudel aus dem Radio
Berlin
esquina
englisches Frühstück
Milchkaffee mit Kakao
hoffe du bleibst
hoffe ich geh
Spiralen drehen sich aus meinem Kopf
winden sich
gen Decke
wenn sie zurückkommen
rieche ich dein Haar
dass mein Gesicht umschlingt
ich verstecke mich

die Ampel
draußen schaltet auf
rot

Corina Köhler * 1965

## *Für dich*

Für dich will ich das Licht im Dunkel sein,
der Brunnen, der den Durst dir stillt,
der Ofen, der dich wärmt mit seiner Glut.

Für dich will ich auch Halt und Stütze sein,
wenn du einmal zu fallen drohst,
der Pol, an dem du Ruhe finden kannst.

Für dich will ich der süße Atem sein
und du sei Sauerstoff für mich,
damit ich leuchten kann dir ewiglich.

Iris Köhler-Terz * 1961

## *Rache der Natur*

Erstickter Duft, gedämpfter Klang,
es flirrt die Luft schon wochenlang.
Die Sonne glüht, das Gras verdorrt,
der Phlox verblüht im ganzen Ort.

Es welkt das Laub, der Bach versiegt,
die Erde Staub, kein Vogel fliegt.
Der Acker hart, die Ähren hohl,
das Land erstarrt, wird zum Symbol.

Die Glieder schwer und träg der Geist,
man flieht ins Meer, das Dorf verwaist.
Nur Greis und Kind, die harren aus,
es weht kein Wind, ist heiß im Haus.

Ein jeder hofft, dass es vergeht,
doch wie so oft, man nicht versteht:
Natur führt Krieg, sie hat Geduld,
verdient den Sieg – trägt Mensch die
Schuld?

Andrea Kohn

## *kleines sommerlied*

ich liege nackt in einem strauch
aus pfefferminz und himmelsblau
die sonne streut auf meine haut
die münzen ungezählter tage
ich bin ein leguan so träge und so
sommerleicht ein schmetterling
in meinem mund singt eine melodie
von pfefferminz und himmelsblau
von einem faltenalten leguan im sand
und wolkentreiben in ein nie gekanntes
land

Dietlind Köhncke * 1937

## *Weltuntergang*

Vielleicht
wenn die Erde zerbricht
blutroter Tränen
verratener Traum

und dann
unter der Welt
ein Gang

vielleicht
führt er
zum Licht.

Sabine Kokemüller * 1959

## *Kinderaugen*

Zwoa braune Kinderaugen
schaun dich an.
Nicht strahlend und Freude
empfindend, weils dich sieht!
Eher zweifelnd, Trauer im Blick
da es einfach schon zu viel gesehen.
Krieg, der auf den Rücken der Kinder geht.
Hunger, der aus allem spricht!
Nach Essen, nach Leben, nach Schlaf,
Zukunft, die den Frieden bringt.
Lachen – was ist das?
Aber es herrscht Krieg,
der die Bomben und den Tod bringt.
Frieden – wann kommst du zu mir?

Toni Kölbl * 1955

Ich geh' vorüber
sie sind zu zweit
Mir hallt es wider:
Der Weg ist weit!

Fernes Gelächter
Dumpfe Klänge
Nacht ohne Geborgenheit

Ich geh' weiter
es packt mich wieder:
EINSAMKEIT

Tobias Kolditz * 1990

Heimweh,
wonach?
Lebe irgendwo,
liebe überall.
Zu Hause wollt' ich sein,
zu Hause in mir.
Ungezwungen
wie der Bach, der rauschend fließt.
Die Morgensonne, die uns grüßt,
den Wald erhellt.
Heimweh nach Jahreszeiten,
die mich begleiten.
Dem Regen, wie er fällt,
der Erde Durst stillt.
Heimweh in mir,
Heimweh nach Heimat.

Helga Maria Köllen * 1957

## *Zum Untergang des Öltankers „Pallas"*

Gestrandetes Schiff.
Führerlos, ankerlos.
Die wütende See
zerreißt den schwarz glänzenden Teppich.

Verendende Vögel –
hilflos.
Der Mensch –
heillos?

Glaube nicht dem Lügengeiste:
führer- und ankerlos seiest auch du.

Sieh dort den Regenbogen,
das Siebenfarbentor.
Abgebrochen scheint er nur.
Steige mutig empor.
Die Sonne weist dir den Weg.
Empfange die göttlichen Gaben.
Dein Engel führt dich zur Erde.

Trage das Wort und spreche.
Öffne dein Herz und liebe.
Nimm die Schaufel und helfe.

Gudrun Koller

## *Der Traum – als das Unverzichtbare*

Eine Landschaft mit Reif belegt, würde ich
zeichnen,
jeden Winter für unsere Liebe, für später,
wenn wir älter sind,
so dass die Winterkälte aufgehoben wird
durch diese schöne Märchenlandschaft,
dass wir die Kälte in den Knochen noch
leicht spüren,
doch die Bilder die wir sehen, uns das Herz
erwärmen
und wir Lust bekommen vor die Türe zu
treten.
Die Kinder-Eisblumenmuster
würde ich an die neuen Fenster malen,
so dass das Aufstehen morgens leichter
fällt,
weil du und ich die neuen Bilder sehen
möchten.

Ich würde ab und zu es schneien lassen,
in dicken, fetten Flocken die träge zur Erde
fallen.
So manche würden wir fangen im
Wettbewerb,
wer wohl die schönste gefangen hat.
Den Frühling würde ich kommen lassen
für unsere Liebe, wenn es an der Zeit ist.
Den Sommer weit verlängern,
den Herbst verkürzen, denn er erinnert
doch zu sehr
an die kürzeren Tage, die Vergänglichkeit.

Margarete Kolmitz * 1951

## *Die Breite des Volkes denkt ...?*

Bonzen, Fabrikanten, Politiker ...
Ihr wißt es ganz genau und ihr habt es
gesehen,
was mit der guten alten Welt ist
geschehen?
Unaufhörlich werden des Volkes
schmeichelnde Kulissen,
dreist von den Medien aufgebaut, und
oftmals ist es unter einem Zehntel,
das noch zur Wahrheit taugt.
Die unwahre Schiene,
auf der ihr schon ewig verkehrt, und
wenn ihr weiterhin,
euch nicht um des Volkes Begehren schert,
seid ihr in absehbarer Zeit,
dem Untergang geweiht.
Noch glaubt die Breite des Volkes,
an das,
was es nicht sieht,
aber bald ...
Bald überzeugt es sich erst was geschieht,
weil es geschickt der Realität ins Auge
blickt.

Daniela Kolus * 1981

## *Meine Freunde*

Mein Freund
Du nährest mich immer da
formest fest mit deiner Bodenfrucht meinen
Leib Jahr für Jahr

Mein Freund
Du wärmst mich in kalten Stunden
entfachest mit leuchtend Lichtermeer
meinen Lebensfunken

Mein Freund
Du stillst meinen Durst Tag für Tag
füllst mit deiner reinen Quell mein
Lebensmark

Mein Freund
Du streichelst mein Haar mit kühler Hand
mit deinem lieblich' Kuss in mir das Leben
entsprangt

So will ich meine Freunde beim Namen
mit Erde, Feuer, Wasser, Luft benennen
auch du wirst sie schon kennen

Sybille Kolwitz

## *Das leidige Etwas*

Ich weiß nicht was soll es bedeuten.
Kann nicht denken, kann nicht lenken.

Kann nur raten, kann nur fragen.
Kann nur um Erlösung flehen.

Die Peitsche an den Leib gepresst,
bleibe ich stehen,
entblößt im Feld voll Weizen.
den wir mit Hingabe gesät.

Vermisse die Ehrlichkeit, die Flammen in meiner Seele.
Die Eifersucht, und die Wunden in meinem Fleisch.

Es tut weh, das Verlangen nach Vergangenheit.
Es tut weh, das Verlangen nach Geborgenheit.

Küss mich , auch wenn es bitter schmeckt.

Yvonne Konduschek * 1971

## *Ich bin …*

Ich bin der Wind
rastlos wehe ich durch die leeren Straßen
und fege die Blätter aus dem Weg
erhebe sie hoch in die Lüfte und lasse sie schweben
für ein kurzes Stück nehme ich sie mit auf meiner Reise
getragen auf den Lüften, die meine Arme sind
Ich bin der Tod
ich klopfe an die Tür
und in diesem Klopfen hört ihr Kettenrasseln und Keuchen
und eine leise Stimme, die euch zuwispert
denn ihr fürchtet mich
Ich bin kein Engel und kein Dämon
und manchmal lege ich meinen schwarzen Mantel ab
Ich bin die Nacht
ich lasse die Schatten verschwinden und die Gemüter ruhen
schließt eure Augen
und ihr werdet mich erahnen, mich spüren
und könnt mir niemals trotzen
mich nicht verletzen und nicht töten
ich schicke euch die Angst, die euch den Verstand raubt.

Rahel König

## *Wer kommt da noch mit?!*

Immer schneller, immer weiter
Höher, größer, tiefer, breiter
Immer lauter, immer mehr
Größ're Auswahl bitte sehr.
Immer fremder – unpersönlich
Automaten, nicht gewöhnlich.

„Beliebt" in jedem Lebensalter
Der komplizierte Kartenschalter.
Kein menschlich Wesen gibt dir Rat
Dafür sorgt doch der Automat.

Sei's in der Bank, der Tiefgarage
Gar mancher Mensch kommt da in Rage
Bist du in Englisch nicht versiert
Mein Gott, dann bist du angeschmiert

„Best of" – „event" und „Talk am See"
So etwas tut dem Schwaben weh
Am Abend Comedy und Thriller
Doku-Soap und Krimi-Knüller
Science-Fiction – Superhit
Wer von uns kommt da noch mit?!

Margret König-Ortlieb * 1939

## *Der Gedanke*

Was ist ein Gedanke? Vielleicht ein Hirngespinst?

Wo hat er seinen Sitz?
Ist der Ursprung in der Nervenbahn?
Oder kommt seine Energie vom Universum
heran?
Formt er sich aus dem Wissen?
Oder muss im Babyalter der Gedanke
sprießen?

Viele Gedanken erzeugen ein Wirrwarr,
aber ist im Kopf der Gedanke klar,
dann hat man Freude sogar.

Der Gedankenfluss zischt in tausendstel
Sekunden
durch viele Nervenverbindungen
und er gleitet entlang an den
Gehirnwindungen.

Meinen unausgesprochenen Gedanken
kennt keiner,
er ist einzig allein meiner.
Ein Gedanke sagte mir,
ich muss dieses Gedicht schreiben,
damit meine niedergeschriebenen
Gedanken
in Deiner Erinnerung bleiben.

Bernadette Konlechner

## *ozeanblau*

tanze die wellen
windwärts blau
horizont gesichtslos
schwarze wand
begrenzt unendlichkeit
wolken treiben
auf neuland zu

Sabine Konrath * 1965

## *Erzengel Gabriel*

Blicke forschen ... heilend ...
dringen, Seelentief ...
Erwartungsvoll ... in Hoffnung ... in
Leidenschaft ...
Verwandtschaften sich Seelenleid ...?
Welch bittersüßer Schmerz ... gepaart mit
Frohlocken ...
Oh Michael ... Gott ebenso Krieger ...
Offenbarung aller Liebe ...
Getroffen ... Gedanken ... schwer ...!
Muse, der Lust ... in Liebe gehören ...
geweihet sei der Tag ...
noch nicht nah ... du säumst ... du
schweigst ...
Doch Unsterblichkeit fängst bereitet ...
dein Name steht in Ewigkeit ...!

Sylvia Konrath

## *Treueschwur*

Ich will in Deine Arme sinken
und in der Aura, die Dich rein umspült
ganz sanft ertrinken.
Ich möchte immer nur in Deiner Nähe sein
und möcht bei zaubernächtlich
Mondenschein,
wenn alles in mir Deine Liebe fühlt
und feuertaumelnd Rausch durch meine
Sinne wühlt,
Dir sagen, was mein Herz nur weiß.
Ich wispre Dir, hauchzart und leis,
den treusten Liebesschwur ins Ohr.
Und wenn mein Blick den Deinen fängt
und mein Gedanke Deinen denkt
und unser Band sich enger zieht,
dann seufzt die Seele mein ein Lied
dem wunderreichen Glücksmoment,
weil nichts uns trennt –
verheißen uns, was steht bevor,
und nicht in Ewigkeit verlor
ich einen Zweifel nur.
Dies ist mein tiefster Treueschwur.

Christian Köpke * 1974

## *glauben und wissen*

ich glaube zwar,
dass ich manches weiß,
was ich besser glauben würde,

aber ich weiß auch,
dass ich manches glaube,
was ich besser wüsste.

Wolfgang Kopplin

## *Die Soldatin und der Kater*

Gerade als ihr Abzug im Anzug war, oder
sie sich jungfräulich nach ihm sehnte,

sprang ihr ein Kater auf den Schoß.
Er ist zu dumm, um schuldig zu sein.

Sie ist zu schlau, um schuldig zu sein, und
hat ihm monatelang die Unruhe aus den
Augen gestreichelt.

Seitdem ist sie durch einen gläsernen
Vorhang umgeben.
Sonnenlicht, Mondeslicht, Sonnenlicht,
Mondeslicht.

Alexander Kops * 1984

Silberklar, wie Schuppenhaar,
Scharlachrot, das ist der Tod,
Elfenbein, grandioser Schein,
welche Farbe willst du sein?

Morgenrot im Abendlicht,
Königsblau, wir lieben dich,
Schattengrau, du sagst es nicht,
Blau, und ich ertrag es nicht.

Regine Körber-Steuernthal * 1956

## *Habitopia erroris*

Ein allzeit grüner Schaum, durchflüstert
von Gewisper,
verhauchend oder rauschend, er atmet
unbeirrt
im Hologramm. Vereint wie innige
Geschwister
sind Haut und Rinde, gleichviel, von Luft
und Licht umflirrt.

Im Moosgefieder quillt das Hütemeer der
Pilze.
Aus Schattennischen steigen zarte Echos
auf.
Goldfädenstroh: ein Werk der
Rumpelstilze.
Karfunkeltropfen klingen im Blitz des
Prysmaknauf.

Wer wollte da im ungespurten Flachholz
tappen
durch Brombeerranken, rundgehäkelt,
stark und spitz.
Gesperrt, der Pfad. Abweisend:
Eigentümers Wappen!
Jenseits von Schranken wächst Gehölz auf
Grundbesitz.

Dort pocht ein Specht. Hier schallt die Axt.
Nur graduell die Täter ?
Ihr Eichenspinner, Borkendrucker, kostet
Gift!
Es krachen Schüsse, Fallen schnappen.
Braucht man Leder?
Was Mitgeschöpf? Was Wälder? Was
meint Flammenschrift?

Gezählt, gemessen, aufgeteilt: hundert
Parzellen,
sei's Schonhag, Felsenkeller,
Rotwildmaschenzaun.

Sprühfarben heißen braven Sägemann zu
fällen
den reifen Stamm. Der Blumenorden mag
sich Hütten bau'n.

Günter Körner * 1941

Zeit, Zeit, Zeit, Zeit, Zeit!
Sie ist da, sie ist weg.
Du hast keine Zeit, keiner hat Zeit,
niemand hat Zeit.
Zeit, Zeit, Zeit, Zeit, Zeit!
Ach, du liebe Zeit!
Allgegenwärtig verfolgt sie uns,
Stunde um Stunde eilt sie uns voraus,
rennt uns hinterher.
Hetzen, jagen, planen!
Sie kreist dich ein, tanzt mit dir,
grazil umspielt sie Haut und Haar,
flüstert dir ins Ohr.
Krallt sich fest an Hals und Nacken.
Röcheln, Keuchen, Ringen!
Zeit, Zeit, Zeit, Zeit, Zeit!
Das Echo stampft in die Vergangenheit.
Sklaven, Sklaven, Sklaven!
... aven, ...aven!
... ven ,... ven!
Kurz vor zwölf.

Petra Korsten-Koch

## *Mein goldener Stern*

Er ist für mich mein Talisman,
den ich nur in dunkeler Nacht sehen kann.
Da oben steht er am Firmament –
er glitzert und funkelt, als ob er brennt.
Mein Stern dort im Westen, er ist so fern –
mein Stern da oben, ich habe dich gern.
Auch wenn dich einmal eine Wolke
verdeckt –
ich weiß immer genau, wo mein goldener
Stern steckt.

Bist du mein Schatz einmal fern von mir,
so schau hinauf – er leuchtet auch dir.
Er führt dich immer zu mir zurück –
denn der goldene Stern bringt uns immer
Glück.

Muss ich einmal auf Reisen gehen –
meinen Stern werd' ich auch dort noch
sehn.
Ich schicke über ihn liebe Grüße nach Haus
–
er zwinkert dir dann zu vom Himmel aus.

Gabriele Koslowski

Der Mond hat sich schon verdunkelt,
ein Meer aus Sternen funkelt.
Der Mond schaut durch die Bäume
und wünscht dir süße Träume!

Kerstin Kosse

## *Der erste Schritt*

Du bliebst stets steh'n, bliebst stets zurück,
du wagtest nie den ersten Schritt
zu geh'n zu dem, was Du erträumt
und hast bisher Dein Glück versäumt.
Stell Dich nicht immer selbst in Frage,
bleib nicht steh'n, sag Dir, ich wage.
Beginne stets mit einem Schritt,
so kommst Du niemals aus dem Tritt.
Ist er getan, hört auf das Fragen,
Du wirst dann gern den zweiten wagen.
Auf diese Weise lernst Du gehen,
Du wirst dann merken, Du wirst sehen,
die Dinge, die Du Dir erträumst,
die Du im Leben hast versäumt,
sie sind schon da, sie suchen Dich.
Geh auf sie zu, dann findet sich,
all das, was Du hast Dir erträumt
und dann entfällt das Wort „versäumt".

Werner Köthe * 1949

## *Dein Glück*

Das Glück steht neben Dir.
Es wartet darauf, von Dir berührt und
gehalten zu werden.
Lege die unwichtigen Dinge aus Deinen
Händen,
So nur gelingt es Dir,
Das Glück zu fühlen und zu umarmen.
Es verschmilzt mit Deinem Körper
Und wird sich nie wieder von Dir lösen.
Nur so wird Dein Glück Dich jeden Tag
ernähren können
Und Du wirst niemals gesättigt sein.
Es ist Dein Schatz!
Es ist Dein Glück!

Maria Koyuncu * 1950

## *Wie geht es dir?*

„Wie geht es dir?" so fragt man Dich.
Du sagst nicht: „Es ist fürchterlich."
Du lachst und sagst: „Oh, danke gut."
Zum Ehrlichsein fehlt Dir der Mut.
Auch wäre das sehr unschicklich
– man spricht nicht von dem eignen Ich.

Bei Feiern hörst Du: „Du auch hier?"
Dann wieder: „Und – wie geht es dir?"
Auf diese Frage sagst Du dann,
dass es kaum besser gehen kann.

Egal, wie traurig Du auch bist,
wie sehr der Kummer an Dir frisst,
Du sagst: „Mir geht es gar nicht schlecht."
Doch selten hast Du damit recht.
Und auch bei allergrößter Wut
sagst Du: „Danke, es geht gut."

Ich würd' gern wissen, wie's Dir geht,
wie es zur Zeit so um Dich steht.
Doch wenn ich frage: „Alles klar?"
Dann lächelst Du und sagst: „Ja, ja."

Alexandra Koziel * 1979

## *Nachbarn*

Links, rechts, geradeaus, rundherum.
Man kennt sich.
Man schätzt sich.
Man beobachtet sich.
Man meidet sich?
Man trifft sich.
Ein Gruß, ein Stehenbleiben.
Wie geht's? Das Wetter? Was Neues?

Abstand!
Verreisen!

Karten schreiben
an die Nachbarn
und freuen auf zu Haus.

Hannelore Kramer * 1946

## *Fundstücke*

Erinnerungen wie Sand am Meer.

Paletten, beladen voll Gefühl.
Ein Barrel Verborgenes,
ein beredter Koffer schweigt.

Taue, wie Bekanntschaften, gekappt.
Steine, die gefallen sind vom Herzen.
Schuhe, die ausgetretene Wege gehen.
Muscheln, die Sehnsucht hören lassen.

Stöcke, über die ich hätte springen,
Fußstapfen, in die man hätte treten sollen.
Pferde, die sie hätten stehlen können,
galoppieren vorbei.

Gischtschaum baut Traumschicht ab.
Tang klebt wie Erinnerung an mir,
bis Dämmerlicht anbricht.

Jodokus Krämer

## *Das Puzzle*

An einem dämmrigen Nachmittag
sammelte ich Herbstblätter
als du kamst
während du mir halfst
sah ich in dein Gesicht
in dein sanftes Lächeln
durchzogen von herben Linien der Zeit
gemeinsam fanden wir Teil für Teil
bevor du gingst
fügten wir unser Bild zusammen

Als du gegangen warst
suchte ich dein Lächeln
unter buntem Herbstlaub
grub mit meinen Händen bis zur Erde
und ließ meine Schmerzen
lautlos auf den Boden tropfen
während unter meinen Fingernägeln
das Schwarz klebte

Marieke Krämer * 1987

## *Düstere Verheißung*

*(Kurzversion)*

Damals so wie heute schlägt des Menschen
Dummheit weit.
Die Narren die sind mächtig und der Tod
er steht bereit.

Seelen qualmten aus des Ofens Schloten,
Heptagramme war'n verboten.
Nur noch Kreuze durft man malen
und des Schicksals Rechnung zahlen.

Nun ist nicht mehr Gas von Nöten,
denn Atome können töten,
wenn sie zerfallen tausendfach,
sie summen leise, halten dich wach.

Und Kinderschreie klingen schrill,
wenn des Nachts die Haut verbrennt
der Narr der siegt, sieh wie er rennt,
und dann ist alles ruhig und still.

Denn vergebens ist das Rufen nach
Vernunft in neuer Zeit
und vergebens wird man suchen nach
Gutding Gerechtigkeit.

Jasmine Krammer * 1984

## *Der Körper*

Wie sehr wünsche ich mir, dass du alles
wärst!
Du dich in meinen Körper hinein gebärst.

Wenn du mehr als nur in meinem Herzen
wärst,
so würde ich mich selber schneiden, um
dein Blut zu riechen.
Ich würde mich dann selber umarmen um
bei dir zu – sein.

... so gehörtest du mir ganz – allein.

Und wären die Umstände noch so widrig,
so würde ich diesen Körper töten mit
diesem einzigartigen – Sein –
und dem Gewissen nicht umsonst
gestorben zu – sein,

sondern für dich allein.
Für alles.

Roland Krasnodebski

## *I hon Di gern*

Durch'n Summar ume geahn
lei mit dir, war dås nit schean?
Dei Stimm, dei Låchn, 's Singan hearn,
wer hiatt'n dås nit gern?

De Apfalan geahn brock'n,
wonn dar Hirbstwind waht,
wonn se fållnt de weißn Flockn,
dö de Frau Holle straht …

Wonn's Fruahjåahr wiedar kimb
und 's bliaht as gonze Lond,
tat I von noign wiedar nöhman,
Dei liabe, guate Hond …

und donkn fiar dei feine Åart,
fiar dein Sinn und niad's liab's Wort,
nit ba dir sein, di seltn seahn
tuat weah, is schwar und håart! …

Und derwögn wåart i ållwal mehr,
bis da varbei wearst geahn,
wo i an Gadonkn sågn wear
I hon di gern …

Gerhard Franz Kraßnitzer * 1944

## *Es ist ganz anders*

Es reift der Pfirsich im Blau,
kannst du ihn schmecken?!

Es perlt der Wein in den Rosen,
betäubt er dich nicht auch mit seinem
Duft?!

Es kommt die Liebe und sie geht,
Gottes Traum lebt in dir, wohin du auch
gehst.

Robert Stephan Kratz

## *Sehnsucht*

Wie das Licht die Motten,
so verwirrst du mich.
Wenn ich dich seh,
glaub ich es nicht.
Du bist der Eine,
ich ewig gesucht.
Ich will nur dich,
auch wenn ich dich hab verflucht.
Wenn du mich berührst,
ganz unverhofft, oder gewollt,
mich durch deine Finger schockst,
zucken Blitze durch meinen Leib
und erregen mich zu jeder Zeit.
Dein Parfum,
man kanns nicht glauben,
riech ich von weitem
und es macht mich schwach.
In deinen Armen will ich liegen
die ganze endlose Nacht.

Claudia Kratzke * 1988

Sing mein Engel mit weitem Mund,
Schwimme mein Engel mit weiten Arm'n,
Sei hier mein Engel mit weitem Selbst.
Horche deinem warmen Atem
Wie er mein Leben umströmt.
Fühle deine weiche Haut
Wie sie mein Leben berührt.
Rieche deinem süßen Duft
Wie er mich durchdringt.
Nehm von dir,
Weil wir es sind
Im Reich der Sonne gefunden.

Katja Krause * 1978

## *Delta*

Gefangen in den
Ketten der Vernunft
Die Menschen ihrer
blendenden Gnade

Doch was gefangen ist
wird schließlich frei

Berauscht durch die
Unendlichkeit des Seins
höher und höher getragen
durch allgegenwärtiges Glück

Das Strohfeuer zerfällt
Die hellglühenden Funken
verglühen im Nichts
Begeisterung verbrennt die Seele

Verstand ist fester Fels
Brennende Begeisterung vereint
Der Mensch in sich geeint
allumfassend wunderbar

Kay J. Krause

## *Alles Zweifeln*

Viele Nächte
floh ich zum Garten
der mich Eden gleich
mit Leidenschaft umwob

Viele Augen
im Unschuldsdunkel
erblindet Treue schworen

Viele Worte
von Sehnsucht übersättigt
nur sich selbst belogen

Viele Märchen
und das Erröten
das im Düstern starb

Martin Krause * 1966

## *Deutschland einig Vaterland*

Deutschland einig Vaterland, braust mit
Wucht, Moral und Anstand an die
Wand.
Pessimismus, abwärts, alles Negative!

Deutschland einig Vaterland, anpacken wie
damals – ganz verkannt?
Geht nicht, gibt's nicht, kann nicht, will
nicht, muss nicht, bekomme nicht –
alles nur grau!

Deutschland einig Vaterland, deine Stärken
hast du dir aberkannt.
Furcht, Faulheit, fatale Blockaden im Kopf,
im Handeln, im Denken.

Deutschland einig Vaterland, deine Zeit ist
dir davongerannt.
Zögerst, zauderst, zerredest – zutiefst
irritiert!

Deutschland einig Vaterland, meine
Achtung vor Dir verschwand!
Gängelst mich, plünderst mich,
demotivierst mich wo und wie du nur
kannst!

Deutschland einig Vaterland, deine
Menschen länger nichts
zusammenband.
Profit, Geltung, Macht – alleine, ohne dich,
gegeneinander!

Deutschland einig Vaterland, traurig steh
ich abgewandt.
Stolz sein möcht ich wieder, hört ihr aller
Orten, stolz sein möcht ich wieder!
Drum gehet den Weg der euch einigt und
ihr wahrhaftig sagen könnt:
Deutschland einig Vaterland!

Michael Krause * 1969

## *Stille*

Mein Blick ist starr, weit, raumlos, zeitlos.
Zeit lastet bleiern auf mir.
Gedanken blockieren – erreichen die Seele
nicht.
Schaue ins Nichts, obgleich so viel zu sehn,
ein Tunnel aus 1000 Gedanken.
Das Garnichts umschmeichelt mich warm
und kalt; schauerlich schön.
Ich ruhe in meiner Unruhe auf der Suche
nach dem Ist.
Sind Geräusche, Leute, Worte – doch höre
ich nichts.
Nur in weiter Ferne ein Rauschen, meine
Stille mich schützt.
Für kurze Zeit, eine Sekunde in der
Unendlichkeit.

Eine Rast von dem Sein, vom lauten Leben.
Sehe den Baum, der sich kräftig wiegt im
Wind, so stark und schön;
und spüre, was pures Leben bedeutet!

Michael Krause * 1969

Viel zu oft in diesem Leben
sieht man Menschen, die viel nehmen,
doch nie etwas geben.
Die Reichen, die ihr Geld verschwenden,
sich täglich nur aus Show bewegen
Anstatt vom Geld den Armen zu spenden.
Politiker, die Nationallieder singen,
die die Lage beschleimen
doch nicht wirklich was bringen.
Die Zeitungen, die von Enten ersticken
und sich täglich mehr zum Bilderbuch
drucken
Muss man Schwachsinn denn auch noch
beschmücken?

Nur das Fenster der Welt lässt die Schatten
erkennen
Wie Millionen von Menschen vor der
Armut wegrennen
Und sich aus Angst zu einer fremden
Religion bekennen.
Kinder, die vor Hunger sterben, Eltern, die
sich das Leben nehmen,
andere, die verhaftet werden, ohne einen
Grund zu geben.
Was ist sie noch Wert die Gesellschaft von
Heute?
Ja, was ist sie noch Wert liebe Leute, liebe
Leute?

Steffi Krause * 1989

## *Wunschbaum*

Stamm, alt und mächtig,
Rinde ist tief und knochig verästigt.
Krone weit und verwachsen.
Blicke sich entziehend durch das
Blätterdach.

Dicht und voll ist der alte Baum,
erfüllt so manchen alten Traum.

Jedermann gehet zu ihm,
sich wünschend insgeheim.

Sprich es nie aus,
ist die Bedingung jedoch.

Habe Geduld, dann erfüllt es sich noch.
Glaub dran, halte es fest,

Wunschbaum Macht sehr riesig ist!

Ina Krawatzek * 1970

## *Ein Rätsel*

Was ist der Kern der Lebenskraft?
Was ist die Glut, die Taten schafft?

Wo tanzt das Licht im Schattenspiel?
Wo liegt der Anfang, wo das Ziel?

Wie heißt die Macht, die Wunder schenkt?
Wie heißt die Kraft, die alles lenkt?

Das Rätsel ist nicht groß, nicht schwer,
die Antwort nenn ich, bitte sehr:
Dies Wunderding heißt »Liebe«!

Kai Kraze

## *Erhaltet einen Lebenstraum*

*Das Unverzichtbare*

Und „Etwas“ lebt in jeder Welt,
das alles Sein verbindet.
Für Ewigkeiten aufgestellt,
wo es sich selber findet.

Ein Ziel, der Kern, dies starke Band.
Dem Urgefühl entsprossen.
Die Sehnsucht all das wieder fand,
was Geist so früh genossen.

Der schwebt und webt, sucht seinen Ort.
Verbindung aller Wesen.
Halt fest, auch Schönstes ist einst fort.
Was bleibt, heißt dann „gewesen".

Der Wandel ändert alles Denken.
Doch Abschied schafft ganz freien Raum.
Voll Liebe neues Leben schenken.
Erhaltet einen Lebenstraum.

Peter Krebs

## *Für meinen Lieblingspfarrer*

Die Liebe ist der Seele Glück
und des Herzens Freude.
Die Sehnsucht nach ihr
macht das Herz schwer und die Seele
traurig.
Das liebende Herz meidet die Einsamkeit.
Es sucht die Nähe zu dir.
Du bist wie Balsam für meine Seele,
die du so zart berührst.
Ich liebe deine innere Weichheit,
die mir deine tiefsinnigen und klugen
Augen versprechen.

Ute Kreibich * 1970

## *Neuzeitcowboys*

Zu Café Latte
Harz IV-Debatte
Wir kriechen tief in die Seiten
Wir erörtern die Zahlen
Wir erwägen die Zeiten
Wir suchen die Meinung
Die wir ständig vergessen
Wir beäugen sie kritisch
Wir designen das Essen
Zu Fitnessquark und Vollkornbrot
Schlagen wir Zeit und Zahlen tot
Wir leben korrekt und impulsiv
Dezent gewagt in Fett und Kursiv
Die Zeilen verschoben
Um ein Komma verschätzt
Wir zerkauen das Gestern
Wir performen das Jetzt
Mit Café Latte oder Milchkaffee
(für alle Neuzeitcowboys
mit kleinem Budget)

Julia Kreienkamp * 1987

## *Daydreams*

Nackte Haut unter keuschem Stoff
weckt im rechten Licht seine Gelüste.
Holde Gedanken leiten ihn zu seiner
wilden Lust, die in ihm schlummert.

Sie entzündet die Fackel seiner Begierde
langsam mit ihrer Aura der Sinnlichkeit.

Sie weiß das Feuer immer heißer werden
zu lassen und entflammt seine Sinne völlig.

Sie zieht ihn in den Harem des Lasters,
um ihn völlig von allen Konventionen zu
befreien.

Stunden lang nascht er wie ein
ausgehungertes
Mastvieh an den Trögen der variablen
Erotika.

Er überißt sich fast, kollabiert vor Erregung
einem Eber und Galant zugleich Platz
einräumend.

Irgendwann erkaltet diese heiße Lava und
die
Lust schwindet wie eine Traumgestalt von
dem Orte.

Frisch erstarkt erwacht er am nächsten
Morgen und
sucht die Möglichkeit einer Reproduktion.

Der Platz neben ihm ist aber leer und zerwühlt;
die Erinnerung ist unausgelöscht und nicht klonbar.

Andreas Kreimendahl * 1967

## *Im Traum verloren*

Oh Gott, ich hab mich irgendwo im Traum verloren:
vor mir ein Abgrund, der mir langsam nicht mehr fremd;
wenn eine Liebe stirbt, wird eine andre neu geboren:
am schwarzen Saum der Nacht, von Tränen angeschwemmt.

Und die Gezeiten wechseln, während manche Sterne stürzen:
ein brennend kaltes Licht, das wie ein Blitz die Dunkelheit erhellt;
nur eine wahre Liebe kann die Einsamkeit verkürzen:
nur eine wahre Liebe wird vom Leben dir gestellt.

Oh Gott, ich hab die breiten Pfade lange schon verlassen:
das Ziel im Abgrund ist noch tausend Träume fern;
im Dämmerschein der Tränen wird noch manches Licht verblassen:
auf meinem Weg zur Liebe stürzt noch mancher Stern ...

M. C. Kreindl * 1962

## *Abschiedsstunde*

Die Stunde der Nacht, dunkel und geheimnisvoll,
leise bricht das Kerzenlicht, Deine Augen lächeln gar,
bleib ruhig, Vater, ich bin da.
Deine Hand Sie sucht nach mir, Vater ich bleib bei Dir.
Noch einmal lächeln wir uns an, denken an Zeiten, wo alles begann.
Eine Träne rollt über Dein Gesicht, Vater ich bin bei Dir, fürcht Dich nicht.

Bist so tapfer wie Dein Leben lang, auch in dieser Stunde ist mir nicht bang.
Das Licht wird schwächer, Dein Atem auch, will es nicht fassen.
Du wirst uns nun verlassen.
Weg ist der Schmerz in Deinem Gesicht,
so friedlich warst Du schon lange nicht.

Ein letzter Hauch, Dein Atem weicht, ich weiß, Du hast Dein Ziel erreicht.
Nun ruh in Ruhe und Zufriedenheit.
Du bist in mir in aller Zeit.
Und keine Angst, ich schaff das schon, auch im Tod bleib ich Dein Sohn.

H. Kreische * 1962

## *Die Rose*

*Für Kira*

Im Frühling ward das Kind geboren aus den Träumen
Die wurden all' geträumt, in kalter Wintersnacht
So mancher ward belebt durch eine alte Macht
Die ab und an entdeckt die Welt am Schoß der Bäume

Im Sommer wuchs das Kind' wollt es doch nichts versäumen
Es war so wunderschön in seiner Blütenpracht
Fast wie ein Menschenkind hat sie mich angelacht
Und als der Herbst dann kam, begannen wir zu träumen

Und eh ich mich versah, entdeckte ich das Sein
In deinen Augen neu und fühlte mich so klein
Ich wollte nimmer mehr, ein andres Blümchen lieben

Der Winter kam mit Schnee, bedeckte Blum und Baum
Bedeckte unser Herz, das träumte unsern Traum
Da, wusst ich, ich würd nie, ein andres Mädchen lieben …

Michael Kreißl * 1988

Die kinderzeit liegt weit zurück in unsrer zeit,
doch sind wir noch lange nicht bereit,
zu werden was uns bestimmt in dieser zeit,
in der nur Herrscht die Bosheit und das Leid.

Voll Qual und Pein ist diese zeit,
sie rafft dahin all Herrlichkeit,
macht sich in der Menschen Herzen breit,
was übrig bleibt ist Seelenleid.

Verschließet nicht die Augen,
vor dem was ist und wird bald sein,
denn Mutter Erde wie wir sie kennen,
wird lichterloh bald brennen.

Lasset euch nicht blenden vom Hellen Schein,
Denn kann er sein trügerisch und todgemein.
Lasset euch nicht täuschen von den Dämonen,
denn am Ende werden sie ganz oben thronen.

Wie das Gemüht eines Kindes so unschuldig und rein
sollten die Herzen und Seelen der Menschen sein,
müssen der Liebe neue Wege ebnen,
denn nur sie vermag dass wir einander in Frieden begegnen.

Maria Krell

## *Es herbstet*

Es herbstet
Elegisch ist mir
Nebel wabern durch mein Hirn
Plötzlich aufreißend, partiell zwar nur
Erschreckend grell, Licht auf dem letzten Haus
Das letzte jetzt ganz nah
Sonnenwende lockt
wen noch

Addi Kremer * 1933

Holdes Glück, du göttliches Herz,
verwandelst dich schnell in so tiefen Schmerz.
So tief wie das weite, unendliche Meer,
das nicht mehr gefüllt wird, ist es erst leer.

Nun gingest du von mir, von mir weit fort,
und ich kann dir nicht folgen an den besseren Ort.
an den Ort, an dem die Blumen bunt blühn,
und die Menschen vor Freude Liebe versprühn.
wo kein Herz blutet, wie meines es tut,
und wo Freundschaft in allen Dingen ruht.

Nein ich, der ich mich selbst betrogen habe,
bin verdammt zu leben ohne die Gabe.
Die Gabe zu lieben, die Gabe zu lachen,
Die Gabe ein anderes Herz zu entfachen.
Ach, ich muss leben ohne Heiterkeit,
bis ich irgendwann sterbe in Einsamkeit.

Nina Kremser * 1993

## *Die Nachtigall*

Der süße Laut der Nachtigall,
er weckte mich heut' Nacht.
Sie hat mit silberhellem Schall,
vor meinem Fenster allzumal,
mich um den Schlaf gebracht.

So wundervoll war ihr Gesang,
in Moll und auch in Dur,
mit Trillern kurz und Trillern lang.
Als Künstlerin von hohem Rang
sang sie Koloratur.

Indes, obwohl ein Kunstgenuss,
er machte mich nicht froh,
In meinem Herzen wuchs Verdruss,
dieweil ich frühe aufstehen muss,
und weil der Schlaf mich floh.

So bat ich höflich: „Nachtigall,
nun geh doch auch zur Ruh'."
Sie trällerte: „Auf keinen Fall,
doch stört dein Schnarchen mich total."
„Mensch – mach dein Fenster zu!"

Christel Krepke * 1937

## *Die Schönheit der Natur*

Die Natur mit ihrer Schönheit,
wie sie kalt und ursprünglich
den Menschen verzaubert,
in seiner unreifen Art,
versuchend, zu verstehen,
was die Welt zu zeigen versucht.

Markus Kreppel * 1983

## *Der Panzer*

Eisige Glieder blitzen,
glitzern in des Himmels Pracht.
Werfen über Dreck und Ritzen
ihre Schatten – eine Macht.

Sehen Todesengel, Höllenpforten,
hören Qualen, tragen ungekannt
des Menschen' Körper zu allen Orten
durch die Welt des Hasses schwerelos und
gebannt.

Quadratische Linien säumen ihr Gesicht,
in Kraft erstarrend
bis die Nacht anbricht –
als Statuen in murmelnder Stille
verharrend.

Herrscherliche Riesen schlagen ihre Klauen
in des Menschen Gestalt.
Ruhen sie bald?

Sylvie Kreutzer * 1979

## *Wieso und Warum?*

Ich weiß nicht, wieso und warum,
manchmal möchte ich schreien
und bleib trotzdem stumm.

All das Unrecht auf Erden kann ich sehen,
ich bleibe tatenlos, kann mich nicht
verstehen.
Mein Gefühl sagt mir: „Du mußt etwas
tun,
laß nicht alles beim Alten beruhen."

Zum Handeln wäre es an der Zeit,
doch mir fehlt der Mut
und die Entschlossenheit.

Frage ich dann nach dem Sinn,
wo ich steh und wer ich bin,
kann ich mir keine Antwort geben,
ich resigniere und denke: „So ist
das eben."

Susanne Krieber * 1948

## *Momentaufnahme*

Diesen Moment habe ich gesehen.
Ich bin beeindruckt.

Wie kann es sein,
dass ein einziger Moment nur
alles weiß, alles sieht, alles fühlt?

Ich wünschte, man würde verstehen,
diese, meine Schwärmerei
des scheinbar ganz Alltäglichen.

Marlen Krings * 1957

Die Röhre flackert
Und der Kühlschrank brummt.
(„Ein Hund stürzt durch verfallne Gänge.")
Ein altes Herz ist jäh verstummt.
Die Radio-Diva schnäuzt Gesänge.

Die Göre gackert
In der Spielbank dumm.
An ihrer Seite schwitzt der Bonze.
Der Croupier bedeutet: „Dieses Spiel ist
um."
Und das Ergebnis lautet: onze.

Die Möhre flackert
Im Aquarium.
Sie ist aus Plastik und beleuchtet.
Ein Mensch geht einsam in der Stadt
herum
Und seine Lippen sind ganz sacht
befeuchtet.

Roland Krischke * 1967

## *Verzeih mir, ich gehe fort*

Ich schenke dir rote Rosen.
Die Dornen werden dich stechen,
doch der aufkommende Schmerz
wird die Verzweiflung
der Ungewissheit übertünchen.
Rotes Blut wird tropfen.
Ein Herz bildet sich auf dem Asphalt,
das durch den aufkommenden Regen
verschwimmt.
Alles nur ein Traum.
Es geht mir gut ...
– nur manchmal bin ich ein bisschen
traurig.

Gerlinde Kröger * 1958

## *Das Murmeltier*

Da war einmal ein Murmeltier,
das saß gern wie ein Groß-Wesir
auf seinen Hinterpfoten
und machte tausend Zoten.
Das sah ein Habicht aus der Ferne,
der Murmeltiere hatte gerne,
‚zum Fressen gerne', wie bekannt.
Er fraß es deshalb kurzerhand.

D'rum merke Dir: Beim Männchen-
Machen
vergeht Dir oft sehr schnell das Lachen!

Günter Kröger * 1931

## *Immer, doch niemals*

Immer wenn ich an dich denke,
durchläuft mich ein warmer Schauer,
scheint der Boden unter mir nachzugeben,
fühlen sich meine Beine an wie
Wackelpudding.

Immer wenn ich dich sehe,
„verzieht" sich mein Gesicht zu einem
Honigkuchenpferd-Lächeln,
möchte ich dich in den Arm nehmen,
streicheln, liebkosen und küssen.
Alles andere scheint Lichtjahre entfernt, es
gibt nur dich und mich.

Immer wenn ich dich berühre,
durchzuckt meinen gesamten Körper ein
Blitzschlag
wünsche ich, dieser Moment dauert ewig,
weiß ich, dass ich dich von ganzem Herzen
liebe.

Doch das wirst du niemals erfahren.

Cordula Krohner

## *Licht in deinen Augen*

Licht in deinen Augen,
der Morgen bricht an,
der Dunkelheit das Zepter entreißend,
wache auf –

die Welt wartet auf dich,
deine Liebe ersehnend.

Karina Kroj

## *Nachtregen*

Der Schrecken treibt mich aus dem Schlaf.
Ich liege und lausche in die Nacht.
Unmerklich schleicht sich zarter Regen in
die Stille.
Er wird stärker, bis es rauscht.
Auf der Strasse strömt das Wasser in den
Abfluss.
Die reingewaschene Nachtluft schwappt
durch das Fenster.
Das unendliche Tropfen legt sich wie ein
Vorhang vor die Nacht und den
Schrecken.
Lauschend werde ich warten, bis die zarte
Stille des Schlafs sich unmerklich in
den Regen schleicht.

Meinulf Krön * 1963

## *Südlich der letzten Oase*

Wir satteln die Reitkamele
wünschen der Karawane Glück,
schon liegt die letzte Oase
weit in der Wüste zurück.

Bei fünfzig Grad im Schatten,
doch Schatten sehe ich nicht,
flimmert die Luft in der Wüste,
wie Glas zerbricht das Licht.

Windhosen gehen bedrohlich
der Karawane vor
und wirbeln Staub und Steine,
von den Dünen den Sand empor.

Das Mittagsgespenst der Wüste,
die hohle Sonnenvision,
blickt wirr auf unsere schmale,
schwindende Wasserration.

Wir reiten immer weiter,
zählen die Tage nicht,
im blauen Licht der Ferne
weitet sich rundum die Wüste

Andreas Kronenberg * 1931

## *Abriß*

Im alten Haus
vom Bann getroffen
rollten sich Treppen zusammen
und Fenster fielen heraus
in Tiefe verstohlener Träume
Türen stießen gegen unverriegelte
Schlösser
Immer wieder
Leben ergab sich ihrem Anschlag
Mit angesammelten Erinnerungen schwer
fielen Mauern in sich zusammen
Der Keller noch von Trümmern verborgen
Ein Schimmer dort, der nicht erlöschen will

Axel Krueger * 1943

## *Schutzengel*

Ganz beruhigt verläßt du immer
deine Wohnung, dann das Haus
denn das Dasein deines Engels
schließt du niemals wieder aus

Er ist bei dir in Gedanken
hält dir manchmal deine Hand
du fühlst eine warme Ruhe
und bist innerlich entspannt

Wieviel Engel suchen täglich
ihre Menschen viele Stunden
du bist glücklich, denn dein Engel
hat dich lange schon gefunden

Marion Krug * 1965

## *Fortschritt*

Wir opfern alles für einen fragwürdigen
Fortschritt.
Wir sind bereit für alles, opferbereit.
Opferbereitschaft schreiben wir auf unsere
kapitalistischen
Fahnen. Opferbereitschaft ist unsere
Devise.
Wir opfern dem industriellen Wahnsinn
unsere blühende Natur.
Gewinnmaximierung ist unser oberstes
Gebot.
Gewinn um jeden Preis!
Millionen von Menschenleben!
Millionen von Arbeitsplätzen!
Werden dank unserer genialen Gewinn-
und Verlustformeln gewinnbringend
eliminiert. –
Flüsse werden rigoros begradigt! Bäume
konsequent gefällt!
Menschen, die hindern, unsere
Gewinnmaximierung behindern,
systematisch aussortiert.
Wir leben nach dem Motto „No risk no
fun".
Nach uns die Hungersnöte in Afrika!
Nach uns die Sündflut in Asien!
Wir haben nicht eine Sekunde ein
schlechtes Gewissen, denn ein
Gewissen ist nicht gewinnbringend.

Patricia Verona Krüger * 1956

## *Gegen die Dunkelheit*

Kleines Licht, so schwach, so winzig,
Kämpft sich durch die Dunkelheit.
Fast verschluckt von der Umgebung,
Von der kalten Ewigkeit.

Der Kampf scheint hoffnungslos und doch
Gibt das kleine Licht nicht auf.
Schlägt sich tapfer, immer weiter.
Nimmt die große Müh in Kauf.

Kämpfe, lass dich nicht besiegen.
Leuchte hell in deinem Schein.
Wärme sei in deinem Herzen.
Wasch dich von der Sehnsucht rein.

Sophie Krüger * 1986

## *Idol von Weimar*

Als Abend- und als Morgenstern
betörst du, Göttin, mich von fern;
an Deiner Brust möcht' ich mich laben
und kann dich, Venus, niemals haben;
bist nur in wilden Träumen mein,
wirst ewig mein Begehren sein.

Gleich Aphroditen und Helenen,
die Griechen schon als Stars erwähnen,
entwindest du, keusch wie du bist,
dem Zugriff dich mit Frauenlist;
der Schmerz lehrt mich den Sinn verstehen
von Abschied und von Wiedersehen.

So unerfüllt wie meine Liebe
glüht schöpferisch die Kraft der Triebe;

indem die Sehnsucht ungestillt,
mein Herz von Lyrik überquillt –
Du machst als schönster der Planeten
zum Troubadour mich und Asketen ...

Rolf Küchler * 1934

## *Tagtraum*

Ich fühle mich gedrängt in eine
Bewußtseinsebene, in der ich feststecke,
zusammengekauert sitze ich in einer Ecke
meines Zimmers,
ich erlebe mein Leben nicht bewusst,
es läuft an mir vorbei
und ich habe keine Kraft es zu ändern.

Ich bin noch so jung, doch fühle ich mich
alt,
wenn nicht bald
etwas geschieht,
laufe ich in den finsteren Wald,
und komme nicht mehr los,
suche Trost
bei denjenigen, die mich nicht verstehen,
die es nicht nachvollziehn können
und einfach gehen,
wenn sie die Qual und den Schmerz nicht
mehr ertragen können,
der in mir steckt,
bis du wieder kommst
und mich weckst
aus diesem schier endlosen Tagtraum!

Nadine Kugler * 1982

## *Lebensweg*

Klarheit schafft Ordnung,
Ordnung wird Wahnsinn,
wenn sie dem Selbstzweck dient.

Theorie ohne Praxis ist Opium.
Der Elfenbeinturm lässt grüßen,
wenn das Leben fehlt.

Leben ist Stillstand,
Stillstand Bewegung,
wenn das Ziel nicht feststeht.

Der Weg ist das Ziel,
wenn die Reise gelingt
in das Dickicht der Zukunft,
das mich umgibt.

Christine Kuhlmann

## *Liebes-Erwachen*

Das wilde Efeu deiner Liebe
umrankt mich, und die roten Blüten
in meiner Seele brennend wüten.
Und ewig schießen neue Triebe.

Im Feuertanz lass uns verschmelzen
und lodernd ineinander sinken,
zum Abschied uns noch einmal winken,
bevor wir uns in Einheit wälzen.

Will mich in deinen Brunnen gießen,
Nektar aus deinen Brüsten saugen.
Ach lass aus deinen Funkenaugen
glühende Lavaströme fließen.

In Liebesfluten woll'n wir treiben,
in ungeahnte Herzensweiten,
auf deinen Wellen will ich reiten,
und dich mir endlich einverleiben.

Hans-Joachim Kuhn * 1955

## *Der Schatten*

Ein Baum schien mir im Herbst zu glühn,
die Äste glommen mir entgegen,
und Blatt um Blatt entflammt,
begeistert trat ich auf ihn zu,
wollte mich wärmen.

Die Sonne sank, da traf
sein Schatten mich, er war
ein Riese, warf sich über mich,

ich fröstelte, erstarrte,
wär fast erforn.

Nur träg kroch er dem Abend zu,
gab mich nur zögernd
frei.

Marita Kuhn * 1939

## *Globale Dummheit*

Aus der Natur hervorgegangen,
wird dem nicht weiter nachgegangen.
Vollkommen auf sie angewiesen,
wird der Gedanke abgewiesen.

So schafft man sich Modelle,
freischwebend modelliert,
verpflichtet sich zu dienen,
die Freiheit schon ver-dient.

Die Welt wird weiter ausgeschöpft
und niemand merkt sie ist er-schöpft.
Das Leben hängt an Naturdingen
und endet natürlich un-bedingt.

Michael Kuhn * 1986

## *Herbstfarben*

So wie der Herbst
sich uns
in all seinen Farben
zeigt,
möcht' ich ihn
in meinen Worten
gerne malen.

Festhalten
bunte Bilder,
die aus der Zeit
gleiten.

Günter Kühn * 1933

## *Schicksal*

Flacher Schlaf
in tiefer Nacht.
Schrille Klingeln
in jäher Unbarmherzigkeit.
Hastige Wirklichkeit
in grellem Licht.
Bange Fragen
in müden Augen.
Schreckliche Gewissheit
in beklemmender Fahrt.
Stummer Empfang
in fahler Beleuchtung.
Lähmender Schritt
in steriler Stille.
Schwere Worte
in fassungslosem Blick.
Unbegreifliche Zukunft
in grenzenloser Ahnung.
Bleiche Einsamkeit
in kaltem Raum.
Verbliebener Rest
in bleischwerer Plastiktüte.
Ungeträumter Alptraum
in nackter Wahrheit
Ungewisses Schicksal im konturlosen
Morgen.

Jürgen Kühne * 1950

## *Da ist eine Freude im Leben*

Da ist eine Freude im Leben
wie ein Sonnenaufgang am Berg
ein Kind, das mir strahlend entgegenläuft
ein Regenbogen am blauen Himmel
eine Wiese mit leuchtendroten
Mohnblumen
ein Schmetterling, der eine Blume küsst
ein Geruch von Jasmin und Vanille
eine Hand, die meine hält
ein Zaubergarten und die erste Liebesnacht
da ist das Gefühl einer Abenteuerreise
rund um die Welt
ich möchte tanzen und singen

und alle Menschen umarmen
da ist eine Freude im Leben
die ich manchmal vergesse

Ernestine Kühnl

## *Ein letztes Geheimnis*

Seit Gedenken fahr'n sie raus,
stellen klar und rechnen aus,
was geschehen ist auf Erden,
was schon ist, und was wird werden.

Härchenklein und punktgenau
definier'n sie überschlau
die Gesetze der Natur
und verfolgen jede Spur.

Forschungsfahrt nach übermorgen
nichts bleibt ihrer Gier verborgen.
Was sie heut' noch nicht erfassen,
wird sie nicht in Ruhe lassen,

bis auch dies mit Sachverstand
erläutert und ins Hirn gebrannt.
Denn Zweifel darf es doch nicht geben,
will der Mensch in Ruhe leben.

Man hoffe nur, dass uns die Welt,
so sehr sie uns zum Narren hält,
nicht alles in die Bücher schreibt
und so ein bisschen spannend bleibt.

Hans-Jürgen Kutte * 1958

## *Entsorgung*

Ende mit Sorgen.
Sorgen ohne Ende?
Fleißige Hände!
Sorgen sie für ein gutes Ende?

Arbeite, spare, schaffe,
leiste was, raffe!
– Wofür? –
Mehrwertsteuer, Lohnsteuer, Ökosteuer,
Tabaksteuer, Rentensteuer,
nicht nur die Steuer macht das Leben teuer.

Euroeinführung, LKW-Maut,
Arbeitsplatzabbau,
Nullrunde für Rentner, jetzt noch Harz
vier!
– Und was bleibt mir? –

Der gelbe Sack.
Geordnete Entsorgung.
Sorgt sie für ein gutes Ende?
Plötzlich sind sie knapp, die gelben Säcke.
Kommt jetzt die Wende?

Hildegard Kulik * 1956

## *Die Apothekerin*

Nahm das langsam-dampfende
Aroma deiner warmen
Kuchenstimme
in mich auf, Überfall
süße Morgensucht,

garniert mit
Mandelaugen schön
wie der Schlaf,
stach mich,
dass dem Puls ein
Tag schlug ...

Herzluft Herzluft!
Immer wenn dies'
honige Echo aus dem
Schlummer blinzelt ...

Ralf Külker * 1971

## *Im Namen Gottes*

Der Mensch, er scheint sehr dumm zu sein,
da er sich selbst zerstört,
Ignoranz, zum Himmel schreiend,
hätt' er doch besser zugehört.

Von Gott er faselt, Einigkeit
und doch die Bombe zündet,
dann ist's zu spät, es tut ihm leid,
hätt' er sich doch verbündet.

Und wieder ist ein Land zerstört,
tausende von Leichen,
hätt' er doch besser zugehört,
statt nach der Macht zu greifen.

Selbstherrlich sitzend auf dem Thron,
das Blut noch nicht geronnen,
den Finger er am Abzug schon,
den nächsten Krieg begonnen.

Seit tausenden von Jahren schon,
ist das der Lauf der Dinge.
Erst der Vater, dann der Sohn,
ist dies in Gottes Sinne?

Jürgen Kulkmann * 1962

## *Zwischenstop*

Aus wassern
pendelt
entrollt in deiner sprache
das echo
herüber- und hinüber-
gereicht
bewachsen von lauten
entsteigt der wandler dem eis
den schweigenden
ufern

Kathrin B. Külow * 1966

## *Spiegel*

Ich stehe vorm Spiegel!
Was sehe ich?
Eine junge starke Frau!
Ist das die Wahrheit?
Trügt der Schein?
Steht wirklich diese junge starke Frau vor
mir?

Ja,
aber nur nach außen,
der Umwelt zuliebe!

Keine Erlaubnis, das kleine zerbrechliche
Mädchen zu zeigen!
Ist das die Welt in der WIR leben?
In der WIR nur noch starke Maschinen
sind?
Ohne je Gefühle zeigen zu dürfen?

Jacqueline Kummer * 1988

## *Ein stilles Gedenken*

Der Tod kommt oft auf leisen Sohlen,
um zu sich einen lieben Menschen zu holen.
Wie ein Blatt fiel vom Baum,
ganz leise,
man merkte es kaum,
machte der geliebte Mensch sich auf die
Reise.
Nahm Abschied in eine andere Welt,
in der unser Atem nicht mehr zählt.
Endgültig Abschied zu nehmen,
ohne sich noch mal umzudrehen,
fällt ganz besonders schwer.
Er fehlt nun vielen sehr.
Verabschiedet hat er sich von dem Hier,
um jenseits von der Erdenlast,
als ein Stern zu leuchten ohne jeglichen
Ballast.
Das wünschen von ganzem Herzen wir,
denn tiefe und gute Gedanken werden ihn
begleiten
in vielen Herzen zu allen Zeiten.

Armin Kunde * 1929

## *Endzeitstimmung*

Es sind wahrlich keine schönen Zeiten,
in denen wir durchs Leben schreiten.
Menschen weinen, Menschen hassen –
als hätte sie ihr Geist verlassen.

Doch Rettung liegt in weiter Ferne,
fast soweit entfernt wie Sterne,
die jede Nacht am Himmel stehen
und traurig auf uns niedersehen.

Chaos beherrscht diesen Planeten,
da hilft kein Flehen und kein Beten,
Finsternis umhüllt das Land,
und Größenwahn so manch' Verstand.

Wir werden bald zugrunde gehen,
wenn wir's nicht ganz schnell einsehen,
dass all der Hass, der in uns steckt,
nur noch mehr Schmerz und Unheil weckt.

Harald Küng * 1982

## *Zweikampf*

Alte Legende noch älter aufgelegt:
David gegen Goliath
– als Nächstenliebe gegen Darwinismus

Königliche Tugend trotzt
riesigem Egoismus.

Doch hier, mit der Schleuder verfehlt;
von Selektion zermalmt.

– Mythische Sage
oder Schauermärchen aus der Zukunft?

Robby Aaron Kunze

## *Schneeglöckchen*

Habt wieder hindurchgefunden zum Licht.
Seid nun ein dichter Teppich im
Mühlenpark.
Haltet an eurem Hals eine Blüte
schneeweiß.
Habt zum Läuten drei Blätter außen, drei
innen.
Tragt alle diese hellen Röckchen,
besetzt mit Spitzen und grünem Band.
Versteckt etwas Fruchtbares in Gelb
darunter,
steht auf eurem Stiel hoch in der Luft,
geschützt von schmalen graugrünen
Blättern.
Erzittert vom leisesten Hauch, ihr Zarten.
Nickt lieblich alle zur gleichen Zeit.
Geschüttelt vom Wind
treibt ihr nach rechts und nach links,
findet dann leicht eure Ruhe,
haltet alle die Köpfchen nach unten,
schaut nicht geöffnet der Sonne entgegen.
Habt aber viel Licht jetzt um euch her,
seid ohne Schatten der hohen Bäume,
Bringt uns diese feine Schönheit des
Blühenden.
Schneeglöckchen!

Heide Künzel * 1940

## *Nachher*

Keiner weiß,
was dann sein wird
draußen
im Unsäglichen,
jenseits von dem
was war, was ist,
jenseits der Zeit,
des zu Denkendem.
Schweigen.
Schweigen.

Irene Kupfer

## *Landgang*

Nach dem Rückzug
alte Gewohnheiten pflegen:

bei guter Führung
unauffällig bleiben

in Echtzeit
Gefühle auf Vorrat produzieren

die Oberflächenspannung
der Außenhaut aufrecht erhalten

Angst:
das Erkenntnisorgan der Seele

Stephanie Küpper * 1968

## *Heimatland*

Oh, mein liebes Heimatland,
wo ich meine Heimat fand.
Du bist mein steter Zufluchtsort,
du bist Geborgenheit und Hort.

Ich liebe deine Wälder,
deine Berge und deine Felder.
Alle Menschen, die hier leben,
die mir Halt im Leben geben.

Ich liebe den Heimatglocken Klang,
die heimatlichen Vögel und ihren Gesang.
Da du, die Heimat meiner Wiege bist,
ewig lieben werde ich dich.

Helmut Nikolaus Kuppinger

## *Sehnsucht*

Decke mich zu mit Sehnsucht
gleich einem seidenen Tuch auf der Haut
kaum spürbar und doch stets präsent.
Lasse des Atem der Vernunft es forttragen
doch weiß wenn der Hauch verflogen
wird es sich wieder senken, sanft und leicht,
um mich erneut streichelnd zu umhüllen.

Nikolai Kürtell * 1967

## *Träume*

Meine Gedanken fliegen wie Staub im
Wind.
Ich bin allein,
gebe mich meinen Gedanken hin.
Träume erscheinen, Träume zum Weinen.
Aber auch Schönes zieht durch meinen
Kopf.

Ich grüble und denke tagein und tagaus,
mein Schicksal ich lenke, mein Glück ist
verbaut.
Alles was ich habe, wird mir nichts nutzen,
denn vor dem Tod
kann niemand sich schützen.
Mein Tag wird kommen, mein Leben
genommen.
Doch noch sitze ich hier
und habe Elixier.

Marion Kurtz

## *Ignoranz*

Zu weit gehen die Menschen
und sie werden trauern
Wir benutzen die Erde
Und wir werden uns die eigene Zukunft
vermauern

Wir können die Welt nicht nur benutzen,
sie verschmutzen
Wir müssen sie nützen und schützen

Wie können wir nur alles zerstören
Die Natur, die Tiere, das Meer.
Alles verschmutzt, benutzt, ausgelaugt,
letztendlich ignoriert.
Verloren, irgendwann.
Die Natur wird sich rächen.
Ihr ist zuviel Unrecht geschehen.
Sie ignoriert uns nicht.

Wir ignorieren die Fehler die wir gemacht
haben.
Bis uns die Folgen mit brutaler Gewalt
daran erinnern.
So wird es sein und dann werden alle sagen
Haltet die Welt an. Haltet sie an, ich will
aussteigen.

Es ist noch nicht zu spät.
Rettet was noch zu retten ist.

Carina E. Kurz * 1989

## *Sie geht alleine weiter*

Ich wünscht, ich könnte dich vergessen
doch seh ich überall nur dich
es ist verhext, ach wie vermessen
es geht nicht aus, dein leuchtend Licht.

Du schönes, mein geliebtes Weib
kann dich doch nicht erreichen
ich giere nach dein' reizend Leib
könnt ich doch zu dir schleichen.

Dein Popo, rund und drall
deine Brüste, spitz und groß
so lieblich, gar überall
seh ich die Lust in deinem Schoß.

Mich ziert's nach dir und ich will
endlich wieder bei dir sein
du aber schweigst ganz still
komm nicht mehr in dein Herz hinein.

So bleib ich traurig nun zurück
und bleib ganz allein mit mir
vorbei ist unser rauschend Glück
nie wieder bist du bei mir hier.

Erhard Kusig

## *Vom Winde*

Wie vom Winde
Verweht,
Vom Paradies
Vertrieben;
Nichts
Hielt dich zurück,
Du bist fern
Geblieben.
Und jetzt,
Wiederkehrt
Der Sinn,
Die Sehnsucht,
Geschwind,
Ereilt,
Sie hat uns versklavt,
Erreicht.

Standja Bäck

Konstantina Kutzner * 1945

## *Ein Tag im August*

Eingeladen sind viele Gäste, Essen und
Trinken nur das Beste,
die Damen haben ihr Schönstes an, Petra
hat einen neuen Mann.

Dieter erzählt von seinem Wagen, Helga
von Beschwerden im Magen,
Gabi vom FKK am Meer und Oma plagt
das Rheuma sehr.

Bier und Wein gibt es heut' in Massen, den
Kognak trinkt man gleich aus Tassen.
Es wird getanzt, gesungen, gelacht, das
sicher noch die ganze Nacht.

Nur eines hemmt die tolle Feier, zu seiner
Gattin sagt Herr Meier:
„Warum sind noch auf die Gören, merkst
du nicht, dass sie uns nur stören?"

„Hört ihr Kinder, bis jetzt war es nett, Susi
und Peter, nun rasch ins Bett.
Dieser Tag war wirklich lang, ein richtig
schöner Schulanfang!"

M. Wolfram Kutzscher * 1949

## *Bossi*

So jung an Jahren,
viel schönes hat es seither im Leben nicht erfahren.
Es hat nie die Freiheit gespürt,
zu selten haben es zärtliche Hände berührt.
Die meiste Zeit hinter Gitterstäben, dabei auf die Hinterbeine gestellt,
blickte es neugierig in diese Welt.
Oft wurde es gar nicht wahrgenommen,
zu kurz wurde es liebevoll auf den Arm genommen.
Doch es hat sich nie beklagt,
und seine Augen haben für Aufmerksamkeit jedesmal „Danke" gesagt.
Wie lang war sein Tag, wie lang war seine Nacht,
wenn es hat Stunden allein verbracht.
Nun ist es krank und es wird von uns gehen,
nie wieder werde ich es so freudig umher springen sehen.
Doch seine Kraft, sein Wille und Lebensmut,
geben mir Hoffnung, das wird alles gut.
Sein Herz ist rein, niemals hat es etwas Böses getan,
in einer besseren Welt fängt irgendwann sein Leben von vorne an.
Doch sein Instinkt ist Leben –
und es soll auch noch Wunder geben.

Petra Kynast

## *Glasnost und Perestroika*

Da flattern sie hin,
meine zerstreuten Sorgen,
meine hoffnungsvollen Gedanken.
Im Auftrieb
zaghafter
Zuversicht,
taumelnden Vögeln gleich,
unter stärksten Fallwinden,
dem kleinsten Sonnenstrahl entgegen.

Käthe Kyrion * 1928

## *Innovationen*

Innovationen –
in Verbindung von Schöngeistigem
mit dem Innovationsmanagement

Wer den Sprungrahmen kennt,
vertraut der Kraft seines innovativen Federkerns,
einer Spannung, die Dichte und Erfahrungswerte
in vielen Einzeltaschen zusammenhält,
die mit innovativer Elastizität lebendig,
dehnbar und formbar ist,
immer mit uns korrespondiert,
inspiriert,
und uns -
bei neuen Ideen -
in die Luft springen lässt.

Monique La Dent (R) * 1959

## *Abschied*

Abschied nehmen, letzter Blick.
Mutter rief: „Komm bald zurück."
Vater sah ganz traurig aus, als ich fortging von zu Haus.
Sand im Schuh, den spürt man nicht.
Auch den Wind nicht im Gesicht.
Nur nicht umdreh'n, weiter geh'n.
Niemand soll die Tränen seh'n.

Da weiß ich ein Haus.
Klein und still sieht es aus.
Und ums Herz wird mir warm.
Mein Vaterhaus, wo wir sehr glücklich war'n.
Da wurde ich geboren. Lernte zu geh'n.
Und die Welt zu versteh'n.

Ich lief viele Jahre nur im Kreis.
Sah buntes Leben. Oft schwarzweiß.
Angekommen bin nie.
Neu beginnen, aber wie?
Muß man erst die Fremde seh'n,
um die Heimat zu versteh'n.

Karl-Heinz Labertzsch * 1942

## *die glocke?*

Und darum geh fort du warme nacht
Denn zu lange hast du gewacht

Teile wachen auf um
Sie der kreis der schlafenden

Rausch aus traum und glauben
Ein jeder träumt von farbigen
Obwohl farblos, wache augen
Heut zu wecken läutet es drum

Jan Lachnit * 1985

## *Wetter-gespräche*

eigenartig
wie wir uns gegenübersitzen
und uns anstarren
zu sagen haben wir uns nichts mehr
aber gehen wollen wir auch nicht
bleiben ist unsere stärke

nur nicht herausfinden wollen
warum es so ist

aber erahnen
warum es sein könnte

reden wir dann doch lieber wieder über das
wetter
denn das können wir nicht beeinflussen
da müssen wir keine verantwortung dafür
übernehmen

Yvonne Lacina * 1977

## *Freunde*

Ich geh raus und seh den Mond
Ich seh kein Graus, hat sich gelohnt
Die Seele schwebt, bin nichts andres
gewohnt
Das Herz das bebt, alles läuft in schönen
Schwung

Öffne die Augen, die Funken sprühen
Freunde, ich glaube unsre Herzen glühen
Dieses Gefühl das wir im Raum versprühen
Bis wir uns wieder mal wie im Rausche
fühlen

Wir sind mit Energie geladen, von Kopf bis
Fuß
Erst die Sonne schickt uns später ihren
letzten Gruß
Freunde sagt Bescheid wenn ich was
ändern muss
Unsere Party hat demnächst nie wieder
Sendeschluss

Also ist Leben Spaß – 24 Stunden lang,
freuen wir uns, denn uns ist nie mehr bang'
alles soll verstummen, nur nicht unser
großen Herzen Klang
Sie werden für immer hören unseren
herrlichen Gesang

So spannt sich unser langes festes Band
Auch wenn man aus des andern Augen
verschwand
Unser Band kennt keine Kilometer wie auf
Land
Ein Band der Herzen, das sich dort schon
immer befand

Brian Lackmann * 1985

## *Faustina – Römische Elegien*

Faustina – Römische Elegien
Rom war der Schauplatz einer Begegnung.

Oh, die Sonne der Liebe lichtete die
Finsternis auf seiner Seele.
Eros, der Gott, erteilt uns seine Segnung.
Mein Geliebter schreibt seine Reime ohne
Fehle.
Ihr Sinn bleibt für so viele in Finsternis
getaucht
Seine Zeilen waren mir Nord, mir Süd, mir
Ost, mir West.
Catull, Tibull und Properz wurden als
Inspiration gebraucht.
Himmelhoch jauchzend empfing ich seine
Liebe als Fest.
Erkaltet ist mein Bett seit dem Scheiden
meines Mannes.

Er war meine Zuflucht, meine Freude,
meine Hoffnung.
Leis' sucht er meinen Traum heim bei
Nacht.
Er war mein Trost, mein Leben, meine
Ergänzung.
Gedanklich war er fort bei der Frau von
Stein.
Ich dachte, Liebe währet ewig – falsche
Antwort.
Er ging zurück in Wonne, ich blieb in
Klage.
Nie wird es sein, so wie es war. Nie wieder
sein Wort.

Nicole Lacrima * 1986

## *Unglücklich verliebt*

Oh Baby,
ich kann nur an Dich denken.
Ich will Dir alles schenken.
Mein Leben ist nichts wert ohne Dich.
Sag mir Baby,
warum beachtest Du mich?
Ich weiß, Du liebst einen anderen,
doch Du weißt, ich liebe Dich!
Meine Gefühle für Dich sind grenzenlos,
doch hast Du auch Gefühle für mich?
Mein Leben, es dreht sich nur um Dich.
Wohin ich auch geh,
alles erinnert mich an Dich.
Doch wieso quäle ich mich?
Du liebst einen anderen und nicht mich.

Lady Dragon * 1985

## *Himmel*

hast du schon einmal in den Himmel
gesehen
wie dort die Wolken gehen und verwehen
weisst du wieviel Farben der Himmel hat?
oder sind deine Augen schon trübe und
matt?
können deine Augen noch strahlen
wenn der Himmel beginnt Regenbogen zu
malen?
kein Maler kann diese Farben wiedergeben
es ist der Himmel der diesen Farben gibt
Leben
spürst du, wenn Regentropfen deine Haut
kühlen
kannst du das Wunder ihres Seins fühlen?
siehst du das Spiel der Regentropfen nicht?
wenn sich der Sonnenstrahl darin bricht?
weisst du wie es ist, wenn du dich in der
Weite des Himmels verlierst
du wirst es nie wissen, wenn du es nicht
einmal probierst.

Lady Seraphine * 1956

## *Winterwald*

Ort der Reinheit und der Stille,
des Friedens und der Vollkommenheit
Fernab von komplizierten Dingen des
Leichten
denn Glück liegt im Einfachen
Und das weißt auch du,
Kleine Dampfwölkchen steigen empor
zu den Winterraben im kahlen Geäst,
sie heißen dich willkommen.
Genieße die Natur, sie macht dich frei und
Gleichzeitig zu einem Teil von ihr.
Hier kamst du her, hierhin

flüchtest du dich zurück.
Geborgenheit
Der Schnee unter deinen nackten Füßen ist
weich und
gar nicht kalt – Er kommt als Freund
Flocken senken sich nieder auf dein Haar,
deine Haut
Ein zufriedenes Lächeln umspielt deine
Lippen, wie der
Sanfte Wind schmeichelt dem Wasser
Du bist wieder zu Hause.

Lahja * 1989

## *Blinde Wut*

Aufs neue steigt er auf,
der Hass ist tief in mir.
Er pocht durch meine Adern,
durchtränkt von dunkler Gier.

Nur ein kleines falsches Wort
und die Wut ist wieder da.
Meine Augen feuerrot,
wie ich sie niemals zuvor sah.

Ich will schreien, schlagen, fluchen.
Doch nichts gibt mir die Kraft.
Nur ein Krächzen kommt heraus,
mehr hab ich nicht geschafft.

Ich will jedem Schmerz zufügen
und ganz besonders ihr.
Doch geschehen wird es niemals,
denn weh tu ich nur mir.

Diana Laing * 1981

## *Illusion in moll*

Wenn die Götter lachen
beginnen die Milchstraßen zu leuchten
und die Planeten tanzen Ringelreihen
um die Sonnen

Wenn die Götter zürnen
beginnen Sterne miteinander zu raufen
und sie explodieren, verglühen, erkalten
im unendlichen Chaos

Wenn die Götter schlafen
dürfen wir Menschen uns
in ihren Träumen bewegen und glauben
dass wir leben

Esther Lajta * 1973

## *Erinnerst du dich noch?*

Im Tal wo hunderttausend Tränen flossen,
da haben sie kürzlich das Christkind
erschossen.
In der stillen Nacht, der heiligen Nacht
haben Terroristen es umgebracht.

Erinnerst du dich noch?

Die Kugel traf es im Heiligen Land,
wo seine Mutter Mirjam es sterbend fand.
Der Engel des Herrn berührte es sacht,
und willig starb es sich hin in die Nacht.

Erinnerst du dich noch?

Und doch kommt es wieder Jahr für Jahr,
mit Lächeln und mit blondgelocktem Haar.
Du aber bist taub, bist stumm und bist
blind,
denn als du das glaubtest, warst du noch
Kind.

Erinnerst du dich noch?

Maria Lajta * 1973

## *Das Kerygma*

„Lasst mich nicht zurück!“

In Hälsen aus Leder, Gänse,
reflektiert sich ihr Schwanken.

Im Gleichklang ihrer Schritte potenziert
sich ihr Stampfen.
Es stöhnt.

Der Leviathan zieht den Weltenstöpsel
Im Strudel die Körner, das Quarz der Zeit
im Gleichmaß.
Eins bleibt zurück, bedeckt einen Boden.
Das Einzelne. Korn, partikularisiert.
Und als wäre es in die Resonanz einer Frage
eingeschwungen,
hört man seine Klage.
„Lasset mich nicht zurück!"

4 im Gleichklang ihrer Hufe hören nicht.
Die Hände, in Fülle, schöpfen nur das
Volle,
formen den Sand, das Ich im Meer der
Klagenden, lassen das Korn zurück.
„Lasst mich nicht zurück. Nehmt mich mit
in den Schlund."

Lasse Lamch

## *Im Feld*

Dort wo der Friede auf Erden kam,
lag ein Feld müde und brach.
Mit den Jahren zog darüber der Weise,
ein Regen erhofft auf Wolkenreise.
Das Feld hernach zur Reife erwacht,
gab gute Frucht Tag und Nacht.
Trug so besehen Hoffnung darin,
das Feld wies nun auf Leben hin.
Die Saat gelegt wuchs im Vertrauen,
ein Blick genügt ein Kreuz zu schau'n.
Es sollen gute Früchte werden,
zum Segen, zum Heil aller auf Erden.

Andre Lamijon

## *Seelenleben*

So tief gefallen
ins Dunkel meiner Seele,
verbrannt im Feuer
meiner Leidenschaft,
auferstanden aus der
Asche meiner Liebe,
um neu geboren zu werden
im Licht des Mondes,
die Schwingen ausgebreitet
als Phoenix des Lichts!

Christina Lamp * 1971

## *Etwas das fehlt*

Die Sonne geht unter innerlich wie
äußerlich
Der Mond ist da und die Sterne zeigen sich
Sie schauen über meine Schulter hinweg
Haben auf dem Blatt keine Schrift entdeckt
Die Feder liegt fest in meiner Hand
Alles ist bereit nur nicht der Verstand

Der Raum ist erfüllt vom Kerzenlicht
Welches helles und dunkles mischt
Viele Ideen in meinem Kopf versteckt
Keine Idee komplett keine perfekt
Sie wollen raus und das man sie versteht
Ich weiß nicht wie mir fehlt der Weg

Das weiße Blatt bleibt wieder leer
Die Gedanken sind viel zu schwer
Es ist ein Abend von vielen
Die der Verzweiflung dienen
Wie lange wird es noch so bleiben
Das mir etwas fehlt zum Schreiben

Nino-Maurice Land

## *NachT.*

Verklungen sind alle Lieder, die letzte
Träne geweint.
Ich weiß, du kommst nicht wieder, fühle
mich allein.

Als wir uns trafen, glaubt' ich es kaum –
die erste Berührung war wie ein Traum.

Die erste Umarmung war wie ein Flug –
Heut' frag' ich mich ernsthaft, war's nur
Lug und Trug?

Du bist gegangen, ich blieb zurück.
Du hast mich gefangen, werd' noch
verrückt.

Unsere Zeit, so kurz, intensiv,
hinterließ Spuren, prägte mich tief.

In mir brennt die Frage, wo bist du nur
wo?
Bekomm' keine Antwort, vermisse dich so.

Ich seh' deine Augen, your smiling face,
wart' auf ein Zeichen, doch es ist wohl zu
spät.

Habe geraucht, zuviel getrunken.
War am verzweifeln, hab's überwunden.

Ich trage den Armreif, gedacht als
Geschenk.
Ich werd' ihn behalten, du hast mich
gekränkt.

Olaf Landherr * 1965

## *Das Boot*

Dem Sturm zum Trotz das Boot gefahren
Die Wellen mit dem Bug gepflügt
Das Segel bis zum Anschlag dicht
Selbst als das Ruder gebrochen war
Mit einem Lachen im Gesicht

Der Gischt entgegen, Hauptsache Leben
Die Gefahren außer acht gelassen
Alles Halbherzige nur hassen
Bis zuletzt noch mit Geschick
Mit im Wind flatternden Rick

Der Stolz stand im Gesicht geschrieben
Selbst als zum Schluß nichts mehr
geblieben

Nur die Erinnerung an jenes Boot
Das einmal auf den Wellen schwamm
Überwindet selbst den Tod

Kerstin Landwehr * 1972

## *In der Lebenswüste*

Bin ein einsamer Nomade
Ziehe durch die Lebenswüste
Ich sehe viel und alles
Doch nichtig erscheint es mir.
Sah und sehe Wölfe, Mäuse, andre Wesen
Und gehörte gern dazu
So wie alle.
Sie suchen sich in den Anderen,
Und bleiben doch allein.

Manchmal dachten andere,
ich sei wie sie
Und gingen ein wenig neben mir her
Bis sie wieder alleine weiterzogen.
Manche bleiben nur fünf Wochen,
Andre gar zwölf.
Doch alle müssen einmal gehen
Ins Nichts, aus dem sie gekommen sind
Ohne das Glück gefunden zu haben.

Heinrich Lang * 1990

## *Wie ein rollender Stein*

Lauf den Weg
der dir gegeben
über Streben
die dich heben
über schmalen Rand empor

Halt den Atem leicht im Zaume
nicht im Traume,
hört dein Ohr

Lange wird dir nicht mehr bleiben
schon beginnt sie zu zerreiben
singt der Chor

Dem du niemals wolltest lauschen
doch sein Rauschen
kam dem neuen Tag zuvor

Markus Lang * 1985

## *Klage des Verlassenen*

Stunden und Tage schon
Warte ich auf dich
Meine Liebe wird zu Hohn
Warum kommst du nicht

Wo bleibt dein Ja
Wann bist du da
Wann wird die Welt wieder wahr
Wann werden die Dinge wieder klar

Mir platzt der Kragen
Wie kannst du mich so enttäuschen
Ich hab nichts mehr zu sagen
Nichts bleibt von früheren Räuschen

Nie mehr sagst du Ja
Nie mehr bist du da
Die Welt wird nicht mehr wahr
Die Dinge werden nicht wieder klar

Peter Lang * 1963

## *Eisseele*

Wände aus Eis
Eingefrorenes Leben
Vor meinen Augen nur Schneeweiß
Als hätt es Wärme nie gegeben

Schneeüberzogene Wälder
Vereiste Straßen
Vor Kälte vertrocknete Felder
Und wo früher noch Vögel saßen-

Nur noch Eis und Einsamkeit
Und verdunkeltes Licht
Die Seele des Winters wurde befreit
Ich kann sie fühlen, doch fliehen nicht

Des Windes eiskalter Zug
Der sich durch Äste und Sträucher frisst
Und Eisvogels leiser Flug
Ich seh ihn, bis er vorüber ist

Ich fühle wie das Leben mich verlässt
Mein Körper, fast ganz zugeschneit
Der Tod nimmt meine weiße Hand, drückt
sie fest
Und meine Seele löst sich und gleitet in die
Ewigkeit

Anna Carina Lange

## *Gestern und heute*

Erinnerungen an ein früheres Leben
beginnen an uns vorüberzuschweben!
Das alte Wentorf steht vor uns auf!
Die Schule, die Lehrer, der Zeit anderer
Lauf.
Alles war anders, nicht schöner, doch
strenger,
man schnallte auch den Gürtel enger!
Man kannte Maß, man hatte ein Ziel,
erfreute sich noch am Kartenspiel,
verachtete weder Schnaps noch Bier,
doch auch dafür galt auch hier:
nicht gemogelt und nicht gelogen!
Ein Leben in Anstand, ohne Drogen!
Nicht irregeleitet und am Entarten!
Vom Staat konnt' man noch nichts
erwarten!
Noch hatten die Medien uns nicht im Griff,
verließen die Ratten noch nicht das Schiff!
Nun, bei Gomorrha und Sodom
auf ein fröhliches Shalom!

Birgit Lange * 1943

## *Mein virtueller Freund*

– nie sah ich in deine Augen
– nie durfte ich den Geruch deiner Haut
vernehmen

– nie dich sacht berühren mit meiner Hand
– nie hörte ich den sanften Klang deiner
Stimme

und doch

– berührst du mich, wie ein warmer
Sommerwind
- streichst sacht über mein Haar
– erweckst vergessen geglaubte Gefühle in
mir
– rufst meine Träume zu neuem Leben
hervor
– mit Worten, sinnlich, zärtlich flüsternd
– schleichst dich leise in mein Herz

Marion Lange * 1964

## *Trennung*

Unendlicher Schmerz …
Innere Leere …
Das einzige Gefühl ist Schmerz …
Tränen, Zeichen der zerstörten Seele …
Nicht enden wollender Schmerz …
Feuer in der Brust, was nicht erlöschen will
…
Ständiges Intervall von Schmerz …
Draußen regnet es …

Martin Lange * 1981

## *Planlos*

Kreise um mich,
bringe nichts auf den Punkt,
lass mich fliegen,
wie ein Blatt im Sturm.
Ich reiss dich mit, irgendwann,
dann sind wir vereint
im Taumel der Gezeiten.

Mach' dann keinen Plan,
nimm einfach den Zipfel vom Glück,
halt ihn fest,
schmiege ihn an deine Haut,
schmerzlich,
herzlich,
voller sinnloser Magie.

Bettina Langensalza * 1962

## *Zeit*

Die Zeit läuft unaufhaltsam
Läuft ohne Pause
Ohne Ziel in die Unendlichkeit

Sie reißt dich mit
Sie zerrt dich immer weiter

Ohne Rast

Die Zeit läuft unaufhaltsam
Wie ein reißender Fluß

Selbst das größte Glück
kann ihr nicht immer
standhalten

Colette Langer * 1984

## *orientierungslos*

Ohne Kompass und Karte treibe ich umher
über Wüsten, Wälder, Berge und Meer
schon vor Jahren, Jahrzehnten,
Jahrhunderten, ich war damals kaum
geboren
hatte ich – warum nur, weiß niemand – die
Orientierung verloren

Schon immer ging es nur vor und zurück,
nach links oder rechts, nach oben und
unten
doch wohin mein Weg mich dann führt,
wusst' ich nie, als wär'n meine Augen
verbunden

Der Weg war mein Ziel, so schien es mir
immer, und das Schicksal auf ewig
mein Feind

doch reicht es mir nun, das Ende ist nah,
und niemand, der um mich weint
so stürz' ich erst langsam, dann schneller empor
zerschmettert am Ende der Zeit
mein Körper wird Staub und mein Ich ist soweit
im Nichts aufzugehen bin ich nun bereit
im Nichts zu zerfließen am Ende der Zeit

Dennis Langer * 1981

## *Es liegt was in der Luft*

Des Sommers heißer Atem brennt,
die Luft sie flimmert schwer!
Das ganze Leben wird gebremst,
man kann kaum noch Leben mehr!

Und wenn der Luft Atome,
vor Spannung dann schon tanzen.
Entlädt sie sich, mit großem Knall,
des Teufels Feuerpeitsche.

Da, wo sie dann, den Boden hat berührt,
bleibt ein Striemen der Zerstörung nur,
doch wird heilen diese Furche,
die über allem stehende Natur!

Ist das Specktakel dann zu Ende
und es steigt der Erde frischer Duft,
so der Regen hat gewaschen,
des Sommers heiße Luft

Thomas Langhammer * 1969

## *Herbst*

Nebel
fallende Blätter
kahle Bäume
sterbende Natur
Tod
Sterbe ich mit?
Wenn ja,
erwache ich auch wieder?
Wie die Natur zu neuem Leben?
Was wird dann aus mir?
Bin ich neu?
Oder anders?
Besser oder schlechter?
Nein!
Mein Ich bleibt.
Nur die Richtung ändert sich immer wieder.

Irmgard Langner * 1966

## *Zeit des Erwachens*

Erst hatten wir unsere Visionen.
Allmählich schwanden viele Illusionen.
Mit den Jahren wurde immer klarer,
worum es eigentlich geht.
Die Hüllen fielen nach und nach.
Jetzt sind wir nackt, angekommen.
Hier ist es möglich, an Wunder zu glauben
und sie zuzulassen.
Unsere Liebe hat die Chance,
sich mit allem zu verbinden.
Beginn der Unendlichkeit:
– Zeit des Erwachens –

Evelin Langrock * 1955

## *Worauf ich nicht verzichten möchte*

Die Beine gingen in die Räder über und im Schädel ging's drunter und drüber.
Zum Leben braucht es mehr Farben, segne das Essen und es wird dich laben.

Es gibt dir Kraft, ob offen oder zu, das Glück dieser Welt bist du.
In trautem Raum leg dich zur Ruh', welchen Grad der Erkenntnis braucht es dazu?

In unendliche Harmonie eingebunden, hab' ich die Menschheit als lieb empfunden.

Sie ist wie ein Kleid, das über die Schultern
bis zum Boden reicht.

Die Rockmusik bereitet mir Vergnügen,
amüsante Texte sind's, die genügen.
Nehme ich ein Instrument dazu, verfliegt
die Zeit im Nu.

Dem Frohsinn versprach ich die Treue,
erfrischender Trank ist's, worüber ich
mich freue.
Frisch und befreit, bin ich bereit, für die
Maid an der Seit'.

Die Ehe ist wie ein Blumenstrauß, Kinder
bringen wieder Leben ins Haus.
Durch sie entsteht Unsterblichkeit und wir
finden uns wieder, durch ihre
Offenheit.

Wer's versteht, fragend durchs Leben zu
gehen, wird das Geheimnis des
Lebens verstehen.
Worüber wird geredet und aus welchem
Grund? Geh heim, lüfte – und leg's
ihnen in Mund.

Den Humanismus dabei bereits erreicht zu
haben, dem Begründer gilt die Ehr',
euer Gnaden.
Natürlich stehn sie rum, der Vernunft
entsprechend, hoffendlich bald wieder
flächendeckend.

H. Lapp * 1955

## *In deinen Worten geborgen*

Ich fand, geschrieben auf altem Papier,
ein unbekanntes Gedicht.
Ich wusste, die Worte galten nicht mir,
doch fortlegen konnt' ich es nicht.

Das, was ich las, berührte mich tief.
War Liebkosung, Streichelhände.
Ich las genau das, wonach ich mich lang,
schon unendlich lange sehnte.

Stellte mir die Hände vor,
die diese Zeilen schrieben.
Die Stirn, hinter der sie erdacht worden
war'n.
Die Lippen, die sie flüsternd entließen.

Möchte so gerne die Augen sehn
in ihrer unendliche Tiefe.
Je mehr ich dran denke, ist es mir,
als ob jemand leise mich riefe.

Ich habe die zarte Poesie
vorsichtig an mich genommen.
Vielleicht wache ich eines Morgens auf,
und der Dichter ist zu mir gekommen.

lara

## *versäumt*

tropfenschwere lichtgedanken
im zwischenraum des seins
die möglichkeit
der fortgehphase versäumt
der aufbruch misslungen
am karstfeld der seele
herrscht stille
sind luftschlösser
gestrandet

Engelbert Lasinger * 1960

## *Unergründliches Liebesgut*

Die Wege des Lebens sind lang,
Ja sie sind Unergründlich.
Die Flüsse der Seelen in einander verwoben.
Ob Kalte, oder warme.
Die Flüsse, alle fließen ins gleiche Meer.

Dieses wird aber wohl nie mehr, sich
vereinen.
Zuviel Gift schwimmt, zuviel Haß darin.

Könnte das Wasser des Herzens
Doch längst wieder fließen,
wenn wir es nur – zuließen.

Doch die Arroganz,
dessen Teufels Schuldig Werk
Läßt die Lebensenergie der Herzen nur,
im Eise tief – erstarren.

Die Welt so unschuldig wie ein Lamm,
Doch die Menschheit nur noch jagt.
Dasselbe was jedermann eigentlich sucht,
Die Liebe, unser höchstes Gut ...

Pino Lassandro

## *Der Himmel Begann Zu Weinen*

Einsam war sein Weg

Er war ihr im Zug begegnet,
ihre Lippen köstlich wie eine aufgebrochene
Feige,
ihr Haar wie Akazienholz.
Es dauerte ein paar Minuten,
dann hat er sich überwunden,
sie anzusprechen.
Sogleich ergab ein Wort das andere.
Welch liebenswürdiges Geschöpf,
dachte er und hoffte,
ihre Liebesglut wäre entfacht.
Doch alles nur gedacht!
Erbarmungslos erzählte sie,
sie hätte schon einen Geliebten.
Was blieb ihm nun?
Only memory ...

Livio Latifoglio * 1984

## *Einfug*

In diesen unseren zeiten
in diesem unserem land
des überflusses
des XXL und des überschusses
sind alle dinge unverzichtbar
und die menschen ausgebrannt.

Vor häusern und booten und wagen
ich schätze da seht ihr es nicht
ihr trägen leute!
nötig und unverzichtbar ist heute
man könnte durchaus sagen „leider"
doch alleine der Verzicht.

Sonja Lattner * 1974

## *Der Bettler*

Ein paar Münzen im
verbeulten Hut,
von zitternden Händen
gehalten.
Augen, die jede Hoffnung
verloren,
– die letzten Tränen geweint.
Schon vor langer Zeit.
Der Mund verbittert.
Kälte – die sich durch
den dünnen Mantel frißt.
Den einzigen Schutz, für
die magere Gestalt.
Hunger – der weh tut.
Kein Obdach, kein Bett in
warmem Raum.
Leiser Dank, für jeden Groschen.
Achtlos gehen viele vorbei.
Was ihr dem Geringsten meiner
Brüder getan – habt ihr mir getan.

Erika Lauf * 1940

## *Hausfrau*

Haus
und
Frau

Frau
und
Haus

Haus
vor
Frau

Frau
nach
Haus

Irmgard Lauff

## *Schwarzer Prinz*

Befreie mich
aus meinem Gefängsnis
Hol mich hier raus
Bitte
Komm zu mir
Ich flehe dich an
Erhöre mich
Befreie mich
Komm zu mir
Süßer Tod ...
Verfluchter Tod!

Vittoria LaVita

## *Die Parkbank*

Jeden Morgen dieses Bild,
jeden Morgen auf dem Weg zur Schule -
sehe ich diese Bank
und jeden Morgen
sitzt die alte Frau darauf,
jeden Morgen grinst sie mich an –
und jedes Mal bekomme ich Angst,
jedes Mal denke ich mir:
„Lass mich doch endlich in Ruhe!"
– Bis an jenem Morgen,
an dem niemand auf der Bank saß –
und die Straßenlaterne ihr Licht nur mir
zu schenken schien.
... Ich wusste genau,
dass etwas nicht in Ordnung war –
und so weinte ich erbitterte Tränen
an der Beerdigung
einer fremden Frau,
die sich nie zu Schade war,
mir zuzulächeln.

Sven Lawicki * 1985

## *Was tun?*

Bin geboren und zugleich verloren,
verflucht zu leben.
Soll es mich auf dieser Erde geben.
Verlassen von der Liebe, die ich niemals
wieder kriege.
Verbannt zum Leben, werde ich mir keine
Mühe geben.

Nicht frei ist der Geist, ein Leben voller
Trauer heißt.
Der erste Schritt, die erste Pflicht, steht mir
die Unlust im Gesicht.
Kann es kaum ertragen, besteht mein
Leben nur aus Fragen.
Der Lebensspann verändert sich, finde
meine Ruhe nicht.

Von Hass getrieben, von Wut gelenkt,
gibt es keinen, der an mich denkt.
Das Pech verfolgt mich auf allen Wegen,
mein bester Freund ist drum der Regen.

Am liebsten bewege ich mich bei Nacht,
hab dort die meiste Zeit verbracht.
Ob erwachsen oder nicht, meine Seele
niemals bricht.
Am Sterben ich noch immer scheiter, lebe
deshalb sinnlos weiter.

Dominic Lazé * 1984

## *Sehnsucht*

Mein erster Gedanke gilt dir –
hinter dem Grau der Wolken
ein Band in Aquamarin,
Schimmer des Meers am Himmel.

Am Morgen die Farbe noch zart,
stark in der Mitte des Tag's,
am Abend ein tiefes Blau –
ein Traum, aus Lapislazuli?

Peter Lechler * 1950

## *Mutter Erde*

Mutter Erde
Unter meinen Füßen
Spüre ich deinen Herzschlag
Du, die alles Grüne
Sprießen lässt
Die uns verwöhnt
Mit ihrem Artenreichtum
Du erdiges Etwas
Bei dir fühle ich mich wohl
Bin geerdet
Dir gilt all mein Dank
Du bist die Wurzel meines Lebens
Ganz tief ragen meine Wurzeln in dir
Bin wie der Baum
Der sich an dich klammert
Durch dich halte ich
Allen Stürmen stand ...

Hans-Werner Leckebusch * 1945

## *Das Mädchenporträt*

Du saßest still,
so still fast wie dies Bild,
das auf dich sieht mit großen Augen
und prüfend fragt, was wirst du taugen,
wenn dir das Glück der jungen Tage flieht.

Du saßest still,
die Hände in dem Schoß,
und warst so ganz nach innen eingekehrt.
Deiner Jugend war es nicht verwehrt,
der Schönheit Täuschung auszusenden.
Unbewußtes wurde weit und groß.

Ein jedes Lächeln, jedes leise Wenden
des Kopfes war vollendet,
und Ahnung brach aus deinem Blick,
wie stumme Schatten, still und
abgewendet.

Hanns Leeb * 1928

## *Rudolf Tod*

In einer kalten Winternacht
ist er zum Leben erwacht.
Nachdem die Turmuhr
12 mal geschlagen,
knurrte ihm der Magen
und er stieg aus dem Grab.
Was er nun wohl essen mag?
Zuerst schwankte er zum Supermarkt,
schlug ein Fenster ein
und klaute Limo und Kekse,
stopfte sie in sich hinein.
Doch sie rieselten durch sein Skelett
und landeten im Dreck.

Am nächsten Tag suchte die Polizei
nach dem Übeltäter.
Natürlich kamen sie nicht auf den Toten,
denn der liegt ja unterm Boden,
oder etwa nicht?

Charlotte Leenen * 1993

## *Erneuerungen*

Drohend bäumt es sich vor uns auf,
des Unholds Antlitz, schamlos und bleich.
Gewaltig der Vorschau,
drückend der Schwüle geeicht.
Hämisches Grinsen fallender Machten;
Prasselt hernieder auf unsere Glieder, als
sänge es todbringende Lieder.
Zerbersten die Träume, welche nie
geschaffen.
Welch' Zerstörungswut muss walten, uns
Demut zu schalten?

Blödsinn schreit unser Herz, gibt es einen
Ausgleich für diesen Schmerz?

Knicken unsere Kronen, welche der Sturm
gebogen,
Fallen die Häupter gebrochen gen
Schlamm;
Kämpfend das Schöne im Kleinsten
suchend.
Was fängt uns auf? Der Boden?

Lohnend sollte unser Bestreben, dankend
das Leben, –
welchem wir soviel gegeben!
Stinkende Brackwasser blieben,
vertrocknender Geist,
wenn wir nicht Gerechtigkeit waltend
unsere Träume halten.
Doch vielleicht, rettet uns der Boden neuer
Hoffnung.

Nicht stinkend und tot, zerfressen vom
Wurm,
sondern sprudelnd und frisch.
Wie die Quelle unseres Innersten, –
vielfältig und reich.

Barbara Leevgut

## *Die Brücke*

Zwei Fische
steh'n
gegen den Strom,
als wollten
sie laichen.
Wir beobachten
sie schon
ein Weilchen
von der Brücke
in der Abendschwüle
eines Sommertages
und
ich fühle –
wie beim Hinunterschauen
in der Stille
behutsam –
wir eine Brücke
von Mensch zu Mensch
uns bauen

Christel Lehmann * 1943

## *Wenn alles sich verändert ...*

Wenn alles sich verändert und nichts mehr
ist wie es mal war,
deine Augen haben dunkle Ränder, grau
und schütter ist dein Haar.
Wenn dein Körper sich verändert und
deine Seele Risse hat,
dann wirst du langsam immer Älter, – in
der Tat, – in der Tat.

Wenn alles sich verändert und die Welt
sich schneller dreht,
du reist nicht mehr in fremde Länder,
pflegst zu Haus dein Blumenbeet.
Wenn die Tage kürzer werden und die Zeit
vergeht im Nu,
dann bist du lange schon auf Erden, willst
nur immer deine Ruh'.

Wenn alles sich verändert und du verstehst
die Welt nicht mehr,
trägst gern die alten Hüte, schwelgst in
Erinnerungen mehr und mehr.
Dann bist du alt geworden, – in der Tat, –
in der Tat.
Und keiner will es hoffen, dass schon bald
dein Ende naht.

Helga Lehmann * 1953

## *Schnee*

Mit dir möchte ich einschneien
die Zeit anhalten
unter einem Dach das trägt
unsre Zerbrechlichkeit
gehalten durch einen Statiker
der Material und Werkzeug kennt

und wenn uns wilde Hunde jagen
im Fallen auffängt
weil er liebt

Jutta Lehmann * 1937

In den Straßen dieser Welt stand das Kind
und weinte
Mit falschem Stolz und Hochnäsigkeit
hatte es die anderen verschreckt
Es dachte daß es was besseres ist, hielt sich
für wichtiger
Die anderen haben ihm sein Spielzeug
versteckt

Sie zeigten ihm daß sie es nicht wollten
Schlossen es aus, ließen es allein mit sich
und seinen Problemen
Zeigten ihm daß es sich falsch verhalten
hatte
Verurteilten sein falsches Benehmen

Die Einsamkeit ließ das Kind in
Selbstzweifel versinken
Es glaubte nicht mehr an sich und seine
Ideen
Es hatte Angst sich zu zeigen, daß die
anderen es wieder meiden
Sagte zu allem nur Ja und Amen, ließ die
Dinge geschehen

Dann kam der Zirkus in die Straßen dieser
Welt
Das Kind freute sich über die Clowns, die
Tiere und Akrobaten
Die anderen sahen das ehrliche Lächeln im
Gesicht des Kindes
Sie freuten sich mit ihm und bereuten ihre
Taten

In den Straßen dieser Welt steht ein Kind
in Schwarz-Rot-Gold
Und die anderen merken daß es sich
verändert hat
Sie kommen auf es zu und reichen ihm die
Hand
Denn alle haben die Trauer über
vergangenes satt

Lars Lehmkuhl * 1979

## *Stelldichein von Natur, Klassik und Moderne*

Am Fluß, wo die Bäume stehen,
eine grüne Oase sich zeigt,
laben sich Eins, Zwei und Drei im
Sonnenschein
vor Kultur und Architektur.

Am Fluß, wo die Bäume stehen,
ein Stelldichein der Natur unter
Palmen „im Nizza“
in voller Pracht die Stadt erwacht.

Schiffe entlang des Wassers ziehen
in gutbürgerlicher Manier,
es ist eine Zier
am Fluß, wo die Bäume stehen.

Musik erklingt hinter Büschen,
ertönt in den Zweigen, schwingt
rhythmisch eine leise Melodie,
einer märchenhaften Harmonie zwischen
Klassik und Moderne,
am Fluß, wo die Bäume stehen.

Hymne auf die Großstadt mit Herz
gewidmet Frau Burgi Weidner,
nach all ihren liebenswerten Erzählungen
vom früheren „Nizza“
in ihrer Jugendzeit, heute 87-jährige ältere
Dame.

Sigrid Marie-Luise Lehr

## *Sommerregen*

Ein Sommerregen deckt mich ein,
am Morgen, klaren die Bilder auf.
Berufsverkehr dröhnt durch die Stadt!
Die letzte Nacht erschwert den Lauf,
in ihr floss viel blutroter Wein.

Hinein, in übervolle Gassen,
darin sind wir nur jetzt vereint.
Müde Gestalten mit ungleichen Zielen!
Der Regen ist der erste Feind,
ergreift, voll Unschuld, alle Klassen.

Müdigkeit besiegt mein Treiben,
am nassen, neuen Tagbeginn.
Aufhören, wenn es am schönsten ist!
Erkenne jetzt den wahren Sinn,
der Medaille, sie wird bleiben.

Letzte Schritte führen mich,
in die Oase meiner Welt.
Tropfen zerspringen auf aschfahler Haut.
Ich war ein Mann, vielleicht auch Held,
der Dunkelheit und nur für dich.

Robert Lein * 1985

## *Frühlingszauber*

Durch Wald und Wiese wand're ich.
Der Blumen Briese blendet mich
und frisch gemähter Wiesenduft
legt süßen Zauber in die Luft.

Die Knospen werden schnell jetzt sprießen.
Oh mög' der Herrgott sie auch gießen.
So wird die Landschaft sich nicht scheuen,
mit schönen Bildern uns erfreuen.

Ein Vöglein zwitschert dort im Hain,
wird dort mein Schatz zu finden sein?
In Glanz erstrahlet mein Gesicht.
Mein Liebster, ach, Vergissmeinnicht.

Petra Leitner * 1983

## *Zum Geburtstag*

So wie die Kerze brennt
im Spiel des Lichts,
Flackern die Jahre hin,
vergeh'n im Nichts.

Spiel wie die Flamme,
bieg dich mit dem Wind!
Doch – steh' wie eine Tanne,
wenn die Winde stürmisch sind!

Träume deine Träume,
sieh' im Kerzenschein zurück,
sieh' dein Sein
und das Sein vom Glück!

Schatten, die sich beugen
manchmal in den Blick –
sie sind des Glückes Zeugen,
scheuch' sie nicht zurück.

Blick nicht auf des Schicksals Wege,
die sich stetig winden,
blick in deine Seele
und alles wird sich finden.

Renate Maria Leitner * 1947

## *Wunsch aus Arles*

Nachts
in einem Sonnenblumenfeld stehen,
das von der Mittagssonne durchflutet,
vom warmen Wind durchwogt wird,
und die kühlenden
Blütenblätterfinger spüren
auf der brennenden Haut
den feuchten Hauch
einer flüchtigen Berührung
der vielen tiefen Wunden,
sie die roten Narben
blau streicheln fühlen,
sie flüstern hören:
Heile!

Und dann loslaufen
mit ausgebreiteten Armen
durch alle gelben und grünen Hände
auf der weinenden Haut.

Sigrid Lemke-Westermeier

## *aufgehängt der Zopf*

aufgehängt der zopf
am spätherbsthimmel,

den sommer
aus dem haar gekämmt,
ranken rücken an rücken sich,
abend und morgen,
ums mitternachtsblaue mark.

unser tag ufert
unaufhörlich
an die mit dir
geflocht'ne zeit.

Matta Lena

## *Schicksal des Lebens*

Angst hatte ich vor dir.
Bald bist du bei mir.
Ich wollte dir entkommen
Du wirst zu mir kommen.

Nachgedacht habe ich über dich
Mitleid hast du mit mir nicht.
Hass erfühlte meine Gedanken.
Tränen liefen über meine Wangen.

Unser Treffen steht kurz bevor.
Ich mach mir nichts mehr vor.
Allein warte ich auf Dich.
Ich sehe schon dein Gesicht.

Du bist endlich angekommen.
Hast mich in den Arm genommen.
Befreit von diesem Leben.
Bin ich in meinem Garten Eden.

Damir Lender * 1983

## *Morgenröte*

Die ersten Sonnenstrahlen erleuchten die
Dunkelheit,
der Tag verwandelt die Nacht.
Der Himmel erstrahlt in roter Sinnlichkeit,
die Sonne scheint in ihrer ganzen Pracht.

Das Rot der Sonne ist wie Magie,
der Himmel brennt, soweit die Strahlen
reichen.
Dieser Anblick lädt zum Träumen ein,
doch wenn das Morgenrot verlischt müssen
Träume weichen.

Die Sonne so rot wie eine Rose,
Die Sonne so rot wie die Liebe im Glück.
Es ist leider nur von kurzer Dauer,
das Morgenrot kehrt verzaubert am Abend
zurück.

Sandra Lenicker * 1973

## *Für M. oder „Über den Wandel"*

Der Funke zündete die Glut
Der Wind schürte das Feuer gut
Dies prasselte und Funken stoben
Die sich bis zum Himmel hoben.

Doch kam es,
Dass der Wind einst blies
Einst kräftig in das Feuer stieß
Und nun die Asche tanzen lässt
Des Feuers kalter, grauer Rest.

Stefanie Lenk * 1980

Die Welt ist nicht nur schwarz und weiß
Ein Sommer ist nicht immer weiß
Steine sind nicht immer schwer
Doch Einsamkeit ist immer ller.
Nur wer sich schenkt ist nicht allein,
Wer nicht vertraut ist immer klein
Und bleibt im Innern stets für sich
Und ist allein und weiß es nicht...

Friederike Lenz * 1989

## *Mehdorn*

Großzügig sitz' ich in der 1.Klasse
Erfreu' mich meines Gepäckes Masse
In der 2. Klasse sitzt alles was ich hasse
Bundeswehr und Kegelclub
Alkis und ein Schlägertrupp

Doch mein Ticket war zu teuer
Der Schaffner ist mir nicht geheuer
Angst habe ich vor dem Umsteigen
Dieser sinnlose Intercity-Todesreigen

Der ICE-Zuschlag gab mir den Rest
Lieber bleibe ich zu Hause
Und lese Camus' Pest

Johannes Lenz * 1973

## *Angsttanz*

Angsttanz
wirbelt durch Nervenäste,
zerkocht
die Sinnstrukturen und
treibt
die Aktien hin
zu Gott!

Andreas Lenzen * 1967

## *Traum?*

Gestern Nacht lief ich im Traum
Aus meinem winzig kleinen Raum.
Die Sterne lachten laut über mich.
Ich ging allein und ich suchte dich.
Die Nacht, gekleidet in ihrem kalten
Gewand,
Zog mich mit ruhiger, unsichtbarer Hand.

Es umgab mich einsame Poesie,
Mein Herz verschlungen von kalter
Melancholie.
Schließlich war dort ein unendlich großer
Ort.
Ich war überwältigt und ich sprach kein
Wort.
Sie zu zählen fiel mir nicht leicht,
Es waren Gräber so weit das Auge reicht.

Eines für jeden Glauben, der ward verloren,
Für jede Bitterkeit, die ward geboren,
Für jedes Herz, das blutend starb,
Für jeden, der sich sinnlos gab,
Für jede Liebe, die ging innerhalb eines
Raumes.
Dieser Ort ... Es war der Friedhof des toten
Traumes.

David Leonard * 1987

## *Am Bodensee*

Nicht zu beschreiben
die Glut am Himmel
und das Erröten
der Berge

Schwer zu erklären
das Strömen des Wassers
windstill war es
doch dann

schwankte mein Boot
denn ein anderes zog
mit kräftigem Wellenschlag
an mir vorbei

Annette Leonhardt

*Rose*

In meinem Herz
Keimt der Schmerz
Meine Gedanken
Dornige Ranken
Um meine Seele
Bitt're Blätter
In meiner Kehle
Bitt're Blätter
An der Rosen Stamm
Bitt're Blätter
Seid verdammt

leraje

*Ein Tag am Meer*

Hörst du, wie sich die Wellen
am Strande brechen?

Spürst du, wie die frische Brise
dich umschmeichelt?
Siehst du, wie dir die Sonne golden lacht?

Wie ein kleiner zarter Schmetterling
Würd' ich gern durch die Lüfte treiben.

Das wohlige Gefühl der Leichtigkeit
eines Sommers wurde durch dich versüßt.

Bist immer in meiner Nähe.
Bist einfach immer da.

Lisa Leroux

*zu spät*

Gut geschüttelt schlecht gerührt,
hast du dein Leben ruiniert.

Hoch gepokert, doch verloren,
bist zum Verlierer aus erkoren.

Kennst keinen Ausweg, keine Chance
Siehst nur noch eine Farbnuance.

Dein Schrei nach Hilfe noch nicht zu Ende,
als die Klinge die Ader durchtrennte.

Hast ein' Moment zu spät begonn',
das Blut am Arm ist schon geronnen.

Dein Leben hast du ausradiert,
hast dich selbst evakuiert.

In jenem Augenblick verpasst,
obwohl du doch die Chance hatt'st.

Dein Schillern ist Vergangenheit,
jetzt ist Schluss mit Heiterkeit.

Anne Lesak * 1986

*Still*

Die hohen dunklen Räume
voll von Blicken Gesten Schatten

Gedichte
die sich schreiben

wenn es ganz still ist.

Hans Lesener

*Liebeslügen*

Du wickelst mich ein
mit einem Seil
an dem du mich an der Nase herumführst
bis nach draußen in schwindelnde Höhe
Ich rutsche aus-
denken an dich verdichtet alles
Du hast mich hinters Licht geführt
wo alles vernebelt ist
Du legst mich herein
in deine Arme
aus denen es keine Ausrede gibt
Du beschönigst meine Welt

hebst meinen Kopf
verdrehst ihn mit Worten
und führst mich täglich in die Irre

Linda Leskau * 1985

## *Herzblut*

Amors Pfeil traf mich
vollkommen unvorbereitet,
fegte alle Einwände wortlos fort,
es blieb nur ein staunendes Sehnen
und Herzklopfen ohne Ende.

Wirre Gefühle,
unübersehbar verborgen,
fressen sich wie Raupen ihre Bahnen,
gehorchen dem uralten Rhythmus
des Lebens im Pulsschlag der Zeit.

Glutrote Flammen,
eingebrannt in meine Seele,
tragen deinen Namen als ein Zeichen,
versunken sind Gestern und Morgen,
denn heute schon bin ich bereit.

Christine Leue * 1965

## *Im Arbeitsamtfoyer*

Der Beton ist weich gesessen,
auf der Treppe vor dem Block.
Man sieht sie sitzen wie besessen,
vom ersten bis zum letzten Stock.

Jugend ist hier schnell passee,
sie sprintet eine kurze Zeit
bis ins Arbeitsamtfoyer,
dort wartet schon die Ewigkeit.

Warten wird zum Folterspiel,
und alle Freunde spielen mit.
In der Gesellschaft trinkt man viel,
und wer nicht trinkt, hält keinen Schritt.

Aussicht ist hier losgelassen,
verliert sich zwischen Schorn und Stein.
Wo die Hoffnungen verblassen
um Erinnerung zu sein.

Zu viel Arbeit, das macht krank,
Arbeitslosigkeit macht Tote.
Arbeit, Arbeit, vielen Dank,
für die hohe Leidensquote.

Lex * 1981

## *Gärtner's Abschied*

Es war ein warmer Frühlingstag.
Der alte Gärtner lag im Sterben.
Sein letzter Wunsch, worum er bat,
war, noch mal seinen Garten seh'n!

Der Garten stand in voller Pracht.
Ein Raunen ging durch alle Blumen.
Es war wohl so, als ahnten sie,
ihr Freund würde ins Licht eingeh'n.

Es klang auch wie ein leises Klagen.
Wer würde sich nun um sie sorgen,
und an heißen Sommertagen,
zu ihren Wurzeln Wasser tragen?

Wer wird sie düngen, Nahrung geben.
Daß sie nicht eingehen, daß sie leben,
im Frühjahr dann aus ihren Samen
neues, junges Leben ziehen?

Und bei des Gärtners letztem Hauch,
ging es wie Stöhnen durch den
Garten, oder war es nur der Wind,
der sich im alten Kirschbaum fing?

Adolf Licha

## *Auftauchen*

Aus den Tiefen des Versunkenseins
tauche ich empor in das Licht –

ein neuer Tag bricht an –
eine Chance zu leben.

Der Euphorie des Erfolgs –
folgt die Talsohle des
Misserfolgs.

Die Schnellen
und Erfolgreichen werden belohnt-
die Langsamen und Schwachen
erhalten Almosen.

Eine gute Schule für die
Reifung des Selbst.

Freiheit gibt es –
nach
Überwindung aller Eitelkeiten.

Leonora Lichtenfels * 1955

## *ohne*

Die Nacht
abgefallene Sichtbarkeit
fliehende Schatten
die Reise beginnt
im Staub der Sterne
schwarz über dem Meer
die Hügel
die Ferne
von der Tiefe getragen
im Kessel der Berge
die Felswand hinauf
der Blick
mit seinen Flügeln
auf der Mondscheibe ruht
der Tag
im Licht wieder erscheint
die Reise beginnt
der Tanz
auf dem Seil
und niemand schaut hin

Christine Lidzba

## *Mitte des Lebens*

Fernab jeglicher Gedanken
fühlen wir Entschlüsse wanken
Jugendträume neu erwachen
alte Feuer sich entfachen

Meinungen sind plötzlich wichtig
Vergangenheit so null und nichtig
Sinne wollen wieder trinken
bevor sie ganz im Grau versinken

Einmal noch die Liebe spüren
einmal noch sich selbst verführen
einmal noch auf's Ganze gehen
Was folgt danach?

Man wird es sehen ...

Gudrun Lieb * 1968

## *Wann haben wir sie verloren*

Schmetterlinge, die waren da, so viele
bunte,
so viele schöne Schmetterlinge.

Sie sind weg! Wir haben sie vertrieben,
zuviel
gesagt, zuwenig akzeptiert, sich mit
Kleinigkeiten
das Leben schwer gemacht, alles Gesagte
auf
die Wage gewogen, gestritten nach links
oder
nach rechts gezogen.

Schmetterlinge lieben Die Schönheit der
Blumen,
den Frieden und den Sonnenschein, die
brauchen
nicht viel um glücklich zu sein.

Schmetterlinge mögen kein Regen, keine
Tränen,

keine Dornbüsche und bissige Wörter,
keine
Dunkelheit und Traurigkeit. Sie lieben das
Lachen.

Es gibt keine traurigen Schmetterlinge, nur
die
Einsamkeit.

Snezana Liebhabe * 1957

## *Industrienation Deutschland*

Die Mutter kratzt die Maden von der
Wurst
Legt noch Tomatenscheiben auf das Brot
Nachdem sie die fauligen Stellen
abgeschnitten hat.

Der Vater kommt vom Flaschensammeln
Er hat den Nachbarn gegrüßt im Garten
Der baut sich Gemüse an damit er nicht
verreckt.

Der Sohn hat heute Geburtstag
Er durfte einen Klassenkameraden
einladen.

Die Kerzen am Nachmittag brennen nicht
lange
Sie wurden schon zum dritten Male
gebraucht.

Der erwartete Besuch erscheint nicht
Auf dem Kuchen mit
Geschmacksverstärker gehen die
Lichter aus.

Im Raum
Stille.

Bertalan Liebich * 1983

## *Eine Sekunde*

Ein Augenblick,
nur kurz,
doch die Welt steht still.

Ein Kontakt,
ganz sanft,
doch innig und entschlossen.

Ein Blick,
einfach nur so,
doch wirkungsvoll und entlos.

Ein Gedanke,
nur flüchtend,
doch aufmunternd und belebend.

Ein Wort,
ganz gelassen,
doch voller Energie und Sinn.

Josephine Liedert * 1990

## *Aufgabe*

Lass' dich nicht los,
lass' dich nicht fallen!
In schwindelnder Höhe Balance
halten,
täglich das Arsenal verwalten,
darin Böse und Gut.

Ständige Hoffnung, dass es gelingt.
Denn unten brodelt der Sumpf,
giftiger Geifer.
Schwarz ist die Schlammflut und
steigt.
Möglich, dass sie alles erreicht
und verschlingt.

Bodoe Liermann * 1927

## *Liebe*

Die Liebe, soviel ward über sie geschrieben,
so vieles über sie gesagt ...

Kann man sie sehen?
Kann man sie hören?

Nie jemand hat sie zu leugnen gewagt.

Woher sie mag kommen?
Wann sie wird gehn?

Nur mit dem Herzen mag man sie
verstehn.

Jana Lindemann * 1969

## *Sommer*

Endlich kam doch der Sommer ins Land.
Durchs Himmelsblau segeln die
Schwalben,
die Rosen duften und an der Wand,
weißer Häuser blühen die Malven.

In grüne Hecken steckte Jasmin
verschwenderisch leuchtende Sterne
und seine lieblichen Düfte zieh'n
mit dem lauen Wind in die Ferne.

Es schmückt jeden Bachlauf, jeden Fluß,
der üppige weiße Holunder
mit Blüten, zart wie ein scheuer Kuß
und jede von ihnen ein Wunder.

Die Sonne blickt tröstend auf die Welt,
trotz all deren Sorgen und Qualen,
legt sie dennoch auf Wiese und Feld,
versöhnend die wärmenden Strahlen.

Margarete Lindemann

## *Barrieren oder Gedanken eines „Normalen“*

Gehörlos? Kann so schlimm nicht sein,
ich kenne einen Herrn,
der lebt ganz fröhlich und allein,
auch Auto fährt er gern.

Frau Bauer meldete den Sohn
zum Kindergarten an.
Mongoloid! Ob man das schon
anderen Kindern zumuten kann?

Der Rollstuhlfahrer hätt's bequem
ging er zum Doktor gleich ums Eck.
Drei Stufen sind doch kein Problem!
Davor das bisschen Hundedreck!

Was will ein zwergenwüchsig Kind
in öffentliche Schul hinein?
Es merkt der Dümmste ganz geschwind,
schon für die Klinke ist's zu klein!

Erklärungen in allen Ehren.
Oft steht die Wut mir auf der Stirn:
Behinderte finden überall Barrieren –
wir „Normale“ haben sie nur im Hirn!

Volker Lindner

## *Deine Schuld*

Ich hab verlernt zu laufen
Mein einst so fester Schritt
Hat dir wohl sehr gefallen
Denn du nahmst ihn gleich mit

Hab auch verlernt zu stehen
Ich finde keinen Halt
Du lässt die Hände von mir
Doch stößt mich mit Gewalt

Sogar verlernt zu sitzen
Mein Kopf, der hängt mir sehr
Kann seine Last nicht tragen
Du bist einfach zu schwer

So find ich mich am Boden
Zerstört, doch bleib nicht liegen
Denn ich sah deine Augen
Und hab gelernt –
zu fliegen

Matthias Lindstädt * 1988

## *Ich möchte …*

Ich möchte
Mit Dir
Durch die Lüfte gleiten.

Ich möchte
mit Dir frei sein
wie ein Adler,
der durch die Lüfte schweift.

Ich möchte
mit Dir
unentdeckt sein
wie ein Zaunkönig,
der in der Hecke sein Nest hat.

Ich möchte
mit Dir
für immer zusammen sein,
wie die Schwäne,
die sich ewige Treue schwören.

DOCH
kann uns jederzeit jemand anderes
vom Himmel holen.

Angelina Viona Linggajaya * 1982

## *Laß uns Atem tauschen*

Laß mich genießen die Nacht
an deiner Seite
Laß mich dienen dir
und deiner Lust
unendlich lang
Für die kurze Länge
der Nacht
dein Sklave sein
Besitze mich
Laß uns Atem tauschen
diese Nacht ...

C. Lingus

## *Benedetto*

Sie rufen „Benedetto". Und sie meinen
mich, diesen alten, ausgedienten Mann,
der lange leise war und plötzlich dann
ein tosendes Jubeln auslöst beim
Erscheinen.

Ein Leben lang war mir die Gottesstille
von Büchern und von Kirchen sanft
beschieden,
war schwarz und schweigend und war es
zufrieden
und ruhte in Ihm – aus! Es traf Sein Wille

mich weiß und wichtig, und ich wurde neu
–
die neue helle Hülle deckt weiß meine
Scheu,
der Hirte nun zu sein für solche Herde ...

Gebenedeiet bin ich, gut gesagt und gut
gewandet. Du, Der Wandlung tut,
gib, daß ich wirklich Benedetto werde.

Annette Linhardt * 1967

## *Wesentliche Dinge*

Deine Berührungen so sanft und zart,
wie der Wind durch die Bäume streicht.
Die Bedeutsamkeit deiner flüsternden
Worte.
Deine Augen die zwingen darin zu
versinken
wie in dem tiefsten Meer.
Der Spiegel deiner Seele, in den ich
versuche hineinzuschauen.
Dein Optimismus gleichend einem Stein

in der Brandung.
Deine herzerwärmende Zärtlichkeit
hinführend bis zur Ekstase.

Die gewaltige Sehnsucht baut sich ein
viel zu großes Haus in mir.

Verena Lipouschek * 1988

## *Die Kraft der Liebe*

Der Liebe wunderbare Kraft
zugleich bindet und vom Ich befreit,
heilsam die Ganzheit schafft,
wenn sie aufhebt den Widerstreit.

In der Liebe will sich das Gefühl
ausdehnen,
bei uns sind wir nur im anderen Wesen,
wo wir uns auf vertrautem Seelengrunde
wähnen,
Auge in Auge aneinander zu genesen.

Liebend von Sinnfülle betroffen,
erlebt der Mensch sein Leben als Geschenk,
ist Herz für Herz offen
und der Solidarität mit allem Leben
eingedenk.

Claus Lippe * 1969

## *Ein Arrangement*

Des Menschen eigne Distinktion
mit anderen Eigenschaften verbunden.
erscheint sodann partiell als Funktion,
um die Individualität abzurunden.

All das erfüllt den Körper anschließend,
auf dass man nachher als Mensch zu
bezeichnen ist.
Auch behauptet man wohl wissend,
dass man sein individuelles Dasein gern
vergisst.

Manch einer sieht sodann sehr verstimmt
den Menschen als elysäischen Irrtum an.
Anstatt die Person man als Individuum
nimmt,
Scharfsinn nun entartet, behauptet
mancher dann.

Oliver Lippert * 1978

## *Herbst*

Ein Baum
Am Straßenrand

Wind
Lässt die Blätter Wispern

Da löst sich
Eins
Von seinen Geschwistern

Schwebt
Dem Boden entgegen

Und
Landet sanft
Auf der Fahrbahn
Plötzlich
Ein Auto
Schnell

Das Blatt
Hilflos
Zerquetscht
Unter dem Reifen
EINFACH SO.

Lisa * 1990

Geboren in Dreck und Suff.
Gestorben anonym im Puff.
Der Arsch täglich wund.
Arbeit ist doch so gesund.

Geh' stets gebückt.
Wirst sonst verrückt.

Ausgelutscht und erfroren
zum Nutzen auserkoren.

Weise dich in Schranken.
Hüte deine Gedanken.
Verschließe deine Seele,
damit man sie nicht stehle.

Rotze herrlich braun
sammelt sich am Saum.
Deine Haut wird weißer.
Gute Nacht kleiner Scheißer.

Lisa * 1981

## *März*

Die Fenster klappern
Im Wind, der die Hecken zaust
Die Wolken drücken ihre nassen Gesichter
auf das Gras
Und lassen die Sonne auf ihren Schultern
stehen
Licht so klar wie Glas
Rahmt alle Formen ein

Ich trinke mit den Augen

Isabel Lischewski * 1991

## *Der Weg der Stille*

Was ist sie, diese Stille,
die uns einhüllt in Gefühle.
Man kann sie greifen und auch spüren.
Sie kann uns in das „Ich-Sein“ führen.

Es schlägt so vieles auf uns ein.
Soll es das gewesen sein?
Der Weg zum „Ich“ ist gar nicht weit.
Es fehlt oft nur ein wenig Zeit.

Begreift man erst des Lebens Sinn:
Nicht Hektik, Stille führt uns langsam hin
Gepaart mit Liebe, Treue, Glück
begleitet sie uns ein kleines Stück.

Die Zeit sich nehmen, auszuruh'n.
Für sich selber etwas tun.
Dann hast du Mensch eins doch erreicht:
Das „Hiersein“, das der Stille gleicht.

Roswitha Lisken

## *Leere*

Worte, letzte Worte
fallen, stolpern
letztes Wort
Vergeben
Worteshüllen, Windesstillen

Ein letztes Wort
und Punkt
Sätze fallen leicht
aus wehem Mund

Ein letztes Denken
kurzer Strich
galt vielem
meinte immer dich

Ein einzig Fühlen
erlag dem kleinen
Fragezeichen
und blieb kein Weinen

Worte, letzte Worte
Vergehen
große Leere, weiße Stille

Babette Lissner * 1960

## *Vergessen*

Das wohl schlimmste Los auf Erden
Ist, so ganz vergessen zu werden.
Noch lebend bis du dann schon tot
Und fragst dich, ob da wohl ein Gott,
der alle Wesen schuf und liebt,
nicht weiß, daß es dich auch noch gibt!
Ob vielleicht einst, nach deinem Ende
Statt wundersamer Schicksalswende

und hohem Lohn für all dein Leid
folgt ewige Vergessenheit?
Oh glaube mir, du armer Wicht
Dein Schöpfer – er vergißt dich nicht!

Anneliese List

## *Fantasie*

Herzschlag und Atem werden schneller,
Ebenso verschnellert sich mein Gang.
Und alles nur, weil ich mir vorstelle
Ich sehe eine Leiche am Strang.
Ich sehe Augen- leuchtend rot.
Ich höre Schritte hinter mir.
Es ist, als verfolge mich der Tod
In einem mir unbekannten Tier.

So bleib' ich stehen- mitten im Lauf.
Um mich: Keine Leiche, kein Ton, kein Vieh.
Mein Herz beruhigt sich, ich atme auf.
Verflucht sei Angst! – Produkt der Fantasie.

Elena Litau * 1986

## *Glassplitter*

In meiner Mitte ganz tief
ist der Schmerz verborgen
kann es nicht in Worte fassen
wenn nur der Schmerz zählt
gibt es kein Morgen
ich fühle mich klein und verlassen
Wie Glassplitter in meinem Herzen
es zieht mir die Kraft aus der Lunge
ich gehe weg
zurück zu meinen Schmerzen
ich zucke aber bringe es nicht raus
schmecke kein Salz auf meiner Zunge
Bin so weit gegangen
dass ich fast nicht mehr da bin
Ohnmacht Koma Tot
kein Glaube kein Hoffen kein Sinn
das Feuer ist erloschen
nur noch Asche kein leuchtend rot

Mona Liza * 1982

## *Rot*

Als die Herzen heiß waren
machten sie sich
keine Gedanken darüber,
ob der Winter kalt würde.
Sie dachten wie alle,
die Hitze hielte an
und merkten erst
als das Blut abkühlte,
dass ihnen kein Fell gewachsen war.

Lizlo

## *Passiert beim …*

Es war mal eine aus Siegen.
Die mußt' sich beim Lieben verbiegen.
Da hat sie gefaucht:
Hab mir'n Knöchel verstaucht!
Nun ging es nur noch im Liegen.

Drum zog sie zur Kur nach Schleen,
Konnt auch bald wieder geh'n.
Die Schmerzen vergingen,
Konnt fröhlich singen,
Nun mag sie's wieder im Stehn.

Wieder daheim mit heilen Knochen,
Durft jeder sie lieben ununterbrochen.
Beim Stehn und beim Liegen
Und beim Lieben mit Sieben
Hat sie sich aber ein Bein gebrochen.

Siehste: Die hat's übertrieben.

Peter Löble

## *Leere*

Die Blüte ist vorbei, es folgt der Herbst,
Auch wenn mich dieser Abschied noch so
schmerzt.
Düster ist's in den Gedankenbahnen,
Leere ist dort, wo vorher Worte waren.

Das Warten auf deren Wiederkehr,
Wird von Stund zu Stund zuwider mir.
Zu lang ist der Fluss meiner Worte
versiegt,
Als dass es dafür eine Erklärung gibt.

Dieses Ringen um die schönen Worte,
Gestohlen aus der Muse reichem Horte,
Gleicht einer ungeheuren Geistesqual,
Die droht zu werden mein tägliches Ritual.

Verirrt im Labyrinth der Sätze,
Sehn mich nach Licht am dunklen Platze.
Denn düster ist's in den Gedankenbahnen,
Leere ist dort, wo vorher Worte waren.

Luzia Lockenberg * 1990

## *Wenn die Welt vergeht*

Wie es wohl ist, wenn die Welt vergeht?

Ob irgendwo noch ein Kirchturm steht?
Ob es überhaupt noch eine Blume gibt?
Einen Menschen, der noch einen andern
liebt?
Ob es noch einen Tag gibt, eine Nacht?
Den Einen, der auch dann noch wacht?
Ob sich das Verderben schon als Sieger
fühlt
und der Erde mitleidvoll die Stirne kühlt?

Ob irgend etwas noch besteht,
wenn alles stumm wird
und die Welt vergeht?

Monika Lockowandt

## *Fragefronten*

Weiten von Fort zu Fort
Tags hin nachts zurück
Angst und Regen
Waten im Schlamm
Im Blut deinesgleichen
Manchmal sterben
Fürs Vaterland
Wo das wohl ist?
Wozu heute Bücher schreiben,
Wenn sie keiner lesen kann?
Laßt die Jungfern Jungfer bleiben
Brauchen keinen Mann

Rudolf Lodemann * 1926

## *Schwarze Tauben*

Schwarze Tauben bringen den Frieden,
einen trügerischen Frieden,
dessen bittere Süße
durch leere Worte verkündet wird.

Schwarze Tauben bringen den Frieden,
einen trügerischen Frieden,
dessen stiller Lärm um nichts,
nur leere Versprechungen gibt.

Schwarze Tauben bringen den Frieden,
einen trügerischen Frieden,
dessen fließende Starre
nur von versteckten Tatsachen spricht.

Schwarze Tauben bringen den Frieden,
einen trügerischen Frieden,
und die Glocke schweigt.

Christine Lodewick * 1954

## *In meines Lebens Haus*

Immer wieder
muß ich
neue Räume
mir erschließen

Schritt für Schritt
durchs Dunkle tasten,
um die Fenster zu erreichen

leise mit mir selber reden,
beten,
bis die Läden aufgestoßen
... Licht und Lied
den Raum erfüllen.

Renate Loebner * 1925

## *„nur diese Rose"*

es war nur die eine Rose
die ich im Gedächtnis behiehlt
sie war gefüllt
üppig – als würde den tiefroten Flausch
ein weißer Schimmer bedecken
es war Oktober
und nur diese eine Rose
streckte sich majestätisch
über die morsche Mauer
die Rose
und daneben standst Du
Minuten
als wären es Stunden
ohne Frage
nichts
kein „Kommst Du zurück"
es war nur die eine Rose
die ich im Gedächtnis behielt

nur diese Rose

Christa Löffler * 1950

## *Die Liebe*

Ich weiß nicht, was es ist,
was mich innerlich so zerfrisst.
Ich kann nicht einmal mehr schlafen,
seit der Zeit, als wir uns trafen.

Ich vertraue dir alles an,
und Du vertraust mir alles an.
Das macht es nur noch schlimmer,
ich sitze hier, in meinem Zimmer.

Denke den ganzen Tag an dich,
denke leise „Ich liebe dich!".
Jetzt weiß ich, was es ist,
was mich innerlich so zerfrisst.
Es ist die Liebe.

Cindy Löffler * 1988

## *Zwei Menschen am Strand*

Zwei Menschen am Strand,
einsam und leer;
ringsherum nur blaues Meer.
Sie laufen entlang den weiten Strand
bis zu des Himmels Erdenrand.
Sie hüpfen und springen,
sie tanzen und singen
und steh'n doch allein
im Mondenschein.

Manuela Löffler * 1973

## *Das Paradies*

Wo allein der reisende Wind weiß,
wie es am Anfang war,

das strebsame Geäst wispernd
Heimlichkeiten austauscht,

der federnde Grund eng verwurzelt
erdig wogt,

pulsierende Quellen geduldig
unberührte Steine umspülen,

fliehende Vögel ihre Schwingen
behutsam über den Groll des
Menschen-Echos legen,

ruht die bedenkliche Zeit im Glanz
des sehnsüchtigen Schweigens

und gewährt dem vergessenen
Gemüt wonnige Zuflucht.

Katy von Lojewski * 1967

## *Träume*

Bewahre dir deine Träume,
auch wenn sie nie wahr
werden können.
Bleib dennoch mit den Füßen
auf der Erde,
habe weiter Hoffnungen
und Pläne, selbst wenn du
nicht mehr jung bist.
Doch lasse dich nicht von
deinen Phantasien beherrschen.
Lebe deinen Tag, deine Monate
und deine Jahre,
solange sie dir geschenkt
werden und du sie erfassen
kannst.
Habe deinen besonderen Traum,
der in der Gegenwart noch Platz hat.

Christel Looks-Theile

## *Vernetzt ...*

Du hast nichts zu sagen,
aber reden musst Du – pausenlos

Du hast nichts erlebt,
aber reden musst Du – ohne Punkt und
Komma

Du hast nichts zu fragen,
aber reden musst Du – atemlos

Wo bist Du?
Was tust Du?

Nicht – Wie geht's Dir?
Nicht – Wann seh'n wir uns?

Ausfragen statt Nachfragen
Kontrolle statt Verständnis
Klangteppich statt Gespräch
... und alle hören zu, ob sie wollen oder
nicht.

Eische Loose

## *Großmutter*

*Du Engel meiner Kindertage.*

Niemals werde ich vergessen, was du für
mich warst, in einer Zeit, in der sich oft
dunkle Schatten über meine kleine Seele
legten.

Du warst das Geschenk, ein Geschenk aus
Liebe, Schutz und Zuneigung, welches mir
das Schicksal gegeben hatte, um es mir viel
zu früh wieder zu entreißen.

Du gabst mir Geborgenheit und nahmst
mir
die Angst vor den Bildern der Nacht.
Deine Güte und Herzenswärme hüllten
mich ein.

Als du von mir gingst, stürzte der Adler in
meinem Innersten in eine tiefe Schlucht
und
nicht selten habe ich mir gewünscht, du
würdest zurückkommen um mich
mitzunehmen.
Mitzunehmen in eine Welt, von der
ich nur wusste, dass du dort bist –
und das war mir genug.

Gabriele Lorek-Schulz * 1954

Frühlingserwachen,
im goldenen Lachen,
der strahlenden Sonne,
himmlische Wonne.

Erstrahlendes Licht,
die Scholle aufbricht,

grünende Erde,
göttliches Werde.

Blumen zart erblüh'n,
farbenprächtig glüh'n,
Blätter sich entfalten,
vollendendes Gestalten.

Vögel es künden,
mit trautem Gesang,
Herzen sich finden,
beim lieblichen Klang.

Fröhliches Lachen
hallt durch die Haine,
Frühlingserwachen,
im jubelnden Scheine.

Artur Lorenz * 1919

## *Meine Welt*

Da ist eine Frau, die teilt meine Welt,
die im Kopf etwas hat
Sie wabert und schwebt in allen Räumen,
verworren und ziellos, der Zeit entronnen,
erscheinen die Wege, die nie welche waren,
vor ihren Augen, ohne zu glänzen
mit dem was sie früher so Hoffnung
nannten

Ich folge ihr wortlos durch alle Sphären
Ich weiß sie ist einsam
Ich kenne mich aus im Kopf meiner Welt,
der auch nicht leichter wird je mehr ich
vergesse

Und ich folge ihr weiter bis zum Tor das
weit ist
wie die Münder der tapferen Blinden
die sehenden Auges noch immer
marschieren
die Wege, die nie welche waren

So zerfließt die Welt in meiner Hand
zu zeit- und formlosen Farben

Und jetzt schließt sich der Kreis

Wie sehr narrte mich doch die Dunkelheit,
dass ich Licht bräuchte um zu sehen!

Manuel Lorenz * 1984

## *Letzte Erkenntnisse*

Als Jugendliche wollten wir
nie werden wie die Alten
Ach hätten wir Grünschnäbel
doch nur brav das Maul gehalten

Vergessen ist das Lästern
Opposition war gestern

Uns steht der Sinn nach Eigentum
Nur Nieten zahlen Mieten
Katholisch wird das Kind getauft
Wer will uns das verbieten?

Dann stopfen wir die Wohnung voll mit
Sachen
und bringen unser Ideal ins Wanken
Wenn wir abends erschöpft das Licht
ausmachen
dann rebellieren höchstens die Gedanken

Die Senfgläser sind aussortiert
Musik läuft nur noch leise
So zieht der Wahnsinn
den wir Alltag nennen
seine Kreise

Rainer Löser * 1970

## *Das Leben*

Leben gibt, das Leben nimmt,
es ist alles in der Welt bestimmt,
das Glück sowie das Leid,
es schenkt uns Freude, es schenkt uns
Wonne
und nach jedem Regen wieder die Sonne,
alles kommt zu seiner Zeit.

Wir dürfen hoffen, wir dürfen glauben,
wir säen und wir ernten die Trauben,
wenn die Frucht ist reif,
wir können Lachen und auch singen
und sollte uns das Weinen Erlösung
bringen,
dann sind wir reich.

Was nützt uns Luxus, was nützt uns Geld
auf dieser so herrlich schönen Welt,
auch Rosen, sie verblühen,
denn jede Stunde und jeder Tag,
Glück, Freude, Mühe und Plag,
ist uns alles nur für kurze Zeit geliehen.

Hannelore Loske

## *Krisen-Nomenklatura*

Sakkotaschenlugbefund.
Kaltschweißhitzetrock'ner Mund ...

Ehegattenlistmißtrauen.
(Alles das, wo wir jetzt bauen!)

Opferlammgebeugte Frage –
Tränenreiches Leidgetrage.

Kraftwutegorückzentrierend.
Hin- und Herzerrenervierend.

Kinderinvolvierkampfhähne,
Sorgerechtsverfolgungswähne.

Neumannblitzverliebtheitsphase ...
Inselfluchtwunsch zur Oase ...

Neumann stellt promisk sich raus:
Eherückkehr. Krise aus.

louwd * 1962

## *Unverwüstlich*

Die Schaukel dort im Schatten,
sie schwingt ganz leise aus.
Die Schaukel dort im Schatten,
sagt mir ich bin zu Haus.

Sie erzählt mir aus Kindertagen,
so manche schöne Mähr,
in denen ich konnte wagen,
was heute mir fällt schwer.

Sie kennt all meine Träume,
und ebenso mein Leid,
gab über Zeit und Räume,
mir treulich ihr Geleit.

Heut steh ich da und sehe,
noch immer wie sie schwingt
und anderer Kinder Träume,
so in Bewegung bringt.

Sie scheint mir ewig jung geblieben,
voll Stärke und voll Schwung
von der Kindheit ist nichts geblieben,
als sie und die Erinnerung.

Ingrid Löwenberg * 1939

## *Ein Marionetten-Spiel*

Ein Marionetten-Spiel
sagte mir viel.
Wer zieht die Fäden
in unserem Leben?
Oft werden wir gezogen.
Auf hohen Wogen.
Dann wieder fatal.
Hinab ins Tal.
Warum tue ich dieses
und nicht das?
So geht es fort,
ohn' Unterlass.
Einmal traurig, einmal heiter,
Haben wir einen Wegbereiter?

Lore Lübbermann

## *Wiederkehr*

Geht immer der Mond
so vorbei?
Lächelnd sendet er dir
zwiespältiges Licht
und geht vorbei.

Du stehst mit hängenden Händen,
weißt, er wird wiederkehren
auf einer schiefen
Ellipse umkreist er dich
wird wiederkehren und wieder gehen.

Dir fährt durch den Kopf
wie der alte Brentano
ein Herz fast flehend beschwört:
„Hilf suchen, Süße, halt, o halt!
Ein jeder Himmel leid't Gewalt."

Rainer Luce

## *Verstehen*

Verstehen ist Wahrheit
    ist Liebe
    ist Gold

Verstehen zu erhalten
ist mehr als all das.
Es ist unbeschreiblich groß.

Verstehen zu erhalten
wäre das größte Glück.

Verstehen zu geben
ist noch viel größer.

Hanny Luck

## *noch einmal*

noch einmal
noch einmal möcht ich Deinen Atem
    spüren ...
mich ganz und gar in Dir verlieren ...
noch einmal nur möcht ich Deine Haare
    streicheln ...
mit Worten von mir zart Deiner Seele
    schmeicheln

noch einmal Dir sagen ich liebe nur Dich
noch einmal Dich fragen fühlst Du so wie
    ich?

nur noch einmal Deine Hände fühlen die
    mich berühren
nur noch einmal Deine Küsse auf meiner
    Haut spüren.

nur noch einmal zu unserem Lieblingssong
    gemeinsam träumen
und jedes Trübsal in unserem Leben aus
    dem Wege räumen.

nur noch einmal wissen, es könnte
    geschehen
dass Du noch mal wirst zu mir stehen.

niemals mehr sagen „es war einmal"... das
    nicht!
noch einmal Dir begegen und Dich
    umarmen bis der Tag anbricht

das wünsch ich mir nur noch einmal ...

Lucy * 1965

Schwerer Regen
Ein Blitz über dem See
Auffliegende Schwäne

Josef Ludwig * 1939

Manchmal sind Träume mehr Realität
als das, was man die reale Welt nennt.
Wenn ich aus meinen Träumen aufwache
wache ich dann wirklich auf
oder schlafe ich in die Realität ein
um in den Träumen wieder aufzuwachen?
Lebe ich meine Träume
und schlafe mein reales Dasein?

Verarbeite ich in der Realität meine
Träume
oder in den Träumen die Realität?
Träume ich gerade oder bin ich wach?

Januschka Lüer * 1985

## *Die Menschheit*

Schmutzig, verkommen und völlig
verdorben,
die Menschheit.
Ein Übrigbleibsel der Ausscheidung
einer über uns lebenden Kreatur.
Der Abschaum einer Gischt.
Jedes einzelne lebewesen ein verarmtes,
gefühlskaltes Männchen,
getrieben vom allgemeinen
Wahnsinn.

Sabrina Luippold * 1980

## *Die Wellentänzerin des Malers*

*Zum Emil Nolde-Jahr 2006*

Traumwandelnd
in taumeligen Kurven
in dem Genuß des Gejagtwerdens
und der vertrauten Nähe des Verlöschens
wippend
und mit wiegenden Hüften über die Fläche
gleitend
so bannt er sie
ihren Reizen erliegend
ins Bild

Ingo Lükemann

## *Ausritte*

Wenn ich im Tiefsten angerührt,
die Hand das Stiftergreifen spürt,
dann fasse ich den Beschluss,
dass ich dieses aufschreiben muss.
Die Hand gleitet über das Papier
und Pegasus steht neben mir.
Die Antworten auf weitere Fragen
werden vom Flügelross getragen.
Es trägt sie leicht mit Fröhlichkeit
und hält den Buckel für mich breit.
Dann schwebt es fort ins Weltenall
und mit dem weiten Lassofall
Lichtjahre fern, ich muss herzlich lachen,
will ich noch mit ihm Verse machen.

Hildegard Lüking * 1939

## *Ein junger Spatz*

Ein junger Spatz
liegt am Straßenrand,
sein Kopf ist seltsam verdreht,
wie von einer Katze.

Doch seine Augenlider
sind geöffnet,
als blicke er
zum Himmel auf.

Nein, er ist nicht tot! Er träumt nur,
von einem unbeschwerten Leben
in der anderen Welt!

Wolfgang Luley

## *Verbunden*

Wir sind es, und wir sind es nicht
Wenn wir im Du – im Ich gebunden
Es kann nur Lust sein, oder Pflicht
Wie wir es jeweils so empfunden

Da sind die Nähe und die Ferne
Und wollen wir die Grenzen ziehen
So sind wir es, wenn wir es gerne
Uns nicht, wenn wir dem Wir entfliehen

Dieter Lunow * 1936

## *Freiheit*

Im Moment festgehaltene Bilder – für die
Ewigkeit
Der Sonnenuntergang vor einem Horizont
so unendlich weit
Ohne, dass sich die Zeiger der Uhren
weiter drehen
Und die stürmischen Winde in den Segeln
wehen
Friedlicher Augenblick – ganz fest hältst du
mich gefangen
Ertrinke in deinem Farbenmeer, doch muß
ich nicht um mein Leben bangen
Läßt mich nicht los und ich verweile an
diesem Ort
Bevor hereinbricht die Nacht, die mich
trägt hinfort
Und wiegt in ihren sanften Armen in des
Mondes Licht
Leise flüstert, leise schützende Gebete
spricht

Nadine Lusmöller * 1977

## *Vöglein*

Wenn ich ein Vöglein wär'
flög ich über Tal und Berg,
über Bach und See.
Würd' sorgenfrei mich tragen
lassen, vom Wind dahintreiben
ohne zu leiden.

Ich würd' fliegen wohin ich möcht.
Sorgen könnten mich nicht plagen.
Es gäb' auch keine off'nen Fragen.
Würd' den Ozean besuchen,
treiben über Well' und Meer.
Wenn ich ein Vöglein wär.

Dimitry Lütge * 1980

## *Der Frühling*

Die Vögel singen schon in den Bäumen.
Die Sonne lacht vom Himmel.
Ist der Frühling schon da?
Aber der Winter lässt nicht los.
Die Wiesen und Felder haben
noch ihr weißes Kleid an.
Es ist so bitter kalt.
Wo bleibt der Frühling?
In der Sonne glitzern die Eiszapfen
wie Kristalle.
Aber ganz ganz leise schleicht der
Frühling ins Feld.

Barbara Lütjen * 1958

## *Verzeihst du mir?*

Dürft ich deinen Arm
nur kurz halten
würde ich zahm
begänne fortan zu schalten!

Das Blut im Gefäße
flöße immer schneller
wenn ich jetzt bei dir säße
wäre die Stimmung sofort heller.

Denn deine Gegenwart
ist es die mich erfreut
ich war mal weder Clever noch Smart
was ich heut hab bereut!

Statt Geduld zu haben und zu hoffen
hab ich es übertrieben
ich frage dich ganz offen
warum bin ich nicht bei dir geblieben?

Lütti * 1984

## *Du*

Sitzend,
den Magenschmerz
ignorierend.

Andere Frauen
zeigen mir Ihre Brüste.

Das Bild von dir
zwischen den Zähnen
liebe ich sie
schweißtreibend
viele Nächte.

Michael Lüttke * 1963

## *Ein Trugbild*

*entstanden 1988*

Ich sitz im Schatten alter Bäume,
der Wind rauscht leise im Geäst.
Ganz ruhig sitz ich da und träume
und nur dein Bild hält mich ganz fest.

Du stehst vor mir im bunten Kleid,
der Wind spielt sanft mit deinem Haar.
Gleichst einer wunderschönen Maid.
So jung, so schön, so wunderbar.

Ich schließ die Augen, will dich halten,
Minuten nur in meinem Sinn.
Ich spür den „Alters-Wind", den kalten,
er weht dies wunderschöne Bild dahin.

Ruhe ist sanft eingekehrt
und Kälte kriecht an mir empor.
Es bleibt ein Traum und mir verwehrt,
ein Trugbild narrt mich dummen Tor ...

Gerd Lutze * 1949

## *Die Gottesanbeterin*

Die Gottesanbeterin ins animalisch
und nach dem Sex oft kannibalisch.
Deshalb haben junge Gottesanbeter
selten Väter!

Richard Lux-Rubenser * 1966

## *Antwort*

Vermoderte Leiber
Im Sumpf der Erkenntnis erstickt,
Durch aller Fragen Antwort entrueckt,
Stillstand, kein Weiter.

LynxX * 1980

## *Suche einsame Seele*

Ich suche Dich auf diesem Wege,
da ich mich schwer tu mit Gerede,
wenn liest Du diese Zeilen,
ich hoff Du magst verweilen,
ich hoffe Deine Augen,
sie können mich durchschauen.
Ich bin nicht klein, ich bin nicht groß,
und hab auch nicht viel Moos,
doch was ich kann Dir geben,
das wär ein einfach Leben.
Ich würd Dich tragen auf den Händen,
auch wenn wir uns befänden,
in eiseskalten Wänden.
Meine Hand will ich Dir reichen,
und Deine Seele streicheln,
zart will ich Dich berühren,
spüren und verführen.

Eine ebenfalls einsame Seele.

Lyrikergottes * 1956

## *Orion*

An langer Angel den ertrinkenden
Mond zieh ich durch Flüsse,
die Nacht ist ein Rachen
aus Samt, so
trägt die Hyäne ihr Junges,

wenn das Auge der Eule
sich schärft das Gehör
für die Spitzen der
Sternenspeere.

Orion,
äonenweit,
sein ewiger Jagdsinn,
unendliche Scharen
etwas durchzuckt
die Leiber im Mond.

Helga Maas

*Blütenduft*

umgibt
die Welt
von morgen
Trauer kennt
das Leben
kaum

Kinder
spielen
tollen …

nie mehr
erteilt ein Tag
dir
dein Geschick
die Rosen
blühen noch
wenn wir uns trennen …

gib' Zeit
sprich aus
was in dir steckt!

Gabriele Maaß * 1959

*Dieser Herbst*

ist eine wehmütige Erinnerung an den Sommer.
Viel zu kurz
und lang schon verklungen.
Herbstlicht in deinen Augen
wie welkes Laub verwehend.
Stille im Herzen.
Nur die Blätter
rascheln unter den Füßen.
Und die Quelle flüstert ihr: „Es war einmal …"
Der Wind rauscht sein Lied von Ewigkeit
in diesen wehmütigen Herbst.

Karl Maria Machel

*Die Zeit zurückholen*

Mein schönster Sommer
mit dir auf Capri ist's gewesen.
Im Park von Ana Capri ereilte uns das Glück!
„Himmlische Tage" wären's gewesen …
(schriebst du später in einem Brief)
Ich dreh die Zeit einfach zurück!

Weißt du noch …?
die Bar, in der wir Tango tanzten …
… die leuchtend bunten Tücher …
ich ließ sie flattern im Wind,
und war so glücklich wie ein Kind!
Keines dieser Tücher
brachte zurück der Wind.
Sie flogen dahin,
so,
wie unser geborgtes Glück.
Ich dreh die Zeit für Sekunden
zurück.

(Ich hab im Leben immer verloren mein Glück.)
Erinnerungen an die große Liebe des Lebens, die man nie bekommt.

Gisela MacLean-Wittich

*Der Tod*

In der Nacht Blutrot,
kommt er der Tod.
Er kommt, er hastet,
er hat meine Seele ertastet.

Nimmt mich mit in sein Reich.
Mein Körper verliert sogleich.
Ist gestorben, ist verreckt.
Der Boden, mit Blut bedeckt.
Schmerzen nun vergangen sind,
da die Seele nie mehr zum Körper find't.

Maddse * 1987

## *Abenteuer*

Der Weg in sich selbst,
in sein Innerstes,
ist eines der größten Abenteuer.
Es lauern Drachen und Dämonen,
es warten Schätze und Paradiese,
und wer einmal damit begonnen,
ihn zu gehen,
hört meist nie mehr damit auf.

Ralph Mader * 1961

## *Dem Himmel so nah*

Alles verloren
eine Mutter ohne Kind geboren
es ging um mein Leben
töten oder vergeben

Verloren den Lebensgrund
doch alles hat einen Grund
streb zurück zum Anfang
das Ende es nimmt seinen gang

lauf auf eine Kreuzung
es geht um eine Entscheidung
und der Weg ist das Ziel
ein guter Freund fiel

bin hin und her gerissen
zwischen der Zeit und meinem Gewissen
meine letzte Fahrt
2 Münzen für die Überfahrt
das Licht so fahl
666 ist meine Zahl
ein Himmelreich voller Liebe
holt mich zurück in meiner Hand die Bibel

Mark Maduwuihe * 1971

## *Frühling*

Ich merke wie es von mir fällt
Etwas fällt von mir
Trug es auf meiner Brust wie eine Glocke
schwer
trug es auf meiner Brust wie eine Glocke
eine Glocke trug ich vor mir her
nicht links nicht rechts
nur schwer
Jetzt merk' ich wie es von mir fällt
Etwas fällt von mir
Trug es auf meiner Brust
Wie eine Glocke
Eine Glocke schwer

Monye Maduwuihe * 1972

## *Alles schwankt*

Alles schwankt,
mal nach vorne, mal nach hinten,
alles wankt,
laßt uns rasch noch eins trinken,
und dann dankt
dem da oben für die Finten,
dann nach rechts,
dann nach links mal wieder winken,
weiter geht's,
das Spiel mit den vielen Zinken.

Adam Mager * 1935

## *Damals Wird Morgen sein*

Warum soll ich in den Tag hinaus,
wenn die Nacht mir so vertraut?
Dies vertrauen aufzugeben,
was soll mich dazu bewegen?

Ein Licht der Scheinheiligkeit?
Ein Heiligenschein, gegründet auf Lügen
und Pein?
Heilig die Kirche des Rauben?
Gegründet aus den Schmerzen derer die
glauben ...
an die Natur und die Macht dessen,
was das Kind der Dunkelheit hat einst
besessen.

Illumius Magickus

## *Trampolin*

Ich bot dir meine Schulter
lieh dir mein Ohr,
ließ dich meine Lippen schmecken
schenkte dir meinen Schoß,
aber Du –
hast Disteln auf mein Feld gepflanzt!

Ulla Magonz

## *Geborgen*

Deine Lippen, die mich küssen,
deine Hände die mich berühren.
Dein Körper, der mir noch fremd ist.
Deine Augen, die mich liebkosen,
Dein Lächeln – Deine Ernsthaftigkeit...
das alles liebe ich.
Mit dir möchte ich Siege und Niederlagen
erleben.
Alles mit dir teilen, jede Freude, jeden
Schmerz.
Mit dir weinen, eins mit dir werden.
Nach langer Nacht in deinen Armen liegen
und
deinen Atem spüren.
Dir Kamerad und Geliebte sein.
Trost spenden, wenn es keinen Ausweg
gibt – mich trösten lassen.
Mit dir tanzen, singen, lachen, reden ...
Stundenlang.
Bei dir bin ich geborgen.
Gib mir ein Zuhause.

Christa Mahler * 1961

## *Die Eltern*

Sie hielt mich im Arm
wohlig und warm
unterstützte die ersten Schritte
gab Halt und bei jeder Bitte
war sie für mich da.
Das war die Mutter

Der Vater hielt mich fest
nahm des Atems Rest.
Entwicklung erschwerte
Entscheidungen verwehrte
Gefangen in Anmaßung und Angst.
Das war der Vater.

Wo ist der Vater,
der die Großmut des Mannes zeigt,
der mir die Schulter neigt.
Er, der das Weibliche ehrt
und nichts entbehrt.
Wo ist der Vater?
Wo der Mann?

Merit Mai * 1966

## *Sehnsuchtvogel*

Dort wo die Seele lachte
herrscht tiefes Schweigen nun.
Wo Leidenschaft entfachte
stumpf alle Sinne ruhn.

Dort wo ein Herz wild pochte
ist es zu Eis gefrorn.
Was nichts zu erschüttern vermochte,
hat alle Hoffnung verlorn!

Dort wo die Liebe lebte
brach lähmende Leere herein.

Wo der Sehnsuchtvogel schwebte
sperrten dunkle Dämonen ihn ein.

Es schreit die gefolterte Seele-
gezeichnet von Trauer und Leid.
Doch ein Schrei aus zerschundener Kehle
den trägt toter Wind nicht weit ...

Kathrin Maier * 1987

## *Die Liebenden*

Die Liebenden sind Hüter des Geheimsten
Wie süßer Honig mundet dieses Wort
Denn ihre Herzen sind die Allerreinsten
und sie befinden sich am wunderbarsten
Ort

Sie sind dem Ewigen
selig auf der Spur
Sie trinken alle Freude pur
und kosten nur vom Feinsten

Was sie berühren
wird zu reinem Licht
Sie spiegeln wahrlich
Gottes Angesicht

Wer Augen hat, der sieht es
in der Zartheit der Gebärden:
Das Himmelreich ist ihrer
schon auf Erden!

Renate Makowski

## *Gefühle*

Lang hatte ich geglaubt
Und ich wusste es genau,
ich empfinde kein Gefühl mehr für eine
Frau.

Doch nach einiger Zeit musste ich es anders
erkennen,
Das war der Zeitpunkt,
Als lernte ich dich kennen.

Du entfachtest eine Verwandlung in mir
Und das lag nur ganz allein an dir.

Nimm mich so, wie ich bin
Und ich gebe mich ganz für dich hin.

Du kennst mich doch schon so genau
Und musst wissen
Noch nie habe ich gespielt
Mit den Gefühlen einer Frau.

Denn an eigenem Leib musste ich es
spüren,
Es zerstört einem das Leben,
Das Spiel mit Gefühlen.

Jürgen Malinka * 1957

## *Melancholie*

umgibt mich wie dichter nasser Nebel –
hüllt mich ein.
Tränen befreien sich aus meinen Augen
und laufen weg.
Ich halte sie nicht auf, es tut gut zu lassen.

Meine innere Stimme versucht,
mit mir zu sprechen,
aber ich kann sie nicht verstehen.
Nur kleine Bruchstücke,
die wie Luftblasen
an der Wasseroberfläche zerplatzen,
lassen sich einfangen.
Aber so leise, so leise ...

Im dunklen Zimmer gehe ich
an das offene Fenster.
Es regnet.
Ich höre dem Regen zu und
werde ruhig. Dann fröhlich.
Ich lache in die Nacht hinein.

Michaele Mallok * 1970

## *Dunkelheit*

Das kurze Aufflackern eines Feuerzeuges
durchbricht das Dunkel.
Dann das Glimmen einer Zigarette.

Blauer Dunst zieht durch die Nacht.
Formt bizarre Gebilde,
immer wieder neu.
Undefinierbar bildet es sich
stetig neu.

Löst sich aus dem Gebilde
und zieht weiter.

Ein letzte Zug
dann erlischt das Feuer.
Und Dunkelheit breitet sich aus.

Miriam Malsch * 1985

## *Spuren im Schnee*

Tickend vergeht die Zeit
Könnte ich sie doch zurückdrehen
Sie soll zwar alle Wunden heilen
Aber dieser Schmerz wird niemals vergehen

Nie mehr werde ich dein Lachen hören
Ein Platz am Tisch bleibt für immer leer
Tag für Tag verstreicht
Ich vermisse dich so sehr

Jetzt gehe ich allein den Weg entlang
Gehe allein in die endlose Weite
Gott hat dich mir weggenommen
Du bist nicht mehr an meiner Seite

Tränen tropfen auf den Boden
Sie liegen wie Splitter vor mir
Vielleicht wird die Zeit sie fortkehren
Vielleicht bringt die Zeit mich zu dir

Ich denke an den Januar zurück
Dich zu verlieren tat mehr als nur weh
Es war für dich der letzte Winter
Es waren deine letzten Spuren im Schnee

Eva F. von Maltitz * 1989

## *Untergang in der Wüste*

Die ferne Heimat läßt uns verrecken
Die Maschinengewehre im Sturm
verdrecken
Die Wasserkanister sind alle leer
Die Irren angstgrölen zum blechernen
Himmel
Die Feindwaffen dröhnen seit Mittag nicht
mehr
Die Sonne glüht uns aus den Verstand
Die Hyänen fressen nachts unsre Toten
Die Panzer glosen zerschossen im Sand

Adolf Mammel

## *Lebensmuster*

mein bunter Humor
blickt schmunzelnd
auf die strenge Kleinkariertheit
meines bislang grauschattierten Denkens
und erstaunt nicht wenig
über meine momentane innere
Bereitschaft
– spät, aber doch –
in einem großzügig angelegten
Karomuster zu fühlen.

„Dein Mut ist zu bewundern!"
spricht meine freiheitsliebende
Lebensfreude zu mir,
denn es beginnen sich bereits selbst
diese neu-kreierten Linien aufzulösen,

und lassen mich
in einem weiten Himmel
an zärtlich-gelben Wolken
eines Urvertrauens versinken.

Eveli Mani * 1951

*Schicksal*

Knapp siebzehn Jahre jung, seit jeher allein
Ein Leben gelebt ohne Sonnenschein
Die Mutter ermordet, der Vater unbekannt
Tausendfach durch die Hölle der
Verzweiflung gerannt

Das erhoffte Glück durch Tragödien
verdrängt
Geschmiedete Pläne längst an den Nagel
gehängt
Das gutmütige Schicksal aus den Augen
verloren
Das Leben verflucht und sich gewünscht,
sie wäre nie geboren

Geweint am Tag, geschuftet in der Nacht
Das Arbeitskleid schien für ein Rendez-
vous gemacht
Von vielen umarmt, geküsst, geliebt aber
nicht
Am Ende des Tunnels nie ein Licht in Sicht

Sie schreit und weint hilflos in sich hinein
Das Leben ist nicht fair, das Leben ist
gemein
Wenn man arbeitet für etwas Geld
Im ältesten Gewerbe dieser Welt

Betrunken und einsam mit Christbaum
und Wein
Den Revolver an der Stirn im
Weihnachtskerzenschein
Die Seele rein gebetet in der heiligsten
Nacht
Kerzen gelöscht, sich frohe Weihnachten
gewünscht und umgebracht

Simon Mani * 1982

*Flucht*

Rennen.
Weglaufen.
Kein Umdrehen.
Flucht vor mir selbst.
Ist das der Weg?
Kann ich vor mir davonlaufen?
Stehen bleiben.
Zurückschauen.
Nachdenklichkeit.
Ich bewege meinen Körper von der Stelle.
Mein Geist bleibt stehen.
Bin noch der gleiche Mensch.
Keine Flucht möglich.
Flucht ist falsch.
Akzeptanz.
Sich selbst bewusst werden.
In kleinen Schritten weiter.
Im Ganzen.

Berit Mann * 1968

*Verborgenes Wissen*

Hinter dunklen Mauern verborgen
sitzen junge Mädchen an Spinnrädern
spinnen blutdurchtränkten Flachs
die Augen blicklos in die Ferne gerichtet.

Blut tropft von ihren Händen
gleitet entlang an unsichtbaren Fäden.
Rot färbt sich ihr Schoß
Tropfen vereinigen sich zu einem Fluss.

Lassen die Mauern hinter sich
rot ist die Spur der Verwüstung.
Der blutrote Strom ergießt sich ins Meer
vereinigt sich mit dem Wasser.

Purpurfarbene Augen liegen auf dem
Grund
mit Blicken die alles wissen
verborgen im Fluss der Gezeiten.
Ihr Geheimnis liegt in ihnen.

Monika J. Mannel * 1949

## *Der Schwan*

Auf einem Weiher nahe Plön
entdeck ich Dich, Du stolzer Schwan.
Dein Anblick ist so wunderschön.
Gemächlich ziehst Du Deine Bahn.
Entzückt seh ich des Lichtes Spiel
auf Deinem weißen Federkleid.
Du drehst den Kopf jetzt ins Profil
zu trauter „Augenblicklichkeit“.

Regina Manow * 1953

## *Sklaven*

Auf den Bergen müssen Sie wandern
über den Tod müssen Sie bangen
in Ketten sind Sie gefangen
und auf dem Scheiterhaufen Sie verbrannen
Keine Nahrung durften Sie bekommen
bis Sie nur noch aussahen ganz verkommen
schwere Dinge tragen Sie jeden Tag
bis es Sie umhaut auf einen Schlag
beerdigt werden Sie nicht
doch beschimpft werden Sie Tag für Tag
bekommen keine Belohnung
Nur Schläge mit der Peitsche
Kalt und Grausam ergeht es Ihnen
Sie weinen in der Dunkelheit
sich die Seele aus dem Leib
Doch wenn Sie endlich gestorben sind
können Sie endlich Frieden finden
Frieden von den Herrschern
und Ihrer Sklaverei!

Saskia Marbach * 1984

## *Der Mond*

Hell leuchtet er in der Nacht,
Grau scheint er mir den Weg,
Rund sein Gesicht über mir wacht,
Er immer mir zur Seite steht.

Du zeigtest mir ihn im sanften Schein,
Im Zenit meines Glückes.
Ich hab gewusst du musst es sein,
als du dich an mich drücktes'.

Die Nacht ist vorüber,
der Mond scheint noch hell,
Die Sonne steigt auf,
doch die Liebe verschwindet schnell.

Ich blicke hinunter in des Toten Reich,
deine Seele ich entfliehen seh.
Dein Körper, eiskalt, wird totenbleich,
ich vor dir auf die Knie geh.
Dein Herz erstarrt zu Stein,
am Himmel das Auge thront.
Falsch ich gedacht als ich sagte du wärst
mein,
eine Träne du bist, vom Mond.

Jonas Marckert * 1987

## *24 Stunden*

Es überdecken
blaue Gedanken den Tag,
Reise nach Innen.

Nachts kommst du zu mir,
auf Flügeln getragene
Sehnsucht nach Heimat.

Sich finden in Lust
und verlieren im Andern,
Körperverschmelzen.

Aufgewacht, zartblau
ist der Himmel über uns,
freudvoller Morgen.

Walburga Marczinkowsky

## *Die Trauerweide*

In meinem Garten steht ein Baum, und
immer wenn ich leide,
dann geh ich raus und setz mich dann
unter die Trauerweide.

Doch oftmals is's dort überfüllt,
ich muss ein wenig warten;
weil eine Warteschlange da,
vorm Baum in meinem Garten.

Michaela Mareta * 1969

wetterleuchten.
natürlich seine augen.
da.
der sonne verzerrter kreis.
aufgezehrtes brennendgelb.
diese zeit.
nordpolblau diese augen.
da! sie lodern!
wetterleuchten.
nur.

Yulia Marfutova

## *Das Genie und die Künstlerin*

*oder Der Physiker und die Sorcière*

sie trafen sich –unter lauter chaoten
sie waren frei –ohne frei zu sein
sie sahen sich an – ohne sich zu sehen
sie träumten – ohne zu träumen
sie flirteten – ohne zu flirten
sie fassten sich an – ohne sich zu berühren
sie küssten sich – ohne sich zu küssen
sie zogen sich aus – ohne sich auszuziehen
sie liebten sich wild – ohne wild zu sein
sie sind glucklich – und verstehen nicht es
nicht
sie möchten sich sehen – und haben angst
vor einer begegnung
sie möchten sich berühren – und haben
angst vor berührungen
sie möchten so viel sagen – und sagen
nichts

Stromausfall – Internetverbindung
abgebrochen

Margarete

## *Liebe träumen*

Versteckt
tief in der Nacht
von tausend Sternen
bedeckt.

Unentdeckt
versunken in einem Traum
mit dichten Gefühlen
zugedeckt.

Weckt
sehnsuchtsvolle Momente
auf den Lippen Salztränen
geschmeckt.

Mitten am Tag
von Liebe träumend
hochgeschreckt
geschmeckt
unentdeckt
zugedeckt
versteckt ...

Wer wohl dahinter steckt?

Mari * 1961

## *Ein neuer Start*

Ein neuer Start,
ein neues Jahr,
so Manches vorher
mißlich war.

So viel Erwartung
trübt den Blick,
nimmt zu viel Ehrgeiz
schnell zurück.

Auch leise Töne,
ruhig und fest
den Weg dir weisen
bis zuletzt.

Marianne * 1966

## *Zur goldenen Hochzeit*

*1956 2006*

An jedem Tag aufs Neue bin ich dein,
und täglich neu empfang ich dich
aus Gottes Händen.
Inniglich
schließt sich zusammen unser Sein,
und nur der Tod kann's
enden.

Annelis Marien * 1925

## *Das Glück*

Ich kann das Glück nicht greifen.

Ich kann es kann es nicht erfassen.

Die Arme sind gebunden, die Hände
verschnürt.

Es gleitet vorüber, entschwindet mit
bedauerndem Winken.

Nebel kommt darüber gezogen in
milchigen Schwaden, die Blicke
einhüllend,

Schnee fällt darüber und bedeckt es mit
weicher, leichter Last.

Eis und Sturm fährt darüber, trocknet alles,
macht alles fest.

Jetzt ist es geschützt, ganz unten, fest und
hart, es kann nicht
durchdrungen werden – das Glück.

Eingedeckt in festem Bestand, ohne sich
der Zudringlichkeit wehren
zu müssen, geschützt vor der Umarmung –
das Glück.

Milde Brisen locken mit sanfter Berührung,
wärmende Strahlen
tauchen zu ihm durch, rufen es beim
Namen.

Ist es erfroren, erstickt in Selbstmitleid
oder hebt es sich empor – bereit zur
Vereinigung – das Glück.

Rosemarie Märkl

## *Es hätte nicht so weit kommen müssen*

Ich bin America, ich vertraue auf Gott.
Ich schütze unsere Lebensweise.
Ich kämpfe für die Freiheit.
Ich ergebe mich nicht!

Es kommt mir entgegen.
Hat es Hunger?
Will es töten?
Der Distanzschuß ist das Sicherste,
Die Vorschrift unsicher.

Geschlagen, verspottet,
singt er gezwungen:
I love America, I love Bush.
Der Mann weint.

Sie macht sich aus dem Staub.
Sie hat ihre Sachen verschenkt.
Die Gedenkfeier wird befohlen.
Der Geistliche spricht.
Der First Sergeant spricht.
Die Bataillonskommandeurin spricht.

Hans-Jochen Markmann * 1930

## *Mutter Erdes Kinder*

Ein Kind, nackt, verletzlich, rosarot,
wird geboren in unsere Welt.
Sein Sein rückt ins vorbestimmte Lot,
die hilflose Unschuld zerschellt.

Einmal den Glanz der Erde erblickt
und die Motoren des Lebens gehört,
schon ist das Gute im Menschlein erstickt,
die keimende Tugend zerstört.

Das erste Japsen nach Luft
durch einen Klaps auf den Po
erweckt zum Leben einen weiteren Schuft,
der seines Lebtags nicht wird froh.

Bald ist es fähig allein zu agieren,
mit dem ersten glucksenden Wort
Boshaftigkeit zu kaschieren
und schon schwimmt die junge Seele
hinfort.

Angelika Markow * 1988

Der Rauch strömt
aus meinem Mund

fängt sich
fliegt seinen Weg

verteilt sich

Abschied

Marla * 1987

## *Liebesband*

Ich hab' ein riesengroßes Herz
mit Liebe ist's gefüllt
gewachsen ist es durch den Schmerz
den Sinn hat er erfüllt

Die Liebe schenk ich allen
dem Mensch, dem Land und Meer
lass' auch auf dich sie fallen
ich fühl', du brauchst sie sehr

Ich liebe jedes Wesen
ob Pflanze oder Tier
in mir hab ich's gelesen
deswegen sind wir hier

Sie soll uns alle verbinden
vom Ich zum Du als Band
soll Schmerz und Leiden lindern
als Gab' aus Gottes Hand

Cécile Marmet-Champion * 1941

## *Meine Welt*

Täler, Flüsse, Seen, Berge,
Strände, Wüsten, Wälder, Meere.
Das ist meine kleine Welt. Keiner außer
mir weiß hier bescheid.
Die Sterne am Himmelszelt leuchten allein
für mich.
Es ist wunderschön und friedlich hier.
Hier spielt mein Gedicht.
Aber Keiner teilt dieses Glück mit mir.
Ich bin allein, und nur des Windes
rauschen, lässt mich wissen, dass ich
noch leb'
Was nützt mir diese heile Welt, wenn es
außer mir niemand anderen gibt?
Ich öffne das Tor, schleiche hinaus, suche
ein offenes Ohr, und spreche mich
aus.
Ich suchte Irgendwen, ich fand mehr - ich
fand dich.
Du kennst mich sicherlich noch nicht.
Aber du hast, wie ein Magnet, mir den
Schlüssel
zu meinem Tor gestohlen.
Aber ich brauch ihn doch!
Ich brauche dich!
Komm mit mir in meine Welt, wo die
Sterne am Himmelszelt leuchten so
hell.
Dreh den Schüssel, öffne das Tor, und tritt
ein.
Du hast den Schlüssel zu meiner Welt,
In meinem Herzen, werd ich nie mehr
alleine sein.

Cindy Marquardt * 1990

Ich sass in Geschichte und schaute
einer Schnecke beim Kriechen zu;
überzog doch ihre schleimige Spur
den ganzen Geschichtsfliess, nahezu.

– Über Revolutionen hinweg und
Kriegesdaten
zur Gegenwart hin und halskehrum
zurück zu den Entdeckungsfahrten.

Welch' Fähigkeiten dies Schneckentier
doch in sich hat!
– dacht ich mir so in Gedanken;
hat's doch noch kein gegenwärt'ger Mensch
zustand gebracht
den eig'nen Schleim
in vergang'nen Zeiten zu verankern.

Nora Marte * 1986

Das Leben,
ein Stamm,
ein Zweig,
eine zarte Knospe,
Sie reift heran,
erwacht zum Leben,
fein und sinnlich süß –
verbreitet sich ihr Duft,
gedeihen wird sie –
um faulend zu sterben,
um Eins zu werden –
aus dem sie entspringt

Tommy Martens * 1975

## *Die Zeit*

Sie kommt, um zu geh'n, rieselt wie Sand,
gnadenlos durch unsre Hand.
Sie kommt, um zu geh'n, stellt ihre Fragen,
nimmt und gibt an allen Tagen.

Nichts hält sie auf, sie gleitet dahin,
mal hat sie viel, mal wenig Sinn.
Sie schleicht davon, fast unbemerkt,
hat uns gebeutelt und gestärkt.

Läßt uns vergessen manches Leid,
heilt Wunden nach gewisser Zeit.
Ist die, mit der man sich verband,
und eine, die man nicht verstand.

Sie schenkt uns Muße, schenkt uns Glück,
verzehrt den schönsten Augenblick.
Macht alt und bleibt doch ewig jung,
ist Zukunft und Erinnerung.

Sie kommt und rieselt durch die Hand,
gnadenlos, wie dünner Sand.
Vielleicht tut's ihr ja selber leid –
's ist halt die Zeit.

Gudrun Martin * 1946

## *Herzen brechen*

Die Lügen aus deinem Mund,
ich höre sie,
warum kommen sie
aus deinem Schlund?
Es ist nicht einfach
die Wahrheit zu sprechen,
es ist schwer,
doch es sollten keine Herzen brechen.
Die Scherben vom Boden kehren,
ich kann mich nie
gegen meine Gefühle wehren.
Ich will dich nicht gehen lassen,
halte mich fest so lange ich kann,
bekomme nur deinen Arm zu fassen.
Schau mir noch einmal
ins Gesicht und sage:
„Ich empfinde Nichts für dich".

Janine Martin * 1984

## *Liebesgefühle*

Wenn du weinst in meinen Armen,
wenn du flehst um Erbarmen,
wenn du traurig bist
und immer weniger isst,
dann mach ich mir Sorgen,

deine bleiben mir nicht verborgen.
So, wie du dann bist,
will ich für dich da sein, und kann es nicht.

Wenn du mich aber ansiehst
und in meinen Augen liest,
wenn du lachst, dass Tränen fließen
und tausend schöne Blumen gießen,
dann kann ich fliegen,
jede Traurigkeit besiegen.

Stephanie Martin * 1989

## *Fünf Zeichen*

Was ist denn eigentlich ein Wort?
Ein paar Zeichen auf Papier?
Etwa so wie diese hier?
Nicht mehr?

Das wär nicht viel - was meint denn ihr?
Ich will ein Beispiel geben:

„Liebe".
L - i - e - b - e

Fünf Zeichen aus dem Leben -
doch wenn wir eines streichen
tut's schon weh
und es ist nur noch „Lieb".

Ein andres am Beginn wär ganz verkehrt
und wir sind „Diebe" – im wörtlichen Sinn.

Was ist denn nun ein Wort wie „Liebe"?
Was ist es wert?

Ich sag's Euch:
So wie die Wort einer Zeile
bedeutet es viel mehr
als seine Einzelteile.

Peter Marx * 1967

## *Krieg verlorener Seelen*

Dichte, schwarze Schwaden steigen
drohend in den Himmel auf
Ruß auf den Gesichtern der Soldaten, die
im Zick-Zack-Lauf
Versuchen das zu retten, was der Mensch
gemein die Seele nennt
Doch wo ist dieser Seele Heim, wenn
heimatliche Erde brennt?

Geschwader dröhnen in der Luft – und
schon im nächsten Augenblick
Ist jeder, der die Deckung sucht, ganz
eingehüllt vom heißen Licht
Der Hölle, die auf diese Erde kam, um alles
zu vernichten
Was menschlich ist ... und menschlich war:

Ist es des Teufels Schuld?
Mitnichten!

S.A. Maslennikow * 1982

## *Alles vorbei*

Ein Wechsel zwischen vollkommener
Euphorie
und totaler Niedergeschlagenheit.
Nervosität ist ein ständiger Begleiter.
Wie ein Rausch!
Ein wundervoller Rausch!

Und von einem Moment zum nächsten ...
... war alles vorbei ...
... verpufft ins Nichts ...

Kein Rausch mehr.
Keine Euphorie.
Nicht einmal Niedergeschlagenheit ...

Nur noch Erinnerungen ...
... die langsam verblassen ...

Nur noch ein Name ...
... ohne Gesicht ...
Nur noch diese Zeilen...
Sonst nichts.

Sandra Massow

## *hoffnung*

woher hoffnung nehmen
faß ich in die taschen
meiner jacke sind da
große löcher, die

taschen meiner hose
sind zugenäht, wo
aber sollen die
hände sich stützen

lehn ich mich wenigstens
an, aber der zaun
verschwindet, die bäume
weg, die häuser

schon verlier ich das
gleichgewicht. es bleibt mir
nichts. nur der boden
unter den füßen

Stefan Mathias * 1968

## *Lehrzeit für Schamaninnen*

Auf Messers Schneide gehen
mit blutenden Füßen
und nicht in Stücke fallen.

Zwischen den Stühlen sitzen,
zwischen den Zeilen leben,
Faustpfand und Spielgeld sein
zwischen den Fronten.

Durch die Hölle gehen
und nicht verrückt werden.

Nirgends daheim sein
als bei dir
selbst.

Christa Mathies * 1940

## *Gucklöcher*

Fenster im Karren, vollkommen
beschlagen,
Gespenster, sitzend, würden es nicht im
Traum wagen,
den Gegenüber mit Blicken zu strafen.
Lieber, Gucklöcher wischend, hinraffen ...

Es scheint drum beinah gang und gebe,
die Gucklöcher als meine Belege,
das jed' Mensch sich wandelt in leblos
Schale,
die Fassaden als ihre Blickeszentrale.

Doch mitten in meiner Observation,
traf ich ungewollt die Blicke eines Geistes
und schon
durchfuhr ein kalter schlag meine Glieder.

Tausende und abertausende
Gedankenwörter
Veranlassten mich zu suchen nach anderen
Örtern
Um nicht die dreisten Blicke zu erwidern.

Wenig später musst ich mich selbst mit
schrecken dabei ertappen,
ein weiteres,
verhasstes,
unmenschliches Guckloch zu schaffen.

Fabricio de Matos * 1985

## *Engelklage*

Engel fliegen
über die Erde
und betränen
das Tun der

Menschenkinder,
denn sie zerstören
und verlangen,
dass man ihnen
die Schmerzen
nimmt.

Heidelind Matthews * 1957

## *Terzinen für Annika*

*Zum Beginn ihrer Gymnasialzeit im 475jährigen Katharineum in Lübeck 2006*

Auch deinen Schritten öffnen nun sich
Wege,
die von Jahrhunderttiefen widerklingen;
erkunde sie, dein junger Geist ist rege!

Noch birgt das Dunkel, was die Jahre
bringen
im Musen-Reih'n, im Rhythmus der
Gezeiten,
von reifendem Erproben zum Gelingen.

Nur kleine Wellen sind wir auf dem
breiten
gewalt'gen Strom von Generationen,
in jähem Glitzern flücht'ge Kostbarkeiten.

In diesem Haus, geliehen uns zum
Wohnen,
verlockend stets, die Stufen zu ersteigen,
will uns ein wachsendes Erkennen lohnen.

Kaum ahnst du schon, wie ich voreinst den
Reigen
hellenischer Gestalten hier erfahren,
vor deren schöner Freiheit wir uns neigen.

Auch dir wird Hellas' Geist sich offenbaren,
und du erkennst Europas höchste Güter
im lichten Glück des Schönen, Guten,
Wahren.

Klaus Matthias

## *Sommererwarten*

Maiglöckchen, Veilchen, Flieder,
duften tief, und immer wieder,
alle Sinne werden wach,
blühende Geranien unterm Dach.
Ein fröhlicher Traum,

ein märchenhaft flammender Baum,
flirrt und lispelt in der heißen Sonne,
in einem wunderschönen Garten.
Wo Paeonien, Lupinen, Hortensien warten,
eine leise Liebkosung von Rosenduft

zu kriegen, sehen wie die Insekten fliegen.
heiß und duftdurchschwängert ist die Luft.
Welch schöne Blumen, grüßt der
Sonnenschein,
dringt tief in die Blütenstempel ein,
ihre Blütenblätter recken,

Bienen ihren süßen Necktar lecken,
wenn alles steht im schönsten Blütenkleid,
sehnsüchtig, nach der herrlichen
Sommerzeit.
Endlich ist er erwacht, mit all seiner
Pracht,
der Himmel so nah, der Sommer ist endlich
da.

Helge Maurino * 1938

## *Elegie*

Ein verwaister Himmel
und an seinem Ende Wolkenfetzen,
die sich hetzen, als gelte es,
die ganze Welt zu besetzen.
Das Tal, das schweigend vom Sommer
ausgebrannt,
sich nun entspannt
und im Herbst der Gefühle wühlt.
Inmitten der prallen Töne, komponierte
Sinfonien –
pure Idylle in einer Fülle, die das Auge
einhüllt,

ein leise dahintreibendes Gewässer,
und die Schatten der umstehenden Bäume
säumen sein Ufer.
Ein Rufer in den Hügeln, ein Nachzügler,
der einsam in den Lüften sich treiben läßt.

Ina May * 1972

## *Rasse und Mensch*

Ich will nicht Rasse sein, Produkt aus
Rassen.
Man heiße Mensch mich, das ist mir genug.
Denn bin ich Rasse, soll ich Rassen hassen.
So spricht ein Wirrkopf. Und er gilt als
klug.

Und auch der Gelbe und der Schwarze
wollen
Nicht Rasse sein. Wir Menschen sind nicht
Hund.
Man darf nicht Rassen auf die Waage rollen
.
Wer unterscheiden will, schau auf den
Mund

Der Leute, in ihr Hirn, auf ihre Taten.
Wie vieles Weißes ist der Welt missraten.
Und wie viel Farbiges macht Völker schön.

Ich will nicht Rassen, sondern Kinder
zeugen.
Und seht ihr mich ein braunes Weib
beäugen,
Was geht es euch an? Ich will Menschen
sehn.

Kurt May * 1940

## *Generationen*

So mancher Mensch aus alter Zeit sich
ernsthaft grämt,
in welche schlimme Zeit er sich heut
verschlagen wähnt.
Zu wenig Geschäftigkeit man bei den
jungen Leuten sehe,
meist alles nur um Freizeit und Vergnügen
es sich drehe.
Früher war mit Sicherheit so gut wie alles
erheblich besser,
Achtung, Anstand – nein, die Jungen sind
heut viel kesser.
Oft zu lernen von des Vaters starker und
strengen Hand,
wenn man nicht schnell genug eine gute
Antwort fand –
das war die Schule in den schnell
vergangenen Zeiten,
nur ganz heimlich man gedacht an der
Welten Weiten.
Computer, E-Mail, und auch des Handys
lästiges Geläute,
das ist heut die stolze Errungenschaft der
jungen Leute.
Manch „Rentner" möcht wieder leben in
seiner alten Zeit,
wünscht sich sehr, sie wär so geblieben für
alle Ewigkeit –
wäre vieles einfacher und bestimmt das
Leben nicht so teuer,
seit man benutzt den Euro – und erhöht
nur noch die Steuer.
Doch entdeckt ein „alter" Mensch bei der
heutigen Jugend,
die Nächstenliebe, Treue, Ehrfurcht es auch
gibt als Tugend,
dann kann er noch leben zufrieden an
seinen letzten Tagen,
und beantworten des Lebens Weisheit viel
gestellte Fragen.

Werner May * 1955

## *Das Meer der Gedanken*

Seltsam, wie manche Ideen geboren;
man denkt nach,
man sitzt da,
grübelnd, fast traumverloren!

Nichts geschieht! –

Doch sieh' nur, sieh' da –
der Funke zündet
und der Quell, erst noch klein,
schwillt zu ungeahnter Größe
und schließlich mündet
auch er
in das endlose Meer.

Das Meer der Gedanken,
der Sehnsucht,
der endlosen Weite.
Es schenkt Ruhe,
Besinnung
und oftmals auch Freude!

Annemarie Mayer * 1944

## *Wandlung*

Am Stengel verharrt sie
Versteinert und schlicht
Die Knospe will blühen
Und traut sich nicht

Riskiert sie 's zu blühen
Zu öffnen sich heut'
Und was ist, wenn sie es
Schmerzlich bereut?

Sie hat sich entschieden
Hat alles riskiert
Verletzlich und offen
Hat sie heut' brilliert

Karin Mayerhofer Dobler * 1960

## *Eltern*

Ohne euch wäre die Erde arm,
ohne euch schiene die Sonne nur
halb so warm.
Ohne euch würde es mich nicht
geben,
ihr schenktet mir das Leben
ich hab euch beide sehr lieb.

Angelika Meganathan * 1951

## *Ein Ferkel auf dem Oktoberfest*

Ein Ferkel ist zum Oktoberfest gelaufen,
Und wollte, wie das Volk, so richtig saufen.
Das war sehr schwer, denn das Ferkel war
mittellos,
Es war sehr einsam und dazu auch
obdachlos.

Ein „Bulle" fragte es: „Was machst hier du
Sau?"
Das Ferkel sagte: „ Bist du schon etwa
blau?
Ich bin keine Sau, ich bin nur ein armes
Ferkel,
Ich bin sehr brav und schlau, wie ein süßer
Bengel.

Habe Mitleid mit mir, ich bin nur ein
kleines Tier,
Spendiere mir ein großes, kaltes Bier."
Der „Bulle" schrie: „Ein Ferkel auf dem
Oktoberfest
Ist genau so gefährlich, wie die
Schweinepest!!!"

Das Ferkel wurde verhaftet, es bekam kein
Bier,
In Handschellen brachte man es zum
Polizeirevier.
Am nächsten Tag klagte es: „ ... Kein
Schwein gehabt,
Ich habe die ganze Nacht bei den „Bullen"
verbracht."

Parviz Mehrabiy-Pari * 1959

## *Sinneswendel*

Der Sauerstoff in meinen Lungenflügeln
Ist das Übel.
In meiner Birne herrscht kein Vakuum.
Meine Kraft
Hat ihre Grenzen längst überschritten.
Nur eine mittlere Brenndauer.
Zu lange streue ich schon Diffuslicht aus.
Der monochromatische Blitz
Eines Augenblicks
Verdichtet das Schimmern
Zum heißen Brennen
Und leuchtet tief,
Und tiefer.
Der Lichteinfall blendet die,
Die im Dunkeln vor sich hinglimmen.
Keine Synergie.
Beim Brennen ist jeder allein.

Frank Mehring * 1970

Hoch droben im schönen Tannenbaum
sitzt ein Vöglein und träumt seinen Traum.
Gern wär' er mit der Vogelschar geflogen,
als diese im Herbst gen Süden zogen.

Aber das eine Flüglein war ohne Kraft,
die weite Reise hätte es nicht geschafft.
Nun sitzt es auf den Zweigen und
zwitschert leis ein Lied,
und hofft, dass das Christkindlein es auch
sieht.

„Nur einen Wunsch habe ich an dich,
behüte und beschütze mich.
Denn im nächsten Jahr möchte ich ganz
kräftig sein,
wenn meine Freunde fliegen wieder in den
Norden rein.

Ich möchte' sie wiedertreffen, die ganze
Vogelschar,
mit denen ich immer so glücklich war.
Liebes Christkind, erfüll mir meinen
Traum,
dann sing ich auch weiter für dich vom
hohen Tannenbaum."

Helga Meier

## *Vergiftet*

Zerrissen sein,
nicht auf der Hut gewesen.
Die Gewohnheit hat sich eingeschlichen
und ihr Gift verstreut.

Hoffnungslos sein,
keine Kraft mehr haben.
Die Gewohnheit blieb
und das Gegengift fehlte.

Getrennt sein,
nicht mehr lachen können.
Die Gewohnheit verhinderte den
Neuanfang
und die Versuchung, das Gift zu nehmen,
wurde unerträglich.

Stefan Meier * 1975

## *@*

kein schlaf mehr
bilder, bilder
erde, pulsschlag, seelenleer
mysterien wie schilder

gebote; alles ist zu seh'n
die tode, städte, räume
berge, flüsse, vorübergeh'n
alles. keine träume

kein geheimnis; alles ist benannt
die tiefsten tiefen weltbekannt
die zeichen, farben, zeiten
sehnsucht nach endlos fernen weiten

kein schlaf mehr
bilder, bilder ...

Angela Meinel * 1957

## *Polarität*

Ich und du –
Himmel und Erde,
Geist und Materie,
Anima und Animus,
vereinigt in den Spannungsfeldern der
Sehnsucht –

Der Mond betastet die Nacht –
die Sonne beherrscht den Tag,
um sich in der Tag-/Nachtgleiche zu
verbinden –
mich beschwört dein Wort,
belebt mich im Flug,
auf der Suche nach Grund –
dann laß ich mich los,
gebe mich her,
breite die Flügel aus
und werde –

Maria Meinel

## *Mein Traum*

Mein Traum
Lebt sich leichter,
Langsamer,
Erkenntnisreicher.
Was vergeht,
Wird schon vermisst.
Die Sehnsucht,
Umso plötzlicher.

Kreuzt Du meinen Weg,
Ergebe ich mich gleich,
Mein Herz will singen,
Mein Herz, singt und singt.

Peter Meireles Picolin * 1966

## *Müder Tag*

Grau ist der Himmel
Glatt gestrichen
Die Farbe aus dem Bild gewichen
Fahl fällt Laternenlicht in Strähnen
Was reimt sich nun
Doch nur noch Gähnen

Gerd Meiser * 1939

## *Ein einsames Herz*

Ein einsames Herz kalt wie Eis,
das von Liebe und Leben nichts weiß.
Zumindest glaubt man alle Gefühle
vergessen
und das Herz von Enttäuschung zerfressen.
Jegliche Art der Zuneigung verbannt,
als hätte man nie die Liebe gekannt.

Die Liebe allein lässt uns wirklich Leben,
nur Sie kann unserem Sein einen Sinn
geben.
Egal ob Du liebst deinen Hund oder die
Katz,
Vater und Mutter, Oma und Opa oder
deinen Schatz.
Es ist egal wen immer Du liebst,
es ist egal wem Du deine Liebe gibst.
Du solltest nur nie die Liebe vergessen,
denn sonst ist Dein Herz bald von Sorgen
zerfressen,
von Hass und Neid befallen, angefüllt von
kalten Eiskristallen,
unfähig sich selbst zu finden,
unfähig sich an jemanden zu binden.

Drum öffne Dein Herz für Liebe und
Freud,
denn das hilft Dir auch durch Not und
Leid.

Petra Meist * 1964

## *Du und Ich*

Ein sich Lieben, ein sich Trauen, ein
Augvertrauen.
Ein Erkennen, ein Benennen, ein uns
Genanntes, uns Bekanntes.
Ein sich Lieben, ein sich Beseelen, wer liebt,
kann nicht wählen!
Den Spiegelblick, nicht nur für Schick,
wärmender Augenblick.
Man sollt sich lieben, leiden können, bist
du am Verwöhnen!
Du ein Teil von mir, wer schaut mich an,
im Spiegelblick?
Bin ich es, den ich sehe, oder schaust du
aus dem Seelenheim?
Erstmals Erschrockensein, keine
Selbsthypnose, nur eine Pose.
Ein Gesicht stellt sich dar, ein Lachen
wunderbar und wahr.
Wenn du in mir wohnst, mich hast
erkoren, ein nie Verlorensein!
Den Atem des Lebens, selbst wenn nur das
Denken sein Sinn
gegeben zum Leben, so ist die Liebe sein
einzigster Sinn!
Nur sie hat Bestand, ist sie gegeben, so will
ich in Liebe leben!
Und stups mich ruhig an, dann und wann,
ein Menschversagen.
Erinnere mich, klopfe an die Seelentür, das
ich dich spür.
Halt den Spiegel mir vor, verzeih meine
Unachtsamkeit, ein Narr.
Meine Liebe ist die deine und
wahrscheinlich nur geliehen.
Den Erhalt auf ewigst der Lohn, wenn man
bleibt dein Sohn.
Ein Gottvertrauen, beim sich in die Augen
schauen, wer schaut?
Ein Gottvertrauen, seiner und unser Liebe
trauen, dir vertraut?

Martin Meister

## *Vertrauen*

Ich legte mein Vertrauen
vorsichtig zwischen die Blütenblätter der
Rose,
die ich Dir schenkte.

Doch der Stiel brach unter der Last
und ich habe Mühe
mein Vertrauen wieder aufzusammeln.

Gabriele Méité * 1956

## *Waldstimmungen*

Grüner Riesen sanftes Schweigen,
Blumen steh'n am Wegesrand,
Waldjungfern tanzen leicht im Reigen,
Sonne spiegelt sich im Sand.

Grüner Riesen leises Raunen,
Gräser wiegen sich im Wind,
Glänzende Augen blicken, staunen,
So farbenfroh die Wiesen sind.

Grüner Riesen traurig' Singen,
Grauer Nebel zieht herauf,
Eichelhähers Stimmen klingen,
Kleiner Hase lauf, schnell lauf!

Grüner Riesen lautes Brausen,
Sturmvogels Schrei erklingt,
Ein jedes Herz erfüllt in Grausen,
Kein Sonnenstrahl durch Wolken dringt.

Brit Meixelsberger * 1978

## *es ist einmal*

rapunzel
hat die haare geschnitten
sie lebt nicht im turm, sie fährt cabrio

münchhausen
ist airline-pilot, auf einer boing 747

prinzesinnen
küssen frösche, träumen von müllermilch

krötenschwanz und schlangenzahn
jetzt e-mail und handy
der zaubertrank ist schrecklich süß und
verleiht roten bullen flühüügel

oh wie gut
dass niemand weiß
dass ich rumpelstilzchen heiß

Elke Melzer

## *Der Bettler*

Teile deine Brot, übersieh nicht den Bettler
am Wegesrand,
morgen schon könntest du es sein, der
streckt aus die Hand.
Teile dein Brot, überhör nicht des Bettlers
Rufen, Fleh'n,
bedenke, du könntest im Leben an der
gleichen Stelle steh'n!

Traurig sieht es in unsrer Welt oft aus,
Hunger und Elend herrscht in so manchem
Haus,
Krieg und Unheil hat das Leben zerstört.
Seht an, das Kind dort! Habt ihr sein Rufen
gehört?
Mit bittenden Augen sieht, fleht es euch
an,
ist halb verhungert, bittet, wer ihm helfen
kann.

Geht nicht vorbei, helft ihm aus seiner Not,
Frieden findet ihr im Herzen, es dankt euch
Gott.

Uns Menschen, sind wir ehrlich, geht es oft
recht gut,
haben wir viel, treibt uns oft der Übermut.
Viele Menschen vor Hunger sterben,
bei uns muß Brot manchmal traurig
verderben,
achtlos wirft man es fort, zum Fenster raus,
wir könnten helfen, mit dem größten Elend
wäre es aus!

Ingrid Melzer * 1940

## *Neues Leben*

Das Größte hier auf dieser Welt
ist nicht Reichtum, Macht und Geld.

Das Größte ist ein neues Leben,
das Leben, das von Gott gegeben.

Das größte Geschenk, das du je bekommst:
jedoch nicht einfach so umsonst.

Du mußt es immer hegen, hüten pflegen,
auf all den langen Lebenswegen.

Es ist so zart, zerbrechlich, klein,
ein Herz schlägt in ihm, lieb und rein.

Ein Kind, das ist das höchste Glück,
erleb es jeden Tag ein neues Stück.

Du hast Verantwortung für das kleine
Leben,
beschütze es, da nicht immer alles eben.

Sorge dich und kümmre dich,
laß es bitte niemals im Stich.

Dein Kind wird so, wie du es führst,
führungslos – du's irgendwann verlierst.

Läßt Du Dein Kind von Deiner Hand,
dann wird es bald zum Gegenstand.

Klaus D. Menn

## *Liebe Amsel*

dank dir schön für dein holdes Lied,
dank dir für den frohen Sang:

Höre, dem ein Herz gegeben
Vielleicht schlägt's schnell und nimmer
lang.

Lausche, dem die Seele offen,
Kurz nur quellt ist ewig mein.

Staune, dem das Aug getroffen,
Zauber stets will flüchtig sein.

Sehe, wem ein Fenster winkt,
Ohne Scheu recht tief hinein.

Trinke, der dem Last gebürdet,
Im Becher ist nur guter Wein.

Dank dir für ein hohes Lied,
das mir diese Stunde sang
bin jetzt auch von Herzen müd'
spinn mich ein noch stundenlang

Hanns Werner Menzin

## *Verschenkte Liebe*

Wem habe ich nur meine Liebe gegeben?
Wem habe ich bloß mein Herz verschenkt?
Die glücklichen Schiffe fahren noch weiter
Aber mein Liebesschiff ist Dank ihm
versenkt.

Wem habe ich nur meine Liebe gegeben?
Einem Mann, der sie nicht zu schätzen
weiß.
Er fährt nachts gerne in fremden Zügen
Und ich warte immer am selben Gleis.

Wem habe ich nur meine Liebe gegeben?
Einem Mann, der auf sie mit Füßen tritt.
Ich schätzte ihn falsch ein und merkte es
erst
Als mir die Selbstkontrolle aus den Händen
glitt.

Das schönste Gefühl empfinde ich nicht
mehr.
Ich verlor alles an ihn irgendwann.
Er hinterließ ein Herz so voller Trauer,
Das niemanden je wieder küssen kann.

Meri * 1983

## *nagelprobe*

einst blank, spitz,

jetzt – rostiger nagel

wehmütig vorbestimmte vergangenheit
sieben volle schläge
erduldet überproportionale leidensfähigkeit

wie lange stehst du stolz ab

bald vergeudet in funktionalität

auf die spitze getrieben
hat sich im kopf hinhalten
deine lage zugespitzt

vermeide dein plattmachen
durch notflucht im krumm werden
lege dich krumm

nur so wächst größe
im gebrochenen
gibt unbeirrbar halt

halte aus – notnagel!

Mathias Merlat * 1944

## *Ihr Wesen unergründlich*

Von Melancholie befallen
Erkennt er sich selbst in allem
Der Mensch
Auch wenn nichts für ihn zählt
Lebt er sich so durch die Welt
Sein Wesen unergründlich

Dehnbar in viele Arten
Zerschnibbelt zu Präparaten
Das Leben
Biologisch verkleinert auf Zellen
Ist es fähig sich zu verstellen
Sein Wesen unergründlich

Beschrieben in Galaxien
Hält sie fest an Orthodoxien
Die Welt
Menschen verstehn sie nur kindlich
Negiert ihren Sinn sie doch stündlich
Ihr Wesen fast unergründlich

René Merten * 1977

## *sprachlos*

Ich hab sie studiert,
die Sprachen der Welt,
hab mich habilitiert
und Thesen erstellt.

Ja, mein Kopf wünscht sich Sprache,
die dich treffend beschriebe,
denn mein Herz empfindet
viel mehr als nur „Liebe".

Ob ich dich begehre,
hast du dich gefragt.
Ob ich dich verehre,
nie hätt ichs gesagt.

Für dich wurd es schlimmer,
so gingst du bald fort
und mir fehlt noch immer
ein perfektes Wort.

Kerstin Mertenskötter * 1986

## *Nur eine Rose*

*- für Hilde Domin -*

„Nur eine Rose als Stütze"
gab sie mir einst – ihren Erstling –
eh' sie von Edinburgh fortfuhr,
vom Wind noch des Hochlands umweht.

Dass ich nicht müde werde,
schenkte sie leise den Vogel
– Wunder aus Geist, Wort und Feder –
der hingehaltenen Hand.

Nachtdunkel-äugig, hell-fingrig
strich sie mir still aus der Stirne
Schatten der Shoah, des Kainsmals:
„Du bist nicht schuld – warst noch Kind!"

Über den Aschen-Lawinen
ließ sie den Apfelbaum blühen,
der uns in pfingstlichen Sprachen
Früchte des Friedens verheißt.

Nur eine Rose als Stütze
blieb – seit sie setzte den Fuß
beherzt in die Luft, die sie trug:
Trauer blieb, Staunen und Dank.

22.2.2006

Helga Meschede * 1932

## *Der junge Morgen*

Erwacht in einem neuen Glanz,
nur ich bin da, alles andere weit weg
Es fühlt sich gut an,
die Stille in mir.
Wer wären die anderen wenn sie nicht das
Treiben der Tage,

der Nächte hätten, die angeblichen
Besitztümer, die Symbole ihrer
kläglichen Macht
es ist schwer sich zu sehen, es ist schwer die
anderen zu sehen, will ich es
überhaupt?
… den Spiegel habe ich weggeworfen
der Weg ist lang, er ist sehr dunkel, nur ein
kleines Licht zeigt mir die Richtung
er führt zu mir und ich werde ihn weiter
gehen,
meine Reise führt durch viele kleine
Burgen, mit Dämonen als Wächter,
ich gehe trotzdem weiter, falle hin, stehe
wieder auf, mein Leib ist schwach
vom Kampf …
mein Kopf ist leer, es tut weh …
dann fühle ich diesen anderen Schmerz der
mir sagt,
Du lebst, Du heilst gerade, heile auch die
Anderen, hilf uns … und ich tue es
gern …
denn bald kommt wieder ein junger
Morgen

Metherama * 1960

## *sozial gerecht*

Gott schütze unser Land
vor Armut, Pest und Brand,
vor Irren,
die mit Bomben schmeissen
und vor Pfarrerstöchtern,
die Merkel heissen!

metten * 1945

## *Lichtwesen*

Wesen des Himmels
geboren im Licht.
Fühlbar zu ahnen.
Verstanden wohl nicht.
Blicke voll Trauer
von Qualen entstellt
beschreiben unsagbaren
Schmerz dieser Welt.
Wo Träume versagen,
Zeit Wunden schlägt,
erleiden sie klaglos
was niemand erträgt.

Olaf Meusel * 1963

## *Schriftstück*

Sichten spitzt Stift und Ohren
übrig bleibt Holz vom Wurm
zerfressen Sieb daraus
zerrinnen Silben zwischen Fingern
Der Satz hebt ab sich auf
dem Grund zu schreiben zählt
die Worte zeugen
Zeilen stehen still

Druck dreht
den Strick Anspruch
hängt ausgesprochen
hoch tief fällt wer
hoch hinaus
will darauf hinaus
läuft es auf
ein Strickstück

Beate Meuth * 1962

## *Schneeleoparden*

Der Himmel – ein tintenblaues Laken über
uns gespannt
Die Erde – ein
schreibmaschinenblattweißes Kissen
Zeit und Raum – ausgelöscht in Küssen
und Bissen
Schneeleoparden – die wir einander am
Blick erkannt
Träumend versunken im Meer aus Eis

Schwebend leicht unser werbendes Spiel
Gleich dem Tanz der weißen Kristalle

Schleierwebende Formen im lautlosen Falle
„Die Liebe hat in sich selbst ihr Ziel!"
Träumend versunken in einer Welt aus Eis.

Bettina Meyer * 1969

## *Venus*

Tochter der Liebe,
schau mir ins Gesicht,
ich spüre Wärme,
Glanz und Hoffnung
leiten meine Wege,
Hoffnung auf erfüllte Wünsche,
ein Leben voller Liebe,
darum liebe ich dich, verlaß mich nicht
in dieser öden Welt,
Tochter der Liebe.

Dagmar Meyer

## *Mit dir schweigen*

Wenn ich in deine Augen seh,
dann bleibt mir mein Herz kurz stehn,
denn dort kann ich so vieles sehn.
Das Funkeln auf weißem Grund,
spricht mehr als dein zarter Mund.
Und doch möchte ich so vieles fragen,
und noch viel mehr würde ich dir sagen,
doch wenn ich dieses Funkeln seh,
dann bleibt mir fast mein Atem stehn,
und ich will nur noch dich ansehn
und dann ist selbst das Schweigen schön.
Könnt ich eine Nacht lang mit dir schweigen,
würd ich dir mit meinen Händen zeigen,
all die Gefühle, die mein Mund kann nicht beschreiben.

Dietmar Meyer * 1962

## *Alter Friedhof in Parchim*

Dieser alles verschlingende schilfgrüne Hof der Toten!
Wären nicht die lieblichen Gesänge
der kleinen hochsommerlichen Boten.

Und weiße Lilien, so bleich am Abgrund schwarz versumpfter Wege.
Wir wollen sie nicht stören,
die Schlummernden in ihrem Ruh – Gehege. –

Weg, führst's uns ins Tal uralter Mausoleen?
Du grüner Regenwald! hier stirbt die Lilie nicht,
hier wird kein Leben ganz vergeh'n. –

So kostbar' Haus. Ohn' Fenster und ohn' Tür –
Entschwund'ne, wie arm seid ihr verewigt hier! –

Und ohne Zutritt bleibt ihr streng allein,
entseelte Augen bleiben für uns fest geschlossen.
Und ob ihr's wolltet oder nicht –
wer brachte euch hinein?

So schweigt ihr denn, und wißt's vielleicht,
ein Leben, mein und dein, es hört nicht auf zu sein
und ist doch schon verflossen.

Vera Meyer-Gruber * 1929

## *Ohrenbetäubende Stille*

Lautlos wandern die Gedanken
Durch die Schwärze der Nacht
Ruhelos nagt der Zweifel
An den Wurzeln der Hoffnung
Endlos wird die Qual
Die nur ein Ziel hat
Sinnlos erscheint die Zukunft

In die wir treiben
Namenlos ist das Gefühl
Der innerlichen Zerstörung
Hoffnungslos läuft die Zeit
Auf den Abgrund unseres Denkens zu

Die Stille hat endlich gewonnen …

Katja Michael * 1986

## *Worte über Liebe*

Worte über die Liebe
in blutroter Tinte
am Besten nicht mit den Augen
aber mit dem Herzen gesagt

Mit dem Mund nützen sie nicht
gehen von Mensch zu Mensch
ohne zu berühren
verbinden

Worte über Liebe
nützen nichts
wenn nicht Liebe zwischen Menschen
besteht.

Anna Michalski * 1985

## *Süßer Traum*

Oh du süßer und schöner Traum,
hol mich doch endlich und fang mich.
Ich liege dir zu Füßen,
und will tun was du mir sagst.
Bring mir bei ,wie einem unwissenden
Kind
zu gehen, zu denken und zu verstehen.
Lass mich vergessen,
auch die Dinge, die nicht vergessen werden
wollen.
Wenn du mich nicht willst,
dann will mich keiner.
Doch holst du mich nicht,
so werd ich zu dir kommen,
denn die Klinge lässt mich nicht im Stich.
Sie weiß die Lebensadern zu durchqueren.
Soll sie dir etwa zuvor kommen
Wenn du es nicht willst,
dann lass es geschehen,
weil ich mich doch so sehr nach dir sehne.
Oh du hast mich gehört,
denn ich merke schon ich werde müde

Loreen Michalski * 1990

Kinder sind der Mutter Glück,
sie bringen Gottessegen zurück,
der Oma wird es noch einmal klar,
wie es als Mutter war, voller Liebe
soll es empfangen werden hier auf Erden.

Birgit Michel

## *Einsame Schritte*

Ich zähle die einsamen Schritte im Leben
nicht mehr.
Der Liebesschmerz traf mein Herz.
Das Herz so dunkel.
Das Licht im Herzen fast nur noch ein
funkeln.
Allein und leer.
Sie lief lieber anderen hinter her.
Mein Herz trägt Trauer und das seit
Jahren, muß mich allein durchs Leben
plagen.
Kein tief in die Augen schauen, keine
sinnlich zarte Stimme, die sagt ich
Liebe dich.
Kein Austausch von lieblichen
Zärtlichkeiten.
Ob liegend, sitzend oder stehend.
Kein zusammen Träumen, um die größten
Blockaden der Welt hinfort zu
räumen.
Kein romantisches zusammen sein und
essen im Kerzenschein.
Oh wie ich es vermisse.
Wo ist die richtige die ich meine.
Ich weis es nicht, bin traurig.

Und weine.
Ich frage mich, wann wird es mal zu Ende sein.
Das mit dem Allein.

Ralph Michel * 1969

## *Die Toten und die Lebenden*

Auf der Fahrt in den Eisberg wundern sich die Engel über die Ozeane.
Telefone klingeln, die Arbeitslosigkeit steigt proportional zur Ignoranz
der Mächtigen.
Die Menschen, schrittweise entrechtet, warten auf den Krieg.
Das Kapital erpresst die Pfaffen.
Die Generalsekretäre der Parteien schwingen ihre Fahnen im Wind des
Benzins. Die Toten sind tot und die Lebenden leben unter einem falschen
Mond. Die Kanister stehen in Flammen.
Du weißt es und ich weiß es ebenso.

Also setze ich mich in der Küche auf einen Hocker und öffne ein Flasche Wein.
La Falaise.
Und fliehe in das Glas

Peter Michl * 1965

## *Halten*

Ich würde dich gerne in die Arme schließen
und einfach nur festhalten,
halten, wie einen sehr großen Schatz,
wie einen sehr guten Freund,
wie eine Mutter ihr Kind,
Dich halten, um festzuhalten –
wie zwei Liebende einander umschlungen
oder einfach nur halten ...

Also umarme ich dich
und halte dich ganz fest,
ohne dich einzusperren oder zu erdrücken,
ich halte dich,
der Geborgenheit näher zu kommen ...
ich halte dich in meinem Herzen fest,
nur so ....
einfach nur so – halte ich dich fest ...

Swantje Mignon-Schlederer

## *Akute Liebesstörung*

Wehe, wenn du dich davonmachst im schweißgetränkten Sommerkleid,
auf dem das Essiggurkenmuster selbst bei einer Mondfinsternis
noch giftgrün schimmert.

Wie all die anderen Fahnenflüchtigen der Liebe
würdest auch du nicht weit kommen,
denn was nützt es, wenn dein Lächeln bis zur Venus reicht,
um die Botschaft dieses Planeten mit einem Signal zu durchdringen?

Niemals lasse ich zu, daß du meine Liebesbezeugungen vergißt,
die jetzt als Verspannung in deinem Nacken sitzen
und bei jeder Bewegung schmerzen,
mit der dein Kopf mich zu verneinen versucht.

Falls du mir irgendwann zunickst, legt die Zukunft
Zauberhände an, und mit jeder Bejahung
wirst du die Kraft der rückkehrenden Liebe spüren.

Vieles, was war, muß in deinem Seelenlicht verblassen.
Doch das, was bleibt, wird uns als magisches Seil umfassen.

Christian Miller * 1971

## *Die Komposition des Todes*

Musik klingt in meinen Ohren,
Ich höre das Lied des Todes,
Die Komposition der unendlichenTiefe,
Noten der Dunkelheit.

Mein Herz am Abgrund,
Die Seele zerfetzt durch Verrat,
Dunkle Schatten über mir,
Wie ewiger Kerzenschein im Himmel.

Wie in Trancé sehe ich die Seiten meines
Lebens,
Angst schnürt mir die Kehle zu,
Mut weicht der Verzweiflung,
Mein Vertrauen irgendwo versteckt.

Ich sinke weiter hinab,
Keine Rettung in der Nacht,
Langsam jedoch stetig
trete ich in den Kerker des Todes.

Nun habe ich mein Seelenfrieden gefunden,
einsam und verlassen,
trete ich dem ewigen Schlaf entgegen!

Kate Miller * 1991

## *Leben, Lieben, Einsamkeit*

Was bedeutet Lieben?
Was bedeutet Leben?
Wir werden uns wohl ewiglich bekriegen
Ohne uns jemals zu erheben

Versuchen wir uns zu befreien
Würde die Einsamkeit uns niederstrecken
Vielleicht möge Gott uns vereinen
Oder wir sollen elendig verrecken

Ist denn Liebe nur Schein
Welche unsere Einsamkeit verbirgt?
Soll es denn immer so sein?
Soll das unser Leben bewirkt?

Das Leben ist eine Suche
Eine endlose, die hoffnungslos scheint
Gott, wie ich diese verfluche
Denn mit Erlösung lockt der Feind

Sollen wir ewig einsam bleiben?
Während wie Aasgeier
Andere sich schon die Hände reiben
Als wäre die Liebe ein mächtiger Freier

Philipp Millius * 1988

## *Ist gleich null*

Eine Gleichung
Mit zwei Unbekannten
Ist gleich null.
Das Bier ist alle
Ist gleich null.
Zigaretten sind alle
Ist gleich null
Das Leben geht zu Ende
Ist gleich null
Ob man nicht null groß schreibt?

Renate Miloran

## *Brennende Illusion*

Wach auf und beschütze mich,
deine Augen sind leer,
so leer wie das Meer.
Halt dich fest,
ich trag dich zum Feuer
meines Herzens.
Pass auf,
verbrenn dich nicht.
Mein Herz verbrennt alles in Sekunden,
so stark ist meine Liebe zu dir.
Nichts kann es brechen,
löschen oder zerstören,
... aber das Schloss kann rosten,

wenn du den Schlüssel
zu meinem Herzen,
nicht mehr benutzt.

Masami Minamoto * 1989

## *Stille Wasser*

Süße Lippen,
und Tränen wie Meere.
Gedanklich vertieft,
in stillen Wässern.
Keine Antwort.
Doch diese stillen Wässer,
sind tiefer,
als es ein Ozean je sein könnte.

Carmen Elisabeth Minehuber * 1985

## *Der Tod*

Ist ein ständiger Begleiter
ein dunkelschwarzer Reiter
der uns die Liebsten nimmt
und uns auf Trauer stimmt

Plötzlich und unerwartet
die Gefühle sind vollkommen entartet
ist er oft da
wahre Freude über ihn oft rar

Trauer und Schmerz
pflastern seinen Pfad
denen die liebten bricht es das Herz
und auch sie wissen keinen Rat

Nach der Trauerzeit
niemand vergisst das Leid
doch sie versuchen zu verstehen
denn irgendwann ist für jeden die Zeit zu
gehen

Julien Minnemann * 1988

Die ersten Zeichen des Mondes
In mir die Angst
vor dem Morgengrauen
Es gibt nie das Genug
in den Nächten
Das erste Morgengrauen
vor meinem Fenster
Tausende Kristallblüten
in mir

Monika Miranowicz

## *Vorbei ist nicht vorbei*

Telefonnummer im Speicher entfernt
Anschrift im Adressbuch überklebt
Fotos im Album zerrissen
Hoffnung im Herzen zerstört
Enttäuschung im Bewußtsein realisiert

Nur die Festplatte im Kopf
lässt sich nicht löschen

Christa Mischke * 1953

## *Heute*

Ein neuer Tag – ein Tag in meinem Leben
–
Ein Tag, der etwas will und etwas bringt,
und was er fordert, möchte ich ihm geben.
Vielleicht, dass etwas Gutes mir gelingt.

Die Zeit vergeht, verweht, zerrinnt in
blauer Ferne,
und was jetzt ist, wird bald schon nicht
mehr sein.
Zu manchem Augenblick sagt' ich so
gerne:
Verweile noch! Sei noch ein bisschen mein!

Was kann ich tun? Ich möcht' am Abend
sagen:
Hab' alles wohl getan und es ist gut,

denn aus dem Zaudern wuchs ein stilles
Wagen,
aus Traum ward Tat, aus Lebensangst ward
Mut.

So reiht ein Tag sich leise an den andern –
Das Wörtlein „heute" ist so tief und weit,
und Tag auf Tag begleitet still mein
Wandern
aus dieser Zeit bis in die Ewigkeit ...

Hannelore Mishal * 1924

## *Jene Träume*

Wenn des alten Tages Sonne
Kalt am Horizont vergeht
Kriegen die Gedanken Flügel
Schweben heimlich um der Träume
Dunkle Täler, lichte Hügel
Bis in der Dämmerung der Morgen
Mit des neuen Tages Sorgen
An des Träumers lichtem
Taugenetztem Fenster steht

Wenn ein sanfter Mondlichtschimmer
Dich erfüllt in schwarzer Nacht
Offenbarn sich all die Lüste
Die du sonst nicht einmal kanntest
Wenn man inniglich dich küsste
Begräbst den Drang in deiner Seele
Damit er dich nicht mehr quäle
Dabei ist's das Drängen
Das dich solches träumen macht

Lord Mishra of Roscommen

## *Pro Sieben Boy*

Pro Sieben Boy
Oh Pro Sieben Boy

Ja Du machst die Pferde scheu
Du machst so viele neue Sachen
und lässt es dabei richtig krachen
sauber kann ja dann der Elton machen

Du bist sogar vom Turm gesprungen
und es wirkte richtig ungezwungen
hey Du machst Prominente nass
und es macht Dir sogar richtig Spaß

Du lässt dich auch von Pferden werfen
und zeigst auch dabei keine Nerven
die Zuschauer waren stark am bangen
doch Du sagst: Ich traf noch nicht
einmal die Stangen

Pro Sieben Boy
Ja Pro Sieben Boy
Du hast vor großen Gesten keine Scheu
Dir sind deine Fan's für immer treu

Mister Grapefruit * 1963

## *sommertraum*

liegen im gras
den himmel im blick
nur so zum spaß
das nenne ich glück

marienkäfer krabbelt
über mein gesicht
ich liege und träume
da stört es mich nicht

ach könnte doch
immer nur sommer sein
und könnte ich
immer nur bei dir sein

ich liege und träume
ich träum mich zu dir
bis zum herbst muss ich warten
dann bist du bei mir

Aliena Misther * 1958

## *Lied eines Flüchtlings*

Flucht ins Ungewisse
Keiner der mich liebt.
Heimat wie ich dich vermisse
Fremdheit mich umgibt.

Mein Herz möchte weinen
Doch es ist zu schwach.
Lieben tut es keinen
Nächte unter fremden Dach.

Erloschen ist alles Leben
Keine Suche mehr nach Glück.
Habe schließlich aufgegeben
Die Vergangenheit kommt nicht zurück.

Natascha Mittmann-Wagner * 1976

## *Zum Umgang mit diesem Buch*

Lass dir dieses Buch ein Kleinod sein!
Schau auch bei Trauer mal hinein!
Sei nur bei der Bewertung nicht so streng:
Der Reim ist schlecht, die Schrift ist eng.
Und die Sätze sind recht wunderlich
Und im Grunde geht es nicht um dich.

Doch vielleicht find'st du einen Schatz.
Suche nur nach dem schlausten Satz
Und lass ihn dir ein Mantra sein;
Schreib ihn auf und rahm ihn ein:
Vielleicht schafft er dir ein bessres Leben
Oder du kannst ihn an jemand
weitergeben.

Wenn nicht, dann wirf das Buch nun fort
Oder leg es an ein' dunklen Ort.
Kannst es auch unter ein wackliges
Tischbein tun
Oder beim Schlaf mit dem Kopf drauf
ruh'n.
Auch der Einband ist ganz fein;
Stell es als Deco ins Regal hinein.

Alexander Möckel * 1985

## *Mutterwert*

Eine Mutter, die sich anders entscheidet.
Unter der Trennung zum Kind sonst leidet.
Die eine geldwerte Tätigkeit beendet.
Liebe für ihr Kind verschwendet.
Ihre Familie mit Präsenz und Zuneigung
bindet.
Auch zu geben bereit, wenn ihre Kraft mal
schwindet.
Im Mittelpunkt ein Vorbild abgibt.
Die Kinderseele lehrt, wie man liebt.
Damit Frieden, Liebe, Harmonie eine
Zukunft haben.
Sind das von ihr nicht unverzichtbare
Gaben?
Wer kann ermessen einen solchen
Mutterwert?
Darf man eine Mutter bezeichnen als
Heimchen am Herd?

Rüdiger Moczall * 1947

## *Sehnsucht*

Nichts sehen,
nicht die Spur eines liebenden Gottes.

Nichts hören,
nicht das Echo, es werde Licht.

Nichts fühlen,
als Hunger nach Leben.

Nichts verstehen,
wo es gilt, zu lieben.

Nichts glauben,
von alten Gewissheiten.

Denn,
Wer kann sich aus Erdgebundenheit lösen?

Bärbel Modanowski

## *Ich zeichne dein Bild*

Ich zeichne dein Bild
mit dem Stift aufs Papier.
Und während ich zeichne,
spricht leis' es zu mir.

Ich schließe die Augen,
um tiefer zu sehen.
Und öffne mein Herz,
um genau zu verstehen.

Ich lese dein Zögern,
die Furcht tief in dir –
Und das zu verbergen,
versteckst dein Herz du vor mir?

Doch ich kann es fühlen,
spür' zaghaft es schlagen.
Ein Vöglein im Käfig,
dessen Schwingen nicht tragen.

Ist es wohl glücklich,
so einsam in dir?
Ich zeichne dein Bild
mit dem Stift aufs Papier.

Karin Mohnhaupt * 1950

## *letzte fahrt*

durch nebelschwaden gleitet still ein kahn,
wed' ruder noch ein segel treibt ihn an,
allein die strömung trägt ihn fort,
nimmt mit sich eine liebe last
an einen fremden, unbekannten ort
zu letzter ruh und ewger rast.
den blick voraus im bug der ferge steht,
im wind sein schwarzer mantel weht.

ortwin mohnkern * 1938

## *In die Presse damit!*

Es ist ein besonders gelung'nes Gedicht
und wert, vielen kund zu tun.
Es ist ein Satz mit besonder'm Gewicht,
von einem mit Verstand und Ruhm.
Es ist etwas Exotisches,
es ist etwas für jedermann.
Vielleicht auch was Erotisches,
worüber man streiten kann.
Dies kommt dann in die Redaktion,
wo man auf so was gewartet schon.
Doch den Daumen nach unten der Leiter
spricht:
„In die Presse damit, das drucken wir
nicht!"

Hans Mohr * 1932

## *Mein Nachen*

Ich sehe, mein Nachen schwimmt leise dem
Ziele zu.
Nach langer, gefahrvoller Reise
winkt nun die Ruh.
Es plätschern die Wellen am Buge
und schäumen leicht.
Die Möwe lacht kreischend im Fluge –
In mir alles schweigt.
Die Sonne ist lang schon entschwunden,
ein verdämmerndes Rot
nur zeugt noch vom Glutbrand der
Stunden –
und alles scheint tot.
Ich werde die Augen bald schließen
zur ewigen Stille.
Ihr sollt keine Tränen vergießen,
das Ende als Anfang begrüßen,
lasst lieber Champagner fließen –
es vergeht nur die Hülle.

Hubert Mohr * 1914

### *Berührung des Herzens*

Nur wer das Wunder des freien Atems
kennt,
spiegelt wahre Geselligkeit am Horizont
der Zufriedenheit.

Wie fein doch mein Gespür nach Innen
lockt,
um die Klänge meiner eigenen Herrlichkeit
zu geniessen.

Wenn mein Augen sich schliessen um sich
der inneren Freude und Schönheit zu
widmen, all die Sinne die mir als Kind in
wahrer Natur in meinen Schoss gelegt
sich nun erquicken um nach der
Geborgenheit des Lichtes zu schauen.

Im Takte der Vollendung ein Tanz beginnt
mit dem kommenden und gehenden
Atem
der in mir die schönsten Gefühle einer
Farbenpracht bewirkt.

Wisse du Wesen, das alles was deinem
Gefühle des Herzens entspringt
die Quelle tiefster Befriedigung in deinem
Leben bedeutet.

Begegne deinem Atem gleich dem eines
besten Freundes, der für dich das
Unmogliche
aus deinen tiefsten Sehnsüchten in einer
Magie voller
Selbstverständlichkeit als Liebe ins
Zentrum deines Herzens legt.

Wache auf zu dem Gesang deiner eigenen
Seele und bereite dich vor
das Kind in dir wieder zum Spaziergang
der Freude und der Einfachheit zu
begleiten.

Kein Gefühl ist schöner und erfüllender als
dieser Frieden
der in Reigen um deine glückliche Seele
tanzt
nach dem harmonischen Rhythmus des
ganzen Universums.

Piero Molinari * 1956

### *Meine Rose ist blau*

du bist meine blaue Rose
dein raffinierter Duft raubt mir die Sinne
wenn deine Arme mich dornensanft
umschlingen
lasse ich nicht mehr los

deine blütenzarte Haut
streichelt mich nachts in Träume
auf einem Blätterteppich
gleiten wir himmelwärts
und spinnen blauäugig Zukunft
dann sehe ich verwunschene Schlösser
in hundertjährigem Schlaf
und ersehne deinen Erlösungskuss

wenn du morgens dich
taunass zum Licht reckst
schließe ich die Augen und sammle
blaue Blütenblätter für den Tag
im Wind klingt dein Wehmutsrauschen
wie Musik
und wärmt mich glutrot

– auch wenn du gehst
meine blaue Rose bist du

Thomas Molitor * 1954

### *Die Story vom englischen Lord*

Es war mal ein englischer Lord,
der sponserte häufig den Hort
gefallener Mädchen im Ort.
Sie dankten es ihm im Akkord.

Die Lady ließ prüfen den Ford,
stellt fest an den Spuren sofort,
fremd hat er auch darin gebohrt.
Sie nahm es persönlich als Tort.

Die Eifersucht in ihr rumort,
verlangt nach des Gatten Rapport,
zu hören ein ehrliches Wort.
Der sagt, es sei alles nur Sport.

Drauf bucht sie die Fähre im Port
für zwei Passagiere nach Nord,
der Sportler ging nachts über Bord.
Er trug einen Anzug aus Cord.

Viel später, im eisigen Fjord
entdeckt seine Leiche man dort,
doch niemand sprach jemals von Mord.
Es war mal ein englischer Lord.

Franz Bertold Möller * 1941

## *Dahlie Schön*

Dahlien leuchten zitrogelb und feuerrot am
Zaun
sie lehnen majestätisch gross am alten
Braun
Form und Farben ähneln sich
doch ein jede steht für sich.
Allein und doch zu zweit erwarten sie des
Herbstes Vergehen
gleich manchen Menschen
im Alter eng zusammenstehen.

Momle * 1954

## *Blick aus dem Fenster*

Die Sonnenstrahlen scheinen durch des
Waldes Grün,
auf die mit Moos bedeckte Erde.
Am Himmel seh ich wilde Gänse ziehn,
und wundere mich, dass ich so traurig
werde.

Ein Weilchen noch, dann weicht das
Sonnenlicht der Nacht.
Friedvoll findet dieser Tag ein Ende.
Deutlich fühle ich nun Gottes Macht,
und falte zum Gebet die Hände.

Schon wird der Wald getaucht in
Dunkelheit,
entzieht sich langsam meinem Blick.
Es überfällt mich süße Müdigkeit,
ich schließ die Augen voller Glück.

Josef Mönig * 1966

## *Abendliche Bitte*

Graue Freundin
Dämmerung
tanze
mit kreisenden Gedanken
zerstreue
ruhelos wandernde Worte
umhülle
einsam fröstelnde Haut
locke
mit sanftem Wiegenlied
deinen Gefährten
den Schlaf.

Heidemarie Mönkemeyer * 1952

## *Engel des Lichts*

Der Engel des Lichts
dereinst wird umschließen Dein treues
Herz,
wird betten Deine Seele in seinen weichen
Schwingen
– für immer frei –
bereit, Dich an einen magischen Ort,
in eine neue Welt zu bringen.

Und bist Du auch aus unserem Diesseits
entschwunden,
entzogen unserem Blick,

Deine Seele wird reisen,
wird kehren zu uns zurück.

Doch wie sollen wir Dich erkennen,
Deine Seele, die erstanden wieder aufs neu?
Wir werden Dich erkennen in jeder
Tugend,
denn Deine Seele wird bleiben sich auf ewig
treu.

So seid nicht traurig,
zu verlieren Eure Liebe an den Engel des
Lichts.
Es ist nur eine kleine Weile,
dann werdet ihr euch wieder sehen
in der ewigen Schönheit des unendlichen
Nichts.

Brienna de Montfort * 1967

## *Eine einsame Feier*

Ich und Du
Metalle klirren aneinander
Unversöhnlich
Nicht verstehend

Das Ich sucht das Du
Das Du will nicht die Nähe vom Ich

Ich soll Ich bleiben
Du will Du bleiben

Das Du will nur Ich sein
Als alleiniges Ich kann Du leben

Dann kann es erstrahlen
Dann kann es sich feiern

Ein einsames Erstrahlen
Eine einsame Feier

und es ist kalt

Lisa Moreen

## *Die letzte Rose*

Deine einzigartige Schönheit verzauberte
mich immer wieder
und erfüllte mein Herz einen wundervollen
Sommer lang
mit Freuden.

Dein berauschender Duft ließ mich davon
schweben
und ich konnte endlich wieder träumen
und meinen Kummer
vergessen.

Majestätisch und stolz wie eine Königin
hast du mit deinem
blutroten Samtkleid meinen kleinen Garten
veredelt und die
bunten Schmetterlinge zum Verweilen
eingeladen.

Nicht einmal die Sonne konnte deiner
Anmut und deinem
Charme widerstehen und du hast so
manchem Betrachter
ein kleines Lächeln entlockt.

Nun heißt es Abschied nehmen und ich
halte dich in deiner
voll erblühten Pracht in meinen Händen.

Ich bin traurig und atme deinen
einzigartigen, unvergesslichen Duft
ganz tief ein und mein Kummer verfliegt.

Tief in meinem Herzen beschütze ich dich
und freue mich,
denn wir sehen uns im neuen Jahr wieder!

Deborah I. Morisson * 1949

## *Frei sein*

Mit den Vögeln möchte ich fliegen
möchte mich im Winde wiegen
und durcheilen alle Räume
voller Sehnsucht, voller Träume.
Durchbrechen möchte ich alle Schranken
frei von ängstlichen Gedanken,
doch mir selber immer treu,
frei sein, ich sein, ohne Scheu.
Furchtlos leben alle Zeit
dazu bin ich dann bereit.

Ilse Mörsch * 1915

## *Heilige Nacht*

Heilige Nacht – jenseits der Zeit,
hältst du noch immer ein Wunder bereit?
Kündest du immer noch Frieden der Welt,
lässt leuchten ein Zeichen am
Himmelszelt?

Heilige Nacht – jenseits der Stille,
ist es noch immer Gottes Wille,
dass alle das Kind im Stalle preisen,
ihm leise ihre Ehrfurcht erweisen?

Heilige Nacht – jenseits der Liebe,
was wäre, wenn diese Hoffnung nicht
bliebe?
Was wäre, wenn nur noch Hass und Krieg,
wenn diese Nacht auf ewig schwieg'?

Heilige Nacht – jenseits der Freuden,
wir wollen nicht sinnlos die Zeit vergeuden.
Wir wollen das Kind im Stalle finden
und seine Botschaft ganz laut verkünden!

Heilige Nacht – jenseits von allen,
wie könnten wir jemals vom Glauben
abfallen?
Vom Glauben an Frieden für diese Welt,
vom funkelnden Zeichen am Himmelszelt!

Gaby Mortan * 1951

## *Dem Eden. {eNDe} so ...*

An rostigen Gittern sterben die Ranken
der einst wunderschönen Pracht von
Gedanken.
Das Eis in mir, es wird niemals weichen,
mir scheint, mich kann nur Kälte erreichen.

Erzitternd im Wind perlt ein Wunsch mir
von den Lippen
Die Träne stirbt einsam, gleich Wellen an
den Klippen.
Oh Einsamkeit, mein einz'ger Freund, ich
höre deine Wort'
Gib wieder mir, was ich verlor, was man
mir einst nahm fort.

Mein Herz, es schreit mit jedem Schlag der
Seele einziges Begehren
Verlangen, oh du süße Lust, wie lang noch
muss ich mich verzehren
Wann endlich wird des rasend' Sturmes
Wut gebrochen sein
Wohin ging mir die Wärme, so lang schon
steh ich hier allein.

Das Meer steht still und spiegelglatt, wie
blanker Stahl, wie ewig' Eis
Ihr Geister hört und gebt mich frei, ich fleh
euch an, zahl jeden Preis
Doch von dem Dunkel meiner Welt werd
ich hier nicht mehr frei
So sterb ich sanft in Apathie, das Eis in den
Augen, mir einerlei.

gewidmet an miriell ...

Barbara Mosch * 1988

## *5 Uhr 8*

Es war morgens, fünf Uhr acht,
da starb ein Mann im U-Bahnschacht.
Starke Fäuste, hart, gestählt,
haben ihn zu Tod' gequält.

Hitlergruß, U3-Perron,
Fremdenhass mit Unterton,
Heinrich Himmler gut bekannt,
SS gesucht für saub'res Land.

Schmutz sucht Dreck und Dreck sucht
Besen.
Wär doch der Mann nicht dort gewesen!
Achtzig Leute – weggeschaut.
Nicht weggehört: Er schrie zu laut.

Um fünf Uhr acht im Morgenrot,
blutverschmiert, ein Mohr war tot.

Horst Moser * 1969

## *Sehnsucht*

Ich warte, warte schon lange,
Tage und Jahre verfliegen.
Doch ich bleibe der selbe.
Ich warte von Tag zu Tag,
worauf vergaß ich,
doch ich warte,
auf mich und das Leben
und eh ich mich versah,
war ich alt geworden,
worauf ich gewartet hatte vergaß ich,
auch seit wann ich warte,
so warte ich Tag um Tag, Jahr um Jahr,
nun bin ich alt und warte auf den Tag,
an dem ich starb.
Zu alt zum Leben zu lernen
und zu jung um zu sterben.
So wart ich auf mich selbst
und begegne mir dennoch nicht,
und wundere mich wer da morgens
im Spiegel zu mir spricht.

Marcus Moskopf

## *Weihnacht in den Kinderherzen*

Weihnachtszeit – Kinderzeit.
Lebkuchenduft weit und breit,
Augen strahlen, Kinder lachen,
träumen nur von schönen Sachen.
Auch das große Himmelszelt
wird für sie zur Märchenwelt.

Renntierschlitten, vollbeladen
mit Geschenken, süßen Gaben.
Engel backen Plätzchen fein
für die Kinder groß und klein.
Weihnacht wird es nun bald werden
für die Kinder auf der Erden.

Brennt dann erst der Tannenbaum,
erfüllt sich mancher Kindertraum.
Erleuchtet ist das Weihnachtszimmer
und im Licht der Kerzen Schimmer
ein Kinderlachen uns erfreut.
Es ist doch eine sel'ge Zeit,
die Weihnacht in den Kinderherzen.

Rosemarie Mosmann * 1928

## *Ohne Worte*

Sprachlos zwischen den Telefonhörern
befinden wir uns auf zwei fernen Planeten,
obwohl uns nur wenige Kilometer Realität
trennen.

Tauschen Nebensächlichkeiten aus,
um das bedrückende Schweigen nicht
länger ertragen zu müssen.

Eigentlich wollte ich dir so viel erzählen,
darüber, was mein Herz bewegt,
und wonach meine Seele sich sehnt,
– doch meine Worte versiegen auf meinen
Lippen,
unfähig, dir mein wahres Selbst zu
enthüllen.

Aus Angst, du könntest mich nicht mehr
lieben,
verberge ich mich vor dir, wie ein
Schmuckkästchen,
an dessen Oberfläche du dich schon
gewöhnt hast.

Nicole Mück * 1976

## *Hafencafé im Winter*

Azurblauer Himmel
von regenschweren Wolken
verdrängt
der Strand
von Wasserfluten schier
ertränkt

Billardtisch in fahlem Licht
rauchgeschwängerte Tristesse
gespanntes Schweigen
leere Blicke auf leblose Kais

Banges Warten
auf das nächste Schiff
Traumbilder des Sommers
die schemenhaft wandeln
über den Steg

Äolus, Gott der Winde
mit einem letzten Gruß.

Bernd Muggenthaler * 1969

## *Dein Leben*

Behände eine Kreuzung entdeckt,
und doch töricht mit dem Fluss
mitstolpern.
Ein Aufbegehren aus der Masse,
ein stiller Schrei im Marsch verstummt.
Nur automatisiertes Handeln,
in dem betrübt das Leben steht.
Zeitliches Rauschen, Uhrenschlagen,
dein Leben, ist längst gelebt.

Stephanie Muhle

## *Tinte*

Wegen meiner Sehnsucht
schmier ich wieder Wörter an die Wand,
denn ich kenne keinen Ausweg,
als durch die Feder in der Hand.

Die ganze Welt wird zugeschrieben,
vollgetintet, eingekleckst.
Ein Fleck nur ist frei geblieben
-weil die Tinte nicht dein Herz benetzt'…

Doch was nutzet mir die ganze Welt,
solang' ich dich nicht habe?
Das Einzige, was mir noch bleibt, ist
königsblaue Tintenfarbe.

Anna Mülders * 1989

Ich wünsch dich hier
doch mein Klavier
spielt neue Melodien

Gedanken zieh'n
fort von dir

Hab dich erträumt
nicht mehr geweint
Gefühle vereisen
die leisen
Töne entflieh'n

Und die Brücke
zerfällt in tausend Stücke

Barbara Müller * 1956

## *Weggabelung*

Man sagt: Kopf hoch, ich drück dir die
Daumen,
ich denke an dich und wünsche dir Glück.-
Ehrlich mag's schon gemeint sein,
doch dann bleibt man mit sich alleine
zurück.

Mit seinen Ängsten, mit all seinen
Zweifeln,
mit seinen Sorgen, manch Unsicherheit.
Weltuntergangsstimmung schon ganz früh
am Morgen,
was wirklich geschieht, offenbart erst die
Zeit.

Es ist nicht möglich, ihr zu entfliehen,
unmöglich, ihr aus dem Wege zu gehn,
sich täglich ihr auf's Neue zu stellen,
lehrt, das Wenn und Aber, sich selbst zu
verstehn.

Zeit – man kann sie nicht spüren,
man kann sie nicht fassen,
nicht riechen, nicht schmecken
und nicht einmal sehn.

Man kann sie nutzen,
kann sich von ihr treiben lassen,
man kann sie fürchten
oder in ihr bestehn.

Bettina Müller * 1960

## *Lebenslauf*

als ich geboren wurde kam Durruti um
als ich drei war verriet Casado die
Spanische Republik Franco zog ein in
Madrid
„... Madrid, du Wunderbare ..."
in mein drittes Jahr fiel Gleiwitz Gliwice
mein Vater rückte ein in Lublin
zog über den Balkan nach Kalamata
und über Deutschland – ach Heimat –
nach Russland bis dreißig Kilometer vor
Moskau und in den Tod ich war noch nicht
sechs
neun war ich als sein Feind mich nährte
mit bitterem Brot
was fing ich an mit deiner Schuld:
mein Erbe: ich nahm es an um meiner
Liebe
willen, schwor: Nie wieder Krieg
doppelt alt als er geworden ist sah ich
das Rad der Zeit sich rückwärts drehn
Leipzig, du Wunderbare, ich sah was ich
für nicht
mehr möglich hielt: Verrat und Dummheit
siegen

Christa Müller

## *Gefangene Träume*

eingesperrt in unwetter
niemand hilft
ertrunken im nichts

wolkenbruch
regen überschwemmt die gedanken
blitze erzeugen blindheit

stürm bläst realität ans licht

stehe allein im feld
regen durchdringt das letzte hemd
zusammenbruch in der
fremde

enttäuschte erwartungen

fernab
brennt ein baum
brennt aus schmerz
in mir das gleiche feuer:

gefangene träume

Christina Müller * 1985

## *Schnecken mit viel Sch und großes N*

sssschneckN. ssssschneckN! sssssschneckN!
haus, haus, haus
llleckN!

sssschneckN. ssssschneckN! sssssschneckN!
schleim, schleim, schleim
ssschleckN!

sssschneckN. ssssschneckN! sssssschneckN!
aug, aug, aug
ssschmeckN!

sssschneckN. ssssschneckN! sssssschneckN!
haut, haut, haut
llleckN!

sssschneckN. ssssschneckN! sssssschneckN!
spur, spur, spur
ssschleckN!

sssschneckN. ssssschneckN! sssssschneckN!
fleisch, fleisch, fleisch
ssschmeckN

David Müller * 1986

## *Bürgerpfad*

Hinter dem Betonhaus
der Weg durch nasse
Winterwiesen.
Stücke blauen Himmels
treiben auf Bächen.
In den Senken Gras,
das kein Schnee niederdrückte.
Der Weg gesäumt
von Bänken.
Leben wohnt
hinter den Grasbüscheln.

Frank Müller * 1937

## *Du bist wie die Sonne.*

Du bist wie die Sonne,
die einen Frierenden wärmt.

Du bringst Licht
in das Dunkel der Finsternis.

Du leuchtest von morgens bis abends
und begleitest mich durch den Tag.

Jedoch hast Du eines der Sonne voraus:
Wenn sie sich schlafen legt,
leuchtest und wärmst Du noch immer.

Franz Ferdinand Müller * 1958

## *November Nacht*

Melancholie – ein Stelldichein von
Sehnsucht, Schmerz und Traurigkeit
von eigner Art,
nicht fröhlich, lustig, derb – nein vielmehr
zart,

gehüllt in Schwermut bang, zu Sein und
Werden,
im trüben Licht von Angst und
Hoffnungslosigkeit,
ergeh'n Gedanken sich
wie silbern Tropfen vom
finstern Zweig am Ufer
im kalten Mondlicht, nach dem
Abendregen
im See gespenstisch große Kreise zieh'n, die
endlich ausgelöscht vom Meer der
Ewigkeit,
ganz unauffällig untergeh'n,

so geht dahin, woher gekommen
und ruhig wird das Herz – fast steht der
Schlag
still das Gemüt in trauter Einsamkeit
Zufriedenheit beschließt den Lebenskreis.

Gunther Hermann Müller

## *Verlorene Hoffnung*

Kehrt Lebendiges wieder, wenn der Tod es
berührt?
Hat des welke Blatt im Herbst schon den
Frühling gespürt?
Neue Seelen sind ständig im Werden.
Nichts, was war, kehrt zurück auf Erden!

Das jung-grüne Blatt, das der Mai gebiert,
ist verloren, wenn der Oktober sein Gold
kreiert.
Ewigkeit träumt die Seele nur im
Vergehen;
letzte Hoffnung wird in Finsternis wehen.

Und dennoch – niemand weiß, was Leben
ist.
welcher Gott hat Schönheit und Wehmut
gemischt?
Ein letztes Rätsel wird immer bleiben,
und immer wird der Herbstwind die
Blätter treiben.

Helga Johanna Müller * 1932

## *farbenwelten*

im stummen geläut zitronengelber
narzissen
währt fastenzeit in weintraubenpurpur
frühlingswind rauscht kirschblütenrosa
über asphaltgrau

cumuluswolkenweisse am babyblauen
himmel
über wüstensandbeige
durch mohnröte im kornblumenblau
knattert giftgrüner traktor

rotbraunes laub tanzt wirbelnd
über kürbisorange bis zum stoppelfeldgelb
walnussbraune mäntel wärmen
hellhäute im letzten bunten sturm

schneeflockenweisse hüllt sanft
weihnachtsbaumgrün in schläfriges
nachtblau

glasklarer wind weht über
schweigende farbenwelt

Ingrid Müller * 1952

## *Die Kastanie*

Die alte Kastanie am Wegesrand steht.
Das Jahr, das kommt, das Jahr, das geht.
Im Frühling hat sie ein Blütenmeer,
Im Sommer die Äste voller Früchte
gebogen.
Im Herbst setzt sie sich den Stürmen zur
Wehr.
Im Winter so sanft mit Reif überzogen.

Wie viele Tiere war'n wohl ihr Gast,
Und sie empfand keine einzigen als Last.

Im Frühling die Bienen in den Blüten
fleißig sind,
Im Sommer geben die Blätter Schutz dem
Vögelein Nest.
Im Herbst freut sich über Kastanien jedes
Kind,
Im Winter fressen die Rehe den Rest.

Wie viel Geschichten hat sie wohl erfahren,
Von Leid und Glück in all den Jahren?
Irgendwann mal hat in Zeiten in harten,
Jemand ein Kreuz gestellt in ihren
Schatten.
Man hat wohl gebetet, man hat wohl
gehofft,
So ist auch das Leben heut noch oft.
Das Jahr, das kommt, das Jahr, das geht,
Die alte Kastanie am Wegesrand steht.

Monika Müller * 1957

## *Einschlafprobleme*

Es ergeht sich in der Nacht,
Ach, mein Herz so manchem Kram,
Nie Ruh zu finden, nur den Wahn,
Weil des Denkens Übermacht
Angstgeschichten mir erschafft.

Kann es denn auch anders sein
Als geschaffen um zu leiden?
Frohsinn mir herauszuschneiden
Nichts mehr übrig außer Stein
Alles Lachen bleibt nur Schein.

Neele Müller * 1982

## *Liebeserklärung an Sylt*

Sylt – dein Meeressaum
ist mein allerliebster Traum.

Wenn ich in der Ferne bin,
sehne ich mich nach dir hin,

nach deiner Ruhe, deiner guten Luft,
nach deinem Möwenschrei und deinem
Tangduft.

Irgendwann halte ich die Sehnsucht nicht
mehr aus.
Dann komme ich zu dir
und fühle mich sofort zu Haus.

Ich tanke Mut und Zuversicht
und sehe wieder neues Licht

für allen Kummer und alle Sorgen
von morgen.

So wird es immer sein,

Sylt – du wunderbare Insel mein.

Renate Müller * 1944

## *Waldrestaurant Gut Entenpfuhl*

Den Männern spuckt keiner ins Bier.
Auch ihre Zigarren sind stark. Der Rauch
treibt die Wespen zu mir.

Hinterm Teich die Kinder beim Minigolf.
Ein kleiner Gefallener brüllt die
Welt zusammen, als wäre nie
jemand anderem Unrecht gescheh'n
und der Bundespräsident hätte nicht
um Vergebung gebeten, in Polen, gestern
– ohne die Zigarren zu fragen
oder Michael Stich
oder mich.

Sollte ein Staatsmann um Vergebung
bitten
ohne Abrede, was er dafür bekommt
(zum Beispiel: Vergebung)?

Im Waldschatten widme ich die Frage
der besonnten Frau dort,
die mal herübersehen könnte.

Richard Matthias Müller * 1926

## *Tränen der Vergangenheit*

Mein Weg führt mich durch schwarze
Nacht,
und Kälte bricht aus mir hervor,
wo einst ein Feuer mich verzehrt'.
Aus kalter Asche schwingt ein Phönix sich
empor,
der mir den Rücken kehrt.

Auf seinen Schwingen fliegt Vergangenes,
das mich zu Boden ringt,
in einer Welt, die über mir zerbrach.
Durch den Sturm dem Ende nah, doch
Phönix singt
von einer Zeit danach.

Geblendet von dem hellen Glanz
vergangner Tage,
suche ich ihn zu ergreifen,
doch finde ich nur Leere vor.
Ich spüre meine Tränen sie durchstreifen,
und bin einsam wie zuvor.

Sascha Müller * 1985

Am Ufer der Begegnungen
säumt meine Tiefe den See –
berühre ich den Grund
ist alles still

wieder ertaste ich das Wasser –
gleichsam löse ich die Welle
verwandle sie in aufsteigende
Dunstschwaben
bis sie versiegen im Nichts

überlasse ich mich der Leere
schwebt meine Tiefe
über die Ufer hinweg

sie findet mich wieder

Sonja Müller * 1967

## *Das Unfassbare*

An einem Montagabend regnete es wie
Wild,
Gott sei Dank! Es ist nur ein Bild.
Gewitter und Blitzschlag kamen hinzu,
dann war es dunkel im Nu!
Ohne Saft, keine Kraft
und das ist kurz zusammengefasst.
Für den Fachmann war dies bereits klar,
dass das nur ein Blitzschlag war.
Auf den Herd konnte keiner verzichten,
wir liehen es uns von unseren Nichten.
Wenige Tage kam ein Sachverständigenrat,
der um die kaputteren technischen Geräte
bat.
Er nahm sie mit, zum Überprüfen,
es dauerte lang, sie in den LKW zu hieven.
Das Leben ist manchmal ziemlich hart
und das Essen schmeckte dabei sehr, sehr
fad.
Die Moral von dem Gedicht,
ob man es glaubt oder nicht,
es ist wahr, die Geschicht.

Thomas Müller

## *Schlüsselsuche*

Aus übermächtiger, schemenhaft tiefer
Kraftquelle
zur Marionette gemacht,
werden Füße bestimmt zu Schritten,
Hände zu Tätigkeiten,
das Sehen zu Einblicken,
das Hören zum Zuhören.
Alles geschieht unter Einwirkung des
unbekannten Dämons,
der despotisch die Fäden regiert,
welche, Fesseln von Kerkerketten gleich,
das Fühlen, wie von Kreuzspinnen vernetzt,
begraben halten.
Der Schlüssel der Erlösung scheint
verloren:
Doch das Leben befiehlt wohl die Suche?!

Anna Christien Müller-Bechtel

## *Frieden*

Wo bist du nur geblieben
Du Frieden dieser Welt
Wer hat dich einst vertrieben
Gibt's etwas das mehr zählt?

Ich möcht dich gerne finden
Doch such ich nach dem Weg
Dass Menschen sich verbinden
Und jeder glücklich leb.

Der Krieg schlägt tiefe Wunden
Und nicht nur in die Haut
Auch Herzen sind zerschunden
Wenn solcher Hass sich staut.

Wer zeigt dem Mensch das Gute
Und führt ihn raus ans Licht
Was nützt denn all das Blute
Wenn dann die Welt zerbricht?

Wir brauchen neue Träume
Denn oft wird einer wahr
Dann wachsen wieder Bäume
Wo vorher Wüste war.

Silvia Müller-Vögtli * 1961

## *Sehnsucht*

Auf den Wolken meiner Sehnsucht
fliege ich
zu den grünen Tälern
meiner Kindheit
sehe sie tief unter mir
in unerreichbarer Ferne
und kehre
zu meiner Traurigkeit
zurück

Petra Munar

## *aquarell*

tropfnasses papier
nehme ich
und
wische mit dem schwamm darüber

farben

mit dem pinsel werden sie
den platz auf dem papier finden

verlaufen,
sich mischen

und

trocknen
bereits
an den rändern

das aquarell wird leuchten

Jens Münchberger * 1958

Landschaft unter zweitem Himmel
Bergkuppen wie Wattebäusche aus
Eiskristallen
Dazwischen dunkle Krater, tiefblaue Seen,
abgründige Flüsse.
Im Türkis des Firmaments
Hektisch hastende Schwaden
Zerrissene Schleier
Wolken anderer Ordnung.
Und am Horizont
Fantastisch fernes Antarktika

(Auf dem Flug von Hamburg nach
Venedig im Luftraum südlich von
Kassel)

Beate Mundt * 1965

## *Sahara-Rose*

Rose
aus Wüstensand
und Kristall
Windgeschaffene
du sprichst von Erde
du sprichst von Sonne
von unendlichem Sternenlicht.
Windverlorene
Stimme
Der Einsamkeit

Gudrun Münster

## *Gottesanbeterin*

Auf dem Grab meiner Liebe fand ich,
unter dem herbstlichen Rosenstrauch
im Laub sich bergend, die Gottesanbeterin.

Sie hielt ihr grünes Dreiecksgesicht
der blassen Sonne entgegen,
die dünnen Arme gefaltet,
wie zum Gebet.

Kleine fromme Schwester –
willst du für mich beten?
Alle die ungesagten Gebete
für mich und den Schläfer im Grab?

Seltsames Tier, bleibe nur wohnen
bei dem verwitterten Stein;
ich störe nicht dein verborgenes Leben.
Aber bitte für mich
beim Herrn aller Kreatur.

Eva Münz

## *Freiheit*

Was könnte ihm
– in seiner Menschheit–
denn Besseres passieren,
als bloßgestellt zu werden,
– von allem, was man
über ihn sagen kann.

Josef Münz

## *Winterabend im Süden*

eine dünne Schneeschicht die Bergspitzen
ziert,
die einsame Möwe sich im klaren See
verliert

die Palmen recken sich voll Wonne,
hin zur wärmlich lachenden Sonne

Mensch freut sich und spaziert im Freien,
geniessts und will nur Danke weihen

auch die Seele taut auf und wird leicht,
einem freien Vogel sie nun gleicht

das Herz schreit auf ist voller Leben,
will jauchzen und nur Freude geben

wahrlich schön ist's so zu sein,
ohne Sorg und ohne Pein

hier möcht man bleiben und verweilen,
den Anker werfen und verkeilen

das Gefühl zu schweben durch den Raum,
ist einem beschieden sonst nur im Traum

alles ist rein und hell und voller Liebe,
bedenk die Zeit sie rinnt wie Sand durchs
Siebe

darum leb heut und habe Mut,
lebe jetzt und schür die Glut!

Klaus von Muralt * 1980

## *„Tanja“*

Vielleicht, als ich dein Herz einst brach
nachdem wir uns vereinten,
waren's Engel statt der Nächte Regen,
die bitter um dich weinten.

So trieb ich auf dem Fluß des Lebens
solang' das Floß der Jugend hielt,
gedachte keinem einzigem Wesen,
dem ich einst übel mitgespielt.

Doch plötzlich brach die Welt zusammen,
bald sah ich nirgendwo mehr Land.
Ein stummer Schrei und du warst da,
reichtest mir liebevoll die Hand.

Nun weiß ich, warum sie einst weinten,
sie lieben dich so, wie du bist.
Und hätt' ich's früher schon erkannt,
dann hätt' ich dich nie so vermißt.

Sascha Murbacher

## *Leipziger Herbst*

I
Der Himmel weint. Die Götter schweigen.
Der Blätterfall. Ein Klagelied.
Oktober kommt wie immer leise
und nimmt die Stadt ein Schritt für Schritt.

Zufrieden sein und stets gelassen.
Oktober nimmt die Stadt ein Schritt für
Schritt.
Und jeden Abend in den stillen Gassen
wird aus Pflastersteinen Anthrazit.

II
Der Braut weiße Kleider.
Der Schleier ohne Ende.
Im dichten Nebel treiben
der Himmel und die Erde.

Dazwischen leben Träume.
Ein Schiff verlässt den Hafen.
Und gleich daneben – Bäume,
die über alles wachen.

Max Muthoff * 1950

## *Du bist der Anfing*

Du bist der Anfing und der Abfing
Das Einding und das Ichsing
Ich bin das Unding und das Dusing
der Zuging und der Wegging

Bruno Nagel * 1960

## *Herbststimmung*

Wenn bunte Blätter fliegen,
wirbelnd im stürmischen Wind,
wenn Früchte unter Bäumen liegen,
dann fühle ich,
wie flüchtig
die milden, heiteren Tage sind.

Wenn graue Wolken über den Himmel
ziehen,
getrieben vom stürmischen Wind,
wenn Menschen unter Schirme fliehen,
dann fühle ich,
wie flüchtig
die milden, heiteren Tage sind.

Wenn weiße Schleier die Welt bedecken,
wabernd im kühlen Wind,
wenn Schatten über Häuser lecken,
dann fühle ich,
wie flüchtig
die milden, heiteren Tage sind.

Jutta Nagel * 1950

## *Tiefsee der Seelen*

Meine Gedanken verweilen
im Tiefsee der Seelen,
im Strom mit Noten,
auch Sehnsucht genannt.
Sie loten die Echos,
für sie nur bekannt.

Tanzende Töne
umstreicheln die Müter,
die Bässe vibrieren,
erwärmen mich.
Der Wunsch wächst
nach Verweilen und Wiegen,
im tiefdunklem Licht.

Aus Träumen gerissen,
verirrt im Grenzenlos,
erfahr ich die Schmerzen
der Trennung Verlust.
Spür noch den Hauch Deiner Nähe
will wieder ertrinken
im See seliger Stimmen.

Sonja Nagel * 1963

## *Isolation*

Wie kalt, wie tot sie doch ist.
Ich fühle, sie injiziert mir dieses Gift,
welches ich unwillkürlich rief.
Und dennoch, sie umarmt mich so intensiv.

Zuerst glaubte ich, sie will mich foltern,
als sie begann über die Scherben meines
Herzens zu stolpern.
Später begriff ich, sie ist ein Freund der
Stille.
Und ich fragte mich: Wie aufopfernd ist
wohl ihr Wille?

Ich kann ihre unsichtbare Schönheit fühlen,
traue mich aber nicht, sie zu berühren.
Ihre Stärke jedoch macht mir auch Angst.
Jetzt, so fühle ich es, umhüllt sie mich mit
ihrem Glanz

Mein Preis war die Hingabe meiner Seele.
Die Qualen sind weg, sie schenkte mir
Leere.
Sie ist mein treuster Begleiter geworden,
Schmerz und Angst sind durch sie
gestorben.

So soll es nun bleiben, geheilt hat sie mich!
Sowohl die Sonne als auch der Mond
erfreuen sich.
Nichts mehr kann mich zum Fürchten
bringen.
Von der Ferne höre ich sanft die Glocken
erklingen ...

Michelle Nahlik * 1971

## *Du gibst*

Du gibst,
Ich frage – du gibst,
Ich bitte – du gibst,
Ich suche – du gibst,
Ich sehe – du gibst,
Ich verliere – du gibst wieder,
Ich frage nicht – du gibst,
Ich bitte nicht – du gibst,
Ich suche nicht – du gibst, dass ich finde,
Ich sehe nicht, aber du gibst!

Dolores Namejdnegri

## *Nur Einmal*

Liebe das Leben
wie es für dich
dich alleine die Türen öffnet
wie es zu dir kam
wie du es atmest
wie du die Chancen bekamst
die Welt zu bewundern
dich mit der Natur zu vereinen
Gestalte dein Leben
denn es erscheint dir nur einmal

Fang an das Leben
dein Leben zu Lieben

das Leben
dein Leben zu genießen

da das Licht nur einmal erscheint
da die Schatten vergänglich sind
da das Leben sich einmalig
so Kurz erblicken läßt

Abbas Nasrollahpour * 1961

## *Herbst*

Er kommt wie immer viel zu schnell,
man könnt' grad meinen schleichend,
fast unbemerkt und über Nacht
und denkt nicht dran zu weichen.

Die Schatten werden lang und länger,
die Tage merklich kürzer,
erst gestern war des Sommers Blüte da,
die Sonne wärmte die Gedanken,

die viel zu schnell verflogen sind und
schwach und blass
um fast vergessene Erinnerungen ranken.

Schon greift der Arm des Winters ein,
die Kälte strömt mir durch die Glieder,
ich hoff' er läßt mich nochmal los,
ich seh' den Sommer wieder.

So jung bin ich im Geiste noch,
bald so als wär's noch Frühling eben,
doch wie ich in den Spiegel schau,
ist's doch der Herbst des Lebens.

Angelika Nast * 1955

## *H5N1*

Freiheit, Luft, Schweben
das ist mehr als Leben

Löwen der Lüfte, Tiger der Meere
zugleich Leichtigkeit und Schwere

schauen auf uns herab wie Götter
sind der Welt Väter und Mütter

triumphierende Segler
sehen keinen mehr

das Ende braucht keinen Vorboten

der Tod der Tiere ist das Gefängnis des
Menschen

Siegmund Natschke * 1971

## *Kindergräber*

Unter Metern von Erde
Münder mit Schreien
mit der Frage WESHALB

Über den Gräbern
nur noch Schweigen

wenn sie bald wieder erscheinen:
die Eltern

und

gehen

und die Stofftiere aufrichten
im unveränderten Zimmer

Egbert Naujoks * 1954

## *Vorbei*

Immer,
erkannte mein Zögern
furchtlos deinen wilden Mut.
Immer,
vertraute sich dein Zweifel
haltlos meiner Nähe an.
Immer,
ließen wir zu
uns verwundbar zu sehen.
Immer
ist
vorbei.

Yvonne Naumann * 1964

## *Mann des Glaubens*

Es war ein Mann des Glaubens
der mich trieb aus dem Haus
hatte mit ihm ein Geschäft gemacht
das sich für mich nicht zahlte aus
Der vereinbarte Preis sei ihm zu niedrig
kam es ihm plötzlich im Nachhinein
er könne es leider doch nicht machen
etwas mehr müsste es schon sein
Enttäuscht vom Mann des Glaubens
prüfte ich erneut meine Finanzen
es war leider kein Geld mehr übrig
nicht einmal im Großen und Ganzen
Damit war die Sache ausgemacht
ein monatlicher Posten musste raus
ich zögerte nicht einen Augenblick

und trat folglich aus der Kirche aus
Danke edler Mann des Glaubens
du wirst es sicherlich verstehen
als Preis für deinen Wortbruch
wirst du nun allein zur Kirche gehen

Thomas Nave * 1968

## *liebesspuren*

die nelke unterm fussabtreter
das kondom unterm flokati
die himbeerrote fussel an der jacke
die roten flecken im gesicht
die geknitterten falten im bett
den traum auf dem rücken
der salzige geruch in der nase
das lied im ohr
das leere glas mit der ertrunkenen
zitronenscheibe

Andrea Nehring * 1980

## *Die Stühle*

Wie die Obren sich bereichern
alles wird neu angeschafft.
Selbstgerecht auf neuen Stühlen
wird die edle Pracht belacht.

Wie die Niedren sich dabei fühlen
großzügig wird hinweg gesehn.
„Wir spenden Euch die alten Stühle
jene, die doch so bequem."

Mit himmelwärts verklärten Blicken
erschallt der Obren lieblich Chor.
Besungen wird das Lied der Güte
und schweben hoch zum Himmelstor.

Gerührt stimmt auch der Chor der Niedren
in den holden Lobgesang.
Denn die Stühle haben Lehnen
ihnen ist vor nichts mehr bang.

Stolz bestaunt das Heer der Niedren
nun die abgesessne Pracht.
Und alle denken selbstzufrieden
„Wir haben's doch zu was gebracht."

Sabine Nell * 1960

## *Das Unlichtbare*

Wir brauchen keine Dichter mehr
Heutzutage !
Leute hört nicht her
Wenn Ich sowas sage

Heutzutage sind wir lebensoffen
Und nicht mehr reichserstarrt
Die Menschen sind nicht mehr betroffen
Wenn der Abschaum seines Sterbens harrt

Die Menschen führen keine Kriege
Und zollen sich Respekt
Sie wollen nur die wahre Liebe
Und filmen Mensch wenn er verreckt

Sie verkaufen Ihn sich zu gereichen
Verschachern sie Ihn für Gewinn
Und versiegen drunten die Millionen
Leichen
Sagen sie. Ach Einer weniger wär noch
Mehr Sinn

Wir brauchen keine Dichter mehr
Der Heine hätt kein Schreibverbot –
Wir hauten Ihn schon vorher leer
Und noch vor der Grenze wär er tot.

Nemsus

## *Einsamkeit*

Der Wind im Haar,
der schwebende Nebel auf dem Feld,
es ist keiner da,
sie breitet sich aus, die Einsamkeit.

Leere Straßen am Tag,
erschreckende Ruhe in der Stadt,
verworrene Gedanken im Kopf,
sie breitet sich aus, die Einsamkeit.

Man ist allein,
es scheint alles zu Ende zu sein,
man sucht, doch findet Nichts,
einsam verliert man sein Leben aus der
Sicht.

Nicole Nest * 1983

Zerfressen von meinen Gedanken lässt
mein Geist sich lenken in die
Finsternis.
Hoffnung ...
Existiert sie? Existiert sie nicht?
Der Schrei meines Herzens ist so
unbeschreiblich,
Er lässt die Sonne verschwinden und den
Himmel weinen,
Grenzenlos ist er wie das Meer,
Und lässt mich an meinen Gedanken
zugrunde gehen, mehr und mehr.
So düster sind meine Gefühle,
bestimmt von Gedanken, die mein ganzes
Ich auffressen,
die all mein Sein vergessen ...
So dunkel ist meine Seele, die mir mein
produktives Denken raubt,
Und noch dunkler meine Aura, die nur
mehr an das Schwarze glaubt.
Denn die Nacht, die von meiner
imaginären Hoffnung Besitz ergreift,
wird ständig größer, wird ständig dunkler.
Und der Sinn, der keinen Sinn macht,
liegt mir zu Füßen und lässt sich nicht
fangen,
treibt weg mit dem Fluss meiner Tränen,
schwimmt in das Meer, das meiner
grenzenlosen Trauer entspricht.
Und immer weiter rennt mein Geist in das
Ziel, das das Nichts ist,
Immer mehr verliert sich meine Seele im
Land der Finsternis ...

Sabrina Nestler * 1985

## *Virtuelle Welten*

Abenteuerliche Welt
der virtuellen Spiele
das Kind schießt seine Gegner ab
es weiß nicht mehr wie viele.
In dieser Welt ist man ein Held.

Schöne virtuelle Welt
Welt der Pädophilen
anonym im Internet
kann man mit Kindern spielen.
Und mancher hat sich eins bestellt.

Schnelle, reiche Datenwelt
mit zweifelhaftem Wissen
das wir im globalen Netz
akzeptieren müssen.
Auch wenn uns das nicht gut gefällt.

Was wird denn nun aus dieser Welt
fragen die Gelehrten
wenn der mentale Überbau
mit unsern alten Werten
wie ein Kartenhaus zerfällt.

Karin Nettel * 1954

## *Katjas Lied*

Himmelwärts die Träume schweben
Über Berg und Tal dahin
Schauen in den Wolken eben
Deines Lächelns Anbeginn

Tanzen deinen weichen Reigen
Bis zum fernen Horizont
Um mir deine Welt zu zeigen
Die am Firmament sich sonnt

Immer will ich von dir träumen
Engel du im Paradies
Niemals mehr dein Lied versäumen
Das der Himmel mir verhieß

Rüdiger Freiherr von Neubeck * 1947

## *Quelle des Ursprungs*

Ein einzelner Tropfen liegt im Innern
verborgen
doch bald schon gesellen sich weit're hinzu
dicht aneinander fühlen sie sich geborgen
je mehr sie werden, so rascher kommt's
dazu
der Platz nun zu eng, so treibt sie's nach
oben
freudig sprudelnd durch die Oberfläche
hinaus
zaghaft fließt, gebettet in kant'ge Felsroben
leichter geschmeidiger Fluss wird daraus.
Gar großer und mächt'ger Strom ist's
geworden
unzählbar vielen Lebensnotwend'ges
gebracht
so soll es sein, der Tropfen der Liebe
bis auch der letzte Ursprung der Quelle
erschafft.

Liane Neudert

## *H5N1-Virus oder die Vogelgrippe*

Uns're Freiland-Hühnerschar,
die ist jetzt in großer Hot,
ein Minister, der erläßt,
zum Ausgehen ein Verbot.

In den Stall mit euch, marsch, marsch,
und danach die Klappe dicht,
gackern könnt ihr, wie ihr wollt,
doch nach draußen kommt ihr nicht.

Kommt ein Vogel angeflogen,
scheißt ganz frech auf meinen Hut,
kriegt mein Hut danach die Grippe,
krieg ich auf den Vogel Wut.

Fraß ein Kater einem Spatz,
mit dem Federn und den Rippen,
schrie der Spatz im Katzenarsch:
„Ich hab' die Vogel-Grippen!

Egon Neuhaus

## *Neuanfang*

Mein ganzes bisheriges Leben war ich ein
Regal, ein tragendes sogar.

Auf meinen einzelnen Regalböden stand
der Ballast meiner Familie,
aber auch so manches Mal ein liebevolles
Geschenk, eine nette Geste.

Nun bin ich zwar immer noch ein Regal,
aufrecht und fest – nur habe ich mich
von meiner Rückwand befreit.

Trage in mir und auf mir neue Inhalte;
kann von der Sonne durchflutet,
dem Wind gestreichelt werden und atme
die Luft der persönlichen Freiheit.

Meine vielen Dellen und Kratzer habe ich
behalten,
schließlich sind sie über einen sehr langen
Zeitraum schmerzlich erworben
worden.

Sie sind mir wichtig, sogar lieb und teuer.

Denn sie sind Spuren eines gelebten
Daseins,
Indizien eines durch Enttäuschungen
geprägten Lebens, Zeugen eines
Entwicklungsprozesses.

Durch den Wegfall meiner starren
Rückwand bin ich biegsamer
geworden,
recke mich dem Glück entgegen und lehne
mich zurück, wenn Unheil kommt.

So kann ich nicht zerbrechen, bleibe
aufrecht und stark!

Christine Neumann * 1952

## *Eingeschlossen*

Lern und streb im abgegrenzten Rahmen,
halt dich fest am alten Kreis,
den die Väter hinterließen,
auf dem eingefahr'nem Gleis.

Frage nicht nach dem „Da-Draußen",
bleibe nur im Zentrum drin;
ruh' in vorgesagten Phrasen;
fließ im Leben träge hin.

Sorglos,
glaubst du,
geht das so fort,
bis ans Ende aller Tage.
Erwachend aber trägst du schwer –
staunend an der alten Frage
nach des Lebens letztem Sinn.

Doch eingeschlossen blieb dein Glück,
gabst es selbst dem Kerker hin;
sahst die Welt als Spiegelstück
und das GANZE ohne Sinn.

Just Neumann

## *Wirbelsturm*

Merkst du wie der Zeiger sich dreht?
Siehst du den Wind der die Zahlen
verweht?
Unsere Uhr tickt anders, mal langsam mal
schnell,
ein Nebel umhüllt uns, mal dunkel mal
hell.
Ich kann dich nicht sehen, es ist am
gewittern,
der Donner lässt das Uhrwerk erzittern
Bin mal hier, bin mal da, auf unendlicher
Suche
seid so vielen Tagen die ich ständig
verfluche.
Find mich selbst nicht mehr wieder, nicht
an diesem Ort,
den Grund kennst du selbst: ich bin hier
und du dort.
Was mache ich jetzt oder was machen wir?
Du bist dort und ich bin hier.
Du rufst, es ist zu laut, was willst du sagen?
Du redest, doch was bleibt: so viele Fragen
So hilf uns doch einer, die Uhr tickt weiter,
ich blicke auf den sich bewegenden Zeiger.
Sekunden, Minuten und Stunden vergehn
Ich beobachte wie letzte Fußspuren
verwehn
Das Unwetter legt sich, die Wolken gehen
Ich und die Uhr bleiben als Wegweiser
stehn

Pirkko Odilia Neumann * 1989

## *Längst verziehen*

Wohl könnt ich dich aus tiefsten Gründen
hassen,
wenn ich mich lang genug darum
bemühte,
weil das, was ich seit Jahren herzlich hüte,
auch in die unt're Lade würde passen.

Ich würde deiner voller Hohn gedenken,
nur Schlechtes blieb zurück aus jenen
Zeiten
und nichts und niemand könnte mich
verleiten,
auch nur das kleinste Lächeln dir zu
schenken.

Doch warst auch du, genau wie ich,
zerrissen,
man hat um Kostbarkeiten dich betrogen
und du hast dich verloren zwischen
Fronten.

Ich hab dir längst verzieh'n mit diesem
Wissen,
man hat auch dich verraten und belogen.
Nur traurig ist, dass wir nicht anders
konnten.

Marianne Ney * 1950

## *Ein Weg*

Ein Weg gestampft,
in den verschneiten Hügelstrich.
Wildwuchs veträumter Wanderungen.
Alienation aus pochenden Adern tropft und
quirlt; Rotspur –Fliehend. Rückzug.
Nur Pflanzen harren. Es bellt der kalte
Wind mich an.
Stumm Geschrei im Vereisen aus
Morgendämmern bricht. Ein
Schmerz!
Augenausstechend. Höhlung – längst
vergilbt Refugium –, keuchend,
verstebend. Siechtum zum Nichts.
Sonnenlicht gebündelt und in Schlaf
gebrochen, läßt ahnungsvollen Schrei
aus feuchten Lippen jammern,
Ausgebreitete weiße Unschuld ..., Schwarze
spendend.
Ich stampfe unerkannt.
Verfolgend eine Spur, die
ich erst setzen muss.

Gerald Nied

## *Miss Jugend*

Viele junge Frauen, sieht man sie so,
sind nur wohlgeformter Busen und Popo.
Und etwas leicht geöffneter Mund.
Alles andere tritt in den Hintergrund.
Ihre schönen Brüste
wecken Gelüste,
ihr knackiger Po
macht hoffnungsfroh,
ihr schöner Mund
tut Bereitschaft kund.

Ihr kalter Blick
verspricht kein Glück.

Eure Lebenssicht ist etwas schmal!
Ihr lebt zu sehr eindimensional.
Und in einigen Jahren, so Mitte Mai,
stellt ihr dann fest: Alles vorbei!

Hubert Niederau * 1938

## *Rosen und Liebe*

An Rosen denken
Dir Rosen schenken
An Rosen freuen
Von Rosen träumen

An Liebe denken
Dir Liebe schenken
An Liebe freuen
Von Liebe träumen

Ohne Rosen
Keine Liebe
Doch mit Rosen
Lebt die Liebe

Ruth Niederhauser * 1936

## *Ungerechtigkeit*

Du sitzt hier,
genervt von Eltern, Schule, der Gesellschaft
– Und findest das Leben ungerecht.
Bist gekränkt, verletzt, enttäuscht,
siehst nichts,
wofür es sich zu leben lohnt.
Er hofft und kämpft - jeden Tag,
nichts zu essen, Eltern tot,

der Krieg bedrohend.
Kämpft ums Leben,
obwohl man dort nichts sieht,
wofür es sich zu leben lohnt.
Siehst du ihn?
Siehst du dich?
Das Leben ist ungerecht!

Anica Niepreschk * 1986

## *Das Tor zur Welt*

Sagen was ich wirklich denke
und auf mich vertrau'n
Gehen wie ich selbst es lenke
und nicht auf die and'ren schau'n

Werden was ich werden will
mich selbst ganz frei entfalten
und mir meinen Lebensstil
wie ich es will gestalten

Ich weiß es wird nicht einfach sein
doch wie schwer es mir auch fällt
Wenn ich mich selbst gefunden hab
dann öffnet sich

Das Tor zur Welt !!!

Tanja Nierhaus * 1970

Hinten im Park
geht eine alte Frau
täglich mühsam
unter großen Schmerzen
mit ihrem Gehwagen.
Das nenne ich Mut
mehr Mut als wenn ihr
Scheibenwischer abknickt
eure Schnapsflaschen
an Kastanienbäumen
zerschmettert
oder alten Frauen
Handtaschen stehlt.

Roswitha Niethammer

## *Aufsteigende Glut*

Es steigt in mir hoch
Wie in einem Vulkan
Will raus
Muss raus

Dieses Gefühl
Kann es nicht halten
Dieser Hass
Unerträglich

Sag es nicht
Tu es nicht
Doch es geht nicht
Denn es muss raus

Die Wahrheit
Niemand kann sie verdrängen
Meine Meinung
Niemand kann sie verstehen

Egal was andere denken
Gesagt getan vorbei
Kein Weg zurück
Es ist raus

Cornelia Nietzschmann * 1987

## *Wenn sich einst unsere Wege trennen*

Wenn sich einst unsere Wege trennen,
musst Du viele Zeichen kennen.
Zeichen, die den Weg Dir weisen,
wenn allein Du bist auf Reisen.

Musst wissen dass, wenn fällt der Schnee,
ich in Flocken mit Dir geh.
Dass sich jedes frische Frühlingsblatt
als Gruß von mir entfaltet hat.

Musst wissen, dass des Sommers Schwalben
Dich von mir grüßen allenthalben.
Und Herbstlaub, das vor Deine Füße fällt,
einen Gruß von mir bestellt.

Wenn funkelt Dir ein fremder Stern,
so denke dran, ich hab Dich gern.
Hat gar der Mond Dich in der Nacht
um Ruhe und den Schlaf gebracht,
so denke dran, was ich hier schrieb.
Wo du auch bist, ich hab Dich lieb.

Karl Hermann Niewerth * 1935

## *Sternenstress*

Mein Sternschnuppenwunsch ist glaub ich
zu groß,
Doch allein der Versuch ist für mich schon
Trost.

Ich flehe nicht mehr, bewege nicht mehr,
Als meine Augen von rechts nach links.
Verfolge den Wunsch hochgesandt in den
Stern,
Mit ein wenig Vertrauen gelingt's.

... (Und wenn nicht?) ...
Stern erfülle es mir, Gott ich wünsche es
mir!
Sehnsüchtig verzicht ich auf Atmen dafür.
Die Hände zur Schale zum Halten der
Stirn,
Erfüll es am besten gleich hier.

... (Dein Wunsch?) ...
Möchte gern sagen was mein Wunsch denn
war,
Doch wenn ich es tue wird er mir nicht
wahr.
(Sag schon.) Ich sag es dir nicht, lass mich
in Ruhe!
„Wird er dir nicht wahr wenn du's sagst
und ich's tue?"
...

Roger B. Nigk * 1985

## *Verse & Mond 2006*

Ich weiß, nach dir faucht die Dunkelheit
die immer unter den Lidern lauert.
Schlaf nennt sich niemals cool Kleinigkeit
wenn das Seelenfressmonster in Kammern
kauert.

So nah, dass wir eine Schwärze sind
die über uns die Wände fließt
bin ich dir und hüte dich wie ein Kind
und scheuche die Geister, bevor du sie
siehst.

Ich bin ja wach. Kannst nun ruhig schlafen.
Mein Aug' ist per du mit der schwarzen
Nacht.
Komm, leg dich einfach zu den Schafen
die du eben noch zähltest. Ich geb ja Acht.

Der Mond ist schweigsam. Hat noch nie
viel gesprochen.
Nur Autotiere brüllen im Freien.

Dein Geruch ist an mir heimlich
raufgekrochen.
Ich will dein getragenes T-Shirt leihen.

Nik * 1983

## *Der Wunsch*

Ich wünschte,
dass ich wünschen könnte,
denn die Wünsche
des Gewünschten
wären Wünsche
eines Wunsches.

Niki * 1994

## *Auf dem Bahnhof*

Tränen wie Perlen
des letzten Tau's,
keine Stunde mehr
für unseren Abschied.

Die Stille bricht,
der Zug fährt ein,
ein letzter Kuss,
ich muss nun gehen.

Ich winke dir zu,
stehe am Fenster,
die Scheibe ist dreckig,
ich male – ein Herz.

Uwe Niklewicz * 1962

## *Raum der Zeit*

Am Ende der Zeit
steht ein Licht bereit.

Ein Raum Gedeiht
in Frucht und Leid.

Die Liebe entsteht,
doch bist du bereit?

Dein Gefühl sagt „ja",
dein Verstand „vielleicht".

Doch wenn du's nicht wagst
Du nicht weißt obs Reicht.

Und wenn du versagst,
ist's danach nicht Leicht.

Denk in ruhe drüber nach
sei nicht gleich zu allem bereit

Denn egal was passiert,
wir brauchen Raum und Zeit.

Adam Nikolas * 1980

## *Seidige Betäubung*

Eine Rose blüht keinesfalls anmutsvoller als
ich,
wenn du an meinem Ohr zugeneigt
knabberst,
und deine Zunge knallheiß über meinen
Köper fährt.
Seidig sündigst du an mir und ein Feuer
wühlt,
entzündet durch deine meisterlichen
Berührungen.

Köstlich erlebe ich deine Lippen voll
Verlangen.
Lächelnd lasse ich alles geschehen und
blühe auf,
voll erstaunter Seligkeit, elysisch im
Moschusduft.

In Betäubung überfließt mein Herz wie im
Wein.
Die Strahlen deines Angesichts leuchten,
Lava fließt,
betört mich tief und die Leidenschaft
besiegt mich.

Nun flammt mein Geist in völliger
Verwirrung,
berauscht von tiefster Liebe, im Gang des
Mondes.
Eine Flut bewegt sich, flüstert, zart und
seelenvoll …

Auf der Landkarte meines Körpers rote
Flecken,
von deinen glühenden Feuerlippen
eingraviert –
und ich erzittere im Fiebertraum, äußerst
erregt,
in hitzigen Wallungen unserer
Fantasiewildnis.

Katarina Niksic * 1956

## *Das Gedicht der Rose*

Du bist wie der Atem einer Rose,
ein zarter Duft sinnlicher Lieblichkeit.

Du bist temperamentvoll wie
das feurige Rot ihrer Leidenschaft,

kommt man dir zu nah,
so brennt der Schmerz wie der
Schatten einer unerfüllten Liebe,

und doch trägst du das grüne Band,
ein sehnsuchtvoller Hauch von Hoffnung.

Birte Nilsson * 1965

## *Die Nachgeburt*

Der Klapperstorch der dich gebracht,
hat sich bestimmt halb totgelacht.
Weil es ein glatter Zufall ist,
dass du überhaupt am Leben bist.
Planmäßig ja man hoffte schon
Kam, wie gewünscht, der kleine Sohn.
Man glaubte schon jetzt ist's vorbei
doch da, man hört nen zweiten Schrei.
Man war erstaunt, was kann das sein?
Die Nachgeburt, kann die denn schrein?
Man war ganz platt, da lag die Kleine,
ne Nachgeburt mit Arm und Beine.
Und der Geschichte weiser Schluss,
dass man Nachgeburten verwahren muss!

Colette Nolden * 1935

Stellen wir uns eine Person vor,
die überall erzählt,
sie habe in der Vergangenheit schlechte
Dinge getan,
Sie sei der Versuchung immer wieder
erlegen.
Das ist eine schwere Anklage gegen sich
selbst.
Die Öffentlichkeit hört sich die Anklage
an.

Der eine ist betroffen,
dem Anderen ist das doch ganz egal,
der Andere raunt, na endlich gibt sie es zu.
Und sofort und so weiter ...

Stellen wir uns eine Person vor,
die überall erzählt,
sie habe in der Vergangenheit schlechte
Dinge getan,
wer sind wir dann?

Annegret Nolte

## *Aus ... Weg*

Nur graues Einerlei;
Von Dir zu sprechen schien der
Sehnsuchtsfunken
Längst der Seele /
Ganz mutig, doch deren bunter Sinn
sobald;
Ahnen nur, aber fassen nicht!

Es gab nur graues Einerlei;
Als plötzlich mir die Zeit von Dir zu
sprechen schien /
Mein Herz erstarb, da sich der Sehnsuchts'
Funken längst im Traum gefangen /
Dich umwarb die Seele /
Ganz mutig, jedoch ohne Glauben /
Mit Worten, deren bunter Sinn so bald
verloren ging./
Gesten, Augen ahnen nur, aber fassen nicht
die Zärtlichkeit!

Es gab die Zeit,
da ich Dich umwarb
mit Worten, Gesten, Augen /
als plötzlich mir das Herz erstarb.

Im Traum gefangen, ohne Glauben –
Verloren ging die Zärtlichkeit.

K. Ulf Nolte-Hellwig

## *Und jeden Tag braucht sie ...*

Jeden Tag braucht sie
– ihre Pille, um weiter zu leben.

Jeden Tag braucht sie
– ihren Mann, um Liebe zu spüren.

Jeden Tag braucht sie
– ihren Kuli, um ihre Gefühle
aufzuschreiben.

Jeden Tag braucht sie
– viel Kraft, um die Krankheit zu
überwinden.

Und jeden neuen Tag hat sie
– diese Angst zu sterben.

Und jeden Tag braucht sie
– Ablenkung, um damit klar zu kommen.

nora disassociative

## *Baba Yaga*

Baba Yaga
ur-grimm-weib
mythos vom
fluss unter dem fluss
Baba Yaga
hockst hinter der
zeit in knochenhütte
auf hühnerbeinen hüpfst
durch zeitlöcher
spinnst wohl
den faden
hah!
langer faden, faule maden
hah!
Baba Yaga
nimm mich
im mörser
fliegen wir

Ulrike Nowak * 1961

## *Heiligabend*

Der Schnee fällt still in großen weißen
Flocken,
auf Scheunen, Häuser, auf den Wiesenweg.
Noch schweigen alle Kirchenglocken
und die Gemeinde ist vertieft noch im
Gebet.

Es scheint, als würde alles warten,
atemlos, als störe jeder Hauch.
Wie verwunschen ist der kleine Garten.
Raureif umhüllt sanft, zart jeden Strauch.

Von Fern ein Wispern, Jauchzen, Klingen.
Die Kirchenglocke, dröhnend, fällt mit ein
und läutet als wollt sie zerspringen. Mit
jedem Glockenschlag
ein wenig Glück dringt in das Herz hinein.

Elke Nowak-Händler * 1946

## *wenn*

wenn dein blick
mich nicht mehr
wärmt

wenn dein lächeln
nicht mehr mir
gilt

wenn dein zorn
mich nicht mehr
trifft

wenn deine nähe
nur noch
weh tut

wenn deine träume
nicht mehr
meine sind

dann muß ich lernen
wie es sich
ohne dich
lebt

Brigitte Nußbaumer * 1950

nachtfreundin
nie hätte ich angst
vor dir
weicher dunkler mantel
spuren im schnee
sternengefunkel
über schwarzem wald
allein mit winterstille
im knirschen des schnees
die nacht
reicht mir ihre hand

Inge Nüsslein * 1988

Wenn
Deine verträumten Augen kurz
Mein Spiegelbild zeigen,
Dein glänzendes Haar sanft
Mein Gesicht berührt,
Deine zarte Stimme leise
Ich liebe dich flüstert,
Deine weichen Lippen innig
Meinen Mund berühren,
Deine zarten Arme leidenschaftlich
Meine Schultern umschließen,

Dann
Wünsche ich mir,
Die Zeit bleibt stehen,
Damit wir niemals
auseinandergehen.

Kevin Nyski * 1976

## *Das Hier der Stadt*

viel und weit
nah vielleicht
eng und fremd
nie befreit

Sascha O'Flaherty * 1982

..,–

Komma Semikolon Punkt
Schrägstrich Sternchen Fragezeichen
Klammeraffe Doppelpunkt
Tilde Klammer zu geschweift

Häkchen Klammer eckig auf
Prozent Prozent Ausrufezeichen
Tüdelchen und Unterstrich
kleiner Durchschnitt Schrägstrich links

Gänsefüßchen Dollar ist
Klammer auf Strich Klammer zu
Gitter größer Paragraf
Tüdel rückwärts durch und durch

Billy O'Meier * 1949

## *Herbstbeginn*

Das erste Gold schon zittert in den
Zweigen
und flammt noch, wenn die Hast des Tages
ruht.
Aus allen Gärten winkt in demutvollem
Schweigen
und schenkender Gebärde der Blumen
letzte Glut.

Dies ist des Herbstes nährend Frucht,
die uns am Wege lacht.
Und wenn das Herz nach Tröstung sucht,
pflück einen Strauß dir für die lange Nacht.

Elmar Oberkofler * 1931

## *Sodbrennen*

Stille
durchschneidet
den Raum
Tee mit Milch
geschlürft
stummer Schrei
hallt wider
auf dem Brettchen
nur Krümel
ein Herz
in Schnittchen
und das Frühstück
stößt bitter auf

Miriam Oberle * 1972

## *Moral*

Moral sie predigt
und das nicht wenig
Moral soll lehren
doch jeder der sie nicht braucht
wird sich dagegen wehren
Moralisten sind wir alle
nur wenn wir sie brauchen
erheben wir die Arme …

Jens Obst * 1975

## *Rosenzeit*

Welch süßer Duft erhebt sich deiner
Blüten
dass Luft und Land sich ganz darin verloren
Und selbst der bitter kalte See
dich hat zur Königin erkoren

Dein seidig weicher Farbenschimmer
der heller als das Licht erscheint
bedeckt das kahle Grün als wär er nimmer
dem Tode mehr geweiht

Doch bist du auch so lieblich schön
so bist du doch so unbeständig
Der Wind wird deine Schönheit rasch
verwehen
denn grad das Schöne ist so leicht
vergänglich

Manuela Ochabauer * 1985

## *Das Unverzichtbare*

Wenn Freund und Feind sich die Hände
geben,
Einem gemeinsamen Weg sich begeben,
Ist das kurze Menschenleben,
Hoch erfreut im Kerzenlicht.
Na, was kann das schon besagen?
Am Tage wenn die Glocken schlagen,
Clubs und Lokale in Frohsinn schweigen,
Hoch erfreut im Kerzenlicht.
Träume mit mir mein schönes Kind,
Es sind die Tage an dem es Frieden gibt.
Nur einmal im Jahr bei Kerzenlicht?

Dogan Oenol

## *Suche*

schmerz
weinen
leben
nICHtigkeiten?
sehnSUCHt
wORTe
taten?
melANcholie
DIRektheit
traurige texte in trauriger melodie
ganz NAH und doch FERN
intensität
leben auf hochdruck?
HERZklopfen
EINSamkeit!?

spannender gürtel um die brust
beFREIung?
kloss im hals

DU?!

Sibylle Oesterle * 1960

## *Reise in der Nacht*

Mondlicht träufelt sanft
auf sternengleiche Blüten.

Zarter Duft weht
durch die Nacht.

Auf des Zaubervogels Flügeln
reist die Seele himmelwärts
zu den Gründen, zu den fernen,
wo der Frieden ewig währt.

Sylvia Ohland

## *Herzklopfen*

Herzschlag für Herzschlag,
nur du und ich,
gefangen in tiefen Gefühlen.
Herzklopfen,
jede Nacht nur träumen von dir,
mehr kann es für uns zwei nicht geben.

Getrennt durch Welten,
du scheinst mir so nah,
Worte nur – doch können wir uns spüren.
Unsere Gefühle rasen über die
Datenautobahn,
denn mehr kann es für uns beide nie
werden.

Das Telefon – möchte es hypnotisieren,
einmal nur deine Stimme hören.
Klingelt es endlich,
bin ich verrückt vor Glück,
glaube deinen Herzschlag zu spüren.

Doch liege ich Nachts allein im Bett,
frage ich mich oft: „Was soll werden“?
Habe Sehnsucht nach dir,
doch du bist so fern, wir werden uns
niemals berühren.

Angelika Ohnezeit * 1956

## *Am Leben*

*an Margret*

Wer kann schon diese Welt begreifen,
sie dreht sich einfach so umher.
Wir müssen wachsen mit ihr reifen,
und manchmal ist das wirklich schwer.

Die schönen Dinge zu erkennen,
das Schwere nicht zu arg zu sehn.
Und immer mit der Zeit zu rennen,
doch dabei nie zu weit zu gehn.

So laufen wir um große Taten,
soweit wie uns das leben trägt.
Verlieren Kompass, Weg und Karten,
bis auch das leben uns verweht.

Nicht viel Zeit ist uns gegeben,
denkt so mancher sich dabei.
So vergeht das eigne Leben,
Niemand fühlt sich wirklich frei.

Denn hätten wir auch nur Sekunden,
als unsre eigne Lebenszeit.
Ist Wirklichkeit im Sein gefunden,
so braucht es keine Ewigkeit.

Julia Okur

## *Herbstgefühl*

Herbstgefühl,
Treibt sonderbare Schwere in das Leben.
Halbfertiges, Unvollendetes
fällt.
Liegt in Muldentiefen.
Mittendrin wir.

Warten, aufbrechen.
Durchschauert vom
kühlen Abendhauch.
Ein Regenbogen
vollendet sich.
Macht sehnsüchtig.
Neu anfangen.
Auch spät.
Herbstgefühl.
Treibt sonderbare Schwere in das Leben.

Elsbeth Olbertz * 1939

## *Die Runde*

Täglich eine Stunde, dreh ich meine Runde
Knackis, die dann vor mir geh'n
oder in den Ecken steh'n
Manchmal ein Hallo, wie geht's
meistens aber Kopf nach unten
So geh ich Schritt für Schritt
nur die Zeit, die Zeit läuft mit

Swen Oliver

## *Aborigines im Gespräch mit Descartes*

Wenn ich träume
dann bin ich.

Wenn ich bin
kann ich träumen.

Ob ich bin
wenn ich nicht mehr träume?

Omied * 1961

## *Mutterglück*

Sanft dein Atem
Du
an mich geschmiegt so vertraut
ein leises Glucksen
mit zufriedenem Lächeln
dein Mündchen so weich an meiner Haut
kleine Hand
wie Wurzeln in die Erde gestreckt
deine Fingerchen mich umfassen
fest und zart zugleich
im Tiefsten berührt

dein Geruch in tiefen Atemzügen
küsse dich voll Glück
mein Herz streckt sich weit
tiefgefühlte Liebe uns umhüllt
jeder Moment Stück um Stück
Vollkommenheit

du und ich
in stiller Zweisamkeit
im Innersten wie eins

Martina Onyegbula * 1970

## *Gedanken an unseren Planeten*

Der blaue Planet, auch Erde genannt, ist in unserem
Universum schon Millionen von Jahren bekannt.
Er hatte viel Zeit, sich zu entfalten, um das Aussehen von jetzt zu erhalten.
Von jetzt zu erhalten ist das Problem, denn der
Gast neben Tier und Pflanze, Mensch lässt viel
Zu viel Unrecht geschehen.
Mit Unrecht, das kann man so sagen, sollte man
unsere Erde nicht plagen, sonst wird uns die gewaltige Natur von diesem Planeten jagen.
Diese ist schon kräftig dabei zu verderben, unterstützt vom Menschen, diesem Schergen.
Dieser metzelt hin unsere Natur, vernichtet Wälder,
Wasser, Luft und Flur. Denkt nicht weiter, dieser
Narr, macht auch dem Tier das Leben rar, lebt nur für den Augenblick Jahr um Jahr.

Er sollte nicht mit Füßen treten sein
Gastrecht,
lieber öfters beten.
Wenn die Generationen, die noch folgen,
auch glücklich sollen werden,
dann brauchen wir jetzt mehr Respekt auf
Erden.

Hans-Gerd Opitz

## *Im Winter*

Im Winter ist der Himmel grau,
so grau wie Feuers Asche.
Der Sommer weiß es ganz genau:
„Der steckt mich in die Tasche."

Der Boden ist vom Schnee ganz weiß,
so weiß wie tausend Federn,
oder auch einfach wie Reis,
bedeckt sind auch die Zedern.

Der Winter ist wie ein Rebell
er will sich nicht ergeben
Doch kommt der Frühling fließt er schnell
dem kleinen Tal entgegen.

Lena Ordon * 1993

Heute Nacht
begrabe ich meine Liebe zu Dir
und Trauerkränze
säumen meinen Weg.
Schmetterlinge umfliegen wehmutsvoll
die letzten Rosen
und aus der Kathedrale meiner Sehnsucht
ertönt ein Requiem.
Ich stehe abseits
und werfe stumm
Erinnerung um Erinnerung
in das Grab,
das von nun an
mein Herz beheimaten wird …

Hajnal Öregdi * 1977

## *Das Kaleidoskop*

Scherben Haufen meines Lebens
glitzern in der Sonne

Knirschen im Mond
beim drauftreten

Des Kaleidoskops Facetten
neu zusammengesetzt

Ein filigranes Gebäude
mit Raum für alle Gedanken

Valerie Ornstein * 1956

Den Blicken verborgen in magischem Bild
in den Farben, den Formen leuchtend und
zart
Schien eine Kraft so haltlos, so wild
wie ein Geheimnis subtilerer Art

Ferne Erinnerung an vergangene Zeiten
Erscheinung, Wirklichkeit, fremde Gestalt
Lenken den Blick in gefährliche Weiten
Losgelöst, schwebend, ohne Halt

Hinter dem Wind, dem Sturm, dem Orkan
Unter dem Schleier, stumm und
vollkommen
Bin ich Bewußtsein, Kunst, bin ich Wahn
Äonen vergehen, die Zeit ist genommen

Ich bin der Anfang, ich bin das Ende
Reines Bewußtsein
Ich bin das Tun, ich bin die Tat
und schaffe … erschaffe

Joana Osman * 1982

## *Der Aufbruch*

Auch wenn der neue Weg
sich noch verbirgt in Nebelschwaden,
der Zweifel und die Angst
sich stets erneut an Deiner Selbst erlaben,

auch wenn der Abschied bittre Tränen
auf Deinen Wangen glänzend hinterläßt,
so spiegelt eine jeder dieser Tränen wieder,
Du hast die Vergangenheit stets auch
geschätzt,
doch legst Du diese, nunmehr, sanft
gebettet nieder.

Auch in Zukunft bleibt so manches Bild
verborgen,
doch, so mach Dir keine Sorgen,
empfang die Zukunft stets mit fröhlich
Zuversicht,
denn diese Heiterkeit wird sein Dein
Wegbegleiter,
welche zeichnet Dir ein Lächeln auf's
Gesicht
und letztendlich, wer kennt die Zukunft
schon,
so könnt im Nachhinein,
denn jeder Weg gewesen sein gescheiter,
doch das Leben ist ein ungeschriebenes
Gedicht,
so leb Dein Leben weiter,
lebe Deine eigne Sicht.

Christopher von Osten

## *Gethsemane*

Ölberge glühen hinter dem grünenden
Ölgarten:
Stätten der Himmelfahrt und der
Todesgewissheit,
Öl, du nährender Saft! Du nährst mich
nicht mehr!
Der Sohn wehrt sich nicht:
Vater, nimm' diesen Kelch von mir.
Geschehen möge aber nicht,
Was ich will, sondern was du willst!
Hier blüht tiefstes Vertrauen
in tiefster, ängstlicher Verzweiflung.

Sollen wir lernen, geschehen zu lassen,
was wir ohnehin abwenden nicht können?

Was lebt, soll leben. Was stirbt, soll
sterben.

Gehe du ruhig zum Arzt.
Wenn ein anderer es will,
lebst du und wirst du geheilt.

Doch wie zu ihm sprechen,
zu ihm, wenn er unsichtbar?
Wo wohl sah ihn sein Sohn?
In der Abendglut, im Ölbaum,
oder im brennenden Zweig?

Peter Osterried * 1976

## *Vergessen*

Die Flammen züngeln um meine Seele,
verdecken sie bis auf das letzte Stück.
Vergessen, auch wenn es unendliche
Qualen sind!
Mein Herz, es brennt lichterloh!
Vergessen, auch wenn es mein Feuer löscht!
Beherrscht bin ich, in meinen Gedanken,
in meinem Tun und meinen Worten;
Vergessen, auch wenn es meine Seele
kostet!
Sogar meine Träume erzählen nur von dir.
Vergessen, obwohl ich dich immerzu sehe!
Dein Leben, ich will es mit dir teilen;
der Abgrund, er ist bodenlos.
Vergessen, auch wenn es mich zerreißt!
Wage ich den Sprung,
ist das mein Untergang!
Vergessen, denn wir sind nicht füreinander
bestimmt!
Wage ich zu schreien,
trägt der Wind meine Worte zurück zu
mir, nicht zu dir.
Vergessen, denn alles wird vergehen;
auch meine unendliche Liebe zu dir!

Tabea Osthues * 1989

## *Noch Fragen?*

Es gibt nur zwei Meinungen:
Die Falsche und Meine.

So sprach Gott
und
schuf uns Menschen nach seinem Bilde.

Gerhard Ott * 1954

## *Einfach glücklich sein*

kann man auch allein,
„glücklich" sein – gibt es nicht nur zu
zwei'n!
Glücklich – kann man sein auf einer
bunten Wiese,
glücklich kann dich machen vom Meer die
Brise.
Glücklich kann machen ein Anruf von dir,
glücklich kann man sein auch mit einem
Tier!
Glücklich kann dich machen – der Berg,
den du bezwungen,
der deine Kraft dir hat abgerungen!
Glücklich – ist ein schönes Wort,
ich wünsche dir dies an jedem Ort!

Dora Otto

## *Hör auf den Wind*

Hör, wie der Wind jetzt singt,
Er ist so einsam mit sich,
Wenn seine Melodie erklingt.
Rührt er zutiefst das Herz.

Hör auf den Wind, auch was er sagt,
Er rüttelt auf mit seinen Stürmen.
Ist er auch noch so wild,
Er fühlt sich ja so allein.

Er hat auch zarte Töne,
Ganz leise und sanft
Streift er mit milder Hand
Über das ganze Land.

I. G. Otto

## *Der Frühling*

Der Frühling ist ein Riese, denn er befreit
die Wiese vom Schnee der auf ihr lag.

Er kann aber auch zaubern, denn er lässt
einfach
die Sonne ans Geschick, und die schmeltzt
nun
einfach den ganzen Schnee, der die Wiese
so empört und gestört.

Der Frühling schnippt jetzt einmal mit
dem Finger,
wie ein Singer.

Auf einmal erwacht die ganze
Winterlandschaft,
denn die Knospen springen auf und
heraus kommt eine hübsch aus-
sehende Blume, die aber kurz
darauf ihr Hälschen reckt und
sagt: „Ich bin keck!"

Und so endet dies Gedicht vom Frühling,
diesem Wicht.

Till Otto * 1996

## *Tod / Sühne*

„Und im Antlitz meines Todes
fangen an sich zu vertiefen,
Kerben in mein Herz

zu schlagen –

die gezeugt nur von der Sehnsucht,
die ich lebendig
nie – ertragen."

Wolfgang Overath * 1984

## *Melodie*

Ich habe meine Augen geschlossen
der Wind spielt unverdrossen
in meinem Haar.
Die Luft ist so wunderbar klar
und der glitzernde See liegt vor mir ganz
starr.
Ich weiß nicht mehr wie mir geschah,
doch für einen Moment war unsere alte
Melodie wieder da.

Nur ich kann Sie hören
nur Sie meine Sinne betören
Ich stehe auf und bewege mich
alleine tanze ich im Sonnenlicht.

Doch dieses Geräusch
als ob ein Ast zerbricht
holt mich zurück und ich halte mein
Gesicht.
Ich sitze alleine am Waldesrand
mit deinem Bild in meiner Hand.

A. P. * 1975

## *Für Tina*

wenn kleine Taten große Schmerzen
bringen
wenn einige Worte viel Leid mit sich
führen
wenn hundert Tränen statt Freude strömen
wenn traurig man die Augen schließt
wenn leer und hohl man sich innen fühlt
wenn alles um dich düster scheint
wenn alles, alles in dir weint
wenn zornig sich der Trotze regt
wenn warum und weshalb keine Antwort
finden
wenn Gedanken in die Trauer führen
wenn Sehnsucht in dein Herz will strömen
wenn alles, alles düster scheint
wenn alles, alles in dir weint

dann hast du ein Herz gegeben und
verloren
an jemanden, der es nicht mehr haben will

D. P.-C. * 1973

## *Gespräch?*

Manch Zeile hab ich schon verfasst,
hier niederliegend zur Schlummerstunde.
An Sie gedacht, dann den Entschluss
gefasst,
lass es nicht werden zu einer neuen Wunde
...

Nun seid gegrüßt, Ihr lieber Unbekannter
und seid Ihr mir fern, erstmals verborgen,
so spür ich doch, Sie sind Seelenverwandter,
so widersinnig 's ist, mit Ihnen fühl ich
mich geborgen!

Bei unserem Gespräche war mein Herz
ganz warm,
ich war im Himmel, ja, ganz glücklich!
Mein Kopf war an Trübsal sehr arm,
jawohl, dachte ich, der Mann benimmt sich
schicklich!

Verging die Nacht, der Tag darauf,
ich hoffte, Ihre Stimme zu hören wieder ...
Überlegte – sei doch nur wohlauf –
er sagte, er schreibe dir was nieder?!

Anfang der Woche war ich dann verwirrt,
und meinte – genieße das, was war, er
meldet sich nicht wieder
wie schön, dass man sich manchmal irrt,
Ihre Postkarte in meiner Hand – ich singe
wieder Lieder!

Pagane * 1971

## *Hochhäuser und Maschinen*

Die mächtigen Riesen aus Beton und Glas,
stehen inmitten geordneten Flächen aus
Gras.
Unberührt von Wetter, Wind und
Jahreszeit,
stumm und erhaben gegen Freud' und
Leid.

Nur die Bäume auf den Flächen, stilvoll
gereiht,
zeigen den rhythmischen Ablauf der Zeit.
Morgens die Riesen Menschen schlucken,
um nach der Arbeit sie auszuspucken.

In den Giganten läuft alles programmiert,
mehr und mehr Technik die Räume ziert.
Traurige Zukunft, manch einer denkt,
wenn „alles" nur noch von Maschinen
gelenkt.

Majestätisch, unpersönlich der Riese steht,
ahnungslos, woher der Wind eigentlich
weht.
Er fühlt nichts von der Menschen Qual,
sein Herz, leider nur rostfreier Stahl.

Gitta Pagenstedt

## *Hilfe dem Frieden*

Du hast einen Namen,
Du bist gefragt,
Du magst helfen,
damit Zuversicht
für dich und Freunde
und allen Menschen
Hoffnung ausstrahlt!

Du hast einen Namen,
Du bist gefragt,
Frieden zu schaffen
und Menschen zu helfen,
die überall Frieden ersehnen!
Damit mehr Kinder
können träumen
den großen Traum
einer Zukunft ohne Krieg
Wenn Hetze erliegt
und so Frieden siegt!

Rolf von Pander * 1948

## *Sturmflut*

Hört ihr den Sturm, der Tod uns bringt?
Gierig schlagen die Wellen zum Strande.
Wir sind von Wasserfluten umringt,
weiter rast er durch die Lande.

Heulend zerrt und braust der Sturm,
nicht lange mehr halten die Deiche.
Schon schlagen die Wellen den
Gottesturm,
oh Wasser, weiche – weiche.

Laß Milde, Herr, dem Unrecht walten,
wir fleh' dich an in höchster Not.
Da bersten schon des Mauerwerks Balken,
triumphierend erreicht uns der nasse Tod.

Erbarmen, Herr, erhör unser Fleh'n!
Gierig schlagen die Wasser zu Felde.
Ein Land, ein Volk in den Fluten vergeh'n.
Es schweigen für immer die tapferen
Helden.

Helga Marie Panitzky * 1938

## *Leer*

Die Stadt hat ihr Gesicht enthüllt,
oh, wendet euch nicht ab.
Jetzt sieht man, wie sie ist, die Stadt.
Jetzt ist sie ehrlich, lügt nicht mehr.
Sie zeigt Jetzt, was sie wirklich ist:

Leer.

Weh über Weh –
nichts steht hinter der Bewegung,
– nichts – bedeutet Erregung.
Nichts bleibt von Gewicht,
als ein leeres Gesicht:

Habt Acht!

Die Stadt hat ihr Gesicht enthüllt,
oh, seht ihr in die leeren Augen –
wo ist ein Leben, das sie füllt?!!
Wer sehen kann, der muss es glauben:
Die Stadt ist leer, die Stadt ist leer,
das stählerne Herz, das schlägt nicht mehr:

Leer.

Margarethe Pape

Der Uhleahleohle
berührt die beiden Pole
einer Batterie.
Hussa, das gibt Kohle.
Aus gibt er selbst sie nie.

C. C. Parise * 1953

## *Salzwasser*

Meer.
Tränen
der Einsamkeit.

Herzen so schwer,
zerfließen
in Leid.

Seh' die See,
Hort einer Hoffnung,
vereinigende Strömung,
der Isolation Entwöhnung.

Niels Parthey * 1983

Da stehst du nun vor der Tür.
Du lächelst mich an und bittest um Einlaß.
Du versprichst mir,
Du hast viele Überraschungen für mich
bereit.
Ob diese mir immer gefallen werden,
danach fragst du nicht.
Du sagst, ich muß dich einlassen.
Ich habe keine Wahl,
Denn du bist das Neue Jahr.

Ingrid Paschke * 1949

## *Geburtsfreuden*

Autorenkreise laden ein,
ganz ohne Scheu ihr Gast zu sein,
in Lyrik, Prosa, mit Ideen
lässt mancher Erstlingswerke sehen.

Wer länger schon als Gast dabei,
fühlt sich womöglich schon ganz frei,
Kritik und Vorbehalt zu hören,
selbst Lob wird nicht besonders stören.

Denn wer sich etwas näher kennt
und nicht vor Selbstverliebtheit brennt,
wird gerne hören, staunen, lernen
und nicht beleidigt sich entfernen.

So wird aus manchem kleinen Stück
mit Sprachgeschick und etwas Glück
durch kreative Mitautoren
ein richtig schönes Werk geboren.

Jürgen Paschke * 1952

## *Lob der Birnen*

Was Gut's für Mägen und den Hirnen
Sind die verschied'nen Sorten Birnen.
Ob sie nun grün, gelb oder braun,
Schlank oder dick, schön anzuschau'n;
Wenn es beim Biß so richtig tropft,
Beim Wohlgeschmack das Herz dir klopft.

Sei dankbar für solch schön' Genuß.
Send' auch nach oben einen Gruß,
Drum gegen manchen Lebensfrust
Schenkt die Natur solch Gaumenlust.

Johannes Paschwitz * 1927

## *2000 Jahre*

Könnt ich die Flüsse mit Tränen anfeuern
und heulend die Zeiger
der Uhren zerbrechen, ich tät es
nur um zu sehen wohin wir denn eilen, so
unbeirrt in treibendem Takt.
Könnte ich Glocken schlagen mit fünfzig
Armen und Planeten
durchbohren mit eisernen Blitzen,
ich tät es, nur um zu sehen, wann die
Einsicht kommt mit
gesprungenen Lippen und wundverbunden
das träumende Herz
So viel Raum in dieser Welt

Könnte ich schreien vor Zorn in einer
leeren Menschenmenge,
könnt ich mir die Stimme zerreißen und sie
an Kirchtürme
binden die im Himmel stecken, ich tät es,
um die eine Antwort,
ein Gleichnis in Dur, einen kosmischen
Nadelstich, um
den leblosen Kuss der Ewigkeit.

So viel Raum für Tod, soviel Schlacht ums
Überleben

Der fünfzehnäugige Kopf der Media erklärt
uns die Lage in Lettern
gemeißelt, die von Wänden tropfen, in
unsere Köpfe sickern und
wiederhallen, Antwort um Antwort werden
alle Fragen verbarrikadiert
und dumpf schauen wir auf die
versunkenen Kreuze unserer
verblassten Vergangenheit.

Doch zuweilen bin ich es müde ein Mensch
zu sein und trete ein in den
ziellosen Schwarm, der dahintreibt im
Wasser von Ursprung und Asche.

Nicole Paskow * 1975

## *Schonwäsche*

Im Schonwaschgang
Der programmierbaren Maschine
Dreht die gefüllte Trommel
Das Gesicht des Jungen
Welcher
Gelbe Kaugummi-Päckchen
Mit ausgestreckter leiser Hand
Zum Kauf anbietet.

Während
Die duftenden Schaumblasen
Begleitet von dezentem Summen
Auf neue Runden warten
Zerplatzt
An der silbernen Härte
Preisgegeben von dem Bullauge
Die Hoffnung
Im beginnenden Schleudergang.

Ursula Paszehr * 1963

## *Sterben die Zweite*

Ich versuche meinen Leben seinen Sinn zu
geben.
Ich versuche nicht mehr nach dem Sinn zu
streben.
Mein Leid ist mein eigenes Verderben,
Selbsthass und Schmerz werd ich somit
erben.
Ich warte noch bis ich kann verweilen,
die Zeit soll rinnen und sich beeilen.
Rosen und tränen mich begegnet,
sag ich euch, Ihr seid gesegnet.

Unten im Sarge lieg ich dar,
kalt, ruhig und starr.
Mein Leid war doch kein Verderben,
denn ich wollt nur schneller Sterben.

Pate * 1983

## *Hübsche Angie*

Hübsche Angie, komm mal rein,
Heute bin ich ganz allein.
Meine Frau ist schon weg,
Ging in eine Diskothek.

Hör Musik und trinke Wein,
Küsse mich, mein Angielein.
Scheu dich nicht, leg dich ins Bett.
Mein Mädchen, sei du bitte nett.

Wir machen zusammen Spaß,
Dann trinken wir Bier vom Faß.
Mein Mäuschen, mir gefällt die Welt,
Du bist sehr süß, wie ein Konfekt.

Sotirios Patsios * 1953

## *Leerer Kühlschrank*

Den Kühlschrank teilten wir uns einst mit köstlichen Leckerein
Denn so süß war der Traum und wandernd fiel ich in tiefen Schlaf
Sah nicht des Dritten Futter, dicht gezwängt in unserer Mitte
Doch langsam arrangierte sich, was fror und stank

Selbst aus dem Traum losgerissen, riss ich die Türe auf
Erkenntnis brach in meine Augen, bitterer Geschmack stieg in mir auf
Ich bei Seite geräumt, nur noch ein isoliertes Fach im Kühlschrank
Grinst mich Tomate und Käse an, auf dass ich zerbreche am Hunger
Kraftlos gehe ich fort, meinen Platz in der Kühle schon aufgebend
Und ich esse doch, lass mich nicht zermürben durch scheinbare Harmonie
Denn Gemüse, Obst und allerlei vergeht bei bester Pflege bald
So tröstet mich das Werden und in Ferne rückt der Gestank

Christian Paul * 1984

## *Vorfrühling*

Hörst du den lauten Vogelsang? –
Die kleinen Meisen läuten schon,
Es lacht und klopft der Specht, der Klang
Hat schon des Frühlings frohen Ton!

Die Sonne lacht, es schmilzt der Schnee,
Die Kätzchen werden weiß,
Das helle Licht tut mir fast weh –
Im Schatten liegt noch Eis!

Im Tal der Bach rauscht wild und laut,
Der Wald ist kahl und stumm:
Vorfrühling ist's, der Winter taut,
Und bald, ja bald, da ist er um!

Peter Hendrik Paul * 1927

## *Raumwelten*

Ein Vogel gleitet am Grunde des Sees
Ein Fisch verlangt nach Weite
fliegt den Wolken nach
wie ein Gedanke
der überall und nirgends
sich Platz schafft
in der Weite des Raums
wie meine Seele

Mia Pauli * 1948

## *Einem Hotel nicht ins Gästebuch geschrieben*

Meerlust heißt mehr Frust –
Lila Süppchen mit gelben Rosen garniert,
Rucola in rosa Essig mariniert
Lammnüsschen mit Ringelblumen geziert,
blaue Bohnen in Tomatensößchen
Vom Broccoli ganz kleine Röschen.

Liebe Wesen durch die Räume schweben,
mal als Helena, mal als Carmen
Haben mit normalen Gästen ihr Erbarmen
und lächeln leise vor sich hin
Wenn denen nach Spaghetti steht der Sinn
Und Kindersuppe und Vanilleeis und
Schokocrem.

Denken sich im Stillen bloß, na Sonntag
sind wir die wieder los
Kommen endlich noble Damen, die gerade
ihre Kreidewickel nahmen
Und sich ließen warmes Öl auf die Locken
fließen
Der absolute Kick, Faltencreme aus der
Karibik
Das ist gut für die Mimik.

Die lechzen dann zum Glück nach
Hummerkrabben in Aspik
Und sind froh, wenn sonntags strömt der
Prosecco.

Uns hat's gereicht und wir sind froh
Nie mehr zu sagen Meerlust
Denn das bedeutet mehr Frust.

Bärbel Paulin * 1940

## *Hoffnung*

Die Hoffnung hat nur einen Sinn.
Man braucht sie, um zu leben.
Warum ich voller Hoffnung bin?
Um dem Leben Sinn zu geben!

Die Hoffnung ist ein heller Stern.
Er leuchtet, wenn man trauert.
Das Licht so nah, der Stern so fern.
Doch Helles überdauert.

Die Hoffnung, die ist wie ein Berg.
Man sieht ihn und muss schweigen.
Doch dann geht man beherzt zu Werk,
fängt an ihn zu besteigen.

Die Hoffnung ist ein Strom, ein Fluss,
wie eine große Welle.
Man sieht den Fluss und weiß, man muss
auf jeden Fall zur Quelle!

Die Hoffnung hat nur einen Sinn.
man braucht sie, um zu leben.
Warum ich voller Hoffnung bin?
Um dem Leben Sinn zu geben!

Peter Paul Paulsen * 1948

## *Durch deine Augen*

Durch deine Augen erscheint die Welt viel
reicher an Facetten
Durch deine Augen erhält Banales einen
ungeahnten Glanz
Dein Blick so klar – befreit auch meine
Sicht von ihren Ketten
Was grau sonst war – das sind jetzt weiß
und schwarz im Tanz

Liebevoll sind deine Augen
dein Bild von mir erscheint durch sie erhellt
Wie Zauberspiegel lassen sie mich glauben
dass nur was schön ist an mir zählt

Durch deine Augen erkenne ich hinter
jedem Regen auch das Licht
Durch deine Augen spielt es mit den
Tropfen wie mit tausend Eiskristallen
Durch deine Augen sehe ich, wie es dann in
viele Farben bricht
Durch deine Augen will mir zugleich alles
und immer doch nur du gefallen

Ich fühl' mich reich durch deine Augen
solang' du sie mir nicht verschließt
Und nur für dich und deine Augen
will ich so sein, wie du mich siehst

Ralf Paulsen * 1967

Sirenen am Meer, singen ein Lied
Von Leben und Liebe und Leidenschaft
Die Sonne scheint, der Wind weht sanft
Ein Schiff zersplittert am Stein

In dunkler Kammer ein Weib sitzt alt
Und rührt im schwazen Kessel
Mit krächtzender Stimme sie singt vom
Tod
Wiegt Menschen mit Reu' in Schlaf

Matrosen glücklich, Aug'n voller Leben
Sterben wegen Schönheit der Schönen
Die Menschen unglücklich, von Pest
befallen
Von der Alten wie von der heil'gen Mutter
in den Schlaf gewogen

Marina Pavic * 1988

## *In mir*

– Der Spiegel meiner Seele, eine Reflexion
zwischen Licht und Schatten
spielt eine schöne Melodie
solange jeder Ton getroffen wird
ein Schmetterling gleich
breitet er die Flügel aus
zerbrechlich, kostbar, wunderschön
durchbricht die Barere
den Bann der Mauer Stein für Stein
die Ketten der Trauer Stück für Stück
hebt er ab hoch hinaus ins Licht
hinein in deine offenen Arme
klammert er sich an jeden Funken
Hoffnung
ohne kampflos aufzugeben
so wie der Wind der mit den Blättern tanzt
einfach alles hinter sich lassen
alles vergessen und frei sein
es gibt kein Zurück nur das Schicksal voran
zwischen Licht und Schatten
– eine Reflexion, der Spiegel meiner Seele

Peach * 1990

## *Gereift*

In manch dunklen Stunden
war Wahrheit ein Vergessen
und ich stolperte einige Male
über einige Steine
über die ich schon einige Male gestolpert
war.

An manch dunklen Tagen
war Realität eine Wiederholung
wie eine Übung gegen das Vergessen
und gegen die Verfassung der Vergesser.

Nach einigen Steinen und einigen Jahren
behaupte ich, ich kenne alle Steine
weiß genau, an welcher Stelle
wer liegt.

Ich könnte nun auch ausweichen
doch die blauen Flecken schmerzen nicht
mehr.

Pearl * 1980

## *Und jeden Augenblick Abwesenheit*

Auf deinen Lidern sehe ich die Müdigkeit,
den Knick im Tag,
daß die Berührungspunkte schwinden.

Fremdes Gelächter schüttelt
Schellenbäume,
trennt der Lärm die Nähte auf,
die dein Zelt zusammenhalten?

Freilich nistet die Gewohnheit
altes Geheimnis dauernder Bindung,

noch schwingt sie zwischen Gestern und
Morgen.

Bald füllt Schweigen die Sprache zwischen
uns.
Jeder Augenblick trägt das Mal deiner
Abwesenheit.

Norgard Pechermeyer-Michaelides * 1940

## *Perlentaucher*

Wir waren verschwiegen verschieden
Hinein bis ins kleinste Detail.
Wir fragten uns nie, wo wir blieben
Und hofften doch: Das ist vorbei.

Wir schliefen getrennt nie alleine
Und fanden den Weg nicht zurück.
Wir liebten auf achtlose Weise
Und brachen uns fast das Genick.

Wir können es beide kaum glauben.
Warum hat uns niemand geweckt?
Wir machen jetzt einfach so weiter
Bis einer von uns dran verreckt.

Hendrik Peeters * 1980

## *Alltag*

Aller Tage
nach dem Gold schürfen,
gebirgesteil tagabwärts,
Felsen sprengen,
Brocken, Schutt, Geröll beiseit',
Erzadern, kohlige Schichten,
Stollen stützen,
Verborgenes bergen,
Wetter wehren,
Licht schachten,
Grube achten.

Annette Peetz * 1958

## *Elmshorner Sonette 43*

*Vom Leib der Wahrheit*

Ja, ist Elmshorn ein Leib der Wahrheit?
Nein!
Es ist zu wenig nackt. Die Zeitung kann
das auch nicht ändern. Sie erzeugt den
Schein
von Wissenheit. Das seltsame Gespann

von Zeigen und Verbergen befördert Mann
wie Frau aus Gier kurzsichtig auf den
Markt,
von Ware wie Empörung; aber dann
zurück ins Heim der Fehde. Dort
erstarkt

das Pathos der Gerechtigkeit. Es geht
wie eine Katze vor das Mauseloch,
ergreift das Tier und spielt mit seinem Tod.
So ist der Mensch, und so bin ich. Und
doch,
ich kann allein mit mir Gebet
wie Spieglung wagen: Wahrheit tut mir
not!

Harro Pegel

## *Kleine Schritte*

Ich hatte mir so viel vorgenommen,
jedoch nur Weniges erreicht.
Vieles ist mir gleich vorgekommen,
wo doch kein Ding dem andern gleicht.
Ich hatte mir zu viel vorgenommen
und dabei gar nicht bedacht,
Vieles ist nur zu erreichen,
wenn man „kleine Schritte" macht.

Markus Peifer * 1962

## *Angst*

*Für Ernesto*

Ich habe Angst, Dich zu verlieren.
Angst vor dem Tag wo du nicht mehr bist.

Angst vor dem Leben ohne Dich
Angst vor der Leere in mir ohne Dich
Angst dich alleine zu lassen.

Doch ich weiß. es gibt ein Leben danach.
Ich weiß, das wir uns wiedersehen, in
einem Leben danach.

Ich weiß, daß es nur eine Frage der Zeit ist,
wenn wir uns wiedersehen, in einem Leben
danach.

Ich weiß, ich werde Dich nicht allein lassen
auf den Weg ins Leben danach.

Ich weiß „Ich Liebe Dich“ heute und auch
im Leben danach!

Sabine Peitinger

## *Reise*

Wir erträumen uns Flügel
um zu fliegen auf und davon
um auf die Reise zu gehen
nach unserem Selbst

Die Zeit fliegt dahin
doch wir nutzen Sie nicht
um uns selbst zu erkennen
müssen wir uns verlieren

auf der Welt so viel Schönes
wir erkennen es nicht
sehen nur Schmerzen und Leid.

Wir sind nur Tropfen im Meer des Lebens
doch lernen wir fliegen in unserem Geist
dann sind wir das Wasser, die Luft
und werden uns finden
um alles zu sein

Nicole Pekary * 1979

## *Der Tau*

Der Tau,
er fällt vom Blatt,
kann es doch nicht trinken.
Zurück er dennoch kehrt,
die Wurzel ihn in Eil verzehrt.

Beatrix Pelz * 1967

## *Der Vergleich*

Nur ein Narr
die Lieb' vergleicht
mit tausend roten Rosen,
so Rosen doch
alsbald vergehn
hast erst jen'
verdörrtig Pracht in Augen,
welch tiefem Sinn
doch sollt's versteh'n!

Egbert Pelz * 1961

## *Entzwei*

siehst im Mai.
schwebst vergessen.
frierst im Schein.

tanzt

vergiss nicht.

taust im Kalt.
Leben gleitet froh.

närrisch' Wand.

Tränen erstickt.
geballt durchbrochen.
Sekunden.

Risse.

der Klee
ganz schwarz.

Julia Penn * 1980

## *Kein Glück, Frau Pech*

Frau Glück ist eine Seifenblase,
kaum glaub ich in den Händen sie,
dreht sie mir eine lange Nase
und schwuppdiwupp verschwindet sie.

Frau Pech jedoch die faule Henne,
macht sich in meinem Leben breit,
sie stört nicht, wenn ich heule, flenne,
sie sagt, sie hätte massig Zeit.

Hol dich der Geier, träge Trine,
ich will dich hier nicht. Pech gehabt!
Ich mag Frau Glück, die flotte Biene,
ist sie auch etwas flatterhaft.

Monika Pernes

## *Was wird sein?*

Es ist sicher, dass ich meine geliebte Welt
eines Tages verlassen
muss!
Und ich fürchte mich davor! Ist es
tatsächlich ein endgültiger
Schluss?

Ich wünsche mir, die Erde würde sich dann
auch für mich
weiterdrehen,
Die Sonne scheinen und die Winde
unverdrossen durch die Lüfte
wehen!

Doch mein Glaube an Dich, O Schöpfer
lässt meine Angst
verschwinden,
Und ich kann meine Zweifel auf diese
unglaubliche Weise
überwinden.

Denn pure Hoffnung entsteht und mit
jedem neuen Tag wächst mein
Verlangen.
Ich vertraue nur Dir! Und wenn ich gehe,
werde ich in Deine Obhut
gelangen!

Und mein letzter Atemzug wird gleichen,
dem Deines göttlichen
Kusses,
Der mich bringt in Dein unendliches Reich
des ewigen
Genusses!

Ich vertraue Dir grenzenlos O Herr und
fühle, so wird es sein!

Alexander Pernsteiner * 1966

## *Vom hungrigen Stör*

Ein hungriger Stör drehte seine Kreise
auf der Suche nach einer Mittagsspeise.
So sehr er sich aber auch drehte und wand,
nichts Essbares zum Verzehr er fand.

Frustriert trat er den Heimweg an,
als vor ihm ein Wurm zu zappeln begann.
Schon schnappte er zu, der Nimmersatte!
Nicht ahnend, dass die Sache einen Haken
hatte.

So endete die Suche mit einem Malheur,
denn der Haken störte nicht nur den
Wurm,
sondern er wurmte auch den Stör.

Claudius Persdorf * 1979

## *Zweitklassiges*

Abschied winkt in Bahnhofshallen,
birgt noch im Vorübergehn –
unterschwellig Wehmutsfallen,
hofft man auf ein Wiedersehn.

Da am Bahnsteig warten Leute,
ungeduldig bei Verzug.
So wie gestern, so auch heute –
im Gepäck, was Falten schlug.

Ja, selbst ich möcht' gerne reisen,
viel und weiter, fort von hier,
führten Züge nicht auf Gleisen
mich um nichts zu dir noch mir.

Dennoch ward mir zugekartet,
was als Reisepass wohl gilt,
encodiert, was mich erwartet –
bin nervös wie ungestillt.

Schnarrend schwingen mir Membranen:
Singe, wenn du Sänger bist –
schleudre nur aus Brust und Bahnen,
was in dir verloren ist …

Max Pesie * 1951

## *War es nicht einst*

War es nicht einst,
da fiel aus tiefschwarzfunkelndem
Sternenschirm
dein Ich mir unter den Tisch
auf dem standen die Gläser voll reinem
Wein.

War es nicht einst,
da tauchte im Grund zutiefst versenkt
mein Du dir die Hand aufs Herz
und versprach sich im Wort vom Ich weiß.

Und war es nicht einst:

Wir tranken Gründe verflossen
im reinen, unvordenklichen Sein –

Lilian Peter * 1981

Der Schnee fällt herab,
die Straßen sind wie leer gefegt.
Die Kälte schlüpft durch den Kragen,
hat mein Herz auf Eis gelegt.
Meine Seele beginnt,
allmählich zu erfrieren,
mit dem Gedanken daran,
dich bald zu verlieren.
Suche nach Wärme,
Liebe und Geborgenheit,
damit ich dich vergessen kann,
weiter lebe,
ohne Rückblicke
auf Zeiten des Schmerzes,
Sehnsucht
der Vergangenheit.

Andreas Peters * 1981

## *Gelbe Säcke*

Es standen heut' drei gelbe Säcke
sichtbar zum Abholungszwecke
an einem Straßenrand.
Die Säcke waren prall gefüllt
mit Abfall, der schon überquillt,
da kommt ein Hund gerannt.

Er zerrt heraus 'nen Kotelettknochen,
den er lange schon gerochen
und nagt daran mit Wonne.
Der gelbe Sack entleert sich weiter,
Maden kriechen raus recht heiter,
begünstigt durch die Sonne.

Die Hausfrau hatte nicht getrennt,
wie man's im allgemeinen kennt
und dacht', es fällt nicht auf.

Als Müllentsorger dies geseh'n,
ließen sie den Unrat steh'n,
nun zahlt sie sogar drauf.

Ursula Peters * 1947

## *Einmal Du*

In deiner Haut möcht ich
mich zu Markte tragen
sperrangelweite Maul-Affen feilhalten
einmal

sie bleiben sitzen
auf deinen Schultern
und scheißen mir
eiskalt den Rücken runter

die Leute gaffen
traut sich einer zu dicht heran
bind' ich ihm
ruck-zuck

einen deiner Bären auf
die Katzen jammern

nichts tut mehr weh

Edda Petri * 1964

## *Neue Musik*

Die meisten Werke der neuen Musik
sind, kaum notiert,
schon bald wieder Schall und Rauch.
Fast nichts kommt ins Repertoire,
fast alles ist für die Katz.
Hören will es kaum jemand.
Der „intellektuell verquaste Tonsatz" von
heute
ist ein unerträgliches Klanggemisch
von geistloser „Disqualität".
Die Machwerke der avantgardistischen
Kleinköche,
bis auf die Knochen abgemagert,
siechen sowieso dahin,
zwar noch nicht tot,
doch in dem bedenklichen Stadium
des Nicht-mehr-leben-Könnens,
aber Noch-nicht-sterben-Wollens.
Wir sollten wieder „aus dem Bauch"
komponieren
und den Leuten Spaß bereiten.

Hasso Gottfried Petri * 1927

## *Das Happyend*

Hier stehe ich,
durchgewirbelt vom Leben,
atemlos nach Luft ringend,
und kopflos einen Ausweg suchend,
der ins Glück führt.

Dann schließe ich die Augen,
versinke in eine Welt
voller Sonne, Wärme, Lachen.
Ohne Angst gehe ich
auf eine Expedition –
der Suche nach der Liebe.

Wie herrlich, sich zu tummeln
in der Phantasie,
ohne Grenzen, zu genießen,
weil alles perfekt erscheint,
wie ein Film mit Happyend.

Aber jedes Schauspiel geht einmal zu Ende.
Jeder Traum ist einmal ausgeträumt.
Mit sanftem Nachdruck
bringst du mich zurück in die Realität.
Mein Sohn.
Ich öffne die Augen.
Es ist mein Leben,
das mich ruft.
Und mein Glück.

Antoinetta Petrov * 1966

## *sehnsucht*

ich habe sehnsucht zur nacht
müde meine augen
dürstend suchte
mein mund das meer

ich habe sehnsucht zur nacht
leise meine füße
hoffend fühlten
meine hände das gras

ich habe sehnsucht zur nacht
traurig meine wangen
betend schaute
mein gesicht den himmel

ich habe dich gefunden
aber du bist fern
doch mein lächeln beschützt dich
bis an das ende der zeit

Jana-Cordelia Petzold * 1974

## *Für ein Gourmet-Gericht*

Wir waren die Gänse vom Kapitol,
gerühmt, geachtet, verehrt.
Heut' sind wir ein Delikatessensymbol
und nur von Schlemmern begehrt.

Mit Stolz und mit Freude hielten wir
Wacht,
gerühmt, geachtet, verehrt.
Jetzt schwillt unsre Leber, der Schmerz
wird verlacht,
der Magen beim Stopfen versehrt.

Einst trugen wir Federn in glänzender
Pracht,
wir wurden bewundert, verehrt.
Wer gibt nun auf unser Schreien Acht,
wenn die Hand an den Daunen zerrt?

Im Gänsemarsch, so frei und getrost
taten wir einst unsre Pflicht.
Mit wunden Füßen auf Gitterrost
vegetieren wir heut' – für ein Gourmet-
Gericht.

Lislott Pfaff

Heute male ich –
male ich, was ich nicht haben kann.
Mit Tränen
– mit meinen –
mische ich die Farben
und male blind –
blind und blind und aberblind –
dein Antlitz mir in die Luft.
Denn keine anderen Götter kann ich
neben dir haben.
Wunderschön, wunderschön gelingst du
mir
aus blinden Augen –
mit meinen Tränen mal ich dich –
und berühr ich dich
nur sanft und sanft und abersanft
an deinem Kinn,
so zerfließt du
vor meinen Augen
und übrig bleibt
allein und allein und aberallein
mein bloßes Meer aus Tränen.

Anja Pfau

## *Blässe*

Wenn alles nicht mehr ist, wie es einmal
war,
Keiner der dich sieht, niemand mehr da.
Verpackt in eine Schachtel deren Öffnung
du nicht kennst,
Dir wünschtest zu sehen wohin du nun
rennst.

Vergangenheit will nicht vergehen.
Und lässt deine Zukunft übersehen.
Gefangen in all dem schlechten dass dir
widerfahren,
und du mit dir selbst bist im Unklaren.

Das was du früher sahst, als dein
Dominium
Und für dich galt als größtes Heiligtum,
nun verschwunden ist mit dem Schatten
der Zeit
und du nun verblühst in all deiner
Gottlosigkeit.

Tiefschlag für Tiefschlag, du kennst das
Spiel,
schon so oft gelaufen durch diesen Wald,
und noch nie erreicht, das unbekannte Ziel.
Träne für Träne, dein Gesicht bitterkalt.
Hörst die Not wird niemals enden,
die Traurigkeit, sie wird dich für immer
blenden.

Bettina Pfau * 1989

## *Am Bahnhof*

Wie gerne möchte ich wissen
was ich tun muß
(eine Frau wartet)
und wohin ich gehe
(am Bahnhof)
und wohin ich gehen muß.
(ob er kommt)

Erik Pfeiffer * 1974

Wohin uns das Leben auch führt ...
Es ist nicht wahr,
Daß man vergeht oder weiterlebt.
Was einer schafft oder denkt oder tut –
es ist
Nicht alt
Und nicht neu.

Stephan Pfingsten

## *Scherbentanz*

Leise, kaum hörbar
klirrende Zerbrechlichkeit
Tage, Monate, Jahre –
Zusammengesetzte Mosaiksteine
aneinandergereihtes Geschehen
War es das?

Lassen wir es los –
all das Gewesene
Lassen wir es gehen –
all das Zerbrochene
Lassen wir sie durchdringen –
all die glitzernden, leuchtenden,
Licht durchflutenden Glaskristalle

Zerbrochen – entzwei.

Sonja Pfisterer * 1958

## *Der Baum*

Er wählte ein langes Leben.
Doch ist er verdammt zum Schweigen.
Zeit, um nach Vollendung zu streben,
und länger auf lebendigem Boden zu
bleiben.

Warum beugt er sich dieser Last?
Zu harren am gleichen Ort?
Vielleicht verabscheut er jede Hast,
und auch jetzt zieht es ihn nicht fort.

Einsam muss es sein, am Fuße jenes
Hügels.
Aber Kummer hört man nicht.
Wieso auch, denn die Luft ist rein
und durch die Zeiten bricht das Licht.

Nur manchmal hört man dort ein Raunen,
wenn der Vorhang fällt.
Dann kann man nur noch staunen,
was ihn am Leben hält.

Es ist die Stille, die er lebt,
man kann sie deutlich hören.
Und wenn er sich gen Himmel hebt,
dann kann ihn nichts mehr stören.

Luca Pfitzenmeier * 1988

## *Tanz*

Mit Zehenspitzen den Boden
Den Himmel in der Hand
Das blaue Gras
Und weit und grün das Meer
Fliegt rot die Sonne
Tanzend gelöst mit dem Wind
Mit Zehenspitzen den Boden
Im Himmel die Hand
Der blaue Mond
Und silbern glänzend ein Stern
Ist fern alle Weite
Umarmend warm und ganz nah
Mit Zehenspitzen den Boden
Den Himmel in der Hand

Claudia Pflicke * 1981

## *Ein Wetterspiel*

Sommerregen im September
und schon denke ich an dich,
seh' im Himmel vor dem Fenster,
wie in Spiegeln, weinen mich.

Gleich wie endlos Wolken gießen
nach der Hitze Sonnenschein,
fließen tiefer Ströme Trauer
in mein brennend Herz hinein.

Löschen gütig Flammen
jenen heißen Feuers Ort,
spülen sanft und doch voll Wehmut
meine Sehnsucht zu dir fort.

Sommerregen im September,
jetzt wirst du dem Winter weichen,
Herbstes Blätter auf den Ländern
decken zu die Liebesleichen.

Christiane Pflug * 1985

## *Wach leben*

Gute Mächte, sendet mir ein Zeichen,
ich mache mich auf den Weg,
meinen Traum Leben einzuhauchen,
bevor alles zu Ede geht,

Meine Schwächen werden mich leiten,
Gott vertrauen, der, der durch mein Chaos
sieht,
seine Liebe in mir sendet,
den Menschen einen Impuls zu geben.

Ich habe Angst vor der Zukunft,
meinen Weg zu verfehlen,
all die Zeit nicht zu nutzen,
Gott helfe mir wach zu leben.

PG

## *Es zieht vorbei*

Auf der Straße sehe ich lachende
Gesichter, sie ziehen an mir vorbei,
doch ich höre ihr Gelächter.

Ich gehe weiter und sehe Schatten in
der Sonne, ist das Ende bald da, daß
ich so erhoffe.

Ich laufe weiter und sehe Kinder die
spielen, doch ich weiß, daß ihre Eltern
sie verprügeln.

Schwarz, braun, gelb, weiß gehen an mir
vorüber,
in ihrem Land herrscht Krieg, hier sind sie
nicht für
immer.

Alles hört sich so schrecklich an, wir wissen
das
war unser Anfang. Jetzt Jahrhunderte
vergangen
sind wir in diesem Kreislauf gefangen.

PH

Schwerelos im Meer versinken
In Ohnmacht ohne Halt ertrinken
Aus den dunklen Tiefen steigen
Gefangene der Freiheit bleiben.

Nähe in der Ferne suchen
Geborgenheit herbeigerufen
Sehnsucht an den Tag gegeben
Leere vollkommen erleben.

Ulrike Pieper * 1984

## *Aera*

Zwielicht sucht seine Farbe,
Gusseisenhalden konkurrieren mit Stahl
– die Vögel sind die letzten Bewohner,
Krähen rebellieren fahl
in der noch schwingenden
Atmosphäre.

Alexander Piesk * 1950

## *Balance*

halten in allen schritten
wachen über das gleichgewicht
der gedanken der glieder
ob auf seil, zaun oder realität
gleich in welcher kluft
nie an absturz denken
lila wehende mähne
verhindert nicht den abflug ins blaue
wo du nicht mehr erkennbar bist.

Jutta Pillat * 1943

## *Welkes Laub*

Von vor Frost zitternden Bäumen
losgelassen
Durch den Nordwind scheinbar
wiederbelebt
Tanzt tote dunkle Straßen entlang.
Wie die Blätter, die am Ende eines Weges
Gegen halbverfallene Mauern kämpfen
Herabgleiten,
Ihr sinnloses Spiel von neuem versuchen
So werd ich in Gedanken
Den letzten Sommer beschwören
Immer wieder
Bis erster Schnee den Wind besiegt
Und eine sternenklare Nacht neue
Hoffnung weckt.

Alexander Pils * 1966

## *Letzte Worte an einen Freund*

Zu kurz warst du auf dieser Welt,
warst keine 40 Jahre.
Das Schicksal nahm dich an die Hand
und führte dich zur Bahre.

Kein Ruf nach dir verhallt im Hof,
kein Wort aus deinem Munde.
Erstarrt ist uns're Fröhlichkeit
und Trauer macht die Runde.

Kein Schritt von dir im Treppenhaus,
kein Licht aus deinem Zimmer.
Nie mehr kommst du zur Tür heraus,
der Abschied ist für immer.

Doch eines soll dir sicher sein,
hier im Licht der Kerzen.
Einen Platz gibt's noch für dich
und zwar in unsern Herzen.

Fred Pinkert

es ist mir heute schon wieder ein bedürfnis
gewesen
mir einen stift von der rechten seite aus
durch die schläfe
mitten ins hirn zu treiben

grga pitic

## *Roter Wein*

Roter Wein im geschliffenen Glas
zeigst mir mein Spiegelbild in unsteter
Flamme.
Du trägst die Farbe der Leidenschaft
und die des Saftes des Lebens.

Nicht bist du das Blut Christi, das Erlösung
bringt.
Zerbricht der Kelch, zerfließt du, mit dir
mein Spiegelbild.

Dagmar Pittack

## *Wahrheit und Lüge*

Ehrlich währt am längsten
sagte meine Mutter.
Ehrlichkeit macht unbeliebt
sagt meine Erfahrung.

Lügen haben kurze Beine
sagte meine Mutter.
Lügen gehört zur Höflichkeit
sagt meine Erfahrung.

Was erfährt die
schlecht geschminkte Diva,
stolzgeschwellt ihre unechte Zier
zur Schau stellend?

Ehrlichkeit?
Höflichkeit?

Romy Pitula * 1966

## *Weltherrschaft*

Herrschaften! Ist doch eigentlich total
verrückt,
die Weltherrschaft anzustreben!
Wer will schon einen Welteinheitsbrei?
Und vor allem die Gleichmacherei der
Geschlechter?
Männer und Frauen, die ihre Networks
bauen,
und ganz auf die Liebe vergessen?
„Liebe ist nichts als rosaroter Unfug,
blödsinnige Romantik", so urteilen
die Weisen, diese Steine der angeblichen
Selbsterkenntnis!
Verzichten auf Liebe, weil sowieso
keine Frau je vollkommen sein kann,
nämlich an sie heranreichen ...
Was für ein Trugschluß!
Jeder ist göttlich.
Jeder ist vollkommen –
nur: Das wissen eben nur die,
die ein neugeborenes Wesen
zärtlich in ihre – beschützenden –Hände
nehmen.

Brigitte Pixner-Pruscha

## *Wo bleibt die Zeit?*

Kaum sind wir geboren,
nimmt sie uns gefangen,
diktiert unser Leben
mit Hoffen und Bangen
durch Kreisen im All und
Erdrotationen – egal
wo wir auf dem Globus wohnen.
Wir sind ihr erlegen.

Zeit ist Gesetz,
Nicht von Menschen gemacht.
Ob göttlich ob teuflisch,
wer hat sie erdacht?
Und wo bleibt die Zeit,
sobald sie vergangen?

Gibt es sie nur
weil wir sie verlangen?

Es gibt keine Antwort,
die ich versteh'.
Auf ewig PERPETUUM MOBILE.

Helga Plank

## *Quelle der Liebenden*

Die Quelle lag ganz nah
als wir uns sahen
als wir uns spürten
als wir uns schmeckten
als die jungfräuliche Liebe in uns erwachte

Die Quelle vereinte Tropfen miteinander
so wie wir füreinander geschaffen waren
so wie wir den Boden unter den Füßen
verloren
so wie wir uns zueinander sehnten
so wie wir mit einem anderen Partner leben
mussten

Die Quelle spiegelte die Hitze
die uns verbrannte
die uns ausdörrte
die uns sterben ließ
die unerfüllte Leidenschaft in uns
reflektierte

Als keiner uns sah
ließen wir uns fallen
und ertranken in unserer Quelle

Gabriele Plukota * 1960

## *donquichotisch*

Flatternde Blätterschatten
mustern beizeiten
spärlich
das Bodenlos.

Nadine Pochanke * 1975

## *Ehrlichkeit*

Ehrlichkeit ... fragt nicht
ob sie darf ob sie kann
und auch dann, irgendwann
wenn sie tut – sie tut gut
und hat Mut; fragt sie nicht
ob sie soll, was sie muß
denn zum Schluß
hat sie recht und ist echt
denn sie weiß, was sie ist
kennt nicht Lug und nicht Trug
sie ist klug spricht die Wahrheit
nicht nur sich, nein, auch dich
nimmt sie so wie du bist
und es ist dies der Tag
der friedlich ist in der Tat
wo ein jeder die Wahrheit spricht
und ehrlich ist

Tamara Pochat-Pochatoux * 1976

## *Sommergeräusche*

Mexikanische Musik verdichtet
sich zu Flügeln

schwebt so die Straße hinunter
setzt zum Sturzflug in mein Ohr an
packt mich an den Hüften

trägt mich dann, kopfüber,
steil nach oben

küßt mich auf die Nase
Wellen von Klängen tragen Sand
mit sich, der auf der Straße liegenbleibt

die letzten Töne
setzen mich auf dem Strand ab

durcheinandergewirbelt
zerzauste Haare
Sternenaugen
Glücklich

Marina Poenicke * 1956

## *Ein Morgen am Fluss*

Noch ist es still im weiten Rund,
noch funkeln über mir die Sterne.
Ein erster Hauch von Morgenrot
zeigt sich bald – dort in der Ferne.

Der Fluss zieht murmelnd seine Bahn,
sein Wasser schimmert wie flüssiges Blei.
Gelassen und stolz – ein traumhaftes Bild –
ziehen flussabwärts zwei Schwäne vorbei.

Büsche und Bäume formen sich klar,
sie wachsen aus Nebelschleiern hervor.
Wildenten schwirren über den Fluss,
lange noch dringt ihr Ruf an mein Ohr.

Dann fassen die ersten Sonnenstrahlen
tastend nach Wolken am Sternenzelt.
Tautropfen glitzern wie Edelgestein,
die Kraft der Natur verzaubert die Welt.

Verblasst sind schnell die letzten Sterne,
der Mond am Horizont versinkt.
Im Sonnenschein erwacht das Leben,
das uns zu neuen Taten bringt.

Bruno Pohl * 1937

## *Ein Engel …*

„Ein Engel kam und blieb."
So ward dies Kind gepriesen.
Prinzessin, Stern" so ging es weiter.
Doch was jetzt läuft ist gar nicht heiter!
Den Vater macht die Ehe krank,
die Mutter leidet ohne Zank.
Wann ging die Liebe denn verloren,
die sie sich ewig erst geschworen?
Wer hat den anderen verraten?
In Gedanken, vielleicht in Taten?
Das Kind wird es wohl nie erfahren,
dass nur Eltern sie noch waren.
Nicht Mann und Frau, die einst sich liebten
und darum dieses Kind sich schenkten.
Wer hat den andern klein gemacht,
bis das Scheingebäude hat gekracht?
Gibt's Hoffnung auf Erneuerung?
Vielleicht bleibt's nur Beteuerung.
Dem Kind zuliebe sollt's nicht sein,
es müsste wieder Liebe sein.

Heidi Pohl * 1941

## *Inspirationsfluß*

fange ich den Augenblick
verinnerlicht – sich mir die Tiefe
durchwandert Sinne und das Herz
die Schönheit, sie ist nah

ergreif' die Feder – es wird fließen
ich weiß genau – es wird gescheh'n
Inspiration wird sich ergießen
enthüllet sich so klar

Sendung aus des Herzens Tiefe
verschmelzet mit der Poesie
möchte den Schöngeist – pur verwöhnen
Esprit bringt es – nun flink ans Licht

zart ummantele ich Worte
welche ich empfangen hab'
spür' die Zeilen – wie sie strömen
hinaus, hinaus – es werd' Gedicht

Uschi Pohl * 1962

## *Für kurze Zeit*

Für kurze Zeit
war sie aufgebrochen,
die harte, verkrustete Schale
deines Herzens.

Für kurze Zeit
spiegelten deine Augen
heimliche Sehnsucht
nach Liebe und Trost.

Für kurze Zeit
trat ein Lächeln

aus deinem Herzen,
schüchtern, verletzlich, fassungslos.

Für kurze Zeit ...

Maria Pointner * 1943

Ich will in der Vergangenheit nicht leben,
Nach der Zukunft will ich streben.
mein ständiges Leiden muss aufhören
Und mein Leben immer wieder zerstören.
Die Nacht ist dunkel, der Tag ist hell.
Erwartete Heilung, komm zu mir schnell.
Mein Herz, meine Seele suchen dich jetzt,
Sie sind von dieser Welt furchtbar verletzt.
All meine Schmerzen enden jetzt hier,
Siebleiben nicht länger drinnen in mir.
jetzt und heute, in dieser Nacht,
Wird mein „Ich“ wieder neu erwacht.
Zu aller Zeit in dieser Welt
Ist Gott bei mir, der zu mir hält.
Der Tag kommt näher, die Sonn' erwacht,
Ich fühl' mich besser. Mein neues „Ich“
lacht.

Olga Polikevic * 1983

## *Ohne Worte*

Schschsch. Pst. Bitte sag nichts.
Denn Worte zerreißen wütend
mein kaltes, kindliches Herz
in tausend splitternde Stücke.

Schschsch. Pst. Bitte sag nichts.
Denn Worte verbrennen die Seele
zu schwarzem, trockenem Staub
zu Staub und Asche zu Asche.

Schschsch. Pst. Bitte sag nichts.
Denn Worte erdrücken die Seele
und stehlen den luftigen Atem,
sodass man an Worten erstickt.

Ich will frei sein. Ich will atmen.

Alexandra Polunin * 1983

## *Mein Schutzengel*

Ich stand am Klippenrand und blickte
aufs weite Meer hinaus, ich hörte
meinen Namen rufen, ich drehte mich
um, doch alles war stumm.

Ich redete mir ein, dass wird wohl ein
Traum gewesen sein, doch wieder
hörte ich meinen Namen und es sagte,
du bist nicht allein.

Ich drehte mich weg vom Klippenrand,
und blickte hinauf zum Himmel, ich sah
dort oben fliegen meinen Schutzengel!

Monika Popp * 1967

## *Alt*

Jeden Tag bin ich allein.
In dem Zimmer hier im Heim.
Jugend hat mich längst verlassen.
Schönheit, ach ich könnt sie hassen.

Gesundheit war so selbstverständlich,
und das Leben schien unendlich.
Doch vergessen bin ich hier und heute.
Die Welt braucht schöne, junge Leute.

Vergangen sind die heitren Zeiten.
Auf dem Markt der Eitelkeiten.
Die Beine, einst mein ganzer Stolz,
sind steif und schwer, wie Eichenholz.

Nur der Tod fragt noch nach mir,
klopft schon mal an meine Tür.
für ihn bin ich noch wichtig.
Gesellschaft, frag dich: Ist das richtig?

Martina Porwich-Bäumler * 1962

## *Zusammen verstummen*

Eine Melodie dringt an mein Ohr.
Sie ist sanft und leise,

wie jede Melodie auf ihre Weise.
Schließlich beginnt ein
Gesang sich zu der Melodie zugesellen.

Sie vermischen sich wie des Lichtes Wellen.
Sind gemeinsam so einmalig
wie das Licht, das allgegenwärtig für mich.

Zusammen schweben sie durch den Raum,
bis sie irgendwann verstummen,
da niemand sie mehr hören kann.

Christina Potocnik * 1983

## *bilanz*

das pferd von hinten aufgezäumt
nahe am wasserlauf gebaut
alles auf eine karte
dafür
aufs falsche pferd gesetzt
ein X für ein U vorgemacht
anderen (gern) in die karten geschaut
über den eigenen schatten gesprungen
durch dick und dünn gegangen
zu tief – ach ja – ins glas geschaut
und daraufhin
das eigene grab geschaufelt
in die hände gespuckt
auf den hosenboden gesetzt
eingefahrene Wege verlassen
um die ecke gedacht
dabei geweint oftmals geweint ...

immer noch!
bis jetzt!

Tork Pöttschke * 1980

## *Die Stille der Nacht*

Die Stille der Nacht
die Sterne so hell
der Himmel voll Macht
der Mond so grell.

Die Stille der Nacht
die hat es vollbracht
und Menschen traurig gemacht.

Die Stille der Nacht
ein Zeichen von Macht
die uns unruhig macht.

Vera Pozorski * 1988

## *Frühlingserwachen*

Durchs Tal weht frischer Frühlingswind,
Man spürt's an seiner Würze,
Der Pflug, er kehrt die Krume um,
Wir immer jetzt im Märze.

Die ersten Knospen lassen uns
Den nahen Lenz erahnen
Und weiße Schäfchenwolken zieh'n
Am Himmel ihre Bahnen.

Das letzte Eis am Bachesrand
Schmilzt in der Mittagssonne
Und die Forellen flink und schnell
Tummeln sich vor Wonne.

Ja, die Natur ist aufgewacht
Aus langem Winterschlafe
Und auf der Weide, dort am Hang
Sieh' an, da stehen Schafe.

Sie künden uns den Frühling an,
Ostern, als einst Christus auferstanden
Und unter seinem Schutz und Schild
Die Menschen zueinander fanden.

Otto Preller

Warum,
warum tust du
mir das an?

Du hast es mir versprochen
und doch sagst du mir ab,
warum?

Das kotzt mich an!!!
Dieser Schmerz,
doch dir ist das wohl egal.

Merkst du's nicht?
Oder willst du's nicht sehn?

Jedes Mal, wenn du mich versetzt,
stirbt ein Teil von mir!!
Doch wenn du sagst,
es tut mir leid,
schöpfe ich Hoffnung.

Bald jedoch bin ich tot
und du siehst mich nie wieder,
ich aber, in meinem ewigen Schlaf,
werde von dir träumen!!!
Jede Sekunde eines jeden Tages.

Justin Presti * 1989

## *Schwestern*

Verschieden sind wir,
Gleich auf das Tiefste vertraut,
Tragen beide ein Stückchen Seele umher,
Das uns gemeinsam gehört.

Hüten einander
Geheimnisse seit Kindheitstagen.
Millionen Momente, kostbarste Stunden,
Die niemand sonst teilt.

Sind Spiegel uns im Fluss der Zeit,
Wissen, wie wir geworden.
Bestellen eine jede in ihrem Land
Ein eigenes Gärtchen Leben.

Und können jede Falte doch
Im Gesicht der andren benennen,
Erzählen, welche vom Lachen stammt,
Durch welche die Tränen rannen.

Silke Preussker * 1966

## *Vernunft?*

Der Mensch ist das einzige
vernunftbegabte Wesen.
Aber die Tiere sind vernünftiger.
Der Mensch schuf die Atombombe,
aber keiner Maus würde es je einfallen,
eine Mausefalle zu ersinnen.

Wolfgang Prinz * 1940

## *Zerbrochene Bilder*

Nur ein wenig im Hier sein,
den Regen hören,
dem Regen die Bilder mitgeben,
damit sie fallen,
tief in die Erde sickern,
damit ich aus den gefallenen,
zerbrochenen Bildern
und der Erde wachsen kann.

Caroline Pritzel * 1980

## *habe*

habe dich
in mir zersetzt
glühe wie Hautmusik
besteche den Mond
abertausend Mal
und weiß nicht, warum
wie lange noch
habe dich
nicht mehr
dein Purpur im Zwielicht
unbeherrschbar
nachts
im April

Astrid Probst * 1969

## *Traumreise in Afrika*

Fröhlich lief Sarita die Geröllstraße hinab,
die Freude auf die Schule ihr die gute Laune
gab!
Ziemlich spät war sie d'ran an diesem
Morgen –
im Kanister musste sie vorher Wasser
besorgen!

Ihr verwaschenes Schulkleid wippte bei
jedem Schritt,
ein Brennholzbündel gab Mutter ihr als
Schulspende mit.
Brandgeruch ließ ihr plötzlich die Augen
tränen –
die Schulbaracke war nicht mehr
wahrzunehmen.

Von der Schule gab es nur noch verkohlte
Reste;
am Tafelstück – von ihrer Freundin die
Weste!
Platzregen löschte jetzt die letzten
Flammen,
waren ihre Mitschüler etwa gefangen?

Geschockt – durchnässt ließ sie sich auf
dem Boden nieder.
Sarita schlief ein – im Traum sah sie ihre
Mitschüler wieder:
In einer hellen Schule, wo sie frohe Lieder
sangen
und aus den Zimmern heitere Stimmen
klangen.

In der Pause spielten sie und lachten
zusammen,
bevor neue interessante Stunden begannen!
Noch am Abend lag Sarita träumend auf
der Erde
und sehnte sich danach – dass alles wahr
werde!

Brigitte Proske * 1956

## *Am Morgen danach*

Am Morgen danach
überall Spuren
jedoch
verloren
in der Fremdheit
die nicht
weichen will
dafür ausweichende Blicke
wann war
Gestern?

Monika Prümmer * 1963

## *Bluthunger*

Der Fieberwahn steigt in mir auf,
die Augen schließ' ich. Blut.
Das Loch so leer und finster,
tief in mir, ich spür' es. Blut.
Das Zittern meiner Sehnen,
mein Fleisch zerrissen. Blut.
Der süße klebrige Geruch,
so schwer und träge. Blut.
Die Farben sind getränkt in Rot,
das Licht wird fade. Blut.
Die älteste Gewalt in mir,
der Rausch des Zornes. Blut.

Die Gier die mich von innen zehrt,
die wahr zum Gegenteil verkehrt,
und speist des innern Feuers Glut
wird niemals welken. Blut.

Vadim Pryde * 1983

## *Elternleid*

Im Kreise sie ringsum ihn stehn'
So traurig zu ihm nieder sehn'
Die Tränen laufen ab die Wangen
Trauern ihm stets nach mit bangen

Er einst so fröhlich rumgetollt
Hat ihn nun der Tot gewollt

Nun liegt er da im stillen Sarg
Nachdem man ihm Walde barg

Der Täter sich ins sichre trug
Als er das Kind im Wald erschlug
Hoffnung sahen die Eltern keine
Erhängten sich am stillen Leine

Daniel Puhan * 1991

## *Fallwind*

Am Horizont leuchtet
geschenkte Zeit
Unablässig
pulst
Macht
in dünnen Adern
Der Mensch
strebt vorwärts
Kennt keine Grenzen
Lebt einsam
Fragt auch nicht nach Zauberworten
Der Sturz
kommt
plötzlich
Hilflos treibt das Boot nirgendwohin
Gelähmtes Erwachen
Sprachlos
Am Horizont dunkelt erzwungene Zeit

Christa Purschke * 1941

## *Ein Lächeln*

Ein Lächeln, das verzaubert.
Ein Lächeln, das zum Schmunzeln verleitet.
Ein Lächeln, das einem zum Lachen bringt.
Ein Lächeln, das bezaubernd ist.
Ein Lächeln, das zum Träumen verleitet.
Ein Lächeln, das wundervoll ist!
So ein Lächeln trägst du im Gesicht,
also versteck es nicht!

Sophie Sarah Johanna Pusterhofer * 1990

## *Alles verloren*

Liebe, – das ist Vertrauen
Das Vertrauen, dass du immer noch in mich setzt
Und das ich schon verloren habe

Liebe, – das heißt geben und nehmen
Mit leeren Händen stehe ich vor dir und es reicht nicht
Nichts mehr zu geben, heißt: Alles zu verlieren

Liebe, – das ist Hoffnung
Hoffnung auf Besserung, – die vielleicht nicht kommen wird

Liebe, – das ist Weinen und Lachen
Zu viele Tränen sind vergossen, die man nicht zurückholen kann
Noch eine Träne von mir, würde dein Lachen ertränken

Zu viel geweint, zu viel gegeben,
Nichts mehr zu haben, heißt: Alles zu verlieren –
Um dich zu retten

Kathrin Putz * 1986

## *Rot. Blau. Gelb.*

Das Rot hat seine Schuldigkeit getan:
Gesprochen die Worte aus Feuer
Gebrüllt die Flüche im Zorn
Erhitzt und verglüht
Entflammt und gejagt
Das Rot hat seine Schuldigkeit getan

Das Blau hat seinen Mantel abgelegt:
Die Tiefe ertränkt in der Stille
Die Weite mit Milde gefärbt
Gesummt und gehaucht
Entschwebt und verweht
Das Blau hat seinen Mantel abgelegt

Das Gelb hat seine Leichtigkeit verloren:
Der Sprache die Lichter genommen
Den Kindern die Heimat entfernt
Verwaist und enthüllt
Geleert und vertan
Das Gelb hat seine Leichtigkeit verloren

Cornelia Putzbach

## *Erste Liebe*

Eine kleine Serenade zart ertönt
in heißer Nacht.
Deine Liebe, dein Verlangen, du sagst
ich wäre zauberhaft.
Und ein kleines Bächlein fließet.
hier an diesem Ort,
wo im Grase sich verschmelzen
unsre Seelen immerfort.
Liebestrunken voller Freude
nur vom Mond belauscht.
Sterne funkeln in den Augen.
fühl mich so berauscht.
Erste Liebe, welch Erwachen,
welch Begehren,
ich verspür in meinem Geben:
den Atem des Glücks!

Annemarie Karola Quellmalz

## *Selbstbetrachtung*

Erste silbergraue Haare –
Langsam kommst du in die Jahre!
An bestimmte weiße Strähnen
Mußt du dich erst mal gewöhnen.
Hier und dort sind kleine Falten –
Könnte man die Zeit anhalten!
Ja, du fühlst schon manchmal Frust
Und bedauerst den Verlust:
Schönheit, die dir angeboren,
Langsam schwindet, geht verloren. –
Doch zum Trübsein ist kein Grund,
Solang du frisch bist und gesund.
Wenn du das erkennst und siehst,
Dich um innere Werte mühst,
Dies an Menschen weitergibst,
Die du schätzt und die du liebst,
Bist du jemand, das steht fest,
Der sich wohl betrachten läßt.

Eckart Quilisch * 1955

## *Die große liebe*

Ich seh und träume nur von dir
warum bist du so fern von mir
ich liebe dich sag ich vor mir her
und lachen tu ich nur mit dir
ich liebe dich keine frage dir zeigen
das ist schwer ich träume tag für tag
das ich endlich sag diese 3 worte
ich liebe dich keine frage
so zeige ich dir das hier und heute
ich liebe dich und das wars für heute
=)

jessi R * 1989

## *Schattentheater*

Düster ist das Tageslicht und Mensch
schwarz und weiß
auf einer Bühne grau in grau wo Helligkeit
Kontrast verheißt.

Zu singen hat man nie gelernt, die Oper
oder Arie,
denn er und sie verachten Schmerz,
bedrohliche Tragödie.

Wer will denn schon als Hauptfigur in
rauschender Premiere gleich
gepeinigt und gesteinigt sein, ein Opfer der
Verletzlichkeit.

Nur wenig Spieler schaffen es hinunter
über steile Stufen,
geleitet von dem eignen Mut ihr eignes
Skript hervorzurufen.

Meist kann nur etwas aus der Ferne, das
wie ein Feuer gleißend scheint
dich leiten zu der sanften Wärme und
glücklichen Unendlichkeit.
Dir zeigen all die raue Schönheit,
unverblendet, unzensiert
in tausend unbekannten Farben, die dich
und mich und alles ziert.

Denn duften, tasten, lauschen, trällern
kann nur die wahre Leidenschaft
und diese wird nur von uns selbst und
unsrem offnen Herz entfacht.

Felicity R. * 1983

## *Was ist Glück?*

Glück ist, als Kind der Liebe geboren zu
sein,
im Leben der Eltern einen rechten Platz zu
haben,
im Laufe des Lebens wahre zu Freunde zu
finden,
um sich dann wiederum selbst in den
Kreislauf des Lebens zu fügen.

Glück ist, in einer echten Aufgabe
Erfüllung zu bekommen,
einen Beruf der persönlichen Eignung
entsprechend auszufüllen,
eine Passion zu haben, die dem Alltag Sinn
verleiht,
um zugleich zu geben und so viel
zurückzubekommen.

Glück ist, ohne Waffen miteinander zu
sprechen,
bei helllichtem Tag außer Haus zu gehen,
dem Fremdem freundschaftlich zu
begegnen,
ohne Bedrohung und frei zu sein.

Glück ist da,
wo Glaube und Liebe einander zärtlich
berühren,
wo Neid und Missgunst keinen Platz
finden,
wo Menschen miteinander leben und
füreinander einstehen.

Anna Raab * 1964

## *Mutlos*

Der Mut – er hatte mich verlassen.
Er hatte sich heimlich fort geschlichen.
Ich konnte, ich wollte nicht mehr.
Den kleinen Sonnenstrahl,
ich sah ihn nicht mehr.
Ich hatte meine Schmerzen,
meine Sucht einfach satt.
Ich setzte mich selber
endgültig schachmatt.
So grübelte ich tagelang vor mich hin –
Strick, Tabletten oder einfach nur Gin?
Da lugte der kleine Mut vorsichtig um die
Ecke,
damit ich mich nicht allzu sehr erschrecke.
Jeden Tag bewältigte er eine kleine
Strecke.
Mit einem Mal hatte er sich wieder
ganz frech in mein Herz gedrängt.
Mein Gejaule und Gejammer hat er einfach
ignoriert.

Jetzt gehen wir behutsam durch die Tage.
Ein guter Freund an meiner Seite – nicht
nur Plage.

Margit Raab

Eisigkalte Winternacht
Wie lang willst du noch verweilen
Hast du nicht daran gedacht
Ich muss zu meinem Liebsten eilen.

Eisigkalte Winternacht
Umhüllst mich mit tiefster Dunkelheit
Unendlich groß ist deine Macht
Und der Weg ist noch so weit.

Eisigkalte Winternacht
Ich bin da draußen ganz allein
Über mir fällt Schnee ganz sacht
Wann lässt du mich bei ihm sein?

Eisigkalte Winternacht
Liegst wie eine Mauer hier vor mir
Doch nun bin ich erwacht
Und steh endlich vor seiner Tür.

Ulrike Raab * 1985

## *hinter der stadt*

Irgendetwas lässt man dort,
Vorausgesetzt, man war schon einmal da:
Ein Bonbonpapier, eine Kläranlage, einen
zerbogenen Regenschirm.
Ich habe etwas In der Stadt gelassen.

Hinter der Stadt folgt land.
Gleich dahinter, ohne grenze,
Ohne Niemandsland: land.

Es Ist Niemandsland:
Ohne Menschen, ohne Zeigefinger:
Ein Porenland, ein Ackerland.

Es findet leben statt:
Land in sicht.

Thomas Raatz * 1980

## *Tränen*

Tränen der Freude,
das Herz singt und lacht,
das Glück kommt zu uns,
hat an uns gedacht.

Tränen der Liebe
zum Geben bereit,
schenken uns Flügel,
machen uns frei.

Tränen der Wut,
keinen Ausweg zu sehen,
wirst zerstört von der Glut,
kannst so nicht verstehen.

Tränen des Schmerzes,
deinem Körper bringt Qual,
läßt Grenzen dich spüren,
hast meist keine Wahl.

Tränen der Trauer,
dein Herz sie erkennt,
bringt Schatten auf Dauer,
deine Seele verbrennt.

Sonja Rabaza * 1948

## *Lebenskunst*

Eine künstliche Wirklichkeit hält mich gefangen,
in der ich funktioniere – ich werde am Leben
vorbeigetragen und jeder Tag macht mich älter.

Ich liebe das Leben und lerne verstehen, worauf es
eigentlich ankommt: aus den Sekunden der Ideenblitze
des Miteinander werden Stunden, Tage des Schöpfens,
Verwerfens, neu Modellierens und des Miteinander.

Ich nehme mir Zeit, mein Leben zu formen –
das stimmt mich heiter und ich hab' das Gefühl, zeitlos zu sein.

Rainer Rabl

## *Je porte la folie*

Hab mich jetzt endlichfrei gemacht!
Hab meinen deutschen Pass verbrannt!
Fahnenflucht bei Nacht und Nebel!
Hab meinen Staat nach mir benannt!

Ich stand nackt und wehrlos da!
Meine Gefühle wurden mir geraubt!
Hab ganz kurz neben die Spur getreten,
und mir dabei den rechten Fuß verstaut!

Hab mir dann mein Leben durch die Nase
gezogen,
um endlich von ihm zu profitieren!
Damit die Halluzination die leeren Seiten
füllt,
um endlich zu krepieren!

Sehe den Glanz in deinen Augen,
der wie Heroin durch meine Adern fließt!
So wunderbar glasig, so leer unsre Worte ...
Es bleibt eine offene Wunde, die sich
niemals schließt!

Denn es ist alleine der Filmriss,
der mir zum Trost die Hände küsst!
Et si c'est une fois le cas que j'arrive dans la
psychiatrie,
tu sais que je ne suis pas fou! Je porte juste
la folie!

Nico Raddatz * 1982

## *Kinder und Fernsehen*

Hast du Kinder? Dann sei froh, denn jeden
Tag ist etwas los.
Und hast du einen Fernseher? Wie
wunderbar!
Doch fällt der Ton dann manchmal aus,
wird aus dem Spaß
der größte Graus. Die Kinder geben keine
Ruh, Du hältst
dir glatt die Ohren zu. Doch ist er wieder
heil, kehrt auch
die Ruhe wieder ein. Und du weißt eins
bestimmt, es ist ein seltsam
Ding. Ach, hast du Spiele auch zu Haus?
Das halten Kinder
nicht lang aus. Denn verlieren, das mag
keiner sehr, drum gibt es
Streiterei en gros und es ist jeder wieder
froh,
daß nun der Apparat ist wieder heil. Die
Kinder schauen friedlich hin, das
Ding hat seinen Sinn.

Elke Radke

## *In der Kälte*

Sein Atem stand wie eine Wolke,
er wollte eigentlich nicht mehr hinaus.
Der Wind war kalt und kam von Osten.
Es waren nur hundert Meter zum Haus.

Schritt für Schrittchen zog er seine Spuren,
schon achtundsiebzig Jahre alt.
Der Schnee war harsch und knirschte unter
Sohlen
und unter seinem Mantel war ihm kalt.

Er dachte daran die Tochter anzurufen,
wenn er zurück wäre aus der Winterwelt.
Der Wald stand starr und dunkel,
da blieb er stehen – und fühlte sich als
Held.

Die Flocken nahmen ihm die Sicht nach
vorne
und hinter ihm war alles schwarz.
Er fühlte seine Kräfte ihn verlassen
und in die Nase stieg ihn der Geruch von
Harz.

Er wollte sich von seinem Nachbarn
ein wenig Zucker borgen
und starb allein im Pulverschnee
des ersten Weihnachtsmorgens.

Sylvia Radl * 1985

*Wassermannzeitalter*

Auf einer Hochzeit prophezeite (was er nur
im Suff tat) mein immer noch herrlich
nöliger
Großonkel mit schwerer Zunge mir meine
Zukunft

Hoch hinaus wolle ich befingerte dabei
meine
Lebens- und andere Linien meiner
verlegenen Hand
und die Tanten lachten und zogen die Stirn
etwas

Kraus als apodiktisch scharf er vom rapiden
Verfall nach kurzer Blüte sprach die mir
bevorstehe
Aber alt wirste nich. Bin ich halt
Dachdecker

Geworden bin hoch hinaus gekommen und
seine Diagnose
von wejen Fillesefie und dicke Böckers und
gib acht auf
die Musik nehm ich doch locker
schwindelfrei wie ich bin

Werner Radtke * 1950

*Vorbilder & Ideale*

Eltern, Großeltern, Klassenkameraden
Menschen, die vorleben
Menschen, die mitleben.

Freunde, Stars, Fußballspieler
Menschen, die vorleiden
Menschen, die mitleiden.

Popikonen, Fangemeinden, Manager
Menschen im Rausch
Menschen in Trance
Menschen in Machtgeilheit.

Glaubwürdige, Standfeste, Liebenswerte
Menschen, die vorleben
Menschen, die mitfühlen
Menschen, die auch Dich lieben.

Michael Markus Raithelhuber * 1961

*Himmelsliebe*

Ich sehe in den Himmel in einer dunklen
Nacht.
Beobachte die Sterne, nehme den Mond in
Betracht.

Habe ein seltsames Gefühl im Bauch,
fühle eine Sehnsucht, jemand, der mich
braucht.

Eigenartig, denke an einen, den ich nicht
kenne.
Werde gelenkt, geleitet wie vom Signal
einer Antenne.

Bin von einem unbeschreiblichen Gefühl
erfüllt,
von durchdringender Freude und Trauer
gestillt.

Ein Geist, eine Seele von einem niemand,
erdacht in Gedanken,
schenkt mir Geborgenheit und Zuversicht.
Kann nicht mehr wanken.

Wie ein Geliebter, der von dir alles weiß,
dich unterstützt und gute Ratschläge gibt,
ohne ein Wort zu sagen, du kennst ihn ja,
nie aus der Rolle fällt und dir vergibt.

Nun gehe ich zu Bett und schlafe ein.
Begegne meinem Liebsten im Traum.
So wie ich ihn empfinde, muss er sein.
Am nächsten Morgen muss ich schau'n.

Aus demselben Fenster, nun ist heller Tag.
Trotzdem, mein Schutzengel bleibt bis zum
Jüngsten Tag.

Verena Rambau * 1990

## *Der Duft des Frühlings*

Es träumen nun die Blumen
von ihrer Blütenpracht,
die wir uns schon ersehnen,
wenn unsre Welt erwacht.

Der Winter lag schon lange
und dunkel über ihr,
wir wünschen uns, er ginge
ganz schnell vorüber hier.

Dann lüftet sich der Schleier,
die Nebel ziehen fort;
man spürt die Sonne wieder
an diesem schönen Ort.

Die Schmetterlinge tanzen
und spielen in der Luft,
die Schatten sind verschwunden,
man riecht den Frühlingsduft.

Wir fühlen uns viel leichter,
die Laune steigt spontan,
wir freuen uns und lachen,
das ist der Frühlingswahn.

Stefanie Ramik * 1984

## *Anna Lindbergh*

Unter Deinen Fittichen fand ich Zuflucht
unter Deinen Flügeln mein Erkennen.
Noch immer ist mir so,
dass Dein süßes Lachen mich erquicket
und Du mich auch im Traum' erobert hast,
so dass Liebe uns beglücken kann.
Du wolltest selbst demnach entzücken
Deine Braut,
und nicht Verrat um deinetwillen.
Im Lorbeerhain ward mir deshalb bewusst,
wie Seeligkeit doch sei.
Kein Verrat, so schlecht er sei,
konnt' mich je im Hain erhalten,
so dass Unsterblichkeit mich doch geliebt
sagt.
Uns schmückend deshalb
mit der einen Liebesnacht im Haine,
schlaf ich endlich ruhig im engen Hause
mit einem leichten Kleiderwechsel nur.

Manuela Angelika Rapino * 1975

## *Das Verzichtbare*

Sie hätte das große Los gezogen,
glaubte wohl die Regierung der Israeliten,
als man mit Bomben über Beirut geflogen.

So gesehen haben sie ein
Dreifach-Los gezogen,
Maßlos, Hirnlos, Zukunftslos,
als man mit Bomben über Beirut geflogen.

Ludwig Rapp * 1939

## *Bild in Blau*

Ein Bild in tiefen Blau
betrachte ich sehr genau
und ich sehe, Licht
durchbricht die Finsternis.

Bedeutungslos wird mir die Zeit,
ich lasse meine Augen schweifen,
fange an, das Universum zu begreifen.
Gedanken steigen nun empor,
wie ich's noch nie erlebt zuvor.

Sie begleiten mich jetzt tagtäglich,
beschwingen und bezaubern
mich allmählich.
Trübe Gedanken

geraten ins Schwanken,
nun bin ich bereit,
teile die Freude
und die Heiterkeit.

Michéle Rathey-Ptok * 1966

## *Es kann ja nicht immer regnen*

Es kann ja nicht immer regnen!
Irgendwann wird der Schmerz vorbei
gehen.
Irgendwann wird es nicht mehr so weh tun.
Bis dahin weine!
Laß es auf die Stadt regnen.
Lebe deinen Schmerz,
vielleicht vergeht er dann schneller.
Träume dein Leben,
so, als wäre der Schmerz nicht hier,
und so, als wäre er auch nie hier gewesen.
Weine den Regen,
der nie ein Ende zu haben scheint.
Aber du wirst sehen,
irgendwann hat selbst der Sturm ein Ende.

Tanja Raudaschl

## *Das Leichte und das Schwere*

Das Leichte sagt: Komm lass' uns fliegen,
wie eine Feder will ich sein.
Das Schwere will nur träge liegen
wie am Bach der schwerste Stein.

Das Leichte und das Schwere –
das Leben lädt sie beide ein.
Und eine Feder lässt sich nieder
am Bach
auf diesem schweren Stein.

Erika Rauh

## *Tod eines Gottes*

Im Dunkel lebt,
so leer und lang verwaist,
ein ewiggroßer Geist
der einsam seine Bilder webt.

Er denkt sich Wälder, Berge, Meere
und viele, viele Kreaturen,
schöpft aus dem Nichts die Heiligen und
Huren
und sucht zu füllen die all-weite Leere.

Zuletzt zerreißt er sich in Fetzen
um alle seine Lebewesen
die vorher schwarz und kalt gewesen
mit Seelenfunken zu benetzen.

Und sieh! die Erde ward geboren
und Gottes Kinder wurden machtbesessen.
Des Vaters Opfer haben sie vergessen:
So ging das Paradies verloren.

Hanna Rauh * 1984

## *Zeit und Gedanken*

Die Gedanken kommen wenn man hat
Zeit,
sie sind uns ganz nah und doch so weit.
Sie können sein von edlem Glanz,
bewahren aber nicht vor sinnlosen
Gedanken ganz.

Man muss den Gedanken eine Richtung
geben,
muss glauben an das Schöne im Leben.
Mit den Gedanken immer allein zu sein,
ist nicht gut, schnell lässt man sich auf
falsche ein.

Mit den Gedanken kann man über den
Dingen steh'n,
kann in Gedanken an andere Orte geh'n.
Gedanken brauchen Phantasie,
beides zusammen ist wie eine gute Sinfonie.

Derjenige der diesen Besitz nennt sein,
der kann darüber sehr glücklich sein.

Er besitzt ein großes Glück,
denn er kann sich von der Welt erträumen
ein Stück.

Iris Rausch * 1962

## *„Wandel“*

Seit undenklichen Zeiten, immer,
eine Morgensonne, die wie ein seidenes
Tuch über den Dingen hängt,
deren Farben sich ändern im Vergehen des
Jahres,
deren Schimmer durchs Zimmer dringt,
den Staub wirbelnd sichtbar macht.
Der Geruch frischer, feuchter Erde,
urwüchsig, kraftvoll, wie Leben.
Stärke in allem, den Gliedern, den
Bäumen,
Jauchzen in der Seele nach all der
Finsternis, Kälte,
endlich warm und frohe Erwartung, was
kommen mag.
Frühe Sommermorgen, so still, erhaben
noch, halb in der Nacht verborgen,
schälen sich langsam Konturen und
Schatten hervor.
Grünes Gras, nass noch vom Tau, winzige
Tropfen an den Spitzen,
tausendfach spiegelt sich die Sonne in
ihnen, erste Laute des Tages werden
hörbar.
Ahnen der Vergänglichkeit in letzten,
sattgoldenen Strahlen, ohne Kraft
zum Verdorren,
Reste von Wärme im schon kühlen Wind.
Bienen, auf der letzten Reise zu
vergehenden Blütenkelchen.
Silbrige Fäden auf dem Weg ins
Nirgendwohin verzaubern reife
Streuobstwiesen.
Fahler, milchiger Schein, der das Grau
nicht durchdringt, wie Schlaf,
weißer Schnee, Reif überall. Unirdische
Ruhe, zugedeckt im Schnee.
Warten und Sehnen auf die Wiederkehr.
Wieder und wieder und wieder. Und
immer.

Cornelia Rautert * 1973

## *Sommer*

Sommer befreie mein Herz.
Sommer vertreibe den alten Schmerz.
Sommer berühre mein Sein,
Stell' dich in meiner Seele ein.
Sommer öffne der Heckenrose Knospen
und laß Insekten ihren Nektar kosten.
Laß an der Rosen Duft mich berauschen
und dem Gesang der Lerche
im Kornfeld lauschen.
Laß den Wind die Mohnblüten wiegen.
Sommer, laß den alten Schmerz versiegen.

RD * 1940

## *Das bisschen Nichts*

Ich vermiss dich überhaupt nicht mehr.
Kein bisschen mehr.
Nicht einmal so sehr,
dass kein bisschen
wenig genug ist.

Ein bisschen?
Kein bisschen.

Kein bisschen ist von mir übrig geblieben.
Nicht einmal so viel,
dass kein bisschen,
wenig genug ist.

Gerda Rebitsch * 1981

## *Licht*

Hoch auf den Bergen der Stille
ragen die Säulen des Lichts.
Es schaut der Steigende droben
ins weiße Auge des Nichts.
Und nur das Licht kennt die Freiheit
des Flugs ohne Schattenband.
Die Zeit ist nicht schuld an den Fesseln,
die dir das Leben erfand.

Sieh das Gewebe des Wandels
und wie die Stunde dich narrt.
Das Licht ist nicht schuld an den Spuren
aus deiner Gegenwart.

Willst du den Atem weiten
zu einem wachsenden Klang,
singe der Welt keine Klage,
bringe ihr reifen Gesang.

Brigitte Reckert

## *Venus*

Kein Sternbild die Venus
funkelnder Solitär
am Abend am Morgen
kommst du zu mir
in deinem Glanz
kein marmornes Bildnis
zerbrochen
die Arme
legst du um meinen Nacken

Dein Leib ist warm
ist bebendes Warten
drängendes Wollen
Wohnung der Gottheit
Seelenglut lodernd
am Abend leuchtend am Morgen
Abendstern Morgenstern
kein Bildnis die Venus
ein Kosmos
Du

Friedrich Recknagel * 1941

## *jünger*

dreh die zeit
durch meine locken
und stell meine zellen
ins eisfach
nimm meinen arsch mit hoch
wenn du rauffährst
gib mir lippengift
rotes botox
und öffne mir die augen
füll mich auf und saug aus mir
zieh an meinen ohren
bis ich wieder jung bin

reda * 1969

Die Sonne
hebt die Erde ins Licht.
Heiter ergeben
erträgt sie das Drehen
und hofft,
es möge vorübergehen,
und ein still ruhender
Erdenball
läge glitzernd
zwischen ihren goldenen Zöpfen.
Wir hätten es warm.

Brigitte Redecke

## *Verlorene Zeit*

Keiner da und niemand hier.
Damals fort und früher ...?
Früher wir?
Neulich, einst – nun Vergangenheit?
Jetzt steh ich – wo?
Und weiß nicht weiter.
Der Platz besetzt, den man erträumt.
Den ungewollten Platz geräumt.
Ein Sitz bleibt leer ...
Die Zeit durchlebt.
Jetzt schlage ich sie tot.
Gelangweilt von der verlorenen Zeit.
Und was ist es, was mir bleibt?

Verlorene Zeit?
Und keiner da und niemand hier ...
Und morgen wieder.
Gestern nie ...
Und übermorgen, fortan – wir ...!

Miriam Stephanie Reese

## *Abschied*

Abschied, ist wie Schnee der immer wieder
kommt.
Abschied, ist ein Traum ohne Ende.
Abschied, ist Braun wie die Erde.
Abschied, ist ein Sturz ohne Auffangen.

Abschied, ist das Ende vom Leben.
Abschied, ist ohne Sinn.
Abschied, wird nie leicht sein.
Abschied, ist ein Loch das sehr tief sein
kann.

Abschied, ist ein Weg der sehr lang werden
kann.
Abschied, ist Schmerz im Herzen.
Abschied, ist Qual für die Seele.
Abschied, ist die Wahrheit vom Sein.

Abschied, ist immer das Jetzt.
Abschied, ist niemals was war.
Abschied, nimmt man meistens nur allein.
Abschied, ist ein Engel mit blonden
Haaren.

Zita Regner * 1967

## *Viel Grau*

Schwarz und Weiß, Hell und Dunkel,
und viel Grau dazwischen.
Gut und Böse, Ja und Nein,
und feiges, unentschiedenes Vielleicht.

Das ist der Mensch, ein Schauplatz
widerstreitender Gedanken und Gefühle.
Menschliches, Unmenschliches und
Allzumenschliches
in Kopf und Herz und Hand.

Weimar und Auschwitz nahe beieinander
und die „Schwarzwaldklinik".
Schwarz und Weiß, Hell und Dunkel,
und viel Grau dazwischen ...

Gottfried Rehm * 1926

## *Mutter*

Mutter
Deine Augen,
hellblau wie ein See am Morgen,
schauen mich an,
klar und durchdringend,
tief in meine Seele
sie erkennen mich nicht,
aber Deine alte Hand, Mutter,
läßt meine Hand nicht mehr los,
Du weißt, daß ich bei Dir bin.

Mechtild Rehmann * 1943

## *Regenbogen*

Er ist so nah und doch so fern,
wie ein himmlischer Stern.
Er kommt verbreitet sein Glück
kehrt dann zum Ursprung zurück.

Am Ende verborgen ein Topf aus Gold,
So will es die Sage gewollt.
Will man das Ende erreichen
versucht er vorher zu entweichen.

Nur mit Mühe und Not kann dies
gelingen,
doch das Gold ist nichtig,
nur die Goldschimmernden Farben sind
wichtig.

So strahlt er noch lange in seinem Glanz
und wir freuen uns bei Regen mit
einem Tanz.

Mary Reichel * 1989

## *Freier Vogel*

Ich will ein freier Vogel sein, der
wegfliegen kann.
Der zu dir fliegt, an dein Fenster. Der
immer
bei dir sein kann, dich sehen kann. Ein
Vogel,
der dort hinfliegen kann wohin er will.
Ein Vogel, der sich nicht verstecken muss,
der immer fliegen kann und in der Luft
gleiten kann.
Der nie Angst haben muss vorm Absturz
und vorm
tiefen Fall, ein Vogel der nicht auf den
Boden schlagen muss, um dort
liegen zu bleiben.

Helen Reichert * 1984

## *Herbststimmung*

Sonnenfinger tasten
sich durch den
Morgennebel, der
wie ein Schleier
auf den Wiesen liegt.

Laubbäume leuchten
rostrot und knallgelb,
der ruhige Herbst
lockt zum Wandern.

Winzer laden ein!
Es ist Traubenlese,
überall duftet
süßer Most – gluckert
ins Glas – vergoldet
vom Sonnenlicht.

Mit den windigen
Töchtern des Tiefs
kommt Regen über das Land,
vergraut den Tag,
vertreibt mich.

Rosemarie Reimann

## *Die blauen Tage*

Ich wünschte, ich hätte ein blaues Klavier
und könnte auch darauf spielen.
Die Träume, die Tränen, sie kämen zu dir.
Du hörtest mich da, wo du jetzt gerade bist
und würdest dasselbe fühlen.

Ich kann nicht spielen, doch malen kann
ich
und ich nehme die schönsten Farben.
Ein Stück vom Himmel
und etwas vom Meer,
das Blau von den Kuppeln der Kirchen,
vom Lapis das Blau,
von den Blumen am Weg
und von den Schatten am Abend.

Ich versinke im Blau.
Das Blau hüllt mich ein.
Ich glaube, ich zerfließe.

Das Bild ist für dich
Als Erinnerung an mich.

Hanna Rein * 1948

Zeit wird langsam und
schnell empfunden, doch die Uhr
ist unerbittlich.

Gertrud Reinhardt

## *Erinnerungen*

*Oder: in unserer Stadt*

erinnerst du dich noch –
als du den zephyr spürend,

durch die wälder deiner jugend staunend
wandeltest? ...

jugend von heute
staunt nicht mehr –
sie fordert! Wünscht:
rock und pop und fakten –
und alles möglichst sofort!

du wirst alt und bist
dagegen machtlos –
so machtlos wie alte
eben immer sind!

aber:
du spürst noch zephyrn.
hörst ammern und wälderrauschen.
magst den fluß und selbst
den stein ...

Jörg Reinhardt * 1936

## *Sommernacht*

Ich sitz' am Feuer
und ich lass die Grillen singen.
Ich spüre Wärme,
deinen Duft und deine Haut
und sehe Funken
taumelnd tanzen, sterbend schwingen.
Ein Abenteuer,
doch du bist mir so vertraut.

Die Zeit bleibt stehen,
nickt uns zu, geht schweigend weiter,
denn jedes Wort
würd' diesen leisen Zauber stör'n.
Das Glück gestohlen,
doch Gedanken tanzen heiter,
ich will nicht sehen:
Morgen wirst du ihm gehör'n.

Ulrich Reinhardt

## *Winter*

Winterwind pfeift durch die Gassen,
trostlos zieht der Nebelhauch,
kahle Bäume an den Straßen,
eisig glänzt's an Baum und Strauch.

Fische starren durch das Fenster,
das sich übern See erstreckt,
Vögel tanzen wie Gespenster;
Reif, der alles Gras bedeckt.

Glockenklang dringt über Wiesen,
dunkel läuft ein kalter Schauer,
Bäume ragen hoch wie Riesen,
finster, groß, ewig von Dauer.

Drohend winkt das Kirchturmdach,
das wie aus dem Nichts erscheint,
leise schlängelt sich der Bach
an ein Kind, das Tränen weint.

Finster fliegt der Todesvogel,
krachend ihn zur Strecke bringt,
eines Försters Schicksalskugel,
nur der Tod, der mit ihm ringt.

Julia Reiser * 1984

## *Über die Zeit*

Sekunden, Minuten, sie tropfen dahin,
denn kein Klempner kann klemmen,
was tropft nach des Allmächtigen Sinn,
ohne Chance, den Zeitenlauf zu hemmen.

Verlorene Zeit, verschenkte Zeit, keine
Zeit,
die Lebensuhr tickt unaufhaltsam,
gnadenlos,
gestatte dir freie Zeit, Fröhlichkeit,
Gelassenheit,
ist das Stundendefizit auch noch so groß.

Wertvoll und kostbar ist unsere Erdenzeit.
Doch wie unwichtig, winzig und klein,

wie ein kurzer Atemzug nur in der
Ewigkeit
ist eines jeden Menschen Tun und Sein.

Vergangenheit ist eine schöne, ja kostbare
Zeit.
Ist in ihr nicht ein wertvoller Schatz
verborgen?
Zukunft hält Unbekanntes, ja
Geheimnisvolles bereit.
Weiß man, was die Zeit bringt morgen?

Isabell Reiss * 1988

## *Das Ungemessene*

Das Ungemessene,
das zwischen allem Schwebende,
das leicht Vergessene
und dennoch immer neu Erhebende,

das stellt in der Natur
uns auf des ew'gen Spur.
Es hält die Welt uns offen
und macht uns Mut zu hoffen.

Hans-Werner Reißner * 1920

## *Zeitenfluss*

Stund um Stund, Tag um Tag, es fließt die
Zeit,
drum nütz den Augenblick o Menschheit!
Legt ab die Sorg' und lebet heut',
auf dass ihr glücklich seid ihr lieben Leut'.

Ein Ziel im Aug', eine Vision im Herzen,
das bannt des Menschen große
Seelenschmerzen;
mit Offenheit und Mut zur Wandlung,
wird gelingen jede redlich Handlung.

Und ist das Lebenswerk am End vollbracht,
so hat man wahrlich viel geschafft;
die hinterlassenen Spuren weit und breit,
sie verbleiben auf dieser Erd' für alle Zeit.

Bernhard Reiter-Stranzinger * 1974

Eigentlich sollte ich dich hassen,
Gründe dafür gibt es in Massen.
Doch seh' ich in dein schönes Gesicht,
weiß ich, hassen kann ich dich nicht.

Eigentlich sollte ich mich nicht nach dir
sehn',
nicht mehr um ein Treffen mit dir fleh'n.
Doch seh' ich in deine dunkelbraunen
Augen,
weiß ich, ich würde dir alles glauben.

Eigentlich sollte ich dir nicht vertrau'n,
nicht so viel auf deine Worte bau'n.
Doch berühren mich deine zärtlichen
Finger
Wird es für mich noch viel schlimmer ...

Julia Remsing * 1990

## *Liebe*

*(Pantun)*

1 Laesst Fluegel wachsen, grenzenlos
2 Amors Pfeil? Expressversand
3 Im freien Fall prangt ihre Krone
4 Viel gepries'ne Herrscherin

2 Amors Pfeil? Expressversand
5 Einzig' Sinn seit Menschendenken
4 Viel gepries'ne Herrscherin
6 Sensibel streckt sie ihre Fühler

5 Einzig' Sinn seit Menschendenken
7 Herzbeklopftes Thronbesteigen
6 Sensibel streckt sie ihre Fühler
8 Vulkantanz durch die Liebenszeiten

7 Herzbeklopftes Thronbesteigen
1 Laesst Fluegel wachsen, grenzenlos

8 Vulkantanz durch die Liebenszeiten
3 Im freien Fall prangt ihre Krone

Astrid Reschke * 1951

Dort draußen
wo der Himmel
die Erde berührt.
Tiefe
Gedanken
lautstarkes
Sein
mich trifft.
Dort draußen
befreiender Schrei
nach dir
nach mir.
Dort draußen
ist
alles
so
einfach.

Christina (Christel) Reschke * 1951

## *Herbstzeit*

Blauer Himmel –
eben noch Sommer –
vorbei!

Sturmwind
weht schwarzgraue Wolken
herbei.

Nebelnässe
überzieht Wälder und Wiesen
mit silbrigem Flor ...

Du –
auf Kälte und Dunkel
bereite dich vor!

Monika Reschke * 1943

## *An die Liebe*

O holde, zauberhafte Liebe! Wie sehn' ich
mich
Nach deinem Kuss, von deinen Lippen,
Dürstend, süßen Nektar kosten!

Schönste! Welch Freude wär' es!, deiner
Wärme
Eigen, schwelgend, in den Tag zu leben,
Träumend, dir mich zu ergeben? Geliebte!

So kehre dein strahlend Antlitz mir zu,
wenn
Deine Blicke auch mein End' bedeuten!
Welch Leben ist es, ohne dich, welch
Leben?

In Dunkelheit gehüllt, und wenn kein
Lichte
Scheint, so möge doch ein Funke mir
Genügen, zu wissen, verloren bin ich nicht!

Ach, ein kleines Lichtlein schon vermag
dem
Einsam' Herzen Lind'rung zu verschaffen,
Der Seele Ruh' und Frieden geben!

So brenn', mein Funke, erstrahl' allein in
Tiefster Dunkelheit, sei Licht der
Hoffnung,
Liebesfeuer, ein Zeichen höchster Einigkeit!

Philipp Restetzki * 1987

## *Hörst du mich, Klabautermann?*

Ich wollte noch was sagen,
Was, darfst du nicht fragen,
dein Sturm hat es verweht.
Es lag mir auf den Lippen
in der Brandung zwischen Klippen,
wo der Wind sich dreht.
Nun ist ein großes Leck
vorm Ruder. Am Heck.

Wo sich das Blatt bewegt.
Mein Schiff und ich geh'n unter.
Dieweil, heiter und munter
die Nationale weht.
Ade, du gute Welt,
kein Balken, der uns hält.
Vorbei – es ist zu spät,
doch: Ich wollte noch was sagen.

Marianne Reutheer * 1929

## *Aller Anfang ist schwer*

Meine erste Unwahrheit sprach ich,
Da war ich vergleichbar jung.
Ich glaube damals vergas ich,
Mein Schwören, dies nie zu tun.

Die ersten Fäden um mein Herz
Ich legte Schicht für Schicht.
Doch das Netz, das aus Lügen wir flechten,
Bewahrt uns vor Blicken nicht.

Mein erstes Wort verlor ich
Auf wackeligen Beinen.
Zuvor verstand ich es besser,
Zu lachen und zu weinen.

Victoria Reznik * 1984

räder finden zögernd ihren rhythmus

zielstrebig beginnt der zug seine fahrt
graue wagen schwinden in die ferne

atemlos bleibe ich zurück

mit eisigen fingern
packt mich entsetzen
entblößt von allem
sprachlos in fremdem land

Evelyn Rheydt-Zillessen * 1941

## *Über das Reisen*

Reisen, das ist wunderschön,
denn es gibt soviel zu sehn,
mit dem Zug, dem Schiff, dem Bus
ist es wirklich ein Genuß.
Auch im Auto ist's bequem,
man kann damit bleiben stehn.
Das Flugzeug fliegt in weite Ferne,
es geht sehr schnell, das hat man gerne.
Auf dem Schiff ist man geborgen,
man genießt es ohne Sorgen.
Der Blick aus dem Fenster in Zügen
ist oft ein großes Vergnügen.
Mit Bussen kann man Kurven erschließen
ohne am Steuer sitzen zu müssen.
Den herrlichen Blick auf das tiefblaue Meer
hat man von allen Verkehrsmitteln her.
Die hohen Berge sieht man gerne,
sie kündigen sich an aus weiter Ferne.
Eine Fahrt durch eine historische Stadt
ist interessant, man sieht sich nicht satt.

Ingeborg Richter * 1936

## *Berühmte Autoren?*

Ein hartes Brot schein ich zu kennen.
(man könnt es auch Berufung nennen)
Es steckt nicht in uns aller Leiber,
gemeint ist hier der Bücherschreiber.

Tagtäglich sitzt er da und denkt,
er schreibt es auf, sonst wär's verschenkt
und macht sich, nicht wie jeder Mann,
an ungeklärte Fragen ran.

Sein ganzes Leben opfert er,
dem bücherlichen Schriftverkehr,
nach langer Zeit, er publiziert,
ein ganzes Stück von sich verliert.

Und auf dem Markt, zu seim Entsetzen,
die Kritiker das Buch zerfetzen.
Von Menschen, die sein Buch verkannten
fühlt er sich oft mißverstanden.

Sein Honorar fällt spärlich aus,
er duldet's, macht sich wenig draus.
Er weiß, daß er den Ruhm und Segen
erst erntet, nach dem Schreiberleben.

Marco Richter * 1975

## *Herbst*

Die Nebel steigen.
Nässe beschwert letztes Blüten und
Zweige.
Wolken ziehen durch rasche Winde
getrieben
Über eignen bedeckten Himmel.
Dunkelheit will lähmen ...
Doch Hoffnung bricht auf.
Sonne funkelt durch tropfende Büsche.
Erde duftet nach/Schwere, bereit für
Kommende Saaten.
Verwelken und Niedergang gebiert neues
Leben im Warten auf kommenden
Frühling.
Vergehen und Auferstehen künden von
Immer neuer Verwandlung der Erde.
Gleichnis für menschliches Dasein!

Ursula Richter * 1932

So schwer der kalte Acker.
Bäume in tiefster Trauer
wollen nur noch sterben.
Stehen trotzdem wacker.

Vergangenes kommt nicht zurück.
Zukunft wird von Leid bestimmt.
Der Sinn hat sich verloren.
Nicht mal der Hoffnung ein Stück.

Warum muss Geliebtes gehen?
Fort all leidenschaftliches Glück.
Nur noch liebender Gedankenhauch.
Kann nichts mehr sehen.

Schreite nun durchs Land
frei von jeglicher Emotion.
Glaube an nichts mehr.
Zerrissen ...
das letzte haltende Band.

Toter Geist im schreienden Körper.

Ute Richter * 1957

Die Wolke ist mein Flügel,
Mein Gemüt steht offen,
Sehnend,
In Lieben und Hoffen.

Was bist du gewillt?
Die Wolke seh ich wandeln,
ich bin betrübt.

Mein Herz webt Erinnerung
grüner Zweige Dämmerung
in unnennbarer Zeit.

Sandra Riechel * 1969

## *Heilige Religion*

Religion, heilige Religion!

Religion,
du bringst Energie in ein Land,
du hast Macht in der Hand,
du machst aus Körnern Sand.

Religion,
du bringst Menschen zur Diskretion,
du bist der Menschen Tradition,
du bringst sie zur Rebellion.

Religion,
deine Fassade wird missbraucht von Macht,
dein guter Glaube zum Kampf gemacht,
bis es zwischen deinen Kindern kracht.

Religion, heilige Religion!

Du bist heilig tief in dir drin,
aber, Religion, wo führt das hin?
Wo haben deine Kriege ihren Sinn?

Lisa Riedel * 1988

## *Gehe blind nicht durch die Welt*

Ach, geh doch blind nicht durch die Welt –
mit tränennassen Augen –,
denn all das, was dein Blick nicht hält,
kann auch dein Herz nicht glauben.

Verlier dich nicht im Trauerlied –
in seiner schwarzen Stille –,
denn das, was früher Trauer mied,
war ganz allein dein Wille.

Christian Riedl * 1988

## *Täglicher Krieg*

Die Sonne lachte schadenfroh,
alles licht, der Mond war tot.
Der schwebte jetzt im Nirgendwo,
Die Sonne lacht im Morgenrot.

Die Sonne lachte boshaft dunkel,
sodass sie niemand mehr erkennt.
Man hörte leis' des Winds Gemunkel,
die Sonne steht am Firmament.

Der Sonne Lachen schnell vergeht,
da das Dunkel langsam kommt,
weil die Erd' sich nun mal dreht,
die Sonne steht am Horizont.

Nun kommt der Mond so langsam auf,
der dunkle Lord der Unterwelt,
und nach dem täglichen Verlauf
steht jetzt der Mond am Himmelszelt.

Lennart Riehl-Scharmann * 1992

## *Die Zeit der Träume*

Festgehalten im Alltag
Schwingen die Flügel meiner Träume
Von tausend Tauen angeknüpft an
Pflichten
Weg schweben möchte ich in neue Welten
Schwimmen auf den Wellen meiner
Sehnsüchte
Die Zeit anhalten
Nicht hinhören müssen
Die Zeit aber fließt
Unwiederbringlich
Lässt sich nicht fest schmieden an Glück

Waltraud Riehm

die entscheidung hat sich getroffen
durch das umgehen ihrer selbst
ich trete hinzu
als das feld verlassen steht
und du sitzt am boden
zählst die verwegenen zeitalter
es gelten schon die anderen bücher

wirf doch den graben
zwischen nur deine finger
und lass dieser einsamen zeit
ihre einheit
es gibt keinen sinn im zerstoßen
dieser höhe
und es hat kein zuhause mehr
das gefühl verschwand
selbst dort wo es herkam
hier am neuen ort findet es nicht hinein
oder es steht. unerkannt

Maike Riel * 1979

## *Ankunft*

Über Nacht ward's mild, die Stare sind
gekommen.
Die Sonne hat die letzten Flecken Schnees
genommen.

Es riecht nach Erde und nach feuchter
Krume,
die Bienen taumeln auf die erste weiße
Blume.
Der Frühjahrsnebel taucht die Welt ins
Ungefähr,
und hinter uns riecht es nach Algen und
nach Meer.

Goldammern in der Ferne – dann ganz
nah.
Die Finken schlagen, war's ein Zeisig, den
ich sah?
Cornelkirschen weben gelbe Muster in den
Baum,
die Könige der Vögel hüpfen heiter durch
den Zaun.
Heut ist das Land aus seinem Winterschlaf
erwacht,
knospend und flüsternd begrüßt es uns
nach dieser Nacht.

Susanne Riemenschneider

## *Putzi, das Familienmitglied*

Putzi ist eine schwarz-weiße Katze.
Sie kommt des öfteren mit ihrer Tatze
und sagt, was sie will.
Manchmal ist sie auch still.

Sie ist sehr scheu,
aber auch treu,
und wenn ich sage „Hopp!",
springt sie hoch, das ist top.

Auch abends kommt sie,
wann sie will.
Dann legt sie sich
ins Bett ganz still.

Unsere Putzi
geben wir niemals her!
Sie ist ein Familienmitglied
und noch mehr.

Elisabeth Riemer * 1949

## *Mutter*

Wie oft hast du dies Wort gesagt,
Auf deines Lebens Bahnen.
Hast sie um ihren Rat gefragt,
und ihr so oft dein Leid geklagt,
konntest es nicht erahnen.

Daß ach so schwer das Schicksal wiegt,
es dich umfangen hält.
Was wie ein Stein im Grunde liegt,
die Mutterliebe hat besiegt,
was in den Weg sich stellt.

Dein letztes Wort wird Mutter sein,
wenn es ans Scheiden geht.
Sie lässt dich sicher nicht allein
und will als Tröster bei dir sein.
Sie an dem Tor des Himmels steht.

Anton Riesel * 1917

## *Nachbars Garten*

In Nachbars Garten stehen Rosen
mein Gänseblümchen zittert still
Hartmut grüßt in Barbourhosen
und seine Frau bedient den Grill
mein Gänseblümchen zittert still
ein fester Tritt achtloser Blick
schnell ist das Hälslein umgeknickt

In Nachbars Garten blühen Rosen
mein Kirschbaum trägt kaum Blüten
Drüben naschen sie Obst aus Tupperdosen
mit auf den Köpfen thronenden Hüten
ich könnte nur noch wüten
ein fester Tritt achtloser Blick
schnell sind die Hälse umgeknickt

In Nachbars Garten blühten Rosen

Christine Riessbeck * 1977

*Unter die Sonne*

Was mich nicht mehr umbringt,
das stärkt mich umso mehr.
Was nicht mehr in mir eindringt,
lässt mich verdammt kalt und leer.

Ich bleibe solange wie man mich erträgt,
danach will ich alleine meinen Weg
nehmen.
Wenn sich ein weißes Leichentuch
niederlegt,
will ich unsere verschmolzen Seelen
zähmen.

Wohin mich all die Momente hinführen,
trotz der hohen Liebe, die ich in mir trage?
Mir sollen nur alle Lichter gebühren,
wenn ich nach dem verloren Helden frage.

Du verstehst wirklich überhaupt nichts,
unsere Geschichte, die der Teufel längst
besitzt.
Zu Füßen der Ältesten und ihres Gerichts,
bin ich derjenige, der deinen Namen ritzt.

Ich lege mich ein wenig unter die Sonne,
wenn Herz und Seele nicht mehr
schwärmen.
Verbrennen soll was ich begehre voller
Wonne,
so wird mein Körper sich schon erwärmen.

Dominique Kristof Rimbaud * 1985

*Horizont*

Der Horizont wird täglich weiter,
die Yacht, der große Wellenreiter,
strebt diesem großen Ort entgegen.
Die Sehnsucht nach Erfüllung sucht,
und sie in diesem Streben findet;
doch nur so lange bis die Flucht
des Tages in die Nacht sich gründet.
Denn diese Zeit gehört dem Gestern,
den Brüdern und den eigenen Schwestern;
es stockt das edle, große Streben
für eine Weile.

Carina Ringens * 1980

*Karibischer Strand*

In Hängematten unter Palmen.
Bunte Boote dümpeln
in der Brandung
im Rhythmus von
Ebbe und Flut.
Sirrende Moskitos,
streunende Hunde,
der Flügelschlag des Pelikans.
Undurchdringlich ineinander
verwoben die Mangroven.
Ein Leguan sonnt sich
auf warmem Stein.
Meine Reise in die Karibik –
früher ein Traum,
heute ein Video.

Silvija Rink

*Jugend*

Ewig neu, doch immer wiederkehrend
ist der Jugend ungeheurer Drang.
Das Joch des Seins, für sie verheerend,
doch bestehend, macht ihr Herz so bang.
Fesseln, von vorhandenem straff gezogen,
sprengen will sie mit Gewalt,
fühlt sich von der Welt betrogen,
wünscht ihr die neue, eigene Gestalt.

Jugend sucht zu ändern, zu regenerieren,
durchschneidet schnell das hinderliche
Band.
Doch immer wieder wird es ihr passieren,
legt Fesseln sie sich an mit eigener Hand.
Im Sturm und Drang ist diesem Leben
nichts gewonnen,

denn kommend Jugend wieder pocht
darauf.
Drum Jugend bleib besonnen,
erlerne für dich selbst des Lebens
sonderbaren Lauf.

Peter Rinkenberger * 1940

## *maria magdalena*

espresso doppio
ohne wasser in wien
im regen kontra latte
mit kirschen ohne vögel
in den abgang der geschichte
zum schweigen der macht
in ihrer gnade
des menschen, der sie ist
ohne willen doch schlagend
als verhängnis
der räder, die jahre nicht stoppen
im klopfen zum kopfschmerz
ohne tücher im sturm der achsen

wir reden doch
und wollen trotzdem
lieber schweigen
der sonne opfern
die uns verbrennt

Jakob Rinkewitz * 1987

## *boléro*
## *oder: asphaltrosen*

selbstmordattentäter
zündet sprengstoffgürtel.
identitätstausch auf blut
verstummtem asphalt. wärmt
fern stehenden das fell

rosen sprengen sich
scharlachrot ins tagauge

selbstmordattentäter
zündet sprengstoffgürtel.
identitätstausch auf blut
verstummtem asphalt. wärmt
fern stehenden das fell

rosen sprengen sich
scharlachrot ins tagauge

selbstmordattentäter …

im libellenauge
scharlach und koralle

Nicole Risse * 1977

## *sog*

Etwas zieht mich in die Nacht hinaus
ein Weinen, ein Schreien, ein Klagen,
eine Spannung, die meinen Körper füllt,
ein Eilen, ein Hetzen, ein Jagen

Was suche ich in der Dunkelheit
Ruhe, Gelassenheit, Stille?
Was soll sie mir geben, die tiefe Nacht?
Loslassen, Schweben und ...

... kein Gefühl mehr,
Vergessen von Leben und Wille

Vera Ritter

## *Im Hinterland*

Wasser trinken auf unreife Kirschen
Da wird einem schlecht, das bekommt
einem nicht
Da muss man brechen

Er hat's getan
Sitzt über den Eimer gebeugt und gibt
eklige Geräusche
Und stinkenden Brei von sich

Sie stehen um ihn herum
Halten den Kopf, reiben die Hände
Tragen Tücher herum

Man raunt sich zu
Ja, ja, so ist das
Wer nicht hören will, der muss
Ja, ja, so ist das.

Und irgendwann
War eine schwanger
Kein Mann dazu im Gespräch
Und keine eigene Bleibe.

Warum? Woher? Wie ist das möglich?
Ganz klar: Hat Kirschen gegessen
Und Wasser getrunken – so ist das.

RMEL * 1946

## *Kanon*

Ich will eine Feder sein, die über Felder und
Fluren schwebt,
und frei durch Raum und Zeit geht.

Ich will ein Walzer sein, und fröhliche
Klänge ausstrahlen,
die zärtlich in deinen Ohren widerhallen.

Ich will die Sinne verlieren, vergessen die
gelittene Pein,
und sie aus dem Gedächtnis radieren.

Ich will dein Lachen sein, deine strahlenden
Augen,
und deine Wärme genießen.

Ich will als Kind verweilen, das auf der
Bühne frei spielt,
und mich nie mehr entzweien.

Ich will, mein Schatz, deine Sinne und
Sonne sein,
und für immer in dir bleiben.

Ich bin eine Note aus der ursprünglichen
Symphonie,
die zärtlich klingt und fast keiner hört.

Ich bin ein Blatt, das über Fluren und
Felder schwebt
und leise in die Erde heimkehrt.

Ich bin ein Kind, das voller Sehnsucht
strebt,
ganz weit mit dir zu fliegen, mein Engel.

Ich will eine Feder sein.

Arno Rochol

## *Nachtigall*

*Für Sebastian*

Ich vergaß meiner selbst
im Lustgeschrei der Nachtigall –
Tauperlen auf unseren Stirnen.
Völlig frei und selbstvergessen:
du auf mir, ich auf dir!
Seelenlichter teleskopieren
Tränen in Regenbogenspektren –
Schreie, meine Nachtigall!

Küsse tanzen auf und nieder –
ich tanz' dir tausend Liebeslieder!
Flieder-betört, oh zärtlich Liebender?
Süßer Nektar, hungrig-heiße Nacht!

Leibverzehrend ist die Liebe,
Liebebegehrend der Leib.

Annemarie Lydia Röder * 1988

## *Einst gingen zwei Tränen*

Einst gingen zwei Tränen auf Reisen
beseelt
Nach Augen ihr Ziel sie schon hatten
Doch wurde dasselbe so klar dann verfehlt
Ihr Schicksal wollt' nicht es gestatten
Einst traurige Wahrheit sie rührend bewog
Zum Tränenmeer wollten sie fließen
Wohin's auch schon all ihre Vorgänger zog
Nach all diesem Drücken auf Drüsen

Als dann es zu spät, war'n die zwei nur
verwirrt
Weil plötzlich ihr Fließen so munter
Zum Schluß sie erst merkten, daß sie sich
geirrt
Und gingen im Speichelfluß unter

Wolfgang Rödig

Wechsele den Namen, die Zeit, den Ort.
Denn hier und nur hier wächst
Lächelnd die Schale der Krebse
Mit gläsernen Fischaugen zum flüsternden
Mahl dekoriert.
Nimm das Getane nun in den hungrigen
Mund.
Auf das es dich
Kostet und wehtut und stillt.

Anett Röger * 1966

## *und …*

so entfernst du dich langsam schritt für
schritt
zieht es dich in die andere richtung und ich
schaue dir nach merke wie sich der abstand
zwischen uns vergrößert wie du auf einmal
für
mich immer kleiner wirst bis ich dich kaum
noch
erkenne du nur noch ein winziger punkt
und ich
rufe deinen namen doch der wind kann ihn
nicht
herüber tragen und ich schreie bis ich
plötzlich
erwache ich losrenne immer schneller noch
nie
so sehr an meine kräfte geglaubt habe wie
jetzt
und sie tragen mich stets weiter bis ich dich
endlich
einhole und dich aus deiner erstarrung löse
obwohl
du mich schon ewartest und in meine
richtung geschaut
konntest du nur völlig angewurzelt stehen
bleiben
bis du mich erblicktest keine körperteile
rühren
doch jetzt kannst du mich spüren und wir
merken
dass wir beide hier richtig sind

Irina Rohpeter * 1981

Schöpfe
aus dem Brunnen
die Steine
von der Seele
lebendigem Wasser
baue
ein Haus
ihren Wunden
salbe sie
mit dem Flügelschlag
der Engel

Heidi Rohrlack * 1946

## *Der Anti-Mensch*

Getriebene Kreatur
Besessen von falschen Idealen
Zeigst Menschen deine Maske nur
Und reißt sie mit dir ins Verderben

Gefühle sind dir fremd
Moral und Ethik besitzen keine
Wichtigkeit
Wer dir vertraut und dich nicht kennt
Bezahlt mit unermesslichem Leid

Er sehnt sich nach Liebe
ich gab ihm, soviel ich besaß
für ihn nicht genug,
wirft mich den Hyänen zum Fraß

Angela Roil * 1965

## *Lächeln*

Erstaunlich,
wie lange das Lächeln bleibt
im Gesicht des alten Mannes.

Wo doch die schöne junge Frau
mit dem Kind auf dem Arm
schon längst
an ihm vorbei ist.

Lothar Rölleke * 1945

## *Atta Troll*

*Eine kleine Ode an Heinrich Heine – zur 150. Wiederkehr des Todestages (17.02.1856) des Dichters*

Meiner Träume jenseits, in der Nacht,
pausenlos tanzt ein Bär
Und mit blutigen Tropfen die Schwärze der
Straße bespritzt.
Sind die Wunden der Zoll für das Recht auf
der Welt hier zu sein?
Sind die Fesseln dem Menschen Garant für
legalen Besitz?

Wenn des Tages die Schritte mich
manchmal nach Düsseldorf führen
Und die Stadt in der Zeit versunken
Geschichten erzählt,
Wenn die Schatten des Abends den Glanz
der Moderne vernichten
Und die früh'e Romantik die Gassen mit
Versen beseelt.

Oh, wie deutlich berührt dann des Dichters
die Stimme mein'n Ohren!
Die Jahrhunderte werden besiegt von dem
Charm' der Gedichte.
Und doch hör' ich bald zwischen den
Klängen schwermütig Gesang,
Der mit Trauer beschreibt die barbarische
Menschengeschichte.

Nebst der Liebe zu deiner Geburtsstadt
gerecht sind geblieben
Deine hehren Gedanken, du schenkst uns
dafür ehrenvoll
Das Gedicht, das den Stolz der von
Menschen Versklavten verrät
Durch das schmerzhafte, grölende
Brummen des Bärs Atta Troll.

Gerasimos Romanos * 1933

Hey Leute,
ich muss euch was erzählen.
Nicht gleich oder morgen, sondern jetzt
und heute.
Nein, bleibt ganz cool, ich will mich nicht
vermählen.
Ich möchte euch nur sagen:
Eine Invasion von Ameisen findet in
meinem Bauch statt.
Ich will mich nicht beklagen,
aber ich fühl mich matt.
Und dann bin ich wieder voll gepowert.
Ich hab keinen Hunger.
Tagsüber bin ich total zugemauert,
denn nachts find ich keinen Schlummer.
Dieses Chaos der Gefühle!
Keiner blickt mehr durch.
Auch ich nicht, selbst wenn ich in meinem
Inneren wühle.
Das checkt nicht mal ein Lurch.
Ich rede wie ein Wasserfall,
doch nun ist mir klar,
die Erleuchtung kam wie ein Knall:
Dieses Gefühl ist einfach wunderbar!

Anna Romberg

## *Du bist Du*

Denke nicht wie andere denken,
denn du bist nicht so wie sie.
Strebe nicht von anderer Glück,
denn es ist nicht dein Geschick.

Lebe nicht wie andere leben,
es ist nicht für dich bestimmt.

Suche nicht was andere suchen,
weil es dir so nicht gelingt.

Lache nicht weil andere lachen,
die Freude ist oft schnell vorbei.
Weine nicht weil andere weinen,
es ist oft nur Heuchelei.

Romina * 1955

## *Isolation*

Im Rückzug, den die Zeit nun als ihren
Profit benennt,
summe ich den Ton der stets meine
Stimmung kennt.
Mühselig und tief fällt er im Schmerz,
leicht, erhaben haucht er, drängt sich Liebe
in mein Herz.

Du tötest mein Ich, narzisstisch in den
Tiefen deines Selbsts,
verlangtest und wurdest fündig – sieh was
du in den Händen hältst!
Vergessen sind die Nächte und die stille
Bleibe unserer Erregungen,
Vergessen sind diese Mächte und die Stärke
unserer Entbehrungen.

Die Laute kippen, meine Kehle desertiert,
nichts mehr da, was mich wohlig inspiriert.
Befinde mich in eisiger Leere nach warmer
Nähe,
und doch würde ich alles geben, wenn ich
dich nur wieder sähe!

Melanie Rönnenkamp * 1973

## *Lang war die Nacht*

Lang war die Nacht, der Blick nun trübe
Findet nicht den Weg, wohin
Er geschickt von einem Boten,
Einem Drange, meinem Sinn.

Papyrus schwindet hin und nebelt
Unter meiner Augen Licht,
Was die rechte Hand umfasset
Ist die Feder, sie verwischt,
Was sie sollte offenbaren
Durch die Tinte meine Schrift.

Ist es durch den Rausch nun letztlich,
Seine Führung meiner Hand,
Allen Welten vorenthalten
Was verschwamm, somit verschwand.

Der Verstand so mancher Worte,
Wie die Symb. begann und dann,
Wie es end, an welchem Orte
Und mit was ich was verband.

Daniel Roos

## *Die Erinnerung*

Ich betrachte mit Ehrfurcht den Baum,
der jedes Jahr aufs Neue seine Früchte
trägt.

Der Großvater
hat ihn einst gepflanzt, gepflegt und
beschützt.

Der Herrgott gab dem Baum den
erforderlichen Regen
und den Sonnenschein.

Der Baum hat so manchem Sturm
standgehalten!

Mein Vater hat den Baum, als ein Stück
Erinnerung
an seinen Vater, gepflegt und beerntet.

Nun mit fast siebzig Jahren stehe auch ich
vor ihm,
dem Baum!

Hoffe auf den Beginn eines neuen
Frühlings und
ein neues Leben durch ein frisches Grün!

Darum Sohn achte und pflege auch du
die Erinnerung!

Für die kommenden Generationen, damit
deren Wurzeln
fest in der heimatlichen Erde stehen,
in die einst mein Großvater den Baum
gepflanzt.

Gerhard Roos

## *Meer*

Der hohe Turm auf dem Hügel
leuchtet im Schein rötlicher Flügel
Aus ihrem Himmel lehnt sich ein Meer
so weit und so tief hinunter zur Erden

Wasser fällt den ganzen Tag
fließt über den Hügel die Wege hinab
Das Mädchen im hohen Turm
tanzt und singt ein Lied mit dem Sturm

Schwingt den blauen Schal aus Seide
Holzdielen knarren im Takt ihrer Schritte
Augen geschlossen den Kopf gesenkt
Die Haare im Feuer von gestern versenkt

Eine alte Uhr flüstert die Zeit
nur noch eine Stunde dann ist es soweit
Die Koffer stehen schon lang an der Tür
schwimmen mit dem Sturm bald fort von
hier

Das Mädchen lehnt blind am Fenster
Steine brechen, schwer wiegt das Wasser
Stehen bleibt die Uhr und treibt übers
Meer
Immer schneller dem Sturm hinterher

Roselie von Rosa * 1970

## *Freie Gedanken*

Gedanken wie ein Windhauch,
Gedanken so zart wie Rauch.
Gedanken frei wie ein Vogel,
Freie Gedanken, alles nur gelogen.
Gedanken, sie gehen wohin sie wollen,
Mal hier mal da, doch nie wo sie sollen.
Gedanken an dich und an die Welt,
Und ob das Leben seine Versprechen hält.

Emily Rose * 1991

## *Gottes Auftrag*

Gott setzte den Mensch in den Garten,
dort auf einen Auftrag zu warten.
Bebaue das Land,
das hat Fuß und Hand,
gib Namen den Tier'n aller Arten.

Dann gab er mir viele Talente,
entfalt sie, wart' nicht bis zur Rente,
vergrab nicht den Schatz,
sonst mach ich Rabatz,
weil außer dir keiner das könnte!

Heide Rose

## *Sternschnuppen*

Himmelsboten aus der Ferne,
kreisen am Himmel wie die Sterne.

Ein Glueckfall ist wenn man das sieht,
das eine Sternschnuppe am Himmel
verglueht.

Ein gluehender Feuerball,
kam auf die Erde zu Fall.

Zufaellig sah ich zum Fenster raus,
22.25 Uhr, MEZ, am 2 August 2006.

Dunkle Nacht verschlang das Geschehen,
im Morgengrauen fand ich meinen
gefallenen Stern.

Vergluehet und verschmolzen von weither
gereist,
ein Gruss aus fernen Welten.

Hiltrud Rose * 1950

## *Nacht*

Es ist dunkel,
die Hand vor Augen ist nicht
erkennbar.
Nur Mond und
leuchtende, strahlende Sterne
schenken schimmerndes Licht.

Alles schläft.
Bäume und Sträucher rascheln
als würden sie flüstern.
Der Wind streift mich,
als wolle er mich zärtlich berühren.

In der Nacht ist alles friedlich,
die Schatten des Bösen
nicht sichtbar,
Die Nacht
ist ein Kuss
der Natur.

Renée Rose * 1990

## *Ohne geht's nicht*

Ich esse gern und doch, ich könnte drauf
verzichten.
Auch Wein und Bier muss ich nicht
unbedingt vernichten.
Ich liebe Bücher, doch ich könnt auch ohne
leben.
Sogar den Sex würde ich einfach so
aufgeben.

Fernsehen und Filme machen mich nur
süchtig.
Beim Sport bin ich nun sowieso nicht
tüchtig.
Kochen ist schön, doch andre könnens
besser.
Für meine Schönheit ging ich niemals
unters Messer.

So vieles tut man und es ist doch gar nicht
wichtig.
Auch ohne dies wärs Leben doch noch
richtig.
Nur wenn man eins mir nähme, zög ich in
den Krieg:
Ich kann nicht leben ohne die Musik.

Ich muss sie hören, schaffen und auch
machen.
Sie gibt mir Sinn, Musik bringt mich zum
Lachen.
Beflügelt wird mein Geist durch ihren
Klang.
Ich brauche Instrumente und Gesang.

Wie Atemluft und Wasser würde sie mir
fehlen.
Ohne Musik würd ich mich nur durchs
Leben quälen.
Und ich bin sicher, nicht nur ich allein
empfehle:
Nimm die Musik als Mittelpunkt der Seele.

Wolfgang Rose-Heine * 1954

## *Lieder im Abendwind*

Abendwind hat sie getragen
über mondbeglänzten See
fern vom Ufer gegenüber
leise Sehnsuchtsmelodien.

Lautlos tanzten Feuerfunken,
Nebelschleier zogen sacht
und ein Lied, wie Bleibe suchend,
meine Seele für sich fand.

Manchmal nur ein Lagerfeuer
oder vollmondhelle Nacht

und ich leb den Abend wieder
im geliebten Heimatland.

Dagmar Röseler * 1951

## *Verlebte Zeit*

Wir teilten die billige Zärtlichkeit
Und jeder vergötterte sich.
Wir fanden in Wonne bloß Einsamkeit-
An was du wohl dachtest? Was kümmert das mich?

Dein Atem war trotz seiner Wärme zu kalt,
Deine Worte trotz Inhalt zu leer,
Ich drückte dich fest, doch ich suchte nur Halt,
Fast ertrinkend auf offenem Meer.

Tag für Tag gingst du und ich sagte: „Bleib-
Lass uns leben bei Sonne und Licht."
Was waren die Nächte? Bloß Zeitvertreib-
An was ich wohl dachte? Das kümmert dich nicht.

Alex Rosen * 1980

## *Mein Schiff*

Um die Klippen des Lebens zu meistern
baute ich mir ein Schiff, ohne zu kleistern.
Aus Werten, die wirklich wichtig mir sind,
formte ich Worte und Sätze als Segel im Wind!

Für den Rumpf baute ich Verse und Reim,
wird das Wasser mal trübe, es dringt nicht herein.
Meine Kajüte wurde aus Buchstaben gezimmert,
so hab ich meine Ruh wenn das Böse mal wimmert.

Der Langeweile vorzubeugen hatte ich Tinte geladen,
zum aufschreiben Erlebnisse und Fragen.
Ich würde ganz sicher auf Gleichgesinnte treffen
schrieb alles in mein Logbuch: „Gegen das Vergessen!"

Celine Rosenkind * 1950

## *Mein Fenster*

Winter
hat eisig Blumen
auf die Scheiben hingemalt.
Perlmutten und auch diamanten Glimmer
springt freudenhell mir jetzt ins weiße Zimmer.

Sommer
wird Sonnenflitter
über dieses Fenster streun.
Jalousien weben draus ein Spitzenband,
schmiegt sich golden gegenüber an die Wand.

Frühling
stets alle Gläser
mit feurig Pollenpfeffer scharf bewürzt,
lockt mich mit lieblich Düften fröhlich keck
hurtig aus dem warmen Ofeneck.

Herbst
umgarnt die Rahmen
mit zartem, silberfädigem Gespinst,
wirft als Teppich einen feinen Soden
aus buntem Lichtlaub auf den Boden.

Ulla Rosewich * 1958

## *Laß uns doch einfach wandern*

Heute ist es so wunderschön,
laß uns einfach wandern geh'n.
Morgen, wie ihr alle wißt,

weiß noch keiner, wie's Wetter ist.
Ein Schritt vor dem andern.
laß uns doch einfach wandern.

Heute ist der Himmel blau,
wenn ich aus dem Fenster schau.
Morgen, wie ihr alle wißt,
weiß noch keiner, wie's Wetter ist.
Ein Schritt nach dem andern,
laß uns doch einfach wandern.

Heute den Rucksack voll gestopft,
hör den Specht, so wie er klopft.
Morgen, wie ihr alle wißt,
weiß noch keiner, wie's Wetter ist.
Ein Schritt gleicht dem andern, laß
uns doch einfach wandern.

Bernd Rösiger * 1955

## *Ich liebe dich*

Ich liebe dich, das wollte ich dir heute
sagen
Und damit will ich wagen
Dich um Verzeihung zu bitten
Für all das, was wir für unsere Liebe erlitten

Ich liebe dich mein Stern
Bin ich auch manchmal von dir so fern
So sehe ich dich doch mit meinem Herzen
Denn nur du kannst meine Zweifel
ausmerzen
Die mich manchmal so plagen
In unseren einsamen Tagen

Ich liebe dich, meine Liebe
Vor allem jetzt, wo wir uns brauchen
Werden wir tief in unsere Liebe eintauchen
Nur du mein Schatz hast noch in meinem
Herzen Platz

Ich liebe dich, ich sag es nicht zu oft
Doch hatte ich gehofft
Ich kann es dir immer zeigen
Auf unseren Wegen in den Zeiten
Sind sie auch steinig und schwer
So sag ich einmal mehr, ich liebe dich.

Gunter Rösler * 1953

## *Wünsche*

Als ich ein kleines Mädchen war, saß ich
des Öfteren da und dachte mir,
wie schön es wär mal groß zu sein,
zu leben für mich ganz allein, tun und
lassen was ich will.

Nun bin ich groß, sitze hier und denke mir,
wie schön es wär noch klein zu sein,
ich ging dann zu den Eltern heim,
das Essen auf dem Tisch würd steh'n, würd
ins gemachte Bettchen geh'n,
alles ohne Sorgen und dem Gedanken was
wird morgen?!

Manuela Ursula Ross * 1960

## *Frühlingserwachen*

Der Mond die Dächer überbrückt,
abends wenn die Stille weilet,
morgens wenn der Tag anbricht.
Leise weht ein Duft vorüber,
Blumen zeigen ihr Gesicht.

Wand're ich durch volle Gärten,
dem Gesang der Vögel lauschend,
genährt vom Augenblick des Glücks.
Nehm' auf der Sonne zarte Strahlen,
Natur ich bin von dir entzückt.

Peter Röß * 1950

## *Sommerlicht*

Kein Wind steht in der Landschaft;
der Tag ist bunt wie nie.
Schmetterling taucht tief in Blütensaft.
Und ich hör die ganze Symphonie.

Kann ein Tag wie jeder andere sein.
Vielleicht. Doch für mich nicht.
Denn er umschließt mich und ich wandle
durch Farbe, die sich in mir bricht.

Der Abendhimmel färbt sich.
Mein Tag geht langsam heim.
Der letzte Strahl der Sonne wärmt mich.
Und ich kehre ein.

Mein Lieblingsbaum hat schon gewartet.
Kühn steht er mitten in der Pracht.
Orange hüllt sich in violette Schatten.
Im Moor wird's langsam Nacht.

Stefanie Rößler * 1966

## *Untote*

Auch wir haben einmal als Mensch
angefangen

Wärme war in uns, Freude und Leben
Wir pulsierten im Rhythmus
übersprudelnder Quellen
Kein Hindernis war uns zu hoch
Kein Schatten trübte unsere Sicht
Wir wähnten uns frei, wie der Vogel im
Flug
Und waren es – für einen Lidschlag oder
für einen Tag
Damals, als wir noch Mensch waren

Doch jetzt, da die Zeit still steht
Keine Kraft mehr das Pendel bewegt
Sind Lust und Schmerz unsrem Wesen
fremd
Entmutigt und erstarrt verharren wir in
Unberührbarkeit
Durchmessen mechanisch das Ritual der
wandelnden Toten
Und schreien nicht auf, denn wir spüren es
nicht
Mehr

Von Zeit zu Zeit
In den seltenen Lücken zwischen Motorik
und Wartung
Durchbricht ein Raunen die schweigende
Melancholie
Und erinnert uns für einen Moment daran:

Auch wir haben einmal als Mensch
angefangen

Ludger Rößner * 1959

## *purpurroter mund*

purpurroter mund
gibt mir die liebe kund
heiß mein herz erwacht
auf gleichen schlag bedacht
dein kuß mich ganz verbrennt
und nichts uns jetzt noch trennt

geisterweiße wangen
lassen mich jetzt bangen
wie bist doch so still
erloschen das gefühl
nur asche blieb zurück
zerronnen unser glück

Alfred L. Rosteck * 1948

## *Sommer*

Sonne
durchs Wasser gleiten des Körpers
spüre
Kraft und Lebendigkeit

wärmende Sonne
zugleich vernichtend
sengende Hitze
andernorts

Umgeben von Menschen
doch einsam
mir meines Mangels
bewußt

Eben noch
aufblitzende Hoffnung
schwindet
ertrunken
im See

Ida Roth * 1978

## *Gesang der Schlafenden*

An einem anderen Punkt der Erde
wartet ein Traum auf Dich,
ein Schatz von sieben Bergen,
wohliger Geruch umgibt Deine Sinne,
und Licht erleuchtet das Gemüt,
Geschichten finden Wahrheit,
Menschen zu Menschen.
Golden malt der Himmel
sich zu jeder Zeit
und schön strahlen die lauen Nächte.
Zwischen Säulen führt
Dich Dein Gang,
es raschelt der Wind im Gewand.
Leise tönt entfernter Schlummer,
die Seele erhebt sich aus den Kissen,
schwerelos fliegt sie davon.

Juliane Roth * 1988

## *Morgendämmerung*

Der glühend rote Himmelsball, Träger
jungen Lebens,
leuchtet wärmend durch das Tal,
die Nacht wehrt sich vergebens.

Des Nebels letzter Wall
weichet vor dem neuen Tag
und der Vöglein Sangesschall
erklingt mit jedem Flügelschlag.

In dieser frühen Morgenstund
glitzert Tau auf allen Blüten,
die Blumen leuchten frisch und bunt,
der Tag beginnet seine Zyklen.

Doch der Lauf der Zeiten,
Du wirst es noch heut erleben,
wird uns wieder Nacht bereiten
und lässt auch diesen Tag vergehen.

Peter Roth * 1980

## *Interesse*

Ich sagte zum Mond
er interessiere mich nicht

Da verlor er sichtbar
an Größe
nahm täglich ab
und verschwand

Einige Tage blieb er ganz weg

Dann
kam er
unauffällig wieder
hauchdünn

und ich betrachtete ihn lange

R. Daniel Roth * 1947

Getroffen ersoffen das Huhn und ich auch
mir ist so kalt – das ist dein Herz
und erfroren sticht Messers Schneide
in allem doch gelungen
und von allem nichts gewusst ist bewusst
nur dem Nachbarn
auch wenn ein Hauch von Laut ist dort
drüben, ja da – wohl angekommen
oder getroffen ersoffen das Huhn und ich
auch
mir ist so kalt – das ist mein Herz
blaue Arme – rot hat's getropft
doch da war es an der Decke
gewürgt hat's, ja, was wohl –
das Tuch, nein, der Strick, Entschuldigung
von weitem hab' ich es nicht so genau
sehen können

und vor lauter Aufregung
wischte man nicht gründlich
das Auge vom Boden auf

Marieluise Röttger * 1985

## *ins Gesicht*

Ich bin stur
Denke nur an mich
Guck mir nur einmal,
guck mir nur einmal ins Gesicht

Du setzt mich unter Druck
Merkst es nicht selbst
Muss nur weinen und habe keinen

Immer wieder diese Diskussion
Vom ewigen Vertrauen und der Liebe
Ehrlich gesagt empfinde ich sie nimmer
mehr
Gefangen im Käfig und zwar sehr

Du beschimpfst mich
Und lässt mich nicht gehen
Kann nur noch hier stehen, mich nicht
bewegen
Lieber Gott, gebe mir doch deinen Segen

Charlott Rubach * 1990

## *Mein Meerestraum*

Versunken in des Meeres Brandung
sitz' ich am weiten Strand,
das Salz der Gischt auf meinen Lippen,
durch meine Finger rinnt der Sand.

Ich schließ' die Augen,
geh' ein in die Unendlichkeit,
es ist ein irres Sehnen,
bis hin zur Ewigkeit.

Ich hör' der Wellen Rauschen,
der Möwen rauen Schrei,
es klingt in meiner Seele,
so frei, so frei, so frei!

Millionen Jahre decken meine Hände,
ich träume meinen Traum zu Ende,
ein Irgendwann,
ein Irgendwo,
ein Irgendwie,
das Meer verliert den Zauber nie!

Fritz Rubin * 1938

## *Wie das Brot*

Liebe darf nicht fehlen
die Seele leiden würd in dir
hart das Tun
Verständnis schwände
zum Du die Bande rissen

Kannst nicht kaufen die Liebe
nicht erzwingen
weder tauschen
noch betrügen
nicht auf sie verzichten

Zum Leben gehört sie die Liebe
ist wie Nahrung für den Körper
wie das Blut im Herzen
nicht zu ersetzen ist sie
auch nicht durch Geld

Fliessen muss sie die Liebe
In dir und im Du
aktiv sein und wach
muss suchen und geben
annehmen das Du

Heinz Ruch * 1942

## *Fast romantisch*

*(Frühling, Stuttgart)*

In der Fünfzehn (Zuffenhausen)
spiegelt sich der kargen Trambahn

buttergelbes Drinnen (Pausen)
in dem abenddunklen Glas-Tran
schummrig zweifach (leicht versetzt), was
Einzelheiten und Konturen
weich verschwimmen (und wie tropfnass)
lässt und mich bewegt zu sturen
(senke mich zum Schein ins Daußen).
Ihre Jugend, ihre Locken –.
Simst, trinkt Eistee (sitzt rechts außen),
weckt in mit (arkadisch) Bocken.
Gierig schlürf ihr Spiegeln ich und
wache nicht (das wäre störend),
bis die Haltestelle kommt. Gund-
gütiger, sie geht! Beschwörend
dreh den Kopf ich, will des Spiegenls
Ursprung – sie! – in Schärfe fassen.
Nein, ich wag's nicht! – Doch, will
siegeln's! – –
Hätt' ich's nur beim Bild belassen!

Friedhelm Rudolph * 1964

## *Menschen*

Es gibt Menschen, die sich jung schon
fertig glauben,
und andre, die stets im Werden sind.

Es gibt Menschen, die sich neuer Erfahrung
berauben,
und andre, die offen sind wie ein Kind.

Es gibt Menschen, die immer nur eingleisig
denken,
und andre mit Phantasie.

Es gibt Menschen, die gerne Menschen
lenken,
und andre, die wollen das nie.

Es gibt Menschen, vor denen mir ehrlich
graut,
und andre, wo ich gerne bliebe.

Es gibt Menschen, da kriege ich
Gänsehaut,
bei andern Gefühle von Liebe.

Martin Rudolph * 1955

## *Donnergrollen*

Donnergrollen
Blitze zucken.
Ängstlich geht der Blick hinaus.

Hell erleuchtet ist der Himmel.
Sieh dort geht der Blitz jetzt nieder.
Donnerschlag und immer wieder
zähle, es kommt schnell näher.

Oh es kracht, oh sieh doch nur.
Dort wo der mächtige Baum gestanden
ist jetzt nur noch Feuersbrunst.

Abgespalten eine Hälfte
in der Mitte skalpiert.
Die Kraft des Blitzes.
Er war nicht gefeit.

Rudvina * 1960

## *Dunkle Scherben*

Schwarze, untergehende Sonne
Wirft ein letztes mal
Ihre dunklen Schatten auf den
Scherbenhaufen.

Es wird Nacht.
Unendliche dunkle Nacht.

Als die Scheibe zerbrach,
Wurde die Sonne dem endgültigen
Untergang geweiht.

Von Kraft verlassen, von Mut verlassen;
Übrig blieb nur Einsamkeit.

Gezogen nach unten,
Wie von einem Magneten;
Freiwillig und ohne Zwang;
Entschlossen.

Zu spät erkannte ich, dass die Sonne der
Wille zum Leben
Und der Scherbenhaufen das Leben selbst
ist.

Sarah Rudziok * 1985

## *Abendsterne*

Manchmal ruht Dein Blick
so liebevoll auf mir,
dass ich spüre,
wie meine Seele lächelt.
Wenn Du mir dann sagst:

„Ich liebe Dich"

gleichen die Sterne Gottes Engel,
die uns durch die Nacht begleiten.

Grete Ruile

## *Blickwinkel*

Ich blieb wie eine Litfaßsäule steh'n,
die ihr bemaltet so, wie ihr mich dachtet.
Doch leider, ihr vergaßt die Wirklichkeit
zu seh'n,
drum wurd' ich ein Gebild', von eurem
Geist umnachtet.

Ich habe gelbe Klacken auf den Nägeln
und blaue Augenlider, dick und schwer.
Ich trage Teufelshörner, Engelsflügel
und sicher ist: So kennt mich keiner mehr!

Ein andrer kam und sah nur Grün:
die Augen, meine Hände und das Haar.
Er malte lila Schatten, lang und kühn,
und übersah, daß Schatten Leben für mich
war.

Ihr dachtet mich als Freundin eurer
Nächte,
ihr maltet nackt mich und im Pelzgewand:
die Haare blau und Veronal in meiner
Rechten –
wer wird so nicht zu einem Wesen, das sich
selber nicht verstand?

Ich – so als Produktion von vielen Malern
anzuseh'n –
mag amüsant, ja staunenswert zu sein.
Doch ich werd' jetzt zu einer Wasserleitung
gehen,
um endlich die verlogne Tünche los zu sein.

Renate Rumbke-Rauchfuss * 1929

Geboren in tiefster Nacht
nur durch den Schmerz zum Leben erwacht
Die Augen aufgemacht
nur um zu sehen, welche Dunkelheit hier
wacht

Sofort wieder verschlossen
um zu verbergen die Tränen, die hinauf
schossen
Langsam geöffnet die Schwingen
Um zu entkommen, denen die den Tod
bringen

Sanft erhoben in die Luft
zu allem, was nach Mut, Anerkennung und
Liebe sucht
Doch nur um tief zu fallen
dorthin wo die Flammen der Hölle wallen

Niemals deinen Hass erben
lieber diesen Tod sterben
Doch wer ist dieses Wesen?
Erkennt ihr's nicht? Ich bin es gewesen.

Sven Markus Rupp / Quint * 1987

### *endgültig*

Was gibt es noch zu sagen?
Es ist vorbei
für Dich.
Für uns noch lange nicht!
Du hast den Kampf verloren
wir kämpfen noch
ums Leben.
Wir trauern nun
und müssen weiter leben
ohne Dir!

Gisela Rüttinger

die nacht voller himmel
schaue ich aus meinem sternenbett
voller sehnsucht
in die ferne
bis zum nächsten morgen
dann warte ich
dann warte ich wieder auf die nacht

bine. s * 1968

### *sympathie.*

gut rieche ich
das ist dir aufgefallen
hast du zu mir gesagt

für einen augenblick
dein atem auf meiner schulter
meine hand in deinem haar

gut fühlt es sich an
das ist mir aufgefallen
sage ich zu dir

mareike s * 1989

### *Stern von Bethlehem*

Versunken
gewahr in einem Liderschlag der
Erkenntnis
Iris sich in Iris liebpreist
erschrocken
geflohen
vergeblich trachtend
die Farben zu verwischen
Magentaduft
entflammt
erbrochen
aufsteigende Wunden an sich haltend
Elfenbeindolch
verstummt
erstorben
in zarter Lippen weicher Fülle
fest verwoben

Alexandra Sabitzer * 1967

### *Die Lüge*

Ich dachte, es würde schon irgendwie
gehen,
Dich einfach zu übersehen und zu
vergessen.
Doch im Grunde musste ich mir bald
eingestehen,
Mit dir ist nichts auf dieser Welt zu
messen.

Wohl wahr, ich kehre dir meinen Rücken
zu,
Ich spiele unberührt und gar von dir
erkühlt.
Doch durch eine Lüge betrogen wirst du,
Denn die Wahrheit habe ich nur gut
eingewühlt.

In Gedanken rufe ich so oft deinen Namen.
Hörst du ihn denn nicht? Ich vermisse
dich!
Kannst du denn wenigstens nicht alles
erahnen?

Oder interessiert es dich einfach nicht?

Ich sehe keinen anderen Ausweg mehr.
Gefangen sind wir in einem kalten
Schweigen.
Wünsche mir das Unmögliche zwar sehr,
Werde jedoch weiter zu dieser Lüge neigen.

Meltem Sahinbas

## *Mittags im Sommer*

Der Regen platscht auf den Asphalt,
der unbenutzt in der Mittagssonne döste.
Döste und sich Ölkrisen wünschte,
so schön unbenutzt zu sein.

Die Luft, gerade noch staubig flimmernd,
riecht steinig nass.
Ich atme tief ein.

Mit geschlossenen Augen spüre ich meine
aufgeschürften Knie,
den leichten Wind um meine nackten
Beine.
Ich spüre den Dreck in meinem
verschwitzten Gesicht,
das sich dem Regen entgegenstreckt, nach
Abkühlung suchend.

Mit geschlossenen Augen spüre ich das
Sommergefühl der Kindheit.
Diese Sommerkindersicherheit, ohne
Zukunftsgedanken, behütet
unbehütet.

Monika Sahre * 1971

Und wenn der Himmel
der festere Boden wäre?
Und die Vögel
Wurzeln schlügen
und Bäume wüchsen
aus ihren Flügeln?
Und wenn der Nebel
versuchte
sie zu fangen
und dann ohne Beute
im Baum hängen bliebe?
Und wenn wir unsere Schiffe
nachts unter die Erde lenkten
um Träume zu heben?

Wie wäre das
wenn wir
Möglichkeiten hätten?

Ariane Sailer * 1970

## *Weihnacht*

Wenn die Glocken klingen
und die Menschen singen,
dann ist Weihnacht.
Die hat Gott gemacht,
damit hienieden
herrsche Frieden.
Dieses Glück hat uns gebracht
die heilige Weihnacht.

Christa Sakel

## *Göttlich*

Auf dein Gesicht schreib ich meinen
Namen
Und sei das Leben auch ein Schrei, mein
Weg bist du

Und sei der erste Segen auch für mich
Sündig bin ich für dich

Und sei ein Segeln auch himmlisch
Göttlich ist deine Liebe

Und seist du göttlich
Mein Ende ist nicht der Tod

Bujar Salihu

## *Internet*

In meinem Kristallglas
war sie,
nah bei mir,
in Budapest.

Ihr Prismablick
sang leise:
Einmal,
irgendwann,
vielleicht.

Und einmal
irgendwann,
zerbrach splitterkalt
das Glas.

In den Scherben
Traumwehen, Tränen.

Michael Salow * 1986

## *Die letzte Reise*

Nun bist du fort, da steh' ich nun,
Mein Atem geht stoßweise,
Ich weiß nicht, was ich soll jetzt tun,
Du begabst dich auf die Reise.

Begleiten konnte ich dich nicht,
Sie ham's mir nicht erlaubt,
Im Schatten seh' ich nirgends Licht,
Man hat dich mir geraubt.

Wieso kann ich nicht mit dir ruh'n,
Mit dir wäre die Welt im Lot,
Ich würde sie zu gerne tun,
Die kleinen Schritte in den Tod.

Katrin Salz * 1991

## *Zeichen geben*

Respekt und Toleranz
geben eine Chanc'.
Blut im Kelch so klar,
Freundschaft bewahr.
Lieben, lachen, scherzen,
mit dem Herzen,
bedeuten Leben,
Dank sagen und geben.
Zäune niederreißen,
Mauern sprengen,
Gedanken befreien,
Probleme verzeihen.
Berührungen, Hände reichen,
läßt Blockaden weichen.
Zeichen geben,
nach Geselligkeit streben.
Wünsche und Träume
überspringen alle Zäune.

Marlies Salzmann Laze * 1947

## *Nicht ewig währt der Regen*

Nicht immer ist das Leben
gerecht zu jedermann.
Nur Sieger wird's nie geben,
wie man erfahren kann.

Doch darf man nicht verzagen,
fällt es auch manchmal schwer.
Es weint an vielen Tagen
die arme Seele sehr.

So trostlos auch das Leben
ganz ohne Sonne scheint,
nicht ewig währt der Regen,
wie mancher vielleicht meint.

Sei stark und guten Mutes
und glaube fest an dich!
Mit Liebe säe Gutes
und sterben wirst du nicht.

Jacqueline Sánchez Martínez * 1976

## *November*

Draußen im Rauschewald
bin ich wieder gegangen,
hab die brausende Nacht
mit den Händen gefangen.

Hab den herrlichen Sturm
mit den Zähnen gegessen,
draußen im Rauschewald
hab ich wieder gesessen.

Draußen im Rauschewald
hab ich wieder gelegen,
mit dem Rücken im Laub
und der Nase im Regen.

Mit den Füßen im Schlamm
und dem Mond auf den Wangen:
draußen im Rauschewald
bin ich wieder gegangen.

Werner Dietrich Sand

## *Flügelschlag*

Auf den Schwingen
hinauf
in die Lüfte
lautlos
gleiten und schweben.
Erhaben
von oben herab.
Unerkannt
viel zu hoch
getragen
wurde ich
von dir.
Hast Du deshalb losgelassen?
Mich abstürzen lassen
so tief?
Weil nur du es konntest?

Maartje van Sandemeer * 1957

## *Fundsache*

Ich habe
mein Herz verloren
an Dich.
Wenn Du es findest
und es nicht willst
gib es mir
bitte wieder zurück,
doch
wenn du es behalten willst,
dann gib mir bitte DEINS,
denn
ohne Herz
kann ich nicht leben.

Mara Sanders * 1956

## *Leben*

Geboren, nicht gefragt,
und doch leben, allzeit bereit
nach gutem zu streben.
Jahre ziehen dahin, aber in deinem
Sinn. Am Ende deiner Tage
kannst du nicht klagen.
Läßt Du Revue passieren
wirst du nichts verliern.

Doris Sandner * 1954

## *Der Wassertropfen*

Von einer Scheibe groß und glatt,
rutscht ein Tropfen H2O herab.
Er rinnt ganz sacht und mit bedacht,
die große Scheibe dabei lacht.
Doch was ist das? Ist doch das Letzte!
Ein Fleck, viel Dreck den eine Fliege setzte.
Genau vor mir, da wo ich abwärts rinne,
setzt sie den Fleck, ich glaub ich spinne.
Es ist gemein, ich könnte schrei'n,

denn über diesen argen Fleck,
kommt H2O niemals hinweg.
Schon naht der Sonne warmer Strahl,
und leckt ihn weg – den Tropfen ohne
Qual.
Voll Schadensfreude flog die Fliege rum,
und Freude sich mit viel Gebrumm.
Doch was sie dabei übersah,
war ihr, bis hier, noch gar nicht klar.
Sie sauste voller Schadensfreude,
ins Netz der Spinne – Schluß für heute.

Siegfried Sandner

## *Ich vermiss dich ...!"*

Ständig seh ich dein Gesicht,
was mir sagt vergiss mich nicht.

Dein Blick so leer deine Stimme so kalt,
so wanderst du durch meine Träume.

Du warst mir so nah,
warst für mich da,
hast mich beschützt und mich in allen
Lebenslagen unterstützt.

Doch du,
du hast mich nur benutzt.

Dann warst du weg,
fühlte mich wie Dreck,
hilflos und allein.

Tag und Nacht denke ich nur an dich und
frag mich,
warum,
warum gerade ich?

Ich vermiss dich ...!

Sandy * 1989

## *Sommerregen*

es regnet
in meine seele

wo der regen
ohne zu zögern

gefriert zu eis
mitten im sommer

Santiago

## *Sehen wie ein Kind*

Sehen wie ein Kind!
Ich werde älter doch in mir bleibt ein Kind.
Lass mich träumen so lang ich träumen
kann,
ich will nicht Erwachsen werden,
meine Gefühle verlieren.
Meine Träume sollen bleiben.
Ich behalte das Kind und wachse in mir,
um zu fühlen,
um nicht ja und Amen zu sagen,
um mich zur wehr zusetzen,
um zu leben,
meine Träume nicht aufzugeben.
Kinder sehen mit anderen Augen!
So will ich ein Kind bleiben,
um anders zu sehen.
Kritisch, fragend , erwartungsvoll.
Ich werde Kämpfen für den Teil Kind in
mir ,
dass ich ihn nie verlier!

SarahB. * 1982

## *Ich habe die Hölle erlebt*

Ich habe das Blut gerochen
und versucht ohne Frieden zu ersticken
während ich meine Wahrheit
empfangen musste.

Ich habe den Abgrund gesehen
und bin in ihm ertrunken,
in schwarzen Wellen voller Tränensalz.

Ich habe mir die Haut verbrannt
und musst lebendig still stehen,
im blutigen Feuer meines Traumes.

Ich habe die Angst gefühlt
und musste mein Herz
zum Schlage zwingen
obwohl es mir nur noch in Fetzen
im Leibe hing.

Ich habe echten Hass gepflegt
und durfte nicht länger lieben,
in der Welt die ich zu erschaffen versuchte.

Paula Säring * 1987

## *Der Baum*

Still
und mächtig,
auf tiefen Wurzeln
stetig gewachsen,
die schützend ausgestreckten Äste
von Efeu umrankt,
starke Rinde
von verheilten Rissen durchzogen,
gekrönt
von jungen Blättern,
die mit warmem Sonnenlicht
spielen.

Fee Sarlarow * 1993

## *Lebe, fühle, dass es dich gibt*

Lebe, fühle, dass es dich gibt und du wirst
glücklich sein.
Den Sonnenstrahl, der vom Himmel fällt
fang ihn für dich ein.
Fühlst du den Regen auf deiner Haut und
den Wind, der dich sanft berührt?
Wann hast du zum letzten Mal, den
Herzschlag in dir gespürt?

Freu dich des Lebens, genieße den
Augenblick.
Minuten die vorübergeh'n, sie kommen nie
zurück.
Du hast Ohren um zu hören und Augen,
um zu sehn.
Laß die Schönheit dieser Erde nicht an dir
vorübergehn.

Frag nicht nach Gestern, das ist
Vergangenheit.
Denke nicht an Morgen, was kommt das
bringt die Zeit.
Lebe jetzt und laß dich gleiten wie ein
Vogel im Wind.
Lerne wieder zu lachen, unbeschwert und
frei wie ein Kind.

Heidi Sarnow * 1956

## *Man sagt*

Man sagt: Kinder rufen täglich juchhe.
Ich sage: Das ist ja wohl ein Klischee.

Man sagt: Nehmt euch ein Beispiel an den
Kindern.
Ich sage: Und das soll dann die Trauer
lindern?

Man sagt: Kinder kennen nur körperlichen
Schmerz.
Ich sage: Wie bitte, das ist doch ein Scherz?

Man sagt: Teenies haben bloß Stress mit
Lehrern.
Ich sage: Sind die Mitschüler denn zur Seite
zu kehren?

Man sagt: Kinder vergessen ganz schnell
jede Rüge.
Ich sage: Alles faustdicke Lüge!

Kurz, man sagt: Kinder lachen fast immer.
Ich sage: Mensch, Leute, nie und nimmer!

Dorothee Sassin * 1993

## *Grazie in Schwarz*

Frauen mögen schöne Kleider.
Mode zeigt ihr Naturell:
Klassisch ist das „kleine Schwarze"
von der „Coco", der Chanel.

Jede Frau in dieser Robe
fängt sich Männerblicke ein,
denn im Flor von Frauen-Strümpfen
steckt so manches hübsche Bein.

Adams lieben Eva-Beine:
Das ist mehr als ein Prinzip,
denn ein jeder echte Adam
hat sein Evchen schrecklich lieb!

Drum ihr Evas, denkt an „Coco",
geht auf eure Adams ein:
Männer seh'n gern Frauenbeine,
und das muß ja wohl so sein!

Gert O. E. Sattler

## *entschuldigt mich*

ich habe euch verlassen
ihr räume
entschuldigt mich

hab' euch allein gelassen
ihr bäume
entschuldigt mich

ich habe euch vergessen
ihr träume
entschuldigt mich

meine wut wird mich fressen
ich schäume
entschuldigt mich?

Yusif Savalan

## *Zitronenfalter im März*

Kreuzt den ersten
Frühlingsatem
Mutig wieder
Zu erstrahlen

Knospen drängen
Sich zu teilen
Erde sprengen
Licht geweiht

Süßer Quell
Lust betrunken
Flügel zittern
Scham befreit

Sacht erkunden
Kelchblatt Grund
Stillt den Durst
Und schwebt davon

Scheue Seele
Tauest früh
Kalt die Nächte
Nähre sie

Susanne Savelkouls-Wüstenberg * 1961

## *Zeitlose Ewigkeit*

Du überlegtest
Du wolltest es nicht zulassen
Du wolltest es doch
Realitätsnahe – Vorstellung
abwartend
doch dann hat es Dich
überrollt
das was man Gefühl nennt.

Nun sonnst Du Dich
in meinem Schatten
bist mir warm
wie die Strahlen der Sonne
bist verloren im Irrgarten
des verliebt seins

Ich Liebe Dich
zeitlos
für einen Moment
der mich führt bis in die
Ewigkeit

Sonja Saydam * 1956

## *Leben*

Die kühle Luft fließt in meinen Körper und
verwandelt sich zu Atem.
In diesem Augenblick
Leben.

Die Frau lächelt und streicht mit ihrer
Stimme Salbe an mein Herz.
In diesem Augenblick
Leben.

Die Katze unter meiner Hand beginnt zu
schnurren.
In diesem Augenblick
Leben.

Der tote Igel auf der Straße bohrt einen
Schmerz in meine Augen und Brust.
In diesem Augenblick
Leben.

Das Kind küsst mich und rennt davon.
In diesem Augenblick
Leben.

Die Stille in mir verwandelt sich zu einem
zweifelnden, frohen, fragenden, dankbaren,
ängstlichen, zufriedenen JA.
In diesem Augenblick
Mein Leben.

Eva Schaa * 1965

## *Abend des Lebens*

Ein Berg aus Knochen wachset breit und
groß.
Dort wo ein Menschenauflauf mächtig
lärmt,
Halbnackt in Suhle reibend sich erwärmt
Und durch den Schleim aus Kot und
Fleische tost.

Sie reißen Innereien aus der Hand
Sich gegenseitig und sie geifern böse
Abjagen sich erbittert, mit Getöse,
Des Lebens kargen, schmalen Unterpfand.

Es sinkt ein Hochhaus langsam im Gebein.
Und aus den Fenstern rauscht der Ströme
Blut.
Manch Einer springt herunter, ohne Mut.

Ein Frühchen kommt zur Welt, die Mutter
frisst
Es rasch, bevor ein Anderer es isst.
Wer überleben will, der bleibt allein.

Philipp Adam Schaab * 1984

Schüttel mich mal!
Da-danke – reicht
Danke …
Da..nke es reicht!
Hey!
Es reicht jetzt,
Hör auf!
Ich sagte: Hör auf!
Lass das!
Arschloch.

Marie Schaefer

## *Flucht.2003*

die Flüchtenden wie festgenagelt
im Wüstensand liegen die anderen
die nicht mehr weiter kommen
in ihrer Seelenlosigkeit

ihr Gelobtes Land sehen sie nie
wie auch die Flüchtenden nicht

verweht die Spuren im Sand
der sie im Spiel der bizarren Formen
über den Köpfen der
Liegengebliebenen zudeckt

kein Laut in diesem Ödland
erinnert an Menschen mit
den wirren Nestern auf den Häuptern
die die Vögel im Flug hinterlassen haben

noch sind die Flüchtenden unterwegs
mit ihrer Hoffnung suchen
sie den Weg des Vergessens.

Heidi Schaerer

## *Sommernacht*

So sacht der Wind die Wellen hebt,
mein Herz vor Freude heute bebt:

Denn in der Nacht ward ich entzückt
da Du – ja Du – mich hast beglückt.

All mein Hoffen, all mein Sehnen,
braucht's dich ja nur an mich lehnen.

Tiefe Sehnsucht packt' uns dann
und riss uns mit in ihren Bann.

Eng umschlungen, Arm in Arm,
rieben sich uns're Körper warm.

Losgelöst und ganz entspannt,
ruh'n wir nun im weichen Sand.

Am Horizont schon die Sonne scheint:
Endlich – endlich wir vereint.

B. Renate Schäfer * 1966

## *Das Denkmal*

Gras ist über den berühmten Dichter
Von einst gewachsen.
Längst ist er auf der Reise in das Jenseits.
Einmal noch bäumt er sich auf.
Will ein Rufender sein
Mit seinen Werken.

Ihr habt ihn nicht verstanden
Statt dessen habt ihr
Dem Dichter ein Denkmal gesetzt.
Auch da
wächst
bald Gras drüber.

Elvira Schäfer

## *Herbst*

Blätter leuchten in der Sonne,
goldengelb und rot und braun.
Für die Seele eine Wonne,
sind sie herrlich anzuschau'n.
Manche tanzen durch die Lüfte
geben sich hin dem freien Fall,
verströmen herbe, sanfte Düfte –
träumen von dem großen All.
So ist der Herbst ins Land gezogen,
hat dieses Farbenspiel gemacht.
Wir sind ihm alle wohl gewogen,
wegen der Schönheit, die er gebracht.

Freia Schäfer

## *In der Stille der Nacht*

In der Stille der Nacht ruhelose Augen
plötzlich erwachen: Eisweißes Mondlicht
erobert das Fenster meiner Ausschau
Und das Schwarz tagferner Stunden
steht vor verriegelter Tür.

In der Stille der Nacht sind wir
angekommen
und geborgtes Licht dringt durch und
durch,
weist mich zurück in den schlaflosen Raum,
leuchtet kühl die Erinnerung aus.

In der einsamen Stille dieser wachen Nacht,
lange Stunden vor Anbruch des Morgens,
steht Luft vor dem Fenster, so kalt,
so schwer. Eisweißes Mondlicht
zersplittert den Schlaf.

Heike Schäfer * 1966

Das grünfarbene
Lächeln des Mondes
gleitet an der Erde vorbei
und wird dann
vom Unendlichen gegessen.

W. Schäfer

## *Zivilcourage*

Guten Tag, gnädige Frau, was darf es sein?
Was haben Sie denn heut im Angebot?
Zivilcourage – die Möglichkeit Humanist
zu sein für ein kleinwenig
Überwindung!
Müsst ich dazu nicht aber auch das
Rückgrat nehmen!?
Selbstverständlich, jedoch ist das nicht im
Angebot!
Dann geben Sie mir lieber den Leberkäs …

Christian R. F. Schaller * 1977

## *Weltjugendtag*

Beim Jugendtag mich faszinierte
wie die Jugend reagierte.
Sie waren ehrfurchtsvoll gesittet.
Ein friedliches Bild wurde vermittelt.

Des Papstes Ausstrahlung erweckte
Respekt,
Verehrung, gutes Benehmen wurden
geweckt.
Überwältigt von seiner Menschlichkeit
waren zu Opfern sie bereit.

Alle Religionen waren vertreten,
um gemeinsam zu Gott zu beten.
Jede Gewalt war hier verbannt.
Nichts Böses hat man hier erkannt.

Keine Exzesse, keinen Streit,
nur zum Frieden war man bereit.
Keine Randale, kein Alkohol,
alles nur zu einem Wohl.

Ich glaubte schon, das gibt's nicht mehr
und war beglückt darüber sehr.
Vielleicht ein Start in eine Welt,
die man nicht für möglich hält.

Gretel Schamberger-Schaaff

## *Sei brav!!!*

Die Verbrecher sind gefaßt,
Ihre Daten sind erfaßt.
Sie sitzen alle jetzt im Knast
Und trinken manchmal Bier vom Fass.

Für die armen Steuerzahler
Wird die Lage langsam klarer:
Wer ständig die Gesetze bricht,
Den lässt der Vater Staat im Stich.

Alexios Schandermani * 1953

## *Wir sind das Volk*

Die Regierung ist krank,
Sie hat keine Tassen im Schrank.
Sie hat viel Geld auf der Bank,
Trotzdem ist sie krank.

Das Volk ist gesund,
Es lebt von der Hand in den Mund.
Es schimpft ohne einen Grund,
Trotzdem ist es gesund.

Das Finanzamt ist gut,
Obwohl es uns weh tut.
Das macht uns verrückt
Und das ist nicht gut.

Unsere Leute sind stark,
Sie essen viel Quark.
Sie joggen im Park,
Deshalb sind sie stark.

Wir sind alle ein Volk,
Wir haben viel Erfolg.
Also, Leute, dann Prost!!!
Ich gehe nach Berlin-Ost.

Kamil Schandermani * 1948

Der du den Augenblick füllst mit Leben.
Du, der du mir die Helle zeigst
auf der anderen Seite des Monds,
du, der du meine Sehnsucht kennst
und das Sumpfgefühl Glück, in dem man
versinkt,
du, der du durch die Nacht mit mir gehst
hin bis ins Licht, das von oben auf uns fällt,
du, der du meine Träume träumst,
das Wort mit mir teilst, meine Lust,
wie, sag mir, wie soll ich deine Blicke nicht
suchen,
deine Hände nicht und nicht deine Haut?

Walburg Scharnagl * 1940

## *Das Unverzichtbare*

Nun, Heinz sagte:
„Verzichte auf
Ale, Alle, Aale,
Nur auf ein
Tête à tête mit
Der Gieshe auf
Der Wiese nicht!"

Bert Scharnreitner

## *Nacht*

Der lebenssatte Tag entschwindet,
Kühle legt sich auf das Feld.
Ein ferner Stern, der Wache hält
und den Beginn der Nacht verkündet.

Geister spielen auf zum Tanz.
In meinem Herzen geht ein Spuk.
Ich bin müd. Es ist genug.
Die Schwärze steigt und füllt mich ganz.

Cindy Scharrer * 1974

## *Mauern und Gestrüpp*

Laß Dich nicht schrecken,
daß immer das neue, das
zartfrohe Grün,
sich durchsetzen muß, durchsetzen
gegen die abgestorbene, drückende
Last
hemmenden Gestrüppes.
Und daß Mauern uns hindern,
frei unsere Wege zu gehen.

Laß Dich nicht schrecken,
daß solche Mauern und solches Gestrüpp
niemals nur draußen,
oft in uns selbst, in unserer Seele uns
hindern,
das nämlich zu sein,

das hoffend und froh
Neues in sich ermöglicht.

Dieter Schart

## *An eine Geliebte*

Ich möchte dir ein Freund sein,
ein Bruder, ein Begleiter,
eine Stütze, die dich trägt,
eine hilfreiche Leiter;
auf dass du erblühst
wie eine purpur'ne Rose
im Garten des Lebens,
der Schöpfung zum Schosse;
auf dass du erstrahlst
wie ein Edelstein
und atmest – so immer –
den köstlichen Balsam,
den Atem des Ewigen ein.

Dieter E. Schatzmayr * 1938

Bei der Suche nach einem gemeinsamen
Nenner,
sehe ich mich als nährbaren Penner,
der nach jedem Brocken fleht
einzigst die eigene Befriedigung seht.
Blutsaugendes Ungeziefer,
hängt an deinem erklärendem Kiefer.
Die Reste deiner Gedanken ,
erweisen sich als hilfreiche Schranken,
an ihnen kann ich mich richten,
durch sie zu höerem verpflichten.

Simone Schaub

## *Herbst*

Große schwarze Schwärme
fliegen flügelschlagend
Sonnenstrahlen hinterher,
brechen auf zu einer langen
und seit je geübten Reise
über Täler, Berge, Flüsse
hin zu fremden Landen
und zum warmen Meer;

lassen mich mit mir und
ungewissem Sehnen
nach einer längst ergrauten Zeit
dort allein, wo bald schon Winde,
Regen, Schnee und bittre Kälte
mit weiten Schwingen schlagen werden –
mich und meine innere
immerwährend Einsamkeit.

Christopher Scheel * 1971

Wir rennen blind durchs Leben mit
unseren Augen
und frei lassen wir unsere Gedanken nie
den Lauf.
Die Angst des Zweifels hält uns zurück und
bewahrt,
oder auch nicht, uns vor dem Schicksal,
das wir trotz allem im Unterbewusstsein
steuern.
Trotz allem, leben wir nicht so wie es unser
Herz und
Gedanken es sich vorstellen.
Verwirrt eilen wir von einem Schicksal ins
nächste,
ohne einmal doch so richtig stehen zu
bleiben,
zu lieben mit Herz und Gedanke.
Traurig stimmt diese Erkenntnis die
jenigen,
die nicht ihrer selbst Unsicherheit und
Angst entspringen können.
Drum lebt nicht an euch vorbei,
sondern bleibt für einen Augenblick stehen,
blickt in die Augen der Vertrauten und ihr
werdet Trost,
Mut und vielleicht sogar Liebe erblicken,
die eure Gedanken entzücken!

Heinke Scheel * 1983

## *Träumen unterm alten Eichbaum*

Auf der Bank unterm alten Eichbaum
sitze ich und träume meinen Traum.
Gedanken entschweben,
verworren mein Lehen.
Möchte fliehen in die Ferne,
schauen in funkelnde Sterne.
Gehen einen unbekannten Weg,
über einen alten erzählenden Steg.
Möchte lauschen, wie ein Vogel singt
möchte verstehen, was er singt.
Ich möchte hören, was der Wind uns sagt,
ob es Freude ist, ob er klagt.
Ich möchte so viel sehen,
alles nur einfach verstehen.
Ich will alles aufnehmen und spüren,
ob mich jemals einer wird führen?
Wünsche, Träume bleiben immer offen,
bei jedem bleibt wohl auch das Hoffen.

Marianne Scheelken

## *Sommertanz*

Das Sommertosen träufelt Gift
in das schlangende Grün der Wälder.
Äste zucken dem jungen Laube nach:
Horch, wie rauschend sie flehen!

Himmel – Schutt der Nacht,
in deinen trüben Augen entzweit
und zu schwarzem Nass gegossen.

Wenn der Windsang die rohen Ähren
küsst,
muss nicht das stille Blau vergehn?
Doch trotzig halten jene sich, schwingend,
grünen dem Tosen entgegen,
am Horizont empor geweht.

Nun schäumen sie haltlos,
ein perlender Tanz von nasser Erde
und jugendlich-stolzer Kraft –
bis der Gesang verstummt und Federn
in den säuselnden Halmen
wieder auferstehen.

Jasmin Scheer * 1987

## *Die liebe Vernunft*

Die Vernunft ist oft uns eine Liebe.
Die Liebe oft gar eine Unvernunft.

Der Liebe Unvernunft folgt auch Vernunft.
Der Unvernunft indessen auch die Liebe.

Bleibt zur Vernunft die Liebe,
die Liebe zur Vernunft.

Andreas H. Scheibner * 1953

## *Traum*

Geblieben ist
zwischen Pflicht und Verlangen
die Erinnerung an schöne Stunden
in deiner Nähe.

Zum Abschied gabst du mir die Hoffnung
auf ein Wiedersehen,
seitdem lebe ich einen Traum,
möchte weiter träumen
von Berührung und Zärtlichkeit
und die Augen schließen
vor dem Alltag.

Lilliane Scheidecker

## *Winterspaß*

Zugefroren ist der See
Leicht bedeckt von weichem Schnee
Tannenwald und Wiesengrund

Lachen aus dem Kindermund
Schallt herüber, dort vom See
Sausend durch den weichen Schnee

Glockenklang ertönt von fern
Hell erstrahlt der Abendstern
Aus Kaminen steigt der Rauch

Gänsebraten – Weihnachtsbrauch
Ziehen Kinder heim von fern
Weisend durch den Abendstern

Annerose Scheidig

## *Natur*

Natur –
überwältigend und aufregend,
erbarmungslos und grausam.
Hier friedliche Idyllen,
dort schreckliche Katastrophen.
Leben und Sterben, Geburt und Tod.
Ein ständiges Auf und Ab
hält sich die Waage.

Natur –
wir leben mit ihr,
wir leben in ihr,
wir leben von ihr.
Nicht zuletzt sind wir
ein Teil ihrer selbst.
Dennoch tun wir
vom Anfang bis zum Ende
unseres Lebens
nichts anderes,
als sie zu zerstören.

Karin Schellhaas * 1956

## *Halte sie!*

Deinen Atem kannst du geben,
Stolz und Liebe obendrein.

Ohne vieles kannst du leben,
nur sie muss immer bei dir sein.
Dass du entscheidest, wann und wo
du eingreifst oder besser weichst!
Und brennt das Land auch lichterloh,
nur du bestimmst dann, ob du bleibst.

Ich bin, wie du, ein freier Mann
und gäbe ich selbst hin mein Leben,
so sage ich gern wie und wann,
drum werd ich nie die Freiheit geben.

Heinz Schemmer * 1965

## *Straße der toten Gefühle*

Hast du sie selber schon kennengelernt
die Straße der Toten Gefühle
Du sehnst dich nach Romantik und Zärtlichkeit
doch du erhälst nur Vernunft so abgestumpft
Du sehnst dich nach Wärme doch kalte Leere hüllt
dich ein das ist nicht fein
Du sehnst dich nach Zweisamkeit doch du bleibst allein
Du sehnst dich nach harmonischen Gedanken doch was
du hörst und spürst sind Zweifel der Ablehnung
Du möchtest Frieden doch alles was du sagst erzeugt Krieg
Die Straßen der Toten Gefühle machen so krank
du schaffst es nie sie zu beleben das lehrt uns
die Vergangenheit der Zeit

Alfred Schenk * 1958

## *Unser Leben!*

Wir erforschen die Pyramiden Jahr für Jahr.
Wir können fast enträtseln, wie es früher war.
Raketen werden ins All geschickt.
Vielleicht ist eine zweite Erde im Universum versteckt.

Die Forscher gehen an die Geißeln der Menschen dran.

Krebs und Aids gehören schon bald der
Vergangenheit an.
Vielleicht gibt es Autos, die kein Benzin
mehr brauchen.
Oder Pflanzen aus Vitaminen zum
Rauchen!

Aber bis dahin ist noch ein steiler Pfad.
Es ist noch viel zu ordnen jeden Tag.
Probleme wird es immer geben,
man darf nur nie aufhören darüber zu
reden!

Schüler kommen mit Waffen zur Schule.
Was sind das nur für krankhafte Triebe?
Hat das Fernsehen ihnen das Hirn
verdreht?
Oder bekamen sie zu wenig Liebe!

Geht nicht so sorglos mit dem Leben um.
Denn wir bekommen es nur einmal
geschenkt.
Schiebt nicht alles auf den Herrgott da
oben,
es ist der Mensch, der vieles lenkt!

Christel Schenk

## *Sternenmeer*

Die Sonne geht unter und es wird kälter
Aber ganz dicht vor meinen Augen
geht die Sonne noch einmal unter -

Viel langsamer
und noch viel schöner diesmal
Und es wird auch nicht kälter,
sondern wärmer

Und der Himmel
trägt auch keine dunklen Wolken mehr,
die nach Fäulnis und Tod riechen,
sondern ist aus feinster Seide

Im purpurvioletten Licht
quert ein prächtiger Vogel den Himmel
fliegt durch einen goldenen Regenbogen
tief ins Herz seiner Träume

So wollte ich Dich immer sehen.

Josef Schenk * 1964

## *Des Frühlings Sinnlichkeit*

Leben ist mir eine Last
Ungezähmt ist meine Seele
Jugend habe ich verpasst
Krächzen klingt aus meiner Kehle

Der Frühling klopft lang an mein Tor
Und ist schon eingelassen,
Doch leiht er mir niemals sein Ohr
Und hat mich schon verlassen
Bevor er in mich kommen konnte.
Allzu menschlich scheint er mir.
Noch bevor der Mensch sich sonnte
Sonnte er sich direkt hier
Im Kopf der ganzen Menschheit
Und in lobenden Gedichten.
Frühling ist die Sinnlichkeit
Von der ich wenig kann berichten.

Leben ist mir eine Last
Ungezähmt ist meine Seele,
Jugend habe ich verpasst
Seufzen klingt aus meiner Kehle.

Rosana Schenkendorf * 1987

## *Erinnerung an den Liebsten*

Benommenheit umfängt mich,
hüllt mich in Rausch und Wohligkeit,
liebkost mich, hält mich,
und hält auch mit die liebgewonnene Zeit;

sie ist's, die ich geflehter Stimme,
zu eilen in solch Wehmut dränge
und nächsten Augenblicks
sie doch zum Bleiben zwänge;

ach wunderschöner Augenblick,
da ich von deiner Fülle koste,
doch allzu schwach ist dein Geschmack,
ich sehne mich nach neuem Troste

Eva Margarete Schepp * 1987

## *Sehnsucht nach dem Frühling*

Ich kann den Frühling kaum erwarten
möchte spür'n die laue Luft
geh'n möcht' ich durch den Blütengarten
einatmen betörend süßen Duft.

Brach liegen Felder und auch Wiesen
doch hie und da ein erstes Grün
unter einem kahlen Baume
seh' ich weiße Glöckchen blühn.

Dort am dunklen, tiefen Weiher
steht ein schöner Weidenbaum
eine Amsel sitzt am Zweige
jubiliert – es ist ein Traum.

Nun erfüllt mich große Freude
denn ich weiß, du bist nah, so nah
dich mein ich – lieber Frühling
vielleicht bist du schon morgen da.

Gertrude Scherzer

## *allein*

ungeküsst
drehen, drehen, so allein
stehe ich da, sehe verschwommene Farben,
Schwindel. Halte mich mühsam auf den
Beinen,
drehe mich, drehe mich, mich, unten
Himmel oben Asphalt,
Taumel, wanke, falle auf den Boden.
Morgen geht die Sonne wieder auf, und am
Tag danach und danach,
wird sie aufgehen, aufgehen und ich stehe
wieder auf,
gehe weiter, weiter gehen, weiter drehen,
ich gehe mit,
klammere mich an Luftgespenster,
Sehnsuchtsbilder,
Träume von morgen, von sein, von nicht
allein sein, drehe mich
um mich, um Heute, um Morgen, um
Zukunft,
wo ist Sie?

Nora Scheuch * 1989

## *Herbstzeitlose*

Du Sonnenstrahl letztes Aufbäumen.
Genießen zu leben, vor dem großen
Ausruhen.
Farben mit nie gespürter Intensität.
Wiesen, Felder- Weite endlose.
Du Erde, Du Schöne.

Doris Scheuerer * 1963

## *Dürre*

*Im August 2003*

Es liegt im Sonnenglast wie Blei der
Horizont.
Schlaff hängt das Laub, und überall
weicht Grün dem Grau.
Gebeugt von seiner Last und von der
Sommerglut
steht jeder Halm im Feld.
Der Ackerrain, das Bett, wo unsre Liebe
brannte,
lädt heut nicht ein.
Kornblume blass, geknickt der trockne
Mohn
und staubbedeckt das Gras.
Die Hitze macht die Vögel stumm im Feld,
so wie du schweigst.
Noch zirpt die letzte Grille irgendwo.
Doch bald erstirbt ihr Ton,
als wäre sie verdorrt wie die Erinnerung
und alles zwischen uns.

Helmut Frhr. von Scheurl-Defersdorf * 1940

## *loslassen*

mein auge ruht in deinem licht
mein ohr auf deiner brust
mein mund erküsst sich dein gesicht
meine hände deine lust

meine sinne greifen nach den deinen
meine finger nach deinem schoß
meine lust will sich vereinen
mit der deinen: wir lassen uns los

Alexander Schieffer * 1966

## *Auf dem Schiff*

Ich sah den Bug das
dunkle Wasser schneiden
und krümmend teilen.
Dann helle Kronen
auf den spitzen Wellen,
die weißgekämmt
zum Horizont enteilten.

Und wo der Himmel
niederstieß,
vermischte sich sein Blau
mit dem des Wassers,
das losgelöst
von aller Schwere
in fernsten Fernen
sich verlor.

Helmut Schiering

## *Traum der Hoffnung*

Ich träume einen Traum, wie alles sollte
sein,
und unter einem Baum, da träume ich
allein:

Unzähl'ge Seelen seh' ich, sie entbehren,
mutig sich dem Erdenleid entgegenkehren
für Federn, die die reine Wahrheit lehren.

Zum Dank, ich dacht', zum Lohn, zu Ehre,
geziemen ihnen Glaube, Gold und
Ruhmesschwere,
Nicht Zorn, nicht Spott und Hohn als
Lehre!

Hell und klar erschien sodann mir, ein
Gesell,
entsprang verzagtem Geiste jähe mir, und
schnell
sprach er: „Mach mich weise!", eifrig gar,
und hell!

Tapfer klang ich in des Wunsches Wahn,
und kühn:
„heiße der Dichter rosigen Gesang
erblüh'n;
alles ward gesagt, lohn' blutbezahlte
Müh'n!"

Ich träumte meinen Traum, das alles
könnte sein,
doch, ach, man glaubt es kaum, ich träume
stets allein!

Oliver Schiffmann * 1987

## *Totenstille*

Totenstille
überflutet lautlos die
trauerflorumwölkte Nacht
meiner Träume.

Komm, Kometengleiche,
ummonde meine modrige Leere
mit Sphärenklängen
ätherischer Liebe.

Maritta Schiffner

## *Wie lange noch?*

Die Sonne geht auf. Der Tag erwacht.
Die Natur zeigt sich in ihrer schönsten
Farbenpracht,

die uns das Leben schöner macht.

Die Bienen fliegen in den neuen Tag
hinein.
Ich lege mich ins Gras und spüre, ich bin
nicht allein.
Um mich herum ein reges Treiben.
Bäume winden sich im Wind, die noch
gesunde Bäume sind.
Klarer Himmel über mir, feiner Duft von
frischem Grün.
Rings um mich die Blumen blühn.

Keine Autobahn zieht durchs Land. Smog
und Lärm sind nicht bekannt.
Kein Hochhaus ragt aus dem Boden
empor.
Menschen sitzen vor ihrem Haus. Und
leben die Hoffnung ihrer Seele aus.

Ach lass es nie zu Ende gehn.
Wann werd ich die Natur so wiedesehn?
Uns so erleben wie am ersten Tag.

Detlef Schilz * 1967

## *Gedanken*

Gedanken, manchmal leicht und schön,
wie ein Schmetterling im Sonnenschein.

Gedanken, manchmal flüchtig und bunt,
wie ein Blatt im Herbstwind.

Gedanken, manchmal zäh und klebrig,
wie Spinnennetz im Nebel.

Gedanken, machmal schwer und dunkel,
wie die Tage im November.

Gedanken, manchmal lästig und nutzlos,
wie -zig Kilos Übergewicht.

Gedanken, machmal konträr,
wie Feuer und Wasser,
wie Hitze und Eis,
wie schwarz und weiß,
chaotisch und verwirrend ...

Wo ist Klarheit, wo das Ziel,
wer oder was weist die Richtung?

Erika Schindhelm * 1950

## *Das Hinzugefügte*

an sich UNVERMEIDBAR
keimt aus dem groben klotz
evolutionsbrocken eine trotzig
knospe menschlichkeit

eine prächtige panikblüte
hochnäsig entfliehend
dem zähen schleim aus quarks und
neuronen
jener stolzen kartoffel

UNVERZICHTBAR
denn sie brachte uns
ja die bäume rauf und unser
krummes universum ohne rand

UNVERZEIHLICH
da humanitas als menschen
äffische verwegenheit vielleicht
nicht nur selbstgerecht

unter umständen gar nur eine
farblos hysterische mimikry meinerseits
ist UNVERHÄLTNISMÄSSIG
da letztlich unbedeutend

Christian Schink * 1983

## *Nacht auf dem Lande*

Der Himmel färbt sich rot – im Westen
bis die Sonne untergeht.
Abendstille ist noch ferne,
Glocken läuten zum Gebet.

Langsam wird es draußen dunkler
und die Dämmrung kriecht heran,
kleine Abendsterne funkeln,
glitzernd wie ein Diamant.

Blätter rauschen sanft und leise,
Nebelschleier – zart und leicht
gehen mit dem Mond auf Reise,
kühles Licht, so schön und bleich.

Kräuter – Minze und Melisse
duften herrlich und so süß
Schönes spürt man intensiver
fast ist's wie im Paradies.

Millionen Sterne stehn am Himmel,
am Himmel, der uns hier so nah.
Laue Nächte auf dem Lande –
wie wunderbar, wie wunderbar!

Margarete Schirdewahn * 1970

## *Die Moritat vom kleinen Gecko*

Ein Gecko sieht ein junges Weibchen
und denkt an süßes Zeitvertreibchen.
Sie flüchtet scheu, weil unberührt,
er schleicht ihr nach, ganz ungeniert
und lockt sie in die Gießekanne.
Er hofft, sie macht ihn dort zum Manne,
doch sie zur Tülle wieder raus,
der Geck bleibt stecken, welch ein Graus!
Steckt Tage dort und hungert Wochen,
ist bald nur noch ein Häufchen Knochen.
Der Gärtner kommt zum Blumengießen
und spült die Knöchlein auf die Wiesen.
Und die Moral von der Geschicht':
Die Liebe ist gefahrlos nicht!

Lutz Schlabbach

## *Gib mir doch deine Hand!*

Zeige mir die Stelle,
die Stelle, dort wo das Glück Einzug hält.
Zeige sie mir,
es dürstet mich unendlich danach.
Ich befinde mich in der Wüste,
kein Weg, kein Steg, kein Gras.
Die Kehle verdorrt, zeige mir doch diesen
Ort.
Gib mir einen Schluck von der Quelle des
Glücks,
dann kann ich dir beweisen, was ich
wirklich vermag.

Kraftlos, machtlos, aussichtslos,
ohne deine Hand, die die rechte Führung
verspricht.
Öffne nicht den Bund, der gerade erst
geschlossen ist.
Lass mich nicht versinken in dem Sand,
dem Sand der Gedanken, die nur verwirrt
und nicht mehr klar.
Sie vermögen keinen Weg zu finden, ohne
deine rettende Hand.

Lass mich nicht versinken in dem Sand,
dem Sand der Gedanken.
Ich bitte dich. --Nein-- Ich flehe dich an.
Gib mir doch deine Hand!

Steffi Schleifer * 1964

## *Windmäuschen*

Nicht jedes Blatt, das oben bebt,
wird unten von 'ner Maus bewegt.
Oft ist dafür der Wind der Grund –
ich weiß das wohl, nicht so mein Hund.

So steh' am grasgesäumten Rübenacker
ich mit „Dali", meinem Racker.
Mir treibt's den Regen auf die Brille,
er dagegen steht ganz stille –
dreht den Kopf mal rechts, mal links,
fest im Blick das Wackeldings.

Das Wasser läuft mir in die Schuhe,
sein nasses Fell lässt schon die Rippen
seh'n.
Er äugt und äugt in aller Ruhe –
ich will nur endlich weitergeh'n.

Da heißt es tricksen oder Frust:
Ich fasse ihn zärtlich um die Brust,
halte den Sturkopf sanft in den Armen.

Das wird ihm peinlich: Sofort zieht
und drängt er weiter, „zeigt Erbarmen“,
hofft, dass ihn so kein „Kumpel“ sieht.

Klaus Freiherr von Schleinitz * 1945

## *Das Reh*

Das Reh springt hoch,
das Reh springt weit.

Warum auch nicht,
es hat ja Zeit!

Sven Schlemmer * 1979

## *Stirb und Werde*

Ich nehme an, was mir bestimmt,
wie Baumesblatt
im Herbsten-Wind.
Was fallen muss,
will ich nicht halten,
was wandeln soll,
nicht selbst gestalten.

Mit Demut sag ich mir dies
weise,
Mein Herz –
es singt dazu ganz leise.
Ein Lächeln
zaubert sich geschwind
in mein Gesicht –
wie Frühlings-Wind.

Gabriele Schlenker-Harthauser * 1953

## *Mißbraucht*

Alte Gefühle haben wieder an Macht
gewonnen.
und ich ließ es zu.
Ich kämpfe mich müde.
Tief verletzt falle ich zurück und Zweifel.
Zweifel an mir,
Zweifel an das Leben.

Aber ich will nicht mutlos das Handtuch
werfen.
Ich will nicht an den Möglichkeiten, die
sich mir bieten verzweifeln.
Stattdessen will ich sagen,
ich will, ich werde, ich kann,
ich kann es verändern.

Christiane Schlicht * 1964

## *Goldschwinge*

Dieser Engel im Flug
möge es schwingen ohne Trug.

Dieser Baum
für mich ein Traum;

wieviel Äpfel
es würde rauschen
meiner Seele
froh zu lauschen?

Eberhard Schlicht

## *Klingende Nacht*

Draußen herrscht die stille Nacht
doch fürchten, das brauchst du dich nicht
dort scheint ein ewig glänzend' Licht
denn der Mond hält schweigsam Wacht

Oh und wie der Stern dort lacht
er strahlt fast so wie dein Gesicht
drum schreib ich dir nun ein Gedicht
das uns dann unsterblich macht

Musik so süß wie schwerer Wein
sie hebt schon an, verzückt verklingend
hier gibt es nichts mehr, das uns trennt

So schön, so soll es immer sein
wir schweigen still und tanzen singend
wenn Herz sich dann zu Herz bekennt

Stefanie Schlichter * 1987

## *Einbruch*

Ich habe Angst
vor Hammer und Meißel.
Sie schlagen
Stücke von meiner
Seele.
Es regnet
Seelensplitter.

Ich bade mich,
spüle mich weich.
Ziehe Seelenfetzen,
Seelenhaut ab.
Schäle mich
mit zarter Hand
aus der zu
eng gewordenen Kruste.

Ich habe
Angst
vor Hammer und Meißel.

Gerke Schlickmann * 1977

## *Natürliche Liebe*

*Liebesgedicht an eine Sonnenblume*

Ich blicke in dein Gesicht
Und was erspähe ich? –
Du lächelst mich an.
Ziehst mich in deinen Bann!

Strahlst in allen Farben,
Als wolltest du sagen ...
Strahlst einen Duft,
Der mich zu dir ruft!

Und du blickst mich an:

„Ich habe was für dich,
Lecker, gelb und flüssig.
Mach mal 'nen Bummel!
Komm zu mir,
Frau Hummel!“

David Schliesing * 1983

## *Der letzte Weg*

Er schloss die Augen, er war tot,
die Seele flog von dieser Erde,
sie floh vor Kummer, Elend, Not,
die niemals enden werden.

Er ist gestorben, er hat's geschafft,
er hat die Schrecken überstanden,
er lag ganz ruhig und ohne Kraft,
beweint von Mutter, Kind, Verwandten.

Wir müssen alle einmal sterben,
darum tut er uns so leid,
da wir auch so liegen werden,
von den Lebenden beweint.

Wendelin Schlosser * 1952

## *Lausche der Stille*

Lausche der Stille,
spüre ganz in dich hinein.
Stark ist dein Wille,
so wirst du ganz bei dir sein.

Stille ist oft nur einen Augenblick lang,
stell dich behutsam auf sie ein.
Alles andere verliert so an Rang,
Sorgen werden auf einmal ganz klein.

Alle Gedanken in die Ferne schicken,
nur diesen Moment spüren,
ganz tief ins eigene Herz blicken,
nicht an Vergangenem oder Zukünftigen
rühren.

Wann ist es wirklich still und leise?
Die Welt klingt zu dir herein,
doch dein Interesse schweigt auf seine
Weise,
du spürst ein starkes Sein.

Margret Schlunder * 1961

Meine Liebe zu Dir ist wie eine weiche
Decke,
die Dich wärmt in kalter Nacht,
die Dich schützt vor den Steinen,
die am Wege liegen,
die Deine Haut zärtlich streichelt
und in die Du Dich wohlig kuscheln
kannst,
wenn der Tag hart war.

Helga Christel Schmale * 1950

## *Weißt du noch?*

Weißt du noch, als wir Kinder waren?
Es ist schon sehr lange her.
So gern wir zwei zusammen saßen –
Die Zeit bringt uns keine Wiederkehr.

Erinnerst du dich der weißen Wolken
am blauen Himmelszelt?
Im hohen Gras, am See, unter Bäumen
träumten wir von der weiten Welt.

So viele Gesichter die Wolken hatten,
keine ähnelte der anderen ganz.
Wir gaben ihnen Namen, und Freude
machte ihr sommerlicher Tanz.

Der Neffe du, die Tante ich,
uns trennten nur fünf Jahr.
Wie Freunde im Spiel, es störte uns nicht,
mit Blumenkränzen im Haar.

Doch hilft uns nicht die Traurigkeit;
das Schwelgen in Erinnerung zurück.
Nach vorn in die Zukunft sind wir bereit,
zu hoffen auf ein neues Glück.

Erika Schmalz-Shabir * 1951

## *Bergwanderung*

schritt um schritt entlang am grat
der berge die mein schicksal kennen
voll reue über manche tat
die heut' noch auf der seel' mir brennen

fühlt' mich wohlauf für lange zeit
hoch oben auf der berge kamm
vergessen war dort gram und leid
bis angst die überhand gewann

schliefrig und feucht der steig dann war
der gletscher spalten endlos tief
entschwand die jugend jahr um jahr
der abgrund mich beim namen rief

der schlimme tremor in den knien
niemals mehr wich aus meinem leben
wenngleich die sonne oft noch schien
der angst ich hatt' mich längst ergeben

M. H. Schmatz * 1970

## *Mauer*

stechende Schritte
gestohlene Natur
knirschende Tage
vertraute Einsamkeit

schweigende Höhe
harte Eisesluft
frostige Schatten
tiefe Sternenhügel

Weite

Stille

gott

Anna Schmid * 1986

## *bergwinter*

märchenwinter
roseggerweihnacht
eisiger kindertraum
so duckt sich das dorf
unter schwerem grau
unaufhörlich flockendem himmel
dunkelt in den schatten
meterhoher wächten
hüften streifen den horizont
zwischen luft und kristallweiß
die kleine gemeinde suhlt sich
wie der bauch einer katze
im schnee
vereinzelt häuser rückenhaare ragend
warmer schein wie
von feurigen lindwürmern
in der nacht
die sich in stäubend versinkenden
morgen wandelt

Sabine Schmid * 1967

## *Spaziergang / Laufschrieb*

Spiegelweißgetupft,
die grüne Mystik der Stille
& ein Baumalter –
tümlicher Messingbär.
Kinderfühlfinger –
Spiel im Sonnenspiegel.
Tanzblick auf
das gerillte Wasserklangparkett
des Vogeladels.

Ein/geholzter
Rad Abstell –

Platz für eine Lücke.

Thomas Schmid * 1987

## *Igel, aufgepasst!*

Ein Igel, wild entschlossen,
versammelt die Genossen,
um ernsthaft zu beklagen,
die plattgefahren lagen
auf dem Asphalt, so weich und warm:

„Ich schlage heut' hier mal Alarm
und hoff, dass mit mir solidarisch
ihr kreuzt die Straßen nicht so fahrig!"

Denn Autofahrer, hungrig, stressig,
bemerken nur ganz knapp und lässig:
„Warum bleibt diese Vorwitznas'
nicht einfach in dem grünen Gras?"

„Die Stacheln", sprach der Igel,
„sind uns nicht Sicherheit mit Siegel.
Drum seid besonnen, spart Blamage,
schaut rechts und links vor der Passage,

... dann: Aber schnell!"

Christa Schmidt * 1944

## *welche brille?*

Trage ich die Brille der Trauer
dann ist die Welt ein Trauerspiel.

Trage ich die Brille der Freude
dann ist die Welt ein Freudentanz.

Trage ich die rosarote Brille
dann ist die Welt ein Traum.

Trage ich die Brille der Einsamkeit
dann werde ich niemanden finden.

Trage ich die Brille der Schatten
dann ist die Welt dunkel.

Ist die Brille klar sehe ich so viel,
das ich es gar nicht fassen kann.

Trag ich die Brille der Lust
dann sehe ich tausend schöne Dinge und
Menschen.

Ist sie zerbrochen,
scheint auch meine Welt zerschlagen.

Ich möchte eine Brille mit der ich alles
sehen kann!

Das Herz braucht keine Brille es sieht was
immer geschieht.
Das Herz läßt sich nichts aufsetzen, es sieht
die Wahrheit.
Das Herz soll meine Brille sein!

Diana Schmidt * 1977

## *Zeit des Werdens und Vergehens*

Der Erde Geruch,
die Krume so saftig.
Rissige Hände suchen
nach Veränderung.
Die Zeit erhält hier
einen neuen Sinn,
taktet sich ein,
den Klang meines Herzens.
Setze mit brauner Händeschale
Pflanze für Pflanze in das Reich
des Werdens und Vergehens.
Feuchte Luft senkt sich
auf meine Haut.
Werde mit der Erde eins.
Schaff mir einen Garten Eden
für das Gefühl und freudigen Sinn.
Schaffe eine Arche Noah
für alles Leben,
verweilt es doch
nur einen Augenblick.

Evelyn Schmidt

## *Frühherbst*

Vorüber sind die hellen Sommerstunden
Das Blau des Himmels ist vergossen
Und wo einst Blütenpracht gesprossen
Hat Unkraut sich empor gewunden

Erste Nebel ziehn herauf an dunklen Tagen
Die Welt verhüllt nun ihr Gesicht
In manchen Stunden aber fließt ein goldnes
Licht
Dann blühen in mir tausend neue Fragen

Franko Schmidt * 1964

Dämmerung – Kerzenschein
Stille senkt sich übers Tal
Plötzlich unterbrochen von Musik
Von Minute zu Minute wird sie lauter
man tritt hinaus in die Dunkelheit
jetzt deutlich zu hören Gitarrenklänge und
Gesang
Ein uralter Blues klingt über die kahlen
Felder
Südstaatenidylle im Odenwald!
Doch ehemals waren die Gesänge
nur der Wille zum Überleben
wenn Peitschenhiebe der weißen Antreiber
die schweißnassen Rücken der schwarzen
Sklaven zerfetzten
Baumwolle war ein gesuchter Rohstoff
und kein Farmer kannte Erbarmen – wenn
es um seinen Verdienst ging
Schaudernd denkt man an diese Zeiten
zurück – gottlob Vergangenheit –

aber heutzutage gibt es andere Plagen
und kein Ende in Sicht
Die Menschheit wird (leider) niemals
schlauer

Hanneliese Schmidt

## *Herbergssuche gestern – heute*

So mancher Mensch geht einsam durch das
Leben,
weiß nicht wohin – es fehlt ihm ein
Zuhaus.
Wer hat schon Zeit ein gutes Wort zu
geben?
Der Einsame schließt sich nicht selber aus.

So mancher Mensch, er klopft an uns're
Herzen
und hofft so sehr, es wird ihm aufgetan.
Wie schnell erlöscht in ihm der Hoffnung
Kerzen.
Enttäuscht zieht weiter er dann seine Bahn.

Zu aller Zeit, seit Tausenden von Jahren
sucht doch der Mensch – Liebe und
Geborgenheit
und muß leider doch so oft erfahren,
wie lieblos, kalt ist doch die Wirklichkeit.

Verschloss'ne Herzen und verschloss'ne
Türen,
als Unterkunft vielleicht ein alter Stall?
Menschen deren Leben nur ein
Vegetieren.
Das ist auch heute leider noch der Fall.

Darum haltet Tür und eure Herzen offen,
laßt Liebe, Wärme und laßt Licht hinein.
Nur dann, dann können noch die
Menschen hoffen,
daß ihr Advent durchdringt des Lichtes
Schein.

Heribert Schmidt * 1920

## *Natascha Kampusch*

Natascha ist ein hübsches Wesen,
die leider acht Jahre lang entführt gewesen.
Nun kehrt sie heim und siehe da,
heute ist sie achtzehn Jahr.
„Endlich frei!", so meinen wir,
doch belagert wird sie von Welt
schon an offener Tür.
Jeder liebt Natascha nun,
aber niemand lässt sie ihr Leben tun.
Natascha ist beliebter als mancher Star,
obwohl sie dies niemals war.
Sie ist ein charakteristisches Vorbild
für die ganze Welt,
ich weiß nicht, ob es ihr gefällt.
Doch, liebe Natascha, lass dir sagen:
Gott wird dich beschützen,
heute, morgen und in tausend Tagen.

Melanie Schmidt * 1990

## *Fußspuren im Nichts*

Welt da draußen
komm herein und lass mich raus.
Du bleibst bei mir zu Haus'.
Du schließt die Tür
und drehst den Schlüssel hinter mir
im Schloss.
Dann lass mich wandern
durch die Unendlichkeit des Nichts.
Bis ich zurückkomme und anklopfe.
Du schlüpfst hinaus
und füllst das Nichts mit Dir
und ich
bleib' wieder hier.

Silke Schmidt * 1972

Manchmal,
wenn ich dich fast vergessen glaube,
denke ich an dich als wärst du neben mir.

Manchmal,
wenn ich dein Bild dem Traume raube,
glaube ich an Dich als wärst du immer hier.

Dann denk' ich, niemals gab es eine Zeit,
nur ganz in grau
und niemals wieder
wird es eine geben.

Und gegen jeden Schlag bin ich gefeit -
solang ich an dich denke
und ich spür' mein Leben.

Sonya Schmidt * 1959

## *So schnell werd ich groß*

Einst kam ich auf diese Welt,
mit klitzekleinem Köpfchen.
Die mir ja so gut gefällt,
bald saß ich auf dem Töpfchen.

Kindergarten, Schule sind nun aus,
entdecke meine Triebe.
Bald zieh ich in die Welt hinaus,
mit meiner rießengroßen Liebe.

Verliebt und verlobt und Hochzeitskleid,
ein kinderreicher Segen.
Bin ich nun dafür bereit?
Was kann mir das Leben noch geben?

Oje, die Haare sind schon mausegrau,
gerat ich auch in Angst und Not.
An was ich nicht zu denken trau,
an den gefürchteten Tod.

Stefanie Schmidt * 1987

## *Der Lebensfaden*

Die Elfen spinnen Lebensfäden in der
Abenddämmerung.
Aus Tau und Licht und einen Hauch aus
ihrem Atem,
in einem wunderschönen Garten.

Sie stellen kleine Kerzen in die Blumen
und essen kleine Brotkrumen.
Wenn eines der Kerzen erlischt,
so wissen sie,
ein Menschenleben ist nun verwischt.
Die Elfenkönigin nimmt eine goldene
Schere
und schneidet den Lebensfaden entzwei,
der zu der Kerze gehört.
Mit Augen, schauend in weite Ferne.

Und sieht des Menschen Seele
emporsteigen gen Himmel.
Und geschwind begleitet sie die Seele auf
einem weißen,
geflügelten Schimmel.

Und die Elfen spinnen weiterhin ihre
Fäden.

Katharina Schmidt-Timpe

## *Ich warne Euch*

Ich warne Euch:
Haltet Eure Kinder geheim
denn lechzend wartet schon entblößt das
Leben
schon im Mutterleib infiltriert
die Hirnrinde
euer Säugling
schon umgenabelt.

Ich sage Euch:
Haltet Eure Kinder geheim
verwehrt ihnen Nahrung, schaltet ab allen
Strom
flieht aufs Land,

duckt das Haupt zum Schutze
und sucht,
ja sucht die Freiheit.

Christoph Schmieding * 1977

## *Diese Welt*

Ruhe – Unruhe,
Freude – Traurigkeit,
Vertrauen – Mißtrauen.

Brauchen wir nicht alles auf dieser Welt?

Liebe – Hass,
Gesundheit – Krankheit,
Miteinander – Verlassenheit.

Suchen wir nicht alles auf dieser Welt?

Renate Schmieger * 1966

## *Abschied*

Mag sein das letzte Mal
An diesem herbstlichen Nachmittage
Träumend versunken in schöne Poesie
Bei warmem Winde, den jedoch gleich
Ein werdender Abend früh verdunkelt,
So dass die blühenden Gräser draußen
Verlassen und allein sich wiegen müssen,
Während ich nach fröstelndem Rückzug
Ihnen nunmehr zuschaue hinter Fenstern.
Lebe wohl, geliebtes Jahr.

Gunnar Lou Schmitt * 1959

## *Engel*

Als ich mich in deinen Armen fand,
Sah ich uns so einsam.
Ich im Hier und Du im Dort –
Flieg mein Engel, flieg nimmer fort!
Auf meiner Haut strich deine Hand.
Es war vorbei – zweisam.
Dir war so kalt und mir so warm.
Du warst so nah und ich so fern.
Doch ich wünschte, sehnte mich in deinen
Arm –
Denn selbst wenn ich Dich nicht liebte,
So hab ich Dich trotz allem gern.
Im Hier und Jetzt – ich flieg nicht fort!

Rebecca Schmitt * 1990

## *Der Vorabend des Todes*

Am Vorabend meines Todes
zechte ich mit mir um die Wette,
verging mich an der Nachbarin
und zündete die Firma an.

Am Vorabend meines Todes
blieb ich endlich ungewaschen,
zerriss die Bibel in kleine Fetzen
und erwürgte den Landrat.

Am Vorabend meines Todes
kaufte ich ein Kilo Kokain,
zog mir Frauenkleider an
und befreite das Schlachtvieh.

Am Vorabend meines Todes
erfüllte ich endlich die Träume,
die ich während meines Lebens
in meinem Herzen trug.

Wolfgang Schmitt * 1960

Was hab ich, was bin ich, was bleibt?
Die Liebe, die Leidenschaft, das Leben.
Wenig, kaum etwas, nichts.

Aber wenn das Leben daherdümpelt,
gekettet an den schwangeren Tod.
Und der kraftlose, blutleere Krieger
unfähig ist zu siegen.
Sowie die Sehnsüchte zu süß, zu bitter sind,
als dass sie erreicht oder gar ertragen
werden könnte.

Dann muss der Schatz einer Potenzialität
ungefunden bleiben, weil er sich so
wenig
aufs suchen versteht.
Abgegrenzt in der eigenen Hülle; einsam,
weil ungesehen; kalt, weil
ungewärmt.
Ein Parasit ohne Wirt.

Und doch treibt Leben und Blut zu dir, vor
dem mein Herz und meine Gedanken
stehen geblieben sind.
Im Blick eines Auges, deines Auges, will
ich die ganze Welt erkennen.
denn deine Schulter ist der einzige Ort und
die einzige Zeit, damit meine
Gedanken Ruhe finden.
Was für ein grausames Schicksal, welcher
verhärmte Gott, könnte, dürfte
sie mir vorenthalten?

Was hab ich?
Trotz allem die Liebe im löchrigen Herzen,
dass es überfließt.
Was bin ich?
Ein brennendes Götterkind auf kahler
Erde.
Was bleibt?

Franziska Schmitz

## *Narzissenfelder gibt es viele*

Narzissenfelder gibt es viele
Das eine aber gibt es nicht
Das gibt es nur weil ich hier sitze
Von blau zu gelb im angesicht
Die farben wehen frühlingsleise
Und dumpf entfernt ein strassenzug
Mein sein das weht auf seine weise
Ganz nackt und blos und kalt im flug

Du stirbst, es dringt zu mir herüber
Das Telefon hat es gesagt
Ich sehe deine lieder zucken
Sie tun es völlig ungefragt
Ich halte deine hand im Geiste
Ich strecke mich und fass dich an
Und wenn der strassenzug entgleiste
Ich wäre mit dir mit gefahrn

Saskia Dorothea Schmitz * 1979

## *Das kleine Mädchen*

Sie spielt im warmen gelben Sand
im Gartenkasten fein

mit ihrem Teddy in der Hand
und ist doch noch so klein.

Die Augen leuchten in der Nacht,
die Seele klar und rein,
man hört noch immer, wie sie lacht
und war doch noch so klein.

So liegt sie unschuldig im Samt,
so rot der Samt wie Wein,
mit ihrem Teddy an der Hand
und bleibt nun doch so klein.

Nun liegt sie tief unter dem Sand
und niemand hört ihr Schrein,
der Teddy nur hält ihre Hand
und wird nie größer sein.

Britta Schmohl * 1987

## *Filigran*

Der Abendzug rollt in die rote
Flammenhölle
über dem Firmament.

Unter der Gluthitze bist du zerborsten und
in
zwei Teile gespalten.

Heiligung durch die filigranen Drähtchen
des
Silberbergwerks am anderen Ende der
Welt.

Du, feingliedrig und silberhell, fährst im
Einspänner
über die Rennbahn unserer herrlichen
Küsse.

Jedoch, mich schasst du davon, trittst
mich mit Füßen, verleugnest mich.
Dir wird's gleich sein, ob ich Schmerzen
habe,
Ein Kugelblitz zerschellt auf dem nassen
Pflaster.

Plötzlich, in meiner Armbeuge, dein
geliebtes Angesicht,
fragil, traumverloren, weich, gefühlig, ein
Abschied?

Und ich sehe dir alles nach, ganz
mütterlich,
bin jedenfalls für dich, alle Zeiten.

Marion Schmurr-Ergun

## *Trostloses Ende*

Was macht sein eigenes Leben noch
lebenswert?
Wenn plötzlich das blühende Leben,
durch seine Gedankenlosigkeit und
Abscheu zu Ruinen zerfällt, und
dabei gewinnen sofort die Qualen ihre
dominierende Oberhand?
Bei dieser vernichtenden Schlacht,
zwischen Verstand und Gefühl,
schleicht jeder vernünftige Sinn
schwindend dahin.
Ziellos greifen suchend seine Hände ins
Bodenlose, und
jedes bittende Wort nur noch ins Leere
schweift,
ist zweifellos das Leben verloren.
Dabei wird nun die angestrebte
Sachlichkeit,
von der selbst aufgebauten Unmöglichkeit
geprägt, und
so schmelzen auch die eigenen Kräfte
kläglich verendend dahin.
Deutlich schweben die hinterlassenden
Trümmer vor den Lidern,
sie gönnen ihm keine Ruh, und
pfeifend leise singt der Wind:
„In die Gefahr, in die du dich allein
begeben,
sie hält dich nicht mehr lange am Leben!
Die gewaltig klaffende Wunde, die du dir
zugefügt,
sie, vernichtet dich …"

Ronny Schnabel * 1974

## *Zwischen dir und mir*

Wir in einem, dann du und ich
wir beieinander, du und ich.

Ich für dich, dann du und ich
wir miteinander, du und ich.

Wir untereinander, dann du und ich
wir voneinander, du und ich.

Wir gegeneinander, dann du und ich
wir aneinander, du und ich.

Wir in zweien, dann du und ich
wir durcheinander, du und ich.

Wir auseinander, dann du und ich
wir ineinander, du und ich.

Du für mich, dann ich und du
wir einander, du und ich.

Du und ich
Ich und du

Vertrauen.

Elisabeth Schnarrenberger-Oesterle

## *Herbstgedanke*

Vermischt sind deine Launen heute,
vermischt mit Stille, Freude, Scheu
schnell, ziehn deine Wolken heut vorüber
vereint in einer Trauers Grau.
Verdeckst mit deinem sturem Leiden
der Sonne warmen goldnen Kranz,
Dein Wind, so zart, belebt die Wälder
und lässt sie tanzen ihren Tanz.
Die Menschen flüchten deiner Weißheit in
ihre Scheinwelt unter sich
und diese traurige Wahrheit verstümmelt
mich heut, innerlich.

Alexander Schneider * 1984

## *Der Depp-Chef*

Launisch, cholerisch, der rote Kopf eine
Zier –
präsentiert sich der Depp-Chef heute und
hier.

Er mosert und nörgelt und kriegt einen
Bogen –
grad ward er befördert und ist abgehoben.

Nun meint er, er könnt' sich alles erlauben
–
doch lässt Du ihn nicht in diesem Glauben
und knallst ihm eine vor den Bug
just in der Hoffnung, er wird endlich klug.

Die kriechende Ratte dann zum Häuptling
rennt –
ein Schlappschwanz hoch zwanzig man so
was wohl nennt.

Ohne Rückrad und Stil aber äußerst
markant –
lässt er Dich stehen mit dem Rücken zur
Wand.

Vielen Dank, dass Sie mich so
„unterstützen"!

Vor Ihnen muss man die Menschheit
beschützen!

Ein verkommener Drecksack wie im Buche
er steht –
und bei dem Dir das Messer in der Hose
aufgeht.

So ist er, der Depp-Chef: Link und feig' im
Quadrat –
jeder glücklich zu schätzen, der als Chef ihn
nicht hat!

Claudia Schneider * 1969

## *Wohin*

Friedlicher Sonntag,
Glocken erschallen
mehrstimmig,
darunter die gläubige Christenheit

Kreuzzug des Heiligen
Ungeduldigen – des
Schneller – und Höher –
und Weiter

Kluft des mannigfaltigen
Glaubens – führt an den
Abgrund des Heils,
die Geschichte, das Gedächtnis ...

Das Abendland und die Neue Welt,
aufgeschreckt
von den Schlägen islamitischen
Terrors,
wozu – wohin?

Isolde Schneider * 1955

## *Efeugedanken*

gedanken wie efeu ranken
umarmen den stützend baum
verwurzelt in seiner erde
das leben ein grüner traum

gefühle – neue triebe sprießen
ein spross aus mutter erde
vertrauen mit hingabe gießen
in liebe getragen das leben

spürend die glücksblaue luft
geborgen in vogelschwingen
atmen den dunklen duft
amseln liebeslieder singen

die natur im augenblick treibt
vergänglich leben und wetter
die wärme im inneren bleibt

Joachim Schneider * 1953

## *Ausweglos*

Zermürbende Stille, quälende Leere und ein
Moment von Ewigkeit.
Ich hielt dich fest, doch nicht fest genug.
Ich kämpfte um dich, doch nicht hart
genug.
Ich holte dir jeden Stern vom Firmament,
doch sie hingen nicht hoch genug.
Alles was ich tat war für dich, doch
vergebens.

Nun steh ich hier, und ich blicke auf das,
was mir geblieben ist.
Doch sehen kann ich nichts.
Denn du warst mein Sinn, mein Leben,
mein Glück
Ein unwürdiges Leben bleibt zurück auf
dieser Welt,
ohne Weg und ohne Ziel.

Zermürbende Stille, quälende Leere und ein
Ende als Abschied.

Lars Schneider * 1984

## *Mein Herz geht auf die Reise*

Mein Herz geht auf die Reise, dem Liebsten
hinterher.
Ach, könnt ich doch beweisen, dass ich ihn
lieb' so sehr!
Vergangen sind die Tage, da sich mein
Herz gefreut –
jetzt sind sie voller Plage: ein Meer voll
Einsamkeit.
Er ist von mir gezogen, hat sich nicht
umgeschaut,
doch dass ich ihn betrogen, das hab ich
langst bereut.
O Liebster, Liebster mein, ach, kehre doch
zurück,
denn deine Lieb' allein, die war mein
ganzes Glück!

Manfred Schneider

## *Regenbogen*

Tor zum weit geworf'nen Licht,
Tor in dunkler Himmelsschwere,
das die Farben biegt und bricht –
Bogen-Rausch der Atmosphäre

Augenblick im Hier und Nichts,
Brückenschweif aus Licht und Zeit
blüht wie Duft erst satt und dicht,
dünner dann, verblaßt, verlischt

und alles schon Vergangenheit.

Maria Schneider * 1973

## *Versagen*

Verhalten in der Vorstellungskraft,
bezüglich der Muster im Leben.
Nie ahnend, wie klein die Vorherrschaft
über das, was man bereit ist zu geben.

Verzagst an Ecken und Kanten des Jetzt;
Versuchst zu drehen, zu wenden.

Die Gedanken scheinen wie vernetzt
und doch niemals zu enden.

Hast geändert, hast gelassen;
Willst dich mit Allem versöhnen.
Doch die Leere in ihren Massen,
versucht das Ganze zu übertönen.

Der Weg und das Ziel in allen Dingen
reichen nicht aus um klar zu sehn'.
Erhebe dich laut, mit all deinen Sinnen
um hinter den Horizont zu gehen'.

Nora Schneider * 1982

## *verdämmert das zedernhaus*

*(istanbul)*

hinter meiner hand vergessen
dies dornige land und hartes wasser
schwarz im strom hinab im getön
des goldenen horns zitternd
die reglosigkeit der zwiespältigen tage,
kaum wörter kaum gabe der augen
hinab treiben die zeiten, endlos hinab
stumme rufe, zerfallen die wege
in der bleiernen stadt, unter dem licht hin
nur das alte singen, einsam taumelnd
in den höhen der weisheit zu, letztes
hinübersuchen, und tiefes verlassen
und nichts mehr wissen die schritte dort

Wolfgang Christian Schneider

## *Lebenshunger*

Ich habe so viel davon
und so wenig Leben,
so viele Hindernisse,
Begrenzungen,
so viel Unmögliches und
so viel Qual.

Vielleicht ist es
wie bei den Bäumen:
aus welchen Tiefen sie sich
ihr Wasser holen

mit ihren Wurzeln,
das entscheidet über ihren Wuchs.

Renate Schneider-Lüken * 1953

## *Zeit*

Ein Tag – eine Minute – eine Stunde
Zeit
Zeit ist vergänglich
Nutze sie, genieße sie
Schaue in den Himmel bei Nacht
Was siehst du?
Die unendliche Weite, die unendliche Zeit
Du kannst sie haben
Willst du sie?
Zeit
Zeit ist gut
Ist wirr – verwirrt mich
Ist tot – tötet mich
Irgendwie, irgendwann
Jahre – Jahrzehnte – Jahrhunderte
Wenn wir nicht mehr sind
Keiner fragt danach, fragt nach uns
Nutze sie
Ja, nutze sie mit mir
Die Zeit

Gerald Schnellbach * 1971

## *Ein Streifen im Wald*

Fichten, Kiefern, Buchen.
Vögel zwitschern munter.
Ein Reh springt über den Weg.
Streifenförmig zieht sich
eine Lichtung durch den Wald,
seltsam bewachsen – Ginster,
dicht an dicht stehend,
vereinzelt junge Kiefern,
Birken, Heidekraut,
Sandboden – roter Sand.
Auf der anderen Seite:

Fichten, Kiefern, Buchen.
Vögel zwitschern munter.
Ein Reh springt über den Weg.
„Jetzt wächst zusammen,
was zusammengehört ..."
Doch eine Narbe bleibt.

Peter Schnellhardt

## *Zu spät*

Ne Frau trieb ihren Mann so weit,
daß dieser – nach der Arbeitszeit –
vom zehnten Stock hinuntersprang.
Doch schon im Fluge denkt er dann,
der neunte Stock hätt's auch getan.

Dietrich Schnerring

## *Morgenland*

Als dich die Granate zerriß
heulte Mutters hypochondrische Pflichtlust.

Als dich die Granate zerriß
verfluchte des VatersLand alle Feinde zum
Tode.

Als dich die Granate zerriß
platzte der Morgendstern durch eine Titan.

Bevor dich die Granate zerriß
raubten wir allen Kindern die Liebe.

Bevor dich die Granate zerriß
hast du irgendwelche getötet wie Ratten.

Seit dich die Granate zerriß
ist finsterste Nacht
schwärzestes Nichts.

Als dich die Granate zerriß.

Walter Schnurr * 1952

## *Jugend forscht*

Erstes Forschen in unserem Leben
hat es schon vor und in der Schulzeit
gegeben.
Dann kam der Beruf, den man gerne
ergriffen,
da galt es beharrlich alle Klippen zu
umschiffen.
Auch das war Forschen, man mußte die
Grundlagen finden,
um dann später mögliche Fehler zu
unterbinden.
Nun fehlt noch ein Thema, und das ist die
Liebe,
es wäre ja unschön, wenn dies unterbliebe.
Man kannte früher ein Mädel, jetzt sieht
man's genau:
Dies goldblonde Wesen wird nunmehr zur
Frau!
Und so fängt für den heranwachsenden
Mann
ein ganz neuer und erfreulicher
Studiengang an.
Wenn letztlich beim Erforschen alle
Hürden überwunden,
dann hat man tatsächlich die Richtige
gefunden.

Gerhard Schöbitz

## *grenzArt*

GrenzWORT
WortGrenze
grenzORT
ortGrenze
grenzART
artGrenze

ART der grenze
ORT der grenze
WORT der grenze

ort der kränze
maikränze ...

maikäfer flieg ...
der Vater ist ...
gott sei dank ...
nicht ...

maikäfer flieg ...
in deiner ART ...
über die Grenze ...
grenzART

Elisabeth Schöffl-Pöll * 1944

## *Kinderlied*

Meiner Mutter Reich liegt
wo die Toten wohnen
wo an den Wurzeln der Bäume die
Angst nagt

wo über den Wolken ein boshafter
Gott thront

Der schleudert giftige Pfeile und
zielt auf mein Herz

Ich aber falle
verstummend ins Bodenlose

Uta Schöll

## *Spiegeltraum*

Anfänglich nur gesonnen
du mein Traum
doch rast es nun
gleich eines Berges
jungem Fluss
dem bald der Strom entwächst
und rauscht und reißt
der Seele bang Gesicht
in tiefen Abgrund
es verhallt
was sprach aus
einstigem Sonnenlicht

Wolfgang Scholmanns * 1958

## *Schönes Mitleid*

Der Tod eines Rehs
tut vielen weh,
aber die Schlacht einer Sau
interessiert kein Schwein.
Dabei sind beides Säugetiere,
wollen lieber am Leben sein.
Ist es nicht grenzenlos ungerecht,
dass menschliches Mitleid nach Schönheit
geht?
Dass man Fliegen mit Klatsche trifft,
Schmetterlingen aus der Patsche hilft,
aber wehe es eine hässliche Motte ist!

Annette Scholonek * 1985

## *Phönix*

Sie haben dich geboren,
wie der Kuckuck sein Ei,
sie haben dich erzogen
mit Haß auf den Lippen,
sie haben dir die Flügel gestutzt,
dir die Freiheit zu nehmen.
Mit Füßen haben sie dich in den Staub
getreten
und sind über dich hinwegmarschiert.
Sie haben dir die Federn einzeln
ausgerissen,
doch auf den alten Narben sind neue
gewachsen.
Sie liebkosten und streichelten dich,
bis sie merkten, es tötet dich nicht.
Sie haben ihre Seelen verkauft
zum Preis deiner Asche,
nicht ahnend,
dich neu zu erschaffen.

Kirsten Schölzel * 1957

## *„Mutter sein"*

„Mutter sein" – ist eine sehr schwere Last,
ein ganzes Leben lang, ohne Ruhe und
Rast.

Denn habe ich einmal die Eintrittskarte
bekommen,
so wird sie mir niemals mehr abgenommen.

„Mutter sein" – heißt aber auch jeden Tag
auf's Neue,
Dinge erleben, über die ich mich freue.
Fröhliches Singen und Kinderlachen,
Füßegetrampel und Späße machen.
Mancheiner hält dies für lapidar,
für mich klingt es einfach wunderbar.

„Mutter sein" – Ich habe die Fäden in der
Hand,
manchmal werde ich auch Chefin eines
mittelständischen Unternehmens
genannt.
Kein Hochschulstudium kann mich auf
diese Position vorbereiten.
Der Auftrag lautet: Lernen, Üben,
Arbeiten.

„Mutter sein" – Egal wie es für viele klingt,
niemand weiß im Voraus, was diese
Herausforderung bringt.
Oft erkennt eine Mutter erst mittendrin,
trotz aller Vorbehalte, dies ist des Lebens
Sinn.

Ute Schönbach * 1975

## *Lebensmut*

Wenn Lebensmut dir fehlt, weil Angst und
Traurigkeit dich quält,
dann versuch' zu lenken die Gedanken, an
das Lager der Todkranken.
Ertragen müssen sie ihr Leid, bis es heißt,
es ist soweit.
Drum sei dankbar für alle Tage, die du zu
erleben bist in der Lage.

Petra Schönberg

## *Zeit – Los*

Sie wird zerhackt in Jahre, Tage, Stunden,
Sie wird gestopft in offene Wunden,
Wird eingehalten, unverdrossen,
Wird ausgehalten, fest entschlossen.
Wird von den Wartenden gehasst,
Aus lauter Übermut verprasst.

Doch Zeit rächt sich auf ihre Weise.
Sie pflegt zu entweichen
Eh' wir sie erreichen.
Sie lässt uns altern ungewollt,
Und zahlen bitteren Liebessold.
Sie zwingt unsere Gedanken
in verlogene Schranken.

Nur in der Nacht
Erlischt ihre Macht.
In schlaftrunkenem Traum
Küsst voller Demut die Zeit
Den Mantelsaum
Der Ewigkeit.

Ingeborg Schönberg Lothholz * 1925

## *Die Freiheit*

Ein Kind heranwuchs, erst Mädchen –
dann Frau
in den langen Nächten und an den trüben
Tagen,
ihre heiß ersehnten Träume es waren,
die endlose Freiheit zu erlangen.
Frei wollte sie sein, für die schönsten Dinge
in dieser Welt,
frei wollte sie sein, für Vergnügen,
Karriere, Ruhm und Geld,
nicht fragen und sparen, wie ihre Eltern es
stets taten,
ein Leben mit Partner, so stellte sie sich die
Freiheit vor,
ohne Kinder – ohne Sorgen.
Und eines Tages, als sie alles erreicht, im
Garten sie saß

und verträumt auf des Teiches Wasser
blickte,
sie die Einsamkeit, trotz Karriere und
Ruhm, erwischte.
Still war der Garten ohne fröhliches
Kinderlachen
und mit Tränen in den Augen sie ihren
Liebsten anflehte,
vor Gott das Bündnis der Ehe mit ihr zu
schließen.
Da merkte die Frau, es war der erste Schritt
zum richtigen Glück,
und als nach Jahren Kinderstimmen den
Garten erhellten,
Kinderaugen sie ansahen, einmal lachend –
einmal weinend,
da wusste sie es ganz genau, dass Karriere,
Ruhm und Geld
nicht die große Freiheit waren, von der sie
einst geträumt.

Marita Schöneweiß * 1950

## *Hundy*

Verdammt, ich find' mein Handy nicht.
Wo steckt er nur, der kleine Wicht?
Da plötzlich hör' ich's klingeln.
Mein Hund, der hört es auch.
Er schaut ganz irritiert,
denn es kommt aus seinem Bauch.
Er hat das Ding verschlungen,
und ich hab' mich durchgerungen:
Er soll sich jetzt nicht zieren,
da hilft nur eines – operieren.
Der Tierarzt hat das Ding gefunden.
Es hat noch funktioniert,
und Snoopy wird auch bald gesunden.
Doch merke, lieber Hund:
Handy in den Schlund
ist nicht gesund!

Horst Schönfeld * 1943

## *Die Qual der Wahl*

Die Menschen sind schon eine Qual
in ihrem wechselhaften Wesen.
Das Schlimmste ist jedoch die Wahl,
die jeder hat in seinem Leben.

Welcher Weg scheint uns bestimmt,
und welche Türen stehen uns offen?
Das Glück, das uns die Zeit schon nimmt,
worauf wir dennoch weiter hoffen.

Es ist so vieles, was nicht wirklich,
so manches trügt uns ohne Not.
Das Handeln scheint so oft vergeblich
und sicher wiegt uns nur der Tod.

Was läßt uns hoffen jeden Tag?
Wir wanken und gehen weiter,
und welcher Weg auch kommen mag,
wir bleiben aufrecht heiter.

Karin Schönfeld * 1970

## *Regentage*

Der Regen trommelt auf dem Dache.
Der Regen trommelt ans Fensterglas
Der Wind, er pfeift zu dieser Sache.
Der Wind, er singt und streicht sanft übers
Gras.

Sanfte Wassertropfen spielen
den Rhythmus zu des Windes Weise.
Der eine Tropfen und die vielen
laut, heftig, schnell und wieder leise.

Das stete Lied der Regentage,
Regenreigen, Hast und Rast,
Naturmusik und meine Frage,
warum du Regentage hasst.

Hannah Schöngen

### *Junge Liebe*

Du bist mir fremd und doch schon so
vertraut,
ich nenne deinen Namen laut
und lausche seinem Klang.

Dein Name steht im Raum und wirft als
Echo mir zurück,
den Hauch von sehnsuchtsvollem Glück,
ich spür' mein Herz.

Ich stell mir vor, du hältst jetzt meine
Hand,
bist eine Ewigkeit mir schon bekannt,
ich spüre uns.

Dein Name stand im Raum, ich will ihn
wieder nennen
und werd am Echo dann erkennen,
wie nah du bist.

Hildegard Schönherr * 1933

### *Erwachsenwerden*

*Und was nun?*

Eigentlich ist alles so, wie es immer war
und im Herzen bin ich froh mit meinen 14
Jahr
das Leben ist für mich kein Spiel
es kann mir sehr viel geben
doch lernen muss auch ich noch viel
das kann mir keiner nehmen
Schmerz und Freude werden immer
mein stetiger Begleiter
mutlos sein, das werd ich nimmer
die Zeit geht endlos weiter
nun denn ade du kurze Kinderzeit
wie oft werd ich noch an dich denken
ob im Guten oder auch mit Herze Leid

Frank Schöning * 1960

### *Wo sind sie hin, die Jahre …*

Wo sind sie hin, die Jahre der glückseligen
Jugendzeit?
Sind sie vergangen durch Raum und Zeit?
Die lieblichen Jahre des Wachstums und
Gedeihens,
die sorglosen Zeiten des Beschütztseins.

Wo sind sie hin, die Jahre des
Erwachsenwerdens?
Hast Du vergessen, wie es war die ersten
Momente
des Verliebtseins, des sich Auszuprobierens,
des Studierens
und der erste Kuss? – Wie war das doch?
Wann bin ich erwachsen gewesen?

Wo sind sie hin, die Jahre des Wissens, des
Handelns,
des Strebens nach Verwirklichung?
Hattest du selbst Einfluss auf die
Gestaltung deines
Lebens oder wurdest du gelebt – als Mann,
als Frau,
als Mutter, als Geliebte, als Arbeitskraft
…?

Bleibt dir nur die Vergänglichkeit? War's
das?
Bist du bereit? Lass wirken die Zeit!
Sei bereit für dein Wirken in der Ewigkeit
und lass dir Zeit.
Die Erfahrung lehrt dich erkennen, wo die
Jahre hin sind …

Dagmar Schönstedt * 1953

### *Wanderung im Spätsommer*

Furchen durchs Gestein
wie Narben auf der Seele,
Wurzelgeflecht quer über den Weg
verweigert die Frage
nach den Baumwipfeln.

Himbeerranken
verteidigen die süße Frucht
mit dornigen Krallen:
Natur offenbart sich
in abwehrender Haltung.

Das Schreien einer Krähe
weist auf das Ausklingen
des Sommers.
Doch noch atmet
das Holz
Sonnenlicht –
geknicktes Stück Wald
lässt dich ausruhen,
ehe du weiterwanderst
auf deinem unmarkierten Weg.

Waltraud Schopf-Suchy * 1954

## *Blumen und Blümlein*

Blumen streben ins Licht,
ob Zucht sie veredelt,
ob Natur sie geadelt –
anders können sie nicht.

Ein Kommen und Gehn,
ihr Blühen zu sehn,
sich dran zu ergehn.
Wo sie nicht stehn,

zeigt ein Blümlein sich:
Ich dränge ins Leben,
wie es mir gegeben,
warum sieht keiner mich?

Ich hab es gesehn
und es niemand gewiesen,
gedacht, nichts ist bewiesen,
es ist einfach schön!

Hans-Joachim Schorradt

## *Hoffnung*

Wenn in den finstersten Nächten noch ein
Stern am Himmel scheint,
Wenn ein Rosensamen unter all dem
Unkraut keimt,
Wenn in Zeiten des Krieges sich Menschen
versöhnen
Und trotz eisiger Kälte Vogelstimmen
ertönen,
Wenn Blumen im Schnee gedanklich
sprießen
Und Flüsse in der Wüste trotz starker
Hitze fließen,
So wird es sie ewig geben,
Und sie wird sich weiterbewegen,
Durch kahlen Fels und trocknes Land.
Jeder von uns kann sie beleben,
Und mit ihr schlimme Nöte beheben,
Denn sie ist der Glaube an etwas Gutes,
Und in jedem von uns ruht es.

Benjamin Schote * 1987

## *Tod*

Das Schreckgespenst hat mich eingeholt.
Dabei war bei diesem Wettlauf der Zeit
von Anfang an klar,
wer siegen wird.
Aber wer glaubt schon an das, was
unwiderruflich ist.
Jeder denkt mindestens „er" ist für die
Ewigkeit geschaffen.
Dabei war schon von Beginn an
abgemacht:
Mit der Geburt beginnt und mit dem Tod
endet unser Leben.
Und dazwischen die gelebten und
ungelebten Möglichkeiten ...
Für jeden gleich und doch für jeden anders
das Leben.

Doris Schott * 1945

*Montag bis Freitag*

Was sind das für Tage?
Wie Paravents schieb ich sie
aneinander, am Ende
einfach nur auf die Seite, betrete
das andre Gebiet, das freie, reise
im Land der Möglichkeiten
bis Montag, dann wachsen sie
wieder, die fünf, gleiten
an ihre Plätze, gewöhnt,
halten reglos die Stellung.

Marianne Schott * 1944

Wellenförmig schlägt
in Kreisen
dein Herzschlag
meinem entgegen,
suchend
nach Nähe und Blick …

Die kleinste Bewegung
Beginnt zu brennen
Der erste Funke
Übergesprungen vor der Zeit

Fliehend in deine Umarmung
Schwebend unseren Gefühlen entgegen …

Julia Schötz * 1986

Glühendes Verlangen
perlt auf nackter Haut,
bebendes Berühren
küßt die feuchten Lippen.
In seidenem Tuch
schmiegen Körper sich eng,
suchen seufzend ihr Du.
Gefühle entfesselt
versinken im Strudel
und steigen empor,
berühren den Himmel,
fliegen auf Wolken davon ...

Antje Schrader * 1967

*Wer bin ich?*

Ich kenne meinen Namen,
und ich sehe im Spiegel mein Gesicht,
aber meine Seele,
die kenne ich nicht.

Traurig schauen mich meine Augen an,
sprechen:
„Der Weg in dein Inneres ist beschwerlich
und lang."

„Wer bin ich?" – höre ich mich leise fragen.
–
„Das musst du selbst herausfinden,
wir können es dir nicht sagen.
Willst du dich finden,
musst du alles Vertrauen
an deinen Seelenvogel binden.

Tief in deinem Inner'n verborgen,
behütet er Freude, Trauer, Ängste und
Sorgen.

Er wird dir zeigen,
was für dich wichtig ist,
und erst dann wirst du wissen,
wer du wirklich bist."

Melannie Schramm * 1973

*Wahrheits-Findung*

Im Park habe ich einen Zweig
mit vielen Blättern
von einem Strauch
hoch oben auf dem Hügel gepflückt
und das alte Spiel gespielt.

Er liebt mich ...
Er liebt mich nicht …

Der Zweig verriet mir
dass Du mich liebst!

Habe eine Schlinge
aus dem blattlosen Zweig geflochten
für Deinen Hals.
Das nächste Mal
wenn Du sagst
Du liebst mich nicht
soll sie Dich Lügen strafen.

Solveig Schramm * 1979

## *Der Sinn des Seins*

Der Sinn des Sein,
der zählt allein,
doch was dahinter steckt, wird nie
entdeckt,
von jemand der nicht offen ist,
diesen nennt man Pessimist.
Suchen und Finden, Finden und Suchen,
alle sollten es versuchen,
leb ich im Sein, hier und jetzt,
mein Körper und mein Geist in
Bewusstsein versetzt,
es gibt so viel Schönes,
genieße dein Leben, verwöhn es,
Sei Dir selbst der beste Freund,
Deine Seele unumzäunt,
dann wird Klarheit über dich kommen,
sei allen und allem gegenüber
unvoreingenommen.

Mario Schreck * 1971

## *Zechliner Spätsommer*

der Morgensonne silbrigweiße Strahlen
berühren sanft den Tau
auf Gräsern und Spinnennetzen
entlocken der Heide
stumme Harmonien lebendigen Lichts
komponieren auf den Blättern der Buchen
pastellgrüne Sinfonien
zum Stakkato der Grillen in den
goldbraunen Gräsern am Wegesrand
deren leises Wiegen im Wind
sich vereint mit dem Rauschen des Waldes
ein Specht klopft den Duft des Harzes
aus der Rinde alter Kiefern
weckt den Gesang der Vögel
und schüttelt
erste gelbe Birkenblätter
auf die duftgeschwängerte Erde
die raschelnd erzählen
vom nahen Herbst

Andreas Schreiber * 1968

## *Der Morgen*

Aus Gold und Silber sich ergießt,
ein Licht aus voller Wonne
und über diese Wiese fließt,
ein Traum der nahenden Sonne.

Taufrisch der Morgen sich erhebt.
Der erste Vogel singt.
Mit einem Schlag mein Herz erbebt,
die Ehrfurcht es umringt.

Katja Schreiber * 1990

zerschmettert im abgrund
liegt eine rose

geworfen von
einer betrogenen hand

tief unten im schatten
welkt sie und trauert

von allen strahlen
der sonne verbannt

Kerstin Schreiber * 1968

## *Schnee*

Schnee fällt von oben
unten ist scheinbar ein Magnet
irritiert von Windstößen
wählt einen anderen Weg
doch gleitet sanft auf den Boden

auf den Kopf
einer alten Frau – im Haar
verfangen – Kinder bauen ein Schneepferd
überall ist er – weiß

wartet auf die Wärme – Schmelzen
wird Wasser und weggetragen
von der Zeit – dem Fluss
trägt das Erlebte mit – sich
verkleidet und verändert
Entwicklungsquelle aus ihm selbst
kommt und tanzt die ganze Zeit
kindhafte Erinnerungen spiegeln sich
zeitlos und unbeeindruckt von einer
Antwort

Marek Schreiber * 1981

## *Gefangen*

gefangen in einer Stimmung,
in welcher Gespräche,
die Nerven
zermürben.
Wo das nicht gesprochene Wort mehr
verletzt als ein gesprochenes.

Gefangen in einer Stimmung,

in welcher ein Lächeln,
eine Geste nichts mehr
vermittelt.

Wo Signale wie Sternschnuppen im All im
Dunkeln versinken.

Gefangen in einer Stimmung,

in welcher Reue
und Vergebung
unmöglich wird.
Wo die Einsamkeit die Zweisamkeit
verjagt.

Maria Theresia Schreiner * 1962

## *Ich tu was*

Alle erzählen wir müssen füreinander da
sein,
doch sich dran zu halten das fällt keinem
ein.
Alle sagen wir müssen einander helfen,
dann geh doch mal zu deinem kranken
Nachbarn,
nur um dich mal kurz zu melden.
Die Welt braucht keine Helden.
Sie wartet darauf das du die kleinen Dinge
tust,
und dich nicht auf dem Satz
„die anderen machen schon“ ausruhst.
Ihr sagt:
„Gebt den Menschen in den dritten
Ländern Kraft“,
dann übernehmt doch mal ne‘ Patenschaft.
Ich muss diesen Text jetzt beenden,
denn ich geh jetzt Blut spenden.

Sara Schreinert * 1987

## *Heißes Verlangen*

Wie einen warmen Sonnenstrahl
nehme ich Deine Liebkosung war,
wenn Deine Lippen mich berühren
lass ich mich in einen Traum entführen.
In diesem Traum da seh' ich Dich,
mit heißem Atem verführst Du mich,
streichst mit zarter Hand über meine
Wangen
und es wächst ein unendliches Verlangen.
Hältst mich fest in Deinem starken Arm,
fühl mich so wohl, mir wird ganz warm.
Ich will Deine Küsse nie wieder missen,
ein Tag ohne Dich und ich bin zerrissen.
Spür mein Herz wie wild es pocht
und mein Blut, das feurig kocht.
Liebster glaub mir Du machst mich
verrückt,
bin von Deinem Körper zutiefst entzückt.

Dein Verlangen dringt tief in mich ein –
Du bringst mich zum schmelzen
mein Sonnenschein.

Sarah Schretzmair * 1982

## *Scherben*

Funken schlagen ins Kristall
flackern in der Iris

Klänge durchbohren das Vakuum
schwängern das lauschend Gehör

Amors Pfeil trifft den Kelch
prallt ab am kunstvollen Schliff

Glanz erlischt im springenden Riss
bricht jäh im gewaltigen Knall

Splitter schärfen den Waffengurt
zerfetzen die dünne Haut

Birgit Schröder

## *Das Ziel*

Es ist nicht vorbei,
der Zug fährt immer weiter,
hin und her,
Lokführer wechseln,
die Fahrenden bleiben,
wollen hinaus ans Ziel,
verfehlen es –
manchmal.

Jörg Schröder * 1960

## *Abschied*

Josef, du gingst so ohne große Worte, die
Krankheit, Leukämie
ließ dir keine Wahl, die Kinder sind noch
jung, die erste
Enkelin soll in vier Wochen geboren
werden, dein Sohn
baut ein Haus, da wolltest du noch gehen
ein und aus.

Vorbereitet warst du auf dein
Hinübergehn, aber deine junge
Frau wird nun alleine steh'n, wieviel
Tränen fließen um
deinetwillen, wenn wir an deinem Grabe
steh'n.

Mögest du ruh'n in Gottes Hand,
da wo es keine Krankheit und Tränen
mehr gibt, wo Licht, Freude und es ein
Wiedersehen gibt,
unser aller Ziel, die Vollendung unseres
Lebens.

Deine Schwester Marliese.

Marlies Schröder * 1940

## *Hoffnungsinsel*

Du weißt nicht weiter?
Ich weiß, wie du dich fühlst.

Du glaubst, dass dir niemand helfen kann?
Ich glaube, ich weiß, was du meinst.

Du denkst, dass niemand Verständnis für
dich hat?
Ich denke, ich verstehe dich.

Du hast das Gefühl, dein Land aus den
Augen zu verlieren?
Glaub mir, ich weiß wie es ist,
mitten in einem Sorgenozean
nach einer Hoffnungsinsel zu suchen.

Weißt du was?

Gib mir deine Hand.

Auf meiner ist Platz für uns beide.

Susanne Schröder * 1982

## *Freunde*

Worte sind für mich gute Freunde,
immer da, wenn man sie braucht.
Ich genieße das Spiel mit ihnen.
Sie fließen wie Wasser und holpern auf
Stein.
Sie schwirren im Kopf herum
und zwingen mich, inne zu halten,
genauer hinzudenken und sie auf's Papier
zu bringen,
damit endlich Ruhe ist.
Sie sind der Weg aus meiner Seele nach
draußen,
tänzeln froh und leicht,
hauchen zärtliche Gefühle,
schmettern Wut und Enttäuschung,
bohren Schmerz und Wunden auf's Papier
vor mir.
Sie helfen mir zu überleben,
in einer oberflächlichen Welt
und lehren mich ruhig zu werden,
ich selbst zu sein.
Danke – meine Freunde!

Christa Schubert * 1941

## *Heute*

Wer stetig nur an Morgen denkt,
das Gestern seinen Alltag lenkt,
der lebt am Heute schnell vorbei
und keiner bringt den Tag ihm neu.

Die Blume, die du heute siehst,
den Menschen, der dich freundlich grüßt,
gibt es morgen vielleicht nicht mehr,
dann hilft das Gestern auch nicht sehr.

Wenn du nicht lernst, im Heut zu leben,
wird es auch kein Morgen geben,
dann wird das Gestern dich verzehren
und ein Heute nicht mehr wiederkehren.

Ricarda Schubert * 1955

## *Zeit jetzt*

Zeit jetzt
zu gehn
in die Brüche
– wo sonst denn hin –
sich zu verzehren
nach dem Apéritif
verrückt zu werden
vom Innenarchitekt
sich zu beschweren
mit Feder und Papier

alles zu zugeben
das am Fehlen ist.

mich düngt es
dass ich aufgehen werde
in Blüten

Lena Schüch * 1986

## *Augenblick*

Einen Augenblick verweilen,
innehalten und nicht eilen.
Sehn auf des Schöpfers Herrlichkeit,
die er für jeden hält bereit.
Den Wundern mal bewusst zu werden,
die uns umgeben hier auf Erden.
Dann können wir mit Dankbarkeit
in der Hektik dieser Zeit
gestärkt wieder nach vorne gehn,
um im Alltag zu bestehn.

Siglinde Schuda * 1950

## *Endstadium*

Meine innere Leere
bricht wieder aus,
ist wie eine Epidemie,
nimmt rasant ihren Lauf.

Sie ist infektiös
und schwer zu besiegen,
ist wie zwei Stimmen,
die sich in mir bekriegen.

Doch der Keim ist gesät,
wird von Unruhe genährt,
zerstört alle Hoffnung,
hat den Ausweg versperrt.

Ich stelle mich dem Gegner,
habe den Angriff gewählt,
der Wirt ist getötet,
hat sein Ziel knapp verfehlt.

Meine Kraft kehrt langsam wieder,
der Dämon ist demoralisiert,
habe den Absturz überwunden,
mein Geist ist immunisiert.

Vera Schuh * 1984

## *Verlorene Liebe*

Die Schatten der Erinnerung wurden zu
Steinen.
Und obschon sie der Strom wusch und
glättete,
blieb ihr Kern unberührt.

Nun, da du doch noch zurückkehrtest,
um mir aus ihnen ein Haus zu bauen,
hat sie der Strom fortgespült.

Peter Schuhmann

## *Rose November*

Sieh', die Rose scheut nicht Schmerz,
Kälte oder Regen,
Nein, sie blüht sich himmelwärts,
Rot, vollkommen und verwegen.

Röschen, bist ein Farbentrost,
Jahr ist bald vorüber,
Längst erschrak der erste Frost
Alle Lebensglieder.

Gehst den Weg, der in dir ist,
Lässt Natur dich schelten,
Zeigst mit Schönheit Lebenslist,
Trotzt den Winterwelten.

Rose dient in wundem Stolz
Seiner Ehr' November
Blüht am alten Dornenholz
Stirbt sich zum Dezember.

Elke Schuler * 1959

## *Des Wanderers Abschied*

Des Regens und der Winde trotzend
steigt er auf des Berges Höh'
sucht Ruhe und Besinnlichkeit
im Herzen der Natur

Wo der Geist des Menschen sich entfalten
kann,
die Zeit ihm scheint nicht zu vergeh'n,
er doch die Ewigkeit verspürt
nach der er sich so sehnt.

Das Leben immer kürzer scheint,
er seinem Ziel doch nah,
sein Blick noch in die Ferne schweift
wie war's so wunderbar.

War auch sein Leben eine Symphonie,
voller Farben und der ganzen Pracht,
der Tod ihm schon entgegentritt.
Er weiß, es ist vollbracht.

Guido Schuler * 1964

## *Sehnsucht*

Sehnsucht,
oh Sehnsucht
nach der Liebe,
einzig Wort,
nach Sonne,
Meer und Wind.
Du fliegst mit
meinen Träumen
dahin, an jenen Ort,
wo dieses sich vereint.
Du schmeichelst
meiner Seele,
Körper und auch Geist,
ich könnte tanzen, singen
und noch mehr.
Komm Sehnsucht,
weiche,
und erfülle
Dich;

Monika Schüler * 1957

## *WM 2006*

Da ist er endlich
Der Messias des Fußballs
Offen-kraftvoll-ideenreich
Auflösung des alten Fußballsystems

Die Deutschen zaubern auf dem Platz
Ein gigantisches Freudenfest
Heiter-farbenfroh-optimistisch-
weltoffen
Lieben wir uns?

Noch Monate zuvor
Agitation aus den Mündern und
Druckseiten
Schlagzeilensüchtiger Besserwisser-
Wichtigtuer-Neider und Funktionäre
Grinsi moralisch niederstrecken
Argumente sind dünn

Nach dem Erfolg
Der Messias verlässt uns folgerichtig
Ausgesaugt und erdrückt vom
Wortmüll der Vergangenheit

Wolfgang Schüler

## *Mütter aus Stein*

Mütter –
ohne Arme,
nur Beine,
die weglaufen.
Mütter –
ohne Brüste,
nur Schultern,
die zu tief hängen.

Mütter –
ohne Ohren,
nur Augen,
die fordern.
Mütter –
ohne Herz,
nur Blut,
das kalt fließt.
Mütter –
aus Stein gehauen,
ohne die Gabe,
einem Kind Leben zu schenken.

Hanne Schüler Bekowies

## *Zuversicht*

Wir atmen
wir atmen tief,
wenn Last uns trübt.

Wir wollen anhalten den Rhythmus
von Arbeit und Sorgen,
verweilen und uns besinnen,
hinwenden zu schönen Dingen,
wie das Wort, das Bild,
die Begegnung, der Klang.
Des Christkinds Licht
führt froh uns an.

Elisabeth Schüller

## *Der Verhetzer*

das Fleisch
schlachtet es
gebt es
dem Henker

die Brut
schlachtet
die Brut
der Weltlichkeit
der Wirrnis

gebt es
werft es
ins Feuer
das Fleisch

der Sünde

Christian Schulte

## *Wetterhochzeit*

Blanker Hans, mit Sturmgebrüll,
bittet Regen um die Hand.
Sie jauchzen, heulen,
wirbeln Blätter,
peitschen Tropfen, fegen Blätter,
durch das graue Hochzeitsland.
Toben um der Kirche Turm,
Regenbraut und Bräutigam
Sturm.
Nach der Hochzeit taumeln beide,
ganz verausgabt, Hand in Hand,
und zur Nacht begeben sie sich
hinter eine Wolkenwand!

Petra Schulte

Abendstille. Kaum ein Hauch
erklimmt meine fünf Sinne.
Der Baum der Jugend
liegt brach und unbenutzt –
vom Todesblitz getroffen;
Und meiner Tränen salzige
Tropfen trauern um die
vergessene Zeit ...

Vergänglichkeit umarmt
mein Skelett. Kühle,
luftgefüllte Kissen
warten auf Schillers Schädel.
Sie stützen und beschützen ihn
samt meiner toten Seele.

Nikoilai Schulteis * 1985

## *Leben im Überfluß*

Während der andere hungern muß,
lebe ich im Überfluß,
ob Fleisch, ob Nudeln, ob Brot, ob
Pommes,
alles hab' ich, während der andere hungern
muß.
Ob Schnitzel, ob Sahne, ob Hamburger, ob
Banane,
alles hab' ich im Überfluß.
Ich könnte besser leben,
wenn ich gebe.
Alle werden satt,
wenn jeder etwas hat.
Wenn keiner hungern muß,
wird mein Überfluß
überflüssig dann zum Schluß.

Diana Schulz * 1985

## *Engel-Vision*

Land – Städtchen –
ein Name: „Velbert“ –
szintillierende Perle –
deutscher Natur –
attraktiv – liebevoll –
Menschen – Gemäuer – Traditionen –

Traum jener Metamorphose:
Wachender Engel –
in Sphären – Dimensionen –
utopieähnlicher Erscheinung:
Jungfräulich – Heilige – Engel:
„Susanne“ –
Sinnbild –
Stets wiederkehrender Erwartung –
Licht – bringend – beschützend –
Ein Städtchen –
Voller Harmonie –
Dankend den Schöpfern ...!

Hans-Jürgen Schulz

## *Einsteigen Aussteigen Umsteigen*

Einsteigen.
Hinsetzen.
Aufstehen.
Aussteigen.
Umsteigen.

Einsteigen
Hinsetzen.
Aufstehen.
Aussteigen.
Umsteigen.

Einsteigen.
Hinsetzen.
Aufstehen.

Dasein

Ingrid Schulz * 1959

## *Weihnachtszeit*

Mutter backt im Ofen Kekse,
leck'rer Duft zieht durch den Raum
und im Wohnzimmer, da steht ein
buntgeschmückter Weihnachtsbaum.

Seine Kugeln, gold und silbern,
funkeln hell und wundersam,
durch das Feuer im Kamin
ist der Raum wohlig und warm.

Unterm Baum liegen Geschenke;
frohe Stimmung – weit und breit,
wir sind alle voller Spannung,
ja, das ist die Weihnachtszeit.

Jens-Robert Schulz * 1969

Und hast du dir jemals das All vorgestellt?
Unbegreiflich weit und alt.
Sein Dunkel nur von Sternen erhellt,
die längst tot und kalt.

Und hast du schon mal von Liebe
geträumt?
So wunderschön und warm.
Ihre Kraft dein Dasein säumt,
doch ohne bist du arm.

Und hast du einmal in den Himmel
geschaut?
Klar und tief, doch ohne Wolken selten.
Diese große blaue Erdenhaut
sieht unsre Leben welken.

Und hast du je an den Tod gedacht?
An das Nichts nach deinem Leben?
Vergessen ist der Liebe Macht,
vorbei das stete Streben.

Tim Schulz * 1986

## *Böhmen am Meer?*

vom hochufer blick' ich aufs meer
abgestürzt
die wissower klinken
ich glaubte die insel stünde fest
felsenfest – bis heute.

küste bröckelt, kreide bricht
wissower klinken stürzen ab
die see holt sich zurück
was einst in ihr verborgen

bleibt milchig weithin sichtbar
die wissower klinken und
Caspar David Friedrich
hat er nun oder hat er nicht
sein traum bleibt mein traum
er hat sie gemalt
und – sie stürzen ab
wird meine insel nun kleiner
und kleiner und kleiner ...

und

böhmen liegt wieder am meer

Walter Schulz Garz * 1939

## *Der Uni-Mensch!*

Ich habe mich verlaufen im dunklen Wald!
Die tiefen schwarzen Stämme verleugnen
mir das Licht.
Ich hab Angst – aber rufen werd ich nicht!

Traurige Tränen laufen über mein Gesicht.
Ich weiß Tränen helfen nicht!
Aber sie trösten mich.

Ich bitt dich – mein feiges Ich – sag ihnen
nicht – wie es um mich steht
Ihre stillen Gelächter zerstören mich.
Ich hoff – dass mein Weg irgendwo
weitergeht.

Jan Schulze * 1979

## *Kinder und Engel*

Du hast 3 Engeln die Flügel gebrochen,
Warst so grausam,
Du hast 3 Engel gebrochen und einem
Kind die Kindheit genommen,
Ich weiß dass du es nicht wolltest,
Heut liegen vor dir 3 Engel und eine
verlorene Kindheit,
Du siehst weg, du kannst deine eigene
Grausamkeit nicht ertragen,
Du betäubst dich damit du die
gebrochenen Engel nicht mehr siehst,
Du würdest gern alles rückgängig machen,
doch du kannst nicht,
Du kannst die gestohlene Zeit eines Kindes
nicht zurück geben,
Du kannst die Flügel der 3 Kleinen Engel
nicht einfach reparier'n,
Du kannst nichts mehr tun, für keinen von
ihnen,
Es ist vorbei, sie müssen ihren Weg selbst
finden,
Die 3 gebrochenen Engel und auch das
Kind ohne Kindheit.

Loreen Schulze * 1992

Drei bunte Blätter fielen von einem Baum
Und ein Jedes hatte seinen eigenen Traum
Das Erste fiel auf den Saum
Dort wippte Es im Winde
Und fand Seinen Traum
Das Zweite fiel auf einen Wagen
Dort wollte Es schon verzagen
Aber dann rauschte der Wind
Und Es fühlte sich wie als Kind
Das Dritte fiel in den Rinnstein igitt
Von dort nahm Es der Regen mit
Und spülte Es in den schaumigen Fluss
Der legte Es in eine Schlaufe
Da lag Es verdreckt
Dort fand Es die Wurzel
Und nahm Es mit in den Baum

Da wippt Es nun im Winde
Ob grün oder braun
Das war der schönste Traum

Reinhold Schulze Altcappenberg

## *Unsere Welt*

Eine Welt voller Haß, Neid, Mißgunst und
Niedertracht,
geprägt durch das Streben nach Reichtum,
Einfluß und Macht,
bedroht durch zerstörerische Kriege und
blutige Terroraktionen
begründet Intoleranz und Egoismus der
Menschen und Nationen.

Menschen werden ermordet, genötigt,
mißbraucht und betrogen,
Millionen sterben an Katastrophen, Aids,
Malaria und Drogen.
Groß ist die Hoffnung der Menschen in
bitterer Armut und Not
mit ihren Sorgen um sauberes Wasser und
das tägliche Brot.

Politik und Religionen steuern und
beeinflussen die Massen,
das Volk muß zusehen, wie die Obrigkeit
ihre Steuern verprassen.
Internationale Finanzströme bestimmen
das Wirtschaftsleben,
es zählen Börsenkurs, Profite und ein
warmer Dividendenregen.

Ethik und Moral gelten für die unteren
Gesellschaftsklassen,
denn die Elite hat den Pfad der Tugend
schon längst verlassen.
Diese Welt braucht mehr Fairneß,
Menschlichkeit und Frieden,
um Kriege und Terror zu unterbinden und
die Armut zu besiegen.

Viele Menschen sind bereit zu helfen und
sich zu engagieren,
indem sie spenden, sammeln oder sogar
Patenkinder adoptieren.
Toleranz und Nächstenliebe sind immer
noch zu wenig sichtbar,
für die Gesellschaft von heute und morgen
jedoch unverzichtbar.

Gerhard Schunck * 1937

## *Vor meinem inneren Auge*

Vor meinem inneren Auge, da seh ich dich,
in meinen Träumen bist du mir ganz nah,
doch das reicht mir nicht.

Mein Herz, das zerbricht Stück für Stück,
es weint und sehnt sich so nach dir.
Ich will dich umarmen, dich einfach um
mich haben, doch das geht nicht,
denn du bist nicht mehr hier.

Ich will zu dir, will bei dir sein, aber ich
weiß, es geht nicht.
Ich kann nicht mehr zu dir und du nicht
mehr zu mir.
Ab heute und für immer werden wir beide
getrennt sein und ganz allein.

Doch der Platz in meinem Herzen, der an
dich vergeben ist,
wird immer deiner sein.
Ich vergesse dich niemals,
denn Liebe vergeht nicht.

Damaris Schür * 1987

## *Entscheidungen*

Lang hab ich gewartet
Nichts bewegt
Alles unverändert
Es kostet Kraft
Hab ich welche?
Es kostet Zeit

Wie viel?
Jeder Blick ist anders
Macht mich anders
Fühl mich anders
Mut zu reden
Mut zu handeln
Die Antwort liegt nah
Doch schwer zu erreichen
Einmal muss es doch gehen
Doch wie weit muss ich gehen?
Entscheidungen müssen her

Annika Schuster * 1989

## *Wesel – Düsseldorf – Verrotterdam*

Rheinlese –
Am Ende meiner Tage
wirst du noch immer fließen,
und auch die Früchte deiner Taten
haben noch nichts andres vor,
als da zu sein und stumm zu glotzen,
wenn ich verrotter dann.

Stefan Schuster * 1985

## *Anschlag auf die Züge 2006*

Ein wunderschöner Sommermorgen,
die Sonn' verspricht: ein schöner Tag,
warum sollt' man sich dennoch sorgen,
was dieser Tag wohl bringen mag?

Es hetzen Menschen und sie rennen
zur Arbeit und auch sonst wohin,
Gefahren sie noch nicht erkennen,
doch sind sie jetzt schon mittendrin.

In Koffern, wo sonst Kleidung ruht,
die Zünder nun schon zählen,
was treibt die Menschen so in Wut,
so was Grausam's auszuwählen?

Väter, Mütter und auch Kinder
gehen ahnungslos vorbei,
sind bedroht von Koffer-Zünder,
sie sind in Gedanken frei.

Ach – wann wird das endlich enden?
Können wir nicht Brüder sein?
Herr – wir bitten – tu's abwenden,
damit's für immer Frieden sei.

Renate Schütz * 1933

## *Irrlichter*

Fahle Lichter flackern gehetzt durch die traurige Stadt,
suchen Erlösung von Angst und Leere,
Liebe und Frieden.
Träumen ein anderes Leben,
eines mit mehr Sinn.

Theodora Schwalt * 1958

## *Racheakte*

Fahnder des Bundeskriminalamtes durchsuchen vielhundertstündigen Film
aus Kameras über Bahnhöfen, öffentlichen Plätzen, überwachen annähernd 3 000 Bahnhöfe, zwischen denen täglich 30 000 Züge
verkehren, um fünf Millionen Menschen zu befördern: zu ihren Arbeitsplätzen, Familien, Schlafstellen.
BKA, Geheimdienste, Sicherheitsbehörden arbeiten hart,
Um in der Gepäckaufbewahrung gehortete Koffer zu röntgen, damit sie die voll USBV,
unkonventioneller Spreng- und Brandvorrichtungen, wie Plastikflaschen voll Benzin,
volle Gasflaschen, geeignet, gezündet, auf offener Strecke Personenzugwaggons voll
Menschen ins Armageddon des Feuers zu transformieren, orten könnten.

Rache für die Bomben auf Beirut.
Standfester Holocaustleugner und
iranischer Präsident Mahmud
Ahmadinedschad
beliefert Hassan Nasrallah mit
Katjuscharaketen, damit die Rüstung
den Berg Maron, Haifa, den israelitischen
Seehafen, träfe.
Zur Rache.
Im Armageddon heulen dort wie hier
Raketen, heult die Rache,
heulen Seelen.

Martha Schwander * 1945

Malvenblüten, heiter
und so seltsam still,
blicken dir entgegen,
... bis du ahnst, weswegen
von uns stets noch viel
abzutun ist: – weiter.

Hin zur Einfachheit
dieses klaren Lichts,
... das um alles weiß,
– mir das Herz jäh heiß
schlagen läßt ins Nichts
seiner Einsamkeit.

Peter Schwanz

## *Wie ein Blatt im Wind*

Wie ein Blatt im Wind,
das von Freiheit singt,
Böe um Böe ins Tal hinab,
tanzend voll Freude.

Wie ein Nest im Felsen, in dem Leben
glüht,
von der Sonne gewärmt,
über dem Tal,
vor lächelnden Wolken.

Wie ein Vogel fliegt, von Nebeln getragen,
die Welt unter sich und befreit von den
Fesseln,
der Wasserfall glitzert wie Feuer
und er stößt hinab.

In dem Tal ein Dorf, in dem Dorf ein
Galgen,
die Klappe gibt nach,
eine Maske lächelt.
Der Vogel erstickt.

Wie ein Blatt im Staub, zertreten,
das Nest verwaist, weil die Mutter starb.
Im Dorf ist es Nacht
und ewig plätschert der Wasserfall.

Alexander Schwarz * 1981

## *Suche nach dem Blau*

Roter Gedanke auf Gelb
In der Mitte ist da eine Öffnung
Die umgeben wird.
Teil eines Ganzen wird die Gebogene
Gerade hinten
Links und rechts eine Parallele bewegt
Grüne Arche auf gelb-weißem Grund.

Bettina Schwarz * 1974

## *Wieder-Vereinigung 1990*

Das Schönste an einer
Wiedervereinigung
ist doch die Tatsache,
daß man – dieses und jenes –
wieder vereinigt, zusammen
schaffen kann.

Man sitzt, praktisch gesehen,
in einem Boot:
Das weit entfernte Ziel
schemenhaft vor Augen und
genügend Kraft, in diese
Richtung die Paddel tief und

schnell ins kalte Wasser zu stechen –
Vereinigung macht stark …

Was sagst du???

Du hättest viele
ohne
Paddel gesehen …?!?

Jürgen M. Schwarz * 1957

## *Bittere Blüten*

So bitter, ihn die Früchte genießen
Zu sehen, deren Samen ich säte –
Welche Götter denn ließen
Ihn tun, was ich so gerne täte?

Der Panther im Käfig von Rilkes Rainer
Scheint mir seit Neustem sehr frei -
Mein Käfig ist enger und kleiner,
Das Gitter aus düsterem Blei.

Und all dies wegen einer Biene,
Die von Blüte zu Blüte fliegt -
Man macht so lange gute Miene
Bis einem der Nektar versiegt.

Kai-Uwe Schwarz * 1962

## *Duchess of Beaufort*

Ermitage hängt im russischen
Gewölb' Gainsborough ein Porträt
auch das Laienspiel bewundert
was den Rahmen ziert Duchess of
Beaufort duldsam fein mokiert scheint
kühl die Haut aus Alabaster

Raju Schwarz * 1979

## *Frage*

Mein Tun
Beschreibt
Mein Sein
Mein Sein
Erfüllt
Mein Tun

Und nun?

Stefan Michael Schwarz * 1967

## *Lebensfreude*

Bunte Drachen,
frohes Lachen
auf trocknen Stoppeln,
über die flinke Hasen hoppeln.

Kinderlieder
klingen wieder,
die Lampions besingen
und inneren Frieden bringen.

Ein Gläschen Wein
im Mondenschein
und mildem Kerzenlicht,
hilft, dass Herz zu Herzen spricht.

Leises Knistern,
trautes Flüstern,
bei Kaminscheiten in heller Glut,
so genießt man innige Liebe gut.

Berthold Schwarzbach * 1933

## *Was du für mich bist*

Unter tausend anderen sah ich dich,
Von denen ich
neunhundertneunundneunzig wieder vergaß,
Nun wußte ich, Du warst etwas Besonderes.

Die kalten Träume wurden von der Sonne eingeholt,
Weil ihre Strahlen sie zu Brillanten formten,

In ihnen bricht sich nun das Licht, das von
dir kommt,
Es zerbricht, oder malt mir Regenbogen.

Liebe ist kein Wort für dich,
Ein Schmetterling mag keine Tropfen auf
seinem Flügel,
Aber fliegen tät ich gern mit dir.

Bodo Schwarzberg * 1964

## *Vorwurf*

Grauverknitterte Gedanken,
die säuregetränkt durch Gehirnbahnen
wanken,
akut gealtert und gegenwärtig neuer,
pantomimen dir könnerhaft, du wärest nun
schläuer.

Irre witzige Irrwitzigkeiten,
die vernunftsbemäntelt durch Sinne
gleiten,
famos getarnt auf Siebenmeilenbeinen,
überzeugreden dich, sie wären die deinen.

Paradoxischerweise besuchen sie mich
dann,
wenn ich gar nicht da sein kann.
Natürlicherweise weiß dieser Verein,
wenn ich in mir zu Hause bin,
können sie gar nicht rein.

Und obwohl das hier ein Vorwurf war,
werfe ich mich doch damit zurück,
denn wie lange weiß ich nun wohl schon:
Jeder ist seines eignen Schmiedes Glück.

Sophie Schwebke * 1981

## *Vogelkind*

Kleines Vogelkind, wie lieblich dein
Gesang,
munter und viele Takte lang.
Fröhlich musiziertest du Tag um Tag,
schwebtest durch die Lüfte mit wildem
Flügelschlag.

Der Abend senkt sich feucht und schwer,
von der alten Birke tönt lautes Geschrei
daher.

Sieh nur, was kommt von hoch droben,
schwer und mächtig drohend hat es sich
erhoben.

Gevatter Tod breitet seinen schwarzen
Mantel über dich,
dich zu holen nun ins ewig Licht.

Hauchtest sterbend deine kleine Seele in
den kalten Märzenwind,
kleines Vogelkind.

Frank Schwede

verweile,
brich noch nicht auf ...
bleib!
bleib!!

verweile, noch immer ...
wo bist du?
zeig dich, du Schatten meiner Seele,
oh treuer Gefährte,
bist stärker du als ich?

verweile ...

Christina Schweiger * 1978

Ich verschenke Zeit
Komm ...
Nimm dir ein Stück
Fleisch mich auf
Mitsamt der Innereien
Ich brauche nichts
Von alle dem
Nur ein Gedanke ist mein Puls

Axel Schweighöfer * 1977

*Eisblumen*

Früher waren nur an Fensterscheiben
im Winter Blumen aufzutreiben,
Eisblumen hat man sie genannt,
in jedem Hause wohlbekannt.
Die Freude war nicht ungetrübt,
da sie mehr gefürchtet, als geliebt.
In der Küche wurde gekocht und
gewaschen.
Dampf konnte sich verstecken
auf Fenster, Wände, Decken.
Das Wunder kam über Nacht,
wenn Kälte sich breit gemacht.
Manchmal war es nicht zu fassen,
was sich da hat wachsen lassen
auf den Fensterscheiben:
Sterne, Wolkenreigen,
Blätter, Blüten, Halmen,
Gräser, Wurzeln, Palmen.
Phantasie konnte sich entfalten,
sah Tiere, Märchengestalten.
Schöner als gemalt, so zart, einmalig in
seiner Art!

Maria Schweinfurth

*Schonzeit*

Ohne Dich stopf ich Spagettis in mich rein
jeden Tag
Die Erinnerung hält Hoffnung lebendig
irgendwann Worte finden die nicht verirren
Meine Lippen frieren
Trinke literweise Ingwertee jetzt
ohne Honig
Sehnen in Alufolie verpackt
Die Uhr tickt so laut
Zum Schein mir Deinen Schatten ans Bein
gebunden
Schonzeit für mein Herz

Renate Schweizer * 1957

*Nach der Liebe*

Langsam löst sich ihre Hand
aus meinem Haar
und sie liegt schön und satt
wie nach der Jagd
lässt mich in sich
verklingen
atmend, Wellen
nach den Winden.

Wie reife Früchte
warme Erde schmecken
schmeck ich ihr Salz noch auf der Zunge:
sie füllt meinen Mund
nahm mich in ihre Hände
und warf die Grenzen nieder.
Ich fiel – und riss sie mit.

Nun liegen wir in ihrem Duft
gelöst, und beide zu sich tastend.

Wo waren wir?
Und welche Wunden sind noch nicht?

Th. Schweizer

*Schatten*

Schatten der Erkenntnisse, überall und
immer da,
Schatten der Angst, der Verzweiflung,
verschleiert und doch so klar.
Schatten, die uns verfolgen bei jedem
Schritt,
Schatten, die immer bei uns sind, sie gehen
mit!
Schatten, der du mich verfolgen willst auch
in der Dunkelheit,
Schatten, der du versuchst mir zu nehmen
die Heiterkeit.
Schatten, du machst mir Angst, doch ich
will dich nicht.
Schatten verschwinde, du hast doch kein
Gesicht!

Schatten vor und hinter mir, ich werde dich
nicht los.
Schatten was habe ich verbrochen, warum
bist du hier bloß?
Schatten ich laufe schnell von dir davon
doch! Schatten da bist du ja schon!
Warum nur lässt du mich nicht einfach
gehen,
warum nur kannst du mich nicht
verstehen?
Warum nur verfolgst du mich auf Schritt
und Tritt
und gehst immer mit mir mit?
Warum nur, sage mir warum!
Schatten! Eigentlich bist du nur dumm!
Ich entzünde mir ein helles Licht!
Und! Schatten! Weißt du was? Ich sehe
dich nicht!

Carmen Schwemmer * 1965

## *Ausleben*

Sanft weckt die Sonne den, der sich im
Einklang glaubt
Beruhigend, warm und auch sonst mehr
versteckt

Hinter grauem Dunst sich neigt ihr Haupt
Oder doch ein Baum auf einem Fels der es
verdeckt?

Vielleicht ein Stein, der sich in Klarheit
wägt
Im Wasser liegend – blinzt und strahlt
In der Ferne ein Wind den Boden fegt
Ist das die Kraft die wächst und ihn
zermahlt?

Das Taumeln der Blätter die sich von der
Krone befreien
Vom Boden erwartet – stärker denn je
Doch manchmal ein Windstoß – der
Versuch es zu meiden
Die Chance versteckt – zwischen dem Klee
Aber genau dieses Zeichen – ein Zeichen
des Glücks
Unsere Anstrengung im Anglitz des
Mondes
Versagen doch eh – also Was nützt's?
Stehend zur Grenze des Todes

Frank Schwengler * 1983

## *Nachsicht*

Rede nicht von Lebenslüge
wenn die Nacht bleischwer
auf deinen Lippen ruht
wie einzigartig sich die Blüten
öffnen dem Licht des Morgens
zugewandt sich ihre Kelche
füllen mit blütenfrischem Tau
nur manche Quelle reicht
fürs Leben auch wenn es
nur ein Tropfen war

Roswitha Schwenk * 1943

## *Lesen*

In vielen Magazinen kann man lesen,
was kommen kann und was gewesen.
Es wird berichtet über Leute,
Society, Kultur, die Gier und Gauners
Beute.
Von Arrivierten und Platzierten,
von Distanzierten und Reservierten.
Aber eins wäre hier zu fragen:
Kann Reich-Ranickis Kanon den
Durchschnitt überragen?
Ich bau' mal leise seinen Kanon auf,
die Bücher, Hörcassetten – lege eine nach
der anderen drauf
und schau' mir diesen Turm in Ruhe an,
denn diese Hochstapelei soll an den Mann.
Sein Kanon lässt sich wider Erwarten nicht
so gut verkaufen.

Er sähe es lieber, wenn sich die
Intelligenten
um seine Kanonstapel raufen,
als dass sie all ihr schönes Geld versaufen.

Günter Schwittai

## *Adler, du wirst leben*

Adler, du fliegst hoch oben
den alten Göttern nah, die deine Träume
beschützen,
der Wind liebkost deine Federn,
die Sonne gibt dir Kraft,
unverletzbar, Herr der Lüfte

Adler, du musst auf die Erde,
wo du verletzbar bist,
um die Nahrung zu suchen, die dich leben
lässt
um den Nektar zu trinken, der dich
berauscht

Adler dort bist du,
den Geistern der Erde ausgeliefert,
die dich mit kalten,
glänzenden Schwingen bedrohen,
die mit eisigen Wächtern
den Quell des Leben bewachen

Adler, die Geister sind machtlos
gegen die Götter die dich beschützen,
mit deiner Luft verwehst du ihre
Schwingen,
mit deiner Sonne verglühst du ihre
Wächter
du wirst leben …

Regina Sedelke

## *Auf schwarzem Gras*

Die Sonne steht am Horizont,
Blutrot, wie die Täler längst schon waren.
Der Untergang ist nahe.
Es kämpft nur noch das Licht,
Die Dunkelheit als Feind.

Ich bin des Kämpfens nicht mehr mächtig.
Auf schwarzem Gramen,
Für das ausgeblutete Land,
Folge denen, die mir die Treue hielten
Bis in den Tod.

Pyrrhus hat seine Arme ausgebreitet
Über den Tälern.
Es hat nicht gelohnt
Zu kämpfen.
Hauche den letzten Atem aus meiner
Brust.

Der Kampf ist vorbei
Der Tod, ein Begleiter,
Pflückt seine Rosen, die schwarzen und die
weißen,
Behutsam von den Tälern auf.

Vorbei die Hoffnungen und Ideale.

Colin Seebach * 1990

## *Der Mangel*

Wenn er versucht mit verbundenen Augen
zu gehen,
so wird er stürzen, gegen eine Wand
rennen, sich verletzen.
Denn er wird von Straßen, Wegen eng
geführt.

Wenn er versucht mit verbundenen Augen
zu gehen,
und da wären keine Straßen, keine Wege,
keine Wälder,
da wären keine Flüsse und auch keine Seen,
es gäbe keine Berge, keine Täler,
wohin würde er dann gehen?

Alexander Seelig * 1985

## *Frühling*

Der Wind streicht über die Felder,
sie sind noch feucht von der Nacht –
da ist unter Blütenzweigen
der Frühling hold erwacht.

Er kam mit rosigen Wangen
so knabenhaft jung daher,
die Blüten in seinen Armen,
sie dufteten süß und schwer.

Er trug die gelben Mimosen
in seinem lockigen Haar,
und Veilchen und Anemonen
brachte er den Göttern dar.

Aus zarten grünen Reseden
wand er einen Blütenkranz,
Narzissen und rote Tulpen
erblühten im Sonnenglanz.

Er schmückte die kahlen Hänge
mit Krokussen weiß und blau,
in seidigen Blütenkelchen
ruht feucht und schimmernd der Tau.

Die Luft ist milde und würzig,
berauschend wie junger Wein,
so fand sich mit tausend Wundern
auch diesmal der Frühling ein.

Ruth Seelmann

## *Klanglos*

Ich wünsche mir,
dich anrühren zu können,
dorthin zu gelangen,
wo in deinen Tiefen die tönernen
Instrumente stehen,
die angestoßen
dich klangvoll vibrierend lassen,
wo du andersartig und doch stimmig mit
meinem Gesang
dich erkennst, wir uns grüßen,
ähnlich dem morgendlichen Gesang der
Vögel.
Immer größere Kreise soll meine Stimme
ziehen,
vielfältige Melodien hervorrufen,
anderen noch unbekannt,
neue in dir erschaffen, wie ich sie mir
erfinden kann.
Aber klanglos bin ich.
Mein schwingendes Rufen erreicht dich
nicht,
bleibt irgendwo im unwegsamen Gestrüpp
hängen.
läßt mich in meiner Kammer allein zurück,
wo ich nicht aufhören kann,
meine Weckrufe auszustoßen.

Dorothea Seemann

## *Besuch*

Warst Du des Nachts wirklich bei mir?
Bleibt nur der süße Duft von Dir?
Flüchtiger Lufthauch in der Ewigkeit
Der so zärtlich über mich gestreift
Goldregen der heimlich mich besucht
Verrinnt ohne daß es mir genug -
Dunkel zerfließt mir Dein Traumgesicht
Wann erreich ich Dich bei Tageslicht?

Luise Seemann

## *Welche Welt erfüllt den Tag*

in welchem osten geht die sonne auf
und wo ist sie nie zu sehen
vom westen geht sie scharlachrot
das auge schließt das müde lied
und wiegt das licht und trübt den sinn
die erste und die zweite welt
die dritte ruht im schatten
doch wo geht die sonne auf
und wo wird sie untergehen

Dominik Seger * 1982

## *Nur dein Atem*

Ich habe dein Atem in mich eingesogen.
Deine Impulse, deinen Instinkt,
Deine Hysterie, deine Stille,
deinen Geruch.
Alles hast du mir mitgegeben,
ohne es zu merken,
ohne mich danach zu fragen,
ob ich alles tragen kann in mir.
Mein Herz ist nicht mehr ganz mein Herz,
die Hälfte bist du geworden.
Du schleichst in meiner Seele herum,
als schlichtest du schon seit Jahrtausenden
darin herum.
Eine tiefe Leere wirst du mir hinterlassen.
So tief, dass ein Leben sie nicht füllen wird.
Von so einer Tiefe, dass eine Welt nicht
reichen wird
sie zu füllen.
Nur dein Atem ...; Ohne es zu merken,
wird dein Atem,
diese eine tiefe leere
in mir füllen.

Seide * 1968

## *Ode an den Wind*

Sanft streichelnd, umschleichend,
in kindlich' Spiel verliebt.
So singt der Wind sein Lied.

Uralt und trotzdem jung
verzaubert er manch Glöcklein,
stimmt es ein ins Liebeslied.

Erwachen Bäume aus dem Schlaf,
vergnüglich jeden Tag
und rastlos wehend in der Nacht.

Isabel Seidl * 1988

## *Nichts übrig*

Die Verbindung ist gerissen.
Es gibt keinen Tag, der nicht
stehen bleibt vor deiner Tür,
nur weil ich es mir wünsche.

Es gibt keine Nacht, die nur Nacht ist.
Es gibt nichts mehr, nur weil ich es will.

Irgendetwas verliert seinen Sinn,
an einem Ort wie diesem,
wo
Stellen leer bleiben,
Häuser dunkel,
Der Wecker auf
Antwort gestellt ist.

Die Verbindung ist gerissen.

Sebastian Seidler * 1986

## *Werdet wie die Kinder*

Kinder sind offen und ehrlich,
für uns Erwachsene unentbehrlich.

Kinder glauben an Dich und die Welt
und verraten sich nicht für Geld.

Kinder können noch fröhlich lachen,
über Fehler, die sie machen.

Kinder sind unschuldig und klein,
wollen auch manchmal die Größten sein.

Kinder haben Augen die strahlen,
können die Erde in bunten Farben malen,

Kinder lieben dich, wie Du bist,
urteilen nicht über jeden Mist.

Kinder reden und fühlen mit dem Herzen,
leuchten wie Flammen von Kerzen.

Wie gerne möchte ich Euch schreiben,
es ist so schön im Herzen Kind zu bleiben.

Peronilla Seifert * 1957

## *Nebel über der Welt*

Der Zug fährt schnell,
In dem ich bin,
Hin zu den Schrebergärten der Vorstadt.

Die Welt liegt im samstäglichen Nebel
verborgen.
Da ist nichts, was nicht weiß wäre.
Und die Felder, die am Zug vorbeiziehen,
Nur als Furchen zu erkennen.

Der Nebel fängt mein Bild im Fenster,
Da bin ich in den Feldern,
Das sieht mich von draußen an.
Und der Raum hinter meinen Augen wird
weiß.
Gedanken, nur als Furchen zu erkennen.

Kurz vor der Ankunft wird gerade die
Flagge gehisst.
Die ragt im Nebel hoch,
Als verkünde sie seinen Sieg.

Christian Seiffert * 1971

## *Endlich bin ich frei*

In meinem Kopf dreht sich alles
endlich bin ich frei
zu lange meine Gefühle betrogen
zu lange mich selbst verleugnet
endlich bin ich frei.

Alles erscheint mir neu
endlich bin ich frei
der Himmel ist wieder blau
die Sterne leuchten wieder
endlich bin ich frei.

Mein Leben macht wieder Spass
endlich bin ich frei
fern sind Angst und Trauer
fern meine Fesseln die mich hielten
endlich bin ich frei.

Ich habe es geschafft
endlich bin ich frei
ich habe ihn verlassen
ich habe es geschafft
endlich bin ich frei!

Lisa Seils * 1990

Sieh dich nicht um
nach mir,
denn sonst denke ich
dass du mich suchst.

Frage nicht
nach mir,
denn sonst denke ich
dass du mich vermisst.

Romina D. Seiz * 1985

## *Der Bettler*

Ich ging spazieren und sah einen Bettler
am Straßenrand sitzen.
Er fror, doch auf seinem Gesicht entdeckte
ich ein Lächeln.
Ich fragte den Bettler: „Warum lächelst
du,
obwohl du auf dem kalten, schmutzigen
Asphalt der Straße sitzt und frierst?
Warum lächelst du, obwohl du täglich
Hunger leiden mußt,
während andere Menschen jeden Tag an
einem reichlich gedeckten Tisch
sitzen können?
Sag mir, Bettler: Warum lächelst du,
obwohl die Menschen würdelos auf dich
niederblicken, wie auf ein
verwahrlostes, krankes Tier?

Warum, Bettler, bist du nicht wütend auf
die vielen Menschen,
denen es so viel besser geht als dir, die
nicht frieren und Hunger leiden
müssen?
Warum bist du nicht wütend auf Gott, da
er dich verlassen hat?"
Da blickte mich der Bettler an. Als er
sprach, standen Tränen in seinen
Augen:
„Gott hat mich nicht verlassen, er würde
niemals eines seiner Kinder verlassen!
Gott hat mich reicher als andere Menschen
gemacht.
Doch meinen Reichtum kann man nicht
sehen,
denn Gott hat mir den Glauben, die
Hoffnung und Zuversicht geschenkt
und deshalb lächle ich!"

Lisa Self * 1983

## *Stille Nacht*

Wer kommt des Nachts im roten Frack?
Mit langer Rute, großem Sack?
Und steigt bei allen Leuten ein?
Das kann nur ein Perverser sein!
Der anders, als er's tut, nicht kann!
Ganz recht, es ist der Weihnachtsmann.

Dirk Seliger * 1970

## *In der Enttäuschung*

Mir ist, als wär jemand gestorben.
Mir ist, als sei etwas verdorben.
Mir ist, als ginge jemand unter.
Mir ist, als fiele etwas runter.

Mir ist, als gäb es nur noch
Spott und Spiel und Scherze.
Mir ist, als sei das einzig Warme,
das Licht der Kerze –
in meinem Zimmer.

Und weiß, auch das brennt nicht für
immer.

Janet Colleen Gloria Selle * 1982

## *In der Tiefe meiner selbst*

Ich irre
durch die Finsternis meines Wesens;
ich habe mich verloren
in der Wirrsal meiner Gedanken.

Ich falle
in das Loch meiner Seele;
ich verstecke mich
unter der Asche meiner Träume.

Ich renne
durch die Schluchten meiner Gefühle;
ich liege gefangen
im Schatten meiner Trauer.

Ich höre
meinen Schrei in der Leere verhallen;
und ich schlage um mich
mit den Fäusten in das schwere Dunkel.

Sabine Thekla Sellig * 1990

## *Asozial*

Die wahren Asozialen, hab ich soeben
erfahren,
seien die Wirtschaftsbosse und so mancher
Genosse.
Die sich gierig bedienen, von dem was
andere verdienen.
Die sich abfinden lassen, so dass andre
erblassen.

Doch der mir das erzählt, der hat selbst nie gewählt.
Der ist nicht interessiert und gibt an ungeniert.
Der hat niemals freiwillig, geholfen ganz billig.
Der war sich viel zu schad, dem warn andre zu fad.

Ja, das Wort „asozial" ist irgendwie schon genial.
Jeder macht sich's zu Eigen, um auf andre zu zeigen.

Albert Seltsam * 1961

## *schmelze*

so lange
im Gefrierfach
gelebt

kein Wunder
wenn jeder Atemzug
mich schmilzt

Martina Sens

## *Grauer Dunst*

Grauer Dunst umgibt die Seele
und umringt ist auch das Herz,
fühlt sich eingeschnürt die Kehle,
bin benommen ich vor Schmerz.

Unumgänglich ist die Sehnsucht
breitet aus sich wie ein Fluch
will entkommen ich vor Ehrfurcht
in den Traum der mich heimsucht.

Bin benebelt und verschrocken,
eingeengt und so allein,
war ich je auch mal frohlocken,
möchte ich nur noch mal so sein.

Möchte so gern alles lassen,
will nicht enden dieser Traum,
ach lass mich alles vergessen,
leben ohne Zeit und Raum.

Serafina * 1982

## *Die Lüge*

Weiche du Geist
denn du weißt
das mein Leben weiter geht
und die Erinnerung vom Winde verweht

ich brauch deine Liebe nicht
da mich seine Umarmung erfrischt
mein Herz wieder lebt
die Erde erbebt

du bleibst hier bei mir
denkst an das wir
willst dass es nicht verschwebt
denn meine Lüge lebt

Claudine Seum * 1989

## *Feurige Kohlen*

Feurige Kohlen
trage und häufe
sie auf mein Haupt
lass brennen
Strohfeuer und Hartholz
in neuem Licht
lass regnen
befruchtende Asche
auf Felder
kleinstirnigen Denkens
und über glühende Kohlen
führe mich
zu den fernglänzenden Strandgärten
ersten Erkennens
begrabe hier bald
Eitelkeit Stolz und Neid.

Gotelinde Seumel * 1979

## *Oh Weihnachten, du frohes Fest*

Oh Weihnachten, du frohes Fest,
besinnlich du uns werden lässt,
beim Weihnachtslied mit Kerzenschein,
da muss man einfach glücklich sein.

Und der geschmückte Weihnachtsbaum,
er ist so schön, schön wie ein Traum.

In Kinderaugen hell und klar,
erstrahlt das Glück in jedem Jahr,
denn alle sind schon sehr gespannt,
was kriege ich aus Christkinds Hand.

Genieße diese schöne Zeit,
mach dich fürs neue Jahr bereit.

Thomas Seyer * 1959

## *Wo doch alles gut ist*

Als wenn es nicht anders ginge
die Kurven auf den geraden Weg zu biegen
Steine aufzuschichten und
darüberzustolpern
vor dem Sonnenschein in Sicherheit
zu wiegen, obwohl es vorangehen könnte

unverzichtbar, das Chaos zu stapeln
die Windrichtung mit dem Atem zu
steuern
Boden erdigduftend unter den Füßen zu
bemerken
vor Schilfhalmen wie Gitterstäben
zu weichen, obwohl man doch frei ist

wie das Fehlen des tiefen Sinns
die warmen Hände der guten Angst zu
spüren
Liebe nicht als Tatsache zu empfinden
vor Sorge um das Erlöschen
zu spüren, wo doch alles gut ist

Janina Sgodda * 1984

## *Das Buch*

Manchem Mensch scheint es unbrauchbar,
doch ist es eher unverzichtbar.
Das Äußere wirkt unbedeutend und klein,
noch nicht einmal sehr fein.
Schaut man aber hinein,
so fällt man in eine andere Welt herein.
Diese Welt ist mal besser mal schlechter,
oft sogar gerechter.
Manchmal aber auch hässlich
oder grässlich.
Doch egal wie sie auch ist
– zum Glück –
kann man immer wieder zurück.
Aber selbst dann vergisst
man diese Welt nie mehr,
meistens vermisst man sie sehr.

Julia Shapiro * 1993

Wenn man an einem Grab steht allein,
so denkt man, man liebte nur diesen, sonst
kein'.
Man beginnt sich aufzugeben
und mit der Trauer dahinzuschweben.
Man würde sich am liebsten zu ihm legen
und ihm geben den eigenen Segen.
Wenn man beginnt die Tränen fließen zu
lassen,
so geschieht es, dass die Bilder der Realität
verblassen.
Es trifft mich so tief ...
In das Grab gleitet dies Gedicht in einem
Brief,
damit man nicht vergessen wird so schnell;
So reißt der Himmel auf und die Sonne
scheint hell,
als ob sie einem ein Zeichen geben mag.
Während ihr Schein berührt den Sarg,
trocknen auch meine Tränen.
Außer hier am Grab, wird man dies
Gedicht niemals mehr erwähnen.
Man steht wieder auf eigenen Füßen.
Niemand wird für eine dieser Aussagen je
büßen.

Das Grab wird geschlossen
und hie und da wird noch eine Rose
begossen ...

Nora Shidowezki * 1990

## *Sie ...*

Staub ...
Bedeckt meine Seele,
grau.
Die Erinnerungen, schwer.
Mein Geist, durstet.
Träume, verlieren sich darin.
Will sie halten, ich erblinde.
Staub ...

Über deine Seele, grau.
Deine Augen, blind.
Du durstest.
Ich wollte dich halten.
Staub ...
Überall.
Wir sahen es nicht kommen,
es kam leise über uns.
Ewiger Staub...
Wir vergaßen.

Anita Shtanaj * 1982

## *Tränenmeer*

Jetzt lieg ich hier im Tränenmeer
Die Welt nur noch in Trümmern
Mein Herz voll Trauer endlos schwer
Wer wird sich schon drum kümmern?

Du bist nicht hier, es ist so kalt
Mein Herz beginnt zu frieren
Mein stummer Schrei langsam verhallt
Ich will dich nicht verlieren

Am Horizont ein heller Stern
Versuche ihn zu greifen
Behalten würd ich ihn gern
In ferne Welten schweifen

Der Himmel schwarz, der Regen weint
Der Schmerz noch nicht vergangen
Sind wir im Tod wieder vereint?
In Einsamkeit gefangen

Norman Shum * 1987

## *Gott spricht zu Menschen*

Wir tragen gar oft unsere Sorgen
Im Gebet zu Gott, Stück für Stück.
Doch wir geben sie Ihm nicht alle ab.
Darum bleiben so viele zurück.

Wir können im Herzen nicht glauben,
daß Er uns auch beisteht in Not.
Der Mensch, er will sich selbst helfen,
darum wählt mancher für sich den Tod.

Doch Gott spricht zu allen Menschen,
die ihr beladen seid, kommet doch her,
ich will euch erquicken, erlösen,
ich bin euer Schöpfer, der Herr.

Steigt herab doch von eurem Hochmut.
Euren Stolz, übergebt den auch mir,
wendet euch ab von der Sünde.
Ich schenke euch den Frieden dafür.

Ihr solltet da werden wie Kinder,
vertrauensvoll, glaubend und rein.
Meine Werke der Umwelt verkünden
Und euer Leben wird Seligkeit sein.

Annemarie Sickl

## *Sterbender Schwan*

Weißt Du wie mir ist? –
des Nachts nicht einzuschlafen
keine Hand, die meine sanft berührt
und mir beim Hinübergleiten in die
Sternenwelt
noch mit leiser Stimme flüstert
„Gute Nacht – ich bin bei Dir!"
Die mich aus dem finstren Traume zerret

so mich weckt dann sanft verführt
ahnst Du wie mir ist? –
wie ich bittre Kälte spüre
die sich tief in meinen Daunenkissen
mit dem Duft des Liebsten hat vereint
fühl ich noch sein Schwanenhaar
dass ich dereinst so begehrt
zwischen meinen Fingern gleiten
und im Nacken seinen süßen Schweiß.
Was mir letztlich einzig bleibt
ist dem Abschied tief ins Herz zu schauen
Meinen Tränen einen Weg zu ebenen
unter die Gazellenhaut ...

Inga Siebels * 1975

## *Die Aufgabe*

Ein Geist erschien mir jüngst im Traum
und sprach: du hast drei Wünsche frei.
Wünsch'st du, was unverzichtbar ist,
wirst du für immer selig sein.
Ich dacht' nicht lang und sagte froh:
Zunächst will ich versorget sein
mit Speis' und Trank, mein Leben lang.
Sodann ein würdig' Amt bekleiden,
das mich und meine Liebsten nährt.
Er flattert unruhig um mein Haupt,
so fahr' ich schnell mit Wünschen fort.
Für Wissen und Gelehrsamkeit
will ich einmal erinnert sein.
Sprach ich – fast endlos bleibt es still.
Dann schliesslich hör ich lachend' Raunen:
Das ist's, was jedes Menschlein will.
Wünsch'st du den Frieden in dir nicht,
kein Zauber wird dir Gott ersetzen.
Ich wachte auf, fand mich, wie stets –
doch war da nicht ein neues Glänzen?

Daniela Sieber * 1961

## *Für immer deine ...*

Du warst mir nah,
doch du warst Kilometer entfernt.
Ich sah dich,
doch du mich nicht!
Das Gefühl, ich kann es nicht beschreiben.
Es ist wie tausend Schmetterlinge,
oder doch wie ein Dolch in meinem Herz.
Ich spüre dich,
und du?
Spürst du dieses Gefühl,
von Wärme und Nähe,
von Freiheit und Geborgenheit.
Du kannst es nicht spüren,
du kennst mich ja nicht.
Doch ich werd es immer spüren, für dich?
Ich weiß es nicht!
Du spürst es auch,
aber nicht für mich.

Für immer deine ...

Jennifer Siegel * 1989

## *Den Lebenden*

Für die, die fragen,
sich der Chance bewußt,
einer Antwort, die nicht die ihre wär.
Denen nichts gleich, doch alles gültig ist.

All denen, die dort gehn,
wo das Gras noch wächst,
die nicht genug bekommen,
von dem, was stolpern läßt.

Für die, die hören,
denen Worte Türen sind,
für die Perfektion
das Gleiche sei wie blind.

Denen, die im Mut
die Angst noch spürn,
die im Orkan
ein Flüstern hörn.

Für die, deren Wahrheit „die“ ausschließt
auch wenn was salzig scheint, versüßt,

die ein schwarz gemaltes Weiß noch sehn,
für die geschrieb'ne Worte niemals stehn.

Leo Sievering * 1961

## *Herbstblatt*

Herbstblatt, bunt und leuchtend,
ist gefallen vom Baum, spielt mit dem
Wind,
der Wind mit ihm, lässt treiben sich,
hier hin und dort hin.
Auf und ab tanzt das Blatt,
bis genug es hat.
Liegen bleibt am Boden
und über sich oben
der Baum –
blattlos.

Annedore Siewert * 1939

## *Hanns Dieter Hüsch*

Er war diesseits und
jenseits des Flusses,

schwamm mit dem Strom
und gegen ihn.

Man konnte ihm winken vom Ufer,
und er winkte zurück.

Jürg Signer * 1948

## *Spurensuche*

Verlorene Spuren im Schnee:
Wohin führen und wem gehören
jene verlorenen Spuren im Schnee?
Es sind gegangene Spuren;
doch weit wichtiger ist, wohin sie führen!

Sie durchmessen Schluchten, die fahl sind
aufgrund mangelnden Lichts,
in denen der Sehende darbt,
Cañons, an deren Rändern von Nebeln
verschleierte Lofoten – Gipfel thronen
und reichen bis in ein Land, welches nur
Kindern und Träumern zugänglich ist,
wo von fernher, aus der Kenntnis
von Gegenwärtigem und Vergangenem,
Visionen für Zukünftiges erwachsen!

Ihr Mächtigen fürchtet dies ferne Ziel,
denn ihr seid nicht die Herren
jener verlorenen Spuren im Schnee ...

Andy Silbermann * 1995

Ist das Leben heiter,
bunt und ohne Last?
Gehst du durch dein Leben,
frei und ohne Hast?

Siehst du schöne Sterne,
die am Himmel stehn?
Kannst du auch alleine
und ohne Krücken gehn?

Hast du keine Leiden,
tut dein Herz nicht weh?
Läufst du gern durch Wiesen,
magst du frischen Klee?

Kannst du Leben ohne Sinn,
dann fühl dich nicht allein.
Denn auch in meinem Herz
ist Freude drin,
ohne Glanz und ohne Schein

stephanie simic * 1986

## *Mein Kaktus im Regenwald*

Du
Stachelig schön
Einzigartig

Eine wunderbare Blüte
Ihr Duft schwebt herüber
Die Luft über und über
Erfüllt, verzaubert.

Viele versuchen
Den Ursprung zu finden, an sich zu binden
Doch sie haben keinen Blick für deine
wirkliche
Schönheit
Sie sehen dich nicht
Sehen nicht meinen Kaktus
Meinen Kaktus
Im Regenwald

Carsten Simon

## *distinctio*

von dem barfuß
der kirschblüten
schneeschneidet kälte
ins zungenfleisch
zum wundkuss im spätsomme
ich such nach der tür
im zaun
die finger für mich

Cordula Simon

Gratwanderung der
Liebe
Verletzbarkeit
Angst
grenzenlos
es
Vertrauen in die
Schwerelosigkeit meine
Seele in deinen
Augen

spüren

Elke Simon

## *Liebe deinen Nächsten – wie dich selbst*

Quälen dich Fragen und Probleme?
Suchst du nach dem Sinn deines Lebens?
Es gibt einen sehr weisen Ratgeber.
Ein Ratgeber ehrlich und voller Liebe.
Der Weg zu ihm ist dir ganz nah.
Geh in dich und liebe dich selbst.
Werde still und habe Geduld,
hab Geduld mit dir selbst.
Und sei absolut sicher, die Stimme
in dir meldet sich.
Der Stimme in dir ganz tief innen
kannst du vertrauen.
Denn ganz tief innen in dir
begegnet dir Gott.

Und dann erkenne dich selbst.
Erkenne deine Stärken.
Erkenne deine Schwächen.
Erkenne sie und nimm sie in Liebe an.
Nimm sie wahr und nimm sie an
aus Liebe zu dir selbst.
Dann werden Hemmungen und Barrieren
bald zu weit offenen Türen und Toren.
Der innere Weg zu dir selbst
ist der wahre Weg zur Liebe.
Der Weg ist grenzenlos,
unendlich und voller Wunder.
Der Weg in dein Inneres ist
dein Weg zu Gott.

Margrit Simon-Brickwedde

## *criminitis*

bei criminitis wirst du fiebrig fantasieren
wie man leben löscht körper zwischen
seiten klemmt sie manisch hämmern satz
um satz
(satz ist das blei das du hast)
das für das opfer weiblich jung ledig
halt! ein gutes blei&pulverbuch hat heut
zutage eine 4,5 magnum wenigstens
den dreifachmord damit die quote stimmt
sie nicht zum pinkeln gehn
wenn du zu ihren herzen machst
dich auf sie fiebrig zocken
ab dein buch was schlecht so gut

tut – wenn du um ihre herzen wirbst
musst du sie schocken
infizieren

Luc Simon-Schön

## *Herbst*

Es stand groß an ihrer Wand,
Sie nahm ein Messer in die Hand.
Und hat, weil sie es nun mal so glaubt,
Ihn seiner Manneskraft beraubt.
Rot erschien der Kinderwunsch von ihm,
Unweit vor ihr, wimmernd auf den Knien.
Lachend und nicht ganz bei Sinnen,
Sah sie seinen Lebenssaft ihm entrinnen.
Drückte seinen Kopf fest zwischen ihre
Schenkel,
Und schrie: Wo bleiben denn nur meine
Enkel.
Das Japsen nach Luft gab er längst schon
auf,
in ihrem plötzlich dagewesenen Zorneslauf.
Sie steckte die Finger in sich selbst,
Draußen fielen die Blätter, es war wohl
schon Herbst.

Sir Madness * 1983

## *Das Model*

„Barbie, du hast zugenommen",
böse schreit das Management.
Das Model zuckt zusammen, schaut
beklommen;
wie gut dass sie Kalorientabellen kennt.
Würde sie nicht stehen in ihrem Kleid,
man könnte an ihr alle Knochen zählen.
Zu dick ist zu dick, die Insiderin weiß
bescheid,
es gäbe eine Menge Pillen auszuwählen.
Und sollte das dann noch nicht reichen,
steckt sie den Finger in den Hals;
Sowieso stehen auf dem Laufsteg nur die
„Bleichen";
das ist auch in derzeit, meint sie jedenfalls.
Gegen den ständigen Druck, da helfen ihr
die Drogen,
sie lassen auch die hohlen Augen glänzen in
dem Licht.
Der ganze Glemmer wirkt verlogen,
nur das verdiente Geld verleiht dem eine
andere Sicht.
Manch aufkommender Zweifel wird im
Keim erstickt,
Alkohol vernebelt da mit Promille.
Ist sie dann aufgebraucht, wird sie nach
Haus geschickt,
nicht mehr sie selbst, nur noch die leere
Hülle.

Martina Skaloud * 1961

Blumenmeer.
Die Wiesen frisch vom Tau.
Wiederkehr.
Der Himmel azurblau.
Frühlingserwachen.
Der Sonne Glanz erstrahlt.
Kinderlachen.
Bilder bunt bemalt.
Unschuld.
Neubeginn voller Reinheit.
Ungeduld.
Ein Streben nach Einheit.
Wachsen.
Gedeihen aus der Erde Grund.
Erwachsen.
Reifen von Stund zu Stund,
der Vollkommenheit entgegen.

Dorothea Maria Slenczek * 1972

## *Beziehungsweise*

Ich liebe Dich.
bzw.
Ich kenne Dich.
Oder nicht?

Wir leben zusammen.
bzw.

Wir leben miteinander.
Glücklich?

Wir ergänzen einander.
bzw.
Wir bremsen einander.
Vollbremsung?

Beziehungen lehren.
bzw.
Beziehungen lähmen.
Bin ich „beziehungs-weise“?

Zweckgemeinschaft.
bzw.
Zwangsgemeinschaft.
Wär ich gern Beziehungs-Waise?

Janina Slonka

## *Perfekte Liebe*

Perfekte Liebe ist,
Wenn du Vertrauen schenkst,
Und weißt, du bekommst es zurück.
Wenn du nur noch an ihn denkst,
Dann hast du Liebesglück.
Perfekte Liebe ist,
Wenn du nur noch gibst,
Nichts dafür nimmst.
Wenn du ihn über alles liebst,
In Gedanken ein Liebeslied anstimmst.
Perfekte Liebe ist,
Wenn du alles vergisst,
Nur weil du an ihn denkst.
Wenn du ihn immer vermisst,
Und wenn du Vertrauen schenkst.

Perfekte Liebe scheint nicht möglich,
doch im Innern eines jeden Menschen
Schlummert sie doch womöglich.
Wer weiß?

Ottilia Sluschny

## *Vielleicht*

Vielleicht ja, vielleicht gibt es etwas,
vielleicht gibt es ein einfaches Glück.
Vielleicht gibt es einen Weg für alle,
vielleicht auch nicht.

Manchmal ist alles wirklich so einfach.
Manchmal sind die Sterne so nah und
greifbar.
Manchmal sind Träume so schön real.
Manchmal ist alles doch nur wie ein
Traum.

Wieso ist alles nicht immer so einfach?
Wieso ist manches so unverständlich?
Wieso sind manche Menschen so
schwierig?
Wieso gibt es so wenig Verständnis?

Wer weiß, was das alles heißt?
Wer weiß, ob alles einen Anfang und ein
Ende hat?
Vielleicht ist alles tatsächlich ein Vielleicht,
aber ist denn alles nicht nur so wie man es
einfach macht?

Edith Sniatezky * 1969

## *Not-Wendendes*

Was du brauchst
ist nicht viel
Einen Baum
Die Luft über den Feldern
Ein paar Menschen,
mit denen du reden
kannst über
Bücher
über Blumen
über Gott
Ein paar Kartoffeln
geröstet im Herbstfeuer
Einen Schluck klaren Wassers,
Wenn es hoch kommt
Salz dazu und

ein Glas Wein
Aber das ist
beinahe schon
zuviel

Ju Sobing * 1944

## *Weißt du, wie ...*

Weißt du,
wie ich mich fühl?
Draußen ist es warm und schwül,
doch meine Seele ist erkaltet,
niemand mehr,
der über meine Gefühle waltet.

Weißt du,
wie es mir geht,
wenn mir der Wind um die Haare weht,
wenn niemand da ist,
der hinter mir steht,
keiner mit dem man gestohlene Pferde
reitet.

Weißt du,
wie langweilig es ohne dich ist?
Und du mich neben bei vergisst.

Weißt du,
wie traurig ich bin?
Ohne dich hat das Leben keinen Sinn.

Tatjana Sochowski * 1990

## *Erinnerung legt das Leben still*

Weiße Lilien, an Schatten gewöhnt,
blühen in meinem Garten und trotzen
verbleibender Zeit des
stillgelegten Lebens,
dessen Kunde weit hinaus drängt.

Keine Rast, um Lilien zu pflegen.
Schon ertrinken sie im Dunst des Abends,
werden als zu späte Früchte des
Lebenstages
ohne Frühlingsfrische und Sommerwärme
vertan.

Wo nehmen das Licht, da der Abend
schon am Morgen seine Lieder singt?
Wem zur Liebe raten, der kein Herbst,
nur schmerzerfüllte Nacht ihren Segen
gibt.

Ivan Soldo

## *Rosengedicht*

In meinem Garten am grünen Fluß
schattig durch Birken und Weiden
blüh'n mir zur Freude
ganz wunderschöne Rosen:

Meine Weiße –
die zarte Traumtänzerin
rankt über moosbedeckte Schindeln
so hoch, bis in den Himmel.

Meine Gelbe –
lieb ist sie mir, die Zauderin.
Nur selten, in geringer Zahl
zeigt sie ihr üppiges, gebleichtes Gold.

Meine Rote –
sie muß die Königin sein.
Ich jeder Frühe möcht' ich mich verneigen
vor dunklen, funkelnden Rubinen.

Anna Sollmann-Hosch

Der Winter macht sich breit in meiner
Seele
Eiszapfen in meinem Herzen
spüre die Wärme des Sommers nicht
Menschen gehen an mir vorbei
sind wie Schatten, kommen nicht an
erreichen mich nicht.

Alles Leben im meinem Herzen
ist eingefroren als Du gingst.

Meine Haut atmet nicht ohne Deine
Berührung,
nirgendwo spür ich ein Glühn
meine Augen haben ihren Glanz verloren,
unendliche Kälte wächst in mir.

Du schaust mich an mit einem
zauberhaften Blick,
legst Deinen Kopf in meine Hände
samtige Pfoten auf meine Brust
das Eis schmilzt in meinem Herzen,
wie Tränen fließt alles davon
Du gibst mir einen Hauch von Glück.
Ich weiß, alles was ich verloren
gibst du mir tausendfach zurück.

Ingrid Sommer * 1950

## *Ich kenne den Rest der Welt*

Hast du das Vertrauen?
Sähst du das Gold?
Meer und Mond anzuschauen,
ist dein Erfolg.

Alles ist Aktivität!
Alles ist Beziehung!
Alles ist banal!
Es ist,
es ist einen Katzensprung entfernt,
da haust Gott in dieser Welt.

Fahrt im Boot bergauf,
ich bin glücklich drauf.
Mischen und Strukturieren,
sich auf der Autofahrt in ein Opernlied
verlieren.

Michael-Josef Sommer * 1984

## *Tief wie der Ozean*

Das Herz einer Frau ist unergründbar eines
Ozeans gleich –
stürmisch und ruhig, unerbittlich hart und
doch auch samtig und weich.
Jede von uns Frauen ist für ihr Schicksal
entstiegen dem Meer,
die Heimat verlassen für ein gemeinsames
Glück,
der Wehmut nach unendlicher Tiefe bleibt
in ihr zurück.
Das Element des Wassers, die mystische
Welt einer Frau,
ist dem Mann so fremd – und doch
Faszination er spürt,
die Erde ist sein Elixier und er kämpft um
sein Land und
würde sterben dafür.
Das Land – trocken und verdorrt es wäre,
wenn kein Wasser es nähre –
und das Meer nach Grenzen und Einhalt
fleht,
um an den Felsen sich aufzutürmen, wo es
letztendlich zerschellt
und sich sodann mit der Erde vermählt.

Seit Jahrtausenden eine Allianz der Natur
und so einfach wär's, den anderen zu
verstehn,
könnt man in die Welt des fremden
Elements übergehn.

Viele haben sich bemüht und
unzertrennlich als Einheit wollen sie
sein,
doch jede Eva hört den Ruf des Ozeans
und das Salz ihrer Tränen führt sie heim.

Susanne Sommer * 1973

## *Das silbern Licht!*

Silbern ist das Licht der Sterne,
doch sie sieht es niemals mehr.
Gute Augen sind erloschen,
ihre Hände kalt und schwer.

Niemals wieder wird sie sagen,
oh mein Junge, komm doch rein.
Niemals mehr nach Sorgen fragen,
Mutter war mein Sonnenschein.

Wird nun heut auf Reisen gehen,
reisen ohne Wiederkehr.
Werde sie nie wieder sehen
und mein Herz, vor Trauer schwer.

War so fröhlich, wenn sie lachte,
hat mit mir ihr Brot geteilt.
Und wenn ich mal Unsinn machte,
wars die Mutter, die verzeiht.

Würd sie heut auf Händen tragen,
manches Wort ich heut bereu.
Konnte sie fast alles fragen
und ich sag am Grab, Verzeih!

Siegfried Sommerfeld * 1948

## *Des Meeres Atem*

Alle Zeit zerfällt
im Schlag der Wellen,
der Götter Atem
ist seit Anbeginn.

Alles Leben wurde
aus dem Meer heraus
und noch immer
spürt man diese Kraft.

Oft besungen
in den Zeiten,
bleibt unbegreifbar
dieses Atmen.

Der Götter Atem
bleibt als Wunder
in den Einsamkeiten
unsres Seins.

Hans Sonntag * 1944

## *sommers*

hockt
das kind
im feld
mit bloßen
knien
acker
winden
hoch
lerchen
wirbeln
loben
preisen
in der
einen luft

morgenlos ist
der tag
und ohne
abend auch

Monika Sonntag * 1951

## *Nachtlied*

Der frühe Abend neigt sich dem Ende und
weicht der Nacht!
Doch der Himmel gibt sanft sein gutes
Blau auf unsere müde Erde!
Die Wolken künden von einem
sonnenverwöhnten Tag,
oder vereinigen sie sich zu einem kühlenden
Regen, sie verraten es nicht!
In dem lauen Abendwind bewegt sich die
Krone der Akazie,
noch ganz leicht erahne ich den Duft ihrer
nun zur Erde gesunkenen Blüten!
Und was bleibt an diesem Abend von mir?
Was bleibt am Abend von einem Tag,
einem Tag vieler vergangener Tage?
Die leise Hoffnung, dass der morgige Tag
ein Meer an Liebe und Geborgenheit
bringt.
Diese Hoffnung jeden Abend und die
Frage, was bleibt im Hier,
wenn das da nicht kommen wird, nichts,
außer die Hoffnung des Morgens!

Doch sei still und sieh hinaus, siehst du es,
die Nacht hat gewonnen.
Siehst du die Wolken, die die Nacht viel
intensiver in sich tragen als der
Himmel dahinter?
Und so bleibt die Nacht in meinem Leben,
bis die Sonne aufgeht,
mich auf ihren Fittichen davonträgt in eine
Welt, die keinen Schatten kennt,
in eine Welt die Liebe heißt!

Sophie * 1980

## *Der Stein*

Einsam liegst du da, am Wegesrand,
es dauerte ewig, bis ich dich hier fand.
In den Augen der andern bist du ein Stück
harter Sand,
es dauerte ewig, bis ich dich hier fand.
Hart und kalt wurdest du mir beschrieben
als ich frug, was deine Eigenschaft ist,
gefühllos und Tod, am Wegesrand liegend,
niemand ahnt, wie du in Wirklichkeit bist.
Ich habe dich in meiner Hand gehalten,
die Augen geschlossen, lies meine
Gedanken frei walten.
Du bist Zuhause, auf allen Planeten,
von der Natur geschaffen, aus Ihrem
Design
und gibst den Menschen im Sommer und
Winter,
stets ein warm, geborgenes Heim.
Was du hast erlebt, kann ich niemals mehr
erleben,
was du hast gesehen, werde ich nimmer
sehen,
aber eines will ich Dir heute versprechen,
ich will nie mehr von dir gehen.
Will deine Kraft und deine Härte fühlen,
mit dir bauen ein Kunstwerk aus
Stein,
du bist edel und wichtig in meinem Herzen
niemals sollst du wieder einsam sein.

Robert Soppa * 1960

## *Kischmisch*

Meine süße Tochter fragte mich:
„Lieber Papi, was bedeutet Kischmisch?"
„Kischmisch ist persisch, bedeutet
Rosine.",-
Sagte plötzlich meine Frau Galine.

„Kischmisch auf Russisch bedeutet
Rosine.",-
Widersprach eine freche Biene.
Ich mischte mich ein, dann sagte ich:
„Liebe Leute, also streitet euch nicht.
Ich danke Ihnen für die Rosinen,
Ich bedanke mich für Kischmisch."

Alfonso Sosa Pohl * 1953

Wie ist das so, das Traurigsein?
– Man fühlt sich einsam und allein.
Es regnet, obwohl die Sonne scheint
und jeder Mensch ist dir ein Feind.

Wie ist das so, das Traurigsein?
– Man möchte einfach glücklich sein.
Und steht sich selbst dabei im Weg,
weil man zu lange überlegt.

Wie ist das so, das Traurigsein?
– Man hat Sehnsucht nach dem Schein
und ist von sich so sehr verwirrt,
hofft, dass der andere das Gleiche spürt.

Wie ist das so, das Traurigsein?
– Man weiß, es wird bald anders sein,
wenn man sich endlich zugesteht,
dass alle Hoffnung untergeht.
Denn der Schein, er wird vertrieben,
wenn man merkt: „Er wird dich niemals
lieben."

Anna Sosnik * 1984

## *Der Enten-Quickie*

Du musst nur mal auf's Wasser schau'n
da siehst du Erpel und Entenfrau'n

der Erpelt pickt Schnabel ins Wasser hinein
das heißt wohl, hey Ente, ich will in dich
rein

die Ente pickt mit, schwimmt nicht auf
dem Schlauch
das heißt offenbar: ja, ich will das auch

denn plötzlich mit kleinem bescheidenen
Schwung
konnt' ich sehen wie Erpel in Ente
eindrung

das war wohl ein Quickie, lang ging das
nicht
das ist mein Eindruck - aus Mensches Sicht

Juliane Sowah

## *Frühling*

Einig ist man sich noch nicht,
alles aus dem Gleichgewicht.
Sonne, Wonne, Strahlentag,
Eiseskälte, Tau frisch lag.
Knospen knallen in Gedanken,
Kaltluft weist sie in die Schranken.
Nun lass es scheinen, Sonne satt,
Frühling, wie man's erträumet hat.

Gabriela Spangenberg * 1961

## *Der Lauf der Liebe*

Dass wir uns fanden war ein Glück,
wir kamen uns näher Stück für Stück.
Der erste Kuss, ich konnt's kaum glauben,
ich dacht, es würde mir den Atem rauben.
Ich wollte die ganze Welt umarmen,
dich wiederzusehen konnt' ich nicht
erwarten.
Amors Pfeil traf in mein Herz hinein,
alle Wünsche wurden klein, außer dem, bei
dir zu sein.
Aber dann bautest du Mist,
etwas, was man nicht so schnell vergisst.
Ich liebte dich und wollte dir verzeihen.
Doch es war zu spät: Unsere Liebe konnte
nicht mehr gedeihen.
Dann wurdest du mir total fremd,
wie jemand, den man nur vom Sehen her
kennt.
Du meldetest dich bei mir nicht
und ich sah dich plötzlich in anderem Licht,
fing an, dich ganz langsam zu vergessen,
dich werd' ich sicher nicht mehr vermissen.
Die Liebe kommt, die Liebe geht.
Entweder sie zerbricht oder sie besteht.

Verena Spangler * 1984

## *Du schon wieder*

Karten klopfen, Bierchen zischen,
nie, niemals die Küche wischen.
Hintern kratzen, Gase lassen,
alles Geld für nichts verprassen.

Schmodder durch die Nase ziehen,
vor Kultur, da kann ich fliehen.
Rasier'n nur, wenn's im Barte klebt,
hab noch nie so gut gelebt!

Doch heut kehrt meine Frau zurück,
da hab ich Pech und sie hat Glück.
Auch sie ist tot und wir vereint,
„Bis das der Tod...", war's so gemeint?

Wenn ich's bedenk, muß ich mich fragen...

...der Gedanke schlägt auf meinen Magen...

Meine Frau hat alles aufgegeben
um nach dem Tod mit mir zu leben!

Was liebe alles ändern kann,
auch nach dem Tode Frau und Mann!

Statt „Du schon wieder“ sollt ich wagen
einmal „Ich liebe Dich“ zu sagen!

Eric Spannaus * 1979

## *Sommerwaldstraum*

Es muss die Sommerhitze sein
die Grelle
die einen sinken lässt
in endlose Waldschatten
Lauf, Kind, entfliehe!
Es kann so schwer nicht sein
Überspring die Wurzeln
diesmal leichten Fusses
Sie können dir nichts anhaben
Zu lange schon sassest du an der Sonne

Einmal noch schaust du zurück
In die blauen Schatten des lichtlosen
Waldes
Ach, du hast etwas zurückgelassen dort
Einmal mehr
Doch lass es
Es ist schon nicht mehr von dir
Verloren ist es, für eine lange Zeit
Geh jetzt, zurück an die Sonne
Lauf Kind, du weisst es ist kein Traum
es ist die Zeit.

André Specht * 1957

## *Auf der Suche*

Haus und Hof stehen kreuz und quer,
viel Hoffnung gibt es nimmermehr –
gebrochen ist des Menschen Wille,
des Suchens Mühe nach der Brille!
Verschwunden bleibt da nicht zu finden,
das Leseglas – wer könnt's ergründen?
Trotz guter Sicht,
ihm fällt nicht ein,
das Ding muss vor den Augen sein!
Im Spiegel erst bemerkt Herr Hase,
das lang Vermisste auf der Nase!

Roland Chr. Speck * 1932

## *Für meinen Liebsten*

Wie soll meine Liebe zu dir
sich verhalten?
könnte ich nur einen Flügelschlag eines
Schmetterlings
die Zeit anhalten
für einen Bruchteil einer Sekunde
die Sonne festhalten
in meinen Händen eines kurzen
Augenblickes
die Welt für dich gehalten
Momente des Glücks und des
Zusammenseins
bleibt für immer erhalten
Sterne am Himmel schenke ich dir du
darfst sie
„mein Liebster“ behalten

Elke Speicher * 1969

Des Zweifels Worte sind verstummt,
da die Liebe mir begegnet.
Jahre der Lehren sind vollendet
in des Schmerzens Leid.
Geöffnet von magischer Hand,
des Schlüssels meines Herzen.
Vom Blumen Dufte betört,
wurde meine Liebe erhört.
Steig ein in das Licht, in mein Geheimnis,
das ich bewahrte für den richtigen Geist.
Für Dich mein Liebling, beginne nun die
Reise
in meines Herzen Land.
Unberührt und rein, soll diese Landschaft
zu erkunden, nur für Dich Erfüllung sein.

Nicole Speier * 1976

## *Jeden Tag*

Jeden Tag
wenn du in dein Kissen weinst
es nur noch schlecht mit dir meinst
denk ich an dich.

Jeden Tag
wenn du keinen Sinn mehr siehst
deine Seele vor dir zerfließt
glaub ich an dich.

Jeden Tag
wenn du die Hoffnung verlierst
dein Leben vegetierst
fühle ich dich.

Jeden Tag
wenn deine Träume verwehen
am Ende die Einsamkeit steht
brauche ich dich.

Für jeden Tag
an dem du in die Sonne lachst
anderen eine Freude machst
liebe ich dich.

Maximilian Sperfeld * 1971

## *Augenblicke*

Geld ist für viele Menschen das Wichtigste
auf dieser Welt,
aber gibt es noch andere Kostbarkeiten,
was viel mehr zählt:

… der Augenblick, wenn Dir die Sonne
entgegenlacht,
… der Augenblick, wenn Dir jemand
Danke sagt oder Komplimente
macht,
… der Augenblick, wenn der Duft einer
Blume Dich in eine andere Welt
verführt,
… der Augenblick, wenn man die Liebe
und Nähe zu Freunden spürt,
… der Augenblick, wenn ein Kinderlachen
Deine Sorgen verdrängt,
... der Augenblick, wenn man einem
älteren Menschen Zeit zum Zuhören
schenkt.

Diese Augenblicke und noch viele mehr in
unserem Leben,
kann man nicht mit Geld aufwiegen und
werden Dir immer schöne
Erinnerungen geben!

Luela Sperlich * 1961

## *Sommerfriede*

Das grüne Laub der Blätterwellen,
bricht sich an des Herzens Strand.
Spatzen tanzen auf den Windesschnellen,
Amseln wärmen sich im Sonnensand.

Die Sonne zaubert Silberkronen auf die
Wipfel,
Libellen schwimmen auf der Sommergischt.
Ein Adler wacht am Himmelsgipfel,
ein Wellenschlag das Abendgold erlischt

Die Nacht webt zärtlich dunkelblaue Stille,
geschmückt ein Meer aus Diamant.
Darüber legt sich Gottes Wille,
Friede gleitet schützend übers Land.

Roland Spewak * 1951

## *Meine Träume*

Meine Träume –
die leg' ich mitten in dein Herz hinein,
weiss ich doch,
du wirst behutsam
mit ihnen sein!
Keiner Seele fügst du jemals Schmerzen zu,
bist bei allem,
was du tust, stets du!
Hast manch' Leid
schon selbst erfahren –

was als Spur
nach all' den Jahren
deinen Augen anzusehen ist –
glaube
an die Kraft der Träume,
leg' sie in mein Herz hinein –
so liebevoll, wie du stets bist,
werd' ich zu deinen Träumen sein …

Angelika Spielmann * 1962

## *Unbeantwortet*

Ein jeder Tod schlägt eine kleine Welle
im großen Meer der Ewigkeit.
Sie kommt ganz sacht, vergeht sehr
schnelle,
ein leiser Ton summt durch die Zeit.

Und dieser Ton klopft hell an alle Seelen,
will eine letzte Frage stellen:
Hat mich wer gern, werd ich wem fehlen?
Doch ohne Antwort glätten sich die
Wellen.

Vicki Spindler * 1971

Ich dachte an ein versunkenes Land
und schaute verträumt in die Wellen.
Da nahm ich mein jüngstes Kind an die
Hand
und dachte an das versunkene Land.
Das Kind wollte spielen im warmen Sand
und nicht hören, wie Deiche zerschellen.
Da dachte ich an mein versunkenes Land
und schaute verträumt in die Wellen.

Ilse Spitzer

## *alma mater mummenschanz*

wie auch immer: uns bleibt noch der
regenschirm, das badezimmer.
die morgenzeitung und ein hochfrisiertes
ungestüm.
wir haben uns gut eingerichtet.
grad das richtge maß an zeit vertan.
punkt acht uhr bin ich wieder
ausgenüchtert.
zieh mir nicht jeden handschuh an,
muss halt schon ein fäustling sein, in dem
man
die geballte faust auch nur vermuten kann.

so gehen frühling, sommer, herbst und
hitler
an mir, dem bluter, still ...vorbei. nichts
beißt sich ein in meine zeit, mein blasses
konterfei
der ich in meiner blutarmut nicht
eisenhaltig bin, sondern verbleit.
und asche zu puttel, staub zu sauger,
firlefanz zu mummenschanz. ein
schleudersitz
taugt nicht für den hubschrauber, doch
tango schon zum totentanz.
und wie auch immer: dies ist und war und
wird bloß
durchgang sein, „was itzt nocht trutzt und
pocht, ist morgen asch und bein."

Manfred Spitzer * 1958

## *An den Hörenden*

Ich will dir schreiben wie ich mich fühle,
Will schreiben, schreiben auf das ich nie
abkühle,
Aus Leidenschaft und Liebe wie ich es
immer tue,
Denn in mir drin verschwelt leise die Ruhe

Es ist Leben, das innen leben will,
Meine Seele ist lebendig aber still
Ich will aufblühen wie eine schöne
Sommerwiese,
Ich spüre Kraft mächtig wie ein starker
Riese

Ich will scheinen wie die Sonne am
Himmel,
Langsam bildet die Gemütlichkeit ätzenden
Schimmel
Ich muss durchlüften, mich öffnen wie ein
Fenster,
Ich könnte meinen ich sehe schon
Gespenster

Ich frage mich verzweifelt: was ist nur los,
Dann lache ich und verstehe: das wieder
bloß
Meine Seele stelle sich frei in meine
Lebensbahn,
Es ist nicht leicht seine Stellung klar zu
bewahrn

Meine Umgebung möchte ich oft anders
gestalten
Warum kann ich mich nicht anders
verhalten,
Wie gerne würde ich nur tun was ich fühle,
Einfach leben nur angetrieben von Liebe

Sprach-Los * 1983

## *Chanson*

Ich habe, was ich konnte, längst an dich
vergeben,
du eine Frau, du Hörmirzu,
du Kommundlassmichnichtinruh,
du Tag- und Nachterleben.
Ich liebte dich prekär und schlicht
– nur dankbar warst du nicht.

Ich hielt dich fest, ganz fest an mich
gedrückt,
ich hab das Licht auch ausgemacht-
Ich wünschte uns die beste Nacht
und bin sogar im Bett gerückt.
Wir küssten uns ... so ohne Licht ...
– doch dankbar warst du nicht.

So war es stets, stets wird's so sein:
Der Eine liebt mehr, als er will.
Der Andere hält einfach still
und schläft als erster ein.
Trotz Zärtlichkeit und manch Verzicht:
– Nein, zärtlich warst du nicht.

Bernhard Spring * 1983

## *Vier Gartenzwerge*

Vier Gartenzwerge – stets lächelnd
seh'n reihum sich so an,
und denken – Mann, oh Mann
so schau'n wir also aus.

Vier Gartenzwerge – stets lächelnd
so hinter manchem Haus
seh'n alle etwas ähnlich aus
mal groß, mal klein, mal riesenhaft,
auch manchmal etwas schauderhaft.

Vier Gartenzwerge – stets lächelnd,
da ist wohl etwas dran,
steh'n Jahr für Jahr
doch immer ihren Mann.

Kommt Nachbars Hund,
schleppt einen fort,
verweilt er dann am andern Ort,
doch ganz bestimmt – stets lächelnd.

Irmtrud Staats * 1948

## *Mein Knopf – Universum*

Du prachtvoller Knopf aus Perlmutt
würdiges Mitglied meiner Traum-
Gesellschaft
– einer der zahllosen Damen und Herren
Knöpfe –
kostbarer Schatz
lebendig gewordener Geschichten,
Charaktere und Dialekte,
mein „Sesam, öffne dich!"
Welcher Reichtum an Formen und Farben
–
welche Wonne, Glattes und Rauhes zu
fühlen!

Blühender Garten der Phantasie
Selige Erinnerung!

Ulrike von Staehr * 1943

## *Wenn du mich vergisst*

Wenn du mich vergisst,
obwohl ich mit soviel Vorfreude neben dir
auf dich warte,

wenn du mich vergisst, obwohl du selbst
nichts anderes als mich willst,

wenn du mich vergisst, obwohl du genau
weißt,
wie rar und kostbar unsere Stunden sind,

wenn du mich vor lauter Liebe vergisst,
dann möchte ich vergessen können,
dass du mich manchmal vergisst – denn:
Ich denk immer an dich!

Ich Liebe dich!!!

Kathrin Stagge * 1966

## *Mein rechtes Bein ist ein Känguruh*

Mein rechtes Bein ist ein Känguruh.
Mein linkes Bein ist eine Giraffe.
Mein linker Arm ist ein Schimpanse.
Mein rechter Arm ist ein Zebra.
Über meinem Kopf schwimmt ein
Nashorn.
– und ein Regenbogenfisch möchte nicht zu
dir.

Elisabeth Susanne Stahl * 1963

## *Ausbeute*

Schaler Geschmack
nach getaner Arbeit
Hohle Worte
in den Raum geworfen

Weggeschickt
mit einem Handschlag

Ein Lächeln im Aufbruch
Für mich?

Die Seele hungert
Doch ich kann gehen
Zum Lachen kommen
die Anderen!

Ute E. Stahlschmidt * 1957

Die gefrorene Erde
duldet
keine Spur

Nutzlos
zu begehen
sind die
fühllosen Landschaften

Bis eines Morgens
die Sonne
einen Schmerz
zurückbringt

Herbert Stangl

## *Find die Ruh*

Tiefer kommt die Ruh zu mir,
sanfter sie mich fand.
In einem Augenblick der schweren Chöre,
ich empfand den Lichtgesang.

Setzend wartend sie ergreift,
mein trägen Körper ausgereift.
Will ruhn, so schwindelschwer in mir,
mein stiller tauber Segen.

Zeig mir, wo find ich dies leise Rauschen,
Rieseln, brennend in mir Sein?

Da, ich fand's – so süß erloschen,
schwemmt es über, tief hinein.

Möcht es halten, schweben mit,
ewig strahlend dies inn're Glück.

Claudia Starchl * 1978

## *Der Fremde*

*Heimatfriede*

Die Stadt ist voll Hektik,
die Menschen sind wirr.
Es denkt sich der Fremde,
wo bin ich hier?
Ist das das Leben, wovon jeder träumt?
Nein danke, das kann's nicht sein,
ich hab nichts versäumt.
Dort wo ich her kam, ist das Land zwar arm,
doch der Mensch ist dort Mensch,
die Herzen sind warm.
Nicht so wie hier, wo alles aus Eis.
Und niemand kennt den andern, vom Nachbarn nichts weiss.
Hier kann ich nicht bleiben, ich will zurück.
Kein Geld der Welt hilft mir hier zu meinem Glück.
Drum werd' ich verlassen, diesen kühlen Ort,
diese Menschen, die nur hassen, schnell will ich fort.
Dorthin, wo ich hergekommen bin.
Der Heimatfriede ist der grösste Gewinn.

Gerda Stark * 1956

## *Ein Tag*

Fieber hämmern Blicke rot
Gedankenbrücken fallen

Meilen, Meilen einer Stadt
färben Wände glatt

Donnergroll, die Dunkelheit,
zieht den Vorhang zu

Lange Beine einer Nacht
tragen Trauer fort

weiß verzahnte Ewigkeit
beißt sich Haare fremd

spukumirrte Bücherschar
schneidet blind Grimassen

Walzer dunkel, Walzer schwer
tränkt die Lust ins Schwarz

meine Augen fallen leise
aufs Tablett

blicklos die Vergangenheit

gelb in gelb in gelb verschwommen!

Nina Stark * 1973

## *Konflikt*

Der ewige Kampf
Zwischen Gut und Böse
Zerstörerisches thront neben Sanftmütigem

Gewalt offenbart sich uns
Gleich einem Blitz
Der sich im Erdreich entlädt

Wir glauben in eine schwarze Grube zu blicken
Vernehmen das markerschütternde Brüllen einer Bestie
Aus der undurchdringlichen Tiefe
Die wir gern leugnen würden

Täglich erleben wir
Wie die Unversöhnlichkeit
Das Wasser schleichend verpestet
Was unsere Welt trinkt

Und stellen uns die Frage
Warum wir so schwach sind
Doch der Geist befähigt uns
Entscheidungen zu treffen

Für die eine
Wie die andere Seite

Marc Starzynski * 1975

## *Gedanken einer Krebskranken*

So kann das Leben nicht beenden,
was es für mich hat aufgebaut.
Laut schreie ich es aus dem Munde,
hab doch an mich so fest geglaubt.

Bereit bin ich, die Last zu tragen,
zu hoffen auf ein mächtig Glück,
um nach geschafften qualvoll Wochen
zu kehren in euren Schoß zurück.

Jetzt lasse ich die Flügel fallen
und warte auf den nächsten Schritt.
Wer steht im Raume mir zur Seite,
erhört von mir gestellte Bitt.

Gelassen laß ich's jetzt geschehen,
mir fehlt die Kraft zum Lustigsein.
Gern hätte ich schöne Gedanken,
doch bleibt nach außen nur der Schein.

Mein inniger Gott, er wird mir helfen
und zeigen mir den richtigen Weg.
Er wird mich tragen durch das Dickicht
und weisen mir das weite Licht.

Elgard Staude-Müller

## *Abschied von Angelina*

Ich wusste es,
als ich dein kleines Zimmer betrat,
dein schweißnasses Gesichtchen sah,
deine fieberheißen Händchen:
Dies würde mein letzter Besuch sein.

Ich nahm deine kleinen Hände
in meine großen Hände.
Ich wollte dir Geborgenheit geben,
zeigen, dass ich bei dir bin,
hoffte, du würdest es spüren.

Während der nächsten Stunden
wurden deine kleinen Hände kühl,
zum Schluss waren sie kalt wie Eis.

Ich nahm deine kleinen kalten Hände
in meine großen warmen Hände
und hoffte,
dir meine Wärme geben zu können.
Ein vergeblicher Versuch!

So hielt ich deine kleinen kalten Hände
und hoffte,
du würdest meine Liebe spüren,
hoffte, auch du würdest wissen,
dass wir uns wiedersehen –
irgendwann in einer anderen Welt …

Brigitte Steckel-Quäl * 1940

## *Kosmoskräfte???*

Was will der Mensch im Feuer machen?
Was in der Kraft gewalt'gen Sturms?
Die Kosmoskräfte ihn entmachten
Und er erkennt: Sein Will' ist Murks!

Wie will er gegen Wasser kämpfen,
Wie will er atmen in der Flut?
All das kann er sich nicht erkämpfen:
Bezahlt es mit dem eignen Blut.

Dann ist er weg, der Mensch, mal eben,
Und Haie nagen seine Knochen.
Du fragst erstaunt: Was ist das Leben?
Nur Leib, dann aufgefress'ne Knochen?

Gibt es nicht Seele, Geist daneben,
Ein ewig Sein, das eisern fließt?
Wo ist es nur, das wahre Leben,
Das außerirdisch sich ersprießt?

Wo ist der Halt, den ich hier habe?
Im Kosmos, oder in Natur?

Ich seh' nur sehr viel Rumgenage!
Die Kosmoszeit kennt keine Uhr!

Doris Steenken

## *Ermahner*

Vorwürfe gegen mich
Ein Schlag ins Gesicht
Gegen innen weinen
Äusserlich scheinen
Das Gewissen ist mein
Niemals allein
Ständig hier
Wegen Lügen zu dir

Urs Steffen * 1983

## *– Du ich –*

ich war du
Du warst ich,
ich träumte Dich,
dabei wars doch ich

nicht wir,
nein, Du und ich.
Du warst meine Haut
Deine war fremd,
kannte ich nicht

Sieh mir ins Gesicht,
in den Augen
sehe ich mich,
Du Dich in meinen,
doch ich weiß!

Zeit ist vergangen
ja, wir erkennen uns
nicht.

Sascha Steglich * 1969

## *Als du, als ich, als wir*

Als du schon schliefst,
lag ich noch wach.
Als du geträumt hast,
habe ich gewacht.
Als du fort gingst,
bin ich angekommen.
Wenn ich gegeben habe,
hast du genommen.
Als ich an dich gedacht habe,
hattest du mich längst vergessen.
Als ich von dir Abstand nahm,
warst du von mir total besessen.
Als wir uns trennten,
wohnten wir noch zusammen.
Als wir froren,
brannte mein Herz in Flammen.
Als wir uns den Krieg erklärten,
fand ich endlich meinen Frieden.

Markus Stegmaier * 1964

## *Schlaflos*

Irgendwann, hingestreckt
Zwischen Dämmern und Dämmern,
In Anschauung leerer Visionen,
Wähnt man, es tue sich auf
Ein Tal, fern der Zeit,
Und nähme endlich an
Die hingebrachten Stunden.

Doch ein Ruhen ohne Sorgen –
Wo wäre das möglich?
Schweigen. Schweigen.

Vor dem neuen Morgen
Erreichen einen schon
Die vorausgeworfenen Schatten
Der nächsten Nacht.

Björn Steiert * 1980

## *Freundschaft*
*Philosophie VI*

Der alleine ist, der nur von guten Freunden
ist umgeben –
Genügen tut der eine, ich meine, den für
das ganze Leben.

Roger Steiger * 1958

## *Aufgehoben*

Schau' ich hoch zu unsern Sternen,
Die sich immer mehr entfernen
Denk' ich gern noch mal zurück
An den Anfang – unser Glück
Dacht', ich müsst es fest nur fassen
Werd' es niemals lose lassen
Wurd' es schwer und schwerer mir
Bevor es fällt bring ich's zur Tür
Draußen liegt das Stückchen Glück
Du hebst es auf und trägst's zurück
Du legst es auf die alte Bank
Dort ruht es unser Leben lang

Heidemarie Stein

## *Vermächtnis an die Jugend*

Schau' wie schön die Blumen blüh'n an
dem schmalen Raine!
Schau' wie schön die Berge glüh'n im
Abendsonnenscheine!
Schau' wie hoch der Adler fliegt am blauen
Horizont!
Schau' wie schön der Knabe spielt mit
seinem kleinen Hund!
Schau' wie schnell das Fischlein schwimmt
im klaren, kühlen Bache!
Horch' wie schön der Vogel singt auf dem
Scheunendache!
Spüre wie der Wind sich dreht vor dem
warmen Regen!
Schau' wie die dunkle Wolke strebt dem
Bergeshang entgegen!
Schau' wie nachts am Himmelszelt die
vielen Sterne strahlen!
Und wisse, daß kein Geld der Welt kann
diese Schönheit zahlen!
Drum' schütze sie auf Schritt und Tritt
Dein ganzes Leben lang!
Und hast Du auch mal Gegenwind -sei
mutig und entschieden!
Denn unsrer Erde schönster Dank ist
unsrer Erde Frieden!

Judith Stein * 1967

## *Der verhinderte Poet*

Jetzt schreib' ich einmal ein Gedicht,
dacht' ich, und es durchzuckte mich.
Am Anfang war nun mal das Wort,
die Euphorie, sie zog mich fort.

Ich zückte meinen Schreiber schon,
da hörte ich so einen Ton.
Jetzt lenkt mich dieser auch noch ab,
verdammt, die Zeit wird aber knapp,
den Geistesblitz zu formulieren,
um dann damit zu brilli-ieren.

Oh je, wie schreibt sich dieses Wort,
mich treibt's zu einem and'ren Ort ...
Kaum hab' das Wasser ich gezogen,
und das ist wirklich nicht gelogen,
da drängten sich Gedanken auf,
Gefühle kommen aus dem Bauch!

Doch fällt mir auf, mir fällt nichts ein.
Ich kann wohl heut' kein Dichter sein.
Ein toller Schluß will auch nicht klappen,
dann geh' ich eben Kuchen backen!

Petra von Stein

## *Herbst*

Bunt färben sich die Blätter
bis sie loslassen

und die Wiesen in klangvolle Meere
verwandeln

Wie gern durchlief ich als Kind diese Meere
die so laut rauschten

Die Winde werden kühler
und tanzen zur Musik der Bäume
die immer mehr
an ihren Prachtkleidern verlieren

Bis sie kahl auf den Winter warten
und wissen das es so sein muss

Das der Kreis der Natur sich schliesst
und sie den Lauf der Jahresrythmen folgen

Alle Tiere, alles Blühende
alles um uns herum
hört den Ruf der Natur

Nur wir Menschen
Wir scheinen taub geworden zu sein

Monika Steinbrunn * 1977

## *Liebe Menschen*

Wenn liebe Menschen um dich sind,
die Stirn nicht kraus von den Gedanken,
dann bist du fröhlich wie ein Kind,
dein Gleichgewicht ist ohne Schwanken.

Wenn liebe Menschen dir zur Seit',
falls du in Not und Leiden,
sie dann zur Hilfe sind bereit,
von Herzen würdest du dich freuen.

Wenn liebe Menschen, Freund von dir,
in vielen Lebensjahren,
und nicht nur nach dem Munde hier,
mit Rat vor Unheil dich bewahren.

Wenn liebe Menschen wertvoll dir,
du leben darfst, bist niemals krank,

Gesundheit dir und viel Pläsier,
dann wünschtest du, man lebe lang!

Helmut Steinert

## *Mein inneres Kind*

Tief aus meiner Seelengrund,
will ich erheben.
Deines Schmerzensleid,
aus einer längst vergessenen Ewigkeit.

Solange fort, an welchem Ort?
Brachst du der Fröhlichkeit sein Wort.
Brachst du dein Lachen und dein Licht,
tratst du der Tödlichkeit ins Angesicht.

Welch Sündenschuld warst du verloren?
In Teufelskleid warst du geboren.
In meinen Händen soll geborgen,
dein himmlisch Wesen, engelsgleich.

Aus tiefster Seele will ich erheben,
will kleiden dich mit Güt' und Freud.
Wirst du gehalten von sanftem Wind,
mein Du bin Ich, mein inneres Kind.

Heike Stelzer * 1961

## *Depression – Obsession – Passion*

Allein sein
Kein sein
Nein sein

Trüb sein
Müd' sein
Tüt sein

Verliebt sein
VIP sein
Geliebt sein

Froh sein
Erlöst sein
Zu zweit sein

Hannelore Stelzhammer

*Regenhöhle, Kindheitslied*

Hexe zaubert Hintersinn
Wald versinkt im Moor
Wasser fließt zur Quelle hin
Fels bringt Blatt hervor.

Feuer lodert auf im See
Phönix will verbrennen
Nicht einmal die gute Fee
Kann den Namen nennen.

Himmel endet irgendwo
Rabe wird schneeweiß
Märchen machen mich nicht froh
Kinder sterben leis'.

Wölfe halten heut' Gericht
Prinz ist noch zu klein
Aber an Vergißmeinnicht
Wird kein Mangel sein.

Anne Stemmler * 1940

*Wohin?*

Wohin mit all der Wut?
Wohin mit all den Tränen?
Wohin mit mir?

Wohin mit all der Angst?
Wohin mit all dem Ekel?
Wohin mit mir?

Wohin mit all der Liebe?
Wohin mit all der Sehnsucht?
Wohin mit mir?

Wohin mit Kraft und Können?
Wohin mit Wollen und Lust?
Wohin mit mir?

Regina-Maria Stenzel * 1958

*Der Erde Beben*

Mein Lieb, geboren, als der Erde Beben
Die weiße Stadt der Ahnen herb entstellte,
Als Tod zur heißen Trauer sich gesellte;
Wie mußt' dein Antlitz da die Lieb'
beleben.

Nach langen Jahren, die ich durft' erleben,
In denen sich mein stilles Herz verstellte,
Weil den zerbroch'nen Becher ich bestellte,
Steigt eine Sonne, die mich läßt vergeben.

Zerbrochen bin ich selbst in diesen Zeiten,
Daß ich im Bruch nur lebe deinem Lichte,
Um recht zu büßen, daß ich einst
gebunden.

Noch bebt der Boden dieser schroffen
Weiten. –
Wer jetzt erblickt am Himmel die
Geschichte,
Der hatte sie der Erde einst entwunden.

Ernst Stern * 1963

*Dein Leben*

da hat mein Traum begonnen
mit dir ist auch mein Glück zerronnen
du warst mein Fels, du warst mein Halt,
Jetzt ohne Dich ist alles kalt!

Mit Dir
da war mein Leben Glück!
doch schau ich nun allein zurück
dann weiß ich daß es nicht so war!
Die Lüge, sie war immer da.

Die Lüge nahm mir das Vertau'n, ich
brauchte dich nur anzuschaun!
Warum hast du mich stets belogen?
Vielleicht hast Du mich auch betrogen!

Und trotzdem wünscht ich du wärst jetzt
hier!
Vielleicht stehst du grad neben mir? So
gern würd ich Dich nochmal sehn,
noch mal deinen Weg mit gehn!
Egal was war Du warst mein Glück!
Mit Dir – kommt niemals mehr zurück!

Mandy von Sternberg * 1955

## *Gedanken*

Jeder Blick von dir, half Probleme zu
überwinden,
wenn ich dich sah, wenn ich bei dir war,
immer wenn wir zusammen waren,
ich glaubte, ich suchte zu verstehen!
Ich kannte deine Worte, ich wusste was du
sagst,
glaubte zu verstehen, was du magst!
Dein Gesicht war für mich wie ein
Regenbogen nach einem langen Tag!
Deine Worte, die du sagtest, die du
fragtest, sie waren gut für mich!

Doch dann hast du mich verlassen und ich
fragte mich, was ich bloß bin?
Hab ich was falsch gemacht, gemacht und
dann versagt?

Erst versuchte ich die Gedanken zu
verbannen,
dann deine Worte und dann dich!
Können so wenig Worte
so viel Einfluss haben auf dich und mich?
Und wo sind die Worte, die ich fasste,
und wann war es, wo ich lachte?

Julia Sterzenbach * 1990

Geh deinen Weg.

Geh ihn ganz
und ohne Zögern.

Zurückzublicken
ist Verlust.

Liebe
lebt
nicht aus dem Geflüster
der Besserwisser
aus dem Gemurmel
der Frommen
aus dem Urteil
der Gerechten
oder aus den Warnungen
der im Treibsand stumpfer Gewohnheiten
Erstickten.

Unbeirrbar
folgt sie der Wundspur
deiner verletzlichen Mitte.

Roswitha Stetschnig * 1944

## *Die Zerstörung*

Das Kind
baut Burgen
formt Kuchen
im Sand.
Das Kind
zerstört
was es gebaut,
zerstört Burgen
und Kuchen.
Es lächelt dazu.
Wir bauen Häuser,
formen Bomben,
zerstören dammit
andere Häuser.
Wir schweigen dazu.

Elfie Stieber * 1935

## *Neue Welt*

Wellen klopfen an das Tor,
die Zeit ist immer reif;
das Licht bricht jetzt hervor,
am Horizont der Silberstreif.

Dunkelheit verliert an Macht,
wandelt sich zum Morgenrot;
in den Häusern wird gelacht,
Freude ist der Seele Brot.

Jetzt erkennt der Mensch sich wieder,
kann nicht mehr wie vorher sein;
in den Herzen tanzen Lieder,
zerbrochen ist der falsche Schein.

Werner Stief * 1961

## *Wunschtraum*

Die ersten Sonnenstrahlen des Morgens
kitzeln meine Haut
Ich drehe mich um, öffne die Augen
und erblicke die Deinen

Erfüllt von Wärme, Geborgenheit und
Glück
sind meiner ersten Worte an diesem
Morgen:
Ich liebe Dich!

Erwiderst mein Bekenntnis mit Deinem
Lächeln
welches mich stets verzaubert
und schweben lässt

Du streichst zärtlich eine Strähne
aus meinem Gesicht
gibst mir einen Kuss
und sagst:
Für immer nur Dich!

Maria Katharina Stifter * 1984

## *Drei Hasen*

Der Mond, der ist drei Hasen,
die flitzen auf dem Rasen
und schlagen Purzelbaum,
um sich vergnüglich anzuschau'n.
Der Mond, der ist drei Hasen ...

Joachim Stiller * 1968

## *Am Morgen*

Die Träume schweben noch in der Luft
fast zum Greifen nah.
Vom Fenster her weht der Duft
vom kühlen Morgenklar.
Der Atem geht noch ruhig und leise
die Seele – nicht ganz da,
noch gefangen von ihrer langen Reise.

Ein vertrautes Gefühl legt sich nieder
so tief und wohlig warm.
Es kommt und geht nie wieder
was über die Herzen kam.
Es ist wie ein stilles Erkennen
zwei Seelen die sich sahen –
und sich zu Königen ernennen.

Stjörnu * 1982

Wünsche, Träume, Hoffnung!
Blick zurück –
was ist davon geblieben?
Wünsche, Träume –
die Hoffnung ging verloren!

Angelke Stockinger-Sürth

## *De Profundis*

Ausweglos in Finsternis gestoßen,
lebe ich von falscher Götter Wahn,
und immer treibt der Schmerz der
heimatlosen
Seele mich zu bangem Wachen an ...

In dem Staube fremder wirrer Straßen
halten meinem hoffnungsmüden Sinn,
schöner Täuschung winkende Oasen,
immer wieder unbarmherzig hin.

Grauen Alltags gnadenloser Zwang
quälend mich in dumpfer Knechtschaft
hält.
Jedes Fühlens leichter Überschwang
tiefer nur und grausamer zerschellt.

Keiner Brücke Sprung gewährt Befreiung,
noch berauschender Gefühle Wut.
Füllen wird den Abgrund der Entzweiung
erst des Todes hohe stille Flut.

Franz Stockmann

## *Trauer*

Träge entläßt
Des Nächtens Kummer
Gedanken ins Leere
Stück um Stück

Erschöpft schweift der Blick
In die Ferne des Tages –
Hoffend, er bringe
Das Leben zurück

Cornelia Stöckmann * 1970

## *Erzählung in der Dunkelheit*

Ich hab es Dir erzählt,
in der Nacht,
als Du schliefst.
Habe mit Dir gesprochen,
am Morgen,
Du warst noch nicht aufgewacht.
Ich habe Dich gebeten,
am Mittag,
doch Du warst schon fort.
Vor Verzweiflung Dich angeschrien,
am Abend,
kurz bevor Du kamst.
Und geschwiegen,
als Du vor mir standest,
denn die Worte waren verhallt.
Durch den Tag.

Alexandra Stoertebek * 1974

## *Weisse Perle des Montmartre*

Seht, wie Sie Ihr Haupt erhebt,
über der Stadt der Liebenden.
Ihr Antlitz, Ihre Grazie in der Ferne
schimmernd,
einem hellen sich lösendem Punkt, in all
ihrer Pracht.
Seht nur, wie Sie die Herzen entflammt
und schützt und stärkt, was schwach,
mit all Ihrer Macht.

Kraftvoll, Eindrucksvoll, zart besaitet,
hingebungsvoll, liebevoll in ihrem Glanz.
Du, weisse Perle vom Montmartre,
Du, die thront voller Stolz,
über den Hügeln der Stadt.
Sag, wann werden wir dich wiedersehen;
Wir, die Liebe, ich und mein Schatz?

Michael-Otto Stoll * 1959

## *Gott*

Gott

hineingestoßen
in lichtloses
vergessen

gezeichnet
von nachtschwarzer
unkenntlichkeit

warte ich
dass der schleier sich hebt
und

du
dich
meiner erinnerst

Silke-Maria Stoll * 1968

## *Träume*

Wolkenloses Träumen,
im weichen Grase liegend,
strahlende Sonne,
genießen voll Wonne.

Tränenloses Träumen,
in weichen Kissen schlafen,
warmes Gefühl,
umarmende Hände streicheln.

Angstloses Träumen,
auf sicherem Boden schreiten,
ganz da sein,
nie mehr an sich zweifeln.

Sinnloses Träumen,
doch dafür geborgen sein,
keine Realität,
nur schöne Gedanken leben.

Stephanie Stoll * 1990

## *Der Reisende*

Über Berg und Tal auf ewiger Reise.
Das Haar im Wind, mal laut mal leise.
Hat vieles gesehen, miterlebt ...
Tausend Ziele angestrebt ...
Die Haut gegerbt von Sonne und Regen.
Ein Tag Ruhe, ein unbekannter Segen.
Rauf und runter, hin und her,
vergessene Hoffnung auf Wiederkehr.
Familie und Freunde? Schon lange
vergessen.
Eine Geliebte hat er nie besessen.
Ein dunkles Geheimnis begleitete ihn
Bis ihm ein unscheinbares Lichtlein
erschien.
Nicht die Frage wohin treibt ihn voran,
Er ist von einer anderen angetan
Was ist der Sinn, warum das Leben?
Es kann ihm niemand Antwort geben.
So wandert er, läuft, marschiert ...
Ist auf die Suche zu sehr fixiert.
Merkt nicht, dass er vor seinem Leben
flieht
Und somit die Gefahr, den Abgrund
übersieht ...

Julia Stoller * 1988

## *Zeitkauf*

Wenn ich könnte, kaufte ich Zeit;
wenn ich dürfte, wäre ich bereit,
eine Menge zu tun und zu geben,
damit es länger dauert, mein Leben.

Du würdest keine Zeit verlieren,
durch rationalisieren und ignorieren,
mit viel Plan und deinem Hang,
dauert dein Leben genauso lang.

Zeit kann man nicht kaufen,
man kann sich ne Zeitlang besaufen;
doch am Ende kommt es so weit,
beim Saufen verlor man die Zeit.

Zeit würden wir gewinnen,
wenn wir bei uns selbst beginnen,
Dinge nicht tun und lassen liegen,
nicht alles mit goldener Waage wiegen.

Birte Stolte * 1969

## *Das Glück*

Es läßt sich so einfach
sagen: ich habe noch mal
Glück gehabt.
Glück, was ist das eigentlich?
Wenn man im Spiel gewinnt
etwa.
6 Richtige im Lotto hat vielleicht?

Ja, nach einem Unfall noch
zu leben, eine schwere
Krankheit zu überstehen,
eine harmonische Ehe zu
führen, ein Wunschtraum
endlich in Erfüllung geht.
Freunde zu gewinnen,
einfach ein fröhlicher Mensch
zu sein,
zufrieden sein mit dem,
was man hat und ist.

Elke Stolte * 1954

## *Die Mauer*

Deine Augen strafen
mich meiner Lügen
an dich.
Dein Geist weiß
es nicht,
aber meine Augen
sehen
und verstehen.
Mauern gebaut aus
Lügen
schützen meine Seele,
die du
in meinen Augen
zu sehen glaubst.
Strafe mich weiter,
lass mich
meine Mauern stärken.

Nicole Stolze * 1989

## *Zufall und Aberglaube*

Der Zufall und der Aberglaube,
sie gehen Hand in Hand
und bringen Kleinherzige, Tumbe und
Taube
ganz einfach um den Verstand.

Der Aberglaube ist in dem Bunde
das Spielbrett, das Fundament.
Er setzt außer Kraft, was der gesunde
Verstand uns als Gründe nennt.

Er wiegt uns im Glauben, er sei eine Stütze,
indem er die Regeln der Gründe verletzt –
und auf diese kausalitätslose Grütze
werden die Steine des Zufalls gesetzt.

Geschehnisse sind des Zufalls Steine,
die man nicht beeinflussen kann.
Auf Aberglauben entwickeln sie Beine
und rennen gegen die Ratio an.

Es brauen die beiden ein lähmendes Gift.
Drum weich', Mensch, vor ihnen zurück
und sorg', dass der Pfeil des Verstandes sie
trifft –
selbst schaffst Du Dein Leid und Dein
Glück!

Sandrine von Stolzmann * 1974

## *Sichten*

Wo ihr sagt Rücksicht
Ist Vorsicht geboten.
Ihr seid zerronnen an den Ufern
Zerbrochen an den Toren
Zu fremden Feldern
Brachbödig wartende
Zerfurcht von Maßlosigkeit.
Dies Land ist welk
Von prallen Worten und
Langem Verweilen
Im trunknen Gesäusel,
Aber unter
Hammerschlägen
Zuckt euer
Supermarktherz und
Im Gleichschritt wie eh
Lauft ihr Rattenfängerkinder
Doch. Noch.

Gesine Stone * 1950

## *An den Main*

Ja, ich bin ein Kind vom Main;
Gebor'n in Steinenhausen.
Ja, am Main da lebt's sich fein,
Ein herrlich Wasserbrausen.

Entspringt dem mächt'gen Ochsenkopf;
Fließt in den fernen Rhein.
Schlängelt wie ein langer Zopf,
o wunderschöner Main.

Du stiller, edler, deutscher Strom;
Du gibst mir Kunsteskraft.
Fließt vorbei an manchem Dom;
Du, mein Lebenssaft.

Von Bischofsgrün bis Frankofort,
Blitzt dein silbern Band.
Durchströmst so manchen Fachwerkort –
Beschützt von Gottes Hand.

Manfred Stopfer

## *Leben*

Suche in deinen Träumen nach Realität.
Finde in der Realität deine Träume.

Fühle die Geborgenheit in der Liebe.
Schenke deine Zeit der Humanität.

Freue dich über jeden neuen Tag.
Weine nicht aus Sehnsucht in der Nacht.

Lebe dein Leben,
als hättest du nur dieses Eine
suche, finde, fühle, weine und lass
Träume und Realitäten sich vereinen,
denn Leben ist immer relativ,
relativ gut oder relativ schlecht.

Du hast es in der Hand, sei virtuos,
bewege die Finger und lebe.

Petra Storck-Paulfeit * 1957

## *Der Moloch Mensch*

Die Schöpfung,
sie ist sehr flexibel.
Von alters her sehr kreativ.
Doch viele Jahre vor der Bibel,
da ging wohl einmal etwas schief.
Sie hat,
im Streben nach Vollkommenheit,
den Blick für's Realistische verloren.
Denn statt dem Wesen
voller Menschlichkeit,
ward nun ein Moloch neu geboren.
Der seiner eigenen Entstehung spottet
und über seinen Schöpfer lacht.
Und der,
wenn er nicht ausgerottet,
selbst diesen noch zum Narren macht.

Harry Straach

## *Eine letzte Träne*

Nimm zum Abschied
meine Träne.
Ich weiß –
sie erscheint dir winzig klein,
doch glaube mir: in ihrem Inn'ren
steckt ein großer, dunkler Schrein.

All' die Zeit mit dir
liegt in ihrem Inn'ren tief begraben.
all' meine Worte
all' deine Taten
Dies Geschenk
konnt' einfach nicht mehr länger warten.

Sei vorsichtig mit ihr,
denn sie ist das Letzte, das dir bleibt von mir.
Und halte den Schrein stets fest verschlossen,
sonst kommen Worte und Taten schnell hervorgeschossen.

Ihr Rufen würd' unbändig sein;
ein letztes, lautes schmerzverzerrtes
Schrei'n.

Tanja Stramiello * 1971

## *Wenn ...*

Wenn ich ein Lachen hätte,
schenkt' ich es dir.

Wenn ich Freude hätte,
teilt' ich mit dir.

Wenn ich Liebe hätte,
gäb' ich sie dir.

Wenn ich gehe,
folge mir nicht!

Renate Strang * 1953

## *Träume sind wie*

Träume sind wie sanfte Schleier
schwerelos, bedecken geschlossen starrende
Augen.
Träume sind wie Sandkörner in den
Lungen
lautlos, fallen schwer wie tausend
Sekunden.
Träume sind wie Flüge auf riesigen
Schwingen
kraftlos, schlagen unendlich über den
Wolken.
Träume sind wie Gefängnisse zärtlicher
Apokalypsen
unermüdlich, mit all den Splittern
vergangener Jahre,
unbegreiflich, mit all den Welten
glimmender Zigaretten,
unfassbar die Zeit, die zwischen Tagen
verrinnt.

Träume sind wie blinde Nebel
formlos, atmen unsere sterbenden Farben.
Träume sind wie Glasstädte in der
Dämmerung
schattenlos, betteln zerbrechlich wie unsere
Finger.
Träume sind wie Momente in Deinen
Gelenken
gedankenlos, tanzen unschuldig mit
unseren Gerüchen.
Träume sind wie Landkarten Deiner
Handflächen
unergründlich, mit all den endlos tiefen
Tälern,
unbeschreiblich, mit all den namenlos
verborgenen Orten,
unfassbar die Zeit, die zwischen uns
verrinnt.

Tim Milan Sträter * 1983

Das Rauschen der Wellen im
nachtschwarzen Meer
befremdend klingt es in meinen Ohren
hab meine Liebe daran verloren
die Wogen zu glätten fällt unsagbar
schwer.

Kalt ins Gesicht spritzen sie ihre Gischt
so sich schäumendes Wasser mit Tränen
mischt
seine Kraft wäscht das Herz und die Augen
leer
doch erfrischt fühl ich mich

erst Äonen später
da aus tiefem Wellentale aufgetaucht
mit salzumglänzend neuer Haut
ich wieder lauschen kann dem Ebbe-Flut-
Gesang.

Ursula Strätling * 1955

## *Du nicht!!!*

Du hast 10 Jahre meines Lebens
genommen,
mehr wirst du nicht bekommen!!!

Ich werde den Kampf noch mal gegen dich
aufnehmen,
denn ich brauch mich dafür nicht schäme.
Du hast 10 Jahre meinen Körper ruiniert,
leider habe ich das erst jetzt kapiert.
Durch dich fast alles verloren,
sodass ich mich fragte:
„Wozu wurde ich geboren???"
Nun ist Schluss damit,
ich verpass dir einen saftigen Tritt!!!
Ich werde dich besiegen,
auch wenn ich muss mit Sonde liegen!!!
Du, Essstörung, wirst mich nicht bringen
zur Tötung!!!
Du bekommst mich noch lange nicht,
egal wie oft man mich „schlägt" ins
Gesicht.
Du nicht!!!

Pegy Strauch * 1979

## *Das bist du*

Da bist die Beere an dem Strauch,
Der Vogel, der sie fand.
Da bist das Käferchen, das saß
Arglos auf deiner Hand.

Du bist der Wind, der zärtlich rauscht
In deinem Blätterdach, du bist der Regen,
der sich lauscht,
Wenn er liegt schlaflos wach.

Du bist der Himmel, grollend laut,
Der Blitz und Donner spricht,
Du bist die Wärme, die genießt,
Sich selbst, der Sonne Licht.

Du bist der Name, den du gibst,
Dir selbst, noch nicht gebor'n,
Du bist die Liebe, die erlöst,
Von dir, wenn du verlor'n.

Du bist das Leben, bringst hervor
Dich selbst als reife Frucht,
Du bist das Ziel, das stets gefunden
Den Weg, den es gesucht!

Kerstin Strecke * 1961

## *Erkenntnis*

Sind auch die Tage noch warm,
so ist doch Vorsicht geboten,
den frischen Trieben am Baum,
damit ihnen nicht
die vorwitzigen Köpfe erfrieren,
denn noch stehen aus
die Eisheiligen,
und manch einer langt
nach den warmen Sachen
im Schrank,
bevor er, eiliger als zu zuvor,
aus dem Haus geht.

Nach der Ausbürgerung von
Wolf Biermann 1976

Günter Streitfinger

## *Kein Ersatz*

Früher einst ein strahlend' Baum,
heute nur noch welkes Laub,
gestorben ist der schönste Traum,
zurück bleibt nur noch schwacher Staub.

Hängt sie das Laub an Leinen,
damit der Wind – die letzte Schmach,
friedlich trocknet von dem Weinen,
von dem das Herz zerbrach.

Doch reißt ein Sturm es auseinander,
das es in tausend Stücke weht,
so dass sie fortan ruhlos wandert,
vergeblich andere Samen sät.

Kathleen Strobach * 1984

## *Die verlorene Zeit*

Lichtleinblinken im Geleit,
betäubt – im Erkennen unseres Erben.
Erwacht dem Traum der Zeit –
wenn nicht eh dann je im Sterben.

Jenseits geticktem Takt der Zeit
verlorene sich anvertraut;
nicht fordernd noch im Widerstreit,
sanft und still im Dasein traut.

In Geistes tiefstem Wesenskern
ein Sehnen nach Geborgenheit,
es folgt ein jeder seinem Hoffnungsstern,
derweil gefangen in der Zeit.

Ein verstohlener Blick hinter die Kulisse
nach verhüllten Botschaftsräten,
hinterm Schleier fad – die Schattenrisse,
im Erhoffen transzendenter Majestäten.

Verblüfft wir uns vergnügen,
unsere Zeit im Griff der Macht,
derweil ein Lichtleinblinken soll genügen,
auf dem Weg der finsteren Nacht.

Peter Struba

## *Die Welt*

Die Welt ist groß und viel zu klein,
doch sie ist mein,
wenn nur zu einem kleinen Stück,
es reicht für eines Menschen Glück.

Denn Glück das woll'n wir immer doch,
daran erinnern wir uns noch,
doch was, wohin und wie, woher,
das ist schon wieder ziemlich schwer.

Glück macht nicht dieses Stückchen Welt
es ist nur unsres Tun's Entgelt,
es zeigt nur unsre Leistung an,
das was wir, und was nicht, getan.

Linda Struckl

## *Taubheit*

Das Feuer der Hölle
Ergießt sich in Wachs
Die Blässe der Haut
Zerfurcht durch den Fluss

Der Schmerz auf der Seele
Er brennt Dir im Herzen
Doch sinnlose Taubheit
Durchströmt Deinen Körper

Die Sinne verwandelt
Wissentlich des nahen Endes

Sehen, wie das Tor sich öffnet
Riechen, wie der Ruß vergiftet
Hören, wie das Feuer brodelt
Schmecken, wie das Blut vergießt

Sinne geblendet
Sinne verschändet

Ich spüre keinen Schmerz – nicht mehr

Ronja Stübel * 1989

## *Advent*

Immer suchend fragen wir nach Licht,
Wieder feiger Terroranschlag!
finden Frieden nicht nur fahle Freuden.
Über hundert Todesopfer,
Beter glauben, manche ahnen nicht,
unter ihnen viele Kinder,
daß die Zeit des Heilens und der Leiden,
Schüler auf dem Weg nach Hause,
daß die allerletzte Gnadenfrist
von der Bombe überrascht.
abgelaufen ist.

Ulrich Stuber * 1939

## *Schicksal*

„Ich werde dich fressen", sagte
die Schnecke zum Salat.
„Nun, das liegt wohl in deiner Natur",
antwortete der Salat.
„Ich werde dich fressen", sprach
die Ente zur Schnecke.
„Na ja, das liegt wohl in deiner Natur",
erwiderte die Schnecke.
„Ich werde dich fressen", sprach
der Mensch zur Ente.
„Tja, das liegt wohl in deiner Natur",
entgegnete die Ente.
„Ich werde dich fressen", sagte
das Bakterium zum Menschen.
„Ich werde dich vernichten", meinte
der Mensch.
„Oh, das liegt wohl in deiner Natur",
antwortete das Bakterium,
„aber am Ende ..."

Marieluise Studenroth * 1963

## *re version*

maigetümmel murmelt übers pflaster
zwischen mir
und dem ende des platzes

: fahrräder bei familienausflügen
tratschende jungröcke lippenstift mit
vanille
eis stofftaschen kichernde luftballons auf
der bank ein hut zwei unrasierte bier

derweil mime ich frühling ins
geheim
: strähne scheu ins haar
: warte auf ein feuerzeug das ich bitten
kann

Yanqa Sturm

## *Die Nacht des sterbenden Löwen*

Ein Löwe lag in klarer Nacht
am Fuße eines Baumes,
wo er im Schmerze schlief.
Es zeigte sich in ganzer Pracht
der Steppenmond am Himmel,
an dem entlang er lief.
Der Löwe hätte nicht gedacht,
daß er so enden würde:
Die Wunden waren tief.
Gebrochen war des Löwen Macht
im Sternenlicht des Raumes,
das nach Vollstreckung rief.
Hyänen hielten bei ihm Wacht.

Alban Sturn

## *idylle indéfinie*

Zarte Liebe,
gib' dem Moment die Macht, die Ewigkeit
zu sein.
Lass sich die Augenblicke zu einer zarten
Reihe
endloser Gegenwärtigkeit vereinen
und schmücke mit Freudentränen
schimmerndem Perlenglanz
dein weises Haupt.

Liebe Zärtlichkeit,
du rührst mein Herz mit
Schmetterlingsflügelschlag,
ungreifbar, unbegreifbar, - entgleitest du
mit verwegener Eleganz
den plumpen Fängen meines trägen
Verstandes.

Unbestimmte Lieblichkeit,
deine kleine Melodie klingt tausendfach in
mir wieder.
Ein leises Echo,
dessen Schall mich mahnt,
dich nicht deiner Freiheit zu berauben.
Zu flüchtig, zu sanft, zu wundersam

sind deine Küsse,
die meine Seele streicheln,
als berühre mich schüchtern das Leben
selbst.

su:cre * 1981

## *Mönchguter Herbst*

Später Inseltage
zarte Herrlichkeit,
reicher Sommergabe
letzte Trunkenheit.

In umflorter Helle
Möwen, Flug und Schrei –
drunten kühle Welle
treibt ein Boot herbei.

Unter schrägen Sonnen
Bollwerk dort und Schiff;
schwach, im Wind zersponnen,
zittert leiser Pfiff.

Blasse Meere tragen
das Erinnern weit.
Und Gedanken wagen
Unvergänglichkeit.

Zwischen heut und morgen,
Zeit und Ewigkeit
liegt der Sinn verborgen
unsrer Hiesigkeit.

Christian Suckow * 1935

## *Auf den Trümmern Europas*

„Auf den Trümmern Europas gelesen,
werden sie klassisch sein?"
Ganz gewiß klassisch nachgetextet im
Gegeneinander aller Trophäen,
so diese zu Körper und Geist zählten.
Es gibt Wunden und Spaltungen,
die lassen sich nicht übergehen oder
abwarten.
Sie bleiben in einem Volk, –
nicht nur als seelische Spaltung.

Wenn eine Nation – vergleichbar mit
einem Fels –
bis zu den Wurzeln auseinandergebrochen
worden ist,
und ausgehöhlt bleibt gegen die
nachlebende Zeit,
gespalten und ungespalten für drei
Generationen,
und UNTERhöhlt und ÜBERwandert, –
so verhalten sich zwei Schrägen auch
weiterhin
bis zum gewichtigen
AUSEINANDERFALL.
Sollten das die vorher GESEHENEN
Trümmer auf oder in Europa sein?

Es gibt immer einige mögliche Antworten
– auf eine mögliche Frage.
Kaum eine Frage ist so überflüssig, daß sie
nicht gestellt werden sollte.
Möglicher WEISE kristallisieren
die jeweiligen Schwerpunkte auch eine
lyrische DOMINANTE?

Irmgard Suckow * 1939

## *Bildbeschreibung*

*eine Bildbeschreibung*

Farbe wühlt sich sprengend durch die
Fläche.
Der Gegenstand glüht. Es schreit der
Mensch
Aus tief verletztem Selbst.

Das Umfeld schrumpft zur Häßlichkeit.
Eisenträger und Beton streben kreuz und
Lassen hinter sich den Bau verschwinden.

Das Gesicht steht in der Mitte.
Das linke Auge stiert mißtrauend
ängstlich.
Das rechte träumt in sich hinein.

Der Mund ist hart gezogen zum Strich.
Der Hals ist kantig leicht verdreht,
Krasses Blau im Grün, das brüllt.

Die Schulter kracht im Grau des Stahls
Glühend violett bis gelb.

Stacheldraht, Gestänge – Mauern
und der Kabelpfeiler
Sind überstrahlt

von Dem,
Der endlich frei gekommen.

Alle Farbe ist auf ihn bezogen.

Kay Suhr * 1936

## *Alpines Haiku*

Stille Luft atmen
Der Schritt hört Steinchen rollen
Berghüttengeruch

Aisheh Sultan-Demmer * 1957

## *Erinnerung*

Letzte Schneeflocken fallen leise.
Friedlich liegt das Tal im Schlaf.
Gedanken gehen auf die Reise,
dorthin, wo ich Dich einst traf.

Der selbe Ort zur kalten Zeit,
im Spiel mit Dir so herrlich frei.
Doch kindliche Lebendigkeit,
ging leider viel zu schnell vorbei.

Still steh ich im tiefen Schnee,
deine Spur ist längst verschwunden.
Ich geh nach Haus, trink meinen Tee -
vergessen sind die alten Wunden.

sun

## *white noise*

rauschen kreist durch meinen schädel
und legt die nervenbahnen lahm
süßer karamell auf zellmembranen
zieht fäden durch den geist
die welt steht still

nur ein pulsar dreht sich in meinem kopf
und wirft den raumzeitschnee
durch meine augen

Ingo Sundmacher

## *Herbst*

Vogelschwärme ziehn' gen Süden
gern flög ich mit ihnen fort,
Herbst und Winter zu entfliehen
an manch ferner Länder
Ort.

Abschiedsstimmung ruht im Walde,
Nebel haucht durch lichte Fluhr,
und die Heide leuchtet rötlich
Herbstwind weht durch die
Natur.

Gräser ranken braun am Boden
wo vor Wochen Blüte stand,
wo sich Mohn und Wicken reckten
an der Feldersaumes
Rand.

Bald wird Reif die Büsche tauchen
kalt in weiße Herrlichkeit-
die Natur beginnt zu träumen,
und schläft still für lange
Zeit.

Christa-Maria Suszka * 1962

## *ungehört*

tok
ein Baum fällt um
und es macht tok
ein dumpfer aufprall
ohne rauch und schall
tok tok tok
drei auf mal
wieder bleibt es ungehört
niemand hats gestört
ein kleines beben
keine Wirkung auf weiteres Leben

tok
ein Mensch fällt um
und es macht tok
ein dumpfer Aufprall
Gott, der war nah
so nehm ichs wahr
die Trauer ist tief
doch war er weit weg
so bin ich es auch

svenson * 1988

## *Sehnsucht*

Die Wohnung ist leer, es fröstelt mich,
merkst du denn nicht, was ich fühle für dich?
Du schaust mich an, so zart und so tief,
hast du nicht gehört wie ich nach dir rief?

Bin endlich mit dir allein,
kann kaum was sagen, die Beine so leicht und im Bauch ein Unbehagen.
Doch ich bin wie gelähmt, ich schau dich nur an, träume wie es mit dir sein kann.

Was soll ich nur machen, was soll ich nur tun?

Wann wird die Sehnsucht nach dir endlich ruhen?

Swetlana * 1970

## *Kleines Vöglein singt nicht mehr*

Kleines Vöglein singt nicht mehr,
ist ganz stumm geworden.
Kein Flattern mehr,
mir ist ganz weh,
und kühl ist rings
der Morgen.

Kleines Vöglein fliegt nicht mehr,
ist ganz still geworden.
Kein Singen mehr,
ein Lied in mir,
das weint so sehr,
und kühl ist rings
der Morgen.

Kleines Vöglein lebt nicht mehr,
hat sich ganz tot geflogen.
Kein Stimmchen mehr,
die Fremde steigt,
und kühl ist rings
der Morgen.

Siegfried Swiderski * 1940

## *Einsamkeit*

Ein stiller Tag,
ein warmer Abschied
oder schon Willkommensgruß?
Wo die Sonne milde Strahlen
in den wind'gen Atem gießt,
der die letzten morschen Blätter
und des Schilfes Rohr bewegt,
und es rauscht durch kahle Bäume
in den Ästen schwer sein Lied.
Geliebte Stille selt'ner Tage,

die sich in den Himmel malt,
wenn die Sonne untergeht,
wenn sie am Horizont verglüht
und der Himmelsozean
sich in tiefes Dunkel hüllt,
bis das Firmament sich mit
tausend, tausend Sternen füllt!

Das ist mir meine Einsamkeit,
die ich lebe – ungeteilt.

Annette Symang * 1955

## *Nachtschwäche*

Der Tag neigt sich dem Ende zu
Mensch und Tier gehen zur Ruh.
Die Dämmerung der Finsternis weicht
nur der Mondschein erhellt die Nacht ganz
leicht.
So mancher läßt die Tagesmaske fallen
das wahre Gesicht kommt zum Vorschein
bei allen.
Selbst die Stärksten werden zu
Jammerlappen
niemand kann sehen wie sie nachts
zusammenklappen.
Die schwarze Nacht verhüllt mit Gnaden
wenn die schwachen Starken Kummer
haben.
Viele erleiden besonders nachts Einsamkeit
empfinden Frust und Traurigkeit.
Angst macht sich oft breit in den Herzen
verursacht für die ganze Nacht Schmerzen.
Die Nacht neigt sich dem Ende zu
für Mensch und Tier ist's nun aus mit der
Ruh.
Die Finsternis der Dämmerung weicht
der erste Sonnenstrahl den Horizont
erreicht.
Stärke zeigen, zu Überheblichkeit neigen,
Einsamkeit verschließen, Tageslicht
genießen.

Syscha * 1955

## *Ungewiß*

Wut, in einen Karton packen,
zuschnürren und verbrennen.
Aggression, in eine Dose schließen,
zuschweißen und versenken.
Hass, in eine Flasche füllen,
zudrehen und zerschmettern.
Ein Lichtblick, ein Hoffnungsschimmer.
Ist es nah? Oder doch fern?
Kommt es auf mich zu?
Oder läuft es von mir weg?
Ungewiß!

Amanda Szabo * 1977

## *Versunkenes Glück*

Deine Liebe umspielt mich
wie die Wogen des Meeres –
ich habe gelernt,
darin nicht unterzugehen.

Deine Gefühle sind klar
wie das Wasser des Bergsees –
manchmal wäre mir
Undurchsichtigkeit lieber.

Deine Zärtlichkeit verwöhnt mich
wie eine nie versiegende Quelle –
Du bist das Wasser meines Lebens,
in das ich eintauche, um darin zu
versinken.

Sabine Szukitsch * 1960

## *vorbei*

wie leicht
ist meine Einsamkeit
gegen die bedrückende Schwere
Deiner Anwesenheit
Deine Nähe
erstickt meine Zuversicht
den dichten Nebel

Deiner Verschlossenheit
durchdringt
meine Liebe nicht

Rena T

## *Zweites Gedicht an S.*

Die Wurzeln des Schmerzes,
entsprangen der Tiefe,
nahe dem Herzen,
sie wuchsen wild und unnatürlich,
sich zum Magen aus,
bildeten dort ein Geflecht,
ein Gestrüpp das
Dornen wachsen ließ,
Dornen, die stachen und stachen,
bis sich soviel Blut im Magen bildete,
das der Mund schrie, schrie, schrie
und gar nicht mehr aufhören konnte
zu schreien doch ...
... niemand hörte, niemand hörte
und so blieb sie allein und
starb ohne Gegenwehr.

G. T.

## *Trauer*

Eine Träne kullert leise über mein Gesicht,
der Grund dafür: Ich denk an dich.
Die Trauer um dich verschließt mein Herz,
sie läßt ihn nicht los, den brennenden
Schmerz.
Warum hat die Krankheit dich ausgesucht?
Sie hat dich mit dem Tod verflucht.
Vergessen kann ich dich nicht,
du bist jetzt ein Stern am Himmel für
mich.

Claudia Tag * 1983

## *So schnell*

so schnell vergehen Tage
ohne daß wir
aus voller Kehle lachen
ohne daß wir staunen
ohne daß wir die Kleinigkeiten
um uns wahrnehmen

so schnell vergehen Wochen
ohne daß wir lieben
ohne daß wir tanzen
ohne daß wir weinen

so schnell vergehen Jahre
ohne daß wir
unsere Pläne reflektieren
ohne für unsere Träume zu kämpfen
ohne zu protestieren

so schnell vergehen wir
lasst es nicht zu

Ilka Theresa Tagger * 1977

## *Träume*

Träume sind eine Bereicherung,
Träume bringen uns in eine andere Welt,
Träume machen Mut,
Träume sind bunt,
Träume bringen Trost,
Träume gehen ihre eigenen Wege,
Träume beruhigen,
Träume erzählen uns was,
Träume sind ein Spiegelbild der Seele,
Träume begleiten uns,
Träume sind berauschend,
Träume sind auch ein Stück Wirklichkeit

Tarinabur * 1958

## *Lindentochter*

O Lindentochter, stumme Schönheit,
Du sprichst zu mir im Todestraume,
Bist mein Gedanke
– Sieh, wie ich wanke!,
Der schmerzenden Unendlichkeit.
Dem schwarzen, starken Lebensbaume
Setzt du die grüne Lebenskrone auf.
Du, Tochter brauner Erde
Willst, dass ich tödlich dich begehre.
O Lindentochter, stumme Schönheit
Bist mein Gedanke
– Sieh, wie ich wanke!,
Der schmerzenden Unendlichkeit,
Für dich hört ich zu leben auf.

Peter Tarras * 1987

## *Die Werte*

Was ist heut' wert ein Menschenleben,
daß eine Mutter einst gegeben?
Sind wir heute noch entsetzt,
über ein Tier, das ausgesetzt?
Was ist aus der Natur geworden,
die wir lieben und dennoch morden?
Darf ich stolz sein auf mein Land,
trotz der Gräuel, die allen bekannt?

Unrecht und Gewalt im Leben,
nehmen wir nur stumm zur Kenntnis.
Kopfschüttelnd doch still, geben
wir schweigend unser Einverständnis.

Um uns herum, Lügen immerfort,
der Redliche verdirbt.
Wahrheit, nur noch leeres Wort,
Ehrlichkeit, sie stirbt.

Verlust der Werte lässt unsere Welt,
langsam, schwer erkranken.
Ohne Werte, das sei hier klargestellt,
gerät sie schnell ins Wanken.

Christoph Taschenbrecher * 1965

## *Glück-Meditation*

Hoch hinaus im Sternenhimmel,
ich spüre was so stark ist die Kraft.

Ich sehe was, es ist rund.
Ein Licht so hell, so schön.

Ich vertraue Dich und schaue rein,
was gebe ich da hinein?

Ein Traum, ein Wunsch!

Ich schicke es weit hinaus.
Es schwebt und schwebt, verabschiedet
sich.
Mein Glück ist beschützt, ich hab es
gesehen.

Ich gleite runter durch den blauen
Himmel,
in dieser Welt die ich sosehr Liebe.

So fantastisch ist dieses Gefühl
So fantastisch ist diese Reise.

Ich öffne meine Augen.
sie Strahlen
sie Glänzen
sie Glauben.

Alexandra Tatum * 1963

Einsatz ist gefragt
Aber mit einem Satz ist es nicht
beantwortet

Einklang wird gesucht
Aber mit einem Klang ist es noch keine
Melodie

Einfall tut Not
Aber mit einem Fall zuviel bleiben wir am
Boden

Eindruck wird ausgetauscht
Aber mit einem Druck kommen wir nicht zurecht

Eintritt ist selten umsonst
Aber mit einem Tritt kommen wir schneller vorwärts

Einblick ist ratsam
Aber mit einem Blick können wir nicht alles erfassen

Einfluss ist unerwünscht
Aber mit einem Fluss weiß ich immer die Richtung

Daniela Tebroke * 1961

## *Traurige Erwartung*

Wartet nur,
Und schaut,
welch Spur,
Des Zentrums –
Vager Schmach,
Sich zog.
Hinan zum Ziel,
Der Perfektion,
Wards trümmernd,
doch
schimmernd,
Ein Labsal –
In Frohlockung –
Der Traufe
Farbenspiel.
Taugt –
Nichts!
Nur dem Herzen
ward
Gedient!

Christian Teichmann * 1984

## *Das Unverzichtbare*

Manch ein Mensch
glaubt.
Bis er begriffen,
an Gott zu glauben
ist vermessen,
kann er nicht glauben dem
Menschen.
Denn!
Ist der Mensch
Gottes Geschöpf
und er sein
Vorbild?
Ja? Warum
darf man ihm dann
nicht
vertrauen?

S. Tengler * 1943

## *Wandlung*

Wer die Schwelle überschritten …

Wer die Helle hat durchlitten
Tausendfaltener Einsamkeiten …

Wer die Finsternis gewählt,
Um in sich das Licht zu finden …

Wen die tiefste Düsternis gequält,
Als es galt, jungen Lebens oder alt,
Einen Tod in sich zu überwinden …

Wer dies Leicht' und Schwere
durchgestanden
Und von Banden tausendfaltener Gezeiten
Los sich hat gemacht,

Der mag rühmen Tag und Nacht
Dieser Erden vielbeschwerdenvolle
Lichte dichte Daseinspracht …

Eva-Maria Tepperberg * 1938

## *Hure Alkohol*

Hure Alkohol
Deine Gefahren kenn ich wohl
Doch Liebe selten zu mir findet
Und sich keine Frau traut und sich fest an mich bindet
Liebe gibt's halt nur für kurze Zeit
Und doch umsonst die Einsicht nichts ist für die Ewigkeit
Du bist da, um mir Spaß zu machen
Und du bringst mich auch zum Lachen
Niemals würd' ich aus Spaß ein Herz brechen
Niemals falsche Sachen versprechen
Bin ich wieder mal allein
Weiß ich, du bist mein
Ist es mit einer vorbei, machst du meinen Kopf wieder frei
Und ich dich oft als Ausrede vorschiebe
Du bist nicht meine große Liebe
Doch ich hab keine andere Wahl
Darum ich weiter für die Hure zahl

Sven Terfloth

## *Verloren*

Du warst Teil meines Lebens,
du hielst mich auf dem Arm,
als ich ein kleines Würmchen,
geborgen, sanft und warm.

Ich danke dir für alles,
was ich von dir bekam.
In Liebe und Geschenken,
oft selbstverständlich nahm.

Die letzten Jahre flogen
so rasch an mir vorbei,
wie Züge schnelles rauschen.
Nun bricht das Gleis entzwei.

Der Zug fällt von den Schienen,
geschleudert wie ein Stein,
zerstört für alle Ewigkeit.
Wo magst du jetzt nur sein?

Magdalena Terhorst * 1988

## *Anne*

Du bringst mir die Unendlichkeit so nah
Wenn du in meine Hände angezogen
Ein Lächeln lachst, und um ein Haar
Hätte die Zeit den Raum betrogen

Den freien Willen hast du mir genommen
Den selben, den ich nie gehabt
Instinkt hat den Verstand erklommen

Der Teufel sich an meiner labt
Ja sündigen, doch nur für dich
Unendlichkeit, vergiß den Anfang nicht

Alex Testov * 1988

## *Liebesweise*

Eine leise
kleine
Liebesweise
kündet
unser Glück.

Durch die
Stille
der Gefühle
schwingt sie
zärtlich
mit.

Rolf Teumer

## *Alpha und Omega*

Du bist meine persönliche Naturkatastrophe,
lässt meine Knie zittern, meine Lippen beben.

Du überflutest mich mit Massen an
Emotionen,
lässt aus meinen Poren den Schweiß
ausbrechen.

Aus meinem Lieblingslied bist du die
schönste Strophe,
hauchst ihr ein das Gefühl und das Leben.
Ich hör dich heraus aus ganz vielen
Millionen,
du kannst als Ohrwurm immer mit mir
sprechen.

Supernova, Zerstörung in der reinsten
Form,
du hast die Macht, mich restlos zu
vernichten.
Der Raum, die Zeit, gar das menschliche
Denken
können sich deiner Macht niemals völlig
entziehen.

Ein Engel, das Gute in der reinsten Form,
du hast die Macht in mir das Dunkel zu
lichten.
Du kannst mich überall hin führen und
lenken
und hast in deiner Güte deine Flügel
verliehen.

Alpha und Omega, Anfang und Ende,
das Leben, die Urkraft, das Ende der Zeit.
All dies beschreibt dich und auch doch
wieder nicht
drum belasse ich es nun dabei.

Daniel Theis * 1985

## *Nacht Kühe*

Schau dich um es ist Krieg ohne Aussicht
auf Ende.
Nur die Nacht kühlt die vor Hass glühende
Erde.
Sehe Sternschnuppen fallen höre Bäume
Schweigen,
Hier fühl ich mich frei, hier will ich
bleiben.

Schau dich um es ist Krieg ohne Aussicht
auf Ende.
Nur die Nacht Kühe auf dem Gras der
glühenden Erde
Sehe die Sonne untergehen sehe des Tages
Ende.
Nur die Nacht Kühe, atmen den Staub
verglühender Sterne ...

the-phonez * 1987

## *Heimat*

Geborgen bist du in der Welt,
hast alles hier, was dir gefällt.
Dein Herz so froh, dein Kopf so leicht,
die Hoffnung niemals von dir weicht.
Stets sprühend vor Lebendigkeit,
bist Du zu jedem Ziel bereit.
Zufrieden lebst du in der Stadt.
Wohl dem, der eine Heimat hat.

Verloren bin ich in der Welt,
dort hab ich weder Gut noch Geld.
Mein Herz so krank, mein Kopf so schwer,
für mich ist jede Hoffnung leer.
Beherrscht von stummer Traurigkeit,
bin ich von jedem Ziel befreit.
Alleine leb ich in der Stadt.
Weh dem, der keine Heimat hat!

Joachim Thiede * 1963

## *Der Protz*

Muskeln hat er, hart gestählt und was Ihm
im Kopfe fehlt,
gleicht er damit lässig aus. Ja, er kommt
aus „gutem Haus".
Auch die Eltern sind Athleten, spielen
Tennis, haben Moneten,

machen Urlaub nur am Strand, kommen
heim ganz braungebrannt.
Sie glauben nur, was sie auch sehen,
würden in keine Kirche gehen.
Doch das Schicksal steht nicht still, schlägt
dann zu, wenn es es will.

An einem schönen Sommertag, der Protz
auf seiner Honda lag.
Da kam ein andrer Honda-Freak und
überholt den Protzer-Typ.
Hätt' er dies bloß nicht getan! Protz holt
vom Schlitten diesen Mann,
Würgt ihn, er wird ganz rot und grün,
dann blau und schließlich aubergine.
Er röchelt noch in seiner Not, verdreht die
Augen und ist tot.

Protz Eltern wird Bescheid gebracht, zu
spät kommt ihnen der Verdacht,
Haben wir was falsch gemacht?!

Barbara Thiele * 1939

## *Apostasie*

du, wer bist du?
apostasie!
zutiefst traute ich,
fromm deiner und
irrte umher
im venuslabyrinth.

dorniges buschwerk zeriss
die haut, und herzblut
strömte hinab, doch
wetzte immer fort,
suchte die Pforte
ins Reich, dein.

mysterium, ewiges.
stiess auf ein tor
und auflösung zog nach,
schaute nach draussen,
der zugang dein,
verschwand für immer.

du, wer bist du?
apostasie!

Fred Thiele * 1977

## *Mein Garten im Norden*

29.04.06 Aufkeimendes Licht
Ein Vogel trällert sein Lied
Ein Stück Zeit verweht.

29.05.06 Sonne weckt mich
Das Land liegt friedvoll im Glück
Voller Dankbarkeit.

01.07.06 Die frische Feuchte
Liegt noch über den Wiesen
Lädt zum neuen Tag.

02.07.06 Wogende Wipfel
Eine Luft wie Seidensamt
Klänge verhallen

07.08.05 Regen rinnt herab
Ein dunkeltrübes Tropfen
Ein Blatt senkt sich schwer.

06.11.04 Luft so frisch und neu
Kühle ist Herbstverheißung
Blätterberge hier.

Doris Thiel-Hönig

## *Lebenszeit*

Wie präsent doch das Leben so
allgegenwärtig, stetig der Blick nach
vorne gereicht –
wir Menschen nicht wissen was uns
erwartet, wenn unser Seien dem Ende
sich neigt.
Wie wenig der Zeit uns doch nur
beschieden in einer Periode der
Aufmerksamkeit –

müßte man sich nicht mehr animieren, um
zu schaffen ein Werk für die
Ewigkeit?
Man trifft sich nur kurz, ein wenig
verweilen, zu denken wie schön dieser
Augenblick –
wohl wissend man wird wieder scheiden
und läßt nichts als einen flüchtigen
Gedanken zurück.

Ronald Thimian * 1970

## *Warten auf Schnee*

Zwischen Bleikappen
Gefangen,
stirbt das Sein der Zeit.
Momentan.

Amorph die Stille.
Dumpf und starr.

Fließt wieder der Wind.
Sein Atem
belebt neu die Zeit.

Lucile Thoma

## *November*

Dumpfe Töne, morsche Schwere,
alles, was man greift, ist welk.
Grauer Wolken Sturz ins Leere
über knarrendem Gebälk.

Klamm der Rauch und kraus die Wellen
und am Boden friert das Licht.
Selbst der Wind nun zeigt beim Bellen
tiefe Furchen im Gesicht.

Und mit aufgestelltem Kragen
raunt der Regen sein Gebet
und die Zeit beginnt zu fragen,
ob an solch entseelten Tagen
wohl der Mensch noch richtig geht.

Reinhard Thomelcik * 1961

## *Ich, wer bist du?*

Ich, wer bist du?
Du bist ein Brief mit sieben Siegeln,
du bist ein Schmetterling mit tausend
Flügeln.
Du bist eine Knospe, die früh sprießt,
du bist eine Quelle, die schnell fließt.

Ich, wer warst du?
Du warst ein Kind mit sieben Gaben,
du warst ein Licht mit vielen Fragen.
Du warst beglückt mit einem Lachen,
ein Feuer konntest du entfachen.

Ich, wer wirst du sein?
Du wirst ein Meer mit vielen Wellen,
du wirst ein Kranz mit tausend Schellen.
In deiner Mitte will ich weilen,
ich geh für dich gar tausend Meilen.

Leonie Viola Thöne * 1990

## *aufbruch*

furcht türmt sich –
entlang des gedankenflußes
keimt weidenholz himmelwärts

gewesenes
schweift mit lauem wind
über kopfsteingepfalstertes sein

entgegen
der blüte blauer augen –
vergänglichkeit – macht Sinn

aufbruch

ThOsch * 1963

## *Vom Trommeln*

Trommle, Trommler, trommle hart,
trommle wild, nein, trommle zart,
denn steter Tropfen höhlt den Stein, -
die Trommel wird so hart nicht sein.

Trommle, Trommler, du bist jung,
trommle mir zum Federsprung,
trommle leis', nein, trommle laut,
Schauer rieseln meine Haut.

Trommle, Trommler, trommle fein,
steter Tropfen höhlt den Stein.

Der Trommler trommelt wie er will,
brüllt mich bald an, bald wird er still.

Der Trommler trommelt im ewigen Haus
Ein Leben ein – ein andr'es aus.
Der Trommler trommelt, trommelt stur,
weiß er von des Herzens Uhr?

Der Trommler trommelt mittendrin,
er tickt am Rand – wo soll ich hin?

Und es kommt mir in den Sinn:
Ob ich Trommel oder Trommlerin bin?

Monika Tieber-Dorneger

## *Kosmonaut*

Eingetaucht ins schwarze Meer,
treibt der Kosmonaut umher

Fasziniert blickt er ins Sternenreich,
nichts kommt diesem Anblick gleich

Wie schön die Vergangenheit doch ist,
und er vergisst, die eigene Lebensfrist –

Versunken in der Unendlichkeit,
macht sich Einsamkeit im Geiste breit

Wie klein er doch ist,
angesichts des Raums und der Zeit

Doch es glüht in ihm ein gellend' Licht,
das dennoch nicht verlicht
und sein Herz füllt sich erneut mit
zuversicht

Der Kosmonat entdeckt, dass das Leben,
im Detail verborgen, voller Kostbarkeiten
steckt –

TiefenKLANG * 1983

## *Zeitlos*

Gestern war ich müde
heute schlafe ich
morgen wache ich auf.

Gestern bin ich gefallen
heute stehe ich auf
morgen gehe ich weiter.

Gestern dachte ich an dich
heute denk ich an dich
morgen werde ich an dich denken.

Tiegerkatze * 1967

## *Unsichtbares Band*

Du lachst aus vollem Herzen mit mir, bis
die Tränen kullern,
Wenn ich lache und albern bin

Du nimmst mich in den Arm
Wenn ich weine

Meine Gedanken, wirr und unverständlich
Du hilfst beim Ordnen

Mein leiser Hilferuf
Du hörst ihn

Du bist da, wenn ich dich brauche
Keine Entfernung, keine Zeit der Stille
kann uns diese Nähe nehmen

Wir gehen jeder unseren Weg
Und doch gemeinsam durch die schweren
Zeiten,
die das Leben für jeden von uns bereit hält

Wir sind wie zwei Kinder
Voller Vertrauen und ohne jede
Berechnung

Erwachsen sein und im Herzen Kind
Möglich nur durch Dich und Deine
Freundschaft

Heidi Tietze-Linkens * 1956

## *Ein wenig nur*

Die letzten Umrisse
Gedachte Oberflächen einer
Einsamen Dimension
Die du wurdest.
Reduziert reflektiert.
Vertrocknet zerbröseln sie
Und fallen in die
Tiefen Risse meines „Hinzudir".
Geb ich Erinnerung dazu,
Ein wenig nur,
Wird's ein strahlend gold'ner Weg
Im Saum unendlich bunter Blumen.
Und immer wieder renn ich ihn
Entlang, um mein „Wegvondir"
Zu flicken.

Stephan Tikatsch * 1974

## *Fritz!*

Berauscht zieht der Regen
durch die Straßen der Stadt.
Die Tulpen fallen lila
ins Klaviergebälk.
Spiel eine Musik,
Schreib einen Vers.
Der Geist weht
wo er will.

Elke Tilk * 1959

## *Liebe meines Lebens*

Wir lernten uns kennen schon vor langer
Zeit,
Du trugst damals ziemlich an Sorgen und
Leid.
Ich war fasziniert von Deinem Charme
und bot Dir spontan meine Hilfe an.

Wir lösten gemeinsam so manches
Problem,
doch waren wir nicht überall gerne geseh'n.
Denn manch' „Moralist" raufte seine
Haare,
weil Du älter als ich um ein paar Jahre.

Unsere Liebe jedoch, sie gab uns die Kraft
und so haben wir alle Klippen geschafft.
Erlebte ich selbst auch mal eine Pleite,
so standest Du hilfreich an meiner Seite.

Das Schicksal hatte es gut gemeint,
wir sind seit Jahrzehnten glücklich vereint.
Durch Dich waren es meistens nur gute
Tage,
wofür ich dir herzlich zu danken habe.

Nun blick' ich zurück im Herbst unseres
Lebens
und weiß, dass mit Dir kein Tag war
vergebens.
Und faltet man dereinst im Tod uns die
Hände,
dann wünsche ich mir ein gemeinsames
Ende.

Reiner Tillmann * 1944

*Schaukelstuhl*

Wenn ich so einmal, in späteren Jahren,
im Schaukelstuhl sitze, mit schlohweißen
Haaren,
die Hände gefaltet, die Augen verklärt,
dann gilt Dir mein Lächeln – Du warst es
wert.

tinkerbell * 1944

*ende*

Der blaue tod das wasser trübt
die kinder in den wäldern kreischen
eltern ohne ihresgleichen
leichen in das wohnhaus säen.

Puppen in den betten weinen
arme, beine, blutverschmiert
tapeten schweigen, menschen lügen
leichen dieses wohnhaus zieren.

Omas mit dem strickzeug klappern
kratzer jene wangen schmücken
laute feste in den hallen
leichen in dem wohnhaus tanzen

Träume in den seelen schwinden
rote farbe an den wänden klebt
doch zum ende kommt es nie
nur als leichen sie das haus verlassen.

tinski * 1980

*Mutter*

Warst immer für uns da,
hast nur gelebt, um uns zu geben.
Ich fühl Dich mir so nah,
als würdest Du noch heute leben.

Da ist auch diese Schuld,
dass ich so wenig mich gemeldet.
Die Arbeit war mein Kult.
Hab Deine Liebe schlecht vergeltet.

Ich hoffe, Du verzeihst,
da Du noch heute mit mir redest,
mir Deine Wärme leihst
und auch zusammen mit mir betest.

So sprech ich jeden Tag
mit Dir zumindest in Gedanken.
Und hoff, Du weißt ich mag
Dich so in mir, ganz ohne Schranken.

Dieter Tischendorf

*Pause vom Alltag*

Entspannung auf der grünen Wiese,
mein Haar durchstreift ein milder Wind.
Die Sonne spielt mit ihren Strahlen,
wie ist das Wetter heute lind.

Endlos erscheint das Himmelszelt,
die Wolken ziehen sacht dahin.
Ich fühl mich klein, ein Fünkchen nur,
ich unter ihnen bin.

Es riecht so frisch und unverbraucht,
im Garten der Natur.
Ein Vogel zwitschert hell und klar,
das ist Erholung pur.

Vergessen sind Hektik, Stress und Lärm,
ich tanke wieder auf.
Doch kann ich hier nicht ewig sein,
das Leben nimmt seinen Lauf.

Aber diese schönen Momente im Leben
sind wirklich jedem gegeben.
Viele können sie bloss nicht erkennen,
weil sie durch das Dasein rennen.

Anette Tittel * 1957

Bei einem Spaziergang öd und leer
langweilte ich mich eine Zeitlang
sehr.
Da sah ich unter Bäume grün, da leuchtend
eine Blume so herrlich blühen.

Eine Blume von Angesicht so schön, die man in 1 000 Jahren nie wieder wird sehen.
Ich grub sie aus mit Wurzeln so fein, um sie nicht zu verletzen, die kleine Blume – mein!!!

Heute nach vieler Jahren Pracht hat sie mir ihre Schönheit wiedergebracht.
Ich schütze sie vor allem Getier, daß sie immer blühet nur bei mir!

Frank Tittel

## *Liebestraum*

Sehnsüchtiges, leidvolles Bangen;
die Tränen kullern über meine Wangen;
mein Busen bebt im stillen Sehnen;
werden wir uns je wieder sehen?
Oh, Du Lieber, Geliebter „Aurel“;
beweg Deine Flügel;
flieg über Wald und Hügel.
Ich möcht mit Dir träumen,
lieben im Schatten;
bis wir vor glückseliger Liebe ermatten!
Amor wird uns ins „All“ entführen;
so, dass wir für immer die Liebe spüren.

Togram * 1944

## *Gedicht in einer traurigen Stunde*

Wo bleibt die Hand?
Von der so viel geredet wird.
Die Hand, die so viele vorgeben geben zu wollen.
Geredet wird viel.
Nur die Taten bleiben aus.
Der Fleck auf der weißen Weste, der sie so schmutzig macht.
Eine Sünde ist nicht schlimmer als eine andere.
Gelindert wird nichts.
Ein Schulterklopfer würde es tun.
Aber es ist wie mit der Hand.
Nichts.
Und große Stille.
Verlorenes Interesse.
Sicher in die verlorene Unendlichkeit.
Der ewige Teufelskreis.
Mephisto wie man ihn nennt.
Es gibt kein Durchdringen – nur die Hoffnung –
Bald ist alles vorbei!
Fressen und Gefressen werden.
Ein Gesetz – unüberwindbar.

Johanna Tönsing * 1986

## *Wasser*

Wohltätig ist des Wassers Macht, wenn es der Mensch bezähmt bewacht.
Doch wehe, wenn es losgelassen, tobend fließt durch alle Gassen,
Überspült die Strände, niederreißt der Häuser Wände,
Fortschwemmt, was einst gestanden, um als Schutt zu stranden.
Ohne Wasser kein Leben, auch wenn sich Wellen erheben,
Und Leben vernichten, als wollten sie richten.
Das Wasser löscht Brände, geschwind auch behende,
Ernährt alle Pflanzen, läßt Elfen selbst tanzen.
Wasser fließt Bäche herunter, frisch, fröhlich und munter.
Es inspiriert die Poeten: Die Musen trompeten,
Und die schönen Künste erwachen, lehren uns Freude und Lachen.
Wasser ist ein Lebensquell, der uns begleitende Gesell.
Im Wasser wir baden, das Naß kann uns laben.
Aus Brunnen es sprudelt, in die Tiefe es strudelt.
Tobende Gewalt wird gebändigt, daraus Energie wird lebendig.
Als Dampf ist es heiß, kalt wird es zu Eis.

Wohltätig ist des Wassers Macht, wenn es der Mensch bezähmt bewacht.
Doch gegen die Naturgewalten kann der Mensch nur wenig gegenhalten.
Kriege dagegen können vermieden werden, damit Frieden ist auf Erden.

Walter Toplep

## *Mutterstimme*

*An meine Mutter – Emma Pretzer*

Ich steh am Wolgaufer, schau hinunter in die Flut.
Dieses heilige Wasser gibt mir Kraft, Stärke, Mut.
Ich steh am Wolgaufer, schau in den Himmel noch.
Da sehe ich über mir einen weißen Vogel hoch.

Das Herz weint in der Brust, der Atem bleibt mir stehen.
Ach Vogel, könntest du nur meinen Gram verstehen.
Ich möchte lieber gern, wie du, im Himmel schweben.
Ich möchte lieber gern, wie du, hier zu Hause leben.

Der Vogel fliegt vorbei und spricht gegen den Wind.
Bitte, weine nicht, liebes, armes, teures Kind.
Dein Kummer vergeht, schnell verweht ihn der Wind.
Bitte, weine nicht, liebes, armes, teures Kind.

Es klang mir nach der teuren, lieben Mutterstimme.
Diese Stimme war, ist und bleibt meine Lebenshymne.
Ich steh am Wolgaufer, schau noch weit in die Ferne.
Liebe Mama, Mutter Wolga, ich komm bald zu dir, gerne.
Ich steh am Wolgaufer, schau in den Himmel noch.
Da sehe ich über mir einen weißen Vogel hoch.

Emmarias Toropoff * 1966

## *Der liebe Gott sitzt im Kirschenbaum*

Oft sitze ich in meinem Zimmer
und schau beim Fenster hinaus
die Gedanken schweifen stumm herum.
Das Denken war mir ja noch nie zu dumm.

Da fällt mir ein,
es könnte ja so sein,
dass in meinem Kirschenbaum vorm Fenster
der liebe Gott sitzt und lacht,
gerade hab ich auch an ihn gedacht.

Hab oft gehadert und geweint
doch er hat es meistens gut mit mir gemeint.
Hat mir die Kraft gegeben,
dass ich konnte wieder weiterleben.

Und wenn ich wieder traurig bin und allein,
gehe ich hinaus, streichle ihm über die Rinde,
werde im Herzen wieder zum Kinde
die Tränen verfliegen in Nu,
und der liebe Gott lacht und sieht mir dabei zu.

Henriette Toska * 1953

## *Bergung*

In deiner Stimme
schwingt Zartheit
In deiner Stimme
klingt Zögern
Deiner Stimme
wohnt Freisein

und Wollen inne
beides ein wenig
wie aus Fernen

Unter deiner Stimme
das Lot
der Wirbel

Zur Mondesseite
im Kummergetümmel
überraschend
eine winzige
Seerosen-Boje
den Brunnenspiegel
bekoboldet

Brunhild Touati

## *Ruf aus der Umarmung*

O weile, weile, Augenblick
und hab Erbarmen,
wir halten nur dies eine Glück
in unsren Armen,
das nach Ewigkeit verlangt,
uns bangt,
daß schon im nächsten
die Sehnsucht uns den Leib zerreißt
und uns der Kälte Bitternis
machtvoll in die Schranken weist.

O weile, weile, Augenblick
und forme uns aus einem Guß,
laß kein lähmend trauriges „Zurück",
kein quälend „Muß"
uns aus den Tiefen lösen,
gib uns Illusion!
Schenk' uns diesen einen Kuß,
so – als wär's die Ewigkeit gewesen.

Bodo G. Toussaint

## *Seenland*

Wären all die Seen
die smaragdgrün das Licht tragen
Schalen für die Tropfen
der Hoffnung

dann könnte jeder Stein,
jedes Schilfgras und jede Seerose
von den Träumen erzähle
die überquellen
aus den Gläsern der Seelen

Ich würde darin tauchen
und vergessen, was jenseits des Lichts
im kalten Morgengrauen
wie Tonnen auf mir liegt

von der Süße des Seenlandes
erzählen, wie die Eisvögel,
die Wanderer und die Rehe,
deren Sprache flüsternd und rauschend
das erfangene Glück benennt

Sonja Traar * 1972

## *Gesang*

Gesang, ist es, der uns verbindet,
Gesang, den Weg zum Menschen findet,
bei Liebe, Freude oder Schmerz,
Gesang, fühlt man bis tief ins Herz.

Gesang, lässt uns auf Wolken schweben,
Gesang, ihn wird es immer geben,
verbindend, froh, zu jeder Zeit,
Gesang, bis in die Ewigkeit.

Gesang, lässt manches überwinden,
Gesang, er hilft uns Nähe finden,
kennt keine Grenzen, keine Scheu,
Gesang, dir halten wir die Treu.

Gesang, wird durch die Täler schallen,
Gesang, in manchem Grab verhallen,
doch immerzu wird es ihn geben,
Gesang, gehört zu uns – zum Leben.

Franz Trainacher

## *Irres Gelächter*

Unsterblich irres Lachen
Begleitet uns der Wege
Führt hinweg über Schranken
Lässt uns sehen
Lässt uns erblinden

Flackerndes Irrlicht
Schallendes, verstummendes Echo
Lässt uns leben
Lässt uns sterben

Wahre Wege des Glaubens,
falsche Wege des Fanatismus
doch geben wir uns dem unwiderstehlichen
Lachen
tänzelnd hin

unsterblich wie es ist
wird es uns auf ewig heimsuchen

Trasnochador * 1987

## *Wie leben?*

Ein Herz zerrissen vor Sehnsucht,
eine Hand, die ins Leere greift,
eine Liebe, die keine Zukunft hat,
ein Leben das hohl ist, weil etwas fehlt.

Angst, für immer einsam zu sein,
Angst vor dem Wiedersehen,
Angst, nicht zu entsprechen,
Angst vor dem nächsten Abschied.

Liebe, die alles in dir verändert,
Liebe, die glücklich und unglücklich
macht,
Lachen, das nicht aus dem Bauch kommt,
Weinen, das keiner sehen soll.

Rosen, die mehr Dornen als Blüten haben,
Maiglöckchen, die so sehr riechen, daß sie
stinken,
Gras, auf dem wir lagen und in den
Himmel schauten.
All das hat mir das Herz zerrissen.

Rusalka Traub * 1941

## *Jenseits der Stille*

Höre auf den Klang der Stille,
dem Bleibenden
auf die Spur kommen,
das Unsichtbare ahnen,
das Verborgene allen Seins
entdecken.

Wie die Pflanze
mit ihren Blüten zu dir spricht,
wie der Schmetterling
mit Freude dich umfliegt,
wie der Baum
mit seinen Zweigen dir zuwinkt,
wie der Apfel
mit seinem Rot dich anlacht,
wie die Sterne
mit ihrem Kreisen über dir tanzen,
wie das Licht
mit seinen Farben dich umspielt,
wie Gott mit seiner Liebe
dich in allem berührt.

Benedikt Werner Traut * 1934

## *Augen-Blicke*

Vorn an der Deichsel ein Bund Heu,
daß sich der Esel darauf freu'.
Ich äugte hinter Mädchen her,
wie wenn ich so ein Esel wär.

Zutiefst erschüttert war als Mann
ich, als mir erstmals ohne Not
– aufblickend in der Straßenbahn –
ein schönes Kind den Platz anbot.

Was einst so forsch – ist heute morsch.
Einladen darf ich, zum Bewirten,

doch alte Knaben wollen spüren,
daß Frauen noch ein wenig flirten,
mit Blick wie früher, beim Verführen.

Daß Schöne mir Interesse schenken,
jetzt am Ende meines Lebens,
daran ist nicht mehr zu denken.
Auf ihren Blick wart' ich vergebens,
der schweift nur flüchtig, ohne Halt,
gleichgültig frei – vorbei – zu alt!

Kurt Trautmann

## *Gedanken zum Jahreswechsel*

Auch wenn sich wieder ein Jahr dem Ende neigt,
und man zurück schaut auf die Zeit,
was man hat alles so erreicht oder auch nicht,
sei zufrieden, so wie es ist.
Es wird wieder einen neuen Anfang geben,
so ist nun einmal der Lauf des Lebens.
Und ist der neue Weg noch so fremd und nicht bequem,
auch diesen wirst du überstehn.
Mit Freude und viel Schwung,
ob alt oder ob jung,
auch du wirst deinen Weg machen,
und schon bald über deine Bedenken lachen …

Anke Treinis * 1978

## *Da oben*

Hinter
Dem All
All überall

Ist die Luft
Dünn

Hinter
Dem All
Im Überall

Haben Raum
Und blaue Stunde
Keine Ränder

Thorsten Trelenberg * 1963

## *Die Sonne*

Das ist mein Freund
der Sonnenschein.
Die Sonne scheint immer.
Das mag ich sehr.
Gott hat es so gemacht,
dass sie immer für uns scheint.

Franziska Trieb * 1995

## *Innenwelt*

Kreisverkehr in den Hirnwindungen, Ausfahrten blockiert
Seele wie Küste zermalmt, zermahlen
Benagt von nassen Zähnen in Wildheit und Gier
Unendliche Gedanken wie Sandkörner
Rollend in der flutenden Gischt
Schäumende Hände
Zerren, reißen, schlagen tollwütig
das wehrlose Land bebender Gefühle
Zerrissener Himmel mit erloschenen Sonnen
Salzige Tränen der Gezeiten
Herz wie Winter fühlt Dauerfrost
Schönheit der Eiskristalle zur Funktion reduziert
Eisenhans verstummt, verdorrte Lippen wie Wüste
Zu Staub sollst du werden, Zunge
Die Steine schreien
Schmerzhaft gerundet zu perfekter Form
Glatt, stumm, leer, tot
In seiner unergründlichen Tiefe

singt das Meer mit Muschelmund vom
Frieden
und der Tang tanzt

Ute-Bettina Trietsch

## *Schwermut*

reiten
auf Wellen

versunken
im Gedankenmeer

verloren
im Jetzt

spielen
auf der Lebenswiese

erfüllt von Schwermut

Doreen Trittel * 1973

## *Formatfrage*

Original vergängelt es durch die
Gegenwart,
und futuristisch erscheint alles von heute,
während gestern wie morgen,
und heute wie – schon gewesen,
schon gesehen,
schon geschehen,
wie schon mal da gewesen.

Gezeitendrift,
weil der Mond die Sonne frisst,
und Mars mit Merkur
sich ein Kind wünscht,
und du, er und sie,
zu dritt nur zu zweit sein wollen.
Gestern, heute und morgen –
Komprimiere deine Sorgen.

Achim Troja

## *Der Bezwinger*

Der Sonne Strahlen – zerteilt vom Tau
in tausend brennende Pfeile
schickt Glanz und Wärme der Natur
auf daß wir dort verweilen

Des Waldes Boden bedeckt von Schnee
fast möchte man doch glauben
es seien Diamanten – klein und fein
die uns die Sinne rauben

Des Berges Spitze von Wolken verhangen
ragt stolz bis in den Himmel hinein
Jahrhunderte – dieses ewige Bangen
ob Bezwinger des Gipfels kehren heim

Hinab in das Tal – so grün – so bunt
in unendlich weiter Ferne
geht unser Blick ins weite Rund
Bezwinger sind wir alle doch gerne

Hermann Trommler * 1949

## *Vogel*

Ein Vogel
singt ein Lied
nicht für mich
nicht für dich
nur für sich selbst
und doch auch
ein wenig für uns

Doris Troxler

## *Schwarzer Schwan*

Du sagtest das Wasser wäre so schön,
tiefschwarz und kalt.
Doch kalt, was ist schon kalt?
Es würde dich umringen, umspielen.
Was solltest du mit Freiheit tun?
Wo doch die Fluten keine Gitter seien.
Glitzernd, glitzernd und funkelnd.
Warum nur, sollte es so nah sein?

Warum nur, konntest du dich nicht
mit dem Sehen abfinden?
Fühlen!
Warum denn nur alles erleben?
Langsam, immer langsamer atmest du.
Poch, poch, dein Herz, gefroren vor
Schmerz.
Ach, wärst du doch geblieben.
Ich hätte dich nicht missen müssen,
lieben dürfen,
welch Geste voll Güte.
Zu spät.

Natascha Trum * 1986

## *Ein Tag*

Ein Tag, so wie immer,
so scheints in mein Zimmer.
Ich sehe mich um,
oder laufe herum,
zu erkennen was ist,
gut zu wissen, wie du bist.

Ich seh' dir in die Augen,
deinen Worten schenk' ich Glauben,
hast so was an dir,
bist ganz nah bei mir.
Worte treffens nicht immer genau,
weist zum Glück, wie ich dir vertrau'.

Ich fühl' mich bereichert,
mit dir so erleichtert.
Es scheint alles heller,
meine Welt dreht sich schneller,
besonders ist also dieser Tag,
an dem ich so gern an dich denken mag.

Johanna Trumpf * 1987

Das Gute möcht' das Böse naschen.
Das Böse will das Gute haschen,
Und ist des Guten Feind, wie landauf,
landab man meint.
Nun ist das Gute freundlich gegen
jedermann,
Und damit fangen die Probleme an!
Das Böse würd' das Gute gern vernichten,
Allein, wer sollt' das Böse dann wohl
kennen,
Geschweige denn ihm frönen, gar
benennen?
Das Gute könnt' das Böse kriegen,
Es mit einem einz'gen Wort besiegen.
Doch will 's das Gute überhaupt?
Gibt 's das Böse nicht, wer dann noch an
das Gute glaubt?
Und ist das Gute ganz besonders gut,
In wechselseitig Überhöhung, das Böse
gleichsam böser tut.
Unlösbar scheint 's. Seelenlos ..., irgendwie
beliebig.
Ist 's Illusion, dies ungleich Zwillingspaar?
Ist nichts Wirklichkeit? Ist so gar nichts
wahr?
Lüge? Ist sie im Bund beflissen Dritter?
Gar ergiebig?
Man sagt, die Lüge, sie sei immer; stets am
Werk.
Wo trennt der Gipfel sich vom Berg?

Heiko Tschauner * 1963

## *Im Gebirge*

Im sprühendlichten Strudel steil bergauf
Der Quelle zu, die unser Herz erheitert,
Und durch die Höhe wundersam erweitert,
Folgt unser Blick dem wilden Wasserlauf

Durch Felsgeäder, weiße Wasserfälle,
In tiefen Schrunden schroffe Felsen lang;
Und droben braust in heißem
Überschwang
Das blaue All in reinster Himmelshelle.

Dort taucht der Wald aus dichtem
Nebelgrau,
Und wie geweckt von sprühenden Najaden
Grünt junges Moos auf schmalen
Schattenpfaden,
Und durch die Wipfel stürzt das
Weltenblau.

So grünten nie die kaum erwachten Matten
Und blühten zwischen Schnee und
Sommerglut,
Bis an die Klüfte zwischen Fels und Flut
Wie aufgelöst in Licht und
Wolkenschatten.

So träumten Götter Not und Übermaß,
Und zwischen Sonnengrat und Nebelkühle,
Wie ausgespart im starren Felsgewühle.
Die sanfte Mulde mit dem Seidengras.

Rudolf Tscherpel * 1921

## *Herr Schi Zo und Frau Phre Nie*

Herr Schi Zo
trifft Frau Phre Nie
und fragt sehr froh:
„Wen lieben Sie?" –

So mag er gehen
zu seinem Garten.
Dass sie sich sehen,
ist zu erwarten.

Frau Phre Nie
antwortet sehr offen:
„Ich liebe Sie!
So sollen Sie hoffen!"

Bald werden sie,
dass es sei gut,
Mann und Frau gleichwie
mit frischem Mut.

Beide lieben sich „wunderbar"
in einer guten Pose!!!
Vereint als „das Ehepaar"
gehen sie ins Leben als „Psychose"!

Martin Tschirch * 1959

## *Ein Tag mit HanK*

wir machen wieder
den selben fehler
trinken weiter
den tag leer
bis auch er
sich aufgibt

was ist zu tun
wenn das trinken
nicht mehr hilft

wieder betrügen
wir das leben
um einen tag

und

unsere narben
verraten uns als
ehrliche haut

am ende zahlt
sich die zeche
ohne trinkgeld

aus

Joachim J. Tschörtner

## *(Alp)traum*

Ich träume von einem Seeufer,
einem Sommerland in einer Flaschenpost,
einem Strand ohne meinen Kummer-
einem Sonnenhimmel in einer Welt ohne
Rost ...

Im Alptraum sehe ich nur eine
Theaterbühne vor mir –
mit dunklem Vorhang und Marionetten.
Gesteuert tanzen sie sinnlos bei mir –
in einem Lebensspiel der unehrlichen
Wetten.

Die Puppen laufen fast bewusstlos –
ohne Zielrichtung und erstrebten Weg.
Die Zeit vergeht gedankenlos –
ohne Maß mitten auf dem Lebenssteg.

Der Lauf der Puppen erreicht den
Brückenrand,
am Ende eines glatten Marmorpfades.
„Vorsicht! Sie fallen in ein bodenloses Land,
in eine Welt des Hades! ...“

Die Marionetten werden zum Leben
erweckt.
„Ein gnädiger Spieler hat gewonnen!“
Das lange Wandeln von Sinnlosigkeit
bezweckt,
wird von der guten Welt ohne Rost
besonnen ...

Bozhidar Tsolov * 1985

## *Geliebter Wind*

Ich bin wie ein junger Baum
und du bist der Wind
der mich streichelt.

Du wiegst mich sanft hin und her
ich bäume mich in deinem Sturm
Du hast die Kraft
mich zu entwurzeln.

Schöne Zeit
wenn du mit mir spielst
und mich bewegst.

Ach wär ich doch eine Wolke
um mit dir zusammen
frei zu sein.

Windstille.

Liana Tuchel

## *Kein Wort mehr – ein Wort noch!*

Kein Wort mehr! Kein Vers! Schreib nicht!
Wörter tragen kein Licht mehr vor sich her
klingeln umsonst wie der Eismann
in kalten beschäftigten Straßen:
Keiner vermißt die durch Druck
eingefrorenen Zeichen, ihre Kraft, ihren
Sinn.
Unausgesprochen schmelzen sie zwischen
den Seiten
und versickern am Ende in die
Quellenangaben
ihrer stummen Verfasser.

Ein Wort noch! Einen Vers! Schreib doch!
Wörter sind verborgene Funken,
in Geschwätzasche glimmender Sinn,
durch Anhauch aufleuchtender Klang.
Da blättert jemand vielleicht
in kalten beschäftigten Straßen
in einem Buch und sie springen ihn an
nicht mehr als zwei oder drei,
setzen sein Leben in Brand
– und du hättest gelebt.

Margret Tuchel-Genth

## *Da capo*

Welch Duft schwebt mir in meine Nase
von jener Blume in der Vase,
die dort am Tisch vorm Fenster steht,
an das der Wind die Blätter weht,
die stammen von der großen Eiche,
die einst gepflanzt vor einem Teiche,
worin sich spiegeln nicht nur Schwäne,
auch all die riesengroßen Kräne,
die sich geschwind im Kreise drehn
und ringsherum ums Hause stehn,
in welchem ich gerade bin,
wo ich sinniere vor mich hin,
mir dabei denk bei jenem Duft,
der zart durchdringt die Zimmerluft:
Welch Duft schwebt mir ...

Peter Tüchler * 1972

## *Frühlingsahnen*

Vor dir auf kältestarrem Weg
wiegt sich im Schattenriss
ein Schmetterling.

Ein Frühlingsbote?
Schon so früh?

Du hältst voll Staunen an
den raschen Schritt
und siehst ein braunes Blatt
voll Grazie zur Erde schweben.

Schon längst gestorben
hielt sein Stiel am Ast sich fest,

um mit des Windes
erstem warmen Atem
sich tanzend dir in deinen
wintermüden Blick zu stellen,

um mit Anmut dich zu lehren,
dass Schein und Sein
nur scheinbar Gegensätze sind.

Hanne Turowski

## *„An H.“*

Stumpf gebeutelter Schmerzkörper
sitzt im Mandelhagel
tanzt aufgeplatzte Tode
– krampfend –
– krämpfend –
beleuchtest das Licht.
Kein Ree – die Segel voller Schreie.

Unter Misteln, unter Misteln
einst
neben Misteln, mit Misteln
Schmarotzer, Feind.

Mandel – Massengrab,
Leichentanz.

Schrei!
Reiß in Fetzen die Seele!
Schluck!
Verdau und verätze!

egal

DU Schande
du wirst
– weggehobelt –

Cathrine Tuschar * 1987

## *Innere Harmonie*

Wellenrauschen –
laß Dich treiben in der Musik des Wassers.
Dein Herz schlägt im Rhythmus der
Melodie
und gibt Deiner Seele Ruhe und Frieden.

Aufschäumende Gischt –
spürst Du das kühle Naß auf Deiner Haut
und das belebende Salz auf Deinen Lippen?

Der warme Sand unter Deinem Körper
gibt Dir Halt und Stärke.

Meereswind –
Dein Haar umflattert tanzend Dein
Gesicht
und Deine Blicke folgen dann und wann
dem leisen Flug eines verirrten Sandkorns.

Du bist geborgen und befriedigt in Dir
selbst.

Elena C. M. Tüx * 1982

## *Glück*

Was, wenn Glück überläuft?
Was, wenn von Glücksmomenten
überhäuft?
Umgeben von rosa Wattewolken,
Zeiten, die niemals enden sollten.

Hoffnung hat sich Stück für Stück erfüllt,
niemals ganz und immer in andere
Gewänder gehüllt.
Erinnerungen im Innern der Seele nun
wohnen,
wo sie alte Hoffnungen kronen.

Wenig genug, doch von solcher Intensität,
dass ein Funke Glück ungeahnte Energien
sät.

Dringt in jede Gedankenpore,
umgibt sie mit goldenem Schein,
öffnet unbekannte Tore,
lässt wirklich sie sein.

Glück ist anscheinend
in kleinen Portionen nur zu ertragen,
man hat's erlebt, man hat's erfahren,
freut euch darauf – nur nicht verzagen!

Katja Uebelacker * 1971

Du gingst mir
unter meine Haut.
Du fandest den Schlüssel
zu meinem Herzen.
Wir sind eins geworden,
zwei brennende Herzen,
gefangen in der Liebe.
Du bist für mich keine Affäre.
Du bist mehr für mich.
Du flüsterst deine Liebe in mein Ohr,
du willst immer meins sein.
Mit dir kann ich nur gewinnen.
Mit dir kann ich nur gewinnen.
Du gingst mir unter die Haut.
Du bist für mich unverzichtbar.

Bärbel Ueberall

## *Lied der Sehnsucht*

Reich mir die Hand,
du fremder Gast,
ich liebe deine Ferne,
die du in dir verankert hast,
mir gibt sie all die Wärme,
die mein Herz verloren hat
im Ablauf all der Jahre,
als Liebe eine Größe war,
für Härte, Kampf und Schwere.
Geblieben ist ein Hauch der Zeit,
als Leben leicht und reich verzweig
Gewissheit fand im Bilderreich
der Fantasie und Träume.
Dort sah ich dich,
das Abendlicht,
in Nacht getaucht,
entzog mich deinen Augen.
Nun neigst du deine Hand mir zu
zur lang ersehnten sanften Ruh,
zur lang ersehnten sanften Ruh.

Gisela Ueffing

## *Augenblicke*

Mich traf schon mancher liebe Blick,
einmal prüfend, lockend und verführerisch.
Stets freundlich blickte ich zurück,
schade, leider, sehr bedauerlich.

Dann sah ich deinen tiefen Blick,
Du könntest alles für mich sein.
Ich wußte gleich, du wirst mein Glück.
Doch das darf wohl nicht sein.

Hast du den Blick nicht auch empfunden?
Warum bist du gegangen?
Wo bist du hin? Ich will dich halten.
Ich will dich doch umfangen.

Es war ja leider nur ein Augenblick,
und der kommt leider nie zurück.

Oskar Uffenhoven

## *Zum neuen Jahr*

Das Jahr liegt vor uns wie ein buntes Buch,
mit vielen Seiten, die uns noch nichts
sagen.
Und wir erliegen wieder dem Versuch,
was uns erwartet auch zu hinterfragen.
Es mangelt uns, wie immer, an Geduld,
zu akzeptieren, was die Zeiten bringen;
um dann aus Angst, aus Neugier oder
Schuld
zu tun als ließe sich das Leben zwingen.
Doch es erschließt sich uns nur Blatt für
Blatt,
und was wir lesen, ist uns längst geschehen!
Was unausweichlich dann zur Folge hat,
daß wir dem Schicksal wieder nicht
entgehen.
Und die Erkenntnis macht uns endlich frei,
sie hilft uns, in den Alltag abzutauchen;
und alles ist uns wieder einerlei,
weil wir es nehmen wie wir's eben
brauchen.

Werner Uhl

## *Die Liebe*

Sie ist die oberste Instanz im Himmel und
auf Erden.
Mit ihr wird alles untergehn, durch sie wird
alles werden.
Sie ist die Kraft, die Gott uns gab, mit der
wir umgehn müssen.
Auch wenn wir oft, ertappt von ihr, gar
nicht mehr weiter wissen.

Wir ziehn uns wieder hoch an ihr, glauben,
sie zu bestimmen,
doch ist es sie, die dirigiert leise und laute
Stimmen.
Sie spielt uns aus, siegt über uns, bevor wir
es bemerken,
nachdem wir uns und unsern Ruhm an ihr
nur wollten stärken.

Für sie gibt's keine Regeln und keinen
Prototyp.
Beginnen tut sie meist aber mit dem „Ich
hab dich lieb".
Bald werden aus vier Worten dann zur
Kürze nur noch drei.
Und wenn ihr Urteil schuldig ist, dann
gehn auch die entzwei.

Alexandra Uhlig * 1982

## *Ich der Clown*

Im Scheinwerferlicht knips ich mein
schönstes Lachen an.
Gehen die Scheinwerfer aus, wische ich
mein Lachen, mit jedem bisschen
Schminke fort.
Ich sitze nackt, traurig und einsam in
meinem Zirkuswagen und bin der
Clown!

Antje Ulbricht * 1975

## *Stille*

Ich sah die Welt fallen
sah einen Engel das Schwert
in mich treiben, als ich fiel
in den Rücken und in letzter Tat
dem Geiste Freiheit bot
gleichwohl dem Auge Ruhe schenkte;
sah die letzten Funken Licht
die leisen Schneeflocken tanzten,
unsichtbar floss glutrot
die Lebensenergie in sie
und kristallgleich
erstarrte es auf der Oberfläche;
ruhevolle Augen blickten mich an
ein unwirkliches Lächeln
umspielte zart geschwungene Lippen
das Schwert entglitt
die Seele mit ihm
aufatmend ließ ich mich

ihn Wärme fallen
in eine Welt ohne Schmerz.

Karoline Ulm * 1984

## *Im Juli*

Es ist ein Duft von Reife,
der das Land durchzieht.
Die Gerstenähren werden schwer und
golden.
In ihrem Wogen sink ich ein
wie in einem tiefen Meer
und lausch dem Lerchenlied, dem holden.

Ich atme tief. Des Lindenbaumes Düfte,
sie tilgen Jahre aus und überbrücken
Klüfte.
Mir ist, als höre ich der Mutter Lied,
das sie mir oft als Kind gesungen.
Vom Lindenbaum und von verlor'ner Lieb'
ist lange schon der letzte Ton verklungen.

Der Bauerngarten – dort am Wegesrand –
in ihm find ich die alten Blumen und die
Rosen;
es sind die Blumen, die zum Strauß die
Mutter band.
Ach, könnt ich noch die lieben Hände
kosen.
Ich gehe weiter und bei jedem Schritt,
ist mir, als ginge still die Mutter mit.

Helene Ulrich * 1931

## *Vogel*

Sei ein Vogel, komm an mein Fenster.
Sprich leise zu mir, dass du bist hier,
wegen mir.
Strecke deine Flügel aus, zeig mir,
wie du hast mich vermisst.
Klopf sanft an meine Scheibe,
damit du kannst hinein ...
Flieg rein in mein Zimmer,
die Freude ist groß,
bei mir zu sein.
Setz dich in meine Hände,
gib mir deine Wärme,
deine Nähe ...

Ach, wärst du doch nur ein Vogel,
kämst an mein Fenster,
sprächest leise zu mir,
dass du bist hier nur wegen mir ...

Yaprak Ulutas

Eine Wanderung durch unsere schöne
Heimat,
am alten Forsthaus vorbei, entlang eines
kleinen Baches.
In dem wieder Fische, anderes Getier, auch
Frösche sind.
Den Mücken ist es Gott sei Dank zu kalt.
Riesengroße Pappeln, Trauerweiden und
Laubbäume
säumen diesen romantischen Weg.
Dieser endet an unserem kleinen
Seerosenteich,
mit kleinem Bootshaus und Steg.
Auf diesem lassen wir uns nieder,
umgeben von sanften Hügeln und Wälder,
saftig grünen Wiesen und Getreidefelder.
Endlich entspannen und die herrliche Ruhe
in uns aufnehmen und die Seele baumeln
lassen,
Barfuß, durchs vom Tau noch feuchte Gras
stapfen
und greifen nach den viel zu hoch
hängenden Früchten.
Das Picknick auszupacken mit gutem
Essen,
dazu ein guter Tropfen Hopfen oder Wein
vom Roten.
Gepaart mit der Liebe zweier Menschen
mit Kindern,
das ist etwas Wunderbares. Ja,
Unverzichtbares!

C. Umane

## *Der Dom zu Wismar*

Weil's Gedächtnis altersschwach
dachte ich vergeblich nach,
wo in Wismar ich geseh'n
einen mächt'gen Dom doch steh'n.

Statt dessen fiel mir plötzlich ein
ein niedlich kleines Bronzeschwein
dessen runde Form, die glatte,
ich liebevoll gestreichelt hatte.

Jetzt das Schweinchen mir zum Glück
gab die Erinnerung zurück,
an jenen Dom zu Wismar eben,
den irgendwer gestellt daneben.

Itzo ich mir Gedanken mache
übers rechte Maß der Nebensache.
Wieso der Schöpfer sein, kleines Schwein
nicht läßt in sein großes Haus hinein?

Pierre Undetrois

## *Eingedeutscht*

Blabliblublablo. Fin again. Wake.
Elvis Presley Imitator Imitator.
Hatte Hegel eine MasterCard?
Schmerz Mittel. Pain less.
Lasst uns für Columbine bowlen und
verbannt Halo2.
Wir wissen wo sie sind: sie sind irgendwo
in dem Gebiet um Tikrit und
Baghdad
und etwas im Osten, Westen, Süden und
Norden.
Wo ist die Smoking Gun Kassette
abgeblieben?
Kann man eine 100prozentige Kopie des
Originals kaufen?
Schlaf Störungen. Sleep less.
Wer gewinnt: die Welt oder Amerika?
Ich nehm den Big Mac und eine Brause –
oder nein:
lieber eine Coke, keine Pepsi. Sinnesentzug.
Das hier kann nicht mithalten. Du machst
deren eigenes Ding!

Kathrin Unger * 1980

## *Leichte Worte*

Ein Mägdlein still im Rosenhain erstickt –
nein, nicht doch: stickt
mit zarten Händen wundersam geknickt –
ich mein: geschickt
ein Sprüchlein recht entzückend auf das
Pissen – verzeiht mir: Kissen,
wie sie ihrn Prinz möcht in die Arme
schießen – wollt sagen: schließen,
wenn er ihr endlich in die Leber – nein: in
ihr Leben tritt,
ganz ohne Furcht und Adel, der ekle
Bittersmann ... Halt, Schnitt!
Find ich kein Wort ohn' Schimpf und Fehl?
Butje, Butje in der Seel,
mein Gedicht, mein lichtes Spiel,
das will nicht so als ich wohl will.

Noch einmal: Strafend lacht herab der
Sonnenstein,
tanzt mit der Leichen Brise im Blutenmeer
des Maien
und malt den Frischverlebten blaue Flecken
auf die Haut.
Der Täuberich so rohgemut ein Nest sich
klaut
und richtet daunenbleich und vogelfrei
darin,
o Wunde der Natur, sich und sein Liebchen
häuslich hin -
Stop, nein! Was hockt mir denn da in der
Kehl
und stört mein Lied? - Blute, blute in der
Seel,
doch nicht in meine schöne Tinte,
auf dass ich leichter leichte Worte finde ...

Maria Unheim * 1969

## *Gänseblümchen*

Bist du wie die junge, hübsche Maid
in ihrem selbst genähten Rüschenplaid?
Hält sich fest an zimperlichen Dornen
und läßt ihren Kranz in der Sonne zornen!

Würden Brisen ihr gekämmtes Haar
verplaudern,
Steinchen um Steinchen dem langen Tag
auflauern?
So steht sie, um uns mit Stengeln zu
bedauern,
um im Blümchenmarsch an der Ecke zu
zaudern!

Möchte sie im Blätterwerk einen Tanz
beginnen,
dem Vergißmeinnicht ein Abschiedslied
singen?
Schlüpft sie doch aus ihren engen Sandalen,
um nicht zu werden wie die strengen
Vandalen!

Dorothea Untner * 1960

## *auf, mein herz*

unsere liebe,
das leben zweier sternschnuppen.
gemeinsam sind du und ich
am firmament
– in zeit und raum –

reise und sein der sterne
können wir nicht verändern,
so lassen wir sie an ihren orten.

du und ich ziehen
als großer schweif am himmelszelt unsere
bahn
und leuchten hell in unendlicher liebe.
du bist meine,
wir sind –die eine –
Sternschnuppe.

upiry

## *Sommerwolken*

Himmelhoch und wolkenweit
liegt überm See die Sommerzeit.
Ich streck mich aus in Sand und Gras,
den Blick hinauf in Seiden-Bläue.
Die Badekinder haben Spaß.
Und wieder mal im Jahr aufs neue
genieße ich Sonne, Wolkenwonne.

Ach, Sommerwolke, nimm mich mit
auf deine Reise über Felder,
blanke Seen und dunkle Wälder.

Ach, Sommerwolke überschwenglich –
bist du so herrlich und vergänglich.

Bist jetzt und immerfort bereit
für Schönheit und Vergänglichkeit.
Nimm mich und meine Sehnsucht mit
auf deinem sanften Himmelsritt.

Hannelu Vahl

## *Wolken*

unter avantgardistischen Klängen
antiquierte Nierensteine
und Achselzucken
bläuliche Beleidigungen
kommen und
der Himmel
geht aus

Jochen Valendiek * 1965

## *Sage Ja*

Sage JA zu dir,
nehme dich so wie du bist!

Ich sage JA zu mir,
nehme mich so wie ich bin!

Kannst du das auch?

Ich nehme dich
so wie du bist,
so nehme auch du mich
wie ich bin!

Vampirekiss * 1986

## *Menschenfabrik*

Mein Kopf ist am Zerbersten.
Nicht einmal heulen kann ich mehr allein.
Ich funktioniere, funktionierte immer.
(Unter Kontrolle.)
Und immer wenn in mir etwas nicht
funktioniert, wird es
gestoßen
wird an ihm herumgefuhrwerkt
dann wird es repariert.
Und wer repariert, entschädigt mir die
Zeit, die ich nie hatte …
Selbst zu heilen; nicht meine Glieder, die
produzieren müssen.
Und jetzt heule ich unkontrolliert
und alle Finger und Augen zeigen auf
mich.

Vanimelda Vanimar * 1986

### *Für Else-Lasker-Schüler*

Ein Auftauen ist ein Flackern ein
Schwelgen
im Unaussprechlichen
Niegesagten
Kommenden
einst
nicht jetzt
vergangen nicht nicht ewig
zeitlos
und vor den Spiegeln
sehend
daß sie erblinden so kommst du
ein Weggeläut
und die Spitze deines Stabes bricht die
Sterne unter deinen Schuh

Vilja Varese

## *Glückswurzel*

Sei fröhlich und frei,
wie des Friedens Vogel im Nest.
Dein Stern vergolde die Nacht
und der Tag schenke seinen Gewinn,
greife des Glückes Stab
mit beiden Händen fest,
so entdeckest du auf Erden
Schönheit, Freude und Edelsinn.

Schnell geht voran die Uhr,
nehme dir alles, was du liebst,
beglückt dich aber nur,
was aus dem Herzen du gibst.

Andreás Varga * 1944

## *Rhythmus*

In einer Ecke der großen Stadt
hört man Trommelklänge,
Trommel der Emigranten,
die Hände schlagen
die Oberfläche einfacher Trommeln,
die Hände sind verdreht,
sie werden rot,
schlagen und schlagen,
die Trommeln schreien,
wollen etwas sagen,
Straßenmusik,
Rhythmen anderer Kontinente,
fröhliche Klänge
und auch tiefe,

Musik, die durchdringt
und die Freude ansteckt,
anonyme Klänge,
mit vielen Unterschieden,
deren Echo die Stadt erfüllt.

Maria Consuelo Vargas de Speiss * 1950

## *Durch Dich*

Was ich zu glauben
Nie gewagt,
Davon erfüllt
Mein ganzer Tag.

Was nicht sichtbar war,
Wird es gemacht.
Durch Dich erhellt,
Bei Tag und Nacht.

Texte schreiben, verfassen,
Diese Kunst,
Wird mir geschenkt,
Durch deine Gunst.

Die Wörter klarer als zuvor,
Zum Greifen nah kann ich sie sehen.
Du bist meine Brücke zu diesem Tor,
Lass mich dort hin hinüber gehen.

Was ein Wunder schien zu sein,
Ist Wirklichkeit.
Nie werde ich es bereuen,
Was du mir hast gezeigt.

VBudnik * 1987

Ein Stück Papier, das vor mir liegt,
ein Stift in meiner Hand –
sitz ich allein, allein mit mir
ganz losgelöst, entspannt.

In mir der Wunsch, mich auszudrücken,
das, was mein Herz im Innern spürt,
in Worte, Reime zu verwandeln,
so, dass es auch mich selbst berührt.

Kaum ist das erste Wort geschrieben,
die Quelle neu in Fluss gebracht,
quillt es hervor, ich schreibe nieder,
was ich zuvor kaum hab gedacht.

Und eingebettet in den Strom,
lass ich das Schreiben schlicht geschehen.
Ich lache, weine, fühl es beben –
kann dann am Ende klarer sehen.

Das, was nur vage in mir schwebte,
brauchte Struktur um sich zu zeigen.
Ein Kleid aus Worten, die sich formen –
Und dankbar will ich mich verneigen.

Christel Veciana * 1960

## *Warmer Schlag meines Herzens*

Wie sehr uns die Sonne lachte,
hoch und rein waren die Himmel.
Es schien, als wehrte der Sommer ewig
seinem dunklen Bruder.

Eben nahm er leise seinen Hut.
Der erste Sturm betrat die Flure,
sammelte und schwang sich hoch
empor
wehte mein Haar mir ins Gesicht.

Es blickte kühl und verfroren,
in die weiten Hallen.
Zwischen all den Bäumen –
– warmer Schlag meines Herzens.

Monika Vellmer

## *Weg durch Irland*

Eins Nachts, als ich schlief, sah ich einen
Berg, der mich rief.
Umhüllt mit Nebel und mit Wolken,
kamen Geister, die nicht sollten.
Sie trugen mich auf diesen Berg und trugen
mich noch höher.

Von dort aus sah ich raues Land und grüne
Felder,
Männer mit wettergegerbtem Gesicht.
Von dort ein Weg den Berg rauf führt,
Der Weg ist schmal und steinig,
Doch oben wohnt das Licht.
Jeder Stein, über den ich trat, so wurd'
mein Magen schwerer,
Durch ein Tal der Tränen, die wie Regen
vom Himmel fallen,
Sturmwind, mächtige Gewalten, alles wird
verheerender.

Ein stiller Raum, nur ich allein, find ich
Hilfe in mir.
Türen und Fenster geschlossen, alles ist
schwarz, nur ein Licht in mir.
Es ist ein enger, steiler Weg, den ich gehe,
ich hab ihn gewählt.
Aber gehen tue ich ihn nicht allein,
den der Geist ist hier.

Thomas Vergers

## *Die 6 Wünsche*

Ich wünsche dir
Augen,
zum Sehen, was recht und gut ist,
Ohren,
zum Hören, wenn man gebraucht wird,
einen Mund,
zum Reden, wenn Ungerechtigkeit
herrscht,
Hände,
zum Teilen, wenn jemand um was bittet,
Füße,
zum Laufen, wenn man die Last anderer
tragen muss,
ein Herz,
zum Lieben, wenn andere nicht mehr daran
glauben.

Ermilio Verrengia * 1978

## *Wir waren doch unsterblich*

Jugend flieht
Glück zerbricht
Grauen dringt ein
in die Wirklichkeit

Realität siegt über
sorglose Phantasie
Ungerechtigkeit des Lebens
zerbrechende Träume

Plötzlich erwachsen
Unverwundbarkeit verloren
Drohender Tod über
strahlendem Sein

Kälte kriecht auf
nassen Tränen
Wir sind nicht
unsterblich

Alice Verweyen * 1982

## *Tage ohne dich*

Auf dich warten.
Die Leere ohne dich
damit füllen
mich auf dich zu freuen.

Auf deinem Platz
am Tisch sitzen und
deinen Wein trinken
aus deinem Glas
das noch deine Spuren trägt.

Mir wünschen
der Kalender wäre ein Baum
der sein Herbstlaub im Sturm verliert
und wissen
du kommst wieder
und wieder
wieder.

Michael Vester * 1957

## *Frühlingserwachen*

Dünne Fäden goldnen Lichtes,
brechen durch das Himmelstor,
reiten auf der Engel Rücken,
tanzen zu des Gottes Chor.

Glanz der Rosen schöner Tage,
blendet jungen, wachen Blick,
süßer Winde frohes Flüstern,
lockt zum Lachen mit Geschick.

Liebe wallt in sanfter Woge,
schwappt, ergreift das ganze Land,
Träumer werden Liebesboten,
Blumen zu des Amors Hand.

Licht und Engel, Ros und Liebe,
tränken Herz in hellen Schein,
trunken fliegen Schmetterlinge
und der Frühling zieht herein.

Stephanie Vetter * 1990

## *Das Lied*

Das Lied was du in deinem Herzen hörst,
ist das Lied was deiner Seele entspringt.
Das Lied was du zu Papier bringst,
ist das Lied was gesungen werden soll.
Den Text den es haben wird,
ist der Text den es braucht um verstanden
zu werden.
Die Melodie die es begleitet,
ist die Melodie die sich Gehör verschafft.
Die Stimme die sich Gehör verschafft,
wird die deinige sein.
Singe das Lied und lass es erklingen.
Die, die es hören, werden es verstehen,
nur bedenke
das ein jeder das Lied so versteht wie er es
für sich
hört.

Victoria * 1969

## *Willkommen*

Blicke
tiefer als der Ozean
senken sich in meine.
Ruhig
fragend
forschend.

Wissen aus uralten Zeiten
schimmert
durch irisierendes Blau.
Gegenseitiges Erkennen
lässt uns lächeln
und ich weiß –
dieser Schwur gilt für die Ewigkeit.

Sigrid Viehmeyer

## *Der erste Schnee*

Wie Watte liegt's auf allen Bäumen,
als der Morgen zart erwacht.
Erfüllt von schönsten Kinderträumen
versinkt das Land in weißer Pracht.

Dächer, Wege, Feld und Fluren
hüll'n sich ein ins Winterkleid.
Vereinzelt sieht man tiefe Spuren,
und Schnee, nur Schnee noch, weit und
breit.

Und ich, ich halt den Atem an,
verzaubert durch das glitzernd Weiß.
Nicht nur ein Zwitschern dann und wann
zerbricht der Stille Kreis.

Vom Hang, zerfurcht von Schlittenbahnen,
ertönen Kinderstimmen hell.
Von Ferne lässt es sich erahnen.
mit wieviel Spaß geht's ab so schnell.

Christine Viktor

## *Freundlichkeit*

Das Leben ist uns nicht so recht gelungen –
wie es so vielen vor uns nicht gelang –
die Kindermelodien sind verklungen,
und langsam werden unsre Herzen bang ...

Es wird nun schwer, sich selber zu ertragen,
geschweige denn des andern dunkle Last,
man mag ja kaum noch nach sich selber
fragen,
es scheint, des Rätsels Lösung ist verpasst.

Die Götter, die uns einst die Hände
hielten,
die nahmen wir uns gegenseitig weg.
Gespinste, die in unsern Köpfen spielten,
die zogen wir beleidigt in den Dreck...

man glaubt, man kann die Schmerzen
leicht verjagen,
indem man sie dem andern einverleibt,
sie legen sich nur doppelt auf den Magen,
der eine kommt dazu, der andre bleibt ...

Wir müssen oft die Grenzen überschreiten,
zu nah an Hass, Gespaltensein und Streit.
zu hart der Kampf im Wirbel der Gezeiten
Was hilft? – ein Rest Respekt und
Freundlichkeit ...

Norbert Viktor * 1947

## *Rastlos*

Ich habe wieder nicht geschlafen
Mein Gesicht ist weiß wie Kalk
Meine Augen, die sind müde
Doch ich werde niemals alt

Denn ich fühle mich unsterblich
Wenn ich dir so nah bin
Nur wenn der Morgen kommt
Bist du aus meinem Sinn

Ich kann niemals bleiben
Die Sehnsucht trägt mich fort
Brauche auch kein Mitleid
Dass sich in mein Gewissen bohrt

Denn ich fütter meine Leere
Mit einem neuen Ziel
Reiz das Glück verboten aus
Wenn ich's auch dabei verspiel

Ich werde nie vernünftig
Die ganze Welt ist was ich will
Gönn ich mir auch vom Leben
Hin und wieder viel zu viel

Vivien G. * 1983

## *Meeresbusen*

Meine Tränen sind im Sand getrocknet
Meine Verzweiflung ins Meer geschrien.

Allein
Allein gelassen

Der Unendlichkeit in
Den großen Schoß
Gesprungen

Am Horizont
Himmel und Erde getrennt

Dazwischen
Ich

Die Linie am Horizont
Sortiert

Annette Vlachogiannis * 1963

Heute hast du Geburtstag, der letzte
Lebensabschnitt hat begonnen.
Hast im Leben viel weggeworfen, aber
nicht viel gewonnen.

Hast nie gemerkt, wie tief die Liebe war,
hast sie nicht wahrgenommen, als
wäre sie nicht da.
Zwei Menschen wollten dich nicht
verlieren, haben um dich gekämpft,
bis es ging an die Nieren.
Es hat nichts genützt, du bist immer
gegangen.
Dich ließ nicht das Gefühl los, du seiest wie
gefangen.
Schon lange lebst du nicht mehr mit uns.
Oft hattest du Reue, hast die Glut, die
noch da war, zum Brennen gebracht.
Aber leider ließst du sie immer verglühen.
Schade, daß es im Alter kein Familienleben
mehr gibt.
Unser Sohn und Enkelkind werden von uns
sehr geliebt, aber man kann es nicht
zeigen, weil man sich so wenig sieht.
Vielleicht denkst du auch manchmal daran,
doch es ist zu spät und man kann
nichts mehr ändern daran.

Rosemarie Vogel

Lachen hallt durch alle Räume,
Furcht und Angst sind nur noch Träume,
Mut gewinnt die Überhand,
die Panik ist im Nuh gebannt.
Ich sehe nichts, als wär ich blind,
fühle nur den feuchten Wind.
Hinten hallt das Lachen wieder,
plötzlich drückt die Angst mich nieder.
Böse ist das Lachen hier,
der Atem stockt im Halse mir,
zu Berge stehen mir die Haare,
ich seh mich liegen auf ner Bahre.
Das Leben fließt aus mir herraus,
das kalte Lachen ist ein Graus.
Das Lachen ist des Todes Hohn,
dort wo ich nun auf ewig wohn.

Kerstin Vogelpoth * 1979

## *Seie ich vernünftig*

Was soll ich schreiben?
Das weiß ich leider nicht!
Ich versuche nur zeichnen,
und das gelingt mir auch nicht.

Das ist nicht so wichtig.
Nicht jeden Tag ist richtig,
den Kopf sich zu zerbrechen.
Seie ich bißchen vernünftig.

Wenn sie heute kommt,
und sie kommt bestimmt,
sage ich einfach:
Ich liebe dich!

Martin Erich Vogiel * 1969

## *frostschrittfolge*

fadengewebt
fein spinnt der herbst
ein dichtes netz
aus grauer zeit

in silberschnüren
flicht das licht
an baumes
greise finger sich

die taubehaucht
nun handschuhweiß
im wind bitten
den tag zum tanz

Helga Vogl * 1969

## *Kostbare Zeit*

Morgens stehst du auf ganz schnell,
bevor es draußen wird schon hell.
Auf die Arbeit wird gehetzt,
damit du nicht wirst auf die Straße gesetzt.

Während der Arbeit geht es hektisch
weiter,
lerne fleißig, werde gescheiter.
Die Stunden, sie rennen dahin.
Hat das alles überhaupt einen Sinn?

Nimm dir Zeit, sehe schöne Sachen,
du kannst dich freuen und herzlich lachen.
In der Freizeit schöpfen wir Kraft fürs
tägliche Leben.
Kann es denn etwas Schöneres geben?

Die Zeit ist so kostbar wie Hab und Gut,
pass gut auf und sei auf der Hut.
Nutze die Zeit zum sinnvoll Planen und
Denken,
dann wird der Tag dir Freude schenken.

Lisa Vogt * 1988

## *In memoriam Diana Kempff*

Erztotes schreit
Ruft dich heim
Ins Haus
Ins Zimmer
Das spinnweb' verhangene
Komm lulle dich ein
In sterbende Träume.

Uwe Andreas Vogt * 1958

## *Unerfüllt*

Eben erst lebendig,
voll der süßen Hoffnung.
Ausweg aus dunkler Nacht,
erfülltes Herz, angerührt die Seele.
Ein Moment im Lichte nur.

Unbarmherzig, voller Hast,
abrupt versiegt, in sich gekehrt.
Man blickt in weniger als Nichts.
Verwährend die Gedanken,
gescheitertes Herz.

Einzig bleibend dies Gefühl gelebt zu
haben,
unendlich zu zerbersten, verdammt zu
lieben.
Es war gerade eben erst …

Christian Volkholz * 1984

## *Gottes Geschenk*

Ich lobe den HERRN, dass ich da sein
kann,
Er immer mich führte auf seiner Bahn …
Wenn ich auch einst glaubte er habe mich
vergessen,
Und ich im Leben stand wie vom Teufel
besessen …

Die Qualen des Irdischen schwer erdulden
musste,
Nur ER allein den Grund für mich wusste
…
Schikanen und Leid, Intrigen und Lügen,
Von den meisten Menschen die mich
betrogen …

Verzweiflung, endlose Depressionen,
So dass ich mir wünschte der TOD soll
mich holen …
Nach Liebe mich sehnte und nirgendwo
fand,
Ohne zu merken dass GOTT neben mir
stand …

Doch einst wachte ich auf in meinem
Traum,
Ein großer Einschnitt in meinem Leben,
glaubte ich kaum …
Ein Gefühl der Glückseligkeit, Balsam auf
meiner kranken Seele,
Ein süßer, blumiger Honig auf meiner
rauen Kehle ...

Nun aber … das Schicksalsblatt hat sich
gewendet,
Und die Präsenz GOTTES ewig in meinem
Herzen gebettet …

Meine Seele von weißen Rosenblüten
umhüllt,
Und ich endlich von GOTTES Liebe erfüllt
…

Rebecca T. Volkmann * 1962

*Menschenschrott*

Mit ihnen kann man es machen.
Tausend andere stehen bereit.
Keine Zukunft da, kein Lachen,
Perspektiven der Hoffnung sind weit.

Zahlen auf kalter Stirn,
die pure Gleichgültigkeit im Blick.
Zermartertes Gehirn,
Bruchstücke von vergangenem Glück.

Der Zweig wird stetig hochgehängt,
kaum einer kann ihn erreichen.
Wer altert, der ist selber schuld,
kein Platz für knorrige Eichen ...

Rosmarie Volz * 1959

*Leben*

Es ist für uns jeden Tag präsent,
Dinge, die einfach und ohne Einfluss
passieren.
Die Mutigen unter uns schalten die
Nachrichten ein,
die weniger robusten versuchen es mit
Ignoranz.
Ein Familienvater wird in seinem Auto von
einem LKW erfasst.
Ein Bombenattentat tötet 20 Menschen.
Menschen, ganz normale Menschen,
mit ganz normalen Leben.
Wir bekommen anhand dieser Sachen
Angst zu leben.
Wissen wir doch nie, was uns das Leben
bringt.
Kummer, Freude, sogar unverhofft
herzhaftes Lachen.
Seine Zeit mit denen zu verbringen, die wir
lieben.
Zu genießen und es einfach geschehen zu
lassen,
ohne Zweifel, ohne nagende Angst.
Das sollte das sein, was Leben bedeutet.

Sonja Vonhausen

*Ich und Du*

Dies ist der Lauf der Geschichte
Ein Sandkorn in großer Dichte
Geworfen auf die blaue Erde
In die fremde Menschenherde – ein Du

Das Ich allein kann nicht stehen
Braucht 'nen Spiegel, um zu sehen
Muss sein Gesicht noch finden
Tiefen Abgrund überwinden – im Du

Hält mich fest an der Hand
Zieht hinfort unsichtbare Wand
Wiegt mich in seinem Arm
Weich und warm – das Du

Liebe trägt das Ganze
Die Brücke von besond'rem Glanze
Seelen, die sich binden
Der Welten Schmerz verwinden – Ich und
Du

Angela Cornelia Voß * 1961

*unendlich*

Ich wünsch mir einen unendlichen Kuss,
So schön und nur mit dir allein.
Ein Kuss der niemals enden muss,
Dann würd' ich niemals einsam sein.

Müsste nicht mein Kissen kuscheln,
Wenn ich nachts nicht schlafen kann.

Könnt' durch deine Haare wuscheln,
Oder seh' dich einfach an

Und ein schöneres Erwachen
Hätt' ich auch in deinem Arm.
Seh ich morgens schon dein Lachen
Wird mir immer gleich ganz warm.

Doch wer kann schon ewig küssen?
Ich glaub nicht dass es das gibt.
Irgendwann würde wollen zu müssen
Ganz egal wie sehr man sich liebt.

Cathrine Voß * 1990

## *Das Geigenspiel*

Gar süß die Klänge,
denen ich lausche,
erzählen mir Geschichten
zauberhaft.
Von Lieb und Hass,
von Heldentaten.
Entführen mich in Welten,
die mir wohl bekannt.
Ich tanz mit Elfen,
tanz mit Feen im Reigen.
Bis die Stille wunderbar
den Traum verblassen lässt.
Ich schlage meine Augen auf
und sehe
auf ein Neues setzt er an
sein Geigenspiel.
Zieht mich in seinen Bann,
kann nicht entfliehen,
schon hab ich mich erneut
verloren.

Claudia Voß * 1974

## *Zwillinge*

Wie Zwillinge
Ruhen wir Einer im Anderen
Du – die Liebe, die ich habe
Ich – dein Ufer
Mit einem Lächeln
Berühre ich dein Hemd
Fällt mein Kleid
Vermischt in Körper und Gedanken
Tragen wir Jahrhunderte hinfort
Mit dem Geiste eines Kusses
Alle Jahre im Ringe verwachsen
Heiss ist es
Welt und Herz
Sind hinfort.

Milena Vukoje

## *Jetzt Sein*

Begreifen - still und friedlich,
die Dimensionsbreite des
vielfarbwellenförmigen Menschenlebens.

Gedanken ziehen,
wie fliehende Vögel durch buntblühende
Gärten.
Ein Gefühl spannt einflussreich
fächerförmig
Kondorflügel. Eindrucksvoll. Kommt nah
– fliegt weg.

Einatmen. Freudig fließend Willkommend
empfangen.
Das pulsierende aktive Leben spüren im
körperlichem Zuhause.

Ausatmen. Loslassen.
Schadstoffe heilsam friedvoll verabschieden.
Ausfiltern – aller verstrichenen
Zeitabschnitte.

Ausdrücklich wachsam Körper, Geist, Seele
ruhig – in der tiefen ureigenen Mitte –
zentrieren.
Atmendes – energetisches – wohlüberlegtes
Sein
achtsam gesegnet leben!

w.o. * 1963

### *Woran glaubst Du?*

Woran glaubst Du?
Ich glaube an Träume!
Warum glaubst Du an Träume?
Weil sie mir Kraft schenken!

Woran glaubst Du?
Ich glaube an die Liebe!
Warum glaubst Du an die Liebe?
Weil ich sonst verzweifeln würde!

Woran glaubst Du?
Ich glaube an die Hoffnung!
Warum glaubst Du an die Hoffnung?
Weil sie mir Kraft schenkt,

mich nicht verzweifeln lässt,

und die Hoffnung stirbt zuletzt!

Jessica Waclena * 1988

### *Wintertod*

Auf dem Eisgrund
Der Häuserschlucht

Mumienstarr
Der Geringste
Die Seele
Sturmverweht

Erich Wagenblaß * 1935

### *Der Schmetterling*

Eine kleine Raupe fraß sich durch die
Blätter.
Sie fraß sich rund und dick bei jedem
Wetter.

Eines Tages , wollte ich wieder nach ihr
gucken,
und siehe da, sie fing an sich zu verpuppen.
Sie hing an unserem Apfelbaum
und 21 Tage später – man glaubt es kaum
–

War der Kokon aufgebrochen,
da habe ich mich doch sehr erschrocken.

Traurig setzte ich mich ins Grase
– im selben Augenblick –
flog mir ein schöner Schmetterling um die
Nase!

Das war meine Raupe
– nun flog sie fort –
ließ mich zurück an diesem Ort.

Ich bin nicht traurig – nur vergnügt,
weil sie farbenfroh ins Weite fliegt.

Andrea Wagner * 1970

### *wolkenbruch im wandel*

serenadengestöber
& die stimme rimbauds
von irgendwo fern:

durch trompetenbrüllen
gelbe sonnen
deine träume
zerfallen zu farben

geleerte gläser
am wolkenverhangenen
trübnachmittag
zerdrückte zigarettenstummel
wie borrough's cut up
vergiss den freitag
außer du verliebst dich
ich schreibe dir wieder
sobald du mich vergessen hast

Christian Wagner

## *An eine Freundin*

Wie geht es dir im Knopfdruck-Zeitalter?
Ein jeder Tag bringt neue Schwierigkeiten,
mal rechten Knopf, mal linke Taste
drücken.
Wie wirst du jemals unterscheiden lernen?

Dein Leben läuft doch ohnehin schon
mühsam,
du willst noch viel, doch Handeln braucht
mehr Zeit.
Dir fallen nicht die richt'gen Namen ein –
und in den Spiegel willst du überhaupt
nicht schau'n.
Du meinst, die Jungen können alles besser.
Dann hab' doch Mut, lass dir von ihnen
helfen.
Und lachen sie dich aus – die werden auch
alt!

Fang an, zieh Nutzen aus der neuen Zeit.
Letztendlich hilft dir Knopf- und
Tastendruck,
wenn du Zusammenhang begreifen lernst.
Dein Leben kann viel angenehmer werden.
Mit deinen Enkeln wirst du E-Post
tauschen.
Zum Lernen bist du nie zu alt – mach
weiter so!

Ilse Wagner * 1933

## *Berühmtheit*

Ein Mädchen, das sitzet und gucket,
gar noch ein Loch in die Wand.
Es werde, so träumt es täglich
Noch einmal hier groß bekannt.

Dann kämen Pilger in Scharen
Zu schauen, zu staunen, zu seh'n
Und könnten dafür ganz einfach
Zum Loch in der Wand hingeh'n.

Isabell Wagner * 1989

## *Nachtgewässer*

Kühles Wasser
Weich wie zarte Haut
Trägt tiefer in samtiges Dunkel
Nachtluft zittert leise
Spielt mit Haaren
Und Herzen
Zerbrechlich
Streicheln Wellen
Sanft unsere Körper

Und zerschellen

Karolin Wagner

## *Kinder des Rauchs*

In grauer Vorzeit: Kohlenwälder.
Kohlengräberland -Gigant an der Ruhr.
Rauch aus den Schloten,
Rauch aus den Trümmern,
Rauch aus dem Schacht.
Dämonen der Arbeit und des Krieges.
Schlagende Wetter, Blechflasche und
Gezähe.
Gedränge der Häuser und Fabriken,
Schächte, Halden, Kokereien und
Hochöfen.
Staub auf den Blättern,
Staub auf der weißen Wäsche,
Staub in den Lungen.
Kohlenpott - Arbeitsplatz und Heimat,
Dynamik und Wirtschaftskraft,
Rhythmus der Industrie,
Landschaft, Mensch und Lebenslos.
Es war einmal ...
Blau ist der Himmel über der Ruhr.
Erkoren zur Kulturhauptstadt Europas,
bleiben wir im Herzen doch Kinder des
Rauchs.

Norbert H. Wagner * 1946

## *Exkurs*

Wir trafen uns zufällig
Beim Ruhe suchen

Ein Meer von zarten Frühlingsblüten
gleitet bedächtig über Flüsse
an heilsamen Zeiten
vorbei

Du erzähltest, dass du

Ein Blick genügt um zu ertrinken
in Mären vergangener Illusionen

Ich meinte, ich könnte das verstehen

Toniges Wiegen, tönender Schwarm
fügsamer Pfaue
und wir besessene Möwen

über Horror und Depressionen sprachen

Sinniges Sinken in prächtiger Schöpfung

Wir verließen ihn wieder
den Ort der klaren Worte

erschöpft die kreisende Gedankenreise

und überlegten, warum die Welt
für uns nicht gemacht ist

Simone Wagner

## *Du bist anders*

Wir sagen du bist jemand anderer.
Du bist nicht gleich.

Nur weil die Farbe der Haut schwarz und dunkel?
Nur weil du andere Gesichtszüge hast?
Du bist nicht anders.
Du hast nur ein anderes Aussehen.
Denn auch du bist Mensch.
Auch du hast Gefühle.
Auch du hast Emotionen
und auch du hast viel Gutes in dir.

Du bist Mensch – wie ich
und auch aus dir entspringt das göttliche.

Gleich welcher Farbe du bist
und deshalb bist du nicht anders
sondern du bist gleich.

Du hast nur eine andere Hülle.

Susanne Wagner * 1963

## *Unsere Erde, die ist so schön*

Unsere Erde, die ist so schön,
macht sie nicht kaputt.
Vom Nordpol bis nach Deutschland,
vom Himalaja bis nach Europa,
unsere Erde die ist so schön.

Unsere Erde, die ist so schön,
zerstört sie nicht durch Kriege,
sie ist es wert, geschützt zu werden.
Unsere Erde, die ist so schön,
werdet endlich wach, es wird immer später,
Heimat zu sein, für jedermann,
öffnet eure Augen und Herzen,
daß ihr zur Einsicht kommt.
Unsere Erde, die ist so schön.

Anita Wahl * 1953

## *Wanderschaft*

Was zieht mich hinaus in die schöne Welt,
die Ferne, die Ruhe, in den Taschen kein Geld.
Kein Dach auf dem Kopf, die Sinne so frei,
so muss es sein, die Einsiedelei

Was mach ich wenn morgen der Himmel einstürzt,
ich bin so froh, dass ich die Tage genützt.

Wo ich die Ferne, das Abenteuer, die Ruhe
suchte
so hab ich's gesehn, die Natur die ich
buchte

Die Luft, der Wind, die herrlichen Farben
die Tiere, das Wasser, so konnt ich mich
laben
an der Schönheit, der Güte, der Liebe zur
Welt,
drum bereue ich nicht, keine Tage gezählt

Nun komm ich nach Haus und bin noch
benommen
von der Schönheit der Welt, die zu mir
gekommen
Doch ich werde mich wieder nach draußen
begeben
die Wanderschaft wird meine Sinne
beleben

Das ist das Einzige, was mich aufrecht
erhält
die Schönheit und Ruhe der himmlischen
Welt.

Bruno Wahl * 1960

## *Wir sind Kinder dieser Welt*

Wir sind Kinder dieser Welt
und wünschen uns zu tun, was uns gefällt.
Wir wollen stark sein und auch schlau.
Wir können besser leben, wenn wir teilen,
wenn wir geben.
Wir sind Kinder dieser Welt.
Wir wollen mit den Feinden reden,
auch Menschen lieben, die anders sind als
wir.
Wenn alle Frieden lieben,
dann wird es niemals Kriege geben.
Wir sind Kinder dieser Welt.

Simon Wahl * 1995

## *Gegenüber*

Ganz oben auf des Daches Kante,
da sitzt der Paul mit Rosinante,
zwei Tauben,
die noch an freie Wirtschaft glauben.
Den Kopf zwar unterm Federkleid,
sind sie doch allezeit bereit,
in jede Ecke schnell zu starten,
wenn Köstlichkeiten auf sie warten.

Doch plötzlich, ach, ein Kräh und Krah,
freche Elstern, die sind da.
Und Kirschenessen ist nicht gut
mit dieser frechen Elsternbrut.
Schnell flüchtet sich das Taubenpaar,
auch, wenn's darob nicht glücklich war.

Edda Waimann

## *Das Schloss der Träume*

das Schloss der Träume
besitzt keine bekannten Ausgänge
wer in ihm wohnt
betrachtet die Rosenhänge
an den purpurnen Wolkenfenstern

darin sind stets feinsinnige Dinge
manchmal wird es fast durchsichtig
und hässliche Schatten
kratzen an seine Elfenbeinmauern
wie brüllende bewaffnete Bauern

dann blickt die weiße Prinzessin
mit ihren großen Kristallaugen
hinab in ihren Eissee
und weint eines ihrer Kristallperlen
welche mit silbernem Ton ertrinken
um Teil ihres Lebensspiegels zu werden

das Schloss im unsichtbaren Nebeltal
wurzelt auf jeder bekannten Qual
und es wird immer einsam strahlen
beneidet und verlassen von allen ...

J. W. Waldeck * 1973

## *Stoppt den Castor!*

*Für Sebastian Briats*

Dein Blick entschlossen
so liegst du da
Dreiundzwanzig Jahre
und im zertrümmerten Kopf einen wilden
Ismus
mit Ideal davor

Gekämpft gegen
ein atomares Schwerstverbrechen
Eintagspolitik
hast du dich gekettet
an die Idee einer
strahlenfreien
Zukunft

Du konntest den Zug nicht stoppen

Es war Mord!

Anika Waldorf * 1978

## *Zweite Schöpfung*

Endlich
Ist selbst das Unmögliche möglich
Eine Million Jahre der
Evolution vergessen
Stattdessen Revolution
Innovation
Die zweite Schöpfung
Hat schon begonnen
Ihr Schöpfergötter habt
Gewonnen gegen die Zeit
Uns von den Zwängen
Der Zeit befreit
Endlich sind wir bereit
Die Welt aus den Angeln zu heben
Bereit
Zum Leben

Jürgen Waldorf * 1952

## *Auf Sylt*

sonne und licht
meerestiefe tintenblau
spaziergänge auf dem glatten sand
am strand
wellengang ein leiser gesang
der flüssige sand in fluren
das graue gras in dünen
der brausende wind
spielt mit den wolken
wie ein kind
lichtfunken gleiten über meeresbreite
silberner weg führt in die ferne
der unendlichkeit der sterne
vögelschrei und flügelschlag
der salzige geschmack der meerestropfen
auf meinen lippen
die einsamkeit
und die sehnsucht nach weiter ferne
es alles ist mein

Ilona Walger * 1939

## *arme – reiche*

arme sind gewaltig
arm sein heisst: beeil dich
arme hat man oder nicht
arm ist keine führungsschicht

reiche sind begrenzt
reich sein niemals bremst
reiche hält man oder nicht
reich hat kein gesicht

arme können fühlen
reiche sind genormt
arm sein heisst: zerwühlen
reich sein wird geformt

arme tragen lasten
reiche könn[en] belasten

arme reiche brauchen pflicht
reiche arme gibt es nicht

arme sind im sinne reich
reiche brauchen arme
ohne reiche ist man gleich
arme brauchen's warme

Manni Wallraff * 1979

## *Träume ...*

Ich liege und träume, ich war noch ein
Kind.
Durch die Bäume säuselt der Wind,
erzählt von Märchen und Sagen,
die ich erlebt in Kindertagen,
Ich hüpfe im Hinkelkasten, durch Himmel
und Hölle zugleich,
hurra, ich habe gewonnen,
ich hole den Kreisel herbei.
Ich höre die Peitsche Knallen,
hui, wie er lustig sich dreht,
pardauz nun bin gefallen,
und der Kreisel vom Winde verweht ...
Ich stehe am Kinderbrunnen,
werfe Zuckerstückchen hinein,
ich wünsche mir eine Schwester,
es kann auch ein Brüderchen sein.
Da kommt jemand durch die Gasse,
es ist mein Vater, doch selber noch Kind,
wir spielen, tanzen und springen
und singen in neue Träume uns ein ...

Friedesine Walter * 1923

## *Blumensprache*

Laßt Blumen sprechen, wird gesagt.
Doch welche Blumen – wird gefragt.
Mit Rosen, Kaktus und Narzissen
kann sie stets seine Stimmung wissen.

Auch in dem Glas, dem Wirt zum Ruhme
blüht auf dem Pils die schöne Blume,
wenn anfangs leis' dann lauter sprechen,
die, die mit diesen Blumen zechen.

Ganz vorne eine Schnuppernase
hat jeder kleine Hoppelhase.
Doch sieht die Blume man von hinten,
wenn er flieht vor der Jäger Flinten.
Wollte es auch kein Treffer sein,
klingt blumenreich Jägerlatein.

Will man mit harten Worten zagen,
kann oft man's durch die Blume sagen,
doch habe man sich vorgenommen,
es mag nicht zur Stilblüte kommen.

Renate Walter * 1938

## *Die vier Jahreszeiten des Lebens*

Im Frühling deines Lebens, bist du
gewachsen und hast dich gestreckt,
wie ein junger Baum und du hast dir erfüllt
so manchen Traum,

Im Sommer deines Lebens, stecktest du
voller Kraft und
du hast auch viel geschafft.

Jetzt sind deine Gelenke zwar etwas steifer,
aber
du wirkst nicht älter, sondern reifer, und
du merkst,

ganz ohne Frage, auch der Herbst des
Lebens
hat noch schöne Tage.

Im Winter deines Lebens
sind deine Haare voller Schnee und
dir tun sämtliche Knochen weh.

Aber blickst du jetzt zurück,
siehst du auf ein Leben voller Glück.

Elisabeth Walterschen * 1953

## *Fäule By Birth*

Siehst du die schwarze Sonne dort
in den Fenstern des Mittagstodes?
Sie versengt mir das Haupt
und brennt mir den Sinn,
wo ist er da,
da,
fort!
Trag mich
wo Wasser ist
und Schatten kühlt,
so dass nicht offenbar,
dass Fäulnis längst
von unten herrscht!

Tina Wamsganz * 1977

## *Trennung*

Du sagst mir,
dass Du mir nicht mehr nah sein willst
auf diese eine Weise.
Doch als ich gehen will
hältst Du mich fest.

Du sagst mir,
dass Du nicht von mir entfernt sein willst
auf diese schreckliche Weite.
Doch als ich zögere
schaust Du mich fragend an.

Scheinbar hast Du nichts zurückgelassen
auf dem Weg hierher.
Sonst würdest Du wissen,
dass Du mich gehen lassen musst,
um mich zu halten.
So, wie ich dich gehen lasse
und Du kaum einen Schritt tust.

Lisa Wamsler

## *Gewahrsein*

Der Tag beginnt
im reinen, unberührten Raum
und aus der Weite
dringt das Jetzt hervor.

Das Sein, bewusst gewahr
und letztlich unbewegt
erfasst das Ganze
in nur einem Augenblick.

Bewegung kann in
jede Richtung folgen
und ohne Frage
ist das Ziel bekannt.

Da stürmen die Gedanken
aus dem Verborgenen herbei
und alle Klarheit endet.

Zurück bleibt leise die Erinnerung
an jenes wundersame Glück.

Gatha Wandel * 1967

## *Was willst du*

Was willst du im Leben?
Im Leben eben leben –
Das Leben, welches dir gegeben – eben.

Was willst du im Leben?
Willst du Boss sein, nach Höherem
streben.
Alles in der eigenen Hand halten,
alle, die dir unterste'n, verwalten.
Jedem Ding deinen Stempel aufdrücken,
keinen Zentimeter von deinen Ansichten
abrücken.

Was willst du im Leben?
Willst du deine Spuren hinterlassen,
darfst du die Welt nicht mit
Samthandschuhen anfassen.
Jeder wird zu dir aufschauen,
dir blindlings vertrauen.

Bis du eines Tages einen Fehler begehst
Und wie ein nacktes Kind wieder am
Anfang stehst.

Was willst du?
Was willst du im Leben –
Nur leben eben.

Roswitha Wanner

## *Ihr Alptraum*

Immer lächelte sie,
obwohl sie innerlich zersprang.
Sie wünschte sich so viel,
unfähig es mit Worten zu sagen.
Wach war sie jede Nacht,
die Bettdecke zu schwer zu tragen.
Dunkelheit machte ihr Angst,
Dunkelheit brachte den Alptraum
Immer wieder.
Niemand weiß davon,
was sie erlebte als Kind.
Jetzt sprechen die Leute darüber,
weil jemand sie gefunden hat
Am Boden.
Sie können es sich nicht erklären,
aber ihre Seele war ein Haufen Scherben
Jetzt ist sie wieder ganz.

Ramona Wanninger * 1990

## *lose reden*

tage nicht leere blätter
voll von wirken und der zeit
träumen sie die welt uns fetter
teilen sie in freud und leid

ziehen immer fort die bahnen
tag wird nacht und nacht wird tag
alles flieht im bann der zahlen
bis das der mensch am boden lag

zuviel wissen zuviel last
ließen uns die welt verkennen
alle wollten nur noch rennen
keiner mehr wollt süße rast

doch verweilen ist uns eins
steht doch da der mensch, im
zentrum aller geisteskraft, nimm
also jenes wesen hin, werde deins.

René Wappler * 1977

## *Tobi*

Auf vier Pfoten komm ich her.
hab weiches Fell und freu mich sehr.

Ganz leise komm ich angeschlichen,
will mich unters Volk mischen.

Ich schnuppre an den Hosentaschen,
vielleicht ist dort ja was zu naschen.

Stellt man mich auf die Weide,
denkt man ein Schäflein wär dort in der
Heide.

Dies alles ist ne große Mär.
Ich heiße Tobi, das weiß mein Herr.

Ich bin ein kleiner Münsterländer,
braun-weiß mein Fell und schwarz die Nas.

Dies ist gewiß, das Ihrs nur wißt.

Inge Warnecke

## *Der Ozean*

Treibend im Meer,
Wellen aus Seide.
Flügel schlagen plätschernd,
wie verzogen.
Staubig zerfällt mein Herz in tausend
Teilchen.
Tief drinnen, ein Rauschen,
wie Flüstern.
Zerschnitten durch viele Gedanken,
nicht erkannt von mir.
Sand unter meinen Füßen,
Gänsehaut.

Seele durch pochende Gitter ... geflochten.
Zersprungen an eisigen Winden,
verraten, angehalten.
Engel geflogen, verhüllt
im weißen Gewand.
Friedlich, schlafend und einsam,
ruht er,
der Ozean.

Nicole Warnecke * 1979

## *Das Spinnennetz*

In die Höhle zum Propheten
tritt der Engel mit dem Buch.
Lesen sollst du es und beten!
Sagt der göttliche Besuch.

Mit dem Rohre sollst du schreiben
was der Schöpfer dir diktiert.
In der Höhle sollst du bleiben,
bis das Spinnennetz gefriert.

Die Spinne emsig webt die Fäden
draußen vor der Höhle Tor.
Die Verfolger sehn's und reden:
Hier war niemand je zuvor!

Und das Spinnnetz friert im Reife,
glitzert weiß im Sonnenschein;
dass der Diamant sich schleife
an den Fäden klar und rein.

Zeichen einer Offenbarung
sehen wir in der Natur.
In den Schriften Gott-Erfahrung
machen die Propheten nur.

Julia van Wasbeek * 1971

## *Verworren*

Das Dunkel des Tages
verwandelt die Nacht in ein Meer des
Lichtes
Hass bevölkert die Grell durchströmte Flut
Des Lebens

Die Weisheit der Geblendeten verzerrt das
Bild des Seins

W A R U M?

Die Klarheit des Tages – erleuchtet – ist
geblendet,
verdunkelt das scheinbar so Perfekte
Die Nacht jedoch, Natur des Unklaren,
durch mangelndes Licht,
ist klarer noch und reinlich genauer, als

Des Lichtes Tages Perfektion

Verworren.

Maria Wassermann * 1982

## *Unmögliche definierbare Suche*

Wer mag sich dieses trauen?
Wer vermag sich hier eine klare Definition
zu erlauben??
Viele Menschen denken lange darüber
nach,
was es ist und was es ihnen verspricht.

Einige können ohne die Antwort nicht
leben, bis es sie zerbricht.
Denken sie drüber nach den ganzen langen
Tag.
Man kann viel über Es/Ihn – wen auch
immer – lesen,
so als war/ist und bleibt es allgegenwärtig
anwesend.

Es existiert in Milliarden verschiedenster
Formen,
Verschiedenstes Sternenbild, unangepasst
und losgelöst von jeglichen Normen.
Nur verschleiert und im Ansatz erahnt man
die Konturen,
läuft man hinterher, verlaufen sie im
Nichts, die Spuren.

Das ist hier die Frage, soll ich suchen oder
wissen!
Glauben ist, denke ich, die Antwort, das ist
es, was wir müssen.

Johannes Waters * 1984

## *Schmetterlinge*

Schmetterlinge
Schmetterlinge fliegen
Schmetterlinge fliegen umher
Schmetterlinge im Winter gibt's sie nicht
mehr

Schmetterlinge
Schmetterlinge kribbeln
Schmetterlinge kribbeln im Bauch
Schmetterlinge im Frühlingsgefühlerausch

Schmetterlinge
Schmetterlinge werden zu Raupen
Schmetterlinge fangen an zu Krauchen
Schmetterlinge als Raupen nicht zu
Gebrauchen

Schmetterlinge
Schmetterlinge fliegt weiter
Schmetterlinge tragt das Kribbeln fort
Schmetterlinge kribbelt weiter an einem
anderen Ort

Andrea Wawarta * 1969

In meinen Träumen sollst du immer sein
und mich erwarten; dort werden wir dann
wandeln

Dämonen die uns auf diesen Wegen
begegnen
wirst du vertreiben.

Es wird unser Ort der Glückseligkeit sein
und niemand wird den Weg dorthin
finden.

Antje Weber * 1967

## *Geld*

Ein Blatt Papier, die Nummer Zehn
darauf gedruckt und viele Streifen
sich kühn um ein Gebilde dreh'n,
und Schlaffen, Zacken, Ringe, Reifen.

Um dies Papier, um diese ‚Zehn' –
verschmutzt, zerknittert, blutverspritzt –
scheint sich die ganze Welt zu dreh'n!
Heil dem, der viel davon besitzt!

Es flammt des Wahnes Feuer auf
und rast in Neidesbrunst einher!
Und Sklavenheere gehen drauf!
Der Tempel der Vernunft steht leer...
... und wird auch fürder leere steh'n,
solang man diese Scheine macht,
mit Schlaffen, Zacken, Fünf und Zehn
und aus dem Bild der Teufel lacht!

August-Maria Weber * 1942

## *Warum*

Warum musstest du mein Herz brechen?
Warum gab es so viele ungehaltenen
Versprechen?
Warum hast du mich betrogen?
Warum nur so oft belogen?
Warum sagtest du, du würdest mich
lieben?
Warum musste ich dich verlieren?
Warum hast du dein Herz neu verschenkt?
Warum hast du mich so sehr gekränkt?
Warum kann ich dir das nicht verzeihen?
Warum muss ich noch immer leiden?
Warum geht die Sonne nicht wieder auf?
Warum wache ich aus diesem Alptraum
nicht auf?
Warum muss ich dich noch immer lieben?
Warum kann ich diese Gefühle nicht von
mir schieben?

Warum fließt aus meiner Seele Blut?
Warum aus meinen Augen Tränen?
Warum kann ich nicht von dir gehen?

Mandy Weber * 1986

## *Das Meer*

Ich höre das Meer,
gar nicht so schwer,
mach die Augen zu,
dann hörst auch du,
es redet mit dir,
erzählst viel von mir,
es gibt Steine,viele Muscheln,
hab lust mal wieder zu kuscheln,
du bist mein Leben,
für dich würd ich alles geben,
wenn wir am Meer bleiben
und uns die Zukunft beschreiben.

Martina Weber * 1990

## *Es ist Licht ...*

Es ist Licht
nur im Abendgewand
das spärlich
in Eises Sand
verlischt
verbrennt zu Tage
und verloren über Nacht
im Morgen beginnt
hell die Welt verwischt
die sich an Farben gerade
aufgetan
und den Schimmer zerbricht
der über zarter Seele
lag ...

Michael Weber * 1975

## *Waldgesang*

Von der Lichtung her,
da tönt ihr wunderbar' Gesang.
Bei solchem himmlisch' Klang
wird jedes Auge tränenschwer.

Und verirret in der Tränen Meer,
verliert Zeit an Wert und Rang.
Verträumt hält hinterm Hang
versteckt sich Irgendwer.

Er ist's, der mit sich ringt,
wenn er höret, wie sie singt.
Soll er handeln oder nicht?

Er liebt jeden Ton aus ihrem Mund,
liebt ihre Augen, ihr Lächeln und
sich selbst in ihrem Gedicht ...

Timo Wedemeyer * 1983

## *Unsere Träume*

Träume und Hoffnung gehen Hand in
Hand,
und werden sie nicht aus unserem Leben
verbannt,
so können sie sich entfalten geschwind,
lenken bestimmt unsre Zukunft, wir
können fühlen,
wie sie an Kraft gewinnt.

Denn lassen wir es zu, dass sich unsere
Träume vermehren,
werden wird die Vergangenheit nicht mehr
begehren,
werden wir nach vorn schauen und hoffen,
werden unsere Wünsche für uns und
andere offen.

Geht man so durchs Leben,
lernt man gewiss Menschen kennen, die
einen bestreben,
seine Träume zu verwirklichen,
und mit unseren Gefühlen und der Zeit
beglichen,
tut sich alsdann ein Schicksalsschimmer
auf,
wenn wir unser Leben leben und hoffen
darauf.

Wenn wir dies nicht widerstreben,
wird man uns und unseren Träumen eine
Chance geben.

Mattes Wegener

Manch einer sagt, es stehen nie zwei Türen
offen.
Doch was, wenn der Welt einfach nichts
innewohnt
von dem, was wir in ihr zu finden hoffen,
für das sich all die Mühe lohnt?
Es ist die schrecklichste Ahnung einer
Wahrheit:
dass alles Edle sei von uns – erdacht.
Ich lechze so verzweifelt oft nach Klarheit;
Ich will, dass einmal nur ein Ideal zu
echtem Sein erwacht!
Doch alle Leidenschaft erkaltet, jede Glut,
und jeder Traum – veraltet.

Und vielleicht,
nur vielleicht eint
uns einst ein Schicksal
so grausam,
dass der Untergang der Welt
uns wie ein Trost scheint.

Miriam-Janina Weichselsdorfer

## *Winterseele*

Wenn Licht am Horizont vergeht
dringt Frost ins Heim hinein,
legt sich auf alles was besteht;
Schließt mich gar völlig ein.

Das Feuer, das mir Wärme ist
zersplittert dann sogleich;
Der kalte Schlund, der alles frisst
vereist das Herzensreich.

Nicht eine Träne wird geweint,
nicht eine einz'ge – nein;
Sobald sie auf der Haut erscheint
wird sie erstarret sein.

So lieg ich reglos, kalt und bleich,
das Herz noch kämpft, verliert.
Ob mit dem Tag der Frost wohl weicht?
... bevor die Seel erfriert ...

Claudia Weidenmüller * 1989

## *Verlorene Zeit*

Aufgewühlte Erde.
Die Zeit untergepflügt.
Stunden der Hoffnung, der Liebe
vergraben, verscharrt.
Das Stundenglas, mit Herzblut gefüllt,
zerbrochen.
Splitter der Minuten, Sekunden verderben
den Boden, lassen die neue Saat
verkümmern.

Aufgewühlte Erde.
Keine Zeit für die Zeit.

Harry Weigand * 1947

Sag
Was nicht
Das ist
Liebe

Sag
Es
Es ist
Liebe

Sag
Nicht
Liebe

Sei

Gabriele Maria Weigel * 1942

## *Spatz und Spinne*

Spinne saß in ihrem Netz
Das Netz, das war mit Tau benetzt
Und glitzerte im Licht.

Da dacht' sich Spatz: Ich glaub, ich spinne,
Das Netz ist nicht in meinem Sinne!
Und flog hindurch, der Wicht.

Da war's kaputt, das Spinnennetz
Und Spatz war jetzt mit Tau benetzt
Und dachte sich: Pfui Spinne!

Johannes Weigel * 1971

## *Am Ende des Sommers*

Während andere die Welt regieren,
oder die Bilanzen frisch frisieren,
sitz ich hier am Kaffeetisch.
Schlürfe meinen Cappuccino leise
auf die meine, ganz besondre Weise.

Blicke wortlos durch das Fenster,
seelennah dem stummen Kater dort.
Auf das leise Grün der Blätter
im herbstlich kühlen Sonnenwetter.

Warte auf die Wärme eines Sommers –
immer noch!
Der längst schon ist vorüber.
Kraftlos, blass und unentschlossen.
Mein Gott! Die Zeit! Wie viel ist schon
vorüber.

So hör ich klagen jenen traurigen Herrn
dort, mit der Tasse in der Hand.
Der, selbst herbstlich schon an Jahren
läßt Blicke aus dem Fenster fahren.

Was mich betrifft, ich hab zu tun.
Drum lass ich jenen Herrn nun ruhn
und mache mich vom Acker, aber wacker.

Jürgen Weihofen * 1960

Das ist das Leben: Dich zu sehnen
vom frühen Morgen bis zur Nacht
und viele ungeweinte Tränen
in dir zu sammeln, unbewacht.

Und immer hoffen auf ein Später,
das niemals kommt, doch nie verweht,
durchs Land zu gehen wie ein Beter,
der ruhelos um Liebe fleht.

Das ist das Leben: Zu erkennen,
dass wir nur Staub in dieser Welt
und uns Unendlichkeiten trennen
von dem, wozu wir sind bestellt.

Rudolf Weiland

## *Webstuhl*

Der Tod hält mich in seinen Griffen.
Es ist, als sei ich eingespannt
in seinen grauenhaften Webstuhl,
der in immer gleichen unbeirrten
Arbeitsgängen
Faden um Faden
von mir
nimmt.
Langsam verschwindet vor meinem Auge
so mein Bild.

Achim Weimer * 1960

## *Erfrorene Herzen*

Körper an Körper,
dennoch keine Nähe an sich fesselnd
– unsere Herzen erfroren an gegenseitiger
Einsamkeit.

Der Samen der Liebe,
für uns wurde er niemals gestreut.

Nicht überlebensfähige Gefühle
tauschten wir einander aus
– zeitbemessen verstummten sie in der
Stunde
der Abrechnung unserer Liebe zueinander.

Blasser Blick starrte durch die Finsternis
– geschlagen stellte sich die Sonne in ihren
Schatten.

Vorüberziehende Gedanken tauchten in
längst vergessene Tage
– entblößte Sehnsüchte auffangend.

Erfroren an deiner Seite,
heilt das Verstehen Wunden.
Jedoch Narben sind geblieben,
solche, denen einst eine einzigartig große
Sehnsucht innewohnte,
ehe sie entstanden waren
... und lange Zeit, bevor wir uns das erste
Mal getroffen hatten.

Marion Wein * 1974

## *Kleiner Ausflug in das Glück*

Ich besuchte eine mir verwandte Seele
überraschend, unverhofft und ohne Wissen.
Aber glaubend, dass in der Zukunft sie
nicht fehle,
und glaubend, ich werde sie nicht missen.

Kleine Schmerzen reißen zahlreich kleine
Wunden.
Und im Schmerzbad voller Trauer,
lässt sich verwandte Seel' erkunden,
und die meine erscheint zusehends grauer.

Warum bringt ein kleiner Ausflug starke
Leiden?
Was erst bringt die große Reise?
Lässt sich nicht mal Leid vermeiden?
Bleibt die Trauer nicht mal leise?

Starke Geister flochten dicke Bänder,
und das Glück umwob mich ganz.
Der Himmel schickte Glücksgewänder,
und mein Herz lud ein zum Tanz.

Todgeweiht in eigner Lache liegend,
grab' ich jetzt ein Grab für meine Seele.
Und in dunkler Trauer wiegend,
hoff ich, dass sie mich nicht quäle.

Veronika Weinel * 1977

## *Septembermorgen*

An einem unschuldig sonnigen Morgen
im September
blickte die Welt
auf zwei Bürotürme
und sah ohnmächtig zu
wie der Glaube an
unsere Zivilisation
mit stummem Schrei
zu feinem weißen Staub zerfiel.

Christel Weingart * 1950

## *die chiffren der liebe*

verglüht sind die chiffren der liebe
die vertrauten zeichen künden nichts mehr
nur leere und einsamkeit besteht.
die hyänen kommen schon von den hügeln
herab
uns zu verjagen, zu vertreiben wie einstens
adam und eva aus dem paradies.
das schweigen der lämmer hat was
von der unheimlichen aura des todes,
die anstelle der chiffren jetzt leuchtet
und verkündet: die liebe ist ermordet
worden.
die krähen haben das lied vom tod der liebe
schon lange gesungen,
aber niemand verstand ihren gesang.
die alten haben das lied vom tod der liebe
schon lange gesungen.
verblasst ist der traum der liebe
auf der stirne der geliebten
verkrustet ist der durst nach liebe
auf den lippen der geliebten,
zerbrochen ist das kleinod liebe im herzen.

Harald Tristan Weise * 1932

## *Bildhauerkunst*

Wegnehmen: und
was schon da war
entsteht.

Es bliebe unerschaffen,
würde nicht
das, was doch auch
(aber zu anderem)
nötig gewesen wäre,
freisetzend abgetrennt.

Gerhard Weisgerber * 1940

## *Allein*

Keiner weiß, wie es geht
Keiner merkt, wie schlimm es steht.
Blöde Sprüche, kein Pardon
Verwunderung über die Reaktion.
Schlechte Laune? Nicht gut drauf?
Und irgendwann gibst du einfach auf.
Sollen sie doch lästern und blöd reden,
du musst ja nicht mit ihnen leben.

So sind Menschen eben
An den Kreuzwegen im Leben
Wenden sie sich beschämt zur Seite
Oder suchen verlegen das Weite.
Es hilft kein Wimmern und kein Schreien –
Letztlich sind wir doch alle allein.

Und irgendwann ist es dann soweit
Die Erlösung aus der Grausamkeit.
In einer Stunde der Muße
Sage ich Gott zum Gruße:

Es ist soweit – Ich bin bereit
Es soll für ewig sein – Aber ich komme
ganz allein!

Franziska Weiß * 1976

## *Der Tanz*

Wie seltsam weiß der Raum,
– ich frag mich, wo ich bin,
mir scheint, es ist ein Traum,
wünscht ich mich selbst hier hin?

Um mich her ein blendend Glanz,
– erkenn mein Spiegelbild.
Schreite hin zu leichtem Tanz,
beflügelt gar von Frieden mild …

Plötzlich bleib ich staunend stehn,
von zartem Kleid umhüllt.
Von nun an bin ich – kannst du's sehn –
mit Freude angefüllt.

Im grünem Garten schweb ich nun,
– ach, welch ein hübscher Fund!
Und nach ein paar Momenten schon
seh ich den wartend Freund ...

Endlich treffen aufeinander
– in tiefer Harmonie –
der Freunde Seelen und ich wandert'
mit solchem Freund noch nie …

Melanie Weiss * 1979

## *Einzelne Träne*

Vergangenheit
verschlungen in Erinnerungen.
Der Schmerz,
nur noch ein winzig kleiner Punkt
irgendwo am Horizont.

Eine einzelne Träne
streift noch meine Wange entlang
– zuviel Gefühl
um sie nicht gewährn zu lassen.

Doch zuviel geweint,
um noch mehr Einheit zu geben.
Tränen,
ohne irgendeinen Sinn.

Diese Eine,
sie wird die letzte sein,
die letzte
einer unendlichen Geschichte.

Trauer, Freude, Glück und Leid
alles –
in dieser einzelnen Träne.

Nicole Weiss * 1982

## *Wenn ich tanze*

Wenn ich im Regen tanze dann mit einem Lächeln auf dem Gesicht ...
damit man die Tränen nicht sieht, damit man die Furcht nicht hört,
den Herzschlag, welcher so laut und intensiv ist.

Der Regen, welcher die Tränen mit sich nimmt,
der das Gesicht kühlt, wenn es vor Wut erhitzt.
Der Regen, welcher die Augen schließt, wenn man in den Himmel schaut.
Wasser, das die Haut hinab rinnt und alles verwischt.

Ich schließe die Augen und schaue in den Himmel, drehe mich unentwegt,
Sinne verwirren, Schmerz vergeht, weil ihn der Wahnsinn treibt,
Gefühle beginnen zu taumeln, Herz jagt davon ...
Regen trommelt aufs Gesicht ... Hände in den Himmel gestreckt ... Ich falle ...

Unter mir die Pfütze ... nass ... kalt. Meine Hände, sie zittern.
Ich öffne die Augen. Regen der vom Himmel fällt.
Er wird immer fallen, in kleinen Tropfen,
in großen Schüben, in silbernen Fäden, immer unaufhaltsam,
und es wird immer gut sein.

Wenn ich tanze, dann im Regen.
Das Lächeln, welches im Winter zu Eis gefriert ...
Das Lächeln, das im Sommer die Sonne zu einem verzerrten Bild macht ...
Das Lächeln welches niemand sieht ...

Stefanie Weiß * 1970

## *Wasserspeier*

In Stein gewesen
bist Du lang
es schien mir,
dass ein sanfter Klang
in Deinem Mund verborgen lag

Ich stand dort still
und sah Dich an
und in des Wassers weicher Bahn
ergoss ein Abglanz Deines Wesens
sich aus dem Fels ins helle Licht

Nun sind wir eins:
ein Stein , ein Ton, ein Ich

und keine Zeit wird uns je trennen

Ute Weiß

## *Augenbilder*

Meine Augen
sprechen Bilder
erzählen dir Geschichten
was gesehen
was geschehen
wenn du willst
ich zeig sie dir
sieh mich an
und lies in mir

Weissesschwarz * 1983

## *Das Herz in deinen Händen*

Du hältst dein Herz fest in den Händen,
möchtest keine Gefühle an niemanden verschwenden.

Schützt dein Herz vor der Hitze und dem
Feuer,
die Flammen der Liebe sind dir nicht
geheuer.
Du vermeidest Nähe soweit es geht,
hoffst, dass der Wind ihre Spuren verweht.
Doch tief in deiner Seele, die sich versteckt
ein kleiner Teil sich nach Geborgenheit
reckt.
Du brauchst nur auf dein Herz zu blicken,
das langsam beginnt wie eine Bombe zu
ticken.
Zu viel Schutz kann ihm auch schaden,
du hast es jahrelang mit deinen Sorgen
überladen.
Lass es frei, lass es fliegen,
nur du kannst über deine Zweifel siegen.
Du beginnst zu lächeln und willst mich
berühren,
doch deine kalten Hände werden nur dein
Spiegelbild spüren.

Sina Weitland * 1988

Ich lege es ab, der
Vergangenheit schwarzes Kleid
Ich will es nicht mehr länger tragen
nicht länger leben mit den Qualen
Und da du ein Teil, der einst
wie ein Pfeil mein Herz durchbohrte, bist
ist es besser, wenn ich mich auch von dir
trenne
und wie ich dich kenne,
lässt du mich gehen,
lässt mich wie früher im Regen stehen
Doch es ist egal,
denn ich fange ein neues Leben an,
weil ich das Glück neu für mich gewann.

Katharina Weitner * 1986

## *erkenntnis*

an diesem
abend prostete ich
dem gesicht,
das sich mir in der
fensterscheibe
widerspiegelte,
zu
und erkannte im
selben augenblick,
dass sich
das leben in
jeder sekunde
einen schritt
weiter seinem ende
hin
zubewegte …

Wolfgang Weitzdörfer

## *Der 15. Psalm*

*Ein Psalm Davids.*

Herr, wer darf wohnen in deinem Zelt,
auf dem heil'gen Berg der Himmelswelt?

Der da wandelt rechtschaffen und gerecht,
die Wahrheit redet als dein Knecht,

wer nicht verleumdet, Wahrheit nicht
verdreht,
wer seinen Nächsten niemals schmäht,

wer vor Verworfenen hat keine Achtung,
Eide hält, den Frommen schenkt
Beachtung,

der sein Geld nicht auf Wucher gibt,
nicht durch Bestechung sich macht beliebt,
der ist es, den Gott ewig liebt.

Gottlieb Wekesser * 1932

## *Neue Liebe*

Freiheit mit Dir zu sein
Über den Himmel
Ruhend hinunter zu schaun.

Offen und
Leise zu hoffen
Einander unverzichtbar zu sein.

Tinka Welke * 1977

## *Weg aus der Depression*

Mein Weg führt zwischen nackten, fels'gen
Wänden
Mein Herz ist eng von dieser Steine Last
Ein Wildbach stürzt gefährlich schnell ins
enge Tal
Ein schmaler Balken dient als instabile
Brücke mir
Ich balanciere
Wildes Wasser dröhnt in meinen Ohren
Der reißend' Strom verwirrt die Sinne mir
Ich weiß, ich balanciere ohne jede
Hoffnung
Mein solitüder Weg kam aus dem harten
Stein
Er führt mich in den ew'gen Fels ohn'
wahres Sein
Oder hinab ins Tal

Der Balken wird zum breiten, festen Steg
Das Wasser lässt sattgrüne Farne sprießen
Hinter der nächsten Felswand wartet eine
bunt geblümte Au
Vereinzelt säumen immergrüne Bäume
meinen Weg
Ein Tümpel birgt Getier, das Leben
explodiert
Mein farbenfrohes Paradies ist nicht sehr
groß
Aber bewohnt von Dir

Sylvia Welker * 1955

## *Minijob*

Für'n Appel und'n Ei,
für'n Euro oder zwei,
nimmste den Job, den man dir reicht,
weil man dir sonst die Leistung streicht.

Für'n Appel und'n Ei
biste mit dabei,
wenn Nürnberg Arbeitnehmer zählt,
selbst den, der kaum noch Geld erhält.

Für'n Appel und'n Ei
biste endlich frei
von allem Arbeitslosengeld,
das Nürnberg nunmehr einbehält.

Für'n Appel und'n Ei
ist dir's einerlei?
Steh' auf und kämpfe zielgenau
gegen den Sozialabbau.

Klausdieter Weller * 1938

## *Ohne Worte*

Wie immer es ist, sowohl als auch
trag's als Gefühl in meinem Bauch
als stillen Blick, als Schritt zurück
vorbeigehuscht als inneres Glück
doch wenn der Kuss ins Leere schweift
ist der Entschluss noch nicht gereift
zu tun, woran man wirklich denkt
von unsichtbarer Hand gelenkt
zu sagen, was uns all umgibt
es ist das Wort, das man so liebt.

Marion Welter

## *Leon Noel*

*(30.10.02 – 8.1.03)*

Das Herz und den Willen wie ein Löwe,
doch so zart wie die Flügel eines
Schmetterlings,
auf welchen er flog und nicht zurückkehrte,
Doch weint nicht, denn ich bin nicht fort,
ich bin mit euch an jedem Ort,
vergesse eure Liebe nicht,
spiegelte sie in meinem Gesicht,
schloss sie ein in meinem Herzen,
gab mir Licht wie tausend Kerzen,

bin nun ein Stern am Himmelszelt,
ich sehe euch und den Rest der Welt.

Drum lebt jeden Tag so wie ich es hätte
getan,
wenn ich so reich geworden, wie ihr an
Jahren,
und heilt die Zeit auch alle Wunden,
viele Leut' könn' es bekunden,
so gibt's bis dahin manche Stund',
wo man sich heult die Augen wund,
doch dann schaut in den Spiegel rein,
denn dort wird auch ein Stück von mir drin
sein.

Andrea Wendeln * 1967

Der Morgen drängt die Nacht zur Ruh,
vorbei die Dunkelheit,
erquickend springt der Tag herbei,
erdrückt die Müdigkeit.
Hinweg der finstren Schatten Flut,
ereilt ein morgendlicher Gruß
zu schwinden diese Stille.
Doch wie geruhsam ist die Nacht,
trägt weiter ihre Kreise,
nicht labend an der Fröhlichkeit,
erahnt der Wechsel Zeiten.
Soeben noch hat sie gestreckt die
Flügel übers Land,
doch schon erblickt sie jämmerlich
der Dämmerung Lautensang.
Sie hüllt sich ein,
gemächlich tritt sie fort,
die Helligkeit errang den Ort,
zu frönen ihrer Tat.

Swantje Wenderoth * 1976

## *Die Lichtkraft der Liebe*

In
Wahrheit
gibt es nur eine
Leben erschaffende
Gotteskraft, die strömend
durch das Universum fließt:
Die
Lichtkraft
der Liebe, die
Welten erschafft und uns
des Lebens Sein erschließt.
Aus
dem Lichtstrom
ewiger, göttlicher Liebe
entstehen und entwickeln sich geistige,
sich selbst bewußte Wesen, die diese Liebe
des Schöpfers erkennend, Ihm dankerfüllt
dienen.

Paul-Heinrich Wendland

## *Die Wächter*

Die Wächter in unseren Herzen...

Als du sagtest du bist verletzt,
du deine Arbeit in dir nicht vollendet hast,
da hatte ich eine Idee...

Sprich mit deinen Wächtern,
diskutiere mit ihnen,
erlaube ihnen einfach einen kleinen Urlaub
zu machen...

Sie erholen sich schnell, versprochen!
Achten auf deine Verfassung und erlauben
dir von Zeit zu Zeit einen
Ausrutscher

Elke-Maria Wennerström * 1961

## *Selbstbedienung*

Du nahmst
meine Worte
Du nahmst
mein Vertrauen
ein Selbstbedienungsladen
auf Zeit

Die Regale
sind leer
ich schließe
für Dich
auf unbestimmte
Zeit

Silvia Wenz * 1965

## *Bitte glaube mir*

Ich Liebe Dich!
Es gibt viele schöne Dinge auf der Welt,
schnelle Autos, große Häuser und viel
Geld.
Doch eins, daß ist das aller Schönste weit
und breit,
Dich zu lieben, Dich zu küssen und zu
spüren Deine Zärtlichkeit.
Du bist mein Ein und Alles – aber dann –
mein größter Fehler, ich küsste einen
anderen Mann.
Du sollst mir nicht vergeben, du kannst
mich haun,
mein aller größter Traum, – Du könntest
mir wieder vertrauen.
Ich schwör Dir: Nie wieder, jetzt oder
später, werde ich Dich belügen, einen
anderen küssen und Dich betrügen!
Mein Schatz Du sollst wissen,
ja Du, Du bist mein Lebenselixier.
Dich will ich niemals mehr missen.
Ich bin mir sicher mein Herz und ich
gehören für immer Dir alleine.

Manuela Wenzel * 1982

## *Ein Engel stirbt*

Die Nacht war kalt und sternenklar,
ein grünes Licht ganz sonderbar,
am Himmel stand und leise schwand.

In der Ferne schien noch das Licht,
auf ein göttlich schön Gesicht,
gar hell und fein war der Schein.

Ein Engel war es, wurd' gesagt,
ein Engel der von Schmerz geplagt,
am Himmel floh nach nirgendwo.

Doch er fand seinen Frieden nicht,
denn wo er war gab es kein Licht,
nur er allein ohne heiligen Schein.

Der Engel starb weil Hilfe war fern,
sogleich erlosch am Himmel ein Stern,
nie wieder ein Licht auf dem schönen
Gesicht.

Und hätten alle Engel Schmerz,
und wären einsam tief im Herz,
so sterben sie wie dieser hier.

Natalia Werbach * 1993

## *Blinde Katze*

An einem Gartenzaun hat man dich
aufgefunden
Wie Abfall fortgeworfen, lästig, blind
Kein Schicksal, namenlos, verwundet
Und alt geworden warst du unser Kind

Luise, heute bist du fortgegangen
So leise, anspruchslos wie du gelebt
Der Himmel ist von Wolken grau
verhangen
Du hast den Sommer, den du liebtest, nicht
erlebt

Nun seh' ich dich, wenn ich die Augen
schließe
Du liegst im Garten, hörst die Vögel und
den Wind
Und keiner weiß, wie du mir fehlst, Luise
Und niemand kann dich je ersetzen, altes
Kind

Heide Werner * 1941

## *Hommage an Sie*

Lieblich, apart, so gar nicht kompliziert,
ist sie in meinem Geiste eingraviert.
Frisur, Figur, im wahrsten Sinn
konfiguriert,
der Stimme Klang warm, wohltemperiert,
Leib und Seel' so bestens harmoniert.
Charmant das Wesen, das sie ziert,
das Äuß're nicht das Inn're dominiert,
eine Ausstrahlung, nicht vom Scheine her
diktiert,
der Stil von Grund auf klar
durchkomponiert,
in allen Lebenslagen gewandt, versiert,
Schönes nur mit Schönem konstelliert
und sich so zu Höchstem potenziert,
ein Gesamt, das ein Kunstwerk, groß,
gebiert,
Gedicht, das zu Gedichten inspiriert.

Jean Weselbach

## *Kreislauf*

Es tropft auf das Glasdach
der schmelzende Schnee.
Er trommelt sein Liedchen
Sagt leise: „Ich geh!"

Vermutlich für lange,
ein Weilchen – wer weiß?
Der Atem des Winters
erstarrt ihn zu Eis.

Die Zunge der Sonne
verspeist ihn – mit Glück.
Bald kommt er als Regen
zur Erde zurück.

Fällt wieder aufs Glasdach.
Er hat keine Wahl.
Und grübelt beim Tropfen:
Ich war hier schon mal ...?

Kerstin Wesselow * 1962

## *Fragen zur Einigung*

Der Regen der fällt,
tut es haufenweise und tropfenweise.
Ein aufgepresstes Nass,
spritzt von der Strasse aufs Trottoir.
Zu leichte Schritte
erzeugen unabgestimmte Töne
und hinterlassen Fragen zur Einigung.
Antworten bleiben aus.
Im Abgleich mit der Natur
Fragen zu wagen ist schwer.
Über die Nässe drängt sich die Nacht,
eine spurenlose Geschichte einiger
Gespenster.
Ein unverstandener Glanz legt sich in die
Pfützen
und die Sonne des morgigen Tages,
will keine Fragen,
nur brennen.

Robert West * 1975

## *Liebe Adventzeit*

Der erleuchtet Kirchturm steht verlassen,
sanftes Licht in unsrem Haus.
Kann meinen Blick nicht von ihr lassen,
sie sieht so bezaubernd aus.

In dem Zimmer hat meine Frau
romantisch, festlich schon geschmückt.
nun steh ich da, gerührt und schau',
bin so wunderbar beglückt.

Gefühle wandern aus den Mauern
weit hinaus ins schneebedeckte Land,
hehres Glänzen, wonniges Schauern,
völlig außer Rand und Band.

Glück wird unsre Liebe bringen,
aus der Herzen Zweisamkeit,
Hör' im Kopfe lautes Singen,
oh du schöne Weihnachtszeit.

Roger Westermann * 1959

## *Das wertvolle Leben*

In Liebe vereint, zur Trauer verdammt.
Das Licht der Hoffnung zu Asche
verbrannt.
Nun wieder getrennt von Schimmer und
Schein.
Das Leben auf Erden viel härter als Stein.
Seltsam und mystisch, was uns einst
verband –
in Haß und Trauer, mehr als Verstand.
Niemand begreift, was war und was ist.
Denn keiner weiß, wie man das Dasein
bemißt.
So wertvoll wie ein Rohdiamant,
das Leben zerschmilzt in Deiner Hand.
Eine Sekunde in Liebe begehrt,
ist mehr als alles Gold dieser Erde wert.
Drum merke, wenn Du ein Herz besitzt,
dass Du allein sein Beschützer bist.
Verletzte niemals das was Du hast.
So sei im Haus der Liebe ein ewiger Gast

Ilka Westholt * 1977

Die sechsundzwanzigste Stunde
formt blauen Rauch zu Callablüten
die aufwärts stieben
Tiefgoldne Stäubchen schweben
im Schatten von Bögen
von Sonne überstrahlter Blätter
und senken sich ins Grün

Heike Wetzig

## *Mein Engel*

Ein Engel stets an meiner Seite,
schenkte Schutz und Sicherheit,
nun suchte er leider das Weite,
ich bleib zurück in Einsamkeit.

Der Engel immer für mich da,
jeden Tag und jede Nacht.
Das war für mich vollkommen klar,
er hat mich immerzu bewacht.

Engel setz dich zu mir nieder,
küsse sanft meinen Mund.
Strecke lang deine Glieder,
Engel, so mach mich doch gesund.

Engel, ja, du fehlst mir sehr,
du und jeder Flügelschlag.
Engel, du weißt, dass ich dich begehr,
und dass ich dich sehr gerne mag.

Carolin Wicht * 1988

## *Ewigkeit*

Versunken in Gedanken
schwebend durch Raum und Zeit
was ist heute, gestern, morgen
wo beginnt die Ewigkeit

Die Zeit verrinnt im Fluge
geräuschlos, man spürt sie kaum
was ist Zeit, Minuten, Stunden
wo endet dieser kleine Raum

Fliegend mit den Stunden
schwebend mit der Zeit
wieviel Zeit hat dieses Leben
wieviel ist eine Ewigkeit

Fragend kehre ich zurück
wie lang schwebte ich in der Zeit
war es schon ein halbes Leben
war es eine Ewigkeit

Habe ich die Zeit verloren
in den Minuten oder Stunden
die ich in Gedanken schwebte
oder waren es Sekunden

Anja Wickenträger * 1968

## *Die Lösung*

Wenn die Kuh das Schweinchen frisst,
das Schaf des Schweines Nahrung ist,

der Mensch nicht stirbt, nicht irgendwann,
weil man alles tauschen kann.

Des Staates Heer hat ein Gesicht,
der Bäume Grün, das gibt es nicht,

die Sonne nur durch Staub Du siehst.
Sieh zu, daß Du von dieser Erde fliehst!

Eddie Wickfeld * 1966

## *Engel*

Dein Schutzengel begleitet Dich
Du spürst seine Wärme
nur siehst Du ihn nicht!

Ulrike Widmann * 1972

## *Ein Traum*

Ein Traum.
Ein Hauch von Vergangenheit,
süss und sauer zugleich.

Ein Traum.
Ein Hauch von Gegenwart,
sei sie hart oder weich.

Ein Traum.
Ein Hauch von Zukunft
macht mich unsagbar reich.

Maja Widmer-Tschachtli * 1959

## *Dunkle Erinnerungen*

Sanft weht der Wind mir
Schnee an die Wange.
Meine Wimpern spüren
die Kälte.
Ein Blick.
Ein Wort.
Eine Geste.
Und schon ist der
schwarze Schatten meines
Selbst vorbei. Wie dunkle
Erinnerungen liegt der
Schnee schwer auf meinem Haar.

Anika Wieland * 1989

## *Verlorene Zeit?*

Jahr um Jahr verging die Zeit,
manchmal ging dein Blick zurück.
So viel Schmerz, so viel Streit,
doch du gingst ein ganzes Stück.

Wünsche hattest du noch viele
und du plantest deine Zeit,
verfehltest oftmals deine Ziele,
irgendwann war dir das Leben leid.

Viele Male kamst du aus der Spur,
doch du gabst nie auf.
Ohne Hoffnung, verzweifelt nur,
nahm dein Schicksal seinen Lauf.

Wirst du nun im Leeren stehen,
verzweifelt, einsam und allein,
oder glücklich weitergehen?
All das kann schon morgen sein.

Johanna Wieland

## *Gefühle*

Ein Lichterstrahl geballt zur Sonne,
auf Wolken schwebt ein Engleinchor,
mein Herz zerspringt mir fast vor Wonne,
so stell' ich mir Gefühle vor.

Das Gefühl der Liebe zu empfinden,
einem wilden Sturme gleicht,
gemeinsam Schlechtes überwinden,
dies haben wir schon längst erreicht.

Die Empfindung des Glücks zu erfahren,
dies Gefühl sprengt alles was war.

Ein Kind, das geboren, vor Schlechtem
bewahren,
in Liebe erziehen ist wunderbar.

Annett M. Wien * 1963

## *In Schränken kratzend*

Die Angst spreizt ihre schwarzen Flügel auf
zur Nacht
kriecht über feuchte, kalte Haut
fängt dunkel sich in Schattennetzen
begehrt in Schränken kratzend Einlaß
in den dunklen
dunklen Schlaf.

Pocht leis an blinde Scheiben
hält ihren Atem
bewegt sich sacht
und wartet
lauert
spreizt ihre Schattenflügel weit
und reißt mit Klauenhänden den Verstand
hinab.

In den dunklen
dunklen Schlaf.

Manfred Wien * 1962

Die Kirche ist ein Gotteshaus,
nicht jeder, der hineingeht!
Weiß es auch!?

Hans-Wolfgang Wiener

## *geflüster*

weiß blüht die orchidee
in meiner einsamkeit. es schläft
die nacht, die eule wacht, und
es ist still. in dunkelheit verhüllt,
der tag, der so jung entfliehen will.
vielleicht erwacht er bald
in mir, in euch, der welt, bringt halt.
gedanken, die sich legen mit
einem blick in mein gemüt. und
ich gehe lautlos ihr entgegen,
der neuen zeit, die mir blüht.

Karl-Heinz Wienke * 1949

## *Am Strom der Zeit*

Du stehst
am Strom der Zeit –
von dem du weder
Quell' noch Mündung
kennst.
Du siehst
die Ufer nicht –
kannst nicht
hinüber winken.
Doch
Dess' sei gewiß –
auch du
wirst irgendwann
in seinem Fluß
versinken.

Resi Wieser-Schäfer

## *Eine Hand*

Anfangs noch so winzig und klein
Liegt geschützt in einer großen – ist nicht
allein
Langsam wächst sie heran – wird zu Frau
oder zum Mann
Unterstützt jeden Menschen – ein ganzes
Leben lang
Hat jeden Tag so viel vollbracht – so viel
gearbeitet und geschafft
Kommt zur Ruh' nur in der Nacht
Und sobald ein jeder erwacht
Unterstützt sie uns – auf sie ist Verlass
Egal was er, sie, ich anfass'
Sie kann uns Freude erschaffen – eine
Berührung bringt uns zum Lachen
Aber sie kann auch Qualen schaffen
Trost kann sie uns bringen und Schutz
vollbringen

So vieles kann sie zerstören – es kommt drauf an, zu wem sie gehören
Sie hat ein kurzes oder langes Leben
Aber egal wie lang, ohne sie können wir nicht frei leben
Und es kommt die Zeit, da ist sie zur Ruhe bereit
Und wir geben ihr Schutz und Halt als letztes Geleit
Sie hat das Recht zur Ruhe zu kommen, sich in ihren letzten Stunden zu sonnen
Oft ist sie einsam, aber wir halten sie – gehen mit ihr gemeinsam
Geben ihr Wärme und Kraft, das ein jedes Gesicht, bevor es geht, noch mal lacht!

Daniela Wigger

## *es mag wahr sein*

es mag wahr sein:
alles vergeht.

wenn ich nicht mehr
alle sehnenden nachtsterne,
jeden weißen duft des flieders,
während honigweicher sonne
und bei leisem windesrufen
an dich denke,
ist liebe vielleicht dahin.

bis es soweit ist,
drehe ich mich im kreis
und warte lachend auf sommer.
beginn.

Johanna Wilczek * 1984

## *Danke*

Ich weiß nicht, wie mir geschah,
Plötzlich standest du in meinem Leben.
Auf einmal warst du für mich da,
Es konnte nichts, schöneres geben.

Und eingehüllt im rotem Licht
Des Morgenrots Erwachen,
Sahen wir die Welt voll Zuversicht;
Denn: wir ließen uns nicht irre machen.

Dankerfüllt und voller Hoffnungsschimmer
Tauchten wir in das blaue Meer der Liebe ein.
Nicht nur für einmal! Nein! Für immer.
Es war ein Bund, so zart und lupenrein.

Dann kam die goldene Glut der Mittagssonne,
Das halbe Leben war nun aufgezehrt.
Es war ein Leben voller Freud und Wonne.
Es war mir mit dir sehr viel wert.

Und ehe es mein Verstand begriff,
Leuchtete auf das Abendrot wie Feuer.
Wunderbar war die Fahrt im Eheschiff.
Danke, für dieses einzigartige Abenteuer.

Adolf Wild * 1938

## *Du bist der Anfang*

Ich fühlte, ich dachte, ich schlief und ich wachte,
mal war ich traurig, obwohl ich dann lachte.
Es gab keine Antwort auf quälende Fragen,
oft war es schwer, das bißchen Leben zu wagen.
Erlebtes prägte, hatte häufig verletzt.
Als ich dich dann traf, begann erst das Jetzt.
Du bist der Anfang, denn seit ich dich kenne,
ist alles das wichtig, was Leben ich nenne.
Du bist mein Zuhause, mein Weg und mein Ziel.
Um Glück zu empfinden, braucht es nicht viel.
Wie konnte ich sein, bevor es dich gab?
Die Frage schon zeigt, wie lieb ich dich hab'.

Mit dir ist mir möglich, mich treiben zu
lassen,
den Sinn alles Seins muß ich nicht mehr
erfassen.
Du vereinfachst die Dinge, du machst mir
klar,
wie unwichtig selbst Bedeutendes war.
Das Schöne genießen und einfach nur
leben,
all' das zu können, hast du mir gegeben.
Am Schlimmsten wäre es, einsam zu sein,
mit dir in mir bin ich niemals allein.

Hans-G. Wilden * 1945

Es regnet nicht mehr
auf die Felder nieder,
nun lastet der Nebel schwer
auf des Flusses Lieder.

Dämpft das mächtige Rauschen
umhüllt jeden Baum,
selbst die Blätter lauschen,
windig ist es kaum.

Wie Tränen perlen Regentropfen
von überreifen Pflaumen.
Verhallendes Spechtklopfen
übertönt von gurrenden Tauben.

Jessica Wildner * 1980

## *Das Glück*

Dort wo das Licht dem Schatten weicht
Und die Angst dir in die Glieder schleicht.
Dort wo die Dunkelheit regiert
und dir das Blut in den Adern gefriert.

Dort ist dereinst im Schatten der Nacht
aus tiefsten Träumen ein Engel erwacht.
Er breitete die Flügel aus
und flog dann in die Nacht hinaus.

Er flog von Ort zu Ort,
er war mal hier mal dort.
Er suchte die Liebe und das Glück,
doch jeder Mensch wies ihn zurück.

Die Augen so traurig, das Herz ganz
schwer,
so flog er übers weite Meer.
Das Gesicht voll Tränen kam er in den
Wald zurück,
und fand letztendlich dort sein Glück.

Svenja Wildner * 1991

## *Schlagzeugsolo*

Viel Freude kann ein Spielchen bringen,
das in uns selber sich genügt.
Im Wirbel spielerisch gefügt
das Becken schrillt, die Stöcke schwingen.

Kein Hörer bleibt jetzt still und kühl.
Die Bühne wird zum Hexenkessel.
Es zuckt der Fuß nun ohne Fessel
und pocht tief unten ans Gestühl.

Zu machtvoll ist der Trommelschall!
Das Maß der Zeit entschwindet plötzlich
und - für den Trommler nicht ergötzlich –
zerspringt ein Fell mit lautem Knall.

Ein kurzer Schreck, dann geht es weiter,
schweißtriefend, wie vom Klang besessen –
der Spieler hat die Zeit vergessen.
Der Riss im Fell wird stetig breiter …

Max Wildorf * 1957

## *Das bin ich od. der Mensch*

Das bin ich!
Ich bin ein Mensch, ich kann alles wenn ich
will!
tu ich nichts, so steht alles still!
Ich bin ein Mensch, ich kann es erreichen,
ich darf nur nicht vor schwierigkeiten
weichen.

Ich bin ein Mensch, ich schau dem Leben
ins Gesicht!
Ein Feigling der bin ich nicht!
Ich bin ein Mensch, ich weis was ich kann,
ich muss nur eines, Glauben daran!
Glaube, Hoffnung und Vertrauen
schenken,
an die drei Dinge müssen wir denken,
dann können wir auch unser Glück lenken!

Ingrid Wilflingseder * 1963

## *Fließende Grenzen …*

zwischen

Chaos und Harmonie
Wahnsinn und Genie
Intuition und Analyse
Wahrheit und Lüge
Gewinn und Verlust
Euphorie und Frust
Nähe und Distanz
Stolz und Arroganz
Realität und Utopie
Ratio und Magie

Spurensuche
im Spiegelraum
meiner Seele

Grit Wilhelm

## *Die Augustinen*

Die Augustinen
werfen sich schon
aus ihren prallen Armen heraus
und tanzen
ein wenig
und blinzeln
schon weit
den Blauen entgegen
den eisblauen Reitern
Stiebende
vom Drachenberg
weh mir
ihr Augustinen
ihr Sommerfraun
steigt auf, steigt fort
eure Kinder zu schaun

Alexandra Wilke * 1983

## *Freund sein ist schwer*

Wenn sich unsre Blicke nicht mehr finden,
Was soll ich da für dich empfinden.

Wenn wir uns sehen und du drehst dich
um,
Dann frag ich nach dem Warum?

Warst du nicht mein bester Freund? Hast
du alles schon bereut?

All die Jahre, all die Zeit haben wir uns
jetzt entzweit.

Hast du alles schon vergessen?
Bist du so vom Haß zerfressen?

Schade, daß unsere Freundschaft keine
Liebe mehr kennt,

Das Rad der Zeit unsere Herzen und Seelen
trennt.

Wieder mußte ich erkennen, es ist nicht
leicht, einen Menschen Freund zu
nennen.

Rosi Wilke * 1956

## *Liebe*

Liebe ist ein Geschenk des Himmels, nimm
es an.
Liebe ist Gefühle auszutauschen, lasse sie
zu.
Liebe ist so köstlich wie der schönste Wein,
genieße ihn.

Liebe ist der Nektar des Lebens, koste ihn.
Liebe ist die Quelle, die immer wieder zu neuem Leben erweckt, trinke von ihr.
Liebe ist wie ein Zauber der Natur, lass dich von ihr verzaubern.
Liebe ist der Austausch von Gefühlen, die vom Herzen kommen, erlebe sie.
Liebe ist, wie das siebte Weltwunder, lass das Wunder geschehen.
Liebe ist Zärtlichkeiten auszutauschen, tausche sie aus.
Liebe ist das Unerreichbare zu verwirklichen, verwirkliche es.
Liebe ist wenn zwei Herzen zu einer Einheit werden, lasse es zu.
Liebe ist Hingabe und das höchste Glück dieser Erde, lasse es geschehen.
Liebe ist wie der Treibsand einer Düne, lasse dich treiben.
Liebe ist wenn zwei Seelen eins werden, lasse es zu.

Günter Wilkening

## *Ich weiß ...*

Ich weiß.
daß du meine Worte nie hören wirst.
denn meine Lippen bleiben stumm.

Ich weiß.
daß du meine Blicke nie sehen wirst.
denn meine Augen bleiben geschlossen.

Ich weiß.
daß du meine Berührungen nie spüren wirst,
denn mein Körper bleibt starr.

Ich weiß, dass meine Gedanken dich nie erreichen werden,
doch wenn du sie lesen könntest
würde dort „Ich liebe dich" stehen.

Kathrin Wilkens * 1984

## *Sinneswandel*

Wenn ich Dich sehe –
So bin ich doch blind

– für alles andere

Wenn ich Dich höre –
So bin ich doch taub

– für alles andere

Wenn ich an Dich denke –
Dann sehe und höre ich nur Dich!

Michael Wille * 1963

## *Absurd*

Einsamkeit
– inmitten von Menschen

Gedankenlosigkeit
– während der Arbeit

Appetitlosigkeit
- während des Essens

Sehnsucht
– bei der Zweisamkeit

Unvernunft
– obwohl man erwachsen ist

Entgleisung
– auf der Suche nach dem richtigen Weg

Irre Gedanken
– ohne verrückt zu sein?

Alexandra Willems * 1970

Er zieht uns an,
er nimmt uns in seinen Bann.
Der kann alles machen,
nur nicht wie Freunde mit uns lachen.

In ihm sind Waffen, Tiere, Pflanzen,
aber auch Menschen, die tanzen.
Er kann unsere Träume vernichten,
uns aber trotzdem noch vieles berichten.

Er besitzt Gold, Silber, Bronze,
und erhöht unsere Chance,
zu erfahren was passiert am anderen Ende
der Welt,
doch meistens geht es um Katastrophen
und Geld.

Na, wisst ihr was es ist,
der Freude, Trauer, Gold und Waffen
besitzt?
Vielleicht seid ihr ja auch in seinem Bann,
der Fernseher der fast alles kann.

Ramona Williner

## *Alle Jahre wieder*

Geringste Ansprüche ans große Glück,
zusammen gepfercht auf engstem
Raum
unter Bergen von Papier, Geld und Gesetz
zerplatzt ein jeder Kindertraum
wer spricht Recht, wer nimmt es sich zu
richten
welch Mensch ist besser als andere, sie als
Sklaven zu verpflichten
im Kindesalter schon begonnen ihren
Willen zu brechen
durch Plastikperlen und heuchlerisch,
giftige Versprechen
sobald die Enttäuschung klar wird, folgt
Hass und Frustration
Bürokratie ist die Depression jeder neuen
Generation
und sind die Kinder von heute, erst alt
genug zum sprechen
beginnen sie aufs neue, den Willen der
Kinder zu brechen
ein Teufelskreis aus trainierter
Ruckgratlosigkeit und dreister
Machtgier
wer vermag ihn zu durchbrechen, ihn zu
stören, wenn nicht wir?
viel zu lange schon, regiert frei gewählt die
Ungerechtigkeit
und das Herz es schreit nach Freiheit,
Freiheit und Unabhängigkeit
ist es soweit mit uns gekommen das der
Mensch zur Ziffer wird?
sind wir so daran gewöhnt, eine Nummer
für jeden Traum der stirbt?
die Freiheit die ist jetzt, der Garten Eden
der ist hier
also wieso lassen wir uns blenden von
Macht, Gier und Papier

Jan-Eike Wilmsmeyer * 1986

## *Im Himmel gibt's kein Telefon*

Im Himmel gibt's kein Telefon,
was machen wir denn da,
wenn du den „Herrgott“ sprechen willst,
ist meistens er nicht da.

Er ist auf einer Konferenz
zusammen mit dem Glück,
es gibt unendlich viel zu tun,
er kommt nicht bald zurück.

Im Himmel gibt's kein Telefon,
kein Handy und kein Fax,
wenn du den „Herrgott“ sprechen willst,
dann dauert das schon was.

Du brauchst viel Zeit
und auch Geduld
und Hoffnung immer dar,
doch eines Tages,
glaube mir,
ist Gott auch für dich da.

Beate Wilms-Tiller * 1950

## *Amsterdam*
*(26.12.2005)*

Geschwätz an der Gracht.
Single an der Singel.
Trübes Wasser,
trübe Gedanken
an der Gracht. Grinsend.
Gesprächige Giebel.

Hausboote hecheln
nach familiärem Frieden.
Tapfere Madame Tussaud
auf der Dam.
Im Singel-Schaufenster
eine pralle Prostituierte.
Schwarz; prächtig, prächtig.

Supermarkets pokern um Profit.
Weihnachtsmänner gehen in Winterschlaf.
Behäbigkeit beim Heineken-Bier.
Tulpen aus Amsterdam.
Schnöder Sing-Sang.
Gedanken an ein gnädiges
neues Morgen. Neues Jahr.

Wolfgang A. Windecker * 1949

## *Entscheidung*

Tränen über meinen Wangen
Trauer im Gesicht
Zweifel im Herzen
Verzweiflung in mir
Offene Fragen auf meinen Lippen
Schweigen von Dir
Eine Antwort gefunden
Die einzige Entscheidung getroffen.

Riccarda Wingartz * 1957

## *Danke*

Danke,
dass du uns liebst, ohne zu denken;
dass du an uns denkst alle Zeit;
dass die Zeit mit dir stillstehen kann;
dass du uns auch in stillen Stunden
verstehst;
dass dein Verständnis tiefer ist als jeder
Abgrund;
dass du keinen Grund brauchst, um uns zu
lieben.
Danke, dass du uns liebst.

Christiane Winkler * 1989

## *Herbst des Lebens*

Steh' ich im Herbst des Lebens,
war wohl nicht alles vergebens,
was ich an Freud' und Leid erlebt,
das Leben selbst hat mich „gewebt".
Dank Seiner Güte und Barmherzigkeit
hat Er mir den Weg gezeigt,
den ich zu gehen hab',
ist's auch ein Auf und Ab,
der Pfad mal krumm, mal grad,
lass' ich doch nicht davon ab,
Ihm für seine Gnad' zu danken,
mein Glaub' soll niemals wanken.

Elfriede Winkler * 1956

## *Lebenslauf!*

Liebe, Wahnsinn, Einsamkeit,
Leid, Verlust und Göttlichkeit.
Lust, Erbarmen, Fröhlichkeit,
Leben, Tod und Bitterkeit.
Stille, Zweifel, Hässlichkeit,
Licht und Schatten, Endlichkeit.
Angst, Verderben, Unerkannt,
Schmerz, Vergebung- Überrannt!

Helmut Winkler * 1981

## *Hoffnung*

Was ist die Seele frag ich Dich?
Doch keiner kann's mir sagen.
Ein zweites Leben hoffe ich,

und wenn die Lebensuhr zerbricht,
dann wollen wir es wagen,
dem Tod ein Schnippchen schlagen.
Er kriegt den Körper und die Kleider,
doch unsere Seele die lebt weiter.
In einem Land im Nirgendwo ?
Doch keiner kann's mir sagen.
Drum woll'n wir hoffen es ist so,
und nicht mehr danach fragen.

Susanne Winkler * 1963

## *Flügelschlag*

Schwer wie ein Flügelschlag lastet mein
Schicksal auf mir
Schwer wie ein Schlag ist mein
Vorankommen
Einen Flügelschlag entfernt seh ich mich
stehen
Weiter als weit scheint die Nähe zu mir
Ein Flügelschlag schwer wie das Meer
Meine Zeit strömt dahin
Strömen und Weite
Nähe und Stand
Was bin ich heute
Einen Flügelschlag entfernt lastet mein
Schicksal auf mir

Albin Wirbel * 1971

## *Diät wider Willen*

Herr Müller merkt's am Hosenbund,
allmählich wird er dick und rund.

Leicht besorgt zum Arzt er geht,
der verordnet ihm Diät.

Früh ißt er jetzt mit saurer Miene,
zwei Scheiben Brot mit Margarine.

Und mittags statt ersehntem Braten,
nur Salate und Tomaten.

Am Abend lautet das Gebot:
ein Apfel und eine Scheibe Brot.

Hungrig geht er stets zu Bett,
wie gern er noch gegessen hätt'.

Nach wochenlanger Fastenqual
ist die Gewichtsabnahme minimal.

Herr Müller läßt das Fasten sein,
stopft Tortenstücke in sich hinein.

Beim Arzt zeigt es die Waage an,
noch zugenommen hat der Mann.

Der Arzt konnte ja nichts wissen
von Müllers heimlichen Genüssen.

Heinz Wirries * 1922

## *Zu spät*

Es ist zu spät die Zeit ist um
zu lange verweilt zu lange gewartet
und nichts getan
den Glauben verloren und nicht wieder
gesucht
die Einigkeit getrennt und in Einsamkeit
verflucht.

Wer ist noch da und hält dich fest
gibt es noch jemand oder ist er schon weg
du armes Kind hast ihn verjagt
wie kannst du leben ganz alleine
keiner ist noch da es ist zu spät.

Du hast die Einsamkeit brauchst keine
Freunde
sagtest du zu mir ich verschwand wie du
doch nicht allein Ich nahm sie mit
die Zweisamkeit
und du, du tust mir leid

Doch zu spät ich kann dich nicht retten
lasse dich gehen ganz weit fort

doch vergesse nie der Fluch wird bleiben
es ist zu spät
zu spät ihn aufzuheben.

Britta Wirth * 1982

## *Stummer Schrei*

Ich habe geschrien,
so laut ich konnte.
Doch keiner hat mich gehört.
Was war los?
Warum reagierte niemand?
War ich etwa zu leise?
Nein, ich war laut genug.
Alle haben mich gehört.
Doch alle haben weggesehen.
Ich begann zu weinen.
Fühlte mich einsam.
Plötzlich spürte ich eine Hand auf meiner
Schulter.
Du warst es.
Nur du hattest mich gehört.
Nur du wusstest, was ich fühle.
Nur du konntest meinen Schrei hören,
obwohl kein Laut über meine Lippen
gekommen war.

Sarah Wirth * 1987

## *Du wirst mir fehlen*

In deinen Augen sehe ich sie wohl,
die Zerrissenheit zwischen
dem Bleibenmöchten und Gehenwollen,
denn die Zeit ist gekommen, du bist
erwachsen.

In deiner Stimme höre ich deutlich,
die Ungeduld und auch die Angst,
Entscheidungen zu treffen,
deren Ausgang ungewiß ist.

In deinem Verhalten spüre ich
die Kraft und den Trotz,
dich Aufgaben zu stellen,
die nicht immer vorhersehbar sind.

Du wirst es schaffen,
denn du hast ein festes Fundament;
Aus Liebe und Zuversicht,
aus Selbstbewußtsein und Toleranz.

Es ist ja nicht ein Abschied von dir,
sondern von einer schönen Zeit mit dir.
Hab kein schlechtes Gewissen, wenn du
gehst.
Trotzdem, – du wirst mir fehlen.

Gudrun Wisniewski * 1947

## *Alters-Schwachsinn*

Kaum beschleichen uns Manieren,
woll'n Hormone harmonieren
und die Pickel sich verdrücken,
da beklagt sich schon der Rücken,
schlägt die Haut ganz plötzlich Falten,
kann die Blase sich kaum halten.

Nie will uns ein Alter passen,
jung sein muss man einfach hassen,
älter sein ist auch bescheiden,
also heißt es stetig leiden,
nämlich nach der Menschen Sitt',
passioniert sich selbst bemit…

Lars Wistuba * 1978

## *Uferlos*

Und
Wenn ich immer weiterziehe
Mitten durch
Die Wiesenblumenfelder

Weiter

Zu den
Fernen Hügeln
Am Horizont

Weiter

Bis ans
Andere Ufer
Der Welt

Weiter

Wartest du
Dort wo
Der Himmel
Die Erde
Berührt

Brigitte Witschi

## *Hab acht, aufgewacht*

Ein großes Ziel auf Erden,
zu lindern die Beschwerden.
Aufgewacht in der Realität,
ist vieles zu spät.
Einige sind nicht mehr zu retten,
bleibt sie zu betten.
Wo ist da die Menschlichkeit?
Oft ist es damit nicht weit.
Bleibt im Kleinen Großes zu vollbringen
und nicht gleich von der Brücke zu
springen.
Den Idealismus bewahren,
davon profitieren noch Scharen!

Christiane Wittenberg

## *Liebe?*

komm her
nicht zu nah

bleib dort
geh nicht weg

sei da
wenn ich komm
aber bleib
mir vom Leib

Annegret Wittenberger

## *Heidmoor*

Birke träumt am Wegesrand,
Mittagslüfte flirren
überm weißen Heidesand,
fliegen blitzend schwirren.

Wollgrasblumen blüh'n im Moor,
rosenrote Heide,
fern taucht blauer Wald empor,
reine Augenweide.

Und beim letzten Blick zurück,
alles zu umgreifen,
fühlst du einen Hauch wie Glück
über dich hin streifen.

Artur Wittern * 1914

## *Untergang*

Geschrieen habe ich
mit vielen tausend Menschen
auf grauen Straßen und auf
offenen Plätzen

Mit Fahnen.
Mit Plakaten.

Wir haben protestiert
für eine bessere Welt
für Gerechtigkeit und
gegen kalte Mauern der
Unterdrückung

Mit Fahnen
und Plakaten.

Ignoriert wurden die Rufe
Toleranz ging in der Menge unter

und meine Faust
schlug auf offene, harte Strae

Ohne Fahnen.
Ohne Plakate.

Annelena Witthus * 1987

## *Warum?*

Wie sie bin ich am Rande des Südharzes
geboren
auch in den dreißiger Jahren
ihr Großvater war Pfarrer
bei mir war es nur der Ururgroßvater
wir hatten eine ähnliche Haarfarbe
ihre Augen aber sind dunkler als meine
auch ich liebe den Wald
spielte auch im Heu
vielleicht sogar mit ihr
wenn ich mit meinem Vater
als Kind nach Limlingerode fuhr
Wie sie suche sehe beschreibe male auch
ich die Welt
zwischen über unter in neben und auf den
Dingen
ich bewundere ihre Zauberfeder und ihren
Zauberpinsel
und ich versuche sie zu imitieren werde
aber nicht wie sie
Was fehlt? Warum bin ich nicht wie sie?
Was muss ich tun?
Warum kann ich nicht wie Sarah Kirsch
sein?
Vielleicht weil ich keine Katze habe
nur eine Katzenhaar-Allergie.

Brigitte Wittmann

## *Im Festland Deutschland*

*(Riesa a.d. Elbe)*

Die Stadt hebt sich über ihre Häuser
feiert während Taten täuschen
vereinnahmt Sinn und Wirtschaftsstolz,
um die Gemüter Geldträgern zu
übergeben.

Seit wann kann man Jahrhundertstädte
überleben?
Fragt man sich; spaltet Brüstung und Holz
Die Führung zu entkräften
Die einzelnen Kämpfe auszufechten

Test eins-, zwo-, tausend Jahre Schuld.
Eine Amtsblutung weiter Rentnervolk.
blinzelnder Schatz, gebügt an Krücken
Schwankende Zukunftsstützen

Feuerwehr und Feuerwerk in einer Pracht,
die Alltage vergilbt / das alles Nichts ohne
Erkenntnis schafft –
was vergänglicher als Menschenvolk
quenglicher Torheit rollt.

Ins Torquadrat voll Schlechtigkeiten,
da nichts neutrales es vermag die Ignoranz
zu quälen

Die Friedenspfeife verraucht die Weile,
lang vor der neuen Ernte.

Dirk Wohllebe * 1984

## *Die Maske*

Schreite behände, und äußerlich ruhig,
durch unwegsame Gelände,
Kopfsteinpflaster durchzogener Wege –
aus deren Mitte – ich – laute Schritte
–
ich aus dem Mittelpunkt
meiner Selbst heraus bewege.
Äußerlich ruhig, nur von Innen
gehetzt
lange verzögert, und dann doch – mit
leisen, dunklen Bewegungen
die Maske aufgesetzt,
ziehe ich vorbei an schrillen Männern, an
schrillen Frauen

in bunten Gewändern – so gleißend in
Gestalt die dennoch die Bilder der
Nacht
nicht verändern, ziehe ich vorbei an denen,
die sich mit Handy und Gucci
aus den Straßencafés recken – vorbei auch
an jenen, die sich – wie ich –
nur hinter dunklen Masken verstecken
Bleckende Zähne aus lauten Gesichtern –
Die Welt ein Kostümball und keiner
scheint schüchtern,
so grüße auch ich, und küsse auch ich und
lache ich laut, – heule als Schaf als
Schaf mit den Wölfen,

... ein Schaf, das den Wölfen vertraut?

verlasse verstohlen das Partygelände
werfe die Maske weit von mir
traktiere wütend den Spiegel mit Faxen
wohl innerlich wissend,
– die Maske wird mit meinen Gesicht bald
verwachsen

Markus Wolf * 1967

Es muß schön sein
Auf einem flauschigen Hirtenteppich
vor flackerndem Kaminfeuer
zu liegen
und aus einem sanft atmenden
Nabelbecken
Feurigen Burgunder
zu schlürfen.

Klaus Wolfframm * 1954

## *Hoffnung im November*

Schwarzer Boden umgepflügt
liegt glänzend,
wie mit Fett überzogen
von Nässe schwer,
Krähen krächzen darüber her.

Verdorrtes Gras am Feldesrain,
ein gelbes Blatt fliegt ein,
wird gedrückt von Nebelschwaden,
träumt von goldnen Sommertagen.

Die Welt in grau und grau versinkt,
kein Vogel singt
eine fröhliche Weise,
alles wirkt dumpf und leise.

Doch da, am Wegesrand
vor Frost geschützt
blüht ein Gänseblümchen und trotzt,
so klein es auch sei,
dem tristen Einerlei.

Irmgard Woll * 1932

## *Moloch Monolog*

Rattern, Rappeln, Containertürschlagen
Dieselmotoren, Zwölftonnen-Lastwagen
Jagen über schwarzen Asphalt
Nährmütter in kalter Vierradgestalt
Kisten, Konserven mit Kaliumnitrat
Lagern, verkaufen, Festtagsvorrat

Am Stadtrand steigt im Morgennebel
Der Duft der alten, satten Nacht
Hinauf und trägt der Schwermut
Übermacht
Entlang am Ufer bis zum Wehr
Bezwungen von der Sonne Heer
Jetzt sitzt die Freud' am längren Hebel

In Hinterhöfen sitzen sie
Bei Domino und kaltem Bier
Sechs an sechs und vier an vier
Verlassen ihre Plätze nie
Schwül quillt die Luft durch
Häuserschluchten
Drohend dröhnen Jet-Turbinen
Über ihren Spielermienen
Wie oft sie diesen Ort verfluchten

Jens Wollmerath * 1971

## *Der Traum*

Der T r a u m
Wenn nichts mehr geht
ein Traum weiter besteht
daß man sich die Hände reicht
sich über die Wangen streicht
daß sich die Augen finden
und nicht gleich verschwinden
ein Arm sich über die Schulter legt
sich das Gefühl regt
mit Worten nicht verletzen
auf Verstehen und Verständnis setzen
daß weiter besteht die Liebe
sonst sterben auch die Triebe.

Klaus Wollny * 1935

## *Vorbei*

Es war so schön
von dir begehrt zu werden
Hab' mich nicht daran gewöhnt
dass es vorbei sein soll
Lebendig fühl' ich mich und flügellahm
ersehnt, doch nicht von dir
Hab ich den Zauber selbst zerstört
oder war's nur die Zeit?
Weiß nicht, was ich dir schreiben darf
mal ist's zuwenig, meist zuviel
doch nie treff' ich den Ton
zeig mich in schlechtem Licht
Ich mach's dir schwer
Hab Nachsicht und verzeih

Ute Wolter

## *Lebenszeichen*

Still sitzt sie da und wartet,
auf ein Lebenszeichen von ihm.

Schnell läuft er, gehetzt,
fühlt den Tod und stürzt.

Still sitzt sie da und wartet,
fühlt ihn ausatmen aber versteht nicht.

Sterbend liegt er da, fühlt ihre Gedanken,
fühlt sein Leben schwinden und atmet aus.

Zwei Schicksale, vereint
und tausend Stiefel ziehen weiter.

Still sitzt sie da und liest den Brief,
ein Lebenszeichen von ihm –

„He didn't make it"

John Workman * 1968

Es war Nacht,
der Wind wehte und der Regen fiel auf die
Stadt herab.
Langsam glitt der Schatten über den
Gehweg,
versperrte mir die Sicht.
Das Leder der Jacke des Schattens war nah
an meinem Gesicht.
Na, zu nah! Zitternd presste ich mich an
die Wand,
starrte der Dunkelheit entgegen und
schluckte.
Er zog die Maske vom Gesicht.
Als erstes sah ich seine Lippen,
dann seine Nase und danach seine Augen.
Diese fabelhaften, herrlichen Augen.
Alles war dunkel, schwarz wie die Nacht,
nur er, sein fantastisches Gesicht hellte alles
auf.
Mein Herz schlug schneller, in meinem
Kopf hämmerte es und Schmetterlinge
flogen durch meinen Bauch.
Für alle war er der Schatten,
nur für mich nicht.
Für mich war er wie ein Engel.

Eva-Sarai Wörle * 1991

*Du*

Du bist mein Berg, mein Wald , mein See
und auf dem Berg mein Schnee.

Am Ufer, das grüne und bunte Leben,
ist auch durch dich gegeben.

Weil ich es so seh;
tut oftmals weh.

Ich nimm es hin und werd es tragen,
will nicht klagen und verzagen.

Egal, was mir geblieben,
ich werd Dich immer lieben.

Manfred Wrobel * 1954

*Lebensweisheit*

Es war einmal ein großer Schwan,
der hatte einen Schönheitswahn.

Mit schneeweißen Flügeln,
so glatt, als wären sie gebügelt,

stolzierte er durch Wald und Feld.
„Keiner ist wie ich auf der Welt",

ruft er leise und schreit es laut,
mit stolzem, erhobenem Haupt.

Dabei übersieht er auf dem Weg
einen schmalen morschen Steg,

den großen dicken Stolperstein
und fällt – plumps – in den Sumpf hinein.

Total beschmutzt er sich befreit,
pechschwarz ist sein Federkleid.

Und die Moral von der Geschieht',
hoher Kopf sieht das Naheliegende nicht.

Wilhelm Wulf * 1936

Du bist so weit weg
Kommst nicht mehr zurück
Es hat keinen Zweck
Ich werd' hier verrückt
Ich lege mich nieder
Und träum' mich zu dir
Ich öffne die Lieder
Du bist nicht bei mir
Der Schmerz setzt sich fest
Und lässt mich nicht los
Es gibt mir den Rest
Die Verzweiflung ist groß
Ich gehe hinaus
Betrachte dein Grab
Deine Hand kommt heraus
Und zieht mich hinab
Nun bin ich bei dir
Der Schmerz ist hinfort
Es gibt nur noch wir
An diesem düsteren Ort

Bettina Wünsch * 1989

*Jahreszeiten*

Der Frühling stößt das Leben an
Rasch die frischen Knospen sprießen,
Gefolgt vom Sommer irgendwann
Kann man Blütenduft genießen.
Danach der Herbst in seiner Pracht,
Von bunter Schönheit leisem Fall
Macht Platz dem Winter über Nacht
Schnee formt sich zu Eiskristall.

Auf diesen schweren Weg geprägt
Durch Finsternis nebst Sonnenschein
Die Vielfalt der Erfahrung trägt
Manch Wärme ins kalte Herz hinein,
Gibt Wissen dem, der neues schafft,
Bis hin zu seiner eignen Ewigkeit,
Mit Gottes übergroßen Kraft,
Das ist die schönste Jahreszeit.

Peter Wünsche

## *Der tiefe Fall*

Oben angekommen, stolz stand ich nun da,
beseelt von Glück, dem Geld und der Ehr'.

Was ich beim Aufstieg jedoch völlig vergaß, waren die Menschen um mich,
denn Sie halfen mir bei jedem Schritt,
die Erfolgsleiter zu erklimmen, um meinen Horizont besser zu bestimmen.

Doch mein Dank war nur kurz!

Bei all der Plag' und Müh' freute ich mich über den Aufstieg viel zu früh.

Denn nun stürzte ich ab und im freien Fall, konnte ich sehen die Menschen überall,
die mir halfen, um diesen Weg zu begeh'n und kein Verderben zu säen.

Glück und Freude zu bringen, dass war ihr Ziel!

Doch das hab' ich eindeutig verfehlt und nun bin ich nicht mehr beseelt
von Glanz, Glorie und Glück.

Seid daher auf der Hut, denn Aufstieg und Fall geschehen leider überall.

Walter Wurmbrand * 1952

## *Kindheitsorte*

In den alten Kindheitsfluren,
wo das Glück Gefährte war,
suche ich nach jenen Spuren,
die mich prägten Jahr für Jahr.

Dort, wo mich die Wege kennen,
jedes Haus und jeder Strauch,
kann ich jeden Namen nennen,
jeden Ort und jeden Brauch.

Diesen Zauber zu beschwören,
geben Tote mir Geleit,
Kinderwünsche kann ich hören,
die so nah und doch so weit.

Traumhaft gehe ich umher,
Häuser stumm und doch am Reden,
vieles gibt es jetzt nicht mehr,
es macht traurig und betreten.

Heimweh kommt wie Morgentau,
will mich leise überfrachten,
Gefühle werden grau und blau,
das Hin und Her schlägt Schlachten.

Kurt Würthner * 1944

## *Das Ziel*

Ich suche die schönen Bilder,
mein ganzes Leben lang.
Ob Leuchtturm, Regenbogen oder Flieder,
ich nehme sie liebend an.

Ich suche die Zuversicht in klarer Nacht,
meiner gezählten Stunden lang.
Die Himmelsgestirne sind erwacht,
sehnend um mein Herz, das so bang.

Ich suche das Ziel der Zukunft,
meinen ganzen Weg entlang.
Leider schämend der Herkunft,
nehme ich meiner bedürftig an.

Ich suche die schönen Bilder,
mit Zuversicht in klarer Nacht.
Ich suche das Ziel der Zukunft,
meinen ganzen Weg entlang.

Claudia Wüst * 1972

## *Wer all dies weiß*

Warum die Erde Stern unter Sternen,
die am Firmamente funkeln,
namenlos an Zahl.

Wer weiß,
warum die Erde blau, wie wundergleich
auf ihrer Bahn im Weltenraume schwebt.

Wer alles weiß,
was in der Welt von Zeitbeginn geschah,
in Liebe wie aus Hass,
mit Leidenschaft gepaart.

Wer all das weiß,
was in der Menschheit Hirne an Gedanken
Spukt und narrt und quält.

Wer weiß,
woher und auch warum der Mensch
erwuchs
Zur Geißel für die Erde?

Wer all dies weiß und noch viel mehr,
und auch, warum das Leben endlich ist,
doch ewig endlos überlebt allein der Tod,
der wäre, nein, der ist ein –
der ist Gott.

Kurt J. Wustl * 1930

## *Weißer Verstand*

Keine Reue befleckt das weiße Gesicht
Nicht Sorgen, nicht Zweifel, nicht Hass
Ohne Ausdruck, Schönheit durch
vollkommene Gleichgültigkeit
Ein zartes Lächeln, zerbrechlich wie die
Flügel der grauen Libelle, die du an
der Wand aufgespießt hast
Ein hauchdünner Ton war es, der dich zum
Lächeln brachte
Spiel es noch einmal, das Lied der Libelle
Ein hauchdünner Ton ist es, der dich zum
Lächeln bringt
Oder war es doch die Prägung der Münze?

Wie leblos, auf dem Sessel aus grauem
Brokat
Ein wenig ungewöhnlich für diese
Jahreszeit
Ich muss dich stoßen, damit du dich
bewegst
Schritte eines Neugeborenen

Selbst die Narben haben deiner weißen
Haut nichts an
Lange schlägt dein Blut keine Wellen
So zäh wie Sirup kommt es mir vor
Unbeweglich, starr
Wie deine bernsteinfarbenen Augen

Im Herbst werden auch deine Blätter zu
fallen beginnen ...

Yami * 1989

## *Stich*

Ich verfolge mich,
lasse mich nicht im Stich,
versuche zu finden, das ICH.

ICH findet mich,
ICH lässt mich niemals im Stich,
ICH kommt zurück nie ohne mich.

Vergesse ich mein ICH,
gibt mein Herz mir einen Stich,
ohne ICH, bin ich nicht Ich.

So sehne ich mich nach meinem ICH,
zu sein ein einzig wahres Ich,
Erst die Liebe lässt finden mich mein ICH.

So liebe ich mein ICH,
mein ICH findet mich,
bin das nun Ich?

Yhiluna * 1962

## *Webernacht*

In einer Winternacht,
die Lippen schwarz,
die Haare grau,
von niemanden bedacht.
Auf dein Herz hast du gehört
dein Leben es zerstört.
Blaue Haut,
rotes Bett
in das du dich gelegt,
mit Schnee zugedeckt.

Yue Ying

## *Menschengrauen*

Der Rausch lastet gar schwer auf
gespaltenen Zungen,
letzter Wahrheitsglanz in Wahn und Witz
verklungen,
so kehrt sich die Tristheit des Mensch-Sein
in sich selbst,
auf dass du sie ewig am Leben erhältst.
Ist die Menschheit nun verdammt so zu
SEIN?
Unter Wirren und Wanken und stetig
allein?
Kein Licht dringt an ihr so weltfremdes
Wandeln,
von stummer Schuld beladen – Sehnsucht
zu verschandeln.
Trotze um deiner selbst willen diesem
grotesken Treiben,
zuletzt zumindest deiner Wahrheit treu zu
bleiben.

ylvali * 1985

## *Depression*

Die Wahrheit – die mich belügt,
der Mann – der mich betrügt!
Meine Liebe – die qualvoll stirbt,
der Lärm – der mich zermürbt.
Das Schweigen – das mich zerbricht,
ein Tunnel – ohne Licht.
Existieren und dann einfach verschwinden
–
sich verlieren und nie mehr finden?

ynaD * 1963

## *Stille Klänge*

BACH LISZT MOZART

Das Wasser fällt lautlos
in die Stille
kein Wort, kein Ton

Gelb am Horizont
geht die Sonne lächelnd
im Regen vorbei

Und ihr Echo
lächelt dir zu

MOZART LISZT BACH

Zu dir lächelt ihr Echo
und vorbei im Regen
geht lächelnd die Sonne.

Gelb am Horizont
kein Wort, kein Ton
in der Stille

Lautlos fällt
das Wasser

Isabella Zadrovits

## *Das Wahrsagen auf dem Wachs*

Man wärmt das Wachs,
ins Wasser
es gießend.
Man möchte so
das Schicksal
wissen ...
Aber das Wachs,
das schnell erstarrt ...
Es spielt mit Leuten
jederzeit,
entweder werdend
Schwänen
Schwarm,
oder die Nase zeigt.

Inna Zagraewski

## *Drei als Einer*

Drei alte Götter spüre ich in mir
wohl entdeckt im Sprachgewirr,

Donar, wie der Donner
kräftiger Willen ist er,

Wotan, der zu Wort wird
und Richtung gebirt,

Odin, der dient
und das unvermimt,

tat sich dies den Ahnen kund
oder war es ihr erfund?

an den man glaubt, dem wird man ähnlich
und so mit sich und Welt verträglich.

Harald Zahn * 1961

## *In Ironie unerfahren*

Es war unbemerkte Ironie, ich bemerkte sie
bei mir nie.
Ich fragte jemanden, wo gibt es Schlüssel?
Beim Elektriker, ich ging hin
Und fragte nach Schlüsseln.
Wo gibt es Schüsseln im Schrank, Gott sei
Dank.
Ironie nichts als Ironie.
Wie kann sich das ändern?
Ehrlich will ich sein, Ironie ist kein
Können,
Verächtlich zu sein gegenüber dem
Menschen
Und zu sich selbst verächtlich zu sein,
gefällt mir nicht.
Zuneigend zu sein zu anderen Menschen
erfreut uns.
Die Ironie macht uns unzufrieden.
Mit einem echten Lachen sich und anderen
Menschen zu begegnen,
Das erfreut uns und macht uns froh.
Wenn wir Menschen uns achten, weil wir
stolz auf uns sind.
Das ist echt.

Barbara Zaiser * 1946

## *Ohne Ausweg*

Obwohl so zerrissen, von Ängsten geplagt
Ich bleibe bei ihm und tu' meine Pflicht;
Was kann ich denn sagen, wenn er mich
fragt
Warum muß er sterben, die anderen nicht
Ich kann ihn nicht trösten und nichts
versprechen,
Das weiß er genau, doch guckt ohne
Scham;
Immer ist da sein ironisches Lächeln,
Das ihm ohne Gnade die Kindheit nahm.

Warum kann ich keinen Ausweg finden,
Muß Schicksal hinnehmen, so wie es ist;
Ich würde so gerne die Schmerzen lindern,
Ihm geben sein Leben, das er vermißt.
Ich genieße die Zeit, die wir noch haben,

Ich sage – ich freu' mich, daß du bei mir
bist
Ich bin immer bei dir – werde ich ihm
sagen
Wenn er die Augen für immer schließt.

Jolanthe Zalesski * 1972

## *Löwin oder Muschilein*

Wenn ich Euch Frauen seh',
frage ich mich: Kann das sein?
Wenn ich euch Frauen seh',
komme ich mir vor
wie eine Löwin, die
gerade noch frei durch die Wildnis gestreift
gerade noch stolze Jägerin,
nun in den Zirkus verfrachtet,
zwischen Miezekätzchen, die
brav durch Reifen springen.
Und ich frage mich:
Was soll der Zirkus?
Zu wessen Belustigung soll ich hier
springen?
Wer hat den Gewinn davon,
dass mir mein Leben gestohlen wird?
Doch dreist behauptet man nur,
das wär' immer schon so,
das wär' der Frauen Natur.

Roswitha van der Zander * 1953

## *Herbst*

Der Herbst ist eine wunderschöne
Jahreszeit.
Darüber nun zu schreiben bin ich gern
bereit.
Ich bin zwar nicht im Herbst geboren,
jedoch mein Herz hab' ich an einem Tag im
Herbst verloren.
Buntes Laub und Sonnenschein,
wie schön kann doch das Leben sein!
Nach einem Jahr waren wir schon zu dritt;
natürlich spielte auch das Glück ein
bisschen mit.
Man muss es genießen, dann ist es auch
schön,
gemeinsam und friedlich durchs Leben zu
gehen.

Anni Zapf * 1923

## *Umzug*

Der Baum bricht die Tür auf
und wirft schon Verfaultes
zum Fenster herein,
schlägt die Wurzeln
in synthetischen Boden.
Draußen – eine Neugeburt.
Strahlendes Lächeln,
grinsende Fratze,
stummer Sirenengesang
zur Wohnungseinweihung.

Zari * 1983

## *Entsorgt*

Mittendrin stehend
Vom Lebensstrom
Umgangen
Übergangen

Noch immer ganz Mensch
Nur mehr Erinnerung

Das Gesicht
Von der Gleichgültigkeit
Weggewaschen

Das Flehen
Hinter der Sprachlosigkeit
Verstummt

Unsichtbares Hindernis
Entmenschlicht
Entwirklicht

Mittendrin
Im Jetzt
Jenseitig

Andreas Zbinden * 1961

## *Herbstgefühl*

Sonniger Herbst, Stilles Glück
Bringst meinen inneren Frieden zurück

Goldenes Licht und leuchtendes Blau
trägt mich durch Kälte und drückendes
Grau

Sprichst mir von Hoffnung und hast mich
befreit
Weit fort ist der Kummer und fern ist das
Leid

Barbara Zedrosser * 1968

## *Mein Weg*

Wenn ich mich umschaue und meine
Umwelt sehe, merke ich,
dass ich ein ganz kleiner Teil unserer Welt
bin.

Ich bewundere Menschen und möchte auch
so sein wie sie.
So leben so reden, so fühlen, so denken...

Doch ich vergesse ganz dabei, dass ich ein
eigener Mensch bin,
mit eigenen Gefühlen, Gedanken und
Fähigkeiten.

Es ist nicht immer einfach, „ich" zu sein.
Man wird verunsichert durch Kritik und
manchmal auch durch Neid.
Es fällt schwer zu unterscheiden: „Ist es
richtig oder falsch?"

Ich weiß für mich, dass ich meinen eigenen
Weg gehen muss,
der mit Hindernissen belegt sein wird, die
ich überwinden muss.
Fehler machen, aus denen ich lernen muss.

Es ist sicherlich kein einfacher Weg, aber
ich werde stark werden und merken,
dass ich ein kleiner, aber wichtiger Teil
dieser Welt bin.

Einen Teil des Weges
habe ich schon bestritten ...

Lena Zeise * 1990

## *Gegen die Bitterkeit*

Du kommst ganz leise hinter der Trauer
her,
sehr langsam versprühst Du Dein Gift,
das angeschlagene Herz wird unglaublich
schwer,
den Unaufmerksamen es trifft.
Mich wirst Du nicht besiegen,
stellt das Leben mir auch viele Hürden in
den Weg,
Dein Trauerband wird mich nicht kriegen,
das Prinzip Hoffnung ich in die
Waagschale leg.
Meine Mundwinkel nach oben streben,
verteilst Du auch noch so viele Hiebe,
niemals nimmst Du mir die Freude am
Leben,
denn ich kenne die Kraft der Liebe.

Michael Zett * 1967

## *Impression*

Wenn Tote erwachen,
Ruhig, ohne Hast,
Starren sie kalt
Auf kälteres Fleisch.
Bestaunen graues Feld,
Im Kontrast: weißes Gebein.

Scharren entlang, wild,
Faulig, rot und golden.

Wenn Tote erwachen,
Rekeln weißes Gebein.
Lachendes Knacken
Alter Knochen,
Klingt mit Marschieren.
Im Alten nichts Neues.
Und Knochen, nicht weise,
Sind stets zu Hause.

Matthias Zeug * 1985

Rot ragt die Anemone
aus dem Gras
Sonnenstrahlen ruhen
auf ihrem sanften
Blume-Sein

Tief loten ihre Wurzeln
das Dunkel aus

Sie ist im Hier
Vollkommenheit
und dabei auch ganz
Verwandlung

Magali Zibaso

## *Gedankenfluss*

Der Fluss fließt langsam durch den Ort,
ich sitze am Ufer und werfe
meine Gedanken hinein.
Das Wasser spült sie davon,
doch mit der Flut kehren sie zurück:
Durchtränkt, genährt, gereinigt.

Einige waren zu schwer
und sind gesunken.
Andere treiben auf der Oberfläche
und glänzen im Sonnenlicht.

Der Fluss fließt langsam durch den Ort,
ich sitze am Ufer und schau mir
meine Gedanken an!

Angela Zichner * 1968

## *Der Maler*

Er sitzt vor seiner Staffelei,
macht sich von den Gedanken frei,
die ihn bedrücken, die ihn stören,
die nicht dem Augenblick gehören,
bis er die inn're Ruhe spürt
und konzentriert den Pinsel führt.

Erst malt er hart, großflächig, wild,
dann wieder zärtlich, sanft und mild,
so dass nach einer kurzen Zeit
sich zeigt der Farben Herrlichkeit!

Zum Schluss er einen Pinsel fasst,
gibt dem Motiv noch mehr Kontrast
und lehnt sich langsam dann zurück –
betrachtet mit kritischem Blick
sein Bild, das wohl gelungen scheint,
das Idee und Farbe zur Kunst vereint.

Holger Ziegeldecker * 1958

## *Zeitlos*

Die Uhren gehn nicht anders,
sie drehn sich nur im Kreis.
Die Zeiger sind die Wegbereiter,
entwickeln ungeheuren Fleiß.

Das Ziffernblatt besticht durch Schönheit,
die das Gehäuse in sich hält.
Das Armband kann den Ausschlag geben,
dass einem eine Uhr gefällt.

Doch alle dies ist nicht so wichtig,
für einen dem die Stunde schlägt.

Leben muss man und das richtig,
zeigen, dass man was bewegt.

Klaus Zielke * 1957

## *Meereshochzeit*

Machtvoll schäumend,
wild sich aufbäumend,
riesengroß – uferlos
rollen Wellen heran:
Im Schnelllauf sich eifernd,
mit Gischt sich begeifernd,
kraftvoll sich stürzend,
den Weg sich verkürzend,
mit langen Zungen
den Strand bezwungen –
langsam berühren,
zärtlich verführen,
sanft sich vereinen –
kurzes Glück –
Schaum und Seetang
bleiben zurück.

Gisela Zillmer

## *inkubation*

die bäume wischen den staub
vom himmel wölkchen
tänzeln wie silbrige fische in
schwirrem flug mähen die
schwalben die mückenwiese die
krustige erde knarrt

die blumen ziehen die bunten
hüte und verneigen sich
vor der spinne der himmel
öffnet seine blauen lippen im
spalier stehen die fische und
atmen sich an:

ein
leises husten

kafkas
ist zu
hören

Zimmermann * 1945

Der Klang einer Gitarre.
Das Plätschern sanfter,
ganz sanfter Wellen,
einem silbernen Seidentuch gleich
das sich leicht in einer Brise wölbt.
Ein Tropfen roten Blutes
der hart den Himmel trifft
und die Wolken mit seinem Gift füttert,
bis es regnet.
Und das Wasser brennt,
brennt in all seiner Schönheit,
die gesamte Welt umschließend
bis es all das Leid erlöscht hat,
und der singende Wind
triefend vor Schweiß
alle Asche erfriert und zersplittert -
bis Ruhe einkehrt
und man still,
in aller Stille
dem Klang der Gitarre lauschen kann.

Julika Zimmermann * 1990

## *Eines Tages*

Eines Tages, wenn der letzte Vogel seine
Bahnen dreht,
werden wir für immer miteinander vereint
sein.

Dann wird mein Leben in das deinige
eintauchen
und sich für immer mit ihm verbinden.

Elfengleich schweben wir dann durch
Raum und Zeit –
in unseren Seelen tiefe Liebe wissend.

Eines Tages, da bin ich mir ganz sicher.

Manuela Zimmermann * 1967

## *Schein*

Illusion mag sein dein einzeln Ziel
egal ob es dir auch wahr gefiel
immer in der Angst zu leben
nie zu schweben
Fürchte deinen Traum
bis zum Saum
des Totenkleides
das einzig Ende deines Leides
nichts mag wahrhaftig sein
sterben könnte dort der Schein

André Zipperer * 1984

## *Zeit zum Leben*

Wenn der Frühling nach langem Schlaf
zum Leben erwacht,
und die Sonne nun wieder öfter am
Himmel lacht
– dann lebe –
Wenn der Sommer so schön ist wie jedes
Jahr
und die Vögel singen – wie wunderbar –
– dann lebe –
Wenn der Herbst die Wälder bunt verziert
und der Schein der Sonne ihre Kraft verliert
– dann lebe –
Wenn der Winter kalt und trostlos scheint
und man manchmal traurig ist und weint
– dann lebe –
Feiere jede Jahreszeit wie einen Geburtstag
und du wirst sehen, was jede Zeit dir
schönes zu bieten hat.

Manuela Zips * 1971

## *Immer Dein*

Ganz sachte legs in meine Hände.
Nichts mehr wird passieren dir in diesen
kahlen Wänden.
Schützend meine Hand über dir wacht.
Dir niemand mehr wehtut in der Nacht.
Niemand dir mehr die Seele raubt.
Niemanden ist so eine Tat erlaubt.
Am liebsten würdest du von dieser Welt
scheiden.
Nur um zu beenden dieses zerstörerische
leiden.
Den Ekel und den Hass kann ich nicht
nehmen.
Deine Wunden und den Schmutz nicht
beheben.
Dir aber die Chance geben,
die Welt und Menschheit anders zu
erleben.
Dir meine schützend Hand reichen,
und langsam wird alles von dir weichen.
Immer werd ich bei dir sein,
ich – der Mut, die Kraft – sein immer dein!

Sonja Zitzmann * 1989

## *Weihnacht*

Kalte Elektronenhirne
suchen nach des Lichtes Spur –
greifen kühn an die Gestirne,
nicht ans Herz der Kreatur.

Überwunden scheint die Ferne,
schneller rollt das Rad der Zeit,
näher kreisen schon die Sterne,
doch von Herz zu Herz ist's weit.

Blaues Eis der Einsamkeiten
breitet sich dazwischen aus –
dunkle Träume ängstlich schreiten
durch der Sehnsucht stilles Haus.

Herzen möchten Güte spüren,
wie sie aus der Seele bricht;
Liebe wolle sie berühren
in der Weihnacht warmem Licht.

Nimmer soll das Gutsein enden,
sei auch klein die Gabe nur.
Segen blüht aus Gottes Händen,
weisend klar des Lichtes Spur.

Stephanie Zobernig * 1917

## *das hunderttausendste*

das hunderttausendste mal das ich anfange
zu schreiben
ich fange oft an
aber ende auch oft / anfangslos und endlos
der rote faden ist durchsichtig
nicht-existente linien
aber striche habe ich
sie streichen so einiges
meistens wörter
ab und zu gedanken / oft träume
das hunderttausendste mal das ich das
schreiben beende
doch sollte nicht alles von allein enden
allein anfangen
enden / anfangen
was ist denn dazwischen?
zwischen den zeilen
wenn alles zwischen den zeilen ist
wieso schreibt man
aber dann gebe es keine zeilen
keine zeilen / kein dazwischen
das hunderttausendste mal das ich
zwischendrin aufhöre

Sindy Zschoche * 1985

## *Für Tim*

Du Kind meines Mannes,
du bist mir so nah

du lebst zwar wo anders
doch wisse ich bin für dich da

du bist nicht mein Fleisch,
du bist nicht mein Blut

doch das es dich gibt,
das tut mir so gut.

Die Seele kann tragen
was das Fleisch nicht vermag
mein Herz, das ist bei dir
an jedem neuen Tag.

Cordula Zschocke

## *Nacht*

Tief in meiner Seele berührst du mich.
Ein Hauch von Glück, durchfährt mein
Wesen.
Einen Augenblick lang scheine ich zu
schweben.
Gleite durch die Unendlichkeit.

Wind streift mein Gesicht und führt mich
zurück.
Ich schließe die Augen und möchte in dir
versinken.
Doch nur mein Geist fliegt davon.
Trotzdem fühle ich mich frei von aller Last.

Ich atme deine kühle Luft und spüre deine
Geborgenheit.
Dein Licht verändert die Welt, verwandelt
es in ein Reich der Träume.
In dem sich der Schatten mit dem Guten
vereint
Um eine neue Welt zu öffnen; für alle die
sie sehen wollen.

Carmen Zuber * 1989

## *Huitig*

*Nidwaldner Mundart*

alti Myythe
Wält i Chriiz
Phunkhd ggrisse

zunderobsi
wirbled
bbruichdnig
Wort im Schtei

im Gränz Land
Schpiil vergässe
Huit verloore

ghijig nu
im niiwe Wort
s Verusse
hittig
narbe laa

Rolf Zumbühl * 1933

## *Herbstschlaf*

Ein grauer Morgen beginnt,
ich höre rauschen den Wind!

Graue Nebelbänke über Felder wallen,
viele bunte Blätter fallen!

Dämmerung herrscht den ganzen Tag,
eine dunkle Wolke über der Erde lag.

Feuchtigkeit kriecht in die Glieder,
von Kummer gebeugt liege ich danieder.
Emotionen fallen auf mich ein,
ich fühle mich so ganz allein.

Finstere Gedanken stürmen auf mich ein,
der Sinn des Lebens, was soll das sein?

Todessehnsucht hat mich tief erfaßt,
im Leben habe ich nichts verpaßt!

Endloser Schlaf, das soll es sein!
Entfliehen möchte ich, der endlosen Pein!

Madeleine Zuschke

## *Selber forschen*

schon früh haben mich Lehrer sehr gequält
und mir nur dummes Zeug erzählt.

der Pfarrer spricht: es sind jene zu
verdammen,
die da lehren, dass Menschen vom Affen
abstammen,
der Bio-Lehrer dagegen energisch erklärt,
die Pfaffen die waren schon früher verkehrt.

da stand ich da ich kleiner Wicht
und verstand die Formel nicht.

fühlte mich sehr von den Alten beschissen,
meine kleine Seele in zwei Teile gerissen.

so fing ich selbst zu forschen an
und kam zu der Erkenntnis dann,
du kannst es glauben oder dich winden,
wer suchet, der wird es mit Sicherheit
finden.

das erfuhr ich einfältig in meiner Not
der Mensch ist geschaffen alleine von Gott

Bernhard Zwingert

## *Nikos Skotidis*

Alle lachen dich oft aus,
Auch die kleine Mickey Maus.
Mach bitte kein Drama draus,
Damit ist das Thema aus.

Vasilios Zygouris * 1957

FRANKFURTER BIBLIOTHEK

JAHRBUCH FÜR DAS NEUE GEDICHT

# *Gedicht und Gesellschaft* 2007

## *Das Unverzichtbare*

BRENTANO-GESELLSCHAFT

FRANKFURT/M. MBH

DAS UNVERZICHTBARE

BRENTANO-GESELLSCHAFT FRANKFURT/M. MBH

# FRANKFURTER BIBLIOTHEK

Gründungsherausgeberin Giordana Brentano

Erste Abteilung

Jahrbuch für das neue Gedicht

12.

*Das Unverzichtbare*

Herausgegeben von
Julius Graf von Hirschsprung

Mit einem Vorwort von
Leopold von Emden

Bearbeitet von
Valérie Bignon und
Susanne Mann

BRENTANO-GESELLSCHAFT FRANKFURT/M.MBH
2007

# *Das Unverzichtbare*

Jahrbuch für das neue Gedicht

Herausgegeben von
Julius Graf von Hirschsprung

Mit einem Vorwort von
Leopold von Emden

Bearbeitet von
Valérie Bignon und
Susanne Mann

BRENTANO-GESELLSCHAFT FRANKFURT/M. MBH

2007

Die Deutsche Bibliothek – CIP-Einheitsaufnahme
Ein Titeldatensatz für diese Publikation
ist bei der Deutschen Nationalbibliothek erhältlich.

*Hinweise zur alphabetischen Ordnung*

*Die Gedichte sind nach Autorennamen geordnet.
Umlaute gelten dabei als nicht geschrieben.
Sie sind in der alphabetischen Folge
nicht berücksichtigt.*

*Wegen der strengen alphabetischen Abfolge der Gedichte
mußten Spalten und Seiten auch im Vers umbrochen werden.
Die Redaktion bittet um Verständnis.*

Beilagenhinweis:
Die Ausschreibung für die
Frankfurter Bibliothek 2008
liegt dem Band bei.

Empfehlung im Internet:
www.haus-der-literatur.de
www.autoren-tv.de

*August von Goethe Literaturverlag
publiziert neue Autoren.
Manuskriptzusendungen sind erbeten.*


Großer Hirschgraben 15, D-60311 Frankfurt a. M.
Tel. 069-13377-177, Fax 069-13377-175
ISBN 978-3-933800-23-7
ISSN 1613-8386

# Vorwort

## *Der scheinbar leere Raum*

Die Null ist seit geraumer Zeit nicht mehr einfach Nichts, sondern eine leere Menge, die nur sichtbar leer ist. Sie ist erfüllt von der Präsenz eines Etwas, das verschwindet, wenn ein materielles Element in sie eintritt, so wie die Stille ein Etwas ist, das verschwindet, wenn Töne erklingen. Die Funktionalität der Null, die vor der Zahl nichts bewirkt, hinter ihr jedoch Omnipotenz entfaltet, bringt möglicherweise die Grundfrage der Zeit – die Suche nach Sinn und Geist – zur Erscheinung. Als Hälfte des Binärsystems, als Grundlage aller Digitalität, konnte sie schließlich sogar eine Welthälfte markieren. Und warum?

In einer Zeit, in der Fortschritt in der Mathematik nur in der von Widersprüchlichkeiten geprägten Mengelehre denkbar ist, in einer Zeit, in der Widerspruchsfreiheit von unabgeschlossenen Lehrsätzen als unmöglich gilt, in einer Zeit, in der Konsonanz (Schönheit) und Dissonanz (Abwesenheit von Geist) in der Zwölftonmusik erstmals durch Geometrie theoretisch begründet wird, in einer Zeit, in der uns anhand einfacher Objekte wie der Fläche (mit nur zwei Dimensionen) klar wird, daß wir sogar denken konnen, was unsere Vorstellungskraft übersteigt, in einer Zeit, in der alles zur Disposition steht, was wir messen, zählen und wiegen können, in dieser Zeit der allverunsichernden Erkenntniskritik also erscheint nur eines noch als gewiß, nämlich der Dialog. Der Dialog mit dem anderen, an den wir spontan denken, ist eine theologische, zu erschließende Größe, aber der Dialog mit sich selbst dient dem unmittelbaren Verstehen der Welt. Die Selbstähnlichkeit der durch selbstreferentielle Berechnung entstehenden Fraktalen, die in den iterativen Prozessen (der Selbstwiederholung) zu Tage tritt, ist ein Hinweis auf die Ordnung in der Unordnung, auf das Mißverständnis, daß das Chaos anarchisch sei, auf die Symmetrien, die in allen Disziplinen als struktureller Hintergrund durchschimmern. Iteration erzeugt Schönheit, Konsonanz erzeugt Schönheit, Symmetrie als Grundprinzip beider (d.i. Bewegung ohne Veränderung, also die Null) bezeugt Anwesenheit von Geist, also ebenfalls Schönheit.

Und deshalb ist die Null als Repräsentant alles Unzählbaren, Unwiegbaren, Unmeßbaren die Menge alles Geistigen, die hinter der Materie und ihren Kardinalzahlen unsichtbar bleibt. Und weil die traditionellen Weisen, Welt zu verstehen, nämlich Induktion, Hypothese und Deduktion, diesen nunmehr offensichtlich unleeren, immateriellen Raum nicht darzustellen vermögen, bleibt die Selbstreferenz, die große Antinomie in der Mengenlehre, das Gespräch mit sich, das Hinabsinken in die Tiefe des Seins und die iterative Verkostung der Fülle des Lebens in einem ihm, dem Dialog, besonders gemäßen Ausdruck, dem Gedicht.

Leopold von Emden

## *Mutterliebe*
*(Das Schlüsselkind)*

Verloren steht es da,
das Wunschkind der Eltern,
es fühlt sich alleingelassen und einsam.
Niemand ist da, wenn es aus der Schule
kommt,
kein zärtlicher Blick.

Wie beneidet es seine Mitkameraden,
die in den Arm genommen werden,
die sich an dem Leib der Mutter wärmen,
Mutter hat wenig Zeit,
sie muß für uns arbeiten.

Wie gerne würde es tauschen
die Kälte des Schlüssels
gegen die warmen Hände der Mutter.

Das neue Fahrrad ersetzt nicht die Gefühle,
die geopfert werden für den zeitlichen
Konsum.
Viel später wird man bedauern, wie
verkehrt es war,
alles dem Mammon zu opfern.

Vielleicht ist Mutter ja schon zu Hause,
ein kleiner Trost.

Reinhold Abramzik * 1947

## *Hoffnung*

Du bist nicht glücklich auf dieser Welt?
Es ist nicht so wie es Dir gefällt?
Was fehlt Dir damit Du glücklich bist?
Ist da keiner der Dich vermisst?
Bist Du denn nicht mehr Optimist?
Trägst Du die Leere in Deinem Herzen?
Hoffe, es vergehen diese Schmerzen.
Sagt Dir keiner: Gute Nacht?
Glaube, hoffe, es wird an Dich gedacht.
Denkst du daß Dich keiner mag?
Denk' an das Schönste jeden Tag!
Gibt es nichts mehr, was Dich zum Lachen
bringt?
Die Hoffnung bringt es zurück, bestimmt!
Die Hoffnung läßt Dich aufrecht gehen.
Die Hoffnung läßt Dich das Licht sehen.
Die Hoffnung bringt Dir das Glück
zurück,
Die Hoffnung bleibt, Stück für Stück!

Nadja Adam * 1968

## *Streicheleinheiten*

Wenn Du sie hast, dann geht's Dir gut!
Doch mit der Zeit,
vergisst du sie zu schätzen.

Aber es braucht eine Menge Mut,
Verzicht zu üben,
und sich selbst zu verletzen.

Erst im Mangel an Streicheleinheiten,
wird dir schmerzlich bewusst,
es sind keine Selbstverständlichkeiten,
und dass du darum kämpfen musst.

Marcus Adler * 1969

## *Rosazee*

welkte mal die Deiner dufte Charme
wegen ein unbändig frohlockend Harm
vielleicht trieften derart Deiner Willen
Häme gar
im Schmach des Leidens,
des Schamflößens in Reigenschar
dann, ja dann
trabe ferner auf fremden Weiden
zirpe in baldiger himmelblauer Grelle
der schönen purpurroten Säumnisse
dann, ja dann
werd ich schrille Töne Dir echoen
damit magst Du weiterklingeln
und ich in Dir wider
wenn die Akustik, unsrer wilden Krämpfe
Musik,
die Deiner und meiner Trümpfe Lyrik,

hallet und schallet in Harmonie aller
Zerwürfnisse Gesänge
Versteh mich Liebes,
Deiner hold sein ist eine Willkür
huldreicher Hermeneutik
Denn ich liebte nicht, ward ich nicht in
derber Mystik Fänge

Musa Aksoy * 1969

## *Die Tränen der Nacht*

Sie sind für die, die vor lauter Hass und
Gewalt
Das Weinen vergessen.

Sie sind für die, die vor Eitelkeit und Stolz
Das Weinen verdrängen.

Sie sind für die, die einen lieben Menschen
verloren
Und nicht mehr weinen können.

Sie sind von den Menschen, die tagsüber
das Leid sehen,
Hören oder lesen.
Die dann des Nachts zur Ruhezeit
Mitfühlen, mittrauern und dabei sie selbst
sind.
Sie können loslassen und weinen.
Sie werden immer fortfließen.
Mit der Hoffnung, dass es solche Menschen
immer gibt,
Die nicht nur Mitleid fühlen, sondern auch
Hilfe zukommen lassen.
Und dass sie immer zufließen mögen.

Die Tränen der Nacht.

Angelika Alber * 1965

## *Gleichklang*

Mein Nachbar
Geht in die Nacktbar.
Mein Nachbar glaubt,
dass ihm das die Lust raubt.

Meinen Arbeitskollegen kleidet Lagerfeld,
weil er glaubt, dass er dadurch besser
gefällt.

Mein Arbeitskollege denkt,
er würde dadurch mit Respekt beschenkt.

Der Freund meiner Schwester fährt einen
Jaguar,
So glaubt er, nimmt er mehr Beachtung
wahr.

Der Freund meiner Schwester fürchtet,
die Bewunderung der anderen wäre sonst
unstet.

Frau Maier nimmt es hin, von ihrem Mann
geschlagen zu werden.
Sie bildet sich ein, ohne seine Liebe würde
sie verderben.

Frau Maier lässt sich auf keine Diskussion
ein.
Sie ist sicher, eines Tages wird er ein
anderer sein.

So viele Menschen auf dieser Welt,
deren Leben nur das eine erhellt.

Die Sehnsucht nach der Anerkennung,
nach der Liebe allein.
Denn Liebe ist das unverzichtbare, ohne
Liebe gibt es kein Sein.

Pia Alber * 1983

## *Chronische Lücke*

Es wird immer etwas fehlen,
du wirst fehlen,
du wirst immer fehlen,
Immer

Du wirst fehlen in den Erinnerungen,
in den Erinnerungen, die fehlen,
die ich gern hätte,
sie fehlen aber.

Warum lässt du dein Fehlen zu?
Es ist jetzt zu spät,
aber warum hast du es zugelassen,
nicht zu existieren?

In meinem Herzen ist ein Platz,
ein Platz, der in jedem Herzen ist,
dieser Platz ist von Anfang an,
von Anfang an für dich reserviert.

Und jetzt ist er leer,
jetzt bleibt er leer
und füllt mein Leben mit Leere,
mit einem unaufhörlichen Schmerz.

Afnan Al-Jaderi * 1987

Wenn Du soweit gekommen bist,
zu sehen was verzichtbar ist,
dann liegt für Dich ganz sonnenklar,
das was für Dich verzichtbar war.

Was für ein Sektor Du auch nimmst,
und Wünsche Du zur Waage bringst,
zwar fällt Verzicht nicht immer leicht,
doch ernst beseh'n manch Wunsch doch
weicht.

Wenn alles aussortiert, gesiebt,
es doch nur wenig Dinge gibt,
die Dir dann unverzichtbar scheinen,
in Deinem subjektiven Meinen.

Alles was in Deinem Leben;
Dir Lebenskraft und Freude geben,
soll unverzichtbar feste steh'n,
und Dich begleitend mit Dir geh'n.

Erich Ambiel

## *Oh, du trügerisch schöner Tag*

Meine Augen tun weh, alles tut weh, es
schmerzt, wie eine kläffende Wunde
in deinem Hirne,
in jedem einzeln Neuron. Ich kann nicht
gehen weder stehen, weder weinen
noch sprechen.
Oh du trügerischer schöner Tag, nun sitze
ich hier, hier mit diesem Weh
mit dieser Hilflosigkeit, die in mir wüstet.
Schmerz, er kommt unbeschreibbar schnell.
Eine Seele braucht sie diese „Pein“
kann man Sie nicht loslassen? Oder will
man Sie nicht loslassen?
Ist der Pessimismus dieses Unglücklichsein,
schon so mächtig, dass es dein Hirn
und Herz – tötet.
Wie viele Tränen, wie viel Trauer, will der
Mensch noch ertragen,
Liebe kränkt, diese unschöne Gefühl, wie
eine Hülle die sich um dein Herze
legt,
und es wieder, und wieder, enger
zusammen schnürt.
Hast du diese tiefe Liebe jäh verspürt so sei
„glücklich“?
Im Moment wo du jemanden findest, ihn
aber nicht gesucht hast, in diesem
kleinen Moment
ist dein Leben so schimmernd wie eine
Seifenblase. Wobei einst ich alles
zerstört –
welch schmerzvolles Gefühl. Fallen, keinen
Halt mehr sehen. Kann man dem
Menschen,
diesem Wesen, nicht zeigen „wie“ man
geliebt werden möchte?
Mhhh du bittersüßer Schmerz, der über
Geist und Seele herrscht, herbei
wünsche man sich
schwerelose Liebe, man ziert sich nach
Liebe die einem dieses Besonderssein
vorgaukelt.

Liebe kommt, Liebe vergehet, doch findest
du sie, dann liebe diesen Lebens-
Moment
mit all deiner Leidenschaft die du in dir
trägst

Ange * 1981

## *Nicht ohne*

Die Frage ist
auf was kannst du verzichten?
Auf mich? Auf uns?
Du sagst, mitnichten
willst du das tun.
Sei ehrlich. lieber Freund
es geht um deinen Stolz
um keinen Preis Versagen
so hast du das gemeint
und ich soll deine Lügen tragen?
Verzicht auf was, wenn nicht die
hohlen Worte.
Dein schönes Spiegelbild hängt falsch,
ganz falsch herum und auch
am falschen Orte.
Die Frage ist für mich,
auf was kann ich verzichten? Auf uns?
Und lieber noch auf dich,
das war mein Freund
ganz ernst und so gemeint. Leb wohl!

Angie * 1956

## *Freiheitsflug.*

Ein Schmetterling würd ich gern sein, ein
mal in meinem Leben,
unscheinbar klein und frei, so frei mal zu
den Wolken schweben.
Bei Nacht schlief ich im Rosenkelch, die
Kälte zu besiegen,
vom Sommerwind voll Blütenduft, mich
unter Sternen wiegen.

Früh morgens flög ich hoch hinauf, die
Sonne zu begrüßen,
ich schaut hinab, wär fasziniert, die Welt
läg mir zu Füßen.
Ein Traum, zu schön um wahr zu sein,
doch ich werd weiter träumen,
denn nie, möcht ich den Freiheitsflug, des
Schmetterlings versäumen.

Animals Lifeguard * 1964

## *Needs, Bedürfnisse – unverzichtbar*

Nicht wenig,
und auch nicht viel
es ist eben nur was ich muß, mag und will.

Es ist nicht einfach
aber auch nicht schwer,
wo kriege ich meine Luft, mein Wasser,
meine Liebe und Wärme her?

Nicht unbeschränkt vorhanden
auch nicht für jedermann
ein Glück auf diesem Fleck der Welt zu
leben
wo ich all dies
doch haben kann?

AnnKriBa * 1962

## *In medias res*

Das Unverzichtbare? Wer fragt
danach? Die Senkrecht-Spur scheint klar:
Was unverzichtbar, ist verzichtbar,
doch unverzichtbar, was verzichtbar …

Wo Anmaßung rund um die Uhr
entwöhnt und schert als Ganzheitskur,
mit Softschaum füllt, was ausgehöhlt
vom Sog der Seichtheit, selbst erhöht,

wo unterm scharfen Schliff des Wahnes
die Hoffnung sinkt, Orakel fabeln,
die Tat der Liebe ohne Reue
vertreibt ins Dunkel, tritt die Treue,

wo Glaube bricht, Manöverspiele
die Ehre samt der Seel' verspielen –
ich keine Verse find'; mein Geist
ernüchtert friert – Mephisto feixt …

Und was kommt unverzichtbar dann?
Woher … wohin … wo Caritas?
Ihr wollt von mir die Antwort wissen?
Die liegt in jedermanns Gewissen!

Helga Antrag * 1940

## *Unverzichtbar*

Der Nazi-Volksgerichtshof tagt:
der „Widerstand" steht angeklagt.
Blutrichter Freisler fragt – fast stolz
klagt selber Freiherr Trott zu Solz
wie viele Morde er erlebt
als Diplomat. Der Richter bebt
und brüllt: „Sie sprechen hier von
Morden?!!
Sie Lump, sind Sie verrückt geworden?
Mit Ihrer schäbigen Gemeinheit
besudeln Sie die deutsche Reinheit!"
So brüllt er fort. Ergeben stumm
hört es im Saal das Publikum,
befindet man sich doch im Krieg,
die Zeichen, bitte, steh'n auf Sieg,
und Tod verdient der Volksverräter,
der ehrvergess'ne Attentäter!
Ihm pfeift der Sturmwind ins Gesicht,
weil einsam steht, wer Wahrheit spricht.

Arm wäre, bleibt hier zu vermelden,
die Menschheit ohne solche Helden!

Henning Arends

## *„Frieden"*

Die Sonne neigt sich still ins Meer,
der Horizont glüht rot,
landeinwärts ist die Stille leer,
es regt sich dort kein Leben mehr,
die Bomben brachten Tod!

Dieter Arndt

## *Advent*

Vaters Grab – ist Gottes Wille
wahrhaftig immerwährend' Stille?
Will's nicht recht glauben, ich oft denke
an alte Zeiten, Traumgeschenke!

So an die Welt zu Schillers Jahren,
was wir da für Kerle waren
und was ich selbst am Mittwoch tat …
Nur will's mir niemals dämmern grad!

Ich glaub, ich hab's schlichtweg vergessen
oder – wohl etwas weniger vermessen,
hab jenen Mittwoch nie erlebt
und auch den Sonntag nicht erstrebt.

Erst später nach Millionen Stunden
den kleinen Mensch in mir gefunden,
der staunend fragte „bin das ich?",
worauf die freie Zeit mir wich.

Vaters Grab ist Gottes Wille!
Ich sink hinab in seine Stille
und fühl trotz aller Pein mal eben,
dass nur aus Tod kann Leben streben.

Werner Augustin * 1958

## *Gegensätze*

Am Morgen, wenn gewiß der Magen leer
und bietet sich so manches zum Verzehr –
Wurst- und Käseplatte, Butterbrot und
Schinken,
Früchtesäfte oder Sauermilch zum Trinken;
pünktlich zum Genuß die Hühnereier
kochen –,
poche lauthals ich auf meine Haferflocken.

Am Mittag sei er Last: der volle Bauch,
beim Arbeiten sowie beim Studium auch.
Würzig-fettes Fleisch sei unbedingt zu
meiden;
so möchte man mein Hauptmahl mir
verleiden:
dringend sei Enthaltsamkeit mir anzuraten.
Potz Blitz! ich fordere meinen Gänsebraten.

Am Abend ist es ein beliebter Brauch,
als wehe vom Dunklen her ein Todeshauch,
sich köstlich zu laben in wüsten Gelagen,
als will der sich gönnen ein letztes
Behagen,
der wähnt sich im Unglück im
Lebensgefechte.
Gönnt mir aber tiefe, stille Friedensnächte.

Omar Aziz * 1932

## *Ohne dich*

Das was ich immer hatte, nur jetzt auf
einmal nicht
Ist jetzt plötzlich weg, durch
Unachtsamkeit oder gar Verzicht
Irgendwann werd ich's am meisten
vermissen
Wenn ich weinend ins Bett falle, mit
Tränen im Kopfkissen

Dann werd ich mich fragen, was hab ich
falsch gemacht
Wir hatten doch alles, haben alle andern
gedacht
Wie sorglos, erfüllt und zufrieden wir das
Leben lenken
Ich muss heute, dauernd an dich denken.

Irgendwie konnte es nicht mehr so
weitergeh'n
Vielleicht werden wir's eines Tages mal
versteh'n
Bis heute hab ich's niemals ausgesprochen,
Ich konnte nicht anders, es ist aus mir
ausgebrochen

Bis zum Moment, in dem ich die Situation
deutlich erkannte
Dieser Schmerz, die Enttäuschung und wie
ich vor Wut verbrannte
Rückblick: an das Schöne denken und die
Augen schließen
Sich fallen lassen, erinnern und
Vergangenheit genießen

Betrogen, belogen, weggeworfen und
ausgenutzt
So fühl ich mich nun, meine Liebe: einfach
abgeputzt
Ob Liebe, Freundschaft, wie auch immer,
dieses Wunderbare
Ich kann nicht ohne und brauch es, dieses
Unverzichtbare

Daniel Back * 1971

## *Wie das eine für ewig, bist du mein für immer*

Ich habe gesehen wie du gegangen bist
Es hat dich geholt mit all' seiner list.
Dieses Gefühl das du fort bist schon so
lange Zeit
Ich möchte endlich wissen, ob es dich denn
auch hat befreit.
Ich weiß es nicht, es könnte sein ...!
Doch sollst du auch nur wissen, du bist für
immer daheim.

In meinem Herzen mit vollem Mut
Denn nur, wie du oft sagtest, mit dem
Herzen sieht man gut.
Werde für den Glauben kämpfen und nicht
verlieren
Werde für ihn schwitzen wie auch frieren.

Ich wünschte mir so sehr, dass du
aufwachst aus deinem Traum
Und ich nicht weinen muss, unter diesem
großen über deinem Grab
rausragenden Baum

Mein Herz hat dich zu sehr geliebt,
Das es dich niemals jemand anderem gibt.

Du bist für mich das eine
wie das ewige für immer

Vanessa Bahr

## *Das Unverzichtbare*

Morgens
und auch nachts
wenn ich nicht schlafen kann
spüre ich dich neben mir
und sehe dich
mit den Händen vor dem Gesicht
schlafen wie ein kleines Kind.
Du hast mich einmal gefragt,
was schlimmer wäre für mich –
taub zu sein, oder blind.
In Wahrheit
wäre der schlimmste Verlust
der des Geruchssinns.
Aber vielleicht auch nicht
denn so könnte ich nicht riechen
wie du fehlst.

Marianne Bähr * 1972

## *Unbekanntes Wort*

Unbekanntes Wort in der Mitte
In keinem Wörterbuch
Füllst du die Zeilen
Verlorene Perle aus der Kette
Nicht vermisst
vom Besitzer
Schreibst du dich ein
Weißt selbst nicht wo
Auf dem Weg des Gedanken
Zwischen Stirn und Puls.

Beate Bakewell * 1955

## *Du*

Trüber scheinet mir der Morgen
dem Du nicht den Anfang gibst
heller, wenn die Worte schweben
zwischen uns – wie im Gedicht

Sinnend wart ich auf das Ja
stimmig nur der Nacht
die war
um uns beide zu verbinden

Wird das Heute neu erfühlt
in den Traümen – längst vergangen
als die Dichter
Altes sangen

Bleib ich, bin ich
nur in Dir

Reinhard Balke

Die Geburt
Feuchter, kalter, nasser Tag,
grelles Licht, der erste Schein,
Schmerz und Freude, es ist Dein,
das ist Liebe, sonnenklar.

Die Pflicht
Nicht deins und meins, auch für Gott,
Geschenk für die Ewigkeit,
geerbte Schuld, längst gereinigt,
einst und heut' höchstes Gebot.

Das Kind
Hoch im Zenit scheint der Mond,
neues Herz, das fühlt und pocht,
entstand in dir … Morgenrot,
Zuneigung, die wahrhaft lohnt.

Die Zeit
Nicht der Tag, auch nicht die Nacht,
verändern unvermeidlich.
Du gingst mit ihr, nun bin ich,
zurück bleibt, der ewig wacht!

Jorge Eduardo Ballesteros

## *Wut*

Ihr habt richtig gehört –
Ich will nicht.
Ich will nicht helfen, sorgen, hören
verstehen, da sein – ich will nicht!
Verstanden – Welt!
Wann wirst du zerschlagen, von wem – ist
doch egal!
Ich überflog Beirut – vor ein paar Tagen
den Urlaub imGepäck – ahnungslos!
Wie kann man so dumm sein –
Ahnungslos!
Es brennt jetzt.
Ich erschrak über der Wüste Einsamkeit –
die ich nicht kannte.
Ich schenkte dem Beduinenkind ein
Käferchen, das es nicht kannte.
Es war aus Harz – Kunstharz
Das Kind fordert: Money – Money
Ich kann es nicht mehr hören!!
Eines Vaters Kind war das.
Wann zerschlägt man diese Welt?
Wer wird der erste Schläger sein –
Vielleicht ich?
Nein, ich will nicht …

Ute Ballwanz

## *Für mich*

verzichtbar
allein
dein Wegsehen.

Im Hinsehen
Hingehen
Finden
und Bleiben

das einzig
Unverzichtbare:

Noch vor Ewigkeits-
Ende

gemeinsam
gewesenes
Sein

Barbara Balo * 1960

Frag einen Menschen,
worauf er nicht verzichten kann,
ihm wird die Liste kurz
und manchmal lang,
und stellst du selbst dir diese Frage,
dann kräht ein Hahn
und manchmal auch ein Rabe,
erinnert dich und dir wird klar,
kein Wort ist so bedeutungslos,
wie un und ver und zicht und bar.

Babette Baltzer

## *Die Liebe*

Bittersüß

wie ein lieblicher Ruf in der Nacht
ein gewaltiger Sturm mitten am Tag

so verlockend
so ängstigend

beschwingend, hoch hinauf in den Himmel
wie ein schwerer Anker aus Blei, der in die
Tiefe zieht

so inspirierend
so niederdrückend

Glückessegen, gelebter Traum
Alptraum, Dunkelfluch

so erfüllend
so leerend

die Liebe.

A. Barbina * 1981

## *Ach Mensch…*

Der Mensch wähnt vieles unverzichtbar,
was er besitzt und ihm wird nicht klar,
daß alles, woran er sich mißt –
einschließlich ihm – verzichtbar ist.
So lügt und lebt er vor sich hin
auf seiner Suche nach dem Sinn,
bis daß zum Ende seiner Tage
er Antwort findet auf die Frage,
was einzig unverzichtbar ist:
es ist Verzicht – schön ist das nicht!

Kathrin Bärbock * 1968

## *Unverzichtbarer Daseinssinn …*

Eines braucht ein menschliches Wesen, um
zu bestehen
Liebe
Bekommt es keine Liebe, so reicht auch die
Hoffnung
Nimmt man ihm das Hoffen, bedarf es
wenigstens einer
Aufgabe

Denn ohne jegliche Aufgabe wäre ein
Dasein lebensunfähig
und würde dürstend in sich ertrinken –
wie das Wasser
das bodenlos und luftleer
auf heißer Lava verdunstet
leblos im Universum der Elemente
gabe es kein Sein
emotionslos, sinnlos, verloren, erloschen …

Silvia J. B. Bartl * 1962

Für die einen ist es das Auto,
für die anderen der Fernseher,
für manche das Haus.
Wieder andere halten ihr Handy für
unverzichtbar,
dann gibt es die, die meinen, nie und
nimmer auf ihre Zigarette
verzichten zu können, oder auf das Glas
Wein.
Es gibt viele, denen ein Leben ohne
Partner(in) nicht lebenswert erscheint.
Und die, die nicht ohne Kinder leben
wollen.
Für viele ist die Bildzeitung scheinbar
unverzichtbar.
Für andere ein Buch.
Für manche ist es nicht vorstellbar – in
keinem Verein zu sein.
Für die meisten zählt Geld zum Glück.
Viele sagen, Gesundheit ist das höchste
Gut, noch vor der Liebe!
Für mich – ist es unverzichtbar –
mich selbst zu lieben.

Wer sich selbst liebt – liebt die ganze
Welt!

Erika Thea Bartsch-Küppers

## *Kaufrausch*

Der Konsum in unserem reichen Land
lockt ewig mit sinnesreizenden Angeboten,
dagegen hält der Kaufrausch nicht stand,
ja und mal „schauen" ist auch nicht
verboten.
Es prägt sich noch in seinen Sinn:
Die Moral für seine Kaufabsicht „heißt
Verzicht".
Wie ein Sog zieht es ihn hin.

Dort wo die überdimensionalen
Schaufenster
das Licht der Stadt erhellen,
wo lüsterne Gespenster des Betrachters
Hirn durchschnellen,
der pathologische Kaufrausch seinen Geist
befällt,
betritt er von Gier angestaut den lüsternen
Tempel,
er verschwendet keine Gedanken an sein
knapp bemessendes Geld.

Er kauft besessen sehr viel Krempel,
ohne sein Gewissen zu befragen,
belastet er sein Soll und radiert sein Haben.
Sein ganzes Dasein ist sein alleiniger
Betrug,
dabei besitzt er doch schon alles,
er bekommt einfach nie genug.

Erika Bastkowski * 1936

## *Das Unverzichtbare ...*

ist Vertrauen,
ist Liebe und Hoffnung.
ist der Glaube an Dich, an mich.
unverzichtbar ist der Glaube an
das LEBEN, unverzichtbar ist der
Glaube an UNS...

Heide Bauer * 1963

## *Wahre Retter*

Wenn zu ertrinken du drohst in der Flut
und in der Ferne ist keine Rettung in Sicht,
so langsam erlischt in dir die letzte Glut,
bis du entdeckst das leuchtende Licht.

Dieses Licht heißt Wärme, Treue und
Vertrauen,
entsandt von denen, die dich kennen.
Bei jeder neuen Flut kannst du auf sie
bauen,
durch sie beginnt dein inneres Feuer zu
brennen.

Nicht nur in harten Zeiten brauchst du
Mut,
auch Freude braucht man im Leben,
und lachen kann man nur zusammen gut,
all das können Freunde dir geben.

Diesen Schatz deines Lebens solltest du
immer pflegen,
damit niemals erlischt dieses leuchtende
Licht,
denn gute Freunde sind für jeden ein
Segen,
ohne sie verliert man in der Flut die nötige
Sicht.

Ina Bauer * 1987

Ich schlief in deinen Armen ein
Dein Körper warm, die Haut so weich
Ich glitt vom Traum ins Träumen rein
Dein Herzschlag wurde meinem gleich

Ich halt an der Umarmung fest
Dein Atem streichelt meinen Arm
Was zärtlich mich erschauern lässt
Er kühlt mich, und er hält mich warm

Am Morgen wach ich bei dir auf
Dein Blick ruht dann schon lang auf mir
Traumschön beginnt der Tageslauf
Ich wünsch mich ewig nah bei Dir

Sebastian Bauer * 1980

## *Morgendämmerung*

Langsam entschwindet die Stille der Nacht
und die tiefen Schatten verblassen.
Ebenso den Himmel verlassen
wird die lieblich funkelnde Sternenpracht.

Am Horizont erstrahlt nun sanft ein Licht,
zieht über Wiesen mit hellem Schein.
Nichts mehr wird im Verborgenen sein,
sobald die Sonne den Nebel durchbricht.

Langsam entschwand die Stille der Nacht,
die funkelnden Sterne, der Mondenschein.
Doch hinterließ sie in Tautropfen rein,
uns ihren Glanz, liebevoll und sacht.

Irmgard Bauhofer * 1973

## *Nicht ohne*

meinen Verstand, klar wie ein Bergsee
meine Kraft, hält mich im Sturm
meine Hoffnung, trägt mich seit Jahren
meine Sehnsucht, bringt mich ans Ufer
meine Frau, mal innen, mal außen
mein Kind, taufrisch lebendig
mein Altes, das war
mein Neues, das wird
das Wissen um das Kleine
das Glück, in mir zu sein
die Tiefe beim Atmen
die Liebe zum Leben
mich

Georg Baum * 1952

## *Das Unverzichtbare*

Einst lernte ich stehen,
dann lernte ich gehen,
erlernte das Reden,
doch nicht mit jeden,
ich lernte Benehmen,
mich öffnen, mich schämen,
zu warten und geben,
mich vom Boden erheben,
ich lernte begreifen,
mich nicht zu versteifen,
die Arbeit verrichten,
auf manches verzichten,
ich lernte zu wagen,
nicht alles zu sagen,
zu kämpfen, mich wehren,
das Gute begehren.
Danke, mein Schöpfer,
ohne dich wär ich nichts -
und nicht der Schreiber
dieses Gedichts!

Sonja Baum * 1940

## *Freiheit*

Mit jammern und durch weichen,
Kann man sie nicht erreichen.
Durch schimpfen und fluchen,
Wird sie es auch nicht versuchen,
Uns Menschen zu retten.
Schlafend, in weichen Betten,
Werden wir sie nicht sehn,
Nicht mal wenn wir vor ihr stehn.

Andreas Baumann * 1974

## *Entgegenkommen*

Wie leicht machst du es mir,
dich zu mögen –
weil du ehrlich bist.

Vom Dünkel bleibt dir nur das „I“
Als liebenswertes Überbleibsel,
das die Eitelkeit
als Anker sich gelassen.

Das Schillern hast du nie begriffen
und Lüge ist dir so entbehrlich
wie mir das Nüssebeißen.

Dein Lächeln schaut mir gern
über die Schulter und,
obwohl voll Kraft,
wagt es nicht den freien Fall
vom Hirn zum Herz
ohne meinen Seidenschirm aus Sympathie,
den ich zuvor aus deinem Blick genommen.

Elke Beckamp * 1945

## *Herbst in Murten*

Unter den Föhren
haben Zelte gestanden
Wir umgehen
die Schlagbäume
Die Schilder gelten nicht mehr

Die Häuser sind verriegelt worden
die Rosen heruntergeschnitten
die Boote festgemacht
Wir gehen im Regenzeug

Zum Mittag hin
löscht die Sonne den Nebel
Die Schneegrenze wird sichtbar
Wir gehen dicht beieinander

Julius Becke

Ein Jahr ist nur ein Augenblick
im Leben.
Nutze jeden Augenblick!
Nutze ihn,
erlebe ihn bewusst!
Gib jedem Tag eine Minute Freude,
eine Minute Glück!
Lass etwas Zeit zum Träumen!

Anita Becker * 1947

## *Wasserspiele*

Am Grund geströmt, im Morast gewühlt.
Schlick geschluckt und ausgespuckt,
durch Höhlen getrieben, in Dunkelheit,
die das Licht nie bricht.
Mit Muränen auf Lauer gelegen und Steine
gewetzt.
In Erdkrusten gestöbert, einen Schuh
(erbärmliche
Wasserleiche, schon formlos und
aufgetrieben) befreit,
und in Strudeln herumgewirbelt.
Um Felsbrocken geflitzt, Kiesel gegurgelt,
smaragdgrüne Grasinseln umsprudelt,
der silbrigen Spur eines Forellenstroms
gefolgt,
metallische Schuppen auf Wasserhaut
getragen.
Schlamm, Schaumgekröse ans Ufer
geschwemmt.
Zwischen Entengrütze und vorjährigen
Stengeln,
knietief im Schilf gedümpelt, träge
glucksend.
Langsam hinausgekrochen, dem gelben
Morgen entgegen.

Und mit dem Wind gen Süden
getrieben ...

Cornelia Becker * 1961

## *Erkenntnis*

Glaube, Hoffnung,
Liebe, Frieden,
sind Garanten
uns'rer Zeit.
Gott sei Lob
und Dank,
daß sie geblieben,
„Unverzichtbar",
alle Zeit,
gestern, heut',
und in Ewigkeit.

Erwin Becker * 1928

Unverzichtbar zu sein, ist heutzutage
Für viele das einzige was zählt.
Jeder will sich wichtig machen,
unscheinbar kommt nicht in Frage,
Die meisten freut es, er empfindet es als
Plage.

Nichts ist wichtig mehr für ihn.
Gar nichts bindet ihn an sich.
Er ist aus der Welt geschieden,
Er denkt sich nur den Tod gibt es für mich.

Nichts ist unverzichtbar einzig lebend
dazustehen,
Doch wenn man nichts zu leben hat, das
kann man doch verstehen,
Was lohnt es noch zu verzichten? Der Tod
soll schnell vergehen.

Das einzig unverzichtbare ist es,
Aufzuwachen und zu sehen,
Ich lebe und das ist es wert, so will ich
durchs leben gehen.

Stephan Beimler * 1989

## *Harmonie*

Unverzichtbar für unsere Welt ist eine
Philosophie,
die das Leben der Menschen regelt in
Harmonie.
Sonst würde die Erde im Chaos versinken,
Menschheit und Tierwelt in Fluten
ertrinken.

Unser Leben bedarf die Eintracht mit der
Natur,
Pflege und Erhalt von Wald, Feld und Flur.
So erlaubt sie uns zu erleben, wie die
Morgensonne die Blume küsst
und der junge Vogel den Tag begrüßt.

Mutter Natur bringt so viel Schönes aus
ihrem Schoße hervor,
all die Bäume, die wachsen zur Sonne
empor,
auch die Blumen, die Knospen, den Raps
auf dem Feld
und die junge Liebe, die ewig hält.

Wir Menschen müssen die Natur hegen
und pflegen,
Raubkultur und Plünderern das Handwerk
legen.
Nur dann kann die Natur uns mit ihrem
Reichtum ernähren
und den Menschen als ihr Gast einen
Aufenthalt gewähren.

Auf eines können wir wohl verzichten,
es sind die Kriege, die alles vernichten.

Eleonore Beitner * 1954

## *Das Unverzichtbare*

Das Unverzichtbare ist für sie die
Uniformität
sie denken gleich, sie handeln gleich, sie
sind gleich
niemand unterscheidet sich von seinem
Nächsten
wie eine von Geisterhand gesteuerte
Roboterarmee

Das Unverzichtbare sind für sie ihre Regeln
und Ordnungen
verlasse nie den vorgegebenen Pfad!
Die Normalität ist ihr höchstes Gebot
und das Verachten derer, die gegen es
verstoßen

Das Unverzichtbare ist für mich mein
Selbst
selber denken, selber erfahren, ich selbst
sein
Das Recht selbst zu entscheiden
Ein Individuum mit dem Platz sich zu
entfalten

Das Unverzichtbare ist für mich die
Freiheit
ungebunden meinen eigenen Weg zu
finden
anstatt im Gleichschritt der Vielen zu
marschieren

Das Unverzichtbare ist der Konflikt
zwischen meinen Träumen und den Regeln
der Realität

Julia Belz * 1987

Unverzichtbar besonders dort
Unverzichtbar die menschliche Liebe
Unverzichtbar an jedwedem Ort
An dem jedes Vermögen verzichtbar bliebe.

Unverzichtbar in jedweder Not
In der jeder Reichtum verzichtbar bliebe

Unverzichtbar das tägliche Brot
Gereicht und gespendet durch menschliche
Liebe.

Unverzichtbar der Erhalt der Kultur
Unverzichtbar die menschliche Liebe
Unverzichtbar der Erhalt der Natur
Wo Industrie verzichtbar bliebe.

Unverzichtbar die Zukunft der Erde
Unverzichtbar das gemeinsame Streben
Unverzichtbar, dass sie Einheit werde
Unverzichtbar das Zusammenleben.

Unverzichtbar in jedweder Zeit
Unverzichtbar der Friede auf Erden
Unverzichtbar die Gemeinsamkeit
So hoffen wir: Mag es Frieden werden!

Tobias Benecke * 1989

## *Unverzichtbar, ungesagt*

Verzichtbar ist fast alles auf der Welt.
Ausgenommen vielleicht der Regenbogen
und das Wasser.
Und das Antlitz eines anderen Menschen.
Und die Kinder.

Verzichtbar sind auch die meisten Wörter.
Werbung. Radio. Denglisch. Talkshows.
Unsägliche Lawinenflut, die uns täglich
begräbt.

Hört mir bloß auf mit diesen
vaterlandslosen Gesellen.
Diesen elenden Herumtreibern zwischen
den Zeilen.
Die laute Welt erkennt sich selbst nicht
mehr.

Unverzichtbar ist aber das Wort, das
andockt an mein Leben.
Auf jeden Fall drängt es ins eigene Fleisch.
Und ich behorche es.
Und ich beschaue es.
Und ich beklopfe es mit meinem
Herzschlag.

Wort du und deine glücklichen Kinder:
Die Wahrheit und das Leben und die
Freiheit.

Ungesagtes Wort fang an gesagt zu
werden.
Ungelöscht brenne das Leben aus mir
hervor.
Bis ich eines Tags nicht mehr Licht sein
werde.

Jürgen Benisch

## *Liebe*

Ohne Leben ist nichts,
ohne Bewusstsein wenig.
Und bald Du einsiehst:
Es darf die Lieb nicht fehlen!

Leben ohne Liebe?
Bewusstsein lieblos?
Wie sinnlos wär's!
Wie ohne jede Hoffnung!

Liebe nimmt an,
wärmt ohne Eigennutz.
Hast gerne teil daran.
Ist Liebe fern, fehlt Dir der Schutz.

Liebe entäußert Dich,
macht frei von Selbstsucht.
Es ist nicht Liebe,
die zuerst Dir selber nützt.

Gibst Du die Liebe auch
ganz frei, ganz ohn' Begehren?
Besinne Dich, Dein Menschsein
kann Menschenliebe nicht entbehren.

Jürgen Bennack * 1941

wir geben den Dingen den Wert,
nicht die Dinge uns …

und so wählt jeder selbst
sein eigenes „Unverzichtbares" …

aber alle Lebewesen kreisen bewusst
oder unbewusst um die Mitte, die Liebe …

sie ist die Lebensenergie,
die uns werden und wachsen lässt …

Liebe, die unverzichtbare,
die jedem Leben seinen Sinn gibt …

Waltraud Benseler

## *Sehnsucht*

Ich schaue in die Ferne
Und möchte nur Dich sehen.
Und wünsche auch so gerne,
Du würdest mich verstehen:

Solange Du nicht da bist,
Fühl' ich mich verlassen.
Und auch wenn dies nur kurz ist,
Beginnt mein Licht zu blassen.

Bei jeglichen Gedanken
Erfüllt sich Herz mit Freude.
Dich möchte ich empfangen,
So schnell wie möglich! Heute!

Und wenn ich Dich erblicke,
Schon gibt es keine Grenzen
Des Glückes meiner Seele
Kommend vom Geist und Herzen

Andrej Berbassov * 1984

## *Das Unverzichtbare*

Auf diese irdische Leben
verzichten wäre so schwer
doch will ich hinnehmen
wenn die Blicke sind leer

Fehlen würden Eure Lieder
Eure Künste und Wissen
Schaffenskraft Mut Ehre
Geschenke Liebe zu missen

Verzichten könnte ich gut
auf Kriege Habgier und Schuld
Auf Schmerzen meine Seele
Trauer Elend und Huld

Um mich nur Bäume
herrlicher Friede und Stille
ich frage den Herrn
„so war deine Wille?"

Karoly Beres

Auf viele Fragen gibt es keine Antwort,
und Rätsel bleiben ohne Lösung stehen.
Der Menschen Sehnsucht aber ist es, zu
ergründen,
woher wir kommen und wohin wir gehen.

Wir streiten uns in heißen Diskussionen,
ob „Urknall" oder Gott die Welt
erschaffen.
Stets endet dieser Kampf im Fragezeichen,
und alle strecken schließlich ihre Waffen.

Des Menschen Wissen stößt an enge
Grenzen
je weiter er den Radius beschritten,
und unverzichtbar ist deshalb der Glaube,
daß wir auf Erden nicht umsonst gelitten.

Wir können uns're Existenz nicht leugnen,
die uns als Körper, Geist und Seele meint.
Und sind wir auch im Universum nur ein
„Teilchen",
muß jeder Zweifel vor der Wahrheit
weichen,

daß jedes Leben Spuren in die Zukunft
schreibt.

Jutta Berger-Grünewald * 1944

## *Gewinn*

Wenn die Liebe zu dir ein Spiel wäre,
würde ich alles auf eine Karte setzen.
Wenn die Liebe Krieg wäre, würde ich
Schwert und Schild vor dir fallen
lassen.
Wenn die Liebe ein Festmahl wäre, würde
ich nur von deinen Lippen naschen
und mich an deiner Sanftheit
berauschen.
Wenn die Liebe eine Jagd wäre, würde ich
in deine Falle gehen, damit du mich
findest.
Wenn die Liebe ein Schiff wäre, würde ich
alle Segel setzen und mich mit dir
dem Wind unserer Leidenschaft
hingeben.
Wenn die Liebe ein Haus wäre, würden
sich deine und meine Zimmer im
blühenden Garten treffen.
Wenn unsere Liebe ein Stern wäre, würde
er um unseren Planeten kreisen.
Wenn unsere Liebe eine Kerze wäre, würde
sie auch im dunkelsten und kältesten
Zimmer leuchten und wärmen.
Wenn die Liebe ein Vogel wäre, würde der
Wind ihm die Freiheit schenken.
Wenn die Liebe eine Freundschaft wäre,
könnten wir uns fest die Hände
reichen und ein Stück Weg
gemeinsam gehen.
Du bist Stern, Wind, Licht, Haus, Krieger,
Spieler, Jäger, Nahrung und Adler für
mich.
Doch vor allem Freund. Das zählt. Das ist
Gewinn.

Heike van den Bergh * 1966

## *Geliebt*

Sehnsucht im Herzen –
in Träume verbannt,
unendliche Schmerzen –
verwirrt, verrannt.

Gedanklich vereint –
doch: sprachlos und stumm,
von Herzen gemeint –
die Frage: Warum?

Ein Abschied, wozu?
Die Liebe, die bleibt –
in unserem Kind
für alle Zeit.

Anne Bergmann * 1960

## *Jahre aus Atem*

Unsere Fragen?
Gezählte Jahre aus Atem!
Wir: Statisten/Marionetten
erliegen dem Locken
des Glückes, sind
unverzichtbarer Träume
willige Opfer,
Beute geheimer Verführung.
Die gläsernen Tage des Todes
lassen uns fragend zurück.
Die gezählten Jahre
sind Antwort …

Johann Bernauer * 1950

## *Sonett: An die Liebe*

Diese eine Frau unter vielen ist mein Leben.
Wie eine Orchidee bezaubert sie meine
Sinne.
Meine Lippen wollen stets nach ihren
streben.
Des Nachts sing ich ihr in hoher Minne,
Schläft sie neben mir im Bett ganz fest.

In heißer Sommernacht liegt sie ohne
Decke
Im Seidennachthemd in unserem
Liebesnest.
Ich bewache sie wie ein kühner weiblicher
Recke.
Würd gewiss für sie sterben zu jeder Stund,
Zweifel doch manchmal, ob ich besser bin
als ein Mann.
Mein Herz ist vom Lieben schon ganz
wund.
Ob sie mich auch wirklich liebt, frag ich
mich dann.
Ihre Lider zucken im Takt mit ihrem
Mund.
Sie wispert etwas. Ob es mein Name sein
kann?

Julia Bernharend * 1986

## *Mutter Erde*

Sie dreht ihre Runden,
wir merken es kaum,
wir leben auf ihr,
vergessen sie leicht.
Sie ist immer da,
spendet uns leben,
spendet uns Kraft,
doch wir nutzen sie aus.
Sie dreht ihre Runden,
ob wir leben
ob wir sterben.

Yvonne Bernstein

## *Unverzichtbar*

Unverzichtbar meine Sinne
Augen auf, ich will Dich seh'n
Mein Zierbild hielt mich trunken inne
Konnte Dich in der Wildnis erspäh'n

Unabstellbar meine Schalle
Taubheit entsiegeln, ich will Dich verneh'm
Klangfarben entwickelten sich zum
Widerhalle
Bezaubernde Klänge waren mir genehm

Unentsagbar meine Gefühle
Empfindungen öffnen, ich will Dich lieben
Begierde vertrieb die bescheidene Kühle
Unsere Körper im höchsten Genuss
gerieben

Jürgen Berus * 1962

## *Asket*

Er verzichtet auf Reichtum und Ruhm,
verzichtet auf Luxus und trocken Brot.

Er darbt, denn vorbei geht jeder Boom.
Es reicht auch Käse in der Not.

Sein Auto ist klein, seine Hoffnung groß.
Er kann nie bekommen, was andere schon
haben.

Welch armes Geschöpf, welch trauriges
Los!
Keine Menschen, die jemals Liebe ihm
gaben …

Ihn zu bedauern, fiele mir nicht sehr
schwer,
doch es gibt Menschen, die leiden viel
mehr!

Ach armer Asket, es ist, wie es ist,
du bist nur ein elender Egoist!

Maren Beßler * 1960

## *In der Natur*

Natürlich setzt Naturerleben
zuallererst Natur voraus,
sonst könnt es kaum Erlebnis geben.
Dann, zweitens: Gehe aus dem Haus!

Recht nützlich fürs Natur-Erfassen
sind Augen, Nase und zwei Ohren.
Den Rest kannst du zu Hause lassen,
der hat im Freien nichts verloren.

Und schon kann's losgehn: Oh, wie fließt
das Leben um dich frisch und pur.
Es rauscht der Wald, ein Vogel niest.
Du bist in der Natur.

Uwe Beuer * 1957

Das Unverzichtbare, es ist nicht einerlei für
jeden Menschen.
Was für den einen unverzichtbar ist,
ist für den anderen durchaus entbehrlich.
Hat das Unverzichtbare nicht auch etwas
mit Gier zu tun?
Was ist unverzichtbar?
Die Luft zum Atmen, Nahrung und die
Liebe,
das ist für mich unverzichtbar,
denn ohne diese Dinge sterbe ich,
ja der Tod ist eben auch unverzichtbar,
und das für jeden von uns.

Claudia Beyer * 1969

## *Mit allen Sinnen*

Der schwarze Schleier eines erstickenden
Alltags verhängt mein Gesicht,
ich seh mich atmen, nur leben hör ich mich
nicht,
kein einfältiges Denken, Bangen und
Zweifeln sollten versperren meine
Sicht,
die berauschenden Farben des Lebens unter
der Haut zu fühlen ist meine einzige
Pflicht.

Betäubende Stille nach bitteren Tränen zu
schmecken bedeutet auch neues Licht,
ich möchte aus der kalten Routine
entfliehen, Leben entdecken Schicht
für Schicht,
Freiheit die mich zur Atemnot verführt will
ich riechen - ohne jeden Verzicht,

entbehrlich ist sehr vieles,
aber die Gier nach dem Leben ...

... unverzichtbar.

Mandy Beyer * 1979

## *Unverzichtbar*

Hilfreich ist nur die Liebe
Nicht Hoffen, nicht Warten
Nicht angstvolles Wachen
In flüsternder, wabernder Nacht

Hilfreich ist nur die Liebe
Umfängt jeden Ton
Umfängt jede Pause
In ihrer Musik

Hilfreich ist nur die Liebe
In leuchtenden Farben
Das kunstvolle Band
Flatternd und tanzend im Wind

Hilfreich ist nur die Liebe
Verströmt ihren Atem
Verschlingt ihre Welt
In lustvoller, selbstloser Gier.

Hilfreich ist nur die Liebe
Erschafft sich selbst
Erkennt sich ständig
Im Spiegelbild

Maja-Christine Bhuiyan

## *Was es (nicht) braucht*

Auf Schmerzen, auf Krankheit – kann ich
verzichten!
Auf Ärger, auf Streit – kann ich auch gut
verzichten!

Auf endlose Diskussionen lege ich keinen
Wert
und leben ohne Sorgen ist auch nicht
verkehrt.
Auf all das und mehr lässt sich locker
verzichten
und bei vielem muss man lernen, zu
verzichten ...

Beim Enttäuscht sein ertappt,
weil nichts wunschgemäß klappt,
nicht jede Tat von Erfolg gekrönt
und dennoch mit dem Leben versöhnt:
Weil den Menschen mehr ausmacht als
Mammon und Macht –
also muss Prestige verzichtbarer sein, als
vielleicht gedacht.

Aber funktioniert (m)ein Leben ohne ein
gutes Wort?
Kann ich glücklich sein ohne einen
Rückzugs-Ort?
Ohne Anerkennung, ohne Nahrung für
Leib, Seele und Geist,
wäre mein Alltag ein schwieriges
Unterfangen. zumeist.
Die Hoffnung unverzichtbar ist und bleibt,
damit das Leben nicht in den Wahnsinn
treibt.

Silke R. Biehler * 1973

## *Alltägliches*

wenn Bomben platzen grell und schrill
der Schmerz partout nicht weichen will
wenn PISA greift und Drogen rufen
wird' s Zeit, das Gute anzurufen

wenn Klimawandel uns bedroht
Alleinsein unser Herz bewohnt
wenn Einsamkeit das Frieren lehrt
ruf aus: ich mach es umgekehrt!

wenn Kinderaugen Tränennass
voll Angst, voll Kummer und voll Hass
wenn Fahnen brennen, Schüsse knallen
wird' s Allah sicher nicht gefallen

wenn Mord in Afrika geschieht
die Bilder man im Fernseh' n sieht
Gewalt an Frauen, Müttern, Kindern
können wir das nicht verhindern?

wenn alle Menschen nur erfassen
das Unverzichtbar' nicht zu lassen
nicht Kampf soll diese Welt verwalten
mit Liebe soll' n wir sie gestalten

Cara Bilmer-Sandford * 1951

## *Eine, die nicht ans Fatum glaubt*

Ich die
das Unabänderliche
für sangbar hält
muß einsitzen
in Stummheit
wie in einem Zuchthaus

Für mich
die
die Töne füllen
wie Blutblasen
ist schalldicht verriegelt

Ich die ich die Augen
schließe
weiß
ein Tropfen
ein Ton
sprengt die Welt

Rita Binder * 1955

## *Das Unverzichtbare*

Unser Leben – womit wohl sollen wir 's
vergleichen?
Mit dem Leben Armer oder gar mit dem
von Reichen?

Ich versuche es mit eines Arbeitenden
Leben,
Dem seine Arbeiten ihm Dreck auf Haut
und Kleider geben.
Doch bleibt es so? – Ich denke: „Nein!"
Er bemüht sich doch, zu werden wieder
rein.
Und trifft er sich mit Gästen, dann
Zieht er sich wohl sehr oft noch vornehm
an.

Das ist mein Vorbild meiner Wirklichkeit:
Manchmal benehme ich mich nicht
gescheit,
Vielleicht so manchesmal gar ungerecht.
Ich hoffe, ich erkenne dann: Was war hier
schlecht.
Ich hoffe, dass ich nicht nur einen Ausweg
sehe,
Auch Kraft bekomme, neues Wirken
positiv geschehe.
Wie er es nur mit Wasser schafft,
Erhoffe ich die Gabe dieser Kraft.

Herbert Birett * 1934

## *Die Sicht des Ichs*

Die Sicht des Ichs vergeht im Sein
ein Eindruck unverwandelbar
keine Seele blüht in diesem Schein
denn alles ist nichts, und auch nicht wahr.

Der Nebel schwindet vorm Gesicht
wie schwarz, das niemand kennt.
Und doch, urplötzlich er entwicht,
und keine Zeit noch Sinn ernennt.

Das Glück ist weit und schon verloren
Wir leben dieses eine Mal
Dies Schicksal wir uns selbst erkoren
Es blieb uns keine einz'ge Wahl.

Uta Bittner * 1976

## *Das Bleibende*

aber stiftet die Liebe.
Seht nur die Schlösser, –
der Herzkönigin erbaut –,
und die Pracht der Gärten.

Aber auch Angst
setzt ihre Spuren,
Burgen mit Türmen und Mauern, dem
grimmigsten Feind
zur Wehr.

Jedoch –
das Verlangen nach dem Ewigen,
dem Himmel-zu-strebenden:
Die DOME weisen den Weg
zur Schönheit
im Unendlichen.

Erika B. Blaas

## *Liebe*

Liebe müsste Flügel haben,
Liebe ist ein zartes Spiel.
Mal tieftraurig, mal hochtrabend,
nimmt sie alles,
gibt auch viel.

Liebe lässt sich nicht erzwingen,
Liebe, sie ist einfach da
und sie schwebt über den Dingen,
Liebe ist so rein und klar.

Liebe gibt uns Kraft zum Leben,
führt sie uns, gibt's kein daneben.
Liebe lässt uns glücklich sein,
ohne Liebe sind wir allein.

Liebe wird nie untergehen,
auch wenn alles um uns zerbricht,
immer wird sie neu entstehen,
denn ohne Liebe geht es nicht.

Marlis Blasius * 1957

Ist Nichtstun nichts tun
wenn Hände im Schoß ruhn
und nur die Gedanken sich drehn

Das Denken umspielt das Geschehen
Zeit löst sich – Zeiten vergehen
Ich denke an gestern, an heute, an morgen
an Glück, an Leid, an Freude, an Sorgen

Das Denken strömt Wege und Bahnen aus
mit Kreuzweg, Nebel und Licht.
Durch Löcher blitzen Strahlen heraus
bis dass das Licht sich bricht.

Das Denken kennt weder Grenzen noch
End
immerwährend dreht es im Kreis
liebt überzutreten aus gewohntem Bereich
fragt nicht nach dem Ziel und bleibt eins

Spinnt weiter unausgesprochene Worte
lenkt himmelwärts seinen Glanz
Was wäre ich, wenn ich nicht denken
könnt.
Ein Fisch ohne Wasser – ein Nichts.

Magda Blau

## *Erinnerung*

Die Augen müd', ein leerer Blick,
So steht man da und denkt zurück
Wie es einst war, zu jener Zeit
Als man nicht kannte Plag' und Leid

Wie sorglos man durchs Leben ging,
Ganz staunend sich im Tag verfing,
Schlösser baute aus Sand und Luft,
Genossen hat der Kindheit Duft.

Und süße Jugend, heller Schein,
wie leicht es war, ein Riese zu sein.
Man räumte aus dem Weg die Steine
So als wär' man auf der Welt alleine

Nun, heute nagt der Zahn der Zeit,
Man ist nicht mehr allzeit bereit
Ist ruhiger und gesetzter nun
Denken bestimmt zuerst das Tun

Und wenn man sich zurück besinnt,
Wünscht man sich, wär' man doch Kind
Der Weg durchs Leben wirkt nur klar
Hat man das Kind in sich bewahrt

BlaueRose * 1964

## *Herbstnacht*

Schleierkraut läutet zur Rabenhochzeit
kann ich dich finden
im Schall der roten Töne
Rabenmutter der Gräber im Fluß
der verschollenen Gedanken

gelbe Liebe verbrennt zu Asche
im Alltag der Erinnerung
schleift der Kiesel zu Sand
schwarzer Samt der Wiese
bedeckt vom Staub des Vergessens

das Kleeblatt vergeht unter deinem Tritt

Hans-Jürgen Blenskens * 1942

## *An meinen Vater*

Ich weiß nicht ob dein Herz je eine Tochter
in mir sah,
doch sehnte sich das meine immerfort nach
deiner Nähe.
Selbst wenn ich in Erinnerung die frohe
Kindheit sehe,
weiß ich genau: du warst zu keiner Stunde
für mich da.

Ich möchte wissen, was an jenen Tagen
bloß geschah –
ob ich im Mittelpunkt der
Auseinandersetzung stehe.
Du fragtest nie ob ich den Weg des Lebens
glücklich gehe,

denn du liefst weg – und ich war plötzlich
einfach da.

So viele Fragen und Gedanken trüben
meine Träume.
Ich suche deine Anerkennung – wenn auch
nur ein Stück,
doch keine Geste, nicht ein Wort, kam je
von dir zurück.

So wandle ich auch weiterhin durch
unbekannte Räume
(du fandest anderswo – ganz ohne mich –
dein großes Glück)
und wünsche mir, was ich zu keiner Zeit
besaß, zurück.

Sara Leni Blumer * 1985

## *Ein neuer Tag*

Heute beginnt ein neuer Tag,
vielleicht einer, so wie ich ihn mag?
Hätte ich den heutigen bereits gestern
gekannt,
hätte ich ihn bestimmt anders benannt.
Wäre bereit gewesen, ihn gebührend zu
leben
und hätte ihm nicht soviel Zunder
gegeben.
Er wäre in meiner Erinnerung dann
ein Tag wie der andere, eben so wie er kam.

Annegret Bock * 1941

## *Träume leben – alles geben*

Ach, von Urlaub träumen,
Palmen, weißem Sand ...
keine Stunde zu versäumen,
kilometerweit am Strand
stundenlang Spazieren gehen
und sich lange in die Augen sehen –
Morgens ausgeruht erwachen,
Wandern, Neues zu entdecken,
Lust zu haben und erwecken,
Und im Freien Liebe machen:
So sollte jeder Urlaub sein,
bist Du zu zweit und nicht allein ...
Doch fehlt das Geld Dir oder Zeit,
mußt Du zu Hause bleiben,
Dann geh' hinaus und sei bereit
Es auf der Wiese mal zu treiben
Unverzichtbar ist nicht Geld, sondern zu
leben
Zu genießen alle Tage, jede Stund'
Tuen das, was einander grad' gefällt
Aus sich herausgeh'n und dem ander'n alles
geben

Michael Boeken * 1952

## *Ich Liebe Dich*

Ich Liebe Dich,
du Engel ,
der mir Die Nacht erhellt,
mir den Mond zum wärmen an die Seite
schiebt,
als Begleiter auf meinem Weg mit folgt,
die Hand reicht, wenn es steinig wird,
das Kissen in der Tasche hat, falls der Kopf
schwer wird.

Mit deinen leuchtenden Augen verzauberst
du die Nacht in mir.
Ziehst an den wurzeln der Erinnerung,
raubst der Angst die Kraft,
mich lässt du gehen, mit deiner Wärme in
mir und ich kann so sein wie ich bin,
und du, du lächelst mich an
als wäre nie etwas gewesen,
du Engel...

Cornelia Böhm * 1979

Im Morgentau barfuß über Gräser
schweben,
Augen und Gedanken zum Himmel heben,
jauchzend über muntere Bächlein springen,
Kräuterdüfte atmen, mit den Amseln ein
Liedlein singen.

Laue Winde kosen, Sonnenwärme spüren,
mit meinen Händen Eichbäume berühren,
von ihrer Kraft inspirieren lassen
und versuchen, das Göttliche zu fassen.

Im stillen Wald dankbar reife Beeren
pflücken,
mühsam auf den Kartoffelfeldern bücken,
stolz die prächtig geschmückte Erntekrone
tragen
und lustig ein heiteres Tänzchen wagen.

Froh hinaus aufs ruhige Land entfliehen,
den neuen Schlitten mit meinen Enkeln
ausprobieren,
einen großen Schneemann miteinander
bauen
und dabei in lachende Kinderaugen
schauen.

Danken für das tägliche Brot,
vom Zehnten geben für die Not,
Liebe üben und nicht hassen,
den Schöpfer in mir walten lassen.

Ursula Böhm * 1946

Kann es sein, dass wir gar nicht mehr
wissen, was wir tun?
Wir atmen, reden, lieben, arbeiten, streben
immer weiter ohne auszuruhn.
Alles so normal, ohne darüber
nachzudenken und doch ist's
unverzichtbar,
aber nehmen wir es überhaupt noch wahr?
Wünsche, Hoffnungen, die uns stets
begleiten, diese streben wir auch an,
doch überlegen wir auch dann und wann,
warum wir alles tun, um das zu erreichen?
Die Luft, das Wasser, unsere Erde, alles
eine Selbstverständlichkeit?
Nein, wir müssen daran denken, an die
spätere Zeit!
Wie einig könnten sich die Menschen sein,
ließen wir das ganze Bewusstsein in unsere
Herzen herein!
Ein Traum, der nie zu Ende geträumt
werden kann,
aber vielleicht einmal jeden erreicht …
irgendwann.
Einsicht, ein zu großes Wort für alle, die
sich für richtig halten,
lernfähig, nur die, welche lernen
abzuschalten.
Höhe, Größe, alles ist verzichtbar, nur
nicht das Wesentliche im Leben,
der Mensch mit seinen Ideen und Träumen
hat uns mehr als viel zu geben.
Sollten wir nicht alle auf unsere Herzen
hören?
Dann würden wir das Unverzichtbare, das
Leben, den Geist und unsere
Hoffnung nicht immer wieder
zerstören!

Marina C. Böhme

Mein Sonnenschein,
das Licht der Welt,
hatte sich zu mir gesellt.

Doch nun ist unsere Zeit vorüber
und ich muss in meine Welt hinüber.

Was war passiert?
Deine Liebe ist weggeschwommen,
wie meine Tränen,
die geronnen?

Oder ich,
nicht mehr gut genug für dich?
Mein Herz schreit nach Sonne,
in der ich tanke deine Wonne.
Unsere Liebe ist vorüber,
ein dunkeler Nebel legt sich drüber.

Nun ist sie fort,
ich verschwinde von diesem Ort.

Anke Bohnenberger * 1987

Sonntag.
Kaffee.
Sonntagskaffee.
Sonntagskaffee am Montag.
Sonntagskaffee am Dienstag.
Am Mittwoch.
Am Donnerstag.
Am Freitag.
Am Samstag.
Am Sonntag ging der Kaffee aus.
Er hat nicht gesagt, wann er wiederkommt.

Marina Bolzli * 1980

## *Herbstimpression*

welkes weinlaub, verwoben
der goldenen trauben schon bar,
ringt treu noch um den putto
des brunnens, dem holden ein
kleidchen, löchriger nun mit
jedem herbstlichen tag,
platzregensturz plötzlich aus
schwangerer wolke – feuchtglanz
hüllt park und faun in edelstein-
funkelndes licht.
zaubrische nebel kriechen mählich
durch das entlaubte gebüsch,
es verfließt die kontur der
römischen therme.
da! ein Falter, dem Maler
aus der palette gestiegen,
sommers letzter gruß zum kusse,
streift zärtlich er mir über
die hand.

Bondal * 1948

## *Unverzichtbar*

*So unverzichtbar gänzlich!*

Ja, unverzichtbar, ganz und gar
ist mir – ich muß gestehen –
ob ich's nun schön find oder nicht,
ich komme nicht darum herum,
bekenne auch und dazu steh,
daß ich mich selber ganz so seh:
Ich nicht darauf verzichten kann,
aufs Tässelchen Kaffee.

Da grüß ich in der weiten Welt
euch Bauern in Chiapas!
Dir, Sierra Madre, Mexico
danke ich mein Leben!

Heidrun Borgwardt * 1934

## *Weißt du von dem Land?*

Weißt du von dem Land, das Lächeln
heißt?
Es ist das Land, in dem man alle Sprachen
spricht,
das Herzen aus Stein anrührt, Trübsal gibt
es nicht.
Die Freude hat dort ihr Zuhause
und all die überflüssigen Sorgen haben
Pause.

Weißt du von dem Land, das Leiden heißt?
Es ist das Land, in dem die Menschen die
Reife des Lebens erwerben,
der Preis ist hoch, zurück bleiben meistens
unzählige Scherben.
Wer bezahlt hat und nicht zerbrochen ist,
der sieht am Ende ein, ohne dieses Land
gäbe es die Menschheit nicht.

Weißt du von dem Land, das Glück heißt?
Es ist das Land, nach dem die Menschen
sich so sehnen,
dort glauben sie, gibt es weder Schmerz
noch Tränen.
Glaubst auch du, dass es so ist? Da kannst
du lange warten,
das Land des Glücks ist überall, auch im
steinigen Garten.

Weißt du von dem Land, das Liebe heißt?
Es ist das schönste Land, von dem die
Menschheit weiß,
mit guten Gefühlen und einem reinen Sinn
reist man zum einfachen Preis.

Denen, die zurückkommen, steht der
Schmerz im Gesicht,
in diesem Land möchten sie für immer
bleiben und Schaden nimmt man
nicht.

Miriam Born

## *Der Natur zum Erntedank*

*Du*

Gibst uns Nahrung und hältst uns warm,
läßt uns Schlafen in deinem Arm,
hast unser Sein bewacht,
unser Haus mit Sternen überdacht,
ob deiner Größe sind wir kleine Teile,
siehst unser'n Fortschritt schon ewige
Weile,
wer sich auch von dir entfernte,
kehrt zu dir zurück, spätestens am Tag der
Ernte
sendest uns Licht, ob Tag, ob Nacht,
Wind und Regen, liegen in deiner Macht,
gibst nach dem Winter Kraft für neue
Triebe,
endlos dein Sein, unerschöpflich deine
Liebe.
Gibst und gibst und nimmst, was der
Kreislauf braucht.
Dank dir, der Schornstein vom warmen
Ofenfeuer raucht,
in dir finden wir Heilung, wenn wir krank,
für Speis und Trank und alles andere –
tausend Dank!

Philip von Bortkewitsch * 1975

## *Kein Liebesgedicht*

Ob ich dich liebe,
will ich dir nicht sagen,
denn solche Liebe
war allein für mich.
Doch in den Nächten
und an allen Tagen,
da denk ich immer,
immer nur an dich.

Und liebst du mich?
Ich will es gar nicht wissen,
weil diese Liebe
ohne Hoffnung wär'.
Ich würde dich
nur immerzu vermissen
und ohne dich zu leben,
wäre schwer.

So liebe ich
allein für mich.
Ich lieb dich nicht.

Ingeborg Bortkewitsch-Hanfelder * 1940

## *Sehnsucht*

Wenn ich an Dich denke, fühl ich mich so
nah bei Dir,
doch ich würde meine Beziehung damit
kränken,
das möcht' ich nicht – was ist nur los mit
mir?

Wenn ich Dich sehe, hab ich
Schmetterlinge im Bauch,
ich will zurück nicht gehen,
fühlst du genauso auch?

Wenn ich Dich berühre, klopft mein Herz
gar wie verrückt,
möcht' dich ganz nah spüren,
doch ich habe eine Beziehung, das
Gewissen mich bedrückt

Wenn ich Dich küsse, wird mir ganz warm
ums Herz
meiner Beziehung die Wahrheit sagen
müsste,
verdammt weh tut der Verlassen-Schmerz

Wenn wir dann zusammen sind,
und uns're Liebe für immer hält,
beginnt's von klein an, wie beim Kind,
erobern wir die ganze Welt

Zusammen durch das Leben gehn,
glücklich sein für alle Zeit,
einander lieben und verstehen,
ein neuer Abschnitt, ich bin bereit.

Leonie Böttcher * 1985

## *Komplikation*

Es wäre so einfach
Immer die richtigen Worte zu finden

Es wäre so einfach
Diese Worte auch zu sagen

Noch einfacher wäre es
Dich einfach zu umarmen

Am einfachsten wäre es
Dich zu lieben

Einfach
nur so

Elke Bozau * 1966

## *Virginia Woolfe*

Bilder steigen. Schweifend, drängen
die Gedanken weit hinaus,
fliehen dieses enge Haus,
bilden klare Formen, sagen
mehr als meine Worte wagen,
lösen mich aus meinen Zwängen.

Wo mich Konventionen binden,
Menschen nah im Wege stehen,
mich beengen, nicht verstehen,
mich in ihren Willen ziehen,
läßt mich mein Entsetzen fliehen,
kann ich nicht mehr zu mir finden.

Freiheit will ich, ohne Lehre
denken, leidenschaftlich brennen,
will den gleichen Geist erkennen,
will in der Berührung beben,
mich zu gleichen Sphären heben,
meine Räume sind die Meere.

Tile Brakebusch

## *Unverzichtbar*

*für Kurt*

Wenn tausend Wolken Trauer tragen
wie Tränen sind der Tropfen Schar;
wenn Stürme tobend Blätter jagen
zu Ende geht ein langes Jahr,
ist unverzichtbar deine Stärke
sie gibt mir wieder Trost und Mut,
ist unverzichtbar deine Nähe
sie tut der wunden Seele gut.

Wenn Ohnmacht Gram schnürt meine
Kehle
und Nadelstiche tief im Herz;
wenn Traurigkeit wohnt in der Seele
und ringsherum nur bittrer Schmerz,
ist unverzichtbar deine Treue
sie hält dann schützend meine Hand,
ist unverzichtbar deine Liebe –
starker Fels im losen Sand.

Und sind verflogen dunkle Wolken
es zeigt sich froh der Sonne Schein
sind unverzichtbar deine Küsse
unverzichtbar du allein.

Lucie Brandenstein * 1955

## *Das Unverzichtbare*

Das innige Gefühl glücklich zu sein,
findet der Mensch nur in sich allein.
Er sollte im Vertrauen auf sich selber bauen
und nicht die Sicherheit durch einen
anderen erschauen.
Früher oder später ereilt ihn nämlich schon
die bittere Erkenntnis der Illusion.
Und wieder weint die Seele sich blank und
rein
im Wissen um das falsche Kleid,

in das der Mensch sie presst erneut hinein.
Ihre Flügel werden weit,
weit beim Anblick von erneutem Leid.
Gelassen lasse los
von den scheinbar so wichtigen Dingen des Lebens,
die da fahren dahin,
denn darin liegt der eigentliche Sinn.

Hannah Braun

## *Das Unverzichtbare*

Die Freude, das Lachen – Erkennen von Leid,
den Hass – die Lüge – die Einsamkeit – im weißen Kleid die
Unschuld
der Liebe – Heiterkeit –
Kulturen erkennen und lernen versteh'n,
zu Freunden bekennen, die rückwärts gehen,
die Herzen öffnen für Minderheiten,
sich nicht verzetteln an Kleinigkeiten,
Nahrung für Geist und Seele besorgen, dann brauchst
du nicht fremde Gedanken ausborgen,
all diese Dinge sind wunderbar – für dich und dein Leben – unverzichtbar.

Helga Breinbauer * 1946

## *Morgenstern*

Wie strebte ich dem Morgenstern entgegen
und wollt ihn fassen, konnt' ihn nicht erreichen!
Mein Herz, das zu ihm drängte, mußte weichen.
Wie warf ich mich dem Morgenstern entgegen!

O großer Stern, ich fing nicht deine Strahlen.
Was ich empfangen mußte, waren Qualen
der Nichtigkeit. Ohne Erbarmen
schlug mich die eigene Not aus Gottesarmen.

Und meinem irren Blick, getrübt von Tränen,
verschwamm der reine Stern. Es bleibt mein Sehnen.
Er galt mir alles Gold und mehr als Gut und Geld.
Der große Weiser über meinem Zelt.

Die matte Hand, sie grub aus kaltem Sand,
tief erdgebeugt, aus seinem Licht verbannt,
sich eine Muschel aus, ein zarter Fächer,
und führte an die Lippen sie als Becher.

Und sieh, in ihrer Schale, die gespalten,
gewahrte ich, oh wunderwundenreich, den alten,
den Glanz des Morgensterns in einer Perle, schmerzgeboren.
Der Stern war wieder nah und blieb mir unverloren.

Karin Breither

## *Liebe Dinge*

Liebe Dinge sind der Kompaß,
der zu Wundern führt,
sind der Stein und sind die Muschel,
die die Hand berührt,
eine späte Rose,
morgens auf den Tisch gestellt –
eine Eule aus Peru
zwischen Büchern meiner Welt.

Liebe Dinge sind der Kompaß,
der zu Wundern führt,
wenn ein Blütenstern
dein Innres aufgespürt,
Goldkomet,
der Himmelsbahnen streift,
Kindeslächeln,
das ans Herz dir greift.

Liebe Dinge sind der Kompaß,
der zu Wundern führt,
Briefe,
die zutiefst die Seele angerührt,
rotes Ahornblatt im alten Band
und in dunkler Nacht
die Hand.

Karin Breither

Ist es unvermeidbar Opfer zu werden,
um daraus zu wachsen und zu erstärken?

Ist es unvermeidbar in seelische Löcher zu
fallen,
zu den Göttern in den großen Hallen?

Ist es unvermeidlich dem Leben zu
entrinnen,
auf dem Weg ins Paradies über die Klippe
zu springen?

Ist es unvermeidbar sich dem Leben zu
stellen
und die Gesellschaft mit vollendeten
Tatsachen zu prellen?

Ist es unvermeidbar das Glück am Schopfe
zu heben
und nur das Beste von sich zu geben?

Ist es unvermeidbar sich der Liebe zu
geben,
mit dem Partner Offenheit und Ehrlichkeit
zu leben?

Ist es unvermeidbar andere Leben zu
retten,
ohne Rücksicht dabei das eigene zu
verwetten?

Das Leben ist was jeder selbst draus macht,
der Tod bringt uns die ewige Nacht!

Sind die Menschen nicht sonderbar,
ihr Egoismus und Intoleranz sind meidbar!

So strebt der Mensch nach Reichtum und
Macht,
ohne das wahre UNVERZICHTBARE
die NÄCHSTENLIEBE. Gute Nacht!

Markus Brenner * 1970

Kalt ist es
in den Straßen,
verlassen mein Sinn.
Wo ist der Mensch,
der sagt:
wir haben noch uns.
Da –
Ecke Tiefengrund
segelt das letzte Blatt der Birke –
Kleine Tränen
gelinderter Sehnsucht
treiben mich nach Hause,
wo ich das bunte Papier hole,
um zu schmücken
die von dir erhaltene Zeit
mit fallenden Sternen.

Renate Brieda * 1961

## *Einmal die Sonne berühren*

Mit den Flügeln, lernst du fliegen.
bist frei, dem Boden zu entfliehen,
in des Himmels Weite zu streben,
zu der Liebsten aufzusteigen.

Im Höhenflug über die Wolken,
der goldenen Göttin entgegen.
Sie winkt dir zu, mit ihren Reizen,
die alt Bekannte, begehrenswert.

Schöne Sirene. Sie lockt dich zu sich.
gleich schließt du sie in deine Arme.
Fängst sie ein, die strahlende Schöne.
Oh, wie heiß die stets Einsame glüht!

Zu spät kommt der Gedanke,
ach, wohin der Hochmut führt,

schon verbrennt die Unnahbare,
unbarmherzig dir die Flügel.

Da stürzt du ab, in schäumende Wogen,
mit ihrem Namen auf den Lippen.

Caroline Brinkmann * 1987

Das Blau des Himmels
und das Grau des frühen Nebels,
wenn die Sonne sich darin bricht
und ihn allmählich auflöst.

Leute mit einem Lächeln
und Freunde, die einen verstehen
und all die Probleme, wie auch das Schöne,
das den Alltag erfüllt.

Die sanften Worte eines Menschen
und die Orte, wo man sich trifft,
während seine Hand, dann und wann,
die meine berührt.

Das helle Lachen des Kindes
und Wachen über seinen Schlaf,
während es träumt, hat es nichts versäumt,
weil es unsere Liebe spürt.

Claudia Brinkmann * 1959

## *Freud und Leid*

Was wären wir auch ohne ihn!
Banal und ohne Tiefe,
Ganz oberflächlich, wie so oft,
In jedem Fall, ganz ohne Psyche.

Jetzt ist das, Freud sei Dank,
Erkenntnismäßig sehr viel besser.
Man weiß jetzt, was uns treibt,
Sei's mit dem Weibe oder wenn man greift
zum Messer.

Vor allem für die Männer wird jetzt klar,
Was da rumort in dem Gehirne.
Wer Freud gelesen hat, der ahnt,
Es steht geschrieben ihm auf seiner Stirne.

Das ist des Mannes Freud und Leid,
Daß er so leicht ist zu durchschauen.
Er kann erzählen, was er will,
Kein Weibsstück wird ihm jetzt noch
trauen.

Und welche Maske er auch wählt,
Sei's Geist, sei's Geld, Fortune.
Man sieht's an Stirne, Aug' und Nas'!
Cherchez la femme, das andre ist Rankune.

P. Brode

## *Das Unverzichtbare*

Ein Portemonnaie
voll klingendem Schein

Eine Fahrkarte
ins Ungewisse

Einen Kulturbeutel
voll schöpferischer Phantasie
sowie
Dessous mit Spitzen

packe ich ein
in mein leichtes Reisegepäck.

Regine Brossmann * 1969

## *Tagnacht – Nachttag*

Kriechende Zeit
lautloser Zeiger
Kindermond
Sonnenblumengesicht
Am Schnittpunkt
ein Augenblick
zwischen Gestern
und Heute

in Berührung
der
Ewigkeit

Hildegard Brüning

## *Miteinanderreden*

SO verschieden wir sind,
so unterschiedlich
unsere Standpunkte
unsere Perspektiven,
unsere Erwartungen,
unsere Hoffnungen,
unser Leben.
Dass wir miteinander reden,
immer neu versuchen,
ins Gespräch zu kommen
und im Gespräch zu bleiben,
ist UNVERZICHTBAR.

Karl Brunner * 1955

## *Auf dem Stieg*

Am gestorbenen Fluß, in der Stadt
Kaisersaschern,
unter den Linden der Dichter
und flammendem Götterkranz,
wandelt manch Sarg.
Wir haben ihn getötet, den Wanderer, den
Traum.

Mathias Buchholz

Nie haben wir ohne ihn leben können,
obwohl er unsehbar ist.

Ohne ihn können wir nicht heute leben,
obwohl er unhörbar ist.

Nie werden wir ohne leben können,
obwohl er unsagbar ist.

Seinem Beisein entzogen wären wir tot,
ohne gestorben zu sein.

Indessen wissen nur wenige von ihm:
dem Sinn des Lebens.

Yvonne Buchholz * 1980

## *Das Unverzichtbare*

die Zeit der jungen Atemlosigkeit

das Picknick auf einer satten
Sommerwiese

das wissende Lachen des Abendsterns

das rote Licht des Aufbruchs

Gisela Buck

## *Glaube, Liebe, Hoffnung*

Das Leben ist so oft wunderbar,
aber manches ist unverzichtbar:
Vor allem braucht man Trinken & Essen,
aber gleich danach darf man die Liebe nicht
vergessen.
Sie ist das Wichtigste im Leben,
ohne sie würde es uns nicht geben.
Nur wenn jeder den anderen liebt,
ihm alle seine Fehler vergibt,
ist das Leben so oft wunderbar,
und die Liebe bleibt unverzichtbar.
Der Glaube ist auch sehr wichtig,
ohne ihn wäre unser Leben nichtig!
Er gibt uns sehr viel Kraft,
sodass man alles leichter schafft.
Auch sollte man die Hoffnung nicht
aufgeben,
auf ein noch schöneres Leben.
Nicht nur das leibliche Wohl ist
unverzichtbar,
sondern vor allem wie wunderbar:
Glaube, Liebe und Hoffnung braucht man
im Leben,
danach sollte man streben!

Margarete Buhleier

Über die Blüten im nassen Gras
streifen letzte Sonnenstrahlen –
mein Herz will mir graue Schatten malen.

Meinen Sommer im Rücken, spür ich schon
den Wind,
doch wo diese Schatten dunkeln,
fängt ein Lichtlein an zu funkeln:
weil's in mir singt:
ich hab ja noch die Liebe zu Dir: mein
Kind.

Wie kann man beschreiben oder erklären,
was alle Welten überspringt:
Das ist die Liebe zu Dir, mein Kind.

Aber des Wohlseins höchstes Glück,
ist die Liebe, die mein Kind mir
entgegenbringt.

Vom Herzen der Mutter ein Stück
kommt anhänglich liebend zurück.

Lydia Bühner * 1924

## *Leben zu Leben*

Ein Stuhl, ein Tisch, ein Schrank,
vielleicht, erinnert an Leben.
Bewahrt vor Vermoderung, früher denn
je dem Sperrmüll zum Fraße, aufgegeben.
Er war doch etwas:
Schaumkronengleich, sein Haupt gen
Himmel
gerichtet, gab er Atem von sich, für dich.
Er hätte dich (und deine Ableger überlebt),
wenn kreischende Sägen nicht blutvoll
sein Standbein ins Wanken ...
Fallzeit!
Kein Umarmen mehr, kein Schneidgefühl
in den Adern bebender Herzen.
Restanten des Seins auf vier Beinen.
Astrein poliert vernimmt er nun
die Töne anderer Winde.

Edith Bürger * 1946

## *In Erwartung*

Ich bin ständig in Gedanken bei dir – Tag
und Nacht.
Vor nicht enden wollender Sehnsucht finde
ich keinen Schlaf.
Ruheloses Treiben auf der Suche nach dir,
Grenzenloses Verlangen wächst stündlich
in mir.

Dann endlich ist der ersehnte Augenblick
gekommen,
Die mir so endlos lang erschienene
Wartezeit verronnen.
Du stehst vor mir und blickst mich mit
deinen Augen an.
Ein stechend wohliger Schmerz durchdringt
mich, mir wird ganz klamm.

Viel zu schnell ist er vorbei, der
Augenblick.
Deine so schmerzlich vermisste Nähe –
Ein mir so kostbares, wiedergewonnenes
Glück.

Und gehalten von deinen Armen, schleicht
sich die sanfte Ruhe ein,
Die mir schon vor Langem abhanden
gekommen war.

Simone Burghardt * 1973

## *Das Unverzichtbare*

Dunkel wäre es
dunkel und still
ohne jenes Gemeinte,
das wir so dringend brauchen.

Einsam wären wir
einsam und leer
ohne jenes Gemeinte,
das sonst in unserem Innersten
schlummert.

Krank wären wir
krank und irr
ohne jenes Gemeinte,
das uns zum Leben erweckt.

Weinen würden wir
weinen und trauern,
ohne jenes Gemeinte,
worauf wir nicht verzichten können.

Sylvia Burgstaller * 1972

## *Das Unverzichtbare?*

Essen – Trinken – Schlafen –
Unverzichtbar für den Körper,
den Körper des Egos.

Das Ego bleibt, bis es erlischt,
im Tod oder in der Umnachtung.
Der Körper kann teilweise
reduziert werden.

Essen – Trinken – Schlafen –
immer noch unverzichtbar.
Der Körper, der Diener des Egos.

Das Ego – die Seele – der Geist –
sie sind der Dreh- und Angelpunkt.
Auch sie brauchen Nahrung,
suchen nach dem Sinn des Daseins.

Suchen den Geist über dem Ego.
Das ist der Pol, um den sich das Ego dreht.
Ist „Er" das Unverzichtbare?

Rosamunde Bushart

## *Verlangen*

das Verlangen
nach …
in einem Mandala
nach …

einer Sehnsucht
(vielleicht)

die uns heilig ist
und
ohne zu vergessen

Schamanen erzählen davon
im Rausch
und
im Tanz

haben wir genug gehabt

um von uns zu berichten
und

wann wissen wir das all das richtig
war
Gib uns einen Traum
eine Vision
(vielleicht)

Sandro Butenhoff

## *unverzichtbar*

unverzichtbar, notwendig, erforderlich,
wichtig, unentbehrlich,
entscheidend, bedeutend, ausschlaggebend,
unabdingbar, unersetzlich,
unverzichtbar, notwendig,
erforderlich, wichtig, unentbehrlich,
entscheidend, bedeutend,
ausschlaggebend, unabdingbar,
unersetzlich, unverzichtbar, notwendig,
erforderlich, wichtig, unentbehrlich,
entscheidend, bedeutend,
ausschlaggebend, unabdingbar,
unersetzlich, unverzichtbar,
notwendig, erforderlich, wichtig,
unentbehrlich, entscheidend, bedeutend,
ausschlaggebend, unabdingbar,
unersetzlich, unverzichtbar,
notwendig, erforderlich, wichtig,
unentbehrlich, entscheidend,
bedeutend,

ausschlaggebend, unabdingbar,
unersetzlich, unverzichtbar

zuhören, verstehen, verzeihen

Frieden

Birgit Butz * 1968

## *Hündchen*

Hündchen rennt mit allen Kräften,
Bällchen suchen ist sein Ziel.
Hündchen hat gelernt, daß Herrchen
Bällchen wiederhaben will.

Wird der Mehrwert hier gesteigert?
Das Bruttosozialprodukt?
Weder fragt es, noch verweigert's,
Feedback suchend Hündchen guckt:
Ist sein Herrchen auch zufrieden?
War's das, was sein Herrchen will?
Hündchen ist sich nicht ganz sicher,
manchmal wirkt sein Herr so still.

Hündchen hechelt, Herrchen lächelt.
„Braves Hündchen, bringst den Ball."
Der Hund ist gern bei seinem Herrchen,
nicht zuschau'n bloß, stets, überall.

Andrea Cadet

## *Vater*

Blicke ins Nichts.
Heller Nebel liegt auf der Stadt.
Noch ist nicht entschieden, ob er der Sonne
weicht.
Nur die Natur. Die Natur weiß es schon.

Der Kampf mit Dir, Vater, ist geboren,
als Mutter starb.
Doch nichts wird geboren ohne Sinn.
Verstehen und vergeben wir uns?
Sonst verlieren wir den Sinn.
Den Sinn dieses Kampfes.

Wie sich begegnen,
wenn der Eine blind,
der Andere geblendet die Augen schließt.
Wie sich hören,
wenn der Eine taub,
der Andere im Lärm seines Lebens die Rufe
nicht versteht.

Erster Raureif friert die Blätter ein.
Unaufhaltsam welkt das Gras.
Noch ist nicht entschieden,
ob die Wurzeln den Winter überleben.

Mio Caraa * 1964

## *Das Unverzichtbare, der Heilige Gral*

Weite Reisen um die ganze Welt,
alles kaufen, was einem gefällt,
viel Ruhm und Macht – darauf wird man
verzichten,
wenn man den Blick kann richten
auf das Eine, Große, Wahre,
Geheimnisvolle, das Unverzichtbare,
„was die Welt
im Innersten zusammenhält".
Seit Urbeginn ist es im Dasein vorhanden,
hält der Generationen Kette fest in Banden
in Liebe, Treue, Glück, auch Leid und
Sorgen,
verbindet über das Heute das Gestern mit
dem Morgen,
wirkt im Werden und Vergehen,
im Leben, Tod und Wieder-Neuentstehen,
webt zwischen Zukunft und Vergangenheit
verbindend über Raum und Zeit.
Der Heilige Gral, das Unverzichtbare
kann wirkend da sein noch viel tausend
Jahre.
Wird dieses mit dem Strom der Zeiten
fließen
wird auch Leben weiter neu im Dasein
sprießen.

Sibylle Carlhoff * 1921

## *Das Unverzichtbare*

Dein feiner Genuss ...
im Leben einfach ein Muss!

Gerät das Dasein aus dem Lot,
ist sie Dein Helfer in der Not!

Damals eine Rarität,
heute mit hoher Qualität.

Kaum hab' ich einen Blick erhascht,
ist sie auch schon weggenascht.

Sie macht nicht schön und auch nicht klug,
dennoch bekommt man von ihr nie genug!

Eingewickelt in Stanniol,
der Geschmack – beinah frivol!

Das schönste Laster dieser Welt –
was ist es nun, das unser Gesicht erhellt?

CH2 * 1971

## *Urlaubspostkarte*

Geschwungene Serpentinen
greifen stückwärts
felsige Naturlandschaft an.
Unfälle verursachend
verschwinden sie in
vorarlbergischer Höhe.

M. S. Chazara * 1951

## *Ich liebe mich wund*

Ich liebe mich wund
Wund an deiner Zärtlichkeit

Ich küsse dich wild
Wild in meiner Leidenschaft

Ich bade in deinen Augen
Bade in meinem Herzen

Ich ruhe in meiner Seele
Ruhe in deinen Gedanken

Ich liebe mich wund
Wund an unsrer Liebe.

Christin * 1953

## *Was ich brauche*

Götter brauchen? Sag wozu!
Schlimm genug, es gäbe sie.
Ich fall nicht gerne auf die Knie
vor 'nem großen Manitu.

Frauen brauchen? Auch verkehrt!
Es gibt sie freilich, und für sie
fall ich gerne auf die Knie,
sind sie nur begehrenswert.

Meine Göttin heißt Natur.
Sie lädt mich ein bei sich zu Tische,

hütet meine Lebensnische,
ihr bin ich freudig Kreatur.

Hans Joachim Cirkel * 1936

## *Mit 15*

Deine Augen waren tief,
Wie das blaue Meer,
Dein Mund war rot,
Wie große Kirschen.
Du küsstest nicht gut.
Die Zähne knirschten.
Ich hatte keine so lieb wie Dich,
O jeh!
Gib mir nur noch einen Kuss.
Vergib!
Und dann geh.

Jürgen Clasen

## *Mondesanblick*
*Caspar David Friedrich zugeeignet*

Mondesanblick – überall Erwarten
Des Zaubers ... zwischen Wipfel
Und Gestein, den Wald

Erlösend, über Pfad und Wurzel
Ruhend... bei Kapelle
Oder Kreuz ...

Anleuchtend aus Ruinen
Wie den Meeren ... aus Klippen
Mit dem Licht der ganzen Welt!

Hans Claßen * 1953

## *Stilles Publikum*

Ohne Herz und doch voll Leben – hat kein Vermögen, kann's doch viel geben
Auch den Mund hat es nicht – im Grunde ist es wirklich schlicht
Federleicht und heiß begehrt – das Äußere bestimmt sein' Wert
Ist kein Gold und kein Geschmeide – ist dennoch eine Augenweide
Auch ohne Ohren immer schon – dem Erzähler treues Publikum
Ohne Gedächtnis superschlau – erinnert es sich detailgenau
Wort für Wort erzählt es dir – was es erfahren hat von mir
Mit all dem Wissen rat ich dir – zum Publikum wähl das Papier
Nur wer es dann für sich erwählt – möchte wissen was du ihm erzählt

Burt N. Claudius * 1960

## *unverzichtbar*

nichts
läßt mich näher
zur mitte
finden
als der wunsch
– frei von allem –
zufrieden zu sein

mittendrin
wird mir wunder-voll klar
ich kann dabei nicht
auf mich selbst
verzichten
... solange ich bin!!

clex * 1963

## *Unverzichtbar...*

Glück, Gesundheit, Zufriedenheit,
das ist nur eine Kleinigkeit.
So dachte ich Jahr um Jahr
bis ich merkte, das ist nicht immer da!
Ich erinnere mich noch gut daran wie es war
als ich bekam das erste Mal eine Krankheit,
die war keine Kleinigkeit.
Erst von da ab wusste ich,
all das ist wunderbar
was sich nennt
Glück, Gesundheit und Zufriedenheit.
Denn, das ist zu bezahlen auf dieser Welt
mit keinem Geld
und ob hier, dort und da
unverzichtbar!

Edith Cohrs * 1961

## *Notwendig?*

G enauestens durchdacht
e infach notwendig
b lank jeden überflusses
o rdnungsgemässe menschenhaltung – artgerecht
r eligiös erhöhte Lebensqualität
g lückliche beschränkung
e rfahrene zuwendung
n acktes überleben

h interfragen unseres alltags und deutscher
wirklichkeit
e s wird gründlichst abgeschlackt
i m ständigen wandel befindlich
t ödlicher ausgang leider auch –
unverzichtbar

Maria Conlan

## *Hoffnung*

Der Tod jongliert, ein Gaukler nur,
wirft weit hinauf bis ins Azur
mein schmächtig', kurzes Leben.

Ich weiß, an einem schwarzen Tag,
obgleich dies auch entfernt sein mag,
wird er mich fallen lassen.

Noch in der Schwebe such' ich Sinn,
ich fürcht' mich, staune und ich bin
dem Spiel bislang ergeben.

Im Blau indes, das mich umgibt,
schau ich die Hoffnung, ungetrübt,
Mächtigeres wird mich umfassen.

MariAnne Conradi * 1962

## *Sinnlichkeit*

Zarte Sonnenstrahlen, die meine Haut
streicheln,
ich möcht' sie nicht missen

Kraftvolle Herbstbäume im Feuer der
Farben,
ich möcht' sie nicht missen

Betörender Rosenduft der die Nase
verwöhnt,
ich möcht' ihn nicht missen

Glockenheller Vogelgesang im Morgenrot,
ich möcht' ihn nicht missen

Süße Erdbeeren, die auf der Zunge
zergehen,
ich möcht' sie nicht missen

Glitzernder Morgentau an nackten Füßen,
ich möcht' ihn nicht missen

Salzige Meeresbrise im Haar,
ich möcht' sie nicht missen

Unbeschwertes Kinderlachen überall auf
der Welt,
ich möcht' es nicht missen

Anja Cordes * 1966

## *Bitter Süß*

Aus der lieblichen Quelle allen Seins
ergießt sich der köstliche Trank der Liebe
süß und bitter zugleich

Bis zur Neige will ich ihn kosten
will trinken, bis mich der Atem verlässt
und die Sinne schwinden

Will im Taumel der Lust vergehen
verbrennen in der heißesten Liebesglut
zu Asche des Begehrens

Will trunken sein von Glückseligkeit
berauschen mein Selbst an seinem Zauber
bis er verfliegt

Cora Corell * 1961

## *Diamantensturm*

Für den Einen mag ich flüchten; für den
Anderen mag ich leben,
– sie beide halten das Recht.

Ein schwaches Licht erzittert über der
Landschaft
– Wissen gerät aus den Fugen.

Ein Berg inmitten karger Einöde;
– Kinderleichen darb gebettet auf
trockenem Boden.

Ohne Augen, stumm;
Terrain der Unschuld
– Zaun um Diamanten.

Nur der Mond schweigt diese laute Stille
jetzt;
– unvollständig ideal, verkommen grotesk.

Wir sind Geschöpfe der Luft;
– Gefiederte Terroristen,
wurzeln in Träumen und Wolken

– und bilden
Dämme aus Schnee und Furcht.

Goldene Geschütze fahren derzeit auf;
– Drahtig stauen Fingerspitzen Blut,

Parasiten überall –
fressen tiefstes Seelenblut – das einz'ge
Elexier.

Pierre Corell

Eigentlich ist es
wohl immer die Hoffnung, –
zumindest ein Schimmer
von Hoffnungsgelüst.

Und in dieser Hoffnung
vielleicht noch ein Tropfen
aus rosigen Wolken
von goldenem Duft.

Und wo sind die Klänge
berückender Art,
die alles umfassen
und tragen und halten?

Die Finger erfahren
erfühlenderweise
die Fährten der Fische
in fiebriger Hast.

Und klirrende Kelche
begrüßen den Morgen
nach nächtlichem Wohlsein
in festlicher Pracht.

Regine Cornelius

## *Das Unverzichtbare*

Ist es nicht immer zu früh?
Das, was dir weh tut, wenn es da ist,
und viel mehr noch, wenn es fehlt,
ist nicht ins rechte Maß gesetzt,
ist gegenwärtig als gelebt empfunden.
Nur jetzt und hier, wie zukunftslos
doch keinerlei Wahrhaftigkeit verpflichtet.
Die Uhr verhängt mit dunklem Tuch,
egal was Tag und Nacht bedeuten:
Wie schwankt dir dein so aufgeräumtes
Leben
im vagen Chaos der Unplanbarkeit.
Wie überrascht dich jene kühne Illusion
jenseits dessen, was dir sicher schien
und zart, zerbrechlich, fragend vor dir
steht,
beschützt sein will im Träumen wie im
Wachen
beschützt vor denen, denen alles zu früh zu
spät ist,
die sich selbst zu unverzichtbar sind,
die sich, alles wollend, verlieren
in der Sehnsucht nach ewigem Später.
Dein Weg aber liegt noch unberührt vor
dir.

Claus Crämer * 1970

## *Höllenfeuer*

Genährt von der dunklen
Kraft der Angst
loderst du im zerstörten
Sein des Selbst.
Läßt die Normalität an
dir verzehrend verbrennen.
Gierig umschmeichelst du

die Realität.
Lebst von erstickten Hoffnungen
und verglühten Träumen.
Frißt die Jahre – eines Tages gleich.
Höllenfeuer – !
Wo ist Phönix?

Ellen Cronhardt-Lück-Giessen * 1961

## *Das Unverzichtbare*

Liebe für die Unvernünftigen,
um zu erkennen, daß Haß sinnlos ist.

Frieden für unsere Erde,
Trauer soll verfliegen,
fortan das blühende Leben beginnen.

Hoffnung für die Ängstlichen,
Hände sollen sich reichen,
Träume werden erlangt.

Drei Wörter voller Schönheit.
Ihr Glanz erhellt in der Dunkelheit,
führen in das fast Verlorene unserer Welt.

Silben mit Reinheit und Kraft.
Der Glaube unverzichtbar,
trotzdem fast erloschen.

Andrea Cruse

## *Zeit für ein gutes Wort*

Oft beginnt ein Kreuzweg
auf der Tanzbühne des Frühlings.
Einer zertrampelt die Walzermelodie
am Boden
und fleht, übertönt vom Lärm,
um Mitleid.

In Festsälen
bleiben Geigen
mit zerschnittenen Saiten zurück.

Zeit für ein gutes Wort.
Es betritt mit nackten Füßen
ein andres Herz.

Romano Cuonz * 1945

Wie lebt es sich in Dir gelassen,
Mein Lemgo, alte Hansestadt.
Du hast, was längst nicht Jede hat :
Charmantes Flair, verträumte Gassen

Die zauberhaften Glockenspiele,
Dein altes Antlitz voller Leben;
Nur Du kannst mir noch Heimat geben
Und jedem meiner Wege Ziele

Schloss Brake, schönres Sans Souci,
Der Seele bist Du Tempelhalle.
Du strahlst uns an und lädst zum Balle

So schön wie heut, warst Du noch nie!
Du trotzt den Zeiten unverdrossen.
Dich hab ich tief ins Herz geschlossen.

Pascal Cziborra * 1981

## *Hoffnung*

Weil Hoffnung den Pfeil,
weil sie ihn abfängt im
Flug, wenn wir gegen
die Erfahrung riskieren,
schafft sie den Zweifel ab.

So mächtig spannt sich
Erwartung als Bogen,
so mächtig sich zwischen
zwei Reize, das Jetzt und
die Zukunft.

Wenn im aufquellenden
Licht Leere uns angähnt,
wenn uns der ungewohnte
Atem der Welt irritiert,

dann nützt sie,
die Hoffnung den Aufwind.

Renate Dalaun

## *Leben!*

So laut ihr auch nach Leben schreit
euer Ruf wird von den Steinen des Lebens
nur stumpf widerhallen.
Stolpersteine nennen sie die Einen,
Fundamente hört man die anderen
schreien!
So sehr ihr auch nach Leben ruft
diese Welt wird euch nie zu Füßen liegen!
Denn ihr verkennt das Wesentliche,
das wichtige ist euch nicht bewusst...
Das Unverzichtbare um uns zu vereinen
ist nicht euer Hass,
nicht eure Grausamkeit!
Nein!
Worauf niemand auf dieser Welt
verzichten kann
ist Liebe und ganz viel Zärtlichkeit!
Denn daraus entsteht das Leben
worauf ihr alle so versessen seid!!!

Sven Damm * 1981

## *Liebe*

Ich habe hungernde und dürstende gesehen
Sie hungern und dürsten
Nach einer Krankheit
Die nur durch Ansteckung geheilt werden
kann
Steck den Dornenbusch an
Du

Stephan Dauberschmidt

## *Wollust*

Der Schein der Lampe,
nicht hell und spärlich weich.
Der Atem schwer,
die Augen halb geschlossen,
sie brennen,
aber noch mehr
brennt
das Verlangen,
zu wissen,
endlich, endlich,
wie, wer, warum und wann.
Worte, perfide und träg.
Noch eins und noch eins,
irgendwo bleiben sie liegen,
ermattet.
So wie ich,
das Buch auf den Knien.

Michaela Davin * 1968

## *Das Unverzichtbare*

Ich denke sie mir weg,
die Welt,
Stück um Stück
radiere ich sie aus:

Grau, Dunst, früher Morgen,
Hast, Eile, zur Arbeit fahren,
Mittag, Einkauf, Schule aus,
Dämmerung, dann Stille im Haus.

In Windeseile
ist der Alltag fort,
meine Sorgen,
meine Kümmernisse.

Nur das Schöne bleibt,
so denke ich frohlocken.
Nur das Leichte bleibt,
glaube ich zu wissen.

Ich stehe auf
und schaue in den Spiegel.
Aber dort ist niemand.

Christiane De Bash

## *Prüfung des Jesus*

*"Über das unverzichtbare der Prüfung wenn man wirklich Glauben will..."*

Die sich Sorgen machen, schleichen dort,
und lauern ihm versteckt schon auf.
Die Angst geht um im dunklen Ort,
als wäre sie kalt Teufelskauf.

Seitdem der Fremde kam von Norden,
geht's hier nur noch unter,
vom Himmel, der grau trüb' geworden,
wirfst wandgleich Regen runter.

Verloren die Ernte, überlebt wer den
Winter,
was hat der Böse nur gemacht?
Er ist voll schuldig, steckt dahinter,
spricht zu Dämonen in der Nacht.
Und dient er Götzen – jauchzt er laut,

der Schreck fährt Armen in die Glieder ...
wann geht er fort, sich umgeschaut,
dann hoffend kommt schon Sonne wieder?

Leise flüstert er sich selbst,
warum sein Vater zu ihm hält.
Keine Antwort, göttlich Schweigen,
nur Wind keucht noch in krummen
Zweigen.

De Masko * 1978

## *Frieden – Das Unverzichtbare*

Immer mehr Krieg und weniger Frieden,
kämpfende Männer von Herrschern
angetrieben;
weinende Kinder im Schoße ihrer Mütter,
seufzende Frauen vertreten die Väter als
Behüter.
Soldaten eifrig exerzieren – üben sich in
Gewalt,
Zivilisten fristen ein sinnloses vegetieren,
ohne Inhalt;
immense Emotionen fließen,
welch unnötiges Blutvergießen.
Zwischen Religionen manifestiert sich
große Verfeindung,
zwischen den Staaten herrscht brutale
Verleumdung;
Frauen gezwungenermaßen demütig,
immer bedacht aber oh so wehmütig!
Wie rechtfertigen Politiker ihre Aktionen,
bringen Unheil über ganze Nationen!
Ist es die Genugtuung die wiegt,
dem Volke zu zeigen wer siegt?

Leidgeprüfte Herzen, sie träumen vom
Frieden,
unbändige Schmerzen, die werden
vermieden;
sehen Kinderseelen im Recht auf eine
unbeschwerte Zeit,
im Frieden, süßem Frieden,
immerwährendem
Frieden, ohne Leid.

Ama Dea * 1950

## *Lebensmelodie*

Musik hat tausend tolle Seiten,
sie birgt in sich die Vielfalt der Natur.
Sie kann sich überall verbreiten.
Ich frag mich, wie macht sie das nur?

Musik kann Tapfere zum Weinen bringen,
gibt den Schwachen neuen Mut,
lässt die Stillen lauthals singen,
jedem von uns tut sie gut.

Musik kann solch eine Schönheit sein,
dass sie mich gar zu Tränen rührt,
wenn ein Ton, so klar und rein,
meine Seele und mein Herz berührt.

Musik ist wie ein helles Licht
nach einer langen Dunkelheit.
Sie verschwindet aus dem Leben nicht,
denn sie ist ein Teil der Ewigkeit.

Larissa Deger * 1987

## *Schlaf*

Oh' selige Ruh, die du dem Tod so nah
Und doch so anders ganz und gar
Nicht ewig gewährst du deinen Schutz.
Nur ein paar Stunden du benutzt,
Uns auf den Pfad der Träume zu geleiten,
Die uns ein Leben land begleiten.

Doch weichst du von uns, mit dem
Tageslicht,
Das störend durch die Fenster bricht.
Entfliehst uns, schneller als uns lieb.
Stiehlst dich davon, fast wie ein Dieb
Und nimmst all' jene träume mit.

Lässt uns zurück in einer kalten Welt,
In der ein Traum, als Luftschloss zählt.
In der nicht zählt, wie klug du bist,
Nicht interessiert, wie du dich fühlst,
Sondern einzig, wieviel Geld du kriegst.

Doch kehrt ein jeder immer wieder bei dir
ein,
Denn Träume haben, heißt ein Mensch zu
sein.

Milen Devinieux

## *Kronos' Geschenk*

Zeit durch Bewegung.
Von fest zu flüssig.
Metamorphe Materie formend
in dynamischem Rhythmus,
in konsequentem Takt.

Zeit durch Raum,
doch täuschend, zu weil gar zeitlos.
Ein Dauerlauf ohne Widerstand,
immer unbezwungen und verlässlich.

Zeit macht vergänglich,
macht Momente wertvoll und schön.
Ehrwürdige Augenblicke, so wundervoll,
dass uns die Götter stets beneiden.

Geschenk des Chronos,
wo Zukunft wird Vergangenheit
und Vergangenes fortlebt bis ins Jetzt.
Ewig sollst du sein!
Und ewig hoch geschätzt!

Andreas Di Lenardi

## *Vor der Reise*

Gib mir dein Herz mit,
so dass es dir keiner nehmen kann.
Binde deine Seele an meine.

Wenn ich fort bin, streichel mich
mit geschriebenen Worten.
Sei für mich da,
wo immer ich auch bin.

Lass unseren Erinnerungen
freien Lauf.
Schwöre mir,
dass du jeden Gedanken
an mich verlierst.

Und hilf mir.
Dabei, die Zeit anzutreiben,
bis wir uns wieder sehen
und sie anzuhalten,
wenn ich in deine Arme zurückgekehrt bin.

Corinna Di Stefano * 1986

Viele Menschen auf der Welt
denken: unverzichtbar sei das Geld.
Nun, man braucht es, das ist klar,
aber eines ist doch wahr:
Wie arm wäre unser Leben,
würd' es nicht die Freundschaft geben.
Träume, Treue, Geborgenheit,
Gesundheit, Ferien, Gemütlichkeit,
Sonne, Mond und Sterne,
Meer und Strand hat jeder gerne.
Zärtlichkeit, Musik und Lieder,
Hilfsbereitschaft – immer wieder.

Frühling, Sommer, Herbst und Winter
muss doch sein,
nach Schnee und Regen wieder
Sonnenschein.
Schon wenn ein Mensch wird geboren,
ohne Mutter wäre er verloren.
Später dann als großes Kind
die Väter dann sehr wichtig sind.
Und vor allem: unverzichtbar ist die Liebe!
Hoffen wir, dass es so bliebe.

Anita Dickhaeuser

es rämpelt der wind

trägt nicht mehr den klang von
rasenmähern
und der duft von sonnenmilch verschwand

die schritte treten nicht mehr sicher
tränen und kastanien rollen voran
tränen und träume vom längst
vergangenen kinde?
tränen und träume erneuern sich stet
vom traum sich fangen zu lassen
setzt die termik (den aufwind) des lebens in
gang
bück dich, ihn aufzuheben, pflege ihn
frohen muts

guten tag, strahlender mensch, kichert das
kind
so lässt es sich neu und neu beginnen
ohne gegenwind
denn nicht nur das mitternachtsfeuerwerk
verspricht
kommenden sonnenstrahl
das kannst auch du
bien sûr, avec plaisir
natürlich, mit vergnügen

Renate Diekwisch

## *Der Mönch*

Glockengeläut. Die Sonne geht auf.
Morgengebet.
Bereit nun zur Arbeit, die auferlegt;
Im Herzen immer ein Gebet bewegt.
Glockengeläut. Mittagsgebet.
Ein Seufzer des Tages – still im
Kämmerlein.
Weltliche Wünsche werden klein.
Glockengeläut. Die Sonne geht unter.
Abendgebet.
Das Tagewerk ist vollbracht.
Ein Dank in Andacht.
Das Abendlied stimmt an,
zur Ehre Gottes ist alles getan.
Glockengeläut. Nachtgebet.
Laß ruhen uns in Frieden!
Beschütze uns in dieser Nacht,
bis die Sonne aufgeht und der neue Tag
erwacht.
„Vom Aufgang der Sonne bis zu ihrem
Niedergang
sei gelobet der Name des Herrn."
Glockengeläut. Er ist Mönch –
unverzichtbar sein Gebet.

Heidi Dietrich * 1960

## *Stell Dir vor ...*

... es gäbe keine Bäume,
und auch kein Himmelszelt.
Woraus erwachten Deine Träume,
wenn Dich die Sehnsucht quält?

... es gäbe keine Wärme,
und nicht das helle Sonnenlicht.
Würdest Du leben, dann noch gerne,
wenn Niemand zärtlich zu Dir spricht?

... Du müsstest Dich trennen,
von allem, was Dir Glück verspricht.
Du würdest es mit Hass benennen –
„geh weg, du tödlicher Verzicht"!

Irene Dietz

## *Gnade des Herrn*

Dein Schicksal ward beschlossen,
du hast dein Blut vergossen,
für alle Menschenkinder,
die schuldig sind als Sünder.

Den Hohn und Spott ertragen,
von Menschen wund geschlagen,
bist du es Jesus Christ,
der für mich leidend ist.

Dein Herz, voll Liebe klar und rein,
wie groß muß sie gewesen sein,
daß du für mich gestorben bist,
damit mein Leben nicht erlischt.

Voll Freude jubelt mein Herz in mir,
im Glauben erkenn ich den Freund in dir.
Durch dich erfahre ich von Gottes Liebe,
von der Gnade des Herrn zu meiner Seele.

Adalbert Dittrich

## *Das Unverzichtbare*

Es war halt viele Jahre so,
da war „man" irgendwie ganz froh.

Die Arbeit, Kinder, eine Frau
viel Augenmass, man sah's genau.

Mit Haus und Auto, Urlaubsfreuden
das Konto hielt, die fetten Beuten!

Dann kam so langsam, immer näher,
der „Marktpreis-Obergrenzen-Späher".

Als Einladung für's Management,
deutsch Multi-Manie-al verpennt!

Schmier'-Schotter-Werbung hier und da,
Production-Power, jedoch rar.

Wer Freund, wer Feind, wer sollt' es
wissen?
Ein Markt ist halt kein Ruhekissen.

Und Wahl-Slogans, so schnell verklangen,
wie Wohlstand! Heute, viele bangen!

Denn dieser, ist viel mehr, als „Stand"
viel mehr, als Vaters „Aufbauland"

Für Segen, Frieden, solche Paare,
ist er und bleibt er das Unverzichtbare!

Jürgen Dold * 1961

## *Der Kuss*

Deine
auf meinen
Lippen

Anschmiegsame Rührung
hinab
in liebliche Tiefen
im Land geschlossener Augen

Zärtlicher Druck
geschmeckter Lust
um ganz
dem Sog der Zweisamkeit
zu folgen
auf den Wellen
drängender Nähe

Als seien wir nur noch
zwei Münder

der Liebe verfallen

Sandra Döring

Manchmal wünschte ich mir
ich wär ein Traum.
Ich würde schweben, ganz leicht
würde allerhand verrückte Dinge tun
ich würde kommen und würde gehen
wie ein Hauch
so fein würde ich zerfallen

wenn man sich von mir löst.
Ich wäre nur einmal
wäre einzigartig
wäre vielleicht schnell vergessen

aber unentbehrlich.

Sonja Döring

## *Der Schutzengel*

Ich fühl mich stolz und elitär,
denn andere sind zu familiär
in alten Traditionen
und starren Konventionen
gebunden und bedacht!
Nein, danke! – Gute Nacht!

Die Drogen helfen über Klagen,
die von Idioten vorgetragen.
Der Alkohol birgt Seeligkeit,
nur so ertrag ich Dämlichkeit.
Und dieses Mittelmaß, das wacht …!
Nein, danke! – Gute Nacht!
Um mich herum ist's kalt und helle,
das ist die Wand der Gummizelle.
Wo sind die Eltern auf dem Thron?
Oh, helft mir doch, bin euer Sohn!

Später bin ich aufgewacht,
ein Engel hat geweint die Nacht.
Ich sah ihn deutlich in der Ruh,
oder war's ein Ahnen: Das bist Du?

Ich kann es nicht versteh'n – das Leben ist jetzt schön!

Trixi von Dörnberg * 1943

Das Unverzichtbare ist vielfältig.
Unverzichtbar sind zum Beispiel gute, nette Mütter und Väter für das Gedeihen der Nachkommen.
Unverzichtbar sind die Autorenhonorare für die
publizierten Werke der Autoren.
Unverzichtbar sind die Buddhisten-Tempel
für die Buddhisten.

Unverzichtbar sind offenbar auch die geheimen
Nummernkonten für die Superreichen in der Schweiz,
in Liechtenstein.

Und das Unverzichtbare ist schließlich und endlich die
Liebe, die Menschlichkeit, die Solidarisierung innerhalb
der Globalisierung, wie das unverzichtbare Öl für unsere
Automobile, damit alles zum Wohlstand rollt, allerdings
ohne die Fanatiker und ihren Groll!

Dass ohne Charity nichts läuft, auch keine Globalisierung,
das verkündete bereits der Jemand in Rom und
das sind wir, die Bayern aus Deutschland!

K. Dostal

## *Das Unverzichtbare*

Das Unverzichtbare,
und das einzig wahre,
auf der Welt,
ist nicht das Geld.

Es sind drei Dinge,
die einem rauben die Sinne,
und die man nie vergisst,
auch wenn die ganze Welt zerbricht.

Diese drei wundervollen Freuden,
sollte niemand vergeuden,
denn sie sind so schön,
und werden auch nie vergehn.
Diese Dinge sind so wichtig,
wenn man sie hat, macht man alles richtig,
ohne sie kann niemand glücklich leben,
und jeder sollte nach ihnen streben.

Die Familie, Freundschaft und die Liebe,
kennen alle keine Intrige,
wenn es ernste Gefühle sind,
gibt es nichts, das je verrinnt.

Julia Dreher * 1990

## *Tannendrücken*

Vor mir
thront der Monitor
und saugt
an meinen Augen.

Kein Blick raus zum Fenster,
wo die grünen Tannen steh'n.
Oder ist es Tannendrücken?

Peter Dreißig * 1980

## *Unverzichtbar für das Leben*

So wichtig wie der Mut etwas zu wagen
ist Wasser rein und klar
keiner kommt weiter im Klagen
für alles Leben unverzichtbar

So wichtig wie das Bestehen der Treue
niemals werde das Licht des Feuers rar
auch wenn verlockend scheint das Neue
die wärmenden Flammen unverzichtbar

So wichtig wie die Zeit der Träume
immerzu fliegt um die Erde die Vogelschar
wir schaffen neue Dimensionen und Räume
das sanfte Landen unverzichtbar

Am wichtigsten aber ist die Liebe
nimmt die Luft zum Atmen – Hoffnung
wird wahr
vergeht sie entstehen Schmerzen und
Kriege
dennoch ist sie am meisten unverzichtbar

Stefanie Dresel * 1965

## *Werte*

Ob auf der Höh' oder im Tal
Erdbürger Unheil bringend blind:
Vergeblich suchet man Moral
Humanitas gaukelnd im Wind …

In Finsternis, trostlosem Sein
Naht ohne Glauben nimmer Licht –
Das Gebet schließt Frieden ein,
Gottes Kraft und Zuversicht.

Die Menschheit wird verloren gehn
Wenn Tugenden nicht mehr bestehn.

Gisela Editha Dubberké * 1932

## *Liebe (Meine Ruh ist hin)*
*Kurzfassung*

O liebliche Wangen.
O Schönste der Schönen,
da mein Herze nicht erwacht,
so schwimm doch herüber zu mir!

Er warf sie bis auf den Grund,
nun sind alle beide tot.

Ach, schönste Phyllis, hör,
Dich sah ich und gestand Dir frei.
Erschrick nicht vor dem Liebeszeichen;
ach, fang den Augenblick noch an!

Weisst Du, wo Du morgen bist?
Drum küss geschwind,
ohne Liebe.

Ach! Die Liebe macht mich krank.
Soll ich's Dir noch zehnmal sagen?

Ich schleiche heimlich dann,
mit nassen Augen,
unschuldig und Nichts weiter,
und das nach hergebrachtem Brauch,
von nun an bis in Ewigkeit.

DucK * 1963

## *Natur*

Natur, das ist was Wunderschönes
Natur ist einfach wunderbar.
In jedem Wipfel, jedem Bächlein
wird Dir die Allmacht Gottes klar.
Spürst Wehmut Du in Deinem Herzen
dann wand're durch ein grünes Tal
siehst tausend bunte Blumen blühen
hörst Vögel zwitschern überall!
Wat' fröhlich durch ein frisches Bächlein
horch tief in deine Seele rein
und laß die warmen Sonnenstrahlen
stets Dein Wegbegleiter sein.
und willst Du einmal Ruhe finden
dann streife durch den finst'ren Tann
siehst friedlich manch ein Rehlein hüpfen
ein Käuzchen hörst Du dann und wann!

Versuch den Gipfel zu erklimmen
der Himmel ist zum Greifen nah!
Viel Sternlein werden für Dich strahlen
denn die sind immer für Dich da.

Eva Duda-Mohapel * 1961

## *L'indispensable*

Der Mensch braucht viel in seinem Leben,
Familie, Arbeit, Lieb' und Geld.
Und wird's für ihn auch all das geben,
ist er der Glücklichste der Welt!

Familie hat nicht jedermann,
denn mancher bleibt auch gern allein.
Das zeigt, dass man auch ohne kann,
mancher – kann trotzdem glücklich sein!

Auch Arbeit ist nicht essentiell,
das Geld bekommt man auch vom Staat.
Zwar ist's bequem und geht auch schnell,
doch macht's das Leben ziemlich fad!

Auch ohne Geld ging es uns gut,
das kann sich mancher gar nicht denken!
Man hätt' zum Tauschen wieder Mut,
auch so ließ sich das Leben lenken!

Nur unsre Liebe ist da wichtig,
übt man auch sonst Verzicht,
so vieles andere ist nichtig,
Nur, ohne Liebe lebt man nicht!

Tina Dümling * 1987

## *Macht*

S'macht Sie-Nennt-Den-Betrag
selbstredend
Gib schon
Geht ja nicht anders, gebe mein Bestes.

Der Rest
von mir
fragt sich
was er noch soll
was er noch darf
ob Struktur ihn macht,
an macht,
wo er sich eigentlich
auf hält.

Macht
Ist verstrickend.

Leben
im Punkt.

Macht nichts.

Tarja Ebeler * 1972

## *Bewegung*

Als der Sand unserer Zeit
wandern wir
glitzernd und gleißend
Körnchenweise
im Kollektiv

als Düne
von Tag zu Tag

Kerstin Eberhard * 1965

Manchmal denk' ich, ich sei nur Luft
oder vielleicht ein kleiner Duft
im Garten dieser Erde.
Und wenn ich selbst einst Erde werde,
wünscht' ich, es bliebe ein kleiner Hauch
von mir auf dem Spiegel des Lebens;
dann wär' mein Sein doch nicht vergebens.
Und hoffentlich stünde dann jemand im
Garten
und atmete die Luft,
und würde dabei vielleicht erwarten
ein bisschen von diesem Duft.

Martina Ebert * 1921

## *Unverzichtbar?*

Diogenes schon, dessen Leben schlicht war,
versuchte den Beweis in alten Zeiten,
daß frei der Mensch sei von
Verbindlichkeiten,
das meiste, was uns nötig scheint,
verzichtbar.

Und in der Tat: das Leben wär' verrichtbar
auch ohne jene tausend Einzelheiten,
die heute durch den Alltag uns begleiten:
ein Stromausfall zum Beispiel macht es
sichtbar.

Ja, selbst bevor du eintratst in mein Leben,
mein Liebes, hat es mich bereits gegeben –
auch wenn ich glücklich ohne dich noch
nicht war …

Und eines Tags wird Jener fort mich
führen,
mild lächelnd: „Ränzel brauchst du keins
zu schnüren,
mein Freund! Laß alles hier: es ist
verzichtbar!"

Andreas Eglseder * 1963

Unverzichtbar ist das Glück,
unverzichtbar mir die Liebe.
Dem einen ist es die Natur,
dem andern Weltgetriebe.

Dem nächsten unverzichtbar ist:
Ansehen, Macht und Geld;
dem übernächsten „vogelfrei
zu sein" ihm auf der Welt.

Nur wer wund und elend liegt,
ein Kranker, der ermisst,

was wirklich unersetzlich,
was unverzichtbar ist.

Christel Ehl * 1940

## *Was wäre ich*

Was wäre ich
wärst du nicht
ich weiß nicht
anders vielleicht

kleiner größer
freier ganz frei
freigelacht
zufrieden nicht mehr hungrig

wäre ich ohne dies Gefühl
was hab ich verpasst
was ist vorbeigegangen
diese Sehnsucht

Sehnsucht nach dem anderen
einem anderen

immer will ich das
was ich nicht haben kann

wo wärst du
hätte ich nicht dich
was wäre ich
was

Marianne Ehlers * 1953

## *Mondgesänge*

(Nachts – welch' herrliche Ruh'.)
In den blauvioletten Himmelssamt,
Hellfunkelnd eingefasst,
ein ferner Diamantenstrauß,
der glühet ohne Unterlass.

Rendezvous im milchigen Weiß,
vom Sternenpfad umarmt,
willkommen, ihr Nachbargestirne.
Jeder dich fast küssend umgarnt.

Oh, welch wundersamer stiller Magie
bin ich vollends erlegen.
Der glänzenden Sichel überm Weltenrund,
dem Urquell irdischen Lebens.
Erwachst und stirbst in täglicher Nachtzeit.
Du, wohltuender ruhiger Mondschein,
mögest noch lange auf mich leuchten,
geheimnisvoller Begleiter meines
Erdendaseins.

Tilo Eichhoff * 1969

## *Unbeschwerte Wasserreise*

Der Daniel trägt an jedem Tag
ein Lächeln, wie es jeder mag.

Becirct auf diese Lebensart
die Weltenbummler bei der Fahrt.

Das Schiff ein großer Segler ist,
verwöhnt die Gäste mit 'ner List.

Die Wellen auf der hohen See
lassen vergessen dicken Schnee,
der sich im Heimatland verbreitet,
wo man die Wege dort beschreitet.

Der Passagierstrom sich verdichtet,
ist erst das Dinner mal gerichtet.

Bekommt ein jeder seine Speise,
die Musikband spielt noch sehr leise.

Das Meer, das muss man auch noch sagen,
verhält sich ruhig, stellt keine Fragen.

Die Wasserfahrer sich vergnügen,
beim Tanz im Saal, ganz dicht vor Rügen,
der Kältestrom er ist nicht da,
weil Daniel stets zugegen war.

Uve Eichler

## *The Definition of Love*

Liebe ist ein Unikat.
Liebe ist individuell.
Liebe beschreibt ein Gefühl.
Liebe kann nicht in Worte gefasst werden.
Zu lieben ist wunderschön.
Geliebt zu werden noch viel schöner.
Lieben bedeutet Verlangen – Verlangen
nach mehr.
Liebe bringt durcheinander und
Liebe will erwidert werden.

Liebe kann von unterschiedlicher Dauer
sein.
Liebe versteht keine Sprache.
Liebe kennt keine Regeln und
Liebe wird mit allen Sinnen gefühlt.

Liebe bedeutet so Vieles,
doch die tatsächliche Definition stellt nur
derjenige
dar, der dieses Gefühl auslöst.

Du bist meine Definition!

Kirsten Eilers * 1983

## *Sonntagmorgen*

Welch stille Freude, Sonntagmorgen,
leichte graue Nebelschwaden,
feierliches Glockenspiel,
im Haus der Duft von feinem Braten.

Auf einer Rose schimmert zarter Tau,
welcher mich inniglich beglückt,
so wie ein Kuss der liebsten Frau,
ach, wie das Leben mich entzückt.

Auch einer Katze sanftes Schnurren
schafft manchen schönen Augenblick,
ein Zauber ist in all den Dingen,
das nenn ich Reichtum, wahres Glück.
Daran möchte ich noch lange halten,
es immer fühlen, davon dichten,
auf diese Freude, glaubt es mir,
werde ich im Leben nie verzichten.

Peter Einbock * 1955

Das Unverzichtbare (wie „conditio sine qua
non")
ist allerlei.
Unverzichtbar sind zum Beispiel gute,
nette Mütter
für das Gedeihen der Nachkommen

Unverzichtbar sind die Buddhisten-Tempel
für die Buddhisten
Unverzichtbar sind aber offenbar auch
die geheimen Nummernkonten für die
Superreichen
in der Schweiz, in Lichtenstein

Und das Unverzichtbare ist schließlich und
endlich
die Liebe, die Mitmenschlichkeit, die
Solidarisierung
innerhalb der Globalisierung wie
das unverzichtbare Öl für unsere
Automobile
damit alles zum Wohlstand rollt
allerdings ohne die Fanatiker,
Fundamentalisten und deren Groll

Daß ohne die Charity nichts läuft
d.h. also auch keine Globalisierung
das verkündete bereits jemand in Rom
und das sind
wir, die Bayer!

(Wir sa'ma WIR, und WIR schreiben uns
UNS)

Claudia von Elde

## *Was ist das „Unverzichtbare"?*

Ein Wort. Ein simples Wort.
Ein Wort, das Menschen sich erschufen.
Das Schicksal kann das Wort sofort
an jedem Ort auch widerrufen.

Du, Mensch, bist schlicht darauf erpicht,
um „Unverzichtbares" zu streiten.
Bedenk: der Kosmos braucht dich nicht,
samt deinen „Unverzichtbarkeiten"!

In Demut, Menschlein, sage Dank
für Körperwärme, Atem, Trank,
für Speise, Zuneigung und Wohl,
für deine Welt von Pol zu Pol …

Denn Deine Welt hat keinerlei
Bestand in ihrem Himmelsstrich.
Du denkst – voll Hoffart – Leben sei
dort unverzichtbar?

Lächerlich!

Ernst Eliasch-Deuker

## *Seelenwanderung*

Noch nie traf ich auf inneren Wegen
irgendeine
irgendeine fremde Seele

mit Ausnahme der eigenen
die
vertraut an ihren Oberflächen
mich so befremdlich
in den Tiefen zeigte

Oliver B. Elien

## *Gott lachet ihrer*

Sie bauen noch immer
voll Eifer am Turme zu Babel
erschlagen einander
im Zorne wie Kain einst den Abel

Rebellen getrieben
vom Wahne der frevelnden Sinne
den Himmel zu stürmen
bereit zu stets neuem Beginne

Die göttliche Macht zu
erringen in gierigem Raube
Und sind doch nicht mehr als
ein bloßes Gemächte von Staube

Der Ewige aber
Beherrscher unendlicher Räume,
er lachet nur ihrer
und spottet der nichtigen Träume

Lieselotte von Eltz-Hoffmann

Um mein Leben zu verlieren,
habe ich es gehasst

weiß es nicht zu
beschreiben,
aber Neues ist erwacht

begeistert strebe ich
nach Leben,
das über den Dingen
geschieht,
der Mensch kann in
Frieden leben,
wenn er inneren Auges
sieht

Mathilde Elzenbaumer * 1963

## *Die Katzenfrau*

Sanft lind zart ist ihr Wesen.
Ihren glühenden Augen entgeht nichts.
Sie ist ständig auf der Suche,
aber wonach, weiß sie nicht.
Vielleicht sucht sie Liebe und Zärtlichkeit,
Geborgenheit,
zärtlich schmiegt sie sich an dich,
nimm sie einfach so, wie sie ist.
Versuche sie niemals festzuhalten
und einzusperren.

Sie wird kämpfen wie ein Tiger,
sich aufbäumen und die Fesseln zerreißen.
Sie wird nie mehr zurückkommen,
wenn du sie einmal der Freiheit beraubt
hast.

Heike Endreß

## *Abendrot*

Ein schöner Herbsttag geht zu Ende,
die Sonne sinkt dem Horizonte zu –
man spürt den Hauch der Sommerwende,
und alles neigt sich schon zur großen Ruh'.

Noch schweben Silberfäden über Feld und
Wiese,
von fleiß'gen Spinnen in den Wind
gehängt,
und Distelsamen schimmern in der Brise,
die sacht zum neuen Standort drängt.

Ein später Schmetterling lässt müd' sich
nieder,
doch hier und da zirpen die Grillen noch,
ein flinker Schatten huscht vorüber –
die kleine Maus verschwindet flugs im
dunklen Loch!

Die Raben – einzeln und in Scharen,
stolzieren keck auf frisch gepflügtem Feld,
sie sammeln sich, so wie in all den Jahren,
und streben hin zum Schlafplatz, den sie
ausgewählt.

Ein Hase hoppelt drunt' im Tale,
weil – wie es scheint – kein Unheil droht –
Natur verklärt sich ins Sakrale …
vom Himmel leuchtet zartes Abendrot.

Edmund Endriß * 1929

Unverzichtbar
das
Wunder
Kind.
Unverzichtbar
Kinder
Spiel.
Unverzichtbar
das
Versunkensein
im
Sein.
Unverzichtbar
wachsen
im
Wandel
der
Welt.

Heidi Engel

## *Sahnige Sünde*

Traurig gehe ich die Straße entlang,
meinen Blick gesenkt.
Aus dem trüben Himmel kullern dicke
Tränen.

Traurig, aber wohl wissend, komme ich an
und
Traurignass schiebe ich den Schlüssel an
seinen Platz.
Das Schloß quietscht und wimmert-
Genau so, wie der Wind seinen Regen
knechtet.
Und mich meine Gier nach der Einen, der
Kleinen, der Süßen Sünde.

Traurigbeklommen hänge ich im Sessel.
Meine Sucht bringt mich fast um den
Verstand.
Ich flippere durch das öde Programm. -
Werbung um Werbung.
Überall ist ES. Und doch gleich nicht bei
mir! – Warum nicht?!?

Auf meiner Stirn steht nun kalter Schweiß.
Was würd' ich dafür geben! Jetzt! Sofort!
Für einen Hauch auf meinen Lippen vom
Sahnigcremigen Erdbeer- Mascarpone -
Eis!!!

Yasmin-Melissa Engelke * 1980

## *Die kleinen Dinge des Lebens*

Hühner, die unsere Eier legen,
auf der Haut der Sommerregen.
Das seltene Tier, das überleben muss,
der tägliche Kaffeegenuss.
Der Schnee, der vom Himmel fällt,
der Mensch, der zu sich selber hält.
Die Reife, wenn der Apfel fällt,
das Kind, das an der Straße hält.
Der krähende Hahn im Morgengrau,
wenn es vorwärts geht im Alltagsstau.
Der Herbst, der die Blätter färbt,

jeder, der vor der eigenen Haustür kehrt,
Bienen schwirrend um ihre Honigwaben,
die Familie um sich haben.
Die Spinne, die sich ihre Falle spinnt,
das Glück, daß wir am Leben sind.
Ich liebe all diese kleinen Dinge,
mit denen ich mich und die Welt zum
Lächeln bringe.

Ines Engelmann * 1984

## *Wir*

Freunde wolln
wir ewig bleiben

wie wir sind
genau so, jetzt

lachend in den
Wahnsinn treiben

wenn die Welt
uns mal verletzt

halten, lassen
denken, fühln

einfach zweifach
uns anglühn

Wein beseelt
die Träne rollt

uns gewählt
hat wer gewollt

A. B. Enteuer * 1954

## *Stimmt's?*

Immer nörgelst du an mir herum,
wenn meine Unterhose im Badezimmer
auf dem Boden liegt
oder wenn du mich erwischst,
wenn ich im Stehen pinkle.

Richtig sauer wirst du,
wenn ich meine Fußnägel im Wohnzimmer
schneide
oder wenn ich beim Fernsehen die Chips
auf die Couch brösel'.

Aber so richtig unzufrieden
wärst du doch bestimmt dann,
wenn du das alles
nicht mehr hättest.

Stimmt's?

Klaus Eppele * 1959

## *Vergewaltigt*

Ein Nein hat dich nicht gestört
Du hast nicht aufgehört
Du warst wie im Wahn
Alles hat mir weh getan

Ich fühle mich beschmutzt
Von Dir mißbraucht
Die Schmerzen nie aufgehört
Du hast mein Leben zerstört

Von Dir vergewaltigt
Hätte ich nie gedacht
Bist Du jetzt zufrieden?
Hat es Dich glücklich gemacht?

Die Tränen, Wangen runter rinnen
In mir kein funken Leben
Ich wünschte nur
Dich brennen zu sehen

Mein Körper verdreckt
Meine Seele verbrannt
Unglücklich und Einsam
Reiche ich dem Tod meine Hand

Serpil Erkama

Als ich dir begegnete war alles um mich
rum dunkel, kalt und leer.
Das Vertrauen in andere Menschen und in
mich existierte nicht mehr!

Keinem deiner Worte schenkte ich
Bedeutung, die Narben der
Vergangenheit waren zu tief.
Durch dein Schreiben und Reden wecktest
du bald die Neugier und das Feuer
was in mir schlief.

Du schienst anders. Schüchtern und
verunsichert versuchte ich dir voll und
ganz zu glauben.
Behutsam nahmst du meine Hände und
öffnetest mir vorsichtig die Augen.

Mit 'nem Lächeln halfst du mir langsam
von dem kalten Boden auf, konnt nur
noch dich anschauen.
Von der Angst vor Enttäuschungen
begleitet fing ich an dich zu mögen
und dir zu vertrauen!

Du zeigtest mir was Vertrauen,
Geborgenheit, Zuneigung und Liebe
für eine wirkliche Bedeutung haben.
Streicheltest mich als ich traurig war und
„Prinzessin" gabst du mir den
Namen!

Du hieltest mich fest als ich Angst hatte
und du wärmtest mich wenn ich fror.
Ich ließ dich los als du gehen wolltest und
sehe nur noch den Tag an dem ich
dich verlor!

Du sagtest „Ich liebe dich" und du würdest
mich nicht mehr hergeben …
Jetzt liebe nur noch ich dich. Du mein
Schatz bist „das Unverzichtbare" in
meinem Leben!

Sabrina Everding * 1984

## *Faul*

Das Faultier hing an seinem Ast
und kaute frische Triebe.
Es machte eine lange Rast:
„Das ist es, was ich liebe!"

Rodion Farjon * 1948

## *Wundersame Eintracht*

Sonne und Regen
Früchte und Korn
unersetzlich kostbares Gut
für alles Leben
die Säulen der Erde
darauf das schirmende Himmelszelt ruht.

Zyklus reger Jahreszeiten
jede wahrt ihr eigen Gesicht
und dennoch sich gleichen
wie Wesensgeschlechter
die zum Fortbestand im Schöpfungsgeist
die Gene einander reichen.
Gräser und auch Blütenkelche
wundersame Eigenschaften
eines trinkt des ander'n Kraft
wie Gestirne sich ergänzen
auf ihrer Bahn, in ihrem Lauf
so der Herrgott sie erschafft.

Paul Feger

Nur eine Seite anzusehen,
bedeutet Voreiligkeit,
von andern Seiten wegzusehen,
bedeutet Langweiligkeit.

Auf eine Seite zu bestehen,
bedeutet Maßlosigkeit,
den andern Seiten zu entgehen,
bedeutet Waglosigkeit.

Schon eine Seite übersehen,
bedeutet Unstimmigkeit,

mit andern Seiten sich verstehen,
bedeutet Vielsinnigkeit.

Doch eine Seite ganz verstehen,
bedeutet Einsichtigkeit,
und andre Seiten eingestehen,
bedeutet Aufrichtigkeit.

In einer Seite sich zu sehen,
bedeutet Einseitigkeit,
auch andre Seiten wiedersehen,
bedeutet Allzeitigkeit.

Mathias R. Fenn

*Das Unverzichtbare*

Das Unverzichtbare ist der Glauben an die Freiheit
sprachen die Gefangenen;
Das Unverzichtbare ist das Festhalten an der Gerechtigkeit
sprachen die Rechtlosen;
Das Unverzichtbare ist die Sonne der Hoffnung
sprachen die Unterdrückten;
Das Unverzichtbare ist der Reichtum im Inneren
sprachen die Philosophen;
Das Unverzichtbare ist das Lachen unserer Kinder
sprachen die Eltern;
Das Unverzichtbare ist das Rauschen des Windes in meinem Haar
sprach ich;
Doch das wahrhaft Unverzichtbare ist die Liebe,
die tief bewegt
und niemals vergeht
sprachen viele wache und besonnene Herzen.

Dagmar Fercher * 1969

Von den vier Enden der Welt
holt mich die Mitte zurück.
Als Mensch, Löwe, Adler, Stier
umsteh ich die Quelle,
trinke Quintessenz.
Aufrauschen meine vielen Flügel,
aufleuchten meine vielen Augen.

Liselotte Fesser * 1939

Wir sind die Elemente des Lebens,
die unsere Natur zusammenführt
Wärme oder Kälte bestimmt den Zustand
die Zeit den Zerfall
besondere Verbindungen sind selten
man findet sie oft im Verborgenen
Was führt sie zusammen?

Liane Fickler * 1964

Geboren ins Leben, mit vielem das scheint,
nur für dich so zu sein, wie es ist.
Von vielen getrennt, und mit vielen vereint,
erfüllt sich dein Weg, der du selbst bist.

Was alles geschieht, wie sich alles bewegt,
treibt die Welle des Lebens voran.
Was alles in deinem Innern sich regt,
ist Freude, wie Leid und Hoffnung im Zwang.

Denn nicht nur geebnet ist dieser Weg,
der durch dich erst sein Ziel in sich trägt.
Keiner der Steine, umsonst, ward gelegt,
weil alles durch Schicksal sich prägt.

Denn nur so wird erfüllt, wozu du gerufen,
ob du's erfaßt oder nicht, war auch schon bestimmt,
als himmlische Kräfte dir deinen Weg schufen,
und Pläne verfaßten, die dein Leben dann sind.

Daß du für dich selber und andere
schwimmst,
die Bahnen des Lebens, im Klaren.
Daß du dein Licht lebst, und Schatten uns
nimmst,
macht dich für uns, zum Unverzichtbaren.

Michael Figas

## *Hautseide*

sie liegen aufeinander
die hautseidenblätter
fein gestaffelte menge
immer neue kommen hinzu
wirken irgendwann
wie eine dicke lederschicht
die mit den jahren
risse bekommen hat
und falten
durch die
trotz der dicke
noch immer zu vieles
durchsickert
eindringt
verletzt.

Brigitta Maria Firmenich * 1948

Als Moses die Gesetze schrieb,
für alle Zeit und Welt.
Da war es um sein Volk
gerade schlecht bestellt.
Sein Verstand sagte ihm nur,
dies sind die „Mensch-Gesetze“ der Natur!
In allen Völkern sind sie kund,
für das Zusammenleben bester Grund.
Sie sind die Basis für freies Leben,
zum Wohlverhalten vorgegeben.
Wer sie missachtet in hochmüt'gem
Stolzsein,
verliert ganz schnell sein Menschlichsein.
Wird Tieren gleich, symbolisch: „Schwein“!
Man braucht immer und zu jeder Zeit,
Gerechtigkeit und Wahrhaftigkeit.
Sie sind der Schüssel für den Frieden,
verhindern Zank und Streit hienieden.
Auf Wahrheit, auf Menschlichkeit; nun
sieh',
verzichten Kulturmenschen deshalb nie!

Joseph Fischer

## *Erinnerungen*

Der Morgen kommt mit gutem Duft,
das Zwitschern der Vögel klingt in der
Luft.
Ob Meise, Fink oder Star
ihnen geht es offensichtlich wunderbar.

Es gab' ne Zeit – nicht lange her –
da ging es mir (uns) genau so sehr.
Doch leider liegst du nachts,
nicht mehr bei mir, mein Schatz!

Ich denk' voller Wehmut und mit schönen
Gedanken
an so viele wundervolle Momente ohne
Zanken
gemeinsame Stunden, Tage und Wochen
des Glücks
Kehren sie noch mal zurück?

Harmonie wurde in unserer Beziehung
groß geschrieben,
Ärger oder Streitereien sind meistens auf
der Strecke geblieben.
Eine wunderbar, zauberhafte Liebe hat uns
umhüllt,
ein Gefühl von Geborgenheit, so zart und
mild.

Das Gedicht ist ja vielleicht nicht grad so
romantisch ,
aber es kommt tief aus meinen Herzen und
das ist gigantisch.
Ich wünsche mir nur, du erfreust dich auch
daran
damit ich wieder ruhig schlafen kann.

Wolfgang Fischer

## *Das Salz in meiner Suppe*

Du bist das Salz in meiner Suppe,
der Honigduft im süßen Klee.
Beim Festtagsmal bist du die Spucke.
Das Schlittenfahrn im tiefen Schnee.

Wie ich es dreh und wende,
die Zeit verstreicht, und doch –
Wenn ich das Zaudern, Zögern nicht
beende?
Leg ich mein Schicksal sanft in deine
Hände?

Hältst du mich, trägst du mich, wie ich
hoff?
Auf, auf trotz Sturmesbrausen,
bei nächtlichen Gedanken an ein Scheitern.
Die nackte Wahrheit ist, kommt mir das
kalte Grausen.

Nun lieg ich da, jungfräulich ist der Tag,
die Nacht.
Ich bet und fleh zu Gott. Sind wir am Ende
vielleicht doch für'nander da und auch
gemacht?

Ingrid Flis

## *Kleine Lupine*

Willkürliche Wortgeneräle
regieren den Bauch nach oben
im Garten der Lüste, verlogen,
hegen gelöschte Lupinen mit schweren
Stiefeln.

Ja sagt Amen, willfähriges Schweigen
trampelt Wüste. Auch Du sahst dem
Treiben
willig dem Abschied kleiner Fische tatenlos
zu.

Du hast sie verworfen, auf Zuruf betrogen,
die heulenden Hunde in Höfe gejagt.
Du sahst Dich nicht um nach sterblichem
Samen,
Talenten, hastig im Sand verscharrt
und tief in den Wortklauber-Bauch
gesunken.
Dachtest Du, dass satt getrunken
Blumen und Bienen der Bauch gebiert?
So willig hast Du den Schuh geschnürt,
verführter Tor, und nichts gezogen
als harte Tage für Lupinen.
Sie rufen wider gestundetes Ohr
für lebende Lichter. Der Garten versäumt
birgt trotzdem Ernte. Erde bäumt!

Anna Fortmann-Mahnken

## *Das Unverzichtbare*

„Das Unverzichtbare sei dir gegönnt", sagt
Gott zum Menschen und nimmt die
Bestellung auf:

„Meine Kinder – auf die kann ich
unmöglich verzichten", sagt die
Mutter.
– Gott schenkt ihr anhängliche Kinder ...
doch schließlich gehen ihre Kinder
weg, weit weg.

„Meine Produktionssteigerung – auf die
kann ich unmöglich verzichten", sagt
der Unternehmer.
– Gott schenkt ihm seine
Produktionssteigerung ... doch einige
Arbeiter müssen bald entlassen
werden.

„Mein Idealgewicht – auf das kann ich
unmöglich verzichten", sagt das
Fotomodell.
– Gott schenkt ihm sein Idealgewicht ...
doch die Heißhungerattacken und
Abführmittel bleiben geheim.

„Meine ausverkauften Stadien – auf die
kann ich unmöglich verzichten", sagt
der Rockstar.

– Gott schenkt ihm seine ausverkauften
Stadien ... doch den bald vermissten
Hinterausgang nicht.

„Meine Klarheit und meine Wahrheit –
auf die kann ich unmöglich
verzichten", sagt der Philosoph.
– Gott schenkt ihm seine Klarheit und
seine Wahrheit ... doch darüber
kommt der Philosoph ins grübeln:

... und wird ganz wirr im Kopf ...

Andrea von Fragstein * 1978

## *Das Unverzichtbare*

Als Selbstverständlich angesehen.
Oft erst erkannt, wenn es entrissen.
Dann wird betrauert, was man besaß.
Das Unverzichtbare, man will's nicht
missen.

Es ist berauschend, ganz tief in dir.
Des Lebenssinnes, die sprudelnde Quelle.
Gleich das verklingen eines zarten Liedes.
Für alle Menschen, das Individuelle.

Das Unverzichtbare, hält man es fest.
Weckt Lebensmut, dort wo das Fühlen
lebt.
Doch tiefe Verzweiflung, düster ausbricht.
Wenn Halten versagt, man Qualen
durchlebt.

So spüren die Menschen, solch tiefe
Sehnsucht.
Zu verzichten, man nicht mehr vermag.
Halten heißt geben, das Wissen oft fehlt.
Das Unverzichtbare, nun hofft auf den
Tag.

Nena Fraile * 1962

Was macht mein Leben aus, ist
unverzichtbar wesentlich?
Unendlich schwer, die Frage zu
entscheiden!
Wenn alles, was ich aussortiere, schmerzt
und mich
betrübt und reduziert dann sitzen lässt –
wie soll ich's meiden?

Das Du, kein Zögern kann mich da
bedrängen, es steht für mich an
Nummer 1.
Du, der an meiner Seite lebt, die Freude
teilt an tausend Dingen,
der mich in Angst umfängt und hält, – will
unsere Jahre, unsern Tag besingen.

Doch nein, Verzicht ist angesagt. –
Vielleicht der frühe Gang am Meer?
Die Stunden mit dem guten Buch?
Ein Brief mit Foto von dem Kind? – Ein
Leben ohne das wär' leer.
Die Qual der Wahl ein Feenfluch!

Das Du – es bleibt mein Favorit, und
dennoch peinigt der Verzicht.
Da kommt mir endlich die Idee, in
Düsternis seh' ich ein Licht:

Die Liebe ist's, die ganz allein, – ich muss
es philosophisch sehen –
im Leben unverzichtbar ist. Sie lässt auch
alles andere stehen,
sie schließt es ein, verleiht ihm Glanz,
mein Dasein wird zum Freudentanz,
hebt mich empor auf unsichtbaren
Schwingen,
ich bin gewiss, – das Leben wird gelingen.

Ursula Frank

## *Angleichung*

in Ostdeutschland kämpft man um
Angleichung an den Westen
von der Herrschaft wird das verurteilt
„der Unterschied“ ist für den Standort am
besten
versprochen zwar, doch nicht wirklich
geteilt

geteilt also Deutschland immer noch ist
die Wahlversprechen sind vergessen
will man wirklich nicht, dass der Osten
genießt
was wir uns erlauben im Westen

vielleicht ginge das auch anders herum
man behält „den Vorteil“ im Osten
die Westgewerkschaften agieren nicht
dumm
lassen die alten Rechte verrosten

senkt die Einkommenshöhe hier ab
auf das ostdeutsche Niveau
das bringt den ganzen Standort auf Trab
Gerechtigkeit, Bescheidenheit und so

Walter Frank * 1927

## *Kleinigkeiten*

Ein Blick, ein Wort, eine Geste, ein
Lachen,
ein Roman, ein Lied, eine Träne, ein Kuss,
die Freude, die Trauer, sich Sorgen machen,
alles ist, weil es Liebe geben muss!
Oft sollten wir uns überlegen,
wie viel wir nehmen, wie wenig geben,
wir agieren mit grandiosem Verstand,
ignorieren dabei die suchende Hand!

Das Leben genießen in all seiner Fülle,
spüren die Liebe im himmlischen Gewand,
keuchende Leiber ohne Kleiderhülle,
sich zähmen und reiben außer Rand und
Band!

Kannst du einmal nicht mehr träumen,
Vieles wirst du dann versäumen,
kannst du einmal nicht mehr lachen,
Wenig wird dir dann noch Freude machen!

Gerd Franke * 1963

## *Vatermorgana*

*(Fast ein Gebet)*

Mutter ist ein Schatten
Vater ein Phantom –
Doch mein Schmerz ist echt
Und ich weiß, was ich spüre
Und ich weiß, was ich will:
Ich will jeden Tag ein bißchen länger
durchhalten
Jeden Tag ein bißchen stärker werden
Bis ein Berg meinen Namen trägt!

Liborio Fraraccio

## *Unverzichtbar*

Urgeborgenheit vom Ich zum Du,
Wunder – reines Aufgehobensein,
deckt Unzulänglichkeiten stetig zu,
Bereicherung gemeinsam wie allein.

Lebensatem im Empfinden,
wortlos fließend Wirksamkeit,
Kräfte, die so Menschen binden,
machen zu Tat gestärkt bereit.

Hohe Freude – reiches Geben
ernährt während der Erdenreise,
ehrgeizlos und ohne Streben,
selbst Ärmsten unbezahlbar Speise.

Doch führt zu Leiden notgedrungen
oft, was in vollem Glanze stand,
von Bruch und Trennungen bezwungen,
im Dunkel sich gar mancher fand.

Unverzichtbar Seelenlicht
war dennoch Liebe in der Zeit,

am Daseinsende stirbt sie nicht,
bleibt Geisteskeim zur Ewigkeit.

Claudia M. Freiburger

## *Machtwort*

Haltet Wort
mit dem Wort, den Gedanken
Sie sind All-Macht
Schöpfer-Ich

Ich

Ich bin
im Wort
im Eins

Liebe

Machtwort

Karola Fried * 1949

aus der Mitte des Nichts
ein Name

hell über den Ähren
vom Wind gewogen
für die Hoffnungslosen

in erstarrten Gesichtern
staubverschlossen
mit den Fragen der Kinder
nach der Rückkehr der Fische

auf kraftlosen Händen
die das Brot nicht halten
die Gräber nicht schaufeln konnten

verblassend in die Nacht der Zahllosen
als wären sie nie gewesen

Horst Fritsch

## *Essen*

Man sollte
in diesem Leben
eines
niemals vergessen
und sollte
sich selbst
die Erkenntnis
öfters geben:
Wir wurden
nicht geboren,
um immer
nur zu essen,
sondern wir
müssen essen,
um zu
überleben.

Gerdi Fritzsche * 1944

## *dein beharren*

wo bist du, wenn die engel fallen,
weinst du oder triumphierst du voller hohn,
segnest du, was leise hingeht wie verhallen
oder treibt dich bloß und immer explosion,
kauerst du oder kannst du dich bewegen,
sanften bändern gleich im tanz
in der nacht, es ist gegeben.
an den tagen bricht der glanz,
wenn sie kommt, die eine, reichst du ihr die
hand
oder brichst du ein ins feine, falbe
nachtgestühl aus sand,
laß mich los, ich muß fallen,
keinem engel gleich – ich weiß
doch dir zieht hinan mein leis verhallen,
alles weg aus wort und gleis.

Martina Früchtl

## *(Widerruf)*

Du sagst,
das, was wir nicht kennen
können wir niemals vermissen

Doch ich sage

ein Tag nur
ohne deine Augenaufschläge
oder deinem Atem im Schlaf
während du meine Hand drückst

eine Stunde nur wäre mir zuviel
vergeudetes Leben

eine Sekunde allein
in der ich von dir nichts wissen dürfte
wäre eine Verschwendung

Ich sage
wenn ich dich nicht kennen würde
ich müsste dich für ewig vermissen

Irmgard Fuchs * 1984

## *Das Unverzichtbare*

Ruhm, Karriere, Macht und Geld?
Das Unverzichtbare in dieser Welt?

Wie schnell geht das alles dahin?
Verliert an Wert und auch an Sinn!

Das Unverzichtbare für unser Leben?
Muss es da nicht Höheres geben?

Das Unverzichtbare in unseren Tagen
ist Hoffnung, Glaube und Liebe in sich zu
tragen.

Das Unverzichtbare ist, in Augen zu
schauen
und Brücken hin zum Du zu bauen.

Wir können auf alles verzichten, nur darauf
nicht,
weil unsere Welt sonst aus den Fugen
bricht.

Jutta Fuchs-Häberle * 1959

## *Sommerregen, Musik die Liebe*

In der Luft,
liegt dieser Duft,
von einem lauen Sommertag,
Harmonie, Traummelancholie,
im Wolkenmeer regnet es sehr!

Der Sommerregen bringt Liebe entgegen,
der Gentleman deiner Träume kommt dir
entgegen,
es ist Zeit, sich in die Arme zu nehmen.

Ein zärtlicher Kuss auf sanfte Weise,
dabei klopft das Herz leise,
aus einem Saxophon erklingt die Melodie:

Stand by me,

dieser Tag ist reine Poesie!

Annette Fuhrig * 1981

## *Allein unter Wölfen*

Versunken Lachen,
Trauer stark,
mein Leben kahl,
vom Wind geplagt.

So nehme ich,
oh ja, bedauerlich,
den Hut herunter.

Christian Füllmich * 1984

## *Unverzichtbar*

Unverzichtbar ist die Sonne
die ein' jeden von uns wärmt,
ganz gleich, ob voller Freud und Wonne,
ob schweren Mutes, ob verhärmt.

Unverzichtbar ist die Luft,
die uns heben lässt die Brust,
trägt zu uns den frischen Duft
des Frühlings und vertreibt den Frust.

Unverzichtbar ist der Schnitter,
denn er hebt den Wert der Dinge,
ohne ihn – das wäre bitter –
gäb's kaum Tanz auf einer Klinge.

Unverzichtbar ist die Liebe,
des Menschen allerhöchstes Gut,
ohne sie auf Erden bliebe
lediglich Zorn, Hass und Wut.

Unverzichtbar das bist Du
mit allen deinen Launen,
und in jedem neuen Nu
bringst du mich zum Staunen.

Jens Füllner

## *Zwei Einsamkeiten*

Zwei Einsamkeiten
In einer Ewigkeit
Die sich schon mal begegnet sind
Suchen sich wieder

Zwei ewig Reisende
Die mit einem Lächeln
Aneinander vorbei gehen
Erkennen sich wieder

Zwei Herzen
Die vor Liebe glühen
Die Grausamkeit verschmolzen
Die Wärme verbreiten
Suchen ihre Stille –
In dem Wald der Liebe

Zwei Körper
Sehnen sich nacheinander
Nach Wärme, Nähe ,wieder
Nach tiefem Schmerz der Liebe

Diana Fütterer * 1968

## *Das Unverzichtbare*

Hunger, Durst und Müdigkeit
müssen befriedigt werden allezeit.
Doch was wird oft vergessen,
wir brauchen nicht nur Schlaf, Trinken und
Essen.
Auch Liebe ist ein unverzichtbares Gut
dazu braucht man oft viel Mut.
Enttäuschungen dürfen uns nicht lassen
verzagen,
immer wieder einen Neuanfang zu wagen.
Dabei kommt man manchmal ins Stolpern
und Fallen.
Wollen wir aber nicht irgendwann stehen
einsam in unseren eigenen Hallen,
müssen wir uns immer wieder auf die Suche
begeben
nach der Grossen Liebe eben.
Und finden wir die Grosse Liebe nicht,
so ist es vielleicht eine gute Freundschaft
schlicht,
die uns weiterhilft auf unserem
persönlichen Weg.
Also sei nicht so träg
und geh in die Welt hinaus,
dann findest Du einen Weg zu Dir und zur
Liebe und kehrst mir ihr zu Dir oder
nach Haus.

Angela Gaidosch

## *Utopie II*

Doch da waren noch die Träume
Die ihn nachts nicht schlafen ließen
Es drängte sich ihm in ihnen
Der ein oder andere Satz auf
Die ein oder andere Melodie
In den stillen Stunden seiner Nacht
Sah er sich im Traum
Einem fernen Küstenstrich folgen
Sah sich manchmal
An waldversteckend Seen
Und wenn er erwachte waren es Schemen
Und im Abendrot vergoldet
War es Sehnsucht unerfüllbarer Ferne
Die ihn
In ein noch nicht geborenes Land riefen

Andreas Gammel * 1964

## *Musik*

Wenn die Töne leise klingen
Bedächtig durch die Lüfte schwingen
Sachte an mein Ohre dringen
Und in meinem Kopfe singen

Dann fühle ich mich wie ein Kinde
Staune, lache und empfinde
Dies alles wie ein Zauberstück
Ein tiefes, schlichtes, hübsches Glück

Ich hör die Töne zu mir sagen
Diese Freude kannst Du haben
Immer und an allen Tagen
Wenn Du wieder voll von Klagen

Ich sag es voller Zärtlichkeit
In unbegrenzter Fröhlichkeit
Musik ist wundervoller Segen
Ein kleines großes Stückchen Leben

Inga Ganzer * 1978

Wenn einer sagt:
„Mitnichten kann ich auf ‚Bares'
verzichten",
dann ist das sein Recht – dann geht es ihm
schlecht.

Klaus-D. Gebauer * 1949

## *Zukunft*

Und wenn
ich mich beim Abschied schon
verpflichten müsste
Dich beim Wiedersehen noch
zu lieben
dann
würde es mich heute
daran hindern.
Ich will es nur heute
aber dafür tun
und hoffen
dass auch morgen wieder
ein heute wird.

Thomas Geck * 1948

## *das wort*

sie reden über das wort
es ist ein wort, ein besonders schönes
wie ein sonnenuntergang an der küste
sagt einer, ein anderer sagt, es sei wie
der mond, der über den see zieht
wie schön, ruft die andere aus, wie schön
und alle schweigen
und zeichnen mit den fingern
figuren in den sand: sandmalerei,
sandfiguren
jeder gibt ihnen einen anderen namen
doch keiner streitet ab, über oder um
und auch findet sich niemand, der dagegen
streitet, es gibt keinen streit, kein
wortgefecht
sie sitzen am strand und malen, zeichnen,
schweigen
und vergessen für einen augenblick

dass es ein wort gab
ein besonders schönes

Saskia Geest

## *Das Unverzichtbare oder Jetzt*

Es war niemals so, wie es jetzt ist.
Es wird niemals sein, wie es jetzt ist.
Morgen wird sein, gestern war.
Jetzt ist jetzt.
Unverzichtbar ist dieser Moment – Jetzt.
Jetzt führt mich zu mir, in mein Herz.
Ich weine oder lache, bin traurig oder froh.
Jetzt ist alles was ist.
Es ist nichts ohne Jetzt.
Ein großes Jetzt aus vielen kleinen Jetzt,
Die alle miteinander verbunden sind.
Jetzt.
Ein Netz, das alle umfasst.
Jetzt.
Millionen Sterne zwinkern sich zu.
Jetzt.
Ich und du. Wir alle sind.
Jetzt.

Sieglinde Geh * 1961

Manche gab's,
die allzu sehr verzichteten,
sogar ihr Leben gaben sie her.
Wie heldenhaft und so voll Ehr' …

Sie haben uns gezeigt,
dass nichts
unverzichtbar ist.
Selbst das Leben nicht.

Und trotzdem
lasse ich mich herab,
auf Knien kriechend,
für ein Stück Brot,
einen Schluck Wasser,
gar um mein Leben bettelnd!

Nicht freiwillig verzichtend
auf das eigentlich Unverzichtbare,
weil Du nicht darauf verzichtest,
dass ich verzichten soll.

Ich bin kein Held, ich bin nicht toll!
– Und Du?

Detlev Geisler * 1960

## *adler*

in einem himmel
wie ein goldenes lied
schwebt ein ton
wird größer und lauter
ein mächtiger vogel überblickt alle meere
die liebe
den hass

hinabgleiten oder auch stürzen
selbst große schwingen halten keinen leib
mit schwerer seele oder angst

von zeit zu zeit ein fallen
an den rand der welt

am boden
aber nicht
zerstört
mit der verzweifelten ahnung um den
klang
der zum gesang wird
und den korper wieder nach oben trägt

Beate Geist * 1962

## *Nicht – erreich – bares*

Stilles Leiden
tränenumspülte Augen
zerrissen im Innersten
Kampf mit und in Dir
die Lust am Abenteuer
Schleier heben, lüften
das Geheimnis erforschen

Tief in Dir kennst du es aber bereits
willst es gar nicht so genau erfassen
Schizophrenie der eleganten Art
Trunken vor Freude
abgesoffen und nicht tot zu kriegen
Fiktion die dich erhebt und stürzt
welch subtile Kapriole
einer Scharade gleich
eine Schweigewand als Gegenüber
Albtraum als Traum
Faszination des Nicht-erreich-baren

christine-genc * 1954

## *Abend*

Wenn der Abendstern am Himmel steht,
der Tag sich an die Nacht verliert,
mit einem letzten warmen Leuchten das
Licht verglüht,
dann ist es soweit, es erwacht dein
Seelenlicht.
Es hüllt dich ein und flüstert dir zu,
du kommst zur Geborgenheit und zur Ruh.
Es führt dich rein in eine andre Welt.
Öffne weit die Tür deiner Seel,
lass ein die reinen Wesen.
Spüre tief in dir den Himmelsfrieden,
Gottes liebende und schützende Hand.
Lass dich berühren von seiner Gnad.
Du bist geborgen in seinem Schutz.
Schlaf ein du Weltenkind,
lass dich fallen in die wohlverdiente Ruh.
Engelsflügel decken dich zu.

Ruth Gerber * 1962

Die Ströme
die unter der Erde fließen
die Wasser
die sich vom Himmel ergießen
murmelnde Quellen
und donnernde See
Teich, Brunnen und Fluß
und jeder Tropfen,
der niederfällt,
alle bergen sie's in sich
das große Geheimnis der Welt.
Unverzichtbar allem
was lebt

ist das Wort – und Zauber –
zum Ganzen verwebt.

Marianne Gerdes

## *Wahres Leben*

Fast jeder Mensch strebt lebenslang
danach, den eignen Sinn zu finden.
So startet er voll Zuversicht
den jungen Tag mit neuem Mut.

Am Abend stellt ermattet fest,
ein jeder, der sich treiben lässt,
dass dieser Tag verloren scheint,
und übrig bleibt das kahle Nichts.

So eilt dahin die Daseinsfrist
und matt und trister wird der Geist.
Verzweiflung schleicht ganz leis' sich ein,
weil ungenutzt verstreicht das Leben.

Um sich der Not der Zeit zu beugen,
ist viel zu kostbar unser Sein!
Wir sollten alles daran setzen,
der Alltagsmühle zu entfliehen!

Nicht Hast und Eile treibt das Leben,
es ist die Sehnsucht „Mensch zu sein".
Als „Mensch" kann man den Kampf
bestehen
und sich des Lebens wieder freuen!

Ulrike Gerhard * 1969

## *Ein Naturgesetz ...*

Ein Naturgesetz, schnell, wer sagt es
mir! ... ?
Wiederum sich einer, wie immer, nicht
genier'?,

Und gleich schreiend, wer will da rüber?
Wir drüben stehen doch klar drüber und über!
Was will man dann übern Ossi sagen,
Wie kann der es nur klagend wagen!?
Seid froh, das wir's erlaubten, das hol'n über,
Und brachten unsre Freiheit frei hinüber!?
Ja so steht's stets drüben geschrieben,
Wer wollte uns Faulpack noch lieben!?
Dumme sollten lieber noch drüber üben,
Und warum seid ihr nicht geblieben drüben?
Nun!: Ein Gesetz ist immer wirkend dar,
Nur fürs große Tier ist's hoffend wahr,
Klar ein Naturgesetz! – „der Große frißt den Kleinen",
Was wohl einer drüben wird drüber meinen?

Hans-Werner Gerhardt * 1959

## *Kostbare Zeit*

Ein Wochentag frei – mit den Eltern ins Grüne fahren,
dorthin, wo sie in deiner Kindheit so gern mit dir waren.
Das Maigrün ist jung und ihr reist in die Vergangenheit,
du spürst, wie kostbar sie ist, die gemeinsame Zeit.

Während ihr gemächlich über des Waldes Wege geht,
werden alte Geschichten bunt und neu aufgelegt.
Du kennst sie alle, findest sie schon lange nicht mehr interessant.
Du lebst in der Gegenwart, hältst diese fest in der Hand.

Doch in der frühsommerlichen Waldesidylle,
von Vogelgezwitscher betupfter Stille,
hier erliegst du ihrem Charme, ihrem Bann,
und so hält auch dein Alltag endlich einmal den Atem an.

Im Wechselspiel von Schatten und Licht folgt ihr des Weges Lauf
und nehmt beglückt euren gemeinsamen Faden wieder auf.
Wechselspiel von Schatten und Licht in Gegenwart, Zukunft, Vergangenheit,
Wechselspiel des Lebens, erspüre, wie kostbar sie ist, die gemeinsame Zeit.

Christina Gerlach * 1957

Unverzichtbar ist die Liebe,
Stark und ohne Hintersinn,
Ist sie Fels im Weltgetriebe,
Steckt in allen Menschen drin.

Liebe heißt vertrauen,
Stein auf Stein
Bis in den Himmel bauen,
Füreinander da zu sein.

Das Böse muß es geben,
Damit ein jeder weiß,
Die Liebe ist das Leben,
Wie ein Vulkan so heiß!

Wolfgang A. Gerlitzki

## *Metamorphose*

Als unscheinbare kleine Raupe,
schläfst du in deinem engen Kleid,
versteckt und zugedeckt vom Laube,
bis daß gekommen deine Zeit.

In dieser seidig weichen Hülle,
eine Verwandlung vor sich geht,
wächst Schönheit jetzt in Hüll' und Fülle,
alles vor der Vollendung steht.

Dann streifst du ab die alten Schleier
und glättest deine Flügel sacht,
dies Schauspiel gleichet einer Feier,

die allzeit ist von Gott bewacht.

Mit deinen bunten leichten Flügeln,
genießend froh den Sommerwind,
flatterst vorbei an grünen Hügeln,
entrückest meinem Aug' geschwind.

Um deiner eignen Schönheit wegen,
du deine Hüllen abgesteift,
jede Verwandlung ist ein Segen,
wenn wir dadurch nur sind gereift.

Jüren R. von Gernler * 1955

## *Wasser*

In Tropfen, in Strömen,
zum Fürchten, Verwöhnen,
mal flüssig, mal fest,
verschwommen, benetzt,
Hier rieselnd, dort reißend,
in Massen, vereinzelt,
Zusammen, einsam,
stark nur gemeinsam!
Beflissen, verflossen,
kommst von oben geschossen,
Wolkentouristen und Himmelsbewohner,
ewiger Passagier des Nebelmastschoners.
Tropfen für Tropfen gebraucht und begehrt
Nichts auf der Welt wird genauso verehrt
Wir beginnen, und wir enden, mit Dir
Ich bin Du, und Du in mir.

Gunter Giebel * 1976

Aphrodite
Schaumgeboren
Dem Meer entstiegen
Und so auf die Erde gekommen
Wendetest du dein Antlitz
Den Menschen zu
Die, die dich schauten
Verstummten
Vor deiner Schönheit
Und dankten den Göttern
Du aber schenktest ihnen
Ein Lächeln
Und heiltest ihre Wunden

Joachim Giehm * 1947

ach, diese nächte.
verzerrt erscheint dir
dein antlitz, klar siehst
du nur sie, dein bett
einsam durchwühlt, sie
geküsst vom schwammig unbekannten.
herz, werde zu stein,
wie das der frauen,
die als weichherzig gelten.
und leben, lass mich
eintreten in die höhle
deiner sublimation,
jenseits dessen, ein
erfüllungsgehilfe der wünsche bloss
einer frau zu sein.
begehren, lass mich gehen.
denn sie ist nicht da,
und wird nie mehr kommen mit mir.

Konstantin Ginelli * 1966

## *Interpunktion*

Ich?
Ich bin.
Ich bin ehrgeizig.
Ich bin ehrgeizig und neugierig.
Ich bin ehrgeizig und neugierig, weil ich …
Ich bin ehrgeizig und neugierig, weil ich
Gedichte …
Ich bin ehrgeizig und neugierig, weil ich
Gedichte schreibe.
Ich bin ehrgeizig und neugierig, weil ich
Gedichte schreibe und?
Ich bin ehrgeizig und neugierig, weil ich
Gedichte schreibe und weil …
Ich bin ehrgeizig und neugierig, weil ich
Gedichte schreibe und weil es?
Ich bin ehrgeizig und neugierig, weil ich
Gedichte schreibe und weil es die
schönste …

Ich bin ehrgeizig und neugierig, weil ich Gedichte schreibe und weil es die schönste Sache …
Ich bin ehrgeizig und neugierig, weil ich Gedichte schreibe und weil es die schönste Sache auf der Welt ist!
Ich bin ehrgeizig und neugierig, weil ich Gedichte schreibe!
Ich bin ehrgeizig und neugierig!
Ich bin ehrgeizig!
Ich bin!
Ich!!

Marion Gitzel * 1947

## *Eiszeit*

Dunkel drohend hängen Schwaden
kalten Atems in den Zweigen,
die vom Eise schwer beladen
sterbend sich zu Grabe neigen.

Unter glitzernden Kristallen
liegt erschöpft der Puls des Lebens.
Fest umschlungen von den Krallen
stummer Pracht kämpft er vergebens.

Mit den Schlägen starrer Schwingen
toter Vögel bringt sein Flehen,
das die Erde läßt zerspringen,
selbst die Zeit zitternd zum Stehen!

Peer Glodeck * 1950

## *Gesang des Herzens*

Wieder daheim.
– Ist das schön –
ich sehe die Straßen
– und –
die Plätze.
Die Leute hier
– reden so –
wie ich – denke.
Ich fühle mich
– behaglich –
habe – Wohlgefallen.
– Hier –
gibt's Menschen,
die ich
– anderswo –
vergeblich suchte.
Ich bin eben –
wieder daheim!

Alusru Airam Gnissem * 1952

## *Versuch zu verstehen*

Wortlos
Sprachlos
Treibende Gedanken
Augen sprechen Bände
Mund sagt
Nichts

Arend Godbersen * 1966

## *Das Gewissen*

Mensch in mir,
irgendwo
bist du versteckt,
irgendwie suchst
du mir Freund
zu sein,
irgendwann
werden wir endlich
gemeinsam leben.

Gisela Gödecke

Bekanntlich verzichtet man schlecht
auf Geld, Macht, Jugend und Sex.
Doch im menschlichen Leben entscheidend
ist der Umstand des Vergehens der Zeit.

Man verzichtet, also man kann es,
ob gezwungen oder bereit,
auf Freiheit, aus Liebe,
auf Freunde, aus Leid.

Jedoch unverzichtbar erscheint mir,
zu verzichten auf das, was noch nie war;
auf das, was ich wachend erträume,
worauf ich noch hoffe,
wofür ich lebe immerdar.

Unverzichtbar ist mein Glaube an das
Gute.
Unverzichtbar ist meine Hoffnung auf
Friede.

Das Unverzichtbare – so ist's mir
zu Mute –
ist
der Glaube, die Hoffnung, die Liebe.

Marie Luise Goiri Stein * 1933

## *Stille*

Im Schwarz der kalten Nacht,
im Wasser, das vom Himmel strömt,
unter schreienden Schmerzen,
die Vergangenheit quälend im Schädel
dröhnt.

Die tiefe Ferne schmerzt,
sogleich sie brüllend lockt.
Das Weite, das leere Nichts
als das Herz des Lebens scheint.

Das Sein, in Bewegung aufgelöst,
vergisst das Ziel, will zerbrechen,
sucht die Ruhe im aufsteigenden Sturm,
leugnet zu spüren die Fäulnis.

Vergebens der Kampf ,
die Ruhe lähmt die Fluten.
Verzweiflung sucht den Sieg,
doch wird ertränkt in Stille und fremder
Macht.

Mirco Gökeler * 1980

## *Verantwortung für Mutter Erde*

Oft zerstören
Menschen,
Was Mutter Erde
uns gibt

Mutter
Wird sie genannt
und es stimmt

Ihr Leib
Wird geschunden
Vergiftet, verätzt

Zu leicht noch
Verhallen die Rufe
„Hört damit auf!"

Doch unverzichtbar
Bleibt das Ziel:
Umdenken

Durch Ehrfurcht und Liebe
Stark werden

In der Verantwortung
Für Mutter Erde

Josef Good * 1924

## *Liebeserklärung*

Ich möchte dich mit einem Baum
vergleichen –
das tu ich gerne, weil ich Bäume mag.
Dein Dasein trägt, wie er, so viele Zeichen
von Liebe. Die ich brauche Tag für Tag.

Ist mir zu heiß, so trete ich in deinen
Schatten,
und deine sanfte Kühle streichelt mein
Gesicht.
Sie trägt mich fort auf weichen, grünen
Matten,
weit weg von jeder Alltagslast und Pflicht.

Dein dicker Stamm schützt mich vor bösen
Winden,
und auch der Regen kann mir hier nichts
tun.
Du bietest Hilfe, ohne mich zu binden.
Hier kann ich träumen, tanzen, toben und
auch ruh'n.

Dein Blätterdach: viel weise, gütige
Gedanken,
jahrhundertalt und dabei doch so neu.
Ich denke sie, befreit von allen Schranken
und bin verwundert, dass ich mich so freu.

Ich kann auch, wenn ich will, aus deinem
Schatten gehen
ins helle Licht und kämpfen mit der ganzen
Welt.
Ich bin so stark, was soll mir schon
geschehen!
Du bist ja da. Und das alleine zählt.

Annelies Gossert * 1941

## *Das Ewige*

tausend Jahre vergehen
noch einmal
tausend Jahre
ich werde
am Rande der Zeit
auf dich warten
deinen Augenaufschlag
zu erleben
wie deine Wimpern
sich senken und heben
die Strahlen deiner Augen
der Sonne gleich
deine Hände
so zärtlich und weich
dein Atem
ein Meer voll duftender Rosen
wie der einer Göttin
setzt alles
außer Kraft

Dietreich Göttel Blattgrün

Unsere Zeit verdunstet
Und vieles enteilt mit ihr.
Ich suche des Schicksals Güte
Mein Los jedoch spielt mit mir.
So einiges liegt mir am Herzen
Das andre ist mir egal
Auf vieles kann ich verzichten
Auf manches auf keinen Fall
Ich verzichte nicht auf die Freude
Auf die Liebe und Sonnenschein
Auf die wahren und treuen Freunde
Auf zufrieden und glücklich sein.
Auf die Augen meiner Oma
Auf die Weisheit in ihrem Blick.
Auf den Winter und auf den Sommer
Und stolz segelnden alten Brigg …
Und wenn früh oder spät zu Ende
Gehen soll meines Lebens Tun
In liebenden Gottes Händen
Möchte ich ewig Ruhen …

Andrej Götz * 1971

## *Wenn ich an dich denk*

Mein Körper sich dir entgegenwölbt
wie eine Blume gen Sonne

in mir erweckt
Lust, Leidenschaft und Wonne

ich träume von dir
laß meine Gedanken fliegen
in einem mit Musik erfülltem Raum

in meinem Traum
wir uns lieben in einer Wanne voller
Wasser
mit nach Rosen duftendem Schaum

vom warmen Naß
sind unsere leidenschaftlichen Körper
umgeben

so schön ist das Leben
wenn ich an dich denk

Marion Graeber

Wenn du etwas Bestimmtes erreichen
willst
und es ist im Einklang mit deinem Spirit
dann wird das ganze Universum sich
verschwören
damit du es erreichen kannst

Fara Gräf * 1956

## *Das Mädchen und der Junge*

Weil es Liebe ist,
spricht das Mädchen,
hält einen Koffer in den Händen,
einen Koffer voller Blumen.

Weil es Liebe war,
spricht Lév
und legt sanft in den Koffer
ein Vergiss-mein-nicht hinzu.

Ob es Liebe war,
wer weiß das schon.
Und die Blumen im Koffer
Verwelken mit mattem Glanz.

Tina Grahl * 1986

## *Salz und Pfeffer*

Essig und Öl
Milch und Honig
Luft und Wasser
Butter und Brot

Von jedem ein wenig
Gerade genug
Die Würze ist mild
Manchmal feurig
Aber nie aufdringlich
Eben gerade genug

Eine flüchtige Beziehung nur
Verwandtschaft der Seelen
Und doch Harmonie

Hildegard Graß * 1962

Das frische Meer –
goldener Morgen –
von guten Winden rasch getragen –
so fährt dahin
mein stolzes Schiff.
Hinein in Raum
und Sehnsuchtsfernen.
In Lüften – fern die Ziele all.
Weit das Gemüt
tief wie das Meer – das Glück.

Johannes L. M. Greyn * 1938

## *Das Unverzichtbare*

Ist's der Verstand,

eine Hand,

vielleicht ein Band.

Doch der Verstand.

Nein eine Hand.

Die Dich greift,
auf Dich zurück schmeißt.

Die Dich packt,
hoffentlich nicht zerhackt.

Die Dich streichelt.

Sich zurück zieht,
wenn sie zweifelt.

Sie hält fest
und dich wieder verläßt.

Nadja Grimm

## *Schlaf*

Treuer Freund meiner Seele.
Ich träume
und drehe dabei
jede Nacht meinen eigenen Film.

Mein Gehirn erzeugt
eigenständig Bilder,
die das Auge nicht gesehen.
Wie kann so etwas nur entstehen?

Im Traum nehmen Gestalt
Angst, Schrecken und Gewalt,
aber auch Liebe, Geborgenheit und Spaß.
Was sagt uns das?

Auch die größten Kämpferinnen
und Kämpfer dieser Welt
müssen schlafen, sonst wird aus ihnen
weder Heldin noch Held.

Elke Grimm-Zeidler * 1956

## *Liebeslied*

Du Stern meines Lebens:
Ohne dich herrscht Finsternis.
Weg- und ziellos irre ich durchs Universum
von Zeit und Raum.

Du Blüte meiner Hoffnung:
Ohne dich regiert Verzweiflung.
Haltlos falle ich tiefer und tiefer, dem
Abgrund entgegen.

Du Quell meiner Stärke:
Ohne dich siegt die Schwäche.
Kraftlos bin ich verurteilt zur Kapitulation.

Du mein ALLES:
Ohne dich bin ich NICHTS.
Wunschlos bin ich glücklich mir dir.

Bettina Gröber * 1981

## *Ich will in meine Träume steigen*

Ich will in meine Träume steigen
und blühen lassen meine Fantasien!
Ich werde täglich immer neu mir zeigen,
daß meine Feuer noch im Herzen glüh'n.

Auch älter werdend will ich weiter streben
und alle Sterne soll'n mir greifbar sein.
Ich will mich keinesfalls im Nichtstun
selbst aufgeben –
Will rastlos bleiben, nicht für mich allein!

So nehmt mich denn beim Wort in meinen
Tagen:
Die Träume sollen blühen und gedeih'n,
und täglich will ich es auf's Neue wagen,
ein Mensch und Freund für Euch zu sein!

Dieter Gropp * 1937

## *K. Putto 2000*

Nackt und naß, voll Schmieren und Falten,
gleichgültig beschaut ihn die Welt.
Niemand muß die Augen geschlossen
halten,
sie sehen seine Flügel nicht.
Er ist nicht schön, er wird kein Held.

Er läuft nicht gern, noch tragen ihn die
Flügel,
schwebend erkennt er die Welt.
Anderen Berge sind seine Hügel,
sie sehen seine Flügel nicht,
Fliegen ist alles, was zählt.

In der Vitrine die Flügel, nebenan sein
Gewissen,
– rasend durchzieht er die Welt –,
die Federn gerupft und sorgsam
geschlissen,
er sieht seine Flügel nicht,
verstaubt und vergessen, hinderlich beim
Kriechen für Geld.

Die Daunen sind weich für das
Totenkissen.
Hier ist sein Ende der Welt.
Schwingen besessen und doch sterben
müssen,
die Flügel nützten ihm nicht,
keine Ernte auf seinem Feld.

Ralf Großer

## *Der Trinker – das Schaf im Wolfspelz*

Lallende Aggressivität
im torkelnden Rhythmus
vollendet bis ins Blut

heulendes Elend im Auge
Tränenmeer
der Spiegel steigt
pro mill

Schwankendes Gleichgewicht
trägt Schwerelosigkeit
bis zum Bodenfall

Wolfspelz, notdürftig das
blökende Schaf bedeckt

Gossenhauer – bodenlos

Edith Anneliese Groth * 1950

## *Dem Neuen*

Es gibt kein Zurück.
Die Melodie geht unendlich hin.
Ihr Teppich läuft ohne Anfang und Ende
dahin.
Die Melodie versteinert in unzählige
Bröckchen,
je einzig.

Vernichte die Zahl!
Spiel sie Bröselein um Bröselein rückwärts.
Knüpf sie Knötchen um Knötchen
auseinander.

Sag, dass das Unmögliche
zuletzt allein nötig sei,
sag es nicht nur:

Bringe die Farbe für die Augen durch den
Staub.
Tu das Unmögliche –

spritz deine Tränchen in die Horizontale!
Fang an jedem Ende an.

Bernd Gruber * 1971

## *Das Unverzichtbare*

Eure stechenden Blicke im Rücken
Euer hämisches Grinsen vor'm Gesicht
Über mich zu lachen, scheint euch zu
entzücken
Dann wieder tut ihr, als gäbe es mich nicht
Oder lasst mich glauben, ich machte alles
verkehrt

Ich versuche, euch zu ignorieren
Ich tue so, als hörte ich gar nicht hin.
Denn was immer ich täte, ich könnte nur
verlieren
Weder weinen, noch wüten macht einen
Sinn
Mein stummes Schreien bleibt ungehört

Dabei will ich doch gar nicht so sein wir ihr
Nicht aus Wunsch, sondern aus Zwang bin
ich hier
Ich hasse euch genau so, wie ihr mich hasst
und will nur, dass ihr mich in Ruhe lasst

Denn das ist Unverzichtbar: In Frieden zu
leben
Nicht mit euch Ignoranten – nur mit mir
allein
Euch keine Fragen stellen und keine
Antworten geben

Ich denke, das muss das Unverzichtbare
sein:

Ich selbst sein zu dürfen, frei und ungestört
Ganz genau das, was ihr mir verwehrt

Bianca Grün

Was heut' die Welt zusammenhält,
könnt' sie demnächst vernichten.
Es herrscht die Gier nach Ruhm und Geld,
fremd scheint das Wort verzichten.

Der Mensch, gefangen in dem Tanz,
schaut nicht, was um ihn her,
sieht nur das goldne Kalb, den Glanz,
fühlt sich bald kalt und leer.

Er sehnt sich nach erfülltem Leben.
Das einzige, was wirklich zählt,
kann schnöder Mammon ihm nicht geben.
Tot ist der, dem Liebe fehlt.

Edith Grünauer * 1944

## *Was heute nottut*

Dereinst ritt von Jerusalem
bei Hitze, was nicht angenehm,
ein Mann in Richtung Jericho
auf seinem Pferd, und irgendwo
entdeckt' er plötzlich auf dem Pfade
'nen Spatz, der seine Beinchen grade
nach oben streckt. Der Reiter hält
und fragt: „Um alles in der Welt,
warum liegst du hier auf dem Rücken?"

„Es muß doch jeden sehr bedrücken:
Heut soll der Himmel stürzen ein!!"

„Und du mit deinen dürren Bein-
chen", lacht der Reiter, „meinst wohl gar
ihn abzustützen, so wie's war
bei Herkules, dem starken Mann?"

„Nein, nein, man tut halt, was man kann!"
bemerkt der Spatz jetzt ganz bescheiden. –
Wer will, kann sich 'ne Scheibe schneiden
von diesem beispielhaften Mut …
schön wär's, wenn dies ein jeder tut!

Sigemar Gruno * 1939

## *Nachdenken*

Nachdenken.
Denken.

Nachfassen.
Fassen.

Fassen,
dass ich dies
nicht ändern kann.

Erfassen,
dass ich das
jedoch ändern muss.

Verfassen,
dass sich das
jedoch ändern lässt.

Gabriele Guratzsch * 1972

## *Das Unverzichtbare*

Unverzichtbar
mit jedem Atemzug,
fortwährend.

Unverzichtbar
für das „Du und Ich" …

Unverzichtbar
für unser
Lachen, Singen, Weinen …

Unser Leben
wäre nicht
ohne Luft.

So leicht
so unsichtbar ...

Manch ein Menschenskind
tut so, als ob es
Geld
einatmen,
trinken
oder essen
könnte.

Mahnaz Gürtler * 1948

## *Toleranz*

Schnell gefällte Urteile lassen andere Menschen
lächerlich wirken

Wir alle sind Richter
und richten andere
Selten uns selbst

Im Kreuzverhör der eigenen Seele
klopft ab und zu Erkenntnis und Vernunft
an die Tür

Und beschwert sich bei dir

Akzeptanz mit Schranken
Egoisten sind immer die anderen
Fang an bei dir

Toleranz und Verstehen gibt es nicht im Supermarkt

Vera Gutbarlet * 1977

## *Das Unverzichtbare*

Der Mensch, er ackert und er schafft
er will's zu was bringen, aus eigner Kraft,
es ist schön auf dieser Welt,
aber nichts geht ohne Geld,
und alle finden ,es ist wahr,
Geld ist Unverzichtbar.

In jedes Menschen Leben
muss es gute Freunde geben,
allen Leuten ist klar,
Humor ist Unverzichtbar.
Man muss singen, lachen, fröhlich sein,
das Schicksal holt uns alle ein.

Gesundheit und Liebe
sind wichtig im Leben,
jeder sollte dem andern ein Lächeln geben,
dazu reicht es nicht in unserer Zeit,
und später tut es einem Leid,
später wird jedem klar,
dass vieles Verzichtbar war.

Maria Haag

## *Wind*

Die Halme neigt ein leichter Wind
in der Sonne spielt ein Kind
nur ein Rascheln ist zu hören
das kann kaum die Stille stören

Diese Ruhe einzufangen
welch unmögliches Verlangen
bald der Wechsel abzusehen
wenn die Wind wieder drehen

Nur den Augenblick genießen
tief den Atem einzuschniefen
langsam sich zurückzulehnen
und vielleicht sogar verwöhnen

Diese Stimmung auszukosten
kein Geschwätz und keine Floskeln
einfach nur in sich zu horchen
kein Gedanke jetzt an morgen

Schon verändert sich die Lage
Wolken kommen ohne Frage
auch der Wind hat sich verstärkt
nur das Kind spielt ungestört

Evelyn Harris * 1951

mit gott
am kartentisch.
noch apfelsaft?
so lautet seine freundlichkeit
um in meine karten
zu schauen. (schlitzohr)

Co Haasis * 1971

## *Als sie Zeit hatte*

Als sie Zeit hatte
für ihr Klavier,
wollten die Finger nicht mehr.

Als sie Zeit hatte
für ihre Bücher,
tanzten die Buchstaben
vor ihren Augen.

Als sie Zeit hatte,
endlich zu reisen,
wurde das Gepäck ihr zu schwer.

Als Zeit war
für Umarmung,
war ihr großes Haus leer.

Elisabeth Hackel * 1924

## *Bienchentanz*

Dein aufgeblähtes Lippenknöspchen
umschwärmt von meinem Zungenbienchen
ist eingeflogen durch das Schlitzchen
umweht von deinem Atemlüftchen
scharf riechend nach Parodontose
wie in meiner Unterhose
nach dem zehnten Klobesuch
niederschmetternd der Geruch
denk ich mir, darfs dir nicht sagen
sonst dürft mein Bienchen deins nicht jagen
im wilden Tanz der forschen Spiele
im Wettkampf der Verrenkbarkeit
im obersten Verdauungstrakt
stehn die Zähne frei und lose
vernichtet durch Parodontose.
Bis hinunter in den Rachen
macht mein Bienchen scharfe Sachen
schlägt sichs Bäuchlein richtig voll
dort unten war noch kein Odol.

Josef Hader * 1962

## *Sonett, worauf ich nicht verzicht*

Du fragst mich ernsthaft, möchtest von mir
wissen,
was immer ich – worauf ich nicht verzichte,
behalten möchte: Nichts als nur Gedichte!
Auch noch so einsam, will ich sie nicht
missen!

Von welcher Regung ich denn so beflissen
bei allem Leid und Unglück drin berichte:
Dass sich für mich die Nacht in Liebe
lichte!
Und war ich davon hin und her gerissen!

Besonders unverzichtbar ist es mir,
Gedichte über Liebe zu verfassen.
Die widme ich – auch wenn du 's nicht
willst – dir.

Gedichte erst der Liebe Inhalt geben.
Sie mögen dich – mir, unvergleichbar,
lassen!
Selbst ohne dich – lern ich mit ihnen leben.

Heinz Helmut Hadwiger

## *Schreiben*

Schreiben ist das
Was ich immer wollte
Was ich immer konnte
Was mir immer half
Meine Gedanken zu ordnen
Dem Chaos einen Namen zu geben
Dem Belanglosen Würde zu verleihen
Dem Sinnlosen ein Lächeln zu schenken
Der Angst einen Weg zu bahnen

Der Einsamkeit die Hand zu reichen
Das Unbegreifliche fassbar zu machen
Und zu lieben.

Schreiben bin ich.
Ich bin nichts ohne Schreiben.

Carolin Hagebölling * 1980

## *Das Unverzichtbare*

Alles lasse ich hinter mir.
Auf alles verzichte ich.
Nichts nehme ich mit mir.

Mein neues Leben beginnt.
Es pocht, es klopft, es prickelt.

Ich verlasse meine Familie,
ich verlasse meine Freunde,
ich verlasse meine Heimat.

Mein neues Leben beginnt.
Es pocht, es klopft, es prickelt.

Ich gehe ohne meine Wurzeln,
ich gehe ohne meine Träume,
ich gehe ohne Eigentum und ohne Besitz.

Das Einzige, das ich brauche, um zu
Leben ...
Das Einzige, das ich nicht zurücklassen
kann ...
Das Einzige, auf das ich nicht verzichten
kann ...

Das Unverzichtbare... das bist du.

Monika Hager * 1984

## *Freigang*

die Pforte öffnet sich
ich spüre wieder den Geruch meiner
Fischhaut
Zungen gleiten wonnig
über salzige Lippen
ich entsteige den Fluten
Aphrodite
nackt bis zu den Zehen
ganz Körper Medusa
streife ich die Schuppen ab
wie funkelnde Bernsteinaugen
tropfen sie in den bleichen Sand
wer sie findet
wird sagen
die Bäume hätten mal wieder geweint

Lubina Hajduk-Veljkovic * 1976

## *Dämmerung*

Äsen an
Röhrenherzen –
Schlagendes pulst
an Weltenrand.

Priska Haldner * 1961

## *Was ist unverzichtbar?*

Was ist unverzichtbar?
Das fragten sich schon viele fürwahr.

Manch einer denkt an die Kinderlein so
nett,
wenn man ihnen eine Geschichte liest im
Bett.

Andere denken an den Sonnenschein am
Strand,
sitzend mit einem Buch in der Hand.

Es gibt welche, die schauen aus dem
Fenster hinaus,
in der Hand einen Brief vom geliebten
Klaus.

Manche brauchen nur das Fernsehheft,
lesen's im Bad bei ihrem Geschäft.

Jeder macht es auf eine andere Art,
doch es wird offenbart.

Das, was unverzichtbar ist,
steht hier in meiner List.

Was war für die meisten unverzichtbar
gewesen?
Das Lesen!

Daniela Handrich * 1979

*Das Unverzichtbare*

Was wir benötigen zum Leben,
ist uns von Anfang an gegeben!
Mit Wasser, Luft und Sonnenschein
und unserer Erde obendrein,
mit all den Tieren und den Pflanzen
gehören wir zu einem Ganzen,
zu der großen, wunderbaren
Schöpfung seit unzähligen Jahren.
Unverzichtbar, ohne Schwanken,
müßte sein, dafür zu danken
und jeden Tag der Schöpfung Walten
in all der Schönheit zu erhalten.

Doch durch der Menschheit wüstes Treiben
wird davon nicht viel übrig bleiben.
Fast alles, was die Schöpfung bot,
ist vergiftet, krank, bedroht,
fast alle Schätze sind erbeutet.
Die Glocke hat schon langst geläutet:
„Alarm!!" Doch kaum einer ahnt die Not.
Das Unverzichtbare – die Dankbarkeit – ist
tot.

Hans Jürgen Hartmann * 1921

*Der unverzichtbare Frieden*

Unter den Menschen ist im
Grund nur eine Pause, um
die Gewehre neu zu laden.
Wir wünschen uns aber den
Frieden, der über allen
Verstand geht und der auch
in den turbulenten Zeiten
unseres Lebens unser Herz
ruhig macht.
Frieden mit Gott und der
Welt, der ewig hält.

Josefine Hartwig

*Merlot*

Den Korken entzogen ... mit Drehung!
Kreischend entsagt er sich der
Schlußverdammung.
Dem tiefen Rot ... entzaubert nun der
Geist ...,
gestaltet ..., ja gefächert ...,
sich langsam Mächte zu erschaffen!
Wenn sich der Reiz des Schlucks ...,
durch Eitelkeiten noch geprägt,
langsam ..., Zug um Zug,
der schweren
Türenschlösserdenkstrukturen ...
sprengend ..., Staub befreiend ...,
lichtdurchflutend entledigt,
ringend nach der Leichtigkeit des Seins,
... sich ein Hier und Jetzt zu geben!
Dann soll er alle Zeiten überdauern!
... mich inbegriffen!

Nuno Hase * 1970

*Das Unverzichtbare in unserem Leben*

Das Unverzichtbare ist die Liebe,
weil ich sonst ungeboren bliebe.

Auch auf Sauerstoff kann ich nicht
verzichten,
ein Mangel würde die Menschheit
vernichten.

Wasser ist schon im Mutterleib vonnöten,
ohne Wasser geht jedes Leben flöten.

Selbst Nahrungsmangel überstehen wir
nicht,
weil ein Mensch ohne Essen
zusammenbricht.

Ebenso gehört die Liebe zu unserem Leben:
Das Liebe-Empfangen und das Liebe-
Geben.

Liebe steht über unserem ganzen Dasein,
leitet das Entstehen neuer Erdenbürger ein.

Wolfgang Hasenpusch

## *Vielleicht?*

Vielleicht ist Sterben gar nicht so schwer,
vielleicht mach' ich das so nebenher
und seh' mir dabei zu.

Es sieht für Euch nur so schlimm aus,
ich geh' nur in ein anderes Haus,
und mach' die Tür ganz einfach zu.

Vielleicht ist ja der Tod mein Freund,
und wenn Ihr dann auch um mich weint,
lach' ich und sag': „Nur zu!"

Schaut her, es ist ja gar nicht schlimm!
Wo ich hingeh', gehör' ich hin,
ich muß die werden, die ich bin.

Gewiss!

Heidi Hauner * 1960

## *Das Unverzichtbare … ist doch die Liebe*

Die Liebe gehört dem Neugeborenen, dem
heranwachsenden Kind.
Sie ist innig, voller Geborgenheit erfüllt.

Die Liebe der Jugend ist glücklich und
voller Träume.
Sie wächst heran, ist zart, wird reifer, kann
überschäumen.

Die Liebe im Alter braucht Fürsorge und
Pflege,
muss Verständnis und Feinfühligkeit
hegen.

Ja, was ist die Liebe im Allgemeinen?

Die Liebe hilft, den anderen zu verstehen.
Sie gibt dir Kraft, auch Schweres zu
bestehen.
Die Liebe kann Glück und Zufriedenheit
erreichen.
Sie wird in schweren Stunden nicht von
deiner Seite weichen.
Die Liebe – ein Geschenk von hohem
Wert,
gepriesen – alle, denen sie gehört.

Ursula Haupt * 1940

## *Erziehung – unverzichtbar*

Junge Menschen, verschiedenes kann
gelten.
Was auch immer sie wünschen,
unterschiedliche Welten.
Persönlichkeiten – verschieden wollen sie
sein,
Doch auch da trügt oft der Schein.

Gleich oft ist jedoch wie sie leben.
Ebenso die Wünsche, nach denen sie
streben.
Playstation, Handy, Markenkleidung;
Für die Jugend eine bewusste
Entscheidung.

Werte wie Höflichkeit, Respekt und
Tugend,
oft vernachlässigt bei der heutigen Jugend.
Doch liegt nicht in der elterlichen Liebe,
alles Nötige für die jungen Triebe?

Wir müssen unsere Kinder nur leiten.
Sie auf dem richtigen Weg begleiten.
Ihnen Bildung geben und sie erziehen,
damit sie nicht vor der Welt entfliehen.

Denn eines, das ist allen klar.
Schnell ist herum, ein kurzes Jahr.
Was wir nicht richtig machen beizeiten,
wird unsere Kinder lebenslang begleiten.

Julia-Berit Hauschke * 1979

## *Die Goldschmiedin*

Der Diamant
lag ungeschützt.
Die Fassung war
durch raue Hand
entzweigegangen.

Sie ringt um eine neue Form,
wird bald bedacht erneut anfangen.

Die Fassung wird
von Mal zu Mal
noch edler
– denn –
geläutert
ist
das
Material.

Der neu umhüllte Diamant
erstrahlt noch schöner –
ist gefasst von Meisterhand.

Barbara Hauser * 1942

## *Ruhe*

Winde wehen wie vom Meere
Einfach durch die Straßenzüge
Menschen grinsen, denn sie sind
Machtlos gegen solch Getöse

Ganz schön mächtige Sturmdebatten
Jedes Ding fliegt um die Ohren
Viele Sprachen haben die Stürme
Was sie wohl zu meinen hatten?

Anne Hauswald * 1977

## *Das Unverzichtbare*

Es rinnt aus des Berges tiefster Quell,
grollend, brausend in die Schlucht,
der weiße Schaum und Blubberblasen,
sie bringen das Herz zum Rasen,
sanft und langsam, manchmal wild und
ungezähmt,
gleitet es weiter, sucht sich seinen Weg,
am tiefsten Punkt angelangt,
wächst es zu wahrer Größe und der Mensch
dankt,
sich waschen und putzen zu können,
und dem holden Nass zu frönen!

Mario Havlena * 1979

Ab und zu die Sonne sehen
und den Mond beim Schlafengehen.
Morgens mich des Daseins freuen,
abends nicht den Tag bereuen
und bei allem Tun und Treiben
immer ganz ich selber bleiben.

Einen Menschen in der Nähe,
welcher weiß, wie es mir gehe.
Glauben haben und behalten,
ganz getrost die Hände falten
und das wirre Weltgeschehen
in dem Licht der Hoffnung sehen.

Und wenn dann die Sterne blinken,
einen guten Rotwein trinken,
hin und wieder etwas dichten –

Darauf will ich nicht verzichten.

Hans Hebold * 1929

## *Das Unverzichtbare*

*Florian*

Du schaust mich an
mit deinen Augen,
so hell und klar,
kann's kaum glauben,
jetzt sitzen wir hier,
ganz allein,
nur du und ich, im Mondenschein ...
berührst mich,
mir wird ganz warm,
gucken in den Himmel,
nimmst mich in Arm,
zählen die Sterne,
und irgendwann bricht die
Morgendämmerung an ...

Schlafe in deinen Armen ein,
will auf ewig mit dir zusammen sein.

Ich liebe dich!!

Marie Hecker * 1990

## *Zitronenfalter*

Ein Zitronenfalter sitzt auf einer Bohne
und träumt von einer gelben Zitrone.

Eine Zitrone liegt in der Bar „Zum grünen
Park"
und macht sich für die Longdrinks stark.

Während ein scharfes Messer die Zitrone
teilt,
der Falter noch auf der Bohne weilt.

Der Longdrink ist bestellt,
die Zitrone sich zum Glas gesellt.

Der Falter die Zitrone sieht,
und sich in ihre Haut verliebt.

Mit leisem Flügelschlag
er auf ihr die Landung wagt.

Der Gast in Richtung Kellner bellt:
habe keine fliegenden Zitronen bestellt.

Gerhard Heegen * 1951

## *Mein Unverzichtbares*

Keine Sache und kein Ding waren je das
wert,
was die Freiheit meiner Seele mir beschert.
Mein Dasein wollt ich selbst entscheiden,
drum war mein Dreh stets zu entgleiten
wo Zwang war gegen meinen Willen,
dort riss ich aus, allein im Stillen.
Nach Krieg, Verzicht und großer Not
ward meine Freiheit oberstes Gebot.
Suchte nun in Nachbars Land
nach andrer Heimat, die ich fand.
Zu Hause bin ich überm Tal,
die Tage hab' ich dann die Wahl
von welcher Höh' ich wollte zählen
ringsum die Gipfelblicke, dorthin wählen,
wo ich denk, dort wärs doch wert,
wo man die Freiheit meiner Seele mir
gewährt.

Ernest Heidt * 1920

## *Die Fülle des Seins*

Wenn Menschen
einander begleiten
auf ihrem Gang
zur Ewigkeit,
sind unsere Wege
hell.

Wenn Menschen
Zeitliches segnen,
freuen wir uns
an den Geschenken
des Lebens.

Wenn Seelengefährten
einander
auf die Gaben

jenseits der Zeit
verweisen,
genießen wir
dankbar
die Fülle des Seins.

Dagmar Hein * 1942

## *Hugo Pflaume*

Hugo Pflaume lebt auf einem Baume
und zwar in einer reifen, dicken Pflaume.
Hier lebt er schon seit geraumer Zeit,
doch die Ernte ist nicht mehr weit.
Dann heißt es Abschied nehmen
vom herrlich fetten Leben.
Hugo lebt auf diesem Baum nicht ganz
allein,
denn in jeder Pflaume ist ein and'rer Wurm
daheim.
Nun ist es plötzlich schon August
Und just
Wird alles abgeerntet.
Schluß.

Heinrike * 1956

## *Nie sollst du sie befragen*

Fragst du den Schmetterling auf deiner
Hand,
was er so braucht zum Leben,
so wird er vielleicht leise flüstern:
„Die Blumen, Wärme und die Luft zum
Schweben."

Fragst du den Penner unter einer Brücke,
was denn für ihn ganz unverzichtbar sei,
so spuckt er aus: „Komm, mach' die
Mücke,
es sei denn, du hast Schnaps dabei."

Fragst du den Herrn ganz oben in der
Chefetage,
was er für unabdingbar hält,
so schickt er dich zur Sekretärin,
ruft dir noch nach: „Die Zeit, denn Zeit ist
Geld."

Und ganz zum Schluss, da fragst du mich:
„Nun sag, worauf kannst du wohl nicht
verzichten?"
Ich weiß genau, was du gern hören
möchtest,
doch du, mein Schatz, bist es mitnichten.

Elke Heinze * 1953

## *Freundschaft*

Es ist das Unverzichtbarste auf der Welt,
das, was die Menschen zusammenhält,
sie fragt nicht nach Ruhm und nicht nach
Geld,
Liebe ist das Einzige, was für sie zählt.

Durch Freunde wird ein Mensch erst stark,
ohne sie ist das Leben nutzlos und karg,
gemeinsam macht das Leben einen Sinn,
eine Freundschaft ist für so manches der
Beginn.

Ein Tag – mit Freude und Liebe
begonnen –
ist auch in der Vergangenheit nicht
verronnen,
er besteht – solang das Herz der
Freundschaft lebt –
und Menschen in Liebe aneinander webt.

Freundschaft ist das, was dem Leben die
Freude gibt,
alles ist sinnvoll, wenn man Freunden Liebe
gibt,
gemeinsam leben – in Liebe vereint –
und keiner mehr der aus Einsamkeit weint,

Freundschaft ist das Unverzichtbarste auf
der Welt,
das, was den Menschen am Leben erhält,

sie fragt nur nach dem, was wirklich zählt,
nur nach der Liebe, ohne die nichts geht.

Stefanie Heller

## *Nichts*

Nichts wird jemals zum Nichts
alles bleibt irgendwo
wohin ging dieser Tag?
Nacht ist nun überall

Über allem bist Du
ich bin sicher bei dir
mir gehört deine Lieb
Hass und Angst werden still

laut nur redet dein Wort
Melodie jauchzt dir zu
auf, mein Herz, werde weit!
Nah ist Er – Herr des Lichts!

Ursula Hellmann * 1941

## *Möglichkeit des Lebens*

Verzichte auf Kleinigkeiten
bei der Wahl deines Spiels.
Suche nach Besonderheiten
in der Zahl deiner Träume.

Vertraue deinem Sinn
als niedrigstem Gefühl.
Gelobe deine Worte
mit höchstem Kalkül.

Sei über alle Maße dein
bei dem, was du bist.
Setz deinen Wünschen
keine zeitliche Frist.

Koste den Balsam
deiner eigenen Seele.

Lieben ist heilsam
auf längeren Wegen.

Matthias Hellmich * 1973

## *Stumm thront*

Stumm thront des Mondes güld'ne Pracht
über der Einsamkeit der Nacht
Lautlose Schreie, Klagen, Hoffen,
vergeb'nes Bemühen, das Ende offen

Der Kälte Schleier argwöhnt Schaudern
die Hoffnung verliert sich selbst,
Ergebenheit, Zaudern
Die Blicke feiern und ehren für immer
den stärksten Willen, gelähmt und zerstört
Er öffnet das Tor
Erbarmen kriecht langsam lauter hervor

In der Einsamkeit der Nacht
thront des Mondes hellste Pracht
Des Schicksals bitt'rer Schrei
nötigt Dir Leben herbei
Mußt bleiben, mußt aushalten, mußt
Mensch sein und wagen
mußt lassen und loslassen, mußt sehen,
mußt tragen
den Schmerz, der bleibt, der kommt und
der war

Vorüber die grausame grelle Gefahr
Der Weg breitet Flügel weit, der Schatten
versöhnt
die Liebe in Ewigkeit, das Herz bleibt und
stöhnt

Claudia Helmes * 1963

Wer will heute schon verzichten?
Niemand!
Vor allem nicht die Jugend, die
weder Krieg noch Nachkriegszeit
ertragen musste.
Alles muss sein: Das Handy, eine
absolute Notendigkeit,

der Computer, die gefährlichen
Video-Spiele, die zur Nachahmung
verleiten.
Doch auf eins kann und soll der Mensch
niemals verzichten:
Auf seinen unerschütterlichen Glauben
an Gott, obwohl Gottes Wege oft
unergründlich und unfassbar sind.

Renate Hemsen

## *Was ist unverzichtbar?*

Was ist unverzichtbar?
Das fragten sich schon viele fürwahr.

Manch einer denkt an die Kinderlein so
nett,
wenn man ihnen eine Geschichte liest im
Bett.

Andere denken an den Sonnenschein am
Strand,
sitzend mit einem Buch in der Hand.

Es gibt welche, die schauen aus dem
Fenster hinaus,
in der Hand einen Brief vom Geliebten
Klaus.

Manche brauchen nur das Fernsehheft,
lesen's im Bad bei ihrem Geschäft.

Jeder macht es auf eine andere Art,
doch es wird offenbart,

das was unverzichtbar ist,
steht hier in meiner List.

Was war für die meisten unverzichtbar
gewesen?
Das Lesen!

Daniela Hendrich * 1979

## *Hand in Hand*

Sonne, Mond und Sterne.
Es gibt sie noch,
unsere schöne Erde.

Oh Völker, was ist nur in euch gefahren?
Wacht auf,
erkennt ihr denn nicht die Gefahren?

Hört auf, euch zu trennen in Farbe und
Rassen,
akzeptiert fremden Glauben,
hört auf, euch zu hassen

Lernt euch die Hand zu geben,
lasset den Frieden verweilen.
Ihr wollt doch alle nur leben.

Sät die Saat nicht den Wind,
sonst erntet ihr Sturm
und die Erde sie brennt geschwind.

Besinnt euch, sonst sind wir alle verloren,
wir sind alle Kinder der Sonne
und werden nur einmal geboren.

Pia Henk

## *Vogel im Käfig*

Ich kaufte dich zu meiner Freude,
es klang deine Stimme so hell.
Doch du bist nicht fröhlich,
sitzt traurig nur da,
die Freude verging sehr schnell.

Schaust böse und zwitscherst
mir ins Gesicht,
dich drücke der Gitter kaltes Gewicht!
Es wäre so schlecht,
das wäre nicht recht!
Wie ein Schuft komm' ich mir vor!
So öffne ich langsam des Käfigs Tor.

Da hüpfst du herunter,
pfeifst laut und munter.
Warum nur fliegst du nicht?

Ingrid Henriksen * 1958

## *Sehnsucht quält*

Steh am Fenster, schau den Regen,
zähl die Tropfen, denk an dich,
siehst du auch nicht meine Tränen,
Sehnsucht quält mich fürchterlich.

Steh am Fenster, schau die Sonne,
ihre Strahlen wärmen mich,
siehst du auch nicht, wie ich friere,
Sehnsucht quält mich fürchterlich.

Steh am Fenster, schau die Sterne,
weiß, sie leuchten auch für dich,
siehst du auch nicht meine Augen,
Sehnsucht quält mich fürchterlich.

Steh am Fenster, schau den Tag,
der nun kommt für dich und mich,
siehst du auch nicht meine Wünsche,
Sehnsucht quält mich fürchterlich.

Dreh mich um und du stehst vor mir,
hab dein Kommen nicht gehört,
Sehnsucht trug dich, sagst du leise,
bin vor Glück total verstört.

Henrit * 1967

## *Unverzichtbar*

Ich schlaf jetzt morgens nicht mehr aus
Den Müll bring ich alleine raus
Am Mittwoch ging die Selter aus
Die Kinder bring jetzt ich ins Bett
Auf dem Herd steht noch ein Essensrest
Das Laubgebläse ruht sich aus
Dein Schreibtisch sieht verlassen aus
Es liegen keine Socken rum
Sogar Nudeln werden alt
Im Bett ist mir kalt
Das Licht mach ich alleine aus
Nachts höre ich Schritte
Du fehlst in diesem Haus!

Paula Hering * 1968

## *An die Freiheit*

Freiheit wie bist du so unverzichtbar,
wenn ich gefesselt an Geräten im
Krankenhaus liege!
Jede Bewegung wird mir verwehrt.
Meine Gedanken jedoch bleiben frei.
Wie ergreift mich die Sehnsucht zu
bestimmen wohin ich möchte.
Jetzt bin ich eine Gefangene und gebunden
ans Krankenbett.
Jede Mahlzeit, jedes Getränk und jede
Köstlichkeit wird an mir
vorübergetragen.
Künstliche Ernährung ist mein Los
geworden.
So geht es Tag für Tag, Woche für Woche.
Noch ist meine Seele nicht düster und
abgeschlossen.
Durch das große Fenster sehe ich bewaldete
Hügel.
Wie schön müßte es sein, bei
Wiesenblumen am Waldesrand zu
weilen.
Der Wille zur Freiheit wird jeden Tag
stärker.
Die Ohnmacht der Realität verschwindet.
Ich atme auf und rufe voll Vertrauen zu
Gott.
Er erhört mich und schenkt mir Freude am
Leben.
Diese Quelle heilt mich.
Bald werde ich entlassen in eine neu
geschenkte Freiheit.

Anni Hermann * 1935

## *Maßlos*

Der Mensch erstrebt zu mehren,
sein eigen irdisch Glück.
Vergisst gelegendlich zu ehren,
des Höheren Geschick.

Der Mensch ersinnt manch Ding,
stellt Demut hinten an.
Vergisst gelegendlich das er gering,
in Schöpfers Lebensbahn.

Der Mensch erhebt sein Handeln,
nimmt Irrwege in kauf.
Vergisst gelegendlich zu wandeln,
in Gottes Weltenlauf.

Der Mensch ersucht zu lenken,
Höheres in seine Bahn.
Vergisst gelegendlich zu denken,
verfällt in Größenwahn.

Axel Hermann * 1964

## *Begegnung mit Gott*

Es dämmert schon, im ersten Licht
vergeht die Dunkelheit der Nacht.
Mit zartem Silberstreif am Horizont
ein neuer Tag erwacht.

Zwischen Gräsern, perlengleich,
hängt schimmernd zart
und unberührt der Tau,
und mit dem ersten Sonnenstrahl
wird farbenfroh das lichte Grau.

In dieser Stunde, jetzt,
da die Natur sich regt,
ein Hauch von Andacht
zart sich um dich legt.

Und tief im Herzen spürst du
was geschah –
im Wunder dieses Augenblicks
war Gott Dir nah.

Udo Hermenau

## *Kinderlachen*

Unverzichtbar ist das Kinderlachen,
das durch alle Räume klingt –
und wie ein warmer Frühlingswind
nach kalten Wintertagen,
Freude in die Herzen bringt.

Es lässt sogar so manchen Griesgram
lächeln,
die Sorgen, die er hatte sind vergessen,
und wenn, auch nur für einen Augenblick,
fühlt auch er ein ganz kleinwenig Glück.

Anna Herndlhofer * 1946

## *Aufgewacht*

Viel' tausend Tränen weinte ich
so manche fiel in meinen Teller.
Viel' tausend Träume hatte ich,
sie landeten im dunklen Keller.
Der Berg von vielen tausend Scherben
versperrte dort den Weg ans Licht.

Viele tausend Kerzen wollten schimmern,
mir Wärme für mein Leben geben.
Doch in den tausend Seelenzimmern
gab's leider keine Luft zum Leben.

Nicht eine Kerze brannte hell.

Viel' tausend Risse hat mein Herz
und tausend Schmerzen je erlitten.
Hab meine Zeit damit verbracht
viel' tausendmal vergeblich bitten.
Und tausendmal hab ich gedacht,

bin ich jetzt endlich aufgewacht?

Eleonore Herrmann

## *Denken an A. S.*

Unabdingbar ist
die „Ehrfurcht vor dem Leben",
willst du bestehen.

Jeder einzelne Verstoß
richtet sich gegen dich selbst.

Rainer Hesse * 1938

## *Ein neues Leben*

Ein neues Leben ward geboren,
gar niedlich ist es anzusehn.
Das kleine Näschen, die süßen Ohren,
die trotzdem vieles schon verstehn.

Die Äuglein, die stets darauf brennen,
von all dem Treiben um ihn her
sehr vieles auch schon zu erkennen,
als wenn es was Besondres wär.

Und diese kleinen Händchen greifen
noch ziellos spielerisch umher,
doch die Bewegungen, sie reifen
mit jedem Tag ein bischen mehr.

Bei uns fühlt er sich jetzt geborgen,
es geht ihm gut, er schläft sehr viel.
Er weiß noch nichts von unsren Sorgen.
Das Leben ist für ihn ein Spiel.

Doch wird er mit der Zeit bald spüren,
daß Leben auch ein Kampf stets ist.
Wird er auch manches Mal verlieren,
wir wünschen, er bleibt Optimist!

Detlef Heublein * 1962

## *Zerrissen*

Gestern sah ich
dich – berauscht vom Zauber deiner Musik
ertrank mein Blick in deinen Augen,

Glut aus kaltem Eis, wie dunkler Bernstein
durchtränkt vom Licht der Sonne.

Heut habe ich
mich ausgeliefert – dir.
Brachst meinen Stolz.
Zwingst nieder mich, weidest dich an
meiner Ohnmacht, meinem Zorn, dem
Trotz,
wohl wissend um die Macht, die deine.

Nein, brauch dich nicht, wollt dich nicht,
nie dich –
und bin so trunken von dir!

Mein Liebster, komm!
Umfange mich mit deiner Liebe,
ertränke mich in deiner Glut,
den Zorn erstick mit deinem Fieber.
Verglüh ich dann in deinem kalten Feuer,
verbrenn ich dich,
ich dich.

Mona Heyden

## *Einzelgänger*

Mein Ich, das ist zersprungen;
Es war verletzend weich.
Auch ist's ihm nicht gelungen,
Die Akzeptanz zugleich.

Mein Ich, das komplizierte,
Vertrauen wurde Stahl.
Und dem mein Herz gehörte,
Dem wurd' mein Ich zur Qual.

Mein Ich, das wurde scheuer,
Flog schneller als das Licht.

Mein Seelenungeheuer,
Schlief weiter ganz erpicht.

Schon kam die Todesmuhme;
Wovor der Sehnsucht bangt.
Und nahm mein Ich zum Ruhme;
Das traurig dahin wankt.

Das Schweigen war mein Fänger!
Vom Ich das stille Grab.
Nun bin ich Einzelgänger;
Weil ich mein Ich vergab.

Torsten Hildebrand * 1972

Wer saubre Luft nur „Luxus" nennt
und klares Wasser gar nicht kennt,
wer einem Herren dienen muss,
und Hunger hat im Überfluss.

Wer um alles ist gebracht,
wem nie einer ins Antlitz lacht
und wem sein Weg wird auferlegt,
wer nur in Ketten sich bewegt.

Wem ein Unrecht ist geschehen,
wer nie die Sonne hat gesehen,
wer in der Welt ist ungeachtet,
wer auf der Strasse übernachtet.

Wer nie an Blumen hat gerochen
und wem der Stolz wurde gebrochen,
wem die Kindheit ist vernichtet,
und wer an Waffen Dienst verrichtet.

Diesen Menschen bleibt sodann,
worauf niemand verzichten kann,
was stets ein Licht ins Dunkel reißt,
mit einem Wort schlicht „Hoffnung" heißt.

Thomas Hildebrandt * 1981

Das Unverzichtbare
Nichtsichtbare in meiner Hand
Tasche begleitet mich immer ohne
die geh ich nie aus
dem Haus
Das Unverzichtbare trage ich
möglichst unsichtbar macht mich
sichtbar frisch und jünger
fühle ich mich
sehe aus

Gudrun Hillmann * 1946

was dich auch kränkt
noch gibt es die nacht über den dächern
den wind in der pappel vorm haus
den schlag der amsel am morgen

die geliebte wird dich verlassen
freunde gehn dir verlorn
nicht aber das rauschen des regens
die farben des herbsts
und die tägliche ankunft
des lichts

Walter Hilsbecher

## *Unkonform*

Wir haben uns ins Hirn geschissen
Haben über Ordnung Bescheid zu wissen
Der ist stark und die ist schwach
Er führt sie durch Ach & Krach
Gesellschaftliche Norm und alte Form
Haben uns das Hirn geschoren
Und die ist hier und der ist da
So das keiner keinen sah
Ewig aktuell – Geschlechterrollen
Selbstdiktat was wir wollen sollen
Urmasken als ein Ausgangspunkt
Verbieten uns bequem den Mund
Um nicht zu sprechen was nicht paßt
Alles sich selbst und alles haßt
Das ist Ok doch das schon schlecht
Wem machen wir es damit recht
Will nicht mehr an Rollen glauben

Und möchte mir erlauben
Doch ein Mensch zu sein.

Fabian Hilscher * 1979

## *Hoffnung*

Weit entfernt am Horizont, wo des Nachts
die Sterne erblühen
und des Morgens, müde gähnend,
purpurrot die Wolken glühen,
dort will ich leben, dort will ich sterben,
dorthin verlaufen
alle meine Träume, all mein Sehnen und all
mein Hoffen.

Weit entfernt am Horizont, wo dein
unendlich sanftes Gesicht,
wie ein Gedicht von Rilke, von Sehnsucht
und von Ahnung spricht:
Dort bebt mein Herz, dort zieht's mich
hin; aufs Neue, alle Tage,
hilft mir dein blaues Auge, liebend
lächelnd, dass ich nicht verzage ...

Belächelt wird Melancholie, doch sie ist
nichts mehr als Hoffnung,
und wir alle hoffen, Tag für Tag, auf Liebe,
Glück, Erlösung,
und richten unsren suchenden Blick träg
schweifend in die Ferne,
auf Himmel, Wolken, Farbenlied, auf
Sonne, Mond und Sterne;

Dort suchen wir den Gotteswink, den Sinn
in all dem Streben,
denn um uns herum scheint alles trostlos,
nichts lädt ein zum Leben ...
Nein, Hoffnung, die ist niemals hier, sie
kann's hier gar nicht geben;
Sie gibt's nur hinterm Horizont: Dort nur
überlebt sie, und hilft uns überleben.

Alexandru Hinta * 1987

## *Bewusst*

Stirn legt Runzeln,
tief beugt sich der Blick
in weite Felder,
schwebt aus der Luft die
Gans zu Boden wirft
sich eine beider
Brauen
schallend auf
mich selbst, mein
eigenes Gewissen
krümmt sich.

Renata Juliane Hoessle * 1979

## *SMS an einen Freund*

Drei Dinge, mein Freund,
seien dir unverzichtbar:

Wenn du es denkst,
denke es leicht.

Flüchtig will es sein und Raum schaffen
für neue – leichte – Gedanken.

Wenn du es sagst,
sage es fein.

Wie vergänglich es sei,
bleibt es doch gehört,
legt sich erinnernd auf ein Herz.

Wenn du es schreibst,
schreibe es schön.

Du bannst es in Form,
und es kann sich dieser Fessel nicht
erfreuen,
es sei, es könnte in seiner ganzen Schönheit
in sich ruh'n.

So wie du in deiner ganzen Schönheit in dir
ruhst.

Franz Hofer

## *meine zeit*

Du / meine zeit / und ihr / meine
augenblicke / zeit / die mich ansieht / zeit /
die weggeht / und weggegangen / die
augen-blicke / die sahen mich an / und
stehengeblieben die zeit / zeit / die mich
ansieht / du / meine zeit/ stehengebliebene
zeit/ weggegangene augenblicke /
wiedergekommene / aus der vergessenen
zeit / du / meine zeit

Suitbert Hoffmann de Welda * 1940

## *Mein Leben*

falle

weine vor Glück und Schmerz
laßt mich das haben
bitte
dieses Herbe, Süße, Bittere

durchbohrt von Lanzen
hänge ich aufgespießt
im Netz meines Lebens
Spinne und Opfer zugleich
süßer Schmerz
den ich endlich zulassen kann

Lust
Freude
alles, Leben, Mann, Frau, Leben, Mann,
Frau, Leben
ich bin du

Bianka Hofmann * 1970

Rauschende Bäche, saftige Wiesen,
überall dort, wo der Regen fällt:
Füllet die Kannen, die Gärten zu gießen,
trinket und esset, das Leben gefällt.

Schließet den Reigen um des Dorfes
Brunnen,
neiget euch dankbar das Wasser zu sichten,
singet das Lied, das oft schon gesungen,
daß niemand brauchet auf seines
verzichten.

Hütet das Naß in seiner Tiefe,
wie ihr schätzet das tägliche Brot,
wenn es fälschlich anders liefe,
spüret ihr bald die bittere Not.

Wasser ist der große Segen,
auf den kein Mensch verzichten kann.
Mit Vernunft, die uns gegeben,
fließt stets Wasser aus dem Hahn.

Karl Hofmann

## *nur das*

dein „schlaf gut“ am abend,
das „pass auf dich auf“
dein lächelndes auge,
mit tränen voll salz,

deine wärme, dein schweiß,
dein zucken im traum,
dein blick ohne worte,
dein zärtliches haar,

der kuss deiner seele
voll süßer distanz,
das warten auf dich,
dein streitendes wort,

das wandern mit dir
zum endlichen ziel
über wiesen voll blumen
und distligem stein,

nur das läßt mich leben,
es gibt mir die kraft
zur liebe in freiheit
zum sterben im dank

Lothar Hofmann * 1949

## *Abgrundtiefe Ohnmacht*

Sirene und Blaulicht zerfetzten die Stille
der Nacht,
eigentlich alltäglich, worüber sich selten
noch jemand Gedanken macht.
Doch als spielte ich mit, in einem
makaberen Stück,
lag vor mir selbst nun, ein Teil von meinem
eigenen Lebensglück.

Sein Händchen haltend, nach dem
WARUM??? zu suchen,
in Haß und Verzweiflung über Gott und
die Welt zu fluchen,
das Gefühl von Angst und Panik zu
überwinden,
tröstende und beruhigende Worte für ihn
zu finden,
die schrecklichsten Gedanken aus meinem
Kopf zu vertreiben,
und immer wieder hörte ich ihn sagen:
„Mama, ich will immer bei dir bleiben!"

Er blieb bei mir, eine schwere Krankheit ist
überwunden.
Endlich vorbei, die für mich und meine
Familie wohl schwersten Stunden.
Ich danke Gott dafür, auch heute noch
Gelegenheit zu haben,
meinem kleinen Liebling „Ich liebe dich!"
zu sagen.
Mein Mitgefühl all jenen, die ihre Liebsten
nicht mehr können
spüren, riechen, schmecken
und vergeblich versuchen, ihre Hände nach
ihnen auszustrecken.

Viola Hofmann * 1961

## *Was bleibt nach einem Krieg?*

Nach Regen folgt Sonnenschein.
Nach Krieg – Frieden?
Hilflose Witwen und Waisen!
Kraftlose Alte und Kinder!
Tränenausgetrocknete Augen.
Augen, die voller Hoffnung waren.
Sie glänzten, leuchteten.
lang', lang' ist's her.
Kaum wahr.
In einer Traumwelt entflohen.
Nie wieder, nie wieder
wird ein Überlebender ungetrübt
einen Traum träumen –
einen Sonnenaufgang unbeschwert
begrüßen.
Die durchlebten Qualen nahmen
Illusionen und Hoffnung.
Hinterließen ausgebrannte Seelen.
Sie brauchen weder Geld noch
Öffentlichkeit.
Sie brauchen – ein wärmendes Herz.

Anke Hoge * 1970

## *Das Unverzichtbare*

Welch' kühne Idee über das zu dichten,
auf das man niemals könnt' verzichten.
Drum Pegasus trab an und lass mich reiten,
durch meine Denkerstirn' endlose Weiten.

Lass seh'n auf was nicht zu verzichten wär'
das Atmen – denn ohne dieses wär' es
schwer
zu Überleben – ja sogar am Leben
zu sein ...
alles muss atmen außer dem Stein.

Als nächstes, woll'n mal schaun, liegt ein
Unverzicht
zum Wachsen und Gedeih'n auf der Sonne
Licht.
Der Mensch, die Tiere, in den Pflanzen der
Saft,
alles schöpft Leben aus der Sonne Kraft.

Unverzichtbar ist's zu hinterfragen,
was Theologen wohl dazu so sagen.
Ohne Glauben an Gott – sagen sie – geht
es nicht,

und erheben den Unverzicht sogar zur
Pflicht.

Woran Denker, Philosophen und Weise
sich scheiden,
will ich hier in einfache Worte kleiden.
Was Unverzichtbar ist auf Erden,
ist lieben – und geliebt zu werden.

Lothar Höhne * 1950

## *Entgegen Wollen*

Entgegen Wollen, ungestümen Drängen
ereilte mich das Schicksal. Auf der Flucht
war ich gehorsam, nahm mich straff in
Zucht
und blieb zuletzt an Kleinigkeiten hängen.

Da wurde mir bewußt: Wir sind ein Nichts
vor dem, was auf uns zukommt,
unermessen.
Wir drehn uns um uns selbst, um zu
vergessen
und scheuen nur die Stunde des Verzichts.

Doch wie im Kosmos Kräfte sich berühren,
von deren Wirkungsfeld wir kaum geahnt,
so darf ich plötzlich fremde Hilfe spüren,
und durch die Wirrnis ist ein Weg
gebahnt.

Ich breche auf und bleibe doch gebunden.
Ich folge nach und habe überwunden.

Reinhard Höhne * 1935

## *In Bewegung*

Jeder Schritt ein kleiner Tod, vergessen
hier, vergessen dort.

Jeder Griff zerrinnt dir gleich, die Zeit du
greifst, seidig und weich.

Jede Habe doch nur Schein, was bleibt, was
ist, was könnte sein?

Was hat Bestand, was könnt'st du streben,
einen Traum vielleicht, der lohnt das
Leben.

In ihm liegt alles Glück der Erde, kein Tag
er streift, der verblasst in Leere.

Ins Schwarz der Zeit dringt er hinaus,
verschwendet bald, die Hoffnung
auch?

So schick den zweiten hinter her, den
dritten, vierten und noch mehr, bis all
das dort ist was
du bist, ein Menschenkind das nicht
vergisst.

holden * 1976

## *Warum noch für ein Volk schreiben?*

Das für seine Rundfunkgebühren
überwiegend englischsprachige Musik
auf die Ohren bekommt – und die
Gebühren weiter bezahlt;
dem in Kaufhäusern und Katalogen –
„Runningwear", „Bodywear", „Top-
Basics"
aufgenötigt wird – und weiter einkauft;
dem das Ver-ä-en und Ver-ai-en des
Wohlklanges seiner Sprache
vorgemacht wird – mänätschen, äkschen,
hailat, laif – und mit-ä-ai-t.
Dessen Lehrer nicht gegen das gesteuert
wuchernde Denglisch
ankämpfen – sondern „Sprache entwickelt
sich" plappern;
dessen Wissenschaftler nicht im reichen
deutschen Wortschatz
veröffentlichen – sondern auf
Schmalspurenglisch;
dessen Unternehmen nicht schmissig mit
deutschen Firmennamen und

Werbetexten auftrumpfen – sondern
Denglisch oder Englisch
protzkotzen …

Herr – schmeiß Hirn runter auf das
deutsche Volk!
Auf dass es seine schöne alte Sprache
wieder entdeckt,
sprachbewusst, sprachtreu und mit
Sprachwürde lebt,
schöpferisch den deutschen Sprachschatz
bereichert –
und seine Sprachversauungskrankheit
überwindet!

Eugen Hollenbach

## *Glück*

Von dem Riesen-Kuchen „Glück"
hätt' so mancher gern ein Stück.
Möglichst auch noch jeden Tag.
Weil man Glücklichsein sehr mag.

Aber alles, was alltäglich,
übersättigt uns, – unsäglich.
Immer Glück an jedem Tage
würd' auf Dauer uns zur Plage.

Niemand sollt am Glück je hängen.
Gut dosiert, in kleinen Mengen,
sucht es jene gerne auf,
die nicht so erpicht darauf.

Lassen wir uns überraschen,
ab und zu vom Kuchen naschen.
Denn wir wissen was alltäglich,
übersättigt uns, – unsäglich.

Heidi Hollmann * 1940

Die Gelassenheit um hinzunehmen,
was ich nicht ändern kann.
Den Mut um zu ändern,
was ich ändern kann.
Die Weisheit um das eine
vom andern unterscheiden
zu können,
das ist für mich unverzichtbar.

W. M. Holterhoefer

## *Ein Gespräch über Liebe*

Das Unverzichtbare
Ein Gespräch über Liebe

„Es ist nur ein Gefühl! Ich blinzele, und es
ist weg ..."
„So leicht lässt sich Liebe nicht vertreiben."
„Was, wenn ich es will?"
„Das interessiert Liebe nicht."
„Sie ist egozentrisch!"
„Ja."
„Sie quält mich!"
„Ja."
„Warum?"
„Um zu leben."
„Ich verstehe die Liebe nicht ..."
„Es ist ihre Natur. Ihre Art zu überdauern."
„Was muss sie überdauern?"
„Den menschlichen Verstand."

Johanna Holweg * 1985

## *unverzichtbar – leben*

unverzichtbar – sonne – licht
farben – töne – klänge
kinder lachen – vögel singen
unverzichtbar – schöne aussicht

unverzichtbar – regen – macht
armut – hunger – krieg
bomben bauen – angst verbreiten
unverzichtbar – alle macht

unverzichtbar – freude geben
jung sein – älter werden

trinken – essen – tanzen – reden
unverzichtbar – einfach leben

Simone Holzschuh * 1968

## *Spätsommerabend*

Der Rauch steigt schon durch die Bäume
nach oben,
siehst du nicht, wie er vergeht in den
Lüften?
Jetzt können wir ihn nicht mehr fassen,
haben wir das aber je gekonnt?

Das Grün beginnt sich schon gelblich zu
verfärben,
siehst du nicht, wie es vergilbt dort
draußen?
Jetzt können wir nicht mehr spielen,
dürfen wir das noch, jetzt?

Der Himmel fangt schon an finster zu
werden,
siehst du nicht, wie er verfinstert hier bei
uns?
Jetzt können wir nicht mehr wach bleiben,
müssen wir wirklich schlafen gehen?

Ich möchte doch noch so gerne wach
bleiben.

Pia Constanze Höring * 1989

## *Das Unverzichtbare*

Es wärmt mich wenn ich friere,
denk ich daran, erfüllt es mich mit Glück,
gibt vom süßen Kuchen der Zufriedenheit,
meinem Gemüt ein großes Stück.

Mir liegt's am Herzen,
tröstet und macht mich heiter,
schafft neuen Lebensmut,
gibt Kraft und schiebt mich weiter.

Ist es der Freund mir oder die Erinnerung,
ist es die Neigung oder der Genuß,
ist es die Anbetung aus der Ferne
oder die Wärme nach dem letzten Kuß?

Jeder hat ein buntes kleines Steinchen,
es rührt ihn an, er hält es geborgen,
als unverzichtbar wird er es bewahren,

es wird, ganz unscheinbar, im
Lebensmosaik für das Gesamtbild
sorgen.

Simona Hornig * 1963

## *Anders leben*

Oh Leben, ewig neu
voll Schmerz und reicher Güte
ach Liebe Sorg und Reu'
Gott gibt, dass ich dich liebe.

Rainer Hornik * 1953

Jetzt ist es wieder soweit,
die Weihnachtszeit.

Die Zeit verrinnt, wie geschwind,
wie ein wachsendes Kind.

Ach, wie froh ich mich gefühlt,
als der Frühling endlich Einzug hielt.
Auf den Sommer folgt der Herbst
und jetzt der Winter.

Warte wie in jedem Jahr,
auf den Wechsel wunderbar,
kann die Zeit nicht mehr abwarten,
wie wird es dieses Jahr geraten?

Leider schnell die Zeit des Lebens dann
vergeht,
wie der Sinn der Jahreszeit verweht.
ja, das ist das Wahre – das Unverzichtbare!

Birigt Hotic-Röwekamp * 1963

Da steht sie,
ihre Lippen sind rot,
vor mir
eine Schwelle, sie
schwebt unmerklich höher,
ihre Socken sind rot,
ihre
Augenfarbe weiß ich nicht.
bis dann, sagt sie.

da stehe ich,
niemand vor mir,
eine geschlossene Tür,
meine Lippen, meine
Socken, ein Gefühl,
merklich tiefer,
schwarz ihre Haare,
wohin kann ich
gehen?

Wolfgang Hottner * 1987

## *Ein Schritt*

Wenn ich tot bin ...
trag' mich eine Weile durch den Regen,
streichle meine Sonne in die Ferne,
glaube an die Richtigkeit des Lebens.

Wenn ich tot bin ...
fürchte nicht die Nacht und ihre Stimmen,
wandere Wege zu den Sternen,
atme alle Stürme dieser Welt.

Wenn ich tot bin ...
lache mit den Schmerzen Deiner Glieder,
schließe Deine Augen für die Weite,
schmecke fremde, unbekannte Lieder.

Wenn ich tot bin ...
laß mein Ende Anfang werden;
geh' den einen Schritt nach Hause
zu den Blumen auf der Wiese.

Torsten Hoyme * 1974

## *Regenbogen*

Blitz und Donner, Hagel, Sturm, schwarze
Wolken,
heftigster Regen so war das Erleben.
Weiße Wolken, sachter Wind,
der die Wolken bald vertrieb.
Strahlender Sonnenschein erschien.
Was für ein Naturschauspiel!
Ein Naturschauspiel der besonderen Art.
Ein Regenbogen entstand,
der Regenbogen mit all seiner spektralen
Farbenpracht.

Es ist der schmale Pfad zwischen schwarzen
und weißen Wolken.
Diesen schmalen Pfad zu erreichen, ist
erstrebenswert!
Der Bogen ist ein halber Kreis, bis zur
Vollendung ist es dann nicht mehr
weit.

Claudia Hübner * 1967

## *Gedanken sind frei*

Die Gedanken an dich gehören mir
niemand kann sie mir nehmen
für meine vielen Zeilen muss ich mich nicht
schämen –
denn sie sind von Herzen und haben ihren
Wert
wie habe ich dich verehrt – mich
sehnsüchtig nach dir
verzehrt – doch eines hat mich der Verzicht
gelehrt
gelehrt – Liebe ist stärke r – Liebe ist
mächtig

Jede Faser in mir sehnt sich nach dir –
Worte allein drücken es nicht aus – Zeilen
können
es nicht beschreiben – die Sehnsucht
wächst
alles nimmt seinen Lauf und irgendwann

kommst du von selbst darauf – das wir
füreinander
bestimmt sind und die Liebe ganz sicher
gewinnt!

Liza Hudson * 1963

## *An die Musik*

Musik.
Du kannst mir so viel geben.
Musik.
In deine Arme sinke ich.
Musik.
Dir zeig ich meine Wunden.
Tröste mich.

Rita Hug * 1957

Ja wenn ich's wüßte,
würd' ich's denn gleich sagen.
Das Unverzichtbare benennen,
es nicht länger hinterfragen.

Mag sein, daß jeder es in sich verspürt,
daß sich's bisweilen deutlich rührt.
Ist man des Umstands denn bewußt,
wie es beflügelt unser Sinnen, unsre Lust?

Aufzuzählen, was verzichtbar denn
erschiene,
wär mir ein Leichtes,
könnt ich gerne,
ganz entspannt, mit heitrer Miene.

Doch wer will das gerne hören?
Könnt ja die Laune trüben,
die gute Stimmung stören.
Na denn, so mach ich den Versuch.

Meint wer, die Antwort fände sich in einem
Buch?
Ich glaub, sie steht in des Lebens Alltag
selbst geschrieben
und kann nur heißen „Du sollst lieben".

Rudolf Huggenberger

## *Intifada*

Endlich aufgewacht
steht er auf
will raus aus der Hölle
befreit sich vom Staub
sieht das Paradies
– die Erlösung –
mit klarem Verstand

Heimatlos
in den Mauern des Feindes
nimmt er Abschied
vom verlorenen Land
seine Verzweiflung und Trauer
in Kälte gepackt
sieht er die Selbstaufgabe
als heilbringende Medizin

und zündet die Bombe

Edith Hüttel * 1954

## *Berliner Gedeck*

Champagner prickelnd
Pommes goldgelb

Safran-Rot umhüllt
die Verheißung
des Abends:

Currywurst!

Gaby Assia Iboyan * 1957

*Das Unverzichtbare*

Am Türpfost pocht der Sekretär!
Mit seiner Frau hat er ein G'schär!
Drum sucht er anderswo Vergnügen
und muss die fromme Welt belügen!

Nicht nur Ihm ergeht es so,
desgleichen ist's auch Anderswo!

Doch nirgends weiß man dies genau,
wenn wer betrügt die eig'ne Frau!

So mancher geht zur Hasenscharte
und weist sich aus, mit falscher Karte!

Denn peinlich ist's, wenn jeder weiß,
...Er sucht die Sünd' um jeden Preis!

W. Ike * 1950

*Rot-Weiß-Rot*

Eine Fahne dieses Landes
hat zu tun gemäß des Standes.
Manchmal auch klingt Geschichte
durch des Stoffes Dünne, Dichte.

Hin und wieder mag es scheinen,
dass die Farben trennen und vereinen.
„Quer" gemalt ist nicht gedacht,
wie die Wellen weht's dann sacht.

Nicht diese! Nein, die Donau schwingt
darin,
sanfter Walzer wie der „neuen" Insel
Swing.
Ohne diesen Stoff ließe es sich wohl auch
leben
wäre da nicht das Geheimnis dieser bunten
Fäden.

Sie tragen mehr als nur das Rot und Weiß,
es spiegelt darin Leben mit der Liebe kühl
und heiß.

So ist's in diesem Land wie einem Wappen
kreuz und quer
die Menschen in ihm lieben gern, mal leicht
und schwer.

Eine Fahne dieses Landes
hat zu tun gemäß des Standes.
Sie trägt große, kleine Lasten und die
frohen, ernsten Pflichten,

auf die Liebe ihrer Menschen wird sie
jedoch niemals verzichten.

ime-cac * 1958

*Leben*

Erde, die dem Meer entstiegen.
Sternendach. Am Feuer liegen.

Mond im Spiegel heller Wasser.
Morgenrot, die Nacht wird blasser.

Spinnengarn aus Silberfaden.
Bäume, die im Nebel baden.

Über sturmzerzausten Wogen
Ein geputzter Regenbogen.

Federleichte alte Lieder,
Sonnentrunken. Duft von Flieder.

Rosenblüten, Tränentau.
Über allem Himmelblau.

Vom jungen Wein die ersten Züge.
Ein Nest im großen Weltgefüge.

Das Lächeln deiner Augen trinken,
Träumen in die Arme sinken.

Heimatlos in Raum und Zeit.
Der Wind singt von der Ewigkeit.

Leben, Unverzichtbar eben.

Brigitte Incorvaia * 1956

Als ich dich ganz zart in mir gespürt,
hattest du schon längst mein Herz berührt.
Für die Welt warst du noch gar nicht
sichtbar,
jedoch für mich schon unverzichtbar.

Als ich dich dann in den Armen hielt,
hab' ich höchstes Glück gefühlt.
Ich war von Seligkeit berauscht,
hätte mit niemandem getauscht.

War manchesmal auch rauh des Lebens
Wind,
ich hatte ja dich, mein Kind.
Viele Sorgen wurden klein,
wollte dir eine fröhliche Mutter sein.

Es kam der Tag, da du dich von mir
entfernt,
deine eignen Lebensregeln hast gelernt.
Es war eine schwere Zeit für mich.
Mein Kind – ich liebte dich!

Doch mein Blut – es floß in dir.
Dein Herze kam zurück zu mir.
Was das Leben auch bereit noch hält,
du bist für mich das Wichtigste der Welt.

Möck Ingrid * 1949

Unverzichtbar – wie die Luft
ist ja auch der Lebensduft,
man kann ihn riechen, schmecken, fühlen,
wenn's sein muß auch die Stirn dran
kühlen.
Ach, das Leben riecht so gut,
etwas strenger riecht die Wut.
Das Ende gar, das riecht schon schlecht,
jetzt sag doch mal, ist das gerecht?

Anneliese Jackoby

Unverzichtbar – mag vieles in unserem
Leben,
wie Liebe, Glaube, Hoffnung – Mut zum
Leben,
und nicht die Leichtigkeit des Schicksals
Seins
mit bittrem Geschmack von Verrat und
Ignoranz
im Wandel der Zeit achtlos sehr oft
abgewickelt,
in der unverzichtbaren Sorge um Menschen
sein!

Nicht selten wird die Seele von Zweifel
geplagt,
unverzichtbar – Wege aus Dunkelheit zum
Licht,
jenes tröstende Wort zu erfahren in der
Not,
die Liebe, Hoffnung und Zuversicht zu
spüren,
ein Hauch von Humanität so wertvoll wie
nie,
wenn die Werke unserer Schöpfung so
gequält,
im Streben nach Macht humaner Geist oft
fehlt.

Unverzichtbar ist es, als ein Mensch zu
sein,
nicht mathematisch kalkulierte statistische
Zahl ohne Leben, mit der so oft wird
gespielt,
unverzichtbar, dass der Mensch seinen
Platz
und ein Herz voll Wärme noch immer
spürt,
und nicht dass er aller Würde wird
beraubt,
weil nur noch materialistischer Zahl
geglaubt.

Beatrix Jacob

## *Mein Dorf*

Liegt ein Dörflein im Tale,
fließt ein Fluß dran vorbei.
In dem Wasser schwimmen Aale,
kommt der wonnige Mai.

Grüner Wald auf den Bergen,
blaues Wasser im Tal,
helles Singen am Morgen,
frohes Lachen tausendmal.

Auf der Brück' laufen Kinder,
spielen fröhlich im Haag.
In den Wiesen weiden Rinder,
Spatzen haben ein Gelag.

Von der Früh bis zum Abend
strahlt die Sonne so warm,

frohe Dirndeln, muntre Knaben
tragen Maien im Arm.

Ingeborg Jacob

## *Ein Morgen im anderen Lichte*

Heut stand der Morgen in einem anderen
Lichte
Wie sonst wäre er zu beschreiben
Er ist der Grund, warum ich hier sitze,
Ich nun schweige, warum ich hier dichte
Und er war der Gott der Kleinigkeiten.

Wie sonst ist dieser Morgen zu
beschreiben?
Weil, er war eine Hand die mich berührt
Ein Blick der meinen Stolz bezwingt
Er war frei von allen gekannten Zeiten
Ein Hauch, der durch meine Venen dringt.

Kennst du das Lachen im großen Zeh?
Ich kenne das Licht in anderen Farben!
Heute weiß ich, was ich sonst vermisste
Es ist nichts, dennoch, ein Gefühl
als wenn man den ganzen Himmel küsste.

Es war nicht viel, eine der vielen
Kleinigkeiten,
Aber es war genug für neue Blicke,
Fremde Horizonte, die ich in der Weite
sichte
Heute wollte mich das Glück verleiten,
Heut stand der Morgen in einem anderen
Lichte!

Moritz Jäger * 1986

## *menschheitstraum*

mitternacht ist's,bomben splittern
kinder weinen – stille
dann bricht wild ein chaos los,
wie ein schrei aus tausend kehlen –
krieg ist

morgenrot, ein ruf nach leben
nächstenliebe
frieden

Eckhard Jahn * 1951

## *Zeit, die kleinliche Dimension*

Zeit, die kleinliche Dimension;
weit entfernt von göttlicher Intuition.
Vielleicht Geburt der Frustration,

kleinlicher Kreaturen,
die zwanghaft schufen Uhren,
um zu bezahlen ihre Huren.

Im Garten Eden,
in dessen Sonne,
jede Wonne,
sie erleben;

Der Götter Fluch, die Uhr?
In Gold und Diamanten, pur,

verkündet sie im Takt,
das Ende von dem Pakt,

bevor die Muße kann erfassen,
was nur die Ewigkeit hat Kraft zu fassen,

in lebensfrohe Emotion,
am Ende jeder Erektion,

des Körpers und des Geistes, im zeitlosen
Spiel der Liebe und des Todes;

den Dingen und den Menschen, ihren
Augenblick zu lassen.

Franz-Wilfried Jansen * 1956

## *Kinderspiel*

Mit dir,
so scheint es,
könnte das Leben
ein Kinderspiel sein ...
Ich wünsche mir
einen Jungen und ein Mädchen.

Volker Jansen * 1968

## *Das Lied vom Baum*

Er stand an der Straßenecke,
mitten im Lärm und Dreck.
Zuerst starb neben ihm die Hecke,
und auch er war eines Tages weg.

Unaufhaltsam passierte das Malheur:
Seine Blatter wurden radikal gelichtet,
bald zeigte er keine Lebensfreude mehr,
die Abgase hatten ihn hingerichtet.

Als Holzruine hing er nur im Wege
dem wachstumsgläubigen Wunderland.
Das entsorgte ihn mit einer Elektrosäge,
geführt von tüchtiger, bewährter Hand.

Bleibt als Fazit nur erhoben:
Wer so seine Umwelt pflegt,
kann seinen Grips nicht loben,
denn der ist auch schon abgesägt.

Wilfried Jaster * 1940

## *preisgegeben*

dem schattenlauf

kalte bläue

schwebend enthauptet

zeit bar damals

ins staunen glas

splittrige viel

träume leichte und

gewesen

farb brechung

fühlbar untiefen

abgängig bilder

fallen leer

weiß verdampft

angst

Petra Jenter * 1942

## *Unverzichtbare Liebe*

Das Unverzichtbare
wie könnte es schon anders sein
ist nur die Liebe und nur Sie ganz allein

Dabei können der Lieben Viele sein
und alle fühlen sich berauschend an wie
guter Wein

Schon das Baby fordert Liebe für sich ein
und auch das Kind will von den Eltern
geliebt sein

In der Pubertät fordert man von vielen
Partnern Liebe ein
und immer denkt man diese wird nun die
Richtige sein

Plötzlich stolpert man ins Eheleben rein
hier wird nun oft die Liebe zum sauren
Essigwein

die Scheidung läßt einen Entzwein
wie kann man nun ohne Liebe wieder
glücklich sein
man fühlt sich zerissen kaputt wertlos und
ganz klein

Da kommt durch eine Neue Liebe wieder
Glück herein
nun ist man auch im Alter nicht mehr
allein

Man wird sich nun auch eher Schwächen
verzeihn
man hat gelernt zu verzichten auf Geld
Gut und Wein

Einzig und Unverzichtbar allein
wird für einen selber nur mehr die Liebe
sein

Skulgerdat Jera * 1954

## *Die Liebe*

Die Liebe schlief.
Sie schlief nun schon recht lange.
Ermattet hingestreckt im Verborgenen
ruhte sie
Offenen Mundes,
Wie ein Kind nach hitzigem Spiel.

Zeit zog vorbei und manch kecker Blick;
Ernst und auch Leichtsinn suchten sie zu
wecken.
Und falls die Wimpern zuckten,
So träumend vor Erinnerung.

Doch – war's ein Ton?
Ein Duft?
Ein Hauch?
Die Liebe wachte wieder auf.

Katharina Joanowitsch * 1950

## *Zu spät ist immer noch pünktlich*

Zu spät ist immer noch pünktlich,
um nichts mehr zu erreichen,
den Anfang der Tage an das Ende zu
schieben
und sekundenzählend auf den Abflug zu
warten ...

Zu spät ist immer noch pünktlich,
vorbeirauschenden Lichtern nachzusehen,
das Gebrüll der Straßen zu atmen
und letzte Streichhölzer in der Tasche zu
zählen ...

Zu spät ist immer noch pünktlich,
nichts mehr zu tun, wofür es nichts mehr
gibt,
von Hell auf Dunkel zu blenden
und Regentropfenrennen an den Fenstern
zu verfolgen.

Knut Jochimsen * 1972

## *Tagebuch*

Nach sechzig Jahren hat
mich gefunden in Leinen gebunden
alt und vergilbt das Papier.
Die Schrift deiner Zeilen
führt mich zurück in vergangenes Glück
unverblasst im Tintenblau.
Der Sinn für das Leben
verfolgt die Spur erahnte Momente nur
still auf Tagebuchpapier.
Die letzten Seiten leer

liegen vor mir wie ein Geschenk von dir
warten auf mein Tintenblau.
Im Geheimnis der Zeit
vermischen sich die Seelen du und ich
so hell frisches Tintenblau.
Dein Buch schreibt von Hoffnung
nicht vergebens die Liebe des Lebens
draußen fällt Schnee auf dein Grab.

Henriette Jorjan

## *Meine Zweifel*

Meine Zweifel
lasse ich wachsen
bis zu dem Tag
an dem sie erwachsen sind

Ist es soweit
mache ich eine Zeichnung von ihnen
auf der zu erkennen ist:
ein schönes
groß gewachsenes Vertrauen

Sie ist mir viel wert
diese Zeichnung

Ich schenk sie Dir

zweifellos

Simone Joseph * 1976

## *Ein Rätsel*

Was geht ein bisschen hinauf
Was ein bisschen hinab

Was ist groß
Und schön

Was klein
Und bitterlich

Was geht in den Himmel
Was endet in der Hölle

Was teilt sich
Freud und Leid

Was schafft Grenzen
Was hebt sie auf

Was ist es das verwirrt
Was macht es ganz klar

Juliette * 1983

Frag nicht, wohin das Ich vergeht,
will es vom Du sich trennen.
Bevor die Woge man versteht,
muss man das Meer erkennen.

Sieh Samenkorn, sieh Blütenstaub
im Windeshauch verwehen. –
So wie das Ich gekommen ist,
so wird es wieder gehen.

Ein Sonnenstrahl den Schäfer küsst
zu neu erwachtem Leben.
Wenn auch ein Traum entschwunden ist –
es wird noch viele geben.

Klaus Juner

## *Ich stand im Frühtau in meinem Garten ...*

Ich stand im Frühtau in meinem Garten
hinter der nächtlichen Schattenwand
und säte Samen von Vertrauen ...
kamst Du hereingetreten
mit einem Rosenbaum
am Tag der weißen Hyazinthen ...

Wie sehr Du dich auch noch bemühen
magst,
es will Dir nicht gelingen,
nicht mit all Deinen Künsten
sie zu durchdringen
die trüben Schleier von Versagen,
Trauer, Wut und Verlassensangst ...

Das vermag nur ich,
solange Du nur Nahrung trägst
in der Vergänglichkeit
und im Vergessen der Zeit ...

Claudia Jung * 1967

## *Das Unverzichtbare*

Du, der Baum
Das nicht Stoffliche
Du, mein
Atem Glauben Gewissen
Du mein
Miteinander Gegenüber
Du mein
Gespiegeltes getragen
Durch Deine Wahrheiten und Werte
Dein
Erneuern und Werden
Dein
Kommen Gehen Wiederkehren.
Rhythmisches Pulsen
Im Du und mir
Zum Unverzichtbaren
Ich dabei.

Georgia Jürgens * 1962

## *Was ich Dir oft schon sagen wollte!*

Komme ich von der Arbeit nach Hause
habe ich Dich zehn Stunden nicht gesehen,
ebenso lange nicht Deine Wärme gespürt,
mich nicht an Dich schmiegen können,
nicht Deine Küsse geschmeckt,
kein Wort mit Dir gesprochen.

Ich habe Dir nicht sagen können
wie sehr ich Dich liebe,
daß Du mir unendlich gefehlt hast,
ich Deine Nähe schmerzlich vermißte,
Du in meinen Gedanken immer
gegenwärtig bist,
ich ohne Dich nicht sein kann.

Ich träumte von der letzten Nacht mit Dir,
spürte intensiv Deine Berührungen,
kostete den Duft Deiner Haut
lieblich und betörend.

Aber nun bin ich wieder bei Dir
und meine Lippen berühren die Deinen
und sagen,
sagen brauche ich nichts.

Jörg Just * 1943

## *Das Unverzichtbare*

Das kleine Ding,
von dem ich besessen bin.
Ist es nicht da,
werde ich sonderbar:

Ich gehe im Kreis,
weil ich Nichts weiß.
Bin total nervös,
irgendwie bös'.

Vollkommen durcheinander:
Habe ich alles beieinander?
Irgendetwas fehlt –
es wird alles abgezählt.

Etwas ist nicht da,
das Loch dadurch spürbar.
Ich seh' nicht klar,
was denn das war.

Es stand im Raum –
war doch kein Traum.
Find ich's bei Gelegenheit –
kommt zurück: ZUFRIEDENHEIT.

Stina K.

## *Unverzichtbar*

So unverzichtbar wie
Himmel und Erde,
Liebe und Freundschaft,
Trauer und Feindschaft,
Natur und Freiheit,
Fragen und Wissen,
Lachen und weinen,
Trennen, vereinen,
mit allen Sinnen
genießen und leben,
lieben und geben,
danken und schenken,
sehen und denken –
so unverzichtbar
bist du.

Sandra Kainbacher * 1986

## *Doping*

Olympiade Torino 2006
Katastrophe
In den Medien
Gegen das Gesetz
I.O.C.
Turiner Staats Anwalt
Das dürfen sie nicht
Die Österreicher
Biathleten
Langläufer
Sie nehmen den
Nicht Gedopten
… den Sieg …
Das Unverzichtbare
WER – Um Torino
WER – Medien
WER nach Österreich (Nicht)
Dopingfreie Erholung (Oder)

Martin Kainz

## *Das Unverzichtbare*

Die Sterne, der Himmel, der Mond so grau
Schlafende Rosen im Morgentau

Liebe und Hass, Versuchung und Gier
Auf blutigen Pfaden ein waidwundes Tier

Vergraben in Moder und schlammigen
Sumpf
Hinab in die Tiefe, die Stimmen so dumpf

Ein Sonnenstrahl, ein letztes Mal
Dann schließt sich die Erde, das Sterben ist
Qual

Nun noch die Verwesung, das Fleisch
atomar
Alles gewesen, alles so klar

Im Lauf der Natur bist Du unverzichtbar.

Don Sean Kaiser * 1968

## *Es soll Liebe regnen*

Es soll Liebe regnen
den ganzen Tag

Es soll Liebe regnen
die ganze Nacht

Es soll Liebe regnen
Tag und Nacht

Es kann ein tiefes Hoch sein
meinetwegen aus Skandinavien

aber es soll Liebe regnen

Margret Kallendorf

## *Ankunft*

Es hat die Stadt seiner Mütter
der Blick des Erben gestreift,
da fiel
der Ruß von den Pfosten
von den Fenstern die Trauer
die Pflastersteine begannen zu wandeln
und trugen den Himmel mit Glanz
in die Kirchen
da fiel alles ihm zu.

Maria Kallinowsky

## *sich und dich verschlafen*

gerade noch leise musik.
gerade noch dir zugenickt.
dann eingenickt.

alle anspannung weicht,
alles unspannend weich,
erschöpfung schöpft aus erholung,
erholung holt erschöpfung ein.

plötzlich rufen die augen,
wachsam sein.
plötzlich aufgewacht.
nicht einmal geträumt.
nicht einmal von dir.

Christiane Kalss * 1984

## *Gelassenheit*

*Tanka im altjapanischen Stil*

Bleiche Gesichter
rastlos in der Menge wie
Blüten im Sturmwind –

gefallenes Blatt im Teich
sanft treibend als träume es

Karsten Kalweit

## *Tägliche Übungen*

Schlafen
Aufstehen
Lachen

Kaltes Wasser
Luft
Bewegen

Staunen
Dankbar sein
Dass ich lebe

Angelika Kapp * 1979

## *Zu Ende*

Vielleicht kann ich es nicht ertragen
dass du
glücklich bist
und die Erinnerung an mich
in Kisten verpackt
auf dem Dachboden steht

Wo ich
bisweilen
sogar vor einem gemeinsam gekauften
Preiselbeer-Glas
in Tränen ausbrechen könnte

Julia Kappes * 1980

## *Leid*

*An den großen B. B.*

Als ich im schmalen, dunklen Zimmer
des Mannheimer Krankenhauses
in den frühen Jahren
nach dem großen Krieg
meine Mutter stehen sah
im blaublumigen Sommerkleid,
verlegen lächelnd,

und sie,
in ihrem mageren Körper,
mir ihre mageren Hände
entgegenstreckte,

spürte ich zum
wiederholten Male
die unendliche Schwere dieser Welt
und die Aussichtslosigkeit
des irdischen Glücks.
Und ich lernte daraus.

Notker Karcher * 1938

In die ovale Schale meiner Seele
fällt jeden Tag ein Tropfen Leid
und jeden Tag ein kleiner Tropfen Freude,
ein wenig Gegenwart, Vergangenheit,

ein wenig Mitleid, Liebe zu dem Tier,
ein wenig Nachsicht und Erinnerung.
So mischt sich wohl ein schäumendes
Getränk
vom Morgenrot bis zu der Dämmerung.

Mach' selbst daraus etwas Bekömmliches,
das nicht zu süß und nicht zu bitter
mundet.
Nimm es als Schlaftrunk, Jugendelixier,
bevor zu Mitternacht der Tag sich rundet.

Doch leere nicht die Schale bis zum Grund.
Es müssen wohl aus ihr auch Düfte
schweben.
Vielleicht sehr herbe, die du nicht vergißt.
Doch nimm das Ganze, sage dazu Leben.

Rudolf V. Karl * 1931

## *Papyrus*

Frei hältst du deine Seiten für mich.
Wie kann ich dich nur entbehren?
Ich beschreibe und beschrifte dich.
Lass uns zu dem zurückkehren,
Was du jedem Menschen erklärst:
Schön, dramatisch und informativ.
Ob viel oder wenig, du belehrst.
Mit dir fühle ich mich kreativ.
Beschwingt flatterst du im Wind.
Du bist eintönig oder auch bunt,
Was mir beim Anblick Freude bringt.
Du tust deine Meinung immer kund,
Auch wenn sie nicht jedem gefällt.
Ein Eselsohr hast du an jeder Eck'.
So bist du auch manchmal entstellt,
Selbst wenn ich mich dadurch erschreck'.
Doch bist du unverzichtbar für mich!
An jeder Ecke sehe ich dich.
Mit großem Eifer hilfst du mir.
Jahrhundert altes, unverzichtbares Papier!

Rabab Kassab Bachi * 1983

## *Die Liebe*

Reich macht die Liebe und glücklich,
warm macht sie das Herz.
Ihr verdankt der Mensch sein Leben.
Sie trägt die Welt.

Arm ist, wer sie nicht erfährt,
kalt, wer sie nie empfindet.
In ihr findet der Mensch die Erfüllung.
Sie gibt der Welt Glanz.

Dunkel, wenn man sie verloren,
trostlos, wen sie verlassen.
Ohne sie kann der Mensch nicht sein.
Sie macht die Welt zur Heimat.

Erzwingen lässt sie sich nicht.
Nur den Menschen ist sie geschenkt.

Sie ist ein göttliches Geheimnis.
Unverzichtbar –

Elisabeth Kastner

## *Das Unverzichtbare*

Mit der Sonne aufsteh'n,
nicht ohne sie schlafen geh'n.
Die am Morgen kann ich spüren,
die Allabendliche sogar berühren.
Eine nur seh'n, eine sogar versteh'n.
Fern, nah, so fern , abends so nah.
Beide glüh'n heiß – wie Lavagestein,
eine groß – eine so klein.
Als ich mich gestrandet am steinigen Ufer
wieder fand,
spürte ich eine heiße Hand im Gesicht,
aber ich sah sie nicht.
Von oben blendete mich ein Licht
und als ich wieder zu mir kam,
nahm ich sie in den Arm, ganz fest
und wir bauten uns ein warmes Nest.
Später, als wir schwerelos dahin glitten,
fielen wir von den Steilklippen.
Gegenseitig haben wir uns aus dem wilden
Meer gezogen,
uns dabei nie betrogen.
Einem Hai trat ich noch kräftig in die Eier,
was aus ihm geworden ist, weiß ich nicht.

Ole S. Kater * 1957

## *Das Unverzichtbare*

Sind es nicht kleine Dinge,
die das Leben schöner machen.
Nicht Schmuck oder Ringe,
vielmehr ein glückliches Lachen.

Sieh, die vier Jahreszeiten
voller Schönheit und Pracht.
Sie werden dich immer begleiten!
Haben Gefühl in Herzen gebracht.
Schnee, Sonne, Regen und Wind,
wie Kälte, Wärme – Gefühlswelt
durchrinnt.
Die Liebe, erst zart wie ein Blütenblatt,
wie Sturm dann dein Dasein erobert hat.

Die Tiere, die Menschheit geben Macht,
haben doch Handeln und Denken entfacht.
Alles Andere ist als Folge gegeben.
Unverzichtbar sind diese Werte und Leben.

Regina Kaute * 1956

## *sinn*

woher kommst du?
wo gehst du hin?
rätsel der menschheit.
der geist gerade soweit entwickelt, die
unwissenheit zu erkennen.
hilflose antworten.

kriegsgewinnler im talar.
geheimnis des glaubens als künstliches
koma.
geschäft und macht.
sonnengelbe hyänen warten winkend,
weiden sich an den gestrandeten.
sklaverei des geistes.

traue nur dem fluss.
Er ist ewig und wahr.
Er ist der weg und das ziel.
lass los und fühle ihn –
doch halte dich fern von den ufern.

Albert J. Kecht * 1961

## *späte einsicht*

wir haben
die saat
den vögeln
weggepickt
wir haben
vom baum
der versuchung

genascht

wir haben
die früchte
des zorns
gegessen

wir haben
des pudels
kern
verschluckt

–

jetzt haben wir
den salat

Richard Keck * 1959

## *Unverzichtbar wichtig*

Wenn alles, was man glaubt zu brauchen,
gleich unverzichtbar wichtig scheint,

wenn man beginnt, deshalb den Sinn
des Ganzen anzuzweifeln

und dann die Angst den Platz
mit Hoffnung teilt,

dann kann man,
soll man,
darf man

wohl getrost begreifen,

dass Unverzichtbarkeit so ein Gefühl
wohl ist,

dass etwas fehlt, was man vermisst,
und eben dies so zwischen
Unverzichtbarkeit und vermissen

so in manchen Denk- und Fühlmomenten
wohl untrennbar verbunden ist.

Andreas Keller * 1969

## *Wasserliebe*

Es war einmal in einer Wüste.
Ein Landrover durch Sand da düste,
als Hinterteil im Sand versank.
Forscher sprach, nun sind wir blank,
Trinkwasser reicht nicht bis zur Küste.

Durch große Hitze sie dann zogen,
träumend von Meer und Wasserwogen.
Da kamen Reiter auf Kamelen,
die wollten ihnen Wasser stehlen,
die letzte Flasche, ungelogen!

Doch Forscher wusste sich zu retten,
er konnte Forschersfrau verwetten
bei einem Spiel mit kleinen Steinen.
Da fing sie schrecklich an zu weinen,
sie ritten fort mit ihr in Ketten.

Leider war unser Forscher feige.
Das Wasser ging alsbald zur Neige,
zwei Tage später war er tot.
Doch nicht nur Durst war seine Not:
Die Frau ihn fand und sie sah rot!

Birgit Keller

Unverzichtbar ein Herz das Schlägt
Unverzichtbar die Liebe,
die es in sich trägt.
Unverzichtbar die Luft zum
Atmen rein und klar
Unverzichtbar der Frieden
immerdar
Unverzichtbar des Naturenwelt
voll Leben und voller Düfte
Unverzichtbar des Menschen
kleines Reich
Unverzichtbar ein Kind das lacht
und mit strahlenden Augen
Menschen glücklich macht
Unverzichtbar zu schützen
was uns als Geschenk gegeben

Unverzichtbar zu schützen
der Welten weiterleben

Anne Kellner * 1951

## *Das Unverzichtbare*

Die Gedanken lass unendlich fließen
die Phantasie fängt an sich zu ergießen

Worte mit einemmal, ganz bunt und wild
setzen sich zusammen zu einem Bild

Worte beieinander, ganz klar und licht
sollen ergeben ein schönes Gedicht

Harmonie und Fröhlichkeit in den Zeilen
laden den Leser ein, zum verweilen

Ist man bei der letzten Zeile angekommen,
hat man Wort für Wort in sich
aufgenommen

Erfüllt vom Klang sagt manch einer mit
Mut:
„Ein geschriebenes Wort, das tut unendlich
gut."

Barbara Kemnper * 1956

## *Das Unverzichtbare*

Aufgrund vieler Zeitgeistfragen,
die gar unbequem an uns herangetragen,
wir hier und dort erkunden,
was nach unten sich läßt abrunden.

Dabei kommt dem viel Entbehrten,
schweren Muts Entwerteten,
gleichsam auf der Gegengerade,
ebenso die Gegenfrage.

Es hilft nichts.
Man gibt sich ungeniert,
wählt dezidiert,
das Übriggebliebene würdevoll deklariert.

Der Aktionismus sich legt,
Fragwürdigkeit sich regt,
nach dem viel geleisteten Verzicht,
bringt Unsichtbares es ans Tageslicht.

Erst die Zeit bringt die Erkenntnis,
„unverzichtbar" ist,
was Du nicht siehst,
später aber weißt, was es eigentlich heißt.

Rüdiger Kendziora * 1958

## *Das Unverzichtbare II*

Nichts, sag ich,
nichts ist unverzichtbar.

Es ertönt Gelächter von oben herab.

Nein, auf Dominantes kann ich verzichten.
Auf Schwaches erst recht.

Der Hall des Lachens läuft meinen Rücken
hinab.

Der Anfang vom Ende sei die
Abhängigkeit.
Da spüre ich im Nacken ein Kitzeln.

Nichts, sag ich,
nichts ist unverzichtbar.

Und die Sonne lacht.

Anne Kersten * 1983

## *Unaufhaltsames Schicksal*

Der Sinn, das unendliche Schicksal,
das Leben zu leben.

Der Sinn um das Schicksal,
sich Gedanken an den Sinn erheben.

Der Sinn, das unendliche Schicksal,
die Frage, die in den Körpern brennt.

Der Sinn um das Schicksal,
der Mensch den Sinn nicht erkennt.

Der Sinn, das unendliche Schicksal,
keine Hoffnung wird uns bleiben.

Der Sinn um das Schicksal,
die Menschen sich in ihr Schicksal treiben.

Der Sinn, das unendliche Schicksal,
die Menschheit wird ihn niemals finden.

Der Tag des unaufhaltsamen Schiksals,
das Ende der Welt, die Menschheit wird
schwinden.

Daniela Kessel * 1985

## *Für Treptow – meine Heimat*

Noch niemals hab ich dran gedacht
und ein Gedicht für dich gemacht.
Verzcih Geliebte dies Versäumnis mir,
ich widme diese Zeilen Dir.

Du hast so ganz mein Herz gestohlen
und keine andre wird es holen.
Du wirkst zerbrechlich, zart - so klein
und musstest doch ganz hart im Leben
sein.
Die Zeiten schlugen Ihre Wunden,
die Jahre haben dich geschunden.

Du hast bewahrt dir deinen Charme,
bist warmherzig, verträumt und arm.
Seh ich dich liegen dort im günen Tal.
verstehe ich der Heimweh Qual.
Der kleine Fluss an deiner Seite,
die Wiesen, Felder, ringsum Weite.

So manch Juwel an deiner Straßen Rand,
geschaffen wurd durch unsre Hand.
Die Hoffnung vieler lässt dich leben.
Du musst uns eine Zukunft geben!

Beatrice Kietzmann * 1963

## *Was ist Gerechtigkeit*

Wenn Ungleichheit entsteht,
weil Kraft den Vorteil nutzt,
um weiter Vorteil zu genießen,
dann ist dies nicht gerecht.

Wenn Gleichheit nicht entsteht,
weil Schwäche sich nicht wehren kann,
um gleichberechtigt zu bestehen,
dann ist dies nicht gerecht.

Wenn Stärke sich und Schwäche
vertraulich gegenüberstehen,
um Vor- und Nachteil zu gestehen,
dann ist ihr Tun gerecht!

Wilfried A. Kihl * 1938

## *Zeit*

Zeit zum Lachen,
Zeit zum Weinen.
Zeit, um alleine
am Meer zu träumen.

Zeit zum Fühlen,
Zeit zum Lieben.
Zeit, um mit dir
im Gras zu liegen.

Zeit zum Vergessen,
Zeit zum Gedenken.

Zeit, um dir mein
Herz zu schenken.

Zeit für dich,
Zeit für mich.
Zeit, um zu sagen:
Ich liebe dich.

Manuela Kindler * 1960

Manch' einer spricht von Gut und Geld,
das diese Welt zusammenhält.
Doch gibt es außer Arm und Reich
auch and're Menschen zum Vergleich,
die lieben Sonne, Luft und Meer,
und brauchen dazu gar nichts mehr.

Sie geh'n durch Wiesen, Wald und Feld
Und zähl'n die Stern' am Himmelszelt,
und auch am Abendhimmel thront
ein leuchtend voller, runder Mond.
Und geht der Mensch mit Stock und Hut
bei Vogelzwitschern, das tut gut!
Kein Schuh und auch kein Rucksack
drückt,
er fühlt sich gut und ist beglückt!

Auch wenn es mal in Strömen gießt,
der Mensch auch das noch gern genießt!
Denn unser Wandersmann mitnichten,
will auf den Regen nicht verzichten.
Genauso sieht's die Kreatur,
auch unverzichtbar ist's für die Natur!

Erika Kischkat * 1938

## *Risiko*

„Los, schenk nach!
Bin eh schon Alkoholiker.
Also, was macht da noch ein Drink?"

Morgens.
Mein Blick sucht nach dem angebrochenen
Zigarettenpäckchen von gestern.
Lodernde Flamme.
Ich inhaliere Schadstoffe en masse und
riskiere verstopfte Arterien und
Herzinfarkte.

Ich pinsle schwarze Seelen und verfasse
Storys, die als anspruchsvoller
Schund in die Literaturgeschichte
eingehen werden.
Wer's glaubt.

Ich liebe das Leben auf der Überholspur.
Hasse nichts mehr als den grauen
Durchschnitt.

Alles nur risikofeige Individuen!

Sven Klaas * 1974

Was braucht ein Mensch, um glücklich zu
sein?
Ein Haus, ein Bett – reicht ein Brot,
um satt und zufrieden zu sein?

Mancher braucht Friede mit sich selbst und
dem Andern.
Menschliche Nähe vielleicht?
Oder man lässt die Gedanken gern
entspannt
durch sein Innerstes wandern?

Was braucht ein Mensch wirklich, worauf
kann keiner verzichten?
Um das echte „Unverzichtbare" zu finden,
muß der Mensch seinen Blick
auf die innerste Sehnsucht richten.

Einmalig und geliebt zu sein –
ganz egal ob dick oder dünn,
schuldig, einsam,
ob groß oder klein.

Das Essen und Trinken allein macht nicht
satt.
Unverzichtbar ist,
dass jeder Mensch Liebe, Schutz,

Geborgenheit und Zukunft
mit seinem ewigen Schöpfer hat.

Gaby Klaus * 1974

## *Homo homini lupus?*

Weltweit sechstausend Frauen, und das täglich, sind es.
Weil Männer – lustbefördernd? – Dieses wünschen: Schneide!
Doch nicht allein von außen, auch innen, in der Scheide
geschieht's. Ach! Viel zu oft im Alter kleinsten Kindes.

Warum das sein muss? Weil: Der Mensch ist ein gar blindes
Geschöpf. Er übt Gewalt, dass Mensch am Menschen leide.
Weiß er denn nicht, was gilt? Dass er die Schuld vermeide!
Und achte auf das Wehen eines heil'gen Windes.

Es können fallen völlig überholte Bräuche,
wenn alle Menschen sich auf ihre Pflicht besinnen
und schaffen Menschenrecht für Frauen. Angetrieben

Von Einsicht: weder alter Wein noch alte Schläuche!
Darum lasst uns sofort und würdevoll beginnen:
Nur Unantastbarkeit ermöglicht wahres Lieben.

Dieter Klein * 1936

## *Unverzichtbar?*

Da trifft nach manchem langen Jahr
ein Mensch 'nen Mensch', der Freund einst war.
„Mein Gott, du lebst hier ja allein
in einer Wohnung, die so klein.
Am Fenster stehst du, schön die Sicht,
doch liegen kannst du hier wohl nicht.
Du hast ja nicht mal 'nen Balkon",
so spricht er, in der Stimme Hohn.
„Im vierten Stock hier, ohne Lift,
für die Gelenke ist das Gift.
Das Mobiliar, na, etwas schäbig,
der Sessel hier, viel zu behäbig.
Meine Wohnung – ein Genuss
und aus einem klaren Guss.
Wie du könnt' ich nicht existieren,
es ging mir schrecklich an die Nieren."
„Mein guter Freund, du nennst's Verzicht.
Ich sehe so die Sache nicht. –
So wie du an Dingen kleben,
könnte ich niemals im Leben.
Mit dem, was mir mein Los beschieden,
bin selbst ich schon ganz zufrieden."

Monika Klein

## *Die Stille*

Stund um Stund bin ich am Sinnen
doch es will mir nicht gelingen
einen Vers, vollendet schön
vor mir auf dem Weiß zu seh'n.

Unverzichtbar soll er sein,
mehr als bloßer eitler Schein,
denn das Wort, in Kunst gegossen
wurde von jeher genossen.

Doch der geheime, teure Glanze,
der im wirren Lebenstanze
jedes Menschen Dasein misst,
lässt sich nicht in Worte kleiden
sondern hält sich ganz bescheiden
hinter allem was gesprochen,

wartet stumm und ungebrochen,
dass der letzte Klang erlischt.

Unberührt von aller Hast
lädt er ein zur Musenrast,
wird erst seine Größe zeigen,
lass ich alle Worte schweigen.

Petra Birgit Klein * 1969

## *hirngespinst*

unser handeln und bestimmen
setzt ihn voraus, den freien willen.
jedoch die wissenschaft plädiert:
der mensch sei unfrei, just determiniert.

ja unser hirn, es spiele ein neuronenspiel,
dort mitzureden hätten wir nicht viel.
selbst unser s e l b s t sei diesem spiel
verfallen,
mit unserem denken, hoffen, lieben und vor
allem

sagt die forschung, dass wir nichts dafür
können,
wenn mit dem schädel wir die wand
einrennen.
wir fühlten uns geradezu verpflichtet,
seien ganz erfüllt von dem was uns
vernichtet.

„wär's möglich, könnt ich nicht wie ich
wollte" –
und nur noch tun, was ich tun sollte –.
das ich verloren –, der freie wille illusion –,
ist unser leben eine konstruktion?

ein hirngespinst die welt, es gibt sie
nicht –,
wer schrieb dann diese zeilen, dies gedicht?
ein vorbestimmtes leben, nein, mitnichten!
„frei will ich sein im denken und im
dichten"!

Christa Kleinschmidt * 1945

## *Hoffnung*

Wenn ich auf zu Himmel schau
und die Wolken seh im Blau,
denk ich mir, was soll nur werden?
Was wird wohl dieser Tag gebärden?

Ein neues Glück? Ein altes neu?
Der Hoffnung selbst noch immer treu.
Glück und Elend ausgeglichen,
der Kummer von gestern vielleicht
verblichen.

Die Vögel zwitschern munter schon,
es ist gewiss kein Stückchen Hohn!
Sie rufen zu, wie schön es ist,
wenn die Sonne Dir den Tag verspricht.

Und wenn ich spät zum Himmel schau
und den Mond schon seh im Blau,
denk ich mir, was wird wohl werden?
Was wird der nächste Tag gebärden?

Miriam Kletnick * 1972

## *Finden?*

Ob ich wohl in Windeseile
bei der Teilung zweier Winde
und am Ende einer Zeile
eine Weile Heimat finde?

Meilen zog ich hin um Meilen
im Beginnen, im Verschwinden,
lidlos, ohne zu verweilen.
Lass mich eine Bleibe finden!

Leicht verliert sich, was ich teile,
lautlos wird es im Erblinden.
Doch die letzte leise Zeile
lässt vielleicht mich Frieden finden.

Joachim Klinger * 1932

## *Das einfache Leben*

Das einfache Leben –
ich liebe es,
nichts ist perfekt, alles verflochten,
mit mir – mit dir – mit gemeinsamer Zeit,
meine Hand streicht darüber,
fühlt deine Hand,
die Tasse hat einen goldenen Rand,
Stich für Stich sind Blumen
gewachsen auf dunklem Grund,
Ton für Ton stimmen Saiten sich ein,
das Holz lebt im alten Schrank
in wechselnden Farben –
und wenn du über die Seide streichst,
das zarte Kleid über die Lehne breitest,
wird unser Leben zeitlos,
Tag für Tag –
Nacht für Nacht.

Gepa Klingmüller

## *vorstadtgezeiten*

still ruht die nacht.
wabernde nebelwände
hüllen die welt in watte.

ungesehen
verschwindet die katze
um die ecke.

giftgelb schimmernde laternen
bestrahlen sich selbst.

die zeitung rutscht ins rohr.
ein erstes weckerpiepen
durchzuckt die stille.
breitschultrig schieben sich
müllautos durch die stadt.

stunden später strahlt die sonne.
im ohrensessel ruhend die katze.
draußen: lärm allenthalben.
vorstadtgezeiten.

Christian Knirsch * 1981

## *Licht ist überall*

Licht ist überall
lässt mich nicht allein.
Noch im dunklen Tal
steht sein Widerschein.

Not und Einsamkeit –
Licht ist überall;
wagt den Widerstreit
um des Herzens Qual.

Noch im Niederfall
hebt es mich empor.
Licht ist überall
bis ans letzte Tor.

Eine off'ne Hand
teilt mit mir das Mahl.
Ängste sind gebannt!
Licht ist überall.

Kurt Knorr

## *Das Unverzichtbare*

Am Leben lassen,
Es geht nicht ohne dies.
Auf alles andere verzichten,
das lässt nichts Gutes mehr am Leben.

Jedoch: Fast alles andere entlassen –
das dem Verzicht Entwundene
wird so zum Schatz,
ganz unverzichtbar

Walter Knoth * 1935

## *im Countdown des Stehaufmännchens*

sie nannten mich 10kämpfer, schnell, stark
und vielseitig konditioniert
jede 9schwänzige Katze der Erwartung
stoisch aushaltend
den einen oder anderen 8ungserfolg devot
verwaltend

in 7meilenstiefeln davon eilend, leichtfüßig
distanziert
bis mir der Verzicht sein 6kant zwischen
die Beine warf, wohl dosiert

mein freier Fall begann um 5 vor zwölf,
zeitgemäß diszipliniert
4mamentgleich krümmte sich der Rücken,
bucklig, statisch gestaltend
immerfort suchend, blickgebrochen, die
Leidenschaft 3st erkaltend
keimte der 2fel in mir, ungemein
ungeniert, hart inszeniert
seitdem verbleibe ich in meiner 1samkeit,
nur leicht deformiert

die Verse gerissen
nur eine von vielen Wunden

diverse Gewissen
so völlig umsonst geschunden

die Unverzichtbahre, inzwischen seicht
verschlissen
all zu oft wurde ich auf sie gebunden

das Unverzichtbare verwischen weiche
Kissen
verständnisgebleichter
Sternenstaubstunden

während andere sich überrunden
habe ich mich bereits neu erfunden

Lars Koenen * 1975

## *Auf der Straße*

Es war mal wieder ein kalter Morgen
und ich hatte viele Sorgen.
Ich bettelte um Brot
in meiner Not.
Doch niemand wollte mir was geben.
Ach, ich habe ein schweres Leben!
Aber so war es jeden Tag,
der lange Tag, der vor mir lag.
Ich saß da an dem Lüftungsschacht
und habe über mein Leben nachgedacht.
Es ist nicht leicht, so zu leben,
aber so ein Leben, wurde mir gegeben.
Jeden Tag schauten mich die Leute an
und fragten sich, wie ich so leben kann.

Michelle Kögler * 1994

## *Ha zwei Oh*

Leise rauschend von Anbeginn,
Liegt ihm der Schlüssel unserer Welt.
Leben bringend des Wassers Sinn,
Informationen führt es ungezählt.

Klimaanlage des Blauen Planeten,
Dampf und Eis und Flüssigkeit.
Daseinsraum von Pflanzen und Tieren,
Geheimnisse des Universums hält es bereit.

Gefrorene Kristalle zeigen uns sein Wesen
pur,
Menschen Bewusstsein und Worte in
sichtbaren Formen.
Schönste Gebilde nach den Prinzipien der
großen Natur,
Doch wo finden wir die wahren Normen?

Form ist Leere und Leere ist Form,
Millionen Jahre fallen Schneeflocken auf die
Erde.
Nirgendwo zwei gleiche Schneekristalle,
enorm.
So ist wohlschmeckenden Wassers
Gebärde.

Tropfen, munteres Plätschern und
Murmeln,
Entzückende Wassermusik, Seelenmassage
werden.
Als natürlich Spiegel kann's Umgebung
reflektieren,
Holt uns sogar den Himmel und die
Wolken auf Erden.

Holm Kohlmann * 1966

Unverzichtbar scheint stets das,
an was wir nicht gelangen.
Der Wunsch verbündet sich mit uns,
in ihm sind wir gefangen.

Wir denken all die Tage,
daran was wir nicht haben.
An dem was ewig uns gehört,
können wir uns nicht laben.

Und sollt es doch gelingen,
dass des Wunsches Ziel in Sicht.
Wir freu'n uns erst, doch merken bald:
Unverzichtbar war das nicht.

Wir brauchen Brot und Wasser,
unverzichtbar alle Zeit.
Dazu noch Luft und Sonnenlicht,
und ein Stück Geborgenheit.

Gaby Kohlmeier * 1970

## *Das Unverzichtbare*

Basis eines jeden Menschen
ist Gesundheit.

Sie kann gedeihen
mit Liebe und Verzeihen.
Sie wächst im Frieden –
mit dem Glauben
an das Ewige.

Über allem liegt Vertrauen –
unverzichtbar ist Hoffnung.

Dorothea Kokot-Schütz * 1939

Unverzichtbar ist das Echte,
Sonnenschein und Menschenrechte.
Unverzichtbar auf der Welt,
leider ja, ist auch das Geld!
Vieles kann man doch entbehren,
wenn nicht diese Lüste wären:
Man will Autos, schöne Kleider,
doch bringt uns das wirklich weiter?
Ich sag nein! Das, was man braucht,
(ist ein Mensch, der mal nicht raucht).
Man braucht Freunde, man braucht Liebe,
denn in diesem Weltgetriebe,
kommt man weiter nicht allein,
denn der Feind zeigt sich nicht fein.
Sind die Menschen auch verschieden,
unverzichtbar ist der Frieden!
Drum woll'n wir nach Frieden streben,
dann ist's schön, das Menschen-Leben.
Das ist's, was man oft vergißt,
weil halt Streit im Menschen ist.

Joachim Kokula

## *Das Unverzichtbare*

Momente eines Lächelns
in Gedanken bleibend
so nie verblassend
ewig wärmend

unverzichtbar
Zauber einer Nacht
ein Lebtag lang verweilt
ist aufs Innigste zu wünschen

Sehnsuchtnasse Blicke
sich am Abendhimmel treffend
werden sehen ob liebender Glaube
endlosferne Tränen trocknen kann

Träume nicht nach barer Münze
denn sind es nur Träume
die den Seelen bleiben
Leben zu vereinen

R. Komm * 1985

## *Bleib bei dir*

Warum ist dir ihre Meinung so wichtig? Sie
sind nichts in dieser Welt.
Du versuchst es ihnen recht zu machen,
doch du wirst nur enttäuscht.

Aber genau diesen Leuten fällt das Glück der Welt in die Hände. Dabei tun sie nichts dafür.
Und du kämpfst jeden Tag für deine Ziele. Und niemand versteht dich.
Kaum tust du einen Schritt nach vorne, wirft dich das Leben zurück. Dein Kopf, dein Herz und deine Seele bluten. Und du fällst in ein Loch.
Während du da verweilst, denkst du nach, warum du dir das antust. Trauerst um dich. Aber du wagst es nicht, die Stimme zu erheben, da du nur noch tiefer hinabrutschst.
Doch hör mir zu! Ich schreibe das hier nicht, um dich zu verarschen.
Nein, ich will dir zeigen, was du falsch machst und dir aus dem Loch helfen.
Denn auch wenn diese Zeit für dich eine Qual ist, so merke dir meine Worte:

Bleib bei dir!

Wenn du bei dir bleibst, dein Zeug machst, deine Ziele im Auge behältst, dann sage ich dir:
Du bist der Held dieser Welt!
Denn durch Leute wie dich besteht die Hoffnung, dass die Welt nicht untergeht.
Du wirst es zu etwas bringen. Nicht durch Glück. Sondern durch harte Arbeit.
Du hast es verdient, und auch wenn es schwer ist, wirst du es schaffen.
Du bist nicht allein, auch wenn es dir so scheint.
Wenn es dir schlecht geht, dann lies dies durch.
So wirst du dich daran erinnern, wer du bist.

Bettina Konietzko

## *Das Unverzichtbare*

Dein Morgen besingt den Horizont
Dein Abend fegt Rosen vom Parkett
Worte – vom Ufer in den Fluss gestoßen –
Tanzen in der Strömung Ballett

Adlergleich streift dein Panoramablick
Bei Regen und Sonne die Zeit
Hinter den farbigen Lichterbögen
Findest du Ewigkeit

Deine Seele hängt wie ein Sessellift
An Fäden der Poesie
Himmelwärts zieht sie zum Gipfelkreuz
An Abgründen fehlt es ihr nie

Jetzt tauchst du ein in die Stille
Wie ein Kätzchen springt sie dich an
Und schleicht mit dir zum Fenster
Das ein Dichter nur öffnen kann

Aus Gottes Herz ziehst du Gedanken
Du träumst in seiner Musik
Das Unverzichtbare nennen
Ist dein größter Sieg

Frank König * 1960

„Unverzichtbares" …
gibt es auf Erden nicht,
das lehrt uns das Leben –
es lehrte auch mich.

„Unverzichtbar" …
hielt ich den Vater für mich;
verlor ihn zehnjährig –
man fragte mich nicht.

„Unverzichtbar" …
schien mir das Elternhaus;
der Krieg trieb mich
mit 15 hinaus.
Noch leb' ich
trotz wiederholten Verzichts –

und kämpfe!
„Unverzichtbar“ ist nichts.

Gabi Köpp * 1929

Was ist es das
nicht ungebraucht sein kann
sich nicht entzieht
dem Angezogenwerden
das unverzichtet sich vergibt
und unvernichtet auch ein Andres liebt?

Du suchst die Spur im Sand der alten Tage,
die Frage nach dem Namen hast du nicht
gestellt;
es haben sich die Süchte, die sich sehnen,
nah zu dir gesellt.
Die Früchte deines Suchens findest du am
Ziel, wohin
die Spuren viel-leicht führen:
Zu der Gemeinschaft mit dem Andren, und
zugleich zum Sinn.

Walter Kor * 1968

## *Das Unverzichtbare*

Ich kann auf dich verzichten,
ich kann auf mich verzichten,
ich kann auf den Frieden verzichten.

Ich soll auf Streit verzichten,
ich soll auf das Böse verzichten,
ich soll auf Krieg verzichten!

Es fällt mir leicht auf das alles zu
verzichten,
es fällt mir leicht die Welt zu vernichten,
es ist gar zu amüsant!

Ihr wundert euch bestimmt
und scheint schon meiner Seele Abgründe
zu sehen,
so denkt ihr mich zu verstehen?

Doch nicht aus Krankheit, Dummheit oder
Huld,
es ist die Freiheit welche ich gefunden,
der Schöpfer selbst mit ihr verbunden!

Diese Quelle ist mir heilig,
verzichten auf diese,
ich kann nicht.

Ivan Korelo * 1979

## *Wurzeln*

Langsam, ohne Durst,
weiten sie sich aus in meiner Wärme;
ohne Klang, dem Mysterium gleich.

Und in dieser Tiefe, die unmessbar ist,
finden sie die Quellen,
die nie versiegen,
die sich bewegen,
wie die Wellen; weich und weit
im endlosen Ozean der Liebe.

Und ohne es zu erkennen,
zu sehen,
steigen sie auf zum Himmel empor,
langsam, so zart.

Und in einer Nacht, die nie endet,
finden sie den Traum, der sie vollendet;
und sie blühen auf.

Stefanie Koscevic * 1964

## *Unverzichtbar*

Gekommen ist die Zeit, in der wir das
Unverzichtbare
schätzen müssen, wie unser Leben.
Unverzichtbar für unsere Welt.
Gekommen ist die Zeit, in der wir das
Unverzichtbare
lieben müssen, wie unser Leben.
Das Unverzichtbare für unser Leben.

Gekommen ist die Zeit, in der wir die Liebe
zu uns
Menschen
schätzen müssen.

Das Unverzichtbare für unsere Welt,
ist die Liebe.

Susanne Kotthagen

## *Lebenslied*

Immer höre ich die dumpfe Melodie, die
Melodie meiner Melancholie.
Sie liegt mir in den Ohren und vergeht
doch nie.

Zieht mich in ihren Bann, lässt nicht ab
von mir, sie, meine Melancholie.
Verführt auch meine Sinne, singt mir ein
Lied voll Disharmonie.

Manchmal kommt sie am Morgen, doch
manchmal erst spät, meine
Melancholie,
und vergeht doch nie, diese Melodie.

Sie spielt ihr Lied nur für mich, meine
Melancholie.
Die Stimme klingt so dumpf und schwer,
die dunkle Symphonie.

Und doch bin ich froh, so froh, dass ich sie
hab', meine Melancholie.
Ich bin nicht allein, sie ist immer hier bei
mir – welch Ironie!

Birgit Koxeder * 1982

## *Versteh doch!*

Wiesen die grünen
und Blumen die blühen.
Der Himmel so weit und blau
und Berge über die ich schau.
Der Sonne warmer heller Schein,
des Mondes Licht
und der Sterne Glanz.

Das Lachen der Freude
und das Weinen der Traurigkeit.
Das Glück der Liebe
und das Hoffen der Hilflosigkeit.
Der Schmerz der Enttäuschung
die ewige Vertrautheit
und die Zuversicht.

Geben! Schenken!
Nein! Nichts von dem gebe ich her –
kann nichts davon entbehren,
kann nicht ohne SIE sein.
Versteh doch!
Sie sind doch meiner Seele sein!

Anneliese Kranzberger

## *Schwebend*

Seele schwebt,
Seele webt,
singt ihr eigenes Lied.

Seele träumend fliegt,
Seele dabei sich wiegt.
Sanft trägt es sie fort.

Seele sich erhebend,
Seele ist bebend,
Musik hüllt sie ein.

Seele verblassend,
Seele geht leise lachend,
Nun sie ist entspannt an ihrem Ziel und
Land.

Beatrice Krawatzek * 1970

## *Dein Glück ist auch mein Glück*

Doch wisst Ihr Frauen,
mit welch wehmüt'ger Lust ich Euch
begehr'?
Zauberinnen seid Ihr
und schlagt mich in Bann!
Mit Edelstein-Augen, die Ihr habt,
und Händen elfengleich zart.
Mit Lippen erlesenster Köstlichkeit!
Welch wundervoll andre Gestalt ist die
Eure –
trostvoll dem Plump-Mann zur Seit'
gestellt,
dass er die Schönheit schau'
und das Gesetz der Lieb' begreif'!

Oh, was für ein finst'rer Frost herrscht'
hier –
wär't Ihr nicht hier ...

Klaus Kreiner

## *Einst ein Gedanke*

kannte nur diese Sehnsucht, das Denken zu
sehen,
das sich ihn dachte. Denken ließ
mitfühlend und unbemerkt
bei ihm anfragen: Bist Du Dir Deiner
gewiss, leibhaftig gewiss?
Klar – ließ der Gedanke wissen und einen
zum Fenster gehen,

einen Blick hinauswerfen, zurückkommen,
sich wieder zu setzen.
Was ich will, bring ich in Gang. Ein
Gedanke ist alles!
Wer, lieber Gedanke, brachte Dich auf
diesen schönen Gedanken?
Heißt, glaube ich, Denken. Er schafft es,
mich leibhaftig zu denken. –

Kannst D u Dich denn wenigstens sehen?
– Nicht nötig,
ich weiß mich. Kein Spiegel könnte mich
halten. – Prima,
Du weißt zu viel, aber Du machst Dich,
mein Kleiner.
Schalke oder Herta, einer steigt auf –.
Hallo –,

mein lieber Gedanke, warst Du gerade
black out?
Weiß nicht – seit ich bin, ob ich war. – Das
wäre es, Gedanke! –
Statt leibhaftig zu sehen nur, was Du mich
denken lässt,
zu sehen, wie Du leibhaftig mich denkst. –
Leibhaftig mich sehen

oder Du gehst unter an meinem nächsten
Gedanken!

Rainer Kreuter * 1939

## *Was ist Liebe ...*

ist die Vertrautheit zwischen zwei
Menschen,
sich fallen lassen zu können, wenn man am
Boden ist
und eine Hand zu finden die einem wieder
aufhilft.
Wenn man keine Maske aufsetzen muss
sondern seine Gefühle, Ängste und Träume
zeigen kann
ohne als verrückt, schizophren oder
träumtänzerisch
betrachtet zu werden.
Dieses Gefühl, verstanden zu werden auch
ohne
große Worte auszusprechen.
Geborgenheit zu empfinden, aus der man
die Kraft schöpft
den Problemen der Alltäglichkeit
mit einem frechen Lachen entgegen zu
treten.
Erwartungsvoll gemeinsam den Stürmen
des Lebens zu trotzen oder sich an einem
Sonnenstrahl zu erfreuen.

Spielerisch das Leben zusammen zu
meistern
und dabei gerne gegenseitig immer neue
Eigenschaften
aneinander zu entdecken.
Wenn man bei Jemanden das Zuhause für
die
Seele gefunden hat ...

Ragna Krippner * 1971

Spaß und Frieden sowie Gesundheit und
Geld
sind lebensnotwenig für die Menschen
dieser Welt.
Doch unverzichtbar ist, was im Herzen
steckt
und die Formen der Liebe zum Leben
erweckt.

Der hilfreiche Nachbar ist stets für andere
da.
Der selbstlose Retter hilft aus der Gefahr.
Ärzte und Pfleger helfen, dass Mensch und
Tier wird gesund
und die Liebe zum Nächsten ist dafür der
Grund.

Der Journalist verkündet Meinung und
deckt Unrecht auf.
Der Demonstrant lässt seinen Ärger auf der
Straße heraus.
Beide nehmen nicht alles einfach nur hin,
Gerechtigkeit und Toleranz fordern und
zeigen ist der Sinn.

Ein Kind hat Vertrauen zu der Hand, an
der es geht.
Der Erwachsene zu der Regierung, die
ehrlich gewählt.
Der Fremde vertraut der Hand, die man
ihm gibt.
Alles ist unverzichtbar, damit das Böse
nicht siegt.

Hilfe, Toleranz, Liebe und Vertrauen
öffnet die Herzen, denn darauf kann man
bauen.
Schon mit einem Lächeln kann man den
Grundstein legen –
letztendlich jedoch lebt das Unverzichtbare
vom Nehmen und Geben.

Simone Kriskan

## *Juwel des Lebens*

Die Liebe
ist der Schlüssel zum Leben.
Was wären wir ohne sie?
Das Werden, das Dasein, das Fortgehen,
begleitet durch sie.

Die Liebe
versöhnt, baut Brücken, verbindet.
Wie leer wäre es ohne sie?
Es ist Zeit, den Weg des Friedens zu
finden,
bereitet durch sie.

Die Liebe
prüft uns durch sie entfachten Schmerz.
Wie schwach wären wir ohne sie?
Das Miteinander geprägt durch
Verständnis und Herz,
angeregt durch sie.

Die Liebe
heißt uns aufrichtig zu sein, nicht
berechnend.
Was wären wir ohne sie?
Es ist das Wahre, das zum Guten wendet,
bewegt durch sie.

Ingrid Kroll * 1953

Das Unverzichtbare
wird sichtbar
durch die Reduktion
auf das Wesentliche.

Sylvia Maria Krug * 1959

## *Das Unverzichtbare*

Nie und nimmer möcht' ich missen,
dich zu küssen, küssen, küssen.
Nie und nimmer kann ich glauben
Herz mir aus der Seele rauben
die Bestimmung einer Liebe
nie und nimmer diese Triebe.
Nie und nimmer werd' ich sagen
monetäre Werte klagen –
Luxus ist gar ohn' Bedeutung
nie und nimmer bis zum Ursprung.
Selbst Gesundheit wird bezahlt.
Nie und nimmer Tag für Tag.

Nie und nimmer wird erzählt sein
ziellos wirst du auf dem Weg sein,
der dich weiter bringt nach oben –
nie und nimmer – nur gelogen.
Stärken finden, Schwächen meiden
nie und nimmer zu bescheiden.

Mandy Krüger * 1977

## *Lied*

Ich liege bei dem
der mich nach Hause bringt
mit offnen Augen
die ganze Nacht
Ich halte den Atem
an seinen Nacken
zu trinken die Wärme
seiner Haut die bis
unter meine reicht

Ich liege bei dem
der meine Kinder mag
mit offnen Händen
die ganze Nacht
Mein Gesicht passt
in die flache Kuhle
auf seiner Brust
die sein Schlaf
auf und nieder führt

Sylvia Krupicka

## *Familie*

Wenn ich aufstehe und es geht mir nicht
gut
Ist es meine Mutti die neben mir steht
Wenn ich mal verliere all meinen Mut
Zeigt Papa mir wie's weiter geht

Brauch ich mal einwenig Geld
Frag ich Oma, ich bin ja nicht dumm
Steh ich mal wieder nicht da wie ein Held
Nimmt mir das weder Onkel noch Tante
krumm

Auch wenn es manchmal nicht so scheint
Als ob wir unzertrennlich sind
Wenn einer von uns mal weint
Sind alle da, umwehen ihn wie der Wind

Denn egal wo, egal wann
Ob Junge oder schon Mann
Wir halten zusammen was immer passiert
Wir sind eine Familie, was jeder sieht

Anne-Sophie Kruppa

## *Noch nie …*

Ich war noch nie auf Hawaii,
du hast noch nie
Schuhe besessen.

Ich habe noch nie im Pazifik gebadet,
du noch nie
in einem richtigen Bett geschlafen.

Ich war noch nie in einem Konzert
und du noch nie
satt.

Ich habe noch nie Sushi gegessen,
du noch nie
Träume gehabt oder
eine richtige Familie;
du hast noch nie
Sorglosigkeit erfahren oder

was Glück bedeutet.

Noch nie hast du
ohne Angst gelebt,

noch nie …

Gabriele Kruse * 1955

## *Das Unverzichtbare – Die Liebe*

Ohne Liebe kann der Mensch nicht leben,
Kann weder nehmen noch kann er geben.
Gefühle, Verständnis muss man ihm
schenken,
Man sollte öfters an ihn denken.

Denn was du gibst, zahlt er zurück,
Und ist es noch so ein kleines Stück.
Liebe wächst und sie gedeiht,
Wenn der Mensch nach Liebe schreit.

Sie ist wie die Hoffnung, stirbt zu allerletzt,
Die Handlungen und Worte einfach auch
ersetzt.
Liebe ist wie ein Lied und wie ein Gedicht,
Wie eine heiße Flamme, die in deinem
Herzen sticht.

Als kleinste Glut entfacht sie sich,
Brennt für mich und auch für dich,
Liebe ist unbeschreiblich, sie ist wunderbar,
Auch wenn wir sie nicht sehen, Liebe, sie ist
da.

Liebe ist das einzig Wahre,
Liebe – Das Unverzichtbare.

Marie-Kristin Kübber * 1990

## *Ich suchte dich*

Ich suchte dich auf den Straßen,
in Ortschaften suchte ich dich,
befahrend Spur durch
Landkartenweiß.

Ich suchte dich auf den Feldern –
in Palästen suchte ich dich,
Backsteinwunden bröselnd
unterm Stuck

Ich suchte dich in den Frauen,
in ihren Worten suchte ich dich,
Sätze raschelnd,
wie Netze voller Trockenfisch.

Ich suchte dich in meinen Träumen –
meine Seele suchte dich,
als wärst du wahr
und hättest gewartet auf mich.

Manfred A. Kugler * 1952

## *Vier aus der Bundesrepublik*

Tatsächlich da!

Die Schuhe angelassen,
Ostern ist keine Zeit für die Ostsee.

Durch den Sand bis nach vorne.
Die Wellen fallen ganz klein,
ablandiger Wind.
Es riecht nach Braunkohle.

Lottchen in die Mitte,
Hannelore knipst.

Was ist Glück?

Alles beginnt.

Reinhard Kühl

## *Unverzichtbar*

die wahre LIEBE ist unverzichtbar
die wahre LIEBE sie macht mutig
die wahre LIEBE sie bringt freude
die wahre LIEBE sie macht selig
die wahre LIEBE sie bringt glück
die wahre LIEBE sie macht zuversichtlich

ohne LIEBE ist alles NICHTS

Karin Kuhlmann * 1954

Unverzichtbar in meinem Leben:
Meine Kinder!

Unverzichtbare Lebensgeister
Spielen, streiten, toben, lärmen, weinen, lachen
Puls des Lebens – hier und jetzt
Eine Portion Liebe extra – mir geschenkt
Das gibt es nicht für Geld.

Unverzichtbare Lehrmeister
Lassen mich an Grenzen kommen
Fordern mich heraus und öffnen mir die Augen neu
Stecken an mit ihrer Phantasie
Das macht Mut und zeigt die Welt ganz neu.

Unverzichtbare Lebenskünstler
Gestalten meinen Alltag oft chaotisch
Schenken mir Vertrauen, geben meinem Leben Sinn
Was wirklich wichtig ist in dieser Welt
Das alles begegnet mir durch meine Kinder!

Claudia Kuhn * 1970

## *Handkäs für 'n Exilhesse*

Die Sonne scheint auf meinem Herzen,
die Lust am Leben ist ideal.

Ein kleiner Käs ist zu verschmerzen,
für viele Hessen keine Qual.

Vieles muß man mal beweisen,
für andere oder auch für sich!
Werd mich von meiner Meinung loseisen,
„HANDKÄS" bitte auf dem Tisch.

Dazu bitte Musik und nicht zu leise,
mit jedem Bissen werd ich still.
Mein Magen dreht sich nur im Kreise.
Ihm ist 's egal ob ich das will.

Nachträglich frag ich mich, weilt
Mageninhalt nun auf meinem Schoß.
Der Hesse dabei nur „smilet"
… wie machen die das bloß?

Markus Kuhn * 1967

## *Danke!*

Nackt geworfen in das Leben,
Ohne Kraft und Schnelligkeit,
Keine Wehr ist mitgegeben,
Nur das Denken steht bereit.

Durch sein Denken ist enthoben,
Frei der Mensch dem tierisch Toben,
Nur darin es liegt geborgen,
Dass zum Menschen er geworden.

Andre Kühn * 1977

## *Das Unverzichtbare*

Durchtrenne das Band,
was Dir raubt den Verstand
zum Spielball Dich macht –
aus krankem Geist erdacht.

Gleich? Nie wirst Du es sein.
Schwach! Doch für immer entzwei'n.
Jene Wunden sind tief. –
Ein Fluch der mich rief.

Mein Leben bestimmend,
alles verschwimmend
im Meer aus Oberflächlichkeiten
mit keinerlei Ehrlichkeiten.

Erwartungen erfüllen –
ich will verhüllen,
was ich bin;
ergibt das Sinn?

Ein stiller Kampf verhallt in der Zeit.
Wann ist es denn endlich soweit? –
Wenn Zweifel nicht länger gewinnt
und das eigene Leben nun beginnt.

Doreen Kühne * 1982

## *Höhen-Flüge*

Wie ein Adler fliegen
in das Leben rein
ohne Zeitgewänder
alles sorglos – Frei.

Lebensspuren sehen
unten in der Welt
und so klar erkennen
welcher Weg gefällt.

Licht fällt in die Wälder
Berge werden klein
goldne weite Felder
grenzenloses Sein.

Auf den Wellen gleiten
die der Wind mir schickt
ganz nach oben treiben
unbeschwertes Glück.

Josephine Kühner * 1956

## *Das Unverzichtbare*

Jeden Tag und in der Nacht,
jede Sekunde
Atmest du.
Du brauchst ihn dein Leben
lang, ohne ihn lebst du nicht,
ohne Schmerzen tust du es,
von alleine ohne jeden Zwang.

Aber hast du es schon mal gespürt,
wenn dir der Atem fehlt,
sich die Brust zusammen schnürt.
Wenn es dich überrascht, ob bei Tag
oder auch bei Nacht.

Es ist das Unverzichtbare, was du
brauchst, ohne ihn kannst du nicht
leben.

Es ist dein Atem den du brauchst
zu deinem Leben.

Richard Kulla * 1949

## *Sprichwörtlich*

Kleine Geschenke
erhalten die Freundschaft:
Als sie fünf Jahre
zusammen waren,
bekam sie ein Kind.

Katja Kunath * 1977

## *Der Schwan*

In dieser Nacht dort unten am Kanal
du zeichnetest mit deinem Zeh
Ringe, die leuchtend sich fort-
setzten und -bewegten
die Häuser hinter uns knirschten
wir waren gehüllt in Mäntel und
das Wasser war kalt wie
deine nackten Füße
da kam an unseren Betonkai
ein Traum angespült:
wie ein Schwan so elegant
mit einem langen Hals
leuchtenden Augen Gefieder glitzernd weiß
etc.
und hinter uns die Häuser
dein Zeh im Wasser
der Kai
und du warfst wütend einen Stein und ich
schob meine Hände tiefer
in die Manteltaschen.

Ivette Vivien Kunkel * 1979

## *Lebensgefühl*

Nein – ein bedeutsames Wort
eine klare Entscheidung
die Freiheit zur Selbstbestimmung
eine relative Begrenzung für ein leichteres
Leben

Danke – für die Anderen
die mein Leben mit mir teilen
ein gemeinsamer Weg fern der Einsamkeit
alleine kann niemand glücklich werden

Endschuldigung – für so viele Dinge
das Ungesagte, das Nichtverstehen, für die
Blindheit
als Neuanfang, um wieder Luft zu kriegen
schenkt mir die Lebensfreude wieder, wenn
ich es sagen kann

Liebe – das Wertvollste tief in mir drin
sie braucht keine Worte
ist Antrieb und Lebenselixier
ohne Anfang und ohne Ende

Liane Kunte * 1969

## *Verzicht*

Die Zeit ist schnell vergangen
seit unsrem ersten Kuss –
wie nahmst Du mich gefangen
dass ich Dich lieben muss!

Mir scheint, ich kenn Dich lange,
Du bist mir so vertraut;
mit Dir ist mir nicht bange
spür ich nur Deine Haut.

Bin ich in Deiner Nähe,
fühl ich mich stark und gut
und kenn kein Müh' und Wehe –
Du gibst mir Lebensmut.

Was immer mag geschehen
mit uns in unsrer Zeit:
Wo wir zusammenstehen
ist keine Not und Leid.

So liebe ich Dich ehrlich
und kann Dich lassen nicht;
und ist es auch gefährlich –
unmöglich der Verzicht!

Kuno Kuntze * 1950

## *Unverzichtbare Hoffnung*

Alle Sterne scheinen unerreichbar.
Dafür erreichen sie uns. –
Sind wie ein lauschig eingehülltes Lob.
Auf endlos grüner Wiese.

Und schon vom Wind umweht ...
Wem hilft es, bei nahezu ausgetrockneter
Kehle?
Was kreist umher? Durchs getränkte
Gemüt?
Immerhin noch voller Sauerstoff entfaltet.

Als gäbe er, ihrem Song, jenen ewigen
Zauber:
Nur Liebe bleibt Liebe ...!
Wer ist darin so unverzichtbar eingebettet?
Auch, bis weit hinter den Wolken? –
Wo jeder Tote zu Hause sein wird.

Weil sich viele Sonnenfetzen nie ganz
versenken.
Sondern hell schimmernde Nebelwellen
umnetzen
diese anders dämmernde Dünung.
Mit salomonischer Endlichkeit.

Wilma Kürschner * 1955

## *Der Traum vom Leben*

Störe mich nicht
In meinen Träumen.

Ich darf
Das Träumen
Nicht versäumen.

Jedoch,
Es lohnt sich
Nicht zu träumen.

Ich muss erwachen,
Mich befreien,
Und breche aus

Aus meinen Räumen.
Mensch, ich sehe ein
Das Leben
Darf ich nicht verträumen.

Es ist jetzt da,
Ich kann nun baden,
Hier in seinen Schäumen.

Das Leben
Darf man nicht versäumen
Und auch nicht
Ewig träumen.

Christine Kurth * 1963

## *Blau im Grau*

Ein Stück blauer Himmel
Zwischen Häuserfluchten.
Fast nicht zu sehen,
Nur ein kleiner Fleck.
Dort oben leuchtet er
Zwischen grauen Wänden,
Verlassenen Balkonen
mit toten Pflanzen im dritten Stock.

Trotzdem ist er zum Greifen nahe.
Streck nur die Hand aus
Und du kannst ihn berühren,
Den kleinen blauen Fleck!

Nimmst du die Hände
Wie einen Bilderrahmen
Vor deine Augen
Sind da nur noch der Himmel und du.

Keine Häuserfluchten mehr
Und keine grauen Wände,
Die tote Pflanze lebt wieder auf,
Das Blau gehört dir!

U. Kusnezow * 1982

## *Das Unverzichtbare*

Im Lauf des Lebens,
Was ist wichtig, was ist unverzichtbar?
Kleidung, Status, Beruf, der Mensch, was gehört dazu?
Zeitnot, Eile, Hast, was daran ist wahr, ist Realität,
Ist der Mensch selbst ein Teil davon, gehört er dazu?

Im Lauf des Lebens,
Ist es wichtig Prioritäten zu setzen, festhalten was wirklich wichtig ist,
Manchmal die Zeit zu stoppen, sich umzusehen und sich der schönen Momente zu erinnern;
Ist das unverzichtbar was wirklich wichtig ist, was wirklich Wert hat,
Das was oft ganz von selbst auf einen zukommt, leise, eventuell überraschend.

Im Lauf des Lebens,
Ist es ein lieber Mensch, ein schöner Moment, ein freundliches Gesicht,
Was den einen Augenblick völlig vom anderen unterscheidet;
Ist das unverzichtbar, was sich in einer stillen Minute vielleicht heimlich heranschleicht und

Dabei diese Minute zur Schönsten des
ganzen Lebens werden lässt.

Im Lauf des Lebens,
Ist es wichtig einander zuzuhören,
aufeinander zuzukommen, sich etwas
wert zu sein,
Aufeinander Acht zu geben und
gemeinsam den richtigen Weg zu
suchen;
Ist es unverzichtbar festzustellen was, oder
wer
Für einen selbst, ganz persönlich,
unverzichtbar ist.

Bettina Kussbach * 1983

## *Apolls Ankunft*

Seit früher Stunde ist er nur gezogen
In schnellem Trab mit wehendem Gewand;
Noch immer aber weit und breit kein Land,
Als hätten alle Anzeichen getrogen.

Da säumt am Ziel der dunkelgrauen
Wogen
Das kühle Meer ein leuchtend rotes Band;
Dein eigener Widerschein am Wasserrand,
Mit der gesamten Klippe sanft gebogen.

Von Möwen laut umstrichen rollt er näher,
Inzwischen hat die Küste ausgeschlafen,
Der Himmel wird hellblau, der Morgen
älter.
Gut eingetroffen, jagt er immer höher,
Sich selbst erblickend im erwachten Hafen,
Und glühend über Wiesen, über Wälder.

Andreas Küster * 1955

## *Seufzer*

Schwerelos schweben.
Kein Lärm, kein Laut,
kein Wort zuviel.
Im Gedicht eben,
– wo sonst? –
Schwerelos schweben.

Beate Kusterer * 1960

## *Freundschaft*

Wir brauchen weder Geld noch Gut,
Auch keine devoten Leute,
Denn unser allerhöchstes Glück,
Das sind die echten Freunde.

Auch mit dem Ruhm tun wir uns schwer,
Weil er vergänglich ist,
Nur den, der in schwerer Zeit zu uns steht,
Man im Leben nie vergisst.

Der Glanz des Augenblicklichen
Ist oft gar sehr betörend
Und der Wahrheit klares Bild
Empfinden wir oft störend.

Drum ist ein Freund, der's ehrlich meint,
Des Mannes höchstes Gut,
Denn er spricht wahr und unverblümt
Und dämpft die Ruhmeswut.

So kann der Mensch sehr wohl verzichten
Auf Ruhm, auf Glanz, auf Geld,
Doch eines wird er immer brauchen,
Den Freund, der zu ihm hält.

Wolfgang Kutta

## *HaltLos*

Wir drehen einander im Kreis
bis wir lachen.
Du streckst ein Bein empor,
umfaßt damit meinen Körper.
Langsam schwankend
drohen wir zu fallen.
Ein Schritt zu wenig,
ein Schritt zu gering gemacht,
die Gefahr läßt uns los.

Ich falle aus.
Nach hinten.
Finde Halt.
Nun stehen wir beide.
Fest.
Kein Schwanken mehr.

Ich dreh mich um und geh zu dir.

Kvetina

## *Gedicht*

Gedicht
Gedichte

geh Dichter
geh dichten

Gedichte

luig labonte

## *In der Hauptallee*

Ob sich in diesem heißen Kusse fände
das Wiederkehren von verlorner Zeit,
der Bäume Wurzeln wachsen weit und
breit,
frag ich, fragst du, es ist wie eine Wende.

Das dürre Blatt im Wind entflieht
behende,
melodisch seufzt es aus Vergangenheit,
es sind Momente sanfter Traurigkeit,
begleiten an ein unbekanntes Ende.

Wie unsre Seelen ineinander fließen,
wie unsre Augen ineinander tauchen,
wie deine Worte sanft die meinen küssen,
wird meine Hand die deine halten müssen,
wir werden außer uns kaum etwas
brauchen,
still unser beider Gegenwart genießen.

Walter Ladisich

## *Das Unverzichtbare?*

So gibt es doch an manchen Tagen
nie beantwortete Fragen.
Der Mensch, der fliegt hinauf zum Mond,
obwohl dort oben niemand wohnt,
den er mal schnell besuchen könnt' –
dennoch er sich die Reise gönnt.
Zum Mars da fliegen Technikteile,
brauchen eine ganze Weile
bis sie da und bleiben dort,
an diesem unbekannten Ort.
Das nächste Ziel soll Pluto sein,
neun Jahre Flug fällt mir gleich ein,
dafür Millionen ausgegeben –
was ist da schon ein Menschenleben?
Qualvoll und in großer Not
sterben sie den Hungertod!
Es ist so nah und doch weit fort –
für Industrie kein guter Ort!
Was ist es nur auf dieser Welt,
das wichtig ist und immer zählt?

Wolfgang Lambrecht

Voll Güte hat Gott der Schöpfung
geschenkt
die Liebe, die Menschen Geschicke lenkt.

Sie gibt deinem Leben einen Namen,
dir und mir unseren Daseinsrahmen,
prägt fremd zu fremd, mittelt Identität,
ewig in Gegenwart, kennt kein „zu spät".

Doch schrecklich bei schleichender
Abhängigkeit,
traurig, wenn nicht einer
entwicklungsbereit,
und schwierig, wenn Streit Vergessen
gebiert,
wird unnötig schließlich, wenn sie
stagniert.

Als war es nur ein kurzer Traum,
das, was war, ein Fühlen kaum,
war nicht Licht und war nicht Sonne,
nur Einbildung gewesen erlebte Wonne?

Von Harmoniesucht erstickt, wie
geifernder Hass,
dein tödlicher Bruder leichenblass!
Ertränkender Funke hetzt Kulturen und
Rassen –
unser Leben im Würgegriff hassender
Massen!

Sieh'! Leben mit ihr ist nicht vernichtbar,
die Liebe, ist sie doch unverzichtbar!

Friedrich Lampel

## *Liebe?*

Er liebte sein Haus, er liebte den Wagen.
Er hat sich stets mit den Großen vertragen.
Er liebte das Geld und es zu vermehren.
Niemand konnte ihm Reichtum verwehren.
Er liebte es, große Empfänge zu fördern,
man tat ihn dafür in den Vorstand
beordern.
Er hielt sich stets fern von Delinquenten,
das könnte die gute Gesellschaft schänden.
Einsam verläßt er jetzt dieses Leben.
Hat er nicht immer Liebe gegeben?

Erika Lang * 1957

## *Immer wieder*

Immer wieder
kam ich
zu dir zurück.

Immer wieder
empfängst du mich
mit offenen Armen.

Immer wieder
rufe ich dich.

Immer wieder
hörst du mich.

Immer wieder
frage ich dich.

Immer wieder
antwortest du mir.

Immer bist du für mich da.

Ich kann es nicht begreifen,
wie groß deine Liebe ist!

Franziska Hendrickje Lange * 1990

## *Das Unverzichtbare*

*(ein Schatzkästlein der Erinnerungen)*

Zum Valentinstag kam es angereist
in einem roten Wellpappkleid.
Provisorium, hat es der Liebende genannt,
wie sehr hat er das Wesentliche verkannt.

In ihm ruhen die schönsten Erinnerungen
sie trösten sehr in stillen Stunden.
Ein erfülltes Musikantenleben ist darin auf
Bildern zu sehn,
man fühlt, ach wie war das Leben so schön.

Ein Liebesbrief mit roten Herzen lacht
mich aus dem Kästchen an,
das ist Poesie, um die Seele wird's warm.
Ich wünsch, dass mein „Unverzichtbares
Schatzkästlein" nie zerbricht,
denn einzeln sind wir Worte – zusammen
ein Gedicht.

In Würde endete eine Seelenromanz,
doch im Pantheon der Erinnerungen
verliert nichts seinen Glanz.

– gewidmet einem wunderbaren
Menschen –

Ruth Langenbach * 1939

Erlerne die Lehren, die meine Seele nähren!
Um einzutauchen in andere Sphären.
Begreife, dass viele auf Erden wandeln
entgegen ihrer Seele handeln.

Erblicke mit meinen Augen!
Erfasse mit meinem Verstand!

Wahre Worte können niemals Seelen
durchdringen,
die mit scheinheiligen Geldscheinen
Scheinheiligkeit erzwingen.
Die Einsicht in die Wahrheit wird ihnen
verschlossen bleiben,
weil sie sich mit Scheinheiligkeit die Zeit
vertreiben.

Solche quälen Seelen indem sie Geldscheine
zählen.
Weil ihnen letztendlich Mitgefühl und
Liebe fehlen.

Cordula Langer * 1965

## *Was dir heilig ist*

*– Unverzichtbar –*

Wasser fließen,
Brunnen rauschen
– deine Seele im
Erlauschen ...
Unverzichtbar,
wer du bist
– was dir in Liebe
heilig ist ...
Saaten, Reife,
Jahreszeiten
– aller Wandel
im Vergeh'n ...
Himmel, deine
Ewigkeiten:
– Mensch, dein
Aufersteh'n!

Lieselotte Langer

Oh in der Flasche ist ja schmackhafte.
Aber zu groß.
Zu dick.
Zu breit.
Da hast aber Glück gehabt.
Sonst wärst groß geworden.
Zu groß.
Glück gehabt.
Aber die Kleinste ist nicht
zu groß.
Schwimmt in der Flasche.
Ist schon gefangen.

Bärbel Langner

## *doch jetzt*

du warst die kurze seligkeit, an der ich
leide,
übrig bleibt nur realität.
aus dem paradies vertrieben,
suche ich dich
immerzu.
ich hab's gewußt, vorausgesehn,
vom ersten tag,
doch jetzt
ist es geschehn.
was hast du nur aus mir gemacht, du
zauberer, du prinz?
freude wird grausam bestraft, weißt du das
nicht?
das leben geht weiter, es schleppt sich
dahin,
stunde um stunde, tag um tag,
irgendwo wartet das grab.
ich schau auf die uhr, spät ist es schon,
das mühlenrad dreht sich,
und niemand darf's wissen
the show must go on,
mehr steht uns wohl nicht zu
im erdendasein?

Hilde Langthaler

Seit ewigen Zeiten suche ich dich du mein Leben.
Jetzt bin ich angekommen und verspüre mit Wonnen
Ich bin im Jetzt und Hier und bin doch noch bei dir.
Es war so wunderbar am Tag als ich Dich wieder sah.
Du bist wie das Tageslicht wenn Schatten fällt in mein Gesicht.
Du bist mein Licht.
Du bist wie die Sonne hell wärmend und verbrennend schnell.
Du bist der Tag ich bin die Nacht du beendest was niemals begann,
sei doch behutsam du bist die Lust des Seins und nicht meins
Vor ewigen Zeiten habe ich dich verloren nun bist du wiedergeboren.
Jetzt habe ich Dich schon wieder verloren.
Ich bete Dich an
Bis Du irgendwann
ziehst mich wieder in Deinen Bann.

Barbara Laske * 1958

## *Der Glaube ist Unverzichtbar*

Suchen dich Ängste und Sorgen heim,
fühlst du dich hilflos und allein,
wenn dir geschieht Unrecht und Leid,
der Glaube hilft dir über diese schwere Zeit.

Wenn auch alles Weltliche irgendwann vergeht,
Liebe, Gesundheit, Beruf, alles ist für nimmer,
der Glaube begleitet dich, wenn alles andere zur Neige geht,
er gibt dir Kraft und Halt, nur der Glaube ist für immer.

So gehe deinen Weg,
aber bedenke,
ist eins bedeckt dein Bett mit der Erden Haube,
unverzichtbar ist nur der Glaube.

Manuel Latton

## *Ode an die Freundschaft*

Wir brauchen sie
Sie ist gütig und verzeihend
Vermittelt Wärme und Geborgenheit
Gibt uns Vertrauen zu anderen und uns selbst
Baut uns auf und gibt uns Kraft
Sie bedeutet Nehmen und Geben
Ist eine Form der Liebe
Genauso wichtig wie Partnerschaft
Ähnlich wie die Beziehung zu Eltern und Kindern
Wir brauchen sie
Wie wir auch die Liebe brauchen
Alles basiert auf den gleichen Voraussetzungen
Leben und Leben lassen
Da sein, aber nicht bedrängen
Zuhören und zulassen
Ehrlichkeit
Schwächen und Stärken
Alles im Gleichgewicht
Wir brauchen sie

Angelika Lauhoff * 1965

Meine Bücher – auf euch verzichten?
Nein, das ginge nicht, mitnichten!
Ich sehe euch als Freunde an,
ihr habt mir immer gutgetan.
Ihr habt mich oft aufgeheitert,
meinen Horizont erweitert.
Ich erfuhr, wie andre denken,
lernte die Gedanken lenken
zu fremden Kulturen, andren Ländern,
ich lernte meine Meinung ändern.
Änderte sie zwar nicht ganz,
doch ich lernte Toleranz.
Einstmals hatte ich studiert,
da habt ihr mich informiert.
Durch euch geworden, was ich bin,

ihr gabt mir oft Lebenssinn.
Bezog aus euch auch manchmal Kraft,
vieles habe ich geschafft.
Meine Bücher – auf euch verzichten?
Nein, ich könnt' es nicht, mitnichten!

Christine Laurenz * 1954

## *Herzbaum*

Wir begraben dein Herz
neben dem meinen.

Wo ein Herzbaum wächst
stirbt keine Liebe.

Inga Läuter * 1983

## *Rinde des Blutes*

Weisen des Steins – Tränen
Mantel des Drahtes – Asche
Stille der Gewalt – Gegenwart
Konzentration der Vernunft – Erinnerung

Stummheit der Kinder,
wie klagen die Wasser
verkohlt im Grunde,
der Leib nimmt sich
das Licht der Höhle,
es birgt – verbirgt – verbirgt sich
Schweiß der Stimmen – singende Asche
Klatschmohn des Ostens – gekehrtes
Gestein
Rinde des Blutes – leerende Augen
Weise des Alltags – weisendes Vertrauen

Schweigen der Bäume,
wie schleichen Gefühle
verkrustet im Wind,
die Nacht nimmt sich
das Dunkel des Morgens,
es fehlt – verfehlt – erfehlt

Dr. Jörg Johannes Lechner * 1966

## *Das Unverzichtbare*

Worauf kann der moderne Mensch heute verzichten
ohne Schaden zu nehmen oder anzurichten?
Unverzichtbar, was ist das heute noch?
Es gibt Menschen, die fallen ohne Handy schon in ein emotionales Loch.

In unserer modernen Welt fällt es nicht leicht zu verzichten,
sind es doch immer die Statussymbole,
die über erfolgreich oder unten durch die Menschen richten.
Der moderne Mensch, versklavt von Besitztümern und immer noch mehr Dingen,
die er haben muß.
Ist das unser Lebenszweck? Ist das echter Gefühlsgenuß?

Wir besitzen heute mehr als die Leute vor sechzig Jahren,
doch ich glaube, dass diese Leute damals auch auf ihre Art und Weise glücklich waren.
Ihr Reichtum war, mit wenig zufrieden zu sein und einander zu haben,
sich einfach hin und wieder einige ehrliche Worte zu sagen.
Das Unverzichtbare in unserer Zeit ist nichts, dass es zu kaufen gibt.
Es ist das Gefühl, dass ich liebe dich und ich werde geliebt.
Liebe, Freundschaft, das Für-einander-da-sein,
dagegen wird alles Materielle verzichtbar, unbedeutend und klein.

Josef Alexander Lechner * 1975

Von der Wiege bis zur Bahre
droht uns ständig die Gefahr.
Freud und Leid im Lauf der Jahre
sind und bleiben unverzichtbar!

Doch die Erde dreht sich weiter,
ist nur ein Punkt im Firmament.
Menschheit wird wohl kaum gescheiter,
weil sie Gott zu wenig kennt!

Arm und Reich bewegt die Welt:
Wer Öl fördert, hat das Sagen
und überall regiert das Geld.
Hunger und Durst sind große Plagen.

Wer das Wasser des Lebens trinkt,
wird gesunden auf der Stelle –
aus der Ewigkeit uns klingt:
„Unverzichtbar ist die Quelle!"

Erika Lehr * 1933

## *Sehnsucht*

Zeilen von Dir
stehen auf Papier
Zeilen von Dir
doch du bist nicht hier
Oh, wärst du nur hier
bei mir …
Doch so seh und spür ich
nur Papier
beschrieben mit Zeilen von Dir

Hans-Robert Leibnitz * 1979

## *Rose der Hoffnung*

Eine edle Rose wie diese hier,
mit schimmernden Perlen von frischem
Tau,
verkünden den Frühling dir und mir –
aufbrechende Knospen in Flur und Au.

Hör nur der Vögel lieblichen Klang,
sie singen ihr schönstes Liebeslied,
es gleitet an Freude und Leid entlang,
unser Sein wird von Gott, dem Herrn,
behüt'!

Wechselnde Pfade in Schatten und Licht
muss jeder Einzelne von uns gehen –
verlier nie den Mut und die Zuversicht,
ich möchte mit dir das Leben verstehen.

Wir wollen die Hoffnung in Händen
tragen,
den Frühling lassen ins Herz hinein –
wie das Blumenmeer den Neuanfang
wagen,
und frei wird der Weg in die Zukunft sein!

Elfriede Leimbach * 1948

## *Farblos*

Farben, sie bringen Leben in unser aller
Herz
und lindern auch den tiefsten Schmerz.
Farben, sie beeinflussen unser Sein und Tun
und manche geben uns das wunderbar
herrliche Gefühl, zu ruh'n.

Wie wäre die Welt nur grau in grau?
Stellt euch vor, der Himmel wäre nie mehr
strahlend blau.
Wie schrecklich wäre so ein Verlust?
Am Leben verginge den Menschen die
ganze Lust.

Es würden Streit, Hass und Krieg die Welt
regieren
und wir würden vor lauter menschlicher
Kälte frieren,
denn ohne die Magie der Farben, ohne den
Zauber der Welt
fehlte uns der nötige Funke, der uns am
Leben erhält.

Doch sollten jemals alle Farben vergehen,
gibt die Liebe uns Hoffnung, heller zu
sehen.
Deshalb öffne dein Herz und lasse sie
hinein,

dann wirst du ein anderer, ein liebenswerter
Mensch sein.

Lena Leimkühler

## *Das Unverzichtbare*

Das Unverzichtbare im Wandel
Vor der Krankheit war es für mich wichtig,
dass der Rasen akkurat geschnitten wurde,
dass Ordnung im Hause herrschte,
dass der Schuh auch zur Hose passte.
Heute ist mir wichtig,
dass ich sehe wie der Rasen wächst,
dass ich in dem Haus lebe
und dass der Schuh mich trägt!
Das ist mir wichtig.

Monika Leirich * 1958

## *„Vom elften September Zum zwölften Ist nur ein kleiner Schritt"*

Am elften Tag im heiteren September liegt
Das Heer der Muselmanen kampfbereit
Kein Retter ist zu sehen weit und breit
Die Türme Wiens im Feuersturme wanken
In tiefe Erde treibt der Teufel seine
Pranken

Die Türken wüten vor den morschen Toren
Tausend Huren und entmannte Mohren
Schlagen Zimbel und blasen Schalmei
Es dröhnt gen Himmel und verletzt die
Ohren
Des Muftis falsche Frömmelei

Es will der geile Mustafa die Weiber Wiens
Verteilen unter seine Djihad-Krieger
Wie Mohammed die Judenweiber aus
Medina
Da hallt herab ins Lager lautes
Kriegsgeschrei
Zermalmt den Männertraum mit harten
Hufen
Ein Heer aus Polens stürzt den Kahlen
Berg hinab
Stürmt wild voran und färbt den Rasen rot
Und als ihr König die Kerle zu Boden tritt
Lächelt er ganz verzückt und spricht:
„Vom elften September zum zwölften
Ist nur ein kleiner Schritt."

Klaus Lelek * 1954

## *Geh den Weg*

wenn es nächtigt und stürmt,
geh den Schneeweg und immer den Weg.

Der Weg, geh den Weg,
zum wievielten Herbst dieser Stein –
flockenähnlich und im Fall
überraschend leicht.

Geh den Weg
und hör wie das Meer tost,
wie das Meer braust,
dem eine Freude zu machen, der geht.

Geh den Weg in der Luft,
den Weg zu Wasser, zu Land,
geh den Weg und komm,
der Weg, den du gehst,
bleib nicht stehen und komm.

Der Wegarm, der Weiser
wechselt mit dir seine Richtung.

Arnhild Lensch

## *Verlorene Stunden*

Es waren ein paar
verlorene Stunden.

Vergangen die Zeit,
vergessen zu leben,

zu lachen,
zu lieben.

Sinnlos
das Dasein.

Schwarze Stunden
erdrücken die Freude.

Sehnsucht
treibt
Zeit voran.

Zukunftsbesessene
Verlorenheit.

Ursula I. Leonhardt

Ich
höre gut zu,
wenn sie mit mir spricht:

Mit unausgesprochenen Worten
sendet sie mir

Signale,

fordern mich
heraus,
meinem Leben
Gestalt zu geben.

Unverzichtbar
ist sie
stets an meiner Seite:

meine innere Stimme.

Jens Leopold * 1972

Dein Dasein ist nur dunkle Nacht,
Ein kummervolles Leben!
Du meinst des Sonnenlichtes Pracht
Erhält dein irdisch' Streben?

Vergeudest nur tagaus, tagein
Die zubestimmten Jahre,
Liegst eines Tages ganz allein
Auf einer Leichenbahre.

Dacht's nie daran, wie nahe dir,
DAS war, was in dir webte,
Zahllose finden sich allhier,
Für die das Ich nicht lebte!

Sie ahnten nicht, was sie getan,
Aus trägem Selbstverschulden,
Verhafteten dem Scheine sich,
Wer möcht' was sie erdulden?

Erwähle dieses Eine nur,
Auf deiner Erdenreise,
Denn diese uns're Gottnatur,
Singt nur die ew'ge Weise.

Joseph Lessenich * 1945

## *Freiheit ist für alle da …*

ER nannte es liebe...
mich immer und überall telefonisch zu erreichen
ich nannte es kontrolle...
ER bestimmte schwarz als passende farbe für mein alter
mich machte es farblos...
ER verbot mir ich zu sein, weil er angst vor lebenslust hatte
mich machte es krank...
ER entschied, meine freundinnen stören die beziehung
mich machte es einsam...
ER kontrollierte sitte und moral an meinem ausschnitt
mich würgte die enge...
ER verlor sein spiel, seine macht und meine liebe
mich machte es frei...

jetzt...
ist bunt meine lieblingsfarbe, lache ich in den tag,
treffe meine freundinnen, lebe nach meiner moral
und bin wieder ICH

FREIHEIT ist für alle da...
nicht nur für die selbstgerechten...

Rena Lessner * 1952

## *Fledermaus*

Drachengeflügelte
Schwester der Nacht,

Nestend im Gebälk,
Gebaum der Finsternis.
Hütest du den schwarzen Spiegel,
in dem sich meine Schatten sonnen.

Aus dem Kessel deiner Schwärze
schöpfe ich mit den Händen
die Gedanken des Lebens.
Sie rinnen mir durch die Finger
und verdichten sich in Poesie.

Gisela Lethen * 1929

## *Schlaraffenland*

Ich war schon einmal dort,
an diesem wunderschönen Ort.

Die Berge sind aus Schokolade,
die Bäche aus Milch und Marmelade.

Die Blumen sind aus Zuckerguss,
mit 'nem Schuss Apfelmus.
Man kann dort essen, was man will,
Torten, Lollis und so weiter,
alle Leute sind dort heiter.

Egal wie viel man da so isst,
die Waage es rein gar nicht misst.
Ich war eine Zeit lang dort
Und wollte gar nie wieder fort.

Simone Lettenmayer * 1992

## *Das Unverzichtbare*

*(über seinen Schatten springen)*

In der Schule, als wir anfingen mit den
Jungen zu ringen,
mussten wir über unseren eigenen Schatten
springen,
taten wir dieses nicht, man heute noch über
uns als Hasenfuß spricht.

Als wir flügge wurden und aus dem Hause
gingen,
mussten wir wieder über unseren eigenen
Schatten springen,
ohne Halt, das ist sehr schwer, es geht nur
noch vorwärts
und sonst gar nichts mehr.

In der Liebe, wie soll es sein,
wer nicht über seinen eigenen Schatten
springt, der bleibt allein.
Wir müssen sagen, was wir wollen
und auch mal gehen auf die Vollen.

Es ist in vielen Dingen,
wo man über seinen eigenen Schatten muss
springen,
habe Mut und springe häufig,
dann ist auch Selbstvertrauen dir geläufig.

Gregor Ley * 1967

Still.
Die Gedanken.
Frieden kehrt ein.
Ich lass mich fallen.
Schweigend.

Sanft
Das Licht.
Meine Seele erwärmt.
Ich gebe ab.
Gelassen.

Zart.
Der Duft.
Ein salziger Hauch.

Das Meer spült fort.
Ruhe.

Sehnen.
Nach Gleichklang.
Hält mich hier.
Ein Ort des Träumens.
Gefunden.

Anni Liebe * 1971

Die Unendlichkeit findet ihre
Chance zum Überleben im
stetigen Wandel.
Die Geburt neben dem
Tod. Tag und
Nacht halten sich im
Jahr die Waage. Vielleicht beruht das
Erdenleben auf diesem
Gleichgewicht der
Gegensätze.

Wolfram Liebing * 1955

## *Das Unverzichtbare nach einem langen Arbeitstag*

Ein paar letzte Schritte
Schlüssel in das Schloss
die Tür geht auf

Vor mir mein känguru-
hüpfender Hund
winselnd nehme ich ihn
in die Arme

Ein Blick ins Wohnzimmer
acht Vogelaugen
begrüßen mich

In meinem Inneren
kommt Wärme auf
dieses Gefühl, das zur
Gewissheit wird :
Ich bin zu Hause.

Eva Liesenberg * 1985

## *Das Unverzichtbare*

*Zum Tag der deutschen Sprache, Grundwasserspiegel der Seele*

Worte, die Dichter einst fanden,
ein alter Liebesbrief,
der tief entzückt beglückt,
Traummelodien, die Götter uns sandten,
in Worte gefasst –
welch ein Glück.

Und wir fühlen einen still ruhenden See,
der im Sturm zum Ungeheuer wird.
Fühlbar die Musik des traurigen Lächelns,
wenn der Wind durch die Lande weht –
und der schwatzende Bach
uns alte Geschichten erzählt.

All dies in deutscher Sprache
soll nicht verloren gehn.

Ruth Lietzenmayer

## *Gefühle… unverzichtbar einfach da*

Du bist der Mond, die Sonne, die Sterne,
bist nah, bist weg, bist da und doch ferne.
Du stehst unten und doch oben am Turm,
befiehlst Gewitter, Regen und Sturm.
Ein Gewirr an Gefühlen entfachst du in
mir.
In Angst, Ehrfurcht, Respekt steh ich zu
dir.
Zugleich macht Harmonie sich breit,
Zufriedenheit, Lachen und Fröhlichkeit.
Du erweckst Gefühle und Triebe,
ein Wirrwarr aus Hass und Liebe.
Doch tief in mir drinnen – da keimt es auf,
wird energisch und dringt zu mir rauf,
wird lauter, breiter, fester und stärker,
umschließt alles andere im Kerker.

Ist schließlich alleine in mir...
...und was bleibt, ist die Liebe zu dir.

LilyE * 1985

## *Hast du Zeit für mich?*

O Liebling, hast du Zeit für mich
bei allem, was ich tue?
Ein liebes Wort im Blick, so sprich,
kannst geben du mir Ruhe?

Refr.:
Ich habe immer für dich Zeit aus
Liebe und Verstehen,
in Freude und im größten Leid wolln
wir zusammen gehen.

Der kleine Blumengruß von dir
hat mich auch heut ermuntert –
Geduld, die du oft bringest mir,
hat mein Herz schon bewundert.

Refr.: Wie oben.

O Herzlein, hast du Zeit für mich,
da doch so kurz das Leben?
DER Schöpfer selber fraget dich,
ob du sie IHM willst geben!

Refr.:
Ich habe immer für dich Zeit, DU
Schöpfer meines Lebens – in jedem
Augenblick bereit – DU wartest nicht
vergebens.

Michael Limanel

Alles sein, für den einen ist's die Luft zum
Atmen,
sonnenklar dagegen, für andere der
Sonntagsbraten,
und noch ein nächster züchtet fleißig
Tomaten,
nur kann er den Genuss kaum erwarten,
viele Kinder lieben den bunten Luftballon,
einige andere mögen Mutters Stimme
durchs Telefon,
riecht ein weiteres gern an Omas
Parfümflakon,
zählt für ein ganz anderes ein einfaches
Bonbon,
ist der Seemann nur glücklich auf dem
Meer,
chauffieren durch die Lüfte reizt dafür den
Piloten sehr,
horcht der Fernfahrer so gern dem
Straßenverkehr,
tönt die Sirene, der Feuerwehrmann eilt
umso mehr,
benötigt ein jeder also etwas anderes für
sich,
aber niemand weiß, ist es auch das Richtige
für mich,
„richtig", egal ob Fleisch oder Fisch,
es ist das, was für den Einzelnen
unverzichtbar ist.

Ursula Limbach * 1959

## *Wandel im Frühherbst*

Dies sind die Zeichen, die ich kenne, – sieh:

Dies tausendfache Gelb in Frucht und
Blüte
war einer Sonne Gold, verströmt im
Überschwang,
die ihren Sommersieg zum Himmel glühte
und flammend bis in Wurzeltiefen drang.

Nun dämpft der Tag mit frühen
Dunkelheiten
und Nebelatem silberfeucht den Brand,
die Lande weiten sich, und Wege leiten
zu Himmelsbögen, vogelfern gespannt.

Und in des Landes aufgetaner Runde
fließt mild ein gleichgehaltnes Ungefähr.
Des Tages Höhe amtet reif die Stunde,
und langsam wird des Jahres Schale schwer.

Der Wind streicht übers Angesicht der
Erde –
er rührt auch dein Gesicht im Hauche
leicht –,
und in des Wandels sanftester Gebärde
fühlst du, wie dein Gesicht der Erde
gleicht.

Uta B. Lindenmeyer

Auf Gut und Geld kannst du verzichten,
beträgt es mehr als du je brauchst.
Unverzichtbar ist hingegen,
ein lieber Mensch, dem du vertraust.

Auf Haß und Neid kannst du verzichten,
zu kurz das Leben dafür ist.
Unverzichtbar ist die Liebe,
da sie das Licht des Friedens ist.

Das Unverzichtbare sind Kinder,
sie sind des Lebens wahrer Sinn.
Wer das erkennt, der überlebt
im Herzen seiner Kinder drin!

Werner Linders

## *Medistation*

ja
ich medistiere auch
manchmal nachmittags
am Tisch sitzend
aus dem Fenster

Hans Lindner

## *Agape*

Gigabyte um Gigabyte
Ist die Leistung angewachsen -
Segen für die Menschheit;
Stetig steigen High-Tech-Aktien.

Smog und Strahlung, Hungersnöte;
Krieg treibt Kälte in die Herzen.
Ob sich noch was and'res böte
Außer Ghetto, Elend, Schmerzen?

Ein Planet und doch zwei Welten -
Die Erkenntnis macht dich reich.
Mut und Wille es zu ändern,
Denn als Menschen sind wir gleich.

Nicht der Starke nur wird leben,
Auch der, dem geholfen wird.
Mach für ihn die Wege eben;
Nächstenliebe niemals irrt!

Marcus Lingk * 1974

## *Das Unverzichtbare*

Vor Zeit und vor Ort
War schon das Wort
Späterem Leben
Vorgegeben:

Groß, doch versehrlich,
Manchem beschwerlich,
Keinem entbehrlich.

Für ewig erkannt,
Gesetzt und genannt,
Fällt es mit uns
In SEINE Hand.

Holger Lippert

## *Die Würde*

Ein Kind das Licht der Welt erblickt
so unwissend vom Schicksal geschickt
wächst es heran mit Freud und Leid
und hofft das Glück wird ihm nicht
vereitelt
Die Zeiten gehen die Welten drehn
und auch wenn noch so scharfe Winde
wehn
hält es fest an seinen Lieben
wurden sie auch weit vertrieben
so nimmt das Leben seinen Lauf

der auch stärkste Körper gibt irgendwann
auf
es kommt das Alter so still und leise
und so mancher wird auch weise
am Ende eines Lebens nun
bleibt oft nur die Erinnerung
an all die guten alten Zeiten
drum lassen wir uns niemals verleiten
den alten Menschen hin zu halten
als wäre er nur ein Stück Vergangenheit

Lisa Jane * 1981

## *Was bleibt*

Du bist jung
fast noch ein Kind
deine Wünsche, dein Begehren
sind dabei dich aufzuzehren.

Du wirst älter
du wirst reifer
und mit einem großen Eifer
bist du verpflichtet diesem Leben:
wenig geben, doch viel nehmen!

Das Lebensende nicht mehr weit,
du überlegst, was dir noch bleibt.

Den Gedanken des Entsagens
des Verzichtens wirst du wagen.

Du blickst zurück auf viele Siege,
doch das Unverzichtbare ist die Liebe!

Helmtraud Lissowski * 1949

## *Telegramm*

Halte von Dir eine Nachricht in den
Händen,
die du niemals hier in deinem Leben
schriebst.
Worte, die in meinem Geiste mich doch
blenden,
so, als hättest du mich einst geliebt.

Eine Nachricht auf einem Fetzen Asche,
die das Blatt Papier nicht einmal war.
Eine Nachricht, niemals ausgesprochen,
denn geschrieben,
nur als Wunsch im Hirn versiegelt,
Paranoia und bizarr.

Forme mir die eigne Wahrheit, mit mir
deine Nachricht in der Hand.
Hatte so gehofft, dass du Sie mir
geschrieben,
so gehofft an's andre Ende,
an dies Liebesband.

Deine Nachricht rinnt mir durch die
Hände,
weil Sie niemals ward geschickt von Dir.
Stumm, so sammle ich im Kopfe weiter
Bände,
denke an ein Morgen,
denke an ein Wir.

Holger Loh * 1966

## *Schlaf ein*

Sinnlich und sinnvoll, sinnvoll?
Bestätigt. Du lächelst.
Himmelblau und himmelsnah
Es ist gut

Ich will ich darf ich soll nicht
Ich soll nicht? Ich kann.
Ich lache. Vereintes Herz
Es ist gut

Und wenn und wann und ob
Und ob? Ich kann nicht.
Ich gehe und laufe, will fort, von dir?
Und nehme und sehe und halte und weiß:
es ist gut

Dein kerzenlicht dunkel
Mein Wasser genug
Kein Apfel, oh Körper
Dein duft gehört mir

Mein Leben mein Geben
Deine Hände, meine Liebe.
Dem Fremden vertraut.
Es ist gut.

pinelopi loiseau * 1971

## *Das Unverzichtbare ...*

das ist das, was man so zum Leben braucht,
würde ein Mancher sagen, und denkt in
erster Linie an Futter für seinen
Magen.
Der nächste, der stets davon hat genug im
Haus,
denkt sich etwas anderes aus. Für ihn sind
es materielle Sachen,
die ihm täglich Freude machen.
So möchte er niemals wieder ohne Handy
sein,
er würde sich fühlen so allein.

Es liegt wohl einzig in der Art und Weise
der Definition,
denn was für einen das Unverzichtbare ist,
hat der andere schon.
Dabei wird oft vergessen,
was wir eigentlich brauchen außer
Luxusgütern und Essen.
Wahre Gefühle und Liebe kann man nicht
erwerben.
Ohne sie und Zuneigung der Anderen
würden wir sterben.
Sie ist das einzig Wahre für Lebende
Unverzichtbare.

Ute Lomberg * 1967

So grau, so dunkel, so düster die Welt,
beherrscht von Hass und Krieg und Geld.
So lieblos versteinert die Gesichter sind,
wie ein einsames Blatt unter vielen im
Wind.

Kein Wasser, das rauscht.
Kein Ohr, das mehr lauscht.
Ein tränendes Meer weinend sich windet,
da hoffende Hoffnung einfach
verschwindet.

Es ist der Liebe milde Zeit
längst vergessene Vergangenheit.
Mit ihr verbunden im Schlaf und Traum
ist Friede durch Liebe zu selten und kaum.

Es wurde vergessen mit Liebe zu leben!
Wer fühlt denn heute das Herz ihm noch
schlagen?
Es wurde vergessen den andern zu geben!
Das Mitleid zu haben wir scheinbar nicht
wagen.

Cynthia de Long Collins * 1987

## *Wahrnehmung*

Tränen trüben meine Augen
Tränen freuen oft mein Herz.
Mögen Träume sie verjagen
oder ist es nur ein Scherz?

Träume locken meine Tränen
Träume wiegen mich im Tanz.
Wollen Tränen sie beenden
und vollenden die Legenden?

Tränen tropfen plötzlich naß
zwischen meine Hände hin.
Träume senden mir zum Gruß
viele Nächte Sehnsuchts-Sinn.

Laß die Tränen über den Geist dieser Zeit
durch Träume trocknen.

Ortrun Loose * 1937

Du wundervolle
Geniale tolle
In sich reifende
Nicht zu begreifende
Ach so berückend erquickende
Verwobene Durchsichtigkeit

Begehrenswerter sinnesbetäubender
Unendlich betörender Zeitvertreib

Bist du auch unsichtbar
So bleibst du doch ewig wahr
Du sinnlich Ding
Das sich nicht einsperren lässt

Erst durch dich erfüllt sich das Wir
Oh Liebe dafür danke ich dir

Rena Loreen * 1942

## *Spannend ist eine Zeit*

Spannend ist die Zeit für dich und mich.
Wenn sie ihren Siedepunkt erreicht.
Selbst mittendrin, der Atem zeigt,
dass es wichtig war, ihn lange angehalten zu haben.
Um jetzt zu erfahren, die Belohnung hat einen schönen Namen.
Auch wenn sich Risikos in meinen Weg stellten,
um mich aus der Bahn zu schlagen.
Spüre ich jetzt die Befreiung,
Gottes Zusage „Amen".
Seid standhaft und ihr werdet euer Leben gewinnen, Lukas 21,19.

Raimund Löser * 1951

## *Sommer ohne Dich*

Der erste Sommer ohne Dich
Die Sonne strahlt ich spür sie nicht
Die Leute fröhlich hier am See
Doch mir tut meine Seele weh
(Mein Herz zerbricht ich seh kein Licht)
Im ersten Sommer ohne Dich

Der erste Sommer ohne Dich
Der Mond scheint hell ich seh ihn nicht
Die Menschen lachen und sind froh
Ich lach oft mit doch tu nur so
(Das Glück so weit und außer Sicht)
Im ersten Sommer ohne Dich

Der erste Sommer ohne Dich
Ich seh hinauf siehst Du mich nicht
Für mich wird's niemand andren geben
Denn ohne Dich kann ich nicht leben
(Das Glück ist nah Hoffnung in Sicht)
Im letzten Sommer ohne Dich

(Ich komm zu Dir)

Guido Lübeck * 1972

## *Unverzichtbar?*

*Gewidmet: einer starken Frau*

Sie zittern, die Hände,
doch du willst die Wende.

Wo ist es hin, das Verlangen nach mir?
Wo ist sie hin, die große Gier.

Ein halbes Leben waren wir zusammen,
und mein Herz stand stets in Flammen.

In jedem deiner Gedanken stecke ich,
und trotzdem willst du mich nicht.

Tust so, als sei ich dir egal,
doch für dich ist es eine Qual.

Warum hast du mich verlassen?
Warum kannst du mich nur noch hassen?

Ich stellte keine Fragen,
war da in allen Lebenslagen.

Um von mir loszukommen, brauchst du Willenskraft.
Ich glaube nicht, dass du es schaffst.

Doch wirst du schwach, bin ich bereit,
dich aufzufangen jederzeit.

Deine dir immer treu ergebene Zigarette

Diana Lucht * 1976

## *„Das Unverzichtbare"*

Das Unverzichtbare enthüllt sich stets,
wo alles sich bewegt.
Der Geist sich in der Form ergießt,
wo selbst das kleinste Rad sich dreht.

Der Anfang und das Ende sind sich nah.
Dazwischen tobt das Leben.
Das Ende selbst ist Anfang gar,
erschließt das Geben und das Nehmen.

Die Kraft, die allen Formen Farbe gibt,
wird durch die Liebe sichtbar.
Sie ist es, die dem Herz vergibt,
die Liebe … unverzichtbar!

Gisela Lücht

## *Zustandsgedicht*

Wer jetzt kein Herz hat
Und das Leid nicht lindert
Obwohl er's könnte,
Ist der denn noch Mensch?!
Wer sich ganz „zu macht"
Und die Liebe hindert –
Nur noch hohl tönte,
Sich ganz verschließt auf seiner schönen
    Ranch –
Wo selbst der Teufel Mitleid haben könnte,
Das Messer, das im Herzen steckt, nicht
    dreht,
In letzter Not der Tod dein Heil sein
    könnte
Und Segen wär's, wenn er den Kopf mir
    mäht';
Darf hoffen weiter ich auf Menschen Gnade
Wo auch der Herrgott manchmal gnädig
    ist?
Oder ist's Illusion, was ich so denk' und
    sage
Gewachsen bloß auf einem kranken Mist?
Geht's Leben weiter so wie es gewesen –
Ich war allein und bin es heute noch;
Oder tun kehren bald gar neue Besen
Und vor mir tut sich auf kein finsteres
    Loch?
Kehrt Lieb' gar in mein Herze ein,
Erwidert von des Liebsten lieber Stimme –
Rührt's Schicksals' Suppe ein gewiefter
    Koch
Der's gut meint, nicht vergiftet deine
    Sinne?:
Das würd' der Wunschtraum meines
    Herzens sein,
Geliebt zu werden um meiner selbst
    allein –
Herr, dann sing' ich Dir die schönste
    Lobeshymne.

Reinhart Lüddecke * 1943

## *Das Unverzichtbare Lachen*

Wenn leise nachts die Engel flüstern,
Wenn rauschend tags der Wind mich
    streift.
Wenn weinend Regen perlt vom Himmel,
Wenn lachend der Sonnen Strahl erscheint.

Wenngleich mein Herz vor Leid
    zerspringen mag,
Wenngleich der Augenglanz schon längst
    erstarb

Gerät in Vergessenheit die Welt:
Höre ich nur dein Lachen,

Seh' ich das Funkeln deiner Augen
Steckst du mich an und ich weiß:
Anders kann ich das Spiel der Zeit nicht
    überdauern.

Melanie Ludwig * 1989

## *Das geliebte tägliche Leiden!*

Darauf verzichten will ich gerne
Tag für Tag aufstehen
andere Menschen sehen
ich halte wenig von der Ferne

doch bei dir immer zu
dort wächst mein Lächeln im nu.

Trauriger Weise muss ich fort
dort wo wir noch nie waren
mehrere Stunden umher fahren
entfernt, von unserem Ort
es dauert fast einen Tag
bis ich wieder „Hallo Liebling“ sag.

Da ich es nicht verhindern kann
hilft sie uns über die Runden
die Trennung über Stunden
bin ich doch dein Ehemann
Sonntags ist es Freude am bereiten
ich muss nicht arbeiten!

Christian Lütkemeier * 1984

## *Das Unverzichtbare*

Leicht wie der Hauch von Blumenduft
die Rose weilt zum Pflücken
das Atmen bedarf der Luft
sonst wird man ersticken.

Jed' Kreatur muß sich bewähren
bedarf dem Wachsein und dem Schlaf
all das da lebt muß sich ernähren
ob Tier gar Bettler oder Graf.

Benötigt Fleiß gar bienenhaft
der Tiger jagt die Meute
auf daß ein Erdenbürger schafft
und findet seine Freude.

Wohl dem der einen Partner finde
und bleibt ihm treu im Leben
erfährt Liebe Freundschaft im Gebinde
darf sie auch wiedergeben.

Letztes Bett bedeckt mit Erden Haube
von der Wiege bis zur Bahre
das Unverzichtbar' ist sein Glaube
er ist für Gott das Wahre.

Wolfgang Luttermann * 1948

## *September*

wenn alte Augen ineinander versinken
und lang vertraute Hände sich finden,
wenn sich kennende Körper ineinander
verschmelzen
und küssende Münder alte Worte flüstern,
wenn Körper sich tragen in zuckenden
Wellen,
der eine dem anderen gibt,
wenn zarte Berührungen
und tiefe Verbundenheit stärken,
kann Liebe abwechselnd tragen

Karin Lux * 1966

## *Das Unverzichtbare*

!
„Liebe“
Das Kostbarste, unverzichtbar,
unüberwindlich, unergründlich und
doch klar
Aufs köstlichste glückverheißend und das
natürlichste Streben
Kennt keine Lüge im Verstehen und
Vergeben und so ists wahr
Lautlos besteht in allen Seelen

Für alles und für jeden sei es wie es sei als
Mysterium des Lebens
Mehr als Verständnis des Nehmens und des
Gebens
Mehr als Gefühl, als Taten, als Worte, als
Triebe
Denn im Tode wie im Leben ist Alles
nichts ohne die Liebe

Im Diesseits oder Jenseits, in jeder andren
Welt Inhalt aller Seelen
Wunder des Werdens und des Seins als
Elixier des Lebens
Unsichtbar verbindet, niemals mehr
verschwindet, niemals verschwendet
Allen Wesen Leben, Segen, Frieden und
Heilung spendet

Liebe, Inhalt aller Seelen, Elixier des
Lebens, der Seele Od und Brot
Zeit sie nicht kennt
Besiegt den Tod
Überdauert selbst, was Mensch Ewigkeit
nennt
„Liebe“
!

Ma Y * 1968

## *Das Unverzichtbare*

Die Liebe ist das Wahre
und das Unverzichtbare
im Leben,
beim Nehmen und Geben.

So denken edle Gemüter.
Andere denken an Güter,
wie das Rauchen und das Trinken,
wonach sie später stinken.

Das alles schließt der Streber aus,
der macht sich nichts daraus.
Für ihn bleibt die Fachliteratur
das Erstrebenswerte nur,
denn das führt ihn zum Geld,
das Unverzichtbare auf der Welt.

So sind die Menschen verschieden.
Sie werden oft einer vom anderen gemieden
und doch von der Macht
zusammengetrieben,
für das Unverzichtbare, den Frieden.

Inge Mäcker

## *Still geblieben ist es nicht*

Ich habe meine Vergangenheit versucht zu
begraben,
doch ihr wurd die Erd zu schwer
Ich habe meine Vergangenheit versucht zu
vergessen,
doch sie kam mir nur näher
Ich habe meine Vergangenheit versucht zu
verarbeiten,
jetzt denk ich nur noch mehr
Ich habe mit meiner Vergangenheit
versucht zu leben,
doch es schmerzte zu sehr

Ich habe meine Vergangenheit weit weg
geschickt,
und empfing sie wieder
Meine Vergangenheit zog zurück in ihre
Stadt,
nun lebe ich aber genau in dieser

Man sagt die Vergangenheit bleibt
vergangen und kehrt nie wieder
Doch ihr Nachhall schallt bis in das hier
und jetzt

Nur eins das versuchte ich nicht:
Nach vorne zu sehen

Clemens Mägde * 1983

## *Der grenzenlose Hüter*

Auf Anhieb fiel es mir nicht ein,
obgleich ich bin von ihr umgeben,
was unverzichtbar könnte sein,
– die Sonne ist's, sie weckt das Leben. –

Mit endlos großer Güte
grüßt sie den neuen Tag,
erhellt manch' trüb' Gemüte,
macht kranke Seelen stark.

Die Sonne streichelt Welten,
schenkt Licht dem Erdenraum,
lässt unter Himmelszelten
wachsen Halm und Baum.

Sie wärmt den Fluss, die Meere,
küsst zärtlich jede Pflanze,
macht reif das Korn, die Beere,
erstrahlt im Abendglanze.

Sie wacht als treuer Hüter,
der Wolken sanft durchbricht.

Mehr noch als alle Güter,
ist wert der Sonne Licht.

Hedda Maggold * 1939

## *Wenn ich könnt in Zeit verreisen*

Wenn ich könnt in Zeit verreisen,
Wenn ich könnt durch Wände gehen,
Dann würde nie ein Zug entgleisen
Und nie ein Schicksal untergehen.

Wenn ich könnt das Unheil heilen,
Wenn ich könnt bezwingen Wut,
Dann würde auf zehntausend Meilen
Alles bestens, alles gut.

Wenn ich könnt den Hass vertreiben,
Zorn besiegen, Neid verwehen,
Dann würde immer Frieden bleiben
Und nie ein Streit, ein Krieg entstehen.

Waldemar Maihöfer * 1952

## *Natürlicher Verschleiß*

Eine volle Sekunde nur
pass' auf dich
selbst auf,

rauscht mein Engel mir zu.
Seit deiner Geburt
flatter' ich unentwegt
um dich herum,
zog dich aus allen
Tiefs heraus,
verhinderte deinen Sturz
ins Bodenlose
trotzte deinen Fehltritten.

Pass auf dich auf.

Eine volle Sekunde nur
muss ich
mich mal
wieder
selbst
fallen
lassen.

Salean A. Maiwald

## *Die größte Plage*

Den Denker fragte dieser Tage
jemand nach der größten Plage.
Der stand nun da … ihm fiel nichts ein …
so fühlte er sich sehr allein …

Doch dann zerbrach die heik'le Stille!
Wenn Sie es wünschen, sei ihr Wille
mir eine Forderung zum Tun –
ich denke nach … und sage nun:

Jeden plagt 'ne and're Sorge
mich plagt die Suche nach dem Wort
und wenn ich's mir von jemand' borge
ist meine Lösung weiter fort.

Von Werten spricht man kompetent
doch sage ich es hier jetzt gerne
gleich wie man's sieht, ein echter
Schlüssel …
liegt in des Menschen Gottesferne

Klaus Maletz * 1946

## *nicht unecht sein*

Und hat gelebt
wie eine in sich verkrochene Maus,
aus der Not, aus dem Loch heraus.

Und hat gelernt
die Ignoranz zu hassen, ihre Masken, ihre
Fratzen,
die respektlos ekelig herumschwatzen.

Und hat geliebt
vertrauend trotz Trauer, leidvoll im Glück,
nicht einen Moment sich selbst
dem Unverzichtbarem entrückt.

Ani Malia

Unverzichtbar
sind Wasser, Feuer, Luft und Licht.
Ohne sie gäbe es das Leben auf Erden
nicht.
Unverzichtbar,
dass gesunde Kinder geboren werden.
Unverzichtbar
sind treu sorgende Gefährten.
Unverzichtbar ist das tägliche Brot.
Unverzichtbar
sind helfende Hände in der Not.
Unverzichtbar
ist ein klarer Verstand.
Unverzichtbar
sind die Früchte im Meer und auf dem
Land.

Isolde Männecke * 1945

## *Gedanken für ein schönes Erdenleben*

Unverzichtbar ist im Leben „Erde, Wasser,
Feuer, Luft“
Denn diese Elemente eben, geben uns die
Lebenslust.

Mensch und Tier das Wasser brauchen
Und gute Luft auch zum Verschnaufen;
Das Feuer uns die Wärme gibt
Wenn Kälte übers Land herzieht
Die Erde, das ist unser Ort
Von diesem wollen wir nicht fort
Denn das ist ja der Planet
Wo es um „Alles Leben“ geht.

Das Leben kommt vom „Großen Gott“
und auch die Zeit ergibt den Trott
Wir singen, tanzen, laufen, springen –
Beschäftigt sind mit schönen Dingen.
Arbeiten den ganzen Tag –
Der liebe Gott hört auch die Klag
Er uns jedoch auch helfen mag
Wenn wir täglich an ihn denken –
Eine Minute auch nur schenken!

Martha * 1966

Unverzichtbar die Liebe
in all ihren Formen.
Schon vor Zeiten wurde ihr Hoheslied
gesungen
und noch täglich entstehen neue Strophen
ihre schöpferische Kraft, ihre Wundernatur
betreffend,
die uns am Leben halten.
Auf leisen Sohlen umrundet sie den
Erdball,
Zauberkünstlerin,
dem Gesetz der Schwerkraft entzogen,
mit ihrem Kuss uns verwandelnd.

Dennoch verwundbar, hundert Tode
sterbend,
Hinterlassenschafen von abgründigem
Schmerz.
Im Holocaust ihre unbarmherzige
Abwesenheit
als finstere Beweislast für ihre
Unverzichtbarkeit.

Auferstehung.

Inzwischen lockt der Markt uns mit
Klonen,
schillernden Surrogaten, reizenden
Trugbildern.
Verweigerung ist angesagt.
Auf Spurensuche gehen
und ein neues altes Bild der Liebe
entdecken.

Mechthild Martin * 1941

## *unverzichtbar*

licht schimmert
an den wänden
sind verdrängte schatten
in den ecken
dunkelheit
kommt ihnen gleich
wesen aus dunkler nacht
haben dort ihr leben verbracht
schauen uns zu
fangen uns nachts
doch das licht
kehrt zurück
lass es leuchten
denn es ist
für uns
unverzichtbar

Monique Martin * 1992

## *Mit dem Kopf den Himmel berühren*

ich werde
mein Haus zusperren
die Fenster sorgfältig schließen
die Hunde vom Aufgang wegjagen
selber werde ich
in die Nacht gehen
mit dem Kopf
den Himmel berühren
von den glitzernden Sternen
eine volle Schürze sammeln
und wenn ich müde sein werde
lege ich mich auf
das himmlische weiche Federbett
beim Mondlicht
schlafe ich tief ein
aber aus der Lebenserfahrung
weiß ich genau
wenn das Morgenrot
am Himmel aufgeht
werde ich mich wieder
zu meinem Haus begeben
barfuß
über die taunasse Wiese

Rosa Marusenko

Kummervoll mit schwerem Herzen
saßen wir beieinander in der Nacht
Ich und Ich – zwei geschlagene Hunde

in unsern Augen spiegelte das trübe
Licht der Kerzen und hin und wieder
entrang ein Seufzer sich der Brust

„wir sollten …", fing ich an und derb
schlug die Faust auf den Tisch und
für einen Augenblick schauten

wir die Kreuzung, den dürftig
beleuchteten Raum zwischen
Gegangenem und Kommendem

und waren so festgestellt, dass
hinter allen Fenstern und Dächern
hinter den Bäumen und Wolken oben

wir den neuen Tag nicht sahn
der gemächlich mit zarten Farben
von Osten her in den Himmel stieg

Ulrich Marx

In die verrinnende Zeit
kratze ich meine Zeichen.

Vergänglich gleich
Vogeltritten im Schnee.

Sichtbar nur für Spurensucher.

Gila Matrisch-Ingenhorst * 1943

## *Auf ewig*

Ich tanz mit Dir den letzten Tanz
im Kleid aus schwarzer Seide,
der Phönix singt sein traurig Lied,

unendlich wie ich leide.
All meine Liebe gab ich Dir,
die stets mich hat durchdrungen,
der dunklen Wolken steter Weg
war dennoch unbezwungen.
Ich tanz mit Dir den letzten Tanz,
nur mit Dir wollt ich schweben,
jetzt geht ein Traum, verrinnt die Zeit
und mit ihr auch ein Leben.
Ich tanz mit Dir den letzten Tanz,
komm reich mir Deine Hände,
auch wenn erlischt das letzte Licht,
so bleib ich bis zum Ende.

Franziska Mattlinger * 1968

## *Der Blick aus dem Fenster*

Nun da ihr zieht ihr Wolken
vereint und wieder versprengt
zellengleich
umrahmt von der Sonne Licht
getrieben von der Willkür namens Wind,
übergebe ich euch mein Ansinnen.

Spalten oder vereinen?
Erhobenen Blickes ertrage
ich in meinem Körper
des Menschen Möglichkeit: Die Chemie
ausgerichtet auf positive Vernichtung!

Nun da ihr fortzieht am Firmament,
lege ich in euch Gottvertrauen
und das mir Wertvollste:
Die Hoffnung auf Leben.

Heidrun Matzerath * 1947

## *Geduld*

Nun wahre doch das Hoffen,
sagtest du erbost zu mir.
Sei nicht so betroffen,
das Glück findet auch zu dir,
Die Unmäßigkeit sogleich umgehe,
sie verführet nur zur Übeltat.
Das Geduldigsein verstehe,
unumgänglich sei dein Rat.

Zwinkernd lausche ich dem Wort,
nicke dir verständig zu.
Durchdringt es mich sofort,
mühe mich, find dennoch keine Ruh.

Überstürzt treibe ich weiter
in des Strudels abwegige Bahn.
Dünke mich viel gescheiter,
guter Rat und Zeit sind vertan.

Nichts hast du nun gewonnen,
rügest du mich entsetzt.
So töricht und unbesonnen,
habe dich klüger eingeschätzt.

Hannelore Matzka

## *Atem Gottes*

Jeder Unterschied und Wechsel
hat manch erhebliche Potenz;
und jeder noch so kleine Klecksel,
oft seine eminente Eminenz.

Über Millionen Breiten geht sein Atem,
schiebt allen Raum mit Licht und Zeit
aus Trillionen Weiten und deren Plagen
in einen Klecks auf seinem Kleid.

Und nach einem Moment der Stille
atmet er ein, alles dehnt sich, streckt sich;
schnell und immer weiter, mit Fülle
wie mit einem tiefen Seufzer – endlich.

Neue Weltenräume durch die wir waten
Alles ist wie neu, wie ein neuer Raum
vom kleinen Klecksel und Gottes Atem
hat es neu begonnen, wie im Schaum.

Ferdinand Mäuslein * 1956

## *Das Unverzichtbare*

Das kleinste Steinchen ist unverzichtbar
Im Mosaik der Gerechtigkeit.

Wird so ein menschliches Antlitz sichtbar,
Dann siegt in uns auch die Menschlichkeit.

Albert M. Mayer * 1930

## *zero*

raumzeit null
du schwebst
neben der neonröhre
siehst
auf dich selbst
herab
die bettrandbesucher
sehen
auf die uhr
ein augenpaar fehlt
doch du
siehst
ihre tränen

Timothy McNeal

Wend dich an den Gott,
Nur an ihn allein.
Er weiß, wie's dir geht.
Du musst nicht verzweifelt sein.

Einerseits doch ist Er da,
Andererseits musst du vertrauen,
Die Beziehung zwischen
Ihm und dir aufbauen.

Zu sehen, zu bewahren.
Letztendlich zu verstehen,
Müssen wir uns wagen,
Die Hirden durch zu gehen.

Lass dich einfach fallen,
Das wird dir gefallen.

Lubberta Mehedko

## *Das Unverzichtbare – Mein Vater*

*Gewidmet: Günter Otto Mehnert (1930 - 1998)*

Mein Vater ist ein großer Mann
Ich möchte können, was er kann

Mein Vater war ein großer Mann
Weil Leben ihm spontan entrann

„Sein Leben sei erfüllt gewesen"
Ich hab noch viel von ihm gelesen

Mein Vater war kühn und sehr verwegen
Gleichwohl, im Kriege auf sich acht
gegeben

Er war der beste Mann für meine Mutter
Und ein wahrer Vater für mich

Er kämpfte bis zum Schluss
Und hat zum ersten Mal verloren

Wird es aber niemals mehr

Mein Vater ist ein großer Mann
Und wird es immer bleiben

Außerhalb und
In uns

Kai Mehnert * 1979

## *Zeit*

Ja, ich kenne dieses Ziehen
Dieses wilde Hin und Her.
Kein Gedanke bleibt mir haften,
Und die Muse?

Wo bleibt die?
Wo bleiben tiefe Atemzüge

Und der intensive Blick,
Der, der wirklich sehend macht?

Für was ist uns die Zeit gegeben,
Wenn nicht um ungehetzt zu leben?

Pia Meier * 1980

## *Leben*

Stillsitzen
Sonne auf den geschlossenen Lidern spüren,
das Rauschen des Windes in den Bäumen
wahrnehmen,
Vogelgezwitscher hören –
auch das ist Leben.

Annemarie Meier-Behrendt

Das Wichtigste im Urlaub ist,
daß man sein Handtuch nicht vergißt,
doch nicht so sehr des Wassers wegen,
den Körper wieder trockenlegen!
Nein, weit gefehlt, das ist es nicht,
es ist Erfahrung, die da spricht.
Sowohl am Pool als auch am Strand,
ob Außen- oder Innenland,
des Handtuchs allererster Zweck:
Die Liege nimmt mir keiner weg!
Und ist das Tuch erst mal plaziert,
frühstückt es sich ganz ungeniert!

Burghard Meißner

## *Ich bestimme*

Wäre ich Rockefeller
mein Leben wäre wertlos ohne Geld
Robin Hood ohne Pfeil und Bogen
würde man heute nicht feiern als Held.

Freundschaft ist für viele wichtig
doch was macht sie eigentlich aus
für den Einen zählt Vertrauen
für den Anderen wächst gar Liebe draus.

Glück ist der Schlüssel zur Seele
Glück, welches in jedem schlummert
sind wir nicht bereit es abzurufen
das Serotonin traurig in uns verkümmert.

Wir haben stets die freie Wahl
was wir für wichtig halten
und was uns egal.
Ob materielle Güter, Gefühle, Geld
das Unverzichtbare ist so vielfältig
wie die Zahl der Menschen auf dieser Welt.

Marita Meissner * 1964

Frischsommerlicher Totentanz.
Ganz
gewiss wollen wir leben.
Den Göttern
geben wir unsere Spielsachen.
Daraus machen
sie die Welt.

Gisela Melchers-Neumann * 1955

## *Die Brombeerblüte*

*für Christa*

Weiße wundersame Knospe,
zerbrechlich nachts im Obdach
kratzigen Gespinsts gewachsen.
Sanfte, sehnsuchtsvolle Anmut,

abweisend, ergeben noch umwoben.
Dickicht, Dornen hüten zäh die dicht
geborgne Fülle. Doch treibend Blüte –
bald ist schon lächelnd sie erlegen,

errötend mit der Morgensonne,
dem Verlangen, ihrem Liebsten.
Wenn er auch seidne Blüte brach –
Tugend noch wahrt sie immerfort.

Wolfgang R. P. Mende

Am Stammtisch saßen wir zu viert
Es wurde heftig debattiert
Was denn wohl unverzichtbar sei
Professor Kramer sagte: „Ich bin so frei
Der Kosmos hat hervorgebracht
Planet Erde und es wäre gelacht
wenn er nicht das Unverzichtbare sei
meine Herren, es ist so, ich bleibe dabei.“

Dr. Schwarz sprach: „Das Leben, meine Herren, Sie müssen gestehn,
ohne Leben würde die Erde vergehn.“
Pfarrer Braun erhob sich: „Was wäre das Leben
würden wir ihm keine Liebe geben.“

„Der Kosmos, die Erde, die Liebe, das Leben sind zusammen gewirkt und verwoben
von Ihm, dem Einzigen, unserem Herrn dort oben
alles kommt von Ihm, alles geht zu Ihm hin,
das alleine gibt der Sache einen Sinn.“

Ein Trunk'ner, der am Tresen stand
das Weinglas hielt er noch in der Hand
murmelte das vor sich hin ganz leise
ich denke, er war der wahre Weise.

Linda B. Menkel-Harris

## *Er*

wollte schreiben
was noch keiner geschrieben hat
wollte neue worte erfinden
zu einer konstruktion
im luftleeren raume
einer welt die heller wäre

doch das dunkel der zeit
bewarf sein wort mit dreck
zerrieb seinen stein zu sand
er bezahlte den übergang
schon lange vor seinem sterben

das leben hat seine sprache zerstört

Else Menne

Ein Anblick, der alle Sinne betäubt,
Alle Wahrnehmungen raubt,
Der Dich aller Reflexe und Gedanken beklaut,
Der Dich versetzt in die Unendlichkeit,
Ins Nirgends, ins Chaos der Seligkeit.

Die Zeit verharrt
Im völlig Ungewissen,
Die Welt erstarrt
Und alle Fäden sind gerissen;
Zu allen diesen andern Dingen,
Die Du bislang gekannt;
Und in Dir werden seltsame Töne erklingen -
Ansonsten ist alles Gefühl aus Deinem Körper verbannt.

Dein Herz möchte schlagen,
Doch scheint es zu steh'n;
Und doch wird es rasen,
Als sei Was gescheh'n,
Das die Welt verwandelt in eine Blüte der Reinheit.
Und bald wirst Du erkennen: Es ist die Wahrheit.

Vincent Menz * 1991

## *Das Unverzichtbare*

Geld und Macht,
Tag und Nacht?
Ehre und Ruhm
oder Eigentum?
Nur Geben
oder nur Nehmen?
All das macht alleine
nicht glücklich im Leben.

Nur hoffen und bangen,
wer kann's schon verlangen,
ist auch nicht das Wahre.
Es ist die Liebe
das einzig wahrhaft Unverzichtbare.

Emmi Merten * 1961

## *Herzensglück*

Kaum hat der goldne Herbst begonnen,
schon riecht man süße Weihnachtszeit.
Des Menschen Blick sucht nun versonnen,
nach Zimt, Anis und Süßigkeit.
Hektisch sucht man für die Seinen,
vieles was so nützlich scheint
und bezahlt mit großen Scheinen,
ungenutzte Kleinigkeit.
Doch was wirklich zählt im Leben,
wird so oft von uns verkannt.
Viele nehmen – doch vom Geben,
scheut es mancher warmen Hand.
Silberflocken wirbeln leise,
durch die dunkle, kalte Welt
und auf zauberhafte Weise
wird unser Herzenslicht erhellt.
Liebe sieht man neu erstrahlen,
Kinderherzen schenken Glück.
Kein Geld der Welt kann das bezahlen,
und Freude kehrt zu uns zurück.

Sabine Merz * 1972

Ich bin ein Kind des Lichts,
Das Dunkel bedeutet mir nichts,
Ich tu' mit Gottvertrauen
Froh in die Zukunft schauen.
Und säumt meinen Weg
Auch so mancher Stein,
Der Weg
Wird auch wieder besser sein.
Nach dem Willen des Schöpfers
Will ich leben.
Das ist das Wichtigste für mich,
Und ich will alles dafür geben.

Oliver Messert

## *Das Unverzichtbare*

Denken sie doch mal daran:
An was erfreuen sie sich?
Sonnenuntergänge, Liebeslieder?

Und was kommt dann?
Nachtgeflüster? Zweisamkeit?

Verzicht zu üben,
Eine schwere Sache.
Ruhelosigkeit vorprogrammiert.

Zweck der Übung?
Innere Freiheit – innerer Frieden.
Chancen ergreifen,
Handeln statt reden.
Tränen weinen, Träume leben.

Balanceakt
Auf dem Lebensseil.
Ruhe finden.

Einen Menschen lieben.

Claudio Micale * 1977

## *Wasser des Lebens*

Wasser, du quellenreiche Nahrung,
ohne dich so gäbe es kein Leben
hier auf Erden.

Die Blumen würden nicht erblühen,
auf dem Acker kein' Ähren stehen.

Ob Mensch, ob vielerlei Getier,
alle leben wir von dir.

Deine klaren Quellen müssen wir
erhalten, drum muss der Mensch
mit Vorsicht walten.
Deine Klarheit muss bestehen
für unser Wohlergehen.

Und wenn du mal in Fluten kommst,
so bringst du Angst, so bringst du
Pein

und dennoch wirst du für uns alle

unverzichtbar sein!

Brigitte Mihai * 1953

## *Das Unverzichtbare*

Ich vergaß zu leben,
verlernte zu lachen,
verlernte zu freuen,
verlernte zu lieben.

Und dann kamst du!

Ich lernte zu leben,
lernte zu lachen,
lernte zu freuen,
lernte zu lieben.

Du zeigtest mir den Weg,
den unverzichtbaren Weg zu leben.
Du warst das Licht, das mir den Weg wies
und deswegen:

vergiss nicht dein Leben,
verlerne nicht zu lachen,
verlerne nicht zu freuen,
verlerne nicht zu lieben

und lerne, gemeinsam zu lachen,
die Freude zu teilen
und die Liebe zu lieben.

Jacqueline Miler * 1995

## *An der Peripherie geblieben*

Aus Angst gelähmt Dich zu verlieren,
mein Herz steht still, den Atem hält es an.
Mein Körper noch so voll Begierden,
zerschellst an deinem Geiste, wie meine
Seele, immer bang.
Die Reflexion in Dir zerfällt.
Dein Auge schließt sich um mich zu
vergessen.
Bleibst eingeschlossen dort in Deiner
Innenwelt.
Jedweder Wunsch blieb schließlich zu
vermessen.

Und wiegend frag ich nach der Antwort.
Nur um zu hören ich das Wort getan.
Dies ganze Sein in Deinem Leben nichts als
Randort.
Du blickst mich an und scheinst noch zu
bejahn.

Chantal Miller * 1981

## *Mehr nicht?*

Erzähl mir mal was lustiges
nicht's schmutziges
etwas,
das gefällt –
der Welt
in der wir leben –
voller Sorgen –

ich will mir etwas Hoffnung borgen.
Nur für diese Nacht!
Morgen bin ich zufrieden aufgewacht!
Trabe mit offenen Augen los! –
Grandios!

Ende Gelände!
Schmier's an die Wände –
rahm's ein –
oh wie fein!
Lass es sein. –
Alles nur Schein ? –

– Wie gemein ! –

Ein Gedicht,
mehr nicht –

kenn Dich ja noch nicht!

Mirabelle * 1962

## *Das Unverzichtbare*

*(die Liebe zu unserem Schöpfer)*

O Schöpfer und Erschaffer unsrer einzig
alleinigen Welt
so wunderbar herrlich anzuschauen hast du
sie für uns gemacht –
sodass da überhaupt nichts fehlt.
Und glücklich sind wir, wenn uns deine
güldene Sonne lacht.
Du bist für uns nicht wegzudenken –
unverzichtbare Liebe bist du immerdar.
Unser Geschick, das tust du lenken,
weil wir dich kennen, bist du uns ganz nah,
und alles können wir von dir lernen,
so wollen wir dich auch bei deinem Namen
nennen.
Ohne dich können wir nicht sein; denn
überall der Satan lacht,
wir sind hilflos und ganz klein, wenn dein
Auge nicht über uns wacht.
Immerzu wollen wir dir danken – Tag und
Nacht bist du das Ziel;
drum stell' uns keine weiteren Fragen;
denn hier ist Liebe mit im Spiel.
In dieser Hoffnung wollen wir leben –
bitte, hilf uns doch dabei!
So gib uns deinen reichen Segen –
lass uns für immer glücklich sein.

Monique Mogall

## *Das Unverzichtbare*

Ein Streit ist unter Freunden entbrannt
zum Thema unverzichtbares Gut.
Sie nennen Gesundheit, klaren Verstand,
und Glaube, Gerechtigkeit, Freiheit und
Mut.

Ich frage den Bettler am Straßenrand,
was er für unverzichtbar hält.
Er streckt mir entgegen die leere Hand –
Ein Dach überm Kopf und etwas Geld.

Ich frag' den G.I. in Afghanistan,
was ihm das Unverzichtbare wär'.
Wild entschlossen schaut er mich an –
Die schusssichre Weste und mein Gewehr.

Ich frage die Frau in Afrika,
wo Reiterhorden am Morden sind
und wo sie nichts als Verwüstung sah –
Saubres Wasser und Brot für mein Kind.

Hunger herrscht und Angst und Not,
wo man die Menschenwürde vergißt.
Es ist die Nichtachtung vor dem Gebot,
Dass Achtung unverzichtbar ist.

Helgard Mohr

## *Mein Glashaus*

Sitze im Glashaus
Und werde mit Steinen beworfen
Das Glas zerbricht
Fällt klirrend zu Boden
Doch ich sitz immer noch drin
Und mir passiert nichts
Sie hören auf zu werfen
Sie denken das ich getroffen wurde
Doch sie können mich nicht treffen
Mit ihren Steinen und Wörtern
Die sie auf mich werfen
Ich sag nicht das ich unverwundbar bin
Ich sag nur das ich dazugelernt habe
Sie zerstören mein Glashaus, meine Fassade
Doch mein Inneres treffen sie nicht mehr
Mein Herz meine Seele
Unerreichbar für sie

LauRa Møller * 1991

Schweigen – tiefer Brunnen –
Aufklingt das ewige Lied.
Tauch ein in die endlosen Himmel.
Lausche der Äolsharfe.

Tod tut sich auf.
Gelinder Tod
Umfängt dich mit weichem Arm.

Franjo Molsberger

*Liebe tropft!*

Liebe tropft aus meinem Mund
Der Versuch es zu schlucken
Verursacht Übelkeit
Es schmeckt nach Blut

Dieser Geschmack ist widerlich
Nein raus damit aus meinem Mund
Spuck es dahinten hin, auf die Erde
Wird ein Baum draus

Einer der wächst zu einem Liebesbaum
Mit Blättern aus Gold
Kostbar und ungenießbar
Schön an zu sehn in der Sonne

In meinen Eingeweiden würde es toben
Die Schmerzen nicht auszuhalten
Es würde mich schwer machen
Kaum fähig zu gehen

Als Baum kann es wachsen
So hoch bis zum Himmel
Weit weg von mir
Tut mir nicht weh

Mondscheinwesen * 1959

*verliebte motte*

du bist meine königin
die schönste unter all den bien'n
die flügel weich wie marzipan
ich fang sofort zu flattern an
wenn ich dich seh, so unnahbar
beschützt, behüt, ist es kaum wahr
in deinem honigheim, im dunkeln
nie seh ich die facetten funkeln
denn ich bin draußen, armer wicht
seh nur ins nest, erblick dich nicht
wie gern würd ich ein tänzchen wagen
müsst man mich in das innre tragen
bei so 'nem riesigen verkehr
da wird mir bang und kreuz und quer
doch meine Liebe ist so stark
das ich mich durch die rinde nag
dein ganzes nest, es tobt vor wut
in meinem innern kocht die glut
ich gebe auf, du kennst mich nicht
ich bring mich um, ich flieg ins licht.

Monduras * 1978

Unverzichtbar für das Leben
auf der Erde ist das Licht.

Und der Mensch in der Natur?
Zaghaft erst doch dann mit Macht
und von Rücksicht keine Spur
hat sie um den Stolz gebracht.

Unverzichtbar für das Leben
für uns Menschen ist – Verzicht.

Falco Monello * 1953

*Freundschaft*

Die Erfahrung lehrt uns Vorsicht,
denn Nähe heißt Verletzlichkeit,
Verletzlichkeit heißt Schmerz.

Freundschaft bedingt Nähe,
Freundschaft bedingt Vertrauen.
Vertrauen heißt Verletzlichkeit,
gebrochenes Vertrauen heißt Schmerz.

Schmerz meint Angst,
Vertrauen meint Mut.

Denn der Mut ist es,
der Vertrauen schafft,
Nähe bedeutet und
Freundschaft heißt.

Der Mut nimmt die Angst,
denn die Erfahrung lehrt,
keine Freundschaft, wo kein Vertrauen,
keine Nähe, wo keine Verletzlichkeit.

Nur der,
der den Schmerz kennt weiß,
was Nähe heißt,
und nur der,
der Verletzlichkeit zulässt weiß,
was Freundschaft bedeutet.

Brienna de Monfort

Verzicht auf Fernseher, Internet und einen
eigenen PC,
doch ohne Hoffnung tut uns jeder Schritt
im Leben weh.
Gefühle sind,
Gefühle bleiben.
Keiner kann sie uns ohne Grund verleiden.
Wir brauchen sie wie Freunde,
die uns beistehen in der Not,
ohne Hoffnung erscheint alles leblos,
tot.
Eine Existenz ohne Hoffnung, Liebe,
Wärme und Geborgenheit,
hat nichts zu suchen in unserer sowieso
schon unterkühlten Zeit.
Gestresste Menschen gehen schnell an uns
vorbei,
sie wissen schon nicht mehr,
was sie bedeutet,
die Zahl 2.
Zwei die zusammenhalten, voneinander
lernen, sich unterstützen,
solche Gedanken werden zertreten in den
vielen unbeachteten Pfützen.
Voller Gefühle waren diese Stellen von
Wasser bedeckt vor langem noch,
doch nun sind sie leer,
erscheinen wie ein einziges schwarzes,
kaltes Loch.

Monika Möser * 1986

## *Lass (m)ich selbst sein*

*Für André Bialek, mit dem wärmsten Lächeln, das mir je begegnet ist*

Spür mein Verlangen
und lass mich vor Neugier platzen.

Dulde meine vielen Aufgaben
und lass mich mit dir Zeit neu definieren.

Gib mir meinen Freiraum
und gib mir unendlich viele kostbare
Momente.

Sieh mich so, wie ich wirklich bin
und gib dich meinem Herz erkenntlich.

Geh mit mir gemeinsam Wege
und lass mich meine eigenen gehen.

Bekenn' dich zu mir
und nimm mir die Angst,
dich durch deine Aufgabe zu verlieren.

Komm mit ... in unser Haus am See,
und lass uns selbst sein.

Anja Möx

## *Das Unfassbare*

Mit leeren Händen
aus dem Vollen schöpfen
vermag ein jeder
mit besonderem Geschick,
denn Sand und Wasser
rinnen nicht so schnell
durch Hände,
wie das Glück
durch den Augenblick.

Aleksandra Mršic * 1981

## *Masken*

Lachende Kindergesichter
Erfüllen das Zelt,
Wie der Clown hinfällt,
Widerhallt das Gelächter.

Erstaunen macht sich breit,
Als der Muskelmann
Das große Gewicht heben kann,
Die Augen öffnen sich weit.

Stille begleitet den Artist,
Wie er auf dem Seil,
Sein Gleichgewicht pfeilt
Wie schön das alles ist!

Lustige Zirkusleute,
Die sich jeden Spaß gönnen,
Niemand sieht an ihnen heute,
Dass sie unter ihren Masken
Auch weinen können.

Miklos Muhi * 1975

## *Das unverzichtbare Herz*

Im Wetter der Hoffnung
ist dein Grund lieblich
selbst wenn Nebel uns trennt
seh' nicht, doch spüre ich

Ein sachter Wind
und der Duft nach Rosen
Dein zartes Sein
gegen mein Tosen

Das warme Gefühl
mit dir im Arm
mein Sein sonst kühl
durch dich wohl warm

Dein Herz kann es halten
den Vorhang es hält
den Vorhang den alten
der ohne es fällt

Andreas Joachim Mühl * 1978

## *Das Unverzichtbare*

Es gibt nur eins was
unverzichtbar ist für mich
und das bin und bleibe ich.

Und wenn mir jemand etwas
anderes sagt,
der weiß nicht, wovon er quakt.

Muio * 1963

## *Zeitreisender*

Nichts kündigte ihn an.
Langsam näherte er sich dir, aus der Tiefe
deines Daseins.
Nie hast du ihn bemerkt, doch er war
immer da – immer in deiner Nähe.
Immer bereit, sich mit dir zu treffen und
auf höchster Ebene zu einer neuen
Vision zu vereinen.
Er wohnte in deinem Hirn seit Anbeginn
der Zeit. Er wartete in jeder Faser
deines Körpers
und hüllte dich ein in seiner Gegenwart.
Doch bewusst war er dir nie.
Er hat sich entblättert und entkleidet in
Anwesenheit deines Selbsts, doch
du sahst nicht hin. Er schlug verzweifelt an
die Wände deines geliehenen
Körpers,
doch du spürtest es nicht. Er sprach zu dir,
redete auf dich ein und schrie dich an,
wenn es nötig war. Doch du hörtest nicht
zu.
So verkleidete er sich und erschien in
deinen Träumen. Er nannte sich
Sehnsucht,
er nannte sich Hoffnung und er nannte sich
Verzweiflung.

Doch du – drehtest dich nur um und
schliefst weiter.
Nun verlor er seine Gelassenheit – und trat
gegen dein Hirn.
Du – betäubtest deine Kopfschmerzen mit
irischem Whiskey.
Da gab er auf – und ging fort – für immer!
Ein einsamer, rastloser Wanderer zwischen
den Welten, –dein letzter Gedanke

Muirdín * 1964

## *Co-abhängig*

Du
bist meine große Liebe,
versetzt mir Tritte und Hiebe.
Bin in deinen Armen immer willkommen,
hast mir meine Einsamkeit genommen.

Du
gibst mir die Kraft zum Leben,
du liebst es, dich mir ganz zu geben.
Zeigst mir, dass ich nie alleine bin,
gibst meinem Dasein einen Sinn.

Du
bist ein faszinierendes Wesen,
ich kann alles von deinen Augen ablesen.
Selbst im Jenseits kann ich ohne dich nicht
sein,
ich liebe dich – du bist in meinem Herzen
der Stein.

Der Stein,
der mich immer wieder verletzt,
der mich gegen mich selbst hetzt.
Der, den ich noch immer brauche,
wenn ich mein Herz an dir verstauche.

Ramona Mulack * 1985

## *Das Unverzichtbare*

Schweige lauter!
Entriegele den Kerker deines Herzens
und lass mich, als dein Retter, dich
entführen.
Ich bin der tote Sand der endlosen Wüste,
du das Leben zwischen der Ritze meiner
Lippen.
Ohne dich irre ich ziellos durch das
Brachland
dein Name klingt wie ein Gebet im Auge
des Orkans.
Schick mir einen Sonnenstrahl als Leitfaden
zu dir,
erhelle die dunklen Gassen im wirren
Labyrinth!
Sei der helle Stern für den verlorenen Sohn!
Blind könnte ich deiner warmen Stimme
folgen,
doch kein Liebesgeflüster durchbricht
deinen Mund,
in Ketten gelegt und der Schlüssel verloren.
Vergangene Bilder schieben sich in meinen
inneren Blickkreis:
Dein vertrautes Lachen trübt mein
Augenlicht,
dein safrangelbes Kleid spiegelt sich im
Tränensee wieder.
Die ganze Welt erscheint mir wie ein
zersplitterter Spiegel.
Die Zeit verheilt die tiefsten Wunden, sagt
man,
doch wenn das letzte Sandkorn fällt,
durchzuckt mich ein Gedanke:
„Du warst das Unverzichtbare in meinem
Dasein."

Vlora Mulaku

## *Das Unverzichtbare*

Versuche es nicht
Du bist es

Arno Müller

Nicht sind es die Bäume.
Ein wenig Grün
und viele Träume.
Nicht die zur Nacht,
die sind zu kühn.
Die sind es, die ich mir ausgedacht.
Ich werde ausgelacht.
ich will sie in mir tragen,
vom Tag bis in die Nacht.
Was ist das Leben ohne Traum?
Ein abgeschlagner Baum.
Ein Himmel ohne Morgenrot.
Nur die Kruste noch vom Brot.

Hans Müller

Den Blick in die Weite schweifen lassen,
bis hin zum Horizont,
hinauf in den Himmel, wo der Adler ihn
mit seinen Schwingen berührt.
Unendliche Freiheit

Sonnenstrahlen, die durch die Wipfel der
Tannen langsam ihren
Weg durch den morgendlichen Nebel
bahnen und die wundersame Welt
der
fein gesponnene Spinnennetze in ihrer
ganzen Pracht glitzern lassen. Erden
Duft.
Vollkommene Schönheit

Das Gesicht gen Mondschein heben, die
Augen geschlossen halten und die
tanzenden
Schneeflocken auf der Haut spüren. Die
kalte, schneidende Winterluft tief
einatmen und den
einzigartigen Moment des eigenen Daseins
eindringlich fühlen.
Glückselige Energie

Ohne Worte Trost und Zuversicht
spenden. Taten, Berührungen,
vertraute Blicke:
für einander da sein. Einfach nur so.
Tiefempfundene Liebe

Katrin Müller-Güldenzoph

## *Tabula rasa*

Spätestens dann …
einen Namen lesen,
der an ein Gefühl erinnert –
Schnee fällt auf das,
was der Sommer ließ.
Warten auf einsamen Feldwegen
ist zu Ende.
Es schmerzt beim Gedanken an
Weißbuchen und sonntags –
die endlosen Telefongespräche mit dir.

Ich streiche ein paar Worte aus meinem
Sprachschatz:
Lächelnd. Endlos. Für immer.

Sabine Müller-Thumser

## *Wir*

„Im Niemandsland befind ich mich"
so sagtest du.

„Ich liebe dich"
so dachte ich.

Wer sagt, wer denkt,

wer hat das Recht

zu meinen,

es muss Grenzen geben?
– Das Reich der Tiere –

–Adam und Eva –

Oh was fühlen wir uns überlegen,

doch trennt uns nicht der kleinste
Unterschied beim Überleben.

Monika Mulzer * 1969

## *Verwechselt nichts!*

Verwechselt nicht das „Ewig-Gestrig"
mit dem was „ewig-gültig" ist!
Glaubt nicht mit der Worte List
zu bannen was zu Sternen stieg!

Ewigkeiten sind von Gott
uns in die Seele eingebrannt.
Wehe dem, der nichts erkannt,
es gerät zu seiner Not.

Es gibt Werte, die der Teufel
Nimmermehr begriffen hat –
und verwechselt prall und satt
mit Sehnen und der Seele Zweifel.

Heimat ist nicht Eigenheim
und Vaterland ist nicht dein Bett.
Und wofür deine Seele steht
Gott macht sich seinen eignen Reim.

Er allein in seiner Huld
fällt das Urteil, das dir gilt
er allein – er ist nicht mild –
fällt den Spruch, gibt dir die Schuld.

Lotte Musyl * 1924

Webe fein versponnen deine Träume zart,
warte nicht bis deine Seele im leeren
Raume ist erstarrt.
Lass dich treiben, lass dich fließen,
denn dann wird dein Garten sprießen.
Dann wird Musik, leicht und laut,
wie Wasser umspülen deine Haut.
Warmer Wind wird streifen dein Haar
– und alles erscheint dir so wahr.
Der Duft des blauen Schmetterlings
berührt dein Herz,
er nimmt hinfort jeden Schmerz.
Er wird ihn in einen Kokon einspinnen
und darin, ganz tief drinnen,
beginnt zu wachsen ein Baum.
Und nach einiger Zeit fliegt er davon, dein
Traum.

Julia Nagel * 1989

## *fänger im weizen*

verloren krieg
sag befreiung
zwölf jahre lang
suchte der vater
in den widerstand
das arme kind
marschierte ins polenland
überlebt zur großen
rede im höchsten amt
für die nachhit leut
das ungenannte umbenannt

Horst Nägele * 1934

## *Fahre mit Dir selbst*

*für Peter*

Wenn Du erwachst in deinem Sarg
Der transparent den Atem kennt
Siehst Du die Rose, blütenrot
Und leuchtend noch nach Deinem Tod

Mit Initialen, eingraviert
So felsenfest in Grabes Tür
Erquickt Dich doch der Rosensaft
Er findet Wege, tropft vom Schaft

Er findet Adern und Kanäle
Und bindet Gift in Deiner Seele
Befeuchtet Lippen, stark und wund
Formt Worte Dir, küsst Deinen Mund

Dann spürst Du Finger, Deine sinds
Mit eines Lebens Ehering
Herabgefahrn bist gestern Du
Herumgeschweift, dem Abgrund zu

Der Irrgang endet vor dem Tor
Die Unterwelt sieht Dich nicht vor
Wirft Dich zurück in diese Welt
Mit vertrauten leisen Lauten – Fahre mit
Dir selbst!

Lulu Naumann * 1963

## *Erfahrung mit Gold*

Deine Weisheit glänzt wie Gold.
Deine Reden füllen mich mit Leben.
Gib mir Rat, den ich befolg'.
Es ist mein Herz, was mich betrügt.
Wirft mich zurück – reißt mich nieder.
So kommt es, dass mein Herz dein Herz
betrübt.
Doch du hast Geduld an mir geübt –
immer wieder.
Ich war außerhalb deines Hauses,
wo dein Garten verwildert.
Wo der Boden mit Disteln und Unkraut
bebaut ist.
Man braucht ein Sieb, das Lüge von
Wahrheit filtert.
Deine Wege sind wie ein Schutz.
Deine Bitten erreichen mich,
denn ihr Sendweg ist nie zu kurz.
Jah, gab es einen Tag, an dem deine Sorge
von mir wich?
Wenn du dich von mir entferntest,
habe ich es so gewollt.
Ich habe gefehlt und lernte es,
deine Weisheit glänzt wie Gold.

Wiebke Nelius

Danke sagen, für alte Menschen hat man
meist wenig Zeit,
ihnen zuzuhören, viele leben in Einsamkeit.
Einer Generation, die einst hart arbeitete,
die verdienten Sicherheiten zu geben für
einen sorglosen
Lebensabend nach eine mühevollen
Arbeitsleben.
Ein Blick zurück ins 20. Jahrhundert,
die Zeit des Zweiten Weltkrieges zeigt
viel Leid in einer tragischen Zeit.
Keine Gelegenheit blieb dieser Generation
einst zum Rasten,
Tag für Tag trugen sie schwere Lasten.
Krieg, Trauer und Hungersnöte hatten sie
einst erlitten,
die Heimat, all ihr Hab und Gut war
verloren gegangen,
viele von ihnen waren im Lager gefangen,
Kinder haben sie groß gezogen,
für den Neuaufbau nach dem Kriege viele
Steine gehoben.
Große Lebensleistung haben sie einst für
uns erbracht,
doch heute wird kaum noch daran gedacht.
Durch Mühsal und Verzicht haben diese
Menschen
zum Aufbau unseres Landes mit
beigetragen –
Es bleibt unverzichtbar unseren
Hochbetagten danke zu sagen!

Marie-Louise Freifrau von Neuberg * 1946

## *Das Unverzichtbare*

ist das Licht.

Und der Blinde?
Sieht er es nicht?

Ich sehe es,
mich sonnt, wärmt, erhellt es.

Seiner Spur
folgt die Natur.

Und in der Nacht?
Schlafe ich sacht?

Was wird sein, wenn ich gehe
und das Licht nicht mehr sehe?

Das Unverzichtbare ist das Licht.
Ohne Licht gäbe 's mich nicht,

die das denkt, die das schreibt,
die trotz der Nacht bleibt,

bis das neue Licht

anbricht.

Elke Neubert

Nicht alles, was ich hab,
Steht mir nah, sind meine Seligkeiten.
Nur das, was ich mag,
Wird mich mein Leben lang begleiten.
Gegenstände, die mich glücklich machen,
Zähle ich zu diesen Sachen.
In manchem spiegeln sich Erinnerungen
wider –
Könnten sie singen, sie sängen die tollsten
Lieder.
Wie gern ich diese hab, kann ich gar
schlecht beschreiben.
Sie sind mir einfach heilig, meine
Habseligkeiten.

Heiko Neumaier * 1972

ich gefrier dir
einen Eisberg
und verrat nur
die Spitze

ich geb dir
drei Nusse
und knack
davon eine

ich fabulier dir
ein Geheimnis
und tu's in
eine kleine Ritze

ich versteck dir
drei Herzen
und schenk dir
nur das meine

Cornelia Neumann * 1959

## *Auf ewig*

Innerlich erstarrt zu Eis
sind Gefühle und Gedanken.
Vergessen alle Leichtigkeit
alle Liebesschwüre in Tränen versanken.

Für immer und ewig
ist alles vertan und vergessen.
Alles wofür man gestrebt,
alles ohne Bedeutung bemessen.

Verloren ist die letzte Zärtlichkeit,
die das Herz noch vor kurzem erwärmte.
Vorbei die wenige Wonne,
die von der großen Liebe schwärmte.

Farblos erscheint nun die Welt
und trist das Leben an sich.
Wertlos das Ganze bereits Erlebte ist,
da es erlebt ist, ohne Dich.

Ohne Rast und Ruhe
wird nun weitergegangen.
Aufgeholt werden muss, die vergeudete
Zeit,
auf ewig - zwischen Hoffen und Bangen.

Klaudia Neumann * 1980

## *Du!*

Was willst du denn haben?
Glück, Liebe, und Gesundheit?
Dann will ich dich fragen,
soll das unverzichtbar sein?
Das Leben bietet so viel
Und es geht immer weiter
Irgendwo ist dein Ziel
Was unverzichtbar ist auf deiner Leiter

Nicht nur rackern, auch verharren,
nicht nur stöhnen und klagen,
auf das Schöne sollst du beharren
das Unverzichtbare sollst du haben.

Unverzichtbar ist die Liebe, ist das Glück
Zu meinem Leben gehörst auf immer Du
Davor weiche ich nimmer zurück
Deshalb, unverzichtbar bist vor allen
Dingen Du!

Max U. Neumann * 1948

## *des Lebens Sinn*

Des Lebens Sinn versucht man oft zu
finden,
doch die Antwort, die bleibt leider aus,
wir versuchen immer wieder zu ergründen,
wer führt des Menschen Lebenslauf?

Ein Jahr vergeht so schnell wie Stunden,
eh man's geniest, fängt schon das Neue an,
du glaubst, du hast das Glück gefunden,
doch wieder ist ein Jahr vertan.

Du hetzt dem längst Vergangenem nach
und denkst, du kannst es finden,
doch leider fehlt dir dazu Zeit,
kannst dich auch noch so winden.

Halt inne und besinn dich jetzt,
was war der Sinn des Lebens?
Die Zeit, die spülte dich mit fort
und alles war vergebens.

Doch plötzlich kommst du zur Besinnung
und fragst dich, soll das alles sein,
was war im Leben die Bestimmung,
von Anfang an, als ich noch klein?

Wer war denn da, als es dir schlecht ging,
wer gab dir Kraft, als du allein,
und was du längst vergessen glaubtest,
fällt dir nun endlich wieder ein.

Was stellst du dir denn all die Fragen,
wo doch die Antwort ist so klar.
Von Gott, da wirst du längst getragen,
denn er ist immer für dich da.

Gertraud Neunecker

## *Traumschaum*

Traumbarke,
Fähre zwischen Tag und Nacht,
Beladen mit den Bildern meines Lebens,
Die sich auf wundersame Art vermischen
können,
Ich bitte dich:
Leg nächstens wieder bei mir an,
Fahr nicht vorüber achtlos,
Schenke mir
Die Möglichkeit mich wegzuträumen,
dann,
Wenn die Vernunft des Tages
Müde in die Kissen sinkt
und Zeit und Raum nach eigenen Gesetzen
leben wollen.
Lass sie Gestalt annehmen, meine Träume
bis morgens, wenn sie,
Nur noch ahnungsvoller Hauch,
Traumschwere Lider wieder öffnen
und verblassen.

Silke Neuweger * 1969

## *Das Unverzichtbare oder so!*

Bist Du Ying so fehlt Dir Yang.
So läuft es oft im Lebensgang;
Sehnsucht heißt der Seele Brauch!
Braucht der Brauch nicht einen Bauch?
Libido lallt die schmollend Lippe!
Findet Gier nicht ein Gerippe?
Leuchtet hell der Sinnen Schein!
Ist nicht Dunkelheit eine Pein?
Ist nicht Liebe ein Gespür?
Und Unverzichtbarkeit der Dank dafür?
So ist dem Toren alles Himmelreich,
Jedoch dem Narren alles völlig gleich!

Nathan Nexus

## *Zeitläufte*

All und alles
ist
All und alle Tage
Alltag.

All und alles
war
All und alle Tage
Alltag.

All und alles
wird
All und alle Tage
Alltag.

All und alles
wird
All und alle Tage
Alltag
gewesen sein.

Maria Niesen * 1948

## *Was ich für mich am liebsten fand*

Unverzichtbar scheint uns vieles,
das manchem andren nicht bekannt.
Unverzichtbar scheint mir dieses,
was ich für mich am liebsten fand.

Unerkannt bleibt was oft wirklich,
wichtig und von Nöten ist.
Doch verkannt wird oft was richtig,
menschlich oder töricht ist.
Unverzichtbar scheint längst mehr,
als nur noch Schmauserei und Dach.
Auch vieles neue braucht man sehr,
wie all das was der Nachbar hat.

Und offen bleibt die Antwort dessen,
was wirklich unverzichtbar ist.
Doch hoffen wir nicht zu vergessen,
dass es vielleicht die Liebe ist.

Falk Niggemeyer * 1984

## *Das Unverzichtbare*

Wir leben im ständigen Wachsen der
Population.
Im Anbeginn einer Ära, die das Klima
unserer unersetzlichen Erde verändert
– durch des Menschen Hand herbeigeführt.

Die Provokation zuerst, und ist dann erst
einmal der letzte Baum gerodet
– wird das Salz der Tränen den Fluss
berühren und dabei wird es Nacht
sein!!
Für die Welt, die Sterbende, ist die Zeit
reif, nichts mehr zu vertagen.
Unverzichtbar im Vergehen der Uhrenzeit
ist die
Vergänglichkeit der Sekunden, und ich
frage mich:
Ist es schon zu spät für einen neuen
Morgen??

Petra Ninsa * 1965

## *Unverzichtbares Ich*

Ich gehe viel spazieren –
denke über alles nach.
Auf vieles kann ich verzichten,
das ist mir vollkommen klar.

Nur nicht auf dich –
du gibst mir alles, was ich brauch.
Kraft, Willen, Lebensmut,
gibst mir Power für jeden Tag,
den Willen zu bestehen
jede Lage,
mich durchzusetzen
Tag für Tag.

Du machst mich zur Persönlichkeit,
zu dem, was ich bin.
Auf dich kann ich nicht verzichten –
will niemals darauf verzichten –
Mein eigenes Ich.

Sandra Nissen * 1972

## *An die Nacht*

Alle Wärme ist vergangen mit dem Tod
der Sonnenglut
Weite Tücher schwarzer Fülle legen sich
mit stetig Mut
Über alles einstig Regen dieser
Sommerwelten dar
Und begraben alles Leben, alles Fühlen -
wunderbar.
Alle Reize sind vergangen, alle Blätter sind
verdorrt,
Alles Leiden liegt im Dunkeln, alle
Schmerzen ziehen fort
Auf den schallend Lebensfeldern - ihrer
einstig Farbenpracht
Fließen nur noch unsre Schatten -
unbedeutend, leise, sacht
Und am blauentsaugten Himmel schön
und unerreichbar fern
Glitzert mit kristallner Kälte dieser
unerreichte Stern.

Till Nitschmann * 1983

## *Wer ist's*

Wer ist's, der dich in seinen Armen wiegt?
Wer ist's, der immer zu dir steht,
Der dich erwartet in schwerer Zeit,
Wenn dich und die Welt nichts mehr'eint?

Ist es der Eine, der dich liebt,
Der, der dir jeden Fehler vergibt,
Der auf dich wartet in finst'rer Nacht
Und auch im Schlafe über dich wacht?

Oh nein, das alleine kann es nicht sein,
Das wäre doch viel zu allgemein!
Nein, nein, es ist der ,der schon viel früher
der war,
Als noch alles für dich wunderbar...

Es ist dein Vater, der dich beschützt,
Deine Missgeschicke nicht gegen dich
nützt,
Unverzichtbar in der Welt ist nur der,
Der dich schützt mit Schwert und Speer.

Dein Vater und deine Familie müssen's
sein,
Die dich niemals lassen allein'.

Verena Nold * 1991

## *Freude*

Freude, Licht von Gott,
Geschenk für den Menschen.

Freude scheint voraus,
kehrt ein ins lautere Herz.
Sie wirkt weit,
teilt ihren Reichtum,
gewinnt und kommt zurück.

Freude verschönt den Tag.
Sie beglückt und überrascht,
offenbart und stärkt.

Freude lebt mit uns!

Martha Nöltner

## *Heimat*

Gehalten und getragen werden,
sich treiben lassen
wie eine Nussschale im Meer,
geborgen und geschützt,
solange bis Deine Beine
Dich tragen,
den eigenen Weg wagen
ins Ungewisse, beschützt.

Rita Nowak-Keller * 1957

## *Das Unverzichtbare*

Unverzichtbar ist das Trinken,
in Afrika trinken manche Menschen aus
Pfützen, die stinken.
Unverzichtbar ist das Essen,
in der dritten Welt haben Menschen und
Tiere nicht genug zu fressen!
Unverzichtbar ist Gesundheit,
dafür sorgen Kassen und Ärzte in ihrer
Buntheit.
Was aber nützt das alles schon
in einer Zeit voll Spott und Hohn?
Die Liebe prägt unseren Lebenslauf
und hört mit etwas Glück nie auf.
Hast du den Partner erst gefunden
verdoppeln sich für dich die Stunden,
du kannst berichten und erzählen
und mit dem Du den Weg erwählen.
Freude und Schmerz lassen sich teilen,
Probleme gemeinsam und gründlich
ausfeilen.
Wer ohne Liebe leben muss –
ihr Zeichen für alle ist der Kuss –
dem ist in seinem Erdenleben
ein schweres Schicksal aufgegeben.

Hans-Eberhard Nuhn * 1934

## *Das Unverzichtbare*

Umleben zu können, muss Trinken und
Essen sein,
aber man weiß schon lange, wir leben nicht
vom Brot allein,
früher nannte man's Gott, das lebendige
unsichtbare,
Liebe bringende und Freiheit, die wahre.
Für uns schließt sich oft beides einander
aus,
viel zu eng und zu klein ist unser Haus.
Die Wünsche zu groß, die Welt zu weit,
Verwirrung und Mühsal haben uns
entzweit.
Ohne Liebe kein Leben, kein Glück,
ohne Freiheit wirft's uns zurück
zu Unterdrückung, Missmut, Verlogenheit.
Was steht mir zu, was den andern, gib uns
Weisheit,
den Weg zu finden durch dieses Labyrinth,
allein sind wir so unwissend und blind.
Liebe und Freiheit müssen wir vereinen,
so schwierig es ist, unverzichtbar gibt es
keinen
andern Weg, sinnvoll zu leben,
als Liebe und Freiheit zu erstreben.

Ilse Obenland * 1930

## *Das Unverzichtbare*

Seitdem ich nun wohne an diesem Ort
Ist es meine Pflicht, wie für Jedermann
Wir blicken nicht nach hier sondern dort
Vorm ersten Augenblick, von Anfang an

Es ist die Schönheit, die uns zwingt
Zu schauen in die blaue Welle
Es ist das Glück, dass uns winkt
Halten wir inne an jener Stelle

So sah ich einst einen alten Herrn
Sich abwenden genau an diesem Ort
Am Tag darauf gab's ihn nicht mehr
Und die Fluten strahlten grausam dort

Uns sollte das eine Lehre sein
Und wie wir unsere Blicke richten
Ob jung, ob alt, ob groß ob klein
Du wirst keinen Abtrünnigen sichten

Und nennt man es nur Aberglaube
Es ist die unverzichtbare Pflicht
So sei es! Und nun bitte schaue
Höre auf dieses kleine Gedicht!

Svea Viktoria Oberg * 1985

Geizt die Weisheit mit dem Worte
oder hören wir sie nicht?
Stellen wir uns nicht
dem Reiz der Wahrheit?

Lauschen wir zu wenig
auf den Rat des Lebens
zu verzichten,
sich dem Wohle aller zu verpflichten
und die Welt nicht zu vergiften
mit der größten Lüge überhaupt,
dass das Elend uns nicht braucht?

Welcher Wert hat Bestand
in einer Welt, die
die Wahrheit gern verbannt?

Die Eitelkeit trägt viele Namen.
Verzichtet nicht, noch fürchtet sie
die Hochmut und die Gier.
Mit Macht verprügelt sie
die Wahrheit und lässt uns glauben
sie sei des Lebens Elixier.

Susann Obler

## *Augen*

Warum Augen,
immer wieder Augen,
in erster Linie Augen,
vor allen Dingen
Augen,
nicht so sehr,
wenn auch, Mund, Nase,
Ohren, Haare, Stimme, ja,
nein, Augen,
lasst mich glauben,
ich seh', was ich seh',
bewegt euch,
lasst mich auf den Grund
hinuntertasten,
Augen,
spielt euer Spiel,
vielleicht ist es das:
die Lust am Spiel,
Spiel in der Lust,
Augenblicke des Lebens.

Erika Oczipka

## *Unentbehrlich*

Die stützende Hand
beim ersten Schritt,
der Kuß zur „Guten Nacht",
ein Partner für den weiten Weg,
ein Mensch
der gerne lacht.

Ein Steuermann
der hält den Kurs,
wenn hoch die Wogen schlagen,
ein waches Auge bei Gefahr,
ein Licht
an dunklen Tagen.

Ein Freund zur Seite
in einsamen Stunden,
ein Helfer in der Not,
ein offenes Ohr zu jeder Zeit,
den Hungernden
ihr täglich Brot.

Christina Oelze

## *Wertvolle Schätze*

So mancher leidet an enormem
Übergewicht,
Sorgen um die Gesundheit kennt man
nicht.
Andere an Aids und Hunger leiden.
Lässt sich die Qual denn nicht vermeiden?

Dort, wo herrscht brutaler Krieg,
Starke und Mutige kämpfen um den Sieg.
Hat Krieg Verzweiflung, Verderben, Tod
gebracht:
Wer hat dabei an die Menschen gedacht?

Reichtum und Geld braucht man nicht
zum Glück,
durch gute Freunde dagegen ist man dem
näher ein Stück.
Sie helfen in jeder Not, bemühen sich sehr,
so dass wir bangen müssen nie mehr.

Auf der wunderbaren Welt wächst auch
Liebe,
die schöne Blume setzt ihre Triebe
auch in Herzen, die sie meiden,
aber unter großer Sehnsucht leiden.

Linda Oesterle

## *Zwei Worte nur*

Du meidest die Worte ...?
Sie fehlen.
Im Innern glimmen sie nicht einmal.
Dort paart sich
die Bosheit mit Streben.
Kein Gewissen – du fürchtest die Qual.

Verleumden, Betrügen
beschwingt dich.
Es ätzte dein lachendes Gesicht. –
Nun folgen
Gelächter, Spötter – dir,
du wirst verletzbarer Schritt um Schritt. –

Zwei Worte, die ansteh'n,
verdrießen.
Sind dir unbequem – nicht einerlei.
Doch taktisch
die Umkehr beschließen? –
Unabwendbar gilt „Bitte, verzeih".

Mathilde Offermann * 1924

## *Stille*

Kalter Hauch ist der Atem der Nacht.
Die Dunkelheit der Mantel der Erinnerung.
Beängstigende Geräusche nähren die
Vermutung.
Tatsache macht angst.
Angst wird Gewissheit.
Gedanken werden zu Bildern.
Vergegenwärtigen sich.
Werden zu Silhouetten transportierter
Ängste.
Existenzängste.
War da nicht etwas?
Etwas Bedrohliches?
Fantasiegeschwängertes Mondlicht.
Befruchtete Gedankenwelt.
Unheil verheißende Stille.
Nerven zermarternde Stille.
Stille des Vergessens.
Friedhof.

Franz Ols * 1968

## *Stille Momente*

Liebe ist das Einzige, für das wir Menschen
sterben würden –
größer als die Macht durch Sklaven scheint
sie für uns zu sein.
Hass will Seele fressen und Gedanken fest
umwürgen –
egal, denn jegliches Gefühl schreit innerlich
nur Nein.

Ruhe, ist es Schweigen, das ich hörte?
Stille, war es Schall, der mich zerstörte?
In den Worten hört ich Schritte –
in unserem Atem fühlt ich Tritte.
Kann ich Chaos ergreifen mit Händen,
wenn Nägel zerspringen an steinigen
Wänden?

Wirst du lebendig sein, mit Lieb' mich
streicheln –
wenn mein Herz dir nah sein will,
meine Augen die deine doch nicht
erreichen –
und aus einem Kuss wird alles –
still.

Matthias Olschewski * 1985

## *Großvaters Dorf*

Noch dieser Hügel und der Blick wird frei,
Auf die ersten Zeichen einer Stadt,
Die vielen andren Städten eins voraus,
Nämlich zwei Namen hat.

An die Straße schmiegen sich dichte
Häuserreihen
und verleihen, donauschwäbisch schlichten
Flair,
Hier ist nichts, das nach großer Welt
ausschaut,
Doch die Erde duftet heimlich und
vertraut.

Schnell verbreitet sich im Ort die Kunde,
Von Fremden, deren Namen nach fernen
Zeiten klingen.
Alles scheint hier bescheiden, nicht groß
und laut,
Doch die Erde, sie duftet, unbekannt
vertraut.

Andreas Ottmayer * 1982

## *Das Unverzichtbare*

Für manchen unverzichtbar ist
Zu wissen, wann man glücklich ist

„Das was du hast, das du auch bist"?
Was wirklich unverzichtbar ist
Das fragen wir uns Tag für Tag
Ob unser Wunsch sich bald erfüllen mag?

Doch ist es Schönheit, Luxus, Geld
Ist's das, was uns am Leben hält?
Wasser, Erde, Luft und Licht
Liebe, Freundschaft, Zuversicht?

Die Musik, die Kunst, die Poesie?
Darauf verzichten könnt ich nie!

Was immer Glück für jeden ist
Ganz klar, was unverzichtbar ist

Was man nicht kaufen kann für Geld
Was niemand in den Händen hält

Was jeder braucht, kaum einer hat
Wir messen's mit dem Zifferblatt

Was nützen uns denn all die Gaben
Wenn wir für's Glück die Zeit nicht haben!

Heike Otto * 1974

## *Das Unverzichtbare*

Deine Arme umschließen mich
Sanft
Fest
Ein packender Griff
Will mich befreien
Und schaffe es nicht
Deine Fäden spinnen unaufhörlich ein
Lockend
Fordernd
Da, eine rettende Hand!
Wirbel immer schneller
Dein Kokon hält mich gefangen
Versperrt die Sicht
Schwach vor bittersüßem Taumel
Verfluche dich
Du beflügelst Phantasie
Ich brauche dich
Lässt mich nicht ziehen
Raubst Verstand –
Für immer Dein

Miriam Otto * 1985

## *träume*

Ich werd dich nie wieder sehn.

Und noch weniger werd ich einiges an dir
nie verstehn.
Ich würd dich so gern sehn.
Und wissen wie's dir geht.
Ob deine welt noch steht,
ob wohl alles noch so passt

und ob dich der trainerjob wohl noch
immer so schafft?

Ich vermiss dich so sehr.

Und unsere gemeinsamen zeiten noch
mehr.
So gern wär ich wieder mit dir zusammen.
Doch die zeit mit dir ist viel zu schnell
vergangen.
Für dich würd ich noch immer alles tun.

Ohne dich nicht gesehn zu haben kann ich
nicht schlafen.
Hab angst dich im traum zu sehn.
Müsst nur am morgen darauf feststellen:
das kann leider nicht gehn.

Träume.

Katja Pachler * 1987

## *... was wirklich unverzichtbar ist*

Ohne Liebe kann niemand leben,
doch wer hat endlos wahre Liebe zu
vergeben?

Ohne Höflichkeit sind wir so arm,
doch wer sagt noch „Bitte“ und „Danke“
mit Charme?

Ohne Lügen tut die Wahrheit weh,
doch wer sagt ehrlich: „Ich gesteh!“?

Ohne Verzeihen würde ein Sturm alles
verwehen,
doch wer will immer nur in Wind und
Schatten stehen?

Ohne Hass weiß man nicht, was Liebe ist,
doch wer hat wirklich den Hass vermisst?

Ohne Hoffnung fühlt sich die Seele leer,
doch wie oft ist auch das Hoffen schwer?

Ohne Sonne fehlt die Wärme auf der Haut,
doch wie oft hat man der kühlen Nacht
vertraut?

Ohne Sterne fällt das Träumen nicht leicht,
doch wie oft hat man den Himmel erreicht?

Ohne Gefühle schweigt das Herz,
doch wie oft ertrinkt man im Schmerz?

Nur was wirklich unverzichtbar ist,
wär wenn, Du gar nicht erst geboren bist!

Ricarda Paech * 1975

## *Sisyphos heute*

Drittes Semester Literaturwissenschaften
Germanistikseminar
Hans-Peter Duerr „Traumzeit“

Siebtes Semester Literaturwissenschaften
Philosophievorlesung
Ernst Bloch „Das Prinzip Hoffnung“

Letztes Semester Literaturwissenschaften
Kant-Seminar
„Was darf ich hoffen?“

Sehr geehrte Damen und Herren
Zum ersten, zum zweiten, zum x-ten
Ende der Traumzeit

Weiter und weiter den Felsblock gerollt
Erste Zweifel an Camus
War Sisyphos wirklich glücklich?

„Hartz-Reise“, Station IV
Prinzip Hoffnung
Vorerst gescheitert?

Martina Paggel

## *Unvrzichtbar*

H, Ihr Lut, h,
was wärn wir ohn das „“?
Kam für di Sprach di Wnd?
Gab s in Missvrsthn ohn nd?
Hätt das Gdicht noch inn Rim?
Hätt jdr Buchstab in trauts Him?
Gab s übrhaupt in phontischs Lbn?
Wohin würd di Aussprach strbn?
Uns fhltn zwar sichr nicht di Wort,
dn Konsonantn abr bstimmt di skort.
Darum Ihr Lut, wnn ich s sh,
fru ich mich immr übr das „“.

Roland Papenfuß * 1957

## *Die Lebensluft*

Ich muss atmen, will die Freiheit, ich
brauch Luft,
zwischen engen Räumen und Natur, eine
weite Kluft.
Wohlbehütet in Gewölben, nein, das muss
nicht sein,
in der vielgepriesnen Enge, könnt ich
niemals glücklich sein.

Zaust der Wind zart durch mein Haar,
eine sanfte Brise lässt fürwahr,
staksend, wie auf hohen Stelzen,
die Gefühle eng verschmelzen.

Warm die Sonnenstrahlen auf der Haut,
mein Blick verzückend in die Ferne schaut.
Bis zum Regenbogen möcht ich fliegen
gern,
verträumt, verliebt, bis hin zum
Abendstern.

Und wenn die Schattenfetzen durch die
Lande ziehen,
die letzten Sonnenstrahlen schweigsam
fliehen,
sodann, der Nebel hüllt das Land in
Schweigen,
wirre Geister tanzen ihren schemenhaften
Reigen,
die feuchte Kälte lässt mich fröstelnd
beben,
dann spüre ich, ich brauche dies zum
Leben.
Ich sehne mich danach, ich brauche diesen
Duft
der wechselnden Natur, die grenzenlose
Lebensluft.

Brigitte Parr * 1947

## *Das In*

Mit, ohne, in und da
Sag nichts so je,
Bleib mir zu nah
Und geh und geh.

Nicht wie, nur sie
Nicht ja, nicht nein
Schon wie nur die,
Die hier nur nie.
Abzüglich in,
Kein was und weh,
Zu nah, zu hin.
Flieh nie und geh.

André Patten

## *Das Unverzichtbare*

Gefangen in einem Spinnennetz
und Gedanken hierin verweben läßt,
auf der Suche nach Unverzichtbarkeit,
nach Dingen die liegen viel zu weit.

Erreiche die Verzichtbarkeit
und Gedanken werden wieder frei.

Jetzt gelöst aus diesem Spinnennetz
und der Freiheit nicht mehr berauben läßt,

wird aus „Unverzichtbar" Verzichtbar werden
und endlich die ersehnte Ruhe einkehren.

Hildegard Paulussen * 1944

## *Oma – ich möcht' Dich vergleichen*

Du bist wie der Morgen
Dämmerung, die das Erwachen zeigt
Tau vertreibt der Pflanzen Sorgen
sich der Tag gen Mittag neigt

Du bist wie der Mittag
duftende Genüsse die Nase streicheln

köstliche Speise, die auf dem Teller lag
der Abend wird Dir schmeicheln

Du bist wie der Abend
sanfte Ruhe kehrt ein in die Hektik
wir immer noch von Deiner Liebe labend
auf die Nacht geht unser Blick

Du bist wie die Nacht
Du siehst zurück, was alles auf dem Wege lag
früher uns so liebevoll ins Bett gebracht
das Rad der Zeit, ein ganzer Tag

Du bist wie der Tag
So ewig und doch so vollkommen
Ich möcht' Dir endlich zeigen, wie sehr ich Dich mag
Denn ich hab bis jetzt fast nur genommen

Andreas Penther * 1973

Gebe mir Dein Herz, und ich zeige Dir die Ewigkeit
Gebe mir Deine Liebe, und ich zeige Dir die Sinnlichkeit
Gebe mir Deine Treue, und ich zeige Dir die Ehrlichkeit
Gebe mir Deinen Körper, und ich zeige Dir die Vollkommenheit
Gebe mir Deine Hand, und ich zeige Dir die Welt

Im Winter, als ich fror, warst Du mein Heizkörper
In Hoffnungslosigkeit meine Kraft
In Sinnlosigkeit mein Sinn
In Lieblosigkeit meine Geborgenheit
Im Dunklen mein Licht
Nun widme ich Dir mein Gedicht

Ay Perihan * 1976

## *Schweigend schweben*

Nebelschwaden schweigend schweben,
Düsternis zieht durchs Gemüt.
Was will ich denn noch im Leben,
wenn die Liebe längst verblüht.

Suchend bin ich nicht gegangen,
als ich sie gefunden hab.
Nahm mich ganz für sich gefangen,
dass ich keinen and'ren mag.

Dich hab ich nicht und krieg ich nicht,
und weiß es wohl, Dich gibt es nicht.
Du Traumgespinst in blassem Licht,
schaust traurig in mein Angesicht.

Wollt' zu mir sich nicht bekennen,
lag schon viel zu lang im Grab.
Konnt' von vielem sich nicht trennen,
Lieb' stand gegen Gut und Hab.

Nun steh' ich da, wie ich gekommen,
niemand nimmt mich an der Hand.
Zeit unendlich ist verronnen,
doch - Frühsonne scheint auf das Land.

Dietlinde Peter * 1951

## *Mehr Mensch*

Wer mehr Mensch wird
In der Geburt
Eines Kindes
Und einer Mutter
Die Mutter
Oder das Kind
Wer das weiß
Weiß mehr
Wer weniger weiß
Hält Kreißsäle für
Rund und
Verzichtbar

Christina Peter-Brutscher * 1974

## *Das Unverzichtbare*

Lieber Bruder,
nun ist es ein Jahr her, dass ich Afrika und
euch verließ,
meistens fühl ich mich in Deutschland gut,
selten mies.

Du fehlst mir so, und unsere Schwester,
hoffe Mama geht's im Himmel besser.

Ich kann jetzt besser schreiben und auch
lesen,
und in diesem Land gibt es soviel zu essen!

Wasser gibt es auch, hier bekommt man
aber davon keinen Bauch.

Die spülen hier sogar damit den Müll, ob
Gott das will?

Autos fahren hier: rote, grüne und ganz
neue, weißt du, welche ich meine?

Sie glänzen so schön in der Sonne, nur
komisch, alle fahren hier meist alleine.

Arbeit hat hier fast jeder,
und wenn nicht, bekommt trotzdem Geld
er.

Obwohl hier alle soviel Glück haben,
sind trotzdem viele krank, warum, kann ich
dir nicht sagen.

Ihre Stimmung ist nicht so gut, sie
schimpfen und klagen,
aber hier gibt's Medikamente, da muss man
nur fragen.

So, lieber Bruder, ich muss jetzt zur Schule
gehen,
damit ich ganz viel lerne, dann werd ich
euch helfen können.

Sonja Petersen

## *unverzichtbar …*

„…und doch ist einer der alles unendlich
sanft in seinen Haenden haelt …"
lyrisiert Rilke, zieht kosmische Kreise auf
seine Weise, die ich liebe
„Soll das ein Trost sein? ..." wettert
Kaestner „…So war es nicht
gemeint!"
den ich achte fuer das, was er sagte als
Massen schwiegen –meine
Schulbuecher auch

Schwarze Masse, schwarze Energie,
hauptsaechlich …
Schweigen nur!! Kynisiert oder zynisiert
Phoenix sloterdijk-like die weiss was
nix ist
wenn trotz Schulbuchkultur Buecher
brennen als keine Hand
dahinter stand, unendlich sanft –
veraechtlich nur
fuer Worte, Autoren, die gesamte
verdammte Literatur

Jedoch, oder noch, kann Literatur
bekennen. Dahinter steht nichts.

Brecht hatte Courage, Nichtsbares,
Unverzichtbares beim Namen zu nennen
Das Wort, wenn Schweigen Flammen naehrt
Buecher verzehrt, dann Menschen

Natalia Ginzburg in kapputten Schuhen
konnte auf Loechern rennen
Fuer das Wort das aufbegehrt ganz leise,
unendlich sanft
auch ohne Hand die dahinter stand
das Wort, zu beschreiben das Schweigen
das schreit
aus verbranntem, verbanntem Papier, aus
leeren Graebern
aus schwarzer Masse, Energie im All – vor,
dann nach dem Knall …

peti * 1940

## *Das Unverzichtbare*

Das Unverzichtbare
Ist reine Menschenliebe
Niemals darfst du zweifeln
Immer mit Mut ergreifen
Was in die Welt sich stellen will

Kein Augenblick
Ist vergebens
Kein Moment vertan
Wenn du dich
Dem Menschsein näherst

Wenn du
Den Weg gehst zum Licht

Renate Petry * 1955

## *Meine Heimat*

Roter Mohn in gold'nem Getreide
leuchtend in der Abendsonne Schein
und dann,
wenn die Kühle zieht über die Heide
hängt ein wärmerer Hauch
noch über dem Hain.

Es werden die Gänge von Nagern sein
gleich fremden Runen
ins Heidegras gegraben
neben denen,
schweigend im Mondenschein,
der gefallene Baum liegt,
auf dem die Amseln klagen.

Gebreitet auf Samt
ein silbern' Geschmeide,
so schimmern die Sterne in dieser Nacht
und jenes Gefühl, in das ich mich kleide,
ist was das Stück Land
zur Heimat mir macht.

Ein Baum in dem Streben hoch hinauf
kennt nie das Stück Himmel,
dass er gewinnt
doch den Boden, den kennt er
und im Zeitenlauf
vergißt er nie die Wurzeln,
und was in ihm rinnt.

Benjamin Tobias Peylo

## *Somaya – Sonne am Firmament – Young-Girl auf Erden*

Schwarz-braun gelocktes Haar –
Szintillierender Glanz – Deiner Augen –
deren Blicke verzaubernd bannen –
Traumphasen nährend –

Blutrote Lippen – voller Liebreiz:
„Ein einziger Kuß …"
Strahlend – gleich – der Sonne
am Firmament –

Dein Gesicht – Aura – Dein Sein:
„Unverzichtbar im Leben" –
Faszination des Ganzen …
Spiegelbild jener Welt –
wandelnder Zeiten –

Schön, Dich zu sehen –
„Danke, daß es Dich gibt!"

Joffrey de Peyrac

## *Für meine Liebe*

Du bist für mich ein Teil von mir,
in meinen Segeln weht dein Wind,
so unverzichtbar, sag ich dir,
bist du, seit wir zusammen sind.

Die große Welt schlägt wie ein Herz,
das nur für unsre Sinne schlägt,
und uns entfernt von jedem Schmerz,
zu paradiesisch schönen Orten trägt.
Das Paradies schwebt weder oben
noch liegt es unten auf der Erden.
Man findet's erst im Himmel droben,
wenn wir zusammen dort sein werden.

Kein Bild wird gänzlich dich erfassen,
kein Wort dein Wesen wahr beschreiben.
Ich könnte niemals von dir lassen,
noch kann ein Sturm mich von dir treiben.

Die wahren Träume von den Göttern,
wurden Wirklichkeit für mich.
Geschrieben steht in goldnen Lettern,
der eine Satz: Ich liebe dich!

Enrico Pfau * 1987

## *Nicht ohne Dich*

Warme, weiche Watte um mein Herz,
Mein Geliebter, du tötest meinen Schmerz.

Weiche, warme Watte in meinem Hirn,
Zuckersüßer Nebel hinter meiner Stirn.

Es ist alles anders, ich kann es fühl'n,
Ich schwebe in der Dämmerung –

Ich schwebe,
Ich gleite,
In einem Meer des Vertrauens.

Niemals werden sie mich strafen,
Mit ihrem Verleugnen der Lust und Liebe.

Warme, weiche Watte um mein Herz,
Mein Geliebter, du tötest meinen Schmerz.

Ich bin hier – ganz allein,
Doch deine Liebe hüllt mich ein.

Du gibst mir Geborgenheit,
In dieser Wärme finde ich Unendlichkeit.

Jetzt ist alles anders – es ist vorbei,

Nehm mich in die Arme,
und dann gehen – wir zwei …

Sophia Phanes

## *Glück*

Es ist kein Geld,
das mir gefällt.
Es ist keine Ehre,
die ich begehre.
– Es ist das Glück,
das mein Leben schmückt.
Das mich reicher als die Reichen macht,
und über meine Schatten lacht.

Daniel Philipp * 1983

## *Wer sagt?*

Welch wärmende Kühle zieht durch die
kalte, dunkle Nacht?
Welch unmissverständliches Wesen streift
vor den erloschenen Laternen umher?
Ist es ein Geist, der seinen Stern zu finden
versucht?
Ein Geist, eine Seele nimmer zu ruht?

Wer sagt uns, dass die Nacht dunkel sei?
Wer behauptet, dass es im Winter schneit?

Wer befiehlt des Dolches Wunde zu
schmerzen?

Soll ich es euch sagen?
Das Flüstern im Auge verspricht uns
Schwarz
Das Knirschen des Eises, schneesein
vermag
Das Rauschen des Blutes mimt das Lied des
Schmerzes
So wisst ihr es nun, was verantwortlich ist
vergiss nicht daran zu denken, wenn der
Streifzug Dich trifft,
vergiss nicht die Seele, die Dich dann frisst.

Philippa * 1983

## *Das Unverzichtbare*

Das Unverzichtbare ist heute,
für so manche Leute, aus dem
Leben nicht mehr weg zu denken.
Manche lassen sich die Technik schenken.

Computer oder Handy sind heute
ganz schön trendy und unverzichtbar
obendrein, dass muss wohl in dieser
Zeit so sein.

E-Mail, SMS und Fax macht so manchen
Menschen Spaß. Auch das chatten,
last euch sagen, muss der Mensch
heute ertragen.

Ob Fluch, ob Segen das unverzichtbare
ist eben, Alltags bestimmend in jeder
Lage. Aber oft auch eine Plage.

Peter Pichler * 1968

Oh große Not,
ist denn der Tod
nicht das Verderben,
vor dem erstmals gilt, zu sterben?
Ich will vergehen
im Licht der Sterne
und eine feurige Laterne
beleuchte mein bleiches Angesicht,
bevor es verschwindet unter der erdenen
Schicht,
wo es dann nie mehr zu sehen!

Ich möchte einen Berg,
der mächtig überrage
die blutrote Mauer
vor dem Ende meiner Stunden.
Denn ich bin ein Zwerg,
nicht zum Schwinden in der Lage.
Und wenn ich oben stehe mit samtigem
Schauer,
ist sie gleich überwunden.

Marina Pilhöfer * 1989

## *unverzichtbar*

unverzichtbar
ist der Tropfen,
der die Pfütze
und das Rinnsal nährt.

unverzichtbar
ist der Bach,
der den Fluß
zum Strom vermehrt.

unverzichtbar
jede Quelle,
die den Teich
zum See auffüllt.

unverzichtbar
alle Meere,
aus deren Tropfen
Leben quillt.

Manfred Pilz * 1942

## *Abschied vom Sommer 2006*

Schwimmen im Meer, ganz früh am
Morgen – den Tag beginnen, den
Kopf frei von Sorgen.

Die ersten Sonnenstrahlen beim Laufen
begrüßen,
den Sand zu spüren unter nackten
Füßen.

Im Café „SI US PLAU", das gehörte dazu,
anschließend einen Kaffee – den ganz
in Ruh'!
Über vorüberziehende Touristen gelästert,
gelacht,
was man aus Freude am Leben eben
alles so macht.

Private Probleme, Kummer und Sorgen,
kamen auch mal zur Sprache an manchem
Morgen.

Doch diese Stimmung hielt nicht lange an,
wir rannten ins Meer, der Tag
begann.

Doch nun ist der Sommer gegangen, er ist
vorbei,
nahm auch mit „unsere
Schwimmerei"!

Dafür wird es nun langsam zu kühl, Wind
und Wellen treiben ihr Spiel.

Herbststürme peitschen die Wellen vor sich
her –
kalt und stürmisch ist das Meer.

Uns bleibt Erinnerung und Hoffnung auf
das nächste Jahr,
mit einem Sommer, so schön, wie der
vergangene war.

Margarete Pinsker

## *Meine Leere*

Wenn ich die Leere in mir spüre, wie sie
innen nagt
Um das Leere noch leerer, noch öder,
Noch übermächtiger zu machen

Dann ist es normal, ganz selbstverständlich
Wie Hunger oder Durst, Angst oder
Müdigkeit

Sie ist so alt wie mein Denken, so alt wie
mein Grübeln
Jeder hat sie, oder nicht?

Der Versuch, sie zu füllen, sie anzumalen,
Einzulullen, wegzudenken, zu betäuben
Begleitet durch die Zeit, wird notwendig
wie Schlaf
Auch wenn man die Leere manchmal
vergisst

In seltenen Momenten, die ich glücklich
nenne
Wird sie von Hormonen gefüllt
Die bald wieder zerplatzen wie Seifenblasen
Oder verblassen wie Gesagtes
Ein Teil von mir – nicht zu lokalisieren –
ist leer
Und ich wünschte er könnte Ich werden

Doch was wäre, wenn? Wo und warum
Wäre ich dann?

Marille Pirat * 1981

Unverzichtbar sind zehn Dinge
um den Menschenhals als Schlinge:
Sind verbunden mit dem Leben,
manches auch des Menschen Streben.
Als da wäre trinken, essen,
pinkeln, Stuhlgang nicht vergessen.
Schlafen, dass der Leib sich stärke,
auch der Beischlaf. Man bemerke:
man kann zwar auf Sex verzichten,
doch er zählt zu Menschenpflichten.
Dazu zählt auch, sich zu kleiden,

an der Nacktheit sich nicht weiden,
zu betreiben Körperpflege;
dabei sei der Mensch nicht träge.
Wird man krank, die Krankenpflege.
Stirbt ein Mensch, dass man ihn lege
in ein Grab, der Erde Kühle;
stinkt er doch bald in Hitz und Schwüle.

Manfred Pitterna

## *Was bleibt*

Nägel in den Händen,
Dornen im Haupt.
Der Rücken gepeitscht,
Dein Stolz dir geraubt.
Kein Lumpen am Körper,
Zeit will nicht vergehen,
Verletzend, die Feinde
Triumphieren zu sehen.
Voll Hohn ihre Worte,
Der Tod ist nicht weit.
Alles genommen,
Doch der Glaube,
Der bleibt

Sandra Plagge * 1980

## *Hunger noch em Friede –*

*Alemannisch-schwäbische Mundart aus Lindau*

Krieg scho wieder – und immer no! –
Bombe glitzgend, leuchted, krachend,
grad wie d'Rakete beim Seenachtsfest.

„Er läßt es regnen
über Gerechte und Ungerechte."

Angstbündele wärmend si gegenand
verkroche im Schutt und Sand und Stahl.
Ufblosene Gosche schwätzent
vom sichere Nest us ebbs vo

„Helden und Märtyrer und Sieg."

Für d'Großkopfete 's broite Lebe,
fürs niedere Volk Breschte, Not und Tod.
Oh, Hl. St. Florian verschon de Mensch
vor em Menschefeuer.

Johanna Plähn * 1939

## *Das Unverzichtbare*

Das Unverzichtbare
Eine liebende und beschützende Hand,
die Sicherheit, Trost und Wärme vermittelt
– ein unverzichtbares Band.

Freundschaften sowie Leben im sozialen
Verband,
sie stärken den Gemeinsinn
– unverzichtbar für ein Zusammenleben
Hand in Hand.

Nächstenliebe, Treue, Toleranz,
Verantwortungsbereitschaft,
Friedenswillen, Mäßigkeit und Bewahrung
der Natur
– unverzichtbare geistig-moralische Werte,
die zu beherzigen unsere Pflicht,
ansonsten alles in sich zerbricht.

Ingeborg Planert * 1948

## *Geträumtes Leben*

Liebe zehrt der Gedanken Lust in
unendliche Ferne
Leid und Freud gehen oft nun Hand in
Hand
Doch mag die Zeit auch mal nicht
verrinnen
So rieselt er 'gen Ende – aller Zeiten Sand.

zu nutzen ist's bestimmt
und so wir alle gleich
erleben wir die Blüte
sowohl einst arm und dennoch reich.

Kristalle gähnen stumpf in unser Herz
hinab

Ein Lüftchen sucht voll Hoffnung Mehr
Warum scheint alles nur so grau?
Tropfen einer Liebe stell'n sich auf im
Heer.

der Kampf sei aufgenommen
die Zeit – ob nah ob fern
doch je der Krieg wird enden?
das Leben hat er gern.

Tristan Plath * 1985

## *Ich frage: Ist es aufzuhalten?*

verzichten
so sagte ich
als du schon in meiner Herzkammer
wohntest
und das Wort sich leichtfüßig
zwischen den Lippen ankündigte
die es entließen

gefasst hervorschritt
und sich auf der Promenade
von dir nach mir
die Beine vertrat

du schienst mir doppelt verwundet
sodass ich das Wort wieder einfangen
wollte
zurückholen
neu verschließen
zwischen den Lippen
doch es hatte sich schon
in die Herzen gepflanzt
und wuchs schnell

Gabriele Ploß * 1962

## *Zur Hochzeit eines Paares, das sich in Florenz kennenlernte*

Ihr habt Italien gesehen
All das Edle und Schöne
Wo sanfte Winde durch dunkelroten
Oleander wehen
Erwecken des Arnos liebliche Töne

Aphrodites süßer Blick traf Euch bald
Und die Liebe kam wirbelnd ins Herz
So kostbar wie in der Campagna ein
Pinienwald
Ist die Liebe, die führt himmelwärts

Nur die Liebe durchdringt alle Mauern
Lässt Harfen und Halme erschauern
Holt Schätze aus ihrem Versteck
Fegt über Wälder und Sonnen hinweg
So finden an Euren hochzeitlichen Locken
Wir heut' viel Vergnügen und Freud'
Und wollen durch unser Frohlocken
Wünschen, dass Eure Zukunft gedeiht

Trinkt mit Lachen und Küssen die Weine
Und füllt auch die Gläser mit Pflicht
Verlasst nie die toskanischen Haine
Eurer Liebe gebt ew'ges Gewicht

Vera Podlich * 1951

## *Berühre mich*

Berühre mich,
lass Deine Lippen über meine Wangen
gleiten
und fühl den Schauer auf des Halses Haut.
Dein Blick, Dein Kuss und Deine Hand
wird mich geleiten,
ein Glück zu spüren, das uns beiden nur
vertraut.
Berühre mich.

Berühre mich,
lass meine Lippen Deinem Mund die
Antwort geben,
ein Hauch, ein Kuss, das Feuer ist entfacht;
ein Schmerz, Erfüllung und ein Taumeln,
Schweben,
Hinsinken in die Tiefe einer samt'nen
Nacht.
Berühre mich.

Berühre mich,

lass mich Geborgenheit in Deinen Armen
spüren
und lauschen Deiner Stimme dunklem
Klang.
Dein Weg ist stets der meine und ich lass
mich führen
von Deiner Hand, wohin Du willst, ein
Leben lang.
Berühre mich.

Ellen-Jutta Poller

## *Das Unverzichtbare*

„Was ist es, das Unverzichtbare?"
Fragst Du mich.
Ich antworte Dir:
„Im Unverz Ich tbaren steht das Ich.
Ohne Ich existiert Kein Du.
Quälendes Gefühl,
Dir hört niemand zu.
Mit jedem aufmerksamen Zuhören
werden die unverzichtbaren Künste
erneut geboren.
Das gegenseitige Zuhören ist
unverzichtbar,
bringt es Menschen, sogar ganze Völker
einander nah!
Alle Sinne mußt Du teilen.
Nur D Ein Ich einzigartig im Sein,
jedoch einsam und allein,
wird D Ich gewaltsam entzweien."

Rosalie Popkorn * 1971

## *Unentbehrliches*

Wie ein Fest ohne Gäste, wie ein Tag ohne
Licht;
wie ein Baum ohne Äste, wie ein Blick
ohne Sicht.

Wie Siegfried ohne Drachen, wie Ebbe
ohne Flut;
wie ein Clown ohne Lachen, wie Feuer ohne
Glut.

Wie Pflanzen ohne Triebe, wie Rosen ohne
Duft;
wie die Welt ohne Liebe, wie atmen ohne
Luft.

Wie ein Auto ohne Räder, wie ein Bier
ohne Schaum;
wie ein Vogel ohne Feder, wie ein Wald
ohne Baum.

Wie Berge ohne Täler, wie ein Mensch
ohne Herz;
wie Parteien ohne Wähler, wie ein Jahr
ohne März.

Wie ein Weinstock ohne Reben, wie die
Sonne ohne Schein:
So würde das Leben ohne Kinder sein!

Birgit Postulart * 1964

## *Das Unverzichtbare*

der könig sagt meine krone das
volk schreit nach brot der tyrann
hält fest an der macht die waffen
händler können nie ohne kriege
sein andere brauchen die waffen
spricht das leben sagt es wasser
spricht das tier sagt es zu trinken
der geizige sagt das geld spricht
der kranke sagt er der arzt fragt
man den arzt sind es patienten
spricht mein auge sagt es mein
sehen spricht der priester will er
die seele die seele schweigt sie
verlangt keinen besitz sie ist so
bedingungslos wie die liebe ist
alles ist verzichtbar zuallerletzt
das leben selbst es gibt nicht

Das Unverzichtbare

Renate Potjan

als junger Mensch verkannt
kein Sinn kein Verstand

viel gelebt und nichts erlebt
den Horizont gewendet und nicht
widerstrebt

sich einfach hineinbegeben in das
Abenteuer
vor allem mit Angst, es war nicht geheuer

erlebt, dass sie auch ihre schönen Seiten
haben kann
vor allem, wenn man sie lässt an sich heran

es gibt viele Herausforderungen, denen
man hier begegnet,
deren Ende offen und meistens nicht von
Erfolg gesegnet

doch eines ist mir jetzt wahrlich klar

Familie, das ist unverzichtbar

Mirco Preuß * 1969

## *Es bereichert, ja es stört*

Fotos, CDs, Liebesbriefe
geschenkt, von damals, längst vorbei,
scheinbar wichtig, unverzichtbar.
Beim Stöbern, Blättern, Lesen
öffnet sich – ich wollt' es nicht –
ein Hinzerzimmer meines Ich.

Verpackungsmüll großer Gefühle
treibt am Rande meines Jetzt,
lässt für Neues keinen Raum.

Erinn'rung fordert umbarmherzig
Zeit und Platz, Regal und Schachtel,
ich sichte, wäge: ist es lästig?

Im Versuch, mich zu befreien
kann ich's nicht lassen, diesmal
pack ich's nochmal wieder ein!

Brigitte Probst * 1949

## *Gedanken*

unverzichtbar – unantastbar
Gedanken
die dir Freiheit geben,
Gedanken
die dir Fesseln anlegen;
ein Balanceakt im Leben
unverzichtbares Gedankengut –
lebensbegleitend.

Herma Pröbster-Göss * 1944

## *Worte*

Gefesselt an Worte
Seziert vom Grammatikskalpell
Gebunden mit den Stricken der Sprache
Gehe ich zum Galgen
Der öffentlichen Meinung
Um mich auszuliefern
Den wohlfeilen Henkern
Der Parteiungen

Bleib nur standhaft, mein Herz!
Bevor mich das System verschlingt
Sing ich den Hymnos
Vom aufrechten Gang des
Eros!

Norbert Prostka * 1958

Ja wir lieben das Leben,
wir leben die Liebe,
wir wehren uns gegen Dummheit,
Ignoranz und sinnlose Kriege.
In uns lebt die Hoffnung und die
Zuversicht,
wir brauchen keine glorreichen Siege.
Es lebe die Liebe,
denn ohne Gefühle geht es nicht.
Sie sollen leben die Kinder in dieser Welt,
in ihnen liegt unsere Zukunft,

denn sie sind erfüllt von Liebe,
völlig frei von Macht und Geld.
Möge uns die Vernunft ins Morgen
begleiten,
voller Hingabe und Barmherzigkeit,
der Zukunft den Weg bereiten,
mit unserer Liebe,
völlig ohne Hass und Streit.

Harry Prüfert * 1956

## *Unverzichtbar*

Unverwüstlich, unverzichtbar,
für jeden, den ich treffe, sichtbar
und ein Teil von meinem Glücke
ist eines meiner besten Stücke.
Ob in der Kirche, ob zu Hause,
auf der Straße, in der Klause,
im Theater, im Büro,
verzichtbar scheint's mir nirgendwo.
Sei's bei Kälte, sei's bei Hitze,
ob ich gehe, ob ich sitze,
sei's beim Wandern, sei's beim Sport,
scheint mir nie der rechte Ort,
mich von diesem Ding zu trennen,
mag man mich auch „Spießer" nennen.
Geh'n andere oben unverpackt:
I c h fühlte s o mich einfach nackt.
Wenn ich das Stück dann um mich
schlinge,
ist's mir das wichtigste der Dinge.
Und das bewirkt: ich kann mitnichten
auf meinen r o t e n S c h l i p s
verzichten.

Sigismund von Rabenau * 1930

## *Die unverzichtbare Genügsamkeit*

Ach schöne heitre Urlaubstage –
behindert sonnig durch die Welt!
Schon ihr, wird nun die Hierzeit Plage.
Noch bleibt mir gut, was sich gesellt.

Zu allem so ein schönes Mädchen!
Wie klein: Du Tochter, lieber Spatz.
Kann ich nicht laufen, wirst du Rädchen
und sicherst mir den besten Platz.

Geh niemals weg! – Ich kann nicht halten.
Bis zu den pubertären Blitzen? –
Dann wirst du dich als Frau entfalten –
und ich: bleib fröhlich sitzen.

Mit der Mamá ein Gläschen trinken –
Dir in die Zukunft aufzuwinken.

Michael Rabsilber * 1953

## *Unverzichtbare Momente*

Sonnenaufgang, wenn die Welt für einen
Augenblick den Atem anhält.
Gefühle der Ohnmacht, am Krankenbett
eines geliebten Menschen.
Vogelgezwitscher, das dir den Frühling
ankündigt.
Erster Blick in das noch unvertraute
Gesicht deines neugeborenen Kindes.
Sehnsüchtige Blicke zum Telefon, doch du
weißt, dass niemand anrufen wird.
Endgültigkeit, Verlust, Trauer am Grab
der Eltern.
Vertrauen, wenn sich eine kleine
Kinderhand in die deine legt.
Weite, Unendlichkeit, die Sterne spiegeln
dein Verlangen nach Freiheit.
Geborgenheit in der Nähe des einen, den
du liebst.
Spiegel der Augen deines Gegenübers, du
siehst dich im Glanz seiner Liebe.
Abschied von der Jugend, neue Wege
öffnen sich dir.
Wehmut, dein Kind, nun kein Kind mehr,
verlässt dein Heim.
Glück, wenn du dich umdrehst und in
offene Arme flüchten kannst.
Schnee, unberührt, kalt und rein, lockend
und abweisend zugleich.
Stacheln, andere haben sie sich umgelegt
und du verletzt dich daran.

Einsam bleibst du zurück, wenn ein Freund
aus deinem Leben verschwindet.
Du, was für ein Wort, was für eine Welt,
was für ein Gefühl.
Liebe, das Einzige, wofür es sich lohnt auf
der Welt zu sein.
Unverzichtbare Momente, das
Unverzichtbare eben, dein Leben!

Ursula Raddatz * 1951

## *Stolz eines Deutschen*

Als er geboren wurde,
rein und unschuldig,
war er bereits abgestempelt,
denn er war ein Deutscher.

Als er in die Schule kam
voller Wissensdurst und Tatendrang,
erklärte man ihn mit kreideweicher Stimme
für schuldig,
denn er war ein Deutscher.
Als er erwachsen wurde,
weder Lehre noch Arbeit fand,
musste er erleben, wie man für alle Übel
dieser Welt mit seinem Geld zahlte,
denn er war ein Deutscher.

Als er die Fäden an den Marionetten sah,
begann er, dem Theater ein Ende zu setzen,
und mit der Tat wuchs auch sein Stolz,
denn er war ja ein Deutscher.

Kersten Radzimanowski

## *Liebeslied*

Ich hör ein Lied,
ein Lied in Rot.
Jede Strophe gleicht einem Gedicht.
Ein Gedicht ohne Worte;
Worte braucht es nicht.
Ich hör ein Lied, ein Lied in Rot.

Christin Raith

## *Verstand und Herz*

Du gibst mir Halt,
wie Luft dem Wald.
Hart und weich,
arm und reich.

Du bringst mir Mut,
das Licht die Glut.
Frisch und zart,
Misch die Art.

Du bist mein Teil,
die Luft im Seil.
Frech und lieb,
Pech und Sieb.

Angelika Ramsebner * 1973

## *Mein Tod*

Mein Tod und ich sind Zwillinge,
sind Teile nur von einem Ganzen.
Wir haben uns die Ewigkeit geteilt:
in diesem Leben wirke ich, in jenem er
Unsichtbar geht er neben mir,
mich mahnend, wenn ich ihn vergesse,
das Leben hier für's Ganze nehme.
Das Leben hier ist Vorbereitung
mit seiner Mühsal, seiner Plag,
mit seinen irdischen Genüssen.
Das Leben hier ist Reifezeit!
Wir sind nur hier zu lernen und zu lieben,
zu suchen was der Wahrheit dient.
Das eigentliche Leben kommt erst dann:
Das Leben der Vollendung, höchste
Seligkeit.
An der Schwelle steht mein Bruder, steht
der Tod,
mich freundlich zu empfangen,
mich hinzuleiten zu dem Einen, dem
Ursprung allen Seins.

Er ist dann ich und ich bin er,
denn beide sind wir eins und eins in Einem
dann.

Gisela Rasper * 1935

## *Herzens Sprache*

Wenn das Herz zu Dir spricht,
dann verzweifle nicht,
es sind Zeichen die zu Sehnsüchten reifen,
Sehnsüchte, die Dir haben einen Weg zu
bereiten,
folgst Du ihn, könnt es für Dich sein des
Glückes März,
folgst Du ihn nicht, schwinden Sehnsüchte
langsam in ewigem Schmerz.

Herzens Gegner ist der Verstand,
lässt Du Dich von ihm leiten, nimmst Du
zu Dir Reues Trank.
Wenn das Herz zu Dir spricht,
dann soll es sein des Verstandes Unterricht,
denn kein Wort ist stärker als Herzens
Wort,
bringt hinab die Gefühlswelt in ander' Ort!
Wenn das Herz zu Dir spricht, dann höre
hin,

denn es könnt' bringen deinem Leben Sinn;
hast zu geben ein schwerstes Urteil in
diesem Gericht
– nun hast Du's gefällt und übertrugst dem
Verstand Übergewicht!

Damian Rataj * 1985

## *Herbst*

Die Wälder du färbst
mit voller Farbenwucht,
dem Blatt seinen Herbst
die Ruh der reifen Frucht;

Füllst mit Nebelbänken
geheimnisvoll die Gräben,
dem Land sein Gedenken
der Zeit ihr sanftes Hegen;

Den Menschen bringst du Einhalt,
sie schmücken Gräber in Gedanken,

der Gewohnheit Ihren Vorbehalt,
den Träumen Ihre immergrünen Ranken;

Es braucht ihn wohl den düster'n Tag,
an dem du erntest reife Herzen,
der Erde Ihren Blättersarg,
den Seelen Ihre Schmerzen;

Ingrid Ratheiser * 1968

## *Das Verzichtbare*

Endlich die Trennung.
20 Jahre Ehe und es ging nicht gut.
Gemeinsame Kinder.
Gemeinsam ein Haus gebaut – dann die
Trennung.

Endlich der Neuanfang.
Ein paar Monate krempeln alles um.
Eine neue Liebe.
Ein anderes Haus – und ein neuer Anfang.
Endlich die Beständigkeit.
Kleinigkeiten wichtig finden.
Das Unverzichtbare erkennen.
Sich selbst finden – und entrümpeln.

Heike Raub * 1963

## *Sonett für K.*

Noch einmal uns mit Kirschen schmücken
unsern Teppich in den Garten tragen
uns Liebeswörter Zukunft sagen
und Küsse von den Lippen pflücken.

Noch einmal Haut an Hautrand reib
verschenk das Buch die Uhr den Tag
leg deinen Ohren Lider an und wag
dich und mich als solo Zeitvertreib.

Spiel den Schneekönig für mich
ein Mal noch aus Schatten 'ne Krone

flecht ich für dich
eh ich die Nacht bewohne

verlier dich find mich atme mich
Zeit zerrinnt mit Liebe oder ohne.

Gabriele Rauch

## *Spieglein, Spieglein …*

Magst dich betrachten wie du willst,
ob kritisch, selbstgefällig,
der Spiegel zeigt dein Ebenbild
dir keineswegs einhellig.

Ob du blutjung, schon alt und morsch,
weich, kantig die Konturen,
ob ängstlich oder noch recht forsch
trotz tiefer Sorgenspuren,

er zeigt nur, wie rein äußerlich
du wirkst als Alltagsmime.
Fragst ihn nach deinem wahren Ich,
enthält er sich der Stimme.

Nie macht er dir als Visavis
das Wesentliche sichtbar.
Und trotzdem scheint er irgendwie
uns allen unverzichtbar.

Gunda Rechter * 1935

## *Das Unverzichtbare*

Der Musikus ganz ohne Noten
Verpasst die allerbesten Quoten
Eine Wüste ohne Sand
Wär' wie das Meer ohne Strand.
Sonne, Sterne und der Mond,
Ein Herz, in dem nur ein Mensch wohnt
Ein Leben ohne Tod
Da Vinci's Werke ohne Code
Selbst der Tor erkennt das einzig Wahre
Es ist und bleibt das Unverzichtbare

Barbara Recktenwald * 1972

## *Das Unverzichtbare in meinem Leben*

Auf was kann ich verzichten?
Auf dich natürlich nicht,
auf Sonne, Liebe, Güte, auf Demut,
all das, worauf mein Herz anspricht,
all das brauche ich!

Gedanken an Menschen, die mich heute
begleiten,
die in mir wohnen,
auch aus vergangenen Zeiten.
Sie sind ein Leitbild auf meinem Weg,
mit euch gehe ich liebevoll auf des Lebens
Steg.

Mein Garten, mein Teich,
einen Blick in mein Grün,
Wolken, die an meinem kleinen Paradies
wortlos friedvoll vorüberziehen.
Glück, Zufriedenheit, Stille, ein Moment,
all das ist unverzichtbar für den, der dieses
Gefühl kennt.

Verzichten kann ich auf so viel,
das Unverzichtbare, dieses wunderbar
Einfache,
war und bleibt immer mein Ziel.

Bärbel Reeh

## *Zeitlos*

Tief in dich hineingetaucht,
schwerer Atem auf meinen Lippen,
ineinander verschlungen,
dich geküsst!

In deine Augen gesehen,
Gerüche wahrgenommen,
versunken in der Nacht,
stundenlang geliebt!

Deine zarte Haut erlebt,
mich an dich gepresst,

dazwischen deine Worte gehört,
Tränen getrocknet!

Flüsternd an deinem Ohr,
mich vorangetastet,
abgetaucht,
meine Sinne erlebt!

Kleiner Kampf so wunderschön,
dein Lächeln gesehen,
das Licht der ewigen Nacht,
deine Haut auf meiner...

Annika Reemer * 1985

## *Cupido*

Im Schatten herrlicher Arkadenbögen,
gewappnet mit dem Eise der Natur,
schritt stolzen Sinnes ich auf meinen
Wegen
und spottete des Götterknaben nur!

Schon lange floh ich seinem Schussbereiche:
Der hitz'ge Schlingel war mir oft zu jach.
Und von dem jüngsten seiner wilden
Streiche,
da schmerzte noch ein letztes wehes „Ach!"

Im Schatten herrlicher Arkadenbögen
hat mich Cupido heimlich ausgelacht;
denn schon kamst du, o Schöne, mir
entgegen:
Und hingeschmolzen war des Eises Macht.

Gesteh's nur, Liebste: Du warst mit im
Bunde,
als er mein Herz versengt mit neuer Glut.

Und zielend nach der kaum vernarbten
Wunde,
schoss er den Pfeil ... und traf zu gut, zu
gut!

Manfred Reher * 1940

## *Herbstblätter*

In die Fackel der Liebe
haben zwei Vögel ein Nest gebaut.
Erloschen ist das Feuer.
Dafür zwitschern die Jungen.

In den Köcher der Liebe
haben zwei Vögel ein Nest gebaut.
Verschossen sind die Pfeile,
dafür zwitschern jetzt die Kleinen.

In die Laube der Liebe
haben zwei Vögel ihr Nest gebaut.
Der Herbst hat alles verweht,
geblieben ist die Katze.

Das Nest ist verlassen,
erloschen die Liebe.

Gabi Rehs * 1948

## *Nahezu gewaltsam*

Noch ein Streiflicht an der Nacht
Sein Vergehn schmerzt zur Kehle
Sein notsames Augenschließen

Daß noch im Nachten blau blau ist
Dieses Herbsthimmelblau, das gebietet
Daß es im Dunkel nicht dunkel ist

Manfred Reichard

## *Fünf Sinne*

Sehen, wenn ein Tag erwacht
Sterne erblicken bei klarer Nacht
Himmelblau ich ersehne,
wenn ich in deine Augen sehe ...

Hören, wenn du sprichst zu mir
Sinnlichkeit der Sprache,
geben deiner Stimme Farbe
lausche, höre, halte inne ...

Riechen, die Natur erwacht
Duft des Lebens dich bewacht
Rosenblätter, Morgentau
Tag und Nacht duftende Pracht

Schmecken, wenn das Leben giert
Arme auf, ich schenke es Dir,
spürst du die Wonne, spürst du die Lust
Schmecke Süße, saurer Verdruss

Fühlen, wenn das Leben lodert
wenn die letzte Glut verlicht
Sehen, Hören, Riechen, Schmecken
Fühle, Atme, Unverzichtbare, Lebenskraft

Dorothée Reichling * 1963

## *Das Unverzichtbare*

Das unverzichtbare Gefühl
ist die Liebe für mich
bist du nicht
da, vermisse
ich dich

Karl Reimerzhoven * 1938

## *Das Unverzichtbare*

In diesem Leiden liegt noch eine Spur
von tiefer Freude wie ein Wesen
– ich sing die stille Klage nur
dass so mein Herze kann genesen.

Solch' Schmerz allein ist möglich auch
weil er von einem Glücke weiß,
das nur abstrakt und doch im Bauch
umfassend in sich ein Geheiß.

Und alles Gute, das beständig fällt,
steht stets von neuem nackt und rein,
– ich glaube an die weite Welt
und bin geborgen in dem Sein.

Ludwig Reiner * 1960

## *Kleinphilosophen*

Wir Kleinphilosophen,
Totengräber des Waldes*,
graben und schachten
ohn' Ermüden
in höherem Auftrag.

Wir Kleinphilosophen
erstarren gehörig
vor den Großen der Zunft,
den Meistern des lichtenden Wortes;
werden zu blässlich blauem,
zu wässrig grauem Kristall,
das, messerscharf

an den Rändern schneidend,
im Stumpfen endet.

Doch ohne die kleinen
Philosophen geht nichts
im metaphysischen Wald!

* Biologie: Totengräber (Necrophorus),
schwarzer Aaskäfer

Kunibert Reinhard * 1929

## *Wortlos bleibt das Empfinden*

Augen
Stimmen
Weiseste Zarthaut

Weltvoll
Verletzbar
Leer und rein

(Dieser Kokon
hüllt Zerbrechlichstes

Diese Augen
schütten Licht
in mein Leben)

Diese Hände
über euch

Alles
was ich finden kann
Alles
was mir Welt scheint

finde ich für euch
finde ich durch euch

Dies eine, alle Wörter verlassende Wort:

Alles.

Lukas Jan Reinhard * 1968

## *Christ stehe auf*

Christ stehe auf, dass so Gottes Geboten
Gerechtigkeit geschehe.
Christ stehe auf, dass unsere Feinde keine
Macht an uns finden.
Ich bete nach deinem Licht Herr Gott, das
die Satanen und Despoten friedliches
Glück statt Weltpolitik erfinden.
So dass, sie niemanden mehr gefangen
nehmen müssen.
Stehe auf Christ um den Schaden von
deinen Pflichten abzuwenden.
Stehe auf Christ, der weltlichen Obrigkeit
Gottes ewiges Wort zu lehren.
Um sein Wort dort zu lehren, wo Lügen
und Gewalt nach der Wahrheit
suchen.
Christ stehe auf, dass alle Menschen
Frieden halten.

Raimund Reisenberger * 1964

## *Reichtum*

Reichtum kann auch störend sein,
Geld und Güter nur allein,
tun Erleichterung zwar geben,
doch behindern Sinnesstreben.

Nur Mat'rielles zu besitzen,
heißt es hüten und beschützen,
womit du viel Arbeit hast,
welche dir wird leicht zur Last.

Hast du aber nix von dem,
kann es auch sein angenehm,
denn du darfst mit vollen Kräften
aus dem wahren Leben schöpfen.

Und dein Streben sammelt dann,
Reichtum in der Seele an.
Gehst du so von dieser Welt,
fühlst du reich dich, ohne Geld.

Angelika Reiserer

## *Unverzichtbar*

Der Atem trägt was in Dir weilt
Speist Raum und Geist
Und vermag die Zeit
Das sie zur Nahrung Dir gedeiht

Der Dank ist hold
Vergiss ihn nie
Denn dann ist es nicht an Dir
Dem Dank gebührt

Die Liebe ist süß
Der Puls des Lebens
Fühl den Rhythmus
Es ist Dein Leben

Der Zeitraum mag begrenzt erscheinen
Doch weise Du siehst, er ist sehr weit
Aber eines ist Dein

Die Ewigkeit
Darum sei gewiss
Sie ist nun Dein

Ines-Claudia Rettenberger * 1976

## *Übergang*

hinter den Lebensschatten
treten

nackt

zwischen gestern und morgen
umnachtet sein

einsam

den Fuß in den weißen Nebel
setzen

weltverloren

Beate Reuker

## *Sizilianische Vesper*

Etwas Käse, etwas Wurst,
Etwas Wasser für den Durst,
Etwas Sonne im Genick,
So was nennt sich ein Picknick.

Etwas Brot mit viel Crostini
Und Tomate im Panini,
zwischendurch dann etwas Wein,
Vino rosso, das muss sein,
Zweimal si und zweimal ja,
Vino nero d'Avola.

Einen Broiler, kurz ein Huhn,
Habe man zur Hand und nun,
streut man Salz aus Trapani
auf das gut gegrillte Vieh.
Liegt dann unterem Pinienbaum,
Eine Landschaft wie im Traum,
Mit viel Sonne im Genick,
So was nenn ich ein Picknick.

Albrecht Reuscher * 1942

## *Ein paar Verse*

Ein paar Verse
Gegen die Einsamkeit
Ein paar Verse
Gegen die Traurigkeit

Verse gegen
Die Vergesslichkeit
Verse gegen
Die Vergänglichkeit

Meine Verse
Für mich
Meine Verse
Für dich

Jutta Reyle-Schindlmayr * 1942

## *Heimatlos*

Heimatlos
Jetzt wo ich nicht mehr
Ein Teil von dir bin
Heimatland,
Weine ich dir kleine Tränen nach,
Kindertränen,
Jetzt wo ich Teil deines
Charmanten Nachbarlandes bin,
Feindesland noch vor einiger Zeit,
Fehlst du mir,
Du Heimatland, dessen Geschichte
Mich beschämt, traurig macht
Fehlst du mir mit deinen
Fahrradwegen und Goethes Sprache,
Heimweh – Mal du pays
Fehlst du mir ohne dass ich wirklich
weiß warum ,
Fehlst du mir wie ein Teil von mir,
Meines Herzens
Ausgewandert und heimatlos!

Alice Richard * 1980

## *Zeitlos ist Heinrich Heines Wettlauf*

Ist es doch in unserer Zeit
– wirklich wahr – ein großes Leid
würde Heinrich es so wollen
dass die Mittellosen schmollen?

Und die Reichen sich vergnügen
dabei erschaffen neue Lügen.
Nein denn schon zu Zeiten
Heinrich Heines
war das Leiden
so wie Meines!

Und er schrieb vom Wettlauf
und von Lumpen
will man heute leben
muß man sich ebenso was pumpen.

Schon Heinrich Heine hat erkannt,
wer kein Geld hat in der Hand
ist es nicht Wert zu existieren
fehlt es doch zum Investieren.

Andreas Richter * 1967

## *Ohne Tatzen, ohne Krallen*

Ach, ich habe es versucht.
Sie drohten, mir schon abzufallen,
meine Krallen ...
Und nun?
Sie zu zeigen,
genügt schon.

Regine Richter * 1951

## *atme mich*

aus den tiefen aufgetaucht

magie des atems hauch
beseelt die berührung

stille wird zur melodie
die unerschöpflich
ihren klängen leben verleiht

ihre saat in die erinnerung streut
die zarte seele aufblühen lässt

leben atmet mich

Tanja Sophie Riedel * 1973

## *Jungfer im Grünen*

Du Jungfer im Grünen, du zarte Libell',
Sitzt an des Baches schattigem Quell.
Wohl überm Murmeln an dünnem Rohr
Und streckst die Flügel zur Sonn empor.

Sie funkeln und glitzern im Sonnenschein,
Als wärn sie aus klarstem Edelstein.
Dein Körper ist so rank und schlank,
Er glänzt metallisch blau und blank

Jungfer, am Halme die Beine so zart,
Kein Flugtier hat diese in deiniger Art.
Und in deinen Augen, herrlich und schön,
Kann ich hundertmal den Quelltopf sehn.

Doch sag mir, Libellchen, sag mir wozu
Die großen Zangen am Kiefer brauchst du?
„Zum Fangen und Beißen", sagst du
behände,
Oh – da hat nun mein Schwärmen ein
Ende.

Sonja Riesmeier * 1970

Stille Trauer in Menschenseelen,
die sich langsam entkräften.
Versagte Vergebung in einsamen Herzen,
die der Zeit erlagen.

So geht alles fort, was wichtig war,
das Leben wird reduziert.
Auf hoffnungslose Einsamkeit
im grauen Überlebenstrieb.

So wandeln sich die Menschen um
in steinerne Automaten.
Sie bitten heimlich um Entschuldigung
für seelenlose Taten.

Sie trauen sich nicht, sich preiszugeben
sich Rat und Trost zu schenken.
Ein heimliches: „Erhöre uns!“
Wir trauern, oh Herr, um die Menschheit!

Und beten nur noch heimlich zu dir.
Es scheint du wirst Vergangenheit.

Anke Rigol * 1986

## *weitreichend*

weitreichend
und
nah
hydraulische gedanken
am horizont
im weltenfeuer
und
im schmerz
unverzichtbar
sein
molekulare bindungen
im kleinsten
zwischen menschen
weitreichend
mit konsequenzen
für den moment

immer

ist die liebe

Thomas Ritter * 1971

## *Umkehr – Unverzichtbar*

Mensch, irrender,
Welt verwirrender,
wissend driftest
unaufhaltsam
und gewaltsam
du
der Neige zu
und vergiftest;
versteige du
nicht in Begehr
dich noch mehr!
Ohne Rückkehr
ist die Not
der Erde,
versehrte Werte
sind tot,
ewiglich
unwiederbringlich.

Elke Roeder * 1952

## *Die Liebe – unverzichtbar …*

Schnee schmilzt in der Sonne,
Tränen trocknen im Gesicht.

Aus tiefem Herzen voller Wonne
die reine Liebe zu dir spricht.

Wenn du dein Leben recht betrachtest,
verflossene Jahre ernst im Blick,
kein Tun und Lassen du verachtest,
lässt weder Scham noch Tugend du zurück.

Du hast zum Aufbruch dich entschlossen,
dich der Gewöhnung zu entziehn.
Abschied von Träumen, längst verflossen,
Neubeginn lässt dich entfliehn.

So lass denn ziehen deine Sinne
und deine Hoffnung voller Glück,
dem Drange deiner inneren Stimme,
hole die Liebe dir zurück.

Liane Rohn * 1932

## *Landkarte der Gefühle*

Da ist
Das verliebt, entflammt und entzückt sein
Gefolgt von der Liebe und Begierde
Gepaart mit Eifersucht und Intoleranz
Der Schmerz, Hoffnung und Trauer
Glaube und Geborgenheit
Sexueller und leidenschaftlicher
Höhepunkte
Dann folgt die Einsicht
Der Ansicht
Miteinander
Das Leben
Bis ans Ende
Des Lebens
Zu teilen
Und darüber hinaus
Es folgen Versprechen und Gelübde
Es gibt Ausbrüche, Einbrüche
Treuebrüche, Versöhnungen
Die Landkarte der Gefühle
Eine Welt für sich

LaLeila Rohner * 1974

## *Ein Teil in dir*

Die Sonne späht durchs Wolkentor,
lächelt den ersten Strahl hervor,
trinkt den Tau wie schwerelos
aus frisch getränktem, grünem Moos.

In den Wipfeln spielt der Wind,
ungestüm,so wie ein Kind,
und der Wald tanzt schön wie nie
nach der leisen Melodie.

Kein Laut durchdringt den frühen Morgen,
kein Denken an banale Sorgen.
Natur umschließt dein Jetzt und Hier
und ist ein Teil tief drin in dir.

Rosemarie Rohringer * 1961

## *Morgenstimmung*

Das Morgengrauen lauert vor dem Fenster
und raubt mir Stück für Stück den Schutz
der Nacht,
und aus dem Traum die Horden der
Gespenster
sind alle mit mir aufgewacht.

Noch wollen sie mich nicht ins Licht
entlassen,
das sich allmählich vor dem Fenster zeigt:
ich spüre es, wie sie die Klarheit hassen,
die unaufhaltsam immer höher steigt.

Bald wird es hell. Dann muß ich mich
entscheiden,
ob ich des Dunkels noch bedarf in meiner
Welt,
mit seiner Illusion von Kampf und Leiden,
womit es jetzt noch mich gefangen hält.

Der Tag brach an, mit ihm das Licht –
geblendet

verbarg ich mich im Schutz der Wand.
Dann habe ich mich zögernd abgewendet:
noch hält mein Auge diesem Licht nicht
stand.

ropi

## *Der Mann*

Ein Gedanke – an den Mann im blauen
Anzug.
Mit lichtem Haar,
der immer eine dunkle Brille trug.
Seine Gedanken einfach und klar.
War nicht groß – eher klein.
Ein Filou bei Handwerk und Arbeit.
Seine Erscheinung – adrett und fein.
So wie alle, ertrug er sein Leid.
Zornig – genauso oft auch komisch.
Er war mir oft Freund und Berater.

Der Mann, ich erinnere mich,
War einfach nur mein Vater.

Angela Röpke

## *Das Geschenk*

Die Rosen haben dich gesucht
Und fragten mich nach dir
Sie waren sehr verzweifelt,
hätten fast geflucht
Ich sagte ihnen: „Welch' ein Glück!
Ich treff dich heute hier."
Ich nahm die Armen treu in meine Hände
Sie schliefen vor Erschöpfung ein im Nu
Ein dornenreicher Weg,
jedoch ein gutes Ende:
„Nun nimm sie schon,
'nen Kuss gibt 's eh dazu!"

Josef Roman Roring

Auf was könntest du verzichten,
wurde ich einmal gefragt –
also werde ich berichten,
was ich einst darauf gesagt:
Hiobsbotschaften in Massen,
darauf verzichte ich sehr gern –
Haß zwischen den Menschenrassen,
bleibe meinen Gedanken fern.

Hunger und Armut auf der Welt,
sollten sich sofort auflösen –
Verständigkeit sich dann einstellt,
Freundlichkeit erwächst im Wesen.

Hinweg mit Eifersucht und Neid,
Standesdünkel und Machtstreben –
daraus erwächst nur großer Streit,
kostet viele Menschenleben.
Über eines will ich dichten,
Verse viel darüber machen –
immer nur davon berichten:
unverzichtbar ist das Lachen!

Elisabeth Rosing

Der Liebe und dem Feuer
muss man beizeiten wehren,
mit Haut und Haar kann beides
ansonsten dich verzehren.

Zurück bleibt dann aus beiden
noch eine heiße Glut,
willst du sie neu entfachen,
brauchst du gehörig Mut.

Doch ist es dir gelungen,
so lodern beide rot,
die eine dir zur Freude,
das andre bringt den Tod.

Tom Rossow

## *Ohne Dich*

schlaf ich nachts nicht mehr ein
Ohne dich kann ich einfach nicht sein
Ohne dich ist im Dunkeln kein Licht
der Alltag zu schwer
und mein Blick wär oft leer
Ohne dich
ist der Winter zu kalt, jede Freude nur halb
und ich würd' viel zu schnell alt
Ohne dich
wär jeder Sonntag zu leer,
mancher Schritt viel zu schwer
und mein Herz voller Angst
Ohne dich
wär jeder Kuss nicht so sehr
und mein Leben so leer
Ohne dich
wär ich einfach nicht ich

Pandora Rost * 1969

## *Die Sanduhr*

Sitzend in den Dünen
Rieselt der Sand durch meine Adern
Pulsgebrüll
Ich kann die Sonne mit geschlossenen
 Augen
Riechen

Und die Wärme streichelt mein Genick
Bis sie die schüchterne Brandung
Überschwemmt
Die Stille stoppt, umhüllt mich ganz
In einer vakuumverschweißten Welt
Es ist
Frieden.
Bis jemand den Moment zärtlich vorspult

Isabelle-Jasmin Roth * 1985

## *uferlos*

seit du fort bist, fühle ich mich wieder
ganz und gar
verlor'n in mir, und meine träume
haben keinen platz für dich und deinen
blick,
vergesse ich
niemals – wie könnte ich,
selbst wenn ich wollte,
blieb ich mir mein rettend ufer, du
der fluss, in den ich nicht
zweimal steigen konnte, wozu auch
braucht ein fluss ein ufer?,
frag ich mich, ich weiß,
ich fände selbst am meer
dich noch immer voller wunder, und
sand in deinen haaren
wäre ich, der Strand,
in den du dich verlieren könntest,
fand ich dich.

Matthias Roth

## *Abschied*

Es ist schon spät,
viel später, als ich dachte –
du bist nicht mehr –
hier.

Und alle Sehnsucht, die ich sprechen
wollte,
ist auch nicht mehr.

Zu spät, ich weiß –
du bist nicht mehr
in diesem Leben.

Du bleibst bei mir.

Marina Rother * 1957

## *Lebensleiter*

Auf der Leiter des Lebens
treten wir vergebens
hinter Gitterstäben eben.

Wirf deinen Ruf hinaus
raus ins Meer
Nimm, mein Kind, nimm es, Wind.
Trag ihn hinaus
Grenzenüberschreitend,
grenzenverbleibend,
Lauf!!!

Hinauf ins grenzenlose
Getose der eigenen Stimme
schwimme ich durch die Gischt.
Sprosse für Sprosse sprießt neues Leben
Grenzenlos eben!!!

Rou * 1982

## *Vergebliche Liebesmüh'*

Der Sinne Lust ist just vorbei,
schon füllt den Raum ein mächtig lautes
Schnarchen,
bei dem erzittert hier und da ein Ei,
zerknittert und klatschnaß sind uns're
Laken.
Das Waschen, Trocknen, Bügeln machte
ich, geduldig auf die holde Stunde
wartend,
der späte, lang ersehnte Abend brachte
dich,
nach einem Mahl und Wein langsam
erzartend …

Gekocht hatt' ich und auch den Tisch
gedeckt –
inzwischen wußt' ich ja, was dir so
schmeckt –
der Nachtisch war dann ich – nun könnt'
ich leise weinen –
Hab' nix gehabt davon, bloß Kleister
zwischen meinen Beinen!
Ich geh und bügle noch mal einen Berg –
wie könnt' ich schlafen, Schatz, in einem
Sägewerk?

Barbara Rubach * 1950

Hallo, ich zur Zeit noch klein,
möchte auch gern größer sein.
Wie kann ich das nur machen,
das ist wirklich nicht zum Lachen.
Ihr Großen, gebt mir bitte einen Rat,
wo muß ich lang, auf welchen Pfad?

Da mußt du viele Klippen überwinden,
den richtigen Weg dazu musst du selber
finden.
Deshalb habe es nicht so eilig mit dem
Größerwerden,
die Kindheit ist die beste Zeit auf Erden.

Renate Rüdrich

## *alles Sein*

alles Sein ist unverzichtbar,
das wert ist,
geliebt zu werden

alles Sein ist vergeudet,
das wegwirft,
was zu lieben verspricht

alles Sein ist erfüllt,
das erinnert,
was Liebe ist

alles Sein ist erschöpft,
das vergisst,
dass Liebe
unverzichtbar ist

Eric Ruedke

## *Liebe*

Dies Kribbeln, dies Jucken,
Die Wärme, dies freudige Zucken,
Die Aura des Glücks, die mich umgibt,
Spürt nur der, der in Wahrheit liebt.

Doch ist die Liebe wie das Meer,
Sie kann dir geben alles her,
Dann, plötzlich; alles fortgespült,
Nur wer richtig liebt hat so gefühlt.

Liebe muss wahr sein,
Dann ist sie schön,
Liebe muss da sein,
Weil wir sonst vergeh'n.

Dies Kribbeln, dies Jucken,
Die Wärme, dies freudige Zucken,
Die Aura des Glücks, die mich umgibt,
Spürt nur der, der in Wahrheit liebt.

Robert Rühl * 1990

## *Die Unverzichtbare!*

In dir finde ich meine verzweifelte Ruh,
eine Frau, die mir Liebe gibt,
meine Einsamkeit raubst mir du,
ein Wesen, das mich liebt.

Ich liege neben dir,
voller Verzweiflung und Schmerz,
gemeinsam halten,
mit Verstand und Herz.

Meine einzige Liebe, das bist du,
weine und lache mit mir,
schließe alle Türen hinter mir zu.

Die Unverzichtbare in meinen Räumen
bleibst du,
nur gemeinsam mit dir finde ich meine
Ruh.

Manfred Runkel * 1971

## *Das Geschlecht*

Die Liebe kriecht
Schmiert dicht
Pore an Pore
Schwillt gierig –
Die Schleimhaut trieft;
Hunger!

Ronja Ruppert * 1987

## *Flieg' näher*

Flieg' näher –
im Brustkorb deines Torsos
sirren
die Körner des Mohns

Das Stundenglas
torkelt
im Nachtgrau
der Kreuzwegschatten

Flieg' näher –
die Erde macht
verdammt
große Schritte

Siegfried P. Rupprecht

## *Mein Häuschen*

Klein darf es sein.
Mein Bett muss hinein,
ein Stuhl, Tisch, ein Schrank
für Speise und Trank
mit Tellern dazu,
für Kleider und Schuh;
ein Ofen natürlich;
denn kochen will ich
und heizen, wenn's geht,
und lesen bis spät.
Dazu brauch' ich Licht;
(Die Kerze reicht nicht.)
auch Wasser, ein Klo,
Papier für den Po
und welches zum Malen,
für Briefe und Zahlen. –
Komm bald mich besuchen!
Dann essen wir Kuchen!

Sieglinde Rupsch

## *Honig aus dem Felsen*

Du lässt mich Honig aus dem Felsen
saugen
und frisches Öl aus hartem Gestein.

Du fandst mich in der Wüste,
in einem dürren, trockenen Land,
umfingst mich mit Deiner Güte,
hast mich bei meinem Namen genannt.

Du führst mich aus wie ein Adler
ausführt seine junge Schar,
trägst mich auf Deinen Flügeln
hinaus in die Freiheit so wunderbar.

Du hast meine Seele erlöst von dem Tod,
ich will Dir danken, mein Herr und mein
Gott,
ich will Dich anbeten Tag und Nacht,
Du hast mir das Heil gebracht.

Du lässt mich Honig aus dem Felsen
saugen
und frisches Öl aus hartem Gestein.

Brunhilde Rusch * 1951

## *Gedanke*

Hinter deiner Tür
an deinem Tisch
in Wärme und bei Speise
umhüllt von Tuch
beachtet und geliebt
in rechter Weise

gedenke derer

ohne Tür und Dach
ohne Herd und Teller
ohne Bruder, ohne Freund
auf weiter Straße
in tiefem Keller

– ausgesetzt –
dem Entsetzen!

s. o. * 1947

## *Der Tanz*

Unschuldig und scheu betrachtest du die
Welt von weitem.
Noch fehlt dir etwas Mut.
Du wirst neugieriger und irgendwann
erfaßt dich der Sog des Lebens.
Wie ein Kreis beginnt sich alles zu drehen,
der Taumel erfaßt dich.
Die Kontrolle geht verloren,
du gibst dich allem hin,
der Freude, der Lust, dem Leid, der Trauer,
dem Guten und dem Bösen.
Du wirst älter und merkst es nicht.
Das Karussell dreht sich nicht mehr so
schnell,
die Mittanzenden entfernen sich mehr und
mehr.
Es wird dunkler, du bist allein,
– verbraucht –
Das Leben ist kalt und dunkel geworden,
es hat dich ausgespuckt –

Dieter Sailer

## *Seinsfiktion*

Es ist
Wirklich so
Hier
Wo wir
Glauben wir
Sind was wir tun
Und es mache dazu
Auch noch Sinn
Sich nicht einfach
Nur auszuruhn'

Ismail Sand

## *Das Unverzichtbare*

Es ist die Liebe
sagt das Glück

Es ist die Hoffnung
sagt der Glaube

Es ist das Glück
sagt das Schicksal

Es ist die Leidenschaft
sagt die Liebe

Es ist die Freude
sagt die Trauer

Es ist das Leben
sagt der Tod
Es sind die Träume
sagt die Sehnsucht
voller Inbrunst ..

Anja Sandner * 1970

Verzichten kannst du nie auf Sonne,
das Wasser ist des Lebens Wonne!
Auch atmen musst du stets die Luft,
sonst liegst du alsbald in der Gruft!
Liebe, Liebe sollst du stets verrichten,
sonst würden wir uns selbst vernichten!

Mit Berge,Tiere, Seen und Wälder,
nur so wird uns're Erde älter!
Der Witz, die Klugheit, Forschergeist
den Erdball möglich friedlich stets
umkreist!
Doch „unverzichtbar" – seid alle auf der
Hut,
ist stets gesundes, frisches Blut!
Denn ohne diesen Strom des Lebens,
das wär das Leben auf der Erde gewesen!

Siegfried Sandner

## *Der Verzicht*

Sie hatte es tatsächlich getan
hat eine Blüte aus ihren Träumen
geborgen, überredet, mir hingelegt
so fragile Lichter, kosiges Rascheln
täglich mir warme Sonne zugeblinzelt.

Schläfrig-überrascht, in starken Impulsen
dahingestreckt
waren es nicht die edlen Gefühle
es war die Vorsicht
die erst auf, und von dort aus in mich kroch
die Faust wühlt hier die Laken, da mein
Haar,
die Schrauben des Glücks knirschten sich
zu.

Im Alltag schleift sich der Zweifel seine
Gebrauchsspuren zurecht
erst neiden, dann hassen,
zuletzt an den Regenbogen treten
dort roh seinen Keimling ausbuddeln
ein in Oberflächlichkeit hin-Nein! –
sickern.

Den Erinnerungs-Strich entlang zittern
zwei Hände durch die Scheibe
in warmen Sanden zugefasst versunk'ne
Hafenträume
im Lieben lebt das Fallen,
in Schmerzen sucht die Sucht
des Fingers rote Glutspur, halt Deinen Pfeil
doch nicht;
Verzicht.

I. N. Sane

## *Sitzend, Stehend, Schwimmend, Liebend*

Wie ein Taler der verklungen ist voll
weiterer Geräusche
Ohne jemals gehört zu haben, versehen, Sie
die Nachtigall
quillt über heraus tropft sie in meinen
Schlund, leicht bitterer
Wo war das Licht? Suchten wir es doch
fanden seinen Schall

So assen wir trockenes Gebäcks von
trockenen Erden
nicht ganz zerschrocken obgleich viel kam
zum Aas
ay welle von mir, über mich, wo bist Du
nur Freund?
Niemand der meinen Hals berührt, voll
Liebe und Mass

Ohne Freundschaft ess ich Staub, kenne
nur Grahm und Heidenwahn
wozu ich werde was ich war, das sein
zersiebt und tot
Denn ich wünsch' Dich für wahr herbei für
einzig Heut
Zersetze meine Seele, Freund Meer, Kain
dessen Stein Brust beschwerer

Euer Herz reisse ich heraus, wir essen die
Gefühle die dann gemalten
wie jemand tötete und nicht verwandelte
den alten Albatross der Mengen
Traubensaft und Zerealien kommen dann
und wann – sechzehn und er ächzt
Die Privatheit war wie ein dicker Schimmel
unabkratzbar festgesetzt

Martin Moxa Sants Lliod * 1977

## *Dialog*

ich bin stark, sagte die gewalt.
ja, sagte die liebe.

ich habe macht, sagte die gewalt.
so scheint es, sagte die liebe.

ich hasse dich, knurrte die gewalt.
die liebe schwieg.

mir ist kalt, brüllte die gewalt.

komm, sagte die liebe

und fachte mit bloßen händen
ein feuer an.

Pia Sarda * 1965

Verzichten kann ich auf alles
Auf dein Geld?
Kann ich verzichten
Auf dein Haus?
Kann ich verzichten
Auf dein neues Auto?
Kann ich verzichten
Auf deinen Fernseher?
Kann ich verzichten
Auf deinen Arbeitsplatz?
Kann ich verzichten
Auf deine Bücher?
Kann ich verzichten
Auf deine Freunde?
Kann ich verzichten
Auf mich?
Kann ich nicht verzichten
Verzichten kann ich auf alles
außer auf dich

Rebekka Sasse * 1990

## *Fest des Lebens*

Büsche schaukeln im sanften Wind,
lila leuchtet der Sommerflieder.
Käfer brummen, surren geschwind,
bunte Vögel trillern Lieder.

Lufthauch spielt auf zum Sommertanz,
Hummeln taumeln auf und nieder,
gaukelnd labt sich ein Schwalbenschwanz
an den Blüten immer wieder.

Selbst das rostige Gartenhaus
leuchtet so hell im Sonnenschein
zur Wunderzeit; in Saus und Braus
das Leben will gefeiert sein.

Krank sitz ich in meiner Kammer,
durchs off'ne Fenster kann ich seh'n.
Öffne, Herz, dich, schweig, Gejammer!
Feiere mit – die Welt ist schön.

Unverzichtbar ist die Freude,
sind liebe Freunde und das Licht,
alles, was im dunklen Heute
vom lachend-hellen Morgen spricht.

Maria Sassin * 1963

## *Kristallin*

Strukturen,
mikroskopisch klein,
in verbundener Harmonie.
Düfte,
umschmeichelnde Vielfalt,
verführend in mir.

Meeresrauschen,
Komposition in Blau,
brennende Erfahrung der Sinne.

Gefühltes Leben
im Hier und Jetzt,
einfach essentiell.

Heidemarie Andrea Sattler * 1963

## *Novemberregen*

Es geschah im November, an unserem
Jahrestag.
Die Gefahr bis zuletzt sich uns völlig
verbarg.
Wie konnte dies geschehen? Ich begreife es
nicht!
Von jetzt auf gleich, und unser Glück
zerbricht.

Einfach so, ohne Vorwarnung, wie aus dem
Nichts.
Ich betete drum, dass du zu mir sprichst.
Dass du mich ansiehst und lächelst, deine
Hand mich berührt.
Eine Bewegung, ein Nicken; neue
Hoffnung wollt ich spür'n.

Doch stattdessen ging es abwärts, immer
tiefer mit uns.
Ich lehnte an deinem Bett und hatte nur
einen Wunsch:
Dass du aufwachst, zurückkehrst, und mit
dir das Licht.
Denn ohne deine Liebe, ja, sterbe auch ich.

Jeden Tag bat ich Gott, dass er mich
erhört.
Jede Nacht lag ich wach – und sprach zu
dir.
Die Hoffnung stirbt nie, doch schrumpfte
sie täglich.
Die Verzweiflung, sie wuchs und zerfraß
mich allmählich.
Die Monate vergingen, bis du schließlich
verstarbst.
An einem Tumor, der dich urplötzlich ins
Koma warf.
Heute lehne ich weinend an deinem Sarg.
Es ist der November – unser Jahrestag.

Dennis Sawatzki * 1983

## *Dank an Freunde*

Du siehst in meine Augen,
Du siehst in mein Gesicht,

findest dort ein Lächeln,
doch meine Tränen siehst Du nicht.

Wenn das Herz weint,
spricht die Seele nicht.

Doch Du warst da,
das vergesse ich nicht!

Beatrice Sawo * 1977

## *Das Unverzichtbare*

Der Mensch verzichtet nicht auf wichtige
Treffen mit Bekannten,
nicht auf teure Urlaube zur Angabe vor den
Verwandten,

nicht auf Kleider, um sich zu präsentieren,
nicht auf Partys, um den Kopf zu verlieren.

Computer, Fernsehen und Radiowelt.
Kein Verzicht. Dafür hat doch jeder Geld.

Jedoch auf eines verzichtet der Mensch
immer mehr.
Was mir macht mein Herz so schwer.

Kinder stören und nerven. Niemand
möchte sie haben.
Der Verzicht auf das Falsche, welches doch
die schönsten Gaben.

Ein Wachsen, ein Reifen, ein Lächeln, was
spricht.
Kinderliebe, ein Weinen, ein Umarmen,
welch' ein Verzicht.

Kleine Kinderhände, wie sie mich zart
berühren.
Wie kann man Leben ohne solch ein
wertvolles Gefühl zu spüren?

Hoffnung geben sie mir und helfen, Trauer
zu tragen.
Genug können mir leuchtende
Kinderaugen sagen.

Nein, nie wird' ich verzichten wollen auf
dieses hohe Glück,
zerbricht die Welt auch an sich selbst,
Stück für Stück.

Claudia Schad * 1971

## *Aus der Mülltonne hat es noch nie so gut gerochen*

Mal wieder
im Marmeladengang verirrt.
Chronischer Dreck unter den Fingern
erinnert mich ans Staubwischen.

Von Robbie W. hat sie eine CD.
Noch etwas?
Gedichte sind Geschichte.

Die einen investieren in Aktien,
die anderen in Hüftgold.

Vertreter an der Tür
vertreiben neben
saugenden Monstren
noch gute Laune,
ich staune.

Rapunzel lässt die
Hosen runter.

Annette Schäfer * 1978

## *Das Unverzichtbare*

*(Liebe, Liebe, nochmals Liebe)*

Liebe, Liebe, nochmals Liebe,
Meines Lebens Elixier,
Mein innigliches Stoßgebet zum Himmel,
Ewig zwischen dir und mir.

Liebe, Liebe, nochmals Liebe,
Meiner Sehnsucht Herzeleid;
Nimm meine Tränen aus verweinten
Augen,
Meiner Seele Einsamkeit.

Liebe, Liebe, nochmals Liebe
Dem funkelnden Sternenzelt
Und Frieden den Menschen, den Tieren,
den Seen,
Unsrer Erde, die uns hält.

Liebe, Liebe, nochmals Liebe,
Gleich zu Gleich gedeihen lass;
Fragt nicht hämisch grinsend, wer wen
zärtlich küsst,
Bannt jahrhundertalten Hass.

Liebe, Liebe, nochmals Liebe,
Sieg des Glückes macht sie frei;
Ergreife sie, tritt niemals sie mit Füßen,
Hüte sie, brich nichts entzwei.

Karl-Heinz Eberhardt Schäfer * 1947

Ich
„T"rage
unsichtbar
dem Lebensquell
die göttergleiche
Liebesmacht
im offenbarenden
Verzicht:
ist unverzichtbar

Wolfgang Schaffer

## *Mondscheinsonate*

Adagio. Im nächtlichen Schweigen
eröffnen den himmlischen Reigen
die Töne. Sie klingen
so zärtlich und schwingen
verträumt in den schattigen Zweigen.

Der Mond geht jetzt auf seine Reise.
Im Bach murmeln Wellen ganz leise
Triolen in Moll,
die Lüfte sind voll
von der wehmütig-lieblichen Weise.

Wir lauschen unter den Bäumen,
als wollten wir ja nicht versäumen
die Klänge. Die schmiegen sich an uns und
wiegen
uns sanft zwischen Wachen und Träumen.

Wie weit sind jetzt unsere Sorgen,
wie heimatlich sind wir geborgen.
Die Nacht, die so mild
mit Tönen erfüllt,
entschwindet im dämmernden Morgen.

Irene Schaible * 1926

## *Ruf am Morgen*

Lächeln, lachen
und Erwachen!
Es ist Zeit, das Glück zu pflücken
und den Tag ans Herz zu drücken!
Auf Flügeln, die das Licht bewohnen
klingt der Vögel Melodie ins Ohr,
hebt aus Schlaf und Nacht empor.
Still rufen sie, die Blütenkronen:

Es ist Zeit, das Glück zu pflücken
und den Tag ans Herz zu drücken!
Lächeln, lachen
und Erwachen!

Heinz Scheel * 1952

Das Unverzichtbare ist nicht einfach irgend
'ne Ware.
Nein, es ist viel mehr,
ohne das die Menschheit bald nicht mehr
wär'.
Unverzichtbar ist vor allem, die Gewalt zu
beenden,
um alles noch mal zum Guten zu wenden.
Denn wer Gewalt sät,
diese ihm bald aus allen Richtungen
entgegenschlägt.
Die dann auch noch immer die Falschen
trifft,
die Hauptverantwortlichen vielleicht dann
später nehmen Gift.
Wir können auch nicht immer nur Spaß
haben,
es gibt doch noch wichtige Aufgaben.
Unverzichtbar ist zu erhalten die Natur,
sonst ist bald Landunter überall nur.
Wenn wir keine Kinder mehr haben
morgen,
wer soll dann für die Rente sorgen?
Daher sollte, wer aus Prinzip keine eigenen
Kinder will,
auch als Ruhegehalt bekomme er eher
wenig als viel.
Unverzichtbar ist auch, dass die Politiker
halten, was sie vor der Wahl
versprechen
und nicht alles sogleich haben vergessen,
wie zu der Wähler Spott,
vertrauen darf man sowieso nur auf Gott.

Horst Scheidereiter * 1935

Unverzichtbar sind Gedanken und Ideen,
die wir verstehen;
bevor wir von dieser Welt gehen.

Wir kommen und gehen, ohne etwas
mitzunehmen.
Gedanken und Worte von Herzen ist das
einzige Gut;
die erfordern jedoch sehr viel Mut.

Das Einzige, was bleibt, ist was man sagt
und tut –
bevor man ruht.

Karl-Heinz Schell * 1956

*Nachtstaub*

Nachtstaub ist wie schwarzer Samt,
legt sich auf das kühle Land,
womit er Träume stets entflammt,
die hinter jedes Abends Rand

wie die Kerze einer Nacht,
in jedem Hirn, das denkt,
mehr im Herzen noch entfacht
das Nachtenträume lenkt.

Der Goldstaub einer jenen Stund'
ist schwarz wie schwarzer Samt.
Dunkle Botschaft tut er kund,
die in uns er stets rammt.

Doch ist's ein Dunkel, das uns heilt
und Spuren schnell verwischt,
wenn finsterschwarzer Nachtstaub weilt,
die Wirklichkeit erlischt.

Stefan Schenkl * 1980

*und*

wenn der letzte stern verglüht
wenn die sonne nicht mehr
den mond bestrahlt
wenn die ewigkeit ein ende hat
wenn die unendlichkeit aufhört
wenn das alles vorbei ist
werde ich Dich immernoch lieben
werde ich immernoch daran zehren
daß ich Dich gefunden habe
daß ich Dich lieben durfte
daß ich mein leben mit Dir teilen konnte
daß ich Dich erfahren habe
daß ich die liebe zu Dir
leben und erleben durfte
und
ich muß hoffen
auch wenn es für immer
ein vielleicht bleiben mag

Niklas Scheringer * 1976

*Dienst ohne Lohn*

Mein Metier –
Atelier.
Mein Faible –
Red Label.

Mein Leibgericht –
Gedicht.
Meine Passion –
Dienst ohne Lohn.

Robert M. Scheube * 1973

Der Gedanke an Reichtum, unverzichtbar?
Der Gedanke an Macht, unverzichtbar?
Der Gedanke an Anerkennung,
unverzichtbar?
Der Gedanke an Erfolg, unverzichtbar?

Die ewige Gier, das unendliche Streben
nach Größe, Stärke und Kraft,
unverzichtbar?

Zu leicht, unbedacht und ignorant,
verworfen den Gedanken

… an Leben …
… zu Leben …
Unverzichtbar der Kampf
um Reichtum an inneren Werten,
um die Macht über sich selbst.

Anerkennung in Respekt zu finden,
Erfolg in Einklang zu teilen.

Unverzichtbar der Glaube, das Handeln,
der Halt
mit Rücksicht und Zuversicht.

Unverzichtbar, innezuhalten vor der
Schönheit der Welt.

Bleibt Dein Gedanke, Dein Weg …

… was ist unverzichtbar für Dich?

Ilona Scheuerer-Raith * 1968

*Freude*

Freude scheint wie die Sonne,
Freude schmeckt wie sahnige Schokolade
Voller Glückshormone,
Freude riecht wie Alpenwiesenheu,
Freude sieht aus wie ein langes
Sommerkleid
Mit großen runden Knöpfen von oben bis
Unten,

Freude hört sich an wie eine warme, weiche
Frauenstimme,
Freude ist unabhängig von der Zeit, aber
Nicht vom Raum.

Enrik Schiborr

*Weitergehen …*

Immer will sich dir
das Leben
wie eine aufgehende Blüte
entgegenstrecken

Nicht in den Dornen
liegen bleiben
Weitergehen

und nach dem Wunder
Ausschau halten

Thomas Schied * 1972

*Unergründlich*

Schau für mich in den himmel
Und sage mir was du siehst.
er ist wie dein herz.
Unergründlich
Tiefer als die ozeane dieser erde
Mal durchsichtig bis auf den grund
Mal durchwühlt von dem sand
mal übersehbar.
Was du am Himmelszelt siehst,
ist das was du sehen willst.
Mag es noch so düster sein und mögen
Blitze
Die Himmelsgewölbe zerteilen,
so kann es dennoch sein,
dass es wohlsein in deinem gemüt
hervorruft.
Und mag denn die Sonne noch so sehr
scheinen,
kannst du dennoch betrübt sein.

Franziska Schier * 1988

*Blindes Sehen*

Im großen Saal des Wissens aller Zeiten,
hatten die Sonnenstrahlen heute farbige
Seiten.
Viele kamen und gingen durch den
gläsernen Kreis,
aber niemand sah das leuchtend bunte
Weiß.

Mich erfüllte es mit tiefer Trauer im
Herzen.
Die Ignoranz der Menschen bereitet mir
Schmerzen.
Aber gleichzeitig erwärmte der Sonne
schöne Pracht
mein Gemüt für den Göttlichen mit aller
Macht.

Jeder meiner Blicke sehnte sich nach dem
göttlichen Licht.

Ich ging durch Zeit und Raum, herauf und hernieder,
und wandte meinen Blick zum Licht – immer wieder.
Dann erhellte ein blauer Strahl meine Sicht!

Blau – was für ein großartiges Geschenk!
Könnte ich doch meine Freude mit jemand teilen,
würde doch nur einer bei dem Anblick verweilen!
Bin ich denn allein des Schöpfers eingedenk?

Maike Schieseck

## *Die goldenen Schwingen der Freiheit*

erscheinen uns ohne Einschränkung.
Zu fliegen, wohin der Sinn begehrt
und zu tun, was kühne Träume uns eingaben.
Für einen Augenblick nur,
nur einen einzigen Augenblick
das Gefühl der Grenzenlosigkeit schmecken,
keinen Menschen um uns, der sagt,
was zu tun oder zu lassen sei,
ist das nicht Alles, wirklich Alles wert?

Nach Süden reisende Zugvögel am Abendhimmel,
da möchte ich mit in die Ferne ziehen.
Ein Falke auf der Zinne der Burg,
sich hinabstürzend ohne ein Zeichen der Furcht.
Furchtlos, wozu auch Furcht?
Oh wir Armseligen und Unbeholfenen!
Was sind unsere Träume und Hoffnungen

denn überhaupt wert?
Enden sie doch wie –
die Verblendung des Ikarus.

Leonhard Schiffer

## *Daddy*

Gibt es hässliche Blumen, gibt es weinende Steine,
gibt es eiskalte Sonnen, gibt es trauriges Glück?
Ist die Liebe ein Märchen und das Glück eine Lüge,
kann die Ewigkeit enden und wann kommt Daddy zurück.

Auf vertrockneten Träumen, kann die Liebe nicht blühen,
zwischen Steinen und Scherben, bleibt die Zukunft ein Traum.
Doch die Strahlen der Sonne, nähren Glaube und Hoffnung,
und sie tragen die Liebe, in den finstersten Raum.

Wenn sich Herzen versöhnen, wenn sich Welten verbinden,
dann erreicht uns die Liebe, und sie öffnet die Tür.
Dann sind Sorgen vergessen, dann sind Tränen von gestern,
dann hat Glück einen Namen und dann ist Daddy bei mir.

Arnold Schifferstein * 1958

## *Ohne Dich*

Mein Liebling, ich weiß, wie sehr Du mich liebst,
und ich bin glücklich, dass Du mir Deine Liebe gibst.
Doch wenn ich allein bin spür ich die Angst in mir,
die Angst, dass ich Dich irgendwann verlier.
Ohne Dich wär' ich wie eine Blume, die welkt,
weil Wasser, Licht und Wärme ihr fehlt.
. . .wie ein Lied, das niemand hört,
weil es sich selbst die Melodie zerstört;

. . . wie in einem Raum ohne Fenster und
Tür,
ich käm' nicht raus, niemand käm' herein
zu mir;
Ohne Dich wäre alles trist und leer,
als wär' kein Wasser mehr im Meer,
als wär' kein Sauerstoff in der Luft,
als wär' zwischen mir und dem Leben eine
riesige Kluft.
Ich würde nicht sterben, doch auch nicht
leben.
Ich müsste mir erst einen neuen Lebenssinn
geben.
Die Zeit heilt zwar die Wunden im
Herzen,
doch die Narben, die würden ein Leben
lang schmerzen.
Ich glaub, ich wäre ohne Dich
Dasselbe, wie Du ohne mich.

Dagmar Schiller * 1962

## *Der unverzichtbare Dialog Gleichgesinnter*

Glaube, meines Blutes Bruder,
Das unsere Worte wahrheitsliebend sind,
Vertraue mir, nur guten Mutes,
Weder neid noch stolz machen uns blind,
Erbaue ruhmlos eines Meisters Werkes,
Ich ersuche deine Behilflichkeit geschwind,
Infolge guter Absichten, vor allem den lob
Gottes,
Möge dein Wortlaut aus meinen Munde
erklingen,
Erfolg gekrönt, Gehör erringen bei des
Menschenvolkes.
Zweifel und Ungewissheit plagen dich,
Welche aus deiner Seele gesprochen
kamen,
Deinen Eifer in Ehren entsage nicht,
Werde nicht närrisch um den Tribut zu
tragen,
Was allein einer teilbaren Anerkennung
entspricht,
So ist der Triumph verstanden zu werden,
Ich in der Dunkelheit und du im Licht,
Gemäß der Abrede werden wir reinen
Mund halten,
Der Nächstenliebe halber und
gottesfürchtig.

Thorsten Schiller * 1982

Atemlos
werden wir geboren
atemlos
verzehren wir das erste Brot
atemlos
erleben wir den ersten Kuss
atemlos
bestehen wir die Prüfungen des Lebens
und atemlos
gehen wir

doch niemals vergebens,
denn das Unverzichtbare
ist das eigene Leben.

Elisabeth Schillert

Gab es Licht, das ich nicht sah?
War die Farbe jemals da?
Hat der Ton nie existiert?
Bewegungen nie zelebriert?

Töne scheinen an mein Ohr
Farbenfroh wie nie zuvor
Bewegt sich diese Welt soeben;
Liebe wurd' der Welt gegeben
– unverzichtbar für das Leben!

Julia Schilling

## *Stille*

Ruhe und Stille.
Einsamkeit!

Einsamkeit?

Oder Gedanken,
die versuchen frei zu sein?
Oder ein Wort,
das man nicht aussprechen kann?

Schmerz
der es unerträglich werden lässt.
Ein Schrei
kommt nicht aus dir heraus.

Die Hände zittern,
die Erde bebt.

Ruhe und Stille.
Einsamkeit?

Miriam Schillings * 1986

## *Schmied des Glücks*

Das unbestimmte Leben liegt vor uns
wie das trübe Erz vor dem jungen Schmied.
Unsicher starrt er auf den Klumpen,
den er sich kaum anzufassen traut.

Dann überlässt er ihn mutig dem Feuer.
Ein pochendes Glühen umfasst den Stein,
wie uns das lodernde Leben packt
und die züngelnde Flamme des Seins.

Es wispert zwischen Dunkelheit und
Rauch:

„Wenn du nicht den Hammer schwingst,
weil du vor Angst völlig gelähmt bist,
wird das Leben nie mehr für dich sein
als ein trüber unförmiger Erzklumpen.

Schwingst du ihn dagegen unnachgiebig,
Fehlschläge ignorierend und korrigierend,
dann wird dich schließlich Glück
umtänzeln
und in der Dunkelheit ein Hufeisen
formen."

Martin Schleich

## *Elexier*

Durch die Einsamkeit des Tages
und das Mühen meiner Hand,
werde ich von ihr getragen,
die ich einst gen Osten fand.

Ihre tiefen, dumpfen Schläge
fahren feurig mir ins Blut,
dass mein Herz, schon etwas müde,
dennoch seine Arbeit tut.

Endlos reihen sich die Töne
zu beschwingter Heiterkeit,
blitzen Sterne, leuchten Farben,
wird aus Traum die Wirklichkeit.
Nun schießt Leben in die Glieder,
weiß ich, wer ich wirklich bin,
meine Hüften auf und nieder,
wiegen sich in ihrem Sinn.

Stolz erhoben und beglückt,
völlig dieser Welt entrückt,
tanze ich zu ihrem Klang
sicher noch mein Leben lang!

Barbara Schleifer * 1967

## *Verbunden*

Unser Vater ist der Bach
solange wir sein Rauschen noch hören
spüren wir noch
die Kraft der Quelle

können wir noch tanzen
wie die Tropfen
im ersten Sonnenlicht,
spielen an ebener Stelle

die Steine
unter uns lassen
und im Strudel des Lebens
unseres Schöpfers Wort erfassen

Gisela Schlichenmaier * 1963

dich nicht zu lieben
ist so
als würde ich
aufhören
zu atmen

Sabine Schlichting * 1961

## *Kleines Mantra*

Als Dauergast im Haus des Unbedingten –
prahlerische Märchenwelt!
Denn steinig ist der Lebensweg, randvoll
von Kompromissen –
und drängen dich Rivalen ab vom Kurs,
dann muß man wissen
was unverzichtbar ist: dein freier Wille, der
das Ziel im Blick behält.

Walther Schliepe * 1931

## *Lebenstraum*

Den ganzen Tag nur Game boy spielen,
am Computer auf Hühner zielen,
täglich gute Filme sehen,
wöchentlich ins Schwimmbad gehen,
so soll, Tag aus Tag ein, mein Leben sein.

Doch meine Eltern sind dagegen
erzählen von unverzichtbaren Dingen im
Leben,
Schule und lernen gehören dazu,
doch damit allein lassen sie mich nicht in
Ruh.
Körperliche Ertüchtigung macht fit und
hält jung.

Messdiener soll ich sein, in die Kirche
gehen,
Filme darf ich nur selten sehen,
Computer gibt es nur auf Zeit,
Vokabeln lernen bin ich leid.
Darauf mitnichten, kann ich verzichten.

Liebe Eltern, ihr glaubt es wohl kaum
aber ich habe einen anderen Lebenstraum.
Unverzichtbar sind für mich:
Game boy spielen – auf Hühner zielen,
gute Filme sehen – und – ins Schwimmbad
gehen!!

Regina Schlöpker-Richtscheid * 1956

## *Verwandlung*

Abend. Lila
Gelb und blasse Farben. Die Vögel
Sind verstummt, nur die schwarze Gestalt
Eines Strauches bewegt sich leise
Im Südwind und auf den kleinen Booten
Werden die Laternen angezündet.

Abend und noch farben
Leuchtet diese Stunde
In mein Leben herein.

Es ist meine Stunde.
Es ist meine Zeit.
Ich werte nicht
Ich warte nicht
Auf nichts.

Alles ist Verwandlung.

Margarete Schmalenberg

Unverzichtbar ist eine Definition,
ein jeder kennt sie schon.
Für mich ist's die Liebe pur
und eine eigne Frohnatur.

Eine Berührung, gar ein Lachen
und 1000 kleine verrückte Sachen.
Formen ein einzigartig Leben
jenes, was Dir Gott gegeben.

Drum sei denn frohen Mutes
und tue recht viel Gutes!

Dann wirst Du unverzichtbar sein,
tust Du's nicht, bleibst Du allein.

Aniko Schmid

## *Das Unverzichtbare*

Es gibt die Lüge und das Wahre,
Man träumt davon beim Leiden,
Bei der Arbeit und am Mare.

Doch ist dieses gleich mit scheiden,
Und steht es auch für Schmerz
Und kann so schmerzhaft schneiden.

So halt es nicht für einen Scherz,
Denn wer will bei Wahrheit witzeln,
Wer denkt bei einem Wunsch an Terz?

Und lasse keine Möglichkeit bespitzeln,
Was dich deinem Wunsche nahe bringt,
So hilft kein falsches, nur das echte kitzeln,

Vergeblich versucht, wer aufs falsche ringt.
Ein jeder hat ein falsches Lachen
Und alles auch mal ein hässliches Liedel
singt.

Doch tust du die Sachen richtig, ehrlich
machen,
So bleib dir nicht lange verschlossen,
Was dich wirklich bringt zum lachen,
So öffnet sich das wunderbare,
Das gänzlich Unverzichtbare.

Benjamin Schmid

## *(Akrostichon)*

Unabdingbar!
Nichtwegzudenken!
Verlust Katastrophe!
Ersatz nicht erwünscht!
Relevanz: mehr als wichtig!
Zustand ohne? Frage nichtig!
Immense Bedeutung!
Charakter: notwendig!
Hervorragend, beispiellos,
Tatsächlich sowie zweifellos,
Besonders
Außergewöhnlich und deshalb
Regelrecht unersetzbar!

Anna Schmidt * 1986

## *ver-liebt*

zuckt roter hosen stoff
deine zeige finger spitze brennt
ein lust loch

deine atem luft
um-glückt
meine welt

rausch und neu
fang an
verunzichtliebtbare wirren

wildheit du stößt
mich heute
gesund

else schmidt * 1975

HEIMAT – Wurzeln des Ursprungs –
Lange vermißt, nun wiedergefunden.
Die alten Wege sind noch vorhanden.
Langsamen Schrittes geht man durch die
Gassen.
Viele Menschen aus der Kindheit sind
verschwunden.
Nur noch Erinnerungen wehen aus leeren
Fensterhöhlen.
Aber – kein Grund zur Traurigkeit –
Dort lachende Kinder, die uns den Weg
in die ZUKUNFT weisen.

Hanneliese Schmidt * 1934

## *Im Visier*

Tiefblau angelaufene
Abendstunden treiben
Nebelschwaden ins Fadenkreuz
weiß gedämpfte Gegenwart
Schallmauer des Schweigens
Kalk verdichtet Dämmerung
durch dünne Schale bricht
gestilltes Brüllen in die Lungen
mit hungrigem Geschrei
Kandelaber schwingen
Sturzflugfedern rieseln stumm
ins vollmondsilberne Visier
flüchtiger Erinnerung

Silke Schmidtke * 1965

Gefühl – ist unverzichtbar,
Vertrauen – ist unverzichtbar,
Nähe – ist unverzichtbar,
ein Lachen, eine Umarmung,
Musik, wenn ich traurig bin,
Gespräche mit Menschen, denen ich
vertraue,
Leben und Kinderlachen um mich herum.
Sehnsucht nach Schönem,
Frühlingsblumen, die ersten Duftboten,
Sommersonne – wärmend,
Herbstlaub – das raschelt –
erstrahlt in bunten Farben,
der erste Schnee – knisternd
unter den Füßen,
leuchtende Kerzen am Weihnachtsbaum.

Über allem aber ist die Liebe
das Unverzichtbarste!

Gisela Schmincke * 1938

## *Der Moment*

Ich seh ihn vor mir stehen
Wie er mich erwartungsvoll anschaut.
Seine Blicke verschlingen mich
Sein Lächeln wird immer breiter
Seine Hände berühren mich flüchtig.

Jetzt plötzlich kommt er näher
Seine Arme schlingen sich um meinen
Körper.

Er erdrückt mich fast,
sein Atem wird schneller!

Er liegt neben mir,
in seinen Augen ein Lächeln,
ein glückliches Lächeln!

Ein unverzichtbarer Moment!

Lisa Schmitt * 1989

Das Unverzichtbare ist nur die Liebe,
weil ohne Liebe nichts Wesentliches bliebe.

Selbst wenn die Luft zum Atmen fehlte,
sag', was ein Leben ohne Liebe zählte?

Alles Erhabene der Welt, das je getan,
stets aus vollstem Herzen kam.

Große Heldentaten scheinen wichtig,
was aus Liebe je geschieht, ist richtig.

Auch der hohe Ziele hat erreicht,
für die Liebe jeder Hochmut weicht.
Ein Herz stirbt schnell, ein Herz stirbt
langsam,
wenn keine Liebe zu ihm ankam.

Die Angst und alles Dunkel schwindet,
sobald die Liebe den Weg zu dir findet.

Das Unverzichtbare ist nur die Liebe,
weil ohne Liebe nichts Wesentliches bliebe.

Renate Helena Schmitz * 1957

## *Unverzichtbar*

Leben als Geschenk erkennen,
Wege darin begehen!
Erfahrungen annehmen.
Ängste, Nöte erleben,
Hilflosigkeit spüren.

Bewahrung erhoffen,
Rettung empfinden.
Glaube erfahren,
Hilfe bekommen!
Weitergehen im Vertrauen!

Neue Wege finden.
Neue Erlebnisse verstehen,
neue Nöte bedrücken,
doch Hoffnung stärkt!
Vertrauen auf Gott hilft!

Zweifel werden überwunden.
Sicherheit trägt.
Geduld entsteht,
Liebe wird errungen!
Unverzichtbar, der Glaube zu Gott!

Ella Schneider * 1958

## *Zugangskontrolle*

O Mensch mit tausend Wünschen
leicht kannst du ohne Luxus sein,
verzichtbar sind Ketten und Uhren,
ein Wagen vor dem Haus ist eitler Schein.
Austern und Kaviar beschweren den
Magen,
dein fetter Wanst benimmt den Atem dir,
und qualmend vergiftest du die Lieben.
Du kannst wochenlang ganz ohne feste
und für Tage ohne Flüssignahrung sein.
Unverzichtbar aber ist die Liebe!
Und trittst eines Tages du vor Petrus hin,
begehrst Einlass durch die Himmelspforte,
vergiss als Einziges die Seele nicht,
denn nur sie ist Schlüssel dir zum Paradies.

Hanns Schneider

## *Das Unverzichtbare*

Was ist es, was wir Menschen
unverzichtbar nennen?
Für manche ist 's Geld, ein Haustier oder
materieller Überfluss,
was sie als nötig benennen?
Und alle wollen Gesundheit und ein Leben
ohne Verdruss.

Dann ist da die Liebe, viel bedichtet und
besungen,
verwandte Seelen, Familie, Kinder auf ewig
verbunden,
damit ist für viele das Leben gelungen,
und diverse Leidenschaften machen schöne
Stunden.

Doch all das ist für Menschen, die in der
reichen Welt leben,
für Arme ist Essen und Trinken das Wahre,
und das Höchste, was es gilt zu erstreben!
So ist unser Mitleid, unsere Hilfe für sie das
Unverzichtbare.

Um nun der anfänglichen Frage Tribut zu
zollen,
es ist das Leben, das Gott bewahre,
und wir mit gutem Vorsatz erhalten
wollen,
das einzig Unverzichtbare!

Patrizia Schneider * 1971

## *Geliebte Katze*

Welches Wesen könnt' ich treuer lieben
Als deines, eigenwillig, stolz, erhaben
Schon Pharaonen haben dich getragen
Bist immerdar Mysterium geblieben

Königlich und prachtvoll glänzt dein Kleid
Im sanften Strahl der Sonne, der dich küsst
Wenn gütig blinzelnd du am Fenster sitzt
In deiner zeitlosen Vollkommenheit.

Du schreitest elegant mit stolzem Mut
Dein Haupt gehoben ohne jede Scheu
Dein Blick, so unergründlich, edler Leu
So wissend blickst du und so seelengut.

Dein Antlitz schöner als die Morgensonne
Wenn in der Früh sie aufsteigt, hell und
klar
Und liegst du schnurrend vor mir, voller
Wonne
Fühl' ich mich dir verfallen, ganz und gar

So wohl ist mir, liegst du in meinem Arm
Berührt mich dann behutsam deine Tatze
Wird mir ums Herz, gar um die Seele
warm
Nichts wär' ich ohne dich, geliebte Katze!

Ramona Schneider * 1982

## *Immer Da!*

Gegeben, genommen,
Doch du bist immer noch hier,
Hier bei mir, mit mir,
So oder so, Immer da!

Danke, Danke,
Für dich und für deine Freundschaft,
Für Alles.
Immerdar
Und unverzichtbar!

Laila Schneidewind * 1984

## *Das Unverzichtbare meines Lebens*

Der kleinste Busch
und mag er noch so mager sein
und wachsen seine Blätter selten
sowie seine Früchte klein,
so zücht ich ihn mit meinem Dünger
so werden meine Büsche groß.

Sie werden mich mein Leben lang
vor Hungertod bewahren;
Sie treiben aus und schlagen an,
sie halten mich bei ihrem Platz,
in ihrer Nähe fang ich an,
zu düngen und zu stützen,
die Spitzen zu schneiden.

Mal für mal

Rudolf Schoepke

## *Gott Computer*

Bits und Bytes und Megabytes
Ja, zwischenzeitlich Gigabytes
Was spiel ich mal?
„Todeskampf", „Schwarz und Weiß"?
Wie steht's mit Internet –
Ich bin bereit …
Stunde um Stunde fliegt davon
Was ist mit Schlaf?
Kann ich morgen noch tun!
Leben eines Kindes, wie's heut oft abgeht
Wie wär's zur Abwechslung mal mit 'nem
Gebet?

Monika Schohe * 1956

## *Mai*

Der Mai schenkt uns verschwenderische
Fülle
an Blüten, Düften, jubelnden Gesängen.
Doch neben lauten Nachtigallenklängen
beglückt uns zärtliches Geläut der Stille.

Maiglöckchen, bräutlich rein und weiß,
entzücken
nicht nur die Liebenden in
Frühlingsträumen.
Sie läuten unter kühlen Fliederbäumen
im Doppelklang der Düfte zum Berücken.

Die Sonne tanzt im grünen Glanz der
Lichter,
es leuchten jugendlich erwachte Fluren.
Und ungemessen reich sind diese Stunden,

denn selten drängt sich Seelenfreude
dichter.
Wir ahnen, atmen wieder Gold in Spuren.
Befreit von Enge, kannst du heut
gesunden.

Gunhild Schölere

## *An Latif*

Dass ich damals noch nicht ging,
weil ich so sehr an dir hing;
dass du mich hast so tief berührt,
das hast du glaub' noch nicht kapiert.

Ich such dich und kann dich nicht finden.
Muss mich nun endlich überwinden,
dich zu vergessen um ohne Bangen
ein neues Leben anzufangen.

Und manchmal frag ich mich: „Warum?",
und Leere ist rings um mich her
Doch auf die Antwort wart ich stumm,
mein Kopf ist von Gedanken schwer.

Du warst mein Stern, mein Schatz, mein
Leben,
du bist mein Traum, du bist mein Licht,
doch weiß ich, du wirst mir nichts geben.
Du wirst nicht sagen „Gehe nicht!"

Ich stehe in der kalten Nacht
und seh' den Mond, der uns verbindet.
Und eine Träne gleitet sacht;
Sie fällt zu Boden und verschwindet.

Lea Scholz * 1985

## *Freund*

Er kam als guter Freund,
die gemeinsamen Stunden eine Zeit voller
Freude,
eine Zeit voller Wohlbefinden,
eine Zeit voller innerer Ruhe.

Er ging als guter Freund,
die Stunden alleine, eine Zeit voller
Erinnerung,
eine Zeit voller Hoffnung,
eine Zeit voller Glück, dass es diese Zeiten
gibt.

Sabine Schönecke * 1968

## *Das Unverzichtbare*

Über die wahren Werte des Lebens
parliert der Mensch gerne. Hier weiß er
Bescheid.
Doch Weg und Ziel all seines Strebens
sind geprägt von steter Oberflächlichkeit.

Wir kitschen durchs Leben. Flachsinnig.
Verlogen.
In edlem Design, trendy und chic.
In Markenjeans und mit Ellenbogen
geht's durch die Klingeltonrepublik.

Egozentrische Selbstsucht und falsche
Motive.
Berechnende Blicke, ein kalkulierter Kuss.
Der Zeitgeist beschreit seine Superlative,
die jeder als solche erkennen muß!

Doch menschliches Wirken in all seinen
Formen
ist nichts als ein Staubkorn in den Dünen
der Zeit
Das Drehbuch mit all seinen wirklichen
Normen
schreibt allein die Natur in ihrer
Einzigartigkeit.

Die Schöpfung bittet alltäglich zum Tanze.
Verneigen wir uns dankbar vor dem
Augenblick.
Ihre Schaffenskraft ist das Maß für das
Ganze,
ihr Wirken des Menschen wahre Bühne
zum Glück

Guido Schönfelder * 1966

## *Kommode*

Ich besitze eine Kommode.
die hat viele Schubläden.

Da sind Schubläden,
die tun weh, würde ich sie öffnen,
deshalb bleiben sie verschlossen.

Da ist eine Schublade,
die steht offen und fängt Staub.

Ich will sie nicht schließen,
hoffe darauf, dass wir gemeinsam
den Staub entfernen und endlich eins sind.

Doch nun gebe ich die Hoffnung auf,
vertraue dir nicht mehr.
Schließe die letzte Schublade.
Werfe den Schlüssel weit weg,
dass niemand ihn findet.

Kauf mir eine neue Kommode,
die, wenn ich die Schubläden öffne,
nicht weh tun.

Annerose Schossow

## *Das unverzichtbare Lebensgefühl*

Des Tageslichtes fahler Schein
wie Säure im müden Erwachtsein

ein schaler Hauch von Seele
verschimmeltes Glück
zugeschnürte Kehle
Hoffnung, Kampf, zurück

Vergilbte Illusion
der Leere Implosion

Gebündeltes Schweigen
den Raum ausfüllt
nur keine Schwäche zeigen
Die Eingeweide durchwühlt

Frostig heiße Glut
trotzdem zum Leben noch Mut

Durch das Fleisch quält
furchend sich Angst und Trauer
und sie fällt
die schützende Mauer

bevor sie mich ganz erdrückt.
Unverzichtbar und doch verrückt.

Albert Schreibauer

Ihr sucht Gott nur in der Kirche,
Nicht in Flur, in Wald und Feld.
Wohnt er nur in dumpfen Mauern,
Nicht auch in der weiten Welt?

Können nur den Schöpfer greifen
Litanei und Orgelklang?
Nicht auch frohe, heitre Weisen,
Nicht ein innig schlichter Sang?
Warum wollt ihr denen fluchen,
die ihn ehren in dem All?
Die ihn tief im Herzen suchen?
Er wohnt dort und überall!

Franz Schreiber

## *Vater sein*

Männlichkeit und Vater sein,
wo ist er nur geblieben?
Nach Feierabend!
Da gehört er doch hin!

Da wird doch versucht, es tageweise zu leben.
Und wenn er so ganz verloren geht?
Die Tür gefallen ist.
Wenn er sich auf der Flucht befindet
Und der Versuch erstickt Bedeutung zu erlangen.
Wenn nur noch das ein Geschlecht Erziehung wahrnimmt,
und die Einseitigkeit des Denkens den Kindern vorgelebt wird,
weil die Notwendigkeit ignoriert wird
Und der männliche Part verlassen ist und nicht mehr besetzt wird
Denn das Zusammenlebende bringt fürchterliche Qualen mit sich
weil, das Leben beschnitten und doch erweitert wird.
Und Verantwortung, ist das denn nur ein leerer Begriff.

Schreibfein * 1963

Daphnis und Chloé:
im Augenblick der Liebe
Ewigkeit streifend …

Martin Schreiner * 1958

## *Freiheit*

Freiheit

Ohne sie

Kein Sinn

Dahinvegetation

Kein Sein

Vereinzelte sind mächtig

Viele ohne …

Wirklich frei?

Jeder?

Ja … im Tod …

Andreas Schreyer * 1963

## *Das Unverzichtbare*

Sonne, Erde, Leben,
Glaube, Hoffnung, Liebe
und für die Menschheit Frieden.
Recht auf Freiheit, Recht auf Arbeit. weltweit,
für mich das Wahre, das Unverzichtbare.
Muss denn der Mensch
den Gleichklang der Natur zerstören,
die Warnsignale, die sie sendet, überhören?
Muss er denn immer streiten, kämpfen, siegen,
statt Leben zu erhalten, sich bekriegen?
Auch ohne Menschen
wird die Sonne weiter auf- und untergehen,
die Erde, wie schon immer,
ihre alt gewohnten Bahnen drehen!
Oh, Mensch, bewahre
das Unverzichtbare.

Christel Schröder * 1936

## *Verloren*

Der Krieg nahm mir mein Elternhaus,
durchtrennte meine Wurzeln.
Rastlos reiste ich an Mamas Hand
auf Last- und Güterwagen von Ort zu Ort.
Immer wieder die „Neue" in der Schule,
die „Fremde" überall.

Zurückgekehrt nach Jahren in die Heimatstadt,
war sie mir fremd geworden.
Ein Zimmer im Haus bei Konsul Sommer
für Mama und mich.
„So, wie ihr lebt, ist es asozial",
sagte ein Freund, den ich so liebte.
Einer kam dann, der wollte mit mir leben,

kam aus gutem Elternhaus.
Ich traute mich nicht, ihn nach Hause
mitzubringen,
verzichtete auf Ehe, Liebe, Glück und
Kinder.

Ich blieb allein, die Mutter krank, der
Vater tot,
suchte das Licht in all der Dunkelheit
vergebens.
Es waren die Umstände, die mich
gezwungen haben,
auf das Unverzichtbare zu verzichten.

Lieselotte Schroeder-Wehrstedt * 1934

## *Wasser*

Der Mensch besteht zum größten Teil
aus Wasser – doch nicht nur er –
auch unsere Erdenoberfläche geht
zum größten Teil aus diesem Element
einher.

Daß Wasser unverzichtbar ist
weiß jede Kreatur,
und auch sie kann nicht ohne sein
– unsere einzige Natur.

Doch übers Notwendige hinaus
gibt Wasser uns so viel zum Leben,
vom Kaffee über Teegenuß, zum
edlen Saft der süßen Reben.

Und auch für Kinderfreuden gibt's
einen Sprung ins kalte Naß,
ob Paddelsport oder
Schwimmvergnügen,
die Natur hat noch für jeden was.
So hebt letztendlich Wasser auch
all unsere Lebensfreude,
drum gebt drauf acht, was ihr draus macht,
für morgen und nicht nur für heute.

Gabriele Schubert

Es tropft die Zeit wie Gift in meine Seele
Das Leben sickert in den Sand
Denn ohne Liebe schlägt mein Herz
vergebens
Und nichts hat ohne sie Bestand
Drum komm und lass uns schnell vereinen
Bevor der letzte Atemzug getan …
Sonst sind wir beide hier verloren
Und übrig bleibt uns nur der Wahn

Maria Schuckert

## *Das Unverzichtbare*

Zwei Teile,
so sehr voneinander getrennt,
bohren sich ihre Stachel in die Seiten.

Es sind die zwei Tage, die zwei Stunden,
mehr noch die zwei Ignoranten.
Sie kennen sich nicht.

Zwei Welten, mein Leben,
ist so klein, kein

Jesusbild.

Also her mit dem Lärm!
Verzichte gern auf Apfelduft
und Schlange.

Verena Schulte * 1980

Ein Abschied und ein Willkommen,
die sind sich beide gleich,
der eine sucht den andern,
denn beides macht uns reich –

Ein Abschied macht beklommen,
weil er das Neue bringt,
im Wandel schon begonnen,
uns zum Beständ'gen zwingt.

So darf mit jedem Neuen,
des Wandels stets bewusst,

im Dasein sich erfreuen,
weil er gewinnt, auch im Verlust.

Ute Schulz * 1923

Meine Welt an diesem Ende des
Regenbogens
Ist voller Gesichter
Bankangestellte im Anzug
Sozialarbeiter mit wirrem Haar
Im Frühzug zur Arbeit
Ausdruckslose Fremde
Jeder den eigenen Soundtrack im Ohr
Lesend was grad im Kino läuft
Eine Welt der Einsamkeit

Die Welt jenseits des Regenbogens
Kennt keine Uhren
Hier droht kein Morgengrauen
Es stirbt der Neid
Verbrennt die Eifersucht
Kein Schmerz verbleibt im Raum
Zwischen deiner Hand und meiner
Kein Verzicht, kein Kompromiss
Eine Welt der Vollkommenheit

Nancy Schumann * 1977

## *Das Unverzichtbare*

Blutrot waren sein' Hände,
so wie das Wasser vor ihm

nur,
er nahm es zu Anfang
kaum wahr

„Ich geh' und such mit Verlangen"
immer schon
Gedanken so rot
vom Atem des Sturmes
zertrieben

den Kopf befreiend

ewige Bewegung

den Himmel begreifend?

„Mache dich, mein Geist bereit"

das gilt

„Alles mit GOTT und nichts ohn' Ihn"

Matthias Schünemann * 1965

## *Das Unverzichtbare*

Unverzichtbar ist der Strom,
der im Innern sich erstreckt,
der die Freude für das Leben,
Liebe, Leidenschaft erweckt.

Er fließt durch wie eine Welle
deren Wogen unerkannt,

landen manchmal rauschend heftig,
manchmal sacht am Meeresstrand.

Unverzichtbar ist der Sturm,
der durch diesen Strom entfacht,
hell aus deinen Augen leuchtet,
dich begleitet Tag und Nacht.

Er treibt Wellen
deren Wogen unerkannt,
landen manchmal rauschend heftig,
manchmal sacht am Meeresstrand.

Karin Schuster

## *Fröhlich*

Wenn ich in den Himmel schau,
seh ich so grosse Weiten.
Alle Zeiten, Stress und Hektik
interessieren mich nicht.
Es ziehen graue Wolken auf,
sie wollen schlechte Laune.
Doch sie sind weit, weit weg
und ich kümmere mich nicht.
So viele scheinbar kleine, unwichtige Dinge

um mich herum,
und sie lächeln mich breit grienend an.
Und ich lach zurück.
Die Sonne wärmt mich.
Ich bin fröhlich.

Martina Schuster * 1986

## *Klaus*

Der Zug 1999 rast unaufhaltsam Richtung Millenium.
Ich sitze gedankenverloren am Fenster und sehe mich um.
Beobachte wie Menschen mit Sehnsüchten bepackt durch die Gegend hasten.
Keine Zeit zu ruhen, nur Zeit Gelegenheiten nachzutrauern, die sie verpassten.

Ein Mann, nicht sehr gepflegt, mit einer Plastiktüte in der Hand,
ist ein wenig betrunken, sehr bemüht um festen Stand.
Sein ätzender Schnapsgeruch meine Nase erreicht
und dennoch hat er mein Herz im Innern erweicht.

Klaus ist sein Name, ehemals Angestellter der Bahn.
Frau weggelaufen, Wohnung verloren, neue Heimat im Wahn.
Nur Tiger, sein blinder Kater, ist ihm ein treuer Freund geblieben.
Oft kriegt er Besuch von hochprozentigen Gästen, ca. sechs oder sieben.

Aus dem Nichts ein Schaffner, Fahrscheinkontrolle! Klaus fast auf Gleis nirgendwo.
Ich kämpfe um ihn, bald ist Silvester, er bekommt sein Ticket und ist heilfroh.
Der Abschied, ein Handkuss von Klaus und ein Piccolöchen für mich.
"Egal wo Du Millenium feierst, schau in den Himmel und denk mal an mich!"
In Schweden kurz vor zwölf, Menschen, gute Vorsätze und Leuchtraketen.
Deinen Sekt in der Hand, den Blick zu den Sternen, fang ich an zu beten.
Ich weiß gar nicht mehr, welcher Wunsch für mich so wichtig war,
aber Dich kennengelernt zu haben, war einfach unverzichtbar.

Alexandra Schütz * 1971

## *Weihnachten*

Gott wird
menschlich
und schreit.
Schreit in einer Krippe für Tiere.
Vor Hunger?
Vor Kälte?
Er schreit wie jedes Baby,
das geboren wird.

Herr, in deinem Urschrei
hier auf unserer Erde
hast du alle Schreie aller Menschen
aller Zeiten inbegriffen.
Und wir schreien zu dir:
Kyrie eleison!

Dorothea Maria Schütz

## *Liebe*

Liebe nennst Du mich –
Also bin ich!
Du sagst, ein Teil des Seins,
ersinnlich.
Ich bin!
Für Dich nur zu begreifen
was Du mit Sinnen kannst erfassen.
Unendlich Glück, bis hin zum Hassen.
Wie Du mich säest,
so werd ich reifen.
Vom Sein bin ich auf Erden
stets neues, reines Werden.
Bin unermeßlich Geben –

Ganz einfach. –
ich bin Leben.
Willst Du dich meiner Macht erwehren,
Die Sein und Sinn und Glück erschließt.
Was Ärmster mußt Du dann entbehren
weil sehend – Du nicht siehst.

Herbert Schütz

## *Leuchtendes Meer*

Die Föhren, schwarz vor dunkler
Wolkenwand,
auf Dünen, deren Haar der Wind zerzaust.
Wenn scharf er über ihren Scheitel braust,
weht er in Schwaden fort den trocknen
Sand.

Ein Silberteppich schwimmt auf grauem
Meer
und spiegelt in den Himmel seinen Schein.
Das Wasser glitzert, als ob Edelstein
in feinen Fäden eingesponnen wär'.

Und zwischen dunkler See und dunkler
Wand
ringsum das Silber und der helle Glanz,
mal langgezogen, breit, dann wie ein
Kranz,
vom Ufer hin zum Horizont gespannt.

Du schaust und schaust – nichts andres hat
Gewicht,
nur Wolken, Wind und See – und dieses
Licht.

Wolfgang Schütz * 1935

## *Aus dem Dunkel*

Ist der Mensch nur Hülle,
die er sprengt oder leert;
die Gedankenfülle
uns Fluch oder Wert?

Ist Leben nur Schicksal,
wie es treibt oder zieht;
was lohnt ewig Mühsal,
wenn nackt ist, wer flieht?

Ist doch jedes endlich,
was uns steilt oder fällt;
sich öffnen nie schändlich,
ist offen die Welt.

Gilt all unser graben
nur der Suche nach Licht,
sind andere Gaben
Dreingaben, mehr nicht.

Tilo Schwalbe * 1972

## *Sei mEIN Freund*

*Für Thomas*

Sei einer, der einfach so mit mir lacht
Sei nicht einer, der falsche Andeutungen
macht
Sei einer, der nur sagt, was er wirklich
meint
Sei nicht einer, der nur ein Freund zu sein
scheint

Sei DER, dem ich blind vertraue
Sei DER, mit dem ich meine Hoffnung neu
aufbaue
Sei DER, der mich inspiriert
Sei DER, der Freundschaft mit mir neu
definiert

Sei einer, der tief mit mir fühlt
Sei nicht einer, der mit mir spielt
Sei einer, der unbeirrt an mich glaubt
Sei nicht einer, der mich meiner Gefühle
beraubt

Sei DER, der Gedanken, Träume und
Ängste mit mir teilt
Sei DER, der auf deiner meiner Bank nur
bei mir verweilt
Sei DER, der soweit wie möglich mit mir
geht
Sei DER, der gegen die Natur zu mir steht

Sei einer, der da ist, wenn ich ihn brauch
Ich verspreche, ich bin es für dich auch
Sei DER, der mit mir gemeinsam auf so eine Freundschaft setzt
Denn vom ganzen Herzen bin ich es schon jetzt – dEINE Freundin!

Iris Schwaneberger * 1968

## *Dezember*

Leise blüht der Schnee
Die roten Rosen schweigen und erzähl'n
Im Sternenschein öffnen sich die schwarzen Blüten
Eis weinen die Sterne hinab
Doch die Blumen werden nicht vergeh'n
Und sind die Knospen auch verblüht
Die Dornen bleiben doch besteh'n
Schmerzenskinder sind sie,
Aus Blut geboren
Immer, immer neue Blumen, neue Blätter, neue Blüten
Es ist die Zeit der Rosen
Die Zeit, die immer bleibt
Immer, immer neue Zweige, neue Wurzeln, neue Dornen
So blühen sie im dichten Wald
Dort blühen sie rot in der Sonne
Und schwarz im Mondenlicht
Und lassen nie,
Und lassen nie vergessen dich

Anna-Maria Schwark

## *Unerfüllte Liebe*

Unerreichbar, unnahbar bist du für mich
Nie das Gefühl des Glücks erleben, außer durch dich
Einander lieben ewiglich
Rosen zart geküsst vom Wind, sie bewegen sich
Flussauf-, Flussabwärts gehen wir zu zweit
Überglücklich, ganz ohne Leid.
Leider, alles nur ein Traum
Leben? Wir beide miteinander? Wohl kaum!
Tränen rollen über mein Gesicht
Es ist wahr, ich spüre deine Liebe nicht

Lieblich wie mein Abendstern
Irgendwo leuchtest du, nicht weit von mir fern
Es bist du, der die Helligkeit meines Lebens ausmacht
Bist du, der meine Liebe entfacht
Es wirst du immer sein –
Denn Dir gehört mein Herz allein!

Anne Schwesinger * 1989

## *Das Unverzichtbare*

Der Mensch oft denkt,
das Unverzichtbare
sei eine Ware.

Konsum ihn lenkt.
Doch Kaufeslust
wird ihm zur Frust.

Als er erkennt,
die Menschenwürde

ist keine Bürde,

sondern wesentliches Element.

Byron Seats * 1972

Was Du sagen willst,
sage nicht.
Was Du tun willst,
tue nicht.
Gefühle kommen und gehen.
Sie sind um uns, sie sind in uns,
man kann sie erahnen,
doch niemals verstehen.

Was Du aussprichst,

erstarrt nur.
Was Du sagst,
zwängt Dich ein.
Wenn die Stimmung dann geht,
bleiben Worte nur –
leer und allein

Erdmuthe Seeker * 1958

## *Zeit des Reifens*

Wenn ein breiter Strom sich dem Meer
zuwälzt,
so eilen die Gedanken von Ort zu Ort;
wenn du in langen Nächten tausend Sterne
zählst,
fehlt dir vielleicht manchmal eines
Menschen Wort.
Ach, auch du bist ein verschlungener Pfad,
so ist die Zeit, Kamerad.

Wenn der Sommer an die Pforten klopft,
beseligt sich der Wein berauscht;
wenn du in langen Nächten träumst –
unverhofft,
und dann einer Stimme lauscht.
Nun, viel hast du noch nicht versäumt,
so ist die Zeit, mein Freund.

Wenn im Kerzenschein die Lider müder
werden,
finden sich zwei – mag sein – im Traum;
wenn du nach langen Nächten die Sonne
siehst auf Erden,
verging in dir das Wunderbare kaum.
Ja, du schenktest mir etwas, das ich liebte,
so ist die Zeit, Geliebte.

Andreas Seele

## *Wahrheit*

Wissenschaftler
Tragen Brillen
Schaffen Klarheit

Computer
Rechnen Blitze
Schaffen Absolutheit

Philosophen
Wandeln Wege
Schaffen Möglichkeiten

Dichter
Bröckeln Erde
Schaffen Wahrheiten

séfanos * 1981

## *Das Unverzichtbare*

Liebe ist was uns verbindet
Leidenschaft, die uns entzündet
Nicht minder nach jenem Beben!
Auch wenn du mich abweist,
Mich anschreist,
Bin ich doch unverzichtbar für dein Leben!
So liegst du jede Nacht
Von Leidenschaft heiß entfacht,
Bist meiner Liebe erlegen!

Friedrich Seibold

## *Momentaufnahme*

Wenn Erfüllung deine Träume umarmt,
dann regnet es Unendlichkeiten
und das Lächeln das den Tag schreibt
wird ummalt vom glanz der
Vollkommenheit

Die Perfektion des Augenblickes
singt und tanzt vor tiefgruendiger Freude,
sodass Gedanken fliegen lernen und die
Erinnerung der Zukunft entgegen lächelt

Die Augen glänzen in Dankbarkeit
getränkt und

jegliche Hoffnung erwacht neben der
Sehnsucht.
Die kurze Momentaufnahme deiner
Hingabe erwartet
das stille Leuchten meiner Seele

In jedem Atemzug legt sich soviel Leben
nieder
getaucht in die Wärme der Sonne,
das es fast unerträglich wird beim
Gedanken daran, das
all dies einst nur noch die Vergaenglichkeit
kuesst

Jasmina-Sophie Seidemann * 1990

## *Gott*

Ich kann dich nicht sehen
oft nicht verstehen
Ich kann dich nicht hören
auch nicht beschwören
Ich kann dich nicht fassen
schon gar nicht hassen
Ich kann dich nicht fragen
doch alles dir sagen
Ich kann glauben, beten
danken für mein Leben
Ich kann mein Gott mitnichten
auf deine Lieb' verzichten

Gloria Seifert-Klein * 1943

## *Vor geraumer Zeit*

Vor geraumer Zeit
Trat auf
Ein Wesen,
Sich selbst bewusst.
Am Anfang war das Wesen
wohl ein Tier gewesen,
Bis es aufrecht stand,
umherging und alsbald bemerkte,
Ich habe Verstand.

Die Sprache kam, so konnte es reden,
Bald schrieb es auf, was es erdacht,
Über alles und was so gewesen,
Über sich und überhaupt
Über das Denken und das Tun.
Warum's nicht alle tun?

Wer so einen Weg gegangen,
Ständig nach vorne und nach hinten
schaut,
täglich nach dem Sinn ausschaut,
ist unverzichtbar,
Glaub ich halt.

Helmut Seilmaier * 1949

## *Taschenbuchheld*

Mein Held

Aus dem Taschenbuch

Strahlende Augen

Witzig, der Reim

Immer da

Zum Rasen

Zum Helfen

Zum Schimpfen

Oftmals Geduld im Herzen

Großzügigkeit im Blick

Musik im Lachen

Mein Held

Aus dem Taschenbuch

Das ich immer bei mir tragen mag

Weil

Es immer noch mehr zu entdecken gibt.

Gabi Seils * 1981

## *Erkenntnis*

Die Wahrheit – sie lässt sich nur sehr
schwer erkennen,
Nur wenige können sie sehen oder trennen
von der Realität,
Die es sehr gut versteht, in die Irre zu
leiten und Fallen zu stellen,
Missbraucht zu werden von den Besten und
Schnellen.
Sie wehrt sich nicht, wenn man ihr das
Herz bricht,
Sie ist neutral, es ist fast banal, wie frei sie
sich formen lässt von unseren
Gedanken,
Sie stellt keine Grenzen oder jegliche
Schranken.
Wieso das so ist, das weiß auch ich nicht,
Ich beobachte und hoffe, dass die Wahrheit
zu mir spricht,
und mir aufdeckt das Geheimnis, das aus
dem Sein ist.

Selah * 1985

## *An Dich*

Lass mich Deine Sonne sein
und Du, sei Du mein Mond!
Lass mich Deine Blüte sein,
in der die Liebe wohnt.
Sei Du mir die tiefe Nacht,
die mich umfangen hält,
die für mich in Sternenpracht
ist Himmelsweltenzelt.

Susann Sendker * 1956

Unverzichtbar ist dein Lachen
im Begegnen, nie zu schade
mit Lebensfreuden, auf'm Pfade
der Düfte Quell, im Erwachen
lass Blumenzauber entfachen

zärtliches Licht beim Sonnenfest
leuchtende Schönheit im Kreise
dem Antlitz im Maß und Preise
der Sonne gleich in Ost und West
Erlösung aus Dunkelarrest

Das Ältestengut in der Hand
unverzichtbar, Freisein im Sein
dennoch vereint, niemals allein
die Freiheit bindet im Verband
all die Seelen, im Seelenland

In der Wahrheit liegt das Wahre
gewahre, den täuschenden Sinn
der Erbe Makel, vom Beginn
in Massen, wo Menschenschare
bist Du „Das Unverzichtbare".

Hassan Seyfzadeh * 1933

## *Baumgeräusche*

Lichteinfall,
durch grüne Blätter.
Vögel singen,
klares Wetter.
Gedankenschmerz
und schöne Sicht,
bitte, Leben,
vergiss mein nicht.

Nimm meine Hand,
denn auch als Kind,
bin ich erwachsen,
fühl mich wohl,
unter den Bäumen.

Unverzichtbar,
auch ohne Sicht,
bitte,

grosser Baum,
vergiss mein nicht.

shenkowski * 1981

## *Stolze Bürger*

Unsere Bürger jagen, hasten. In den
Klöstern Nonnen fasten.
Oben geifert man wie irre, Arbeitspferde
im Geschirre
schlagen fruchtlos montags aus.
Fernsehblödel stecken Zungen raus

Große Leute gehn ins gute Land, Germany
ist abgebrannt.
Sparen kann man anderswo. Hoch die
Tassen, Pipapo!
Man ist prächtig, mächtig, schick, zeigt
sich grinsend, schillernd, dick.
Bildung, Schule, wahre Kunst, weichen vor
dem Festzeltdunst.

Römer laut nach Spielen schrieen und dabei
auf Menschen spieen.
Aber wir sind höher jetzt entwickelt,
menschlich, freundlich, keiner
krickelt,
sauber, pünktlich, makellos, erteilt man
heut den Todesstoß.

Und wenn einer schreit dabei, Nachbarn ist
das einerlei.
Schließt das Fenster, keine Frage gegen
Krach gibt's ja die Klage.
Wer nicht mitspielt, hat's verdient, sabbert
Meier, Müller grient.

Helga Siebecke * 1950

## *dadadada ich vermiss dich*

Schon morgens am Frühstückstisch
bin ich jetzt ohne dich
dadadada ich vermiss dich

Wer tröstet mich
wenn ich
eine Absage aus dem Briefkasten fisch
dadadada ich vermiss dich

Aus dem Haus geh ich ohne dich
und vor Sehnsucht zerreißt es mich
dadadada ich vermiss dich

Wenn ich beim Einkaufen
schwer zu tragen hab
dadadada ich vermiss dich

Abends in der Kneipe
andre haben eine –
Zigarette ich vermisse dich

Claudia Siebold

## *Wasser*

Weichfließende Klarheit,
Farbig in aller Farblosigkeit.
Wasser
Wegsuchende Einheit
Auch in der Begrenzung.
Wasser
Sanfteste Berührung
Und zerstörerische Kraft.
Wasser
Unendlich lebendig
Mit größter Lebensnotwendigkeit.
Wasser
Stets veränderbar
Trotz größter Härte.
Wasser
Lebensspendend in allem
Genügt es nur sich selbst.
Wasser

Dörthe Siemers-Wulff

## *Liebeslieder*

*Für den Komponisten Harald Winter als Erinnerung, Suite-Liebeslieder in Buxtehude am 17.03.2006*

Der Morgenwind
Der Schneeregen
Eisig kalte Tage im März
Auf der Bühne Konturenlicht
Liebeslieder!
Hundert Rosen für Dich
Himmelslicht in Deinem Leben

Maria Antonia Sierra-Ahlfeld

## *Wasser*

Wasser gibt es in Tropfen
und regnet später aus den Wolken
auf unseren Köpfen.

Es bilden sich Bäche, Flüsse, Teiche, Seen
und Meere,
doch die Menschen sind des Wassers
Misere.

Es löscht unseren Durst,
reinigt, hält sauber und schützt,
also der Menschheit oft nützt.

Muscheln, Quallen, Krebse, Fische und
Wale,
alle freuen sich über das flüssige Gold viele
Male!

Ohne das Wasser wären die Gletscher nicht
aus Eis
und wir hätten auch kein Getreide wie den
Mais.

Aus diesen Gründen müssen wir das blaue
Gold sparen
und für spätere Generationen bewahren!

Die Fabriken werden es nicht unbedacht
verschmutzen,
dann haben wir doch alle einen großen
Nutzen!

Karin Sikora

## *Porträt vom Ich*

Die graue Wolle
Am blassgelben Hals:
Last des Augenblicks
Auf schmalen Lippen. Braunaugen
lieben Schneeglöckchen-Inseln.
Vulkanseele im
Angstnebel zwischen
Tagen und Nächten.

Durch seinen Schädel
Strömt die Anderswelt:
Pixel der Hoffnung
Von Friedensmenschen!

Burkhard Sill * 1952

## *An das Eisen*

Magnet, Magnet,

magisches Wirken

Zweier –

Kräfte scheinbar

wesenlos

überwinden den Raum

und können alles bewirken:

Hin und Fort,

Drehung und Druck,

nur nichts bewirken

können sie nicht.

Magnet, Magnet,

hier muss es sich regen!

Ralf Simon * 1958

## *Die Liebe*

Tief im Herzen ruht sie
die unerfüllte Liebe.
Der Traum sie läßt erwachen
eine Sehnsucht schleicht sich ein
verschwindet wieder
in die Tiefe des Bewußtseins.

Margarete Sippel * 1938

## *windflüstern*

nicht-wort-laute
sonnengoldklang
und nachtschwarztöne –
melodie in himmelblau –
allgegenwärtig –
unbegreiflich –
elementar-sinfonie
zwischen stille und aufruhr –
rückhalte lass los
ins grenzenlos gleite
durchdrungen von raum
getragen von windflüstern

Barbara Siwik * 1939

## *Lizenz*

Die Füße gehen mechanisch ihren Weg
Treten manchmal auf der Stelle
Tragen unseren Körper unentwegt
Bergauf oder im Gefälle.

Die Hände halten an allem fest
Manchmal sogar an der Uhr.
Es zerrinnt der kümmerliche Rest
Zwischen den Fingern der Kreatur.

Die Augen sehen Freud' und Leid
Schauen oft weg, oder nur ins Leere
Sind manchmal voller Haß und Neid
Als ob das, das wäre!

Das Herz, obwohl stets gebrochen,
Wird trotzdem weiter und weiter
verschenkt
Und wird es retourniert nach Wochen
Wird der Kummer halt ertränkt.

Warum zögern, worauf warten?
Und weiter nach Vorurteilen suchen?
Lieber Neues immer wieder starten
Und los- und zulassen versuchen.

Siegfried G. Slodczyk

## *Das Unverzichtbare*

Gerade
am Rade der Zeit
der Winkel willkürlich
in Wille und Kür
doch so bestimmt
das nur Menschlichkeit
der Grund ist
für das Fallen und Lassen
und wieder zu landen
auf dem Fundament
Das mein Blick noch Deinen findet
und lässt

Momente atmen
ein
Aus

Emma Smiles

## *Das Verlangen der Schneekönigin*

All mein Sinnen, jedwen' Gedanke
Hängt daran, ganz ohne Schranke.
Jede Zeile und jede Episode
Wandelt sich in tote Anekdote
Wilder, roter Phantasie.

Gebiert Verlangen nach Magie.

Unter frostigem Wintermantel
Regt sich in Lavaglut Tarantel.
Jedes Gesicht – nicht gut genug
Jedes Gemüt nicht blutig genug
– es deshalb Phantasie bleibt.
Und keusche Gedanken vertreibt.

Eismantel umwebt Tosen.
Traurig neigen sich Rosen
Die vielleicht verblühen,
Wie ein Streichholz verglühen.
Obgleich der Frühling noch so fern
sehe ich den erkalteten Stern.

Nach einem trachten Gelüste nur:
– Das ist der Liebe sanfter Schwur.

Mira Sommer * 1982

## *Wasser*

Wenn mein Herz
wäre wie ein Fluss
dann wäre deine Stimme
die Stromschnelle

Wenn meine Augen
wären wie ein See
dann wäre dein Anblick
der Sand der ihn trübt

Wenn meine Seele
wäre wie ein Meer
dann wärest du
der Fisch der darin lebt

Wenn mein ganzes Sein
wäre wie ein Ozean
dann wärest du
der Sturm der ihn bewegt

Manuela Sonntag * 1983

## *Gutes*

Es ist erkennbare Gunst, alles im Nichts zu
seh'n,
zu bemerken, dass Wahrheit nur Schein ist,
weil jeder nur Seine lebt …
Hier filmt jeder seinen eigenen Film,
dessen Folgen sich selber dreh'n …
Alles Glück dieser Welt steckt in Dir und
mir …
und der Kunst, niemals still zu steh'n!
Hier ist Gutes zu seh'n! So viel Gutes zu
seh'n!

Chironie Sonstwie * 1968

## *Das Unverzichtbare*

liegt zwischen deinen
Beinen
meist verborgen

weckt
die tiefsten Triebe
macht mich zum
Tier
mehr sind wir
doch alle nicht
also lass uns
rammeln wie die Karnickel
oder auch vögeln
& danach auseinander gehen
ohne Verpflichtungen

scheiß Nestbau

Julius Späte * 1988

## *Traumgedanken*

Und wieder schweben herab zur Erde
Engelscharen ohne Zahl
und ein Wunsch wäre wunderschön,
könnt' ich nur eines davon seh'n!
Denkt man mal nach und oft fürwahr,
eines schon mal bei uns war.

Auch jetzt zur schönen Weihnachtszeit,
sind sie wieder nah und weit.
So bleiben sie uns traumhaft schön
und werden sie nur darin seh'n.

Werner Sperlich * 1943

## *Der Zauber der Maria O.*

Blütensturm der frühen Jahre,
nahm mich leicht und trug mich fort;
beflügelt' und belebte mich,
brachte mich an diesen Ort.

Goldener Regen, süßer Schmerz
Begleitet' mich auf meiner Flucht.
Uns verbindet lieblos' Herz,
einzig und allein die Sucht.

Verbrenne und verzehre mich,
nach Dir Du Sonnenkind,
ich fand und ich erlebte Dich,
Dein Zauber macht mich blind.

Ich kenne keine Schmerzen mehr,
Dein Wesen macht mich frei.
Bist Du nicht da, ist alles leer,
ist alles einerlei.

Mein Leben dreht sich nur um Dich,
seit mich der Blütenwind,

in deine schöne Nähe flog,
Du magisch Wunderkind.

Sperling * 1986

## *Verfichtung*

Mischwald mit der schwarzen Föhre,
wenn ich dich total verlöre,
unvorstellbar, doch ich höre,
dass die sonst so stillen Buchen
lauthals ihrem Schicksal fluchen,
und ich sehe, dass die Linden
fassungslos auf ihren Rinden
feuerrote Zeichen finden,
keine Signatur von Schmierern,
sondern Auftrag von Sanierern,

das Markierte rasch zu fällen
und danach die Waldparzellen
mit Gehölzen zu bestellen,
die auf lichten Raum verzichten,
wie die schlichten Sitka-Fichten!

Wolf Spickmann * 1943

## *Eins zu Tausend*

Tausend Menschen liefen mir entgegen
tausend mal bin ich ihnen begegnet
tausend Tage hat es dabei über mich
hinweggeregnet
sie liefen vorbei und ich bin ihnen nie mehr
begegnet

Hundert Menschen sprachen zu mir
hundert mal hab ich ihren Stimmen
gelauscht
hundert Tage habe ich den Sinn ihrer
Sprache vertauscht
ihre Worte fanden keinen Boten
sie prallten an mir ab und vielen zu Boden

Zehn Menschen hielten mir die Hand
zehn mal hab ich Sie daran erkannt
zehn Tage in denen ich mich bei ihnen
Geborgen fand
das Gefühl das Sie mir gaben war ehrlich
Sie sind seit her für mich unentbehrlich

Einem Menschen hab ich in die Augen
gesehen
einmal hab ich die Sonne darin aufgehen
sehn
an einem Tag hab ich mein Leben gesehen

Joachim Spinello * 1977

Das Sein kann für uns „Unverzichtbar Sein"
Es ist ein Himmelsgeschenk
Eine Glückswolke, ein besonderer Erfolg
im Weltgetriebe

Der Konsum kann für uns „Unverzichtbar
Sein"
Er ist uns anerzogen und wir nutzen es aus
Es ist für uns eine Droge
Ein Erfüllungswahn im Zeitgeschehen

Die Macht kann für uns „Unverzichtbar
Sein"
Es ist ein Kampf ums Überleben, zu
besiegen
alles andere, das uns im Wege steht
Ein Wahnsinn, ein Machtringen im
Globalkampf

Die Liebe kann für uns „Unverzichtbar
Sein"
Sie ist der Quell des schönen, des sinnlichen
Gefühls
Sie ist wie Flügel eines Vogels in den Lüften
Ein beschwingter Tanz im Universum

Das Unverzichtbare ist immer ein Wahn
der uns in Besitz nimmt:
Ob Geburt, ob Konsum, ob Macht, ob
Liebe
Alles kann nicht „Unverzichtbar Sein"

Bärbel Spittka * 1946

## *die tankstelle*

die raben
hocken hoch überm
pappschnee,
ein drahtseilakt.

während unten die
tankdeckel auf und zu
klappen, die Leute ihrer
wege fahrn,

hocken oben die raben
in reihe.

plötzlich sind sie weg.

und der ort ist ein ort
ohne raben.

das denkt niemand,

was weg ist, ist weg.

das drahtseil aber
hängt nackt
da.

Martin Spitzweck * 1974

## *Nachhause*

Nachhause
dahin
immer wieder
die Sehnsucht

Hinsehnen

Hart
dieses Hiersein
bleiben müssen
endlos
in Starre
kalt

Hinspüren

Nachhause
dahin
immer wieder
die Sehnsucht

Nachhause
Zu Dir

Irmhild Sprenger * 1957

## *Unverzichtbare Gedanken*

Ich schau hinauf zu den Baeumen
und fange an zu Traeumen

wie weit sie in den Himmel ragen
und an den weissen Wolken nagen

vom Wind geschwungen hin und her
es sieht so leicht aus, gar nicht schwer
die Voegel zwitschernd sich wiegen lassen
ich kann mein Glueck noch gar nicht fassen

zu sehen Baeume, so klar und rein
warum koennen meine Gedanken nicht
immer so sein

so friedlich in der Stille stehen
auch ich moechte so durch's Leben gehen.

Bettina Stahl * 1974

## *Das Unverzichtbare*

Lebst du den Beginn mit Fantasie, mit den
Wundern seiner Zeit,
zwingen Sie das Böse in die Knie, erhalten
dir die Kindlichkeit.

Die Burgen, welche du dir baust und die
Wunder die geschehen,
sind stets möglich, da du vertraust, blind
wirst du mit Ihnen gehen.

Das Leben nicht verstanden, ist egal du
musst noch nicht,
schlimm wenn einer kurz gegangen, weil es
dann das Herz dir bricht.

Lachend, strahlend, alles gebend, ohne zu
wissen das du dies tust,
erfreun Sie sich, doch niemals nehmend,
sind zur Stelle, wenn du rufst!

Alles dort scheint dir so groß, nicht
verstanden wie das kann,
weinend oft auf Ihrem Schoß, dein
schrillster Ton ist Ihr Gesang

Wenn das Sein mal doch zu hart, die
Grippe auch den Schlaf dir nimmt,
streicheln Sie dich immer zart, weil dann
auch Ihr Leid beginnt.

Wirst du dann wach nach vielen Jahren,
zum ersten mal das Leid gesehen,
sind Sie stets dort um dich zu warnen,
werden mit auf deinen Wegen gehn.

Ernste Züge tauchen auf, die das Leben oft
so schreibt,
Sie prägen deinen Lebenslauf, das Handeln
wird dir einverleibt.

Später dann, wirst du alt, das Leben rast,
das ist die List,
du hilfst auch, da du nicht kalt, weil auch
du Familie bist.

Das unverzichtbare: Eltern und deren
Fürsorge

Andreas Stahnke * 1983

## *In Tibet*

In Tibets Höhen ein Meer von Bäumen
stand;
Und auch in seiner endlosen Täler Tiefen.
Und in der Bäume Löcher – unbekannt
Verlorene ihr Unglück riefen.
In des Baumes Wipfeln ein Vogel sang –
Ein Lied der hellen Freude bloß.
Ein Ton, der selten an Ohren drang
Für Menschen mit bitterem Los.

Im Verlust der Verlorene, unfähig zu
sprechen
Sucht einen Berg, einen Baum –
Um dort hinein ein Loch zu stechen;
Und gibt seiner Seele freien Raum.

Das Leid, das er klagt durch dieses Loch
Wird nun von seinem Herzen scheiden.
Und für immer – und immer noch
Wird es ein Geheimnis bleiben.

In Tibets Höhen ein Meer von Bäumen
stand;
Und auch in seiner endlosen Täler Tiefen.
Und, ach!, in der Bäume Löcher –
unbekannt
Verlorene ihr Unglück riefen …

Albert Standers * 1973

## *Globalisierung*

So stehn wir im Gebraus
der Mühlen Don Quichottes:
atemlos, mit wehenden Fahnen
in beiden Händen vollbeschäftigt
in einer Luft, die den Atem nimmt
und Stimmen ans Ohr weht,
die verwehen.
Weh uns
wenn flügelschlagend abheben
die Ventilatoren des Rückenwinds
und uns auf ein Land werfen,
dem wir vordem so
nah sein wollten.

Dirk Standke * 1956

## *Charakter*

Schaust du nach Hinten,
ist Alles schon so schnell geschehn'.
Schaust du nach Vorn,
bleibt dir ein weiter Weg zu gehen'.

Schaust du auf dein Leben,
bist du von Verwunderung und Fragen
umgeben.

Der Eine kann heute schon, ganz plötzlich,
von uns scheiden.
Der Andere kann noch Jahre lang, hier auf
Erden, sein Unwesen treiben.

Du kennst Verursachung und weißt
Träume in Ziele umzusetzen.
Edel ist,
wer es schafft,
dabei Niemanden zu verletzen.
Denn es gibt Viele, die noch ganz im
Dunkeln stehn'.
Und es gibt noch mehr, die nur sich selber
sehn'.

Jedes Ding hat seinen Preis.
Mal höher, mal niedriger
manchmal auch nur Fleiß.

Darum triff deine Entscheidungen weise,
denn die Ewigkeit ist eine lange Reise.

Britta Maria Steffens * 1967

## *Solitude*

ein tropfender Hahn;
Kinder im Treppenhaus (lärmend),
hier sitze ich und die Zeit verrinnt,
rinnt in den Ausguß der Welt -
ein Aggregat läuft an.
Hier sitze ich (ein Kind), die einzige
Konstante;
ich sitze hier - der nächste Tropfen fällt.

Jens Steger * 1979

## *Tiefes Vertrauen*

Fallen tief die Tropfen schwer,
Zeit heilt alle Wunden.
Doch mein Herz, das will nicht mehr,
ist zu schwer geschunden.

Rauschend höre ich den Wind.
Ruft er meinen Namen noch?
Empfinde wie ein kleines Kind
des Vermissens großes Loch.

In den Wolken sehe ich dich,
flüstere ewig deinen Namen.
Nicht zu hören scheinst du mich?
Bete nur noch Amen.

Spiegeln sich Gedanken wider
im Gesichte meines Ich.
Lege nun die Trauer nieder,
denn mein Schatz, ich liebe dich.

Anja Stegk

## *Unverzichtbar für mich*

Unverzichtbar
sind für mich
Sonnenschein und Luft zum atmen,
bunte Blumen und mein Erzgebirge.

Unverzichtbar
sind für mich
gute Freunde und Familie,
Gesundheit und meine Katzen,
Menschenwürde und Arbeit.

Missgunst und Überheblichkeit,
eine Nummer beim Arbeitsamt,
Dauerwerbung und ewiger Jugendwahn
sind Dinge, auf die kann
ich gut verzichten.

Was bringt es mir, dass ich mich alt,
fett und überflüssig fühlen soll?

Ich bin jung!
Mein Leben fängt jeden Tag neu an.

Sonja Steiner * 1954

## *Bilder*

Unverzichtbar ist mir die Erinnerung
an Bilder, die sie mir bewahrt,
wenn ich aus langem Leben langsam
Abschied nehme:

An das Meer, das nur für mich rauschte
an Kerkyras einsamen Stränden
und des Pantokrators kargen Gipfel,
windumtost und verloren im Nebel.

Steil ist der Pfad zu des Pythagoras
verborgener Höhle,
doch die Erinnerung bleibt an die
mächtigen Felsen im samiotischen Westen.

Leuchtend strahlt das Engelsgesicht
in des apokalyptischen Johannes kleiner
Kapelle,
und die Kraft dieses Ortes
schwingt lange noch nach.

Unverzichtbar sind bestimmte Bilder
auf dem letzten Stück
des dunkel werdenden Weges.

Ellen-Marie Stengel-Peter * 1940

Oh Erfolg! Mein höchst erstrebenswertes
Ziel.
Und Ruhm! Wie gibst Du mir so viel.
Und Luxus, Reichtum, ach Gewinn!
Wie heftig drängt's mich zu euch hin!
Gesundheit, Schönheit, Wohlergehen,
Euch will ich stets nah bei mir sehen!
Denn das, was messbar ist an Skalen,
was ausdrückt sich in harten Zahlen,
nur Solches wird doch anerkannt,
ist für Erfolg und Glück Garant!
„Ha", ruft mein Herz, „wenn Du da bloß
nicht irrst!
Und eh Du vollends fehlgetrieben wirst,
will ich Dich eines Besseren belehren
und an die Oberfläche kehren,
was viel bedeutsamer im Leben,
als alle Deine Phrasen eben!
Blicke nach innen, in meinen Hort.
Unschätzbar Großes hüt' ich dort.
Besinne darauf Dich und drossle rasch die
Triebe!
Denn das Unverzichtbare ist … die Liebe."

Lillith Stern

## *Das Unverzichtbare*

Deine Arme, die sich mir
entgegenstrecken,
mein Kind, voll Vertrauen und Heiterkeit.
Deine Freude beim Nachlaufen und
Verstecken,
deine Seele ist immer zum Lachen bereit.

Ganz aufgeregt kommst du dann
angerannt,
du hoffst, ich habe jetzt für dich Zeit.
Eine Schnecke trägst du in der Hand,
spürst begeistert ihre Lebendigkeit.

Ist es manchmal auch schwer, deinen Trotz
zu ertragen,
muß ich auch noch Hunderte Streite
schlichten,
stellst du mir auch Fragen über Fragen:
Nein, darauf möchte ich nicht verzichten.

Christina Steuernagel

## *Dein sonniges Lachen*

Dein sonniges Lachen
ist wie ein wärmender Sonnenstrahl,
der dringt in die Tiefe
meines Herzens.

Dein sonniges Lachen
macht mein Herz so warm,
als lässt du brennen
ein ganzes Meer von Kerzen.

Dein sonniges Lachen
ist so schön wie Musik,
ich genieß' jede Minute,
jeden Augenblick.

Dein sonniges Lachen
möcht' ich ewig seh'n,
nur dann geht's
meinem Herzen gut.

Dein sonniges Lachen,
das ist wunderschön,
für mich das reichste,
das schönste Gut.

Annette Stier * 1949

## *Freiheit*

Viele Jahre liegen schon
auf meinem Weg zu Dir.
Viele Jahre gingen, und
Du warst der Lohn dafür.
Viele Jahre hinter mir –
Du steuertest mein Denken,
Freiheit,
doch schon für ihr Lachen
würd' ich Dich verschenken.

Dieter Stiewi * 1964

Unkenrufe verhallen sinnlos
wie Nullen vor ganzen Zahlen.
Verrückte Leute schließen verrückte Ehen
und gestalten das Leben rund.

Auge um Auge, Zahn um Zahn – eine
Wahnsinnsidee,
wenn man das Ganze aus der Sicht eines
Clowns betrachten kann:
– wir tauschen und teilen –
ich schenke dir mein Auge, sprich – einen
Blick
sowie meinen Zahn, sprich –
ein Lächeln …
und du teilst dein Lächeln und deinen Blick
mit mir!

Dann wird es wieder hell in unseren
Herzen
Menschen finden sich zusammen – die
Tochter wird zur Braut –
und ver-rückte Leute schließen ver-rückte
Ehen.
So endet dieser Akt –
der Kreis schließt sich.

Die Unendlichkeit des Lebens greift.
Und unnützes Reden verhallt
gleich Unkenrufen, sinnlos
wie Nullen vor ganzen Zahlen.

Kabri Stilado * 1959

## *Kein Wort*

Kein Wort
beendet nichts
und fängt
nichts an

Kein Wort
das gibt nicht vor
was es
nicht kann

Kein Wort
macht auch nicht
ungeschehen
was da war

So bleibt
– wenn nur
der Mund nicht wär
der es gebar

Holger Stockinger

## *Glücksklee*

Wie mit Steigbügeln
von Grabhügeln
geronnenen Glücks

Hinterrücks leicht
die Kavallerie
der Gedanken

&

Schranken

vergrünen
im Klee

Oskar Stodiek * 1959

Mitten im Leben – viel erreicht
Mitten im Leben – die Zeit verstreicht
Sorgen kommen – Sorgen gehen
Mitten im Leben bleibt die Liebe bestehen
Glückliche Kinderaugen strahlen dir
entgegen
Unverzichtbar – mitten im Leben

Kleine Kinderhände auf reifer Haut
Ohne Vorbehalt auf das Leben gebaut
Kleine Füße, die noch nicht tragen
Große Seele mit offenen Fragen
Sich selbst die richtigen Antworten geben
Unverzichtbar – mitten im Leben

Die eigene Mitte bei sich zu finden
macht frei – um sich an andere zu binden
Die Liebe selbstlos weitergeben
Unverzichtbar – mitten im Leben

Uns geht es besser als den meisten
Wir können uns das Leben leisten
Sich jeden Tag neue Ziele geben
Unverzichtbar – mitten im Leben

Christine Störr * 1969

## *stürmisch*

zwei blätter am see.
die äste bewegt
und halme von wilder kraft erregt.
wolken zerrissen, jäh.

es führt sie vereint,
entfernt sie erneut,
wer weiß woher diese macht erscheint?
ob sie die berührung bereut?

zwei blätter vereint,
bald kurz, bald lang,
belebt vom seelenwind mir scheint.

ganz zärtlicher klang
im rauschen dazwischen,
den regentropfen nie verwischen.

Christian Strassburg * 1965

## *Das Unverzichtbare*

Im flachen Rhythmus müder Wintertage
erschöpf ich dich mit meinem Denken
gehalten und bewegt wie in Gelenken
der Gliederpuppe Kleistscher Tage.

Wir folgen ständig einer Frage:
Warum, wohin? als gäb es keine
Resonanzen
wo Antworten mit Fragen tanzen
gleich eines Rades Staub um seine Nabe.

In vielen flüchtigen Momenten,
die ich mit dir und du mit mir
im Wind der Worte lebte, so als kennten
wir noch ein andres Jetzt und Hier,

ein andres Land mit Bergen und mit
Flüssen,
in dem wir wandernd Menschen werden
müssen.

Paul Strebe * 1940

## *k.o.*

Im Essig liegt das Doppelbett
will Zucker, Öl und Tand und so
du legst dich in den Streichelzoo
in Puzzleteilen unkomplett.

Wer hat denn hier nicht aufgepasst
wenn du sagst so, ich so, du oh
am Affenschleifstein kurz hallo
den letzten Saft im Rausch verprasst.

Barbarisch rigoros im Zorn
hast du den Schlüsselbund verlorn
ich warte hier, bin quasi froh.

Beim letzten Tango fehlt der Beat
verknotet pfeif ich auf dein Lied
geh aus mir raus, schlag dich k.o.

Florian Streier * 1974

## *Eisiger Ost*

Dumpf schlägt
die schwingende Masse
auf einstürzende Neubauten

Der eisige Ost trägt
Staub so grau
über Horizonte:

Ein Gruß an jene, die
hinter der versinkenden Sonne
sich verdingen müssen.

Marko Struck

## *Die Unverzichtbarkeit des Herzens*

Unverzichtbar sind wohl die Füße mit
denen wir gehen
Auch die Augen mit denen wir sehen
Der Mund mit dem wir plappern
Die Ohren mit denen wir schrill und dann
wieder fast still
Die Welt versuchen zu ergattern
Das, was aber wirklich wichtig ist, ist das
Herz mit dem wir hören und sehen
Mit dem wir sprechen und wie mit Füßen
unsere Wege gehen

Klaus Stumpf * 1961

## *Engel*

Wir ziehn uns zurück, wir haben verloren.
Das Universum schickte uns einst als
Friedensboten.
Wir hatten den Auftrag euch Menschen zu
retten.

Doch wer soll befreien aus des Hasses
Ketten.

Wir hielten Wacht in der dunkelsten
Nacht,
als Unheil über die Welt wart gebracht.
Wir schützten, beschützten der
Unschuldigen viel.
Die Welt zu verbessern, das war unser Ziel.

Wir waren überall und nirgends zu sehen,
im Bombenhagel, bei Müttern in Wehen.
Wir standen umgeben von Hass und
Hohn.
Eine Träne der Freude war oft unser Lohn.

Doch jetzt ist es Zeit. Jetzt gehen wir fort.
Die Erde ist wahrlich kein friedlicher Ort.
Überall Unterdrückung, überall herrscht
nur Not.
Überall herrscht der Terror, überall nur
mehr Tod.

Ihr hattet die Chance. Ihr habt sie vertan.
Das goldene Zeitalter für euch nie begann.
Der Mensch ist zu klein, versteht nicht das
Sein.
Sein Herz, sein Verstand sind gemeißelt aus
Stein.

Klaus Stuppi * 1954

Und dann ist die Zeit ein Gelübde,
ein Gebäude aus Tat.
Es formt der Menschen Handlung die
Liebe,
die Kraft des Geistes,
des freien.
Ein Mensch ist und der andere in Person
vom Licht gegeben
und wachsend, bis daß die Seele groß ist
vor Gott
und in Gott
gereift.

oder für praktisch Veranlagte:

Es ist gut,
wenn man was tut.

Maria Stürzer * 1966

## *Der Menschenkäfig*

Menschenkäfig für lange Zeit
keine Freunde weit und breit

Menschenkäfig Höllenzeit
Einsicht üben nicht bereit

Menschenkäfig groß ist die Schuld
du hast es so gewollt, dir fehlt Geduld

Menschenkäfig Hass und Gewalt
das Klima ist traurig, das Klima ist kalt

Menschenkäfig du mußt hinein
du fühlst dich traurig, du fühlst dich klein

Menschenkäfig kalt und leer
du schaust durch die Gitter und hoffst auf
mehr
hoffst auf mehr Wärme auf ein freundliches
Wort
Aber du hoffst vergeblich, denn du merkst
es ist ein einsamer Ort

Swen-Oliver * 1954

## *Das Unverzichtbare*

Der Morgentau aufs Gleis sich legt
Vom Band die Stimme spricht
Am Bahnsteig sich der Zug bewegt
Im grellen Neonlicht

Die Morgensonne scheint noch scheu
Als sei es ihre Pflicht
An jedem Tage, ewig neu,
Zu zeigen ihr Gesicht

Einsam zwischen Menschenmassen,
Kein Wort hat hier Gewicht,

Spürt das Herz in Einbahngassen
Die Seele vor Gericht

Nur du, den ich nicht lieben soll,
Weißt: Kopf und Herz hier ficht.
Und unaufhörlich tönt's in Moll:
Unmöglich der Verzicht!

Doch wer sein Innerstes bewahrt,
Verliert die Sehnsucht nicht.
Der Zug beschleunigt seine Fahrt.
Kein Zielbahnhof in Sicht.

Sylvana * 1967

## *Das Unverzichtbare*

Was hilft dem Heimatlosen alles Reisen,
was dem Armen aller angepries'ne Tand,
dem Übersättigten das Übermaß an
Speisen,
was dem Liebenden, der nie Erwid'rung
fand.

Nichts ist, das von zwei Seiten
betrachtet, Gleiches meint,
mag sich der Geist mildtätig, stetig weiten,
Kontraste er, getrennt, vereint.

So steht, was unverzichtbar ist,
am Prüfstand Stund' um Stund'
weil niemand gleichen Maßes misst,
mit selbem Hintergrund.

Heut' möcht' ich's Liebe nennen,
und Hoffnung, Seelenheil,
Gesundheit, Weisheit zu erkennen,
im abgrund noch das dargebot'ne Seil.

Symerthano * 1979

## *Das Unverzichtbare – oder dich lass ich nicht*

Ohne Gewicht – unverzichtbar
hält die Leere
alles. All Es. Das All.

Unverwechselbarer
reiner erfüllender Ton,
Namen, Klangmuster,
schwingt in der Hülle,
der tönernen Form,
tönt hindurch.

Ton in Ton,
Geist in Gestalt,
spricht durch meine Erscheinung,
ruft von innen,
aus dem Glockenraum,
antwortet den ständig neuen Fragen.

Chorsänger im Urklang,
hält ständig Rücksprache,
bindet an alles Lebendige,
den großen Strom,
in ewiger Treue.

Brigitte Szabo * 1952

## *Wünsche*

Ich will, daß du glücklich bist,
wenn du mich siehst.
Und nie mehr losläßt,
wenn du mich in deine Arme ziehst.
Daß deine Hände sanft mein Gesicht
berühren und deine Lippen mich zum
Träumen verführen.
Ich will mich sicher fühlen
an deiner Brust
und stöhnen und schreien
und beben vor Lust.
Will dich fühlen, riechen und schmecken
und mit dir Liebe und Leben entdecken.
Will vor Glück weinen auf deinem Bauch
und singen und lachen, das will ich auch.
Und tanzen mit dir im Sternenlicht.
Doch ich bin traurig,
denn du willst das nicht.

Heidrun Szymanski * 1956

## *Zukunft*

Zukunft

Leise Stimmen

flüstern

von Hoffnung

Johannes Tack * 1952

Brüchig ist das Netz des Glaubens,
ausgelaugt vom Schmerz der Zeit.
Trügerisches Licht der Hoffnung,
schwankend in der Dunkelheit.
Nur der Liebe ernstes Wirken
gibt uns sicheres Geleit,
unverzichtbar, Quell des Lebens,
Weg und Ziel zur Menschlichkeit.

Evamarie Taferner

## *Engel wie Du ...*

Ich möchte Dein Engel sein.
Schützend,
zärtlich meine prächtigen Flügel um Dich
legen.
Dich vorsichtig einbetten,
im unschuldigen
aufrichtigen Weiß.
Ich möchte in Momenten tiefer Traurigkeit
ein kleines Lächeln auf Dein Gesicht
zaubern.
In Stunden der Einsamkeit
sanft Deine Hand halten.
Dir Geborgenheit,
Zuversicht und Wärme schenken.
Ich möchte Dir einfach gut tun.
Bedingungslos geben.
Denn Du bist mein Engel,
der mein liebevollstes Ich
in vollster Schönheit erstrahlen lässt,
das Beste in mir zum Vorschein bringt.

Anika Tanck * 1973

## *Nur sie ...*

Versteckt in den Seiten des Lebens,
jenen Momenten eben,
ähnlich einem Buch:
Höhepunkte folgen Niederlagen,
Niederlagen folgen Höhepunkten.

Alles ist nur ein Aspekt des Seins.
Unsere Existenz einzig gegeben
durch das Unverzichtbare: Freude!

Sie ist der Sinn.
Ihre Facetten sind Licht, Wärme, Farben,
Düfte ...
Nur wer sie kennt,
fühlt auch Trauer, Leidenschaft, Wut ...
Nur sie ...
läßt uns leben.

Tanya * 1973

## *Das Unverzichtbare*

Unverzichtbar – dein Lächeln, bevor es
verschwand
Unverzichtbar – deine Stimme, bevor sie
verstummte
Unverzichtbar – dein Blick, bevor die Lider
sich schlossen
Unverzichtbar – die Erinnerung, die mir
jetzt noch bleibt
Das Unverzichtbare – Du

Nadine Tapprogge * 1979

## *Du und die Welt*

Du und die Welt,
ihr habt großes Potential.
Unendliche Träume

und verborgene Gefahren ...

zwei Seiten – eine Medaille
das Leben – der Tod
Gesundheit – Krankheit
Freude – Zorn
Lachen – Gebrüll
Freundschaft – Hass
Zuversicht – Verzweiflung
Liebe – Verachtung

... viele Gesichter trägt diese Welt
und Du bist ein Teil von ihr.
Ein unverzichtbarer Teil.
Vergiss das nicht.

Kathrin Tausendfreund * 1981

## *Das Unverzichtbare*

Nie dich gefunden
Helena.
Faustisch
suchend Wahrheit
fliehend
was Liebe war
ging Helena
ich an dir vorüber
und so blieb ungesagt
Wort
einzig Sinn verleihend
großem Streben.

Katja Vera Taver * 1942

## *Jogger's high*

Nach 365 Runden
im Endorphinrauch
das Menetekel:

flanieren –

dem Parcours
gegenströmen
sich der Kreuzung
aussetzen

schlendern –

an Passagen
verweilen
auf Abwegen
zum Ziel gelangen

Müßiggeherglück

Monika Tempel * 1956

## *Der Tod*

Die Maschinerie dröhnt vor sich hin.
Der Menschheit Kerker,
die Monotonie, die Unwissenheit.

Gelangweilt, stürzt sie sich
in die falschen Freuden des Milieus.

Entleert, stopft sie sich
mit den unersättlichen Gütern.

Gequält, lähmt sie den Freudensschmerz
mit der Lüsternheit ihrer Natur.
Das Nichts der Unbewusstheit
zieht wie ein Nebel über all der
Menschheit.

Eine Erinnerung haben sie.
Die Zeit, mit der sie fortschreiten.

In Momenten der unerklärlichen
Dunkelheit,
übermannt sie die Angst vor dem Tod.

Eine Chance,
den Schleier der Unwissenheit zu entreißen,
die Maske ihrer Falschheit zu erkennen
und im Vertrauen, den Weg zu wagen
zu ihrem göttlichen Selbst.

Selda Temür

### *Sinn des Lebens*

Es ist was es ist, was es sein muss
Ein Muss für jeden der ist,
das Sein für jeden der muss
Doch es muss Keiner,
denn Keiner muss sein.

Was soll's?
Wer nicht will, der soll auch nicht wollen
Er soll sollen!
Wille, nicht das was sein soll
Pflicht, das was sein muss
Und schon wäre man wieder dort.

Der Sinn ist das Muss nach dem Willen,
der nicht sein soll.

F. Teßmer * 1985

### *das nur*

meine seele sagt
sie will deine seele spüren
ganz tief
spüren
sagt meine seele
nur
sagt meine seele
das nur
sagt sie
meine seele

thea * 1958

### *Gebet eines Kindes*

Ich bin klein Anna, Herr da oben.
Die klein Anna, welche wurde so belogen.
Immer sagten die Eltern, sie wären für mich da,
doch nun oh Herr, sind sie weg und was sie sagten ist nicht wahr.

Ich sah nur Feuer und grelles Licht
und sah noch einmal Mamas Gesicht.
Es war voll Angst, voll Pein und Gram
es war das letzte Mal, dass sie mich hielt im Arm.

Ich sah den Himmel, den roten.
Ich sah ein Meer voll Toten.
Ich war allein auf der Welt;
in einer, die hatte sich auf Krieg eingestellt.

Ein Krieg voller Irrsinn,
denn es ging nur um Macht.
Und keiner von denen, die ihn führten,
hat an uns Kinder gedacht.

Ich bin klein Anna, Herr da oben.
Lass nie mehr zu, dass wir werden so betrogen,
um unsere Kindheit, die nun so einsam und leer.
Gib den Menschen Verstand, dass ein Krieg kommt nie mehr!

Hannelore Thiele * 1951

### *Unverzichtbar*

Ich könnte sterben!
Mein Leben, ein Glas aus Scherben.
Ein Fingerschnipp bringt es zu Fall,

Verletzt von Sehnsuchts weitem Hall.
Das Unverzichtbar' nicht bekommen,
So daß mir mein Herz genommen!

Der Job der Wünsche und der Träume,
Holte mir das Laub der Bäume.
Doch die Blätter waren braun,

In die Welt muß ich nun schau'n.
Um meinen Körper zu ernähren.
Wie unverzichtbar sind für euch die Ähren?

Ich konnt' bei meinen Freunden essen.
Denn ohne Job, hab ich auf der Straß' gesessen.
Unverzichtbar sind die Leute um dich rum.

Der Gedankengang „Du bringst dich um!“
Streichst du aus dem Hirn
Du bietest jedem Nazischwein die Stirn.

Du brauchst zum Leben nun mal Mampf!
Doch du bist unverzichtbar für den Kampf!

Theodor Thietenbach * 1982

## *Ich atme die Nacht*

sie lagert um mein haus
bis zum horizont, fern darüber hinaus
hüllt mich in weite, schenkt raum
flucht wird freiheit wird traum

ebne ihren geschenken den weg
durch mich hindurch
ins sichtbare
ich brauche sie, und nicht zu suchen
sie findet mich
lehrt mich verzicht, verstehen
warte ihr entgegen
atme sie, achtsam, glücklich
sie, wahrhaftig und leise
mit ihrem zauber
versöhnt, taucht mich in zärtlichkeit,
vergessen
verbündete in stillem pakt
befruchtet von ihr
gebäre ich
meine neue reise

Elena Tigress * 1962

## *Zugeflüstert –Zugewispert*

Du musst dich bücken,
ohnedem wird's nicht glücken
dein Leben.

Möchtest du auch lieber schweben
zwischen Tag und Traum
und erfüllt Routine dich mit Grau'n.

Jeder muss sich schicken.
Bedenke nur in was.
Es geht um dein Leben –
zerbrechlich wie das Glas.

Neige dich mit Respekt,
wie zu einer seltenen Blume
und es lächelt dir die Weisheit,
die uralte erfahrene Muhme.

Angela Hilde Timm * 1964

## *Be-Lichtung*

Aufblühen
Kein Baldiges
Bereits abzusehendes
Verblühen
Hineinfühlen
In Sonnenlichter
Menschenkindern Vorenthaltenes
Ewiges Spüren
Ewigkeit berühren
Um Zeit
Alte Zeiten zu verlieren
Eingetrocknetes zu antiquieren
Und mit dem
Neu entfachten
Hauch
Zu neuen
Doch so alten
Zeitlosen Ufern
Zu ziehen
Los

Tinitus d. Ä. * 1985

## *Addition 1988*

Seit der Mitte meines Lebens
seh ich resignierend ein:
All mein Streben war vergebens!
Na! Es hat nicht sollen sein!

Weggefegt sind all die Pläne
für die neue, schöne Welt.

Diese leere, kalte Gähne
hat mir glatt ein Bein gestellt.

Hab versucht, darum zu kämpfen.
Doch die Kirche und der Staat
lehrten mich, den Drang zu dämpfen.
Und dann hatte ich es satt!

Aber eins, das ist geblieben.
Davon gehe ich nicht ab.
Meine Freiheit werd ich lieben
hier auf Erden bis ins Grab.

Dieter Tischendorf * 1940

## *Das Unverzichtbare*

Unverzichtbar,
nicht bedichtbar,
unermesslich,
schön und hässlich,
unerreichbar,
nicht vergleichbar,
sind die Worte dieser Welt.
Unverstehbar,
nicht begehbar,
unergründlich,
schriftlich, mündlich,
unerklärbar,
niemals lehrbar,
Band, das sie zusammen hält.

Cora Titz

## *Das Warten*

Mir ist kalt
Meine Haut ist alt
Zerbrechlich noch dazu
Kann schon lange nicht mehr gehen
Nicht mehr deutlich sehen
Die andern Menschen
Durch meine Ohren nicht verstehen
Ich nehme ab
An Gewicht und Glücklichkeit
Hab keinen Freund und auch keinen Feind
Bin auch schon lange nicht mehr zu zweit
Nun lieg ich hier mit schwerem Atem
Die Zeit verrinnt nur fürs warten
Sowie alles um mich herum
Keine Fragen mehr nachdem
„Warum“
Ich schlaf jetzt ein
Meine Welt wird
Schwarz, Blind und Stumm
nun sein.

Phönix Tölle * 1985

Ein Dach überm Kopf, eine Kuschelecke,
ein gutes Buch, eine Sofadecke,
genug zu essen, gesund sein und bleiben,
und Augen, die sehen,
und Beine, die gehen,
Papier genug, einen Stift zum Schreiben,
ein Leben in Frieden ohne Geiz, Gier und
Hast,
und daß nie zu schwer die alltägliche Last,
ein Mensch, der mir hilft, wenn ich was
nicht kann,
Gedanken austauschen so dann und wann,
in sauberer Luft Spaziergang genießen,
ein gepflegter Park, wo Blumen sprießen,
Kleidung zum Wechseln und Seife zum
Waschen,
und ab und zu Schokolade zum Naschen,
nicht frieren müssen und Licht in den
Straßen,
einkaufen können, nicht viel, doch in
Maßen,
ein gutes Konzert, dazu Ohren, die hören,
den Weg dorthin schaffen, daß nichts kann
mich stören,
auch nicht Diebe, Verbrecher und
Schwerenöter,
geschützt vor fanatischem Mord
Attentäter.

Lore Tomalla * 1931

## *So sehr*

So sehr mich meine Träume auch
verbrennen,
Erinnerung,
Die schwere Schatten trägt,
Erlebtes prägt,
Kann nicht verzichten,
Muss ich doch erkennen.

Verfolge ich
des Lebens große Macht
und will ich rauf,
es zieht mich weiter runter,
ich lächle munter
und weiß, ich habe falsch gedacht.

Es ist das Glück,
das voll erzwingen ich gern würde.
Ich muss es
Ohne Wenn und Aber haben.
Es bleiben Klagen,
denn dies ist wohl die schwerste Hürde.

Erlebtes prägt, kann nicht verzichten.
Ein Stück ist weg von meiner Würde.

Siglinde Tontsch * 1957

## *Deine Stimme*

Wir reden
Du und ich
verbunden durch Draht

Das Gehörte verblasst
wie aufsteigender Nebel
in der Landschaft

Nur Deine Stimme ist hörbar
wie die Sonne
die die Einzelheiten der Bäume
erahnen lässt
Sie wärmt, sie gibt, sie tröstet

Durch mein Ohr
dringt Deine Stimme
nach Innen

So klingt in mir
eine Morgenstimmung
aus nie gekannten Tönen, Farben
und einem Duft von
aufblühenden Mohnblumen
die ich sanft berühre

Topis * 1963

## *Geld regiert die Welt*

Geld regiert die Welt,
Geld ist's, das Menschen am Leben erhält.
Mag's äußerlich sein,
oder im Innern drein,
schon manchen hat es erhängt
und andrer Unschuld versenkt.

Stets tut es dies nur immerfort,
dabei erscheint es hier mal dort.
Nichts und nirgends hält es frei,
verschonet nichts und bricht entzwei,
was einer glaubt,
worauf ander vertraut.

Krieg, Macht, Wut und Neid,
nur größer wird der Menschen Leid,
daran viel Leben zerschellt,
doch keine Einsicht das Herz erhellt.

Viele Masken stets es tragt,
nährt es sich am Fleisch und nagt,
denn es ist das Geld, das ruft,
Damnis dem, der es erschufft.

Hatice Toptik * 1981

## *Lebens-Winter-Fest*

Weine nicht,
Hadre nicht,
Suche nicht.

Gehe deinen Weg mit
Geerdeten Füßen.
Schritt für Schritt wandle,
Nimm deine Hoffnung mit.

Keiner weiß, ob sie gilt.
Am Ende
Wünsch' ich dir

Schützende, tragende Hände
Und ein wärmendes Licht !

Anne Touché * 1963

## *Schutzengel*

Engel im Himmel – Engel auf Erden,
Zweifel begraben – Glauben bestärken,
Kräfte erkennen – hinter den Dingen,
nach dem Schönen lasst uns sinnen.

Hinter allem Sein – ein Engel steckt.
Lassen wir uns drauf ein,
wird so manches entdeckt.
Wird um Hilfe gebeten,
eilen Engel herbei,
um uns zu beschützen im alltäglichen Sein.

Nicht immer nach Wunsch,
doch immer zum Besten,
kommt Hilfe vom Himmel – ihr könnt es testen.

Menschen nehmen es schwer –
Engel leicht,
deshalb können sie fliegen – zu allen – zeitgleich.

Erkennt das Licht, die Farben, die Freude,
die Wärme, die Kälte im Morgen und Heute.
Ein jeder weiß, einen Engel er hat,
doch wisst ihn zu schätzen und „Danke" ihm sagt.

Michaela Trieb * 1969

## *Kinder*

Kinder haben – ist das ein Segen?
Kinder haben – ist das Glück?
Geben sie Dir je die Liebe zurück?

Kinder haben – das braucht Kraft!
Kinder haben – das bringt auch Sorgen!
Doch ohne sie ist es ein einsamer Morgen!

Eltern sein heißt – Verantwortung tragen.
Eltern sein heißt – Vertrauen schenken.
Ist es erlaubt auch mal an sich zu denken?

Eltern sein heißt – zuhören können.
Eltern sein heißt – auch mal verzeihn'
denn jeder Tag könnte der Letzte sein!

Eltern und Kinder sind wie die Blumen im Garten,
wie die Blätter und der Wind,

behutsam tragen wir durch die Welt unser Kind.

Ulrike Trinler * 1962

## *Sein*

*Das anders Seiende*

Morgenröte umhüllt die Nacht,
Lichtersaum ist schon erwacht.
Zeitlos Vergangenheit und Jetzt
sich fühlbar in die Zukunft setzt.
Durchströmend das Feinste Festes
durchzieht.
Der Weise in der Umkehr die Tiefe sieht.
Selbst das anders Seiende ist hier:
Bewusstsein ist der Ort in dir.

Ina-Alexandra von Trotha * 1942

## *Sie und Er*

Sie, bezaubernd kleine Person – doch groß
und größer noch im Herzen.
Lächelnd, sonnig aufgefüllt – voll
Zaubermut und Scherzen.

Immer wach, immer kämpfend, stärker
noch als stark,
und doch, trotz aller Liebe, tief traurig bis
ins Mark.

Immer für alle ins Gute gelangen; Doch
manchmal in Ihr selber gefangen.
Erwachsen geworden, gebliebenes Kind –
Für mich ist Sie meiner Seele Wind.

Er, ruhig und doch unzähmbar;
Weltmännisch, bescheiden, beliebt.
Stattlich, nicht in dem Erscheinen – jedoch
ein stattliches Gemüt.

Gedankenreich, klug, scheinbar
unzerbrechlich; friedlich, fleißig,
unverfechtlicht;
Gutmütig, starrsinnig, patriotistisch; Allen
gerecht, und auch uneinsichtig.

Pflichtbewusster gerader Gang, Poet und
für mich auch Lebemann.
Einzelgänger, Herdentier – Sein Leben ist
der Fels in mir.

So kenne ich der Liebe Wort, durch meiner
Kindheit Tage.
Rückenwind und Zufluchtsort, noch heute
das Unverzichtbare.

Ingrid Trott * 1983

## *Das Unverzichtbare*

UNABÄNDERLICH sind Dinge
wie das Wetter und der Tod.
Wenn wir uns auch noch so wehren,
regnet's auch auf's letzte Boot.

UNVERZEIHLICH sind nur Fehler,
die man macht und nicht gesteht.
Jeder Mensch darf Schwächen zeigen,
für Reue ist es nie zu spät.

UNVERSTÄNDLICH sind die Worte,
die verletzend sind und kalt.
Kennt man nicht den Satz „Vergib mir!",
wird man ohne Freunde alt.

UNBEGRENZT sind Möglichkeiten,
die man nutzt mit klugem Sinn.
Jeder Traum birgt tausend Wege
zu den eignen Zielen hin.

Das UNVERZICHTBARE ist Liebe.
Sie ist das, was von uns bleibt,
ist die Hoffnung und das Leben
und der Motor, der uns treibt.

Carola Trültzsch * 1959

## *Ende offen*

Jenseits
–
vom Diesseits
–
Andernorts?
–
Fatale Realität
–
Den Sternen so nah
–
Den Menschen so weit
–
Entfernungen
–
Irr-Realität?
–
Wozu erfüllen
Kriege
Real an
Sinn und Zweck …

Nannette Tychsen * 1966

## *Unendlich*

Unendlich ist meine Liebe zu Dir ,

nichts trennt uns im Leben hier!

Doch solltest Du einmal von mir gehen,

meine Liebe die bleibt, Du wirst sehen!

Und solltest Du doch einmal Zweifeln,

ist das wahr?

Sei Gewiß, ich bin immer, immer da!

Wenn Du, mir auch nicht glaubst,

es ist Deine Seele, die mir vertraut.

Wir haben es uns damals versprochen,

Dein Herz, wird niemals gebrochen!

Ist die Zeit reif und Du bereit, ist die

Liebe, zu mir nicht mehr weit!

Fühlst Du Dich einsam und verlassen,

denke an mich, ich kann Dich erfassen!

Wenn Du noch immer nicht weißt, wer ich bin,

schau in den Himmel, das macht Sinn!

Urmeline * 1963

## *Ich und Gott*

Ich kenn dich Gott
Auch wenn du's mir vergällst
Und du es unter Strafe stellst, zu finden
und zu schaun
Du bist in Männern und in Fraun das
immer selbe Bild
Dieselbe Schlange, die voll Unschuld sich
das erste Opfer sucht
Und führst die Lippen, dem, der deinem
Namen flucht
so wie du Dank und Lob aus eben diesem
Mund
gen Himmel singen läßt.
Noch ehe du die Welt mit Wassern
überschwemmt
Hat vorher dir das Feuer Berg und Tal
durchkämmt
Zu allem aber redest du kein Wort
Und fährst so fort
Als ginge es dich nichts und alles an
Oh, weh dem Mann
Der dich in dieser Welt versteht
Und weiter selbst sein will
Weil das nicht geht

Annette van Vahlendiek * 1957

die Worte des Dichters
verzichtbar
die Gedanken des Philosophen
verzichtbar
der Glauben des Theologen
verzichtbar
die Erkenntnis des Wissenschaftlers
verzichtbar

Ant-worten
lebens-lang
Verzichtbar

Unverzichtbar
Die Frage nach dem
Unverzichtbaren

verzichtbarer
Schmerz
unverzichtbar

Manfred Viemann * 1960

*noch ein wenig mehr?*

jedes bißchen gar nichts
heute zum sonderpreis
bis über den rand
gehäuft ragen
die mittel des lebens
aus den frustwägelchen
im supermarkt
der notwendigkeiten
stauen sie sich
an den scannerkassen
hinter den fersen der gier
da leider bloß ein traum
sich zu nähren
von liebe luft und sonne

Harald Vogl * 1966

## *Das Unverzichtbare im Leben*

Nichts ist unverzichtbar,
unabdingbar ist dennoch alles.
Das Leid der Menschen ist unsagbar.
Wer vernimmt den Widerhall des lauten
Schalls?

Braucht der Mensch Geld, Ruhm und
Macht?
Betrübnis und Trauer hat es uns gebracht.
Der Fluss der Tränen wird nie versiegen,
tausend Übeln werden wir dadurch
erliegen.
Braucht der Mensch Liebe, Luft und
Leben?
Dies ist wichtiger als das, wonach wir
streben,
denn Hoffnung, Halt und auch Heiterkeit
bringen Freude und Glück zu jeder Zeit.

Vergesst, was euer Herz bedrückt,
auch wenn andere sich an eurem Leid
laben.
Bedenkt, was alles euch beglückt,
erfreuet euch an Gottes Gaben.

Amelie Vogt * 1987

## *Das Unverzichtbare ist der eigene Weg*

Du mußt ihn nur gehen
im Laufen und Stehen
im Denken und Tun
im Handeln und Ruh'n
im Reden und Schweigen
im Glück und im Leiden
im Inneren deines Tellers
im Bereich deines Kellers

Im Tiefen wie im Hohen
wird Entwicklung sich lohnen.
Du kommst nicht an
aber bist bei dir
– das ist zum Glück
die offene Tür.

Holt dich in deinem Sein
der „Gott der Welten" ein,
dann hat mit dieser Bindung
dein Erdenlauf die Zündung.

Rose-Marie Voigt * 1923

## *Yin Yang als Phantasiespiel*

Indem sich Wörter und Bilder
Zu neuen Gedanken verbinden,
Indem ausgewogen im Yin Yang,
Kontraste
Zu neuem Einklang, zu harmonischer
Einheit finden,
Dieses Phantasiespiel ist für mich das
Unverzichtbare.

Im Rotieren von Yin und Yang denk' ich
oft daran,
Oh, das Leben ist lang, verdammt lang!
Dabei ist doch quälend immer nur

Die alltäglich' Augenblickstortour!
Wie tröstend und schön ist es da, ein
Phantasiespiel zu seh'n,
Wenn Yin und Yang den Gedankengang
ablenken und
Aus seinem Ringen spielend zu
kontrastivstem Denken bringen:

Mit einem kleinen weißen Punkt im
schwarzen Feld,
Ausgewogenheit und Gelassenheit
anbahnen,
Oder mit einem kleinen schwarzen
Fluchtpunkt im großen weißen Feld,
Wunschträume wieder erahnen lassen?
Wer dies Phantasiespiel spielt, hat
Gedankenfreiheit.
Und die ist für mich unverzichtbar.

Susanne Volk * 1956

## *Waldspaziergang*

Dicke, zähe Luft,
wabernd heiß und feucht,
fauler schwerer Duft,
verdammte Angst mich scheucht,

Der Dschungel greift nach mir,
mit seinen grünen Armen,
ich schwitze und ich frier,
wer ruft da meinen Namen?

Immer schneller haste ich,
durch Dickicht und Morast,
bin außer Atem, fürchterlich,
kann nicht mehr denken, fast.

Warmes Wasser mich umspült,
gleite rastlos durch den Bach.
Was hab ich am Ärmel da gefühlt?
Eine Python ist immer wach.

Kämpfend greif ich in die Tasche,
hol' mein Schweizer Messer raus,
wär' es eine Wasserflasche,
mein Lichtlein ginge heute aus.

Dieter Vollenbröker

## *Silencium*

Lärm,
Allgegenwärtig lautes Übel,
Schlafräuber, gieriger Gedankendieb!
Ich hätte nicht übel Lust,
Dir einmal gründlich
Dein ewiges Lästermaul zu stopfen,
Dich zu stillen,
Über dich zu kommen, ungefragt,
Wie du sonst über mich,
Um dir stumm heimlich
Eine Käseglocke aus schwerem blauen Glas
überzustülpen.
Denn ich vermisse sie schmerzlich
Die Stille,
Die Trägheit der Ruhe,
In der das Rauschen des Blutes,
Der Schlag meines Herzens,
Der Fluss meines Atems
Gerade so laut sind
Dass ich weiß:
Ich lebe noch!

Jürgen Vorwerk

## *Muse*

Es steht ein einzig Blümelein
in unserem schönen Garten
als wollte es in Dichters Reim
auf seinen Einsatz warten

Mariam W.

## *Wenn wir nur*

Wenn
wir
nur
unterlassen könnten

alles
zu deuten:
Die Worte,
die Gesten,
die Sterne,
die Linien in der Hand ;

allein
im
stillen Staunen
hätten wir
das Zeichen
erkannt.

Irena Wachendorff * 1961

## *Entschluss*

Sieh dich nicht um, das kostet Zeit
Und mindert die Entschlossenheit.
Der Frühling macht den Winter blass,
vergiss die Ängste und den Hass.

Auf halber Strecke umgekehrt,
erfährst du niemals, was es wert.
Nichts hält auf Dauer das vereint,
was nicht vollkommen ernst gemeint.

Sieh deinen Lebensweg als ganzen,
auch zwischen Trümmern wachsen
Pflanzen.
Die Trümmer – sind sie ausgeblutet,
werden von Gräsern überflutet.

Du wirst sehn, in ferner Zeit,
tut dir dein Handeln nicht mehr leid.
Nutze die Trümmer als Spalier,
denn sie gehören auch zu dir.

Sie warnen dich. Bei jedem Schritt,
spürst du durch deinen Schuh den Splitt.
Erinnerungsschmerz, wie man ihn kennt,
ist das, was man Erfahrung nennt.

Petra Wächter * 1964

## *Shame 1*

Braunwolkgebroll. Regen –
Mantelwarts. Schienen –
Distelgestreife

Wo warst du
Quidam?

Judenschimmerfleisch. Schatten –
Süß aufschwalbend. Vor
Dem Maulwurfsauge

Rauchdome über dem aus –
Getrunkenen Wort. Schweigt
Vielstimmig Atem Kuss Gekralle

Wo warst du
Quidam?

Mich quält
Mich schält
Wer ich gewäre
worden

Bärbel Wachtmeister * 1945

## *Der Baum*

Der Baum
ist
unverzichtbar
(du störst,
Wissenschaft!)

unverzichtbar
ist
der Baum … denn

aus seinem Fleisch
schneidet
der Mensch

Kruzifixe

und Gewehrkolben

René Wachtmeister * 1978

Geworfen in die Kälte des Seins
Langsam sich erwärmend
Ertastend die Nähe
Erste Begegnungen
Zunehmende Verletzungen und bleibende
Abweisungen
Ein jeder versucht seiend zu sein
Sorge für sich und andere zu übernehmen
Schleichend deutet sich Hoffnung an
Ahnend die Einmaligkeit eines jeden
Augenblickes
Zugleich verrinnende Zeit
Bestimmendes Geglücktes und
Gescheitertes
Dunkel werdende Tage
Wissend um das ferne Widerfahrende
Zugleich horchend auf das Kommende
Wachsend bereit für die Abwendung
Stetig die Einmaligkeit des
Je eigensten kommenden Unverzichtbaren
fühlend
Das Unverzichtbare holt mich heim

Volker Wackerfuß

## *Dein Ende*

Wieviel Anspruch habe ich auf dich?
Wieviel Anspruch hatte ich jemals auf
dich?

Ich weiß ich werde dich verlieren.
Gott erhebt sein Vorrecht.

NEIN.
Ich will dich nicht verlieren,
kann dich nicht entbehren.

Ich bin keine Jasagerin.
Meine Opferbereitschaft ist klein.

Ich will kämpfen
und doch weiß ich
ich muss zurücktreten.

Diesen, deinen Weg
gehst du nun ohne mich.

Angelika Wagner * 1962

## *Wärst du mein Buch*

wärst du mein Buch
ich legte es nachts neben meine Träume
und mischte sie
mit deinem Duft
und ich sähe dich
in deinen Bildnissen
die du mir anvertrautest

bist du mein Buch
so will ich es nur anschauen
und wenn ein lauer Wind
durch deine Blätter stöbert
genieße ich Einblicke
auch in deine dunklen Seiten
und im lichten Ausblick
wird manches klarer
bis beim letzten Hauch
dein volles Bild vergeht

Heinrich Wagner * 1942

## *Seltenes Gefühl*

Als ich sie sah verspürte ich
So heiß und tief in mir.
Solch selten, fremd Gefühl,
Ward Sie nur nah bei mir.
Ich fragte meine Seele: ,
„Was könne Dies nur sein?"
Sie wußte nur das eine:
„Sie ist mir Sonnenschein"
So dacht ich mir als einziges,
mein Herz könnt es doch wissen.
Warum bin ich durch diese Frau,
So hin und her gerissen.
Es flüsterte ganz leis mein Herz:,

„Ich kenn die Antwort deiner Frage,
Denn ganz genau dieselben
Gefühle ich doch habe.“
„Die Liebe ist's, solch göttlich Segen, Sie in mir warm erklingt.
Mich dazu bringt vor Glück zu beben,
Und Dich so durcheinander bringt“

Martin Wagner * 1982

## *Hexenjagd*

Wilde Stimmen flüstern
Ungezügelt in die Nacht,
Worte triefen lüstern
Von ungeahnter Macht.

Hoch wird das Weib gerissen,
Die wilde Meute johlt,
Alle sollen wissen,
Wen der Teufel holt.

Jedes Stigma eine Nadelprobe,
nichts von Zauber, keine Kräuter,
Feuer brachte sie zu Tode,
geurteilt hatten mächt'ge Häupter.

Auf welch weiten Wegen,
kann heut' der Geist frei schreiten,
mit des Himmels Segen,
für ewig dauernde Zeiten.

Susanne Wagner * 1969

Gott im Worte …
Die schönsten Worte klingen nicht nur im Jetzt und Hier
Sie sind Ewigkeit.

Lass mich betrinken an der Worte Sanftheit
Auf den Wellen ihrer Schönheit tragen.

Sprich zu mir …
Sprich zu mir in göttlichen Noten.

Lasse Worte mich berühren, wie Seele leiser Pfoten.

Wie viel vom Worte entspringen vermag, erhellt selbst nicht
Der lichteste Tag.

Wenn wir lernen diese Worte zu gebrauchen,
Sie neuen Wind in die Welten einhauchen.

Wenn wir dies nicht nur verstehn, können wir Gott im Worte sehn.

Nicole Melissa Waizmann * 1973

## *Reiss diese Liebe aus*

Überzählig
wie mit Wurzeln der verjährten Pflanze
hat sie sich festgesaugt im Seelenkrug
und will ihn sprengen.

Ich hab ihn weggestellt
damit er nicht zerbricht.

Was noch in mir gewachsen ist
steht auf anderem Boden
eingefriedet.

Im Treibhaus meiner Gedanken
nährt sie sich von der Zeit
wuchert

bis in den Hausgarten
meines Alltags.

Reiss diese Liebe aus!

Mina Waldmann * 1952

## *Habseligkeiten*

Das schönste Wort der deutschen Sprache?
Tja, das ist wahrlich so 'ne Sache.
Da kann man jubeln, jammern, streiten,

gewählt wurde „Habseligkeiten".

Das Wort wird immer dann gebraucht,
wenn's Haus statt nur der Schornstein
raucht,
wenn Flut und Stürme dir genommen
den Wohlstand, zu dem du gekommen.

Wie kommt dies Wort nur auf Platz eins?
Weil es beschreibt so klar wie keins
den Zustand uns'rer schönen Sprache,
die arg hinunterging im Bache.

Hör' ich die deutsche Sprache an,
hör' ich nicht Goethe, Kleist und Mann.
Such' in der Jetztzeit ich nach Worten
sind's Anglizismen allerorten.

Entzogen wurde Deutsch der Boden,
im Duden steht jetzt „downgeloaden".
Hab' ich auch meine Sprache lieb,
ist's nur Habseligkeit, die blieb.

Klaus Walter * 1935

## *Nicht ohne meine Hülle*

Eingehüllt in mein Haus
sitze ich im Schein der Lampe.
Draußen treiben Schneeflocken in der
Dämmerung.
Ich gehe umher.

Nicht ohne meine Hülle.

Sie hat eine Tür.

Ina Warnatzsch * 1959

## *Wenn Unverzichtbares einen verlässt*

Vor einem Tag erst ist's passiert,
wodurch viel umgedichtet wird:
Ich stand benommen, irritiert
weit neben mir, total schockiert,
von Wimpernschlägen bombardiert,
der schwere Trän'nsack kollabiert:
In schwarze Zukunft wird marschiert.
Die seh' ich, Angst – die dominiert.
Ob aus den Augen man verliert,
was unverzichtbar ist? – Mich friert!

Du lebst die Augenblicke sehr bewusst,
wenn du für immer bald schwarz sehen
musst

Dabei stellt man die Frage sich:
Lohnt sich das Sehen eigentlich?
Sehr viele sehen unterm Strich
sehr vieles falsch – ich hoff, auch ich...

... Zu viel, was unverzichtbar ist:
Viel Wesentliches man vergisst.
Bewusst, was unverzichtbar ist,
ist einem das, was man vermisst.

Arnulf Wawrzinek * 1965

## *Sonnenschein*

Dunkel ist's und Stille,
die Kälte lähmt den Wille,
das Lid müd das Aug verschließt,
der Gedanke im Nichts zerfließt.
Dunkel ist's und still,
es noch nicht geboren sein will.

Schwebend in des Urknall Brei,
treibt so mancherlei;
vieles wird nicht werden,
Ätz, es früh abtöten.
Suchend, in des Urknall Brei,
ein Lichtstrahl fliegt herbei.

Und folgend des Zufalls Plan,
kommt es dem Ziele doch heran;
und Götterfunken sprießen,
als Strahlen sich ergießen,
ganz tief, in den Kern hinein.

Denn unverzichtbar, so ist das eben,
für unser Leben; der Sonne Schein.

Ralf Wazulek * 1974

## *Heimat haben*

In der S-Bahn stadtauswärts
fordernd und laut Drehorgelspiel
vor mir im Gang.
Vielleicht tut der Mann an der Kurbel
was er sichtbar ungern und glücklos
verrichtet
aus Mangel an Arbeit
oder, viel schlimmer,
in einem Leben ganz ohne Heimat
innen wie außen.
Du aber hast deine
stets einfach nur hingenommen.
Sieh ihn dir an
dann weißt du
was du ohne sie wärst.

H.-G. Weber

## *Un?-Verzichtbar*

Teure Autos, schnelle Schiffe,
Skipiste in der Wüste,
Kriegsspielzeuge, Bettgeflüster,
golfen, surfen, Bier vom Fass
auf dem Weg nach „Ham wir Spaß".

Wenige wollen Luxus kaufen,
viele täglich Alkohol saufen.
Alle wollen glücklich sein,
niemand krank, keiner allein.

Keiner möchte Hunger haben,
jeder sich an Schönem laben.
Klares Wasser und viel Zeit,
eine Arbeit, die erfreut.
Harmonie und viel Musik,
Lachen, Glück und keinen Krieg.
Kinderaugen sind ein Segen.
Blaue Flüsse, grüne Wälder,
bunte Blumen, volle Felder.
ieles ist so schön auf Erden.
Könnte es noch schöner werden?

Heike Weber

## *Das Unverzichtbare*

Luft und Wasser braucht jeder zum leben.
Und lange Einsamkeit macht krank.
Was nützt Reichtum, wovon nicht
gegeben,
die Liebe in uns kehrt zurück als Dank.

Wem nutzen all die Schätze der Welt?
Die Macht zu herrschen von Zeit begrenzt!
er Reichtum, nur zu Wenigen gesellt,
die Macht der Liebe aber ewiglich lenzt.
Mond und Sterne, Flügel der Sehnsucht,
Licht im Dunkel deiner Einsamkeit.
In Liebe deines Nächsten, sei versucht,
nur so die Seele erquickt in Freiheit.

Allgegenwärtig, Vielfalt irdischer Natur,
nur hier auf Erden in Gottes Hand.
Grenzenlos gedeiht Liebe und Leben pur!
Wo im All ist dieses Wunder noch
bekannt?

Nutze die Chancen täglich Gutes zu tun,
schütze das Leben, wo immer es keimt.
Den Frieden erhalten, nie auszuruh'n,
nur in Gemeinschaft ist Stärke vereint.

Heinz Weber * 1953

## *Das Unverzichtbare*

Unverzichtbar und beständig könnt in
jedes Menschen Brust,
wie ein Wünschen oder Sehnen ruh'n als
unstillbare Lust.
Unverzichtbar ist dem Gütg'en in sein
Inneres eingeschrieben,

daß es wichtig ist, zu helfen. Kurz: Du
sollst die Menschen lieben.
Siehst du deinen Nächsten kämpfen, mit
viel Kraft fürs täglich' Brot,
unverzichtbar ist's zu handeln,
Hilfeleistung ist Gebot!
Hilfe braucht nicht nur der Nächste, auch
ein Fremder sucht oft Rat,
einen Platz sich auszusprechen,
unverzichtbar sei die Tat!
„Du kannst ihn nicht von dir weisen",
sprechen dein Verstand und Herz.
Unverzichtbar ist daher, reiche du ihm
deine Hand und befreie ihn vom
Schmerz!

Ilse Weber * 1921

## *Liebe*

Wer oder was bist Du?
Ein Gefühl, eine Welle, ein Leben.
Tod und Traurigkeit.
Freude und bereitwilliges Geben.

Was machst Du?
Uns glücklich, uns reich,
uns traurig, biegsam und weich.

Bist Du Opfer, bist Du Macht,
bist Du Sternefunkeln in der Nacht?

Du bist Urgedanke, Urmacht, Urlicht,
außerhalb von Zeit und Raum.
Für einen Einzelnen zu fassen bist Du
kaum.

Was wir Menschen aus Dir machen ...

Jedoch weniger bist Du nicht.

Karin Maria Weber

## *Der lange Winter*

Unterm harten Himmelsgrau
Liegt erstorben die Welt,
Nasses Feld, kalt die Luft und rauh.
Tote Gräser dunkelgelb.

Leiser Dunst am Boden schwebt
Tränt Sommers Leben, buntes Treiben
Das Gespinste nun in Seide kleiden.
Erinn'rung im Geäste webt.
Greller Lache trüber Bach
Kahle Brache schlammerstickt.
Kalt und krumm nun ohn' Gedach
Schwarzer Baum emporgestrickt.

Fernehin ein Nebelschweif
Endet Welt an Tannen Streif
Lange schon liegt alles Leben danieder, im
Froste erfroren
Blühende Floren die einst prachtvoll der
Sonne gebor'n.

Jauchzend entbrannt, sich zu schmiegen,
im Winde sich taumelnd zu biegen,
Wenn auch der Frühling bald naht, weiß
ich doch eines gewiß:
In diesem Winter bleib' ich liegen.

Robert Weber * 1981

Bin allein, will niemand sehen
Kann die Welt nicht mehr verstehen.
Bin zu schwach, hab keine Kraft
Wie hab ich es bis hierher geschafft?

Bin verzweifelt und verwirrt
Lange durch die Nacht geirrt.
Bin zu müde, um zu denken
Kann meinen Körper nicht mehr lenken.

Bin wie in Trance, dann sehe ich Licht
Doch Hoffnung gibt es für mich nicht.
Bin zu weit weg, kann es nicht erreichen
Ich spüre wie die Füße weichen ...

Und plötzlich kann ich vor mir sehen
Wie schnell mein Leben konnte vergehen
Denn erst, wenn Du am Ende bist,
Weißt Du, was unverzichtbar ist.

An mir vorbei zieht all das Glück
und es gibt keinen Weg zurück.
Bin verloren, fühle mich leer
Und plötzlich spüre ich nichts mehr …

Anita Wefing

## *unverzichtbare male lade*

wer sich nix
ausmalen kann
in der vollkommenheit
ein jeder triade
dem wird nichts
gegeben wie die zukunft
im lapislazulis
neu zu gestalten ist,
denn neben dem
Du und dem Ich
steht für uns alle
Wir sind die zwei
die die Weisheit
der „ma' at"
der Jugend
schenken
sollten:

maét jud!

Joachim R. Wehnge * 1950

## *Was bleibt?*

Was bleibt, wenn du am Ende deines
Lebens angekommen bist?
Wenn alle Höhen erklommen und alle
Tiefen durchquert,
wenn alle Freuden genossen und aller
Schmerz erlitten?
Was bleibt, wenn alle Liebe verschenkt und
aller Hass gewütet?
Wenn alle Träume geträumt und alle
Realitäten hingenommen,
wenn aller Trost gespendet und alle
Verletzungen ausgeteilt?
Was bleibt, wenn alles Lachen verklungen
und alle Tränen geweint,
wenn alle Worte gesagt und alles
Schweigen sein Ziel erreicht hat?
Wenn dein Lebensweg durchschritten und
alles um dich herum dunkel wird –
und dir nichts anderes mehr übrig bleibt,
als dich umzudrehen und zu sterben:
Was bleibt?
Es bleibt dein Platz im Ewigen,
und den musst du dir während deines
Erdenlebens
jeden Tag aufs Neue erkämpfen;
er ist das Einzige, um was sich zu kämpfen
lohnt.
Der Tod ist sein Mahner, höre auf seine
Stimme,
denn das Ewige hat dich auserwählt,
den Platz in seinem Inneren einzunehmen.
Das ist das Einzige, was bleibt – alles
andere vergeht.

Gabriela Weil * 1958

## *Vogels Traum*

Schamlos sitzen sie da,
verschlingen gierig ihre Beute
und würdigen
den Zuspätgekommenen
nicht eines Blickes.

Wenn ich kein Vogel wär',
möcht' ich Schäferhund sein.
Der sich den Menschen zugesellt,
sich formen lässt nach ihrem Bilde.

Bald ist das Tier wie sein Herr:
edel, hilfreich und gut.
Der Vogel ist dem Vogel ein Wolf.
Nicht so der Mensch!
Davor bewahrt ihn allein der Wolf,
der zum getreuen Hunde wurde.

Erziehung ist alles,
mein Leben Dank.

Wenn ich kein Vogel wär'.

Eckhard Weise * 1949

## *Unverzichtbar nah*

Ein Leben fern der Heimat, so war ich sicher,
Könnt' ich nicht missen.

Nur eine Sekunde fern der Lieben,
Mein Herz wär' wie zerrissen.

Und doch nahm ich Abschied von alldem,
was gestern noch unverzichtbar war.

Um heute einen Weg zu gehen, der schwer ist,
und doch zugleich auch wunderbar.

Ein fremdes Land in der Ferne,
Das ich als mein Schicksal sah,

Ist heut für mich,
Was gestern noch meine Heimat war.

Unverzichtbar nah!

Sandra Weiß * 1979

## *Wasser*

Im Fluss vereint,
sein Versiegen oft beweint.
Ein Tropfen allein
kann mächtig wie geballte Wellen sein.

Tropfen allein,
salzig oder klar, Mein!
Viele zusammen im ständigen Fluss,
unhaltbar voran, wie ein Muss.

Sucht seinen Weg unbeirrt,
sein Grund uns manchmal verwirrt,
ein Teil vergeht,
anderer besteht.

Fälle tief und hart,
welche von unglaublicher Art.
Aufstieg im leichten Sein,
im hellend strahlend Sonnenschein.

Ob Stillstand oder Bewegung,
registriert jede Regung,
jeder kleinste Hauch,
genieß du es auch!

Martin Wenz * 1985

## *Das Gespräch*

Gefallen aus meinen Lippen ein Wort
unfruchtbare Erd' zu säh'n
soll folgen nun der Stille Mord
die Antwort zu erspäh'n

Die Ernte mir die Tage vergällt
Unkraut sprießt 'ner Mauer gleich
und sie wächst ins Himmelszelt
an Gedanken bin ich reich

Doch Reichtum erfreut den Menschen nur
wenn er erfüllt den Zwecke sein
drum schenke ich an Gold dir pur
dass meine Gedanken sind auch dein

Worte tropfen, rinnen, fließen
klares Wasser, warm und rein
unverzichtbar wie die Liebe gießen
scheint mir ein Gespräch zu sein

Friedrike Werheid * 1991

Unverzichtbar ist im Leben,
daß wir einander Freude geben.
Daß wir andre anerkennen,
wie sie auch ihre Heimat nennen.
Mit welcher Sprache sie auch grüßen,

welch fremde Speisen sie genießen.
Wie sie ihren Gott anbeten.
Wie sie uns entgegentreten
mit Lächeln oder Ängstlichkeit.
Geben wir ihnen Sicherheit,
indem wir ihnen Achtung zeigen,
über uns're Kritik schweigen.
Daß wir zur Toleranz bereit
in Verantwortung und Ehrlichkeit.
Die Welt braucht Frieden, keinen Streit
soll sie weiterhin bewohnbar.

Das ist für Menschen unverzichtbar.

Ingeborg Werneken

## *Eiskalte Verführung*

Ich weiß, du bist heiß,
auf mich, sicherlich!

Aus Frust, in dir,
weck ich die Lust, du kommst zu mir!

Großes Verlangen, eisernes Bangen,
ich werd' es genießen, an deinen Lippen
zerfließen,
meine Vielfalt zu schmecken, deine Zunge
mich lecken,
dicke Tüten mich zieren, mich in dir
verlieren!

Du zählst zu den Vielen,
mit meinen Bällen zu spielen,
sie abzulutschen,
durch deine Lippen zu flutschen,

dein heißes Begehren,
sich an mir zu verzehren,
spitze Tüten mich küren,
dich eiskalt berühren,
dich heftig verführen!

Ich weiß, für dich bin ich heiß!
Dein Lieblings Eis!

Timo Werner * 1986

Nun ist es schon fünf Jahre her,
seit ich diese Tabletten nehme –
sonst gäb's mich nicht mehr.

Der Tod mit 55 Jahren –
zu früh, zu spät, zu jung, zu alt?
Keiner kann's sagen.

Mit diesen Tabletten ist mein Leben schön
und neu –
so schön, wie vorher noch nie,
und jeden Tag so neu,
dass mir nun nichts mehr einfällt,
was ich noch tun soll.
Der Tod mit 60 Jahren –
zu früh, zu spät, zu jung, zu alt?
Keiner kann's sagen.

Wenn ich diese Tabletten nicht mehr
nehme,
ist's aus und vorbei –
mit dem immer schönen, immer neuen
Leben.

Gundela Werner-Helmstädter

## *Wunder*

Wie ein zarter Flügelschlag,
wie ein Schmetterling ganz leicht,
kündigt sich das Wunder an,
das noch im Verborgenen lag.

Dieses feine, weiche Beben,
kannst es erst noch gar nicht fassen,
legst die Hand schnell auf den Bauch,
fühlst tatsächlich warmes Leben.

Einzigartiger Moment,
wenn ein Kind sich in dir regt,
und die Welt sich nicht bewegt,
weil sie dies Erzittern kennt.

Von den Wundern dieser Welt
ist es dieser Augenblick,
der die Sprache dir verschlägt,
vor dem Können der Natur,

vor dem Wunder, teil zu haben,
wenn ein neuer Mensch entsteht.

Benigna Werthen * 1967

## *Das Unverzichtbare*

Ist es das, was wir wollen
oder das, was wir sollen?
Kann es uns gehören
und uns dann zerstören,
das Unverzichtbare?

Wenn wir es berühren,
wird es uns verführen.
Bis wir nie mehr frei sind
und die Augen blind
sehen, auf das Unverzichtbare.

Es wird irgendwann zu spät sein,
nicht für uns allein,
vielmehr für alle Seelen,
die sich damit quälen
was es ist, das Unverzichtbare.

Wir alle werden es erkennen
und uns davon trennen.
Dann erst sind wir wieder frei
und es ist schnell vorbei,
das einzig Unverzichtbare, Leben.

Diana Wetzestein * 1967

## *Die Liebe*

Tausend Gefühle, ein einziges Wort,
Millionen Gedanken erinnern sofort,
Erfüllung, Freude, Begierde und Lust,
Unsicherheit, Wut, Schmerz und Frust!

Positiv und negativ der fünf Buchstaben
Sinn,
umzingelt alles, wir mittendrin.
Ein Rausch der Sinne, Glückseligkeit,
Eifersucht, Betrug, Klag und Leid!

Gut und böse, heiß und kalt,
Vergleichbar im Schutze des finstersten
Wald,
Freude und Trauer, Lachen und Weinen,
Kann niemand verwehren, keiner
verneinen!

Ergriffen davon das ganze Universum,
unverzichtbar, es kommt nichts um sie
herum!
Wer hasst, der liebt, wer liebt, der hasst,
bei der Geburt wird gleich der Stempel
verpasst!

Das Herz verlangt Erfüllung dessen,
jeder sucht, schier besessen,
das Glück der Liebe zu erleben,
doch ist man ihr doch nur ergeben ...

Anja Wetzler

Ein Wesen, mit dem göttlichen Funken
begnadet – oder auch belastet,
sieht sich in der Pflicht,
dem Dasein Inhalt zu geben.

Allen Bedürfnissen eignet
das Notwendige und
das Überflüssige.

Notwendig ist ein Sinn
im Denken, Fühlen, Glauben, Tun,
der uns zum Dasein berechtigt.
Seine Quintessenz: der gute Wille.

Das Überflüssige aber ist die Kunst.
Sie beginnt, wo das Notwendige endet.
Aber sie ist der göttliche Funke.

Das wirklich Unverzichtbare
ist also das Schöpferische,
ist in seiner Vielfalt –
und seiner Begrenzung –
das Leben selbst.

Astrid Wieder

## *Wasserliebe*

Wasser, wie du bist so nass,
bahnst du dir deinen Weg so rasch
durch Täler, Schluchten gehst du hin,
ganz ziellos, schier gar ohne Sinn.

Wasser, wie du bist so fein,
berührst mit deinem glänzen Schein
der Menschen tiefste Wehmutstropfen,
sodass die Herzen lauter klopfen.

Wasser, wie du bist so laut,
gleichst Notenläufen längst ergraut,
sie rauschen durch der Dörfer Tal,
beleben Wälder, welch schon kahl.

Wasser, wie du bist so alt,
dein Name durch die Welten schallt,
bleibst uns erhalten lange Zeit,
bis hin zur fernen Ewigkeit.

Anja Wiegand * 1988

## *Das Unvermeidbare*

Was willst du im Leben erreichen?
Du stellst für dich die Weichen!
Steh' endlich auf und nimm
dein Leben für deinen Gewinn.
Erprobe Wege zu deinem Ziel,
denn gewinnen kannst du viel!
Gib deinen Gefühlen eine Chance –
nur dann bleibst du in Balance!
Frage nicht, was andere sagen –
nur du allein kannst deine Zukunft
wagen!!!

Wiebke Wiese

## *An den Ufern verloren*

Ist ein Ich erst bereit
In der Mitte der Zeit
Ist Abschied und Ankunft zugleich
In geteilter Hoffnung wächst kein Reich
Wir aber waren von Anbeginn verloren
Es hat sich jedes Wort, jede Berührung
geirrt

Erst rief das Fleisch, nicht unerfahren,
die Neugier, die Nacht, die Nornen
das ganze Orchester der Gefahren
Getarnt, kein Haar, sondern Dornen

Wir haben uns so lange verloren
Nur aus dem Nichts geboren
Was wir uns schworen
War uferlos, ist totgeboren

Stefan Ludmilla Wieszner

## *Beim Anblick der Barlach – Skulpturen in der Kapelle des alten Friedhofs in Güstrow*

Die Stille des Ortes heißt Köpfe sich neigen
vor Folter und Angst und dem Tod in den
Flammen
in Auschwitz, Marienstadt und
Neuengammen:

Die Schuld ist zu groß und uns allen zu
eigen,
mit Schreien, die tief ins Gedächtnis sich
rammen,
Gebeten, die rächend auf ewig verdammen:

In Klinker, in Bronze, in Holz und in Stein
wird Menschenleid sichtbar. Gemeißelt,
getrieben
sind Spuren des täglichen Lebens
geschrieben,
die laut nach Erlösung, Erbarmen auch
schrei'n.

Gestalten, die eh dem im Dunkel allein:
Die Sanften, die lehren, den Glauben zu
lieben,
die Zaudernden, die im Verborgenen
blieben –

von Händen geformt, die für uns sie
befrei'n.

Da stehen sie, einzeln, in Gruppen
beisammen,
mit offenen Wunden, mit großen und
klammen
Gesichtern und Leibern, ihr Wesen zu
zeigen;

Wie Blöcke, gemacht, in den Boden zu
rammen,
wie Feuer auch, lodernde Schuld zu
entflammen:
Wer will da noch reden – wer kann da
noch schweigen?

Dieter Wild * 1929

## *Dreiheit*

Wir laufen im Kreis
und keiner weiß,
wir drehen uns immer mehr geschwind,
bis wir wieder am Gleichen angekommen
sind.

Die Waage ist gekippt zur einen Seite,
inzwischen sucht die andere das Weite.
Doch schwach und stark zugleich,
macht das Leben reich!

Himmel und Hölle vereinen,
läßt neue Saaten keimen.
Laßt sie tanzen Teufel und Gott,
damit sie kommen aus ihrem Trott.

Die physische Geburt uns ein Paradies
beschert,
jedoch ohne die geistige, ist das Paradies
verkehrt.
Und sind wir angelangt im „mittleren
Ziel",
werden wir sehen unendlich viel.

Denn dort scheint es nichts zu geben, nie,
und ist dennoch voll von Lebens-Energie.
Ist der Mensch dazu nicht bereit,
wird er niemals wirklich gescheit.

Evelyne Will * 1959

## *Dezember*

Dichter Nebel in der Stadt,
in Straßen und in Gassen.
Die Sonne er verschlungen hat,
will sie nicht scheinen lassen.
Im Park, die Bäume schwarz und kahl,
die Kälte lässt mich schauern.
Die Neonlichter scheinen fahl
auf Dächer und auf Mauern.

Wo ist die liebe Sonne nur,
wohin ist sie verschwunden,
wohin das Blühen der Natur,
wohin die frohen Stunden?

Sei nicht so traurig, liebes Herz,
bald wird ein Licht dir scheinen,
das tröstlich ist für deinen Schmerz,
es wird uns froh vereinen.

Dann ist die trübe Zeit vorbei,
dann kannst du wieder lachen.
Das Fest der Weihnacht eilt herbei
und will uns glücklich machen.

Renate Will

## *Das Unverzichtbare*

Mein Leben geht jetzt in die letzte Runde.
Am Horizont winkt schon die ewige
Nacht.
Ich geh' in mich und stell' die hange Frage:
Was hat das Dasein mir im Schnitt denn
schon gebracht?

Hab ich die Spreu vom Weizen
unterschieden?
Was war mir wertvoll, was hatte Gewicht?

Was war mir heilig, war mir unverzichtbar,
gab Halt mir, Glück und Seligkeit und
Licht?

Da ist einmal die tiefe, reine Liebe
zu dir. Nur so. Ganz ohne Wunsch und
Ziel.
Sie füllt mein Herz, sie streichelt meine
Seele,
ist ein Gefühl, das ich nicht missen will.

Gesundheit, ja. Auch die ist unverzichtbar;
und dann Kultur und Kunst und
Wissenschaft.
Und die Natur in ihrer großen Vielfalt!
All das gibt meinem Leben Inhalt, Kraft.

Für all das bin ich Gott unendlich dankbar!
Dies ist für mich mein wahres Paradies!
Das Größte aber ist und bleibt die Freiheit,
die ich mit jedem Atemzug genieß'!

Martha Willinger * 1928

## *Die unverzichtbare Zeit*

Zeit ist etwas Kostbares
nimm sie dir
wenn du sie am nötigsten brauchst

Biete sie an
wenn ein anderer sie am nötigsten braucht

Jedoch, verschwende sie nicht
denn Zeit ist etwas Unverzichtbares

Ursula Will-Reiter * 1968

Wußtest Du,

... dass Körper erstarren,
wenn man sie lange nicht berührt.

... dass Augen erblinden,
wenn sie verlernen, die wahre Schönheit zu
sehen

... dass Stimmen versiegen,
wenn Worte der Liebe sie nicht nähren

... dass Herzen erkalten,
wenn Gefühle sie nicht mehr erreichen

Wußtest Du, dass ganze Seelen verloren
gehen

Ich wußte, du würdest kommen und nach
mir sehen

Birgit Wilms * 1969

## *geborgen in mir und dir*

allein durch wälder
flüssen entlang
den wolken zusehend
stille um mich
stille in mir
verzichten könnt ich
auf all dies
und vieles noch
nie

mit dir durch wälder
flüssen entlang
den wolken zusehend
stille um uns
stille in uns
verzichten könnt ich
auf ein du
auf dich und dich
nie

Adi Winiger * 1939

## *Zeitgewebe*

Es fließen die Schatten der Kraniche über
die Erde.
Und die Sonne verstrahlt sich ins Leere –
zeitlos
Über die rote Erde wo feine Staubwirbel
tanzen.
Es ist die Zeit, die das Nichts abhält zu
Sein.
Die Bewegungen – verursacht durch Zeit.
Die letzten Wesen verharren.
Im Augenblick.
Verwebt.

Zeit.
Om.
Es.

Jakob Winkelmayer * 1964

## *Glauben*

Das höchste Gut auf Erden,
das ist unser Glauben.
Er sollte nicht verloren werden,
noch darf man ihn uns rauben.

Wir müssen ihn hüten wie einen wertvollen
Schatz,
der uns am Herzen liegt.
Wir müssen ihn bewahren an einem
sicheren Platz,
auf dass er am Ende siegt.

Wo sollte dieser Platz sein?
In unserem tiefsten Herzen.
Und weder Not noch Pein
kann ihn da drin ausmerzen.

Und rückt der Feind auch noch so nah,
er wird ihn nicht erreichen.
Und steht er gar als unser Mörder da,
unser Herz kann er nicht erweichen.

Doch wem oder was gilt dieser Glauben,
denn niemand uns kann rauben?

Anna-Magdalena Winter

## *Das Unverzichtbare*

Ohne Sonne bleibt es kalt,
ohne Wasser gibt's kein Leben,
du wirst in allen Ehren alt,
musst nur die richt'gen Freunde wählen.

Der Glaube ist oft wichtig
und hilft bei mancher Pein
Geld allein macht dich nicht glücklich
doch ohne bist du nur ein armes Schwein.
Hast du genug zu trinken und zu essen,
und nennst deine Behausung „Heim",
feierst Feste wie sie fallen, wirst du es
ermessen,
und kannst zufrieden sein.

Sich für Freiheit einzusetzen ist oft wichtig
und bedeutet äußerst viel,
mit der Natur zu harmonieren liegst du
richtig
denn nur hier erkennst du alles Ziel.
Egal zu welcher Zeit bedeutet Wasser
Leben
ist unverzichtbar für uns alle:
Wasser ist das wahre Gold – in jedem
Falle.

Karl-Ludwig Winter * 1946

## *„Das Unverzichtbare"*

Worauf gibt es kein Verzicht
auf Sonne und das Tageslicht
denn ohne sie gäbs Leben nicht
die Nacht mit Mond und Sternenschein
auch ohne sie gäb es kein Sein
das Wetter, der Mensch, er hätte gern
Einfluss
empfindet oft es als Verdruss
doch Hitze, Sonne, Kälte, Regen

auch das ermöglicht uns erst Leben
so mancher liebt das Wetter nicht
doch auch darauf gibt's kein Verzicht
empfunden wird in letzten Jahren
dass Menschen, Menschlichkeit nicht
wahren
doch lieber Mensch heißt der Verzicht
dass Mensch damit sich selbst zerbricht
verzichten kann man darauf wohl
dann fühlt auch Mensch als Mensch sich
wohl.

Lothar K. Winter

## *Das Unverzichtbare ...*

ist mancher für mich!
Den Morgen beginnen;
Kaffee oder Tee? Etwas Bewegung – tat
noch niemandem weh!
Alltägliche Pflichten gehören dazu.
Zeit mir nehmen – für ein gutes Buch!
Meine Kinder bedenken,
wenn sie auch fern.
Dich – nicht mehr missen,
das will ich so gern!
Einen jeden von euch
bedingungslos lieben,
ist in mir – unverzichtbar geblieben!
Träume zu haben
noch immer – von Wien –
vielleicht komme ich – später – mal hin!?
Fundamente – stets neu zu ergießen.
Täglich mein Leben
unverzichtbar genießen!

Ursula Wittermann * 1906

## *Die letzten Dinge*

Bücher sind unnötig, zeitlebens
Überzeugungen und Ideen verblassen
Fühlen schmerzt bisweilen
Regenwürmer braucht die Welt nicht
wirklich
und dich auch nicht
Sparbücher gilben wie Ausweispapiere,
längst abgelaufen vor der Frist
Müllgebühren sind sinnlos
ebenso Hammerschläge, Glockenschläge
und Reime
grundlos ist jede Beschwerde
und jeder Orgasmus,
kein Kreuz, kein Kerzenritual,
keine Buddhas, keine Stammesgesänge
wirken
– ebensowenig wie Dreisatz, Dreisprung
oder Dreischritt
kein Erinnern
hilft,
kein Vergessen
unverzichtbar ist allenfalls das Sargbukett

Frank Wittmer * 1968

## *Heiligabend*

Gestern noch waren wir umgeben vom
Alltag
mit seinen Forderungen .
Doch an diesem Abend erleben wir voller
Vertrauen
den Frieden , der uns versprochen wurde .

Umfangen von seiner Stille
erahnen wir was Liebe ist.

Vergessen sind alle Fragen
da keine Antworten sind!
Wenn wir uns heute Freunde nennen
gibt es kein höheres Glück und keine
größere Freiheit!

Sandra Woitzik * 1972

## *Das Unverzichtbare*

ist der Tod.
Persönlich ist es ein Stern,
ein Stern,

der mich mein Leben begleitet.
So ist er unverzichtbar.

Stephana Wojewski * 1956

## *Nur die Liebe zählt*

Verwöhnt vom Glück scheint jener Mann,
der gut Geschäfte machen kann.
Doch schließt der Geiz sein Herzenstor,
bleibt auch die Liebe außen vor.
Nach Ruhm giert manch genialer Geist,
den man in aller Munde preist.
doch bringt Enttäuschung all sein Streben,
bleibt keine Zeit fürs Liebesleben.

Armselig scheint ein braver Wicht,
dem es an Geld und Geist gebricht,
der Morgens froh den Tag beginnt,
weil ihn die Liebe heiter stimmt.
Er schert sich nicht, was andre denken,
er lässt vom Himmel sich beschenken,
verricht sein Tagwerk ohne Plage,
und genießt die guten Tage.

Drum, hast im Leben du die Wahl:
Letztendlich lohnt sich keine Qual.
Verzicht auf Reichtum, Ruhm und Ehr,
doch auf die Liebe nimmermehr!

Marion Wolf * 1950

## *sprünge*

weiß schwarz
nur auf die hübschen spring ich
spring ein muster auf den kacheln
aus lauter übermut,
bin im luft sprung
da sagst du
vorbei, das ist vorbei
fall durch die kacheln
bodenlos

Verena Wolf * 1972

## *Salz!*

Geschmack des Lebens, du
Nach dem ich dürste
Seit jeher triffst du dich
Mit meinen Lippen,
Benetzt betörend meinen Gaumen.

Du schwimmst in mir, in allen meinen
Tränen,
Gleich ob ich lache oder weine.
Auf meiner nackten Haut stehst du in
kleinen Perlen,
Die hitzig schnell zum Rinnsal werden
wollen.

In jedem Kuss bist du zum Tausch bereit,
Du schmeckst nach Liebe und nach Lust,
Bist die kristallne weiße Kruste
An Meeresstränden nah und fern.
Zu fade wär sie ohne dich gewesen,
Die Lebenssuppe in der Schüssel dieser
Welt, der
Schaum geboren,
Nicht nur Aphrodite
Einst entstieg.

Angelika Wolff * 1956

## *Das Unverzichtbare*

*oder Rheingolds Traum*

Gedanken jagen durch die Nacht, formen
sich im Nebel.
Aufgewacht, aufgewacht. Doch was bleibt
im Morgengrau'n?
Dreh' mich um und seh' Dich schlummern
wie ein göttlich kleines Kind.
Die Gedanken sind befreit, weichen dem
Gefühl.

Wenn der Traum dahinnen schwindet, holt
die Wirklichkeit mich ein.
Nebelschleier lichten sich und ich bin
bereit.

Wenn Verstand und Herz verbrennen, ist
das Glück nicht fern.
Doch der Dämon steht im Schatten, holt
mich wieder ein.

Herz befrei Dich, scheuch den Teufel, ich
will immer bei Dir sein.
Kämpfen noch und so zerrissen, stellt das
Glück sich ein?

Die Gefühle, die Gefühle,
unverzichtbar, wundersam.

Schreit das Herz voll Qual, kann Dich
nicht verstehen.
Die Gedanken, die Gedanken stellen sich
entgegen.

Friss den Dämon, lange Nacht, kämpfe bis
zum Grund.
Reiß die Schleier aus dem Hirn, ich will
mehr und immer mehr.
Und ich weiß genau, die Gefühle siegen,
führen uns zusammen in die Ewigkeit.

Katharina Wölke * 1955

## *Dunkelheit*

Aus der Ferne erscheint ein Gesicht,
Augen, die nicht verstehen
Erinnerungen, die man nicht mehr vergisst.
Doch Verstehen nicht sehen.

Gesucht nach Sternen,
Träume verflucht.
Doch der Blick lässt entfernen,
scheinbar genug.

Der Hunger nach Glück,
zerbricht wie Glas,
die Ewigkeit nicht gefunden.
noch bevor es begann.

Und tausend Scherben,
brennen tief die Erinnerung ein.
Versenken die Zweifel im Nass,
in den Tränen des Sein.

Es verliert sich die Spur.
Gefühle peitschen wie eine Flut.
Wir gehen als Fremde hinaus
und wandeln im Dunklen wie immer.

John Workmen

Ich bin ein guter Freund von Dir,
Du magst mich nicht, ich verzeih' es Dir.

Du sagst, ich soll doch von dir geh'n.
Ich werd' an Deiner Seite steh'n.

Ziehst Du um, das ist doch klar,
bin ich schon lange vor Dir da.

Am Bette wach' ich, wenn Du krank,
ich ernte von Dir keinen Dank.

Fährst Du in Urlaub, bin ich dabei,
und wie Du siehst, ich bin Dir treu.

Geschlossene Fenster stören mich nicht,
selbst am Arbeitsplatz bin ich bei Dir ganz
dicht.

Ein Leben lang werde ich bleiben.
Du kannst mich einfach nicht vertreiben.

Ich bin bei Dir, wenn Du in Not
und bleib' Dir treu, bis in den Tod.

Ich sorg' dafür, daß Du mich nie vergißt
solange, bis Du eines von den Meinen bist.
In Liebe
Dein Staubkorn

Helga Wörle

## *Das Unverzichtbare*

das mensch zu mensch
respekt stets wahre
ist für's leben

das unverzichtbare
wenn respekt jedoch
nicht in's leben weht
ist das Realität
und das was hier
im Land besteht

Worthaus Moormerland * 1952

## *AFROPA*

Der Brunnen dort;
lange Wege
Kalebassen auf dem Kopf,
Balance gebietend bis zum Dorf
jeder Tropfen Leben spendend –

nicht sicher kommt die Regenzeit!

Die Leitung hier;
langes Laufen
Verbrauch ganz ohne Kopf,
verschwenderisch wird hahnentleert
jeder Liter ohne Sinn –

zuverlässig pumpt das Wasserwerk!

Die Pipeline transaktiv;
lange Rohre
mit Verstand geplant im Kopf,
dosierend nach bedarf
jeder Tropfen wird bewahrt –

Bewusstsein fördernd aus der Tiefe?

Raphael A. Woyna * 1956

## *Bedürfnis Fenster*

Ein Tisch zum essen,
ein Bett zum schlafen,
ein Haus zum wohnen,
ein Herd zum Kochen,
ein Fenster zum hinaus sehen
mehr brauch ich nicht.

Ein Brot zum essen,
eine Decke zum schlafen,
ein Dach zum wohnen,
ein Topf zum Kochen,
ein Fenster zum hinaus sehen
mehr will ich nicht.

Ich bin alt und brauche nicht viel,
ich bin alt und will nicht viel,
alles was ich wirklich will und brauche ist
ein Fenster zum hinaus sehen.

Arno Wunder

## *Das Unverzichtbare*

Unverzichtbar, wie die Luft zum Atmen,
scheint für mich die Ewigkeit,
denn nur sie scheint auszureichen für des
Menschen Eitelkeit.

Sich zu privilegieren, zu propagieren; „...
lebt mit mir den großen Traum",
außerhalb von Zeit und Taten, bietet sich
genügend Raum.

Nicht einfach scheint es zu erkennen, wer
alles uns schon belogen hat,
ohne Namen hier zu nennen, wir haben es
ganz einfach satt.

Doch aus tiefstem Innern, hört man
deutlich und klar,
Verantwortung trägt ein jeder selber, und
es werden Träume wahr.

Auf diese Einsicht folgen Taten, ohne
ständiges Erwarten,
gehe ich bedacht in Ruh', allmählich
meinem Ziele zu.

Das Unverzichtbare aber doch trägt noch
ein ganz anderes Joch,
es ist die Wahrheit und die Würde, werden
sie uns nicht zur Bürde ...

Cornelia Wyler

## *Das Unverzichtbare*

Deine Liebe hüllt mich ein,
du bleibst für immer mein,
deine Küsse betören mich,
darauf verzichten will ich nicht.
Liebe – das Unverzichtbare

Ewig sind wir gute Freunde,
daran hab' ich grosse Freude,
in Not tröstest nur du mich,
darauf verzichten will ich nicht.
Freundschaft – das Unverzichtbare

Mein Schutz sind Gottes Engel,
sie sind ganz ohne Mängel,
wenn ich bete erhört Gott mich,
darauf verzichten will ich nicht.
Glaube – das Unverzichtbare

Voll von Überraschung ist das Leben,
es ist ein Nehmen und ein Geben,
mal gut mal hart ist's für mich,
darauf verzichten will ich nicht.
Leben – das Unverzichtbare

Yeena * 1982

## *Das Unverzichtbare*

O – O
zweimal O
der Himmel
und du

H – H
und einmal O
das Wort,
der Tod

Hauch
die Zeit,
der Traum,
dein Blick

Mithra Zahedi * 1962

## *Die Lehre des Jedermann*

Der Eine Luxus nie entbehrt,
der Glaube ist des Andren Welt,
der Nächste Macht gar hoch verehrt,
doch nichts davon ist das, was zählt.

Was nützt Dir Macht, was nützt Dir Geld,
so manchem es schon früh verrann,
Besitz ist nicht das, was hält,
das lernte bereits Salzburgs „Jedermann".
Der Mammon lacht Dir ins Gesicht,
am End stehst Du mit leeren Händen,
„Nein, ins Grab bringst Du mich nicht",
es bleibt nur Dein Schriftzug an den
Wänden.

Darum Mensch geh' in Dich und denk,
jag nicht nach dem goldnen Kalb,
denn das allergrößte Geschenk,
findest Du nur verborgen innerhalb.

Ein Lachen, ein Blick, Dir zugewandt,
unverzichtbar ist wahrlich nur eines,
jemand gibt Dir vertrauensvoll seine Hand,
ein Herz, dass Dich liebt wie sonst keines.

Doris Zanotti * 1979

## *Das Unverzichtbare*

Unverzichtbar so das Leben
unverzichtbar selbst der Tod
unverzichtbar stets das Streben
zu dem Leben
nach dem Tod.

Unverzichtbar auch das Ende,
vor der Wende hurt der Tod.
Wachsend strebt dann neues Leben,
unverzichtbar
nach dem Leben, zu dem Tod.

Eines fügt sich so zum Andern,
wenn wir wandern,
unverzichtbar stets im Kreis ...

Unverzichtbar unser Reifen
späten Tages wir's begreifen:

Alles Streben
hin zu Tod und neuem Leben.

zaubara * 1947

## *Mama*

Nächtelang wach gelegen,
auf hartem Fußbodenbelag.
Unbequem gebettet,
mit dir im Arm.

Schreiend, weil ich mal etwas anderes tat,
als mich mit dir zu beschäftigen.
Trotzig, weil du etwas nicht bekamst,
was du wolltest.
Du lachst,
wenn du mich siehst,
deine Augen strahlen,
wenn du zu mir läufst.

Es ist nicht leicht,
das neue Leben.

Nicht selten hasse ich es.
Doch hätte ich es nicht,
würde es mir fehlen.

Katrin Zeiger

Das Licht, die Wärme
aus der Ferne, hörst du mich? Ich fühle
dich!

Unsichtbar, so zart, so leise
kletterst du wie Schleiers Seide
Lichterglanz, der mich umhüllt und so jede
Pore füllt

In jede Zelle schmiegen sich
des Lichtes schöne Zuversicht
Leichtigkeit ist nun zu spüren, lass mich
von den Klängen führen

Eingeschlossen in mein ICH
spüre und genieß ich DICH

Farbenprächtig schenkt ihr Liebe
Licht ist Wächter über Diebe
Wärme hüllt nun ein, was friert, dass kein
Schicksal mich berührt

Tröpfchenweise aufgesaugt bis ins Innerste
der Haut
Licht und Wärme lasst euch küssen
Möchte euch jetzt auch nicht mehr missen

Licht und Wärme sind bei mir
aus der Ferne dank ich DIR

Evelyn Zeiler * 1962

## *Loure und Allemand*

Eingeboren
wie das Wissen um Vollkommenheit
ist die Sehnsucht uns nach Schmerz

Uns für immer eingegraben
ist die Kraft uns zu vollenden
und uns zu zerstören

Form und Auflösung zugleich
Wesenheit und das
was sie zerreißt

Spuren in die Seele ritzend
fühlend machen
dass wir sind

Bögen aller Himmelskreise
Leid in Schönheit
Sein im Jetzt
Schwingen der Unendlichkeit

Erika Zeiß

## *Das Unverzichtbare*

Unverzichtbar ist so vieles, was die Natur
dem Menschen gibt.
Und, dass von allen Lebensarten, jeder
einen Partner liebt.

Unverzichtbar ist die Arbeit, die dem
Menschen Wohlstand bringt,
und auch Gottes reicher Segen, dass dies
alles wohl gelingt.

Doch verzichtbar sind die Kriege, Hass und
Neid auf dieser Welt.
Und das Raffen nach dem Mammon, das
sich auch dazugesellt.

Unverzichtbar bleibt die Hoffnung, dass
wir Menschen uns verstehen.
Toleranz sei unsere Brücke und darüber
muss man gehen.

Heinz Zeller * 1927

## *Verzichte auf dich selbst*

Kannst du es wagen noch zu träumen
In dieser zu realen Welt
Wer will den Alltag schon versäumen
Hast du dich heute schon verstellt

Was du da lebst, ist es das deine
Bist du es wirklich, der da geht
Und wahre Wünsche hast du keine
Denn hier ist niemand, der versteht

Es ist zu dumm, darauf zu hoffen
Man könnte sein, was man begehrt
Wer jetzt noch glaubt, der ist besoffen
Hat dich das niemand hier gelehrt

Wer sich nicht fügt, wird nicht bestehen
Sieh endlich ein, dass es so ist
Ja, deine Wünsche, lass sie gehen
Denn es ist Zeit, dass Du vergisst

Zeit zu verzichten auf dein Leben
Auf deine Ziele, auf dein Sein
Wirf einfach weg, was dir gegeben
Wozu denn trauern, wozu schreien

Maren Zellmer * 1982

## *Die Koordinaten des Lebens*

Wer krümmt den Raum?
Wer krümmt uns, die Leute?
Einstein, die schlechte Zeit? Kaum.
Gottes Wind? Wer kann es deuten?

Wer bestimmt meine Domäne,
des Lebens Koordinaten,
den Berg des Triumphs, die Sphäre der
Namenlosen, das Tal der Tränen,
die Werte des Lebens – seine Daten?

Auf das Roulette fällt mein Los:
Rien ne va plus! Noir ou rouge?
Welches Wort wird zu mir passen: Genie,
obdachlos,
was erwartet mich: Schande oder Ruhm?

Was stört mich, was würde ich gerne
machen?
Die Ängste, den Geruch der Armut
oder den Wohlstand erfahren?
Geldgier oder den Frieden der Seele –
resolut?

Wir sind ein Teil der Masse,
die den Raum krümmt,
und dieser formt uns, die Leute –
unabhängig von der Rasse;
unser Schicksal – banal, normal, berühmt.

Alexander Zemla * 1942

## *Jene unverzichtbaren Dinge*

Unverzichtbar ist jener Beitrag zur
Lebenserhaltung
Luft zum Leben verfliegt ohne jenen zur
Endlosigkeit
Wasser zum Trinken vertrocknet ohne
jenen zur Weinseligkeit
Verzichtbar ist jener Beitrag ohne eigene
Erneuerung

Unverzichtbar ist jener Bezug zur
Lebenseinigung
Erde zum Gehen verkrustet ohne jenen zur
Tölpelhaftigkeit
Feuer zum Sehen verglüht ohne jenen zur
Kurzsichtigkeit
Verzichtbar ist jener Bezug ohne eigene
Opferung

Vier Elemente die unverzichtbar der Welt
entgegenwirken
Sich jedoch ohne jene Dinge zur Unnutz
neigen
Jene zwei Unverzichtbaren die das Leben
erhalten und es in sich einigen

Manch einer möge sagen verzichtbar seien
jene Dinge unter den Wolken
Doch ohne Jene könnte man nur noch
Unverzichtbares bergen
Ohne das Leben an sich und die Liebe
daran würde alles Andere sich
beendigen!

Dirk Zimmermann * 1989

## *Das Kaffeehaus*

Wien, Dein Blut ist die Mélange
Der Walzertakt Dein Herzschlag
Doch Seele Wiens, wo ich Dich fand?
Hier im Kaffeehaus manchen Tag

Ich saß hier oftmals viele Stund'
Und schrieb so manche Zeile
Über mein Wien, so fesch und bunt
Und vollends ohne Weile

Denn zeitlos schön ist dieser Ort
Ganz ohne Zeit geworden
Ich blieb so gern und muß doch fort
Heim wieder in den Norden

Doch heim fühl' ich mich auch schon da
Und schreib Kaffeehauslieder
Mein so geliebtes Hawelka
Ich weiß, Du bringst mich wieder!

Klaudia Zotzmann * 1978

## *Das Unverzichtbare, wäre …*

Unverzichtbar – Verstand,
was aber, wenn er fehlt,
wenn er ungenutzt bleibt,
wenn er zum Hindernis wird;
wenn er mir sagt,
es gäbe keine Alternative.
Unverzichtbar – Gefühl.
Was, wenn ich es nicht habe,
wenn es mich quält, und ich leide.
Gefühl – Interessenkonflikte?
Global eingesetzt – Verstand und Gefühl.
Zusammenwirkend wären sie
unverzichtbar.
Hunger und Armut könnten
Vergangenheit werden.
Maßvoller Ausgleich – geringer Verzicht.
Verstand, warum greift er hier nicht.
Zum eigenen Nutzen – Mitgefühl gratis.
„Ich" – Verstand gegen Gefühl.
Und wieder siegt die Torheit.
Kognitiv – Konjunktiv!

Carlo-O. Zubiller * 1938